隋唐五代文学研究指南系列

20世纪隋唐五代文学研究述论（上）

杜晓勤 著

图书在版编目(CIP)数据

20世纪隋唐五代文学研究述论：全二册/杜晓勤著.—北京：北京大学出版社，2021.12
（隋唐五代文学研究指南系列）
ISBN 978-7-301-32835-4

Ⅰ.①2… Ⅱ.①杜… Ⅲ.①中国文学－古典文学研究－隋唐时代②中国文学－古典文学研究－五代十国时期 Ⅳ.①I206.4

中国版本图书馆CIP数据核字（2022）第011799号

书　　　名	20世纪隋唐五代文学研究述论（全二册） ERSHISHIJI SUITANG WUDAI WENXUE YANJIU SHULUN（QUANERCE）
著作责任者	杜晓勤　著
责任编辑	武　芳　方哲君　李笑莹
标准书号	ISBN 978-7-301-32835-4
出版发行	北京大学出版社
地　　　址	北京市海淀区成府路205号　100871
网　　　址	http://www.pup.cn　　新浪微博:@北京大学出版社
电子信箱	dianjiwenhua@126.com
电　　　话	邮购部010-62752015　发行部010-62750672　编辑部010-62756449
印刷者	涿州市星河印刷有限公司
经销者	新华书店
	650mm×980mm　16开本　83.25印张　1395千字
	2021年12月第1版　2021年12月第1次印刷
定　　　价	260.00元（全二册）

未经许可，不得以任何方式复制或抄袭本书之部分或全部内容。
版权所有，侵权必究
举报电话：010-62752024　电子信箱：fd@pup.pku.edu.cn
图书如有印装质量问题，请与出版部联系，电话：010-62756370

目　录

唐代文学研究百年随想
　　——《20世纪隋唐五代文学研究述论》序 …………… 葛晓音（1）

第一章　隋代文学研究 ………………………………………（1）
　　第一节　综合研究 …………………………………………（1）
　　第二节　作家作品研究 ……………………………………（13）

第二章　唐代文学综合研究 …………………………………（31）
　　第一节　唐代文学综合研究 ………………………………（31）
　　第二节　唐诗综合研究 ……………………………………（68）

第三章　初唐文学研究 ………………………………………（93）
　　第一节　初唐诗歌综合研究 ………………………………（93）
　　第二节　初唐君主、王后文学成就研究 …………………（121）
　　第三节　王绩研究 …………………………………………（126）
　　第四节　初唐四杰研究 ……………………………………（140）
　　第五节　陈子昂研究 ………………………………………（175）
　　第六节　沈佺期、宋之问研究 ……………………………（194）
　　第七节　文章四友研究 ……………………………………（203）

第四章　盛唐诗歌研究 ………………………………………（210）
　　第一节　盛唐诗歌综合研究 ………………………………（210）
　　第二节　盛唐边塞诗派研究 ………………………………（226）
　　第三节　盛唐山水田园诗派研究 …………………………（234）
　　第四节　二张和吴中四士研究 ……………………………（239）
　　第五节　王昌龄研究 ………………………………………（257）

第六节　高适研究……………………………………………(264)
　　第七节　岑参研究……………………………………………(277)
　　第八节　元结及《箧中集》诸诗人研究……………………(288)
　　第九节　其他盛唐诗人研究…………………………………(296)
第五章　中唐诗歌研究……………………………………………(315)
　　第一节　中唐诗歌整体研究…………………………………(315)
　　第二节　大历诗歌研究………………………………………(334)
　　第三节　刘禹锡研究…………………………………………(368)
　　第四节　李贺研究……………………………………………(385)
　　第五节　顾况、张籍、王建和李绅研究……………………(417)
　　第六节　孟郊、贾岛、姚合和皇甫湜研究…………………(426)
　　第七节　中唐其他作家研究…………………………………(438)
第六章　晚唐五代诗歌研究………………………………………(452)
　　第一节　晚唐诗歌综合研究…………………………………(452)
　　第二节　杜牧研究……………………………………………(462)
　　第三节　韦庄研究……………………………………………(483)
　　第四节　皮日休、杜荀鹤、罗隐、陆龟蒙、
　　　　　　聂夷中研究…………………………………………(492)
　　第五节　晚唐其他中小诗人和五代十国文学研究…………(504)
第七章　孟浩然、王维研究………………………………………(527)
　　第一节　孟浩然研究…………………………………………(527)
　　第二节　王维研究……………………………………………(537)
　　第三节　王维思想研究………………………………………(549)
　　第四节　王维诗、文研究……………………………………(554)
第八章　李白研究…………………………………………………(583)
　　第一节　20世纪李白研究概述………………………………(583)
　　第二节　李白生平研究………………………………………(588)
　　第三节　李白性格和思想研究………………………………(605)
　　第四节　李白诗文研究………………………………………(619)
　　第五节　李白词真伪问题的讨论……………………………(644)
　　第六节　李白诗歌的艺术渊源和影响………………………(649)
　　第七节　李白作品集和研究资料整理………………………(656)
　　第八节　李杜比较……………………………………………(662)

第九章　杜甫研究 …………………………………… (669)
第一节　20世纪杜甫研究概述 ……………………… (669)
第二节　杜甫生平研究 ………………………………… (673)
第三节　思想研究 ……………………………………… (681)
第四节　诗歌艺术研究 ………………………………… (694)
第五节　杜集版本研究和杜诗学史 …………………… (736)

第十章　元稹、白居易研究 ……………………………… (744)
第一节　元稹研究 ……………………………………… (744)
第二节　白居易研究 …………………………………… (765)

第十一章　李商隐、温庭筠研究 ………………………… (809)
第一节　李商隐研究 …………………………………… (809)
第二节　温庭筠研究 …………………………………… (847)

第十二章　唐代古文运动和韩柳研究 …………………… (859)
第一节　唐代古文运动研究 …………………………… (859)
第二节　韩愈研究 ……………………………………… (872)
第三节　柳宗元研究 …………………………………… (908)
第四节　韩柳比较 ……………………………………… (934)

第十三章　敦煌文学研究 ………………………………… (941)
第一节　20世纪敦煌文学研究概述 …………………… (941)
第二节　敦煌变文的整理与研究 ……………………… (949)
第三节　敦煌赋和其他讲唱艺术研究 ………………… (963)
第四节　敦煌诗歌的整理与研究 ……………………… (973)
第五节　王梵志诗歌整理与研究 ……………………… (981)

第十四章　唐五代词研究 ………………………………… (994)
第一节　20世纪唐五代词研究概述 …………………… (994)
第二节　唐五代词史研究 ……………………………… (1000)
第三节　唐五代词艺术综论 …………………………… (1015)
第四节　《云谣集》和敦煌曲子词研究 ……………… (1025)
第五节　温、韦、冯词研究 …………………………… (1033)
第六节　《花间集》研究 ……………………………… (1045)
第七节　南唐二主词研究 ……………………………… (1053)
第八节　张志和、白居易和韩偓词研究 ……………… (1063)

第十五章　唐代小说研究 ………………………………… (1066)

第一节　20世纪唐代小说研究概述 …………………… (1066)
　　第二节　唐代小说史的研究 …………………………… (1068)
　　第三节　唐代小说的综合研究 ………………………… (1075)
　　第四节　唐代小说作家、作品研究 …………………… (1084)
第十六章　隋唐五代文学理论研究 ………………………… (1100)
　　第一节　综合研究 ……………………………………… (1100)
　　第二节　隋唐五代著名文论家和文论名著研究 ……… (1111)
　　第三节　司空图与《二十四诗品》研究 ……………… (1130)
　　第四节　《文镜秘府论》的整理和研究 ……………… (1147)
附录 ………………………………………………………………… (1152)
　　十年师生缘
　　　　——纪念给我学问和快乐的一新师 ……………… (1152)
　　作家型学者　学者型作家
　　　　——试论陈贻焮先生的古代文学研究和文学创作 ………… (1166)
　　陈贻焮先生创作与学术年表 …………………………… (1194)
　　精深博通　垂范学界
　　　　——评傅璇琮先生大著《唐宋文史论丛及其他》
　　　　　兼论其学术贡献 ………………………………… (1207)
　　高阁唐音振逸响　终生长记绛帷恩
　　　　——深切悼念恩师霍松林先生 …………………… (1235)
　　宅心仁厚　守正创新
　　　　——我对孟二冬老师高洁品格、治学精神和生活
　　　　　态度的认识 ……………………………………… (1244)
后记 ………………………………………………………… (1252)
后记（增订版） ……………………………………………… (1254)
索引 ………………………………………………………… (1255)

唐代文学研究百年随想

——《20世纪隋唐五代文学研究述论》序

葛晓音

隋唐五代文学研究从古代步入现代的历史已近百年。虽然学术的发展不以纪元为界,但与时代的变迁息息相关,因而,作一番回顾和反思还是很有意义的。

20世纪以前,唐代文学的研究集中在唐诗。唐诗批评从宋代零星的诗话发展到明清时代系统的专论,贯穿其中的主线是欣赏标准的争论。源自齐梁时代的"天机自然"与"假借经史"之辨,至唐代诗论中逐渐发展成"自然天真"与"苦思才力"的两类境界。宋人对"天然妙悟"和"功夫学力"的轩轾,已显示出区分盛唐诗与晚唐诗、宋诗的倾向,开启了明清的门户之见。宗唐派在明代发展到全盛。盛唐诗以其"天真兴致""天机自流"成为诗歌美学理想的代表,中晚唐诗则因"人能学力"而被视为宋诗之源。清人将两类标准归总为天分与学力之争。各派论说几经较量,至清中叶以后,由于时代和学术的原因,宗宋派渐占上风。在这历经千年的唐宋诗之争、初盛与中晚唐之争的错杂交替中,中国诗学批评的各种概念也愈益丰富完善。风格、意象、声调、格律、法度、体调、情理、文质、气势、神韵等一系列批评术语遂构成了中国诗论的传统,其影响一直延及20世纪末。

新文化运动对中国学术的冲击,首先是在破坏经学的地位,解除学派的束缚。因而先秦文学、特别是以胡适和古史辩派为代表的《诗经》研究,在20世纪二三十年代成为重建中国古代文学研究方法的突破口。他们不但要还《诗经》以乐歌的本来面目,而且还从经典化的古典诗文中勾勒出白话文学的历史。中国古代文学研究的现代化进程正是从配合新文学的创作开始的。伴随着这场学术革命，学者们也开始了对唐代文学的重新思考。二三十年代关于唐代文学的论述大多见于当时涌现的二十多部文学史专著中，其中影响较大的谢无量的《大文学史》，将唐代文学的重要文体、派别和诗人群体关系作了初步的绪理。胡小石的《中国文学史讲稿》则着眼于唐代文学的阶段性演进的特征和不同派别，尤其注意到影响文学的诸种外因，如政局、选举、交通、生活、外乐等，已为20世纪的唐代文学研究指出了许多基本的课题。但早期的多数文学史著作正如王瑶先生所说："文学的概念和范围都十分驳杂。"而且关于唐代文学的专论也寥寥无几。或许因为唐代文学研究本来就没有蒙上太多的经学色彩，明清时代强调诗教的学派又往往在研究思路和概念方面缺乏新创。因此相对先秦文学尤其是《诗经》而言，唐代文学研究观念革新的力度并不太大。从20世纪初王闿运的《湘绮楼论唐诗》到20年代邵祖平的《唐诗通论》，尽管对史的描述已初具轮廓，但其基本论点仍未能脱出明清以来天分、学力两大范畴的笼罩。直到闻一多的《唐诗杂论》和陈寅恪的《元白诗笺证稿》出现，"以诗证史"、考证与审美欣赏并重的研究路数才开辟出了新的研究视野。闻一多在诗人生平、交游的考订，《全唐诗》的校勘、补编，诗人小传、别集校读、文学年表、人名引得等方面，以其多样化的研究手段为20世纪的唐诗研究奠定了广泛的文献基础。而他本人早年留美的经历以及在新格律诗方面的创作成就，又使他能融会西方和中国的意象理论，以现代诗人的敏锐感受和艺术气质挖掘出唐诗更深层的美学意蕴。在唐代小说方面，鲁迅的《中国小说史略》、郑振铎的《插图本中国文学史》《中国俗文学史》都在古小说辑佚稽考的基础上，初步建立了新的史学观念。虽然前者重视文人心态，后者侧重民间文学，但都是在变动的时代、风俗和环境中展示小说的发展线索。其中不少论述虽然简要，但至今仍被奉为古代小说研究立论的基准。

50年代至"文化大革命"前，与其余各段文学史一样，文学与政治的关系成为唐代文学研究的主线。在"人民性""现实主义""浪漫主义"这几根标尺的衡量下，精华和糟粕的区分变得简单而又轻易。尽管十七年间政治的变化晴雨不定，学界的自由度亦时有松紧，但这种固定的研究思路，使学者们的努力只能局限于思想价值评判，尽可能多争取一点公正，少抛弃一些遗产。以唐代作家而言，除了杜甫和白居易以外，要对李白和王维这样的大家作一点辩证的分析，都不容易，又遑论其他！在这样的气候下，林庚先生对以李白为代表的盛唐文学的性质提出新的看法，便掀起了被批判的轩然大波，也就不足为怪了。

然而那个年代的大多数前辈学者们仍然顶着压力，凭着学术的良心，为唐代文学的研究建构了一个比较完整的体系。我以为五六十年代的唐代文学研究的成就主要体现在以下几方面：首先，运用历史唯物主义和辩证法，将文学和时代的变化联系起来，强调了社会经济、政治、哲学和文化对文学的影响；其次，明晰地描述了诗文、小说、变文、词等各体文学的发展流变；再次，对重大文学现象初步进行了纵贯性的系统的研究；最后，大、中、小作家在文学史上的地位和作用基本上得到了恰当的评价。这些成果集中地反映在60年代初出版的游国恩等主编、中国科学院文学研究所主编以及刘大杰所著的三大种文学史里，也散见于从三四十年代过来的学者以及当时的一些后起之秀的个人论著中。在知识的系统性、学术的规范性以及对唐代文学研究的基本课题的开拓方面，为20世纪后半叶的学术发展奠定了基础。以林庚、程千帆、萧涤非、马茂元、王重民、孙楷第、任半塘等先生为代表的一批大学者不但以其富有前瞻性的研究启发了一代学人，而且为80年代后继人材的培养作出了不可磨灭的贡献。

"文革"十年是中国文化和学术的一场浩劫，唐代文学自不能幸免。虽然个别"法家"如柳宗元受到特别青睐，其文集亦赖以得到整理，但学术发展的断流、研究人才的断层、思维模式的僵化、社会文化基础的薄弱，对于20世纪最后20年的影响是显而易见的。

70年代末到现在，是中国学术的繁荣时期，也是唐代文学研究的丰收季节。思想的解放和学术环境的宽松，使80年代初涌现出一批冲破五六十年代学术藩篱的研究成果。以文学现象和作家评判方面的纠偏为主，同时也出现了少量具有开拓新意以及掘进力度的论著。尽管研究的课题大多未能超出20世纪以来前人论著中已提及的问题，例如唐诗繁荣的原因、初盛唐的诗歌革新、盛唐气象的实质、古文运动和新乐府运动的过程等，但对这些问题的研究已透过表象的描述，深入发生的背景、特征的总结和内在的联系等层面。此后随着方法热的兴起，在观念更加开放的时代思潮中，唐代文学研究的视野大大拓宽。而在借鉴西方学术模式和抵制生搬硬套的反复辩论中，学界也逐渐走向成熟。我以为新时期的唐代文学研究所取得的成果主要有以下几方面：

第一是综合性研究、外围性研究以及联系相关学科的研究取得了重大的进展。其中中唐两大诗派形成原因的探讨，唐代文学思想史的建立，文学与科举关系的考察，文人群体、政治集团等社会关系和隐逸、交游、干谒等生活方式对文人思想和心态的影响，儒、道、佛三家思想与文学观和创作的关系等重要课题，相继成为热点。并在有力者的开拓与研究人群的呼应之中迅速深化。唐代文学的整体人文背景渐渐得到清晰而深刻的揭示。

第二是唐代各体文学的时段性演进过程的研究，特别是诗风和文风的嬗变，从 80 年代中叶以后到现在盛行不衰，成为硕士、博士论文的基本选题。其中对于过去注意较少的文学发展环节的发掘，尤其是中、小诗人群体或流派在诗歌盛衰史中的作用，已经取得了超过前人的认识。

第三是对唐代作家的传论性研究，也有空前的进展。以陈贻焮《杜甫评传》为代表的一批作家评传，和以傅璇琮《唐代诗人丛考》为代表的作家生平事迹考证，是对清代学者到闻一多唐诗研究传统的继承和突破。考证与作家思想、创作道路、作品分析、时代背景研究的融会贯通，是这一时期作家考据的重要特色。

第四是从审美的角度对唐代诗歌、小说、散文的艺术进行宏观和微观的研究。几乎所有大诗人的作品都从意境、风格、意象、情景、声调等方面得到了细致的探索。其中王、孟山水诗和韩孟诗派的研究成果最为丰硕。各类题材和诗体的研究也已全面铺开。从山水田园、边塞、送别、艳情、乐舞到咏画、咏物；从五、七言律诗到乐府歌行、绝句，已很少有空白遗留。唐代小说研究以程毅中、李剑国为代表，在资料考订、题材分类及单篇作品的分析方面所取得的成绩也相当引人瞩目。80 年代大量鉴赏辞典的出版，虽然多有重复，不免芜滥，但也确实矫正了五六十年代作品艺术研究相对薄弱的欠缺，而且对唐诗的普及作出了必要的贡献。

20 世纪在唐代文学文献资料的整理和研究方面取得了辉煌的成绩，而最后二十年尤其突出。主要体现在以下几方面：（1）对唐诗总集和别集的整理和勘误，代表成果有《唐集叙录》《全唐诗补编》《全唐诗重出误收考》《全唐诗索引》等；（2）对唐代诗人生平资料的考订和研究资料的汇编，代表成果有《唐人行第录》《唐才子传校笺》《唐诗纪事校笺》《唐五代人物传记资料索引》《唐五代人交往诗索引》《全唐诗人名考》《小说人名索引》《中国文学家大辞典·唐五代卷》、中华书局陆续出版的作家研究资料汇编等；（3）唐代诗学著作的整理和汇编，代表成果有《中国古典文学理论批评专著选辑》《文镜秘府论校注》《全唐五代诗格考校》等；（4）作家别集的集注校释，如《韩昌黎诗系年集释》《李商隐诗集解》《王梵志诗校注》《王无功文集五卷本会校》等，均为功力深厚之作；（5）与文学有关的唐代职官考证，如《唐仆尚丞郎表》《郎官石柱题名新考订》《唐刺史考》《唐方镇文职僚佐考》《全唐文职官丛考》等；（6）敦煌文献的发掘与整理，如《敦煌变文集》《敦煌曲子词集》《敦煌歌词总编》《敦煌的唐诗》《敦煌诗集残卷辑考》等。此外尚有《唐代园林别业考论》《唐代墓志汇编》《中国历史地图册·隋唐五代十国时期》以及1998年出版的《唐五代文学编年史》等，这些工作为拓宽和深化唐代文学研究提供了坚实的基础。

更为可喜的是，进入90年代以后，从中青年学者的研究成果中，已可以看出未来学术发展的某些新动向。例如研究文学高潮形成的原因，以及高潮之间的"创作低谷"在文学发展中的意义和作用；对于一些20世纪以来约定俗成而又模糊不清的文学现象和概念重新探索；对于海外汉学研究较多而在国内研究中尚感欠缺的问题如声律形式、文体特征等作综合性的思考等。而且研究的思维已向纵深发展，考证与理论的结合将成为21世纪治学的主导方向。更深细的专题研究和个案研究可能会取代20世纪的文学史写作热。此外，电脑的使用和互联网的普及为资料的检索提供了方便，目前唐代文学研究的部分基本用书已完成数字化，随着这项工作的加速进行，一些需要资料统计和量化分析作为辅助手段的研究将节省许多时间和精力。

纵观20世纪百年间唐代文学的发展趋势，应当说课题的范围在逐渐扩大，方法在不断更新，成果数量迅速增加，研究的纵深度也有显著的拓展。一般来说，学术研究的重大变化和发展主要出现在大批新资料的发现或一次思想解放运动以后。20世纪初敦煌藏经洞的发现为唐代俗文学的研究开出一片新的领域，五四运动和80年代学术思想的解放带来古代文学研究的繁荣，即是最好的证明。但在20世纪最后20年，学术成果的数量呈爆炸性上升的趋势中，也潜藏着深刻的危机。我以为这种危机主要表现在以下几方面。

首先是研究队伍日益庞大，而研究者的文学素养和研究能力却逐步下降，以及有开拓气魄的学者渐见稀少。一个时代的学术研究必须有一批研究领域的拓荒者和新思路的开掘者，方能带动全体研究人群。因而开拓者的学力深厚与否，素质高低如何，便关系到一代学术的整体水平。而开拓者的学养素质又是受时代制约的。20世纪最后20年的学术带头人，都是五六十年代的过来人。大多缺乏经史诗文的深厚功底。虽然少数学者的个人成就并不亚于前代的大家，但五六十年代思维模式的局限和"文革"十年时光的流失，不可避免地会在后来的研究中显露出来。这种先天的缺陷非研究者个人的天赋和智慧所能弥补，这就使这个时代难以出现一定数量的真正具有创新思维的带头人群体。因而这一时期所取得的成绩，基本上是在前人已经提出的论点和课题的范围内朝深细处发掘，方法和思路借鉴前人和西人的多，有独创性的重大开拓少；现象过程的描述和价值判断的反复争辩多，深入材料内在联系的研究少。而研究生队伍却又以几何倍数增长，在缺乏高质量检测标准的状况下，论文以批量生产的方式被炮制出来，无效的重复和整体水平的下降是必然的趋势。

其次，在八九十年代的时代大转换之中，价值观念、人事制度等种种剧变不利于形成研究群体潜心学术的大环境。西方思潮的涌入本来有利于思维的更新和视野的拓展，但为这种特殊的社会环境所催化，也造成了浮躁的学风和学术道德水准降低的不良影响。三四十年代的学者能在烽火连天、辗转避难的流亡环境中坚持手不释卷，八九十年代商潮汹涌、物欲横流的太平之世却难以放下一张宁静的书桌。尽管鼓励学术发展的种种评审和奖励办法层出不穷，但目的都是促进"重大成果"的快速炮制。可惜学术不是时装，不能年年追赶新潮。那么只能选择"拿来主义"，在短时间内出成果。这种急功近利的心态，在唐代文学研究界虽然还不具普遍性，但在时尚的诱惑之下，有多少年轻人能稳坐冷板凳，仍是令人忧虑的问题。

再次，古代文学研究的愈益职业化，及其与当代文化环境的脱离，使学术研究队伍失去了素质良好的后备力量。虽然学术研究从来就是少数人的专利，不因大众的好恶而兴废，但文史作为中国传统学问的根本，一直是吸引学生攻读的主科，即使在五六十年代仍是如此，因而一向不乏优秀的后继人才。80年代以后，经济的变化才真正使古代文学研究的内容和对象老化。以诗为中心的中国古代文学，在被金钱左右的现代社会显现出从未有过的尴尬和无奈。千百年来曾经感动过这个民族的精神遗产，已经激发不起出生于80年代的一代青年的兴趣。研究圈内的热闹与圈外的冷漠形成鲜明的反差。因而如何使古代文学研究适应当代文化发展的需要,不至于在21世纪科技与经济的高速发展中沦为无人问津的古董,将是我们面临的一个严峻课题。

又次,古代文学从"理性化"的深度向"文学化"的形式返归,或许是将来应当倡导的方向之一。20世纪前半叶不少诗人兼学者的著作至今仍博得很多青年读者的喜爱,一方面是因为他们做的是文学的学术,另一方面是因为他们的研究目的始终与新文学的创作联系在一起。而20世纪后半叶成长起来的学者,尽管可以在某些课题研究的深度广度和精确性方面超过前人,但日趋理性化的研究使古代文学成为科学解剖的对象,失去了它本来应当长存于人间的生命力和感染力。其根本原因在于当代的很多研究者缺乏文学感受,不能透彻理解自己的研究内容。把文学等同于社会科学的新思潮则更加速了研究对象的僵化。因此古代文学研究者如何使自己的科学思维在表达上文学化和艺术化,是一个值得探讨的难题。

最后,就古代文学的专业性而言,它与任何一门学科一样,也有高难度的尖端课题。如何发现并解决这些前沿性问题,是本学科继续发展的关键。然而在目前庞大的研究人群尤其是后继力量中,具有发现和解决高难问题的敏锐眼光和攻坚能力的研究者还嫌太少。他们普遍缺乏对于真正有价值的创见的判断力,而对易于模仿的"新思路"则往往群起而效之,一哄而上,反复发挥,直至做到题无剩义为止。这是目前研究成果数量虽多而开拓性力作少见的重要原因。

感知危机不一定就能解决危机,21世纪古代文学(包括唐代文学)的前景如何,取决于当前三四十岁的青年学者的素质和潜力。但一代有一代的思想,一代有一代的学风,学术研究在总体上总是会向前推进的,所以无须悲观。通过对百年间古典文学研究的详细回顾,便于人们从历史所积淀下来的成果中,看清各种学术观点和学术派别对于时间考验的承受力,提高对于学术价值的鉴别力和判断力。我想这就是编写本书的主要意义所在。虽然理想的学术回顾,应当能从提出问题和解决问题的角度,反映出20世纪研究方法和学术观点的纵深发展走向,突现出在每个时期起带头作用的研究者的贡献。尤其是很多论著的价值不在其框架和结论,而在论证过程中的某些闪光点。因此,要从数以万计的文章著作中鉴别出真知灼见之所在,不但要花时间认真阅读,而且需要有相当丰富的经验和灵敏的嗅觉。而述论不等于学术史,只是学术史的资料准备，所以本书所提及的不少论著只能取其大略，甚至利用他人已有的综述，这就必然会遗漏一些应当重视的观点。尽管有这样的遗憾，但我以为《20世纪隋唐五代文学研究述论》的撰写还是朝建立学术史的方向作出了艰辛的努力。本书由杜晓勤君独力编撰，历时三年，旁搜远绍，博览广闻，虽难免遗失疏漏，但大致可称详备。他不但完成了一百万言的巨帙，而且建立了隋唐五代文学研究文献的一套电子资料库。对于研究者而言，这是一件功德无量的大事。我们应当向杜晓勤君表示感谢。我也相信他在具备了全面掌握百年研究信息的坚实功底之后，将来在个人研究方面必定能取得更大的丰收。

第一章　隋代文学研究

　　20世纪的隋代文学研究，无论在深度和广度上都无法与南北朝文学研究和唐代文学研究相比。据粗略统计，近一百年中涉及隋代文学研究的论文共有三十多篇，其中专论隋代文学的只有十几篇，专论隋代文学的论著则一本也没有。造成这种状况的原因是多方面的，其中一个原因是隋朝享祚甚短，其文学成就相对较小，更主要的原因是一部分研究者对隋代文学在中国文学史上的地位和作用认识不够，愿意集中精力深入探讨隋代文学的学者寥寥无几。然而，纵观这一百年，隋代文学的研究还是取得了长足的进步，产生了一些优秀的学术成果。

第一节　综合研究

一、隋代文学的总体评价

　　隋代处于南北朝向唐代的过渡时期，享国又极短，故20世纪以来，学界对隋代文学的历史地位和作用就见仁见智，争议较大。

　　20世纪的隋代文学研究是从肯定派开始发端的。现存的第一本《中国文学史》中，林传甲论及隋李谔论文体之复古的功绩[①]。1925年徐嘉瑞在其《中古文学概论》中，对隋代文学也大加称赞，他认为"隋代是对于六朝文学革命的一大转机，开唐代文学的黄金时代。革命的伟人，第一就是隋文帝，第二就是李谔。虽然当时没有产生十分有价值的

---

①　林传甲：《中国文学史》，京师大学堂国文讲义，1904年，第167—168页。

文学，但是杨素、虞世基、薛道衡等的诗，已经开了初唐四杰的先河。这是破坏时代的必然状况呵"①。稍后不久，谢无量的《中国大文学史》则以魏徵《隋书·文苑传序》中对隋代文学的总体评价为基调，从南北文学思潮的统一，文帝、李谔、炀帝、王通等人对文体变革的贡献，尤其是隋炀帝时新声及律体的复盛几个角度，肯定了隋代文学的历史贡献，书中所云隋时"新声竞作，为后世戏曲之萌芽；律体大进，又有以导唐人之先路"的观点更为新警②。30年代，曾了若的《隋唐骈散文体变迁概观》③ 也从"隋文帝禁止浮华""隋炀帝提倡典雅""颜之推折中主张""王通之复古论调"等四个方面，基本肯定了隋代文学的进步作用。

自30年代中期至六七十年代，学术界对隋代文学的评价以否定居多（详后），但稍后也有一些学者发表了肯定性的意见。如1962年第5期的《文学评论》就发表了廖仲安等人写的《初读〈中国文学史〉》一文，其中对中国科学院文学研究所中国文学史编写组编著的《中国文学史》把隋代文学置于《北朝作家》一章之中的处理，表示了不同的意见。他们认为，"编者对隋代文学这样的处理，不仅埋没了一代文学，而且也不符合这个统一帝国的历史面貌。隋代文学不是北朝的尾声，而是唐代的先驱"。1963年第1期的《文学评论》又发表了汪之明的一封来信，在此信中，汪之明首先对廖仲安等人的观点表示赞同，然后又从三个方面加以补充论证：首先，隋代结束了将近三百年的分裂局面，统一了全国，在政治、经济和文化思想上都为唐代打下了基础；其次，在南北朝诗歌的发展中，还逐渐呈现出南北文风互相交流的倾向，同时，隋代还企图用政治力量来改革六朝以来的浮艳文风；最后，在诗歌形式上，像卢思道、虞世基的《初渡江》等也颇有唐代五绝的情韵，至于隋炀帝的《江都宫乐歌》似乎预示着唐代诗歌的发展的广阔前途。针对30年代以后编著的《中国文学史》对隋代文学的历史地位一直忽视、对隋代诗歌大都持否定态度的现状，宋景昌、王增文撰文发表了不同的看法，文章将隋代诗歌分为文帝、炀帝两个时期，认为隋代前期诗歌大

---

① 徐嘉瑞：《中古文学概论》，上海：亚东图书馆，1925年，第166—167页。
② 谢无量：《中国大文学史》，上海：中华书局，1929年，第54—61页。
③ 载《国立中山大学研究院文科研究所历史学部史学专刊》第1卷第1期，1935年。

多有感而发，内容充实，题材也广泛，"主要是继承了北朝刚健诗风，但也已表现出南北诗风开始融合的趋势"；隋代诗歌的发展"出现了逆流"，但"也并非一无成就"。文章最后认为，"隋代诗歌就总的趋势来讲是沿着健康的道路向前发展的，同齐梁以来的形式主义诗风作了强有力的抗争，并取得了较高的成就"。文章针对学界长期以来一直轻视、否定隋代文学贡献的现象，还指出了当时研究中应该注意的几个问题：（1）应历史地看待隋诗，（2）应全面地看待隋诗，（3）不能把《全隋诗》所收的诗歌都看作是隋代的作品，应以目前能够确定的真正的隋诗为依据，（4）不能把隋代的一些爱情诗歌与梁陈诗风混为一谈，（5）还应该注意不能因人废言，（6）今天研究隋诗，应该主要以现存作品为依据，不能抽取史家的片言只语就轻易否定了①。这是20世纪对隋代文学总体上加以肯定的最全面、最深入的一篇论文。后来李星、钟优民、王步高等人也都撰文从不同的角度肯定了隋代文学的成就，因其多以隋诗为考察重点，故留待下文评述。

对隋代文学成就持否定态度，是从郑振铎《插图本中国文学史》②开始的。郑振铎认为，"在隋代的三十四年间（518—618）差不多没有什么新的树立。从炀帝杨广以下，全都是无条件地承袭了梁、陈的文风的"③。刘大白《中国文学史》④也认为，杨坚的文学复古运动是失败的，杨广等人的诗歌都是"浮华淫靡的余焰重扬""上承徐庾流风"，因此对隋代文学基本上持否定态度⑤。诚如前文多次提到的，中国科学院文学研究所编著的《中国文学史》对隋代文学的总体评价并不高，他们把隋代文学放到《北朝作家》一章中叙述，且认为"隋代文学基本上只是南北朝的尾声，而不是唐代的先驱"，其理由是"隋代重要的作家都是由北周入隋。他们的作品入隋以后并无重大变化"，而且他们也否认隋代有"南北文风交流"的倾向，与廖仲安、汪之明等人的观点截然相

---

① 宋景昌、王增文：《试论隋代诗歌的成就》，载《商丘师专学报》1987年第4期。
② 郑振铎：《插图本中国文学史》，北京：人民文学出版社，1982年，第2册。
③ 同上书，第272—273页。
④ 刘大白：《中国文学史》，上海：大江书铺，1933年。
⑤ 同上书，第299页。

反①。到20世纪90年代,一些文学史依然对隋代文学持否定态度。罗宗强、郝世峰主编的《隋唐五代文学史》就认为,"严格说,有隋一代没有自己的文学成就,没有足以标志一代文风的不朽作品。诗与文,都只是北齐、北周与梁、陈文学的流波余韵","这是一种没有个性,没有生气的文学"②。

与基本肯定和完全否定态度不同,还有一些学者对隋代文学并未作出肯定或否定的评价,而是抓住隋代文学处于南北朝文学到唐代文学之间的过渡性特征,较辩证地考察了隋代文学的优缺点。如周祖譔在其《隋唐五代文学史》中就认为,"尽管在隋及唐初的作品里,由文学倾向说,南朝的文风占着统治的地位,但在不少的诗人创作中,从军、出塞这类题材是比较多地出现了。……这种南北文风的融合,使这一时期作家在创作实践上得到了更多的滋养,为摆脱南朝以来一些形式主义倾向的文风提供了有利的条件"③。游国恩等主编的《中国文学史》也认为,隋朝"在文学上,直承南北朝的浮艳文风,依然占着统治地位",但他们从卢思道、杨素、薛道衡等人的作品中,也"看出隋初诗风的确多少显示南北文学开始合流的一点新气象",总的说来,隋诗是从南北朝向唐诗过渡的最初阶段④。刘大杰在《中国文学发展史》中"论隋代诗人"时,首先肯定了隋文帝与李谔的文学复古运动,认为杨素的诗篇中可以看出运动的积极影响,而且认为薛道衡、虞世基的从军、出塞诗,"已超越南朝……是七言歌行的发展。卢思道的《从军行》,薛道衡的《豫章行》,都有新的成就,而成为初唐四杰的先驱"⑤。倪其心《隋代的诗歌》⑥一文也认为,隋代"在政治历史和文学历史上都是重要的朝代,结束前一个历史阶段,开始一个新的历史阶段。南北朝诗歌创作的形式主义思潮,齐、梁的绮丽和梁、陈的宫体,都在隋代回光返照,再

---

① 参见余冠英复汪之明的学术通信,载《文学评论》1963年第1期。
② 罗宗强、郝世峰主编:《隋唐五代文学史》上册,北京:高等教育出版社,1990年,第1页。
③ 周祖譔编著:《隋唐五代文学史》,福州:福建人民出版社,1958年,第8页。
④ 游国恩、王起、萧涤非等主编:《中国文学史》第2册,北京:人民文学出版社,1963年,第19—22页。
⑤ 刘大杰:《中国文学发展史》上册,上海:上海古籍出版社,1982年,第354页。
⑥ 载《文史知识》1982年第1期。

度泛滥;而光辉灿烂的盛唐诗歌,也是在隋代开始萌生出新的发展趋势"。葛晓音《八代诗史》,首先认为隋代是一个"囿于融合而艰于创变的时代","使隋诗呈现出风格杂乱不一的过渡状态",这种过渡状态首先体现为"隋诗普遍有蒙气","体现在齐梁影响的根深蒂固,更体现为经过隋初凿雕为朴的改革后,融合北朝诗之清壮和西晋诗之雅正的倾向,这为初唐诗歌风貌的形成奠定了基础"。而少数作家作品"在表现艺术上有所探索,显示了向唐诗进化的趋势"[1]。应该说这些评价是相当公允、中肯的。章培恒等人编著的《中国文学史》则在认为隋朝"在文化方面没有太多的建树"的同时,也承认了由北朝入隋的三位诗人——卢思道、杨素、薛道衡"仍旧留下一些颇有特色的诗作","多少也体现了北方文人重'气质'的特色"[2]。

二、隋代诗歌综合研究

从20世纪初至70年代,对隋代诗歌进行整体综合研究的专题论文一篇也没有。各种《中国文学史》中倒是有一些关于隋代诗歌发展状况的叙述,然大多流于一般性的介绍,缺少深入研究。比较早地对隋朝诗歌进行深细探讨的是郑宾于的《中国文学流变史》。他在该书中,从"杨素的复古""统一文学与反动""宫体诗的作家""隋宫的女诗人"几个方面,比较具体地讨论了隋代诗歌的特点和成就[3]。倪其心的《隋代的诗歌》[4]是20世纪最早一篇对隋代诗歌进行全面系统研究的专题论文,本文涉及面广,从隋文帝论到炀帝,从薛道衡等文人之诗论到民间歌谣、无名氏的小诗,文章最后认为,"在文学史上,隋代是一个新旧创作思潮开始交替的过渡时期。南北文风虽然合流,而齐、梁以及梁、陈的宫廷文学的影响仍很严重;不及根本的粗暴改革,反而导致变本加厉的恶果;但是文学不会停滞不前,必定会从人民群众中创作出新鲜有生命力的优秀作品,推动文学创作朝着正确方向前进。这就是隋代诗歌

---

[1] 葛晓音:《八代诗史》,西安:陕西人民出版社,1989年,第315—319页。
[2] 章培恒、骆玉明主编:《中国文学史》中册,上海:复旦大学出版社,1996年,第18—19页。
[3] 郑宾于:《中国文学流变史》中册,上海:北新书局,1931年,第176—192页。
[4] 载《文史知识》1982年第1期。

发展的基本情况和它提供的有益经验"。葛晓音的《八代诗史》在研究深度上超越了前人，她首先指出，"隋代的政治文化状况在文帝和炀帝父子两代不同的统治方式下，呈现出极大的差异"，这是隋朝前后诗风发生变化的原因。接着，她又在与梁陈齐周诗的比较中，归纳出隋诗"时有蒙气""普遍缺乏创新精神"的特点。同时她又对隋诗这种特点产生的原因作了进一步的探讨，认为"隋诗普遍缺乏创新精神，当与作者多为朝臣、前期受文帝儒家教条的压制，后期又受平庸忌才的炀帝的压制有关"，"还与这一代作者大多才情不高有关，就连水平较高的诗人也缺乏雄厚的才力和突破的气魄"①。80年代后期，又出现了一篇综合研究隋代诗歌的论文，即章壮余的《试论隋代的诗风》②。文章论述了隋代边塞诗、爱情诗、抒情诗等题材的变化和特点，一方面指出了这些诗作的清新刚健诗风形成的原因，一方面揭示了隋代诗风向唐代过渡的痕迹，有一定的学术价值。

到90年代，对隋代诗歌进行综合研究的论文多了起来，而且角度更多、方法更新，取得的学术进展也就更大了。钟优民的《隋代诗歌的嬗变轨迹与基本特点》③从"余音袅袅的浮靡诗风""新风渐开的缓慢蜕变""激烈抗争的民间歌谣""继往开来的隋代诗论"四个方面，详细论述了"隋代诗歌在中国诗史上的过渡性特点"。贾晋华的《河汾作家群与隋唐之际的文学》④一文，受罗宗强先生《隋唐五代文学思想史》一书"论隋代文学发展而以作家群分"的研究方法的启发，对"一个从未为研究者所注意的重要作家群——河汾作家群"及其作品进行稽考和评述，并探讨了其对隋唐之际文学发展的影响，文章首先断定王通及其讲学活动是真实可信的，继而稽考出"隋大业中，以王通讲学为主要背景，在河汾一带聚集了一批作家，可考者有王通、王度、王绩、薛收、杜淹、凌敬、薛德音、陈叔达、仲长子光。作品现存有王通一首诗、王度一篇传奇、王绩十三首诗文、薛收二首文赋、薛德音一首诗、陈叔达二首诗、凌敬可能一首诗，以及《中说》中文论数则"。文章认为，"河汾作家群不同于隋代其他作家群的最突出特征，在于他们表现出一种对

---

① 《八代诗史》，第315—319页。
② 载《淮阴教育学院学报》1988年第2期。
③ 载《汕头大学学报》1990年第2期。
④ 载《学术论丛》1991年第2期。

于隐士风范和田园诗及自然率真风格的新兴趣",进而认为,"河汾作家群以其特有的创作风格和业绩,不但在隋代文学中独树一帜,占有不容忽视的地位,而且对初唐文学发展产生了重要的影响","甚至延及初唐的第二代诗人"。应该说,这是20世纪隋代文学研究中极为难得的一篇力作,文章不仅角度新,开掘深,而且立论稳,考评结合,相得益彰。贾晋华同年发表的另一篇文章《隋唐五代类书与诗歌》也是一篇视角新颖的佳作,唯文章以唐代为考察重点,隋代只是一笔带过,故留待后文再加评述。王步高是继贾晋华之后又一位对隋代诗歌进行系统、深入研究的学者。其《斫雕为朴及隋代南北诗风的融合》[①]认为"隋代是扭转齐梁诗风、拓宽诗的题材、进一步推进诗歌格律化进程并使六朝诗向唐诗过渡中的一个重要转折点","隋诗斫雕为朴,摧柔为刚,重乎气质,则对矫正齐梁以来的淫靡诗风起了巨大的作用"。其《略论隋代诗体的格律化进程》[②]认为"隋诗在中国诗歌发展史上处于一个新老交替时期,旧形式(如五言古诗、乐府诗)不仅仍然存在,而且依然是诗的主要形式,四言诗主要只存在于宗庙祭祀等场合(如《隋书·音乐志》中的那些诗作),一般文人已很少写作。……隋代的乐府诗,较多用于写边塞诗。这种旧瓶装新酒的办法,赋予了乐府诗以新的生命力。这与南朝乐府多拟古之作而非直接反映现实生活有所不同。它上承汉乐府、建安乐府,并下启唐代的边塞诗派及新乐府运动"。文章还认为,"隋代统一使南朝诗人把追求形式、格律化的作法传统带入隋朝,而原先就受过王褒、庾信等南来诗人影响的由北朝入隋的诗人,也自觉向南方诗人学习,使隋诗的格律化进程继续发展"。文章最后总结说:"从中国诗歌发展史的角度来看,隋代是一个很有成就的时期。在这一时期中,五言近体绝句已基本成熟,五言律诗已近于成熟,七言律诗、七言绝句也已具雏形,甚至类似五言排律的形式已大量出现。"其《略论隋诗对唐宋诗词的影响》[③]又从一个新的角度对隋诗在中国文学史上的作用进行研究,文章认为,隋诗转变了齐梁以来的淫靡诗风,推动了诗歌的进展。隋诗的丽词雅体及其优美的语言风格,对唐宋诗词的兴盛产生了积极影响。初唐诗人深受隋代诗人的影响,他们化用隋诗词句的情况时时可

---

① 载《江海学刊》1994年第1期。
② 载《辽宁大学学报》1994年第4期。
③ 载《吉林大学社会科学学报》1994年第5期。

见。盛唐受隋诗影响最大，如边塞诗、田园诗等。连大诗人李、杜也不例外，尤其是杜甫，受隋诗影响最大。中唐也没有忘记在隋诗中吸取养分。晚唐受隋诗影响较小，但在温庭筠、李商隐等重要作家作品中，也是有迹可寻。宋代诗词受隋诗影响要小得多，但隋诗中一些高度凝练的词句，仍是宋人乐于吸取的。归结上述种种，以"起衰中立"四字来归纳隋诗在文学史上的作用是公允的。这篇文章的出现，标志着20世纪隋代文学研究已经趋于全面和系统化。因为前此的研究多是就隋诗而论隋诗，几无一人涉及隋诗对后世的影响，故本文在隋代文学研究史上显得尤为重要。

三、隋代文的研究

无论是从数量上还是从质量上说，20世纪隋代文的研究都不及隋诗研究，但也取得了一些进展。

林传甲《中国文学史》第十三篇有两节是论述隋代文体的，他在该篇第十七节"隋李谔论文体书之复古"中称赞道："卓哉李谔，盖深知文体之要矣。词人典故，多属借用，移步换形，张冠李戴。所记不过琐琐细事，而懵于大体，李谔欲尽使之钻仰坟素、弃绝华绮，其识亦卓矣哉。"① 其于第十八节"隋王通中说之文体"中也对王通之文学主张大加称颂："隋炀帝时，文体又趋浮艳，经术弃而不讲，王通乃取《论语》及《诗》《书》《春秋》，字摹句仿，亦贤矣哉。"② 曾了若《隋唐骈散文体变迁概观》对隋之散文考察甚细，他认为在南北朝后期，"有志洗革江左浮靡，能为彻底致力的，当以杨坚为第一人，后之继此而起者，亦不能无受其影响，李谔一书，尤足珍异也"。在论及隋炀帝时，则认为，"其可议者固多，其可纪者亦不能谓绝无，前人之论，每流于过甚其词，故遗其功耳！即以其提倡典雅文体一事而言，功亦不少；盖广初属文为庾信体，及见柳䛒以后，文体遂变雅正。……闲尝思之，隋代二主，后先相踵，致意矫正颓风，殊为难能可贵，即非空前绝后，亦当旷世难逢，以故唐初魏徵颜师古……然对其提倡典雅文体，亦不能否认"。此文认为颜之推虽然主要生活在北齐，但其卒于隋朝，故亦视为隋人，而论及其所著《颜氏家训》："有《文章》一篇，主张折中古今，保存音律

---

① 林传甲：《中国文学史》，第167—168页。
② 同上书，第168页。

之美，……唐代所产生之新文体，不骈不散，亦古亦今，与颜氏主张，当有间接关系也。"此文可谓是第一篇全面、系统，也比较中肯地评价隋代散文成就的论文，言之有据，见解独到，至今仍有相当的参考价值。在60年代掀起的对隋代文学评价的争论中，隋代散文也是一个话题，汪之明认为，李谔和隋文帝"企图用政治力量来改革六朝以来的浮艳文风……尽管由于条件尚未成熟，收效不很显著；但它是继北周时代苏绰的复古运动失败后的又一个重要回合，在古文运动的发展中是值得注意的"。与此同时，余冠英则发表了针锋相对的看法，他认为李谔《上隋高帝革文华书》"显然是代表了北朝统治阶级对文体的看法"，"和北周的苏绰确是一脉相承"，但似乎不足以说明隋代散文之成就。[①]

进入八九十年代，一些专门的散文史方面的著作的出现，使隋代散文的研究更细致了。姜书阁《骈文史论》较系统地论述了隋代散文家和他们的骈文，他首先论及颜之推，认为颜之推的《观我生赋》"文辞较为朴素平直，不及《哀江南》之豪健雄肆也"，"句法也比较单调而少变化"。说《颜氏家训》"虽用骈文，却不以文为重，而以意为主，故骈不求丽，辞不务妍，可对则对，不偶便散，无所固执"。该书还指出李谔"请革文华"的上书，"本身也还是竞奇争巧的骈体文章"，并为终隋代三十余年并未稍有变革，"只不过骈文已被徐、庾作到顶点，也就是带到绝路，此后只能效颦学步，每况愈下而已"[②]。而稍后一年出版的马积高的《赋史》，则述及隋之赋，然系一笔带过，未作深论[③]。郭预衡的《中国散文史》在论述隋代散文方面最为深细，他认为，"当时的某些文人学者，虽有复古的倾向，但从总体上看来，隋世文章，是并不统一的"。故该书将隋代散文分为"歌颂新朝之文"和"提倡复古之文"两大类，云隋初"易代之际，一些文人并不凭吊故国，而多歌颂新朝。卢思道、李德林、薛道衡、许善心等，都是有代表性的作者"。又谓"隋朝统一，为时虽短，学风文风变化虽然不大，但有几个作者，如牛弘、李谔、刘炫、王通等，学风文风都有复古的倾向。这是同'斫雕为

[①] 余冠英：《隋代文学是北朝文学的尾声还是唐代文学的先驱?》，载《文学评论》1963年第1期。

[②] 姜书阁：《骈文史论》，北京：人民文学出版社，1986年，第436—439页。

[③] 马积高：《赋史》，上海：上海古籍出版社，1987年，第250—251页。

朴'的政治倾向一致的"。①

值得一提的是，罗宗强等主编的《隋唐五代文学史》上卷，一改以往文学通史、断代史很少论及隋代散文的状况，特设一章专论"隋文风貌"，这无疑推动了隋代散文研究走向深入。该书首先认为，隋代的散文是在"一种骈体既难进一步发展、散体又未重新振起的局面"中产生的，而"它也未能打破这种局面"，"依然维持着南北朝散文发展的局面"。具体说到隋代散文的成就，该书认为，"隋文中值得一提的，几乎都是骈体"。但若将这些"有隋一代散文之杰构"，"置之于文学发展史上，则仍甚为平庸，实无称道之必要"②。应该说，这些论断还是比较客观、中肯的。

四、隋代文论研究

20世纪关于隋代文学思想的专题论文几乎没有，倒是一些文学批评史、文学思想史、文学理论史涉及隋代文学理论和文学思想，现择要介绍如下：

朱东润《中国文学批评史大纲》第十六章介绍了"隋代之文学批评及'文中子'"，其中引述了李谔上书中"评论前代文体"等语，又援引了陆法言《切韵序》以证隋初改革文风之收效甚微。其论王通《文中子》文学理论颇有发明："其论诗，一破齐鲁毛韩之师说，认为白黑相渝，是非相扰，又举季札之言，力攻其失，此种识力正自不凡。""其论文独重约以则、深以典二者；至于急以怨、怪以怒，此则狂狷之文，亦非所弃；若夫傲冶碎诞，淫繁捷虚，此则小人之文，概所勿取矣。要而言之，盖以儒家宗旨，评论文学者也。"又云："唐韩愈之言文，元白之言诗，其义先发于此。"对《文中子》在文学批评史上的价值加以肯定③。

郭绍虞《中国文学批评史》对隋代文学批评也极为重视："隋代时间虽短，但在文学批评史上却是一个转变的关键。"他认为李谔的《上

---

① 郭预衡：《中国散文史》中册，上海：上海古籍出版社，1993年，第24—45页。
② 罗宗强、郝世峰：《隋唐五代文学史》上册，第25—30页。
③ 朱东润：《中国文学批评史大纲》，上海：古典文学出版社，1957年，第71—73页。

隋文帝书》"话虽则很平常，但对唐代的思想却很有影响"。魏徵《群书治要序》、武后时薛登上疏请"断浮虚之饰词，收实用之良策"、肃宗时杨绾条奏贡举之弊、贾至对考文之议论均与李谔之论一脉相承。对于王通，该书则比较强调其复古的主张，"《中说》中首先对于南朝文学施一总攻击，这即是唐代古文运动的先声"，谓《天地篇》中的"贯道"说"即是后来韩愈《送陈秀才彤序》所谓'学所以为道，文所以为理'二语之所本"，并谓"《中说》虽不显于当时，但到了中唐以后却是相当流行的，所以这种思想也有相当的影响"①。

罗根泽《中国文学批评史》第四篇《隋唐文学批评史》在论及隋代文学批评时，则看重李谔、王通对六朝文的攻击，他认为"李谔攻击六朝文的'遗理存异，寻虚逐微'，稍后的王通则又攻击六朝文，进而攻击文人"，其实质都是在提倡"以理义化民"，"但李谔所言，不及王通的更为周密。此盖一由于李谔在先，故所言甚简；王通在后，故所言较详。一由于李谔本不是了不起的人物，其上书似对文帝的希意承旨；王通则是以道统自负的学者，对这方面的言论当然要比较深刻"②。

罗宗强等的《隋唐五代文学史》尽管认为隋代在文学批评和文学理论上无所建树，"提出了反对齐梁文风的主张，而又完全否定文学的艺术特点，以一种偏颇去反对另一种偏颇，带着明显的形而上学的性质。这一时期在文学思想发展史上并无多大意义"，但还是花了相当多的笔墨来阐述隋代的文学思想和文学主张。该书首先将隋代作家分为两大群体，认为杨广周围的一大批文人，如柳䛒、虞世基、虞世南、王胄、诸葛颖等人，"在文学创作的主要倾向仍沿梁、陈之旧"；"另一作家群如杨素、卢思道、薛道衡、元行恭、孙万寿、尹式等人"，"他们的创作都表现得比较质朴刚劲，情思亦较浓烈真挚，重情思是这些作家的主要特色，但他们也有一些作品表现出南朝文风的明显影响"；而"另一些作家，如刘炫及其门人，大抵崇尚质实"。在论及隋代文学理论时，该书认为"隋代值得一提的、也是仅有的两次文学主张，一是隋文帝的下诏改革文体，另一是王通的文学主张"。对于前者，该书探讨了其起因、内容、方法和效果；对于后者，该书评价要高于前者，认为"王通的文

---

① 郭绍虞：《中国文学批评史》，北京：中华书局，1961年，第92—94页。
② 罗根泽：《中国文学批评史》第2册，上海：上海古籍出版社，1984年，第114—116页。

学思想略不同于开皇四年文帝下诏改革文风的地方，是他并不反对诗歌"，"也没有完全否定建安文学"。更为可贵的是，该书还对隋代这两次改革文风的主张为什么没有为文学的发展指出一条正确的途径，没有完成文学理论理应完成的对于文学创作起指导作用的历史使命，提出了自己的看法：(1)"这是一种违背文学发展规律的理论主张"，"是一种简单地复归的主张，即以文学独立成科前的理论，来'引导'文学的发展"；(2)"这是一种没有反映文学发展趋势的理论主张"，"他们把南朝文学的特点完全否定了"；(3)"这种主张在方法论上，和它在认识论上一样，也表现出了形而上学的特点"，"他们想借行政手段，以刑罚的威慑力量去改变文风，这当然不会有好结果"。此书最后指出："有人认为，王通的主张开唐代古文运动之先河，韩愈的主张来自王通，此说不确。"这显然与朱东润、郭绍虞二位先生的说法针锋相对了①。总之，罗宗强此书虽极否定隋代文学思想、文学主张之价值，但论述深透、全面，故而具有较高的学术价值。

稍后问世的成复旺、黄保真等人编著的《中国文学理论史》第二册，则将李谔、王通的文学主张放在隋及唐初"政教中心论的再起"这一发展线索中进行考察，他们认为李谔上书"对批判浮艳文风具有极大的尖锐性，而对文学规律的认识又具有严重的片面性"，认为"王通的文学理论是作为魏晋南北朝以来审美中心的文学理论的对立物、批判者而出现的。其特点主要表现为文学观念的全面复古，即对什么是文学，文学的本质、特征、社会作用等问题重新作出解说，重新强调文须以政教为中心"，该书最后给王通以很高的评价："在中国古代以政教为中心的文学思想的发展史上，王通起了上承秦汉，下开唐宋的历史作用。"②

王运熙、杨明的《隋唐五代文学批评史》，是一部集大成的著作，其论隋代文学批评也颇多新意。首先，该书对"隋代文学批评风气"的特点和社会文化原因进行了探讨，而且还从《隋书》列传中发掘了一些从未被人注意的、反映隋代文学批评风气的材料。其次，在论"王通与《中说》"时，也能结合王通的其他著作，从整体上把握王通的思想体系，为《中说》中反映的文学主张张本。该书在几乎逐条评述了王通

---

① 罗宗强、郝世峰：《隋唐五代文学史》上册，第13—36页。
② 成复旺、黄保真、蔡钟翔：《中国文学理论史》第2册，北京：北京出版社，1987年，第21—31页。

《中说》有关文学主张后认为:"王通的文学思想是相当偏激狭隘的。不过他由于强调文学的政教作用和功利性质,从而重视诗歌之反映社会、传达人民情绪,也有一定的合理因素。"这个评价应该说还是比较公允的。该书最后特地指出:"尽管他的文学思想有重大缺陷,但他的一些观点,确可视为唐代某些诗文理论的先声。"① 这个观点显然又与罗宗强《隋唐五代文学思想史》相左,而与朱东润、郭绍虞等人看法近似。

曹道衡、沈玉成编著的《南北朝文学史》虽然没有专门论隋代的文学批评,但对李谔上书指斥"江左齐梁"文风的研究却颇为新警:"这篇文章是骈体,所以他所反对的不全是骈文这种文体。从'雕虫小技''先制五言'的提法来看,矛头针对的是南朝人潜心专志的诗赋。"文章认为,"李谔的这种看法代表了北齐一些世家大族的观点",因为李谔出自北齐大族,而"北齐境内一些世家,确实比较坚持正统的儒学而不大讲究诗赋"②。这种追本溯源的研究比一般的文学批评史显然要深刻得多。

第二节　作家作品研究

一、杨广及其作品研究

隋炀帝杨广是中国历史上一个颇有争议的人物。历史学家对其政治品格、生活作风等毁誉不一,使得文学研究界对其文学成就和文学史上的地位的看法也互为轩轾。

谢无量的《中国大文学史》是 20 世纪较早对隋炀帝文学成就进行评价的一本书,该书首先援引《隋书·文学传序》,认为炀帝即位之初的诗文作品,尚能"并存雅体,归于典制,虽意在骄淫,而词无浮荡,故当时缀文之士,遂得依而取正焉"③。对炀帝后期创作之评价也是否定中有肯定:"炀帝践祚,骄暴日甚,东西游幸,穷极侈靡,所至流连

---

① 王运熙、杨明:《隋唐五代文学批评史》,上海:上海古籍出版社,1994年,第10—36页。
② 曹道衡、沈玉成编著:《南北朝文学史》,北京:人民文学出版社,1991年,第489页。
③ 《中国大文学史》,第55页。

声伎。其《清夜游曲》，犹陈后主之《后庭花》也。于是当时文士，复好丽词，雅制终废，然新声竞作，为后世戏曲之萌芽；律体大进，又有以导唐人之先路。"①

与谢无量不同，刘大白在其《中国文学史》中全盘否定隋炀帝杨广的诗文创作，而这又是与其否定杨广之人品联系在一起的。刘大白先是将隋代与秦代相比，说"杨广（炀帝）底荒淫，过于胡亥（秦二世）"②，又说"他底为人，是最善于矫饰的"③。用这种有色眼镜看杨广的诗文创作活动，评价自然就不会高了："当他做晋王的时候，阴谋夺嫡，曾有种种矫情饬貌的作伪的行为。所以他底非轻侧之论，安知不是一种借此迎合杨坚心理的诈术？就是即位以后的词无浮荡，也许只是涂饰臣民耳目的。"④ "像《春江花月夜》《喜春游歌》《四时白纻歌》之类，也跟陈叔宝底《玉树后庭花》相差无几，可知也不见得绝对地词无浮荡了。"⑤ "后来东西游幸，流连声伎，新声竞作，艳曲连篇，于是浮华淫靡的余焰重扬，终至于亡国杀身。"⑥

郑振铎的《插图本中国文学史》虽然对杨广的政治大加挞伐，然对其诗文创作才华揄扬不已："（杨）广虽不是一个很高明的政治家，却是一位绝好的诗人"，"他虽是北人，所作却可雄视南士。薛、卢之流，自然更不易与他追踪逐北。像他的《悲秋》（略），又像他的《春江花月夜》（略）都是置之梁祖、简文诸集中而不能辨的。又有'寒鸦飞数点，流水绕孤村'的数语，曾为秦观取入词中，成为'绝妙好辞'"⑦。

曾了若在其《隋唐骈散文体变迁概观》一文中也对刘大白过分贬抑杨广表示不满，他认为"（杨）广之崇尚典雅，原有所本，非一时矫伪之行，近人刘大白著《中国文学史》诋其非出真意，宁不过苛？"并引魏徵《隋书·文学传序》对杨广之评价，说"此语出反对者口中，显见公道自在人心，为良心上不能抹煞者"。

---

① 《中国大文学史》，第57页。
② 刘大白：《中国文学史》，第291页。
③ 同上书，第297页。
④ 同上书，第297页。
⑤ 同上书，第298页。
⑥ 同上书，第299页。
⑦ 《插图本中国文学史》第2册，第274页。

在《中国文学流变史》中，郑宾于虽然也认为杨广之提倡雅体是矫情之举，但他并未全盘否定杨广的诗歌创作成就，而是从诗歌艺术发展的角度对杨广诸多作品给予肯定，他认为"炀帝在文学上最大的贡献是'新声'"①，并专列出一小节"隋炀帝的新声——《泛龙舟》和《春江花月夜》"，讨论其在中国乐府文学史上的贡献②。与郑宾于类似，罗根泽的《乐府文学史》③、萧涤非的《汉魏六朝乐府文学史》④也着重强调了炀帝对乐府文学的贡献。

到20世纪五六十年代，学界对隋炀帝的文学成就基本持否定态度，而这种否定也是和指斥其荒淫、矫情联系在一起的。如周祖譔《隋唐五代文学史》就认为："他的诗与他的荒淫生活是极相合拍的。'喜游春歌''江都宫乐歌''春江花月夜'等诗都可证明这一事实。'隋书''文苑传序'中说他的作品'意在骄淫，词无浮荡。缀文之士，得以取正'。除第一句话合乎事实外，其他三句都是阿谀之词。隋炀帝杨广以帝皇之尊来提倡这种艳诗，上有所好，下必有甚焉者，臣僚中自然有不少人来附和他，使得诗歌领域中的本来就很有力量的梁陈遗风复炽，这就多少阻碍了诗歌更快的向健康的道路发展。"⑤ 刘大杰的《中国文学发展史》也认为"隋炀帝（杨广）的荒淫，与陈后主无异"，认为"《隋书·文学传》说杨广'初习艺文，有非轻侧之论'，又说他虽'意在骄淫，而词无浮荡'，那是并不真实的"⑥。

相对说来，罗宗强等人主编的《隋唐五代文学史》对杨广的评价是比较辩证的，对诗歌作品的研究也比较深细。该书首先看到"杨广的诗比较复杂"，"他的诗与他的人似有某些不吻合处"，并认为"这是一种很值得研究的文学现象"⑦。在对杨广诗歌具体分析时，该书比较客观地指出了其艺术成就："他的乐府写得颇为清新明快，《江都宫乐歌》：'风亭芳树迎早夏，长皋麦陇送余秋'一句，便把江南秀色轻轻引出，

---

① 《中国文学流变史》中册，第179页。
② 同上书，第226—228页。
③ 罗根泽：《乐府文学史》，北京：文化学社，1935年。
④ 萧涤非：《汉魏六朝乐府文学史》，北京：人民文学出版社，1998年。
⑤ 周祖譔：《隋唐五代文学史》，第12—13页。
⑥ 《中国文学发展史》上册，第354页。
⑦ 罗宗强、郝世峰：《隋唐五代文学史》上册，第16页。

把'绿觞素蚁流霞饮,长袖清歌乐戏州'的宫体格调冲淡了。《四时白纻歌》中的《江都夏》也有类似情形,虽写飞楼绮观、花箪罗纬的宫廷生活,但是'梅黄细雨麦秋轻,枫叶萧萧江水平'的江南明瑟水木的清新气息还是冲淡了宫体格调,给人以愉悦之感。《春江花月夜》则连宫体格调也没有,完全是一种清新明丽的美。"该书还进一步指出,杨广的诗与其人不完全吻合可能有两个原因,其一可能是"春水、春花、夜雾、月色,与传说中的动人故事,这些江南风物的美,以一种不可抗拒的力量,进入杨广的乐府中,带来清新、明快和纯美"。另外可能与杨广"这个人的复杂性也不无关系",认为杨广虽然有残暴的一面,但"他即位以后,敕修新律,减文帝之苛政;恢复学校,倡进士之举业;他爱读书,能著述,藏书籍求窗明净几,善诗文而亦温文尔雅,这是他的另一面。或者正由于这另一方面,他接受了江南的人情之美,在他写他的淫靡奢侈生活的时候,常常不知不觉地带出来这种美,使人忘却他是一位暴君"①。这些评价和分析就比较能揭示出杨广这一历史人物特有的复杂性,因而也就比较能使人信服了。

　　曹道衡、沈玉成编著的《南北朝文学史》对杨广的研究也比较深入、细致。他们对《隋书·文学传》中所说杨广"非轻侧""归于典制"的现象,有独特的理解:"第一,炀帝和南朝的几个亡国之君不同,并非生于深宫之中,长于妇人之手。开皇元年(581)十三岁即出镇并州,封晋王,《隋书》本纪称其'沉深严重',辅导他的又是以刚毅著称的王韶、李彻。后来历经戎马,建功立业,即位后又'慨然慕秦皇、汉武之事',可见他的性格中具有进取奋发的一面。同时,文帝崇节俭,禁奢靡,独孤皇后又'性忌妾媵',炀帝在文帝生前不蓄声伎,不听音乐,即位之初还下诏'卑宫菲食',不论是巧于自饰,还是严于自律,总之在他前期的诗文里体现的'人君之度',是可以理解的。只是由于他后期的荒淫无度,滥用民力,再加上笔记、小说的渲染,在后人心目中的形象才变得十分恶劣。第二,炀帝青年时期就爱好文学,柳䛒、诸葛颖、虞世南、王胄等人都是晋王府中学士。……从他的生活经历来看,平陈后久居江南是他沾染华靡的转折点。不过由于隋文帝还在,他大概不会公开写艳诗。及至即位后,久被压抑的精神和物质欲望乃无限扩张,一方面向往'秦汉之规模',一方面又溺于享乐无度而不能自拔。

---

① 罗宗强、郝世峰:《隋唐五代文学史》上册,第17页。

这两种因素在作品中此起彼伏,所以既有《冬至乾阳殿受朝诗》《饮马长城窟》《云中受突厥主朝宴席赋诗》这样的'雅音',也有《四时白纻歌》一类'郑声'。"① 在对杨广诗作进行具体评价时,该书也多新见。如评《饮马长城窟》"写得颇为劲健",《白马篇》"比王胄的同题之作要更加壮丽","不论作为最高统治者如何昏暴,但他诗里所呈现的气度格局却远非南朝的君主所能比拟"②。而且本书还认为,"南朝从谢朓以来下开唐音,主要是从风韵、格律着眼所作的论述;真正在气格上可以作为闳丽壮阔的唐音前奏,还只能是这个昏暴之君的作品"③。这样评价隋炀帝的诗文和在文学发展史上的作用,才是真正的不以人而废言的客观态度。

20世纪,研究隋炀帝杨广的专题论文不多,罗庚岭的《亡国之君多有才艺——评陈后主、隋炀帝的文学成就》④,就陈后主、隋炀帝两位亡国之君的文学成就予以集中讨论,既实事求是地肯定了陈、隋二帝在文学创作、促进诗体进步等方面作出的贡献,又论述了隋炀帝所作的五言八句形式的诗歌在音律、对偶和辞藻方面与唐代五律相通的一面,论述了七律在隋炀帝手里得到发展进步的情形。

二、卢思道及其作品研究

卢思道是由北齐入周、由周入隋的诗人,其人及其作品一直受到学界的关注。尽管20世纪探讨卢氏的专题论文为数不多,但各种文学史、断代史、分体史多少花了一些笔墨对之进行了一定程度的探讨。

20世纪上半叶编著的各种《中国文学史》对卢思道大多一笔带过,如刘大白的《中国文学史》说"卢氏五七言兼长,如《听鸣蝉》、《从军行》等篇,或为时人所推重,或为后代所传诵"⑤,郑振铎的《插图本中国文学史》说"思道所作,情思颇为寥落"⑥,郑宾于的《中国文学流变史》谓卢思道"能用极新鲜的格调写出诗人复杂的情绪,这就是他

---

① 曹道衡、沈玉成:《南北朝文学史》,第509—510页。
② 同上书,第510页。
③ 同上书,第511页。
④ 载《教与学》1988年第1期。
⑤ 刘大白:《中国文学史》,第300页。
⑥ 《插图本中国文学史》第2册,第275页。

唯一的特色了"①。五六十年代编著的文学史、断代史对卢思道及其诗歌作品的论述稍稍具体了，如周祖譔《隋唐五代文学史》说："卢思道创作就总的倾向说来，仍受着梁陈诗风的支配，这在他的拟乐府如《日出东南隅行》、《美女篇》等作品里表现得很清楚。……但就个别诗篇看来，卢思道的作品还有几篇是比较进步的。如《从军行》《听鸣蝉篇》等。在《从军行》里，一方面反映了闺中妇女对于征人的怀念之情，意思虽不很新奇（这种内容在同时代的作家如杨素等的作品中都有），但语言比较清新，情感也比较真实，无太多的雕琢之弊。……《听鸣蝉篇》可以说是卢思道的代表作。在这首诗里，作者通过鸣蝉来发抒他在官场沦滞不得意的积愤，也讽刺了无功受禄的权贵们，不但感情真，而且意思深刻，也有较多的含蓄。就这一时代说来，确是一篇难得的作品。"②游国恩等先生编著的《中国文学史》主要介绍了卢思道的代表作《从军行》，认为"诗中抒写了征人思妇互相思念的痛苦，并对追求功名的将军作了委婉的讽刺。语言清丽流畅，句法多用对偶，具有早期七言歌行的特色"③。

80年代以后出版的各种文学史、断代史、分体史对卢思道的研究更加深入。如姜书阁的《骈文史论》论卢思道的骈文"今存之文，独《劳生论》刺世态之炎凉，慨人生之艰虞，颇多感愤"，并谓"卢思道有此一篇，已足高踞有隋一代骈体文坛之魁首"④。葛晓音《八代诗史》论卢思道诗尤深细，该书认为卢思道的"乐府诗明显受到齐诗普遍好尚绮艳诗风的影响，除少数写游仙、宴饮以外，大多是模仿南朝艳情诗，比魏收学得更地道，也更圆熟。他本是个土生土长的北方人，这些诗写的却是南方的风情，连'湘水'、'桂林'等地名都照搬不改，风格之华艳软媚自不待言"，在论及《从军行》时，该书认为这是"他的乐府诗中唯一的佳作"，"全诗一气运行而转折多姿，词意苍凉而深情绵邈，虽无艳语，却自有柔婉轻情的情调隐含在刚健劲逸的气势中。较之庾信和王褒的《燕歌行》将南方的绮词丽语和北方的荒凉景色交互穿插或相加的办法，卢思道这首诗南北两种风格融合得更为自然，无论是思想境界

---

① 《中国文学流变史》中册，第182页。
② 周祖譔：《隋唐五代文学史》，第11—12页。
③ 游国恩、王起、萧涤非等：《中国文学史》第2册，第20页。
④ 《骈文史论》，第440—441页。

和艺术水平都大大提高了一步"。在评论卢思道的古诗时该书认为"卢思道的古诗大多为赠别、应酬、咏物,内容并无新意。但善写苍山落照,平野远峰、暮烟空庭一类荒寒清疏的景物"。对卢思道的《听鸣蝉篇》,该书也作了相当中肯的艺术分析:"前后两部分内容表面上没有关联,但蝉声的酸嘶与客子的悲鸣何其相似,蝉质的高洁与尘世的鄙俗又恰成对照,这就以内在的联系组成了完整的结构。这种由咏物或咏景起兴,长篇大论抒发感慨的写法,为杂言歌行创造出一种新的结撰方式,后来在李白的《答王十二寒夜独酌有怀》中又得到发展。全诗骈俪中有流逸之气,声调朗畅,导初唐卢骆长篇古诗和歌行之源。"① 罗宗强、郝世峰主编的《隋唐五代文学史》首先对卢思道入隋之后所写诗作进行分析,他们认为卢思道的《游梁城诗》"由邹阳上书而联想及季札挂剑,又触发起对于知己难逢的叹息。原野初寒,亭皋落照,空城归鸟,古树荒凉,种种落寞苍凉之景色,完全表现出他此时的悲凉心境。诗是写得很深挚真切的"。又认为,卢思道的诗,表现最出色的就是"这种真挚朴厚的悲凉情思",而"这种情思的最为出色的表现,从现存作品看,要算他那篇作于北周的《听鸣蝉篇》"②。

曹道衡、沈玉成编著的《南北朝文学史》中对卢思道的研究是诸"文学史"中最深入的,该书对卢氏生平作了比较详细的介绍,进而论述了其诗文成就。他们认为,"他现有的作品中较好的诗大抵作于齐、周之世,而较有价值的文则多为隋初所作"③。在评述卢思道最著名的诗《从军行》时,该书除初步考订了此诗的写作背景,还与庾信、王褒的《燕歌行》进行了比较;在分析其《有所思》诗时,也探讨了作意和题旨,并谓此诗"受南朝诗人的影响较深"。在评述卢思道的文时,该书认为卢思道的《孤鸿赋》"对了解作者的生平有相当大的史料价值,但作为文学作品,却不见突出的长处";认为"他的骈文《北齐兴亡论》、《后周兴亡论》和陆机《辩亡论》类似,目的在总结齐、周二代历史经验,可能想以此表见,作为进身之阶,企求隋文帝任用自己";谓卢思道的《劳生论》"以自己一生中仕途经历为线索,假设主客答问,

---

① 《八代诗史》,第312—314页。
② 罗宗强、郝世峰:《隋唐五代文学史》上册,第12页。
③ 曹道衡、沈玉成:《南北朝文学史》,第492页。

对当时士大夫的趋炎附势、诈伪反复作了深刻的揭露和讽刺"[①]。郭预衡的《中国散文史》对卢思道诸多散文作品论述较为深刻,认为"《劳生论》是思道现存文章的一篇代表作品,以主客问答之体,发为'指切当时'之论","其中对于世态人情揭露得相当深刻。可以说是笔墨淋漓、不留情面的文章"。还认为卢思道的《北齐兴亡论》《后周兴亡论》"恐是一篇文章,后人裂而为二","作者历仕三朝,饱经世故,兴亡事迹,都曾目睹。故列举事实,了如指掌。而且行文于易代之后,对于前朝也无所顾忌。或褒或贬,相当客观。以齐周为鉴,对于大隋,亦不无规劝之意。这样的文章是写得比较真率的"。针对张溥过分指责卢氏的言论,本书最后郑重指出:"总的看来,卢思道歌颂新朝而贬损故国,并没有背离史实而求荣希宠,其人品文品,未可厚非。"[②]

20世纪研究卢思道的专题论文只有一篇,即倪其心的《关于卢思道及其诗歌》[③]。该文对唐初以来人们一直把卢思道划为隋代诗人的做法提出异议,经过考证,该文认为,卢思道并非如张说《齐黄门侍郎卢思道碑》所说,是卒于隋开皇六年(586),而是卒于开皇三年或约开皇二年,"他应是北朝作家,不宜为隋朝代表诗人"。该文对卢思道的诗歌写作时间也进行了考证,认为"今存卢思道诗歌,大多作于北齐,少数作于北周及隋。而其传诵当时的名篇,也都是北齐及北周时的作品,而非入隋后所作"。文章最后得出一个结论:"卢思道应属北朝,其诗歌具有北朝诗歌的特点,他是北朝后期的一位代表诗人。"

三、杨素及其作品研究

杨素是隋代诗坛一位颇引人注目的诗人,其诗歌创作带有鲜明的刚健质直的风格特征,是南北诗歌交融的产物,因而在20世纪也获得学界较多的青睐,除了在各种文学史、诗歌史中对其文学成就加以描述,还出现了几篇很有见地的专题论文。

郑振铎在其《插图本中国文学史》中十分推崇杨素,他认为"在北人里,较有才情者还要算是一位不甚以诗人著称的杨素",认为其《赠

---

① 曹道衡、沈玉成:《南北朝文学史》,第491—495页。
② 郭预衡:《中国散文史》中册,第27—29页。
③ 载《文学遗产》1981年第2期。

薛播州十四首》"非齐、梁所得范围"①。刘大杰的《中国文学发展史》也认为"杨素虽是一位武将，却也有文采"，"他的诗虽也讲求对偶和词藻，但绝无南方那种脂粉轻薄的气味，处处显出一种质朴的风格，在当日总算是难得的"②。游国恩等主编的《中国文学史》、中国科学院文学研究所编著的《中国文学史》、罗宗强等主编的《隋唐五代文学史》以及章培恒等主编的《中国文学史》对杨素也有较高的评价，唯不太深入，故不赘引。

与上述诸文学史不同，葛晓音的《八代诗史》和曹道衡、沈玉成编著的《南北朝文学史》对杨素及其诗歌成就作了较深入的探讨。葛著认为杨素"本有文才，却一生以武功为事，以名将著称。这种经历和气质决定了他的诗歌'骨格高老'、笔力横壮的特点"③。在对其作品进行艺术分析时，也颇具体而独到，如评《出塞》第二首"能从作者身为统帅、长年征战，备尝艰辛的体会出发，将怀古的悲慨和忧国的激情融合在朔方荒凉凄寒的景色中。写景用排偶全面铺陈虽是北朝和隋诗的熟套，但此处集中塞外生活中最令人愁惨的各种情景。使一个个片段结合成完整的境界，悲凉慷慨，尚无堆砌之感"④；再如谓其《赠薛播州十四首》"虽多用排偶，而有汉魏古意，声调已近唐人五古"⑤，亦为的评。在论及杨素为人、为诗异趣时，葛著认为"杨素位高权重，贵盛无比，在政治作威作福，善搞阴谋。但颇有才艺风调，他的诗有一种超尘拔俗的气格，表现了他在政治生活之外的另一种性情面目"，并举《山斋独坐赠薛内史二首》为例⑥。葛著最后认为，"杨素诗典型地反映了隋诗词清调雅的一面，而其骨格苍老、章法新颖的长处，则是他能在当时超出一格的主要原因"⑦。这种观点由于是从具体作品分析得出的，便显得新警而令人信服。曹道衡、沈玉成对杨素诗歌成就的评述也颇具新意。如他们谓《山斋独坐赠薛内史》二首"尤为出色"，"写山中景色

---

① 《插图本中国文学史》第 2 册，第 275—276 页。
② 《中国文学发展史》上册，第 353—354 页。
③ 《八代诗史》，第 320 页。
④ 同上书，第 320 页。
⑤ 同上书，第 321 页。
⑥ 同上书，第 321 页。
⑦ 同上书，第 322 页。

幽静秀丽，极尽刻画之能事，其观察细致，色彩绮丽近于张协和谢朓之作；表现山林寂静气氛，则又近似左思《招隐诗》与郭璞《游仙诗》。这两首诗对景怀人，写出了从朝至暮的山色，远景近景、动态静态，无一不是独坐者眼中所见，就自然绾合到'故人不在席'"。针对沈德潜《古诗源》中"武人亦复奸雄，而诗格清远，转似出世高人，真不可解"的议论，他们认为，"其实这并不奇怪，诗歌和道德本来不是一回事，风格与人格常常可以分离，而人的思想又是复杂的多元体。弘农杨氏在北朝本是大族，杨素从小好学，文化修养比较高，后来又有多方面的生活经历。诗中体现的气格，正是位极人臣之后思想中另一侧面的表现"①。在分析杨素一些壮美风格的作品（如《出塞》之二、《赠薛播州十四首》等）之后，他们提出，"撇开旧的道德尺度，可以发现杨素和曹操的气度不乏有趣的相似，差别在于异代不同时，所以表现的形式也各有自己的特殊性"②。这种比较是饶有趣味的。

20世纪研究杨素及其诗歌的专题论文只有乔正康的《略谈隋代的杨素及其诗歌》③一篇。乔文出自一位中文系学生之手，显得有生气。该文首先针对旧史家对杨素的历史贡献的贬低，认为"南北统一是符合历史发展趋势和广大人民的愿望。而在隋文帝完成统一事业过程中，起很大作用的是杨素"，"隋文帝时期，突厥曾两次大规模入侵，都被击退。这两次斗争的胜利，保卫了国家，保卫了边疆人民生命财产的安全。在这两次反侵略斗争中，起很大作用的也是杨素"。针对当时某些文学史家在其著作中没有给予杨素的作品以公正的评价，该文继而又发抒己见，在隋代"成就较大，能推动隋代诗歌朝着刚健清新的方向发展，并对唐代诗歌起一定影响的作用不是别人，而是杨素"。文章认为，杨素的风格是刚健沉雄、苍凉悲壮。杨素的两首《出塞》"表现了诗人'忧国不忧身'的爱国主义情绪，真实而形象地写出了边塞征戍的生活"，"可以看作是盛唐边塞诗的先驱"，"它给予盛唐这一方面诗歌的影响是很明显的。仔细读一读高适、岑参、王维的有关作品，就能体会出他们那高亢的歌声、雄浑的风格是和杨素的《出塞》一脉相通的"。通过分析杨素赠薛道衡十七首诗，文章又认为，"杨素的这些诗歌对唐代

---

① 曹道衡、沈玉成：《南北朝文学史》，第507页。
② 同上书，第508页。
③ 载《扬州师院学报》1961年11期。

边塞诗和王、孟一派的山水田园诗的影响是显著的。杨素是大力改革齐梁诗风的第一人"。文章最后得出一个大胆的结论:"杨素的确作出了他同时代人所未作出的事业,写出了同时代人所未写出的诗歌。'兼文武之资,包英奇之略。'他不仅是中国历史上少有的军事家而且是杰出的诗人。"尽管这些评价有抬高杨素之嫌,但这种初生牛犊不怕虎的精神和敢于另辟蹊径、探求真知的治学品格仍是值得赞扬的,更何况这是20世纪唯一专论杨素及其诗歌成就的文章,就显得难能可贵了。

四、薛道衡及其作品研究

薛道衡是隋代诗坛又一位重要诗人,自唐代以来一直受到历代诗评家的关注。但在 20 世纪,除了一些文学史、诗歌史对他及其作品进行了一定程度的研究外,尚未见有人专门撰文对他作全面的评价。

20 世纪上半叶出版的几部文学史对薛道衡多一笔带过,很少有较深入的研究。郑振铎的《插图本中国文学史》认为薛道衡的"空梁落燕泥"一语,"并不见如何高妙",至于《昔昔盐》全篇,"更为不称",唯独《人日思归》"颇不愧为短诗的上驷"[①]。郑宾于的《中国文学流变史》则认为薛道衡"既能于诗句中表现出那极其幽深的境界,而用字造语又很巧饰,如此奇才,安能不为炀帝所忌?"[②] 萧涤非的《汉魏六朝乐府文学史》对薛道衡的乐府诗分析较细,如其论《豫章行》,先引马缟《中华古今注》、《晋书》、《西京杂记》及《隋书·本传》,对该诗之典故、史实多有发明。在评其艺术成就时,又认为:"按七言乐府,鲍照以前,多每句押韵,殊欠灵通。自鲍氏《行路难》后,始变为隔句押韵,与五言无异,而气体始畅。然犹时杂硬语,罕用虚字,文句亦不尚排偶也。至道衡此篇,则几于无句不偶,虚字之呼应,尤蝉联而下,如'空忆'、'无复'、'谁用'、'自生'、'从来'、'况复'、'当学'、'莫作'、'不畏'、'只恐'之类,实为七言歌行演进中之又一阶段。"[③] 其论《昔昔盐》时说,"亦可视为填词一类",并援引众家之说,考定此曲调实与《夜夜曲》意近,"所带南朝色彩甚浓,当作于炀帝朝"[④]。

---

① 《插图本中国文学史》第 2 册,第 275 页。
② 《中国文学流变史》中册,第 183 页。
③ 《汉魏六朝乐府文学史》,第 311 页。
④ 同上书,第 316—317 页。

60年代出版的几部文学史对薛道衡的研究稍有深入，评价也较高。如周祖譔《隋唐五代文学史》就认为"薛道衡在隋代是成就最大的一个作家"，"他的诗虽仍以爱情为主题，而文辞也华丽，不脱梁陈遗风，但这些爱情诗中却很少色情成分，感情比较真挚，风格也较自然"，"他的诗在风格上逐渐朝着清新的方面发展，反映生活的内容虽还狭窄，但感情总还健康；他的创作态度比起过去的一些宫廷诗人来是要严肃多了。在薛道衡的诗里，我们可以看到宫体诗风转变的痕迹"①。此书显然已经把薛道衡放到文学史演变的过程中加以考察。相较之下，游国恩等先生编著的《中国文学史》虽然也认为薛道衡"是隋代艺术成就最高的诗人"，但对薛道衡在文学史上的地位认识不足②。

对薛道衡及其作品进行比较深入、细致的研究，是从80年代后期开始的。在文学史中，葛晓音的《八代诗史》是第一部对薛道衡花费较多笔墨进行论述的著作。该书首先对薛道衡诗歌风格形成原因进行了探讨："薛道衡虽生于北朝，但在北齐时就受到好尚轻艳的诗风的影响，加之多次接对南使，后又经年出使陈朝，因此比一般北朝诗人更善于吸收南朝诗歌的艺术技巧。"该书认为，"他的主要成就是能在融合南北诗风的基础上创造自己的风格，寻找新巧的构思方式和新颖的艺术形象。尤其乐府，对于当时沿袭旧题旧意的格套有较大的突破"③。在对薛道衡诗作艺术分析时，该书也新意颇多，如其析《昔昔盐》诗："这虽是一首华丽轻靡的艳诗，却以'暗牖悬蛛网，空梁落燕泥'一联超出齐梁的熟词熟境。……结尾'前年过代北，今岁往辽西'，以民歌式的流畅语调串成时间和地点的工整对仗，表现连年征战无休无止，一反全篇以艳词丽语铺写怨情的主旨，转而以'那能惜马蹄'为行人的'一去无消息'开脱，怨而不怒，一气悠扬。"④该书在分析《豫章行》时，则着眼于情调和构思的新奇之处："梁陈时期，闺怨诗渐与边塞诗融合，以边塞的苦寒和京洛的阳春对照以烘托思妇的怨怅，追求悲凉绮靡的情调，遂成为这类诗的共同特点。隋代统一天下，收复东南，为文人们开辟了新的生活视野。《豫章行》中的女主人公思念的不是出征漠北朔方

---

① 周祖譔：《隋唐五代文学史》，第12页。
② 游国恩、王起、萧涤非等：《中国文学史》第2册，第21页。
③ 《八代诗史》，第323页。
④ 同上书，第323—324页。

的侠少,而是远下江南闽越的征人,正是这种新的时代内容在闺怨诗中的反映","这首诗前六句设想山东与江南之间千重山峦,万里惊湍,只有枫叶和文鱼不受关河之阻,轻盈地自由来往,乃是夸大了枫叶所能飘过的距离,以及文鱼所能游过的范围,以寄托无法传递的两地相思。选择形象新巧美丽,想象也很天真奇特。以下随着思妇视线的移动,逐一写出征人留下的种种痕迹:以室外的春意反衬室内的冷落,掇取可以证明两人昔日恩情的细节,强调思妇对荡子欲罢不能的思念,以及终生相随的誓愿,却是为了在结尾将思妇的一腔痴情化为满腹忧疑,突出'不畏将军成久别,只恐封侯心更移'这一新颖的立意,……这就透过一层,从封建社会妇女所处的可悲地位表现了思妇深长的离怨。结句深刻有力,产生了四两压千斤的艺术效果"①。该书最后对薛道衡在隋代诗坛的地位和文学史上的作用也作了较客观的评价:"薛道衡诗与大多数隋诗一样,乐府铺陈条畅,取自传统题材;古诗风格清雅工丽,多为应景应诏之作。但他善于用新奇的形象和奇妙的构思使同样的内容和主题表现得更透彻新颖,更有概括力,这就在蒙气笼罩的诗坛上找到了一个突破口。"②

罗宗强等主编的《隋唐五代文学史》对薛道衡及其作品有他们自己的看法,他们认为,"薛道衡的诗,在当时声誉甚高,而在情思之真挚沉深上远不如杨素等人","他的最有名的诗,大概要数那首乐府《昔昔盐》,而此诗之所以有名,则大概因为其中的佳句'暗牖悬蛛网,空梁落燕泥'。其实,此诗在情思和意象的表现上与类似题材的乐府并无多大区别,佳句之外,未见有新的创造。他的较好的诗,是《敬酬杨仆射山斋独坐》和《夏晚》。前者中有些写法,影响了盛唐诗人孟浩然。……后者则颇见锤炼之工"③。

曹道衡、沈玉成编著的《南北朝文学史》对薛道衡的论述也比较深入。该书首先对薛道衡的生平、仕历作了较详细的考证,然后将薛道衡与其他诗人进行对比,以突出其诗歌特色,如"他的《出塞》二首和杨素,作于开皇后期,当时他已从杨弘到过北方边塞,因此写战场景色比卢思道《从军行》更多亲身感受,……'绝漠'以下四句,已颇近盛唐

---

① 《八代诗史》,第 325 页。
② 同上书,第 327 页。
③ 罗宗强、郝世峰:《隋唐五代文学史》上册,第 14 页。

边塞诗人之作,形象具体,这和取资于汉乐府和《汉书》而写诗的情况不同"①。再如,他们在分析《昔昔盐》时说,"风格就颇近梁陈","所写的思妇形象则更近于萧绎的《荡妇秋思赋》和庾信的《荡子赋》"②。他们还比较推重薛道衡的《敬酬杨仆射山斋独坐》,认为此诗"诗风比较素淡轻隽,不似梁陈而近于永明体","从全诗看来,虽然有谢朓的影响,但像'岳高'二句和"露寒"二句,已与南朝人所写景色不同,正如《重酬杨仆射山亭诗》中'吹旌朔气冷,照剑日光寒'等句,都是以南朝的辞藻写出了北朝的风光,形成新鲜的风格。这些诗已与唐代王维、孟浩然、高适、岑参的某些作品颇为接近"③。

五、其他作家作品研究

隋代还有一些作家及作品虽然在后世并无很大的影响,但在当时诗坛上也曾占有一席之地,产生了不小的影响。20世纪学界对他们的关注虽然不够,但随着研究的深入,也多少有所涉及。

孙万寿是北方诗人中比较突出的,其声名虽然不及卢思道、杨素、薛道衡,但诗歌创作也颇具特色。郑振铎的《插图本中国文学史》就认为"他所作亦多北人劲秀之气,直吐愤郁,不屑作儿女之态,像《东归在路率尔成咏》"④。郑宾于的《中国文学流变史》也说"其赠京邑知友五言诗,盛为时人所吟诵,……外如《早发扬州还望乡邑》《庭前枯树》《东归在路率尔成咏》……等,都是好诗"⑤。罗宗强等主编的《隋唐五代文学史》对孙万寿的《远戍江南寄京邑亲友》诗作了详细的分析,评价也颇高:"全诗虽大量用典而内义脉注,感情朴质浓烈,以叙述之方式抒情。此种写法,对后来的杜甫实有影响。"认为"他后来北归路上写的《东归在路率尔成咏》也很好","没有事典,朴质真实,感情格调与上一首同"⑥。曹道衡、沈玉成编著的《南北朝文学史》对孙万寿评价亦甚高,说《远戍江南寄京邑亲友》诗"基本上是对偶句,已近于后

---

① 曹道衡、沈玉成:《南北朝文学史》,第497—498页。
② 同上书,第498页。
③ 同上书,第499—500页。
④ 《插图本中国文学史》第2册,第276—277页。
⑤ 《中国文学流变史》中册,第88—89页。
⑥ 罗宗强、郝世峰:《隋唐五代文学史》上册,第15页。

来的排律。从体制来说,梁代的陆倕和刘孝绰相赠答的诗,就是这种几乎全用对仗的长诗。但刘、陆之作绮丽而比较平板,不像北诗自然流畅","像这样的长篇巨制,难免使用典故,雕琢辞藻,但作者的气势足以驾驭全篇,读来有一气呵成之感。但同一个孙万寿,也能写一些漂亮的诗句,如他的《东归在路率尔成咏》,……又如《行经旧国》中的'日斜山气冷,风近树声秋',《别赠诗》的'酒随彭泽至,琴即武城弹'也都是很见工力的对偶"①。章培恒等主编的《中国文学史》将孙万寿划归"宫廷圈子之外"的诗人,他们认为《远戍江南寄京邑亲友》诗"随意抒写,不事浮华,而情意真切",又"《东归在路率尔成咏》一篇,则以寒士的失志不平为题旨",并认为"这类诗,与宫廷文人的繁缛作风迥异,而以质实真切取胜。虽成就有限,在当时也未能形成气候,却昭示了诗坛变革的主力必来自宫廷之外的重要事实"②。这些议论都是很有见地的。

由梁陈入隋的诗人在隋代诗坛占有很重要的地位,但由于他们的诗歌创作较之梁陈并无特别显著的发展,所以一直未受学界重视。然而20世纪人们在论述隋代诗坛时,仍给予了他们一定程度的关注。如谢无量《中国大文学史》中论隋代"律体之进步"时,将虞世基、王胄等南方诗人与薛道衡、孙万寿相提并论③。郑振铎《插图本中国文学史》也论及北上诗人王胄、虞世基、虞世南,及南人留北者许善心,并说"这几个人的诗,风格都不甚相殊,可以王胄的《枣下何纂纂》为代表"④。郑宾于《中国文学流变史》对入隋南人论述稍多一些,如他说庾自直"也是一个创作的诗人;无如现在所存的一篇《应诏诗》太没有生动活泼的气息了"⑤,认为"(王)胄诗颇有佳篇,亦能于同时作家之外另备风格,如《奉和悲秋应令》诗云……的是雅淡洒落,余人不易做到者。即如《枣下何纂纂》二首,亦是好诗,……又如《为寒床赠夫》……等类的诗,皆是自成一种境界,非步人后尘者可比"⑥。他说

---

① 曹道衡、沈玉成:《南北朝文学史》,第501页。
② 章培恒、骆玉明:《中国文学史》中册,第20—21页。
③ 《中国大文学史》,第59—60页。
④ 《插图本中国文学史》第2册,第278页。
⑤ 《中国文学流变史》中册,第180—181页。
⑥ 同上书,第185—186页。

从当时诗坛评价看，虞世基"似乎真是一个极工致的诗人"，"然而他今日所遗留的诗"，"还去乃弟虞世南很远了"①。罗宗强著《隋唐五代文学思想史》将入隋的南人视为一个诗人群体加以研究，他认为"柳䛒诗文，唯用力于繁辞丽句，供消遣玩乐而已"②，"史书所载他在杨广身边的情形，实在是被当作俳优蓄之的"③。虞世基"现存的十首诗中，渡江北来时的那几首如《初渡江》等篇，稍有一点真情实感，而北来之后，备受礼遇，又复如其旧，雕琢文辞了"④。虞世南的诗作"亦大率如此，讲求词采，而少有情思。他写得最好的一首《奉和月夜观星应令》……在修辞上是下了许多工夫的，……终觉做作，有词采而无情思"。诸葛颖的诗"亦如此，然词采更其华美，如《春江花月夜》，……写江中月色花影，词采是很美的，然其中并无动人情思在"。王胄的作品，"与华美词采之外，更时有庸俗情趣"，"但王胄有一点与杨广周围的其他文人不同的，就是他也有一些情思凄凉，而且词语亦较清新的诗作，如《言反江阳寓目灞浒赠易州陆司马》《酬陆常侍》诸篇，大抵皆叹人生之无常，从情思与词采看，颇受北朝诗风影响"。最后该书总结说："这一作家群，在文学创作的主要倾向上仍沿梁、陈之旧。"⑤罗宗强在后来与郝世峰共同主编的《隋唐五代文学史》中对上述由南入隋的诗人亦作如是观，唯更具体些，但他们又认为，"从南朝来的作者中，有两位作者的诗与杨广周围作者诗风不同，一是褚亮，一是陈子良。褚亮有《在陇头哭潘博士》一诗，作于大业九年，写得甚为质朴真挚"，"陈子良有《于塞北春日思归》诗，作于仁寿二年春"，"诗写得深沉而又流畅，也是没有任何雕饰的"。最后认为，"褚亮和陈子良这部分诗作，反映了一部分士人处于下位时的心态。他们作诗更主要的是为了发泄悲怆情思，而无心于雕琢词藻"⑥。曹道衡、沈玉成编著的《南北朝文学史》专列一节论"隋代的南方文人"，故分析更细致、探讨更深入，如其论许善心，

---

① 《中国文学流变史》中册，第187—188页。
② 罗宗强：《隋唐五代文学思想史》上册，上海：上海古籍出版社，1986年，第19页。
③ 同上书，第20页。
④ 同上书，第20页。
⑤ 同上书，第21页。
⑥ 罗宗强、郝世峰：《隋唐五代文学史》上册，第20页。

"诗风不像别的南方诗人着意雕彩。如《太常寺听陈国蔡子元所校正声乐诗》,……用典甚多,类似徐、庾体诗风,只是由于内容的要求,所以很少使用华丽的辞藻"①。论虞世基,"《出塞》两首为和杨素之作,内容偏重歌颂杨素的勋业,用语重而典,像'上将''懔懔''耿介'诸联,以及另一首中的'庙堂千里策,将军百战威。辕门临玉帐,大旆指金微',已经出现了后来杜甫诗中的某些气象。但这种题材究竟非其所长,他的几首写去国怀乡的小诗或许正是他的本色(指《初渡江》《入关》《晚飞乌》)"②。其论王胄颇深细:"他为人恃才傲物,在仕途上很不得志,因此诗中颇多愁苦及牢骚,如《赋得雁送别周员外戍岭表诗》……借雁比喻周员外,兼以自比,感伤身世,情真意切。这种以'赋得'为题的咏物诗,梁陈以来数量很多,但像他这样深刻的表现作者内心感情的却很少见。他还有两首篇幅较长的诗《白马篇》和《言反江阳寓目灞涘赠易州陆司马》,都写到了长安的游侠。……诗中的游侠少年,意气风发,在吴均以后,这样的少年形象在诗中还很少出现。"③

另外,郑宾于的《中国文学流变史》曾论及"隋宫的女诗人",他说,"侯夫人吴绛仙及大义公主丁六娘等,并工为诗,而侯夫人尤惋艳,例如《妆成》《自感三首》之一和《看梅》曲、《自伤》《自遣》等,并皆佳妙","而丁六娘的《十索》,亦复缠绵悱恻,凄婉动人",同时,对无名氏的《送别诗》("杨柳青青着地垂")也赞叹不已④。萧涤非的《汉魏六朝乐府文学史》也提及隋末民间歌谣《挽舟者歌》、丁六娘的《十索》⑤。葛晓音的《八代诗史》对《挽舟者歌》在乐府文学史上的地位也作了阐述,谓"这首民歌采用主人公自述的口气,在抒情中叙述人物命运,并稍作景物点缀以渲染悲愁气氛,与南北朝乐府民歌和汉乐府的表现方式均有不同,其表现艺术为唐张谓的《代北州老翁答》以及杜甫、张籍、王建的某些新题乐府提供了更直接的借鉴"⑥。曹道衡、沈玉成编著的《南北朝文学史》则专列一小节论"民歌和农民起

---

① 曹道衡、沈玉成:《南北朝文学史》,第503页。
② 同上书,第504页。
③ 同上书,第505页。
④ 《中国文学流变史》中册,第191页。
⑤ 《汉魏六朝乐府文学史》,第319—320页。
⑥ 《八代诗史》,第328—329页。

义的诗文",他们说《挽舟者歌》"出于唐人小说《海山记》所载,本事不一定可靠,但这首诗确系下层劳动者在虐政下诉说痛苦之词,语言很质朴,纯用白描手法,个别词句也许经过文人加工。像这样激愤的民歌,历来很少被收集记载,因此是诗歌史上很值得重视的作品"[1]。另外,他们还论及《大业长白山谣》和隋末农民起义领袖李密的一首诗,赞后者"气格则慷慨刚劲,不事雕采"[2]。这都扩大了隋代文学研究的领域。

最后,值得一提的是,郑振铎先生于20世纪20年代撰写的《中国文学者生卒考》,其中对隋代文人陆瑜、李德林、诸葛颖、明克让、魏澹、陆爽、薛道衡、卢思道、刘焯、刘炫、柳䛒、牛弘、杨素、陈叔宝等14人的生卒年都尽可能作了考订,且附传略[3],对后来隋代文学研究的深入起了很大的推动作用,其中许多结论至今仍为学界普遍采用。刘德重的《中国文学编年录》[4]对隋代文学史实初步进行了编年,对了解隋代文学发展脉络有一定的帮助。吴文治编著的《中国文学史大事年表》充分吸收了学界的有关考证成果,对隋代文学史实进行了较详细的编年,且与当时重大时事对比排列,对分析隋代文学产生的社会政治文化因素,探讨诗歌作品与现实的关系、隋代文学演变的轨迹甚至作家行年和交游,都有极大的帮助[5]。

综上所述,20世纪的隋代文学研究无论在研究深度上还是在研究广度上都取得了不小的进步,但大部分成果尤其是优秀成果是在二三十年代和八九十年代产生的,从40年代到80年代初这四十多年的时间内,隋代文学研究几乎没有多少突破和深入,其中原因是值得我们深思的。

---

[1] 曹道衡、沈玉成:《南北朝文学史》,第512—513页。
[2] 同上书,第513页。
[3] 载《小说月报》第15卷第5号,1924年。
[4] 刘德重:《中国文学编年录》,上海:知识出版社,1989年。
[5] 吴文治:《中国文学史大事年表》上册,合肥:黄山书社,1987年,第613—639页。

第二章　唐代文学综合研究

在 20 世纪有关唐五代文学研究的成果中，有相当一部分是对唐代文学进行整体研究的，而且由于唐代文学的创作成就又主要体现在唐诗方面，所以这些研究成果也大多以唐诗为主要研究对象。基于这种研究现状，我们下面将把 20 世纪学界对唐代文学和唐代诗歌所作的整体性、通论性研究成果放在一起进行介绍。

第一节　唐五代文学综合研究

一、唐代文学概论和唐代文学史的编撰

唐代文学概论

20 世纪的唐代文学概论性的著作主要出现在 30 年代，专著主要有朱炳煦的《唐代文学概论》[①] 和胡朴安、胡怀琛的《唐代文学》[②]。其中朱炳煦著简述了唐代文学发达的原因、特点流派、对后世的影响以及它在历史上的地位、价值，并重点讲述了唐文的演进、分类及唐诗的演进。胡怀琛等著也简述了唐代诗歌、小说、戏曲、抒情散文和杂文作品的创作情况，介绍了一些唐代文人轶事以及唐代文学与外国文学的关系，书后附有研究唐代文学的书目。

同样，相关的专题文章也大多是对唐代文学的简单介绍，缺少研究

---

① 朱炳煦：《唐代文学概论》，上海：光华书局，1933 年。
② 胡朴安、胡怀琛：《唐代文学》，上海：商务印书馆，1933 年。

深度，如曦微的《唐代文学之鸟瞰》①、张显丰的《唐代文学的研究》②、张秀亚的《唐代文学一瞥》③、黄江华的《唐代文学概说》④等。但它们客观上起到了向当时普通读者介绍和普及唐代文学艺术的作用，所以也具有一定的历史意义。

稍具深度的倒是从某一题材角度对唐代文学进行剖析的研究成果，如胡云翼的《唐代的战争文学》⑤、孙俍工的《唐代的劳动文艺》⑥、石笋的《唐代妇女文学之发展》⑦等。这些成果的出现大多与当时的社会现实、新思潮的兴起具有密切的关系，如胡云翼著出版于20年代国内军阀混战时期，具有较强的反战色彩。孙俍工著在一定程度上体现了新民主主义革命时期劳工至上的思想。石笋文中可以看出五四运动以后全社会对妇女命运的关注，反映了妇女解放的呼声。

唐代文学史的编撰

20世纪出版的严格意义上的"唐代文学史"并不多，20世纪上半叶主要有陈子展的《唐代文学史》⑧。该书共分"唐代文学概说""初唐诗人""盛唐诗人""中唐诗人""晚唐诗人""古文运动""唐人小说""晚唐五代词人"八章进行评述。议论简明扼要，初具"史"的规模。

50年代出版的周祖譔的《隋唐五代文学史》，无论是在"文学史"的线索的梳理、规律的总结，还是在一些文学史主要环节、重大现象的研究方面，都较上述陈子展著前进了一大步。该书首先能把隋唐五代每一历史阶段的文学的基本特征和当时的时代背景比较紧密地结合起来进行论述，这在此前的文学史研究中是不多见的。其次，能够具体地提出作家的历史作用，评述其功过，而且其评价的标准也未完全受当时"左"的思潮的影响，比较注重文学艺术本身的标准，这也是难能可贵的。最后，在对一些文学史重要环节的研究中时有创见。如该书以杨炯

---

① 载《文艺战线》第3卷第25期，1934年。
② 载《北强月刊》第1卷第6期，1934年。
③ 载《女师学院季刊》第3卷第1、2期，1935年。
④ 载《民钟季刊》第3卷第1期，1937年。
⑤ 胡云翼：《唐代的战争文学》，上海：商务印书馆，1927年。
⑥ 孙俍工：《唐代的劳动文艺》，上海：亚东图书馆，1932年。
⑦ 载《新东方》第1卷第7期，1940年。
⑧ 陈子展：《唐代文学史》，重庆：作家书屋，1944年。

的《王勃集序》为依据,最先指出龙朔年间曾有一场反上官体的斗争;在论及卢照邻的歌行体时,指出这种体裁的出现是诗的赋化的结果。总之,这部书至今仍有一定的参考价值。

在经过了二十五年的冷落之后,90年代中前期又出现了两部新的"唐代文学史",即罗宗强、郝世峰合编的《隋唐五代文学史》和乔象钟、陈铁民主编的《唐代文学史》①。

罗宗强、郝世峰著比较注重对各个时期文学风尚的描述和诗人群体的研究,在对文学家创作成就评价时,已经抛弃了五六十年代出版的文学史中经常使用的现实主义和人民性的标准,较为看重艺术审美标准。另外,该书对一些重要的文学史问题的认识,也较此前的文学史著作更为深入,如他们对初唐宫廷诗歌的历史作用的评价,对盛唐诗歌艺术风貌的认识,都较有新意和深度。

相对说来,乔象钟、陈铁民著则较为厚重、细密。他们在充分吸收了80年代以后学界新的研究成果的基础上,对唐代文学史进行了更为细致、深入的分析和描述。这首先表现在该书章节的安排上,他们首次把"唐初宫廷诗人""吴中四士"等诗人分别列为专章进行论述,把"大历至兴元时期文学""咸通至天祐时期其他作家"分别用两章的篇幅进行探讨,充分显示了他们对前人所谓的"文学史低谷""中小作家"的重视,体现了文学史研究已经从以前的思想艺术价值评判开始朝着"文学史"意义的评判标准转化了。其次,他们也很重视文学体式的形成和演变在文学史上的地位,如他们将"律诗体制的完成"单列为一章。这些都在一定程度上反映了80年代以后唐代文学史研究观念的更新和转变。

总的看来,这两部隋唐五代文学史在体例和写法上,基本上还是沿袭了以前的模式,即先分大的时段,然后再以评述作家作品为主,并没有充分显示文学艺术流变的历史轨迹,深入总结隋唐五代文学艺术发展的宏观规律。

值得注意的是,世纪末出现了一部写法新颖、面貌不同的隋唐五代文学史著作。这就是由傅璇琮主编,傅璇琮、陶敏、李一飞、贾晋华、吴在庆等合著的《唐五代文学编年史》②。该书在充分吸取了陆侃如

---

① 乔象钟、陈铁民主编:《唐代文学史》,北京:人民文学出版社,1995年。
② 傅璇琮主编:《唐五代文学编年史》,沈阳:辽海出版社,1998年。

《中古文学系年》、刘德重《中国文学编年录》、熊笃《天宝文学编年》、吴文治《中国文学史大事年表》等文学史编年著作优点的基础上，分段对唐代进行文学的编年，把唐朝的文化政策，作家的活动（如生卒、历官、漫游等），重要作品的产生，作家间的交往，文学上重要问题的争论以及与文学邻近的艺术样式如音乐、舞蹈、绘画以及印刷等门类的发展，扩而大之如宗教活动、社会风尚等，择取有代表性的资料，一年一年编排，使读者看到文学上的"立体交叉"的生动情景。由于编著者本人在编写这部书的同时，已经对相关的文学时段的史实、作家的生平进行了大量的考证，所以这部书并不仅仅是对学界已有的文学史考证成果的汇总，其中更体现了编著者的最新学术成果。尽管编著者们认为，这部书还只是一种编年性的资料"长编"，但是这部书的出版已经使有心的读者能够利用本书较为丰富的资源，描绘出富有才情的唐代文学流程图景，已经开始引出一些原先意想不到的新的研究课题。

二、唐代文学与政治制度之关系

众所周知，隋唐五代文学的发展，除了有自身的规律，还和当时的一些社会制度甚至政治制度具有相当密切的关系，加上20世纪下半叶我国文学研究界的指导思想——马列主义的文学理论也很强调文学艺术与社会上层建筑和其他意识形态的关系，所以研究唐代文学与政治制度之间关系的成果就非常多，取得的突破也较大。

唐代文学与科举制度之关系

宋人严羽在《沧浪诗话》中提出："唐以诗取士，故多专门之学，我朝之诗所以不及也。"这种说法，历代都有人赞同或反对。在20世纪80年代以前，人们大多囿于此论，援引《全唐诗序》所说"唐开国之初，即用声律取士，聚天下才智英杰之彦，悉从事于六义之学，以为进身之阶"，或者引《唐会要》卷七十六《贡举中·进士》所记"进士举人，自国初以来，试诗赋、帖经、时务策五道。中间或暂更改，旋即仍旧"，得出唐代开国以来就以诗赋取士，所以促进了唐代文学的繁荣这样的结论[①]。

[①] 持这种观点的著作主要有中国科学院文学研究所中国文学史编写组编著的《中国文学史》、游国恩等主编的《中国文学史》、刘大杰编著的《中国文学发展史》、中国社科院文学研究所编著的《唐诗选·前言》。

但从 70 年代末开始，有些学者对这种流行的观点提出了不同的意见，如皇甫煃在《唐代以诗赋取士与唐诗繁荣的关系》一文中，就通过对历史资料的征引和辨析，论证了唐代以诗赋取士不始于唐初而始于神龙至开元年间，从而认为："笼统地说唐代以诗赋取士因而促成了唐诗的繁荣，那是不符合历史事实的。因为初唐这一百年间，不用说还没有以诗赋取士，连律诗的最后定型也要到沈佺期、宋之问那时候，更不用说像后来那样用五言排律来考试进士了。然而初唐时期还没有以诗、赋取士而诗歌却已相当繁荣，这说明唐诗繁荣还有其他更重要的原因。"①

针对皇甫煃文的这种观点，王水照又在《再谈唐诗繁荣的原因》②中进行商榷，他首先指出，《唐诗选·前言》中所说的"进士科的发展与庶族的勃兴相联系，主要指唐中叶以前的情况，尤其对盛唐、中唐诗歌高潮的影响至为突出"，然后针对皇甫文关于唐代以诗取士"始于开元年间而定型于天宝之季"的论断，认为高宗调露二年（680）即有"进士加试杂文两首"的记载，而"杂文"是包括诗在内的，因此将以诗取士的科举制度视为初唐诗歌的初步繁荣和盛唐诗歌的高度繁荣的一个原因是不错的。

80 年代以后，人们在研究唐代文学与科举之关系时大多从更广的角度考虑问题，作更深细的资料考证工作。所以产生了一些资料翔实、考证谨密的考论结合的论著，如程千帆《唐代进士行卷与文学》③、傅璇琮《唐代科举与文学》④、陈飞《唐诗与科举》⑤ 等。

程千帆著经过对大量材料的梳理、考订、判别之后，认为"对于唐代文学起着积极的促进作用的，并非进士科举制度本身，而是在这种制度下所形成的行卷这一特殊风尚"。他说，行卷是举子们用来直接显示自己在创作上的才能和成绩的作品，因此都是精心结构之作。行卷的作品"可以较自由地选择题材和主题，可以较自由地发挥自己的社会、政治思想和文艺思想，可以有较富裕的时间来从事艺术构思，可以用较多的篇章、较大的篇幅以及各种各样的文体来充分显示自己的思想、感

---

① 载《南京师院学报》1979 年第 1 期。
② 载《文学评论丛刊》第 7 辑，北京：中国社会科学出版社，1980 年。
③ 程千帆：《唐代进士行卷与文学》，上海：上海古籍出版社，1980 年。
④ 傅璇琮：《唐代科举与文学》，西安：陕西人民出版社，1986 年。
⑤ 陈飞：《唐诗与科举》，桂林：漓江出版社，1996 年。

情、才能和风格","就行卷之作这方面说,它也带来过一部分坏影响,但主流是好的,是起着促进作用的"。作者在这部著作中用三章的篇幅,分别仔细地考察、论证了行卷对唐代诗歌发展的影响,对唐代古文运动所起的作用,行卷风尚的盛行与唐代传奇小说的勃兴的关系。最后指出,科举制度是唐代以来采取的一种官员选拔制度,是强化其政权的重大措施,不可避免地要在社会生活各个方面产生各种各样的影响。进士科举,则又是唐代科举制度中最重要的组成部分,它主要是以文辞优劣来决定举子的去取,这样,就不能不直接对文学发生作用。这种作用,应当一分为二,如果就它以甲赋、律诗为正式的考试内容来考察,那基本上只能算是促退的;而如果就进士科举以文辞为主要考试内容因而派生的行卷这种特殊风尚来考察,就无可否认,无论从整个唐代文学发展的契机来说,或者是从诗歌、古文、传奇任何一种文学样式的发展来说,都起过一定程度的促进作用。总之,此书无论是在科举对唐代文学的影响这个问题的论述上,还是在研究方法和研究角度上,都给唐代文学研究领域以新的启示。

在程千帆之后对唐代文学与科举关系进行深入研究的学者是傅璇琮,他的成果主要体现在论文《关于唐代科举与文学的研究》[①] 和专著《唐代科举与文学》中。在这些成果中,作者通过对历史材料的梳理与辨析,肯定了以诗赋作为进士考试的固定格局是在唐代立国一百余年以后,而此时唐诗已经经过了婉丽清新、婀娜多姿的初唐阶段,开始放出璀璨夺目的光彩,步入盛唐的康庄大道。这样,作者就充分论证了进士科以诗赋取士成为固定格局,正是诗歌的发展繁荣对社会生活产生广泛影响的结果;不是以诗赋取士促成了唐诗繁荣,而是唐诗的繁荣促成了以诗赋取士。而且,作者还以大量的材料,论证了唐代进士科的考试诗赋对文学的发展产生的消极作用。但是,作者又指出,如果从更广阔的社会生活角度看,科举制度作为一种在当时政治上起进步作用的制度,对文学又有不可忽视的积极影响。这表现在:首先,科举制度推动了文化的普及,唐代文化普及从广度和深度上都远远超过了前代,而唐代灿烂的文学艺术就是以文化的普及为基础的;其次,科试诗讲究声律对偶,也刺激了文人对声律音韵的研究,从诗歌创作的形式来说,也不是没有值得肯定的一面;最后,科举制度还形成了漫游的风尚,扩大了文

---

① 载《文学遗产》1984年第3期。

人的活动范围，开阔了他们的视野，有利于他们认识现实生活。这些论述是比较辩证和中肯的。傅璇琮在文章中还指出，研究唐代文学与科举的关系应该把视野放宽一些，可以把科举制对社会风气与文人生活的影响作为研究课题，进行较全面、历史的考察。这个研究方向也具有一定的指导意义。

作为傅璇琮上述研究设想的实践，陈飞在十年以后出版了《唐诗与科举》一书。该书就是从唐代社会政治的大背景入手，分析了唐代科举制度的成败得失，以及它和唐诗"品格"之间千丝万缕的联系，进而对唐代科举士子的心态、生活、信仰、社会地位以及他们的价值取向、进取姿态等的情状作了较为深入、独到的剖析，同时还以大量生动有趣的史料实例，对唐代科举制度对唐诗所起的作用作了入情入理的探讨和阐释。与上述程千帆著、傅璇琮著不同的是，该书除了具有学术性，还注重趣味性和可读性，是一本雅俗共赏的读物。

此外，80 年代以后，还出现了一些专论唐代科举制度与文学之关系的文章，其中较具学术深度者主要有马积高《唐代的科举考试与诗的繁荣》[①]、蔡川右《唐代诗人与进士科》[②]、任爽《科举制度与盛唐知识阶层的命运》[③]、尹占华《唐代文人社会地位的变迁与文学的发展》[④]、陈飞《唐代科举制度与文学精神品质》[⑤]、尚定《论武则天时代的"诗赋取士"》[⑥] 等。

值得注意的是，90 年代以后，还有一些学者另辟蹊径，从科举制度的外围生活形态——干谒风气的角度，探讨唐代科举制度对唐代文学的影响，如薛天纬《干谒与唐代诗人心态》[⑦]、葛晓音《论初盛唐文人的干谒方式》[⑧] 等。

薛天纬文指出，荐举是唐代相对于科举入仕的另一条求仕之道，唐

---

① 载《唐代文学论丛》总第 3 辑，西安：陕西人民出版社，1983 年。
② 载《云南民族学院学报》1984 年第 2 期。
③ 载《历史研究》1989 年第 4 期。
④ 载《青海社会科学》1990 年第 2 期。
⑤ 载《文学遗产》1991 年第 2 期。
⑥ 载《中国社会科学》1991 年第 6 期。
⑦ 载《西北大学学报》1994 年第 1 期。
⑧ 葛晓音：《论初盛唐文人的干谒方式》，载《唐研究》第 1 卷，北京：北京大学出版社，1995 年，第 119—138 页。

代文人要想通过荐举之路走上仕途，必然要行干谒之事。该文通过列举大量的实例，引证一些历史资料，对有用世热情的唐代文人在行干谒之事的种种心态作出了分析，归纳为"自矜与躁进""委屈与自饰""感激与感愤"几种，可说是抓住了唐代文学研究中的一个重要问题。

葛晓音文从初盛唐取士举人的观念变化、礼贤风气在盛唐的形成，以及初盛唐文人的干谒方式和精神状态等方面，就唐代科举制度对盛唐诗歌风貌的影响作了新的探索。作者首先通过对初盛唐一百多年间朝廷用人标准变化的详细考察，认为在科举和荐举中逐渐形成的以荐贤为"至公之道"的观念，最终在盛唐开元年间成为朝野的共识，以及判断政治是否清明的主要标准，这是造成初盛唐文人独特干谒方式的根本原因，也是导致初盛唐干谒之风盛行的基本背景。作者还从初盛唐文人种种干谒方式中看出，初盛唐文人无论是贡举还是释褐，调选还是隐居，只要不放弃仕进，就离不开干谒。然而从初盛唐文人的干谒诗文来看，这种风气对他们的精神面貌的影响主要是积极的。初盛唐文人在上书陈启时几乎都不承认自己是在干谒，总是竭力将自己的行为与一般的干谒区别开来。这主要是因为以荐贤为"至公之道"的观念改变了干谒者的心态。统治者求贤礼贤的姿态使他们找到了自己与被干谒者在人格上平等的支点，从而消除了在干谒中仰人鼻息的屈辱感，理直气壮地将干谒视为出于公心、平交王侯的合理行为。初盛唐文人在干谒中不但力求与权贵保持人格的平等，而且表现出高谈王霸的雄才大略，以及对个人才能的强烈自信，反映了文人们以天下为己任的远大理想以及心胸宽广、积极进取的精神风貌。盛唐诗歌乐观开朗的基调正是由这种精神风貌所决定的。干谒对盛唐诗歌的另一重要影响，是不谙世故的下层文人在诗歌中充分反映了幻想破灭后的激愤，尤其是布衣对权贵的不平之气，成为盛唐诗的基本主题之一。此外，干谒作为向先达者自炫才能的一种方式，往往要进献诗赋。特别是在唐初到神龙年间进士不试诗赋的相当长的时期内，干谒成为文人最重要的诗歌社交活动，对于诗歌发展的刺激作用，甚至超过了进士试。葛晓音此论较为透彻地解释了前此学界一直无法说清的初盛唐文人自诩"不屈己，不干人"而实际上又干谒不止的言行矛盾的普遍现象。

唐代文学与幕府、使府之关系

90年代以后，在唐代社会制度与文学之关系方面，幕府、使府与文学之关系的研究也取得了较大的突破，其中又以戴伟华取得的成果为最多。

戴伟华《唐代幕府与文学》[①]是我国第一部比较系统地研究唐代幕府与文学关系的著作。该书首先对古代幕府制度作了一番研究，阐述了唐代幕府之盛与文人积极入幕的原因，认为唐代幕府的兴盛与节度使制度相始终，尤其是方镇的出现使其成为常置，方镇长官大量网罗名士入幕，加上科举制度并不能使士子们如愿以偿，因而布衣、旅客、方士、隐士等人均通过因人请托、以文干谒、献计献策等方式进入幕府，成为幕僚。该书重点探讨了唐代幕府与文学的关系，指出唐代许多著名诗人的坎坷而丰富的幕府经历，使他们有机会接触现实社会，直面冷峻的人生和广袤的自然，从而创作出了无数的优秀作品。不仅诗歌，四六骈文以及传奇小说的创作和发展与幕府也有至为紧密的关系。作者指出，既然社会上有大量的文士混迹幕府，他们就不得不对章奏之学进行钻研。章奏之学的蔚然大盛，必然影响到当时文学的风气。人们在研究古文运动时，对古文运动以后何以古文写作难乎为继，古文何以不会取代骈文在日常生活中的地位，曾加以多方分析，显然幕府的兴盛与文人纷纷入幕为章奏之学，是其中重要因素。同样，广泛存在的幕府，是文人相对集中的场所，也为他们讲述、记录、传播故事提供了十分便利的阵地。中唐以后，传奇创作渐盛，这与中唐以后幕府的兴盛也是分不开的。

在取得了上述成果之后，戴伟华又搜集整理了相关的事类材料，编制了《唐代方镇文人创作编年》，进而直接对唐代文人入幕与文学创作之关系这一核心问题进行攻坚，在几经磨砺之后，终于推出了《唐代使府与文学研究》[②]这一文史结合的唐代文学研究新成果。

在这部书中，作者并不满足于吸收史学界现有的研究成果来解决文学史问题，而是自己动手，对现有的方镇幕府制度研究成果进行总结，对存在的问题进行深入的考订。如该书第一章第一节通过对方镇制度的考辨，分析中央与方镇之间关系及其对文士的影响，发现"以朝廷为闲地，谓幕府为要津"的传统提法失之偏颇，认为大多数文人应是"先辟于方镇，次升于朝廷"，即经过"科举及第——服务方镇——入朝为官"的过程。再如，第三章第一节用统计的方法分别描绘了文人于不同时

---

① 戴伟华：《唐代幕府与文学》，北京：现代出版社，1990年。
② 戴伟华：《唐代使府与文学研究》，桂林：广西师范大学出版社，1998年。

期、不同地域的分布状况,对入幕文士的出身以及入幕任职情况进行了排列和展示,依据对文人分布和文人素质的统计,发现明人胡震亨以来关于盛唐文人入幕乃一时风气的观点与史实不符,指出盛唐入幕人数尚少,特别是文学家甚少,文人入幕非一时社会风气,而是个别现象。

在研究思路方面,本书作者也未囿于传统的线性探索的研究模式,而是把文学研究建筑在文化地理研究的基础之上,充分考虑到历史文化现象的空间分布。如作者在第三章中先是编制了"文学家入幕地点简表",然后根据统计数字分析了文人入幕的地理分布情况,发现西川、淮南为唐代大镇,有特殊的地理、政治、经济地位,也是文人入幕最为集中的地方;从文学家占籍来考察,籍里为北方者居多,而参幕则多在南方。对于这些新发现的问题,作者从各个角度作了尽可能详细的解释,同时分析了其中所蕴含的唐代文人的某种心态。在文人的知识结构方面,作者开始关注过去一段时间内几乎被忽视的区域文化。基于这样的史实,他揭示出权德舆之所以能在唐代第一个多次肯定楚辞在文学创作中的作用,正是缘于他对楚文化的关注,而这又和他长期在楚地为幕僚的经历分不开。另外,作者还论述了使府文人对特定区域民情民俗的记载、对特定区域山川风物的关注,指出这些都使文学的表现题材得到了开拓、文学语言得到了更新。

然而,本书中最值得注意的,还是作者发现和解决了一些向为人所忽视、误解的文学史问题。如学界在解释盛唐边塞诗繁荣原因时,总是喜欢说盛唐文人多有赴边入幕之经历。作者在进行大量的材料排列和数据对比后指出,"所谓盛唐知识分子赴边为一时风气的表述是错误的"。作者认为,造成这一状况的原因是多方面的。第一,与仕进的关系。盛唐国力强大,政治开明,给士人提供了多种出路,科举考试外,有献文入仕,有因人举荐入仕等。入边取军功在盛唐尚是文人的理想,对武职僚佐更为实际,而且边帅的荣宠并不一定就能带来部下的升迁。第二,与游边的关系。盛唐人喜游历,游边只是其中一个方面,而且唐人游边一般不会深入,只是在幽冀、河东一带。第三,与个性的关系。高适、岑参等著名诗人入边幕在当时也还是个别现象,不能以偏概全。作者的这些分析不仅细入,而且也有相当的说服力。再如,作者在对唐代幕府中府主与幕僚均喜说闲话、讲故事的现象细致考察后指出,学界普遍认为的唐代传奇小说的繁荣与进士行卷有相当密切的关系的说法值得怀疑。他认为,牛僧孺的《幽怪录》(即《玄怪录》)并非成于其早年(牛僧孺贞元二十一年和李宗闵同登进士第),当为幕府宾主之间所讲故事的记录,据书中提及的时间推论,大概是在淮南、东都、山南任上完成的,张读的《宣室志》似成于大中十年至十二年(856—858)宣州幕;裴铏的《传奇》成书于乾符年间的西川幕府,高彦休编《阙史》成书于中和四年(884)高骈淮南幕府,刘山甫《金溪闲谈》乃作于福建判官任上。作者最后认为,唐代传奇的创作实与幕府有相当密切的关系,这至少从一个方面说明了唐代传奇生成的文化环境以及唐人小说繁荣的重要原因。这样的论断应该说是新颖而又辨正的。

三、唐代文学与文化思想之关系

有唐一代儒、道、释并存,是一个思想十分自由开放的社会,这也是唐代文学空前发达繁荣的一个外部原因。所以,20世纪学界不仅对儒家思想与唐代文学之关系进行了全方位的、多角度的研究,还对佛教、道教对唐代文学之深远影响作了较为细致而深入的探讨[①]。

唐代文学与文化思想之关系

唐代思想意识形态的主流——儒家思想和外来文化、其他世俗文化对唐代文学具有相当的影响,20世纪涉及这些问题的成果有不少。

在20世纪上半叶,学界主要从外来文化对唐代文学之影响的角度分析问题,相关的研究成果主要有刘恕铭的《唐代文艺源于印度之点滴》[②]、任铭善的《唐学》[③]、向达的《唐代长安与西域文明》[④]、罗香林的《唐代文化史研究》[⑤]等。

从50年代直到70年代末,学界在这方面的研究未有实质性的进展。从80年代开始,人们注重分析唐代文学的文化品格研究,尤其是对儒家思想对于唐代文学之影响进行了较为深入的探讨。

---

① 下文参考了梁超然:《唐代文学与佛教》,载《唐代文学研究年鉴》1986年卷;钟来因:《道家、道教与唐代文学研究的回顾》,载《唐代文学研究年鉴》1990—1991年卷。
② 载《文哲月刊》第1卷第10期,1937年。
③ 载《国文月刊》第54—73期,1947年。
④ 向达:《唐代长安与西域文明》,北京:生活·读书·新知三联书店,1957年。
⑤ 罗香林:《唐代文化史研究》,上海:商务印书馆,1945年。

就宏观研究而言，主要有刘修明等的《试论唐代文化高峰形成的原因》①、孙昌武的《唐诗与文化的积淀》②和葛晓音的《论唐前期文明华化的主导倾向：从各族文化的交流对初盛唐诗的影响谈起》③等。

长期以来，人们在分析唐诗繁荣原因时，都要论及当时文化开放的大背景。史学家们也在探讨唐代文化和风俗的"胡化"方面做了许多有益的工作，一般人心目中也形成了唐代是一个国际化社会的印象。但是，葛晓音在全部初盛唐诗里将"胡化"的影响仔细搜索了一遍之后，却意外地发现：除了岑参作于西域的边塞诗以其异域情调和新奇风俗为盛唐诗开出绚丽多彩的一块领地以外，可资说明"胡化"对诗歌产生重大影响的例证很少。作者在重新考察唐代中前期文化史后指出，大唐建国以后，在前期的一百四十多年中，以其强大的国力为后盾，既在北方各民族大融合的基础上，积极地推动汉化的进程，以建设本土文明，又在与周边各民族的交往和战争中，坚持以中华礼教作为胡汉文化交流的主导，广泛而有节制地吸取外来文明，从而达到了全面开放的极盛时期。以往学界在阐述唐代社会胡化的问题时，只注意各种具体例证的搜寻，没有分析这些"胡化"的迹象在总体文化中所占比例大小和层次的深浅，从而形成了唐代社会在开元前后普遍胡化的笼统印象。而唐前期文明以华化为主导的倾向，正是初盛唐诗人描写境内胡俗的作品很少的基本原因。作者最后认为，只有分别研究安史之乱前后对待外来文化的不同态度及其原因，才能找到盛唐之所以成为最开放时代的根源，并为我们今天处理西方文化和传统文化的关系提供有益的借鉴。

就儒家思想与唐代文学之关系而言，20世纪学界研究的重点是在一些重要的作家身上，人们比较喜欢分析王勃、陈子昂、李白、杜甫、韩愈等著名文学家，喜欢研究唐代的文学运动如新乐府运动、古文运动与儒家思想之关系，还喜欢探讨唐代的文学理论、创作倾向、审美趣味与儒家思想之关系④。

从宏观角度分析唐代文学与儒家思想之关系的成果虽然不太多，但也取得了相当大的成绩。如葛晓音的《论唐代的古文革新与儒道演变的

---

① 载《学术月刊》1982年第4期。
② 载《天津社会科学》1991年第1期。
③ 载《中国社会科学》1997年第3期。
④ 这些成果均请参看本书相关章节。

关系》①《盛唐"文儒"的形成和复古思潮的滥觞》②、张明非的《儒家诗教说在唐代的兴衰》③、邓小军的《唐代文学的文化精神》④、陈选公的《唐代文学的文化规定》⑤等,均对儒家思想对唐代文学之深远影响作了细致而深入的分析。

其中葛晓音文通过研究盛唐文儒的形成过程和开元礼乐雅颂大盛的局面,及其对天宝时代思潮的影响,使我们清楚地看出了初盛唐学术发展的走向,看出了盛唐两代文人的思想和命运的联系与区别,有助于人们更透彻地理解盛唐诗歌革新的思想中强调大雅颂声的深层背景。文章指出了李华、萧颖士、贾至等人复古思想的实质和局限,揭示了元结、杜甫诗歌中雅颂与讽刺并存的原因。而文儒合成复又分化的过程,正与开元诗歌中统一的时代精神至天宝开始分裂的过程同步。所以,作者选择这一新的视角来观察盛唐诗歌演变的根源,当是很有意义的。

邓小军著会通文史哲,运用宏观与微观相结合、考证与分析相结合的方法来研究作为唐代文化中重要部分之一的唐代文学。该书不是缕述纷繁复杂的唐代文学现象,而是探微抉奥,阐发唐代文学的文化精神。作者认为,隋唐两代四大文化主峰是河汾之学、贞观之治、杜甫诗歌、古文暨儒学运动,创造性地回应了现实的重大挑战,从而创造文化主峰,推动了文化发展。唐代文化之盛的主因是中国文化精神的创造性发明、发展、利用,唐代文化精神是人性人道精神,唐代士人对佛教的态度是包容异质文化而不失掉自己。作者还强调,中国文化精神就是人性精神,唐代文化精神突出地体现了仁,因而唐代文学最富有人情味,最受人喜爱。不仅李杜诗、韩柳文等文学作品富于人情味,就连一部《贞观政要》也读起来亲切动人。唐诗是唐文化的主流所在,便成为唐文化人情味的优势所在,而人情味的根源就是仁。从该书中还可以看出,作者研究唐代文化、文学的心得体会归结到一点,便是:"在唐代,中华

---

① 载《中国社会科学》1987年第1期。该文主要观点请参看本书"韩柳与古文运动"部分。

② 载《文学遗产》1998年第6期。

③ 载《求索》1989年第2期。该文主要观点请参看本书"隋唐五代文学理论研究"部分。

④ 邓小军:《唐代文学的文化精神》,台北:文津出版社,1993年。

⑤ 载《郑州大学学报》1996年第1期。

民族乃是由于发扬光大了固有的优秀文化，自本自根地挺立自己，才能抉择当时的合理政治方向，奠立深厚的国基，形成强大的国力，创造辉煌的文化，同时气象雄阔地兼容外来文化而摄取营养，从而壮大自己，使大唐文化光耀五洲。"①而唐代文化的这种精神，恰恰可以成为中国文化与近代文明相结合的逻辑前提，亦是中国文化走向未来的逻辑起点②。

陈选公文指出，唐代文学与唐代的"文德"政治有着必然联系并受其双重规定。唐代文学始终是在儒家文化规定下展开并完成的，故而从内部精神内涵到外部形式表现都呈现出充分的儒家文化的性格和特征。唐初文学精神高度理性自觉，已把克服不合乎"雅正"的文风变成了国家的意志和个人的责任。儒家文学的理性精神已经完成，要将它下降为一般文人的自觉意识和普遍文学现实，尚需一个过程。王勃、杨炯等人已有了这种理性的闪光，到陈子昂，到李白、杜甫，逐渐显示出儒家文学精神已实现了理性和感性的有机结合。最迟到中唐时期，文学在本质上、功能上、风格上以及现实品位上已全面实现了"儒家化"。中唐时，儒家文学的规定已转化为文人们的自身素质，精神由理性状态转化为人格状态，"文学"成为这种人格状态的自然呈现。韩愈、白居易等人已使文学的"风雅比兴"在理性上的精致纯正和感性上的"法度森严"达到了完美融合，从而完成了唐代文学的一代"王法"。文学的辉煌恰是"文德"政治的应有结果，这一点大抵可视为唐代文学为何繁荣的主要答案。作者同时又指出，儒家文化规定并不是唐代文学所接受的唯一或全部的文化规定。唐代文学同时还吸收了佛家文化、道家文化及前朝文化，甚至还有"四夷"文化。唐代君主对待异端文化的态度，是既允许其存在，又有所限制。限制其规模，控制介入"政体"，尽可能用儒家文化"包容"之故而异端文化始终未能动摇儒家文化的统治和主导地位。相反，它们的存在和融入，使儒家文化得以不断丰富和更新，更具有生命力。

80年代以后，学界还探讨了世俗文化与唐代文学的关系。这方面的成果主要有肖文苑的《唐诗与倡伎》③、孙菊园的《唐代文人和妓女

---

① 《唐代文学的文化精神》，第3页。
② 同上书，第593页。
③ 载《天津师院学报》1982年第1期。

的交往及其与诗歌的关系》①、林继中的《"诗园"：豪门里的诗——"唐文化与文学"研究之二》②、孙立峰的《唐代诗歌中胡姬形象的文化意义》③、何立智的《唐代民俗和民俗诗》④、董乃斌的《唐人七夕诗文论略》⑤、程蔷的《唐人巫术观的文学表现》⑥、程蔷与董乃斌合著的《唐帝国的精神文明——民俗与文学》⑦ 等。

董乃斌文指出，世上没有人可以不与民俗生活发生关系，世上没有不包含民俗内容、不烙上民俗色彩的社会生活，应该说民俗生活才是诗人作家汲取创作素材的真正源泉。一部中国文学史就是极其丰富有趣的民俗史画卷。而由于作家内在条件的差异，他们在利用民俗生活素材时又形成了创作上的千姿百态。

程蔷、董乃斌著在断代历史民俗学和民俗学与文学史交叉研究的理论背景下，对唐代民俗状况做了全景式的描述。该书是从民俗传统对于作家修养养成的巨大作用的角度，重新审视作家和作品。它既属于历史民俗学研究，是对于唐代民俗的断代性研究；又是民俗学对文学史研究的介入，是从民俗视角研究文学史。此书是民俗学与文学史研究两门学科交叉的一次有益尝试与实践。

唐代文学与佛教之关系

在20世纪80年代以前，学界在探讨佛教与唐代文学之关系时，多侧重于佛教对敦煌文学的影响。80年代以后，人们才开始对佛教与唐代一般文士和文学作品之关系进行探讨，其中又以孙昌武、陈允吉两位学者的成果最多。

从80年代初开始，孙昌武就开始对唐代佛教与文学之关系进行探讨，发表了一系列的论文，并且结集为《唐代文学与佛教》⑧《中国文

---

① 载《文学遗产》1989年第3期。
② 载《漳州师院学报》1993年第3期。
③ 载《学习与探索》1993年第2期。
④ 何立智：《唐代民俗和民俗诗》，北京：语文出版社，1993年。
⑤ 载《文学评论》1993年第3期。
⑥ 载《中国文学研究》1995年第1期。
⑦ 程蔷、董乃斌：《唐帝国的精神文明——民俗与文学》，北京：中国社会科学出版社，1996年。
⑧ 孙昌武：《唐代文学与佛教》，西安：陕西人民出版社，1985年。

学中的维摩与观音》① 和《禅思与诗情》② 等论文集。

孙昌武在借鉴佛学研究界的有关成果的基础上,对唐代文学中的某些宏观性的问题进行了阐释。他认为,在唐代,佛教影响文学之广泛与深刻,非其他朝代可比,这主要表现为以下几点。第一,文人的世界观与人生观。唐代文人接受佛教义学,理解更为深入,他们往往更注重对教义的探求。第二,认识论。唐代佛教的许多宗派都注重对"境"的研究,这里包含着不少哲学上的认识论的问题,如认识中"主体"与"客体"的关系,认识的可靠性和相对性,名言在认识中的作用,形象在认识中的地位等,这都给文人们以启发。唐代文学理论特别是诗论的发展,借鉴和汲取了佛学在这方面的成果。第三,创作题材和主题。唐代传奇小说中的许多故事、情节取自佛教故事,诗歌方面则以禅理入诗。第四,文学体裁。在佛教的影响下,出现了像变文这样新的文学体裁。唐代寓言文学的发展,也受到佛典譬喻的影响。此外,还有一些潜移默化的方面,如唐代的议论文字,对佛典和儒人的论辩文字有所借鉴,而佛典的偈颂则促进了诗歌的通俗化和议论化。第五,语言与修辞方法。佛典翻译丰富了汉语的词汇和语法,进而影响到文学语言。佛典文字的恢宏的想象、巧妙的譬喻、大胆的夸张以及排比、重复等修辞方法,对中国文人也有很大的吸引力③。

在这些认识的指导下,孙昌武对唐代诗文创作和文学理论与佛教之关系作了多种角度的研究,取得了不少成果,如《唐代"古文运动"与佛教》《唐五代的诗僧》《论皎然"诗式"》④《唐代文人居士与维摩诘》《唐代俗文学中的维摩诘》⑤《唐代巴蜀佛教与文学》⑥ 等。

和孙昌武喜从宏观着眼、将佛教与唐代文学进行比照研究不同,陈允吉则在深入钻研佛典、佛教史的基础上,力图澄清唐代文学研究中一些前人未能解决或含混不清、理解有误的个案问题。他的一系列探讨唐代文学与佛教之关系的论文,能够抓住唐代著名的作家、作品中的难

---

① 孙昌武:《中国文学中的维摩与观音》,北京:高等教育出版社,1996年。
② 孙昌武:《禅思与诗情》,北京:中华书局,1997年。
③ 《唐代文学与佛教》"前言",第13—15页。
④ 此三文俱收《唐代文学与佛教》。
⑤ 此二文见《中国文学中的维摩与观音》。
⑥ 载《社会科学研究》1993年第5期。

点、疑点，从佛教的角度对之进行卓有成效的研究，切实推动唐代文学研究的进一步深入。如《论王维山水诗中的禅宗思想》《王维"雪中芭蕉"寓意蠡测》《王维与华严宗诗僧道光》《王维与南北宗禅僧关系考略》《略辨杜甫的禅学信仰》《论唐代寺庙壁画对韩愈诗歌的影响》《李贺与〈楞伽经〉》《从〈欢喜国王缘〉变文看〈长恨歌〉故事的构成》①等。由于他掌握了翔实的资料，加上具有可贵的钻研精神和锐意创新的治学品格，所以这些论文大多在详细、深入考辨的基础上，发前人所未发，其结论往往不但使人耳目一新，而且令人信服。

除了孙昌武和陈允吉，另外一些学者也对唐代文学与佛教之关系进行了多方面的探讨。如徐季子的《般若学和唐宋诗论——佛学与诗学初探》②、黄新宪的《禅宗思想的民族化与中晚唐僧诗的繁荣》③、周裕锴的《禅宗与唐诗》④、郭绍林的《唐代佛教对诗歌活动的影响》⑤、何林天的《唐诗的繁荣与佛学思想对唐代文学的影响》⑥、毛水清的《唐诗与佛教》⑦等，都具有一定的参考价值。

唐代文学与道教之关系

80年代以前，已经有不少学者将道教与唐代文学结合起来研究，取得了一些成果。如陈寅恪在《读〈莺莺传〉》⑧中对"会真"二字的详细考证，在《〈顺宗实录〉与〈续玄怪录〉》⑨中对《辛平公上仙》这篇道教色彩极浓的小说的本质的把握；程千帆《郭景纯曹尧宾游仙诗辨异》⑩对曹唐游仙诗所受道教神仙家思想的影响的探索。

但是这种可贵的探讨中断了三十多年，直到80年代，才又有学者开始注意唐代文学与道教之关系。而在这些学者中，又以葛兆光和钟来因两位学者取得的成绩较大。

---

① 大多收入其论文集《唐音佛教思辨录》，上海：上海古籍出版社，1988年。
② 载《宁波师院学报》1987年第2期。
③ 载《益阳师专学报》1987年第3期。
④ 载《古典文学知识》1990年第6期。
⑤ 载《文史知识》1991年第3期。
⑥ 载《山西师大学报》1995年第2期。
⑦ 毛水清：《唐诗与佛教》，桂林：漓江出版社，1996年。
⑧ 载《"中央研究院"历史语言研究所集刊》第10本，1948年。
⑨ 载《国立北京大学四十周年纪念论文集》，国立北京大学出版组，1940年。
⑩ 程千帆：《古诗考索》，上海：上海古籍出版社，1984年。

葛兆光的《道教与中国文化》是较早论及唐代文学与道教之关系的著作，该书首先探讨了唐五代时期士大夫与道教人士的交往及士大夫人生哲学和生活情趣的变化，认为初盛唐是一个风流的时代，士大夫们对道教具有迷狂的信仰，而由于士大夫们的信仰，使得唐宋文化和道教出现了三种演变趋向，即巫觋本色、向老庄佛禅靠拢的士大夫道教、鬼神与封建伦理的联姻。该书还着重论述了道教对中国古典文学的影响，认为道教对中国文学的影响主要不在于思想、题材和形式方面，而是在于艺术思维与艺术情感方面。"它带给中国文学艺术的，乃是一种追求绚丽神奇的审美情趣，一种色彩缤纷、瑰伟怪诞的意象群，一种近乎沉浸于幻觉之中的热烈想象力。"①

如果说《道教与中国文化》一书还只是在总论道教与中国古典文学之关系时论及唐代文学，那么，葛兆光的专著《想象力的世界——道教与唐代文学》②及其系列论文《道教与唐诗》③《瑶台梦与桃花洞——论道教与晚唐五代文人词》④《道教与唐代诗歌语言》⑤则是专门探讨道教对唐代文学之影响的。《想象力的世界——道教与唐代文学》是迄今为止国内出版的唯一一部较为全面地论述道教与唐代文学之关系的论著。此书实际上是作者对《道教与中国文化》一书最末一节的修改、加工和扩充，分别论述了道教与唐代小说、诗歌、词的关系。《道教与唐诗》一文则对唐朝各个时期诗歌创作与道教之关系作了俯瞰式的描述，对唐朝各个阶段崇道的诗人作了简练的介绍。文章第一节指出道家给中国诗人以自然、淡泊、朴素、宁静为美的审美情趣与思维习惯，而道教却带来热烈迷狂的情绪，形成追求绚丽谲诡、驰骋想象的思维习惯。第二节认为唐诗富于想象，除庄、骚影响外，还与道教"存想思神"有关。第三节论述道教鼓吹长生及享乐，使诗人心灵骚动强烈。第四节论述安史之乱粉碎了士的幻想，诗人心态也起了重要变化。第五节专论晚唐意识形态的变化。《道教与唐代诗歌语言》一文是在《想象力的世界》一书对道教与唐代文学的关系论述的基础上的又一次深入，分析的重点是道

---

① 葛兆光：《道教与中国文化》，上海：上海人民出版社，1986年，第371页。
② 葛兆光：《想象力的世界——道教与唐代文学》，北京：现代出版社，1990年。
③ 载《文学遗产》1985年第4期。
④ 载《江海学刊》1988年第4期。
⑤ 载《清华大学学报》1995年第4期。

教对唐代诗歌语言的影响。他指出，由于受到道教语言"古奥""华丽"风格的影响，唐诗就显得有点"怪"。首先，受道教影响的一些诗人普遍爱好古拙的古体诗或古风，而不太擅长写近体诗。其次，受道教影响的诗人在写一些有关道教的作品（如赠道士、咏道观）时，特别喜欢用一些色彩浓艳的神奇辞藻。再次，有一些诗人为了增加诗歌古奥的效果，还会采用道教颂赞、乐章的形式和词语。总之，作者认为，"古奥华丽的语言、丰富神奇的想象、深沉强烈的生命意识和追求自由幸福的愿望，就是道教给予唐诗的影响。受了这种影响的诗人和诗歌，会显示出一种特别的风格"。

相对说来，钟来因则偏重于对唐代一些作家作品与道教之关系的探讨。80年代以后，他先后发表了《唐朝道教与李商隐的爱情诗》[①]《杜甫的病、药及诗风》[②]《杜甫与道教》[③]《李商隐玉阳山恋爱诗解》[④]《再论杜甫与道教》[⑤]等论文。他在受到陈贻焮《李商隐恋爱事迹考辨》[⑥]一文的启发之后，从学习《道藏》开始，进而发现义山爱情诗的手法以及遣词、取典，都跟《道藏》有关。在《唐朝道教与李商隐的爱情诗》一文中，他先概述了中晚唐如痴如醉的崇道风气，这一风气使诗歌的发展趋向起了巨大变化：在内容上，多写爱情；在风格上，趋向绮丽隐晦。在论述李商隐在道观的时期为何成为他写作爱情诗的黄金时期时，该文指出：首先，晚唐道教鼓吹纵欲，社会风气急剧的变化，自然波及深山古观；其次，道教内外丹两大流派，都与房中术有关，道教经典的这些内容，必然影响到李商隐；最后，晚唐道观，有美丽年轻的女冠，有的还来自宫廷，她们能歌善舞，风流浪漫，这样，道观成为风流之地就毫不足怪了。在论及道教给义山爱情诗打上的烙印时，他又指出：（1）李集中充满了仙风道气的爱情诗；（2）义山大量运用隐比手法、比兴体制来写爱情生活中种种感受，致使这些诗呈现出谲怪、隐僻、晦

---

① 载《文学遗产》1985年第3期。
② 载陕西人民出版社文艺编辑部编：《汉唐文史漫论》，西安：陕西人民出版社，1986年。
③ 载《文学论丛》1987年第6期。
④ 载《唐代文学研究》第1辑，太原：山西人民出版社，1988年。
⑤ 载《首都师范大学学报》1995年第3期。
⑥ 载《文史》第6辑，1979年。

涩、精深的风格;(3)义山深受道教好静虚无的影响,在坎坷的经历中,在恋爱悲剧中更易产生感伤、颓废的情绪,故他的诗涂上了浓浓的悲剧色彩。

80年代以后,还有很多学者涉足了唐代文学与道教之关系这一研究领域,他们大多是对唐代的一些著名诗人,如陈子昂、李白、杜甫、白居易、李商隐等诗人崇信道教的问题,以及道教对他们诗歌创作的影响进行研究[1]。其中综合性的研究成果,有葛晓音的《从"方外十友"看道教对初唐山水诗的影响》[2]、王友胜的《试论唐代文人的崇道之风与游仙之作》[3]、王定璋的《道教文化与唐代诗歌》[4]和黄世中的《唐诗与道教》等。

黄世中著论述了唐诗与道教的内在联系。从唐道士、女冠、崇道、反道诗人等角度阐明了道意对唐诗的影响,探索了诗心、诗意、诗境中所蕴藏的道韵,研讨了山水、恋情、酒意等诗中所交融的道意与审美情趣。该书指出,道教对唐诗审美趣味具有深刻的影响,它使得唐人道蕴诗具有独特的惆怅美、傲岸美、静穆美和感伤美。总之,"唐人深蕴着道意的诗篇无不洋溢着一种对自由人生的追求和对人的'异化'的扬弃。而这正是其诗美之所在,体现了道蕴诗的审美理想:追求肉体和精神的绝对自由"[5]。

四、唐代文学与艺术之关系

唐代文学与音乐之关系

在唐代文学与艺术之关系的探讨中,音乐最受人们关注,相关的研究成果也最多。在唐代文学与音乐之关系方面取得成果较多的学者主要有朱谦之、任半塘、王昆吾和葛晓音等。

朱谦之的《中国音乐文学史》[6]是我国近代第一部考察文学与音乐

---

[1] 可参看本书相关章节。
[2] 载《学术月刊》1992年第4期。文章主要观点请看本书第三章"初唐诗歌研究"部分。
[3] 载《湘潭师院学报》1995年第1期。
[4] 载《文史哲》1997年第3期。
[5] 黄世中:《唐诗与道教》,桂林:漓江出版社,1996年,第151页。
[6] 朱谦之:《中国音乐文学史》,北京:北京大学出版社,1989年。

关系的专著，其中第六章专论唐代诗歌与音乐之关系。他指出，"唐代是新旧音乐交换接续的时代，一方面结束乐府体，一方面开辟词曲体，唯唐代本身也自有一种代表时代的音乐文学，就是那可以播于乐章歌曲的'绝句'了"①。书中还详细探讨了唐代绝句的唱法。

从 50 年代开始，任半塘就一直致力于唐代音乐文学的研究②。他在 50 年代中期所写的《唐代音乐文艺研究发凡》③ 中，就曾计划对唐代结合音乐的词章与伎艺作一全面研究，完成包括敦煌曲研究、唐戏弄研究在内的十八部著作。在超乎常人的努力下，他的理想逐步实现，先后出版了《敦煌曲初探》《敦煌曲校录》④《唐戏弄》⑤《教坊记笺订》《唐声诗》⑥《敦煌歌辞总集》⑦《隋唐五代燕乐杂言歌辞集》⑧ 等著作，还有一部分设想由其博士生王小盾（又名王昆吾）付诸实施了。

《唐戏弄》是我国第一部对唐代戏曲进行专门研究的著作，在这部书中，作者一反前人认为唐代无"戏"或宋元之戏剧与唐戏剧无关的观点，不计成败，穷搜史料，"专述唐五代戏剧，清理其条贯，而著明其精神，期对以往戏剧史、文学史内，在此部分过分简略与武断处，作初步的补正"⑨。作者指出，前代早已存在的歌舞戏，到了唐代以后，由于受到胡乐、胡舞和胡戏的刺激，并与当时传奇、小说、讲唱、咏语等多种文艺互相影响，不但代言问答形式普遍，而且出现了融合乐、歌、舞、演、白五事，共同推进故事、加强表情和提高效果的"全能戏"。

---

① 《中国音乐文学史》，第 181 页。
② 下文对任半塘学术观点和成就的评述，参考了邵宜：《唐声诗书评》，载《唐代文学研究年鉴》1983 年卷；李廷先：《任中敏先生的主要经历和学术著作》，载《唐代文学研究年鉴》1984 年卷；曹明纲：《唐戏弄书评》，载《唐代文学研究年鉴》1985 年卷；王小盾、李昌集：《任中敏先生和他所建立的散曲学、唐代文艺学》，载《文学遗产》1996 年第 6 期。
③ 载任半塘：《教坊记笺订》，北京：中华书局，1962 年。
④ 这两部著作均由上海文艺联合出版社于 1954 年出版。两书中的学术贡献和主要观点，本书于"敦煌文学研究"部分有介绍。
⑤ 任半塘：《唐戏弄》，上海：上海古籍出版社，1984 年。
⑥ 任半塘：《唐声诗》，上海：上海古籍出版社，1982 年。
⑦ 任半塘：《敦煌歌辞总编》，上海：上海古籍出版社，1987 年。
⑧ 任半塘、王昆吾：《隋唐五代燕乐杂言歌辞集》，成都：巴蜀书社，1990 年。
⑨ 《唐戏弄·弁言》，第 4 页。

我国戏剧之体制，至此实已完成。该书还在第八章"杂考"中分别论述了"唐诗与唐戏""唐传奇与唐戏""唐变文与唐诗"的关系，所以，该书虽然是探讨唐代戏剧的专著，实际上已是一部较为全面探讨唐代音乐文学的著作。

《唐声诗》是任半塘用综合研究方法，从"声"的角度系统探讨唐代诗乐及唐人歌诗实况的一部专著，也是他继《唐戏弄》后，为开辟唐代音乐文艺研究所作的又一重要贡献。作者在这部书中，一反过去唐诗研究中重在主文、不兼主声之嫌，和诸多文学史只讲唐代民谣、无视声诗体用之弊，从"辞、乐、歌、舞"四个方面研究唐及五代的五言、六言、七言等齐言歌辞，积极倡导唐代固有的声诗之学。作者认为，唐声诗和唐诗词研究的区别就在于体格上，它不同于长短句的歌辞，也有异于未能合乐、和舞的"徒诗"。其诗乐多与舞俱，故有歌声、乐声、舞声等三级之别。因此，上编对唐声诗的研究重在"辞、乐、歌、舞"四事，尤以"声"为主。论述的范围既取诗人文士之作，兼重民间乐舞歌辞，对以声为主的敦煌歌辞、敦煌乐谱、敦煌舞谱进行尤为精辟的探讨。下编则详细论述已著录的声诗格调，逐一辨别一百五十四个诗调间的异同。总之，该书对于研究唐代声诗确实起到了"初步承乏，用资启发"的目的，并可以弥补唐诗和唐代文艺学研究的罅隙。

任半塘在研究唐代诗歌与音乐之关系时，实际上是齐言诗歌与杂言诗歌并重的。他把对《教坊记》和"声诗"的研究作为唐代燕乐歌辞研究的突破口，分别从音乐角度和"格调"角度，抓住了从胡夷里巷之曲演变至后世文人词的中心环节。同样，他在研究长短句歌辞时，也已注意到另一种歌辞，即齐言歌辞的存在，他对这些齐言歌辞的研究，旨在破除关于长短句词是由近体诗演变而来的传统谬说。

总的看来，任半塘的研究提出了以下一些富于创造性的观点。（1）歌辞的体式是由音乐和表演方式决定的。齐言、杂言两大类辞式，彼此间并无因果关系。"绝大部分之长短句格调，应为倚杂言之声而辞，不假他辞。"（2）作为音乐文学，歌辞是由音乐与文学两重因素构成的。仅以文学为立场而忽略音乐的研究，不成其为音乐文学研究；把两者的关系简单化，仅认为长短句词是近体诗向外来音乐的一种适应，也不成其为音乐文学研究。（3）宋代人关于长短句词调由填实和泛声而来的观点是错误的：唐代燕乐歌辞并非一字一声，也非一句一拍；"和声以声为主，和声原本在曲调之内，并不在曲调之外"；"和声非衬字之声"；

"诗调有和声可考者,不过十余曲,无从想象为凡诗调皆赖和声以成曲"。因此,任半塘的唐代燕乐歌辞研究的主要意义在于:借助词调的形成这一学术争议问题,全面展现了中古音乐与文学的复杂关系。

王昆吾的唐代音乐与文学之关系的研究,则是其老师任半塘学术观点和研究计划的进一步拓展和深入。他的相关成果主要是:《五台山与唐代佛教音乐》①《唐代的道曲与道调》②《隋唐五代燕乐杂言歌辞集》《汉唐音乐文化论集》③《唐代酒令艺术:关于敦煌舞谱、早期文人词及其文化背景的研究》④《隋唐五代燕乐杂言歌辞研究》⑤等。

《唐代酒令艺术》一书,旨在在一个比较宽广的背景下,描写出由多种文化因素结晶而成的两个事物——"词"和敦煌令舞——的产生过程,勾画出唐代酒筵——这个由唐代市民、艺妓、诗人、将士、官吏和羽客僧人们所组成的小社会的轮廓,说明其中某些文化现象的实质。该书从三个方面深入分析了唐代酒令艺术的文化背景,即中古时代的"胡乐入华"、饮妓艺术的兴起、南北音乐交融和词调的产生。作者认为,隋唐五代胡乐、中原俗乐和南方音乐的文化交流可分为三个阶段:(1)盛唐以前:胡乐与中原音乐的融合,新俗乐的产生,是初盛唐酒令歌舞化和著辞歌舞产生的文化背景;(2)中唐:教坊音乐与民间音乐的融合,艺术小舞的产生,是中唐文人曲子辞创作风格产生的文化背景;(3)晚唐五代的酒令辞具有令格细致的特征,而这又是和当时酒筵音乐歌唱化和南方化的倾向联系在一起的。过去人们所说的词律的形成问题,其实就是著辞令格规范化的问题。就此而言,当晚唐五代人为着酒筵著辞的丰富精美而选择出一批流行曲调的时候,他们也就完成了"词调"的建设工作。作者最后总结道:"从游戏伎艺角度看,它包括律令、骰盘、抛打等三类品种;从表演艺术角度看,它经历了送酒歌舞、著辞歌舞、抛打歌舞、下次据令舞等四个发展阶段;从文学角度看,它拥有送酒著辞、改令著辞等两批音律谐美的作品;从音乐角度看,它是胡

---

① 载《五台山研究》1987年第4、5期。
② 载《中国音乐学》1992年第2期。
③ 王昆吾:《汉唐音乐文化论集》,台北:学艺出版社,1991年。
④ 王昆吾:《唐代酒令艺术:关于敦煌舞谱、早期文人词及其文化背景研究》,上海:知识出版社,1995年。
⑤ 王昆吾:《隋唐五代燕乐杂言歌辞研究》,北京:中华书局,1996年。

乐、边地新声、中原俗乐、南方音乐相结合的产物。"① 该书还对敦煌舞谱的结构和节拍作了细致的探讨，提出了不少富有启发性的见解。

《隋唐五代燕乐杂言歌辞研究》一书，把宫廷祭祀乐歌以外的全部隋唐五代长短句歌辞，放在隋唐五代文化史的大背景中加以考察，主要依据歌唱、吟诵、表演等艺术形式的发展探讨了它们的形成，试图建立关于隋唐五代音乐文学的系统认识。作者认为，几千年来的中国文学史或音乐史，其主体部分就是一部中国音乐文学史②。所谓"燕乐"，就是宫廷祭祀音乐以外的全部音乐的总称，俗乐（包括教坊乐）是它的主流，宫廷宴飨音乐是它的组成部分，琴曲是它的一个器乐曲品种。隋唐五代燕乐歌辞就是隋唐燕乐的文学表现，它可以分为谣歌辞和歌曲辞（曲子辞、大曲辞）两大类型。介于谣歌与歌曲之间的音乐艺术有琴歌与讲唱两种。琴歌虽是一种合乐之歌，但它大量采用了传统的歌乐相和的歌唱形式，同典型的曲子歌唱有别；讲唱除曲子歌唱外，应用了佛教的转读、呗赞，运用了民间谣歌歌调，范围比曲子歌唱更为广大。从演唱形式的角度看，隋唐五代歌唱包括曲子、大曲、著辞、琴歌、讲唱六种主要体裁。所以，作者进而分析了燕乐杂言歌辞在曲子、著辞、琴歌、谣歌、讲唱中的不同音乐性格和表演性格，描述了它在不同音乐体裁中的不同发展途径③。

葛晓音研究唐代文学与音乐之关系的成果主要有《初盛唐清乐从属关系质疑》④《盛唐清乐的衰落和古乐府诗的兴盛》⑤《从古乐谱看乐调和曲辞的关系》⑥《天平琵琶谱〈番假崇〉调性新探》⑦《敦煌舞谱对舞结构试析——兼论谱字的解释》⑧《关于古乐谱解读的若干问题》⑨ 等。

《初盛唐清乐从属关系质疑》一文针对当时学界多谓隋唐燕乐包含

---

① 《唐代酒令艺术》，第237页。
② 《隋唐五代燕乐杂言歌辞研究》，第469页。
③ 同上书，第471—475页。
④ 载《北京大学学报》1994年第4期。
⑤ 载《社会科学战线》1994年第4期。
⑥ 载《中国社会科学》1999年第1期。
⑦ 载《中华文史论丛》第58辑，1999年。
⑧ 载《敦煌吐鲁番研究》第4卷，北京：北京大学出版社，1999年。
⑨ 载《燕京学报》新5期，北京：北京大学出版社，1998年。后4篇与日本学者户仓英美合著。

清乐的流行观点，查证全部原始资料，提出了自己的看法。作者认为，唐代清乐和燕乐的关系，是随着燕乐概念内涵的发展而变化的，并不是包含关系。清乐在唐代（至少在初盛唐）是独立于燕乐之外的一个乐种，其性质近雅，与燕乐的近俗构成对立关系，而古雅正是清乐衰落的根本原因。由于隋唐音乐早已失传，研究这一课题的实际意义与其说是体现在音乐史上，还不如说是体现在文学史上，因为只有辨明清乐的从属关系，才不至于将燕乐歌辞的范围定得太宽泛，使曲子辞和汉魏六朝古乐府混为一谈。

汉魏六朝的清商乐到盛唐已经衰落，而与清商乐相应的古乐府诗却出现了复兴的盛况，这一看似矛盾的现象该如何解释，葛晓音在《盛唐清乐的衰落和古乐府诗的兴盛》一文中，从考察初盛唐清乐的发展和乐府诗的类别等角度入手，对这个问题作了一些局部的探讨。作者认为，从初唐到盛唐，清乐在宫廷中虽趋于式微，但在民间，尤其是在江南依然流传下来，而且为士大夫用于日常娱乐，借以修养情性，这应是初盛唐古乐府诗兴盛的音乐背景。但是，作者在对初盛唐古乐府的体裁、类别及其发展的阶段性进行细入研究后，又发现盛唐古乐府的兴盛也是一种复杂的现象，它与音乐的关系并不像汉魏六朝乐府那样密切。清乐的盛衰对古乐府创作的影响与其说是体现在它的音乐性上，还不如说主要是反映了雅俗、新旧的文艺观念在不同的政治形势下的冲突和消长。乐府诗内容与题目的传承性固然与音乐有关，但它又在自身发展的过程中逐渐形成独立的诗体。这种独立性也是它的兴盛不完全依赖于清乐的重要原因。作者指出：盛唐清乐的衰落和古乐府的兴盛，只是一种表面上的矛盾现象，正如一切事物在盛衰变化中都有反复，初盛唐雅乐在衰落的总趋势中也曾有过两度复兴。古乐府的兴盛以此为背景，但又不依赖于宫廷清乐。盛唐古乐府以恢复汉魏乐府为主要目标的事实，及其反律化的倾向，体现了盛唐诗歌复古革新的基本精神。这既是对当时政治上一度高涨的崇雅黜俗、尚质去文的呼声的一种反响，又是对宫廷清乐尚存淫哇之声的一种批判。这就是盛唐清乐与古乐府之间的辩证关系。

葛晓音、户仓英美《从古乐谱看乐调和曲辞的关系》在中日学者关于词乐关系和古谱译解的研究基础上，结合保存在日本的雅乐和唐代乐谱等资料，对唐代齐言曲辞和杂言曲辞与乐调的关系进行了探讨，并在声辞配合的规则、齐言和杂言曲辞的音乐根源、同调异体的成因这三大问题上提出了自己的见解。在"声辞配合的规则"方面，作者否定了传统的"一句一拍"说，经过对敦煌古乐谱的深入分析和重新解读，总结出了乐调和曲辞配合的一些基本规则：（1）节奏安排和句逗相应，而且是以词组为基本单位，虽然不能说是一逗一拍，但在研究词乐关系时，曲拍和半逗的对应关系是应当首先考虑的；（2）应顾及半逗词组和句子之间可以用延长拍子来分割的事实；（3）拍号的位置或在句首的第一或第二字，或在半逗词组第一字，或在句末结束时。关于同调异体的成因，她们也提出了自己的看法：一是与同名异调曲的不同结构有关，二是与同名异调曲的调性不同有关，三是同调异体与大曲各部分节奏的不同有关，四是杂曲和大曲的同名曲有不同的曲谱。至少可以看出，同调异体的曲辞体式取决于同名异调的乐曲结构的差异，这显然是同调异体辞现象所产生的最基本的音乐根源。

其他的相关著作主要有乐维华的《唐诗与音乐轶闻》[①]、朱易安的《唐诗与音乐》[②]、中国舞蹈艺术研究会舞蹈史研究组编《全唐诗中的乐舞资料》[③]等。其中朱易安著通过唐代一些与音乐相关的诗歌、诗人及有关史料，介绍了唐代的诗歌与音乐的特殊关系，揭示了唐代音乐空前繁荣的原因和唐代音乐发展的源流，揭示了其高度发达和多姿多彩的风貌，勾勒出唐代音乐的文化特征。该书还介绍了唐代声乐、舞乐以及唐代的音乐诗与文人的生活，对唐代的音乐标题诗、民歌俚曲、宫廷音乐等都有广泛涉猎。

有关的专题论文还有席臻贯的《唐诗中的唐乐与乐伎》[④]、武复兴的《唐诗与音乐》[⑤]、王启兴的《唐代诗人和音乐——唐诗繁荣和唐代艺术的关系初探之一》[⑥]、王建辉的《从音乐角度探讨唐诗繁荣的原因》[⑦]、王庭珍等的《唐诗与音乐》[⑧]、李扬的《唐代音乐诗的文化解

---

① 乐维华：《唐诗与音乐轶闻》，上海：上海文艺出版社，1987年。
② 朱易安：《唐诗与音乐》，桂林：漓江出版社，1996年。
③ 中国舞蹈艺术研究会舞蹈史研究组编：《全唐诗中的乐舞资料》，北京：人民音乐出版社，1996年。
④ 载《唐代文学论丛》总第4辑，西安：陕西人民出版社，1983年。
⑤ 载《唐代文学论丛》总第5辑，西安：陕西人民出版社，1984年。
⑥ 载《武汉大学学报》1988年第5期。
⑦ 载《社会科学（甘肃）》1989年第4期。
⑧ 载《音乐探索》1989年第9期。

读》①、李雄飞的《唐诗中的丝绸之路音乐文化》②等。其中王启兴文认为，唐代音乐的发达也是促进唐诗繁荣的重要原因之一，同时众多用五、七言绝、律、古诗从不同角度描绘音乐的诗篇，对唐代音乐的进一步发展也有促进作用。作者还分析了唐诗与音乐之间密切的联系：(1) 唐代乐工用诗配乐，诗人为配乐而写作七言绝句，也说明唐代音乐和诗歌之间的互相促进而发展；(2) 唐代音乐的繁荣促进了唐诗描摹音乐艺术的丰富多彩，开拓了前所未有的美学境界；(3) 唐代五言律绝中的声调名，显然是受音乐中平、侧二调的影响，进而借乐调名称来表示声调。

唐代文学与其他艺术之关系

除了音乐，唐代文学与其他艺术形式之间也具有相当密切的关系，鉴于此，20世纪学界还探讨了舞蹈、绘画、书法甚至园林艺术与唐代文学的关系。

在唐代诗歌与舞蹈关系的研究方面，主要有朱帆的《唐诗和维吾尔族舞蹈》③、冬青的《唐人诗歌中的乐舞资料》④、曹大仓的《读唐诗窥唐舞》⑤、武复兴的《从唐诗看唐代长安绚丽的乐舞艺术——读唐诗札记》⑥、张纛的《唐代舞诗艺术散论》⑦、刘阳的《唐诗中所见外来乐舞及其流传——兼论唐人诗中的"何满子"》⑧、张明非的《唐诗与舞蹈》⑨等。其中张明非著通过分析唐代乐舞诗和有关史料，揭示了唐代舞蹈空前繁荣的原因，展示了舞蹈高度发达和多姿多彩的面貌，勾勒了不同时期舞蹈的文化特征。该书还介绍了李白、杜甫、白居易及元稹等著名诗人的乐舞观，描述了唐代各类乐伎的命运和生活，探讨了乐舞诗所具有的历史价值，以及乐舞诗独特的表现手法和它拥有的艺术魅力。

---

① 载《东方丛刊》1995年第2期。
② 载《交响》1996年第1期。
③ 载《羊城晚报》1959年9月5日版。
④ 载《舞蹈》1959年第12期。
⑤ 载《音乐舞蹈通讯（黑龙江）》1980年第2期。
⑥ 载《西北大学学报》1982年第4期。
⑦ 载《锦州师院学报》1984年第3期。
⑧ 载《中国比较文学》1996年第1期。
⑨ 张明非：《唐诗与舞蹈》，桂林：漓江出版社，1996年。

在唐诗与绘画方面，成果很多。学界除研究了王维诗中的"画意"、杜甫的题画诗和杜诗中的绘画美，还从宏观的角度探讨了唐代诗歌与绘画之间的交融和互相影响。这方面的成果主要有陈华昌的《唐代诗画艺术的交融》[1]、王启兴的《论唐代画诗沟通中的几个美学问题》[2]《唐代诗人和绘画——从一个侧面探讨唐代诗人的精神文化生活》[3]、陶文鹏的《传神肖貌 诗画交融——论唐诗对唐代人物画的借鉴吸收》[4]《唐诗与绘画》[5]等。其中王启兴后文通过对唐代绘画艺术空前繁荣和发展的探索，从多方面具体考察了唐代诗人深爱绘画佳作这一精神文化活动的情况，同时对诗人题画、咏画诗的创作也有所论列。陶文鹏著旨在以唐诗为基点，论述唐诗与绘画的种种关系，以大量的题画诗、山水田园诗、人物素描诗、咏物诗和绘画代表作为文献基础，阐述"绘画是不说话的诗歌，诗歌是看不见的绘画"，"诗中有画"，"画中有诗"。人们透过书中所列举的唐代诗歌，可以了解到当时的山水画、人物画、花鸟画、宗教画与诗歌相互渗透、相得益彰之妙，品味我国古代诗歌艺术和绘画艺术传统悠久、风貌独特之趣。

在唐代诗歌与园林别业的关系方面，也产生了一些成果。其中主要有葛晓音的《山水田园诗派研究》[6]、李浩的《唐代园林别业考论》[7]、林继中的《唐诗与庄园文化》[8]等。

葛晓音著认为，王绩是唐代别业山水诗的先导，他特别善于在山水描写中缀以野兴幽情以表现隐士的高古闲雅，善于渲染高卧静室、面对松风泉影、服药弹琴的闲趣[9]。该书还详细分析了盛唐山水诗多作于别业之中的原因和特色。作者认为，盛唐山水田园诗能从别业中产生，与盛唐的京官多有别业庄田，郡县官人亦有任所寄庄的经济原因以及文人的隐居方式有关。由于当时著名权贵和普通官吏的别业都以"自然成野

---

[1] 载《文史哲》1989年第4期。
[2] 载《武汉大学学报》1994年第1期。
[3] 载《唐代文学研究》第7辑，桂林：广西师范大学出版社，1998年。
[4] 载《文学评论》1994年第6期。
[5] 陶文鹏：《唐诗与绘画》，桂林：漓江出版社，1996年。
[6] 葛晓音：《山水田园诗派研究》，沈阳：辽宁大学出版社，1993年。
[7] 李浩：《唐代园林别业考论》，西安：西北大学出版社，1996年。
[8] 林继中：《唐诗与庄园文化》，桂林：漓江出版社，1996年。
[9] 《山水田园诗派研究》，第97页。

趣"为上，到处是高朗的天空、开阔的田野、澄清的陂塘、大片的丛林和幽静的山谷，山水田园风光融成一片，反映在诗歌中，自然就使山水与田园两大题材互相渗透，合为一体了[①]。

李浩著是一部对唐代园林别业进行全面考证，对唐代别业与文人的文学创作之关系进行系统研究的论著。该书上编详细探讨了唐代园林别业的历史风貌、景象构成和意境创造，分析了唐代园林别业与文学创作、文人隐逸、士林风尚之间的关系。作者认为，就艺术发生的实际过程看来，首先应该注意的是文学对别业园林的影响，即"诗以兴游""园借文传"；然后作者又反过来阐述了唐代园林别业对诗文创作的促进作用，即"吟咏之材""山水之喻"和"江山之助"。该书下编按唐代的行政区划"道"，一一考证出当时全国各地园林别业的名称和情况。

林继中著从文人心态、诗歌创作和美学意蕴三个层面展开对唐诗与庄园文化各种关联的探讨，意在展示庄园文化对唐代文人特别是诗人心态在不同时期的不同影响，并详细寻绎出诗歌创作中庄园文化的影响，最后作者将这种种关联归结为佛教禅宗与道家玄学思维催化下的一种诗歌美学与意蕴的"韵外之致"。

就唐代文学与书法艺术之关系而言，有于植元的《从书法看唐诗》[②]、裴芹的《漫说唐代诗人和书法》[③]、王元军的《唐人书法与文化》[④]等论著。其中王元军著有一小节是专论"唐诗与书法"的，作者指出，我们不应该漠视这样一个事实，在《古今图书集成·理学汇编·字学典·书家部》中，共载录了唐代书家六百四十多人，而唐代著名诗人几乎全在其中。这给我们透露了一个信息，唐诗人几乎都是书家。当然，如果放在唐代，他们不一定是开宗立派的书家，只是善书家，但诗人与书法关系之密切不可分割，这是无可疑惑的。诗人书家的优势是，他们可以凭借其特有的艺术激情使书法更具韵致。他们有书作流布于世，也有论书诗为世人所传诵，这些不仅为研究唐代书法艺术、书法史提供了不可多得的第一手资料，同时又反映了诗人们的审美观。作为唐代文坛影响力最大，传播最远、最广的诗歌，其中的论书诗又反过来影

---

① 《山水田园诗派研究》，第 185 页。
② 载《大连师专学报》1983 年第 1 期。
③ 载《文史知识》1988 年第 3 期。
④ 王元军：《唐人书法与文化》，台北：东大图书股份有限公司，1995 年。

响了书法艺术创作。同时,唐代高水平的舞蹈又很容易感染想象力丰富的诗人,并使他们从中悟出书法与舞蹈之间内在的联系①。

五、唐代文学的史料考证和研究资料的整理

20世纪唐代文学研究的一个重要方面,就是与唐代文学相关的史料考证和研究资料的整理,研究者们在这一方面取得了相当大的成就。

唐代文学的史料考证

在20世纪上半叶,对唐代文学相关的史料进行系统、深入考证的学者不太多,主要是岑仲勉。他从40年代初开始对传世的唐代史料进行钩沉索隐,考证辨析,先后写出了《补翰林两记》《登科记考订补》②《读全唐诗札记》《读全唐文札记》《唐集质疑》③ 等论文,先后出版了《唐史余沈》④《唐人行第录》⑤ 和《郎官石柱题名新考订》⑥ 等对唐代文学研究极有助益的著作。

《唐史余沈》虽然是一部读史笔记,但其中论述、考证唐代文士生平和创作、文集流传情况的内容也不少,所以对深入研究唐代文学也不无裨益。《唐人行第录》一书博采传世和新出土的唐五代资料,对唐人行第一一考订,且编排索引,对阅读和研究唐代诗人的交游、生平和正确理解作品的内涵有较大的帮助,故自问世以来,一直为唐史研究者和唐代文学研究者案头常置之工具书。《郎官石柱题名新考订》是作者对《尚书省郎官石记》进行全面复查、勘核、考订、注补的成果,主要解决了两个问题,一是证定原题名之顺序,各归其本,二是订正各司名下的任官事迹。多发人所未发,创获甚多,对研究唐代文学家的生平有不可忽视的参考价值。

五六十年代,学界对唐代文学的史料考证也不太重视。当时在这一方面用力较多、成果较丰者当推马茂元。从1964年开始,作者为撰写

---

① 《唐人书法与文化》,第149—150页。
② 两文均刊《"中央研究院"历史语言研究所集刊》第11本,1943年;又与《翰林学士壁记注补》一文一并附于其专著《郎官石柱题名新考订》书后。
③ 此三文均附其专著《唐人行第录》书后。
④ 岑仲勉:《唐史余沈》,上海:上海古籍出版社,1979年。
⑤ 岑仲勉:《唐人行第录》,上海:上海古籍出版社,1978年。
⑥ 岑仲勉:《郎官石柱题名新考订》,上海:上海古籍出版社,1984年。

《唐诗史》做准备,先行着手编著《唐才子传笺证》,试图借辛氏之书引出线索,旁征博采,辨析异同,将有关唐代诗人的传记材料,全面系统地加以考订,以求对唐诗风格流派之形成及其传统继承关系,进一步作深入的探讨。经过两年的努力,作者写出初稿约二分之一。但是这部稿子在"文革"之中全部佚失了,只剩下两个副产品——《读两〈唐书·文艺(苑)传〉札记》《唐诗札丛》①。这两个成果实际上都是对唐代文学家生平事迹的考订,前者主要是针对初盛唐作家的,后者也只剩下初唐部分。但马茂元的这种做法启发了"文革"之后相当一部分研究者,后来傅璇琮、周勋初等学者正是沿着马茂元的这个思路展开研究的。

"文革"之后直到20世纪末,是唐代文学资料考证的丰收期。就唐代诗人生平考订的成果而言,主要有傅璇琮的《唐代诗人丛考》②、谭优学的《唐诗人行年考》③、王达津的《唐诗丛考》④、卞孝萱的《唐代文史论丛》⑤、周勋初的《文史探微》⑥、陈耀东的《唐代文史考辨录》⑦、吴在庆的《唐五代文史丛考》⑧、陈尚君的《唐代文学丛考》⑨ 等。

傅璇琮著对唐高宗至唐德宗前期28位著名诗人的事迹作了审慎翔实的考证和辨正,由于作者所考多为史书语焉不详或事迹错讹较多的诗人,具有较大的学术价值。另外,该书在考辨作家作品的同时,还从文学艺术的整体出发,对所考诗人在文学史上的地位和影响,对当时诗坛的创作、评论及流派活动情况,间有论述,稍作探讨,指出了某些文学现象,提出了若干唐诗论题,具有促进唐代文学研究深入的意义。卞孝萱著收入其50年代以后所撰论文二十余篇,以对中晚唐文史的考证为主,偏重于唐代小说与政治之关系的研究。吴在庆著的重点在于晚唐五代文学史料的考辨,全书由名字考、生卒年考、籍贯考、登科记考、生平仕历考、诗文题目作者及失收诗文辨补、诗文人名及作年考辨七个部

---

① 后均收入马茂元:《晚照楼论文集》,上海:上海古籍出版社,1981年。
② 傅璇琮:《唐代诗人丛考》,北京:中华书局,1980年。
③ 谭优学:《唐诗人行年考》,成都:四川人民出版社,1981年。
④ 王达津:《唐诗丛考》,上海:上海古籍出版社,1986年。
⑤ 卞孝萱:《唐代文史论丛》,太原:山西人民出版社,1987年。
⑥ 周勋初:《文史探微》,上海:上海古籍出版社,1987年。
⑦ 陈耀东:《唐代文史考辨录》,北京:团结出版社,1990年。
⑧ 吴在庆:《唐五代文史丛考》,南昌:江西人民出版社,1995年。
⑨ 陈尚君:《唐代文学丛考》,北京:中国社会科学出版社,1997年。

分组成。由于晚唐五代史料缺失严重,作家作品的研究难度大,所以本书的出版为晚唐五代甚至整个唐五代文学研究的开展和深入,提供了较为坚实可信的史料基础。陈尚君著中既有对唐五代诗人生平问题的综考,如《唐诗人占籍考》《唐代闽籍诗人考》《"花间"词人事辑》等;又有对某个作家生平事迹的考证,如《李白崔令钦交游发隐》《杜甫为郎离蜀考》《杜甫离蜀后之行止原因新考》《张碧生活时代考》《温庭筠早年事迹考辨》等。其中《唐诗人占籍考》尤具新意,该文根据已有研究成果,对唐代诗人的地域分布及其在唐前后期的变化作了统计,对探索唐代文化地理和唐诗风貌与地域文化之关系极有参考价值。

另外,80年代以后还出版了一些与唐代文人生平研究有关的资料整理和考订的著作,如严耕望的《唐仆尚丞郎表》[①]、郁贤皓的《唐刺史考》[②]、傅璇琮主编的《唐才子传校笺》[③]、王仲镛的《唐诗纪事校笺》[④]、吴汝煜和胡可先的《全唐诗人名考》[⑤]、徐敏霞等点校的《唐尚书省郎官石柱题名考》[⑥]、戴伟华的《唐方镇文职僚佐考》[⑦]、岑仲勉校记、郁贤皓、陶敏整理的《元和姓纂(附四校记)》[⑧]、韩理洲的《新增千家唐文作者考》[⑨]、陶敏的《全唐诗人名考证》[⑩]、陈国灿、刘健明主编的《〈全唐文〉职官丛考》[⑪]、张忱石点校的《唐御史台精舍题名

---

① 载《"中央研究院"历史语言研究所专刊》第36本,1956年。
② 郁贤皓:《唐刺史考》,南京:江苏古籍出版社,1987年。
③ 傅璇琮主编:《唐才子传校笺》,北京:中华书局,1987年。
④ 王仲镛:《唐诗纪事校笺》,成都:巴蜀书社,1989年。
⑤ 吴汝煜、胡可先:《全唐诗人名考》,南京:江苏教育出版社,1990年。
⑥ 劳格、赵钺著,徐敏霞、王桂珍点校:《唐尚书省郎官石柱题名考》,北京:中华书局,1992年。
⑦ 戴伟华:《唐方镇文职僚佐考》,天津:天津古籍出版社,1994年。
⑧ 林宝撰,岑仲勉校记,郁贤皓、陶敏整理:《元和姓纂(附四校记)》,北京:中华书局,1994年。
⑨ 韩理洲:《新增千家唐文作者考》,西安:三秦出版社,1995年。
⑩ 陶敏:《全唐诗人名考证》,西安:陕西人民教育出版社,1996年。
⑪ 陈国灿、刘健明主编:《〈全唐文〉职官丛考》,武汉:武汉大学出版社,1997年。

考》①、赵超编著的《新唐书宰相世系表集校》②等。

相关的论文主要有：陈鳣的《唐才子传简端记》③、张忱石的《〈全唐诗〉"无世次"作者事迹考索》④、《徐松〈登科记考〉续补（上、下）》⑤、陶敏的《〈全唐诗作者小传〉正补（一）》⑥、郁贤皓的《〈全唐诗作者小传〉正补（二）》⑦、胡可先的《〈登科记考〉匡补》⑧《〈登科记考〉匡补续编》⑨《〈登科记考〉匡补三编》⑩、陈尚君的《石刻所见唐代诗人资料零札》⑪、陶敏的《〈唐人行第录〉正补拾遗》⑫、熊飞的《〈唐刺史考〉小补》⑬、张瑞君的《〈唐代诗人丛考〉补正两则》⑭、吴在庆的《唐五代作家生卒年考》⑮等。

唐代文学典籍的整理和考证

就唐代文献的重新整理和考辨方面的专著⑯而言，20世纪除了重印了《全唐诗》《全唐文》《唐大诏令集》《文苑英华》《太平广记》等前人汇辑的大型总集，还出版了万斯年的《唐代文献丛考》⑰，元结等编选

---

① 劳格、赵钺撰，张忱石点校：《唐御史台精舍题名考》，北京：中华书局，1997年。
② 赵超编著：《新唐书宰相世系表集校》，北京：中华书局，1998年。
③ 载《北平北海图书馆月刊》第2卷第1期，1929年。
④ 载《文史》第22辑，1984年。
⑤ 载《文献》1987年第1、2期。
⑥ 载《湘潭师范学院学报》1986年第1期。
⑦ 载《湘潭师范学院学报》1986年第2期。
⑧ 载《文献》1988年第1期。
⑨ 载《文献》1988年第2期。
⑩ 载《徐州师范学院学报》1989年第4期。
⑪ 载《唐代文学研究》第1辑。
⑫ 载《苏州大学学报》1990年第3期。
⑬ 载《咸宁师专学报》1994年第2、3期。
⑭ 载《文史》第39辑，1994年。
⑮ 载《辽宁大学学报》1996年第5期。
⑯ 下面介绍的成果以文学总集和唐诗方面为主，唐代小说、词、敦煌文学等方面的整理和考辨成果，请参看本书有关章节。
⑰ 万斯年：《唐代文献丛考》，上海：商务印书馆，1957年。

的《唐人选唐诗（十种）》[1]，万曼的《唐集叙录》[2]，任半塘的《唐声诗》[3]，王重民等辑录的《全唐诗外编》[4]，孙琴安的《唐诗选本六百种提要》[5]，陈伯海、朱易安编《唐诗书录》[6]，池田温的《唐代诏敕目录》[7]，李调元编、何光清点校的《全五代诗》[8]，陈尚君编著的《全唐诗补编》[9]，周绍良的《唐代墓志汇编》[10]，孙兰风等编集的《隋唐五代墓志汇编》[11]，傅璇琮等编著的《唐人选唐诗新编》[12]，张伯伟的《全唐五代诗格校考》[13]，佟培基的《全唐诗重出误收考》[14] 等著作。

相关的论文主要有刘师培的《读全唐诗发微》[15]，罗振玉的《宋椠文苑英华残本校记》[16]，建猷芝的《跋明翻刻宋本唐百家诗零本》[17]，闻一多的《全唐诗校读法举例》[18]，胡怀琛的《全唐诗的编辑者及其前后》[19]，段琼林的《宋椠文苑英华辨证校记》[20]，朱希祖的《全唐诗之来源及其遗佚考》[21]，李嘉言的《全唐诗辨证》[22]，岑仲勉的《读全唐诗札

---

[1] 元结、殷璠等选：《唐人选唐诗（十种）》，北京：中华书局，1958年。
[2] 万曼：《唐集叙录》，北京：中华书局，1980年。
[3] 任半塘：《唐声诗》，上海：上海古籍出版社，1982年。
[4] 王重民、孙望、童养年辑录：《全唐诗外编》，北京：中华书局，1982年。
[5] 孙琴安：《唐诗选本六百种提要》，西安：陕西人民教育出版社，1987年。
[6] 陈伯海、朱易安编撰：《唐诗书录》，济南：齐鲁书社，1988年。
[7] 池田温编：《唐代诏敕目录》，西安：三秦出版社，1991年。
[8] 李调元编，何光清点校：《全五代诗》，成都：巴蜀书社，1992年。
[9] 陈尚君辑校：《全唐诗补编》，北京：中华书局，1992年。
[10] 周绍良主编：《唐代墓志汇编》，上海：上海古籍出版社，1992年。
[11] 孙兰风等主编：《隋唐五代墓志汇编》，天津：天津古籍出版社，1991年。
[12] 傅璇琮编撰：《唐人选唐诗新编》，西安：陕西人民教育出版社，1996年。
[13] 张伯伟编撰：《全唐五代诗格校考》，西安：陕西人民教育出版社，1996年。
[14] 佟培基编撰：《全唐诗重出误收考》，西安：陕西人民教育出版社，1996年。
[15] 载《国粹学报》第4卷第9期，1908年。
[16] 载《北平北海图书馆月刊》第2卷第5期，1929年。
[17] 载《燕京大学图书馆报》第17期，1931年。
[18] 载《文哲月刊》第1卷第5期，1936年。
[19] 载《逸经》第117号，1936年。
[20] 载《女师大学术季刊》第3期，1937年。
[21] 载《文史杂志》第3卷第9期，1944年。
[22] 载《国文月刊》第19期，1944年。

记·读全唐文札记·唐集质疑》[1]，孙望的《全唐诗补逸》[2]，王仲镛的《〈唐诗纪事〉校读举例》[3]，李长路的《论唐人绝句的总集与选集》[4]，葛兆光的《唐代文章总集——〈全唐文〉》[5]，张步云的《唐代逸诗辑存》[6]，佟培基的《季振宜与〈全唐诗〉》[7]《〈全唐诗〉无考卷续考》[8]，华钟彦的《〈全唐诗〉校补举例》[9]，吴企明的《〈全唐诗续补遗〉溯源志异（选）》[10]《唐人选唐诗八集流传、散佚考》[11]《从唐诗载录看〈诗渊〉的价值与弊病》[12]，王欣夫的《唐集书录十四种》[13]，何法周的《〈文苑英华〉、〈唐文粹〉的编选情况、相互关系及其他——答石华同志》[14]，孙方的《唐诗的辑佚及其问题》[15]，胡可先的《〈全唐诗外编〉杂考》[16]《〈全唐诗外编〉辨伪》[17]《〈全唐诗〉"无名氏"诗考索》[18]《唐代墓志汇编残志考》[19]，梅新林的《略谈宋代的唐诗整理》[20]，傅璇琮的《关于〈全唐诗〉的改编》[21]，何法周、孙方的《吸收唐诗研究成果，修纂新的

---

[1] 载《"中央研究院"历史语言研究所集刊》第9本，1947年；又载《唐人行第录·附》，北京：中华书局，1962年。
[2] 载《南京师院学报》1979年第1期。
[3] 载《四川师院学报》1979年第2期。
[4] 载《文献》1979年第2期。
[5] 载《文史知识》1983年第7期。
[6] 载《文学遗产》1983年第2期。
[7] 载《中州学刊》1983年第2期。
[8] 载《河南大学学报》1992年第2期。
[9] 载《唐代文学论丛》总第3辑。
[10] 载《苏州大学学报》1983年第3期。
[11] 载《文史》第17辑，1983年。
[12] 载《唐代文学研究》第5辑，桂林：广西师范大学出版社，1994年。
[13] 载《中国古典文学丛考》第1辑，上海：复旦大学出版社，1985年。
[14] 载《河南大学学报》1986年第5期。
[15] 载《中华文史论丛》1986年第2辑。
[16] 载《贵州文史丛刊》1987年第3期。
[17] 载《贵州文史丛刊》1988年第3期。
[18] 载《江海学刊》1989年第1—6期，1990年第1—5期。
[19] 载《文献》1996年第1期。
[20] 载《浙江师大学报》"古籍整理与研究专辑"，1988年。
[21] 载《文学遗产》1989年第4期。

唐代诗歌总集——改编〈全唐诗〉的一些具体设想》①，李岩的《唐代文献典籍构成类析》②，陈尚君的《述〈全唐文〉成书经过》③，程章灿的《唐代墓志中所见隋唐经籍辑考》④，张固也的《〈唐代墓志中所见隋唐经籍辑考〉补正》⑤，韩理洲的《新出土墓碑墓志在唐代文史研究方面的学术价值》⑥等。

唐代文学研究工具书和研究资料汇编

除了上面述及的对唐代文史典籍进行整理和考辨的成果⑦，20世纪，尤其是80年代以后，学界还推出了索引、引得、词典、百科全书等唐代文史研究方面的工具书和研究资料汇编。

20世纪较早从事唐代文史研究工具书编纂工作的当数洪业领导的哈佛燕京学社引得编纂处的诸位先生，他们于三四十年代先后编纂出几十部常用古籍的引得，其中《杜诗引得》《唐诗纪事著者引得》《艺文志二十种·食货志十五种综合引得》和《佛藏子目·道藏子目》与唐代文学研究关系较大，至今仍嘉惠学林。

80年代以后，人们越来越认识到工具书的重要，很多学者进入这一领域，先后编撰出了不少大型、实用的唐代文史研究工具书。

其中索引类的著作有傅璇琮、张忱石、许逸民编著的《唐五代人物传记资料综合索引》⑧，张忱石编《全唐诗作者索引》⑨，武秀珍等编纂的《万首唐人绝句索引》⑩，孙公望编著的《唐宋名诗索引》⑪，河南大

---

① 载《河南大学学报》1989年第5期。
② 载《文献》1995年第1期。
③ 载《复旦学报》1995年第3期。
④ 载《文献》1996年第1期；又载《唐代文学研究》第6辑，桂林：广西师范大学出版社，1996年。
⑤ 载《文献》1996年第4期。
⑥ 载《西北大学学报》1996年第3期。
⑦ 当然，也有学者认为上述《唐人行第录》《唐刺史考》《全唐诗人名考》之类的著作属于工具书；本书则取更严格的"工具书"的定义。
⑧ 傅璇琮、张忱石、许逸民：《唐五代人物传记资料综合索引》，北京：中华书局，1982年。
⑨ 张忱石：《全唐诗作者索引》，北京：中华书局，1983年。
⑩ 武秀珍、阎莉等编：《万首唐人绝句索引》，北京：书目文献出版社，1984年。
⑪ 孙公望：《唐宋名诗索引》，长沙：湖南人民出版社，1985年。

学唐诗研究室编著的《全唐诗重篇索引》①，张万起的《新旧唐书人名索引》②，方积六的《唐五代五十二种笔记小说人名索引》③，吴汝煜的《唐五代人交往诗索引》④，陈抗等编著的《全唐诗索引》⑤，平冈武夫主编的《唐代研究指南》⑥ 等。

辞典类的著作有萧涤非主编的《唐诗鉴赏辞典》⑦、范之麟和吴庚舜主编的《全唐诗典故辞典》⑧、李文学编著的《唐诗典故辞典》⑨、王洪主编的《唐诗百科大辞典》⑩、周勋初主编的《唐诗大辞典》⑪、周祖譔主编的《中国文学家大辞典·唐五代卷》⑫、孙寿玮编纂的《唐诗字词大辞典》⑬ 等。

资料汇编类著作有周勋初主编的《唐人轶事汇编》⑭、陈伯海主编的《唐诗论评类编》⑮《唐诗汇评》⑯ 等。

值得注意的是，到 20 世纪末，又出现了一些唐代文史研究方面的电子检索工具和网络检索工具。其中较早问世的有台湾"中央研究院"开发编撰的"汉籍全文电子资料库"，又称"瀚典资料库"，其中有中华书局整理排印本《二十五史》的全文，既可浏览、输出，又可全功能检索，其主页地址是：http://www.sinica.edu.tw。另外，台

---

① 河南大学唐诗研究室编：《全唐诗重篇索引》，郑州：河南大学出版社，1985 年。

② 张万起：《新旧唐书人名索引》，上海：上海古籍出版社，1986 年。

③ 方积六：《唐五代五十二种笔记小说人名索引》，北京：中华书局，1992 年。

④ 吴汝煜：《唐五代人交往诗索引》，上海：上海古籍出版社，1993 年。

⑤ 栾贵明、田奕、陈抗等：《全唐诗索引》，北京：中华书局，1991 年。

⑥ 平冈武夫主编：《唐代研究指南》，上海：上海古籍出版社，1989 年。

⑦ 萧涤非、程千帆、马茂元等：《唐诗鉴赏辞典》，上海：上海辞书出版社，1983 年。

⑧ 范之麟、吴庆舜主编：《全唐诗典故辞典》，武汉：湖北辞书出版社，1989 年。

⑨ 李文学：《唐诗典故辞典》，西安：陕西人民出版社，1989 年。

⑩ 王洪、田军主编：《唐诗百科大辞典》，北京：光明日报出版社，1990 年。

⑪ 周勋初主编：《唐诗大辞典》，南京：江苏古籍出版社，1990 年。

⑫ 周祖譔主编：《中国文学家大辞典·唐五代卷》，北京：中华书局，1992 年。

⑬ 孙寿玮：《唐诗字词大辞典》，北京：华龄出版社，1993 年。

⑭ 周勋初主编：《唐人轶事汇编》，上海：上海古籍出版社，1995 年。

⑮ 陈伯海主编：《唐诗论评类编》，济南：山东教育出版社，1993 年。

⑯ 陈伯海主编：《唐诗汇评》，杭州：浙江教育出版社，1995 年。

湾元智大学和北京大学计算机中心合作研制的"唐宋文史资料库"中,已有《新唐书》可供检索,他们还拟将《全唐诗》《唐代传记资料》也上到网上,供唐宋文史研究工作者查检,其网址为http://cls.admin.yzu.edu.tw/tasuhome.htm。

比台湾起步稍晚一些,大陆的一些学者和单位也做了一些唐代典籍的电子化工作。较早问世的是由尹小林设计并制作的《全唐诗光盘检索系统》[①],该系统以电子光盘的形式为唐代文史研究者浏览全文、全面检索《全唐诗》提供了极大的方便。尹小林还对中国古代重要的文化典籍进行了全面的电子化整理,目前已经整理出来的与唐代文史研究有关的数据库主要有"二十五史""诸子""全上古秦汉三代魏晋六朝文""先秦汉魏晋南北朝诗""全唐诗""全唐五代词""全宋词""太平广记""乐府诗集",正在整理的数据库主要有"全唐文""中国诗话集成""通典",将要整理的数据库有"唐代墓志汇编""历代笔记小说、笔记史料集成""全唐五代文"等。他建立了"国学网",其中"唐诗研究"专栏,由杜晓勤主持,有许多唐代文史资料和研究信息供唐代文史研究者上网浏览、检索和下载。其网址为:http://www.guoxue.com。

和尹小林靠个人的精力进行典籍电子化整理不同,北京大学中文系以学校充足的财力和丰富的人力资源为后盾,从90年代末起一直致力于唐代文史典籍电子化的工作。他们推出的成果主要有"全唐诗电子检索系统",该系统以中华书局排印本《全唐诗》为底本进行电子化处理,同时又附加了不少相关的典籍和研究资料。如在其中的"唐前诗集"中就包含有逯钦立的《先秦汉魏晋南北朝诗》,史传资料中,包含有《新旧唐书》和《唐才子传》,另外,还有《乐府诗集》也隐含在其中,因而具有较大的使用价值。但是由于这么多资料全部隐含在"全唐诗电子检索系统"中,没有单行别出,所以给需要检索和浏览这些附加资料的使用者带来了不少困难。其网址为:http://chinese.pku.edu.cn。

第二节 唐诗综合研究

20世纪有关唐诗综合研究的成果很多,下面主要从唐代诗歌"史"

[①] 尹小林:《全唐诗光盘检索系统》,北京:商务印书馆国际有限公司,1998年。

的研究、艺术综论、体式研究、题材研究、唐诗学的建立①等方面,进行介绍。

一、唐代诗歌"史"的研究

20世纪学界对唐代诗歌进行"史"的研究的成果主要体现在唐诗概论、唐代诗歌史等著作中,而在"史"的研究中,又主要涉及唐诗史的分期、繁荣原因等问题。

唐诗概论

早在20世纪二三十年代,学界就出现了一些对唐代诗歌进行较为全面、系统探讨的著作,如邵祖平的《唐诗通论》②、费有容的《唐诗研究》③、许文玉的《唐诗综论》④、胡云翼的《唐诗研究》⑤、苏雪林的《唐诗概论》⑥、杨启高的《唐代诗学》⑦等。

邵祖平文是20世纪较早对唐诗进行系统、深入研究的著作。该文讨论了"唐诗拓展之由来""唐诗分类法之得失""唐诗分自然工力两大派""唐诗作者师法渊源之概测""唐诗情境事理之各面观""唐诗优绌之观察""唐诗之开宗派""初唐诗论""盛唐诗论""中唐诗论""晚唐诗论"等问题,且时有独见。如他指出:"唐之初盛,自然者比较居多,殆以当时功业为重,诗道不事竞胜,作者不主创获。故人心所向,声亦如之。至于中晚,士之无所见于后世者,必赖诗篇一为孤注,其志可悯,其事甚苦。然卒也,作家诞生甚众,故不可不谓非工力派。"他又说:"唐诗于情景事理无不具备,盛唐诸作家情景孕融,事理贯悏,气盛味长,格老骨苍,所至莫不神妙。中晚则流连寓植,均不得全。"他还鞭辟入里地分析了唐诗之优缺点:"唐诗之优处,为后人所可得而见者,其在词采之富,而不芜杂;风调之佳,而不轻靡;音韵之美,而不淫滞;格律之严,而不拘挛乎。""唐诗之绌处,其类亦有四:(1)诗料

---

① 唐诗整理的成果请参见本章第一小节"唐代文学典籍的整理和考证"部分。
② 载《学衡》第12期,1922年。
③ 费有容:《唐诗研究》,上海:大东书局,1926年。
④ 许文玉:《唐诗综论》,北京:北京大学出版部,1929年。
⑤ 胡云翼:《唐诗研究》,上海:商务印书馆,1933年。
⑥ 苏雪林:《唐诗概论》,沈阳:辽宁教育出版社,1997年。
⑦ 杨启高:《唐代诗学》,南京:正中书局,1935年。

之通性太甚；(2) 酬唱之篇什太多；(3) 咏物之庸滥可厌；(4) 观感之态度一致是也。"由于从19世纪下半叶直到20世纪20年代，文坛和学界都是重宋诗而轻唐诗，所以，邵祖平文对唐诗深入、中肯而又精彩的分析，对于扭转当时文坛风气，引导学界重视研究唐诗，有不可忽视的积极作用。

苏雪林著也是20世纪上半叶少有的具有一定深度和新见的探讨唐诗发展史的著作。全书共二十章，第一章"唐诗隆盛之原因"，将唐诗繁荣原因归为学术思潮之壮阔、政治社会背景之绚烂、文学格调创造之努力等三方面。第二章"唐诗变迁之概况"，讨论历来唐诗分期之说，并将唐诗分为五期：(1) 继承齐梁古典作风之时期，以王绩、四杰、沈宋、陈子昂、张九龄为代表；(2) 浪漫主义文学隆盛之时期，以李白、王孟、高岑、李颀、王昌龄、崔颢为代表；(3) 写实文学诞生之时期，以杜甫、大历才子、韩孟、元白、张王为代表；(4) 唯美文学发达之时期，以温李、杜牧为代表；(5) 唐诗衰颓之时期，重要诗人为韩偓、陆龟蒙、皮日休、司空图等。自第三章起分论各期作家，不乏新见。例如，论盛唐诗时，突出强调乐府诗创作之意义，颇具眼光；分析中唐诗时，从三种倾向区分盛唐向中唐之流变，遂使韩孟险怪派与元白功利派之新变得到较为清晰的描述；叙唐末诗坛，则将众多诗人划为通俗（出于白居易）、幽峭僻苦（出于贾岛）、清真雅正（出于张籍）、唯美（出于温李）、奇险（出于韩愈）五派，较为独到。

杨启高著分纲领、初唐、盛唐、中唐、晚唐、影响六章进行论述。该书论唐诗之盛注重时代背景，从经济、政治、文化诸方面探究其原因。溯唐诗渊源，则列正始、太康两派。论"四唐"之诗，重视著名诗人、流派风格；以盛唐、中唐为唐代诗风变迁关键之所在。

五六十年代，对唐诗进行全面、系统探究的著作较少，主要是王士菁的《唐代诗歌》①，该书受当时"左"的思潮影响较深，主要从人民性和现实主义的角度分析唐诗的特点和流变。

"文革"以后，唐诗概论类有詹锳的《唐诗》②、刘开扬刘开扬的

---

① 王士菁：《唐代诗歌》，北京：作家出版社，1964年。
② 詹锳：《唐诗》，上海：上海古籍出版社，1979年。

《唐诗通论》[1]、张步云的《唐代诗歌》[2]、刘增遂的《唐诗论稿》[3]、蒋长栋的《唐诗新论》[4]、余恕诚的《唐诗风貌》[5] 等。

其中，刘开扬刘开扬著是"文革"之后较早出版的唐诗概论性质的论著，该书的"总论"部分主要论述了"唐诗发达诸因素""唐诗的品评和分期""唐诗的体裁和声律"，分论部分按"初唐""盛唐""中唐""晚唐"等时期，介绍了有唐一代近百个诗人及他们的创作，对于当时普及唐诗的基本知识，增加一般读者对唐代诗人的了解，起到了一定的作用。蒋长栋著试图从新的角度对唐诗进行综合探索，该书从"风骨论""兴寄论""写意论""缘情论""声律论""辞法论""章法论""兴象论""气象论""体式论""源起论""流别论"等角度，分析了唐诗的内容质素、艺术质素，以及由这些质素的组合和嬗变所构成的唐诗风貌及唐诗演变规律。余恕诚著是这类著作中最具深度的。该书对唐诗总体风貌及各个时期、各个重要诗人与诗派、各种体裁风貌有较为准确的把握和细致的辨析，尤其注意从诗歌风貌与社会生活之间寻找中介，联系特定的文化背景、诗人生活与创作心态，探讨某种风貌的基因，而且逐层深入，贴近创作，避免了机械排列外部因素、笼统归诸时代背景的简单浮泛之病。

唐诗史的编撰

真正意义上的"唐诗史"著作出现在 80 年代以后，其中较早问世的是罗宗强的《唐诗小史》[6]。正如霍松林在此书的"序"中所说，"这是一部关于唐诗发展的新史，在许多方面有新的特色，新的开拓，新的突破"。作者在描述不同时期唐诗发展的不同风貌时，交错阐述形成原因；在纵论唐诗的艺术成就时，较多地着眼于诗歌的内部规律，突出各个时期唐诗的独特艺术成就。正因为本书着眼于唐诗的独特成就，唐诗发展过程中审美趣味的演变、艺术技巧的革新、各个流派、各位诗人的功过得失，也就清晰地显现出来了。作者还改变了一般以作家为章节的

---

[1] 刘开扬刘开扬：《唐诗通论》，成都：四川人民出版社，1981 年。
[2] 张步云：《唐代诗歌》，合肥：安徽教育出版社，1990 年。
[3] 刘增遂：《唐诗论稿》，杭州：杭州大学出版社，1992 年。
[4] 蒋长栋：《唐诗新论》，长沙：湖南文艺出版社，1996 年。
[5] 余恕诚：《唐诗风貌》，合肥：安徽大学出版社，1998 年。
[6] 罗宗强：《唐诗小史》，西安：陕西人民出版社，1987 年。

诗歌史写法，也不采取以文艺理论框架去套唐诗发展史实的方法，而是从唐诗发展的史实出发，给以史的考查和评价，进行理论的概括和总结。因此，作者不仅在书中提出了一些富有独创性的见解，而且在文学史的编写方法上，也提供了成功的经验。

90年代以后，出现了好几部唐代诗歌史，如许总的《唐诗史》①、霍然的《隋唐五代诗歌史论》②、杨世明的《唐诗史》③等。其中许总著改变了传统的以政治盛衰为依据的"四唐"分期法，从诗歌体式、艺术渊源、时代精神、文化特性等多方面考虑，认为唐诗史的演进历程与存在方式表现为承袭期、自立期、高峰期、扭变期、繁盛期、衰微期这六大阶段的递嬗与交接状态。该书特别注重对唐诗史的历时性与共时性、规律性与偶然性、遗留态与评价态的辩证关系的把握和展示，努力梳理出其既宏远阔大又具体生动、既动态变迁又静态呈示、既总体定向又个体突现的复杂的多绪的进程，是对文学史编撰方法、思路的一个新探索。

唐诗分期问题和唐诗发展规律

除了上述唐诗概论和唐诗史类著作中已经涉及唐诗发展阶段和规律性问题的探讨，20世纪还有一些文章专门探讨了唐诗分期和唐诗发展规律问题。

20世纪论及唐诗发展分期问题的文章主要有许惠芬的《唐诗"四唐"说考异》④、黄泽浦的《"七五五年"在唐诗上之意义》⑤、李嘉言的《唐诗分期问题》⑥、王气中的《关于唐诗的分期问题》⑦、余冠英的《唐诗发展的几个问题》⑧、倪其心的《关于唐诗的分期》⑨、詹杭伦的《方

---

① 许总：《唐诗史》，南京：江苏教育出版社，1994年。
② 霍然：《隋唐五代诗歌史论》，长春：吉林教育出版社，1995年。
③ 杨世明：《唐诗史》，重庆：重庆出版社，1996年。
④ 载《北大学生》第1卷第1期，1930年。
⑤ 载《厦大周刊》第13卷第1—5期，1933年。
⑥ 载《文哲月刊》第1卷第1、2、3期，1935年。
⑦ 载《南京大学学报》1963年第1期。
⑧ 载《文学评论》1978年第1期。
⑨ 载《文学遗产》1986年第4期。

回在唐诗分期问题上的贡献》①、袁行霈的《初唐诗歌下限新说》② 等。

这些文章大多对传统的"四唐"说提出了不同的意见,黄泽浦文和李嘉言文都很赞同胡适《白话文学史》中所提出的"二分法"。黄泽浦文比较 755 年前后的时代背景、唐诗内容、风格、章法,进一步指出,唐诗的发展可以概括为两个时代,一为"李白时代",一为"杜甫时代"。李白时代即为前期的唐诗,杜甫时代即为后期的唐诗,而两时代的分界线则为"七五五年"——唐天宝十四年。李嘉言文从政治、经济两方面论之,认为李白以前为浪漫主义时代,杜甫以后为写实主义时代,而这两个时代的诗歌创作又与佛教的不同影响有关。余冠英文按照诗歌作风的转变,把唐诗分为八个阶段:(1)唐初,(2)"四杰"至开元前,(3)开元初至安史之乱,(4)安史之乱爆发至大历初,(5)大历初至贞元,(6)贞元初至大和初,(7)大和初至大中初,(8)大中以后至唐末。倪其心文提出了"三分"说,他认为,第一阶段从高祖至玄宗开元年间,诗歌拨乱反正,走向繁荣;第二阶段从开元末至宪宗元和时期,诗歌掀起高潮,趋向创新;第三阶段是穆宗长庆以后,到唐王朝覆灭,诗歌走向新形式创造道路。袁行霈文主张将初唐诗歌的下限划到开元八年(720),他指出:若从唐诗本身考察,713 年这一年实在没有划时代的意义,所以最好把盛唐的开始时间定于开元九年(721)。在这一年以前,初唐的诗人如陈子昂、苏味道、杜审言、宋之问、沈佺期均已去世,而从开元九年开始,盛唐大诗人逐渐开始走上诗坛,崭露头角。

20 世纪专论唐诗发展规律问题的论文主要有吴烈的《唐代诗歌的嬗变》③、纪庸的《唐诗之"因""革"》④、金启华的《论唐诗之体变》⑤、马茂元、陈伯海的《隋唐五代诗歌概述》⑥、葛晓音的《论初、盛唐诗歌革新的基本特征》⑦、赵昌平的《唐诗演进规律性刍议——"线点面

---

① 载《南充师院学报》1986 年第 3 期。
② 载《文史知识》1995 年第 5 期。
③ 载《国民文学》第 2 卷第 4 期,1935 年。
④ 载《国文月刊》第 73 期,1948 年。
⑤ 载《苏州大学学报》1983 年第 3 期。
⑥ 载《上海师范大学学报》1984 年第 3 期。
⑦ 载《中国社会科学》1985 年第 2 期。本文主要观点和突破请参见本书"初唐文学研究"和"盛唐文学研究"部分。

综合效应开放性演进"构想》①《从初盛唐七古的演进看唐诗发展的内在规律》②、许总的《唐诗体派论》③等。

纪庸文指出,唐代的诗歌因袭六朝的"变革"者居多,复返于汉、魏者少,强调唐诗是在对六朝文学继承基础上的变革,而非纯然复古。他说,唐代诗歌,自起初便和理论方面的复古主义背道而驰,形成理论、事实打成两橛的现象,也许主要因为关陇旧人多不喜且不善为诗,于是流风所及,在理论上也就不得不趋于折中。文章还指出,足以代表倾向南朝作风的诗人,当然要数杜甫,他的诗仿效齐梁,论述乱离,被称为"诗史",他个人对于江左流风,也时致倾挹。另外,六朝诗所以会"清新",主要是增加了"赋"的要素和形式上的音律两个因素,而唐人对这两点也是完全继承了的。总之,唐诗的来源,对于齐梁体,因多革少,是可以确定了的。赵昌平文认为,唐诗演进的形态是由诗体传统、时代、诗人及其心态这三种因素动态性的相互影响后构成的,他所要写的"唐诗史"是以时代的历史文化氛围为背景,以诗人的心态为中介,以诗体的传承演变为归结的多元化的动态的视角。他还从对初盛唐七古发展历程的分析中发现唐诗发展的一些规律性:(1)连续性,唐诗各体都有其前后相继、不可间断的发展系列;(2)螺旋上升性,后一时期的某一诗体形式的具体表现形式,虽是前一阶段的延续,然而,诗人又往往同时综合了更前阶段的某些艺术因素,对相邻阶段的此体诗歌进行改造;(3)多样性与参差性,在螺旋形上升的共同规律支配中,诗人又总是根据自身的经历、个性调节着持续与循环的比重,并同时从不同的角度借取相邻的诗体形式或其他艺术部类的因素,形成自己的独特风格;(4)时代性;(5)隐显性,或称峰谷性,诗史螺旋上升的历程,受量变到质变规律的制约,表现为隐现交迭的形式,两个高峰之间必有一个带有前阶段遗痕,显示新阶段征兆的过渡阶段。

二、唐诗艺术分析和题材探讨

唐诗艺术综论

唐诗艺术成就之高,是人所共知的,但是唐诗缘何取得如此巨大的

---

① 载《文学遗产》1986年第1期。
② 载《中国社会科学》1986年第6期。
③ 载《文学遗产》1995年第3期。

艺术成就？其中有哪些艺术手法、艺术技巧可以汲取？20世纪学界对这些问题进行了有益的探讨。

在20世纪上半叶，人们对唐诗艺术的综合探讨主要体现在一些唐诗概论著作中，如前述邵祖平的《唐诗通论》[①]、费有容的《唐诗研究》、许文玉的《唐诗综论》、胡云翼的《唐诗研究》、苏雪林的《唐诗概论》、杨启高的《唐代诗学》等。

五六十年代以后，出现了一些对唐诗艺术进行分析的专题文章，如傅庚生的《说唐诗的醇美》[②]、宛敏灏的《漫谈唐诗的比兴》[③]、吴汝煜的《略说唐诗中的"兴"》[④]、王启兴的《索物托情　情趣盎然——漫谈唐诗中比的运用》[⑤]、李其钦的《略谈唐诗的图画美》[⑥]、黄拔荆的《唐诗起结浅论》[⑦]、祝建勋的《唐诗流水对初探》[⑧]、林庚的《从唐诗的特色说起》[⑨]、蒋孔阳的《唐诗的审美特征》[⑩]、汤高才的《严羽的兴趣说与唐诗艺术》[⑪]、孙连仲的《唐代诗歌中传神的模糊语言》[⑫]、高友工、梅祖麟的《唐诗的意蕴、隐喻和典故》[⑬]、师长泰的《唐诗艺术管窥》[⑭]、陈伯海的《文学传统与唐诗的创新》[⑮]、王钟陵的《唐诗中的时空观》[⑯]、赵昌平的《意兴、意象、意脉——兼论唐诗研究中现代语言学批评的得

[①] 载《学衡》第12期，1922年。
[②] 载《光明日报》1962年2月25日。
[③] 载《安徽师大学报》1978年第1期。
[④] 载《江苏文艺》1978年第2期。
[⑤] 载《文艺论丛》第6辑，1979年。
[⑥] 载《广州师院学报》1982年第1期。
[⑦] 载《厦门大学学报》1982年第4期。
[⑧] 载《重庆师院学报》1982年第4期。
[⑨] 载《文史知识》1982年第10期。
[⑩] 载《文史知识》1985年第10期。
[⑪] 载《社会科学（上海）》1985年第11期。
[⑫] 载《人文杂志》1987年第2期。
[⑬] 载《文学研究参考》1987年第5期。
[⑭] 载《唐都学刊》1988年第1期。
[⑮] 载《江海学刊》1988年第2期。
[⑯] 载《文学评论》1992年第3期。

失》①、王辉斌的《别具匠心：唐诗的制题艺术》②、周寅宾的《论唐诗意象的心理特征》③、李晖的《论唐诗意境的新开拓》④《论唐诗的诗意结构》⑤、林继中的《唐诗形式美》⑥ 等。

着重探讨唐诗艺术的专著有王明居的《唐诗风格美新探》⑦，陈铭的《唐诗美学论稿》⑧，高友工、梅祖麟的《唐诗的魅力》⑨，房日晰的《唐诗比较论》⑩，李浩的《唐诗美学》⑪，蒋长栋的《唐诗新论》等。

唐诗题材研究

20世纪对唐诗题材进行专门探讨的专著和某一题材的选本也有不少，如胡云翼的《唐代的战争文学》、孙俍工的《唐代底劳动文艺》、刘开荣的《唐人诗中所见当时妇女生活》⑫、张步云的《唐代中日往来诗辑注》⑬、杨桦选注的《唐人对外友好诗选》⑭、彭庆生的《唐代乐舞书画诗选》⑮、陈世钟的《唐代送别诗新注》⑯、何立智的《唐代民俗和民俗诗》、颜进雄的《唐代游仙诗研究》⑰、陶文鹏的《唐诗与绘画》、张明非的《唐诗与舞蹈》、朱易安的《唐诗与音乐》等。

对唐诗题材进行分析的专题论文更多，如专论唐代宫怨诗和爱情诗的文章主要有韩理洲的《三千宫女胭脂面，几个春来无泪痕——简说唐

---

① 载《唐代文学研究》第3辑，桂林：广西师范大学出版社，1992年。
② 载《山东师大学报》1994年第5期。
③ 载《中国韵文学刊》1995年第1期。
④ 载《文学遗产》1992年第3期。
⑤ 载《北方论丛》1995年第3期。
⑥ 载《古典文学知识》1996年第5期。
⑦ 王明居：《唐诗风格美新探》，北京：中国文联出版社，1987年。
⑧ 陈铭：《唐诗美学论稿》，郑州：中州古籍出版社，1987年。
⑨ 高友工、梅祖麟：《唐诗的魅力》，上海：上海古籍出版社，1989年。
⑩ 房日晰：《唐诗比较论》，西安：陕西人民教育出版社，1992年。
⑪ 李浩：《唐诗美学》，西安：陕西人民教育出版社，1993年。
⑫ 刘开荣：《唐人诗中所见当时妇女生活》，重庆：商务印书馆，1943年。
⑬ 张步云：《唐代中日往来诗辑注》，西安：陕西人民出版社，1984年。
⑭ 杨桦：《唐人对外友好诗选》，天津：天津古籍出版社，1988年。
⑮ 彭庆生：《唐代乐舞书画诗选》，北京：北京语言学院出版社，1988年。
⑯ 陈世钟：《唐代送别诗新注》，石家庄：河北教育出版社，1993年。
⑰ 颜进雄：《唐代游仙诗研究》，台北：文津出版社，1996年。

代的"宫怨诗"》①、张浩逊的《也谈唐代宫怨诗的含蓄美》②《唐代宫怨诗综论》③、苏者聪的《论唐代僧人诗和唐代佛教世俗化》④、颜邦逸的《唐代爱情诗品议》⑤、顾爱霞、高峰的《唐代宫怨诗新论》⑥ 等。

专论唐代僧诗和游仙诗的文章主要有程裕祯的《唐代的诗僧和僧诗》⑦、徐庭筠的《唐五代诗僧及其诗歌》⑧、佟宗颐的《唐代僧诗重出甄辨》⑨、周先民的《自然·空灵·简淡·幽静——唐代僧诗的艺术风格管窥》⑩ 等。

专论唐代题画诗和乐舞诗的文章主要有席臻贯的《唐诗中的唐乐及乐伎》⑪、张骜的《唐代舞诗艺术散论》⑫、张金海的《唐人题画诗杂谈》⑬、王世德的《唐朝题画诗注》⑭、陈华昌的《唐代题画诗的美学意义》⑮、张明非的《唐代乐舞诗的艺术成就》⑯ 等。

专论唐代咏物诗和咏史诗的文章主要有张政烺的《讲史与咏史诗》⑰、周振甫的《谈咏物诗的描绘和寄托》⑱、兰甲云的《简论唐代咏物诗发展轨迹》⑲、梁秋的《唐人花鸟诗的美学特色初探》⑳、张明非的

---

① 载《人文杂志》1985 年第 6 期。
② 载《语文月刊》1985 年第 6 期。
③ 载《阴山学刊》1989 年第 1 期。
④ 载《唐代文学论丛》总第 7 辑,西安:陕西人民出版社,1986 年。
⑤ 载《辽宁师大学报》1989 年第 5 期。
⑥ 载《南京师大学报》1996 年第 3 期。
⑦ 载《南京大学学报》1984 年第 1 期。
⑧ 载《唐代文学研究》第 1 辑。
⑨ 载《中华文史论丛》1985 年第 3 辑。
⑩ 载《文学遗产》1990 年第 2 期。
⑪ 载《唐代文学论丛》总第 4 辑。
⑫ 载《锦州师院学报》1984 年第 3 期。
⑬ 载《中国古典文学鉴赏》1985 年第 1 期。
⑭ 载《文艺研究》1989 年第 5 期。
⑮ 载《唐代文学研究》第 2 辑,桂林:广西师范大学出版社,1990 年。
⑯ 载《广西师范大学学报》1994 年第 3 期。
⑰ 载《"中央研究院"历史语言研究所集刊》第 10 本。
⑱ 载《北方论丛》1979 年第 2 期。
⑲ 载《中国文学研究》1995 年第 2 期。
⑳ 载《江汉大学学报》1993 年第 2 期。

《唐代咏琴诗探微》[①] 等。

专论唐代送别诗的文章主要有张明非的《论唐人送别诗的审美意象》[②]《论唐人送别诗的人情美》[③]、姚郁杰的《读唐朝赠别诗有感》[④]、吴承学的《唐诗中的"留别"与"赠别"》[⑤] 等。

另一些文章涉及了唐诗所表现的其他题材，如张步云的《唐代的儿童诗》[⑥]、曹文江的《九奏中新声　八珍中异味——试论唐代寓言诗》[⑦]、何绰如的《唐五代应制诗辨疑》[⑧]、管士光的《唐代的哲理诗》[⑨]、张浩逊的《论唐代的侠义诗——兼论唐代诗人的任侠精神》[⑩]、董乃斌的《女儿节的情思——唐人七夕诗文论略》[⑪]、李乃龙的《论唐代艳情游仙诗》[⑫]、斯蒂芬·欧文的《唐代别业诗的形成》[⑬] 等。

三、唐诗体式和格律研究

唐诗格律和语言研究概况

唐代是近体诗形成和发展的时期，唐诗本身的语言美、声律美也是唐诗迷人的魅力之一，所以历代唐诗研究者无不对唐诗的各种体式及其格律进行过分析和探究。20世纪，学者在传统的格律分析的基础上，运用现代音韵学、西方语言学的一些方法，对唐代近体诗成立的过程和唐诗各种体式的声韵、格律形式进行了较为系统、科学的研究，取得了实质性的突破。

20世纪较早对唐诗格律问题进行深入探讨的学者是郭绍虞，他先

---

① 载《文艺研究》1993年第4期。
② 载《广西师范大学学报》1987年第4期。
③ 载《中州学刊》1989年第2期。
④ 载《宁夏大学学报》1988年第2期。
⑤ 载《文学遗产》1996年第4期。
⑥ 载《唐代文学论丛》1982年第1期。
⑦ 载《郑州大学学报》1984年第2期。
⑧ 载《徐州教育学院学报》1987年第4期。
⑨ 载《古典文学知识》1987年第5期。
⑩ 载《商丘师专学报》1988年第3期。
⑪ 载《唐代文学研究》第5辑，桂林：广西师范大学出版社，1994年。
⑫ 载《广西师范大学学报》1997年第3期。
⑬ 载《古典文学知识》1997年第6期。

后撰写了一系列探讨近体诗诗律形成问题的文章①,主要解决了近体诗的声韵系统"四声二元化"问题。五六十年代,林庚也对唐诗的格律和语言有过探讨,他先后撰写了《唐诗的格律》②《略谈唐诗的语言》③等文章,主要从中国古典诗歌的音乐性、声律美的角度,阐述了唐诗语言形式上的魅力,同时也对唐诗的韵律节奏提出了独到的看法,力图对当时新诗格律的建设有所贡献。20 世纪在古典诗律学方面取得成就最大的学者是王力,他的《汉语诗律学》④从句式、语法、韵律等方面全面、系统地分析了中国诗歌的诗律,其中对唐代古近体诗歌格律的分析颇多己见,是 20 世纪唐代诗律研究方面的标志性成果。在王力之后,徐青也对古典诗律进行了长期的研究,他除了出版了《古典诗律史》⑤这样一部对中国古典诗律发展演变史进行描述的著作,还先后发表了几十篇探讨唐代古近体诗格律的文章,在唐诗分体声律的研究方面做了大量的基础工作。90 年代以后,香港学者邝健行也颇致力于唐代近体诗律的研究,先后发表了《初唐五言律体律调完成过程之观察》⑥《吴体与齐梁体》⑦等论文,出版了《诗赋与律调》⑧这样一部对诗赋的律体、律调进行深入研究的专著。90 年代以后,论及唐代诗歌格律问题的学者还有何伟棠⑨、杜晓勤⑩、吴小平⑪等。

20 世纪的唐诗语言研究也取得了不少成绩,其中,较早问世的成果是张相的《诗词曲语辞汇释》⑫,该书汇集了唐宋金元明以来流行于诗词曲中的特殊语辞,详引例证,解释辞义与用法,兼谈其流变演化,

---

① 参见本书"隋唐五代文学理论研究"的"文境秘府论的整理与研究"部分。
② 载《语文学习》1957 年第 9 期。
③ 载《文学评论》1964 年第 1 期。
④ 王力:《汉语诗律学》,上海:新知识出版社,1958 年。
⑤ 徐青:《古典诗律史》,西宁:青海人民出版社,1980 年。
⑥ 载《唐代文学研究》第 3 辑。
⑦ 载《唐代文学研究》第 5 辑。
⑧ 邝健行:《诗赋与律调》,北京:中华书局,1994 年。
⑨ 何伟棠:《永明体到近体》,广州:广东高等教育出版社,1994 年。
⑩ 杜晓勤:《从永明体到沈宋体》,载《唐研究》第 2 卷,北京:北京大学出版社,1996 年。
⑪ 吴小平:《中古五言诗研究》,南京:江苏古籍出版社,1998 年。
⑫ 张相:《诗词曲语辞汇释》,北京:中华书局,1979 年。

对于研究唐诗具有一定的参考价值。从 40 年代直至 80 年代，王力一直致力于中国汉语史的研究，其《汉语史稿》①和《汉语语音史》②虽然不专论唐诗的语言问题，然对唐诗中的语法和音系多有论述，故而亦可视为唐诗语言研究的重大成果。

周祖谟的《唐五代韵书集存》③是 20 世纪唐五代韵书汇辑与研究方面的集大成著作。该书与以往同类书多用摹写本不同，凡是有照片的残本都用照片影印，凡原本脏污、黯淡与摄制不够清楚的，另加摹本或摹刻本，是迄今收罗最为完备、印制最为准确的唐五代韵书总集。根据体例性质和内容，作者提出把这些韵书分为七类：陆法言《切韵传写本》、笺注本《切韵》、增训加字本《切韵》、王仁昫《刊谬补缺切韵》、裴务齐正字本《刊谬补缺切韵》、《唐韵》写本和五代本韵书，从而说明了《切韵》系韵书在唐五代发展的具体过程，对于唐诗研究者了解和研究唐诗中的用韵情况和音韵体系具有极大的帮助。另外，周祖谟还有《关于唐代方言中四声读法之一些资料》④一文，对理解唐人的"四声"概念也有助益。

高友工、梅祖麟著，李世耀译的《唐诗的魅力》是运用西方现代语言学——结构主义批评方法研究唐诗的一次实践，该书共由三篇论文组成，分别为《杜甫的〈秋兴〉——语言学批评的实践》⑤《唐诗的语意、隐喻和典故》⑥《唐诗的句法、用字与意象》⑦，较重视语言学与中国文化传统的结合、印证。在第三篇文章中，作者希望提出"一种以中国文化传统为前提的诗性结构的分析方法"，另外作者十分注重对唐诗的意象与词语的研究，他们摒弃了一些西方学者从汉字的象形性论汉字有单独构成意象能力的错误观念，而在传统诗论所说的句法、用字的具体语境中来谈唐诗的意象，因而所论较符合中国古典诗学本身的语言特征。但是，作者在具体的研究理论和操作方法上仍有用西方结构主义批评方

---

① 王力：《汉语史稿》，北京：中华书局，1980 年。
② 王力：《汉语语音史》，北京：中国社会科学出版社，1985 年。
③ 周祖谟：《唐五代韵书集存》，北京：中华书局，1983 年；台北：学生书局，1994 年，增加了俄藏《笺注本切韵》《唐韵》。
④ 撰于 1958 年，收入《问学集》，北京：中华书局，1966 年。
⑤ 载《哈佛大学亚洲研究学报》第 28 期，1968 年。
⑥ 载《哈佛大学亚洲研究学报》第 31 期，1971 年。
⑦ 载《哈佛大学亚洲研究学报》第 38 期，1978 年。

法硬套唐诗的弊病,故某些结论有主观之嫌。高友工另有《律诗的美学》①一文,也是用西方语言学理论来分析中国古典律诗形式上独特的美学意蕴。

20世纪专门研究唐诗用韵问题的专著是鲍明炜的《唐代诗文韵部研究》②,该书以时代为序,将唐代各个重要作家诗文的用韵情况——梳理、排列出来,从中可以看出诗人们的用韵特点及其对诗歌风格的影响,可惜目前只出版了初唐部分。

专门研究唐诗语言问题的专著有蒋绍愚的《唐诗语言研究》③,该书从格律、词汇、句法、修辞等方面对唐诗的语言形式作了研究,旨在帮助读者读懂唐诗,推动唐诗语言研究的进一步深入。因为作者认为,到当时为止,除了在唐诗语词方面出现了一些高水平的论著,其他方面似在王力《汉语诗律学》以后没有出现过有影响的学术专著。

在蒋绍愚之后,唐诗语言研究又取得了较大的进展,90年代出版了好几部研究唐诗语言的著作,如程湘清的《隋唐五代汉语研究》④、孙寿玮的《唐诗字词大辞典》,志村良治著、江蓝生和白维国译的《中国中世语法史研究》⑤,江蓝生、曹广顺主编的《唐五代语言词典》⑥,黄淬伯的《唐代关中方言音系》⑦等。

唐代古体诗研究

唐代古体诗具有独特的艺术魅力,在初盛唐时期曾发挥着近体诗所无法承载的抒情功能,所以颇受到唐诗研究者的注意。

20世纪较早对唐代古体诗格律特征进行研究的学者是王力,他在《汉语诗律学》中的第二章详细讨论了"古体诗"的用韵、五古的平仄、七古的平仄、古风的粘对及其出句末字的平仄、入律的古风、古风式的律诗、古体诗的对仗、古体诗的语法等问题,其中大多是以唐人作品为

---

① 倪豪士编选:《美国学者论唐代文学》,上海:上海古籍出版社,1994年。
② 鲍明炜:《唐代诗文韵部研究》,南京:江苏古籍出版社,1990年。
③ 蒋绍愚:《唐诗语言研究》,郑州:中州古籍出版社,1990年。
④ 程湘清:《隋唐五代汉语研究》,济南:山东教育出版社,1992年。
⑤ 志村良治著,江蓝生、白维国译:《中国中世语法史研究》,北京:中华书局,1995年。
⑥ 江蓝生、曹广顺:《唐五代语言词典》,上海:上海教育出版社,1997年。
⑦ 黄淬伯:《唐代关中方言音系》,南京:江苏古籍出版社,1998年。

材料进行分析的，所以人们后来在研究唐代古体诗的格律问题时，多参考此书。

20世纪探讨唐代古体诗的专著不多，主要有王锡久的《唐代的七言古诗》①。该书以时代为序深入探讨了唐代各个时期、各个重要作家的七古诗的艺术成就和在文学史上的地位，实际上是一部唐代七言古体诗的艺术流变史。作者在《序论》中指出，"从艺术创获上说，七绝与七古无疑是唐诗中最富有艺术生命力的两种诗体"，"唐代诗人往往是以覃精竭思地创作七言古诗来驰骋诗才，表现其磊落情怀的。由于七言古诗的体制特点所决定，唐人对它在艺术创造上表现出非常突出的追求新异的祈向"②。作者认为，唐代七言古诗还具有和其他诗体迥然相异的题材特点，首先是它的体制宏大，便于铺陈叙写，担当了表现重大的社会主题、展现广阔的生活画面、描写多姿多彩的自然山水的主要任务；其次，七言古诗适宜表现感慨淋漓、激壮苍凉的题材内容；再次，七言古诗还往往以绘形绘色地描写刻画各种各样的雄杰奇伟乃至诡谲怪诞的事物和现象为其题材特色。此外，作者还探讨了唐代七言古诗在形式上的特点，描画了唐代七古艺术发展的基本线索。

研究唐代七言古诗的文章主要有赵昌平的《从初、盛唐七古的演进看唐诗发展的内在规律》③、史有为的《试论初唐七言古诗创造浑融意境的艺术经验》④等。赵昌平文宏观与微观相结合，探讨了唐诗发展的内在规律。作者认为，造就盛唐七古"不可端倪，达于化境""诸体备陈，笼罩百代"的成就的，不仅是靠处于发展顶峰的盛唐时期诸大家的意匠神功，而且不可忽视以"四杰"为代表的第一阶段诗人借赋体改造前代七古的开创之功，同时也有过渡的第二阶段李峤诸人对"四杰"歌行进一步改造之力。作者通过对唐诗前两个时期将近二百年间有代表性的七古诗作的句式、声调、诗歌意象、布局、取势等特点的分析，认为诗歌艺术作为文学分工的一个特定领域，其演进，总是后一代诗人对前代诗人积累、创造的诗歌艺术遗产在新的历史条件下进行改革的结果。

七言歌行是唐代七言古诗中最为重要的一种诗体，在初盛唐诗坛曾

---

① 王锡久：《唐代的七言古诗》，南京：江苏教育出版社，1991年。
② 同上书，第13页。
③ 载《中国社会科学》1986年第6期。
④ 载《文学遗产》1993年第4期。

经产生许多名篇佳作,所以20世纪学界对之研究得较为深透。20世纪最早对唐代七言歌行的艺术成就进行深入研究的学者是陈延杰和林庚。

陈延杰在《论唐人七言歌行》①中说,"唐人诗所可流传于世,百代不朽者,一为七绝,其次歌行"。作者将七言歌行分为十四个体式,然后分阶段论述歌行体在唐代的发展和演变。作者认为,"唐人歌行,入议论而好为拙怪,不拘常调者,始自阎朝隐。至任华又扩之,遂开卢仝、刘叉一派","自韦元甫造《木兰歌》,于是开叙事诗一派"。

林庚早在四五十年代编著的《中国文学简史》②中就以热情洋溢的笔调盛赞初盛唐为"歌行的盛行""七言诗的天下""七绝与七古的天下"。作者指出,"由于七言诗所带来的解放,于是初唐以来涌现了大量的长篇歌行,这些歌行的盛行表现了文学语言获得解放的愉快,虽然有时不免过于轻快,甚至成为感情的泛滥,却带着最年轻活泼的调子"③。七言初期的三三七的雏形,说明七言乃是三字节达于完善、成熟的形式,进入语言上全新的阶段。"那无拘无碍的解放情操,通俗而奔放的纵情歌唱,乃是诗坛深入浅出最好的基础"④,盛唐时期的七古"是经过初唐的七言歌行又洗练提高而出现的,从陈子昂提倡风骨之后,七古就进一步代表了这个要求而纵情歌唱着"⑤。作者这些充满诗人激情的评述,吸引着后来众多学者投入对初盛唐七言歌行的研究之中。

80年代以后,有关唐人歌行的研究成果较多,其中较具深度者有王志民的《初唐诗人对发展七言歌行的贡献》⑥《唐人七言歌行论略》⑦、郝朴宁的《"歌行诗"的形成过程——以初唐为透视点》⑧、张晶的《初唐歌行略论》⑨、王从仁的《七言歌行体制溯源》⑩、葛晓音的《初盛唐

---

① 载《东方杂志》第23卷第5期。
② 林庚:《中国文学简史》上卷,上海:古典文学出版社,1957年。
③ 同上书,第254—255页。
④ 同上书,第258页。
⑤ 同上书,第267页。
⑥ 载《内蒙古师院学报》1982年第4期。
⑦ 载《内蒙古师大学报》1986年第1期。
⑧ 载《云南师范大学学报》1987年第3期。
⑨ 载《中州学刊》1987年第6期。
⑩ 载《上海师范大学学报》1990年第3期。

七言歌行的发展——兼论歌行的形成及其与七古的分野》[1]等。

王从仁文通过对现存魏晋至盛唐前期所有的七言诗的全面统计和系统的格律分析，考察了七言歌行的发展轨迹。作者指出，首先，七言歌行的句式来源于七言古诗，每个单元的体制，则来源于音乐上的四句一解；其次，韵脚的频繁转递，源于六朝小赋；再次，诗句的平仄调配，源于新起的律诗；最后，各单元的蝉联，吸收了六朝民歌的顶真手法。这些因素熔铸一炉，锻炼出一种全新的体制，形成了独具风采的七言歌行。

葛晓音文则从字法、句式和篇法结构等方面对歌行体制体调的规范作了细致深入的研究，由此揭示了初盛唐歌行艺术风格发展变化的内在原因及特点。该文抓住歌行篇法的重叠复沓性这一基本特征，论述了七言歌行从初唐靠字法句式的重复转向盛唐凭层意复沓的过程，说明了初唐歌行的骈俪化和盛唐歌行的散句化造成这两个时期歌行艺术风貌不同的内在原因。并分析了李白和杜甫歌行"极尽变化"的不同特点，认为从歌行体制发展的角度来看，李杜分属于两个不同的阶段。

相对说来，学界对唐代五言古诗的研究则冷清得多，相关的成果主要有张明非的《论初唐五言古诗的演变》[2]《从王维五古看唐代五古的嬗变》[3]和莫砺锋的《论初盛唐的五言古诗》[4]。其中张明非前文指出，初唐古诗的"律化"现象应该具体分析，不能一概否定，作者将初唐五古的演进分为三个阶段进行分析，认为"其间，不仅仅是陈子昂，太宗君臣、王绩、'四杰'以及本文未提及的薛稷等人，都作出了各自的努力和贡献"。莫砺锋文也是试图通过对初盛唐时期五古的发展过程及其与汉魏六朝五言诗之间的沿革关系进行考察，重新评价唐代五古在诗歌史上的成就和价值。作者认为，初盛唐的五古当然是由汉魏六朝五言诗发展而来的，入唐以后，五言诗却朝着今体和古体两个方向分道扬镳，随着五言今体的形式和艺术的逐步完善，五古的形式和艺术也趋于完善。由于这两者是同步发展的，它们同时在杜甫手中臻于极盛。无论是内容还是形式，唐代的五古都取得了极高的成就，远远超过了汉魏六朝

---

[1] 载《文学遗产》1997年第6期。
[2] 载《广西师范大学学报》1991年第2期。
[3] 载《王维研究》第1辑，北京：工人日报出版社，1992年。
[4] 载《唐代文学研究》第3辑。

五言诗的水平,并足以与唐代的其他诗体相媲美。作者还特地指出,由于五古的历史比其他几种五七言诗体更久远,积累更丰富,它更早发生了极盛之后难以为继的情形。所以,杜甫以后,唐代五古没有得到太大的发展。

唐代绝句研究

从 20 世纪 20 年代起,就有学者撰文探讨唐代五绝和七绝的起源和艺术成就,如陈斠玄的《唐人五七绝诗之研究》[①]、陈延杰的《论唐人七绝》[②]、邵祖平的《七言绝句榷论》[③]、钱畊莘的《唐代七绝的体裁及其分类》[④] 等。

陈斠玄文认为,"无论五绝或七绝,均滥觞于汉魏,酝酿于六朝,而成立于隋唐",他认为绝句成立的原因有两个:骈俪和声调,故而他又探讨了绝句的声律和章法、修辞,将五七绝进行了比较,对唐代绝句进行了品藻,最后指出:"绝句之长,一在音节之谐适,一在情思之委婉,徒有音节,则为空响;徒有情思,亦非佳作。以其篇只四句,尤应有弦外之音,味外之味焉。故绝句之作,难于古律。"陈延杰文也探讨了绝句的起源、体制、分类,将唐代七绝之作家分为上品、中品和下品,一一进行评述,他认为:"唐以绝句为乐府,而歌人多能解其意也;又可知唐人绝句非歌唱之,不足以得其妙焉。况高华清丽,流调宛转,其神韵之飘渺,尤非言语所可描写者哉!"

邵祖平文是 20 世纪上半叶对七绝所进行的最为全面、深入的探讨,全文共由十一部分组成:小引,七绝之正名,七绝之拓始及其成立时期,七绝之体裁及与乐府之关涉,七绝诗盛行之由来,七言绝句之分类,七绝诗品示例,七绝作家杂述,七绝之作法,七绝之解法,结论。他说:"七言绝句自七言歌行及乐府来,绝对本在律诗之前,律诗当从绝句扩充而成,何有绝诗截取律诗之理?"作者认为,七绝起于南北朝时的古绝句,而成于武后之"看朱成碧思纷纷"诗,谓"此诗声调之美,情意可掬,盖七言绝句今体已完全成就之证,亦入乐府之始"。七绝成立于初唐,盛唐以后极为盛行,至今不衰,似有数因:(1)用韵极

---

① 载《国学丛刊》第 2 卷第 3 期,1924 年。
② 载《东方杂志》第 22 卷第 11 期,1925 年。
③ 载《中国文学会集》第 1 辑,1933 年。
④ 载《艺风》第 3 卷第 10 期,1935 年。

少，(2) 入题不迂回，(3) 不必运典，(4) 不必对仗，(5) 可用当时语，(6) 可抓住现在，(7) 写情甚深刻，(8) 易于传诵。

从40年代至70年代，唐人绝句研究十分冷清。80年代以后，学界又对唐人绝句展开了全面而深入的研究。

首先，80年代初出现了好几本对唐人七绝进行选注、评析的著作，如沈祖棻的《唐人七绝诗浅释》①，刘永济的《唐人绝句精华》②，刘学锴等的《唐代绝句赏析》③，黄肃秋、陈新的《唐人绝句选》④，孙琴安的《唐人七绝选》⑤等，均各有特色。其中刘永济著尤为独到。作者首先定了十条"取的标准"，这显然要求读者要对唐代社会生活的各个方面有相当的了解，否则难以理会这十条标准的具体内容的范围。该书注简而释精，长于阐明诗意，在分析艺术、评论诗风、辩证歧说等方面，均有许多精辟的见解，且多择取"宋元以后诗话家、诗选家论绝句之语"，所以学术性很强。

其次，此时期出版了一部对唐代绝句发展史进行较为细致描画的专著，即周啸天的《唐绝句史》⑥。该书在唐绝句的历史发展及艺术经验方面，有自己的见解。如作者虽然颇为欣赏盛唐诸公，但对于历来毁誉不一的杜甫绝句，却极为重视，为之专辟一章。杜甫是全书中唯一立了专章论述的绝句作家。其中又详细分析了杜甫绝句突破传统的原因，分析了其内容、体裁、题材到艺术风格的拓新及其在绝句史上的意义。在绝句艺术经验方面，除随时拈出外，又在盛唐绝句一章中设专节加以分析。其中第六条为"组诗体制，聚零为整"，强调组诗的整体意义。

最后，是产生了一些较具研究深度的论文，如李传国的《唐诗七绝问取艺术试探》⑦、陈贻焮的《盛唐七绝刍议》⑧、田耕宇的《晚唐律诗、绝句兴旺原因初探》⑨、葛晓音的《论初盛唐绝句的发展——兼论绝句

---

① 沈祖棻：《唐人七绝诗浅释》，上海：上海古籍出版社，1981年。
② 刘永济：《唐人绝句精华》，北京：人民出版社，1981年。
③ 刘学锴等：《唐代绝句赏析》，合肥：安徽人民出版社，1981年。
④ 黄肃秋、陈新：《唐人绝句选》，北京：中华书局，1981年。
⑤ 孙琴安：《唐人七绝选》，西安：陕西人民出版社，1982年。
⑥ 周啸天：《唐绝句史》，重庆：重庆出版社，1987年。
⑦ 载《中州学刊》1986年第6期。
⑧ 载《中国韵文学刊》创刊号，1987年。
⑨ 载《西南民族学院学报》1991年第6期。

的起源和形成》①等。

　　陈贻焮文一反时人说诗重思想和现实意义、轻艺术成就和美学价值的做法，对盛唐时期各个作家的绝句创作所取得的艺术成就和独特的美学价值进行了细入而独到的分析，并给予高度肯定的评价。作者在文章中还探讨绝句的起源，他指出，(1) 梁陈七绝确如胡应麟所说主要采用《垓下》格。(2) 从宋齐之间的汤惠休到梁简文帝、萧子显，到北齐魏收，到陈江总，都有一、二、四句皆押同一平韵的七言绝句。唐以后的五七言绝句和竹枝词等民歌大多这么押韵，也比较便于吟咏和歌唱，足证这种音律上的自然趋势确乎是存在的。(3) 由于七绝体制短小，要想写好就得注意构思的精致。七绝每句比五绝多两个字，语调就容易显得流利婉转些；加之梁陈诗人多用来写宫体诗，颇重用辞设色，又深受江南民歌的影响，因此无形中变形成了一种幽雅清丽的风格。所有这些，无疑为唐人七绝的创作提供了有益的艺术借鉴。作者认为，在从梁陈七言绝句过渡到唐绝句的过程中，隋炀帝的几篇作品对唐绝格调的形成具有举足轻重的作用，可以证明七绝体音律始备于隋末之说不谬。

　　葛晓音文也重点探讨了绝句的起源问题和形成过程。作者首先指出，在探讨绝句起源时应该将"绝句"这一称谓产生的时期与绝句这种形式产生于何时这两个问题分开来谈。作者认为，"绝句"的初始定义是以古绝为主要对象的，"绝句"之称起于宋梁，它的出现并非诗歌律化的结果。在齐梁时期，五绝已经出现了古近之别，这种古近之别因来源不同可以从语言和表现形式上加以区分。如果从格调上溯古绝的源头，可至汉魏歌谣和乐府。而单纯从声律来看，南朝清商乐府也是古绝，只是部分乐府与非乐府绝句的律化都是从永明体开始的，与五言八句体的律化是同步的。人们所常说的"律绝产生于律诗之后"的说法显然不合事实。而前人所谓律绝源于六朝子夜体，则是混淆了声律和格调的差别。至于七绝的起源问题，作者的看法也与当时国内外学者的一般看法不同，她认为七绝的源头应该追溯到西晋的民谣，而非北朝乐府民歌。但它从开始时的句句押韵，到形成隔句押韵的绝句，还经历了一个押韵的转变过程，而这个过程始于梁中叶，到隋代结束。作者由此解释了明清人所说的五绝调古、七绝调近的原因，认为五七绝起源和形成的不同途径，正是造成这种差别的根源。五七绝在源起时显示的格调差

---

① 葛晓音：《诗国高潮与盛唐文化》，北京：北京大学出版社，1998年。

异,在初唐形成一种定势。绝句发展到盛唐,虽然已形成五、七绝的基本体制和格调差别,在句式、篇法等方面积累了不少经验,但无论是声律还是作法都没有定型。绝句的定型是在中晚唐到宋代完成的,然而它的巅峰期却是在盛唐。也就是说,绝句是在发展到最自由的阶段而进入最完美的境界的。当然在绝句走向自由之前,经历了一个必然的阶段。六朝、初唐文人对声律的讲究、对句式的探索,部分解决了绝句与生俱来的以及在律化过程中又产生的可续性问题,促使人们自觉地追求绝句篇章的完整性,以及"句绝而意不绝"的艺术效果。但盛唐文人没有把前人的创作积累变成可供遵循的规范,也没有继续寻找各种促使绝句体制特征定型的作法,而是从绝句的源头去寻找不受任何法式约束的创作活力,将乐府民歌自然流露、不作加工的原始状态,升华到自由抒写、法极无迹的更高层次。这是盛唐绝句具有艺术魅力的根本原因。

唐代律诗研究

五律和七律是唐代新起的艺术形式,而且在盛唐以后发挥着越来越重要的艺术功用,成为唐代诗歌体式中最为璀璨的艺术明珠。20世纪的唐诗研究者对之倾注了较大的心血,取得的成果也较多。

首先,20世纪产生了一些较有深度和影响的研究唐代律诗的专著。如王力的《汉语诗律学》、徐青的《古典诗律史》和赵谦的《唐七律艺术史》[①] 等。王力著全面系统地归纳分析了唐代五律、七律的各种格律形式,对一些拗救和变格也作了探讨,是后来学者研究唐代五律、七律格律时的重要参考。徐青著在王力研究的基础上,除描述和探讨了唐代五七律的形成过程和形成原因,还对唐代五七律的粘对形式作了更为细致深入的探讨。他先后发表了几十篇分析唐代律诗格律形式的文章,有《初唐诗律概要》[②]《初唐七言诗的格律》[③]《初唐五言诗的格律》[④]《盛唐的诗律特点》[⑤]《七言近体诗的律联及其变式》[⑥]《唐诗律句、律联概

---

① 赵谦:《唐七律艺术史》,台北:文津出版社,1992年。
② 载《湖州师专学报》1987年第2期。
③ 载《语文月刊》1987年第3期。
④ 载《语文月刊》1987年第5期。
⑤ 载《语文月刊》1987年第7、8期。
⑥ 载《语文月刊》1988年第10期。

要》①《唐代粘式律诗概要》② 等。赵谦著试图将西方结构主义批评方法与中国传统的诗律分析、艺术评点结合起来,对唐代七律的形成和发展演变的历史进行评述,其中对各个律诗创作大家的艺术特色的分析和艺术成就的评价尤为深入、细致,且不乏新见。

其次,20世纪学界对五律的形成和定型问题也进行了一定范围的讨论。传统看法认为,五律的成熟和定型是在初盛唐之交的沈、宋之手完成的,但20世纪80年代以后,有一些学者对这一传统说法提出了异议。

如,刘宝和在80年代中期就撰写了《律诗不完成于沈宋》③ 一文,他通过对王绩现存诗歌格律的分析指出,王绩五言新体诗的合律程度不但明显高于当时其他诗人,而且其诗集中已经出现了完全合律的五言律诗。因此,作者认为,律诗不完成于沈宋,而是完成于王绩之手。但是这篇文章发表之后,并没有在学界产生多大的反响。

到90年代,邝健行再次对"律诗完成于沈宋"的说法进行质疑,他在《初唐五言律体律调完成过程之观察》④ 中,通过对《文境秘府论》中所保存的唐人论述诗歌声律材料的挖掘,发现元兢《诗髓脑》中所说的"换头术"正是律诗对粘的正确方式。作者认为,"换头的提出,标志着粘缀找到了正确的法则,也等于说律调自此完成,时间很可能在上元、仪凤之间,总之在高宗后期"。作者又通过对初唐五言新体诗格律的统计和分析,得出一个结论,即在合律程度上,"沈佺期还好,宋之问的位置偏低,因为宋氏的作品,句联对粘不合格的地方还比较多。如果说制定律调的人合格的程度比同时其他人还要差,那是说不过去的"。所以,作者认为,"把沈、宋看成确立律调的人的看法,值得商榷"。

杜晓勤在《从永明体到沈宋体——五言律体形成过程之考察》⑤ 中肯定了邝文的重要发现,指出元兢虽然发现了"换头"术,却并没有马

---

① 载《湖州师专学报》1990年第1期。
② 载《湖州师专学报》1990年第4期。
③ 载《中州学刊》1984年第3期。
④ 载《唐代文学研究》第3辑。
⑤ 载《唐研究》第2卷;又见杜晓勤《齐梁诗歌向盛唐诗歌的嬗变》,台北:商鼎文化出版社,1996年。

上被人们接受，对当时诗坛创作的影响也不大。沈宋二人不但将之付诸实践，奉之为"律"，而且通过自己在诗坛的号召力和影响，使得朝野之士纷纷仿效，严遵此"律"，乃至于在神龙、景龙中形成了"沈宋体"或"律诗"。再从沈、宋二人的现存作品来分析，其合律程度也明显高于他人（由于杜文与邝文统计和分析沈、宋的作品范围不同，所以数据和结论也就有异）。当然，传统说法也有掠人之功归于沈、宋之弊。严格说来，沈、宋二人只是在前人律化经验的基础上，将元兢发现的"换头"术肯定下来，奉之为"律"，并加以推广，使得"律体"的声律模式基本定型了。

最后，20世纪80年代以后还出现了一些探讨唐代律诗创作艺术的文章，如周勋初的《从"唐人七律第一"之争看文学观念的演变》[①]、赵昌平的《初唐七律的成熟及其风格溯源》[②]、程千帆等的《七言律诗中的政治内涵——从杜甫到李商隐、韩偓》[③]、孙琴安的《唐代七律诗的几个主要派别》[④]、赵谦的《中唐后期七律论》[⑤]《初唐七律音韵风格的再考察》[⑥]等。

孙琴安文通过对唐代近万首七言律诗的详细考察、辨析和归纳，认为唐代的七言律诗共有雄浑苍茫、高华富丽、浅易通俗等五个派别。作者对这五个派别的基本风格特征、产生的原因、形成的过程，以及后来演变的线索，分别作了具体详尽的分析。除了从文学因素追寻查找原因外，作者也结合了当时的时代背景，甚至诗人本身的气质、才赋等因素进行考察，并针对50年代以后学界忽视研究晚唐诗的现象，对晚唐的许多七律名家所作的贡献，给了比较充分的肯定。

赵谦前文指出，自贞元至大和"短短四十年，染指七律的诗人有近

---

① 载《文学评论》1985年第5期。此文主要观念请参看本书"隋唐五代文学理论研究"部分。

② 载《中华文史论丛》1986年第4辑。此文主要观点请参看本书"初唐文学研究"部分。

③ 载《文艺理论研究》1988年第2期。此文主要观点请参看本书"杜甫研究"部分。

④ 载《上海社科院学术季刊》1988年第2期。

⑤ 载《华中师大学报》1990年第2期。

⑥ 载《文学遗产》1990年第3期。此文主要观点请参看本书"初唐文学研究"部分。

七十人,七律达一千六百首之多,超过了前两百年七律创作之总和"。文章对这一时期的白居易、元稹、张籍、王建、韩愈、贾岛、刘禹锡、柳宗元、李绅、杨巨源、牟融等诗人的七律逐一分析,指出他们各自的风格特色。其中对白居易七律创作的研究最细入,评价也最高:"由于他的出现,唐代七律创作发生了重大转变:一是七律叙事功能的增强,二是七律的通俗化趋向。"

四、唐诗学的建立和唐诗学史的研究

实际上,从唐朝开始就已经有了对唐诗的整理和研究,但是直到20世纪80年代以后,才有学者致力于梳理和建立唐诗学、研究唐诗学史。

在唐诗学的建立和研究方面,陈伯海的成就较大。80年代后期,陈伯海撰著了《唐诗学引论》①,是一部专门探讨唐诗的特质、渊源、流变、体式及唐诗学科建设的专著。全书分为六篇。《正本篇》着重探讨了唐诗的"风骨与兴寄""声律与辞章""兴象与韵味""唐诗的气象"诸问题,并认为上述诸要素构成了唐诗的质的定性。《清源篇》就唐诗的渊源问题进行了历史的追溯。《别流篇》是对唐诗流变的研究,具体考察了唐诗自身发展、运行之中所经历的轨迹和呈现出来的多种风貌。《辨体篇》主要对唐诗的各种体式及其流衍变化进行美学上的考察和辨析,揭示了多样化的诗歌体式所产生的多样化的美学原则和美学功能。著者还大致划分了唐诗学进程的五个时期:(1)唐五代——酝酿期;(2)宋金元——形成期;(3)明代——发展期;(4)清及民初——总结期;(5)"五四"以后——创新期。

在这本书出版以后,陈伯海和朱易安一起,继续对唐诗学的建立作更细致的工作。他先后与朱易安合编了《唐诗书录》,主编《唐诗评论类编》《唐诗汇评》。《唐诗评论类编》以"总论""外部关系论""流变论""各体论""题材作法论""流派并称论""作家论""典籍论"诸目编列历代评论,可以说是一部综合性的古代唐诗研究资料集成。《唐诗汇评》是一部以诗系评的大型选集,收诗人498家,诗作5127首,外加附录。该书采辑的评论非常丰富,每位诗人有汇评,每首诗有汇评,一组诗后还有总评。李白、杜甫一类的名家自不必说,就是一些中小作

---

① 陈伯海:《唐诗学引论》,上海:上海知识出版社,1988年。

家，也尽可能搜集到了一些优秀篇章的评论资料，书后还附录了《唐诗评论辑要》，实际上是《唐诗评论类编》的普及版。

朱易安除了和陈伯海合著了一些唐诗学著作，还独立发表了《略论唐诗学发展史的体系建构》[①] 一文。该文探讨了唐诗学的存在基础、形成及其意义、研究体系和建构、与社会文化背景之关系、唐诗学与诗学方法等理论问题，对唐诗学的建立提出了自己的看法。

另外，黄炳辉在 90 年代也颇致力于唐诗学的建立，他除发表了一系列阐述他对唐诗学理解的文章，如《唐人创作论》[②]《唐诗学历史回顾和走向预测》[③] 等，还出版了一部《唐诗学史述论》[④]。他在《唐诗学历史回顾和走向预测》一文中探讨了唐诗学史之史学性质、诗学性质，对唐诗学的发展走向进行了预测，提出要建立文化唐诗学的观点。

---

① 载《文学评论》1998 年第 5 期。
② 载《厦门大学学报》1994 年第 1 期。
③ 载《厦门大学学报》1996 年第 1 期。
④ 黄炳辉：《唐诗学史述论》，桂林：漓江出版社，1996 年。

第三章　初唐文学研究

初唐文学有一百年左右的历史，在整个唐代文学史上占有极其重要的地位。其间诗坛名家辈出，佳作迭现。但是，由于人们长期以来认为初唐文学是南北朝文学的延续和发展，文风纤弱、绮靡，因而在20世纪相当长的时期内，对初唐文学的研究不够重视。这突出表现在：对初唐作家尤其是一些在当时影响极大后来名声浸微的作家的生平、仕历以及作品的系年很少有人考证；对当时文坛的创作主体——宫廷文人的研究有简单化的倾向；对初唐文学史的研究也多习惯抓住一两条线索论述，未能深刻揭示出其固有的丰富性和复杂性。然而，这一百年间的初唐文学研究，还是取得了喜人的进步，尤其是20世纪最后20年中，由于研究观念的改变，研究方法的改进，无论是史的研究还是作家作品研究，都有实质性的突破，还出现了一些很有开拓意识的论文和专著，使得初唐文学研究成为20世纪末唐代文学研究中的一个热点。

第一节　初唐诗歌综合研究

一、20世纪前40年

在20世纪前40年，对初唐诗歌进行综合研究的专题论文一篇也没有，相关的论述散见于一些文学史、断代史和诗歌史中。

文学史和诗歌史

谢无量的《中国大文学史》对初唐文学的论述虽简约然颇精到,此书第四编"近古文学史"分三章阐述初唐文学的发展进程。第一章"唐初文学与隋文学之余波"着重论由陈隋入唐的诗人,谓其皆"振名于前代,骋翰于新朝";在论"太宗之文翰及十八学士"时,说"唐三百年风雅之盛,帝实启之",对唐太宗的文学史地位加以肯定①。但是,就唐初文学风尚而言,唐太宗亦有因袭前代遗风、张扬宫体之责任:"盖太宗虽好文学,仍慕绮丽之风。上之所好,下必有甚。当时唯魏徵《述怀》,犹有古意,而他篇什罕传。其余如李谢之诗赋,长孙无忌之《新曲》,李义府之《堂堂词》,并是宫体之遗。上官以后,遂为沈宋,其流益靡,虽有马周之章疏,颜岑之笔札,然犹未能遽进于古也。"第二章"上官体与四杰",先论上官仪、上官婉儿祖孙对律体形成之贡献:"自梁陈以还,诗已进于律体,作者竞拘声病,沈约之后,继以徐庾。唐兴则太宗好宫体。上官仪出,益为绮错,更立六对之法。逮夫沈宋,又加精切,虽属词浮靡,然美丽可观。婉儿承其祖武,与诸学士争为华藻。沈宋应制之作,多经婉儿评定。当时以此相慕,遂为风俗。故律体之成,上官祖孙之力尤多矣。"值得注意的是,本书将初唐四杰也归入"上官体"一派,他认为初唐四杰"承江左之风流,会六朝之华采,虽亦属辞绮错,而视上官体尤波澜深大,足以代表初唐之体格者也"②。第三章"武后及景龙时文学"极赞武后时文学之盛:"唐兴文雅之盛,尤在则天以来。虽当时则天诗笔,多崔融元万顷等代作,而内有上官之流,染翰流丽,天下闻风,苏李沈宋,接声并骛。文士之多,当推此时。"谓武后朝文学之历史地位云:"盖武后在高宗时,已奖进文学,始则以北门学士诸人,纂集群书;革命以后,又有《三教珠英》之集,引拔尤众,一时文士,如苏李沈宋之闳丽,陈子昂卢藏用之古文,富嘉谟吴少微之经术,刘子玄之史学,以及张说之词笔,徐坚之博洽,并腾誉文囿,上总初唐之丽则,下启开元之极盛。有唐一代,律诗与古文之体,最越前世,皆发于武后时,可谓异矣。"③

---

① 《中国大文学史》,第6—7页。
② 同上书,第19页。
③ 同上书,第24页。

胡小石的《中国文学史讲稿》[1]则从"齐梁派"和"复古派"的变迁论初唐文学,其论"齐梁派"时说,"唐自开国以后,本袭江左余风,又加以上官仪之推波助澜,时尚较前尤为绮丽,他的孙女婉儿后来在武周时也掌握文学的权衡。她的作品及对于文学的见解,却是承袭她的祖父而来的,当时一般人的风气,当然可以想见了"[2]。和上述谢著一样,本书也将初唐四杰与上官仪、沈宋等人划为一派——"齐梁派",并谓"这四位不消说是齐、梁派中的健将,不惟作诗负盛名,即骈文亦华赡可观。他们大半是学庾子山的。他们的才调纵横,气象亦甚阔大,虽多为后来复古派所讥评,但大诗人杜甫等对于他们也有相当之敬意"[3]。本书对"齐梁派"的总评价是他们"其实与六朝不同之处有最显著的几点,就是较之从前词句更加长密,律调更加谨严,而文气亦更加壮盛"[4]。其论"复古派",亦多新意,他认为,唐初"最早对于六朝艳体生反动的,要算虞世南,他劝太宗不可作宫体诗,但他的话在当时毫未生效力,即他自己做的诗,也不脱齐、梁圈套"[5]。又说姚思廉"是一位初唐时散文中复古派的代表","作诗与当时潮流反抗的,最初有王绩",然而他们"虽有心复古,但都是心有余而力不足,所以对于当时并未发生什么影响。最先把复古的旗帜张展起来的,还要让到武周时的陈子昂"[6]。

与当时大多数文学史不一样,胡适的《白话文学史》[7]着重论述了初唐的白话文学,他认为,"向来讲初唐(约 620—700)文学的人,只晓得十八学士、上官体、初唐四杰等等(见谢无量《中国大文学史》卷六,1—36 页)。我近年研究这时代的文学作品,深信这个时期是一个白话诗的时期"[8]。具体说来,唐初的白话诗,"似乎是从嘲讽和说理的两条路上来的居多。嘲戏之作流为诗人自适之歌或讽刺社会之诗,那就也和说理和传教的一路很接近了。唐初的白话诗人之中,王梵志与寒山、拾得都是走嘲戏的路出来的,都是从打油诗出来的;王绩的诗似是

---

[1] 胡小石:《胡小石论文集续编》,上海:上海古籍出版社,1991年。
[2] 同上书,第128页。
[3] 同上书,第120页。
[4] 同上书,第121页。
[5] 同上。
[6] 同上书,第122页。
[7] 胡适:《白话文学史》,北京:东方出版社,1996年。
[8] 同上书,第155页。

从陶潜出来的，也富有嘲讽的意味"①。本书还认为，初唐四杰虽然"都是骈俪文的大家"②，"但就现存的诗看来，其中也颇有白话化的倾向。短诗如王勃的绝句，长诗如卢照邻的歌行，都有白话诗的趋势"③。

郑振铎的《插图本中国文学史》对初唐诗歌的概述亦不无己见，他把初唐文学分成"唐初文学"和"律诗的起来"两部分，认为"所谓初唐的诗坛，相当于李渊及其后的三主的时代，即自武德元年到弘道元年的六十余年（618—683）之间。开始于陈、隋遗老的遗响，终止于王、杨、卢、骆的鹰扬。这其间颇有些可述的"④。书中特别指出，"许多人都以为初唐时代是改革六朝风尚的开始，却不知道六朝风尚，到了初唐却更变本加厉。在唐代的初期的近一百五十年间（618—755），无论在诗与散文上都是这样"。"在嗣圣（684）之前，是初唐四杰的时代。他们禀承了齐、梁的遗风，更加以扩大与发展。在五言诗方面，引进了更趋于'律体'的格调，在七言诗方面也给她以极可能的发展的希望。……在嗣圣到安史之乱（755）的七十几年间，便是'律诗'的成立的时代了。""这七十余年的时代，又可分为两期。第一期是'律诗'的成立时代，也可以名之为沈、宋时代。"⑤ 在论述"沈宋时代"时，本书除了对沈宋等人于律体的成立之贡献作了较为深细的论述，亦述及沈宋同时代的诸诗人：苏味道、李峤、杜审言、崔融、崔湜、崔液、上官婉儿、乔知之、刘希夷、陈子昂等人，并旁及唐初的散文（着重强调了唐初若干部史籍的编纂和佛经的翻译）。

李维的《诗史》⑥是 20 世纪出版的比较早的诗歌史，该书卷中第一章、第二章、第三章均为"初唐诗体与沈宋"，可见其对初唐新体诗派的重视，唯所论平平。陆侃如、冯沅君的《中国诗史》"中代诗史篇三初盛唐诗"中也有对初唐诗的总体认识，他们认为，"在最初数十年中，承齐梁诗之后，有两种不同的诗人：一是反对齐梁的，一是继承齐梁的。前者以王绩与陈子昂二人为代表。后者以四杰（王勃、杨炯、卢

---

① 《白话文学史》，第 159 页。
② 同上书，第 170—171 页。
③ 同上书，第 171 页。
④ 《插图本中国文学史》第 2 册，第 278 页。
⑤ 同上书，第 294—295 页。
⑥ 李维：《诗史》，北京：东方出版社，1996 年。

照邻、骆宾王),沈(佺期)宋(之问)及杜审言七人为代表。隋唐间扰乱的局面把王绩迫上了酒徒的生活,这种生活使他崇拜阮籍陶潜,因而他的诗的风格也超过齐梁而回到魏晋。陈子昂是第一个正式宣言反对齐梁的。四杰的诗使五律与七言古体完成,宋沈的诗使七言的律绝完成,都是对于诗的形式方面有贡献的。四杰还有两种特点——一是音节的婉媚,一是字句的秀丽——对齐梁诗可说是青胜于蓝。沈宋诗除形式外毫无足取,杜审言则较高明一点。我们知道了这九位诗人,则对于初唐的诗已可了然了"①。

唐诗概论性著作

二三十年代出版的一些对唐诗进行综合研究的专著,在论述初唐诗歌时也各有自己的角度。

胡云翼的《唐诗研究》将唐诗的发展分为四个时期,其所说的"唐诗第一时期(自高祖武德初,至玄宗开元初,凡百年)"②实相当于人们常说的初唐诗歌。他认为,"第一时期的唐诗,如从诗的格调和诗的气象看来,实在还够不上说是唐诗"。他的意思是说,"初唐诗虽则没有和初唐以后的唐诗相等的价值,却有齐梁诗的价值",因为"唐诗的来源是由南北朝时,中国固有的民族性的文学,受了北方新进民族性的文学之影响而成功的。照理论讲,这种代表新时代的诗体,在唐诗的第一时期,便应该开始发展下去,但在实际上呢,初唐文学不但没有表现唐诗的特殊精神,而且是回头向着古典主义的路上走,继续着沈约庾信所倡新韵律的古典诗的发展"③。他还探讨了初唐诗之所以如此的原因:"细察初唐的时代背景,便知齐梁新韵律的古典诗在初唐的发展,实非偶然。初唐原来是歌舞升平的时代,又是应制诗最盛的时代。时代升平,所需要的,只是歌诵太平的古典文学,何况有初唐的君主正在积极提倡呢?在别一方面观之,北朝的豪爽亢直文学所以形成,固然是由于胡人的民族性使然,亦因为与中国同化未深,而北朝又未曾统一,……适宜于北朝豪放勇悍的文学的发展。到了唐代,虽然南北两大民族统一糅合起来,但初唐的时代背景,却不是与北朝的一般的时代背景,而是南朝的时代背景。因为时代背景不同,所以初唐亦不容许向北朝化,而

---

① 《中国诗史》中册,第 405 页。
② 胡云翼:《唐诗研究》,第 33 页。
③ 同上书,第 37 页。

继续南朝贵族文学未完的发展。"① 当然，本书也看到，"在初唐应制派的古典诗体流行的当中，突破这种'靡靡之音'的阵线的，也有一种雄壮调子的诗。因为初唐正是向外开辟疆土的时代，谁人不想去投笔从戎，建立功名。如魏徵的《述怀》便是很有气魄的……，如卢照邻的《刘生》……杨炯的《出塞》……骆宾王的《从军行》……沈佺期的《塞北》……这种壮丽的诗，在初唐诗中的确是一种特色，……但是时代的趋向已经沉醉于享乐主义的古典诗的风气中，这种杀伐之音，自然要消沉下去了，自然要变'不求生入塞，唯当死报君'的诗，而为'自有神仙鸣凤曲，并将歌舞报恩晖'的诗了。一线微微的诗的曙光，便消失在古典的初唐诗的里面"②。

杨启高的《唐代诗学》认为，"由高祖至睿宗约百余年，以齐梁为向背。可别为贞观诗学与武后诗学"。他认为，"贞观诗学，有二特点：一、太宗提倡风雅；二、上官仪六对说"③。"武后时之诗学，有保守与革新二派：保守派以王杨卢骆四杰为主；革新派以陈子昂为主。"④ 其论保守派时说，"此派以王杨卢骆四杰化五言小诗成七言长篇最有名。惟保守齐梁风格，人多诟病。然其独到之处，杜甫能知之。……其次则沈宋律诗亦最有名。其次则以张若虚与刘希夷化旧乐府五言为七言有名"⑤。他对此时诗风的总体评价是"远追太康，近步齐梁，以声响为贵，妍藻为工。且以小诗变为长篇，益增闳肆。由太宗至刘希夷一百五十余家，多按辔并行于诗衢。缛绣绮靡，荣缀朝华，条垂文秀，盛极而衰。而革新一派遂若春花放艳，滋荣长养，应运而起，以光诗坛"⑥。

总之，20世纪前40年，学界对初唐诗的综合研究，还基本停留在诗坛风貌的一般性概述上，较少专题研究。诸家对初唐诗歌的总体评价也还未能超出前人多少，只是比明清诗评家更具体一些。

二、20 世纪中叶

从40年代到60年代，学界对初唐诗歌的研究有了较大的飞跃。这

---

① 胡云翼：《唐诗研究》，第37—38页。
② 同上书，第38—39页。
③ 杨启高：《唐代诗学》，南京：正中书局，1935年，第41页。
④ 同上书，第50页。
⑤ 同上书，第51页。
⑥ 同上书，第86页。

期间不仅出现了两篇新意迭出的专题论文,就是当时编撰的一般的文学史、断代史、诗歌史,也因研究观念和研究方法的大改变,使得书中对初唐诗歌的描述和评价呈现出新的特点。

闻一多的研究

在40年代,最引人注意的是闻一多先生对初唐诗歌的研究。他于1941年写就的《宫体诗的自赎》①,可以说是20世纪第一篇关于初唐诗歌综合研究的专题论文。文中认为,"宫体诗在唐初,依然是简文帝时那没筋骨,没心肝的宫体诗。不同的只是现在词藻来得更细致,声调更流利,整个的外表显得更乖巧,更酥软罢了"。但是,作者认为,卢、骆和刘希夷、张若虚的相继出现,却使得宫体诗得到了新生。"在窒息的阴霾中,四面是细弱的虫吟,虚空而疲倦,忽然一声霹雳,接着的是狂风暴雨!虫吟听不见了,这样便是卢照邻《长安古意》的出现。"他说卢照邻"是宫体诗中一个破天荒的大转变",是"以更有力的宫体诗救宫体诗"。而卢、骆之所以能够成功,"要紧的是背面有厚积的力量撑持着。这力量,前人谓之'气势',其实就是感情。有真实感情,所以卢、骆的来到,能使人们麻痹了百余年的心灵复活"。在论及刘希夷对宫体诗的改造时,闻一多认为,刘希夷所表现的虽然"也不过是常态的,健康的爱情中,极平凡,极自然的思念,谁知道在宫体诗中也成为了不得的稀世的珍宝","感情返到正常状态是宫体诗的又一重大阶段。唯其如此,所以烦躁与紧张都消失了,只剩下一片晶莹的宁静"。文章又说,"如果刘希夷是卢骆的狂风暴雨后宁静爽朗的黄昏,张若虚便是风雨后更宁静更爽朗的月夜"。作者认为,张若虚的《春江花月夜》"是诗中的诗,顶峰上的顶峰。从这边回头一望,连刘希夷都是过程了,不用说卢照邻和他的配角骆宾王,更是过程的过程。至于那一百年间梁、陈、隋、唐四代宫廷所遗下了那份最黑暗的罪孽,有了《春江花月夜》这样一首宫体诗,不也就洗净了吗?向前替宫体诗赎清了百年的罪,因此,向后也就和另一个顶峰陈子昂分工合作,清除了盛唐的路——张若虚的功绩是无从估计的"。如此分析宫体诗在初唐的发展和演变,持论如此新警而深刻,都是前人和当时一般的文学研究者所做不到的。故今天读来,依然鲜活而犀利。

---

① 闻一多:《唐诗杂论》,合肥:安徽人民出版社,2013年,第8—16页。

《类书与诗》① 是闻一多先生又一篇研究初唐诗歌的专题论文。这篇文章"检讨的范围是唐代开国后的约略五十年",主要探讨了"章句的研究,类书的纂辑与夫文学本身的堆砌性三方面的关系"。作者认为,初唐时期类书的编纂有助于堆砌性的初唐诗的构成,"由《书钞》(《北堂书钞》)看到《初学记》,便看出了一部类书的进化史,而在这类书的进化中,一首初唐诗的构成程序也就完全暴露出来了。你想,一首诗做到有了'事对'的程度,岂不是已经成功了一半吗?余剩的工作,无非是将'事对'装潢成五个字一幅的更完整的对联,拼上韵脚,再安上一头一尾罢了。……这样看来,若说唐初五十年间的类书是较粗糙的诗,他们的诗是较精密的类书,许不算强词夺理吧?"而且,作者还认为,"(唐)太宗所鼓励的诗,是'类书家'的诗,也便是'类书式'的诗。……他所追求的只是文藻,是浮华,不,是一种文辞上的浮肿,也就是文学的一种皮肤病。这种病症,到了上官仪的'六对''八对',便严重到极点,几乎有危害到诗的生命的可能,于是因察觉了险象而愤激的少年'四杰',便不得不大声疾呼,抢上来施以针砭了"。

闻一多先生对初唐诗歌的整体研究成果,有一些在当时并未发表,郑临川后来整理出一部分,辑成了《闻一多论古典文学》,其中关于初唐诗的看法也时有新警之处。如闻一多先生认为,"六朝和初唐人一般的写作态度,是肉欲的(sensual),而非肉感的(sensuous)","自武后当政,四杰出场,诗的作风,才见好转。当时代表肉感主义者有陈子昂,极富理智;代表肉欲主义者有张若虚,以灵感为主,描写纯粹的爱情"。又如,初唐诗就内容说可归纳成两个大类,一是宫体诗,一是类书式的诗。以作家论,又可分为三派:第一派代表作家有王绩、薛稷、魏徵、陈子昂,嗣响作家有包融、薛奇童、张九龄、贺朝等,其作品的特点是以五古为主,内容文外形诗、有风骨、讲究理智;第二派的代表作家有卢照邻、骆宾王、刘希夷、张若虚,嗣响作家有常理、蒋冽、张旭、王翰等,其作品的特点是以七古(七律七绝)为主,内容歌外形文、有性灵、讲究肉感;第三派的代表作家有王勃、杨炯、沈佺期、杜审言、崔融、宋之问,嗣响作家有韦承庆、郭元振、苏味道、李峤、贺知章、张说、韦述、王无竞等,其作品的特点是以五律(七律五排)为主,内容外形折中,讲究格律和官觉。"第一派并不承认宫体诗或类书

---

① 《唐诗杂论》,第1—7页。

式的诗,目空一切,尤以陈子昂的境界最高,古今当推第一,李杜对他也不能不心服。第二派是针对宫体诗的缺点而发的改良派。第三派则是以类书式的诗作攻击的目标了。若以真善美的观点来划分,则第一派代表真,第二派代表美,第三派代表善。特别是善,是中国文学的特点(按即思想性和艺术性高度的统一)。这三派奠定了盛唐诗的始基,从文学史发展来说极为重要。"由于第一派、第二派及第三派的王杨两家,闻先生已在《宫体诗的自赎》和《四杰》两篇论文中讨论过,所以他在本文中着重讨论沈、杜、崔、宋几家,他认为,这几家"因袭渐少,创新才多,他们跟盛唐诗接壤,在唐诗发展上具有关键性的影响"①。

五六十年代出版的文学史

从40年代直到60年代,除了闻一多先生的这两篇文章,就再也找不到对初唐诗歌进行综合研究的专题论文了。五六十年代出版的一些文学史由于运用了马克思主义的研究方法,故他们对初唐诗歌的总的看法与前人之论相比发生了根本性的变化。

林庚先生的《中国文学史》初版于1947年。1954年,作者运用马克思主义的文学研究观点和现实主义、浪漫主义的文艺观重新编写了《中国文学简史》上卷,书中对初唐诗歌的探讨呈现出新的特征。如,林先生首先从社会政治经济等方面来说明初唐诗歌革新的原因,然后说"唐代因此是一个解放的时代,一切被束缚的中下层都得到自由的发展,文学因此也就从半贵族的宫体式的作风上,回到人民的怀抱来"②。用人民性的观点来研究初唐文学:"从文坛的发展上来说,这时诗歌已成为一切优良传统集中的表现,颇有百川汇海的趋势,六朝骈文既逐渐与诗的距离日见缩小,齐梁的赋铭等就更是与诗难以区别;而诗歌本身历经建安以来的发展,五言的运用早已十分纯熟,七言的写作也便不再陌生;绝句、古体、律诗都接踵出现,这时就正好由人民来加以接收,于是一切都把诗歌的发展导向高峰。"③

周祖譔的《隋唐五代文学史》更是运用马克思列宁主义关于文学是经济基础、阶级斗争的反映的理论来解释初唐诗歌的发展:"梁陈以来

---

① 郑临川述评:《闻一多论古典文学》,重庆:重庆出版社,1984年,第90—92页。
② 林庚:《中国文学简史》上卷,第252页。
③ 同上书,第253页。

在文坛上占统治地位的是'竞一韵之奇,争一字之巧;连篇累牍,不出月露之形;积案盈箱,唯是风云之状'('隋书'卷66:'李谔传')这种形式主义倾向的文学。这种文学是根植于门阀经济的基础上而产生的。隋、唐帝国建立以后,封建经济有比较迅速的发展,所谓'庶民地主'也大量的兴起,他们为了摆脱门阀经济的束缚,为了打破南北朝以来门阀垄断政权的情况,不得不与豪门大族进行斗争,因此在文学上也出现了反对梁陈以来形式主义倾向的要求。……到了武则天执政时,'庶民地主'力量有了进一步的发展。武则天又有意打击门阀的势力,所以在用人问题上破格提拔了一些庶民地主阶层中的人物,而这些人大部分是以文学见长而被提拔的。……武则天执政以后,科举制度却成为朝廷选拔人才最主要的一种制度,这都说明到了武则天时,新兴地主阶级力量已经壮大。所以这时候,在文学领域内,反对齐梁遗风的力量也就强大。"①

北京大学中文系文学专门化五五级集体编著的《中国文学史》也将隋唐之际新旧阶级的斗争和新旧文风的更替联系在一起阐述:"陈子昂以前的一百年间,是唐诗高潮的准备时期。当时,由于齐梁以来始终占统治地位的宫体诗的余风,仍然延续着,在诗坛上影响很大,一时不能廓清。因此,唐初的文学发展是贵族文学逐渐走向衰落、齐梁的余风逐渐被新鲜健康的诗风所代替的错综交替的过程。在这个过程中,诗歌的发展有两条显著不同的趋势。贵族宫廷文学势力很大,垄断了文坛,因而形式主义的倾向在诗歌中仍占上风。上官仪、虞世南以及后来的沈佺期、宋之问是这一派的代表。在这同时,隋末唐初的王绩,以他质朴的风格出现在早期的诗坛上。而稍后,四杰(王勃、杨炯、卢照邻、骆宾王)等一时并起,这批文坛上的新生力量一面受着六朝文风的影响,一面力求改革与创造,他们的大量创作初步扭转了文坛的风气。发展到陈子昂,诗风为之一变,初唐以来诗歌中的积极浪漫主义和现实主义因素,都得到进一步的发展,准备了诗歌高潮的到来。"②

中国科学院文学研究所中国文学史编写组编写的《中国文学史》也

---

① 周祖譔:《隋唐五代文学史》,第8—9页。
② 北京大学中文系文学专门化五五级集体编著:《中国文学史》第2册,北京:人民文学出版社,1958年,第26页。

"力图遵循马克思列宁主义的观点"①,故其在研究初唐诗歌时也体现了经济基础决定上层建筑、文学是社会政治经济生活的反映的观点:"唐代自贞观至开元期间,在政治、经济和文化各方面实施一些比较开明的政策的结果,使中下层地主阶层的政治经济力量得到一定的发展。从这些阶层出身的知识分子比门阀贵族子弟既更有才能和抱负,更能奋发向上,也更了解社会现实和民生疾苦。他们作为中下地主的代表,或是通过科举途径参预政权,或不经由这一途径而从事政治、文化的活动。他们在政治上是一种比较进步的因素,在文学上也就成为和形式主义的贵族文学对抗的新生力量。他们在文学理论上既能够提出以复古为革新的主张,在创作实践上也能够比较广阔而深入的反映社会生活,并能够向人民的文学艺术学习,而吸收其丰富的营养——这是一条进步的道路。"②因而该书对四杰、陈子昂的评价就比较高,认为四杰的作品"也就反映了知识分子愤郁不平的遭遇和较为广阔的社会生活,而取得一定的成就。在风格上清新、刚健的气息已盖过绮丽的残余"③。说陈子昂"首先代表中下层地主阶层进步的知识分子,适应时代的要求,在诗歌理论上批判了齐、梁的'采丽竞繁,而兴寄都绝'的形式主义诗风,提出以复古为革新的主张,并在创作中实践了这种主张,继承汉、魏的优良传统,建立刚健、朴质的诗风,比同时代其他诗人更广阔的反映了社会现实生活,从而廓清了'逶迤颓靡'的遗习,把诗歌的发展引上健康的道路"④。

游国恩等主编的《中国文学史》第二册虽然也体现了经济基础决定上层建筑、文学是社会政治的反映的观点,但是并没有简单化,而是认为"唐初诗歌,并没有随着政治经济的统一繁荣而迅速转变,相反地齐梁诗风凭借着帝王的势力还继续统治着诗坛。唐太宗时的虞世南、高宗时的上官仪,都是皇帝优宠的专写浮艳的宫廷诗的代表人物。武后时的沈佺期、宋之问也写了大量宫廷诗,但是他们继承前人的成绩,完成了

---

① 中国科学院文学研究所中国文学史编写组编:《中国文学史》第1册,北京:人民文学出版社,1962年,第1页。

② 中国科学院文学研究所中国文学史编写组:《中国文学史》第2册,第324—325页。

③ 同上书,第325页。

④ 同上书,第325—326页。

五、七言律诗形式的创造，对诗歌发展有一定的贡献。唐代诗风转变的关键，在于代表中下层地主阶级利益的新起诗人和宫廷诗人展开了斗争。高宗时，'初唐四杰'崛起于诗坛，他们虽然还没有脱尽齐梁诗风的影响，但是已经提出了轻'绮碎'，重'骨气'的主张，对以上官仪为代表的宫廷诗风，深表不满。他们的诗或表现从军报国的壮志，或揭发贵族生活的荒淫空虚，或抒发自己怀才不遇的悲愤，题材内容扩大了，思想感情也开始变化了。武后时代，陈子昂更高地举起了诗歌革新的旗帜，有破有立，提出了在复古中实现革新的主张。而且在创作实践上完全摆脱了齐梁浮艳习气，反映了当时社会、政治上存在的种种矛盾，显示了刚健的风骨，终于改变了齐梁诗风统治的局面，端正了唐诗发展的方向"①。

王士菁的《唐代诗歌》是当时唐诗研究领域贯彻新的文学研究观念最彻底的一部著作，该书旗帜鲜明地指出"劳动人民创造了诗歌"②，并说，"对待人民的生活和斗争所采取的态度如何，便是一切作家和他的作品的试金石"③。在这种理论的指导下，作者对胡适的《白话文学史》中称道太宗和武后"给唐代文学种下了很丰厚的种子"的观点进行了批判："这种企图蒙蔽文学为政治服务——在封建时代，这种宫廷贵族文学则是为着封建政治服务——的论调，显然，是很虚伪的，并且也是很荒谬的！"④ 而且，作者认为，"'应制诗'虽然因为得到封建统治阶级的提倡，曾经风行一时，但它并不是唐诗的主流，只不过是宫廷贵族生活中的一种点缀而已"⑤。同时，作者对封建阶级政治角逐中的失败者王绩、封建社会的怀才不遇者四杰、陈子昂等人及其诗歌作品作了肯定。

总的看来，五六十年代出版的文学史、断代史、分体史多在初唐文学产生的原因方面取得了一些突破，比前人更多地考虑到了社会政治经济因素对文学乃至诗歌的影响，而且对初唐诗歌发展线索的描述和勾勒也更具逻辑性和阶段性，但是对初唐诗歌本身发展和演变的复杂性、丰

---

① 游国恩、王起、萧涤非等：《中国文学史》，第2册，第11—12页。
② 王士菁：《唐代诗歌》，第1页。
③ 同上书，第8页。
④ 同上书，第16页。
⑤ 同上书，第21页。

富性则考虑得不够，而且，一些政治术语的运用不免失于机械，对初唐诗人的阶级分类也嫌牵强。然而，不管怎么说，五六十年代的文学史自有其学术史的价值所在，不能因时过境迁就随意贬抑。更何况，后来八九十年代的文学研究与之也有不可分割的学术传承关系。

三、80 年代

从 60 年代后期到 70 年代中期，文学研究几乎成了意识形态领域斗争的政治工具，这期间真正的学术成果寥寥无几，就初唐诗歌整体研究而言，更无可称述。1976 年以后，尤其是到 80 年代，有关初唐诗歌整体研究的学术成果才又渐渐多了起来。

初唐诗总论

金启华的《初唐诗论纲》① 是新时期较早出现的对初唐诗进行宏观研究的论文，而且该文较之五六十年代类似的研究更注重诗歌艺术本身，文章认为，"初唐诗歌，我们可以把它分为两个阶段来叙述，即太宗时期与武后时期。前者为唐诗之开端，后者为初唐诗之鼎盛"。又认为，"前期的太宗时期，为唐诗沿袭前朝诗风而图变革的阶段，在诗的对仗方面，更规范了。王绩、王梵志则独树一帜，另辟蹊径。后期之武后阶段，则珠英学士与四杰各各驰骋，分道扬镳。惟仍有其共同之处，则在以玄理入诗的一些七言长篇。陈子昂倡复古之义，在当时，人微言轻。对后代，则影响极大。总之，初唐诗是中国整齐句式的格律诗正式形成的时期，也是古诗的优良传统得到赓续的时期。尤其是艺术手法上的千变万化与纯熟运用，为后代诗人广开了门路"。

1985 年左右，一下子出现了好几篇宏观性论文，重要者有杨柳的《论初唐诗坛》②、葛晓音的《论初、盛唐诗歌革新的基本特征》③ 等。

杨文较为系统全面地探讨了初唐诗坛的"因"与"革"的演化，作者首先通过对唐太宗和他周围的文人学士的创作主张及诗歌的分析，指出唐王朝建国初期的诗坛，也在随着政治、经济的变革逐步发生着变化。虽然"这批诗人生活在旧朝较久，陈、隋浮艳诗风在他们身上影响较深，挣脱不易"，未能"成为革新中的主流和中坚力量"，却是"唐诗

---

① 载《江海学刊》1982 年第 4 期。
② 载《唐代文学论丛》总第 7 辑。
③ 载《中国社会科学》1985 年第 2 期。

革新中的先驱和探索者"。接着,作者又在详细分析的基础上指出:"为革新初唐诗风做出过更大贡献的当推王梵志、王绩以及稍后的陈子昂。此外初唐'四杰''文章四友'和沈、宋等人也从不同角度进行过理论上的探索和实践上的努力,也取得了不同程度的成就。"最后,作者论述初唐诗歌的贡献和影响说,初唐包括李世民及宫廷侍臣在内的大批有卓识、有才华的诗人在理论上和实践上的探索,积累了正反两方面的经验,为即将到来的万紫千红的盛唐诗坛铺平了道路,准备了条件。沈、宋、王、杨、卢、骆、陈子昂等人,对开元、天宝时期的李白、杜甫、高适、岑参、王昌龄、王维、孟浩然、储光羲、常建诸人的创作,都产生过一定的影响。

相对说来,葛文论述的深度和广度都超出当时同类论文。文章首先对当代学人论及初盛唐诗歌革新的功绩,每每着重在清除绮艳文风这一点的做法提出了异议。文章认为,"仅仅笼统地以反对绮艳来解释初、盛唐诗歌革新精神是远远不够的。文风的改革取决于多种因素。就初、盛唐诗歌几经反复的发展过程来看,恢复建安时代建功立业的人生理想,突破美刺讽谕的传统风雅观念,逐步解决理论和创作之间的矛盾,正确处理内容和艺术的复变关系,用健康的审美标准批判地继承齐梁诗的艺术成就,使盛唐诗形成理想主义的倾向和乐观昂扬的基调,达到融汉魏风骨于南朝文采的完美境界,应是初、盛唐文人反对绮艳的具体内容及其区别于文学史上其他时代的诗歌革新运动的基本特征"。在具体论述中,文章也新见迭出,如认为贞观君臣革除绮丽文风收效不大的原因除了由于齐梁以来浮艳文风积弊过深以外,还因为"他们仍然拘守着儒家以颂美王政为雅音、而雅音必须典丽的传统观念,改革文风的重点在于是否符合雅正的标准,而不在于形式的华丽",贞观君臣"促使唐初诗风转变的决定性因素并不是他们提倡典正富丽的雅音,而是他们在'相携欣颂平'中所讴歌的功业本身对中下层文人精神风貌所产生的影响"。说四杰虽然"是初、盛唐诗歌革新的先驱,但其理论仍受儒家正统观念局限,与他们的创作之间存在着一些矛盾",而"四杰的贡献,在于他们的创作以新鲜广阔的生活内容和建功立业的远大理想突破了为封建名教服务的教条,不自觉地继承了他们在理论上所批判的建安精神"。文章还认为,"初盛唐诗风的转关在武后到玄宗开元前期。陈子昂针对从上官体到'文章四友'及沈、宋不断发展着的宫廷形式主义文风,标举风雅兴寄和汉魏气骨,突破儒家美刺讽谕的风雅观,在理论上肯定了革新诗歌的关键,在于恢复建安文人建功立业的人生理想。但他在批判齐梁诗'采丽竞繁'的同时,又忽略了艺术的复变关系。张说和张九龄比陈子昂更明确地阐发了风骨、风雅的内涵,赋予建安精神以新的时代色彩,纠正了四杰诗歌理论的偏颇,并提出了革新艺术的具体标准。对于盛唐诗形成以崇尚建安气骨为主的风雅观念和理想的艺术风貌产生了直接的影响"。

到1987年、1988年,又出现了一些对初唐诗歌进行宏观研究的论文,如黄泽梁的《初唐前五十年的社会心理与诗歌创作》[1]、景遐东的《略论初唐诗歌》[2]和姜光斗、顾启的《"盛唐气象"的预兆和酝酿》[3]等。

黄文认为,初唐前五十年诗风的出现,基于两种社会心理模式:一是稳定型社会心理,二是享乐型社会心理。前者是基本的和主要的心理模式。文章认为,稳定型的心理模式表现在文学艺术上形成了"去兹郑卫声,雅音方可悦"的审美理想和审美评价,诗坛上便出现了以赞美胜利、欣颂太平、讴歌德政为主要内容的大雅颂声。在稳定型社会心理形成的同时,享乐型社会心理也在形成和发展。它反映在诗歌创作中,便外化成以描写现实感性生活享乐为题材的诗歌。这类诗歌大致可分为三种类型:赏游欢宴享乐之作,吟花草、弄风月之作和艳情之作。文章指出,这类以现实感性生活享乐为题材的诗歌,是唐初诗的一个重要组成部分,但不能用"齐梁余绪"来解释。因为梁陈门阀士族整体上丧失了对社会理想的形而上的欲求,转而溺于酣饮狎妓、声色犬马的形而下的欲望的发泄,在很大程度上是一种自暴自弃的变态心理。贞观君臣是在成功地实现了社会政治理想之后,志得意满,心情舒畅地转向对现实感性生活的追求。这符合人类一般正常心理活动的自然律,因而表现出较为健康的审美情趣。初唐前五十年社会心理格局,在艺术上表现为平和中兼有清新、绮丽的风格。稳定型社会心理表现在审美理想上便是对雅正平和的艺术风格的追求。意象之间无大幅度的跃动感,意象本身的超越感不强,诗歌内部结构保持着一种相对稳定的动平衡。诗歌外部则表现出两种不同色调,一是清新,一是绮丽,享乐型社会心理又影响人们

---

[1] 载《中国文学研究》1987年第3期。
[2] 载《湖北师范学院学报》1988年第3期。
[3] 载《南通师专学报》1988年第1期。

对声色美的敏感性。但是，随着庶族地主的崛起，原有的社会心理结构受到冲击而进入不平衡状态，唐诗也以新的姿态出现人们面前。总的看来，该文视角新颖，立论平实，是一篇较有启发性的佳作。

景文认为，说唐太宗、虞世南和上官仪三人专写浮艳诗是不符合事实的，这个时期的诗坛是复杂的，并非齐梁诗占统治地位，而是我国诗歌从六朝的衰靡走向盛唐鼎盛的一个重要过渡。

姜文则明确指出，一代英主唐太宗已露出雄健高昂的气派，其诗作的内容和格律，已开始初具盛唐气象的萌芽。而卢照邻的七言歌行《长安古意》《行路难》等，实开盛唐李、杜等七古鸿篇的风气。在作者看来，初唐将近百年的时间里，从太宗的初露端倪，到四杰的有意革新和杜审言、沈佺期、宋之问完成近体格律诗的创建，再到陈子昂的横制颓波，在一步步接近盛唐气象，盛唐骄子已在母体中躁动了。

值得一提的是，对初唐诗歌进行整体研究的第一本专著并不是国内学者所著，而是美国汉学家斯蒂芬·欧文（Stephen Owen）的《初唐诗》（*The Poetry of the Early T'ang*）。这本书首先以一个外国学者特有的研究眼光和研究方法，对初唐诗歌作了整体的研究，并且从唐诗产生、发育的自身环境来理解初唐诗特有的成就，较深入地研求了初唐诗的演进规律。作者认为，初唐诗不仅是盛唐诗的注脚，还具有自己特殊的美。作者对初唐诗的总体认识是，"初唐诗歌本身并没有呈现出统一的风格；它只是结束了漫长的宫廷诗时代，缓慢地过渡到新的盛唐风格"[①]。所以，本书较国内学者更多地注意到宫廷诗在唐初的演变和发展，尤其深刻地分析了初唐宫廷诗人写作诗歌时的创作规则、艺术格式和修辞技巧，尽管作者对这些规则和格式的理解可能存在着一些偏误，但显然为国内学者提供了一个新的研究视角。而且，该书还发掘了一些为近代学者所忽视的文学史实，在一定程度上拓展了初唐诗歌史的研究领域。故本书在20世纪最后十几年内影响一直颇大。

初唐诗发展阶段研究

在80年代，有一些论文对初唐诗歌的发展进行了阶段性的研究，也取得了一定的成果。

---

① 斯蒂芬·欧文著，贾晋华译：《初唐诗》，南宁：广西人民出版社，1987年，第1页。

如倪其心的《贞观诗风及其演变》①认为，贞观诗风的主要特点是倡导中和雅正。贞观宫廷诗歌理论，原则上要求继承《风》《雅》的传统，而实际上主张吸收齐梁以来近体艺术形式的成就，发扬北齐、北周以来诗歌内容刚贞的长处，引导诗歌创作在内容上要改革，在形式上应保守，其实是一种折中纠偏的改良。文章最后还对闻一多先生说初唐四杰的诗歌是"宫体诗的自赎"的说法提出异议，认为四杰似乎并非直接从陈、隋宫体中自赎出来，而恰恰是贞观宫廷诗歌经历了"宫体的自赎"，使初唐四杰受到了有意的影响，进而发展为大胆的革新行动。

胡国瑞的《唐初诗风平议》②对前人关于唐初诗风的评价提出了异议，他认为，"说唐初诗歌只是梁陈宫体诗的延续，我们难于同意。……唐初的诗歌是诗歌本身由齐梁进入唐代必然经过的一个阶段，……应实事求是地加以辨析，看到它们中间有些对于后世起到的有益的影响，对于某些作家作品的艺术成就，也必须予以恰当的肯定"。

王启兴、唐典伟的《贞观诗坛的再评价》③一文，从对唐太宗的政治思想、治国方略和文艺观的具体分析入手，论证了太宗反对南朝宫体靡风、要求文艺为政治服务、希望重新建立大雅正声的倾向。同时，该文还具体分析了太宗大臣如魏徵、房玄龄、李百药、姚思廉、虞世南、许敬宗等人的文艺观点和创作实践，具体分析了应制奉和、宴会赋饮、述志抒情等题材的作品实际，指出："在贞观功臣现存的近四百首诗中，堪称香艳、冶艳者不过十几首。以往的评价之所以出现严重的偏颇，就是因为混淆了宫体诗与宫廷诗概念。宫廷诗概念宽泛，……而宫体诗在传统意义上则仅指'宫廷的、或以宫廷为中心的艳情诗'（《宫体诗的自赎》）。故此，我们应把奉和应制、游宴赏心之作与'艳情诗'严格区别，不能混为一谈。"这些辨析对于正确评价初唐宫廷诗歌具有普遍意义。

初唐诗体研究

80年代，初唐诗体研究取得了更大的成就。赵昌平《初唐七律的成熟及其风格溯源》④《从初盛唐七古的演进看唐诗发展的内在规律》⑤

---

① 载《光明日报》1983年1月18日。
② 载《光明日报》1983年4月12日。
③ 载《江汉论坛》1988年第4期。
④ 载《中华文史论丛》1986年第4辑。
⑤ 载《中国社会科学》1986年第6期。

以及商伟《论初唐诗歌的赋化现象》①等文均从宏观和微观结合的视角，探讨了初唐诗发展的艺术规律。

《初唐七律的成熟及其风格溯源》是一篇考论结合的专题论文，文章在对初唐七律考证统计的基础上，梳理考察了初唐时期七律的形成史。文章首先对初唐九次重要的"七律"应制唱和进行了考定，进而以时间之先后为线索，旁及其他，寻绎唐人七律的发展情况。文章认为，七律的形成可以大体归纳为以下过程。从梁陈间的庾信开始至初唐高宗时期为滥觞酝酿时期，这一阶段将近一个半世纪。武周时期，为七律的颖脱而未成熟时期，这一阶段约二十年时间。中宗时期由颖脱而成熟，景云年间是确立时期，这一阶段共六年余。而最终确立，仅景云二年至四年，约两年时间。文章最后指出，七律蜕化于骈赋化的歌行，并由此对初唐诗歌史提出了一些新的看法。如过去人们一提起初唐七律，每谓其专重工丽，有形式主义之病，但该文在了解初唐七律的渊源及形成背景之后指出，"初唐七律固然内容狭窄，但这是由于它的形成背景决定的：它刚成熟于宫廷文人集团中，诗人们尚未熟练地掌握它以表现更广阔的内容。工丽本身不能视为弊病，这是由它的骈赋化的歌行这一母体决定的"。《从初盛唐七古的演进看唐诗发展的内在规律》则认为，造就盛唐七古"不可端倪，达于化境""诸体备陈，笼罩百代"的成就的，不仅是靠处于发展顶峰的盛唐时期诸大家的意匠神功，而且不可忽视以"四杰"为代表的第一阶段借赋体改造前代七古的开创之功，同时也有过渡的第二阶段李峤诸人对"四杰"歌行进一步改造之力。作者通过对唐前两个时期将近二百年间有代表性的七古诗作的句式、声调、诗歌意象、布局、取势等特点的分析，认为诗歌艺术作为文学分工的一个特定领域，其演进总是后一代诗人对前一代诗人积累、创造的诗歌艺术遗产在新的历史条件下进行改革的结果。文中还力图矫正历来对"四杰"歌行看法偏颇之弊，从历史角度强调了研究过渡阶段中、小作家的重要意义。赵昌平的这两篇文章宏观与微观相结合，考论并重，而且涉及面广，开拓度深，故而是初唐文学宏观研究中少有的较有分量的文章。

商伟的文章发挥了林庚先生关于"诗的赋化"和"赋的诗化"的观点，认为从六朝以后，形成了诗、赋平行发展而又互相渗透的局面。一方面辞赋、散文在不断诗化，另一方面诗也在逐渐赋化，这一态势一直

---

① 载《北京大学学报》1986年第5期。

持续到初唐。诗歌赋化的现象在初唐主要体现在以下两个方面。首先是咏物诗数量众多,这些诗歌其实就是精简压缩过的咏物小赋,它们都是描写性的而非抒情性的。其次,初唐诗歌的赋化又体现在赋体歌行中,这便是以卢照邻的《长安古意》、骆宾王的《帝京篇》《畴昔篇》和王勃的《临高台》等为代表的长篇歌行。这类诗歌仍重于外部世界的描写,像大赋那样追求宏观的全景画面。它们数量并不多,但是大开大阖,气势恢宏,给平静的诗坛带进了骚动不安的大赋的喧嚣。文章还指出了初唐诗歌的赋化在初盛唐诗歌史上的意义:"当初唐诗人依照咏物小赋来作咏物诗时,他们不过是在沿袭南朝的传统罢了。但是,当他们转向汉大赋时,情况便不同了。这仿佛是诗歌脱离南朝的一个征兆。在陈子昂借助汉魏五古以革除南朝诗风之前,初唐四杰也已经试图追寻更久远的历史的消息,以摆脱缠绕着他们的南朝的梦魇。他们连接中断了的历史,引进全新的力量。对于当时的诗坛来说,汉大赋雄放有力的歌唱不啻是一种振聋发聩的声音。"

类似的文章还有王锡九的《论初唐七言古诗》①,该文认为"初唐的七古主要是沿着两条路子在发展。一是以沈佺期、宋之问、李峤、张说、郭震等人为代表,以怀古、咏物和应制而负盛名,他们多是皇帝的文学侍从,或者文武兼备的宰执大臣。二是以刘希夷、张若虚、乔知之、吴少微等人为代表,以抒写人生感慨、生活哲理和闺怨恋情为题材。他们则是一些下层或不得志的文人"。应该说归纳有据。关于两条路子的艺术表现的差异,文章也作了较细致的分析。

徐青先生自70年代就开始致力于诗歌格律的研究,其《初唐五言诗的格律》②指出,作为初唐诗歌主要形式的五言诗,"在格律结构上则充分继承和发扬了南北朝齐梁体的主要形式,仍可按粘式律、对式律和混合律三种类型加以概括"。"第一,粘式律,即近体诗的格律。在初唐时期,这种格律形式已为诗人广泛应用。""其中,唐初的'四杰'、文章四友和沈佺期、宋之问等更为突出。""这样,就造成了初唐诗律以粘式律占优势的局面,而使南北朝时期应用很广的对式律退居次要的地位。""第二,对式律在初唐时期仍被诗人所继承和应用。"但是,"合格的对式律十分少见,对式五律也较少,最多见的是对式五绝。这说明对

---

① 载《扬州师院学报》1988年第3期、1989年第1期。
② 载《语文月刊》1987年第3期。

式律的适用条件是诗体宜短不宜长"。"第三是混合律。格律特点是全诗应用律联,积联成式。律联之间的关系是时粘时对,粘对无常的。这种格式的出现乃是诗人作诗时未能将粘的关系或对的关系贯彻始终的结果。"据以上三点分析,作者归纳说:"从格律结构的类型上看,初唐诗歌与南北朝是没有什么差别的。但是若从这些格律类型的应用情况看,则有明显的差异。这就是初唐诗歌有向粘式律过渡的重要趋势。""初唐诗律的发展特点是使五言诗格律成为古代格律的主体。"在《初唐七言诗的格律》[①]中,作者认为唐代以前合格的七言律绝是"带有一些偶然性的个别现象"。"到了唐代,大约在武则天和中宗的时期,诗人们在继承齐梁体格律的基础上把诗律的发展推进了一大步,终于形成了七言诗的格律,并且比较迅速的使之发展到了成熟的境地。"作者又指出:"初唐的七言诗格律仍像齐梁体一样,可按粘式、对式、混合式三类加以概括。"按照这三种类型,作者逐一举例剖析,得出如下结论:"在七言诗的三种格律形式中,又比较突出的以粘式律,即近体诗的格律形式占了数量上的优势,成了七言格律诗的主体。在主体诗格律之外,以对式和混合式格律作为辅助的形式仍为诗人所用,以作补充,但已不起重要的作用。诗律的发展自齐梁时期形成五律到初唐形成七律之后,可以说是五、七言兼备、长短体咸宜、粘对合律的近体诗的完整体系已经确立了,在隔离结构上成熟了,从而为唐代的诗歌发展的高潮提供了完美的形式,发挥了积极的作用。"

初唐边塞诗研究

在20世纪五六十年代和80年代,学术界曾经有过关于唐代边塞诗的讨论,其中也涉及初唐时期的边塞诗问题,故80年代出现了一些研究初唐边塞诗的论文,现择要介绍如下:

聂文郁的《试论初唐的边塞诗》[②]是20世纪最早一篇全面、系统研究初唐边塞诗的论文。文章指出,盛唐边塞诗是在继承、革新初唐边塞诗的条件下出现的,它们在取材、构思、描绘和意境等方面,是有相通、相近、相似之处。认为"初唐数以百计的边塞诗正反映了那一时期频繁而严重的边塞现实"。

---

① 载《语文月刊》1987年第4期。
② 载《唐代文学论丛》总第4辑。

杨恩成的《初唐边塞诗的时代特征》[1]是一篇将初唐边塞诗的宏观研究与微观赏析交融陶冶于一体的力作。文章认为，以骆宾王、卢照邻、杜审言、崔融、王勃、杨炯、刘希夷、宋之问、沈佺期、郭震、陈子昂等人为代表的初唐诗人，他们的边塞诗多抒发抵御外侮、扫除边患、维护国家安定统一的爱国激情。这种爱国激情构成了初唐边塞诗的精神支柱。特别是骆宾王以亲身经历所创作的边塞诗，反映了下层知识分子慷慨从戎、驰骋边塞的精神面貌，直开盛唐边塞诗的先河。初唐边塞诗在形式上的显著特点是多用乐府旧题，创制了七言歌行体的边塞诗。而像沈佺期的《杂诗》（闻道黄龙戍）、《古意》一类工整的五、七言律诗，在初唐边塞诗中是极少见的。

金涛声的《唐代边塞诗的先声》[2]结合研究分析了初唐四杰和陈子昂的边塞诗的题材内容及艺术特色，颇能予人以启发。张啸虎的《略论唐代前期的爱国诗》[3]虽然不是专论边塞诗的，但以边塞诗为主，文章说，唐代前期产生的大量爱国诗，无论是精神风貌还是艺术风格，都有自己的特色。李世民歌唱战斗生活的诗篇《破阵乐》《饮马长城窟行》等，洋溢着英雄气概和民族自豪感，反映了唐初的恢宏气象，"实开唐代边塞诗的先声"。虞世南的《从军行》《出塞》《拟饮马长城窟行》、魏徵的《述怀》，都反映了"隋唐之际的时代精神与唐初的开国气象，给长期以来格调日趋卑靡的诗歌，注入新的生机和艺术活力"。

四、90年代

进入90年代以后，初唐诗歌的宏观研究又出现大的飞跃。不仅出现了一大批很有质量的论文，还出现了几部以初唐诗歌为主要研究对象的论著，即尚定的《走向盛唐》[4]、杜晓勤的《初盛唐诗歌的文化阐释》[5]、葛晓音的《诗国高潮与盛唐文化》等。

初唐诗歌艺术综论

90年代，对初唐诗歌的专题研究取得了较大的成就。葛晓音的

---

[1] 载《陕西师大学报》1985年第2期。
[2] 载《广西大学学报》1985年第1期。
[3] 载《中州学刊》1986年第2期。
[4] 尚定：《走向盛唐》，北京：中国社会科学出版社，1994年。
[5] 杜晓勤：《初盛唐诗歌的文化阐释》，北京：东方出版社，1997年。

《论宫廷文人在初唐诗歌艺术发展中的作用》[①] 是一篇力作。作者认为，初唐宫廷诗的发展可分为三个阶段，即箴规型、颂美型、娱乐型，而宫廷文人颂美型的诗歌，与"四杰"许多诗赋中所表现的感情相一致，"初唐四杰后来把这类诗发挥得更加铺张扬厉，也说明他们所追求的，其实是贞观宫廷颂声的复归"。该文指出：初唐宫廷作品的"创作倾向虽然与诗歌革新派迥然不同，但没有形成绝对的对峙关系。他们在政治上和人事上存在着复杂的关系，诗歌创作也必然互相影响。从唐诗发展的角度看，当时宫廷诗中的雅音虽为革新派所首肯，其实却是导致诗歌僵滞的重要因素。而杜审言和沈宋在艺术上的变革，既是对唐初以来齐梁遗风的突破，又弥补了四杰、陈子昂等革新派的不足"。因此，她主张应给初唐宫廷诗人以实事求是的评价。该文的出现，可以说第一次理清了所谓的初唐宫廷诗人和革新派诗人之间的关系，从根本上给了初唐宫廷文人一个较客观的评价。这说明学界已不满足于沿用和阐释前贤旧说，开始直面被尘封的文学史实，发抒己见了。戴伟华的《初唐诗赋咏物"兴寄"论》[②] 也是一篇优秀论文，该文不仅论及初唐四杰的咏物诗赋，而且论及"四杰"之前及和"四杰"同时的魏徵、崔敦礼、谢偃等人的咏物诗赋以及苏味道、李峤等人的咏物诗，并与陈子昂《修竹篇序》中提出的"兴寄"理论联系起来，有较强的理论性和概括性。

赵昌平的《上官体及其历史承担》[③] 对唐诗研究者历来所忽视的上官仪及上官体在唐诗史上的地位进行了较为详细的探讨。作者认为，从诗人的历史承担来观察上官体，便会发现，它尽管有着固有的弱点，却恰恰是李唐开国以来三四十年间，中朝诗人苦苦探求唐诗发展新路的第一阶段的成就的结晶。在太宗、高宗两朝寻求南北诗风融合，以创造足以表现大唐气象的诗歌风格的不同方向的努力中，上官体代表着顺应诗史内在趋势的一派。唐初，因反对六朝绮靡之习而被忽略了的小谢体的精髓及其所代表的齐梁时代对诗歌艺术的深刻认识，至上官体方得到足够的重视与发扬。上官仪上承虞世南、李百药、杨师道而卓然名家，又下开四友、沈宋一脉，即使反对上官体的四杰，究其创作实际，实也受到上官体的深刻影响。至盛唐，上官体虽已过时，但其艺术因素依然对

---

① 载《辽宁大学学报》1990年第4期。
② 载《文学遗产》1992年第2期。
③ 载《文学史》1994年第1辑。

唐诗发展起着重要影响，可以说盛唐诗既是对上官体的反拨，又有着对它不可或缺的继承，没有上官体的成就及其后继者的开拓，盛唐诗恐怕至多只是对汉魏诗的简单回归而已。

袁行霈的《百年徘徊——初唐诗歌的创作趋势》[①]对初唐诗歌的分期和发展都提出了自己的看法。作者认为初唐诗歌的下限应该划到开元八年（720），即共 102 年。他还认为，和盛唐、中唐、晚唐三期相比，"初唐时间最长，可是无论诗歌的数量还是质量都是最差的。而且一百年间竟然没有出现一位第一流的诗人，缺少异峰突起"。"只不过为盛唐诗歌的大繁荣作了准备而已"。他将初唐诗人分为三代，第一代活跃于高祖、太宗年间，第二代活跃于太宗、高宗年间，第三代活跃于高宗、武后在位时期，"纵观初唐三代诗人，我们可以说，初唐诗歌的演化，就是从御用的路线转向个人抒情的路线。诗歌的御用性曾经束缚了齐、梁、陈、隋四代诗人的才能，在初唐仍然是诗歌发展的障碍。而初唐诗人由于身份发生变化，才逐渐摆脱了这种御用性，诗歌得以缓慢地发展"。至于发展缓慢的原因，作者指出了三点：（1）诗人本身身份、经历、品格、性情等方面的不足，对他们的诗歌创作有影响；（2）初唐诗人因袭南朝诗歌的传统太重，对写作技巧如声律、属对、用事等倾注了太多的注意，理论与创作脱节，整个诗坛显示了太多的盲目性；（3）除陈子昂等少数诗人外，他们没有走向广阔的社会和广大的读者，没有唱出时代的声音，因此不可能有突破的力量。

葛晓音的《创作范式的提倡和初盛唐诗的普及——从〈李峤百咏〉谈起》[②]从《李峤百咏》入手，通过追溯初唐到盛唐"How to"之类著作的发展过程，探讨这种树立创作范式的作法与诗歌的普及和提高的关系，为盛唐诗歌的繁荣找出若干被人们忽视了的原因。文章认为，从杜正伦的《文笔要诀》到王昌龄的《诗格》和皎然的《诗议》，这类"How to"由作法渐向理论过渡的痕迹是十分明显的。而由作法向理论的过渡，也就是初盛唐诗由普及走向提高的过程。《李峤百咏》诗是初盛唐诗文作法类也即"How to"著作的代表，它的出现带有划分阶段的意义。前一阶段即初唐时期，主要是讲字、词的用法，声病的避忌，对仗的格式，但已显示出讲作法由字句到整篇的发展趋势，其中最值得

---

① 载《北京大学学报》1994 年第 6 期。
② 载《文学遗产》1995 年第 6 期。

重视的是作法的示范标准由物色转向情意的发展趋势。文章通过对各种史料的考察，发现这类著作确有推动初唐诗普及和提高的作用，原因是在初唐，这类书并不只是适用于童稚，而是面向朝野士大夫和广大新进士人的。其结论是，促使初盛唐诗歌繁荣的主要原因是干谒、观光、交游、文会等社交活动，频繁的诗歌社交应酬，促成了声律对偶著作的流行，而它们的流行，反过来又使诗文作法知识得到普及，提高了朝野诗人的诗歌水平。而只有在文学写作水平普遍提高的基础上，才可能出现盛唐诗的全面繁荣。由于这篇文章"为唐诗繁荣原因问题开辟了新的解释途径，得出结论切实可信。文章所使用的材料，多属当今学界少有论及者。文章层层剥离，内在逻辑性强，视角既新，思路亦清，总体水平颇高"，所以被《文学遗产》编辑部与广东中华文化王季思古代文学、古戏曲基金联合设置的"《文学遗产》优秀论文奖"评委会评为第一届即1995年度优秀论文奖。

初唐山水诗研究

90年代，初唐山水诗也开始受到学界的关注。陈列的《试论初唐山水诗》[①]是一篇概述性的论文，文章想通过对初唐山水诗的特点及其发展过程的研究，"以便更有利把握唐代山水诗的特点及其发展脉络"。全文共分三个部分。（1）"鹅行鸭步的步履——沿袭与创新"。作者认为，初唐山水诗是一个螺旋式的发展过程，可分三个时期，太宗至高宗龙朔年间为第一时期，沿袭南北朝山水诗写景繁琐、状物细巧的特点，多写皇家的苑山池水，创作内容日趋狭窄，并进一步发展了齐梁诗辞藻华丽、对偶工整的诗风。第二时期是高宗麟德至武则天执政前期，宫廷诗风有所减弱，大批充满生气的下层士子跨入文坛，给初唐山水诗带来了一股新鲜气息。四杰的山水诗"视野顿开，境界遂阔，万水千山的千姿百态尽收笔下，打破了前代山水诗多表现江南一带秀美山水的局限，使得山水诗的题材、个性、风格都得到一次解放"。陈子昂的山水诗，"突出的特点是汰繁就简，由密趋疏，与前人比较，更具有疏宕发越的特点"。第三时期是武则天后期至中宗，"齐梁诗风虽未完全消退，但朝野诗风或多或少地、却普遍地带有唐人气息，正向盛唐风格发生变化"。沈、宋、张九龄、张说的山水诗情与境更和谐，而且能表现自己的独特

---

① 载《广西师院学报》1992年第3期。

的感受，表现了一定的山水个性和作者个性，有新的开拓，为盛唐山水诗打下很好的基础。(2)"内含的扩大与深入——历史感和宇宙意识的加入"。(3)"艺术手法的丰富与发展"。在形式上，由古体而趋近体，由密俪而疏散；在手法上，由罗列到组合，从写实到写意。这一部分有一些精彩的概括，为篇幅所限，只得割爱。

葛晓音的《从"方外十友"看道教对初唐山水诗的影响》则专论道教对初唐山水诗的影响，又从"方外十友"的角度切入，论题相当新颖和集中。其主要论点如下。"方外十友"主要见于《新唐书·陆余庆传》，这是"初唐一群爱好方外之游的文人的代表"。他们交游的时间大致可考定在685—689这十年间，地点以嵩山为主，反映了一时的风气，"是初唐文坛上值得重视的现象"。"方外十友"绝大多数都是"汲汲于用世者，他们之所以乐于信奉道教，乃是因为道教的宗旨其实也是以入世为本、而以出世为迹，比儒教和佛教更完满地解决了仕与隐的矛盾"。对道教的信奉，使"方外十友"与山林隐逸生活联系起来，但他们的山水田园诗绝大部分却与方外之游无关，这似乎说明道教对初盛唐之交的山水诗兴盛没有多少直接的促进作用。但事实却不尽然，道教与山水在东晋前期早就结缘，郭璞的《游仙诗》借游仙咏隐逸入于玄理。道教使诗歌蒙上纵诞色彩，对山水诗的发展是有害的。然而，"十友虽然没有在方外之游中创作出成功的山水诗，但他们所造成的风气，尤其是陈子昂在道教哲学启发下所思考的处世原则，却在开元间转化为对山水诗有利的因素"，"间接地改变了山水诗的艺术风貌"。此外，"就山水诗的题材内容而言，方外之游将游仙引进山水，尤其是使寻访寺观名胜成为山水记游的主要内容，也为盛唐山水诗开拓了一类新的境界"。总之，唐前期道教对山水诗的影响是较为复杂的，"从初唐四杰由池苑走向江山开始，到盛唐吟咏方外隐逸的诗篇蔚为大宗，在唐前期山水诗发展的这段里程中，'方外十友'实为不可缺少的一环"。

初唐诗歌分体研究

90年代，初唐诗歌分体研究取得了更大的成就。赵谦的《初唐七律音韵风格的再考察》[①]认为，七律音韵的发展，经历了三个阶段，即自梁简文帝大宝元年至唐贞观初年的发轫期，贞观初至武则天长安年间

---

① 载《文学遗产》1990年第3期。

的宽松期,中宗神龙初年至玄宗开元初年的成熟期。第一阶段,七律体制逐渐初具雏形。隋炀帝的《江都宫乐歌》,八句仅有一句不合律则,一处相粘,对偶位置亦在中二联,"可视为发轫之作"。第二阶段,陈子良、上官仪、杨师道、许敬宗、沈佺期、宋之问等人都在七律音韵方面作了艰辛的有意义的探索。上官仪的《和太尉戏赠高阳公》,全诗共18句,起首八句"截下来便是一首每句合则的律诗",押平声韵。沈佺期、李峤解决了七律相粘的难题。第三阶段,除沈、李之外,苏颋、李适、宋之问等都写出了全和律则的七律,虽"尚不稳定",但关键是解决了七律上下联之间相粘问题,"七律四联一经相粘,全篇音韵便浑然一体,无断裂之痕","这为七律诗创作高潮的到来廓清了道路"。此外,该文还论述了音乐繁荣在七律形成过程中的作用,即"七律分娩的助产婆",和初唐七律的主要风格特征,以及当时以应制为要求的七律所以艺术成就不高的原因等问题。

邝健行的《初唐五言律体律调完成过程之观察》①研究了初唐五言律诗的律体律调的形成问题。作者认为,"就律调的发展过程看,初唐一百年间大致可分为三个阶段。第一个阶段以上官仪的死年,即公元664年左右结束;第二个阶段以骆宾王的死年,即公元687年左右结束;第三个阶段迄初唐之末,即公元712年"。第一阶段的代表作家包括虞世南、李百药、王绩、许敬宗、杨师道、上官仪等,五言律诗仍旧沿袭陈隋,不见有所进展。王绩合律程度虽然较高,但影响不大。第二阶段,以骆宾王、卢照邻、王勃为代表,骆、卢、王三家单句合律程度更高,可看成作者对单句律调的彻底掌握,而且,此时全合律调的作品已渐次出现,占作者全部受检查作品的两成到三成。第三阶段的代表作家有李峤、苏味道、杜审言、杨炯、崔融、宋之问、沈佺期、陈子昂等,诸家声调失误程度有大有小,但多数比第二阶段的作家减轻;这便可看作基本的趋势。单句平仄的安排在此时已基本解决,本阶段诸家进一步解决了联语的对粘方式,于是整体律调便告成立。作者认为,传统的"把沈、宋看成确立律调的人的看法",值得商榷,其理由是"沈佺期还好,宋之问的位置偏低,因为宋氏的作品,句联不合律的地方还比较多。如果说制定律调的人的合格的程度比同时其他人还要差,那是说不过去的"。最后,文章指出,初唐律调的完成跟时君爱好诗歌、朝臣追求位禄

---

① 载《唐代文学研究》第3辑。

的关系不大；律调的渐次完成，大抵是作家顺应文体本身的发展，从事探索的结果。本文以数字统计和表格分析为依据，方法科学，论述精到。

杜晓勤的《从永明体到沈宋体——五言律体形成过程之考察》[①] 一文在吸取前人研究成果的基础上，对齐永明以后直至初唐景龙年间五言新体诗联间组合形式的演变作了一次全面量化分析，试图较清晰地勾画出五言律体的形成过程，并紧密联系当时的诗歌创作风尚，尽可能对影响律化进程的因素进行探讨。文章认为，唐初王绩入律程度遥遥领先，是唐初律化意识最强的诗人，而这又主要得益于他对庾信新体诗声律技巧的继承和发展。在贞观中后期及高宗朝前期，对新体诗声律影响最大的是上官仪。上官仪诗律学理论直接导致了元兢诗律学尤其是调声术的产生。首先，元兢在上官仪"六对""八对"的基础上，又提出了"八种切对"之说，标志着人们对新体诗"二二一"音步有了较明晰的认识，这就为"粘缀"方法的发现创造了必不可少的声律条件。其次，元兢在永明以来沿用的消极病犯理论之外，第一个提出了积极的调声术——"换头"（或称"拈二"），使人们一直暗中摸索的使五言新体诗通篇粘缀、和谐的声律技巧明确化、规范化了。从理论实质上看，元兢的调声术已经跨入了律体声律论的大门，在新体诗律化进程中具有划时代的意义。元兢的"换头"术并没有马上被时人所认可、采用，对当时新体诗的声律也没有立即产生影响。直到近三十年以后，上官昭容重振祖风，"换头"术才得以和上官体一起大行于世，遂导致武周后期粘式律数量的激增，同时也促使五言律体最后定型。文章在论及"初唐四杰"时指出，"如果按照律化程度高低排列，四杰的顺序依次为杨炯、王勃、骆宾王、卢照邻"。其中王勃继承了王绩的声律技巧，杨炯在朝时间较长，且和薛元超、沈佺期、宋之问、李峤等人共事、唱和，故律化水平都较高。文章还注意到，在高宗朝后期，有两股诗体复古潮流，一是调露二年（680）一些中下层朝士在高正臣私宅举行的三次诗会，他们虽然使用的都是新体诗，但声律水平却较低，原因是他们此时因武后之故不敢学上官体，而是学庾信的早期诗作。二是陈子昂、卢藏用、王无竞、东方虬、乔知之等人掀起的诗体复古运动，但是他们并未忽视诗歌的声律美，且与杨炯、崔融、杜审言、沈佺期、宋之问等人交往甚密，故陈子昂的新体诗声律水平也较高，在初盛唐五言新体诗律化过程

---

① 载《唐研究》第 2 卷，1996 年。

中也作出过贡献。杜文还对邝健行先生怀疑沈宋是否可以看作"确立律调的人"这一新说提出商榷。其理由是，"首先，元兢提出了'换头'术，虽然标志着初唐诗人对新体诗调声法则的探讨已接近后来近体诗的粘对法则，却并不'等于说律调自此完成'。……'换头'术存在着一个被人们逐渐认可、肯定的过程，这个过程是在武后朝后期才完成的，并非在元兢之手"。"其次，沈、宋二人不但将元兢'换头'术付诸实践，奉之为'律'，且通过自己在诗坛上的感召力，使得朝野之士纷纷仿效，严遵此'律'，乃至于在中宗神龙、景龙中蔚然成风，形成了一个有别于'永明体''庾信体''上官体'的新诗体——'沈宋体'或'律体'"。再次，邝文考察的对象只限于五言八句的律体或近乎五律的诗作，将少于八句和多于八句的新体诗皆摒除不计。而杜文认为，"自齐梁以来到沈、宋手里，新体诗一直都未限定句数，而且在沈、宋手里，五言八句之五律也只是'律体'之一种篇制"。所以杜文将与"五律"同属于五言律体的其他篇制的诗作也统计进去了，得出了与邝文不同的结论："沈、宋诗歌的合律程度明显高于其他人。他们不但在五言四韵的'五律'中充分运用了'换头'术，而且在四韵以上的五言律体中也严遵此法，沈佺期甚至将五言诗之'律'法，移植到七言新体诗中，促进了七律的产生，而李峤、杜审言等人的律化多局限于五言四韵之'五律'，长篇律诗合律程度都不如沈、宋。所以，沈、宋被人们公认为诗律大师、律体的定型者，也是很自然的事。"

90年代对初唐诗歌进行分体研究的论文还有张明非的《论初唐五言古诗的演变》[①]、葛晓音的《初盛唐七言歌行的发展——兼论歌行的形成及其与七古的分野》[②]《论初盛唐绝句的发展——兼论绝句的起源和形成》[③]等。这三篇文章的主要观点均请参看本书第二章"唐代文学综合研究"中"唐诗体式和格律研究"部分。

初唐诗歌综合考证

在初唐诗歌综合考证方面，90年代也产生了一篇重要的考证成果，即金涛声的《初唐作家生平综合考索》[④]。该文根据各类史书、文集、

---

① 载《广西师大学报》1991年第2期。
② 载《文学遗产》1997年第5期。
③ 载《诗国高潮与盛唐文化》；又载《文学评论》1999年第1期。
④ 载《宁波大学学报》1990年第1期。

笔记以及出土碑文的材料，对历来知之甚少的十位初唐作家，即陈子良、李元嘉、薛元超、薛曜、杜之松、崔泰之、崔玄童、蒋挺、赵冬曦、陆海的生平事迹作了详细的考证，得出了若干新的结论，有重要的参考价值。

第二节 初唐君主、王后文学成就研究

初唐历代君王、王后多有一定的文学修养，其中尤以唐太宗、武则天、上官婉儿文学造诣最高，故他们在20世纪也受到了研究者的关注。

一、唐太宗文学研究

20世纪上半叶

20世纪，人们对唐太宗在文学史上的作用认识是比较一致的。在20世纪上半叶，人们对唐太宗所提倡的文风颇有微词。1926年，谢无量在其《中国大文学史》卷六中专列一节"太宗之文翰及十八学士"，论唐太宗文学活动对唐初文风之影响："唐初文学，既承陈隋遗风。先是太宗最好文学，初建秦邸，即开文学馆，召名儒十八人为学士。既即位，殿左置弘文馆，悉引学士番宿更休，听朝之闲，则与讨论典籍，杂以文咏，几日昃夜艾，未尝少怠。诗笔草隶，卓越前古。唐三百年风雅之盛，帝实启之。"① 胡适的《白话文学史》在论"八世纪的乐府新词"时，也对帝王贵公主的提倡文学之功予以肯定："太宗是个很爱文学的皇帝，他的媳妇武后也是一个提倡文学的君主；他们给唐朝文学种下了很丰厚的种子。"② 郑振铎《插图本中国文学史》也作如是观："当武德初，李世民与其兄建成、弟元吉争位相倾。各延揽儒士，以张势力。世民于秦邸开文学馆，召杜如晦……等十八人为学士，时号十八学士。及他杀建成、元吉后，太子及齐王二邸中的豪彦，也并集于朝。世民他自己也好作'艳诗'。当时的风尚，全无殊于隋代。……诗坛的情形是颇为热闹的。"③ 郑宾于《中国文学流变史》虽然也认为唐太宗颇好文学，

---

① 《中国大文学史》卷六，第7页。
② 《白话文学史》，第181页。
③ 《插图本中国文学史》第2册，第278—279页。

但对其诗风则不太满意:"唐太宗(李世民)爱好文学,颇慕绮妮,……所以唐初的诗人,除魏徵虞世南等少数作家含有古意外,余人都很趋向于'社会化''宫体化'的。"接着引王世贞评唐太宗"诗语殊无丈夫气"等语,谓"这话实在评得精。所谓'无丈夫气'与'花草点缀'云云,盖亦极言彼之胎息六朝耳"①。闻一多在其《类书与诗》一文中认为,南朝以来文学发展的学术化倾向到唐初,因唐太宗大力提倡编撰类书而变本加厉,"终于被学术同化了"②。而且,他认为唐太宗的文学造诣不如隋炀帝:"唐太宗之不如隋炀帝,不仅在没有作过一篇《饮马长城窟行》而已,便拿那'南化'了的隋炀帝,和'南化'了的唐太宗打比,像前者的'暮江平不动,春花满正开;流波将月去,潮水带星来'。甚至'鸟击初移树,鱼寒不隐苔。'又何尝是后者有过的?"③文章最后又说:"太宗所鼓励的诗,是'类书家'的诗,也便是'类书式'的诗。总之,太宗毕竟是一个重实际的事业中人;诗的真谛,他并没有,恐怕也不能参透。他对于诗的了解,毕竟是个实际的人的了解。他所追求的只是文藻,是浮华,不,是一种文辞上的浮肿,也就是文学的一种皮肤病。"④

80年代以后

从50年代一直到80年代初,学界对唐太宗在唐代文学史上的地位、作用及其诗歌艺术的评价都没有什么进展,因为这一时期的文学研究多强调人民的文学创造力,对封建帝王的作用以批判为主。这种情况到80年代以后才得以改变。

1983年一下子出现了三篇研究唐太宗李世民文学创作的论文。杨柳在《唐太宗的诗歌创作》⑤一文中,简明扼要地论述了李世民的创作思想和实践,并结合他的生平活动和具体诗篇,分析了他创作中两个矛盾的侧面。这对于认识贞观诗风有一定的启发。余美云的《论唐太宗》⑥从李世民作为创业君主和一代诗人的两个不同角度分析了李世民在唐初诗坛

---

① 《中国文学流变史》中册,第248—249页。
② 《唐诗杂论》,第3页。
③ 同上书,第5页。
④ 同上书,第6—7页。
⑤ 载《文史知识》1983年第2期。
⑥ 载《唐代文学论丛》总第3辑。

的地位；并联系初唐诗风，指出唐太宗的诗创作是他文艺主张的实践，也是为适应当时政治需要而出现的"歌德"文学的组成部分。宫廷诗不是他的创作的主流，他的诗以雍容庄重为特色。另一篇陈志贵的《李世民和唐初的文化发展》① 主要论述了李世民对唐初文化发展的贡献。

1984 年，杨柳的《唐太宗诗创作的理论与实践初探》②、李中华的《唐太宗的文艺观及诗歌创作初探》③ 也是力求出新的论文，值得一读。

1985 年，共有三篇文章论及唐太宗的文学艺术活动，即刘国盈的《唐太宗与创作自由》④ 和吴云的《论唐太宗的诗》⑤《论唐太宗的文化建设业绩》⑥。刘文就唐太宗这位开唐代风气之先的君主，对唐代文学、特别是诗歌的繁荣所起的无法取代的作用，作了充分的肯定。本文还针对宋人批评太宗"所为文章，纤靡淫丽，嫣然妇人小儿嬉笑之声，不与其功业称"的观点，认为李世民并不赞成"纤靡淫丽"的文风，他在一定程度上受到嵇康"声无哀乐论"的影响。同时，作为一位清醒的政治家，他懂得怎样把个人好恶与时代风气区分开来。

1989 年又有两篇论述唐太宗的论文，其中一篇是美国学者卫德明、康达维写的《论唐太宗诗》⑦，对《帝京篇》及其序的看法比较新颖，说《帝京篇》"包含许多有趣的特征"，"是组织得很好的天才之作，在时空上有渐渐扩展的过程"，该诗的序"是太宗诗歌理想的宣言"。另一篇是薛宗正的《唐太宗李世民及其边塞诗作》⑧。

1990 年，研究唐太宗的文章更多，共有七篇。吴云的《论唐太宗的文》⑨ 从唐太宗今存的论文、诏、令、制、册文、玺书、帖等三百余篇文章着眼，着重论述了这位封建帝王之文所反映的社会生活、艺术特点和在散文史上的革新作用。本文指出，唐太宗的文，多用形象比喻和对比说法，语言骈散相间，"是继承贾谊《新书》并加以发展的结果"，

---

① 载《齐齐哈尔师院学报》1983 年第 4 期。
② 载《中国古典文学论丛》第 1 辑，1984 年。
③ 载《武汉大学学报》1984 年第 2 期。
④ 载《北京师院学报》1985 年第 3 期。
⑤ 载《天津师大学报》1985 年第 3 期。
⑥ 载《辽宁大学学报》1985 年第 4 期。
⑦ 载《文史哲》1989 年第 6 期。
⑧ 载《新疆师范大学学报》1989 年第 3 期。
⑨ 载《北方论丛》1990 年第 1 期。

他"是唐初改革文章的祖师"。

20世纪关于唐太宗李世民生平的研究成果有如下几种：（1）张仲寰、刘逸青合编的《唐太宗年表》，见于1936年中华书局出版的《唐太宗》一书附录；（2）李绍定撰写的《唐太宗之享年》，载《读书通讯》1947年出版的第127期，该文谓李世民贞观二十三年卒，年五十二；（3）胡如雷撰《唐太宗生年考》，载《河北师院学报》1981年第4期。

20世纪学界整理唐太宗作品的成果有吴云等辑校的《唐太宗集》（陕西人民出版社，1986年），以及韩理洲的《唐太宗李世民文编年考》（一、二），分别载于《西北大学学报》1988年第3期、《唐都学刊》1988年第3期。

二、武则天和上官婉儿研究

武则天诗歌研究

武则天可谓是唐太宗之后又一位爱好文学、擅长诗歌创作的君主，故20世纪上半叶学界对其已有所关注，大多是对两《唐书》及《资治通鉴》等有关材料的排比、发挥。如胡适《白话文学史》对武后大倡文学之功加以赞扬："武后专政，大倡文治；革命之后，搜求遗逸，四方之士应制者向万人。其时贵臣公主都依附风气，招揽文士，提倡吟咏。"① 李维《诗史》亦云："武后奖掖文学，引拔极众，始以北门诸学士，纂集群书，临制后，又有三教珠英之选，预修者，有员半千……诸人，集所赋诗，各顾爵里，以官班为次，而崔融为之序，惟《珠英学士集》已佚，不可考也。当时文人，以沈宋为杰出，每以丽词，邀女后欢喜，上官婉儿又为之染翰着色，朝野争羡，故一时化之。"② 谢无量《中国大文学史》卷六云："盖武后在高宗时，已奖进文学，始则以北门学士诸人，纂集群书。革命以后，又有《三教珠英》之集，引拔尤众。一时文士，如苏李沈宋之闳丽，陈子昂卢藏用之古文，富嘉谟吴少微之经术，刘子玄之史学，以及张说之词笔，徐坚之博洽，并腾誉文圃。上总初唐之丽则，下启开元之极盛。有唐一代，律诗与古文之体，最越前世，皆发于武后时，可谓异矣。"③

---

① 《白话文学史》，第181页。
② 《诗史》，第99页。
③ 《中国大文学史》，第23—24页。

从 40 年代开始，相当长的时间里，人们很少论及武后的诗文及其在文学史上的作用。直到 80 年代，武后似乎才又进入了文学研究者的视野。苏者聪的《简论武则天其人其文》①是我们目前所见的第一篇系统论述武氏文学创作活动和诗歌创作成就的论文。而此后一年发表的沈立东的《武则天的诗歌创作》②一文则将其诗作分为五个时期，结合政治经历加以论述，认为从中"可清楚地看出她的一生于中国封建王朝鼎盛时代弄潮的轨迹"。

另外，葛晓音的《论初唐的女性专政及其对文学的影响》③一文，从妇女学的角度对产生武则天一类女性统治者的背景和原因作出解释，兼论这四十年在文学方面的影响。文章认为，首先，从北魏到隋唐，北方统治者女性多胡族血胤。由于篡夺频繁，政变复杂，她们在政权鼎革之际，往往参与策划，甚至起兵协助丈夫或父兄成事，因而形成了宫廷女性参政的传统。其次，联系武则天的父系出身于山东寒族的背景，考察自北齐以来的地方风俗，还可以看出，河北民间普遍存在的女性持家、男性惧内的风气，是产生女性专权统治的社会基础。对于由武则天开创的这段女性专权史对唐代文学所发生的影响，作者认为这种影响主要表现在以下两个方面：首先，武则天为排挤李唐旧臣，通过科举、制举、征求隐逸等多种手段，从关陇集团以外的山东、江南选拔人才，使布衣寒士得以进用，不但为盛唐储备了一批贤臣，而且改变了唐初重勋旧不重文人的传统，使一批以文学见长的寒士跻身朝列之后，在初盛唐之交的文坛上成为宗主哲匠，对盛唐文学的繁荣产生了直接的促进作用。其次，由武后开端的重视文学的风气，至韦后、上官婉儿时愈加炽盛。虽然在宫廷中曾造成一股短暂的形式主义逆流，但在题材、体制和艺术表现方面给盛唐诗提供了不少经验和借鉴。

20 世纪关于武则天生平研究的成果有：(1)《武则天年谱》，泽田瑞穗编，李天送译，《则天武后》一书附（三秦出版社，1989 年）；(2) 熊克撰《关于武则天的生地与生年问题》，载《南充师院学报》1980 年第 2 期。

20 世纪整理武则天作品的成果只有罗元贞点校的《武则天集》（山

---

① 载《武汉大学学报》1991 年第 5 期。
② 载《文史知识》1992 年第 10 期。
③ 载《中国文化研究》季刊，1995 年秋之卷。

西人民出版社，1987年）。

上官婉儿研究

20世纪学界关于上官婉儿文学研究的文章只有李迪生、陆路的《从上官婉儿评诗谈起》[①]、乔象钟的《上官仪和上官婉儿对唐诗风的影响》[②]和苏者聪的《才华绝代的上官婉儿》[③]等几篇文章。

第三节　王绩研究

王绩是唐初重要的作家，从唐代以来一直受到文学研究者的关注。20世纪的王绩研究，无论是在生平思想还是在文集的整理、诗歌作品的系年、艺术分析等方面都取得了很大的成就，尤其是70年代后期，《王无功文集》（五卷本）的重现，使得人们对王绩的研究上了一个新的台阶，取得了更大的突破。

一、王绩生平考证和文集整理

王绩的生卒年

20世纪最早对王绩生卒年进行考证的是郑振铎，他在《中国文学者生卒考》[④]一文和后来的《插图本中国文学史》中都认为王绩的生卒年是公元590？—644年，即约隋开皇十年至唐贞观十八年[⑤]。胡适的《白话文学史》认为王绩生于584年，卒于644年[⑥]。苏雪林的《唐诗概论》认为王绩约生于590年，卒于650年[⑦]。

闻一多的《唐诗大系》认为王绩生于585年，卒于644年。陆侃如、冯沅君的《中国诗史》的看法与闻一多先生同[⑧]。此后出版的诸多

---

① 载《羊城晚报》1980年10月10日。
② 载《光明日报》1986年8月12日。
③ 载《湖南社会科学》1991年第3期。
④ 载《小说月报》第15卷第9号，1924年9月。
⑤ 《插图本中国文学史》第2册，第281页。
⑥ 《白话文学史》，第169页。
⑦ 《唐诗概论》，第32页。
⑧ 《中国诗史》中册，第408页。

著作如刘大杰的《中国文学发展史》、王士菁的《唐代诗歌》、周祖譔的《隋唐五代文学史》、游国恩等编著的《中国文学史》、中国科学院文学研究所编著的《中国文学史》以及王国安注的《王绩诗注》①等均认为王绩生于585年，卒于644年。傅璇琮《唐代诗人考略》②则认为王绩的生年虽不可确考，但不能早于开皇五年（585），当在这以后的数年间，卒年在贞观十八年（644），时年三十四岁。

然而韩理洲、张锡厚根据新发现的五卷本《王无功文集》，皆考证出王绩应生于隋文帝开皇十年（590）③；张锡厚《王绩生平辨析及其思想新证》，刊《学术月刊》1984年第5期）。罗宗强、郝世峰主编的《隋唐五代文学史》、周祖譔主编《中国文学家大辞典（唐五代卷）》④等都采用韩理洲之说。

夏连保的《王绩年谱》⑤认为王绩应生于开皇九年（589），谓闻一多之说非。社科院文学所编的《唐代文学史》也认为王绩生于589年⑥。

王绩生平研究

傅璇琮的《唐代诗人考略》是较早对王绩生平进行考证的文章，该文首先对王绩的籍贯进行了考辨，认为确切地说，王绩应为绛州龙门人。对于王绩的生平事迹，该文也做了一些考证工作。文章认为，王绩应制及第当在大业十年，入长安当在武德四年之秋，待诏门下省即在此后数年间，王绩之隐居当在贞观七年以后。文章还认为，《东皋子答陈尚书书》是王福嗣伪造的。对王绩生平进行比较详细的考证开始于韩理洲的《王绩生平求是》，该文首先认为王绩的籍贯当以绛州龙门（今山西河津市）为是，又据《文中子世家》《文中子补传》《王氏世系》，补叙了王氏世系，还对王绩青少年时期的情况进行了补考，接着考证了王

---

① 王国安：《王绩诗注》，上海：上海古籍出版社，1981年。
② 载《文史》第8辑，1980年。
③ 韩理洲：《王绩生平求是》，载《文史》第18辑，1983年。
④ 周祖譔：《中国文学家大辞典》，北京：中华书局，1992年。
⑤ 载康金声、夏连保校注：《王绩集编年校注》附录，太原：山西人民出版社，1992年。
⑥ 中国社会科学院文学研究所：《唐代文学史》上册，北京：人民文学出版社，1995年，第57页。

绩三仕三隐的经过。同年发表的《王绩研究的问题及我见》[①] 中也论及王绩一生忽仕忽隐的原因和实质，文章对《集序》《新唐书·本传》所云"君历职皆以好酒废"的说法、沈德潜《唐诗别裁集》所云"寄慨隋室将亡"等原因皆持异议，认为王绩忽仕忽隐有其特殊原因：（1）门庭开始衰落的贵族子弟的矛盾心理，使王绩在风云变幻的隋末唐初，必然反复于仕隐之间；（2）王绩忽仕忽隐与统治集团内部的斗争有关（指与杨玄感之乱、玄武门之变、其兄王凝触怒贞观重臣有关）；（3）王绩复杂而又矛盾的思想，也是他忽仕忽隐的一个重要原因；（4）贵族世家优厚的产业和特权，也为王绩进则可仕退则可隐，提供了条件。张锡厚的《王绩生平辨析及其思想新证》[②] 也叙及王绩的生平，唯所论与韩文近似，故不再赘述。

在此之后，张大新、张百昂的《王绩三仕三隐补辨》[③] 对王绩的三仕三隐提出了新的看法。文章首先认为，王绩应孝悌廉洁举登第的时间，不是如韩理洲所说在大业中（611年左右），因为"大业九年王绩尚在河汾家乡，未曾出仕。《求是》所断，不足为信。在尚未发现确凿新证之前，还是将王绩第一次仕历系于大业十年为是"。对于王绩的第二次入仕的时间，作者同意韩理洲的意见，只是略作补充，认为"必在武德五年四月以后"，而且"与友人薛收的造访可能有直接关系"。对于王绩这位"斗酒学士"罢归的原因，文章认为，韩理洲认为的"是王绩之兄王凝先后触怒长孙无忌、高士廉等朝廷重臣，遭到挟嫌报复"的说法是不对的，事实上，王绩的退隐与武德末年的玄武门之变有直接关系，因而"王绩第二次退出官场应在玄武门兵变后未久的贞观初始"。关于王绩第三次出仕的时间和原因，本文认为，"王绩归隐河汾应在贞观七年前后，而其第三次出仕，似不晚于贞观五年"。"正像前两次以'疾'罢归纯系托辞一样，王绩第三次出仕的原因也并非'因家贫'"，而是"处此'有道之世'，急欲走出茅庐，乘时立功，彰明祖德；但碍于逸士之高名，进退失据，作出种种忸怩之态，直至按捺不住，非出山不可时，只好仿效陶潜，托以'家贫'赴选。这就是他第三次出仕的思想背景"。另外，文章还认为，"《求是》将王绩第三次仕历定在贞观十

---

① 载《延安大学学报》1983年第3期。
② 载《学术月刊》1984年第5期。
③ 载《唐代文学研究》第2辑。

——十五年间，似有背于实"，其"弃官归隐必在贞观七年前后，绝无迟至贞观十四年以后的道理"。考证细致，较有说服力。

夏连保的《王绩年谱》撰于1984年，出版于1992年，由于他未看到五卷本《王绩文集》，难免在资料依据方面有所欠缺。

《唐才子传校笺》第一册卷一"王绩"条和第五册卷一"王绩"条均对王绩的生平进行了考辨，亦可参阅。

王绩文集的整理

20世纪尤其是70年代以后，王绩文集的整理工作取得了相当大的成就，王国安注的《王绩诗注》[①]，首先对王绩作品进行系统整理、加以注解，此书以《全唐诗》为底本，校以明抄本和孙刻本，以及上海图书馆藏的明万历刻《东皋子集》和光绪丙午罗振玉唐风楼刻《王无功集》，择要出了校记，而且给予简明扼要的注解，是一本科研与普及结合得较好的著作。不久以后韩理洲发表了《王绩诗文系年考》[②]，第一次对王绩诗文的作年进行了考订，共为王绩的五十三篇作品作了编年。接着，张锡厚和韩理洲同时对新发现的《五卷本王无功集》进行了整理和介绍，韩发表了《新发现的〈王无功文集〉两种五卷本》[③]，文章指出，新发现的关于王绩诗文的两种五卷本即清同治乙丑重阳陈氏晚晴轩抄本与东武李氏研录山房抄本，比通行的四库本多出近一倍篇幅，比明刊本多诗六十余首，文赋二十五篇。此文发表后，立即引起了学界的广泛关注。张几乎在同时也发表了《关于〈王绩集〉的流传与五卷本的发现》[④]，他对五卷抄本的抄成情况有不同的推断，但他和韩理洲都一致认为，一次就为距今约有十四个世纪的大诗人增补几十首佚诗，本身就是一件不容忽视的重大发现。一年后，张锡厚又发表了《敦煌写本〈王绩集〉残卷校补》[⑤]，以新发现的《王无功文集》五卷手抄本，对王重民先生30年代在法国巴黎图书馆拍摄的伯2819《东皋子集》残卷作了校补。又一年后，韩理洲出版了《王无功文集五卷本会校》[⑥]，以经过

---

① 王绩著，王国安注：《王绩诗注》，上海：上海古籍出版社，1981年。
② 载《山西大学学报》1983年第2期。
③ 载《西北大学学报》1984年第3期。
④ 载《中国古典文学论丛》第1辑。
⑤ 载《社会科学（甘肃）》1986年第1期。
⑥ 韩理洲：《王无功文集五卷本会校》，上海：上海古籍出版社，1987年。

精心校雠过的东武李氏研录山房抄本作底本,参校了陆淳的删节本,黄汝亨、曹荃、孙星衍分别刊刻的三卷本和《全唐文》。另外,又参校了一些有代表性的三卷本、总集、诗话,所用校本凡十五种,集后附有序跋著录、传记、同时代人之酬答诗文、集评,为学人省去了不少翻检之劳。这本著作至今仍是最精之王绩集整理成果之一,为重新深入探讨王绩诗文、评价其在文学史上的地位,准备了必要的材料。此后,康金声、夏连保编著的《王绩集编年校注》也出版了,由于此书成稿于1984年左右,作者又未得见五卷本,故其所收诗文反不及韩理洲整理本,但此书之编年和年谱,以及诗文之注解亦不无参考价值。

二、王绩思想研究

70年代末以前

在五卷本重现之前,人们对王绩思想的认识基本上和唐代以来的研究者一样,认为王绩是一个消极避世、高标独立的高人隐士。

如陆侃如、冯沅君著的《中国诗史》就认为"他有时率奴婢种黍酿酒,养凫莳花,有时乘牛经酒肆,留数日不反,有时读读《老》、《庄》、《周易》,有时住在北山东皋著书"[①]。王士菁《唐代诗歌》也认为"明哲保身,知足常乐,便是他的人生观,他的处世哲学"[②]。但又认为王绩年青时"还是一个非常热衷于政治的人"[③],"而那种'浮生若梦'的思想则是在后来形成的,至于归隐和安于隐居生活更是后来的事了"[④]。周祖譔的《隋唐五代文学史》亦云"性本好酒""受道家思想很深"[⑤],"王绩是一个个人主义者,他的人生观从一方面说是逃避现实,但从另一方面说,却表现了他与统治者不合作精神。应该指出,王绩这种人生观是由于隋末社会的黑暗,政局的不稳定状态,以及人才的被压制等原因而产生的"[⑥]。游国恩等主编的《中国文学史》则认为"他早年有过一些抱负,但是仕途一失意,就心灰意冷了,在群雄逐鹿的隋唐之际,

---

① 《中国诗史》中册,第409页。
② 王士菁:《唐代诗歌》,第23页。
③ 同上书,第24页。
④ 同上书,第25页。
⑤ 周祖譔:《隋唐五代文学史》,第13页。
⑥ 同上书,第14页。

他并没有什么作为","此外,他还从庄子学来一套既愤世又混世的人生哲学"①。

相对来说,中国科学院文学研究所编著的《中国文学史》对王绩思想的研究要深刻一些:"王绩是站在封建地主阶级的立场来对新的封建王朝表示不满的,因此他的思想表现得很复杂也很矛盾。他受了他的哥哥王通(文中子)的影响,有正统的儒家思想,曾在《北山赋》自注中把他哥哥比为孔子,又曾在答友人书中大谈家礼丧服,要以周、孔为楷模。但是由于他看透了封建社会的黑暗,同时又接受了老、庄清静无为的思想,一心要皈依自然,深以'礼乐囚姬旦,诗书缚孔丘'(《赠程处士》)为苦,从礼教中解放出来,纵酒如狂,常常以嵇康、阮籍、刘伶尤其是陶潜自比,这当然和他对现实社会的不满有关。……他晚年还喜听北山僧所讲的'真如'的禅理。因此,他的诗文中含有儒、佛、道三家的思想。他对于可诅咒的封建社会表示愤慨,有进步的一面;但他对于人生的态度一味闲适颓放,消极的成分较多,在作品中反映现实较少,也是严重的缺点。"② 当然,现在看来,其中阶级分析的成分较多一些,但对王绩思想复杂性的认识无疑是比较准确的。

80 年代以后

70 年代末五卷本重现之后,人们对王绩思想的认识才较为深入。如韩理洲的《王绩研究的问题及我见》就对人们认为王绩是一个隐士的传统看法提出了异议:"王绩一生'有为'多于'无为',并非'大部分时间是在隐逸中度过的'。从思想发展的概况来看,他仕隋仕唐,直至贞观初待诏不得重用之前的整个青年、中年时期,积极用世,渴望施展抱负的思想占主导地位的时间居多。……从一生'仕'、'隐'的时间比例方面来考察,还是从其思想发展变化的状况来分析,王绩的确是不应列入《隐逸传》的。"③ 张锡厚的《王绩生平辨析及其思想新证》一文也根据新发现的五卷本认为王绩主要受到儒家学说的影响;道家思想虽然有时也很突出,但往往又表现出复杂、矛盾的现象。韩理洲在其《王无功文集》五卷本会校《前言》中也认为,"王绩的思想是极其复杂的,

---

① 游国恩、王起、萧涤非等:《中国文学史》第 2 册,第 27 页。
② 中国科学院文学研究所中国文学史编写组:《中国文学史》第 2 册,第 340—341 页。
③ 载《延安大学学报》1983 年第 3 期。

儒、道、释、阴阳历数诸家的学说，都对他产生过一定的影响。特别是儒、道两家'入世'与'出世'两种不同的人生观，随着隋、唐之际风云激荡的社会变革及个人仕途的顺逆，在他一生中消长起伏，不断地发生着变化。当天下承平，有机遇的可能时，他便牢记着'当世孔子'——三兄王通的教诲，不坠儒业，'思待诏''觅封侯'，欲为风鹏云龙；当时局昏昧或仕途蹭蹬时，他又对儒学产生了怀疑和不满，转而从老、庄哲学思想中，寻找精神慰藉，清高自持，纵情山水，佯狂傲世，排遣怀才不遇、落魄失意的苦闷。因此，王绩绝非超凡脱俗的隐士，所谓'言不怨时'、'行不忤物'的'乐天君子'云云，并不能概括其人"①。贾晋华的《王绩与魏晋风度》②一文着重论述了王绩思想与阮籍、嵇康、陶潜等人的相通之处，文章认为，"王绩是在唐初'逮承云雷后，欣逢天地初'（《薛记室收过庄见寻》）的清明时代定下退隐长策的，这个时代给他的印象是美好的，他曾一再在诗文中加以赞赏。因此，他的自然放旷较少对抗现实的悲剧因素，较多追求个性自由，实现个人价值的积极因素。他缺乏阮籍的深刻、陶潜的真淳。却有着一种阮、陶所缺乏的乐观明朗"。文章还认为，"当然，王绩也并未彻底忘怀社会事功，他的内心深处，偶尔也闪过失败的悲哀、孤独的忧愁"，"他的退隐和扮演魏晋名士角色，毕竟是不得已的下策"。这样的认识无疑是比较客观、辩证的。

葛晓音的《山水田园诗派研究》第三章论及王绩的思想，文章认为，王绩的简傲放达的风度"在北朝至唐初极其尊崇儒学，特别是讲究礼度的社会风尚中""仍显得不合时宜"，那么是什么原因造成的呢？书中认为，王绩的简傲首先来自他在文化上的优越感，"王绩有庾信之才，而又出自北朝'六代冠冕'之家，这种站在北朝文化顶峰上的优越感，自然就养成了他'独步当时'的'高情胜气'"。其简傲放达还出自他才高志大而疏懒迂阔的天性，也与王通门人集团复杂思想的影响有关。在与陶潜进行比较时，作者认为，"王绩看破世事和人生，似乎比陶、阮更接近老庄的本意。但因为缺乏深刻的思考和追求，在实际生活中却表现得相当世俗，与他对社会人事的彻底否定自相矛盾"。"尽管他在诗中也表白过忧世之情和济物之想，但他对现实的批判多半是因自己的虚浮

---

① 韩理洲：《王无功文集》，第2页。
② 载《唐代文学研究》第2辑。

纵诞，不适于时而反激出来的牢骚。"他的"归隐缺乏陶渊明那种对人生理想的积极追求"①。

乔象钟、陈铁民主编的《唐代文学史》则认为，"王绩虽然崇奉老庄思想，并不陷于虚妄的神仙迷信"，"王绩从人生短暂，纵心而长往的主旨出发，有时对释、老、儒的教言感到都是多余的"，"王绩有时从三教的教义中寻找符合自己思想的理论，使三教统一于他的随分而适的观点之中"，"在历史观上，王绩认为自三皇五帝以来，'咄咄建城市，倏忽观丘墟。明治若不足，昏暴常有余'。……王绩对人生及现实的态度是消极的，逃避的"②。

杜晓勤的《初盛唐诗歌的文化阐释》第六章"王绩诗歌与河汾文化精神"中也论及王绩的思想，该书首先探讨了王绩思想的地域文化渊源，认为，北朝后期直至隋唐之际山东旧士族士子经世致用、觅取功名的进取精神，是王绩"思待诏""觅封侯"的人生抱负的重要文化根源。其次结合王绩一生三仕三隐的情况，进一步阐述了王绩心中一直未泯的济世情怀，一还其本来面目。在探讨王绩与魏晋风度之关系时，该书认为，由于王绩所接受的魏晋玄学经过北方学风乃至河汾文化的过滤，已非原汁原味，更由于王绩所处的时代亦与魏晋大异，所以王绩虽然仿效魏晋名士，却有他自己的理解和目的，也即是其进取意识、济世情怀得不到实现时的宣泄和沉思。

三、王绩诗歌研究

20世纪学界对王绩诗歌的研究经历了一个由肤浅到深入的过程，尤其是在五卷本发现以后出现了一次质的飞跃。

三四十年代

三四十年代出版的文学史、断代史、诗歌史以及一些有关唐代诗歌的研究著作中多多少少都涉及王绩的诗歌，其中不乏玑珠之论。如郑振铎的《插图本中国文学史》就认为王绩的诗的"意境也便是直袭之渊明的了"，说他的最好的诗篇如《田家》《过酒家》两首"也浑是上继嗣宗，下起王维、李白的"③。陆侃如、冯沅君的《中国诗史》也认为

---

① 《山水田园诗派研究》，第90—94页。
② 乔象钟、陈铁民：《唐代文学史》上册，第60—61页。
③ 《插图本中国文学史》第2册，第281—282页。

"王绩因嗜酒而崇拜阮陶,更因崇拜阮陶而使他的作风超脱齐梁而复归于魏晋","如果我们承认齐梁是诗的厄运,那么他对于唐诗的贡献也可明白了"①。胡云翼的《唐诗研究》则认为"只有王绩足称初唐第一时期(自高祖武德初,至玄宗开元初)的诗人"②。

闻一多对王绩具体诗歌作品的评价也很高,如他说"王绩自己的那首《野望》诗","得陶诗之神,而摆脱了它的古风形式,应该说是唐代五律的开新之作,自然处渊明亦当让步"。闻先生又说,"陶诗的特点在于诗人对大自然长久作有趣的看法,天真的看法,表现出一种小孩儿似的思想感情。王绩就是继承了陶诗这一嫡系真传"③。

五六十年代

五六十年代,学界对王绩诗歌的研究有所深入。如林庚把王绩的诗歌放到汉唐文学的演变过程中来考察,他认为王绩的《野望》诗"摆脱了六朝以来贵族化的华靡和雕饰,创造出一种非常朴素的诗歌语言。正是这种朴素语言的洗练,产生了全然不同于六朝长律的典型五言律。从汉的统一到唐的统一,在文学史上正是反映为从赋的时代走向了诗的时代。而初唐则是这一演变的加速过程。赋原带着有浓厚的宫廷习气,这首诗完全摆脱了赋体,正标志着诗赋消长这一鲜明的历史转变"④。王士菁的《唐代诗歌》认为王绩的某些小诗,如《秋夜喜遇王处士》《夜还东溪》"和当时流行的贵族诗人的'应制诗'比较起来,真是不可同日而语;这和约莫在一世纪以后出现的,盛唐的某些诗人的清新质朴的抒情小诗倒是比较相近的。此外,他的《古意》这一类咏怀诗,也给予了后一些时期出现的诗人陈子昂和更后的张九龄一些影响"⑤。游国恩等人主编的《中国文学史》则认为王绩的《野望》《秋夜喜遇王处士》"这两首诗不仅生动地写出田园景色和他的闲适生活,而且在风格上也是唐诗中最早摆脱齐梁浮艳气息的近体诗。他的《在京思故园见乡人问》一诗,在一连串的问话里,也洋溢着一种关怀家园的殷切心情。无

---

① 《中国诗史》中册,第 410—411 页。
② 胡云翼:《唐诗研究》,第 42 页。
③ 《闻一多论古典文学》,第 88—89 页。
④ 《中国文学简史》上卷,第 199—200 页。
⑤ 王士菁:《唐代诗歌》,第 27 页。

论从思想或艺术来说,他都是唐代山水田园诗派的先驱人物"[①]。这个论点一经提出,就产生了很大的反响,一直到现在还为人们所首肯。

五六十年代产生的最重要的王绩研究成果,无疑是马茂元的《关于王绩——唐诗札记之一》[②],文章指出,"在崇尚齐梁、堆花丽叶的初唐诗风里,能够以朴质清新独标一格的当然应该首推王绩。过去的许多诗论家和近现代的许多文学史家都强调这一点。为了要强调,因而在具体介绍评述这一作家时,往往就把他描绘成一个遗世独立的高人,好像和他所处的时代绝了缘似的。事实是不是这样呢?吕才在'东皋子后序'里有一段记载,正给我们回答了这个问题。他说薛道衡曾见王绩少时所作'登龙门忆禹赋'叹曰:'今之庾信也!'……所谓'今之庾信'那就是说他的作品高度地合乎时代的规格标准;他的艺术风格,和当时文坛的风尚是完全一致的"。"拿他的代表作之一的'九月九日赠崔使君善为'来看……,这诗写得清新流利,风致绝佳。他固然纯用白描,不事藻饰。但仔细玩味一下,却仍然没有脱离齐、梁人的格调。……王绩在诗歌创作的发展过程中之所以能够变华靡绮丽之风而倾向于朴素自然,这是由于他的现实生活遭遇所决定的。""在诗歌创作上,王绩更多学习的是陶潜而不是阮籍。"

80 年代

到 80 年代以后,由于五卷本王绩集的重现,人们获得了更多的研究材料,对王绩诗歌的认识也就较为深刻了。

首先值得一提的是韩理洲在其《王绩研究的问题及我见》一文中对王绩诗歌发展变化的轨迹作了新的探讨,他认为,王绩的诗风经历了一个"从绮丽轻靡到疏野淡朴"的变化过程,而这种变化大体在其第一次归隐前后,此时王绩当三十五岁左右。文章又认为,转化原因有三:(1)王绩的生活道路决定了他必然挣脱齐梁文风的羁绊,谱写疏野淡朴之章;(2)王绩在效法陶渊明的为人中,汲取了陶诗的艺术营养,促进了独特诗风的形成;(3)王绩家传的文学思想,也是他扬弃绮丽轻靡,树立良好诗风的一个因素。

此后不久,学术界一下子出现了好几篇研究王绩诗歌艺术风格和成

[①] 游国恩、王起、萧涤非等:《中国文学史》第 2 册,第 27—28 页。
[②] 载《人文杂志》1958 年第 5 期。

就的文章，如韩理洲的《论王绩的诗》[①]、张锡厚的《论王绩的诗文及其文学成就》[②]、裴晋南和魏国春的《王绩诗风探源》[③]、王祥的《略论王绩其人及其文学成就》[④]及高光复的《略论王绩的"纵诞"及其诗的"平淡"》[⑤]等。其中张锡厚的文章首先对以前人们对王绩诗歌内容评价过低的态度提出了商榷，他认为，王绩一生坎坷不平，或多或少地接触到一些平民生活，使他的诗歌创作在某种程度上具有反映现实的内容，其思想性还是比较强的。王绩以酒为题材的诗作，不仅在于宣扬酒德，醉酒之余，还在"寄情""抒怀"，其次，以咏隐为题材的诗作，也不完全是为了宣扬洁身自好的人生哲学，往往还包含另外一层意思，那就是通过咏隐，表现出诗人避俗而又满怀怨望的复杂心情。但是，王绩诗歌也有一些含有消极内容的篇什。

1986年，张锡厚又发表了《应当全面评价王绩的题酒咏隐诗》[⑥]，文章据新发现的《王无功文集》五卷本，认为王绩虽然确有不少歌赞隐逸和昏饮之作，但这些诗歌往往隐含着对现实的不满和仕途困踬的忧怨。

90年代

到90年代，人们对王绩诗歌的研究又更加深入了。1990年有两篇文章涉及王绩的诗歌，即张明非的《论王绩的田园诗》[⑦]和王志华的《五言律奠基者旧说应予推翻——重评王绩在诗歌史上的地位》[⑧]，都颇有质量。张文指出，从晋宋到隋唐一百多年的时间里，田园诗的发展与山水诗极不相称。这种寥落的局面，"是由于王绩的出现才被打破的"。王绩的田园诗，"不仅上承陶渊明，下启孟浩然、王维、储光羲等有着继往开来的意义，也比他的山水诗数量更多，成就更高、更富于特色"。张文除肯定了王绩对陶诗的继承外，还从三个方面论述了王诗的发展和

---

① 载《西北师院学报》1984年第1期。
② 载《文学遗产》1984年第2期。
③ 载《齐齐哈尔师院学报》1984年第2期。
④ 载《沈阳师院学报》1985年第3期。
⑤ 载《佳木斯师专学报》1985年第1期。
⑥ 载《唐代文学论丛》总第7辑。
⑦ 载《文学遗产》1990年第1期。
⑧ 载《晋阳学刊》1990年第3期。

创新，即题材上使山水与田园融合、主题上变劳动为隐逸、形式上的律化，论点比较全面，也比较稳健。王文一开始就从作品数字上做出统计，指出王绩的143首诗中，有合格的五律14首，合格的五绝13首，合格的排律5首，准近体五言诗1首，虽然偶有失粘失对和平仄格律未臻完美之例，但"我们完全可以说王绩是隋唐之际全力以赴写作近体诗歌的诗人，也是隋唐之际近体诗歌写作成就最高的诗人"，所以历来五言律成于沈宋的旧说应予推翻，"奠基之功，应归于王绩"，这样，五言律的定型，就提前近半个世纪。应该说，王文的观点是相当新颖的，对王绩近体诗律化成就的认识也比较客观可信。然仅凭数据统计就否定自唐代以来就一直公认的沈宋是律体定型者的旧说，说服力显然不够。

1996年，杜晓勤在其《从永明体到沈宋体——五言律体形成过程之考察》一文中也论及王绩的诗歌在五律诗歌发展史上的地位和作用，文章据新发现的《王无功文集》五卷本统计，得出结论，说"王绩完全可以称得上是唐初律化意识最强烈的诗人"。文章还探寻了其诗歌律化的艺术渊源，认为"王绩之所以能在新体诗声律方面取得如此巨大的成就，主要得益于他对庾信新体诗声律技巧的继承和发展"①。在列表对比之后，文章指出，王绩粘式律的结构更接近律体的格律模式。另外，庾信粘式律中的联式、结构都比较单调，而王绩在不改变其结构主干的前提下，作了一些调整，丰富了粘式律的声律模式。

90年代出版的一些专著对王绩诗歌的研究也比较深入。如，罗宗强、郝世峰主编的《隋唐五代文学史》认为，王绩的诗歌"有一种庄子式的不平，和由这种不平走向任自然、超然物外的境界"②。"不过，王绩的许多诗，却反映了他对于冷眼与不平心理的很好的超越。他创造了一种宁静淡泊而又朴厚疏野的诗歌境界。"③ "王绩的诗可以说是陶渊明诗风的一脉延续，而且又与盛唐的王维、孟浩然诗派有接续关系。当然，这种接续关系，只是在归卧林泉、从自然中领略美这一点上说的，并不是说王绩是王维、孟浩然诗派的先导，王、孟诗中那种跃动的蓬勃生机，是王绩所缺乏的。王、孟虽亦追求物我一体的自然的美，但已经变淡泊朴野为宁静明秀，那是盛世之音无所不在的一种表现形式，带着

---

① 载《唐研究》第2卷。
② 罗宗强、郝世峰：《隋唐五代文学史》上册，第48页。
③ 同上书，第49页。

更多的时代印记。而王绩则是归隐文学的一种独特现象。他的诗,放在任何一个朝代都是可以解释的。从唐诗的发展的史的角度考察,它似乎并不具有环节的意义。"① 这种论点和评价与五六十年代的看法判然有别。

葛晓音在其专著《山水田园诗派研究》一书中认为,"王绩对陶渊明的继承仅限于精神的浅表和部分形迹,他的田园诗也就必然缺乏陶诗的深层意蕴",而王绩"是从风格到艺术表现都直接继承了庾信的田园诗。当然这首先是由诗歌发展的自身规律所决定的。王绩的时代距庾信最近,北周后期至隋代渊雅清正的诗风,大量用典和排偶的时尚,以及诗歌取材愈益细致广泛而多样化的倾向,对王绩诗歌的影响最为直接"②。"另一方面,王绩继承庾信的原因,还在于两人田园诗性质的近似。""王绩取法于庾信,主要是因为庾信用环境描写及细节琐事的堆砌来渲染外在的隐居状态,最适宜于在形迹和精神的表层上表现田园生活的意趣。"③ 作者又认为,《野望》"力求在一首观赏山乡景色的诗中,将他生活的典型环境和精神状态概括出来,使高度浓缩的意境能达到为诗人传神写照的程度","为初盛唐山水田园诗指出了提炼典型意境的发展方向"④。

尚定在其《走向盛唐》一书中也论及王绩诗歌的艺术渊源,他认为,王绩的诗歌受到了陶渊明的影响,"就题材的选择而论,王绩的诗歌基本上可以分为饮酒与田园生活两大类,另有相当一部分怀古诗。这显然受到陶渊明对诗歌题材选择的影响。其中,饮酒诗占很大比重,这在前代诗人中唯有陶渊明可与之相比"。"但是必须指出,就审美内涵而言,陶潜的饮酒诗所抒发的是一种平淡而悠远的旨趣,一种随遇而安、委运大化的人生境界;而王绩的诗往往显露出一种比陶氏要颓废得多的末世情绪。"⑤ "就艺术渊源而言,王绩广泛地吸取了陶诗的创作技巧,从意象经营到遣词措字方面甚至可以觅见陶潜的诗意。"但他又认为,

---

① 罗宗强、郝世峰:《隋唐五代文学史》上册,第 50—51 页。
② 《山水田园诗派研究》,第 94—95 页。
③ 同上书,第 95 页。
④ 同上书,第 98 页。
⑤ 《走向盛唐》,第 45 页。

"这种吸取方式往往有翻版之嫌,很难称得上是上乘的艺术创造途径"①。书中又说王绩的游仙诗"基本上继承了东晋游仙诗的艺术传统,即所谓'滓秽尘网,锱铢缨绂,餐霞倒景,饵玉玄都'。以'访仙、学仙、炼丹'等活动为叙写内容,追求在对自然风光的精心刻画中达到将仙境与尘世对立起来的艺术效果"②。此书最后指出,"王绩之所以成为贞观诗坛上最有成就的诗人,与其对于汉晋尤其是晋宋之际陶渊明的诗歌艺术传统的继承直接相关。而这正可视为隋唐之际与北朝文化系统具有一脉相承关系的典型例证"③。

乔象钟、陈铁民主编的《唐代文学史》对王绩诗歌的研究也有一些新颖之处,如他们对王绩哲理诗的研究,说"王绩除了在田园、山水诗中体现了老庄思想外,还写过几首哲理诗,也可以称之为玄言诗。表示了他对宇宙、生命、生、死的见解,都是演说老庄的观念"④。

杜晓勤在其《初盛唐诗歌的文化阐释》一书中对王绩诗歌也作了比较深入的研究。该书认为,"从诗歌创作实际和作品艺术风貌上说,王绩受卢思道、孙万寿等山东旧族诗人的影响比较大"。"卢思道、薛道衡、杨素、贺若弼等人是王绩学习建安诗歌的重要艺术中介。因此,王绩诗歌中也多表现其建功立业的进取意识以及理想受挫的苦闷。"当然,王绩和卢思道等山东诗人也有不同之处,"他的诗是建安诗歌与正始诗歌的结合,言志抒怀中夹杂着玄学思辨,而这正是卢、薛等人诗歌中所没有的"。"王绩将阮、陶、庾一脉发展下来的考察天人关系、探寻命运奥秘的理性思辨的创作方式同表现济世情怀、功名意识的受挫有机结合起来了,从而形成了既与阮、陶、庾相通,又与之不同的艺术旨趣。"也即"既慷慨激昂、又玄远高古的独特诗境"。该书还认为"王绩诗歌率真、自然的艺术风格,首先得益于他'以会意为功'的创作原则,而此创作原则又与他受道家纯任自然,以自然为美的艺术观影响有关"。该书最后指出,"我们如果将王绩放在初盛唐诗歌发展的大过程中进行考察,就会发现,在当时其他人都在一味地强调'复古明道'或激励提倡融合南北、文质彬彬却收效甚微的情况下,王绩以其更为切实可行、

---

① 《走向盛唐》,第47页。
② 同上书,第49页。
③ 同上书,第59页。
④ 乔象钟、陈铁民:《唐代文学史》上册,第66页。

也十分有效的'以会意为功'的创作态度,写出了许多情真意切的作品。所以我们在强调唐初魏徵等人、初唐四杰、陈子昂等人对初盛唐诗歌健康发展所作的贡献的同时,似乎也不能忽视王绩这个更重实践的、寂寞的先行者的功绩"①。

第四节　初唐四杰研究

20世纪的初唐四杰研究成果很多,进展也较大,不但出现了一大批新见迭出的论文,还涌现出一些有较高学术价值的专著,现择要介绍如下。

一、初唐四杰通论

20世纪上半叶

20世纪上半叶,人们对初唐四杰的研究多散见于一些文学史、诗歌史及唐诗研究论著中。

胡小石的《中国文学史讲稿》认为初唐四杰"虽非律诗的倡始人,但在当时的名声,乃被盛唐时人所称述,更较沈、宋为高。……这四位不消说是齐、梁派中之健将,不惟作诗负盛名,即骈文亦华赡可观。他们大半是学庾子山的"②。刘大白在其《中国文学史》中也认为"他们的诗文,虽然上承六朝遗风,依然不脱绮错的习惯,然而却是比较地波澜老成了"③。胡适在《白话文学史》中则着重论述了四杰的白话化倾向:"四杰的诗,留传下来的很少,但就现存的诗看来,其中也颇有白话化的倾向。短诗如王勃的绝句,长诗如卢照邻的歌行,都有白话诗的趋势。"④此书认为,王勃的《九日》《普安建阴题壁》两诗"都有王绩的家风",卢照邻的《行路难》"几乎全是白话的长歌了"。又认为卢照邻的《长安古意》中的句子"都是俗歌的声口"⑤。郑振铎也认为"'四杰'的起来,在初唐诗坛上是一个极重要的消息。'四杰'也是承

---

① 《初盛唐诗歌的文化阐释》,第185—194页。
② 《中国文学史讲稿》,第120页。
③ 刘大白:《中国文学史》,第379页。
④ 《白话文学史》,第171页。
⑤ 同上书,第172—173页。

袭了梁、陈的风格的。唯意境较为阔大、深沉,格律且更为精工、严密耳。他们是上承梁、陈而下起沈、宋(沈佺期、宋之问)的"①。陆侃如、冯沅君编著的《中国诗史》也把初唐四杰划归"继承齐梁的诗人",并说他们的诗有四种特点:(1)七古的成立,"依我们观察,七古正式成立之功应该归之四杰。在他们以前,如王绩等,都没有七言诗留传下来,而四杰的杰作却大半是七言的。……这些虽不能算是第一流的诗,却可代表七言诗的成熟期"②。(2)五律的成立,"在四杰集中,五律多者占二分之一,少者亦在四分之一以上。格律之严与篇数之多,都可奠定五律的基础"。(3)音调的婉媚,"四杰的诗的音节方面似乎更得力于六朝的新乐府"③。(4)字句的秀丽,"四杰的诗的字句的秀丽是人都知道的。其中尤以王勃为最"④。(5)他们认为,四杰"在形式上继承齐梁新体诗而有所推进。在内容方面,也能够看出比宫体有所扩大。因此,他们成为初唐诗坛重要的作家"⑤。苏雪林的《唐诗概论》也花费了相当多的笔墨论述四杰,她认为,"四杰于音节极为讲究,所以诗歌均富于音乐之美"。"四杰作品对音节的讲究",有如下表现:(1)隔句押韵;(2)多用钩句;(3)骈句;此外,则字句秀丽⑥。

相对说来,闻一多对初唐四杰的研究比较深入,他在《四杰》一文中首先认为,"四杰无论在人的方面,或诗的方面,都天然形成两组或两派",从年龄上说,卢、骆比王、杨平均大了十岁;从性格上说,卢、骆比较"浮躁",而王、杨比较"沈静";从友谊的集团看,卢、骆与王、杨也是"属于两个壁垒,虽则是两个对立而仍不失为友军的壁垒"⑦。再从诗歌方面来看,也是这样,"首先,卢、骆擅长七言歌行,王、杨专工五律,这是两派选择形式的不同","卢、骆与王、杨选择形式的不同,是由于他们两派的使命不同。卢、骆的歌行,是用铺张扬厉的赋法膨胀过了的乐府新曲,而乐府新曲又是宫体的一种新发展,所以

---

① 《插图本中国文学史》第 2 册,第 282 页。
② 《中国诗史》中册,第 417—418 页。
③ 同上书,第 418 页。
④ 同上书,第 419 页。
⑤ 同上书,第 421 页。
⑥ 《唐诗概论》,第 23—25 页。
⑦ 《唐诗杂论》,第 18—20 页。

卢、骆实际上是宫体诗的改造者。他们都曾经是两京和成都市中的轻薄子，他们的使命是以市井的放纵改造宫廷的堕落，以大胆代替羞怯，以自由代替局缩，所以他们的歌声需要大开大阖的节奏，他们必须以赋为诗。正如宫体诗在卢、骆手里是由宫廷走到市井，五律到王、杨的时代是从台阁移至江山与塞漠。台阁上只有仪式的应制，有'绮句绘章，揣合低印'。到了江山与塞漠，才有低回与怅惘，严肃与激昂，例如王的《别薛升华》《送杜少府之任蜀州》和杨的《从军行》《紫骝马》一类的抒情诗。抒情的形式，本无须太长，五言八句似乎恰到好处。前乎王、杨，尤其应制的作品，五言长律用的还相当多。这是应该注意的！五言八句的五律，到王、杨才正式成为定型，同时完整的真正唐音的抒情诗也是这时才出现的"①。这一段论述进一步明确了初唐四杰在唐诗发展史上的地位，所以直到 20 世纪末还经常被人们引用。

五六十年代

到五六十年代，由于研究方法和研究观念的变化，人们对初唐四杰的认识也与前人不太一样了。三四十年代人们主要强调初唐四杰对此前宫廷诗歌艺术的继承和发展，然而从此时起人们开始将初唐四杰与南朝以来的宫廷诗人区分开来了，甚至把他们放在对立面的位置上，着重论述四杰对齐梁诗风的改造和革新。

如周祖譔在其《隋唐五代文学史》中就认为，"王、杨、卢、骆的作品，在当时的确起了进步的作用，他们改造和转变了南朝宫体诗的淫靡遗风，他们抑制了'上官体'诗的泛滥，把诗歌引向健康的方向，杨炯在'王勃集序'里曾作了很好的说明"②。游国恩等编写的《中国文学史》也给予四杰以新的评价："他们地位都比较低下，但在唐诗开创时期，都担负起时代的使命，努力摆脱齐梁诗风的影响，积极开拓诗歌的思想题材的领域，对诗的格律形式也有所探索。"③ "总的来说，由于历史条件以及他们本身生活的限制，他们的诗都没有彻底洗净齐梁的习气。但是，后人所说的声律风骨兼备的唐诗，究竟是从他们才开始形成：他们开始把诗歌从宫廷移到了市井，从台阁移到江山和塞漠，题材扩大了，思想严肃了，五言八句的律诗形式也由他们开始有了初步的定

---

① 《唐诗杂论》，第 20—21 页。
② 周祖譔：《隋唐五代文学史》，第 28 页。
③ 游国恩、王起、萧涤非等：《中国文学史》第 2 册，第 28 页。

型。他们'以文章齐名天下',并不是偶然的。"①

在 50 年代,对初唐四杰研究得较为深入的是刘开扬刘开扬的《论初唐四杰及其诗》② 一文和马茂元的《唐诗札记之二——初唐四杰》③。

刘文认为,"'四杰'的称号能在文学史上成立,并为广大读者所同意","首先是因为他们在唐代文学特别是唐诗发展史上起了一定的推动作用,他们共同反对了上官仪之流的文风,在客观上和上官体形成了对立的局面,表现了改进齐梁诗的新的倾向"。文章还对闻一多将四杰分为两个集团的做法持异议,所以他是将四杰看作一个诗歌艺术比较统一的文学流派来论述的,"四杰诗和那以写应制诗或入朝诗见长的上官体诗不同的地方,即文风的纤细与否,是与其内容上的根本歧异有关的。上官体局限在描写大臣生活的狭小圈子里,限于单纯描写殿苑风光,用空虚的词藻歌颂皇帝和皇族,内容是为统治阶级服务的,它的'婉媚',即卢照邻所反对的'以繁词为贵',正是它所以能迷惑人,也即是它的毒素所在。而四杰诗的题材范围相当宽广,它的表现力的深度和感情上的较为接近人民是应该得到重视的"④。接着,文章分别从抒情诗、咏史诗、写景诗、咏物诗等四个方面论述了四杰在唐代文学史上的贡献和地位。

马文则认为四杰仍未完全摆脱六朝形式主义的影响,"四杰词采华赡,以缘情绮丽为宗,在主观上仍然是继承前期余响。可是客观现实的生活感受,已经冲破艳情空洞的内容,使得他们的创作在不自觉中从语言风格到题材主题都起了一系列的变化"。

马茂元在其另外一篇论文《论骆宾王及其在'四杰'中的地位——为重印〈骆临海集笺注〉作》⑤ 中也论及四杰在唐代文学史上的地位和贡献:"'四杰'虽不满于上官体,但旗帜并不像陈子昂那样鲜明;他们的制作,也未尽脱六朝余习。缘情绮丽的诗风,和陈子昂那种指陈时事,深切著明,不尚藻饰的风格也是各异其趣的。可是'四杰'的继承

---

① 游国恩、王起、萧涤非等:《中国文学史》第 2 册,第 31—32 页。
② 载《文史哲》1957 年第 8 期,后收入其《唐诗论文集》,上海:上海古籍出版社,1979 年。
③ 载《人文杂志》1958 年第 6 期。
④ 《唐诗论文集》,第 11 页。
⑤ 载陈熙晋笺注:《骆临海集笺注》,上海:上海古籍出版社,1985 年。

六朝，并不是陈陈相因，在某种程度上也具有革新的意义。首先，他们大多出身于中下层的知识分子，其阶级地位不同于宫廷贵族诗人，对社会矛盾，特别是他们这一阶层在政治上的苦闷，有切身的感受。他们有所向往，有所愤慨和不平，因此诗歌所反映的生活内容比较广阔，现实意义显然是加强了。同时，六朝以来，诗歌语言的精美工致，色彩的艳丽鲜明，音律的调谐和婉，却为他们所吸收，而基本上扫除了纤巧堆砌的恶习；乐府歌行在他们手里有很大的提高；正在发展中的律诗体制，由于他们的大力创作，也更加纯熟而渐趋于定型。"① 文章又特地指出，"过去有不少的诗论家把'四杰'和陈子昂截然对立起来，这样，就很难看清整个唐代诗歌发展的线索，由开创走向极盛时期的大途小径。有人又不适当地高抬'四杰'，甚至用来压倒李、杜；也有人对'四杰'的成就，一笔抹煞，把他们看作点染花草的无聊诗人，都是不符合于事实的"②。

80 年代

80 年代初，人们对四杰的研究领域拓宽了。此时对四杰进行总体研究和评价的论文有钱伟康、沈惠乐的《"四杰"与初唐诗歌》③，着重论述了四杰在唐代诗歌发展中的作用和地位，肯定了四杰等人"把初唐诗歌从宫体诗的泥淖中解放出来"的历史功绩；对四杰与地域之关系进行研究的有钱学文、何承朴的《初唐四杰与天府》④；研究初唐四杰这一称号的有何林天的《初唐四杰之称始于何时》⑤，文章认为此称号应始于高宗麟德二年，即 655 年；研究四杰人格的有任国绪的《初唐四杰非"浮躁浅露"之人辨》⑥。

而 80 年代中后期，人们对四杰的整体研究则更加深入了。对四杰诗歌进行专题研究的论文有任国绪的《略论卢照邻、骆宾王的七言歌

---

① 《骆临海集笺注》，第 428—429 页。
② 同上书，第 430 页。
③ 载《文史知识》1983 年 9 期。
④ 载《四川大学学报》1980 年第 4 期。
⑤ 载《光明日报》1983 年 5 月 24 日。
⑥ 载《北方论丛》1984 年第 2 期。

行》①、邓碧清的《初唐"四杰"诗歌理论和创作成就新探》②、周裕锴的《王杨卢骆当时体——试论初唐七言歌行的群体风格及其递嬗轨迹》③、王锡九的《论初唐七言古诗》④等。

任文在闻一多先生"卢、骆擅长七言歌行,王、杨专攻五律"论述的基础上,专门分析了卢、骆的七言歌行,特别是其中代表作如卢照邻的《长安古意》《行路难》和骆宾王的《帝京篇》《畴昔篇》《艳情代郭氏赠卢照邻》等的内容艺术特征,并充分肯定了它们在文学史上的地位。

邓文针对有人说四杰"还没有提出一个旗帜鲜明的革新纲领,他们的创作也未能完全摆脱齐梁诗风的影响,因此,他们还不能掀起一场摧陷廓清的革新运动"的观点,具体论述了四杰反对形式主义诗风,推崇"刚健"和"骨气"的诗歌理论,指出:王、杨、卢、骆和陈子昂同是初唐诗歌革新的闯将,其功劳并不在陈之下;虽然四杰的呼号有不及陈氏响亮之处,却也不乏比之更为周详、更有远见卓识的地方。从创作实践上看,陈子昂走的是刚健质朴的路子,然而矫枉过正,缺少文采,形式单一,不能取众家之长。而四杰走的路子则雄浑浩阔,文质并重,稳步前进。其言志抒怀、歌唱游侠、田园、边塞诸什,大都情真意切,形式多样,因而,对四杰的评价,既不可忽视其沾带齐梁余风的一面而扬之过高,又不可不顾其接近盛唐之音的一面而抑之太低。

周文着重从"王杨卢骆体"的艺术特征入手,作了深入细致的分析工作,提出了颇具新见也颇为扎实的观点。作者指出:作为初唐歌行的代称,"王杨卢骆体"在当时诗坛占有显著的地位,并对盛唐诗歌产生了重大影响。其主要特征表现为:其一,具有和谐流转的音韵美;其二,词藻华丽,意象精美,色彩鲜艳;其三,对仗精工的骈偶结构;同时,顶针、蝉联、排比、双拟、回文等修辞手法的大量运用,以及以赋为诗、铺张扬厉的表现方法的使用,都有力地丰富了"王杨卢骆体"的形式特征。这种形式乃是"有意味的形式",积淀着深厚的时代审美心理内容,并作为共同的群体风格,而体现了时代的回声。因此,"王杨

---

① 载《北方论丛》1985年第3期。
② 载《青海民族学院学报》1988年第3期。
③ 载《天府新论》1988年第4期。
④ 载《扬州师院学报》1988年第3期。

卢骆体"也许比"陈拾遗（子昂）体"更能展示时代的审美精神。在作者看来，"王杨卢骆体"鲜明的音乐性和骈偶化的特征，集中体现了时代对语言形式的高度格律化追求，这种追求，实际上是汉民族在长期诗歌审美实践中积淀起来的对诗歌形式的"格式塔"（完形）需求的必然结果；而其富丽精美的词藻，更典型地反映了初唐的文化精神。因而，隐藏在初唐歌行一片珠光宝气之后的，不是偏安王朝沉湎的慰藉，而是鼎盛帝国的恢宏气度。也就是说，"王杨卢骆体"的秾丽词汇，不是对梁陈宫体的简单继续，而是对一个繁荣昌盛的时代生活的纪实。至于其由多种修辞格组成的回环往复的情感结构的外化，亦即语言和感情在此是异质同态结构，语言形式中包蕴着情感内容。正因为此，"王杨卢骆体"尽管是风多于骨，文胜于质，但它终归是情辞相称的纯真的文学。最后，该文作者分析了"王杨卢骆体"自身的演进过程，勾画了三个发展阶段，认为在这三个发展阶段中，初唐歌行大体经历了由繁到简、由浓到淡、由用典到白描、由铺陈到含蓄、由感情外纵到感情内敛的发展过程。这个过程，"一方面显示出初唐的时代精神由官能的刺激、情绪的感伤、到心灵的净化的演进，另一方面预示着中国古典诗歌审美类型的嬗递，即由所谓'物感型'（物象压倒意识）向'直觉型'（意识与物象融合）过渡"。……这一嬗变有重大的意义，"就其纯美学价值来看，也许超过了陈子昂的《感遇诗》及其'兴寄''风骨'之说，因为陈氏对齐梁诗风的批判，尚带着强烈的伦理和功利的色彩，而'王杨卢骆体'对齐梁诗风的改造则基于一种对意识与物象之间的审美关系直观然而深刻的重新认识。同时也因为，陈氏的诗学不过是古老的汉魏之音的遥远回响，虽风骨高华，却缺乏一种新的境界，而'王杨卢骆体'的演进轨迹，却如此清晰地显示了一种新的时代歌声——盛唐之音的到来"。这种既有微观分析又有宏观论述，且宏观规律的描述完全建立在具体的文本分析和文学史实的钩稽上的研究方法，确实是富有成效的。

王锡九的《初唐七言古诗》是一组系列论文的第一篇，主要论述了四杰七古的形式特点，指出了其"赋"法和以气势取胜、以阔大境界擅长以及对偶和入律诸点对整个唐诗的重大影响。

90年代

进入90年代以后，学界对四杰的研究更为深入和细致，而且还出现了几部对初唐四杰进行综合研究的论著，如张志烈的《初唐四杰年谱》①、骆祥发的《初唐四杰研究》② 等。

初唐四杰作为下层文人的代表，他们对齐梁的浮靡文风持批判态度，但其"词旨华靡"，却又不脱齐梁旧习，关系显得比较复杂。葛晓音的《初唐四杰与齐梁文风》③ 对此详加论述。首先，她认为，这种情况应从四杰提出革新文学主张的背景去寻找。由于他们在理论观念上受南北朝以来正统儒家文学观念的影响，把批评的矛头指向屈宋和建安，就不容易对齐梁文风形成正确的认识。贞观龙朔以来，有两种文场"变体"。一种绮媚轻艳，以上官仪为代表，一种以许敬宗为代表。上官仪因反对武则天被诬杀，许敬宗将淹雅清淡的文风变成典奥雅丽，穷极雕饰。王勃所反对的是上官体，所弘扬的是许敬宗所代表的宏博的文风。所以，"他的革新主张却是从宫廷内部斗争的现实出发，并为宫廷政治服务的"。杨炯的创作也同样迎合了武后爱好祥瑞心理，偏执于雅颂正声。卢照邻的文学观与王勃有不同之处，但对王勃革新的主张和实践也是支持的，王勃那些宏丽的赋颂也合于他的理想"清规"。作者认为，四杰虽然将题材从宫廷扩大到江山、市井、沙塞，但实际上所向往的是讴歌"汉家之城阙风烟"之类，"陪同君王羽猎祭祀奏献赋颂，歌咏皇家气象，帝居风光，才是他们的愿望"，而前者"只是因为不能归于廊庙朝廷所激起的嗟叹，并不是对宫廷题材狭小视野的自觉批判"。

在 90 年代初，对四杰山水诗进行过专门研究的学者有张明非和葛晓音。

张明非在其《略论初唐"四杰"的山水诗》④ 一文中认为，四杰的山水诗的成就和特色，主要表现在以下几个方面：（1）继承谢灵运模山范水的特点，着力刻画江山形胜，四杰的这类诗取景丰富多彩，富有生机，他们在诗中所抒发的是不同陶渊明或王绩的摆脱尘网、回归自然的隐逸之乐，而是从观赏自然美景中获得的惬心快意。四杰融山水、田园为一体的这类诗歌，对山水诗和田园诗的发展产生了有益的影响。（2）在谢朓与阴铿、何逊的基础上，进一步将山水与行役、酬赠送别结合起来。这不仅意味着诗歌"从台阁移至江山"，而且预示着诗歌开始

---

① 张志烈：《初唐四杰年谱》，成都：巴蜀书社，1993年。
② 骆祥发：《初唐四杰研究》，北京：东方出版社，1993年。
③ 载《求索》1990年第3期。
④ 张明非：《唐音论薮》，桂林：广西师范大学出版社，1993年。

反映广阔的社会生活。(3) 用律诗写山水既是其特点，也是这一时期的新的趋向。(4) 表现手法虽未脱尽齐梁的辞采和雕琢，但已在创造意境方面显示出探索的努力和实绩。同此前山水诗相比，四杰的山水诗意境更为阔大，也更其浑成①。

葛晓音在其《山水田园诗派研究》一书中则将四杰的山水诗放到"初唐山水诗的复变"过程中来考察。该文指出，王杨卢骆对山水诗的贡献，首先表现为革除梁陈以来写景单纯极貌写物、情致浮泛肤浅的通病，借深化或开扩情意的容量来拓宽诗境。其次，四杰有部分山水诗绘景的技巧较齐梁有所提高，已开始注意到景物在光与影的作用下所产生的不同变化，并真切地传达出不同的视觉感受。再次，四杰诗受当时审美习惯的影响，取景角度比较单调，固然是其局限。但他们能利用这一点，选择自己独特的审美视角，在大量相近的意象中表现出与他人不同的心境。这种做法使他们独具自己的"兴象"，向着建立诗人的个人艺术风格迈进了一大步②。

高光复的《论初唐四杰与初唐文风》③ 则专论四杰辞赋。四杰的赋，现存 30 余篇，作者认为从内容及风格看，"虽尚未脱尽六朝余风，然而在某些方面却已经透露出盛世之音，表现出特定文学阶段的创作风貌"。首先，咏物写怀，更加表现出对抒写真实感情的注重；其次，在思想感情上突出对建功立业的期待和渴望；再次，反映的题材有所发展，一是边塞，二是游览，有了新的开拓。此外，该文还对四杰辞赋、当时辞赋、当时文学趋尚和各种文体的互相影响作了论述。

徐尚定的《四杰诗歌艺术渊源考辨：兼析〈昭明文选〉与初唐诗风》》④ 专论四杰诗歌的艺术渊源。历来评价初唐诗风，虽然指出它有革新的一面，但大都承认其未脱"齐梁之体"，本文认为，这种看法太简单化了，因为晋宋齐与梁陈具有"截然不同的文化特征"，而四杰继承的基本上是东晋南朝前期的诗歌艺术，"具体地说，他们是从'选体'入手学习前此时代的诗歌艺术"。以这个论点为中心，作者进一步指出，初唐"选学"曾显赫一时，初为私学，流行于江淮之间，显庆三年

---

① 《唐音论薮》，第 195—209 页。
② 《山水田园诗派研究》，第 112—120 页。
③ 载《文史哲》1990 年第 5 期。
④ 载《文献》1993 年第 2 期。

(658)李善上《文选注》,为最高统治者所接受,成为一门官学,至四杰时代臻于成熟。四杰从小所受的教育即与"选学"有关,尤其是王勃"关系尤深"。四杰"宏博"之文学主张,与《文选》的宏丽具有审美内涵的一致性。四杰诗从台阁移向江山与塞漠,也与萧统、刘勰对"物色"的提出和重视有关,"四杰继承萧、刘物色诗创作原则"。

杜晓勤的《初唐四杰与儒道思想》[①]认为,初唐四杰独特的文化心态、艺术精神的形成除了学术界常说的社会、政治因素以外,还受当时流行于北方的别具文化内涵的儒学思想和以老庄人生哲学为核心的道家思想的影响。文章在排比材料后指出,王勃、杨炯的儒学思想基本源于关陇儒学和河汾之学,卢照邻、骆宾王所受的儒学教育基本上是齐鲁之学。由于初唐四杰继承的是北方儒学以恢复王道、推行仁政、经世致用的人生精神,他们不但与南朝门阀士族只知以"衣冠礼乐"相尚、盛谈性命玄理、罕关世务的处世态度异趣,且与龙朔诗人"才优德薄"、轻儒弃道、追逐名利的人格不啻天壤之别。初唐四杰雄眄一切、高视阔步的人生姿态,又和他们所受的北方阴阳象数派易学独特的宇宙观、人生观的影响有着密切的关系。在北方阴阳象数派易学的独特的宇宙观、人生观的影响下,四杰认识到自己乃秉天地之灵秀、宇宙之淳精而生,是天地中的至尊和主体,所以他们天生就具有人格上的崇高感。文章还对四杰作品中普遍存在的一个主题,即在对都市生活盛衰变迁的描写中,表达他们对盛极而衰、沧海桑田这一社会哲理的认识,委婉地流露出"以道自任"的寒士在"感大运之盈虚"后固守大道、静以待时的人生观,进行了较为深入的探讨。作者认为,四杰诗赋中出现的这一新的主题,除了有特定的历史文化背景(大背景是南北朝后期直至隋唐之际门阀士族衰落的历史,小背景是高宗、武后时宫廷斗争频仍、新权贵朝不保夕的政治现状),也与四杰受《周易》的影响有关。

二、骆宾王研究

20世纪的骆宾王研究虽然比不上王勃研究成果丰硕,但也取得了比较大的进展,尤其是70年代以后,不但出现了一些有较高水平的专题论文,开了骆宾王研究的学术研讨会,还出现好几本专著,如杨柳、

---

① 载《文学评论》1995年第3期。

骆祥发著的《骆宾王评传》①、浙江省古代文学学会编著的《骆宾王研究论文集》② 等。

骆宾王生平研究

关于骆宾王的生年,学界说法不一,有如下几种:(1)闻一多在其《唐诗大系》中将骆宾王的生年定为 640 年,即唐太宗贞观十四年。陆侃如、冯沅君的《中国诗史》以及后来刘大杰的《中国文学发展史》、周祖譔的《隋唐五代文学史》、游国恩等人编著的《中国文学史》、王士菁的《唐代诗歌》也都认为骆宾王约生于 640 年。(2)刘开扬在 60 年代提出了新说,推定骆宾王的生年应在 638 年左右(骆宾王在咸亨初有《咏怀古意上裴侍郎》诗:"三十二余罢,鬓是潘安仁。"可为一证)③。(3)傅璇琮在其《卢照邻杨炯简谱》④ 中定骆宾王的生年为 630 年。(4)杨恩成的《骆宾王生卒年考辨》⑤ 则说骆宾王生于 622 年。并引骆宾王的《上司列太常伯启》《上吏部裴侍郎书》,说骆宾王于麟德元年是四十多岁,上元三年,骆宾王已经是五十五岁的人了,因而认为闻一多、刘开扬二人的说法都与骆宾王的生平事迹不符。文章在对骆宾王的《咏怀古意上裴侍郎》诗进行了详细的考辨之后,得出一个结论:"咸亨元年,骆宾王四十九岁,由此上溯四十九年是高祖武德五年,即公元六二二年。骆宾王便生于这一年。"(5)骆祥发《骆宾王生年考辨》⑥ 则认为"四十九仍入"当指高宗封禅泰山后,宾王入朝应举,对策入选授奉礼郎事,时为乾封二年(667),故他说骆宾王应生于 619 年,即唐高祖武德二年。(6)在骆祥发此文发表后不久,任国绪又发表了《关于"三十二余罢"与"四十九仍入"——考骆宾王生年兼与骆祥发商榷》⑦,文章认为,"三十二余罢"的时间在 654 年,其时骆宾王的准确年龄为三十三岁,"四十九仍入",事在 670 年,其时他四十九岁。从

---

① 杨柳、骆祥发:《骆宾王评传》,北京:北京出版社,1987 年。
② 浙江省古代文学学会编著:《骆宾王研究论文集》,杭州:杭州大学出版社,1993 年。
③ 刘开扬:《初唐四杰及其诗》,载《唐诗论文集》,第 7 页。
④ 载徐明霞点校:《卢照邻集 杨炯集》附录,北京:中华书局,1980 年。
⑤ 载《人文杂志》1981 年第 2 期。
⑥ 载《唐代文学论丛》1982 年第 2 期。
⑦ 载《唐代文学论丛》总第 7 辑。

654年上推三十三年，或者从670年上推四十九年，骆宾王当生于唐高祖武德五年，即622年。此文论证过程虽然与上引杨恩成文不同，但结论一致，这是关于骆宾王生年研究过程中得出的唯一相同的结论。(7) 1990年，王增斌在其《骆宾王系年考》① 中又提出了新说，他认为骆宾王应生于唐太宗贞观二年，即628年，其理由是：骆宾王的《咏怀古意上裴侍郎》诗并不像陈熙晋和其他人所说的是作于咸亨元年(670)，而是作于调露元年（679）裴行俭征讨西突厥的战争中。从诗中的"四十九仍入"一句结合宾王其他诗文，可以推知骆宾王四十九岁时是上元三年（676），由此上推四十九年，其生年大约为贞观二年(628)。(8) 张志烈在其《初唐四杰年谱》② 一书中则一反前此众说，自出新见，他认为对骆宾王说的"三十二余罢，鬓是潘安仁；四十九仍入，年非朱买臣"是用典，不能坐实了讲，骆宾王此时的实际年龄当在三十三岁到四十岁之间。作者引用了骆宾王的《上李少常伯启》《上齐州张司马启》《畴昔篇》《夏日游德州赠高四诗序》等材料，初步推断出骆宾王约生于635年，即唐太宗贞观九年③。

关于骆宾王生平事迹的考证，20世纪成果不少。但这些成果多产生于20世纪下半叶尤其是70年代以后。20世纪前50年内的文学史、诗歌史以及各种唐诗研究论著对骆宾王的生平事迹多沿用旧说，少有发明。唯一值得一提的就是闻一多编的《骆宾王年谱》。进入80年代以后，骆宾王的年谱及一些考证骆宾王的生平事迹的论文才多了起来。杨恩成的《骆宾王生卒年考辨》以及骆祥发的《骆宾王生年考辨》两文虽然主要考订了骆的生年问题，实际上对骆的一些生平事迹也都作了一定程度的考辨，如杨恩成认为人们关于骆宾王下落的说法中的"逃遁"和"落发为僧"两说均不可信，唯张鷟《朝野佥载》所云"宾王与敬业兴兵扬州，大败，投水而死"的说法较为可信。骆祥发则为骆宾王曲折的一生编写了一个简谱。1984年，骆祥发又正式发表了一篇《骆宾王简谱》④，使骆宾王的生平行踪有了大致的系年。1987年11月，北京出版社出版了杨柳、骆祥发合著的《骆宾王评传》，此书前十章评述诗人的

---

① 载《唐代文学研究》第2辑。
② 张志烈：《初唐四杰年谱》，成都：巴蜀书社，1993年。
③ 同上书，第25—28页。
④ 载《浙江师范学院学报》1984年第2期。

生活经历,其中前三章,作者考察了诗人的家世、生年及少年时代的生活与见闻,第四、五章,着重写骆宾王二十三岁左右入京应试落第返乡,二十七岁左右出仕,后又罢官,闲居齐鲁十二年的经历。第六、七、八、九章,写宾王四十九岁赴京对策中第,拜奉礼郎。不久,兼东台详正学士。五十二岁,从军西域;五十四岁,随军赴姚州平叛,留蜀两年。上元二年,为武功县主簿,迁侍御史。调露元年冬,入狱;来年秋八月遇赦出狱。开耀元年春,出使燕、齐,五月贬授临海丞。文明元年(684)九月,在扬州参与徐敬业兴兵反武则天事件,草《代徐敬业传檄天下文》,十一月,兵败。第十章,着重考辨了骆宾王的下落。对此,前人曾有"伏诛""跳水而死""逃亡"三说,作者力主"逃亡"说,又订其约于垂拱三年(687)前后,客死南通。其《初唐四杰研究》一书虽然晚出,但观点并无大变化,故下文不再赘述。

继骆祥发之后,刘怀荣对骆宾王的生平又作了新的探索①,且其看法多与骆祥发相左,如关于骆宾王任道王府属的时间,刘文定为显庆三年(658),骆祥发定为永徽二年(651),相差七年。刘文说:"我认为,骆宾王并不像骆祥发同志所说那样,罢官之后,接着就去做道王府属,其间有很长一段时间是在齐鲁度过的。"刘文还指出骆宾王虽有两次从军的经历,但晚年并无塞北之行,陈熙晋所引的《宿温城望军营》《边夜有怀》是一种误解。刘文又认为骆宾王并没有与宋之问交往,现集中的宋五当为另一个人,宋之问的排行是十一。"宾王作诗之时,诗人宋之问还没有出生。"

与刘怀荣相比,王增斌的《骆宾王系年考》②则更系统一些,其中也不乏新见。如,王文认为,骆宾王于贞观十一年(637)父卒后不久奉母寓居兖州之瑕丘县;约于贞观十八年前后漫游两京;于贞观十九年,为豫州刺史道王府属;于永徽二年,离道王府入京任奉礼郎;疑于高宗显庆四年(659)罢奉礼郎之职,随裴行俭从军西域;于高宗麟德元年(664)上书刘祥道,求表荐;疑于高宗乾封元年(666)任主簿之类微官(可能得刘祥道表荐);于咸亨三年(672)从军姚州,征讨蒙俭的叛乱,前后露布皆宾王所草;上元三年(仪凤元年,676),骆宾王四十九岁,在江南停留一月之数月后,在关内道京兆府武功主簿任上,四

---

① 刘怀荣:《骆宾王生平事迹新考》,载《山西师大学报》1989年第3期。
② 载《唐代文学研究》第2辑。

月一日,写《上吏部裴侍郎书》,后又写《上吏部侍郎帝京篇》,声名大震,可能此时被任为东台详正学士;高宗调露元年六月上书裴行俭,随裴行俭西征;等等。

张志烈的《初唐四杰年谱》于骆宾王的生平亦颇多己见,如此谱认为,骆宾王约在十岁(贞观十八年,644)时随父母居博昌;约十五岁(贞观二十三年,649)时与博昌文士张学士、辟闾公等交往;约于十八岁(永徽三年,652)时奉母居瑕丘,与县令韦某有文字交游;约二十岁(永徽五年,654)由瑕丘赴京应举;约于永徽六年,落第,南归义乌;约于显庆三年(658)参选,为道王府属;约于麟德元年(664)道王薨后,出府,同年秋,为应岳牧举作准备,先上书司列太常伯右相刘祥道,希望援引,同时,又有《上李少常伯启》;约于乾封元年(666),应举及第,拜奉礼郎,为东台详正学士;约于咸亨三年(672),在姚州前线,作露布数篇;约于咸亨四年奉使西南,自本年至上元二年(675)秋返京,居留蜀地二年多;约于上元三年为武功主簿,裴行俭辟为书记,以母老为辞,因作《上吏部裴侍郎书》,寻调明堂主簿,作《上吏部侍郎帝京篇》;仪凤三年(678),为长安主簿,旋迁侍御史,被诬赃罪,下狱;约于调露二年(680),奉命出使蓬莱和海曲,夏除临海丞;等等。

骆宾王诗歌研究

20世纪60年代以前,人们对骆宾王诗歌艺术的研究多见于各种文学史、诗歌史及唐诗论著中,但其中也不乏珠玑之论。

郑宾于《中国文学流变史》云:"宾王作诗之多,甚于王勃,且擅长篇,《帝京》《畴昔》之类,尤为举世所乐道。其《艳情代郭氏答卢照邻》诗的末段,煞是清丽。"① 苏雪林《唐诗概论》亦云:"他曾作《帝京篇》传诵于世,以五七言综错铺排如《两京》《三都》而风流冶艳,活泼生动,不似汉赋板重,果属创体。"② 郑振铎的《插图本中国文学史》则云:"骆宾王善于长篇的歌行,像《从军中行路难》《夏日游德州赠高四》《帝京篇》《畴昔篇》等,都可显出他的纵横任意,不可羁束的才情来。"又说《畴昔篇》"无疑是这时代中最伟大的一篇巨作,足和庾

---

① 《中国文学流变史》中册,第261页。
② 《唐诗概论》,第22页。

子山的《哀江南赋》列在同一型类中的"。"这样以五七言杂组成文的东西，诚是空前之作。当时的人，尝以他的《帝京篇》为绝唱，而不知《畴昔篇》之更远为弘伟。"① 闻一多对骆宾王诗歌的看法主要体现在《宫体诗的自赎》里，他说骆宾王的《艳情代郭氏答卢照邻》诗"凭一枝作判词的笔锋（这是他的当行），他只草就了一封韵语的书札而已。然而是试验，就值得钦佩"。又说骆宾王的《代女道士王灵妃赠道士李荣》"写得比较像首诗"，"那一气到底而又缠绵往复的旋律之中，有着欣欣向荣的情绪"②。刘大杰《中国文学发展史》对骆宾王诗歌的认识亦颇独到："古人虽多称道其《帝京》《畴昔》诸篇，然其佳作，还是那几首小诗（如《在军登城楼》《于易水送人》）。寥寥二十个字，表现了积极的乐观精神以及怀古伤时的感慨。音调雄浑，气魄悲壮，同王勃那种描写自然景色和悠闲心情的作品比起来，风格是很不同的。"③ 游国恩等主编的《中国文学史》则认为骆宾王的《在狱咏蝉》"艺术更为成熟"，说"这首诗寄悲愤沉痛于比兴之中，宛转附物，怊怅切情"。"不愧是初唐律诗中风骨凝练的名作。"④

最早一篇专论骆宾王诗歌的论文是马茂元的《论骆宾王及其在'四杰'中的地位——为重印〈骆临海集笺注〉作》。文章说，"四杰"之中，激昂、慷慨、爽朗、开阔的心情，以"骆宾王表现得最为突出，也是他在思想情调上最能突破六朝藩篱的代表作品"⑤。文章还认为，骆宾王的《帝京篇》《畴昔篇》《艳情代郭氏答卢照邻》《代女道士王灵妃赠道士李荣》等篇和卢照邻的《长安古意》《行路难》"都是具有时代代表意义的作品"，"这种诗体，从六朝后期小赋变化而来，它吸收了六朝乐府中像《西洲曲》一类辘轳辗转的结构形式以及正在发展中的今体诗的格律；它的特点，在于音节和谐，言词流利，声情并茂，感染力强，易于上口成诵"⑥。在论及骆宾王的五言律体时，文章认为，骆宾王的五律虽比不上王、杨，"但其中却有个别的成功之作"，如《在狱咏蝉》

---

① 《插图本中国文学史》第2册，第286页。
② 《唐诗杂论》，第12—13页。
③ 《中国文学发展史》中册，第421页。
④ 游国恩、王起、萧涤非等：《中国文学史》第2册，第31页。
⑤ 《骆临海集笺注》，第432—433页。
⑥ 同上书，第434—435页。

"托物寄兴，感慨无端，若即若离的笔意，真正勾画出'咽露哀蝉'的魂魄。这种境界，在王、杨两家集中是见不到的"①。

但是，第二篇对骆宾王诗歌艺术进行专门研究的论文却出现在三十年后，这就是刘怀荣的《骆宾王诗歌的艺术创新及其内在矛盾》②。文章提出了骆诗的"创新与不成熟，都是由他诗歌自身的内在矛盾所决定的"的论点。他认为矛盾体现在两处，一是抒情与铺叙，二是抒情与骈俪，认为铺叙和骈俪过多都影响抒情。

骆宾王文研究

在相当长的时间里，人们只要谈起骆宾王的文，就都把目光集中到其《讨武曌檄文》上，但从 80 年代初开始，人们对骆宾王文的研究有所深入和拓宽。

马茂元、王松龄撰《骆宾王》就认为，骆宾王的"这篇檄文和他的所有文章一样，一概骈四俪六，在才华艳发、词采富赡之中，自有一种俊逸清新之气，无论是叙事、说理或抒情，都能运笔如舌，挥洒自如，与陈、隋以来那些堆花丽叶、拖泥带水、略无生气的骈体文是颇有区别的"③。

马积高的《赋史》则主要论述了骆宾王的赋，他说："宾王久困下位，曾因事下狱，又尝从军至塞上，生活经历较王勃丰富，故所作更多慷慨之音。其赋今唯存《萤火赋》《荡子从军赋》两篇，然皆丽而不靡，劲而不直。《萤火赋》为在狱中作，与其《在狱咏蝉》诗意境有相似之处，而情调更为凄苦。《荡子从军赋》基本上是一首七言诗。……此赋以荡子和思妇并重，而荡子一方尤详，也写得虎虎有神，是现存赋中第一篇描绘边塞征战生活的成功之作。"④

罗宗强、郝世峰主编的《隋唐五代文学史》认为："骆宾王的骈文大量用典，华艳中流露典重，气象宏阔，且有一股壮伟之气。……骆宾王的骈文，大抵承庾信而来，用典出神入化，富赡而圆融，技巧是很高的。"⑤

---

① 《骆临海集笺注》，第 435 页。
② 载《河南师范大学学报》1990 年第 2 期。
③ 《中国历代著名文学家评传》第 2 卷，第 15 页。
④ 《赋史》，第 265—266 页。
⑤ 罗宗强、郝世峰：《隋唐五代文学史》，第 118 页。

乔象钟、陈铁民主编的《唐代文学史》则将骆宾王的骈文放在齐梁以来骈文文风转变的过程中考察，他们认为："骆宾王以及王勃、杨炯、卢照邻等擅长的骈文不是风行于齐、梁、陈、隋时代骈文的简单继承，而是随着唐王朝的建立和新文风的倡导有了革新和发展。它除了继承句式整齐、对偶工切、音韵铿锵等传统特点外，更注意隶事用典的雅切，语言的委婉传神，句式的错综变化，以及叙事、抒情、议论、写景多种手法的运用，以适应表达内容和思想感情的需要；而摒弃齐梁以来传统骈文的那种缛章绘句、雕琢铺排的文风。骆宾王的骈文开始透露文风改革酝酿阶段的新风气。例如以亲老为由，婉辞裴行俭辟聘入幕的《上吏部裴侍郎书》，写得意真调苦，情文并茂，堪与李密的《陈情表》媲美；《与博昌父老书》运用大量四言短句，追忆畴昔游踪，抒情深沉恳挚；《自叙状》婉辞道李元庆的垂青提携，叙事简明，说理透彻；《对策文三道》议论风发，隶事雅切。这充分说明骆宾王在骈文方面的造诣以及革新文风方面的成就，绝不是简单的六朝骈体文的继承而已。"该书还分析了骆宾王的代表作《讨武氏檄》，说此文"隶事贴切，用典精审，叙事、议论、说理、抒情，兼而有之，的确具有很大的艺术感染力和政治煽动性"①。又说骆宾王那些诗前的小序，"或叙述诗人人生游踪、家庭情况，或说明诗篇的创作动机和过程，或抒写事物盛衰变化、祸福倚伏的人生哲理，对于读者理解诗篇的寓意，起到了阐幽抉微的作用。表达形式虽用骈俪文体，但却写得纵肆酣恣，委婉多致，给予人神采飞扬、挥洒自如的感觉"②。

三、卢照邻研究

卢照邻生平研究

卢照邻的生年不可确考，20世纪人们推论各异，主要有以下几种说法：（1）闻一多《唐诗大系》定为贞观十一年，即637年，但未见确凿之证据，陆侃如和冯沅君《中国诗史》、周祖譔《隋唐五代文学史》、游国恩等主编的《中国文学史》、王士菁《唐代诗歌》等均沿用其说；（2）苏雪林《唐诗概论》定卢照邻约生于650年，即高宗永徽元年，亦

---

① 乔象钟、陈铁民：《唐代文学史》上册，第140页。
② 同上书，第141页。

未见依据,郑振铎《插图本中国文学史》、陈子展《唐宋文学史》也持此说;(3)刘开扬在1957年发表的《初唐四杰及其诗》中第一次对卢照邻的生年进行了粗略考证,他认为卢照邻当生于635年,即贞观九年,刘大杰《中国文学发展史》、马茂元《读两〈唐书·文艺(苑)传〉札记》①亦持此说;(4)傅璇琮《卢照邻杨炯简谱》系为630年前后,骆祥发《初唐四杰研究》附录《初唐四杰年谱》沿用其说;(5)任国绪《卢照邻诗文系年及生平行迹》②说卢照邻约生于贞观八年(634),张志烈《初唐四杰年谱》也持此说;(6)祝尚书《卢照邻集笺注》附录四《卢照邻年谱》③认为卢照邻当生于贞观六年前后。以上各家之说,均未能确考卢照邻之生年,多为大致之推断。

关于卢照邻生平行迹,学界亦有不少研究成果。刘开扬《初唐四杰及其诗》一文对卢照邻的一生重大事件提出了自己的看法,如作者认为,卢照邻向王义方学习五经并不是显庆末,而是在早年于扬州学完苍雅后北返,到泗州涟水王义方的家乡或洹水王义方的任所去学的;文章认为闻一多《四杰》一文引据《唐会要》卷八二所载显庆三年(闻氏误为二年)卢照邻与宋令文、孟诜等向孙思邈执师赟之礼一事是显然错误的,很可能是上元元年和孙思邈见面,第二年因治病向孙思邈执弟子礼,学老庄及医学;对于卢照邻的死,文章认为《旧唐书》说他死时年四十,显然是不妥当的,卢照邻最少睿宗文明元年(684)还一息尚存,那时他已是五十以上的人了。

在刘开扬之后对卢照邻生平行迹进行考证的是马茂元,他在六十年代所撰的《读两〈唐书·文艺(苑)传〉札记》中对《卢照邻传》中存在的问题作了一些辨析、考证工作,如他考证出卢照邻弱冠为邓府典签,当在永徽(650—655)之间或显庆(656—660)之初,当于麟德二年(685)出任新都尉;照邻去蜀,乃以佚满去官,非因病去也,且时在咸亨之初;离蜀之后照邻曾客东都,且另有所恋,不久就不幸遭缧绁之灾,又染幽忧之疾,遂至终身废弃也;照邻当死于万岁登封元年(695)以后,其年岁当在六十左右④。

---

① 载《晚照楼论文集》,第94—96页。
② 任国绪:《卢照邻集编年笺注》,哈尔滨:黑龙江人民出版社,1989年。
③ 卢照邻著,祝尚书笺注:《卢照邻集笺注》,上海:上海古籍出版社,1994年。
④ 《晚照楼论文集》,第94—96页。

1985年任国绪发表了《卢照邻生平事迹新考》[①]，作者指出，新、旧《唐书》本传中有关卢照邻生平事迹的叙述，语焉不详，且多讹误疏漏。《旧唐书》本传载，卢照邻任新都尉，以风疾去官。作者不同意此说。他援引有关材料，推定卢染风疾当在咸亨三年（672）中；还对卢照邻南下游学、授邓王府典签、出任新都尉，"横事被拘"下狱，最后自投颍水而死等一生重大事件的时间及有关情况进行了探索。任国绪后来还出版了《卢照邻集编年笺注》一书，此书后所附的《卢照邻诗文系年及生平行迹》，以及他于1990年中国唐代文学学会第五届年会暨唐代文学国际学术讨论会上发表的《卢照邻年谱》，均与《新考》大同小异，故不赘引。

在任国绪此文发表后不久，祝尚书发表了《〈卢照邻生平事迹新考〉商兑》[②]，他认为，傅璇琮《卢照邻杨炯简谱》对卢氏行年稽考较详，大体已具，而任国绪《卢照邻生平事迹新考》则大都证据不足，很难令人信服。如卢氏《早度分水岭》有"丁年游蜀道，斑鬓向长安"之语，《新考》谓"丁"为"丁巳"之省文；而祝文则征引文献，谓"丁年"为"丁壮之年"。又如卢氏《对蜀父老问》有"余自丰镐，归于五津，从王事也"数语，《新考》谓"归"应作"还归""返回"解，"如是，则照邻'自丰镐'而'归于五津'，当先由蜀中去丰镐，而后才自彼地还归蜀中。参以'从王事也'之句，则照邻此行当系奉使出差"；而祝文则谓"以前曾到过蜀中，此次再游其地，如何又不可以言'归'？将'归'仅理解为一时之往返，并用以解文学作品，失于过拘"，"《新考》将卢照邻为新都尉提前到显庆末，证据则主要凭一字之释，恐难令人信服"。祝文最后指出："《新考》从卢照邻离新都尉后径赴洛阳的错误设论开始，或以一字一句之新解，或以史料牵合臆断，虽有解纷纠谬之美意，终难免步步失误。"[③]

与此相反，李云逸的《关于卢照邻生平的若干问题》[④] 一文则认为任国绪《新考》"尤多创见"，并提出新说。该文以"名字和家庭""与

[①] 载《文学遗产》1985年第2期。
[②] 载《四川师范大学学报》1988年第1期。
[③] 祝尚书后来出版的《卢照邻集笺注》一书后所附《卢照邻年谱》就是在《〈卢照邻生平事迹新考〉商兑》的基础上编制而成，惟更系统、更细致些。
[④] 载《西北大学学报》1988年第2期。

来济的交游""为邓王府属在寿州、襄州之年""何时始任新都尉""三度入蜀始末""与张柬之的交游""卧病于东龙门山之年"诸题分节论述，认为傅璇琮《卢照邻杨炯简谱》据卢氏"余自丰镐，归于五津"诸语，将卢氏始为新都尉的时间定在总章二年（669）是错误的，因为"因事一度离开蜀地，事毕以后又回到蜀中，才能说'归'。……所以任《考》认为卢照邻始为新都尉的时间当在总章二年之前，这是很有道理的"。接着，作者旁征博引，指出卢照邻乾封元年七月已在蜀任，始任新都尉的时间，不在麟德二年秋冬，便在乾封元年春夏。紧接着，作者考证了卢照邻第三次入蜀的时间、卧病于东龙门山的时间，并指出，他的卒年当在永淳元年前后，享年48岁左右，新旧《唐书》的记载皆系妄说，不足为据。

陈贻焮《卢照邻》①一文在叙卢照邻生平梗概之后，补充考证了二事。（1）文章认为，卢照邻"横事被拘"正是在为邓王府典签，甚为邓王所器重的那一时期，其"丁年游蜀道"，也正是因为此事，即使他当时得邓王解救幸免审判，恐怕也很难再在王府任事，只好远走高飞了；而且此番入蜀是去找事，并非赴新都尉任，他调新都尉当是以后的事。（2）文章认为，傅璇琮《卢照邻杨炯简谱》引《对蜀父老问》大致推算出他的生年，良是，但谓"至本年始被任为新都尉"，则可商榷。该文认为，卢氏此番入蜀，当是奉使重来成都，并非赴新都尉任，他的《奉使益州至长安发钟阳驿》《还赴蜀中贻京邑游好》可为佐证。卢照邻得病离蜀不可能再来，可见他调新都尉当在此次奉使益州事毕之后。文章还认为，卢照邻第一次入蜀到得病离去前后约达二十年，其间种种事迹，如蜀中归田当在前期，与郭氏相好、重九同王勃诸公登玄武山唱和等等，当在后期②。

葛晓音1989年发表《关于卢照邻生平的若干问题》③，文中对卢氏生平若干重大问题考证精细。首先，关于卢照邻为邓王府典签的问题，作者认为，卢照邻在贞观二十年至贞观二十一年间在梁州入邓王府，时为弱冠之年。其次，作者考证出卢氏于贞观十四年前在王义方的家乡泗州涟水从之学经学，还指出卢照邻任新都尉应当是在乾封年间，而且当

---

① 陈贻焮：《论诗杂著》，北京：北京大学出版社，1989年5月。
② 《论诗杂著》，第84—87页。
③ 载《文学遗产》1989年第4期。

时还与张柬之有过诗篇往来，等等。最后，文章对卢氏一生形迹作了一个综述：卢照邻的生年应在贞观元年（627）。他于贞观二十年至二十一年初次入蜀游宦，未求得差事，便在梁州入了邓王府，拜典签。此后随邓王历涉黄、寿、襄、兖诸州。在兖州遭横事被拘，经友人救援，于麟德二年（665）贬为新都尉。乾封二年（667）秩满。总章元年（668）一度回京，去过绛州。总章二年五月又从鄠镐奉使归蜀，使命是宣扬天子的虞舜之功。此后便婆娑蜀中，放旷诗酒。咸亨二年春返洛，滞留两年后卧病长安，后迁阳翟具茨山下，直至自沉颍水而死。

骆祥发的《初唐四杰研究》一书对卢照邻的生平和行迹也作了较深入的探讨。如他在此书第一编"初唐四杰行踪"第二章"卢照邻"中就分"门第、生年""少年时代""王府典签""宦游蜀中""羸卧荒山""自沉颍水"六个部分描述了卢照邻的生平行踪。书后所附《初唐四杰年谱》中对卢照邻一生行迹的考订也不无己见，该谱认为：卢照邻于永徽元年（650）前后出为邓王府典签，是年卢氏约二十一岁；约于显庆元年（656）前后奉命出差，行迹大约经长安入蜀，再赴塞外；约于龙朔元年（661）或稍前离开邓王府；约于龙朔二年前后入蜀就任新都尉；于总章元年因孤高自赏，为人所嫉，被构陷下狱，经友人救护得免；咸亨三年（672），卢照邻约四十三岁，留在长安，可能是病象渐露，所以向名医孙思邈求医问道，同时在秘书省著作局任职；上元二年（675），卢照邻病卧太白山，以服饵为事；约于仪凤二年（677）移居东龙门山；约于垂拱元年（685）卒，享年约五十六岁。

张志烈的《初唐四杰年谱》对卢照邻生平行迹的考订，亦多新说，如，他认为，卢氏约于贞观二十年，十三岁时，南下江淮，就曹宪学《苍》《雅》；约于贞观二十三年，北上洹水，就学于王义方；于永徽三年（652）在长安参选，《长安古意》当作于此年冬或次年春尚居京城时；约于永徽四年为邓王府典签，供职寿州；约于显庆四年（659）于襄州与张柬之有交往；约于龙朔二年（662）春，随军至漠北，春末仍由河西返京；龙朔三年，在蜀，因横事被拘；麟德二年（665），为新都尉，此后六年均在新都尉任上；总章元年春，奉使长安；咸亨二年（671）夏秋离蜀，北归京洛；咸亨三年，处太白山中；上元元年（674），客居东龙门山佛寺，服药疗养；永隆二年（681），卢照邻约四十八岁，移居具茨山，病笃，作《释疾文》，盖绝笔之辞，一二年后，自沉颍水而死。

卢照邻思想研究

20世纪对卢照邻思想的研究成果甚少,专题论文只有任国绪的《奉儒行道与崇儒信道》①,该文对卢一生的思想发展脉络作了具体的概括,指出,卢早年奉儒,追求政治建树,而长期沉居下僚又使他感到厌倦绝望,转向著述事业。政治的失意,使他又不得不借助老庄哲学来排除内心的痛苦,维系精神的平衡,进而尊崇道教,炼丹服饵,求得长生。病情的加剧,使长生不能,于是又笃信佛法,幻想先成仙后成佛。三者都失败了,最终投于一潭颍水,成为一个悲剧性的人物。但是,作者认为:"奉儒行道仍是卢照邻的政治、人格理想与价值判断的基本取向。在两篇绝笔之作《五悲》《释疾文》中,那种怀才不遇的强烈悲愤,怨天尤人式的对不幸命运的抗争,适从反面说明了他对奉儒行道的耿耿于怀,孜孜以求。"

祝尚书在其《卢照邻集笺注》"前言"中也论及卢照邻的思想,他认为卢照邻的思想是复杂的,儒、道、释三家对他都有很深的影响。他早年热心仕进,以儒家思想为主,自入仕途,对未来满怀憧憬,态度是积极的,渴望在政治上一展宏图。即使晚年病废而枯卧空山,他也没有忘却世事。卢照邻受道家思想影响尤深,这既是他仕途坎坷、身染恶疾所至,也是时代风气使然。慕仙求道,齐荣辱、等生死,成为他仕途失意和荒山卧病后的思想逃薮,他试图以此求得精神上的安慰和解脱。卢照邻奉佛,主要是在卧病以后,实际上,卢照邻奉佛和学道一样,不过是在极度苦闷中寻求精神寄托,连他自己都觉得可笑。但是,无论是儒、还是道、佛,都不可能给病体垂危的卢照邻找到精神出路,他最后连天地都怀疑了,以自杀求得永恒的解脱了②。

卢照邻诗歌研究

20世纪上半叶的卢照邻诗歌研究除了闻一多著外,少有系统、深入之论述,多为吉光片羽。

闻一多在《宫体诗的自赎》一文中盛赞卢照邻的《长安古意》:"在窒息的阴霾中,四面是细弱的虫吟,虚空而疲倦,忽然一声霹雳,接着的是狂风暴雨!虫吟不见了,这样便是卢照邻《长安古意》的出现。这

---

① 载《北方论丛》1993年第6期。
② 《卢照邻集笺注》,第3—4页。

首诗在当时的成功不是偶然的。"他说卢氏在这首诗的开头"放开了粗豪而圆润的嗓子","这生龙活虎般腾踔的节奏,首先已够教人们如大梦初醒而心花怒放了。……诚然这不是一场美丽的热闹。但是这癫狂中有战栗,堕落中有灵性"。"比起以前那光是病态的无耻","如今这是什么气魄!对于时人那虚弱的感情,这真有起死回生的力量"。"最后","似有'劝百讽一'之嫌。对了,讽刺,宫体诗中讲讽刺,多么生疏的一个消息!我几乎要问《长安古意》究竟能否算宫体诗"。"他是宫体诗中一个破天荒的大转变。一手挽住衰老了的颓废,教给他如何回到健全的欲望,一手又指给他欲望的幻灭。这诗中善与恶都是积极的,所以二者似相反而相成。""卢照邻只要以更有力的宫体诗救宫体诗,他所争的是有力没有力,不是宫体不宫体。"① 这可以说是自唐代以来对卢照邻诗歌艺术的最高评价,影响深远。

五六十年代新出版的一些文学史、诗歌史、唐诗论著对卢照邻诗歌的分析则比较具体了。如周祖譔在其《隋唐五代文学史》中就从诗人的出身来论述其思想内涵。"他的作品主要的是反映自己在政治上被压制的不满情绪","这种情绪,正表达了当时庶民地主出身的知识分子在门阀势力压制下的政治愿望"②。"卢照邻的一生虽然很不得意,但在他的诗中看不到由于失意而趋向消极的情绪,相反的,他始终对生活抱着无限的信心。这种人生态度和生活信心正是这些出身于新兴庶民地主的知识分子所共有的人生观。""卢照邻与南朝宫体诗人是大不相同的,他的创作内容充实,感情健康,这是根本性的区别。同时他的诗中之所以带有宫体的遗迹,不是由于有意的学习,而是由于不自觉地受了传统力量的影响。"③ 刘大杰的《中国文学发展史》则认为:"幽忧是他生活的象征,也就是他的作品的象征。"④

在50年代,对卢照邻诗歌艺术分析得比较精细的还要数刘开扬和马茂元。刘开扬在其《论初唐四杰及其诗》中花了相当多的笔墨分析卢诗,如他分析卢照邻的《行路难》道:"这首诗的艺术手腕和语言运用比较巧妙、生动,它尽情阐发一个道理,以世事无常来论证封建统治者

---

① 《唐诗杂论》,第11—12页。
② 周祖譔:《隋唐五代文学史》,第21页。
③ 同上书,第22页。
④ 《中国文学发展史》中册,第419页。

的权势不能久持。"① 再如他认为卢照邻的《昭君怨》"所表现的王昭君的情思的广度和深度是超过上官仪所写的同题诗的,后者写得整齐而较呆板,不如这诗具有健康活泼的气息"②。

马茂元在其《唐诗札记之二——初唐四杰》一文中则认为,"卢照邻的《长安古意》是一篇富有现实主义精神的作品。过去的作者(指《古意》和《拟古》一类)说来说去总不外男女爱恋,相思离别等。这篇通过作者自身的感受,借用汉代题材,描绘出当时首都长安现实生活的形形色色,而寄以无穷的感慨。这种写法,不仅别抒机杼,独具匠心,显示出作者气魄宏伟的创造力;而且它更具体地说明了套色诗风进入了推陈出新的转变阶段。它非常突出地表现了时代的精神,带有一种浓厚的时代色彩"。而"卢照邻之所以能够写出这篇成功的作品,正由于他怀抱着沦落失意的心情,困居长安,用冷眼旁观的态度去观察现实,因而他对这些使人羡慕,使人愉快,令人惊叹,令人悲哀的复杂的生活现象才有较深刻的理解"。在对此诗具体分析时,作者也独抒己见,如他认为闻一多说此诗末四句"有点突兀",在诗的结构上是"蛇足"、是"艺术的失败"这种说法,"颇有点使人难于理解","这里的'扬子',指汉朝的扬雄,是作者引以自况。'一床书',指文士冷淡的生涯。扬雄在长安时,仕宦不得意,闭门草'太玄',……这里代用其诗意,来影射作者自己的现实生活和心情,是十分确切的。所有本篇前面景物的描写,……都是以春天为背景。这里的'桂花'则是秋季的花。秋天是清冷的,春天是欢娱的,通过两种不同的季节气氛,表现出两种不同的生活面貌。……在这四句里,作者以十分精练的语言,表现了异常丰富的内涵,用笔丝丝入扣,所谓'蛇足',所谓'艺术上的失败',真是玄之又玄,堕入不可知论了"。

进入 80 年代以后,学界对卢照邻诗歌的研究虽更细致、深入了,但专题论文极少。任国绪的《卢照邻集笺注》"前言"即是一篇比较好的研究卢照邻诗歌的论文。该文认为,卢照邻的诗歌首先在题材的开拓和主题的升华上取得了突出的成就。卢照邻的七言歌行《行路难》《长安古意》,都是描写都市生活的作品,特别是后者,不仅唐太宗的《帝京篇》无法比拟,就是骆宾王的《帝京篇》,王勃的《临高台》,在思想性和艺术

---

① 《唐诗论文集》,第 17 页。
② 同上书,第 19 页。

性上也都稍逊其一筹，可以说是唐初诗中一篇划时代的力作；卢照邻的《刘生》《紫骝马》《陇头水》《战城南》《关山月》等，是一组边塞诗，这些诗，都沿用乐府旧题，但和六朝"落梅芳树，共体千篇；陇水巫山，殊名一意"的形式主义乐府诗真有天壤之别，都写出了时代的新意；现存卢集中数量最多的是行旅、赠答送别之作，这些诗如实地印下了诗人大半生辗转宦游的足迹，集中抒发了诗人坎壈失志、怀才不遇的悲愤之情，这类诗的突出特点是把人生际遇与江山景致交织在一起，形成了景中有情、景情交融的艺术境界；卢照邻还写了部分思乡怀友、想念亲人、歌咏田园生活的诗篇，表现了他对乡土亲友的真挚感情以及对和平生活的热爱。其次，在诗歌形式上，卢照邻进行了探索和创新。他和骆宾王一起开创了初唐近体歌行，对五律、五言排律的创作也进行了探索和尝试。卢照邻的诗在艺术表现上也取得了多方面的成就。第一，他的诗很讲究构思、章法，层次清晰，逻辑严密；第二，善于用典；第三，具有鲜明的节奏韵律感；第四，想象丰富，比喻贴切；第五，卢照邻诗歌的语言也有多方面的特色，或通俗晓畅，或典丽凝重，形成清峻的风格①。另外，祝尚书《卢照邻集笺注》"前言"中也论及卢照邻的诗歌创作成就。

中国社会科学院文学研究所总纂，乔象钟、陈铁民主编的《唐代文学史》上册也分析了卢照邻的诗歌作品，该书指出，"现存卢照邻的诗近百首，近体诗有六十七首，占了绝大多数，其中尤以五律、五排的数量最多，显出了他的爱好。……重声律是当时的时代风气，也是作者的自觉追求。卢照邻用五言律写了不少乐府诗，在严格的格律中表现旧题材，有的也浑朴自然，保留着乐府情韵而时有新意"。"使卢照邻名传不朽的是他的歌行，所存五篇歌行几乎都是可以吟唱的佳篇，其中《长安古意》不仅是卢照邻的代表作，也是这个时代的代表作"②。"在卢照邻的作品中，感人最深的而独具特色的是他所写的几篇骚体文，这是王、杨、骆所没有的"③。"这些骚体文虽以陈述个人的哀痛为基调，但也接触到人情冷暖，世态炎凉，揭示了不同阶层的生活情态"④。

---

① 《卢照邻集笺注》，第11—17页。
② 乔象钟、陈铁民：《唐代文学史》上册，第129页。
③ 同上书，第131页。
④ 同上书，第132页。

四、王勃研究

王勃是初唐四杰中最被学术界关注的一位诗人，关于其生平和作品的研究成果也最多、最深入。

王勃生平研究

四杰中生卒年有确切记载的只有王勃，但是王勃《春思赋》和杨炯《王勃集序》说法不一，因此 20 世纪学界对王勃的生卒年也有异说。(1) 闻一多《唐诗大系》认为王勃生于 649 年，即太宗贞观二十三年，死于 676 年，即高宗上元三年，享年二十八岁，后来刘开扬《初唐四杰及其诗》、游国恩等主编《中国文学史》、中国科学院文学研究所编写的《中国文学史》、吴秾的《王勃的生卒年》[①] 也持此说。(2) 刘汝霖的《王子安年谱》[②] 认为杨炯《王勃集序》记载有误，王勃当生于唐高宗永徽元年，其证据有三：（刘祥道）见子安当在龙朔三年之后，若子安生于贞观二十三年，则其十四岁时正当龙朔二年，不能见及刘祥道，是杨序前后矛盾，证一也；王勃《游玄武山庙序》有云，"吾之生二十载矣"，此序当即入蜀时所作，可知子安之二十岁必在总章二年或二年之后，若生于贞观二十三年，则其二十岁当在总章元年，其时子安尚未入蜀，何得有在蜀之作？证二也；若从《春思赋》，则前两者合，从上元三年二十八岁之说，则三者无一相合，故弃彼取此[③]。关于王勃卒年，刘汝霖则取仪凤元年之说，认为王勃死于斯年八月，享年二十七岁[④]。陆侃如、冯沅君著《中国诗史》、阎崇璩的《王勃年谱》[⑤]、岑仲勉的《唐集质疑·王勃疑年》[⑥]、马茂元的《读两〈唐书·文艺（苑）传〉札记》[⑦]、徐俊的《王勃行年辨正》[⑧]、骆祥发的《初唐四杰研究》、张志烈的《初唐四杰年谱》均持此说。(3) 郑振铎的《插图本中国文学史》将

---

① 载《社会科学战线》1979 年第 3 期。
② 载王勃著，蒋清翊注：《王子安集注》，上海：上海古籍出版社，1995 年。
③ 《王子安集注》，第 676 页。
④ 同上书，第 689 页。
⑤ 载《师大学刊》第 2 集，1943 年。
⑥ 载《"中央研究院"历史语言研究所集刊》第 9 本。
⑦ 《晚照楼论文集》，第 88 页，注 1。
⑧ 载《文史》第 27 辑，1986 年。

王勃的生卒年定为 647—675 年，享年二十九岁[①]。苏雪林的《唐诗概论》亦持此说[②]。(4) 郑宾于的《中国文学流变史》认为，王勃生于贞观二十二年，卒于高宗上元二年，是年二十九岁[③]。(5) 聂文郁的《王勃年谱》[④] 谓王勃永徽元年生，上元二年卒。何林天的《论王勃》[⑤] 认为王勃应生于高宗永徽元年，卒于文明元年 (684)，享年三十五岁。(6) 姚乃文的《王勃生卒年考辨——兼与何林天同志商榷》[⑥] 认为王勃应生于高宗永徽元年，卒于仪凤二年，享年二十八岁。

20 世纪关于王勃生平行迹的系统考订，始于刘汝霖的《王子安年谱》，该谱认为，王勃于显庆五年从曹道真学医；于龙朔三年上书刘祥道自陈，对策高第，拜为朝散郎；于麟德二年 (665) 被沛王征为侍读，奉教选《平台抄略》；总章元年戏为《檄英王鸡文》，被斥；总章二年，自长安登程，观景物于蜀；咸亨二年归京，参时选；咸亨四年，为虢州参军；上元元年续祖父文中子书成；匿官奴曹达，惧事泄，杀之，事觉当诛，会赦除名；上元二年复旧职，弃官东归，往交趾省父，九月九日至洪州，作《滕王阁序》[⑦]。40 年代，阎崇璩又发表了《王勃年谱》[⑧]，该谱认为，马茂元《读两〈唐书·文艺（苑）传〉札记》中对《王勃传》中的记载有所发明，如他认为王勃写《檄英王鸡文》之遭斥逐，当在总章元年之末或次年之初；至于王勃作《滕王阁序》的时间，马茂元认为王定保《唐摭言》及蒋清翊注《王子安集》均误，《新唐书》《唐才子传》言之有理[⑨]。

到 80 年代初，探讨王勃生平的成果开始多了起来，聂文郁的《王勃年谱》对王勃一生行事作了新的编年，再如周本淳的《童子·弱冠·他日——试论王勃作〈滕王阁序〉之时间》[⑩]、熊美杰的《王勃十三岁

---

① 《插图本中国文学史》第 2 册，第 283 页。
② 《唐诗概论》，第 21 页。
③ 《中国文学流变史》中册，第 255—256 页。
④ 载聂文郁：《王勃诗解》，西宁：青海人民出版社，1980 年。
⑤ 载《晋阳学刊》1982 年第 2 期。
⑥ 载《晋阳学刊》1984 年第 2 期。
⑦ 《王子安集注》，第 677—689 页。
⑧ 载《师大学刊》第 2 集。
⑨ 《晚照楼论文集》，第 86—90 页。
⑩ 载《淮阴师专学报》1981 年第 1 期。

作〈滕王阁序〉吗?》①、蔡德予的《也谈王勃作〈滕王阁序〉时的年龄问题》②等均对王勃十三岁作《滕王阁序》的说法提出质疑,唯思路和结论与刘汝霖、马茂元相近,其中也有一些是重复劳动。

八九十年代比较具有学术价值的论文有张志烈的《王勃杂考》③,该文涉及以下五个问题的考证:东吴之行的时间,认为王勃在任职沛王府修撰期间,曾于乾封二年到吴越一游;王勃和杨炯交游的情况,补充了《山亭兴序》《山亭思友人序》《夏日诸公见寻访诗序》等材料证明王杨之交谊;较详细地考证了檄鸡文事件的背景;对裴行俭评论之有无进行了考辨,认为此论完全有可能;认为《滕王阁序》当作于上元二年九月途经南昌时。这些问题的考证,从不同的方面补充了我们对王勃生平的认识。另外,王气中的《王勃在四川的创作活动——兼论唐初的士风和文风》④集中研究了王勃在四川的创作活动,流连巴山蜀水,写景抒情,登高玄武,赋诗唱酬,是诗人短暂的创作生涯中最重要的阶段。文章征引有关材料并结合王勃的诗文,进行了较有力的论述和考证,并提出了不少独特的见解。任国绪的《王勃滕王阁序作于何年》⑤虽然也是旧题重论,但他对"王勃十四岁时作"和"上元二年作"两说均提出异议,考得《滕王阁序》是王勃总章元年秋所写。此说虽不能说是定论,但对展开学术争鸣,促进研究工作的发展,不无裨益。徐俊《王勃行年辨正》除对王勃生卒年作了一些考辨外,还考查王勃应举及第的时间。作者审查了麟德元年王勃十五岁写的《上刘右相书》、麟德二年三月写的《乾元殿颂》及另一篇《上皇甫常伯启》,认为"王勃于麟德二年以后才应举及第当无疑",此前无及第受禄的痕迹。又据《文献通考》卷二九《选举》和《登科记考》载"龙朔三年无贡举",《记纂渊海》卷三七《科举》载"乾封元年应幽素举及第一十三人",认为"王勃作为'岩薮幽素之士'被刘祥道荐举在龙朔三年,而应幽素举及第则在后此三年的乾封元年"。王天海的《〈滕王阁序〉写于何时》⑥虽然也是旧事

---

① 载《陕西日报》1981年11月1日。
② 载《贵州民族学院学报》1984年第4期。
③ 载《四川大学学报》1983年第2期。
④ 载《中国古典文学论丛》第2辑,1985年。
⑤ 载《北方论丛》1986年第6期。
⑥ 载《贵州大学学报》1991年第3期。

重提，但与时人观点不一。他从排比史料入手，以内证为主，得出了王勃该文的写作时间当为龙朔二年九月九日，王勃时年14岁的结论，这就否定了28岁省亲途经南昌而作的说法。文中的自称"童子""三尺微命"，以及终军、宗悫的用典，与史书"六岁解属文""九岁读《汉书》，撰《指瑕》十卷；十岁包综六经，成乎期月""年十四，时誉斯归"相一致，有一定的说服力。关于王勃生平可资参考的成果还有王气中的《王勃传》①及其《王勃年谱订补》②。

王勃诗歌研究

自唐代以来，人们对王勃诗歌成就评价一直较高，但20世纪关于王勃诗歌研究的成果却不太多，也不太深入。

20世纪上半叶的一些文学史、诗歌史及唐诗论著，大多着眼于王勃在近体诗成立过程中的贡献，如郑振铎《插图本中国文学史》即云："他所作以五言为最多，且均是很成熟的律体。"郑宾于《中国文学流变史》也认为，"（王）勃诗率多五律"，"七律虽然在那时没有发扬光大，正式成立，但他也有仿佛那样的篇什；如《咏滕王阁诗》便是"③。胡云翼《唐诗研究》说："（王）勃的好诗往往在他的五绝中，《艺苑卮言》称其逼近乐府，信然。但因其作品专尚才华，便免不了雕刻粉饰，这在他的七律诗中看得出来……他仅有才华，而无气魄；加以少年殂落，未能尽量发泄才气，造诣便止于是了。"④

相比较而言，五六十年代，学术界对王勃诗歌的研究有所深入。如刘开扬在其《初唐四杰及其诗》中说，四杰的离别、怀乡诗以王勃写得最好，"在四杰中王勃的诗受乐府影响最深"⑤。游国恩等主编的《中国文学史》则认为，王勃的诗"内容虽然还开拓得不够广，但的确已经形成了自己独特的风格"，此外，他在"七言、杂言体形式上也有所探索和创造"，他的"创作，初步实践了他诗歌革新的主张，他的优秀诗篇是有充沛的思想感情、真实的生活阅历作基础的。有风有骨，摆脱了齐

---

① 载《中国历代著名文学家评传》第2卷。
② 似未正式出版，不过其结论大都反映在其《王勃传》中。
③ 《中国文学流变史》中册，第257页。
④ 胡云翼：《唐诗研究》，第43—44页。
⑤ 《唐诗论文集》，第15页。

梁浮华补假的习气，显露唐诗的独特风貌"①。中国科学院文学研究所编著的《中国文学史》也认为，"以创作而论，他的诗文在四杰中也是最有特色的。……有很多作品中透露出由于政治上不得意而发出的不平之鸣。""五律《送杜少府之任蜀州》诗，颇为壮健。……全诗也具有乐观的气氛。""五绝如《山中》，此外如《寒夜思友三首》等，不只以写景见长，抒情也恳切真挚，能够打动人的心弦。"②

80年代以后，学界的研究成果多了一些，但多为王勃一些名作的单篇赏析，专论王勃及其诗歌艺术的论文则寥寥可数。80年代初，学术界曾经展开过一次关于王勃《送杜少府之任蜀州》诗中"城阙辅三秦"理解的争论。丘良任在《文学遗产》1983年第1期上发表了《"城阙辅三秦"解》，对当时多数诗歌选本、课本均释"城阙"为长安，"以为此诗为王勃在长安时作"的说法提出了不同的看法，他认为"城阙"乃指"成都"，此诗应为王勃在虢州时作。不久，施蛰存、启功分别发表了《说"城阙辅三秦"》③《也谈王勃〈杜少府之任蜀州〉诗》④，都认为，"城阙"非"长安"，而是"成都"，施文还认为，诗题中的"蜀州"，即是指以成都为首府的旧蜀郡，不是某些注本说的"垂拱二年分益州四县置蜀州"的"蜀州"，因为王勃卒于上元二年。李坦在《扬州师院学报》1983年第4期发表了《〈"城阙辅三秦"解〉献疑》、梁超然在《语文园地》1983年第6期发表了《城阙、宦游及其他——〈"城阙辅三秦"解〉质疑》，均对丘良任文提出了不同意见。程亦军对此次讨论作了初步整理，撰《对"城阙辅三秦"的不同解释》⑤一文。

刘道明的《论王勃对唐诗发展的贡献》⑥从王勃的生平事迹、诗歌思想和对诗风改革的贡献三方面进行了论述，说王诗"都反映了与宫体诗完全不同的内容"，"实现了题材和内容的突破"，其《铜雀妓》是"为吊古之作树立了典范"，《采莲曲》比之杜甫的"三吏""三别"也

---

① 游国恩、王起、萧涤非等：《中国文学史》第2册，第28—29页。
② 中国科学院文学研究所中国文学史编写组：《中国文学史》第2册，第341—342页。
③ 载《光明日报》1983年5月3日。
④ 载《文学遗产》1983年第4期。
⑤ 载《光明日报》1983年7月12日。
⑥ 载《黄淮学刊》1989年第1期。

"丝毫无有逊色之处",《滕王阁序》附诗"可称得上唐代七律走向成熟的一篇代表之作"等。这些评价似乎都嫌过高,尚有可商之处。

80年代以后出版的各种文学史、诗歌史对王勃的诗歌艺术成就也有所评价,兹举要者如下。中国社会科学院文学研究所总纂、乔象钟、陈铁民主编的《唐代文学史》认为,王勃的一些小诗"抒发一时感兴,极少雕饰,虽然有的音律尚不和谐,但已经近似后来的绝句"①。"王勃的五言律诗不及沈、宋那样讲求声韵之美,时有拗句出现,可是他的诗没有那副板滞的应制诗的富贵气息,能自由地抒情写意,表达动人的情思。"王勃的"长篇七古如《临高台》《采莲曲》《秋夜长》等,不只在意境上有新的表现,而且形式活泼,富于变化"②。"总的看来,王勃文词宏放,知识渊博,众体兼长。"③ 葛晓音的《山水田园诗派研究》一书主要论述了王勃在山水田园诗歌发展史上的贡献,认为"四杰中山水诗成就最高的是王勃。他笔下的景物大致可分为两类:一类是芳春花柳,如《仲春郊外》《郊兴》《山居晚眺赠王道士》《春日还郊》《对酒春园作》《上巳浮江宴韵得遥字》等,虽然取景不外乎鱼戏鸟乐、莺歌蝶舞、花光草露,但笔端处处泄出活泼泼的生机,……只有充满青春热情的诗人,才有这样新鲜的想象。《羁春》《林塘怀友》《山扉夜坐》《春庄》《春园》《林泉独饮》这组五言小诗,几乎全是抒写面对芳草落花醉酒伤春的情景,青山明月,清泉飞花,在各首诗里层见叠出,反复咏叹,没有细致的动态描绘,却因洋溢着诗人对春光的无限陶醉和眷恋,而在林塘山泉郊园的小天地内拓展出无边无际的春色。梁陈诗中虽已有一景百媚的风味,但境界阔狭之别,已显而易见。王勃写得比较多另一类景物是秋江夜月。如《临江二首》《江亭夜月送别二首》《别人四首》等诗中,霜天月色,江上风烟,笼罩这别浦离亭、津树寒渚,也弥漫在客子的寂寞的心头。手法与前一类诗同样简练,均在凄凄别情中渲染出无处不在的秋意"④。该书还认为,王勃的《山中》《滕王阁诗》"以短小的篇幅表现阔大的境界和高远的气度,已为初盛唐山水诗指出了主要的发展方向"⑤。

---

① 乔家钟、陈铁民:《唐代文学史》上册,第113—114页。
② 同上书,第114页。
③ 同上书,第115页。
④ 《山水田园诗派研究》,第114—115页。
⑤ 同上书,第115页。

另外，还有专门研究王勃诗歌理论的论文，如姚敏杰的《王勃诗论刍论》[1]也值得注意。

王勃文研究

和王勃诗歌研究相比，关于王勃文的研究成果稍多一些，然较有学术价值者亦寥寥。刘尚林的《骈文早衰而清音独远——读〈滕王阁序〉》[2] 主要从语言的警句和引用两种修辞技巧来分析这篇骈文的艺术成就，说明其脍炙人口、流传千古的原因。尤其是引用，又从突出暗引、巧用化引等几个方面结合情真意切的内容来具体分析（共30多处），颇具启发性。韩国学者白承锡写的《王勃〈春思赋〉和〈采莲赋〉论略》[3] 一文指出，现存王勃赋12篇，有10篇属于六朝抒情小赋式的作品，其中特别引人注目的是《春思赋》和《采莲赋》，前者240句，计1463字，后者321句，计1710字，"为初唐赋作中难得一见的长篇"。文章不仅考察了两赋的写作动机和写作背景，探讨了两赋的题旨意蕴和创作成就，而且论述了两赋在赋体文学演变史上的重要意义。指出两赋继承吸收了汉大赋和魏晋南北朝骈赋的传统技法，同时在艺术构造上作了重大突破和创新，增加了清新质朴的色调和刚劲有力的气势。《春思赋》引进五七言诗句占了八成以上，已经"形成了歌行体诗的意境"，而《采莲赋》则"在总体上保存了六朝四六骈赋遗风，但又较多的吸收了骚体赋的句法"，为唐赋的嬗变和革新提供了丰富有益的借鉴。此文可谓是王勃诗文研究中少有的佳作，值得注意。

另外，80年代以后出版的一些文学史、散文史、骈文史以及赋史也多少涉及王勃的散文作品。罗宗强、郝世峰主编的《隋唐五代文学史》认为，"王勃骈文杰作，主要是序。这些序中，写宴游赠别之作，往往情思真挚，心胸开阔"[4]。他们还着重分析了王勃骈文的代表作《秋日登洪府滕王阁饯别序》，说"这序在唐人中是以绚丽典重著称的。绚丽而完全摆脱了六朝骈文的细巧，气势奔放；修辞考究而流畅自然。全文结构谨严而又时而流动，展开诗一般的境界"[5]。马积高的《赋史》

---

[1] 载《西北大学学报》1992年第1期。
[2] 载《文史知识》1991年第12期。
[3] 载《古典文学知识》1993年第3期。
[4] 罗宗强、郝世峰：《隋唐五代文学史》上册，第121页。
[5] 同上书，第123页。

对其赋分析较细,他认为,"王勃赋今存十一篇。《春思赋》《采莲赋》都颇华艳;以七言诗句为主体,与萧绎、庾信等人的某些小赋相似,而铺张过之。……(《春思赋》)于艳丽之中,寓豪迈之气,与梁时宫体作者之一味描写春色骀荡者不同。……(《采莲赋》)又与萧纲、萧绎等人的立意也不同了。至其《涧底寒松》《游庙山》《江曲孤凫》《慈竹》诸小赋,其中尤多磊落不平之气,文风亦较挺拔"①。

王勃集整理

聂文郁的《王勃诗解》撮王诗之精要,选五十八首,熔注、解、议于一炉,兼顾了普及与提高的双重任务,是适应当时广大读者学习、研究王勃诗歌的较好读本。1995年,上海古籍出版社整理出版了清人蒋清翊注的《王子安集注》,书前有校勘者汪贤度撰写的《前言》,对王勃其人及诗歌、注者蒋清翊作了一些交代,书后附录了罗振玉校录的日本庆云四年(707)写本《王子安集》佚文二十三篇和《王子安集》校记,以及原发表于1933年北京师范大学月刊的刘汝霖编撰的《王子安年谱》(个别地方加了按语),故本书基本上反映了20世纪王勃作品整理的最佳成果。

五、杨炯研究

相对说来,杨炯研究是四杰研究中比较薄弱的,但也取得了一些进展。

杨炯生平行迹研究

20世纪对杨炯生平进行系统研究开始于傅璇琮的《卢照邻杨炯简谱》和《杨炯考》②,前文对杨炯的生平及其诗文作了初步的系年,后文则对杨炯一生中几个重要问题作了一些考辨。后文首先考证出杨炯应神童举是在显庆四年,其为校书郎并非由神童举及第而授,而是在上元三年应制举及第后才补授的;接着考证了杨炯的伯父辈的官职;然后稽引一些材料,对裴行俭评四杰这一件事作了考核,认为此事确实大可怀疑;文章还认为,杨炯与崔融等因薛元超之荐为崇文馆学士,及为太子东宫僚属,当从《旧唐书》的《薛元超传》及《高宗纪》,在永淳元年,

---

① 《赋史》,第264页。
② 载《唐代诗人丛考》。

而非如《新唐书》杨炯本传在永隆二年;对杨炯后期的仕履,本书认为新旧《唐书》所载不仅有自相矛盾之处,而且还有漏略,故进行了辨析:(1)其出为梓州司法参军即在垂拱元年四月至十二月之间;(2)杨炯于天授元年秋已在洛阳武则天宫中习艺馆任职;(3)杨炯当于天授元年秋至如意元年秋在洛阳,在此之后,则又出为盈川令,新旧《唐书》等所载杨炯由梓州司法参军佚满后选授为盈川令,是不对的。

1982年,张志烈发表了《杨炯孔庙碑文系年质疑》① 一文,该文对杨炯为蜀地孔庙撰写的《大唐益州大都督府新都县学先圣庙堂碑文》(简称《新都碑》)及《遂州长江县先圣孔子庙堂碑》(简称《长江碑》)的系年提出新的意见,值得注意。前此,一些研究者认为,这两篇碑文均写于杨炯任梓州司法参军任上(如钱学文、何承朴《初唐"四杰"与天府》),有的还具体系于武则天垂拱三年(687)(如傅璇琮《卢照邻杨炯简谱》)。而张志烈根据两碑内容,参考有关历史背景,认为两碑均写于唐高宗李治在世时。作者进一步论证说,由于《新都碑》称高宗为"天皇",无疑当写于上元元年八月以后。同碑又称来恒为"通议大夫、行长史",而来恒自上元三年三月已调任黄门侍郎、同中书门下三品。故《新都碑》当写于上元元年至上元三年之间,如系于上元二年,是不会有大错的。《长江碑》"亦当与《新都碑》作于同时或稍后"。上元二年,杨炯年方二十六岁。杨炯自显庆五年,年方十一岁就待制弘文馆,直到上元三年应举中第、补授校书郎。两碑正写于应举之前不久。

祝尚书的《杨盈川之"盈川"辨》②《杨炯初入蜀年考》③ 也是考证精审的论文。

此外,骆祥发的《初唐四杰研究》所附《初唐四杰年谱》及张志烈的《初唐四杰年谱》都对杨炯的生平行迹作了系年。

杨炯诗歌研究

人们对杨炯诗歌成就的论述似乎要多于对其生平的探讨。三四十年代出版的各种文学史、诗歌史及唐诗研究著作,对杨炯诗歌的论述大多比较简略,然亦有可观者。如郑振铎的《插图本中国文学史》说"他的诗像'帝畿平若水,官路直如弦'(《骢马》),'三秋方一日,少别比千

---

① 载《四川大学学报》1982年第2期。
② 载《中华文史论丛》1983年第3辑。
③ 载《中华文史论丛》1984年第4辑。

年'(《有所思》),'离亭隐乔树,沟水浸平沙。左尉才何屈,东关望渐赊'(《送丰城王少尉》)等,也都是足称律诗的前驱的"①。郑宾于《中国文学流变史》则认为,"杨炯诗虽说与王勃同调,但辞彩却要比他高出一些,……他诗若《从军行》、《出塞》之类,也都不在王勃之下"②。胡云翼《唐诗研究》认为,"炯为人颇恃才,诗亦有壮气"。"就诗而论,杨炯或应列在四杰之末"③。

五六十年代,人们对杨炯诗歌的研究稍有深入。如周祖譔《隋唐五代文学史》认为,杨炯"诗并不多,但其中有些五律诗却写得不坏。这些五言律诗大多是抒发作者自己政治上的雄心壮志的,而这些诗都是以边塞和战争生活为题材来反映的,因而气势较大,有一种激昂慷慨的情绪"④。刘大杰《中国文学发展史》对杨炯诗歌的成就评价较低:"其诗大半为律体。七言没有,五绝仅一首。可知他在诗的创作上,运用形式,没有前三人范围的广泛;即就诗才而论,亦较平弱。"⑤刘开扬的《初唐四杰及其诗》一文对杨炯诗歌艺术的分析稍细一些,他认为,杨炯的《途中》一首"写游子的悲哀,直似汉魏风致"⑥,说"杨炯的三峡诗(《广溪峡》《巫峡》和《西陵峡》)是写景,也是咏史和抒情,他的《巫峡》诗可以说是一首写景和抒情结合得很完美的作品,……《早行》《途中》两首则颇有情意,和王勃的《深湾夜宿》相类"⑦。马茂元的《唐诗札记》之二论杨炯颇多新见,他认为,"过去都说四杰完成了五言律的诗体,就其总的情况来说,确是如此。可是分别开来看,则发展并不平衡,而杨炯的贡献最多,功绩尤大。这首先表现在他是大力来写五言律的。现存"盈川集"中诗体比例的数字五言律占到一半以上就说明了这个问题。同时,既然称之为律诗,那必然要求其高度的格律化。杨炯所作,如"从军行"……格律是多么的谨严!对仗是多么的工稳!诗采是多么的精美!音调是多么的铿锵!……王勃和卢、骆集中,

---

① 《插图本中国文学史》第2册,第284—285页。
② 《中国文学流变史》中册,第258页。
③ 胡云翼:《唐诗研究》,第44页。
④ 周祖譔:《隋唐五代文学史》,第27—28页。
⑤ 《中国文学发展史》中册,第422页。
⑥ 《唐诗论文集》,第13页。
⑦ 同上书,第22—23页。

五言律虽不乏名作。……但如按照律体最严格的要求来衡量,毕竟不是正规的典范。但从这一角度来看,四杰之中,杨炯是最为突出的"。

80 年代以后,出现了一些关于杨炯诗歌的专论,如杨恩成的《初唐诗人杨炯》① 就是一篇对杨炯进行全面评价的论文,该文认为杨炯的诗作"题材比较广泛,所表现的生活内容比上官仪等人丰富,形式上多是五言"。文章又认为,"作为唐诗开创时期的诗人,杨炯的诗歌不论在内容上还是在艺术造诣方面,都不如王勃和骆宾王。他的五律、五排多沿用古乐府旧题,在风格和技巧上缺乏个人的独创性。但他的近体诗在格律上更趋严整,在奠定五言律体的体制、改造齐梁诗方面,杨炯无疑起了开路先锋的作用"。

整理杨炯作品的成果有徐明霞点校的《杨炯集》,书后附有傅璇琮的《杨炯简谱》。

第五节　陈子昂研究

20 世纪的陈子昂研究成果颇丰,无论是对其生平、思想,还是对其诗歌、散文艺术、诗文革新主张及其在唐代文学史上的地位的认识,都远较前人深刻,下文将从陈子昂生平研究、思想研究、诗文革新主张研究、诗歌艺术研究、散文研究、作品整理等六个方面进行评介。

一、陈子昂生平研究

陈子昂生卒年研究

对陈子昂的生卒年,20 世纪有以下几种颇具代表性观点。(1) 20 世纪 20 年代,郑振铎《文学大纲》、赵景深《中国文学小史》、郑宾于《中国文学流变史》皆认为陈子昂生于高宗显庆元年(656),逝于武后圣历元年(698)。此后,陈子展的《唐宋文学史》、谭丕谟的《中国文学史纲》、罗根泽的《中国文学批评史》、周祖譔的《隋唐五代文学史》等均继此说。(2) 1934 年,谭正璧编纂的《中国文学家大辞典》,1935 年,罗庸在《国学季刊》第五卷第二号上发表的《陈子昂年谱》,均认为陈子昂当生于 661 年,卒于 702 年。罗谱的根据是赵儋《为故右拾遗

---

① 载《陕西师大学报》1982 年第 1 期。

陈公建旌德之碑》："年二十四，文明元年进士，射策高第。其年高宗崩于洛阳宫。"据此，由中宗文明元年甲申（684），上推二十四年，为高宗龙朔元年辛酉（661），是为子昂生年。由龙朔元年辛酉，下推四十二年，为武氏长安二年壬寅（702），是为子昂卒年。此说问世以后，40年代、50年代，均有学者响应。1961年3月8日的《文汇报》发表的刘大杰的《论陈子昂的文学精神——纪念陈子昂诞生一千三百周年》显然是从罗说。此后出版的游国恩等主编的《中国文学史》、科学院文学所编著的《中国文学史》、马茂元的《读两〈唐书·文艺（苑）传〉"陈子昂传"条》、朱东润主编的《中国历代文学作品选》、社科院文学所编的《唐诗选》、郭绍虞主编的《中国历代文论选》等均从罗说。（3）1930年10月，商务印书馆出版的梁廷灿编著的《历代名人生卒年表》说，陈子昂生于高宗显庆元年，卒于圣历初，年四十余。1959年，中华书局出版的姜亮夫编撰的《历代人物年里碑传综表》，所定生年与梁廷灿同，岁数则以四十整计之，卒年是武后天册万岁元年（695）。（4）彭庆生于1980年发表了《陈子昂生卒年考》①，对此前三说一一作了辩驳、否定，然后定陈子昂生于高宗显庆四年，享年四十二岁。同年，韩理洲也发表了《陈子昂生卒年考辨》②一文，对以前三种说法同样作了辨析，但他认为陈子昂当生于658年，卒于699年，与彭说稍异。此后一年，吴明贤发表了《陈子昂生卒年辨》③，亦反对前三说，认为彭说和韩说近是，然其中亦有不少矛盾和疏漏，并进行了辨析。此文最后认为，陈子昂当死于久视元年（700），年四十二，以此上推四十二年，则是高宗显庆四年，此当为子昂生年。吴明贤后来又撰写了《陈子昂生卒年补证》④予以补充论证。但是，在1986年，九嶷人《关于陈子昂的生卒年》⑤对吴明贤《陈子昂生卒年辨》一文提出异议。文章说，审《全唐文》卷二百三十八卢藏用《纪信碑阴》原文，长安二年（702）七月"自减私俸"的是为纪信立碑的县令孔祖舜，"非撰碑人卢藏用"。但是，该文作者"竟张冠李戴，说什么卢藏用有了私俸"，断卢氏弃隐入仕在长安二年，

---

① 载《社会科学战线》1980年第2期。
② 载《西南师范学院学报》1980年第4期。
③ 载《四川师院学报》1981年第2期。
④ 载《重庆师范学院学报》1983年第3期。
⑤ 载《内蒙古大学学报》1986年第1期。

由此进而断定陈子昂卒于久视元年（700），生于显庆四年。又说，至于吴明贤写的《陈子昂生卒年补证》一文"那就更是误而复误了"。

陈子昂生平行迹研究

20世纪学界关于陈子昂生平行迹的研究成果也不少，取得了较大的进展。

早在1935年，罗庸就于北京大学《国学季刊》第五卷第二号上发表了《陈子昂年谱》。该谱首先考证了陈子昂的世系、友人及时人相与过从者。其次，对子昂一生重要事迹及一些诗文作了编年。如，该谱据《陈子昂文集》补充了考进士落第、入仕前山栖学道、从乔知之北征、初任拾遗旋即被诬入狱等被两《唐书》本传及历代为子昂作传者所遗漏的重大行事。该谱面世后不久，岑仲勉于40年代撰《陈子昂及其文集之事迹》[①]予以补充，该文考证了"子昂世系""子昂疑年""子昂及第年"、子昂文集中所涉人物和事迹若干条，最后对罗庸《年谱》中诗文编年作了八条补正。

进入60年代，马茂元在其《读两〈唐书·文艺（苑）传》中对子昂本传中一些问题也做了很有意义的考辨和补正工作。如马先生认为，子昂死于冤狱并非如卢藏用《陈氏别传》《新传》所云系县令段简谋财害命所致，而是遭受武攸宜政治迫害致死[②]；新、旧《传》所载王适见子昂初为《感遇诗》三十八章云"此子必为天下文宗矣"，马先生谓此说致误之由是"刘昫撰史时，徒闻《感遇》之名，而实未见其诗，故撷拾《别传》之语，而漫以此当之耳。宋祁增减《旧传》以成文，或未之深究。独怪计有功撰《唐诗纪事》，全载《感遇》三十八篇，仍沿其失，殊令人不解"[③]。

80年代以后，学界对陈子昂生平研究取得了更大的成就。彭庆生《陈子昂诗注》附录《陈子昂年谱》继罗谱之后，对陈子昂生平及其诗文编年进行了更深入的研究。该谱认为，子昂于调露元年始入长安，年二十一；调露二年至洛阳，初试落第，年二十二；开耀二年举进士，年二十四；唐睿宗文明元年春，诣阙上书，擢麟台正字；天授二年秋，以继母忧解官返里；长寿三年居东都，守右拾遗，旋坐逆党陷狱；万岁通

---

① 载《辅仁学志》第14卷第1、2合期，1946年12月。
② 《晚照楼论文集》，第108—110页。
③ 同上书，第112页。

天元年九月，以同州刺史建安郡王武攸宜为右武卫威大将军，充清边道行军大总管，以讨契丹，子昂以本官参谋；圣历元年秋，以父老，表解官归侍，诏带官取给而归；圣历三年，家居守制，县令段简罗织诬陷，收系狱中，忧愤而卒。在彭谱发表后不久，学界对陈子昂行事的研究又有了新的进展。1983 年，陆庆夫发表了《陈子昂的河西之行与唐代同城考辨》①一文。陈子昂的河西之行及创作活动是研究者们忽视的一段经历，当时学界对唐代地理概念缺乏统一认识，这影响到对陈子昂河西之行阶段所创作诗篇的理解。陆庆夫文勾勒出陈子昂此行的概貌，解决了古今地名的异同问题，这对进一步研究陈子昂生平活动和理解陈子昂创作的思想艺术特色都有帮助。同年，葛晓音发表了《关于陈子昂的死因》②，该文认为，学界所普遍认同的陈子昂系武三思陷害致死的说法值得商榷，作者通过分析陈子昂所写《我府君有周居士文林郎陈公墓志铭》一文，发现其中有对武周革命不恭的内容，进而认为，陈子昂的死因更可能是被段简陷害，段简根据陈子昂所写府君墓志铭一文，"附会文法"，以子昂诋毁武后，"指斥乘舆""无人臣之礼"为名，勒逼财物，致使本来就哀毁羸疾的陈子昂不堪折磨而死。1985 年也有两篇文章论及陈子昂的生平，即九夒人的《子昂"游太学"考》和韩理洲的《陈子昂行事研究》③。韩文专对陈子昂研究中某些传统意见提出异议，主要观点如下。首先，韩文对卢藏用在《陈子昂别传》中所谓陈"年十七、八未知书"，后"慨然立志，因谢绝门客，专精《坟》《典》"，"年二十一，始东入咸京，游太学"等说法提出质疑，认为措辞欠当，且有阙漏。作者援引陈本人著述，勾勒出其入仕前在四川时即关心时弊民瘼的情况，指出不能以"未知书"概括其时诗人的生活。其次，作者认为陈子昂晚年退隐后并无"诛讨武氏之文字"，不同意有的学者提出的陈退隐后反对武周政权的说法。他认为，陈之遇害，并非由于他从根本上反对武周政权而招致武周集团中个别权奸的忌恨。此后不久，韩理洲又撰写了《行年中的几个问题》④，该文考察了以下几个问题：（1）入仕前已对社会有所考察；（2）首次应试不在游太学之次年；（3）文明元年中

---

① 载《兰州大学学报》1983 第 1 期。
② 载《学术月刊》1983 年第 2 期。
③ 两文均载《内蒙古大学学报》1985 年第 3 期。
④ 载韩理洲：《陈子昂研究》，上海：上海古籍出版社，1988 年。

进士并释褐拜官；（4）初拜官应为秘书省正字；（5）以继母忧返蜀之年，当起于天授二年（691）初秋，迄于长寿二年（693）秋冬；（6）任右拾遗之年，当在长寿二年冬①。1988年，王辉斌发表了《陈子昂死因新探》②一文，和上引葛晓音文一样，都认为前人所说陈子昂死于武三思诬陷致死的说法难以成立，基本同意卢藏用《陈子昂别传》关于段简"附会文法"的说法，但他又认为，葛文说陈子昂乃是因其文章犯武后之大忌而为段简所害的观点也难以成立，以为陈子昂的死因共由三个要素构成：（1）因私撰《后史记》而为段简"附会文法"，（2）"外迫苛政"，（3）宿命论的危害。而三个因素中，又以第一个最为重要。文章认为卢藏用在《陈子昂别传》中交代得至为明白，而卢氏又是陈子昂生前挚友，所言定为可信。

另外，关于陈子昂生平研究的成果还有韩理洲的《陈子昂小传》③、萧涤非和吴明贤的《陈子昂传》、韩理洲的《陈子昂评传》④等。

二、陈子昂思想和政治品格研究

在初唐诗人中，陈子昂的思想是比较复杂的，而且由于他与武后关系前后不太一致，20世纪许多学人都十分关注陈子昂的思想和政治品格，产生了许多成果。

陈子昂思想研究

关于陈子昂的思想，闻一多有比较深入的论述。首先，他认为陈子昂的思想和性格是受了当地风气的影响，"从性格和生活态度来看，子昂和太白极近，用先秦学派思想来衡量他，可说是属于纵横家兼道家。太白平生景仰的不是那位战国的鲁仲连么？……因而他常想能用超人的力量为人排难解纷，进而至于求仙超世，既重功名，又尚清远，子昂和太白同出生于西蜀，受了当地风气的影响，所以形成与众不同的诗风"。其次，他又从家世方面来探讨子昂思想和性格的来源，"说到道家气质，

---

① 《陈子昂研究》，第19—34页。
② 系1988年6月在陈子昂的故乡——四川省射洪县召开的全国首届陈子昂作品学术讨论会论文，后收入四川省射洪县陈子昂研究联络组等编：《陈子昂研究论集》，北京：中国文联出版公司，1989年。
③ 载《唐代文学》第1期，西安：西北大学学报编辑部，1981年。
④ 韩理洲：《陈子昂评传》，西安：西北大学出版社，1987年。

可说是他的家风"。"他的家庭的确是一个充满道教气味的家庭,便是读书环境也影响着他。"在和李白的比较中,他认为,"子昂早年是赌徒,又奉道教,两者其实是合一的,因为道教所持颇有一种游戏人间的态度。不过拿他和太白比较,子昂还算稳重,这是由于一部儒家思想使他的生活态度有所限制,所以在他的诗里,我们还可见到他某些悲伤沉恸的地方"。最后,他对子昂的思想作了一个总结:"陈子昂的复杂思想,可以说纵横家给了他飞翔之力,道家给了他飞翔之术,儒家给了他顾尘之累,佛家给了他终归人世而又能妙赏自然之趣。"①

50年代以后,新出版的一些文学史对陈子昂的思想也有所论述,但不太细致。代表性的著作如游国恩等编的《中国文学史》就认为:"陈子昂的思想是很复杂的,他既好纵横任侠,又好佛老神仙,但儒家兼善天下的精神,仍然是他思想的主导方面。从他的许多政论奏疏中,我们可以看到他洞察国家安危的远见,关怀人民疾苦的热情。"而且认为,"他的政治热情是他从事诗歌革新的动力"②。

80年代,类似的探讨陈子昂思想的文章才更深入一些了。如韩理洲《陈子昂研究》就认为陈子昂一生各个时期的思想是不同的、变化的,如"青年陈子昂在遭遇科场挫折之后,虽身居山林,接受过道家思想的影响,但是并未放弃拯时济世的宏愿,他欲待时而出,仍然企慕着建功立业"③。"关于他的政治主张的思想基础,学术界有人依据他在《谏政理书》中曾有'民本''仁政''德教'的言论,便断定其属儒家思想,似欠妥。从《上军国利害事》中可以清楚看出,他的'安人'主张与黄老的清静无为是糅合在一起的。……陈子昂在强调德教、仁政的同时,又反复指出统治天下的关键在于'能密静''机静则福'。显然,他的政治主张和措施中,儒家思想和黄老之学二者兼而有之。"④ "出狱后的陈子昂颇爱黄老之言,……原先潜伏在脑海的隐逸思想,已经发展到将要付诸行动的时刻。"⑤ "六七九年东征遭受打击之后,陈子昂虽然从主要倾向来说,由积极进取转入了消极颓唐。但是,他并没有完全遗

---

① 《唐诗杂论》,第216—221页。
② 游国恩、王起、萧涤非等:《中国文学史》第2册,第33页。
③ 《陈子昂研究》,第43页。
④ 同上书,第47页。
⑤ 同上书,第60页。

忘世事，在他的身上还残存着关心国家命运、同情人民疾苦、扬善憎恶的火星。"①

又如，冯良方的《陈子昂的天人合一思想四论》②专从其思想的哲学基础加以论述，认为"就三家思想而论，虽然他亦有咏禅之作，但更以儒、道二家为精研，并统一于天人合一的理论模式中，包括了自然宇宙观、社会政治观及人生观等主要内容"。邓元煊的《略论陈子昂的哲学思想和诗歌理论》③则认为，陈子昂的哲学思想有其独特的明显不同于他人的发展历程。24岁中进士以前，是他思想的第一阶段。在这一阶段里，他接受了各种思想的影响和熏陶。崇儒、重道、好侠的家风代代相传，深深地影响着陈子昂，这一阶段较长时期地支配着他的行动的主要思想是纵横家思想，对其余各家学说的吸取也直接影响到他此后的所作所为。从24岁中进士到40岁辞官还乡是第二阶段，这段时期他既有儒家的"民本"思想，又有法家的富国强兵、耕战法治等思想因素，儒法两种思想交互作用着。在守丧期间，与晖上人的交游，更深化了他潜伏在脑海里的避世隐居思想，老庄哲学和释家思想又一度占据过主导地位。从40岁辞官到42岁惨死于狱中是第三阶段，在这一阶段中，老庄哲学成了他唯一的精神寄托，占据了他思想的主导地位。文章最后认为，"简单地将他归入某家某家，显然是不恰当的"。

葛晓音的《从"方外十友"看道教对初唐山水诗的影响》④认为，陈子昂在最后十年间，认真思考并吸收了道教思想，他对道教的认识主要本于茅山道派。《感遇》诗体现了茅山道派的天命说和循环论。陈子昂在用道教哲学解释自然和历史发展的同时，解决了初唐四杰也曾苦苦思索过的"时""才""命"三者之间的关系，确认了士人用舍行藏的处世哲学。

韩云波的《陈子昂的侠气与初唐文学革命——兼论陈子昂对前代文化的集成和改造》⑤在论述陈子昂在初唐文学革命中担当重任时认为："恰恰是由'豪侠使气'和'折节为学'的融合，带来对唐初风气一种

---

① 《陈子昂研究》，第65页。
② 载《陈子昂研究论集》。
③ 同上。
④ 载《学术月刊》1992年第4期。
⑤ 载《重庆师院学报》1993年第1期。

崭新的改造，这才是他异于前人而取得成功的秘密。"作者认为，陈子昂的侠又不同于一般的侠，而是融合了道、墨、儒、纵横、阴阳诸家因素，在侠与隐中蕴藏着对现实社会政治参与欲望的侠，因而超越流辈，终成大器。作者还指出，陈子昂的"侠性气质"表现在两个方面，第一是敢于进取，躁于进取，第二是知恩图报的侠士心态。陈诗中有四种由侠而儒的阳刚内质，即用世之志、慷慨之气、阔大之貌、武毅之风，这些内质，使他的诗"具有一种新的时代精神和向上的人格力量，正是初唐一般诗人所不具备的，因此也只有陈子昂才能担当文学革新的重任"。

陈子昂政治品格研究

陈子昂与武则天政权的关系，直接影响到对陈子昂政治品格的评价，故自古以来就受到学者的关注。20世纪以来，讨论这一问题的论文和著作也不少。

曾毅《中国文学史》（1915）认为，"（子昂）为神凤颂、明堂议，贡谀牝朝，诚所谓荐圭璧于房闼，以脂泽污漫之者也"。王运熙《陈子昂和他的作品》[①] 则认为，"我们认为重要的问题不在于子昂忠于那一姓，而在于他在那段时期发表了怎么样的一些政治主张，在于这些主张是否符合于整个国家和广大人民的利益"。"我们综观子昂在武后朝所发表的许多言论，不能不承认：他中肯地揭发了当前政治上的许多弊害，指出了广大地区人民生活的痛苦和不安定，要求迅速改变这种情况；他具有政治的远见和热烈的人道主义精神，关怀这整个国家的前途和广大人民的利益；他不畏强暴，正直不阿，他不是苟合求荣的人物。"刘大杰针对封建社会的学者常常纠缠于子昂是不是武则天的党羽，是不是忠于李唐王朝的观点，鲜明地指出："陈子昂十几年的政治生活，都在武则天掌权和称帝时代，前人讥为不忠，这种封建正统观点当然是错误的。武后称帝，他写过《上大周受命颂表》和《大周受命颂》四章，这是官场的应酬，算不得什么大污点。他既不是李唐宗室一派，也不是武后的忠臣。但是他刚果强毅，正直开明，具有远大的政治抱负和政治热情，想施展自己的才能，在社会上做一番事业。……他的政治立场虽说终于是为封建统治阶级服务的，但他毕竟是封建阶级中具有清醒头脑、富于正义感和进步思想的知识分子。……古代那些封建正统观念的历史

---

① 载《文学遗产增刊》第4辑，北京：作家出版社，1957年。

家和批评家们,说他谄媚武后、图取富贵、品格低劣的种种谰言,实际是对陈子昂的诽谤和诬蔑。"①

游国恩等编著的《中国文学史》则认为,"他一方面支持武后的政治改革,另一方面对武后的不合理的弊政也屡次提出尖锐的指责"②。刘知渐也认为"武则天是一个励精图治的皇帝。诗人早年的拥护武氏和中年以后对武氏集团的不满,都表现了诗人的正直和进步"③。刘国盈则认为"陈子昂无疑曾经想依附武则天作为实现自己抱负的一种手段","陈子昂和武则天的关系,有庸俗的一面,也有值得肯定的一面",不能不加具体分析,根据封建的道德标准就"骂陈子昂是'真无忌惮之小人'和捧陈子昂是'忠心耿耿地为武则天服务的',都是不对的"④。郭预衡认为,子昂对于武周政权曾是抱有幻想的,因此"写过歌功颂德的文章"。这些颂辞,一方面表现出子昂"锐于进取,献颂希宠","也要看到,尽管子昂如此献颂,结果并未得到荣宠。这是因为他的思想见解与那些御用文人毕竟不同"⑤。

到80年代后期及90年代,学界又出现了一些专门讨论陈子昂人格和政治品格的文章,如郑临川的《略论陈子昂的政治态度》、陈贻焮的《陈子昂的人品与政治倾向》、曾平的《陈子昂与武则天政权》⑥及杜晓勤的《从家学渊源看陈子昂的人格精神和诗歌创作》⑦等。

郑文认为,"他热爱大唐帝国和她的执政者,但他决不能容忍那些危害国家长治久安的种种有关政治、经济、军事的错误决策措施,及时提出针锋相对的意见,克尽拾遗的言责,甘冒风险而不顾,以致被迫提前致仕,最后被武氏集团迫害致死"。

陈文认为,"武则天在历史上起过进步作用,指责陈子昂忠于武家而不忠于李家,这看法本身就很封建,对于今天的读者来说,不仅毫无意义,甚至是可笑的。可是武后执政时的确有不少希宠干禄的小人,从

---

① 刘大杰:《论陈子昂的文学精神》,载《文汇报》1961年3月8日。
② 游国恩、王起、萧涤非等:《中国文学史》第2册,第33页。
③ 刘知渐:《陈子昂和武则天》,载《重庆日报》1961年4月21日。
④ 刘国盈:《论陈子昂》,载《北京师院学报》1980年第2期。
⑤ 郭预衡:《武周治下的文章》,载《北京师范大学学报》1987年第6期。
⑥ 三文均载《陈子昂研究论集》。
⑦ 载《文学遗产》1996年第6期。

陈子昂积极拥护武后建周称帝的表现看，也并不是毫无可非议之处，所以对于陈子昂人品，仍需作进一步的研究"。

曾文认为，"陈子昂在政治上是较为幼稚的，在其呈献给武则天的《谏灵驾入京书》中，就暴露了这一致命弱点"。"作为一个庶族出身的普通知识分子，他既无政治经验、政治实力，也无上一代人的政治荫护，势单力薄，难成气候。……所以他非常希望武则天重用自己，并靠武氏的力量来实现其政治主张。但是武则天对子昂采取赏而不用的暧昧态度。子昂不能忍耐，于是便有了《上大周受命颂表》《大周受命颂四章并序》《为永昌父老劝追尊忠孝王表》《为赤县父老劝封禅表》等充满阿谀之词的颂扬文章。但因陈子昂历次上书所阐明的政治主张与武则天的统治需要背道而驰，所以他必然得不到武则天的赏识。……对武氏称帝，他在舆论上予以赞美，固然是由于他在政治上的依赖性和软弱性，另一方面，他对女性称帝问题的确不像正统文人那么大惊小怪。这还是因为陈子昂考虑的角度主要是国家和百姓，而不是哪个掌权的问题。"

杜文认为，"陈子昂对武周政权之态度与其人格精神一样，都是由其家学中独特的政治观、历史观所决定的"。该文指出其父陈元敬曾于永淳二年前后勉励子昂趁"贤圣生有萌芽"的政治情势实现君臣遇合的政治理想，而且，"陈子昂后来的立身行事正是乃父理论的进一步拓展和具体履践"。"首先，陈子昂在《感遇》其一诗中，用'三统循环论''五德终始说'进一步说明武周革命乃'天道'使然，非人力所能左右，其理论本质是和乃父元敬的'四百年贤圣遇合'说是相一致的。""其次，陈子昂在《谏灵驾入京书》中也将武后称为'明主'、于'非常之时'而生的'非常之主'，而自己俨然是得遇'非常之时''非常之主'的'非常之士'了，彼此遇合，将会产生出'不朽'的'千载之迹'来。"陈子昂在《谏政理书》中劝武后建明堂、立太学，和他在天授元年（690）进献《上大周受命颂表》及《大周受命颂四章并序》，都"是基于武氏乃贤圣之复生，武周革命乃顺天应人之举的认识。……王士禛等人谓子昂此举'诡诞不经'，是媚悦武后，也是因为他们不明陈家学中独特的历史观所致"。对于杜甫所说的"忠义"，该文认为，"无论是陈子昂还是杜甫，他们所说的'忠义'，绝不等同于后人所说的'忠君'，更不是忠于一朝一姓的'愚忠'。……在陈子昂所处的文化氛围中，本来就不强调所谓的'忠君'思想，而这种文化氛围实际上是战国士林遗风与魏晋以来豪族自守意识相结合的产物。陈子昂处于如此之时代,又受如此家学之影响,去拥武、颂周,也就十分自然,无丝毫对不起李唐王朝的地方了"。文章最终认为,"陈子昂既不能算是'唐之小人',也不是谄武、媚武之'宠嬖',更不是忠于唐室的'拥李派'。陈子昂诣阙上书、上表献颂、为武周改制出谋划策,只是为了实现其'贤圣遇合'的理想,然而由于其政治理想有符合人民利益的一面,所以其人品和政治倾向也就值得肯定了"。

三、陈子昂文学研究

陈子昂文学主张研究

关于这一问题,20世纪的学者有以下几种不同的看法:

第一种,肯定陈子昂的文学主张,但也批评了其忽视形式的趋向。朱东润的《中国文学批评史大纲》、郭绍虞的《中国文学批评史》、罗根泽的《中国文学批评史》均从正面肯定了陈子昂以复古为革新的文学主张。如郭绍虞说:"在齐梁文学的流风余韵依旧存在的初唐,能于诗国首先竖起革命的旗帜,以复古为号召者,就是陈子昂。"林庚指出,陈子昂提出了"'兴寄'就是要有政治寄托。'风骨'也就是'建安风骨'"①。刘大杰指出,陈子昂"首先一般地批评了建安正始以后到武后时期几百年的形式主义文学的总倾向","肯定诗歌历史中的进步主流,指明风雅、汉魏、正始诗歌的优良传统和艺术成就,反映出他在文学发展的总趋势中所认识到的文学思想斗争的历史道路和正确观点"。他"特别提出'风骨''兴寄'两个特点,来说明进步诗歌的精神实质"②。吴明贤认为,陈子昂提出的"风骨"包含"具体含义"和"时代概念",前者"其实就是指'端翔'的'骨气',即诗人骏爽飞腾的情志通过端直有力的诗歌语言表现出来,达到感化教育人们的社会效果"。后者指"以倡导复古的形式鼓吹革新,本身就不易和诗坛进步的脚步合拍",这"不能不影响到他文艺思想的彻底性"。尽管如此,子昂仍然是"杰出的唐诗改革的先驱,功绩不可磨灭"③。

第二种意见认为陈子昂并不忽视诗歌形式。周刚指出,陈子昂要求

---

① 林庚:《陈子昂与建安风骨》,载《文学评论》1959年第5期。
② 刘大杰:《论陈子昂的文学精神》,载《文汇报》1961年3月8日。
③ 吴明贤:《试论陈子昂的文艺思想》,载《西南师范学院学报》1984年第1期。

诗歌"音情顿挫""有金石声",即已注意到诗歌的艺术形式①。

第三种意见对陈子昂的文学主张基本上持否定态度。秦绍培认为,《修竹篇序》"主要内容不外两点。即一,对南北朝诗歌的全盘否定。二,提倡'汉魏风骨'",而无视南北朝诗歌在艺术上的重要贡献是很偏颇的。陈子昂的文学主张只注意思想性而不重视艺术的发展,这对文学的发展是不利的,是不值得赞扬的②。刘石也认为,"陈子昂仍然恪守着儒家道德教化的文学观……从历史的角度看,陈子昂并没有提出超乎前人的更新理论"。陈子昂作为革新武器的"言志"在文学状况发生了根本变化的时代","只能是对文学的反动"。陈子昂力图扭转初唐文风,但他"矫枉,然而过正,同样偏离了文学发展的正确航线"③。

此外,还有一些论文从其他角度探讨陈子昂的诗歌理论和文学主张。如曹文佺把陈子昂和韩愈进行比较,认为"陈子昂所发起的诗歌革新运动与韩愈所倡导的'古文运动',都以反对齐梁文风为主旨,而且都以'复古'的口号为手段。……其实这两个运动的背景和所继承的传统并不一样。陈子昂和韩愈一派的思想基础也完全殊趣"④。韩理洲针对聂文郁《王勃诗解》中所说王勃、陈子昂二人的文学主张"大同小异""实际上不算什么差别""实质仍是一样",甚至认为陈子昂是王勃的继承者,他的文学主张,"和王绩,特别是王勃是衣钵相传的"说法,提出了商榷,认为两人都反对六朝以来浮艳颓靡的文风、诗风,力求改革诗文,开创新的局面,但两人在如何进行革新等重大问题上的认识和主张都很不同。陈子昂显然高于隋至初唐其他人物的文学见解,对唐代诗歌理论产生了深远影响⑤。

葛晓音的《初盛唐诗歌革新的基本特征》⑥ 一文说,以前学术界认为陈子昂的风雅兴寄"是要求诗歌发扬批判现实的传统,要有鲜明的政治倾向,发挥其美刺讽谕的社会功用",作者认为"陈子昂革新诗歌的

---

① 周刚:《陈子昂诗歌理论新探》,载《文史哲》1984年第1期。
② 秦绍培:《陈子昂评价质疑》,载《新疆大学学报》1986年第2期。
③ 刘石:《陈子昂新论》,载《文学评论》1988年第2期。
④ 曹文佺:《谈陈子昂与韩愈在"古文运动"中的异同之处》,载《光明日报》1962年10月21日。
⑤ 韩理洲:《王勃陈子昂文学主张异同论》,载《文学遗产》1982年第1期。
⑥ 载《中国社会科学》1985年第2期。

主张与改革社会的理想自有其密切的联系,但他的成功之处恰恰就在没有把诗歌的作用仅仅归结为美刺讽谕",而是"认为汉魏风骨就是寄托拯世济时的人生理想","这就第一次从精神上将建安气骨和齐梁文风区别开来,把风雅比兴和建安精神统一起来,解决了四杰理论和创作之间的矛盾"。她的《论宫廷文人在初唐诗歌艺术发展中的作用》①修正了以前的一种流行看法(包括她自己在内),即以为陈子昂的理论"针对从上官体到'文章四友'及沈宋不断发展着的宫廷形式主义文风"。该文指出,陈子昂在"宫廷中也出于应制的需要作了一些'金玉龙凤'的颂诗",因为当时歌功颂德的应诏诗代表宫廷的正声,"显然不在他批判的视野之内"。又由于他回乡为段简所害,"没有赶上久视元年以后武则天宫廷的这种局面(指媚附张氏兄弟),所以他所批判的齐梁文风,也不包括'文章四友'和沈宋","而主要是指上官仪以来,宫廷中和社会上一直没有得到彻底清除的那种模仿齐梁、彩丽竞繁的诗风"。

陈子昂的文学成就及其在诗歌史上的贡献

曾毅《中国文学史》认为,"唐以前无古、律体之分。陈子昂特起于王、杨、沈、宋之间,以高雅冲淡之音,夺魏晋之风骨,变齐梁之俳优,力追古意,后代因之,以古体之名以立。其《感遇》三十八章,上接嗣宗,下开张、李、韦、柳。其风节虽不足称,而振起文章雅正之功不可诬也"②。谢无量的《中国大文学史》也认为,"唐初文章,不脱陈隋旧习。射洪陈子昂始奋发自为,追古作者"③。"唐初复古之功,当推伯玉无疑矣!"④郑振铎《插图本中国文学史》也认为"在这一群诗人里(指初唐诗人)还不得不推陈子昂为一个异军突起者。子昂和刘希夷、乔知之皆非沈、宋所能牢笼,所能范围者,而子昂尤为杰出,齐梁风尚的转变,在子昂的诗里,已充分地透露出消息来"⑤。陈子展在其《唐宋文学史》中则认为,"初唐文士撰碑颂皆以徐庾为宗,气调渐劣,富嘉谟、吴少微始以经典为本,称为'富吴体'。到了燕许大手笔,可以说达到这一类文体的最高峰了。子昂之文,不逊燕、许。所作表、

---

① 载《辽宁大学学报》1990 年第 4 期。
② 曾毅:《中国文学史》,第 146 页。
③ 《中国大文学史》,第 29 页。
④ 同上书,第 32 页。
⑤ 《插图本中国文学史》第 2 册,第 307 页。

序,犹沿排偶之习,论事书疏则疏朴近古,无怪韩柳要推他为古文运动的先驱"①。

林庚《中国文学简史》则指出:"齐梁的过于纤细的作风,在初唐仍然影响着诗坛。……因此就有许多诗人开始批判了这一个现象,要求诗歌更有力的走向高峰去。这就是历史上所称为盛唐的时期,代表这一个要求而大声疾呼的就是陈子昂。……他的高倡风骨,在这上升的时代中,就为诗坛揭开了新的序幕。陈子昂之后,就是唐代的开元、天宝时期,唐代社会逐步上升到了顶点,诗坛已成了大军云集的情况,无数为人传诵的诗篇,风起云涌般地出现。"② 刘大杰的《中国文学发展史》则将陈子昂和四杰比较着论述:"在初唐诗歌的历史上,四杰的创作是具有创造性和进步意义的,但他们的作品,仍不能摆脱齐、梁旧风的影响。7世纪末期,在诗坛上成为有意识的觉醒,树立文学革新的旗帜的是陈子昂。陈子昂在唐代诗歌史上的重要价值,一面由于他的优秀创作,同时是他首先提出反对六朝华靡虚弱的文风、追求汉、魏风骨与风雅兴寄的口号,对于诗歌的发展,指出了正确的方向。他的作品和理论,在唐代的发展史上,起了很大的转变和进步作用。"③ 游国恩等编著的《中国文学史》则认为,"总之,他是唐诗开创时期在诗歌革新的理论和实践上都有重大功绩的诗人。……至于他的《感遇诗》直接启发了张九龄《感遇》和李白《古风》创作,李白继承他以复古为革新的理论,进一步完成唐诗革新的历史任务,更是众所周知的事实"④。

韩理洲《陈子昂研究》认为,陈子昂在唐诗发展史上起了开关闯道的作用,就文学体裁而言,他力挽狂澜,决心恢复"音情顿挫""有金石声"的汉魏古音,并创作了掷地作响的五言古诗,也对五言律体的形成作出了贡献。他与同时崛起的沈佺期、宋之问、杜审言,共同奠定了盛行有唐三百年的五律。其文章虽然还没有完全脱尽六朝骈文的气味,但是他的论事书疏在"论道匡君"的思想指导下,皆为针砭时弊而发,内容充实,磊落奇伟,犹有贾谊、司马相如、扬雄之遗风,已与浮泛雕琢的骈文又有了显著的差异,实为变骈为散的先声。陈子昂不但写作了

---

① 陈子展:《唐宋文学史》,重庆:作家书屋,1944年,第24页。
② 《中国文学简史》上卷,第262—263页。
③ 《中国文学发展史》中册,第426页。
④ 游国恩、王起、萧涤非等:《中国文学史》第2册,第38页。

一些别具一格的诗文,而且以高尚的理想、情操和关心国家、同情人民的思想感召了后来的诗人,启发了他们的创作,促进了诗苑的繁荣①。

徐文茂的《论陈子昂对唐代近体诗的贡献》② 一文针对50年代以后学术界对陈子昂在繁荣唐代近体诗上的贡献始终未予应有的重视这一现状,着重论述了陈子昂对唐代近体诗的贡献:首先,他熔风骨、声律于一炉,为繁荣近体诗拨正了方向;其次,他以"音情顿挫"的正确原则来把握声调,在声律格式的探索和运用上取得了显著的成就,从而有力地影响了盛唐之音;再次,陈子昂坚持在艺术上追求拓展的同时,对原有诗律样式作适当的保留、变化而予以运用,也是有益于繁荣诗歌艺术的;最后,他力创唐五言古风,从而在诗歌题材上分明了古律的样式,为近体的繁荣廓清了基础。

另外,佘正松的《论初盛唐边塞诗的发展和陈子昂的贡献》③ 将陈子昂放到初盛唐边塞诗的发展过程中来考察,作者认为,陈子昂现存诗120多首,而其中的30首边塞诗,无疑是他诗歌革新理论的最佳实践结果,同时,也代表了这阶段边塞诗的最高成就。陈子昂边塞诗中最富创见的,是突破了前人藩篱的以下内容:他的笔锋触及了当时广大士卒和人民的悲惨命运。他的边塞诗悲壮苍凉,与初唐四杰为代表的雄壮豪放互为补充,共同构成了初唐边塞诗的阳刚之美,为确立盛唐之音雄放悲壮之美的基础作出了贡献。

值得一提的是,针对80年代末刘石等④学者全盘否定陈子昂在唐代文学史上的贡献的现象,王运熙、吴承学撰文反驳,他们认为,"刘石君的文章在目前古典文学研究领域中,颇能代表一种学术风气,所以,有必要对此问题提出我们的看法"。接着,他们从"(一)'汉魏风骨'理论对盛唐诗的贡献""(二)关于'兴寄''言志'理论""(三)陈子昂'否定艺术形式'吗?""(四)陈子昂诗歌创作成就"与刘石商榷,并阐明了自己的观点⑤。

---

① 《陈子昂研究》,第232—236页。
② 载《陈子昂研究论集》。
③ 同上。
④ 秦绍培、苏华亦有类似的文章,如《陈子昂评价质疑》《陈子昂评价断想》等。
⑤ 《论陈子昂的历史贡献》,载《许昌师专学报》1989年第3期。

陈子昂诗歌艺术及重要作品研究

对于陈子昂的诗歌艺术及风格，20世纪学者，多有论述。如郑振铎《文学大纲》①（1927）就认为，"子昂的《感遇》三十八首诗，为当时第一出现的重要的五言古诗，始扫艳丽之旧习，而趋于雅正劲练。……唐之诗歌虽因沈、宋而律诗以成立，然仍时时露清劲朴实之气分者，子昂的独特作风实与以很大影响"②。胡云翼的《新著中国文学史》也认为："初唐的末年，陈子昂、张九龄出，一扫华艳的诗风。子昂作《感遇》三十八首，九龄作《感遇》诗十二首，皆注重意境，撇开词藻，风骨高古。"③张振镛《中国文学史分论》④亦云："上官婉媚，沈、宋靡丽，四杰亦鲜高洁之体，苍劲之气，惟陈子昂厕身于四杰、沈、宋之间，而特立独行，不与同流，以高雅冲淡之气，清劲朴质之体，抑沈、宋之新声，掩王、卢之靡韵、夺魏晋之风骨，变齐梁之俳优，力追古意焉。"王运熙的《陈子昂和他的作品》⑤则认为，"《感遇诗》和《蓟丘览古赠卢居士藏用》《登幽州台歌》是子昂诗歌的代表作品，它们都具有相当充实的内容，形式也非常质朴，有意识地摒弃了华丽的辞藻，这种风格在当时整个诗界是非常突出的"。

对于陈诗的渊源，人们的说法也不尽相同。郑振铎、杨启高、游国恩等人都沿袭传统说法，认为陈子昂的诗歌风格是受了阮籍等建安、正始诗人的影响，但是，王运熙则自抒己见，不同流俗，他认为："从前的评论家往往指出《感遇诗》风格非常接近于阮籍的《咏怀诗》。……子昂自己也曾表明阮籍的《咏怀诗》是他所向往的。……我们认为《感遇诗》中的不少作品和《咏怀诗》的确风格非常接近，二者都以隐约的词句，着重表现作者对于祸福无常的感叹和忧虑，对于神仙和隐逸生活的赞美和追求。但子昂的生活经验要比阮籍更为丰富，他对于战争和边塞生活有实际的体验和观察，他非常注意和同情人民的苦难。因此比起《咏怀诗》来，《感遇诗》所反映的生活面要广阔一些，它的战斗性也更为强烈一些。像《苍苍丁零塞》《丁亥岁云暮》那样的诗篇，我们是不

---

① 郑振铎：《文学大纲》，北京：商务印书馆，1927年。
② 同上书，第110页。
③ 胡云翼：《新著中国文学史》，上海：北新书局，1947年，第121页。
④ 张振镛：《中国文学史分论》，上海：商务印书馆，1934年。
⑤ 载《文学遗产增刊》第4辑。

能在《咏怀诗》中找到的。"①

到80年代以后,研究陈子昂诗歌风格和艺术成就的专题论文更多、也更深入了。现择其要者介绍如下。韩理洲的《陈子昂研究》一书中收集了他从80年代以来所写的一些单篇论文,专论陈诗者达九篇,其中《陈诗的艺术特色与瑕疵》和《陈诗的渊源》两文较有参考价值。前者认为,在如何抒发自己的思想感情上,陈子昂的诗歌表现了鲜明的个性:(1)格高气壮,声情激越;(2)存兴寄,蓄愤托讽;(3)洗华从朴,语言遒劲。但是,他的诗歌还存在着一些明显的缺点:首先,由于他身居朝阁的时间多,接触社会阶层的日月少,注意朝政问题多,了解各层人物少,他的诗在题材内容方面,虽有历史的真实性,但缺少生活的复杂性、多样性;其次,偏重气质,对诗歌的形象性有所忽视,一些诗歌演绎道、释哲理,宣扬天命术数,以抽象的议论代替了生动的描绘,枯燥无味;复次,语言锤炼不足,甚至有"词稍粗率""词烦意复"之嫌;最后,在改革中的陈诗,虽然已经基本摆脱了齐梁诗风的束缚,显示出了新的风貌,但也残存着旧诗风影响的痕迹,《上元夜效小庾体》《晦日宴高氏林亭》《洛城观酺应制》等诗,无论在题材内容或形式上都没有多大突破。陈子昂推崇建安诗歌,但对建安诗人从民歌中汲取营养,写作了许多乐府歌辞,则有所忽视。他的诗除五古、五律及五绝外,无歌行、七古,汉魏乐府和南北朝民歌生动活泼的形式也无从闻见。这也使他的革新受到了局限②。后者认为,陈子昂倾心追慕建安诗人,他学习借鉴曹氏父子和建安七子的作品,创作了一些"风骨矫拔"的诗歌,但他的诗还没有达到建安的水平,而是把效法阮诗视为继承建安风骨的途径。另外,他继承了《诗经》《楚辞》反映现实、追求美好理想的优良传统和比兴手法,对晋宋以还的诗人也有所师法;有些诗篇也有化用六朝其他作家的痕迹。该文结尾特别指出,"前多年,一些著述为了说明陈诗艺术性不高的原因在于矫枉过正,没有学习六朝诗人的技巧,完全否定了他对六朝诗人的学习(包括对郭璞、陶渊明的学习),是不符合实际的"③。

另外,1980年中国文联公司出版的《陈子昂研究论集》中也有一

---

① 载《文学遗产增刊》第4辑。
② 《陈子昂研究》,第124—131页。
③ 同上书,第133—141页。

些专论陈诗的文章,如王定璋的《陈子昂与沈宋》、蒲友俊的《论陈子昂的蜀中诗》、童嘉新的《试论陈子昂的边塞诗》等。王文从文学观点、艺术追求和审美倾向等方面说明了陈子昂与沈宋的差异,但认为,他们在创作上的差异又不如他们在文艺理论主张那么大。文章在比较后指出,陈子昂的文学理论有一定的缺陷,且有贵古贱今趋向;而沈宋诗歌文词高华,韵调谐美,也不乏兴寄,有极高的艺术造诣,理应给予足够的重视与恰当的评价。蒲文专论陈子昂在蜀中所作的诗歌作品,他认为,其内容主要有三个方面,即幽居抒愤、玄观大化和偶吟山水。童文认为陈子昂的边塞诗思想内容相当丰富,艺术上也颇有特色:第一,风格沉郁雄浑;第二,语言刚健质朴;第三,诗思纵横驰骋;第四,五古形式,突破拟题。

90年代以后,陈子昂诗歌研究又有了一些突破,如谢建忠的《论陈子昂诗歌"兴寄"的情感和意象》[①]将西方的文艺理论和我国传统的比兴之说结合起来,融成自己的体系。文章认为,陈子昂运用兴寄有两个突出特点,其一是比较侧重于通篇比兴寄托,其二是除了批判现实的功利目的外,还具有浓厚的抒情色彩。他把陈诗兴寄的感情波澜概括为"孤愤五蠹"和"孤愤遐吟"两个主要取向:前者或取自然景观,或取古代人事为事象来影射时弊,譬喻社会蛀虫和暗示环境气氛;后者托自然景象和古代人事之象寄寓自己忠直遭逸的深巨悲愤和理想幻灭的孤独情绪。后者社会美学意义和情感力度并不亚于前者。作者以兴寄最为集中的《感遇诗》三十八首为例,指出陈子昂运用了古代人事、自然和仙界三组意象群,"三组意象群的动态组合深刻显示了诗人情绪运动的消长起伏和审美活动的复杂过程"。房日晰的《陈子昂张九龄诗歌比较论》[②]将陈子昂和张九龄的诗作进行比较,认为陈子昂强调诗要有兴寄,主要是对诗的内容的强调,而张九龄在注意诗歌表现充实内容的同时,"注意感情的艺术表达,向缘情方向转化"。陈诗对艺术形式重视不够,"意不加新而词稍粗率",而张诗"清丽淡雅,诗味渐趋醇美",两人不仅艺术风格不同,而且所处时代的风气不同,应该说"陈子昂与张九龄在唐诗的不同发展阶段,都完满地完成了历史赋予的时代使命"。

就陈子昂的具体作品而言,80年代以来人们的注意力仍然主要集

---

① 载《万县师专学报》1991年第1期。
② 载《四川大学学报》1991年第4期。

中在其《感遇诗》和他在蓟丘所作的一系列古诗上。在 80 年代初，韩理洲发表了一系列研究陈子昂诗歌作品的论文：《〈感遇诗〉析疑》《〈蓟丘览古〉和〈登幽州台歌〉正义——评〈诗比兴笺〉的笺释》《〈晚次乐乡县〉和〈春夜别友人〉解析商榷》《〈杨柳枝〉非陈子昂所作》等①。有关的重要论文尚有蒋寅的《陈子昂〈杨柳枝〉证伪》②、周啸天的《陈子昂〈感遇〉其三、其三十七写于何时》③、羊玉祥的《陈子昂〈感遇诗〉审美情趣初探》④、罗时进的《〈登幽州台歌〉献疑》⑤ 等。

陈子昂作品整理和版本研究

关于陈子昂作品的整理，1960 年中华书局出版了徐鹏点校的《陈子昂集》，这是迄今最好的陈子昂全集本。1981 年，四川人民出版社出版的《陈子昂诗注》，将陈子昂诗歌进行整理编年加注，后附《陈子昂年谱》，是陈氏诗集的第一个校注本。此外对陈子昂作品进行编年的文章有韩理洲的《陈子昂诗文编年补正》⑥《陈子昂诗文编年考》⑦、陈剑锋的《陈子昂诗文编年考辨点滴》⑧、韩理洲《对〈陈子昂诗文编年考辨点滴〉一文的意见》⑨ 等。有关陈子昂文集版本介绍研究的文章有万曼的《陈伯玉文集叙录》⑩、魏凯等的《陈伯玉集简介》⑪《陈伯玉集题解》⑫、岳珍的《陈子昂集版本考述》⑬ 等。

---

① 后均收入《陈子昂研究》。
② 载《学术研究》1982 年第 6 期。
③ 载《西南师范学院学报》1984 年第 1 期。
④ 载《天府新论》1988 年第 5 期。
⑤ 载《陈子昂研究论集》。
⑥ 载《四川大学学报》1980 年第 3 期。
⑦ 载《求是学刊》1982 年第 3 期。
⑧ 载《广西师范学院学报》1982 年第 4 期。
⑨ 载《广西师范大学学报》1984 年第 4 期。
⑩ 载《唐集叙录》。
⑪ 载《中国文学古籍选介》，太原：山西人民出版社，1981 年。
⑫ 中国青年出版社编：《中国古典文学名著题解》，北京：中国青年出版社，1980 年。
⑬ 载《陈子昂研究论集》。

第六节　沈佺期、宋之问研究

沈佺期、宋之问是初盛唐之际极为重要的诗人，历来受到各代诗评家的重视。20世纪，在相当长的时间里，人们因其所作多为宫廷之作而对他们的文学创作采取了贬抑或忽视的态度，故有关他们的研究成果远比研究初唐四杰、陈子昂的少得多。但是，由于80年代以后学界研究观念的改变，人们对沈、宋的研究还是取得了一些成绩。

一、沈佺期生平研究

沈佺期生卒年研究

关于沈佺期的生卒年，学界有以下几种看法：（1）吴海林、李延沛编著的《中国历史人物生卒年表》认为，沈佺期生于高宗显庆元年，卒于开元二年，享年58岁，刘大杰的《中国文学发展史》、连波和查洪德校注的《沈佺期诗集校注》[①] 所附查编《沈佺期年谱》亦持此说；（2）闻一多的《唐诗大系》认为沈佺期约生于显庆元年，卒于开元四年；（3）陆侃如、冯沅君的《中国诗史》认为沈佺期约生于高宗永徽元年，卒于开元二年；（4）刘开扬的《谈沈佺期、宋之问、李峤、杜审言等人的诗》[②] 一文则认为，沈佺期约生于高宗显庆元年，卒于玄宗开元元年。

沈佺期生平行事研究

20世纪关于沈佺期生平行迹研究的专题论文有马茂元的《读两〈唐书·文（艺）苑传〉札记》[③]、李云逸的《沈佺期"考功受赇"考辨》《沈佺期"配流岭表"考辨》[④]、谭优学的《沈佺期行年考》[⑤]、祝尚

---

① 连波、查洪德校注：《沈佺期诗集校注》，郑州：中州古籍出版社，1991年。
② 载刘开扬：《唐诗论文集续集》，上海：上海古籍出版社，1987年，第41—63页。
③ 载《晚照楼论文集》，第86—113页。
④ 载《学术论坛》1983年第3、4期。
⑤ 载谭优学：《唐诗人行年考续编》，成都：巴蜀书社，1987年。

书的《沈佺期行年考略》①、傅璇琮的《唐才子传校笺·沈佺期》(第一册)②、陈尚君、陶敏的《唐才子传校笺·补正·沈佺期》③、查洪德的《沈佺期年谱》④等。

马茂元首先考证了沈佺期考功受赇之事,认为《被弹》、《枉系》(二首)、《同狱者叹狱中无燕》、《移禁刑司》等诗,皆此时所作。"《新传》谓'劾,未究',《旧传》谓'坐赃,配流岭表',皆非也。"又考证出沈出狱后,复旧职,迁给事中。《新传》谓"由协律郎累除给事中,考功受赇",亦误。马先生认为,"盖佺期以阿附张易之,于神龙元年(705)与杜审言、宋之问等人同流岭表,与知贡受赇无关,《旧传》乃以坐赃事当之,谬矣"⑤。

李云逸两文引证当时人记述,也考证出新、旧《唐书》关于沈佺期"考功受赇""坐赃配流岭表"的记载与事实不符。而且,后文在对"沈何时、以何种原因自台州返朝,从而最终结束其放逐南方的生涯"这一问题进行解释时,否定了《新唐书》中的说法,认为沈佺期自台州返朝的原因,是遇赦,而不是什么"入计,得召见"的缘故,而时间则大约在神龙三年(707)正月。文章最后认为,"沈应即于神龙三年秋末或冬天返抵长安,任起居郎(据新旧书两传),复为朝官"。

谭文对沈佺期的考证大略如下:"沈佺期,字云卿,相州内黄人。约生于唐高宗显庆元年。""十三四岁时,随父或游宦或商贾,居荆襄有年。曾溯大江,上三峡。……上元二年,第进士,释褐为协律郎。永隆中,不悉何故,抵罪系洛阳狱。出狱,贬台州录事参军,曾往温州乐城有诗。三年,召回,仍仕宦于洛阳。后转通事舍人。"尝附张易之、昌宗兄弟,承旨预修《三教珠英》。"转官考功员外郎,典贡举,转给事中。长安四年,以'考功受赇',被劾下狱,囚絷数月,获宥未究。或已释或将释,会张柬之诛二张,……以佺期等党附易之,兼考功受贿,被长流驩州……神龙三年,承恩北归,为起居郎,寻兼修文馆直学士。"

---

① 载《古籍整理与研究》1987年第1期。
② 载傅璇琮主编:《唐才子传校笺》,北京:中华书局,1987年。
③ 载陈尚君、陶敏:《唐才子传校笺》第5册《补正》,北京:中华书局,1995年。
④ 载《沈佺期诗集校注》。
⑤ 《晚照楼论文集》,第103—104页。

"睿宗继位,转中书舍人。玄宗立,……迁佺期为太子少詹事,厚其禄养而置之散地,疑在是时。开元初卒。"

祝尚书文着重考查了沈佺期在武则天朝及唐中宗神龙年间的主要行事五条。第一,入狱时间考。作者据沈佺期《伤王学士》诗前序断定沈氏因考功受贿"下狱在武则天长安四年(704)",并指出,《旧唐书》本传谓其坐赃在任考功员外郎时,是错误的,其"入狱时已为给事中"。作者还据沈神龙年间所作《答魑魅代书寄家人》诗中"三春给事省,五载尚书郎"推知:"沈氏长安二年迁给事中",再由此"上推五年,知其初任考功员外郎,是在圣历元年(698)"。第二,《狱中闻驾幸长安二首》的真伪。作者认为,这两首诗"似可断定为误入沈集的伪作",此说与上引谭文有异。谭文认为,此二首当是高宗永隆元年十月"自东都还京"时,沈氏在狱中所作,沈氏一生下狱两次,此为第一次。两说孰是?有待商榷。第三,南流及北归的时限。前引马文定其被谪南行在神龙元年春末,而祝文认为,马文"似误解了原诗","南流驩州不会途经褒城"的"七盘岭",并据沈氏《遥同杜员外审言过岭》诗及宋之问《至端州驿见杜五审言沈三佺期阎五朝隐王二无竞题壁慨然成咏》诗断定:"沈佺期由洛阳启程南行当在神龙元年正月下旬,至迟亦在仲春,非在春末。"作者又据明铜活字本《唐五十家诗集》所录沈氏《哭苏眉州崔司业二公》诗指出,神龙二年秋八月,沈氏已遇赦北归至潭州。第四,两《唐书·沈佺期》记事的得失。作者认为《新传》大抵不误,《旧传》甚不可靠。第五,早年及晚年的行事。作者认为,沈氏生年无考,上元二年登第后十数年间,仕历亦不详。"其现存诗中,有《被试出塞》,盖作于入仕之初。"又"《答魑魅代书寄家人》谓'青嫌御史香',或曾任御史之类"。诗人晚年仕途亨达,约在神龙二年秋末,由驩州赦归洛阳。神龙二年到三年间,曾官台州参军、起居郎。"后官至中书舍人、太子詹事,拜授时间无考",约卒于开元二年。傅璇琮在《唐才子传校笺·沈佺期》中对沈氏一生中一些重要行事也作了笺证和考辨工作,如他认为:"长安为七〇一——七〇四年,则佺期在长安之前已预修《三教珠英》,《旧传》误。"而且,"久视元年(七〇〇)五月以前,沈佺期已任通事舍人之职,亦在长安之前,此亦为《旧传》之误"。作者又指出,"佺期当于大足元年冬(是年十月已改为长安元年)由通事舍人迁为考功员外郎。长安二年(七〇二)春,佺期即由考功员外郎知贡举。……佺期于长安二年迁给事中"。"佺期所谓受赃入狱,当在长安四年（七〇四）。""佺期因附会张昌宗而流于驩州，在中宗神龙元年（七〇五）春初。"作者还考证出沈佺期北归之具体年月，他认为，"神龙二年（七〇六）六月，佺期已北返行经端州。……神龙三年秋八月，佺期承恩北归途经潭州（今湖南省长沙市）"。陶敏为傅璇琮"佺期受赇入狱，当在长安四年"补充了一条材料，同时也对傅文所说佺期卒于开元元年的结论提出商榷，考证出"开元二年闰二月至六月间，佺期犹在太府少卿任。据原笺引苏颋制，沈佺期后尚自太府少卿迁太子少詹事，故其卒必当在开元二年六月或稍后一二年中。闻一多定佺期开元四年卒，当以此"。

查洪德编的《沈佺期年谱》是一个较为详备的年谱，该谱认为，佺期为协律郎当在举进士（上元二年，675）之后，贬台州（天授元年，690）之前。长寿二年（693）自台州返朝，长寿三年（694）春拜通事舍人。长安四年（704）被弹以考功受赇下狱。神龙元年二月，佺期以谄附二张罪名长流驩州。神龙二年三月遇赦，约五月北归。

沈佺期人品研究

20世纪绝大多数学者都对沈佺期的人品持否定态度，但是查洪德、杜海军《佺期之行未可非》[①]则另立新说，他们认为，人们指责他的依据不外所谓"考功受赇""谄附二张""《回波》乞怜"三事，但这些依据本身都是有问题的。"考功受赇"属冤狱，"谄附二张"无确据，"《回波》乞怜"非无行。文章最后得出结论，在封建阶级知识分子中就品行说，沈佺期不是高风亮节、令人景仰的伟人，但也绝不是品格卑污的小人。用封建文人的道德尺度去衡量，沈佺期是无可厚非的。

二、宋之问生平研究

宋之问生卒年研究

宋之问的生卒年，学界有以下几种说法：（1）闻一多的《唐诗大系》认为，宋之问生于高宗显庆元年，卒于玄宗先天元年；（2）苏雪林的《唐诗概论》认为宋之问约生于公元650年（高宗永徽元年），卒于公元712年；（3）王达津的《宋之问与〈灵隐寺〉诗》[②]一文认为宋当

---

① 载《殷都学刊》1989年第1期。
② 载《河北师范大学学报》1981年第4期。

生于高宗显庆五年，卒于景龙元年。

宋之问生平行事研究

20世纪关于宋之问生平行事的研究成果较多：马茂元的《读两〈唐书·文艺（苑）传〉札记》、龚延明的《初唐一首灵隐寺诗作者的再探索——兼考骆宾王、宋之问生年》①、傅璇琮的《关于宋之问及其与骆宾王的关系》②、傅璇琮的《唐代诗人考略·宋之问》③、王达津的《宋之问与〈灵隐寺〉诗》④、昭民的《宋之问"赐死"钦州考》⑤、马斗全的《宋之问的籍贯及〈渡汉江〉诗》⑥、赵建莉的《初唐诗人在广西》⑦、谭优学的《宋之问行年考》⑧、王启兴的《宋之问生平事迹考辨》⑨、胡振龙的《宋之问交游考略》⑩、刘振娅的《宋之问两谪岭南新考》⑪、杨墨秋的《宋之问任职朝廷期间部分诗文系年考辨》⑫、杨墨秋的《宋之问与崖口、五渡》⑬、傅璇琮主编的《唐才子传校笺》第一册及陶敏、陈尚君著《唐才子传校笺》第五册（补正）等。

龚文认为宋之问可能在景龙三年前后游灵隐寺，与骆宾王相遇。而在龚文发表不久后问世的傅文则认为龚文对宋之问的生年、骆宾王的下落、宋骆二人的关系的论述皆可商榷，傅文据《唐才子传》和《登科记考》宋之问进士及第年推断，宋之问的生年应在656年或之前，而不可能在此之后，龚文得出的宋之问生于671年的说法不可靠。文章在对骆宾王生卒年考辨后，认为《本事诗》所载并不可靠，与宋之问行年、游历不符。文章最后还补充了宋之问的事迹若干，可资参考。王达津文所

---

① 载《杭州大学学报》1980年第1期。
② 载《杭州大学学报》1980年第2期。
③ 载《文史》第8辑。
④ 载《河北师范大学学报》1981年第4期。
⑤ 载《学术论坛》1982年第6期。
⑥ 载《中州学刊》1982年第6期。
⑦ 载《语文园地》1983年第3期。
⑧ 载《唐诗人行年考续编》，第1—37页。
⑨ 载《贵州大学学报》1987年第4期。
⑩ 载《徐州师范学院学报》1987年第2期。
⑪ 载《文学遗产》1988年第6期。
⑫ 载《南京师大学报》1992年第4期。
⑬ 载《江海学刊》1993年第1期。

讨论的问题亦与上两文相同，他认为，《灵隐寺》一诗当归宋之问，是其做越州长史时所作，并谓宋"当时颇具豪情与游兴，宋集有《游法华寺》《诣禹庙》《游云门寺》《宿云门寺》等诗"，"就诗的风格而论，也应属于宋之问"。

谭优学文于逐年考索之后，又撰《新传》加以综述。今略摘其要如下。宋之问弱冠第进士，曾奉使东至兖州，南涉襄汉，行役浔阳，此皆传所未言，推其诗得知。中宗复辟，之问及李峤、崔融、沈佺期、杜审言、阎朝隐、王无竞诸名士十八人，咸贬远恶各州参军事。神龙元年，之问经湖湘，度大庾岭前往贬所泷州。次年，张柬之等被摒于外，之问逃归洛阳，其弟之逊密告以自赎。不久，王同皎坐斩，之问、之逊乃复官于朝为卿思丞。景龙二年为修文馆直学士。之问以文辞显，中宗欲用之为中书舍人，以代王言掌纶诰。而帝妹太平公主忌之，发其典贡举受贿之劣迹，出为越州长史。睿宗即位，以之问尝附张易之、武三思，贬岭外钦州。之问乃于太极元年循汴水入淮，经广陵，循大江西去，至黄梅渡江至江州，溯灨水而上，越大庾，抵广府，溯西江，经梧州，北上桂管，晋见府主，再南去钦州，复返桂府盘桓。开元元年，玄宗使使赐之问自尽于桂州，得年62岁。昭民文则认为宋之问应赐死于钦州，而非桂州。

王启兴文就宋之问的籍贯、生年、仕宦、卒年等问题，提出了自己的看法。他认为，《新唐书》定宋之问为汾州人，即今山西汾阳市是正确的，《旧唐书》定为虢州弘农人是错误的。关于宋之问的仕历，作者认为，宋之问上元二年中进士后，"久未得官，直到武则天天授元年，才与杨炯分直习艺馆"。"天授元年秋至天授二年夏任教习艺馆，天授二年夏末或秋初改任洛州参军"，万岁通天元年秋后至久视元年六月之间，任尚方监丞，"久视元年六月以后，宋之问依附张易之兄弟任，左奉宸内供奉"，并"秉承武则天旨意参与修《三教珠英》"。中宗神龙元年，辨泷州，"神龙二年春即逃归洛阳。这时武三思专权，宋之问以告密之功而迁鸿胪主簿"。景龙二年，任考功员外郎，五月为修文馆直学士，景龙三年仲冬"贬为越州长史"，"景云元年（710）六月，由越州长史诏流钦州"。关于宋之问的卒年，作者认为，《旧唐书》本传及《酷吏传下·周利贞传》所载，玄宗即位后赐死是正确的，其时"当在公元712年至713年之间"，"《新唐书》本传说宋之问为睿宗时赐死是错误的"。至于卒地，作者力主钦州说。同年发表的胡振龙文认真考证了与宋之问过从甚密的骆宾王、杨炯、陈子昂、沈佺期、杜审言、苏颋、田游岩、卢藏用、王无竞等二十五人，能紧紧抓住他们与宋之问的交往，突出诗文赠答的时限。

傅璇琮在其《唐才子传校笺·宋之问》中对宋之问的一生重大行事作了笺证。他认为，宋之问于天授元年（690）直习艺馆后，又于万岁通天元年前后任洛州参军，并与陈子昂交友；宋被贬泷州，离开洛阳当在神龙元年二月；其授考功员外郎或在景龙二年秋冬，而典贡举当在景龙三年；其出为越州长史当在景龙三年冬末、四年春初之际；宋之卒当在先天中。在《唐才子传校笺》第五册《补正》中，陈尚君引《诗渊》所存宋之问《初承旨言放归舟》后云，之问曾两贬岭南，景云中流岭南，后赐死，故此诗应为神龙间贬泷州，奉诏北归时所作，之问为得诏方归，于此可证。陶敏证宋之问佐越在景龙三年，又据宋之问原诗考知宋之卒地确为桂州。

三、沈、宋诗歌研究

20世纪关于沈佺期、宋之问诗歌艺术的论文本来就较少，而专论沈佺期或宋之问诗歌的文章则更少，人们大多是将沈宋相提并论，且多则是在一些文学史、唐诗研究论著中涉及。

20世纪上半叶

李维《诗史》对沈、宋在唐代诗歌史上的地位比较重视，该书卷中有三章都是论述"初唐诗体与沈宋"的，"五言至沈、宋，始可称律，多未成体，沈则间有佳者。所谓裁成六律，彰施五采，使言之而中伦，歌之而成声，沈、宋之功也"[①]。

郑宾于《中国文学流变史》对沈、宋诗歌的论述稍具体些，该书首先论及沈、宋于律诗成立之功，强调他们在官场上的应制倡导的机会的重要性，其次分析了沈、宋的一些五律、七律作品，以说明其格律之严。但是，他对宋之问诗歌的评价不高："之问的诗，好的极少！集中格调比较高越者，七言如'明月的的寒潭中，青松幽幽吟劲风；此情不向俗人说，爱而不见恨无穷'。五言'潘园枕郊郭，爱客坐相求'，又'岭外音书断，经冬复历春；近乡情更怯，不敢问来人'之类，确是没

[①] 李维：《诗史》，第103页。

有几篇可鉴赏的。——大抵因为他的作品，七律全出应制，五律率多平浅，所以酿成这个结果了。"①

郑振铎《插图本中国文学史》第二册则认为，沈、宋最伟大的成功之处在于促进了七言律的成立，并认为"他们的倡始号召之功，似较他们的创作为更重要"。同时，该书还强调了他们对绝句、排律成立的功绩。对于他们诗歌创作实际，本书认为："沈、宋的诗，自当以这种迁谪后所作的最工。应制诸什，非不精妙，却不尽是肺腑中流出的，故有灵魂、有真情感者甚少。"②

苏雪林《唐诗概论》分析，律诗成于沈宋之手的原因，一是齐梁以来的酝酿，二是前人对对偶的讲求由来已久，三是出于帝王的熔陶③。

闻一多在其40年代的唐诗研究中强调沈、宋对盛唐诗歌的先导作用，他认为沈佺期的七律"卢家少妇郁金香"一首恢复了诗歌与语言之间正常的关系，"正是开启时代新风的首创作品"。关于宋之问，他认为，"通常但知他的近体诗有名，其实古体诗也有好的，像五古《雨从箕山来》一首……可说是开了王右丞的先声"④。

五六十年代

50年代以后，一些新编的文学史著作对沈、宋在诗歌格律发展史上的地位也都加以肯定，对他们的应制诗评价不太高，对他们遭贬以后的作品予以好评。故在此不再一一介绍。

马茂元的《读两〈唐书·文艺（苑）传〉札记》一文在论及沈宋诗歌时颇具己见，如，该书云："高宗之末以至中宗景龙之际，律风大畅，作者云兴，人握灵珠，家持玉尺，沈、宋于此种风气下，总结前代积累之经验与时人创作之成果，因势利导，遂使诗歌古今体之分，成为定局。世言律诗而必推沈、宋者，盖以其篇什繁丽，纂组精工，举为格律成熟时期之代表，标志诗体发展之过程。……非谓沈、宋之外，同时诗人遂无律体之佳构也。"⑤ 又如："沈、宋并称，其诗往往互相混淆，有不易辨识者，以二人身世略同，而风格又相近也。然其间亦未尝不可以

---

① 《中国文学流变史》中册，第277页。
② 《插图本中国文学史》第2册，第302页。
③ 《唐诗概论》，第29页。
④ 《唐诗杂论》，第209、211页。
⑤ 《晚照楼论文集》，第105—106页。

区分。盖之问思致缜密，清丽居宗，五言是其擅场。其《昆明池》应制之作，固已压倒佺期，沈则气度较宏，七言独辟胜境。其《独不见》一章，'高振唐音，远包古调'，亦非之问所能企及。……又沈、宋并工五言排律，之问所作，犹不过百余言；而佺期《代魑魅答家人》一篇，长达四十八韵。其排比铺陈，尽情刻画处，已开盛唐风气之渐矣。"①

刘开扬的《谈沈佺期、宋之问、李峤、杜审言等人的诗》对沈、宋的律诗和古诗进行了详细的介绍。他认为，沈佺期写征戍的几首诗如《杂诗三首》之三、《古意呈补阙乔知之》都很精彩，其次如狱中的诗，流放过程中的诗，都有真实感情，还有一些乐府诗也较可取。但他认为，"宋之问的诗就数量和内容说，比沈佺期的诗更多更好，影响也更大"，而且，他认为，宋之问的诗对杜甫等后世大诗人也有很大影响，"杜甫对以往的诗人诚然是集大成者，但他对宋之问的诗似乎特别喜爱，不仅所写风景相似，诗语和表现方法都是青出于蓝而胜于蓝的"。"还有，之问的长律《谒禹庙》已长达二十韵，佺期的《移禁司刑》更达二十四韵，对杜甫晚年写长律竟达百韵也有所影响"②。

80 年代以后

80 年代以后，出现了一些专论沈、宋诗歌的文章，重要者有李云逸的《沈佺期诗人名订讹》③、师为公的《沈佺期、宋之问诗歌用韵考》④、刘振娅《宋之问诗歌创作总体认识初探》⑤、王定璋《陈子昂与沈、宋》⑥、查洪德《初唐诗坛的一代宗师——沈佺期新论》⑦、杨墨秋《宋之问任职朝廷期间部分诗文系年考》⑧、杜晓勤《从永明体到沈宋体》⑨ 等。

查洪德文针对过去一些研究者批评"沈佺期的诗多宫廷应制之作，

---

① 《晚照楼论文集》，第 107—108 页。
② 《唐诗论文集续集》，第 41—54 页。
③ 载《唐代文学论丛》1982 年第 2 期。
④ 载《铁道师院学报》1987 年第 2 期。
⑤ 载《广西教育学院学报》1989 年第 2 期。
⑥ 载《重庆社会科学》1989 年第 1 期。
⑦ 载《唐都学刊》1991 年第 3 期。
⑧ 载《南京师大学报》1992 年第 4 期。
⑨ 载《唐研究》第 2 卷。该文主要观点请参看本书本章"初唐诗歌分体研究"部分。

内容空洞，形式华美"的说法，指出他的应制诗 37 首，仅占 22.5%（沈存诗共 160 首），与唐初其他诗人比较，"应制诗并不算多"。况且，他的应制诗有的质量不错，作者称赞其《奉和春日幸望春宫应制》，说它"运用七律形式圆熟"，内容"也不像人们观念中的应制诗那样面目可憎"，"它无一处堆砌辞藻，无一处用典，自然畅达而不造作，有真实之景，真实之情"。作者将沈佺期的非应制诗分为沉郁的自述诗、深情的别离诗、矛盾的战争诗、雄奇的山水诗四方面加以详细论述，使读者第一次较清晰地看到沈诗的全貌。最后作者又从"初唐诗坛的一代宗师""初唐诗风向盛唐诗风转变的有力推动者"和"对后世具有深刻影响的诗人"三方面说明沈在我国诗史上的地位。

20 世纪未见有人对宋之问的诗歌作品进行系统整理，沈佺期作品的整理成果则有查洪德、连波的《沈佺期诗集校注》。

第七节 文章四友研究

李峤、苏味道、杜审言、崔融等"文章四友"在初盛唐之际的诗坛上曾经产生过很大影响，他们之中李峤和杜审言的文学成就尤其突出，所以 20 世纪学界对他们也比较关注，产生了一些研究成果。

一、文章四友生平研究

李峤生平研究

20 世纪关于李峤生平研究的成果主要有以下几种：马茂元的《唐诗札丛·李峤生卒年辨证》[①]、傅璇琮主编的《唐才子传校笺·李峤》、陈尚君和陶敏的《唐才子传校笺补正·李峤》等。马文认为近人姜亮夫《历代人物年里碑传综表》谓峤生于贞观十八年甲辰，卒于开元元年癸丑这一说法不对，李峤应生于贞观十九年，卒于开元二年[②]。傅文首先考证了李氏世系，又对李峤一生一些重要行事作了辨正，如他认为李峤出为润州司马当在长寿元年（692）一月后，于长寿三年八月前已由润州入朝，后即为凤阁（中书）舍人，景云元年峤似未赴怀州任即致仕，

[①] 载《晚照楼论文集》。
[②] 姜亮夫：《历代人物年里碑传综表》，北京：中华书局，1959 年，第 66 页。

峤之卒官当为庐州别驾①。陈尚君对傅文作了一些补正，如他据1928年出土的李峤长子畅的墓志，考知李峤在万岁通天二年一月时仍任凤阁舍人②。

杜审言生平研究

20世纪关于杜审言生平研究的成果主要有以下几种：马茂元《读两〈唐书·文艺（苑）传〉札记》"杜审言传"、傅璇琮的《杜审言考》③、张清华的《杜审言评传》④、王雄夫的《杜审言小传》⑤、王永昌的《"峰州"考》⑥、陈贻焮的《杜审言评传》⑦、毛水清《杜审言四题》⑧、傅璇琮的《唐才子传校笺·杜审言》（第一册）、陈尚君和陶敏《唐才子传校笺·补正·杜审言》等。

马茂元文考证了杜审言谪吉州的时间，他认为，审言离开东都时当圣历二年（644）春，其还东都当在长安二年（702）四月，其卒年当在景龙二年（708），盖在入修文馆不久，即以暴疾而死。另外，该文认为《新传》所载审言云"久压公等"之言，恐非其实⑨。傅文认为，审言的生年虽不可确考，但当生于648年之前，闻一多《唐诗大系》定于646年，大致不差。该文还对审言一生重要行事和所作诗歌作品尽量作了考证和系年，涉及审言与杜易简、苏味道、沈佺期、宋之问、陈子昂等人的关系，补考了杜审言永昌元年（689）前后曾在江阴任职，当由江阴丞为洛阳丞，于698年由洛阳丞贬吉州司户参军之事。王雄夫《杜审言小传》在杜审言生平行事的叙述方面基本上与傅文相同，没有新意。陈贻焮文第一部分"'恃才謇傲'的狂人"较为详细地分析了杜审言的生平大略及其謇傲的性格，探讨了他遭时辈嫉妒的原因。毛水清的文章中的前两个问题是有关杜氏生平的，对杜审言等人何时称"文章四

---

① 傅璇琮：《唐才子传校笺》第1册，第119—125页。
② 《唐才子传校笺》第5册《补正》，第18页。
③ 载《唐代诗人丛考》。
④ 载《殷都学刊》1984年第2期。
⑤ 载《唐代文学论丛》总第5辑。
⑥ 同上。
⑦ 载吕慧鹃、刘波、卢达编：《中国历代著名文学家评传》续编一，济南：山东教育出版社，1989年。
⑧ 载《广西师院学报》1990年第4期、1991年第1期。
⑨ 《晚照楼文集》，第100—102页。

友"这一问题,该文的答案是在杜氏30岁前,地点在东都洛阳,原因是"由于共同倾附武则天和张氏兄弟的政治立场,又都擅长五言律诗",后来这种齐名更越来越得到社会的承认。关于杜审言贬吉州的原因,他补充了傅璇琮《杜审言考》中的说法,认为"此次杜审言的吉州之贬,大约是由于(杜)支持复立庐陵王李显为皇太子,反对武承嗣,因而触犯诸武兄弟的缘故"。

对于崔融的生平,傅璇琮在其《唐代诗人考略》[1]中曾作了一些考证,他认为,崔融应生于唐高宗永徽四年(653),卒于神龙二年(706)。文章对崔融与当时著名诗人杨炯、陈子昂、杜审言等的交往也作了考证,补充了崔氏早年的一些仕履经历。最后补充了他的家世。

至于苏味道的生平,20世纪未见有人进行新的考证。

二、文章四友诗歌研究

"文革"以前

20世纪大半时间内,人们多是在各种文学史、唐诗研究论著中论及文章四友的诗歌成就,专题论文要到"文革"以后才开始出现。

郑振铎《插图本中国文学史》认为,苏、李所作,"今存者,类多应制之诗,未能窥其真性情"。谓"在这几个人中,审言自是以天才独傲的"。云崔融的诗"咏从军者为多",像《西征军行遇风》"颇具有异域的风趣,置在这个时代里,总算是别调"[2]。郑宾于《中国文学流变史》在论述"珠英学士"时也主要以"文章四友"为主,他认为,"李峤诗大半以自然现象和日常用品属题,——如日月江海牛羊笔墨之类——太无意味。惟《汾阴行》后段,慷慨悱恻,颇能动人"[3]。刘大杰《中国文学发展史》也认为,"他们集中,五律最多,可知他们都是律诗运动中的重要推行者。李峤作律诗一百六十余首,偏于咏物,天文、地理、禽鱼、花草以及文具用品,无不咏到,成为唐代第一个咏物诗人,而其作品颇少情韵。他的七言《汾阴行》,为传诵人口之作,然统观全体,并不甚高。苏、李二人的诗,亦俱平庸。只有杜审言的作品,在四友中是较好的"。他认为,杜审言"集中五律占去大半,如

---

[1] 载《文史》第8辑。
[2] 《插图本中国文学史》第2册,第303—304页。
[3] 《中国文学流变史》中册,第279页。

《登襄阳城》《和晋陵陆丞早春游望》等篇，可称佳作。七律很少，成就不高。他的七言绝诗，较有特色。……这种诗富有情感，表现得也还细密，比起他那些故作华丽的律诗来是好得多了。不过，我们在诗体的形成上，我们要注意一件事，便是五言排律，到了杜审言，得到了进一步的发展"①。闻一多在 40 年代的唐诗研究中对文章四友颇多关注，他认为，杜审言晚年的诗虽然受过王绩的影响，却已进一步把它变为纯粹的唐代诗风。"他的诗现存三十多首，造诣已达盛唐境界。"②"如果从诗的对仗工稳和通体匀称来说，杜固然远不如沈、宋，但他好诗的数量却驾乎沈宋而上，所以这批诗人中，除去王、杨，杜审言还隐然有领袖群伦之概。"③对于崔融，闻一多认为，"不以人废言而论，融的某些作品，亦有可传价值"，如五律《吴中好风景》"竟不像一首律诗，简直是从《西洲曲》化出，极为生动，颇带歌谣风味，是从古诗到律诗过渡期间的绝妙佳作"，五古《关山月》"尤见浑厚"，"无怪要令杜审言那末倾倒了"④。

傅璇琮的《唐代诗人考略·崔融》⑤对崔融诗歌也有一些论述，作者首先指出，"现在的一些文学史著作和唐诗选本，是几乎不提崔融名字的，其实在初唐诗坛上，崔融应该有他的地位"。他认为，崔融"现存的诗数量虽然不多，但颇有一些好诗。……《文镜秘府论》论对类又引及崔融的《唐朝新定诗格》，当即所谓'盛谈四声，争吐病犯'的关于诗歌格律的著述。由此可见，崔融不但是一个诗人，而且还是诗歌理论家"。

"文革"以后

从 70 年代末开始，渐渐出现了一些专论"文章四友"诗歌成就的论文，重要者如马茂元《李峤咏物诗"杂咏"与"单题"名异而实同》⑥、刘树勋《杜家诗学话渊源——谈杜审言》⑦、徐定祥《关于杜审

---

① 《中国文学发展史》中册，第 425—426 页。
② 《唐诗杂论》，第 210 页。
③ 同上。
④ 同上书，第 211 页。
⑤ 载《文史》第 8 辑。
⑥ 载《晚照楼论文集》。
⑦ 载《艺丛》1983 年第 6 期。

言诗歌的评价——兼与傅璇琮同志商榷》①、王雄夫《读杜审言诗札记》②、姜光斗等《论杜审言近体诗的历史地位》③、张传曾《谈〈和晋陵（陆丞）早春游望〉的结构和语音形式美》④、徐定祥《"文章四友"与盛唐边塞诗——兼谈边塞诗的文学渊源》⑤、陈贻焮《杜审言评传》⑥、毛水清《杜审言四题》（下）⑦、徐定祥《论李峤及其诗歌》⑧、葛晓音《创作范式的提倡和初盛唐诗的普及——从李峤〈百咏诗〉谈起》⑨等。

徐定祥《商榷》一文认为，杜审言的诗，正体现了初、盛唐接壤时期的特色。杜审言的诗以浑厚见长，与同时的沈、宋、苏、李相比，较少浮靡之气。文章也指出，杜审言诗还有工致细腻、清新流丽的一面，主要表现在一些描写优美恬静的自然景色的诗中。

姜光斗文首先指出，杜审言的近体诗占其全部存诗的百分之九十五。其中五律二十七首，五排七首，七律三首，七绝三首，除五绝不存外，在这四种近体诗中都有严格合律的佳作，这是在初唐格律诗形成阶段非常突出的例子。至于他在近体诗发展史上的贡献，作者认为，约有以下数端。首先，杜审言是以全力创作近体诗的重要诗人，他的作品格律精严，诗风浑厚，足为后代模式。他在近体诗发展史上的地位，足以与四杰、沈宋比美而毫无逊色。在某些方面，还能超越数子而凌驾其上。其次，杜审言壮阔、雄浑的诗风促进了初唐诗歌的迅速转化，对于矫正六朝积习，改变采丽竞繁、萎弱绮靡的局面起了积极的作用。复次，杜审言的某些写作技巧，比如音情顿挫地组运偶对的手法，善于捕捉景物的典型特征加以逼真描绘的技巧，以及结构严密完整、字句工巧自然、设色富丽和谐等手法，均对后代产生较大影响。

徐定祥《"文章四友"与盛唐边塞诗》强调文章四友对盛唐边塞诗的影响。文章认为，在四友现存诗作中，以边塞为题材或涉及边塞生活

---

① 载《安徽大学学报》1984年第2期增刊。
② 载《黔东南民族师专学报》1984年第2期。
③ 载《南通师专学报》1987年第3期。
④ 载《齐鲁学刊》1987年第5期。
⑤ 载《安徽大学学报》1988年第4期。
⑥ 载《中国历代著名文学家评传》续编一。
⑦ 载《广西师范大学学报》1991年第1期。
⑧ 载《江淮论坛》1992年第6期。
⑨ 载《文学遗产》1995年第6期。

的，计杜有五首，崔、李各有六首，苏仅得二首，数量可说是微乎其微了，但它们却是四人存诗中最好的或较好的，在初唐边塞诗中，也称得上是颇有特色的佳篇。四杰边塞诗的一个重要方面是描写了边塞风光和边塞生活，反映了与边境少数民族或战或和的关系。在这方面，崔融首先值得注意。在他现存的十八首诗中，边塞之作占了三分之一，是四人中创作边塞诗最多的一个。崔融的《关山月》对苍茫辽阔的边塞风光作了高度概括，辞气劲健，风格苍老，情调雄浑悲凉，堪称初唐边塞诗的杰作，即使和盛唐的名篇佳制相比，也不见逊色。实际上，它正是盛唐边塞诗的先导。另外，崔融的边塞诗对边塞特殊风光和激烈征战生活的真切描绘，为初唐诗坛带来了刚健清新的气息，是盛唐边塞诗人岑参、王昌龄等的滥觞。文章针对文学史家对崔氏于七律开创之功多不提及的情况，特别详加论列，并谓崔氏在七律方面的成就，当不在沈杜之下。至于苏味道的边塞诗，也能把景物描写与军事活动结合起来，表明了诗人对正义战争的积极态度和平定边患的良好愿望，还是较有特色的。而杜审言和李峤的边塞诗则反映了唐廷与吐蕃之间友好交往的一面。李峤还有一些诗歌反映了唐廷和南方一些少数民族之间的关系。文章认为，表现建功立业的豪情壮志，歌颂祖国的强盛统一，是"文章四友"边塞诗的又一重要方面。文章最后说，尽管它们在反映边塞生活的广度和深度上，远不及盛唐诗人，但其主要内容，也都是盛唐边塞诗的基本主题。至于在艺术表现、创作方法乃至艺术风格上对后人的影响，更是不容置疑的。

毛水清《杜审言四题》（下）有一部分涉及"杜审言是不是宫廷诗人"的问题，文章针对徐定祥《杜审言诗注·前言》所云"诗人身居宫廷时间不长，奉和应制之作只占现存作品总数的五分之一，故不能据此而遽定为宫廷诗人或御用文人"的观点，指出是否为宫廷诗人，"不能仅仅看现存应制诗的多寡，而应该主要看本人与宫廷（皇帝及其宠臣）的关系如何。即使是宫廷诗人，为人亦有良莠之分，诗歌创作成就也有大小的不同"，"我们说沈宋和文章四友是宫廷诗人，并不妨碍我们对杜审言的为人和诗歌创作成就作出较高的评价"。

徐定祥的《论李峤及其诗歌》一文对李峤诗歌艺术成就的评述较全面。首先，她指出李峤的那些咏物诗"就数量之多、题材之广而言，可说是前无古人。这些篇什皆为五律，对偶精切，裁剪整齐，隶事用典，刻画精微"。其次，她强调了李峤在五律及其他近体诗发展过程中的作用。对于李峤诗歌的艺术风格,作者认为,"前人多以典丽来概括",实际上,这只符合应制诸作及咏物诗的情况。此外,作者认为李峤的诗还兼具雄浑、高古、幽丽、清新等特色。

葛晓音在其《论宫廷文人在初唐诗歌艺术发展中的作用》① 中也谈及"文章四友",她认为李峤的咏物诗一百首"很可能是修《三教珠英》的副产品"。苏味道"存诗不多,虽喜用'金银花玉'一类当时流行的词采,却常与较疏散的意象结合,因而较为明丽开朗,没有过分秾艳和堆砌之感"。崔融,"拟古加写实,构成了他的基本风格","大体上仍是沿袭齐梁的模式"。"杜审言的新颖之处是在他已注意到物与情之间的相互作用","此外他的某些景物描写还注意到景物动态和意象、气氛的协调,力求真实地烘托出某种主要的感受"。他的七律《春日京中有怀》"虽用巧思,而神情圆畅,格调较高","是构思新鲜而气度高逸的一首佳作"。

另外,葛晓音的《创作范式的提倡和初盛唐诗的普及——从〈李峤百咏〉谈起》一文认为,《李峤百咏》是唐初以来探究对偶声律之风的产物,是一部以诗体撰写的"作诗入门"的类书。它采用大型组诗的形式,将唐初以来人们最关心的咏物、用典、词汇、对偶等常用技巧融为一体,以基本定型的五律表现出来,给初学者提供了便于效仿的创作范式。这一诗体咏物类书的出现,标志着初唐律诗至此已成熟到了可以广为普及的程度。文章还认为,在初唐诗文作法类著作的发展过程中,《李峤百咏》的出现,带有划分阶段的意义。总之,本文第一次将《李峤百咏》在初盛唐诗歌艺术发展史上的重要地位和意义揭示出来了,发人所未发,具有很高的学术价值。

文章四友作品的整理,有徐定祥注的《杜审言诗注》(上海古籍出版社,1982 年);徐定祥注的《李峤诗注》《苏味道诗注》,二书亦均由上海古籍出版社于 1995 年 6 月出版。其中,《李峤诗注》对部分诗歌作品做了编年。另外,陈尚君、陶敏的《唐才子传校笺·补正·杜审言》指出,张庭芳的《李峤杂咏注》实际上未佚,今日本藏有三个系统之七种抄本,分别藏于庆应义塾、天理图书馆、阳明文库等处,对进一步整理李峤诗作提供了很有价值的线索。

---

① 载《辽宁大学学报》1990 年第 4 期。

第四章 盛唐诗歌研究

盛唐是中国诗歌史上辉煌、灿烂的艺术巅峰，自唐代以来一直是历代诗评家评论的重点，20世纪亦是如此。由于有关王孟、李杜等一流大诗人的研究成果较多，且学界多将其并称，故本书将另立专章介绍。此处只涉及盛唐诗歌综合研究以及其他一些作家的研究情况。

第一节 盛唐诗歌综合研究

一、盛唐诗歌的特质

近一百年来，人们对盛唐诗歌特质的认识，有一个从肤浅到深入、由简单到复杂的过程。大致说来，20世纪上半叶人们对盛唐诗歌艺术风格和时代精神的概括还是比较肤浅和简单的；自从五六十年代林庚提出"盛唐气象"的概念以及学界开展对这一概念的讨论以后，人们的认识逐渐明确和深入了；80年代以来，随着学界研究的深入，人们又不满足于用一个概念来描述一个时代的诗风特质，而是倾向于在肯定盛唐诗坛有其主导时代精神的同时，亦有其复杂性和流变性。所以下面将按照时间先后，分三个阶段各有侧重地介绍20世纪有关盛唐诗歌特质的研究成果。

20世纪上半叶

这一时期并没有专门讨论盛唐诗歌艺术特质的论文，人们只是在一些文学史、诗歌史以及一些关于唐代诗歌的论文中述及对盛唐诗歌特质的认识。

胡适《白话文学史》① 就认为，盛唐"是个解放的时代"，"这个时代的人生观是一种放纵的、爱自由的、求自然的人生观"②。"所以这个时代产生的文学也就多解放的、自然的文学"③，"文学的风尚很明显地表现种种浪漫的倾向"④。

苏雪林《唐诗概论》发挥了胡适的观点，她认为，盛唐时期"作品反射的只是青春的光热，生命的歌颂，自然的美丽，祖国的庄严，什么人生的悲哀，社会的痛苦，永远不会到他们心上。况且道教正在发展，做人最高的标准便是神仙。所以那时诗人的人生观都像胡适所说的是'放纵的，爱自由的，求自然的'。这种人生观和富裕繁华、奢侈闲暇的环境结合，当然产生一种春花烂漫、虹彩缤纷的浪漫文学"⑤。

郑振铎《插图本中国文学史》则认为，盛唐时期"虽只有短短的四十三年（713—755），却展布了种种的诗坛的波涛壮阔的伟观，呈献了种种不同的独特的风格。这不单纯的变幻百出的风格，便代表了开、天的这个诗的黄金的时代。在这里，有着飘逸若仙的诗篇，有着风致澹远的韵文，又有着壮健悲凉的作风。有着醉人的谵语，有着壮士的浩歌，有着隐逸者的闲咏，也有着寒士的苦吟。有着田园的闲逸，有着异国的情调，有着浓艳的闺情，也有着豪放的意绪"⑥。

五六十年代

和上引论述不同的是，林庚在 50 年代发表的《盛唐气象》一文中用"盛唐气象"⑦ 这个概念来概括盛唐时期的诗歌特质。文章首先认为，"盛唐气象所指的是诗歌中蓬勃的气象，这蓬勃不只由于它发展的盛况，更重要的乃是一种蓬勃的思想感情所形成的时代性格。这时代性格是不能离开了那个时代而存在的。盛唐气象因此是盛唐时代精神面貌

---

① 《白话文学史》，1996 年。
② 同上书，第 189 页。
③ 同上书，第 191 页。
④ 同上书，第 212 页。
⑤ 《唐诗概论》，第 42 页。
⑥ 《插图本中国文学史》第 2 册，第 308 页。
⑦ 林庚：《唐诗综论》，北京：人民文学出版社，1987 年。

的反映"[①]。接着，文章指出，"陈子昂作为盛唐诗歌的先驱，也是盛唐气象与建安风骨之间的桥梁"[②]，"盛唐气象乃是在建安风骨的基础上又发展了一步，而成为令人难忘的时代"[③]。与建安风骨不同的是，"盛唐时代是出现在百年来不断上升的和平繁荣的发展中，是有了几百年来成熟了的封建社会中民主斗争的方式，它是一个进展得较为顺利的解放中的时代。一种春风得意一泻千里的展望，所谓'天生我才必有用''黄河之水天上来''大道如青天''明月出天山'，这就是盛唐气象与建安风骨，同为解放的歌声，而又不全然相同的地方"[④]。文章还在总结前人论述的基础上旗帜鲜明地提出："蓬勃的朝气，青春的旋律，这就是'盛唐气象'与'盛唐之音'的本质。"[⑤] "这一个富于创造性的解放的时代，它孕育了鲜明的性格，解放了诗人的个性，使得那些诗篇永远是生气勃勃的，如旦晚才脱笔砚的新鲜，它丰富到只能用一片气象来说明。"[⑥] 文章最后总结说："它也是中国古典诗歌造诣的理想，因为它鲜明、开朗、深入浅出；那形象的飞动，想象的丰富，情绪的饱满，使得思想性与艺术性在这里统一为丰富无尽的言说。这也就是传统上誉为'浑厚'的盛唐气象的风格。"[⑦] 这是 20 世纪第一篇对盛唐诗歌特质进行深入、综合探讨的文章，因为作者本身也是一个诗人，当时又处于一个朝气蓬勃的、上升的解放中的时代，所以文章充满激情，对盛唐气象的理解也就准确、深刻得多。故此文从诞生以来，一直是人们评价盛唐诗歌时代精神和艺术风格的重要参考。

80 年代以后

在林庚先生之后对盛唐诗歌艺术特质作进一步探讨的是李泽厚，他于 1980 年发表了《盛唐之音——关于中国古典文艺的札记之一》[⑧]。该文发表以后并没有引起多大反响，倒是他将此文有关观点写进其专著

---

① 《唐诗综论》，第 26 页。
② 同上书，第 29 页。
③ 同上书，第 30 页。
④ 同上书，第 33 页。
⑤ 同上书，第 35 页。
⑥ 同上书，第 36 页。
⑦ 同上书，第 49 页。
⑧ 载《文艺理论研究》1980 年第 1 期。

《美的历程》① 中,方产生极大的影响。作者认为,"一种丰满的、具有青春活力的热情和想象,渗透在盛唐文艺之中。即使是享乐、颓丧、忧郁、悲伤,也仍然闪烁着青春、自由和欢乐。这就是盛唐艺术,它的典型代表,就是唐诗"②。"一切都是浪漫的、创造的、天才的、一切再现都化为表现,一切模拟都变为抒情,一切自然、世事的物质存在都变而为动荡情感的发展行程……然而,这不正是音乐么?是的,盛唐诗歌和书法的审美实质和艺术核心是一种音乐性的美。"③ 作者还指出,当时存在着两种"盛唐",后一种就是产生在盛(唐)中(唐)之交的封建社会后期的艺术典范——杜诗韩笔与颜书,"它们一个共同特征是,把盛唐那种雄豪壮伟的气势情绪纳入规范,即严格地收纳凝练在一定形式、规格、律令中。从而,不再是可能而不可习、可至而不可学的天才美,而成为人人可学而至、可习而能的人工美了。但又保留了前者那磅礴的气概和情势,只是加上了一种形式上的严密约束和严格规范"④。但是,作者在文章最后又说"真正的盛唐之音只是前者,而非后者"⑤。从作者的论述中我们已经发现用一个概念来涵盖整个盛唐时代的困难。

罗宗强《论盛唐文学思想》⑥ 一文虽然是论文学思想的,但其中对盛唐诗人审美理想的阐述亦可视为他对盛唐诗歌特质的认识,事实上此文中有关观点正是被学界作如是观的。和李泽厚不一样,该文作者首先将盛唐限定在景云中至安史之乱前后,把杜甫等盛中之交时期的诗人从盛唐诗人中分出去了。作者认为,盛唐诗人们的一种共同追求是风骨,其具体表现"就是在作品中表现高昂明朗的感情基调,雄浑壮大的气势力量"⑦。和林庚先生一样,该文也将盛唐风骨与建安风骨作了比较,而且结论也相似:"建安风骨是在感情浓烈、壮大之中,带着悲凉或悲壮的情调,而盛唐,除了个别诗人(如高适前期)略带一点悲壮之外,

---

① 李泽厚:《美的历程》,北京:中国社会科学出版社,1984年。
② 同上书,第159页。
③ 同上书,第169—170页。
④ 同上书,第174页。
⑤ 同上书,第181页。
⑥ 参《隋唐五代文学思想史》第三章"盛唐(睿宗景云中至玄宗天宝初)文学思想"。
⑦ 同上书,第91页。

却只有壮大、明朗,而没有悲凉。"① 作者又指出,"盛唐诗歌创作反映出来的另一种文学思想倾向,是追求兴象,向往一种兴象玲珑的完美的诗歌境界"②。"盛唐诗坛反映出来的另一倾向,就是追求自然的美。"作者明确指出:"盛唐诗歌的兴象与风骨,是在自然的形式中得到表现的。它的情景交融的诗歌意境,它的浓烈的感情,壮大的气势,都以其质朴的、自然无华的面貌,呈现在人们面前。盛唐诗歌表现的,不是一种错采镂金的美,而是一种清水芙蓉之美。"③ 作者的论述中虽然有受林庚先生观点影响的痕迹,但也颇有新颖之处,故为后人所常引用。

1985年葛晓音发表的《论初盛唐诗歌革新的基本特征》④ 是一篇很有创见和富于开拓性的论文。该文指出:"仅仅笼统地从反对绮丽来解释初、盛唐诗歌革新的精神是远远不够的。文风的改革取决于多种因素。就初、盛唐诗歌革新几经反复的发展过程来看,恢复建安时代建功立业的人生理想,突破美刺讽谕的传统风雅观念,逐步解决理论和创作之间的矛盾,正确处理内容和艺术的复变关系,用健康的审美标准批判地继承齐梁诗的艺术成就,使盛唐诗形成理想主义的倾向和乐观昂扬的基调,达到融汉魏风骨于南朝文采的完美境界,应是初、盛唐文人反对绮艳的具体内容及其区别于文学史上其他时代的诗歌革新运动的基本特征。"这一结论,是作者研究了六朝诗歌的艺术成就,并深入分析了初、盛唐诗歌发展的全过程后得出的,较之过去对某作家进行单一的研究,或对初、盛唐诗歌发展所作的简单笼统的结论确有明显突破。

80年代以后,讨论盛唐诗歌特质的论文还有很多,比较重要的有:罗立乾《"盛唐气象"说述评》⑤、高玉崑《说"盛唐之音"》⑥、蒋海生《论"盛唐之音"是一个美学范畴》⑦、邓小军《论盛唐诗的特质》⑧、王

---

① 《隋唐五代文学思想史》,第96页。
② 同上书,第100页。
③ 同上书,第110页。
④ 载《中国社会科学》1985年第2期。
⑤ 载霍松林主编:《全国唐诗讨论会论文选》,西安:陕西人民出版社,1984年。
⑥ 载《光明日报》1984年5月1日。
⑦ 载《锦州师院学报》1985年第1期。
⑧ 载《安徽师大学报》1985年第3期。

运熙《说盛唐气象》①、王启兴和乔典运《盛唐诗歌的美学风貌》②、赵克尧《盛唐气象论》③、刘怀荣《论盛唐气象的理论渊源》④、吴相洲《从系统论看盛唐之音》⑤等。

　　罗立乾文首先考察了严羽所说的这一概念的美学含义，认为，沧浪所说的"盛唐人气象""盛唐诸公之诗""气象浑厚"，其全部意思就是盛唐诗歌通过具有气势美的形象图画，反映了盛唐时期蓬勃向上、昂扬奋进的时代精神，构成了气势雄浑而深厚的美学风貌。而沧浪以"盛唐气象"说所概括的这些特色和美学风貌，也的确能代表盛唐诗歌创作的主流，能代表这一时代诗歌作品的美学风貌。蒋海生文认为，过去人们对"盛唐之音"从社会历史角度和古代诗歌发展史的角度去理解都是错误的，唐诗的兴盛与"盛唐之音"是两个紧密关联但又决然不同的问题。"盛唐之音"是盛唐诗歌所具有的独特的"神韵"和"清空"的"气象"，并不是指通常所说的慷慨豪放能给人以鼓舞的气魄和时代精神。而且，这种"盛唐之音""实是指诗人在兴发感动的作用之下，用形象的思维方法和表现方式创作出的一种具有特殊美学境界的诗歌"。邓小军文明确提出盛唐诗歌的特质是"以具有优势的自然意象，表现刚健的时代精神"，同时该文还论证了"自然意象优势"的含义，阐述了形成这一现象的原因，以及自然意象与时代精神融合的形式、性质、类型等问题。论文注意了纵向与横向的联系与考察，并试图运用一些新的理论和方法进行研究，如以格式塔心理学的同形理论解释自然意象与时代精神融合的性质，分析了自然意象与精神情感同其"向上""奋进""开展"之势的各种现象。王运熙文也是对严羽等人论述的发挥，看法与前述罗立乾文相似。但是文章还探讨了盛唐气象的成因：一是盛唐时代所孕育的人们特定的心理状态和精神面貌，一是前代优秀诗歌遗产的继承与发扬。王启兴文认为，盛唐诗歌的美学风貌有五大特征，即真率自然的精神美，诚挚动人的人情美，众彩纷呈的个性美，形神兼备的绘画美，和谐流畅的韵律美，并逐一作了分析。如其论"精神美"云：

---

① 载《上海社会科学季刊》1986年第3期。
② 载《唐代文学研究》第2辑。
③ 载《复旦学报》1991年第4期。
④ 载《山西师大学报》1994年第4期。
⑤ 载《北京大学学报》1995年第3期。

"盛唐是一个天真烂漫的时代,天真得近乎幼稚,烂漫得有些人性,无拘无束,洒脱自然。……情感真率,发自肺腑,以自然的美替代雕饰的美,使盛唐诗歌表现为一种以'境'取胜,不以'句'邀宠的审美取向。这是诗歌创作进入盛唐的一个重要发展。"其论"个性美"云:"盛唐文化进一步开放,个体人格的被肯定、人性的被张扬以及文化的多元性与包容性,刺激和默认了盛唐诗歌风格的多样化取向,其个性纷呈的美学形态,满足和影响了自古至今不同时代、不同层次的审美趣味,使盛唐诗歌的魅力经久不衰,任何人都能从中挑选到自己满意的珍品。这集中表现在两个方面,一是不同的诗人充分张扬了自己的审美追求,另一方面是表现不同生活层面的诗歌也体现了不同的美的境界。"赵克尧文认为,盛唐气象可以说是盛唐各种艺术共同的美学时代风格,其内涵是:健康向上的风采、恢宏豪宕的气质、雄浑宽远的境界。文章认为盛唐气象出现的原因有:(1)不同凡响的时代;(2)夷为我用的文化改革;(3)人的觉醒与文的觉醒;(4)以诗取士与君臣嗜好。刘怀荣文侧重于探讨盛唐气象与"兴象"这一理论概念之间的关系,为盛唐气象溯源。吴相洲文在前人研究的基础上试图更系统、全面地探讨"盛唐气象"。

二、盛唐诗歌整体研究

20 世纪学界对盛唐诗歌进行整体研究的成果和突破主要是在 80 年代以后取得的。80 年代以前,只有零星的探讨。

闻一多在 40 年代的唐诗研究中,将盛唐诗分为三个复古阶段:(1)齐梁陈时期,(2)晋宋齐时期,(3)汉魏晋时期。这里所谓"复古",实指盛唐诗从摆脱齐梁诗的影响逐步回升到汉魏健康风格的发展过程。他认为,齐梁陈时期(齐梁风格)的作家又可分为三类。第一类,常理、蒋冽、梁锽,三人作品可算是全唐诗中宫体诗的白眉。第二类,刘方平、张万顷、李康成,这派虽亦能作宫体诗,但已由房内移到室外,故风格较高。第三类,有张说、贺知章、张旭、王湾、韦述、孙逖、张均、殷遥、蒋涣、杨谏诸人,这一派所代表的恰是盛唐、中唐的一般风格(李杜韩白诸大家除外)。他们都是拿诗来消遣的,又是当时在社会上活动的士大夫,所以形成了流行的风格,势力很大。就文学史来说,的确不可漠视,因为他们所形成的风气,常常足以影响大家。晋宋齐时期(晋宋风格)的作家又可分为两支,一支以王维为首领,下面包括三个小派：(1) 孟浩然、包融、贺朝、李嶷、崔曙、萧颖士、张晕等，多写一般自然；(2) 储光羲、丘为、祖咏、卢象等，专写田园；(3) 綦毋潜、刘昚虚、常建等，专写寺观。另一支以李白为首领，包括两个小派：(1) 崔国辅、丁仙芝、徐延寿、张朝等，此派专写江南，多写爱情，甚为大胆，诗中又有故事，有点像西洋诗，它的来源是民间乐府；(2) 王翰、李颀、王之涣、陶翰、高适、岑参等，此派专写边塞，只有王昌龄、崔颢无法分别安插在两派间，因为他们兼有两派之长。汉魏晋时期（汉魏风格）的作家，杜甫是这一派的集大成者，下面也包括三个小派：(1) 郭元振、薛奇童、薛据、阎防、郑德玄等，专写自然；(2) 张九龄、毕曜、李华、独孤及、苏涣、窦参等，专写天道；(3) 于逖、沈千运、张彪、王季友、赵微明、元结、元融、孟云卿等，专写人事①。这样的分类研究在20世纪上半叶实属罕见，即使到20世纪末也还有它的参考价值。

50年代末，马茂元发表了《从盛唐诗歌看民间文学与文人创作的关系》②一文，他认为，开元、天宝时期，乐府民歌对诗体影响最显著的，是歌行和绝句。比较突出的代表这方面成就的诗人，有崔颢、崔国辅、王绩、王昌龄、王之涣、高适、岑参和李白、杜甫。文章又认为，"事实上，盛唐诗人和他们所创作的各体诗歌，也都在不同程度上受到了乐府民歌的影响。殷璠早就指出：'文质半取，风骚两挟'这一特点。因为文人作品中有民歌民谣的'质'，所以他们的风格，往往是华美而不浓腻，清绮而不粗野，细致而不破碎，清新而不僻涩，流利而不浮滑，厚重而不呆板，沉着而不黏滞。总之，他们能寓工力技巧于自然浑成之中，不假雕琢，没有斧凿痕迹"。

80年代以后，人们从各个角度、各个层次，对盛唐诗歌的发展和艺术风貌进行了综合探讨，取得了前所未有的进展。下面从盛唐诗歌繁荣的原因③、盛唐诗歌分期和因革、盛唐诗歌革新历程、盛唐诗歌艺术综论几方面进行介绍。

盛唐诗歌分期和因革

随着人们对盛唐诗歌特质认识的深入，80年代以后很多学者已经

---

① 《唐诗杂论》，第225—230页。
② 载《文汇报》1959年8月4日。
③ 参见本书第二章"唐代文学综合研究"有关部分。

不满足于五六十年代以来人们多探讨盛唐时代诗歌作品的共同风格的现状，开始注意盛唐时代诗歌作品风格的多样性和前后时期的变化。

如刘知渐《〈天宝文学编年史〉序》[①]将"盛唐"的上限划至开元初，下限划到大历五年，通过对这一时期诗歌思想内容、体裁、风格的分析，得出盛唐诗歌"后期的天宝年间比前期开元年间多些好些"的结论。文章还认为当时存在着"盛唐气象"，但不能用来概括盛唐文学，盛唐文学的高峰在后期，应以杜甫为代表。

傅璇琮、倪其心的《天宝诗风的演变》[②]借鉴勃兰兑斯的研究方法，"注意于社会生活与文学流派的多样化联系，并努力从整体上来把握作家群的时代情绪和心理活动"。他们认为，从开元末到天宝年间，至安史之乱爆发之前，诗歌创作有三个趋势是明显的。一是超脱现实，清高隐逸。这一趋势由张九龄、孟浩然开其端，王维"进一步推进发展"。一是正视现实，抨击黑暗，以王昌龄、常建、李颀、李白、高适、杜甫为代表。一是愤世嫉俗，崇儒复古，以萧颖士、李华、贾至、元结等为代表。文章通过对三类趋势的具体分析，概括出天宝诗风的基调："不少诗人似乎从开元盛世的光圈中走了出来，他们慢慢驱散笼罩着他们的幻想式的雾气，而逐渐学会用一双清醒的眼睛来看现实，我们发现他们饱含诗意的眼神中竟如此的忧郁，人们可以感觉到一种深刻的不安。"

90年代以后，学界对盛唐诗歌分期的研究又有了新的进展。这方面的成果主要有赵昌平《开元十五年前后——论盛唐诗的形成与分期》[③]、尚定《走向盛唐·余论　开元十五年的意义》等。

赵昌平的《开元十五年》通过对开元十五年（727）后诗人结构的转变、社会风尚的转变及其诗人群体心理素质影响的考证与分析，指出了盛唐之音的特点及形成原因，并理清了盛唐诗歌风格的来龙去脉。文章认为，开元十五年前后，第一个引人注目的现象是长安诗人群体的新陈代谢。武后中宗时作为初唐诗主流的珠英学士、景龙学士两个诗人群体，经过武周之争、韦后事件、太平公主事件，至先天年开元初已冰消瓦解。学士院外一个新的诗人群体在崛起，中宗、玄宗之交，贺知章、

---

① 载《重庆师院学报》1985年第1期。
② 载《唐代文学论丛》总第8辑，西安：陕西人民出版社，1986年。
③ 载《中国文化》第2期，香港：中华书局，1990年6月。

包融、张旭、张若虚以吴中四士之目,首先为长安诗坛吹来一阵清风,继而张九龄、王湾、王翰先后由地方步入朝端,开元十年左右,以张说为核心,一度活跃于长安诗坛的主要就是这几家。开元十五年前后十数年间,以长安为中心活跃在诗坛的诗人达三十名左右。除李白、杜甫、岑参、高适外,一般所称盛唐名家均在其列。文章还指出,从这诗人的更迭的情况看,已可以大体分盛唐诗为三期。第一期为先天年至开元年前后,为准备期;第二期从以开元十五年前后为中心,约从十年左右至开元二十五年前后,为形成期;约于开元末天宝初以李杜高岑之成名为标志至天宝末为第三期,为大盛期。对于这群新诗人创作风尚转变的原因,作者认为,首先,当从侈豪之风的萌芽和繁盛之下的朦胧不安等社会状况寻绎。其次,诗人社会地位与学问风气的变化,对诗人心态产生了更为直接的影响。可以看到开元十五年前后,寒俊之士尤其是乡贡进士入仕机会的增多与实际实现依然困难之间的矛盾;与此相应,开元十五年前后,又恰当唐代学问风气自武后中宗时开始的由学术型向文艺型为主转变之深化时期。这种状况使英特逸越的诗人们处于希望与失望交叉的境地,而与极盛而隐伏危机的社会状况适相凑合,遂形成一代有别于初唐的诗人:(1)由密集的侍从型集团,向松散的才士型诗人群转化;(2)从褊狭孱弱转化为英特逸越之气;(3)由歌颂升平到朦胧隐忧的转化。可以说,"英特逸越,个性开展一格外,宏盛中的一线忧患先兆,在不达而以希望为主的诗人心上的曲折反射,是构成开元十五年前后盛唐诗既高朗开阔,又有一定深度,故滋味醇厚的又一格之最主要的社会与心理因素"。在探讨初盛唐诗史演变的趋势时,作者指出,其实开元诗体承子昂者盖寡。原因在于子昂于风格振起固有伟力,但复古多变革少,于朝野、南北诗风融合的主流趋向多有未合;而其高标特立的思辨识见与忧患意识,于开元昂扬开朗的时代气氛中,亦不易为人所识。故论开元诗体特点,必须首先溯于初唐主流的四杰、沈宋、四友、二张一脉,并旁及子昂。关于开元十五年前后的诗风特点,作者指出,可以用"英特逸越,秀朗浑成,兴象玲珑"来概括。这个浑成既非一味自然而得,又非与初唐之典雅雅致对立,而恰恰是对初唐并非截然相反的朝野两种诗体发展趋势的完美综合。盛唐诗人以兴、象相合为中心的艺术境界的营构,应当说比初唐诗人来得更艰难,是对初唐诗艺的去芜存菁。唯其以英特逸越之气为主脉,以练意取境为根本,故虽声辞均炼,却能结构浑成,不露针迹。以偏重于感觉而较少理性审视的英特逸越之气为内含,以"精意玄鉴,物无遗照"为营构的主要手段,是形成这一时期诗作秀朗浑成、兴象玲珑格调的主要原因。

尚定的《开元十五年的意义》着重探讨了开元十五年的诗史意义,作者认为通过对殷璠《河岳英灵集》中诗人在开元十五年的年龄、及进士第时限,以及当时诗人创作的整体风貌等的综合考察,认为"开元十五年前后,唐诗逐渐走向鼎盛时期。唐诗中山水田园与边塞诗派格局在诗坛的形成亦大致在此前后"①。

还有一些文章对盛唐某一时期诗风的演变进行了探讨,如葛晓音的《论天宝至大历诗歌艺术的渐变——从杜甫和岑参等诗人创奇求变的共同倾向谈起》②《论开元诗坛》③、杜晓勤的《开元前期诗风之因革》④等。

葛晓音前文通过对天宝至大历间全部诗作的仔细排比和分析,发现杜诗中的某些"变态",乃是当时诗坛的共同趋势,只不过这些微妙的变化散见于其他诗人的作品中,不像杜诗表现得那么集中而已。尽管如此,仍可举出一批与杜甫具有共同的奇变倾向的诗人,例如岑参、毕曜、苏涣、王季友、孟云卿、独孤及等,他们创奇求变的端倪由顾况等大历至贞元间的一批诗人接续,逐渐开出了贞元、元和之间诗歌大变的风气。这种变化是由多种因素的相互制约而造成的,诸如诗歌艺术自身发展的规律,生活语言的发展,文人儒者境遇的改变所带来的审美观的变化,等等。

葛晓音后文试图通过排比神龙到开元末诗歌发展的若干阶段,勾勒出盛唐诗歌渐次达到高潮的走向,并据此对盛唐诗歌革新的过程作一番更为细致的探索。文章首先认为无论是从诗人的群体活动还是从山水田园及边塞这两大题材的创作状况来看,都可以确认开元诗坛是从开元十五年以后进入创作高潮的。这应是理解殷璠所说"开元十五年声律风骨兼备矣"的前提。文章还认为,所谓声律完备,首先是指律诗的普及,还表现为开元中以后古体的兴起,而绝句的乐府化和歌行的散文化,更是盛唐诗达到高潮的重要特征。开元"风骨"的基本内涵,上接初唐,

---

① 《走向盛唐》,第233页。
② 载《文学史》第2辑,北京:北京大学出版社,1995年。
③ 载《唐研究》第3卷,北京:北京大学出版社,1997年。
④ 《初盛唐诗歌的文化阐释》,第266—309页。

远承建安，而又有新的发展。其重要特色之一，是诗人们能站在观察宇宙历史的变化规律的高度，对时代和人生进行积极的思考。另一个重要特色是诗人们在追求功名的热情中显示出来的强烈自信和铮铮傲骨。进取的豪气和不遇的嗟叹相交织，讴歌盛世的颂声和抗议现实不平的激愤相融会，给始于建安的"风骨"传统带来了新的时代内容。再一个重要特色，是在出处行藏的选择中大力标举"直道"和高节。对于道德操守的尊崇，使他们追求功名的热望减少了庸俗的成分，增添了理想的光彩。文章又指出，"声律风骨兼备"虽可概括开元十五年后诗坛的基本风貌，却并不是盛唐诗达到高潮的唯一标志，所以文章又从比兴的运用、意境的形成及人情的提炼等三个方面探讨了盛唐诗歌艺术表现上的特点。根据上述开元诗坛的特征，作者又对盛唐诗歌革新的过程作了一番更为切实的思考。作者认为，盛唐诗歌的连续性虽然反映在陈子昂、二张和李白这几位诗歌革新的倡导者的诗歌理论和部分《感遇》《古风》类诗作中，"但这一过程的完成并非仅仅依靠他们个人之间的联系，而是以'礼乐沿古今、文章革旧新'的时代思潮为背景，以完整地继承前人全部文化传统的观念为指导，以源于武周后期、形成于开元前期的两代'文儒'型诗人为创作主力，才得以保持其连续性的"。其中二张革新文章的思想适应了开元初政治更新后大兴礼乐文教的需要，在开元十五年前得到过玄宗的支持，这是导致开元中以后诗风变化的重要原因。但是，上述背景并不等于说盛唐诗歌革新就是为配合政治革新而进行的一场自上而下的文学运动，而只能说明诗歌革新的观念的普及主要取决于开元前期时代精神的变化。文章最后总结说，盛唐诗歌革新的过程可以说是由张说导向，以张九龄、王维为核心，由一批开元诗人共同完成，最后由李白加以全面总结并进一步深化的。尽管从盛唐诗的总体成就来看，其高潮是在天宝后期。但开元时代那种蓬勃的朝气、爽朗的基调、无限的展望、天真的情感，正是盛唐诗的魅力所在。

杜晓勤文第一部分论述了开元前期宫廷诗风发展的迟缓性。文章认为，此时诗坛创作主体仍是在宫廷的朝臣，诗歌创作的中心依然是长安、洛阳两京，在野诗人除了吴越文士自成一个较松散的群体外，多无太大规模和影响。而且，宫廷诗的创作传统较之武周朝后期亦未有大变。此时的宫廷诗风基本是对武后、中宗朝宫廷创作风尚的继承和发展，只是在"壮思""气势""风骨"等方面作了有限的拓展，并无根本性变化。加上宫廷文学本身固有的艺术局限性，开元前期的宫廷诗人们虽然在理论和创作两方面不断努力，追求一种理想的艺术范式，但终究不能完全突破武后、中宗朝宫廷诗的艺术藩篱。文章又认为，从另一个角度讲，他们的创作实际上已经达到了宫廷文学的一种艺术极致，足以从一个侧面表现出壮丽、宏阔的"盛唐气象"，可以说也是一种"盛唐之音"。文章的第二个部分着重从社会政治背景来探讨开元前期诗风之因革，作者在史学家汪篯的启发下，发现"吏治与文学之争"不仅对玄宗朝政治史产生了重大影响，而且直接波及此时的宫廷文坛乃至影响到诗风的变化。文章认为，随着两派政治势力的交替上升、轮流执政，玄宗朝前期的文学创作倾向及诗风也呈现出相应的变化。从开元二年到开元七年，姚崇、宋璟用事阶段，他们首先明显鄙薄、压制文学之士，使朝中无法形成一个诗人群体；其次，他们还提倡实用之文，以达到改变当时士风、文风的目的；最后，他们还反对君臣宴饮唱和，使宫廷诗会甚少，宴饮应制作品更少。凡此种种，都阻碍了诗歌艺术的发展。但是，随着开元九年张说复相，朝中文学之士辐辏，以辞赋之才为重，宫廷诗会也多了起来，加上他有意识地提倡"气象宏阔""天然壮丽"的诗风，极大地促进了诗歌艺术的发展。但是，文章又指出，综观开元前期的"吏治文学之争"，还是以"吏治"一派在朝柄政时间长，对当时文坛影响大。张说等人除了在先天、开元初及开元九年至开元十三年比较短的时间内执政外，都处于劣势，而且张说开元九年以后对文坛的积极影响、对诗歌艺术发展的促进作用，要迟至开元十五年左右才能看出。因为要重新形成一个比较大的诗人群体就需要一大批善诗能文之士涌入京城、跻身朝廷，而开元十年之前所选之士多不以诗见长，开元十年之后入仕之文士又多未在朝廷任要职，多为中下层朝士，或被外授县尉、参军之类的地方文官，他们真正成为诗歌创作主体要在张九龄为相之时。所以，盛唐诗坛群星璀璨局面的到来，诗歌艺术的黄金时代出现在开元十五年之后绝不是偶然的。文章的第三部分探讨了张说等贬谪诗人的艺术新变，认为这种新变不但弥补了宫廷诗歌在艺术形式、精神内质等方面的缺陷，而且对盛唐诗歌新风的建立具有直接影响和先导意义。

盛唐诗歌革新研究

80年代以后，葛晓音一直致力于盛唐诗歌革新的研究，且取得了较大的进展。其相关成果主要有《论初盛唐诗歌革新的基本特征》《江左文学传统在初盛唐的沿革》①《盛唐"文儒"的形成和复古思潮的滥觞》② 等。

《论初盛唐诗歌革新的基本特征》对盛唐诗歌革新有重大发明。首先,该文首次将张说、张九龄作为初盛唐诗歌革新的一个重要阶段,认为张说、张九龄比陈子昂更明确地阐发了风骨、风雅的内涵,赋予建安精神以新的时代色彩,纠正了四杰诗歌理论的偏颇,并提出了革新艺术的具体标准,对于盛唐诗形成以崇尚建安气骨为主的风雅观念和理想的艺术风貌产生了直接的影响。其次,该文还对盛唐诗歌革新思想作了全新的阐发。认为盛唐文人能够突破传统的"美刺"说,他们所追求的"风骨"不是以揭露社会问题的深度为主要特征,而在于追求理想的热情,蔑视权贵的自信和英雄失路的不平,体现了整个时代的宏伟气魄和雄厚力量,同时又广泛体现在抒写日常生活的各种感受中。由于时代发展与文人理想大体一致,盛唐诗才会以乐观昂扬的基调和宏伟壮观的气魄区别于文学史上其他理想主义和现实主义的文学。

《江左文学传统在初盛唐的沿革》一文指出,初盛唐文人主要继承了江左文学传统中的文学的载体部分,这就决定了他们改革这一传统必然是以精神气质充实其中的基本方式,而他们用以充实江左文风的精神气质除了人们常说的"建安风骨"和"时代精神",还有一种深深打动人心的特殊内蕴,即对于宇宙、历史和人生的感悟,对于时、才、命三者关系的探问,以及由此而带来的开阔视野和朦胧展望,而这正与他们在沿革江左文化传统的过程中受易学的影响有关。文章通过客观分析江左文学传统在初盛唐沿革的过程及其必然性,还发现:盛唐诗形成融合"建安骨"和"江左风"的基本特征,不仅是初盛唐诗歌革新的结果,也反映了盛唐文人将汉魏到江左视为一个完整的文化传统加以继承的自觉意识。而当这一传统被割裂时,诗歌便容易出现向汉魏或向江左偏斜的倾向。

盛唐诗歌艺术综论

80年代以后,学界从各种角度综合探讨了盛唐诗歌的艺术风貌,

---

① 载《燕京学报》1997年新3期。
② 载《诗国高潮与盛唐文化》,第274—300页。该文主要观点参见本书第二章"唐代文学综合研究"中的"唐代文学与文化思想之关系"部分。

如陈铁民的《漫谈〈河岳英灵集〉的选录标准》①和李天道的《从〈河岳英灵集〉看盛唐诗歌多样的情致美及其成因》②都从考察殷璠选诗的标准入手,探讨了盛唐诗歌的艺术风貌。

陈铁民文认为,殷璠把风骨作为他选诗的首要标准,并对"兴象"是指"情景交融"、主要代表王孟诗派特点的说法提出异议,认为"兴"即兴致、感受、感触,"象"即物象,"兴象"指对外界事物(不限于自然景物)的感受,包括对于社会人生的感触。另外,诗歌创作的独创性,也是《河岳英灵集》选诗的一个重要标准。陈文还认为,殷璠所谓的"雅调"是对盛唐山水田园诗派特点的反映和概括,似乎比较合适。

李天道文则认为,"风骨"有两种内涵,一是指建功立业、奋发向上、报效君国的时代精神,二是指怀才而不为世所用,报国济世无门的怨愤之情。殷璠是以"神来"指作者有丰富的生活实践和深厚的艺术修养,在似乎偶然的情况下能敏悟地捕捉生活的审美内涵,并把它艺术地表现出来;"气来"指由于作者在气质才性方面的差异,以及审美理想和艺术情趣的不同,在作品中表现出来的不同情致美;"情来"指"在诗句之外包含着深远的情趣,能使人获得深刻的思想和不尽的意蕴"。作者还认为《河岳英灵集》选诗表现了多样的情致美,主要有高昂明朗、愤怒激越、豪放飘逸和自然幽清四种。

而赵昌平的《盛唐北地士风与崔颢李颀王昌龄三家诗》③、杜晓勤的《地域文化的整合和盛唐诗歌的艺术精神》④均从地域文化的角度对盛唐诗歌创作风尚及其成因作出了独特的探讨。

赵昌平文试图以崔颢、李颀、王昌龄三位跨越开元天宝二期的诗人为典型,从盛唐时期才俊之士地位的升降,与诗史有别于初唐时期的演进态势中,结合考订,探讨当时发轫于王翰、王泠然诸人的北地豪侠型诗人群的行为特征与心理历程,以及三家在此一历史文化氛围中,因经历性格之同异,对七言各体不同方向的推进。相对于其《开元十五年》来说,前文是共相,本文是异相;前文详于开元时期,本文则侧重于天宝时期。文章从五个方面进行论述:(1)盛唐诗史演进态势与才俊之士

---

① 载《文学评论丛刊》第 30 辑,北京:中国社会科学出版社,1988 年。
② 载《青海民族学院学报》1988 年第 1 期。
③ 载《唐代文学研究》第 5 辑。
④ 载《文学评论》1999 年第 4 期。

地位浮沉的历史内涵;(2)北地豪侠型诗人群的行为、心理、诗体特征;(3)崔颢的南游北行及其对七古、七律的开拓;(4)李颀的南游北行及其七古个性风格的形成;(5)王昌龄的双重气质和西行南贬及其对七绝的开拓。最后认为,"崔、李、王三诗人,同时而前后相续谱写了盛唐北地豪侠型诗人从满怀希望,到焦虑不安,到深重失望的心史,从中也隐隐约约映现了开元天宝时期政治风云的变幻,由于与中枢人物的关系密切,他们在这一方面较南方诗人来得更为敏感,也更有典型性。他们在类似的背景下,气质、行为、经历、心理上的共同趋向,促使他们在诗艺诗体上表现出某种同一性,代表了唐人七言诗发展史上的一个重要阶段。然而以上方面种种微妙的区别,又造成了他们高度个性化的风格与不尽相同的诗史成就"。

杜晓勤文从地域文化与诗歌艺术精神之关系入手,对南北朝后期至盛唐各地域文化冲撞、交汇、融合的线索进行梳理,试图较细致、深入地揭示地域文化之整合对初盛唐诗歌嬗变之影响,进而从另一个侧面认识盛唐诗歌中所蕴含的文化精神。文章认为,到开元前期,最先崛起的是江左文士。他们首先学习南朝诗人喜观赏山水、吟咏自然的审美方式,创作了大量清新、媚美的山水诗,给唐初以来宫廷日趋富丽、缛彩、整栗、板滞的诗歌创作风尚注入了鲜活的艺术因子,使得开元中期的宫廷诗、都城诗中也增添了一份清丽明美,从而促进了盛唐写景诗"兴象玲珑"、自然清真美学风格的形成。其次,他们多学习吴越民歌,创作了一些流转、婉媚的乐府诗歌。盛唐时诸五绝、七绝诗之所以音调流转、意境空灵,当与吴越民歌在开元中前期的再次兴起有关,而吴越民歌的复兴又离不开吴越诗人的仿作、入京等传播途径。再次,吴越诗人对魏晋南朝玄学的继承和发展,使得他们的诗歌"情理兼得",具有较深厚的意蕴。尤其值得注意的是,吴越诗人在魏晋玄学、"正始名士"风流以及佛、道的影响下,形成"狂逸"、萧散、放旷的人生态度,直接促成了盛唐名士风流的产生。文章还指出,在开元、天宝中,山东文士也形成了新的人格精神。随着开元前期儒学的复兴、君臣关系的重建,山东士子多以"致君尧舜"为人生目的,以儒家强调的"直道"求诸己,希以"致治之术"、济世之策进身,于是在开天之际,诗坛上崛起了一大批山东士子。盛唐诗歌在刚健、清新之外,又不乏雅正之思,实与此有关。当然,关陇士子在开元、天宝间,也非常活跃,但其尚武、任侠的性格特点已不十分明显,而是多从科举入仕。王昌龄投笔从戎、又复理翰墨之经过，颇代表了当时诸多关陇文士的入仕心态。然因其多有从军入幕之经历，使得盛唐诗歌也充满了刚健、豪侠之气。文章最后指出，从地域文化整合的角度看，盛唐文化实际上是各地域文化在开元前期新生后的大繁荣、大融合的产物。在这种文化整合状态中产生的盛唐之音，虽然是风格多样，异彩纷呈，但也不乏共通的艺术精神——"秀丽雄浑"。

此外，卢燕平的《盛唐诗人审美心理论》[①]、陈慧敏的《论盛唐文人的文化心态》[②]、石云涛和胡述范的《道教文化与盛唐诗人》[③] 等论文，也都从不同方面对盛唐时期的文化心态与文学创作之关系进行了探讨，具有一定的参考价值。

三、盛唐诗歌的整理和考证

20世纪关于盛唐诗歌的综合整理和考证的成果不多，主要有佟培基的《盛唐诗重出甄辨》[④]、陈尚君的《殷璠〈丹阳集〉辑考》[⑤] 等。

第二节 盛唐边塞诗派研究

"边塞诗"和"边塞诗派"这两个概念至晚起于20年代，如胡云翼在1927年出版的《唐代的战争文学》[⑥] 一书中就说："在唐代诗人中有'边塞'一派，他们描写大都以《出塞曲》为主题，他们作品的风格，也就形成了一种悲壮的倾向，无论是主战与非战的文学，这些'边塞派'的诗人，便是战争文学。"

一、关于盛唐边塞诗的争论

对于盛唐边塞诗的评价问题的争论起自20世纪50年代，一直延续到80年代。其争论的焦点是唐代边塞战争的性质（主要指开元、天宝

---

① 载《唐代文学研究》第4辑，桂林：广西师范大学出版社，1993年。
② 载《安庆师院学报》1993年第3期。
③ 载《南都学坛》1993年第4期。
④ 载《古籍整理与研究》1990年第5期。
⑤ 载《唐代文学论丛》总第8辑。
⑥ 胡云翼：《唐代的战争文学》，上海：商务印书馆，1927年。

间的边塞战争)和盛唐边塞诗中是否渗透进了爱国主义精神这两个问题。另外对边塞诗的繁荣原因、边塞诗的成就以及边塞诗派的代表作家的评价等问题，也有不同的意见。

唐代边塞战争的性质

边塞诗是以边塞战争为主要题材的，所以要评价边塞诗必然涉及对边塞战争的评价。1957年沈玉成等人发表的《论盛唐的边塞诗》[①]中就点明"唐初与外族战争偏重在防卫"，"唐初频繁的对外用兵，其原因乃在于较彻底地解除外族掠夺的威胁"。并认为唐朝要"交通西域、印度，就要先扫清道路上的障碍，在封建制度下，唯一办法只有诉诸武力"。因此，"唐初以迄盛唐的对外政策由消极防御转为积极的开边，其间虽有着封建统治者对外扩张侵略的原因，但其主要意义却在于确保了国家的安全，发展了交通，又反过来促进了经济的繁荣，刺激了工商业的发展，在客观上对社会发展起着积极作用"。高海夫在《岑参边塞诗的思想性》[②]一文中又补充说唐玄宗时代"唐帝国交通西域的道路受到威胁"，"河西走廊一代的国境的安全也将受到影响"(指西突厥的威胁)，因此在西部边塞一带发生的战争是正义的。华东师大五七届学生集体讨论，由易朝志执笔的《试论边塞诗与战争诗的评价问题——从对李白的几首诗的分析谈起》[③]对边塞战争作了较细致的分析，他们认为，处于落后的奴隶制或处于原始游牧状态中的一些少数民族对于富庶的唐代边境的掠夺是经常的，因之唐朝初盛的对东突厥的战争多是自卫和防御性质的，但作者又强调："在封建社会中有些自卫性质的战争，也往往由于统治阶级的野心或者为了缓和国内阶级矛盾而变成非正义战争。"一些将领贪功邀赏，也会使得正义战争"往往成了升官发财的手段，于是正义战争中产生了非正义的行动"。

到80年代，边塞诗的问题又被提了出来，首先发难的是吴学恒、王绶青的《边塞诗评价质疑》[④]一文，他们认为，开元、天宝间"唐玄宗有吞灭四夷之志"，"四夷有弗率者，皆利兵以移之"，"制造民族仇杀与不和，使边地的烽火常年不熄"。作者分析了唐玄宗对奚、契丹、突

---

① 载《文学遗产增刊》第3辑，北京：作家出版社，1957年。
② 载《文学遗产》1960年10月9日。
③ 载《解放日报》1961年1月22日。
④ 载《文学评论》1980年第3期。

厥、吐蕃的战争，并均予以否定。此文发表以后，引起了古典文学界的关注，《文学评论》从1981年第1期起开辟"关于边塞诗的讨论"专栏，其他刊物也发表了一系列的文章。这些文章的作者，多数不同意此文的观点，并且指出对这个时期的战争不能笼统否定，要对具体问题作具体的分析，于是就当时与契丹、奚、吐蕃、突厥、南诏的战争的来龙去脉作了较细致的剖析，此处限于篇幅，不再一一引述。1984年8月下旬在兰州召开的中国唐代文学学会第二届年会上，与会代表指出："我国是一个历史地形成的统一的多民族的国家。在中华民族形成的过程中民族与民族之间的战争是不可避免的，不能简单地从进攻与防卫来区别它的正义与非正义，应该把它放在我们中华民族的形成过程与发展的历史长河中加以考察，从而区别它的正义与非正义。据此，不但初、盛唐时期的边疆战争，应该说大部分是正义的，因为它促进了我们中华民族的形成与统一，唐玄宗时期对西域的战争也应该肯定，因为它主要是与吐蕃争夺对西域的统治，是维护祖国统一的战争。"①

唐代边塞诗中是否渗透进了爱国主义精神

论者对于盛唐边塞战争多采取肯定态度，那么积极参加和热情歌颂边塞战争的诗歌自然而然地是渗透着爱国主义精神。上引沈文指出："边塞诗之所以具有强大的感染力量，最主要是因为它包含着高度的爱国主义精神。"其内容主要是"人民自己，英勇地把保卫祖国的神圣职责担负在自己肩上。边塞诗就反映了爱国主义中这样一个特定的保卫祖国边疆的主题"，反映了人民"保卫祖国的积极性"。北大中文系文学专门化五五级同学在编著《中国文学史》时也指出爱国主义和边塞诗反战主题是统一的。"爱国主义必须从爱人民的思想出发才有基础，这些诗人对人民所遭受的痛苦，发出了沉重的呼声，正是高度的爱国主义精神的具体表现。"② 上引吴学恒、王绶青文则不这么认为，它否定了唐代边塞战争的正义性质，因而自然认为许多边塞诗是"歌颂扩边战争的诗篇，这自然不是什么爱国主义精神的表现，因为自周秦以来，我们的国家就已形成一个多民族的国家，历史上的民族战争属于国内民族矛盾的范围，一般不涉及爱国主义问题"。对于这两点否定理由，吴庚舜在

---

① 涧岩：《中国唐代文学学会第二届年会暨学术讨论会综述》，载《西北师院学报》1984年第4期。

② 载《光明日报》1961年3月15日。

《谈边塞诗讨论中的几个问题》①中进行了反驳，他认为："第一条理由是建立在否定盛唐时期唐王朝的边塞之战有正义性的基础之上的。"否定战争的正义性的理由既不能成立，那么，所谓歌颂"扩边战争"的说法也就不能成立了。关于第二点，他认为："'历史上的民族战争属于国内民族矛盾的范围'是需要一个过程的。""我们不能以为我们这个多民族的国家，从周、秦到现在就都是一个样子，没有自己的发展历史。就以'周、秦'来说，其统一形式和统一达到的程度，就存在着显著的区别。"在唐代也是如此，"一方面要看到当时我们这个多民族国家的统一事业发展到了空前的高度，当时的吐蕃、回纥、南诏等等都是中国境内的少数民族政权，它们和唐王朝保持着密切的联系，在民族和睦相处的时候，都是拥戴唐王朝的，接受它的册封和任命的。但同时也要看到我们这个多民族的统一的国家还处于当时的历史发展阶段，不但国内各民族之间的关系是在加强过程中，就是吐蕃、回纥、契丹以及南诏境内的少数民族自身也存在着进一步统一的问题。处于这样一种历史条件下，从各族的历史来看又被看作彼此不同的'国家'"。因此，"我们谈盛唐边塞诗中的爱国思想，是从爱国主义的历史发展角度来说的"。并指出："当然，我们不能把一切边塞诗都看成反映了爱国思想的。反映爱国主义精神的作品仅是边塞诗中的一部分。我们应当结合作家的思想，把作品反映的战争的性质等等方面的事实弄清楚，才能肯定它们。"刘志坚在《唐代边塞诗歌具有爱国主义思想》②中也指出："当国家分裂的时候，由于历史条件的限制，人们的力量和愿望不能够均衡地覆盖着整个中国大地，只好把爱国主义放在一个特殊的、有限的范围里，这种比较小的范围的爱国主义，同样具有一般爱国主义的本质的内涵。"

另外，许多学者认为边塞诗中的爱国主义的内容不仅仅局限于歌颂边塞正义战争和歌颂保卫祖国、抗敌御侮上。前引沈玉成文就指出边塞诗中爱国主义的内涵还应包括："热爱祖国的人民、乡土、山川风物乃至一草一木，热爱千百年悠久的历史文化传统，热爱劳动、生活。"方达儿在《边塞诗派的爱国主义思想能否定的吗——与吴学恒、王绥青二同志商榷》③中说："边塞诗人把塞外的飞雪、火山、热海、狂风和屯

---

① 载《文学评论》1981年第6期。
② 载《广西民族学院学报》1981年第4期。
③ 载《广西师范学院学报》1982年第1期。

云积水……等奇壮的景色,描绘得栩栩如生,形象鲜明,色彩强烈,展示了祖国的壮观,读来如临其境。因此,难道这些诗不是赞美着我们的祖国吗?难道这些赞美不是基于作者的爱国思想吗?"

另外一些学者则认为,不应简单地理解边塞诗中的爱国主义。周祖譔在《论盛唐边塞诗及其研究中的一些问题》① 中不赞成"把背景材料的分析代替对作品本身的分析",主张"边塞诗中有无爱国主义精神要根据诗歌的内容来确定"。并指出综观盛唐边塞诗,莫不表现出英雄气概和必胜的信念。所以,盛唐边塞诗是有爱国主义精神的,但此类描写又经常混合着报答朝廷知遇之恩或追求功名这类明显的个人主义色彩,严重削弱了爱国主义精神的感染力。所以,他个人认为:"盛唐边塞诗有爱国主义精神的成分,但不宜过于强调。"白坚在《关于盛唐边塞诗的评价问题》② 中也持类似的观点。

二、对盛唐边塞诗成就的评价

边塞诗的思想和艺术成就,凡是论述边塞诗者都有所涉及,但在评价上却略有分歧。上引沈玉成文在论述了边塞诗的爱国主义精神之后,指出边塞诗表现了"一种向往边塞的积极浪漫主义精神",这些诗篇"以反抗侵略、热爱祖国、热爱和平的思想为基础",同时"肯定生活的意义,唤起人们对生活的感情,鼓舞人们积极向上地服务于时代的一些巨大事件"。还有一些边塞诗反映了边塞生活中的深刻矛盾,"给我们以巨大的历史的认识意义"。文中还指出了边塞诗的高度的艺术成就。李廷先在《盛唐边塞诗的评价问题》③ 中就把边塞诗的内容倾向大致归为四类:(1)对反侵略战争表示拥护的;(2)描绘边塞风光的;(3)揭露腐朽的兵役制度所造成人民的痛苦,以及军中苦乐不均的生活,作者认为这类作品"其中流露出消极的、伤感的情绪";(4)具有严重反战思想的作品,作者认为"他们的反战诗都是腐朽没落的世界观的集中表现"。上引白坚文则不同意这样的论断,他说:"对于态度、倾向不同的作品,只要同样反映历史真实,就应同样肯定,……以对于战争的不同态度的诗篇为例。排斥非战作品的论者,基于对战争的片面化、绝对化

---

① 载《唐代文学论丛》总第 4 辑。
② 载《东方论丛》1985 年第 5 期。
③ 载《扬州师院学报》1960 年第 9 期。

的理解,认为凡是边塞战争,都有利于民族形成、国家统一、社会发展,因而就把非战作品看成有害的了。杜甫、李白、李颀、王昌龄等的非战诗篇,不论谴责唐王朝的黩武开边政策,或者揭示战争(包括正义战争)中的缺失,都符合于历史的真实,都有助于继承和发扬爱国主义的传统。"上引吴学恒、王绶青文虽然否认边塞诗的爱国主义精神,但也承认它的思想价值,文中说,"边塞诗创作的价值何在呢?我们以为主要是在他们仕途不得意或是受到严峻的现实的教育,所以写下的那些揭露不义战争的作品",包括描写"军中的黑暗的兵民的苦难"、关怀民生疾苦,同情征人戍卒、刻画"征人思妇的离愁闺怨"以及"同情受凌辱的少数民族"的篇什。该文还肯定了支持平叛战乱的作品。吴文认为唐代边塞诗的数量和质量都是前代所无法比拟的,并指出:"唐以前,文学作品反映边塞生活、边塞风光的任务主要是由历史散文、地理著作来承担的。到了盛唐时代,边塞诗已成为反映边塞生活的一面镜子。"因此,丰富多彩的边塞生活得以再现于诗歌创作之中。朱尔纯的《边塞诗浅论》[①]强调了边塞诗在艺术上的贡献。文中指出边塞诗"注意揭示人的复杂的心理活动和人们的美好精神世界","深刻动人的感情是寓于生动的形象之中。边塞诗往往用简练的笔触发挥高度的想象力,塑造鲜明的形象,给读者以深刻的感受"。

葛晓音的《盛唐边塞诗的历史价值和艺术魅力》[②]一文则认为:"从边塞诗产生的具体背景可以看出,在唐朝边事由衰转盛,统治者由安边走向开边的过程里,大多数诗人都能敏锐地把握住时代的脉搏,反映出不同时期背景中人民情绪的变化。盛唐边塞诗的主要价值就在这一点。"文章还认为:"盛唐边塞诗的价值不仅取决于诗人们对待边事的态度,更重要的是边塞形势的改观、鼓励边功的时代风气,给他们造成了开拓眼界、振奋精神、了解将士和人民感情的客观条件,促使一代文人的审美观念发生了重大改变。……盛唐诗人打破前人写边塞多袭乐府'因其事用其题'(《存余堂诗话》)的格套,即事名篇,自出己意,继承建安诗'志深笔长'、慷慨多气的风骨,又吸取南朝诗善写离愁别怨的长处,形成健康开朗的审美观念,以新鲜的生活和充沛的激情为传统的题材罩上了时代的光轮。"

---

① 载《锦州师范学院学报》1982年第4期。
② 载《唐代文学论丛》总第8辑。

三、盛唐边塞诗兴盛的原因

在这个问题上,人们争议不多,但解释却各有侧重。沈玉成文指出盛唐是边塞诗最繁荣的时期,在解释其原因时说:"唐初以后在边境设都护府,增强了边庭的军事力量,不少诗人都曾经去过边塞甚至长期居留在边塞。""由于边塞是保卫祖国的前哨,边塞生活本身又是如此丰富而多样,除了去过边塞的诗人写下他们的生活感受外,还有为诗人普遍歌唱的价值和魅力。""边塞生活成为诗歌中普遍的题材、和诗歌整个发展的形势应当是不能分开的。"吴庚舜文指出,边塞诗的繁荣除了可用大家承认的唐诗繁荣的那些原因解释外,还有以下几点值得注意。(1)盛唐时期国力强盛,当时"诗人视野广阔,精神振奋,边塞对他们很有吸引力。当时人热心从军和密切关心边塞,还有政治制度和英雄人物的影响"。(2)盛唐时期"边塞与内地联系空前加强,各族人民交往增多,交通便利……这就为从军、出使、漫游塞上提供了方便,实际上也就为诗人直接和间接地汲取边塞生活养料,创造了可观条件"。(3)"在边塞军旅中有一种类似于建安诗人的写作环境。"将帅能文能武,他们延揽诗人入幕,使得诗人接触了边塞生活和战争场面,这些悲壮、雄壮的境界使诗人耳目一新,产生了写作的激情。禹克坤《如何评价唐代边塞诗》[①]中指出边塞诗"与文学传统有一定的关系。边塞诗多用乐府古题。这些古题一般属于乐府中杂曲、鼓吹曲、横吹曲,是'马上之曲',适于表现征战的题材。唐代边塞诗人……都亲历过边塞生活。他们的诗往往是呈献之作,呈献的对象又是依附的守塞武将。这样的生活,这样的创作目的,使得他们的边塞诗常常直接或间接地去描写征战"。"唐代重视边功,有'节度使入相天子'的制度。系身幕府,是中下层知识分子'躐取进身'的重要途径。因而那些虽未系身幕府的诗人,在时代潮流的激荡下,也培养了对于边塞征战的审美趣味,写了许多仿制的边塞诗。"回俊才《边塞诗的形成及其评价问题》[②]强调盛唐时期"封建经济的高度繁荣,国力空前强大和统一,以长安为中心各民族(还有外国)商业文化交流和友好往来的加强,这是边塞诗形成的根本原因"。这里所说的"经济繁荣"是包括陇西一带的,而且特别强调

---

① 载《文学评论》1981年第3期。
② 载《牡丹江师范学院学报》1981年第1期。

"边塞地区的繁荣,那里富有传奇色彩的生活,对盛唐诗人有极大的吸引力,为他们提供了丰富的创作素材"。王景琳《论盛唐边塞诗派形成的社会原因》[①]强调从军求仕对边塞诗繁荣的影响,文中说:"开元以来自边帅入相者很多,所以文人更加注意边塞,走从军求仕之路,以诗抒发情怀、表达志向,就十分自然了。"祁子祥《唐代边塞诗》[②]中除了指出政治的稳定和经济的繁荣对边塞诗的影响以外,还强调了唐朝统治者所执行的"兴学"和"修文"的文化政策,"这种有最高统治者提倡而又身体力行的较自由而开放的文艺主张,解放了诗的题材,造就了一大批多种风格的诗人,反映了广泛的社会风貌"。葛晓音的《盛唐边塞诗的历史价值和艺术魅力》则着眼于初盛唐处理民族关系的特点和边塞形势的变化对文人精神面貌的影响,就边塞诗产生的具体背景和审美特征作了一番考察。作者认为,边塞诗之所以在盛唐最繁荣,原因就在它那乐观高亢的基调和雄浑壮美的意境典型地反映了中华民族处于全盛时期的精神风貌。唐前期处理民族关系的主流绝不是实行民族压迫,而是在保障国家安全的基础上,尊重各民族的独立自主,促进各族人民的团结和民族文化的融合,这就大大激发了盛唐文人讴歌强大国力的自豪感和民族自强的信心。如果不考察这些因素,仅仅把盛唐边塞诗看作开边战争的颂歌,就很难作出比较符合历史实际的评价。左云霖《尚武社会风气的形成及其对盛唐边塞诗的影响》[③]一文从民俗学的新角度探讨盛唐时期尚武的社会风气,以及形成这种社会风气的原因,并论证了尚武风气对边塞诗思想内容的影响。作者认为盛唐尚武风气对边塞诗思想内容的影响最显著的有三个方面:(1)赞美勇猛剽悍的性格和尚武轻生的精神;(2)歌颂出塞之乐,使人产生"致功名于千里之外"的激情;(3)颂扬边塞征战。

徐定祥《"文章四友"和盛唐边塞诗——兼谈边塞诗的文学渊源》[④]则从诗歌艺术本身的演进和发展的角度探讨了盛唐边塞诗的文学渊源,因"初唐文学研究综述"文章四友部分已经作了介绍,此处就不再赘述了。

---

① 载《大学生丛刊》1982年第2期。
② 载《伊犁师范学院学报》1983年第2期。
③ 载《社会科学辑刊》1984年第4期。
④ 载《安徽大学学报》1988年第4期。

在80年代，还出现了两本有关盛唐边塞诗派研究的专著：一是漆绪邦的《盛唐边塞诗评》①；二是西北师范学院中文系和西北师范学院学报编辑部合编的《唐代边塞诗研究论文选粹》②。前者第一章从"盛唐的边塞战戍形势""源远流长的边塞诗传统""盛唐气象和盛唐的边塞诗派"三个方面讨论了盛唐边塞诗勃兴的历史原因，后三章分别探讨了高适、岑参以及李颀、王昌龄和盛唐其他边塞诗人的创作成就，最后一章（第五章）是"盛唐边塞诗的余波——中晚唐的边塞诗"。后者是中国唐代文学学会第二届年会的论文汇编，分四大部分。第一部分都是总论唐代边塞诗的文章，其中较有新意者，有邱俊鹏的《唐代边塞诗与传统征戍诗》、吴逢箴的《送人吐蕃使诗初探》等；第二部分是论盛唐边塞诗的，重要论文有徐定祥的《"文章四友"和盛唐边塞诗》；第三部分是论岑参边塞诗和中晚唐边塞诗的，较有价值者是孙映逵的《岑参边塞诗地名笺释》；第四部分是关于唐代边塞诗在国外的影响和研究综述的文章，王丽娜的《高适、岑参、王昌龄的边塞诗在国外》角度比较新，填补了20世纪唐代边塞诗研究的一项空白，值得一读。

90年代以后，虽然也还有人对盛唐边塞诗派进行研究，但总的来说无太大进展，有关的文章主要有胡大浚的《唐代社会文化心理与唐代边塞诗》③、倪培翔的《略说盛唐边塞诗美学特征》④、韩玉珠的《琵琶起舞换新声——评唐代边塞诗中的西部风情美》⑤等。

第三节　盛唐山水田园诗派研究

盛唐山水田园诗派也是20世纪人们为了研究的方便而提出的文学史概念，虽然有人对这样的提法不太同意，但是由于学界沿用已久，且为多数人认同，更主要的是已经产生了一些以此为研究对象的成果，故本书下面将对20世纪有关的研究情况做一回顾。

---

① 漆绪邦：《盛唐边塞诗评》，太原：山西人民出版社，1987年。
② 西北师范学院中文系、西北师范学院编辑部编：《唐代边塞诗研究论文选粹》，兰州：甘肃教育出版社，1988年。
③ 载《唐代文学研究》第3辑，桂林：广西师范大学出版社，1992年。
④ 同上。
⑤ 载《西北大学学报》1993年第3期。

一、盛唐山水田园诗派形成原因

对于盛唐山水田园诗派形成的原因,学界有角度不一、深浅不同的看法。胡适《白话文学史》第十三章"歌唱自然的诗人"认为,盛唐山水田园诗人的出现有两个原因。一是 5 世纪以下老庄的自然主义的思想和外来的佛教思想的混合,使得士大夫往往轻视世务,寄意于人事之外;虽不能出家,而往往自命为超出尘世,于是在文学的方面有"山水"一派的出现[1]。二是当时社会重视隐逸,隐逸之士遂成了社会上的高贵阶级。聪明的人便不去应科第,却去隐居山林,做个隐士。隐士的名气大了,自然有州郡的推荐,朝廷的征辟;即使不得征召,而隐士的地位很高,仍不失社会的崇敬。思想所趋,社会所重,自然产生了这种隐逸的文学,歌颂田园的生活,赞美山水的可爱,鼓吹乐天知命、适性自然的人生观[2]。苏雪林的《唐诗概论》则在胡适《白话文学史》的基础上又作了一些补充,她认为,胡适的话都是不错的,"但为什么隐逸在唐代成了特殊的高贵阶级,照我看也有它本身的时代社会背景。这背景便是道教之升为唐朝皇家正教"[3]。"诗人山居的动机或者为了便于修炼——当时文士多少与丹箓发生一点关系——或者为了便于读书,但他们既多与自然接触,对自然更易欣赏和了解。建安以来的宫廷都市文学到了这时变为山林田园文学,其关键在此。"[4] 以后五六十年代相继出版的各种中国文学史、唐诗概论之类的论著对盛唐山水田园诗派产生原因的论述基本上不出以上几点。

二、盛唐山水田园诗派综合研究

80 年代以后,学术界出现了一些对盛唐山水田园诗派进行综合研究的论文和著作,论文如刘德重的《盛唐山水田园诗派的形成及其在文学史上的地位》[5]、何丹尼的《盛唐山水田园诗与时代精神》[6]、林继中

---

[1] 《白话文学史》,第 211 页。
[2] 同上书,第 219—220 页。
[3] 《唐诗概论》,第 59 页。
[4] 同上书,第 62 页。
[5] 载《安徽大学学报》1980 年。
[6] 载《上海师范大学学报》1989 年第 3 期。

的《试论盛唐田园诗的心理依据》[1]、葛晓音的《盛唐田园诗和文人的隐居方式》[2]《论山水田园诗派的艺术特征》[3] 等。

其中刘德重文首先探讨了盛唐山水田园诗派形成的原因，他认为，"当时政治现实的黑暗，作用于一群软弱的中小地主知识分子身上，再加上佛老思想的影响，便促使他们逃避现实，归隐田园，寄情山水。这就是盛唐山水田园诗派得以形成的社会原因"。本文还认为胡适《白话文学史》及以后的各种文学史强调"终南捷径"对于盛唐隐逸之风的影响，并进而把它归结为当时山水田园诗兴盛的原因是不妥当的。本文认为："诚然，当时'终南捷径'是存在的，走此径者亦不乏其人，但那是些假隐士，并不能作为山水田园诗派的代表。……盛唐山水田园诗派的代表作家，多为开元进士，他们是靠科举而非靠征辟进入仕途的。与'依隐钓名'、由隐而仕的'终南捷径'正好相反，他们走的恰恰是一条由仕而隐、远离政治的道路。"在对盛唐山水田园诗派的艺术倾向进行评述时，他认为"隐逸闲适的内容，消极出世的思想，清冷空寂的意境，这就是盛唐山水田园诗派的主要创作倾向。……当然，又不能一概而论，在表现闲适的作品中，也有描绘了祖国山川的秀美，反映了农村生活的淳朴，消极情绪不太明显"。对盛唐山水田园诗派在诗歌史上的地位评述时，他说："要而言之，盛唐山水田园诗派的田园诗，成就不及陶渊明；他们的山水诗，成就超过了谢灵运。若论在文学史上的地位，他们是应当居于陶、谢之中的。""从表现艺术方面来看，盛唐山水田园诗派则综合了陶、谢之长而又有所发展。"

林继中文从心理学的角度切入，探讨了文人的隐居心态与六朝人的区别，及其对田园诗的影响。文章指出，这种田园别墅的"世上桃源"为"冠冕巢由"式的半官半隐生活提供了可能性，由此带来了隐逸心态的变化，即陶渊明所幻想的"秋熟靡王税"为"愿守黍稷税"所取代。盛唐士大夫与官场拉开一定的距离，追求一种身心俱足的平衡，又在传统文化心理的维系下，遵循儒家"不废大伦"的原则。正是这种从经济到心态的自给自足，造就了盛唐田园诗的"自在"——即秀美的风格。

葛晓音前文从文人的隐居方式这一独特角度深入探讨了盛唐田园诗

---

[1]　载《文史哲》1989 年第 4 期。
[2]　载《学术月刊》1989 年第 11 期。
[3]　载《国学研究》第 1 卷，北京：北京大学出版社，1993 年。

兴盛的原因及其特征。指出由于盛唐官僚阶层享有占田的特权，盛唐别业在官僚阶层，尤其是中下层士人中十分普及。这一特点造成了两种主要的隐居方式：一种是在郊馆别业休沐之隐，以及州县官在任所附近购置"寄庄"之隐，即"亦官亦隐"；一种是文人在等候选调或荐举期间的暂时闲居。后一种又包括两类：一类是在释褐之前为入仕作准备，一类是在及第之后等候选官、或罢官之后待时再选。后一类对田园诗的产生至关重要，因为这一类隐居多数在出过著名隐士的风光优美的地区，又通常是文人进行心理调节的时期。文章还对隐居的地域选择、爱好偕隐、郊馆庄园的修建特点等方面作了探讨。作者认为，上述隐居方式对田园诗的写作产生了直接的影响。首先，别业的创作环境造成了盛唐部分田园诗和山水诗相融合的趋向。其次，促使盛唐文人以合乎时代精神的审美理想继承了陶渊明田园诗的传统，同时又表现出很大的差异，即更多地将审美目光移向隐居环境的外在美，注意到在陶诗中尚未被充分表现过的多方面的田园意趣。最后，形成了盛唐田园诗追求平和宁静和优雅高尚的审美趣味。这篇文章对学术界已成定论而语焉不详的隐逸与田园诗的关系的研究，显然比以往的阐发远为具体和深入。

　　葛晓音后文试图通过对陶谢、王孟、韦柳这一作家系列的考察，从他们作品的基本旨趣、审美观照方式、道释思想的影响、艺术表现手法等方面，研究这一诗派的艺术特征。文章认为，王孟诗派的特点，首先在于继承了陶谢所确立的体合自然、适己为乐的精神旨趣及澄怀观道、静照忘求的审美观照方式。这是山水田园诗派形成的基本特征。其次是这派诗人多写方外之情，却没有纵诞的宗教色彩，而是将仙境禅境化入静照忘求的审美观照方式，创造出清净空灵的艺术意境，这是王孟诗派区别于其他山水诗人的又一重要特征。最后，王孟对陶谢的继承，不仅体现为融合了二者一重感受、一重刻画的基本表现方式，而且还表现在意象、语言、结构等许多具体的艺术表现手段上。例如，他们往往喜欢通过创造类似的隐居环境，表现与陶渊明类似的心境。王孟诗派也吸取了谢灵运诗形象鲜明、容量较大、语言典雅、适于在登临游览中展开山水长卷的特点。而王孟诗派继承并融合陶谢的表现方式和艺术手法这一特征，是山水田园诗从陶谢到张九龄逐渐合流的趋向所促成的。山水诗自初唐以来，便经历了学习大谢体和小谢体的两次复变。大谢之繁、难、深、险与小谢的简易浅近相融合，已为虚实关系的处理提供了最基本的经验。但王孟诗派没有停留在单纯继承和融合陶谢的水平上，而是在融合的基础上,将意象提炼到具有最高概括力的程度,使这一诗派形成了富有韵外之致、象外之趣的共同特色和清空简远的相似意境。他们处理虚实关系的手法主要有三种:一是淡化和疏化景物形貌的刻画,注重传神;二是以灵活巧妙的构思改变大谢平铺直叙、面面俱到的章法,突出主线,详略得宜,形成曲折有致的多种结构方式;三是通过意象的取舍和精心组织,把色相提炼到最精简的程度,能提供最大的想象余地。文章最后说:"由此可见,王孟诗派形成空灵清新、含蓄隽永的共同风格,达到后人所称道的'清空罔象'的境界,也是他们在艺术手法上继承和发展陶谢,并且互相影响、前后传承的结果。"

对山水田园诗派进行专门研究的论著有葛晓音的《山水田园诗派研究》,该书论盛唐山水田园诗分"开元前期山水田园诗的合流""孟浩然""王维""盛唐诸家山水的界划"等十章。该书认为,"在南北朝分道而行的山水田园诗,从唐初王绩开始虽出现了合流的端倪,但因初唐诗坛上田园诗寥寥无几,而且从内容到表现方法几乎都被山水诗同化,遂造成了初唐山水诗单向发展的局面。直到开元年间,才出现了一批兼长山水田园诗的大作家,并在某种程度上恢复了陶渊明田园诗的旨趣。但山水诗与田园诗的合流,不仅表现在诗人对两类题材的兼容并包,还表现为在实质方面的深层次的合流。即陶渊明田园诗中对人生的深刻思考被山水诗接受,生来就未传汉魏风骨的山水诗与陶诗在继承建安风力的基本精神上趋于一致,自然观中的宇宙观和人生观在山水田园诗的意境中融合为一。这才使山水田园诗派的形成具备了牢固的思想基础。而完成这种合流的关键在于山水诗自身的变革。初唐山水诗的第一次复变,仅仅做到在艺术风格上用晋宋古意反拨齐梁诗风。而山水诗还必须进行一次充实汉魏风力的变革,才有可能与陶渊明的田园诗真正趋同。这一变革过程,是在开元时期的两位贤相张说、张九龄的倡导下,通过对齐梁诗风的再次纠偏而完成的"①。第十章"山水田园诗派在中国美学史上的地位"虽然是总论,但仍以盛唐诸家山水田园诗为重点。文章认为,与其他题材相比,山水田园诗的表现艺术发展得最为充分,也最为丰富复杂,不但成为后世难以企及的典范,而且解决了中国美学史中一些最重要的问题,如虚与实、形与神、天然与人工、意境与兴象等等,对宋元以后发展起来的文人山水画和园林等艺术门类产生了直接的

---

① 《山水田园诗派研究》,第156页。

影响。山水田园诗派在中国美学史上的特殊地位,还反映了中国文人审美的一项重要标准,即崇尚萧散、简远、闲淡的风格和出于天然、无法可依的境界。总之,山水田园诗派之所以应当得到充分肯定,主要在于它在我国艺术史上提供了一种极高的审美标准和不可企及的典范,反映了我国古代封建文化所取得的高度成就①。

第四节 二张和吴中四士研究

张说、张九龄不但是初盛唐之际极为重要的政治家,而且是当时诗坛的领袖,对盛唐诗歌兴盛局面的形成起了很大的作用,加上他们本身的文学创作成就比较大,故20世纪有关他们文学作品和创作活动的研究成果也较多。

一、张说研究

关于张说的专题论文,20世纪上半叶只有一篇,即陈子展的《张说一千二百年忌》②,大部分成果产生在80年代以后。

张说生平研究

20世纪关于张说生平研究的成果主要有陈祖言的《张说年谱》③、傅璇琮的《唐才子传笺证》第一册"张说"条、乔象钟的《张说》④等。

关于张说的籍贯,历来有两种说法,一曰范阳人,一曰洛阳人。陈祖言著对此两说均作了比较详细的考辨,最终认为,张说籍贯河东,范阳既是冒认,洛阳亦属讹传⑤。傅璇琮著则认为,张说籍贯应为洛阳人⑥。

对于张说生平重要行事,陈祖言著发明较多。如张说制举登科之年,《新唐书》等说是永昌元年,清人徐松说是垂拱四年,据本书作者考订应为载初元年;张说迁荆州之年,唐史学者岑仲勉《唐史余沈》提

---

① 《山水田园诗派研究》,第349—363页。
② 载《现代文学》第1卷第6期,1930年。
③ 陈祖言:《张说年谱》,香港:香港中文大学出版社,1984年。
④ 载《中国历代著名文学家评传》续编一。
⑤ 《张说年谱》,第1—4页。
⑥ 《唐才子传笺证》,第130—132页。

出开元五年、六年两种可能①，本书作者则认为是开元五年；张说镇并州之年，《旧唐书》说是开元七年，本书认为应是开元八年，等等。另外，作者还花了大量的笔墨考证了张说与盛唐著名文士的交往以及对他们的提携，强调了张说对盛唐文学兴盛的巨大贡献。将张说诗文能考知所作月份的，都予以系年。不能确定作于哪一年，只能确定一段时期的，则系于这段时期的最后一年并注明。这些都有助于对张说文学创作活动和诗文成就的进一步研究。傅璇琮著在陈祖言的基础上稍有补充。

张说诗文成就研究

对于张说的文学成就及其在文学史上的地位，陈子展在《张说一千二百年忌》中作了较详细的、全面的论述，他认为张说"是代表一个时期的文学家，今年是他的一千二百年忌。现在我们要提起他，就该重估他在文学史上的位置，至少也该知道他在当时文坛上的位置"。"他在当时，不曾明白的提倡散文。他的文章也还未脱出整体的型范。可是他以碑文墓志叙事之文见称当世。而他的文章也很可以拿来代表那时文体由整列散的这一趋势。""他前后三秉大政，掌文学之任凡三十年，朝廷大述作，多出其手，也就正因为他的文章能把握当时的社会意识的缘故。自然，他于当时文坛上有不小的权威，有不少的影响。……有唐代隋，张说显贵于开元盛时，他在政治上的地位，很足以抬高他在文学上的地位。所以他能主一时坛坫，开一时风气。……他在文学上虽不曾有若何明白主张，而宋初《新唐书》却把他列在王杨和韩柳之间，作为由王杨变到韩柳的一个过渡时期的代表人物。"

在40年代，闻一多把张说划到盛唐时期第一个复古阶段"齐梁风格"的作家群中，但他又认为，"张说的诗比同派其他诗人写得深刻，如'闲居草木待，虚室鬼神怜'（《闻雨》）竟有泛生主义看法。又如：'云霞交暮色，草木喜春容'（《侍宴浐水赋得浓字》）态度更为积极，认为自然是神秘而有灵性者。……张说的'雁飞江月冷，猿啸野风秋'是模仿上官仪《入朝洛堤步月》中的两句，而他的身份官职，正好证明他是直接继承了初唐的风格"。张说的《还自端州驿与高六别处》五律一首"整篇匀称，无句可摘，才是盛唐新调"，"张说的诗能高于这一派的小家诗人，这是重要的原因"。"他又以自己的地位把这种作风加以提

---

① 《唐史余沈》，第82—83页。

倡，当时除了孟浩然、李白、杜甫等大家之外，一般想由科举出身的举子们谁不竞先响应。因此，我们有理由把张说说成是试帖诗典型的建立者，也就是他对唐诗所起的重大影响，而试帖诗的影响唐代诗坛，也就是张说影响的普遍化了。"①

此后将近三十年的时间里，学术界似乎将张说淡忘了，无论是文学史还是唐诗研究专著对张说大都很少提及或一笔带过。直到 80 年代，人们才又开始注意张说的文学成就，对其在文学史上的地位重新作出评价。如陈祖言在其《张说年谱·前言》中就着重强调了张说在当时文坛上的地位："他主要的建树在文学上。他'掌文学之任凡三十年'，是开元前期的'当朝文伯'，而唐代文学由初入盛的变化，正是在这个时期最后完成的。""张说所奖掖的文学后进（包括一些和他年龄差不多的人），现在我们能考知的就有：张九龄、贺知章等二十余人（还有些当时以文学受知于张说，日后却并非以文学著称者，如房琯、李泌、刘晏等）。这简直就是一张开元前期的文学家名单！这批人又提携了一批盛唐的大师，如张九龄之于孟浩然、王维，贺知章之于李白，孙逖之于李华、萧颖士。可以说，张说的'延揽后进'，对唐代文学的发展，意义是重大的，影响是深远的。"对于张说本人的文学成就，作者认为，"他的碑志文和山水诗尤其出色"，"同时，张说也是一位文学批评家，他曾以权威的口吻对当时的著名文人逐一作了精彩的评论"。作者还说："要了解张说对唐代文学的贡献，还应注意他和玄宗的关系。玄宗尚在东宫时，张说为太子侍读，两人就异常亲近。后来张说又'独排太平之党，请太子监国，平定祸乱，迄为宗臣'。正是凭借这种特殊的关系，张说对玄宗的文学好尚和由此制定的政策，可以施加很大的影响。比如，张说在景云二年《上东宫请讲学启》中提出的'崇道尊儒''博采文士'等主张，即为玄宗全面采纳。因此，韦述曾说：'上之好文，自说始也。'宋祁则说：'开元文物彬彬，说力居多。'"

乔象钟的《张说》也曾对张说的文学成就详加论述，该文认为，"以大手笔驰名的张说为初盛唐大臣、名将所写的碑铭、行述，是唐史的原始资料，也是唐代将相的画廊。其中有王方翼、裴行俭……他为一代伟人所树立的形象，是不朽的"。"张说的诗歌有一半是奉和应制之作，这样的体制已限制了他的诗歌自由发挥，抒情写性。歌功颂德，四

---

① 《唐诗杂论》，第 228—229 页。

平八稳,词藻富丽是其特点,但从另外的角度看,也可以使人了解到当时社会一些侧面。不过,他的更多的诗歌着重抒发自己的情怀的。描写了他一生多变的政治生涯和他的欢乐悲愁。"① "张说的山水诗也写得景象开阔,活泼而富情趣,……就是那些奉和应制的诗,也不可一概予以抹煞。有的写得也很工巧。"② "在形式的运用上,张说写过五言、六言、七言、杂言、歌行,这些诗歌都明丽、流畅,音韵响亮,可资吟咏。他是初、盛唐间一位重要诗人。"③

葛晓音的《山水田园诗派研究》一书对张说在唐代山水诗史上的地位和成就作了比较深入的探讨,该书认为,"开元前期的山水诗虽然再度复兴了齐梁诗风,却并未重蹈其绮靡的覆辙,而且成为盛唐山水田园诗派的形成过程中不可缺少的重要环节,为盛唐山水诗奠定了优美清新的基调。除了吴越山水诗境界开阔、生机勃勃、新鲜健康等自身原因以外,张说、张九龄的正确引导也起了重要作用"④。在论述张说山水诗时,她认为,"张说的思想以儒家济世的观念为主,不喜道教的方外之说","因此张说最大的贡献之一,便是在山水诗中表现了拯世济人的理想,躬逢盛世的自豪感,以及不计沉浮得失的达观心情,使山水诗显示出盛唐时代的精神面貌"⑤。"张说虽不喜方外之说,但他也像陈子昂一样,常常探索天道变化的规律,并往往落实到社会人事的思考","值得注意的是张说这些思考在行役贬谪之时为多,所以能和山水诗相结合"。这样无疑就深化了山水诗的意境⑥。同时,张说的山水诗还"将陈子昂提倡的比兴寄托引进了山水诗","虽然张说这类诗作极少,但为盛唐诗人进一步将比兴寄托融入山水诗打开了思路"⑦。"张说的山水诗能兼取大小谢两种不同的风格,促使晋宋与齐梁两体趋于合流。这主要体现在他的部分游览诗中,有的效法大谢式的双声叠韵字和艰涩声调","但张说不像陈子昂、沈、宋的古体那样一味追求大谢的重涩繁缛。或许是因

---

① 《中国历代著名文学家评传》续编一,第 577 页。
② 同上书,第 579 页。
③ 同上书,第 579—580 页。
④ 《山水田园诗派研究》,第 165 页。
⑤ 同上书,第 167 页。
⑥ 同上书,第 167—168 页。
⑦ 同上书,第 168 页。

为岳州面临浩渺的洞庭,他更多地吸取了小谢描绘水景的艺术"①,"小谢式的清朗和大谢式的密实相协调,体现了张说所理想的中和之美"②。文章还指出,张说对开元诗风的影响不仅在他的创作实绩,更重要的是他一代文宗的地位引导着诗歌发展的方向:张说所提携的许多人"在南方山水诗传入京洛的过程中,曾起过不小的作用";"张说还从理论上倡导'逸势标起,奇情新拔'的风骨,以及'属词丰美,得中和之气'的辞采,预见到'天然壮丽'应是盛唐诗理想的风貌"③。在谈到张说称赏王湾《次北固山下》诗的诗史意义时,文章认为:"王湾这一联以宏大的气魄写出诗人从海日生于残夜、新春于旧年的自然景象中领悟的哲理意味,较之崔、杜之句仅限于写景的意境更为深广,标志着五律诗境已彻底摆脱齐梁山水诗赋物象形、即景寓情的阶段,进入了盛唐。张说敏锐地觉察到这一变化的意义,并'每示能文令为楷式'(《全唐诗话》),便及时防止了开元前期齐梁清媚诗风流行,容易失于肤浅的潜在危机,并为近体山水诗指出了艺术升华的途径。"④

杜晓勤的《初盛唐诗歌的文化阐释》一书也比较重视张说在初盛唐之际诗风转变过程中地位和作用,作者认为:"由于张说等人外贬时间较长,此时之政治斗争乃是持不同政见朝臣间的倾轧,远不如武周朝酷吏对朝臣残酷,所以他们便能在初唐宫廷诗歌艺术传统之外,另寻野径,从汉魏诗歌,从陶潜、王绩的隐逸诗,从阮籍、陈子昂的感遇、咏怀诗,从南朝的山水诗中吸取艺术养料,作更多的艺术尝试,为盛唐诗歌新风貌的形成作了必要的艺术铺垫。""在这些作品中,首先值得重视的,是张说等人直接继承汉魏文人诗言志述怀,表现强烈的建功立业的思想,以及对人生功名的思考。""而这种乐观的心态、不灭的理想正是盛唐诗人学习建安诗风而又有别于建安诗风的关键所在,张说于此点实有首倡之功。"⑤ "其次,张说遭贬之后,还有意学陶渊明、王绩之达观、萧散,而隐逸自适,静以待时。""也许正是在张说的影响下,王维、孟浩然等盛唐诗人才不至于沉沦于山林、田园之中,而是形成了乐

---

① 《山水田园诗派研究》,第169页。
② 同上书,第170页。
③ 同上。
④ 同上书,第172页。
⑤ 《初盛唐诗歌的文化阐释》,第293—295页。

观、任真、自然、放达的健康人生观。"① "在张说等人的贬谪诗中，还有一些直接秉承了阮籍、陈子昂《咏怀》、《感遇诗》的艺术传统，感慨怀抱，兴寄遥深。""后来盛唐诗人高适、岑参、李白、杜甫等在天宝初年游梁宋时多作有感慨古今、意气纵横之诗，疑亦有张说的影响。"②该书最后说："总之，张说在开元初年遭贬时期，在诗歌艺术方面博采众长，从诗歌表现题材、诗歌形式，到诗境、骨力等方面都做了积极、有效的探索，为开创盛唐诗歌新风貌作了比较全面的准备。"③

另外，80年代以来，还出现了一些专门探讨张说文学成就和文学史地位的论文，比如肖砾《唐大手笔张说在钦州》④、李剑国《张说的传奇考论》⑤、彭菊华《张说在唐代文学史上的地位》⑥、徐定祥《漫论张说及其〈邺都引〉》⑦、张步云《论从初唐到盛唐的过渡诗人张说》⑧、陶新民《初论张说对盛唐文学的贡献》⑨ 等，也都各有侧重，具有一定的学术价值。

二、张九龄研究

20世纪关于张九龄的研究成果在很长一段时间里，是由广东学者做出的，而且其中很多成果是在30—40年代的《岭南学报》和80年代的《韶关师专学报》发表的，这反映了整个学术界对张九龄研究并不是十分重视，这自然影响了张九龄研究的发展。不过，80年代以后，其他地区的学者和学术刊物也逐渐刊发了一些有关张九龄的论文，而且在研究深度和广度上都有所突破，加上90年代以后出版的一些诗歌史和唐诗研究论著也加强了对张九龄文学成就和在唐代文学史上地位的论述，故到20世纪末，对张九龄的研究也就显得比较充实了。

---

① 《初盛唐诗歌的文化阐释》，第295—297页。
② 同上书，第297—299页。
③ 同上书，第299—300页。
④ 载《语文园地》1983年第4期。
⑤ 载《辽宁教育学院学报》1985年第4期。
⑥ 载《中国文学研究》1988年第2期。
⑦ 载《安徽教育学院学报》1988年第4期。
⑧ 载《上海师范大学学报》1989年3期。
⑨ 载《河北大学学报》1992年第3期。

张九龄生平研究

20世纪关于张九龄生平研究的成果主要有：何格恩《张九龄年谱》[①]《曲江年谱拾遗》[②]、傅璇琮《唐代诗人考略·张九龄》[③]、李世亮《张九龄年谱》[④]、乔象钟《张九龄评传》[⑤]、崔文恒《张九龄小传》[⑥]、刘斯翰《张九龄年谱简编》[⑦]、张明非《张九龄生平事迹考辨》[⑧]等。

何格恩文《张九龄年谱》对张九龄一生重要行事都作了考证、系年，如：唐高宗仪凤三年（678），张九龄生；武后载初二年（690），张九龄十三岁，上书王方庆；长安二年（702），二十五岁，擢进士；长安三年，见张说；中宗神龙三年（707），三十岁，中材堪经邦科，授校书郎；睿宗太极元年（712），三十五岁，以道侔伊吕科策高第，迁左拾遗；玄宗先天二年（713），上书姚令公，劝其远谄躁，进纯厚，不纳，拂衣南归；开元四年，三十九岁，请行郊礼，开大庾岭路；开元八年，四十三岁，四月八日，转司勋员外郎；开元十年，转中书舍人内供奉；开元十三年，四月二十五日，加中散大夫；开元十五年，三月，授都督洪州诸军事，守洪州刺史；十八年，七月三日，传桂州刺史兼岭南按察使；十九年，五十四岁，三月七日，守秘书少监兼集贤院学士副知院事；开元二十二年，五十七岁，五月二十七日，加银青光禄大夫守中书令集贤院学士知院事修国史；开元二十五年，左迁荆州大都督长史；开元二十八年，六十三岁，五月七日，卒于韶州曲江之私第。其《曲江年谱拾遗》首先对张九龄集中所言"始兴林泉"与《旧唐书》本传中所说的曾祖家于始兴的问题，作了辨析，认为曲江在世日未尝居于始兴，此乃沿用旧称。另外，对上期发表的《年谱》中"曲江屯田"一节（开元二十二年）作了补正，而且对张氏广屯田议之动机也作了说明。总之，何谱考证精审，系年详明，许多结论现在仍为学界所援引，后出的一些

---

① 载《岭南学报》第4卷第1期，1935年。
② 同上。
③ 载《文史》第8辑。
④ 载《韶关师专学报》1982年第1期。
⑤ 《中国历代著名文学家评传》第2卷，第58—65页。
⑥ 载《唐代文学论丛》总第5辑。
⑦ 载张九龄著，刘斯翰校注：《曲江集》，广州：广东人民出版社，1986年。
⑧ 载《唐音论薮》。

张九龄年谱很少有从整体上超过它的。

傅璇琮《唐代诗人考略·张九龄》首先针对 50 年代以后的一些文学史专著及唐诗选本都定张氏生年为 673 年的情况，结合 1960 年新出土的《张九龄墓志》，对张九龄的生年重新作了考辨，最终认为张九龄的生卒年应为高宗仪凤三年（678）至玄宗开元二十八年，享年六十三岁。此说与闻一多《唐诗大系》和上引何谱相合。此文关于张氏生平的其他考证结果亦多与何谱相合。唯其对张九龄与盛唐文人交往的考述，可补何氏之阙。

刘斯翰《张九龄年谱简编》虽然在主要观点上也没有超过何谱，但它对张氏诗文作了一些系年，便于对张氏文学创作活动的作进一步的研究。

张明非《张九龄生平事迹考辨》一文考证了张九龄一生的三个重大问题：一是关于张九龄的生年，她从三个方面证明张氏应生于仪凤三年，而非高宗咸亨四年；二是关于张九龄开元初的辞病告归，虽然其结论也与何谱接近，但对张氏乡居时期活动的考证更细致；三是关于张九龄与张说的关系，该文也作了深细的辨析，认为九龄刺冀州后改洪州，确系受张说罢职之牵连，但改太常少卿，却与此无关。

张九龄政治生活和思想研究

20 世纪关于张九龄政治生活的专题文章，只有何格恩的《张九龄之政治生活》[①]，该文认为，"唐自武德、贞观以来，大将之任，多以重臣领之。开元中，薛讷……皆以节度使入知政事。九龄无军功，独以文词显；而能致相者，则张说倡导之力也"。该文又对张九龄柄政时所实施之政策作了阐述，包括守古礼，慎爵赏，重守令，尚学问，轻武功，防胡将等六部分内容。此外九龄在政治上之设施，如废循资格，复置采访使，大抵率由旧章。而弛禁铸钱，则以同僚反对，未见实行。广屯田之议，未详其实施之方法。文章结尾说："总之，张九龄之政策与李林甫完全冲突。玄宗用张九龄致开元之治；用李林甫成天宝之乱。"

乔象钟《张九龄评传》侧重从张九龄的思想出发来论述其政治主张，如指出张九龄继承了儒家的人本思想，他自幼长于边远地方，注意到地方官对人民的重要性，曾上疏批评朝廷不重视地方官，往往把犯了

---

① 载《岭南学报》第 4 卷第 1 期。

罪的京官贬到地方去任官,有才能的人皆不愿任地方官。他主张凡是没有担任过地方官的,不得担任侍郎、列卿、台、卿、给、舍等京官[①]。

顾建国《论张九龄的穷达出处观》[②]联系张九龄的思想和创作特征作了较为深入具体的探索,细致地分析了张九龄穷达出处观的形成过程,指出张九龄"将勤劳国事与自己远大的政治理想紧密联系在一起",有一种及时建功立业的紧迫感,"同时在宦海风波与人生旅途上,坚守不屈己、不阿私的节操",这是他穷达出处观的重要特征。而他之所以形成这种出处观,"又与他先后经受忤相辞归、因事外放和被贬荆州这三次大的挫折有关"。顾文认为张九龄选择功成身退的人生道路,"这种思想萌发于开元十五年他外放洪州时","这次外放与张说的倒台有关",因而"自然触发了他潜藏在心底的势孤族寒、难以立足朝廷的意识"。而张九龄的所谓退隐,实际上是把外放当作赋闲。文章还分析了张九龄所确立的"逢时报恩、功成身退"的盛世出处观对王维、李白等盛唐诗人的影响。这些论述,较之以前一般化地评价张九龄思想的文章,显然深入了一大步。

类似的文章还有钟梅坤《论张九龄的政治思想及其历史贡献》[③]、黄志辉《试论张九龄的神道观》[④]、顾建国《张九龄与岭南文化》[⑤]、李锦全《张九龄思想探微》[⑥]、曹作之《论张九龄与李林甫之争》[⑦]、王镝非《略论张九龄的政治远见》[⑧]、萧文苑《张九龄的人格美》[⑨]等。

张九龄诗文成就研究

对于张九龄的诗文创作成就及其在唐代文学史上的作用,学界给予了相当的关注。

少泉在《诗人张九龄》[⑩]中指出,"九龄之诗,在当时已有凌驾张

---

① 《中国历代著名文学家评传》第2卷,第69页。
② 载《淮阴教育学院学报》1988年第1期。
③ 载《韶关师专学报》1982年第2期。
④ 载《韶关师专学报》1988年第3期。
⑤ 载《淮阴教育学院学报》1988年第2期。
⑥ 载《广东社会科学》1989年第1期。
⑦ 载《江汉大学学报》1990年第2期。
⑧ 载《湖南师范大学社会科学学报》1990年第4期。
⑨ 载《语文月刊》1991年第3期。
⑩ 载《辅仁广东同学会半年刊》第2期,1936年。

说之评语矣",并谓其《感遇诗》与子昂"皆注重意境,撇开词藻,风骨高古,华丽诗风,为之一扫。但九龄所作与子昂稍有不同之处,盖正字古奥,曲江蕴藉;虽本源同嗣宗而精神面目各自别也"。"按陈张二人个性不同,处境亦有顺逆,故发为诗歌,子昂沉雄激越,九龄温润而蕴藉。所以其诗能回旋于沈宋时代,而别有所自得也。"文章还认为,九龄诗之渊源,学自阮籍,但自有其特点,一是五古风流蕴藉,二是律诗婉而有致。

乔象钟《张九龄评传》认为张九龄的作品是相当精彩可观的,只是纯文学的诗、赋较少。她认为九龄集中那些看似枯燥、平实的敕、书等应用文,是那个时代政治生活的记录。张九龄在朝时所作的奉和应制诗虽然率多平平,但也留下了一点开元之治的影子,而张九龄外出时所写的诗则是不可多得的佳作,如《壶口望庐山瀑布水》和《望月怀远》等。"张九龄的诗多发自胸臆,情真意切,没有什么雕饰,这和唐代早期李峤、沈、宋的诗风大不相同","他的诗作数量虽不算丰富,也是有助于开一代风气的作家"①。

刘逸生《张九龄对唐代诗歌的贡献》②则对张九龄在岭南诗史和唐代诗歌史上的地位作了热情洋溢的评价:"他是继陈子昂之后,力排齐梁颓风,追踪汉魏风骨,打开盛唐局面的重要一人。"③"正是由于他提拔、奖掖和团结了一批能诗善文的出类拔萃的人物,他在诗歌上的主张和实践,也就得到诗坛上许多人的赞扬拥护,进而'蔚成一代风气'。我们不妨这样说:陈子昂提出的诗歌理论,是通过张九龄这座'桥梁'而迅速到达盛唐诗国的。这是张九龄对唐代诗歌的重要贡献。"④"当然,张九龄的创作实践对当时诗风所产生的影响也是不容忽视的。"⑤"张九龄的诗,以五言古体和五言律句最为突出。他的五言古诗,上接汉魏,而与陆士衡、谢康乐为近,不崇绮采,自有苍秀朴茂的韵味,其中《感遇》十二首,尤其深得风骚比兴之旨。置于盛唐大家之前,也毫

---

① 《中国历代著名文学家评传》第2卷,第73—77页。
② 载《曲江集·代序》,第1—9页。
③ 《曲江集》,第3页。
④ 同上书,第5页。
⑤ 同上书,第5—6页。

无愧色。""大抵张九龄的五律，法度严整，语言挺拔，恢然自有大家风度。"① "他的五言排律也颇有可观。对仗蝉联，在工整中自然流畅，很少刻镂雕琢的痕迹。"② 对于张九龄促使当时诗风转变的原因，作者有如下观点。第一，张九龄是以奖掖风雅的当朝大臣的身份进行创作的。由于他的身份地位和社会声望，他的作品自然带有一种大的影响力量，足以转移或左右诗坛上的风气。第二，初唐诗坛上的齐梁颓风，到了先天、开元之间，已进入穷途末路，许多人都迫切要探索一条新的道路，事实上也已有人在进行探索。恰在此时，张九龄以朝廷大臣的身份，参与了这一探索，这就使探索者增加了勇气和信心，加速了诗坛上风气的转变。第三，张九龄公忠为国、正直不阿的道德品格，不但贯注于他的诗歌创作中，更体现在他的政治措施上，他生平处理几件重大的政治事件，如保护太子，阻李林甫、牛仙客拜相，知安禄山必反，铁骨铮铮，昭然在人耳目，做到了"人如其诗，诗如其人"。这样也就为诗坛树立了良好的典范，促进诗坛风气的改变③。

80年代以后出现了一些专门研究张九龄诗歌的文章，主要有李玉宏《论张九龄诗的艺术特色》④、沈贻炜《张九龄和他的〈感遇诗〉》⑤、汪维尔《谈张九龄的〈感遇诗〉》⑥、李玉宏《张九龄的生平和诗文新探》⑦、陶文鹏《清思健笔　妙画活水——读张九龄山水诗札记》⑧、陈建森《张九龄与陈子昂诗歌理论比较》⑨《张九龄与盛唐山水诗》⑩、曹凤前《续革新之业　开盛唐之先——论诗人张九龄》⑪、陈新璋《论张九龄诗歌的主体形象与艺术风格》⑫、张明非《论张九龄山水诗的清澹

---

① 《曲江集》，第6页。
② 同上书，第8页。
③ 同上。
④ 载《韶关师专学报》1983年第1期。
⑤ 载《绍兴师专学报》1983年第3期。
⑥ 载《光明日报》1984年5月1日。
⑦ 载《韶关师专学报》1986年第1期。
⑧ 载《光明日报》1987年3月24日。
⑨ 载《韶关师专学报》1988年第3期。
⑩ 载《唐代文学研究》第1辑。
⑪ 载《商丘师专学报》1988年第1期。
⑫ 载《学术研究》1989年第4期。

风格》①、葛晓音《唐前期山水诗演进的两次复变——兼论张说、张九龄在盛唐山水诗发展中的作用》② 等。

其中陶文鹏文认为张九龄的山水诗中有一个有趣的现象，"写水的篇章占了绝大多数，而且多为意境清新的佳作"，文章还认为，张九龄对诗画有明确的美学要求，即写景状物不仅要"笔贵形似""极其天姿"，更要"意得神传""见其风骨"。文章在分析张九龄的具体作品时说："他在诗中描绘山水景物，吸取了谢灵运的繁冗堆砌、晦涩平板之弊，着重写出对于景物最鲜明的印象和感受，寓神于形，以形传神，从而创造出许多风格各异的山水形象。"文章最后还涉及对张九龄山水诗"清澹"风格的理解，作者认为，"清澹"确是张九龄的主要风格。所谓"清澹"，即清新、澹远，不仅指所写的山水景物形象新鲜脱俗，色彩素淡而有神韵，而且更指诗中有深远的情思、意蕴，韵味悠长。

张明非文专论张九龄的清澹风格，论述更加细致，文章认为"笔墨清新简淡而有隽永的韵致，此即胡应麟所谓'清澹'的含义，这也是由他提出并得到后人认同的张九龄诗所具有的风格特征"。具体地说，张九龄在诗中对"清"景的确情有独钟，他诗中的景物很少着色，着色部分使用最多的也是"青""绿""白"三种清淡的颜色，造成和谐鲜明而又清新淡雅的审美情趣。从写景上看，张九龄诗中多写薄暮、夜景及烟景。清澹虽然应属阴柔之美，但张九龄的山水诗却能不落纤巧柔媚一格，于清澹中透出一股"清拔"之气。这一审美效果的产生，首先是由于他气魄宏大，极少着眼于琐细的景物，多摄取大景入诗。其次，本写静物，偏用动词点染，化静为动，也是张九龄诗富有气势而又不失清澹风格的一个原因。文章最后还指出张九龄的美学观大致有两个方面：一是他极力推崇"自然"，以此为美的最高境界；二是在象、言、意三者的关系上，认为言不尽象，言、象都不能尽意。

葛晓音文将张九龄的山水诗放在整个唐代山水诗发展进程中进行考察，文章首先对胡应麟认为张九龄"首创清淡之派"的说法不以为然，认为他早年行役途中虽有几首描写江上清幽景色的诗篇，也只是当时风气使然。因清淡的吴越山水诗神龙中便流传上京，何况这不是他的代表风格。从他的大多数诗篇来看，他的特色恰恰是在神龙至开元中清媚诗

---

① 载《晋阳学刊》1990 年第 1 期。
② 载《江海学刊》1991 年第 6 期。

风流行之时,以大谢式的沉厚凝重的风格另立一宗。张九龄诗本以情思深远见长,并不善于细致刻画景物的形貌动态,因此他取法大谢体,比起陈子昂和沈宋来,章法与词语模仿的痕迹更明显。所以文章认为,张九龄继陈子昂之后,将山水引入感遇类诗,创造出以感怀为主、兼咏山水的五古体,充实并深化了山水诗的思想感情,使建安正始诗歌的风力在山水诗中得到体现,其实是他最重要的贡献。由于作者是在对原始材料的阅读、爬梳中得出这一观点的,故显得新警而又有说服力。

曹凤前文着重分析了张九龄诗歌创作的艺术特征及其在盛唐诗歌革新中的作用,认为张九龄在文学上"沿着陈子昂业已开辟的革新之路将诗歌遗传进一步推向完善"。他指出,张九龄诗歌创作的特征主要有三点:一是"用托物比兴的委婉笔法以表现自己幽独自守而又不甘寂寞的愁叹";二是"表现在雍容平和、温雅醇厚的诗歌意境上",这"与他受儒家的'大雅正声''温柔醇厚''发乎情止乎礼义'的传统诗教影响不无关系";三是"反对浮华,摒弃雕琢、崇尚自然之气",诗歌语言"随风卷舒、自然成态",他"避免了陈子昂情与景游离的局面,而是把感情巧寓形象之中且出乎自然,语言也比陈子昂圆熟清新,朴实而不质木"。因而"以其成熟的诗作昭示了这场革新的实绩"。

张九龄作品和研究资料整理

20世纪的张九龄作品整理的成果有刘斯翰校注的《曲江集》(广东人民出版社,1986年)。该书总分诗集、文集两部分,并附著者张九龄年谱简编。该书主要部分是诗集,对诗作做了编年、题解、注释。文集仅作了校点。另外,梁健编的《张九龄研究资料篇目索引》[①],也有一定的参考价值。

三、吴中四士研究

在盛唐前期诗坛上,出现了四个"文词俊秀,名扬上京"的诗人,这就是被称为"吴中四士"的贺知章、包融、张旭、张若虚。他们的创作虽然艺术风格各异,但都对盛唐诗歌新的风貌的建立产生了不小的影响,而且有些作品是千百年来人们广泛传诵的名篇,故他们的创作活动和诗歌艺术也受到了学界的广泛关注。

---

① 载《韶关师专学报》1988年第3期。

综合研究

20世纪从总体上论"吴中四士"的论文不多,重要成果有龚德芳的《"吴中四士"琐论》①。该文首先指出,"吴中四士"应指贺知章、张旭、包融、张若虚,而刘眘虚不是;继而论四人之事迹,认为"他们都属富有诗、书才华,个性旷达不羁,追求自在闲适生活,不甘封建礼教束缚的风雅之士";接着分论四人之诗歌表现题材;文章最后认为,他们"已摆脱陈隋以来形式主义诗风的重重束缚,都能做到'精思独悟,不惜为苟同',十分注意到创铸新意,锤炼字句;多数作品形象生动,文词俊秀,意境清远,直抒胸臆,富有真情实感、诗情画意,都从不同的侧面反映出盛唐前期的社会风貌,具有鲜明的个性特色和时代气息"。在诗体已臻完备的情况下,"四士"对各种诗体的运用,又都能够挥洒自如而各有所长,都写出了一定数量的佳作,在初盛唐诗歌的过渡时期起了很大的作用,做出了较大的贡献。

"吴中四士"作品的整理成果有王启兴、张虹注的《贺知章、包融、张旭、张若虚诗注》(上海古籍出版社,1986年)。该书以《全唐诗》所录四家诗为底本,参校《唐人选唐诗》(十种)、《旧唐书》《文苑英华》《唐文粹》等书,并进行注释。其中贺知章诗由《四明丛书·贺秘监集》中补入一首。在附录部分,辑录了有关四人的生平及其作品评价的材料。

贺知章及其诗歌研究

20世纪上半叶没有关于贺知章的专论,60年代初亦娱的《从〈回乡偶书〉二首谈起》② 是较早出现的讨论贺知章诗歌的文章,此后相继出现了俞信和德诜的《贺知章》③、盛英的《贺知章的故乡在哪里?》④、刘宪康的《贺知章故乡质疑》⑤、曹旭的《李太白与贺知章》⑥、吴小如

---

① 载《文学遗产》1982年第2期。
② 载《光明日报》1960年9月25日。
③ 载《浙江日报》1962年3月25日。
④ 载《文化娱乐》1980年第5期。
⑤ 载《文化娱乐》1980年第9期。
⑥ 载《上海师范大学学报》1981年第1期。

的《读贺知章〈咏柳〉绝句》[1]、桂信仪的《"四明狂客"里贯考信录》[2]、郑修平的《贺知章为任城县令之说辨伪》[3]等论文。

其中亦娱文对《光明日报》副刊《文学遗产》发表的北京师院中文系古典文学教研组所写的《试论所谓"中间作品"的阶级性》一文中对贺知章《回乡偶书》二首的评价提出商榷,该文认为,对贺知章这两首作品都应作阶级分析,认为"表现了贺知章这个大官僚告老回家后所产生的今昔沧桑之感","并通过这种今昔之感表示了他孤寂迟寞的情怀",即使其中第一首情调也是如此,而不是什么"新鲜、喜悦"的感情。从此文中我们可以窥见60年代初古典文学界曾经展开过的关于"中间作品"的大讨论之一斑。

盛英文对有人根据《成化四明志》的有关记载便断定贺知章是鄞县人,以后才迁居会稽的推断提出商榷,他认为《旧唐书》所载贺知章是会稽永兴人(今绍兴一带)是正确的,贺只是在鄞县住过而已。刘宪康文则对盛英文提出质疑,他认为贺知章是越州永兴(今浙江萧山区)人,到过鄞县一带,晚年住在今绍兴市。

张旭研究

20世纪关于张旭及其诗歌的研究成果也不多,且有一些是研究其书法艺术的。其中陶文鹏的《狂草逸诗 舒卷云烟——张旭的诗中有书》[4]一文探讨了张旭的书法艺术对其诗歌创作之影响,较具新意和深度。该文分四个部分。首先,论述了书法对张旭诗歌体式选择的影响,认为张旭现存的六首诗都是绝句并非偶然,"它与张旭善作'狂草'有关"。因为五七言绝句篇幅短小,适于表达一刹那的灵感兴会,以随情涉笔、言近旨远、意境浑朴自然为尚。显然,这种轻快灵活的新诗体最吻合这位"草圣"兴会淋漓、大笔挥洒的艺术个性,有利于他把书写狂草时那种"回眸而笔无全粉,挥笔而气有余兴"的雄风快意带进诗歌创作。其次,论述书法对张旭诗歌写景的影响,认为诗人挥动一支写意传神的妙笔,勾勒出一幅幅形象鲜明、意境美妙的风景画卷。画中的山水境象奇伟空阔,充满着动态美和豪放、飘逸的情致,犹如作者那一帖帖

---

[1] 载《名作欣赏》1981年第3期。
[2] 载《宁波师院学报》1984年第3期。
[3] 载《荆门大学学报》1987年第2期。
[4] 载《文史知识》1988年第5期。

体势连绵、笔意飞动、雄劲而潇洒的草书。再次，论述了书法风格对其诗歌风格之影响，说张旭的诗同样是满纸烟雨迷离和云雾空蒙，很少有艳丽的色彩。最后，论述了张旭诗书在构思、用笔方面的相似之处，认为张旭在诗中描绘自然景物，不仅善用书法艺术的"无彩之色"，而且也受到它的"无形之相"的影响，多用虚笔，间接、曲折地表现。这样，他笔下的山水景物形象，常给人若有若无、似真似幻、亦虚亦实之感，反而更助于显现那种迷茫幽远的境界。文章指出，"更主要的是，张旭的诗歌与书法共同显示出作者狂放的个性，浪漫的气质，纵横的才情，俊逸的风采"。

张若虚及其《春江花月夜》研究

关于张若虚生平研究的成果主要有胡光炜的《张若虚事迹考略》[①]。

20世纪学界对其文学创作的研究主要体现在对《春江花月夜》的分析和欣赏方面。20世纪初，王闿运首先对张若虚的《春江花月夜》给予了极高的评价，说"张若虚《春江花月夜》用《西洲》格调，孤篇横绝，竟为大家"，是"宫体之巨澜"[②]。

抗日战争期间，闻一多将张若虚的《春江花月夜》放在初盛唐宫体诗的演变过程中进行考察，认为它表现了"更夐绝的宇宙意识！一个更深沉、更寥廓、更宁静的境界！在神奇的永恒前面，作者只有错愕，没有憧憬，没有悲伤"，"对每一问题，他得到的仿佛是一个更神秘的更渊默的微笑"[③]。他认为作品中"有的是强烈的宇宙意识，被宇宙意识升华过的纯洁的爱情，又由爱情辐射出来的同情心"，进而认为"这是诗中的诗，顶峰上的顶峰。从这边回头一望，连刘希夷都是过程了，不用说卢照邻和他的配角骆宾王，更是过程的过程。至于那一百年间梁、陈、隋、唐四代宫廷所遗下了那份最黑暗的罪孽，有了《春江花月夜》这样一首宫体诗，不也就洗净了吗？向前替宫体诗赎清了百年的罪，因此，向后也就和另一个顶峰陈子昂分工合作，清除了盛唐的路——张若虚的功绩是无从估计的"[④]。这些看法和评价一直影响着后来的欣赏者

---

① 载艺林社编：《文学论集》，上海：亚细亚书局，1929年。
② 王闿运撰，陈兆奎辑：《王志》卷二"论唐诗诸家源流答陈完夫问"条，光绪刊本。
③ 《唐诗杂论》，第15页。
④ 同上书，第16页。

和评论者,直到20世纪末仍为人们所常征引。

后来李泽厚在其《美的历程》中发挥了闻一多的观点,但他又认为,"其实,这诗是有憧憬和悲伤的。但它是一种少年时代的憧憬和悲伤,一种'独上高楼,望断天涯路'的憧憬和悲伤"。"它显示的是,少年时代在初次人生展望中所感到的那种轻烟般的莫名惆怅和哀愁。""它是走向成熟期的青少年时代对人生、宇宙的初醒觉的'自我意识':对广大世界、自然美景和自身存在的深切感受和珍视,对自身存在的有限性的无可奈何的感伤、惆怅和留恋。"①

20世纪对《春江花月夜》进行研究的专题论文不多,主要有程千帆《张若虚〈春江花月夜〉集评》②《张若虚〈春江花月夜〉的被理解和被误解》③、高云光《从〈春江花月夜〉诗的形式演变谈中国古代诗歌形式与音乐的关系》④、郑临川《论张若虚〈春江花月夜〉》⑤、吴小如《说张若虚〈春江花月夜〉》⑥、汪谦《革新的诗人 创新的诗篇——浅论张若虚及〈春江花月夜〉》⑦、骆寒超《论〈春江花月夜〉的原型象征世界——〈旧诗新论〉之一》⑧等几篇。

其中程千帆《张若虚〈春江花月夜〉集评》一文对近人评论此诗"有的蔑视前贤旧说,不屑采释;有的沿袭前贤旧说,无暇指明"的做法表示不满,遂就其阅读所及,抄成集评,其所引用的资料有十二家之多,体例是先于各句、节中置各家句评、节评,最后汇集各家对通篇所作的"总评",对正确理解《春江花月夜》的诗意和风格有较大的参考价值。其《张若虚〈春江花月夜〉的被理解和被误解》一文则对《春江花月夜》在流传过程中被人们接受的过程进行了探讨,文章认为张若虚和其《春江花月夜》虽然在当代家喻户晓,但在明代以前的命运"却是坎坷的",在宋到明代前期始终没有人承认它是一篇值得注意的作品,更不用说承认它是一篇杰作了。文章还进一步研究了这篇作品由隐之显

---

① 《美的历程》,第161—162页。
② 载《文艺理论研究》1982年第3期。
③ 载《文学评论》1982年第4期。
④ 载《人文杂志》1983年第4期。
⑤ 载《牡丹江师院学报》1984年第2期。
⑥ 载《北京大学学报》1985年第5期。
⑦ 载《重庆社会科学》1989年第2期。
⑧ 载《名作欣赏》1993年第1期。

的原因，因为"许多人认为张若虚的《春江花月夜》属于初唐四杰一派"，"所以它在文学史上，也在长时期中与四杰共命运，随四杰而升沉"。"真正在杜甫《戏为六绝句》以后，几百年来，第一次将王、杨、卢、骆提出来重新估价其历史意义和美学意义的，则是李梦阳之伙伴而兼论敌的何景明。""四杰的地位提高了，则属于四杰一派的作品也必然要被重视起来。这也就是为什么自李攀龙《古今诗删》以下，众多的选本中都出现了张若虚《春江花月夜》的理由所在。"文章还说，是清末的王闿运将张若虚在诗坛上的地位空前提高了，后来的闻一多和李泽厚的评论也进一步提高了这篇作品的价值和地位。但是，文章也指出，这篇作品"也难免有被误解的地方"，如王闿运和闻一多都将张氏此诗归入宫体，他们混淆了宫体诗与非宫体的爱情诗的界限。

20世纪对《春江花月夜》进行欣赏的文章很多，较具代表性的有袁行霈《如梦似幻的夜曲——〈春江花月夜〉赏析》[①]、吴翠芬《读张若虚的〈春江花月夜〉》[②]、周振甫《〈春江花月夜〉的再认识》[③] 等。

其中吴翠芬谈《春江花月夜》的韵律美颇具新意，认为此诗随着诗人内心感情的摇曳回荡，韵律也相应地扬抑回旋，读来悠扬有致，优美动听。全诗共三十六句，四句一换韵，以平声庚韵起首，中间使用了仄声霰韵、平声真韵、仄声纸韵、平声尤韵、平声文韵、平声麻韵、最后以仄声遇韵结束。如果仔细玩味，诗人对韵脚的安排也颇具匠心，他把阳辙（以n、ng收音）与阴辙（没n、ng收音）的韵交互杂沓，由洪亮级（庚、霰、真）始，至细微级（纸），至柔和级（尤、灰），至洪亮级（文、麻），至细微级（遇）终。整首诗随着韵脚的转换变化，平声韵与仄声韵的交错运用，高低相间，前呼后应，既回环反复，又层出不穷，音乐的节奏感既强且美。这种语音与韵味的变化，是和内容相协调的，又是随着诗情的转换而转换的，因此做到了声情与文情的丝丝入扣，和谐一致。像这样独到的艺术分析，在众多的欣赏和研究《春江花月夜》的文章中还是很少见的。

---

① 载《诗探索》1980年第1期。
② 载《南京大学学报》1980年第4期。
③ 载《学林漫录》第7集，北京：中华书局，1983年。

第五节 王昌龄研究

王昌龄是盛唐一位重要诗人，20世纪关于他的研究成果也不少，下面将从生平研究、诗歌研究及其《诗格》研究三方面进行介绍。

一、王昌龄生平研究

20世纪关于王昌龄生平研究的成果主要有：李士翘《诗人王昌龄籍贯考》[①]，王运熙《王昌龄的籍贯及其〈失题诗〉的问题》[②]，谭优学《王昌龄行年考》[③]，李云逸《王昌龄小传》[④]，傅璇琮《王昌龄事迹考略》[⑤]，王燕玉《辨王昌龄谪龙标尉的地域》[⑥]，徐凌云《王昌龄籍贯考辨》[⑦]，于石《王昌龄》[⑧]，胡问涛《王昌龄年谱系诗》[⑨]，屈光《王昌龄任校书郎年代辨疑》[⑩]，铃木修次著、马歌东译《王昌龄与其交友》[⑪]，胡大浚《王昌龄西出碎叶辨》[⑫]，李珍华《王昌龄事迹新探》[⑬]，黄益元《王昌龄生平事迹辨证》[⑭]，李厚培《王昌龄两次出塞路线考》[⑮]等。这些文章又主要围绕王昌龄的生年、籍贯、出塞的时间和路线、交游及其他一些生平事迹的考订而探讨的。

---

① 载北平《晨报·艺圃》1933年11月24日。
② 载《光明日报》1962年2月25日。
③ 载《文学遗产增刊》第12辑，北京：中华书局，1963年。
④ 载《唐代文学论丛》1981年第1期。
⑤ 载《唐代诗人丛考》。
⑥ 载《贵州文史丛刊》1982年第3期。
⑦ 载《安庆师院学报》1983年第1期。
⑧ 载《中国历代著名文学家评传》第2卷。
⑨ 载《南充师院学报》1984年第4期。
⑩ 载《洛阳师专学报》1985年第2期。
⑪ 载《宝鸡师院学报》1987年第1期。
⑫ 载《西北师院学报》1987年第4期。
⑬ 载李珍华：《王昌龄研究》，西安：太白文艺出版社，1994年。
⑭ 载《文学遗产》1992年第2期。
⑮ 载《青海社会科学》1992年第5期。

王昌龄的生年

关于王昌龄的生年,学术界大多沿袭闻一多《唐诗大系》中的说法(武周圣历元年,698),但有人提出了不同的看法。如傅璇琮在其《王昌龄事迹考略》中认为闻一多之说恐未有据,根据王昌龄所作《送王大昌龄赴江宁》《宿灞上寄侍御屿第》二诗推断,王昌龄当生于690年左右。但是,傅璇琮在后来与李珍华合著的《王昌龄事迹新探》中又否定了前说,改从闻一多之说,认为王昌龄出生的确切年份虽然不能断定,但大致当在698年至701年之间。胡问涛《王昌龄年谱系诗》也认为闻一多之说没有根据,所以另立新说,谓王昌龄当生于武则天长寿元年(692)。

王昌龄的籍贯

王昌龄的籍贯,旧有三说:江宁,太原,京兆。20世纪学界的观点也不统一,主要有太原、京兆二说:王运熙《王昌龄的籍贯及其〈失题诗〉的问题——唐诗札记》一文认为,《唐才子传》所说的王昌龄为太原人"实为可靠","江宁确是王昌龄为官的地方,而不是他的故乡";李云逸的《王昌龄小传》、傅璇琮的《王昌龄事迹考略》和谭优学的《王昌龄行年考》都认为王昌龄应为长安京兆人。

王昌龄的宦迹

对于王昌龄两次登第的时间和任职先后的问题,学界也有不同的看法。谭优学《王昌龄行年考》认为,王昌龄于开元十五年进士登第,授汜水尉。十九年又中博学宏辞科,迁校书郎。嗣后,贬岭南,出江宁丞,贬龙标,最终被害。傅璇琮《王昌龄事迹考略》及其后与李珍华合著的《王昌龄事迹新探》都认为,王昌龄开元十五年进士登第,授校书郎。二十二年又中博学宏辞科,迁汜水尉。嗣后,贬岭南,出江宁丞,贬龙标,最终被害。他们的分歧在于:(1)王昌龄中博学宏辞科的时间,到底是开元十九年还是二十二年?(2)王昌龄到底是先任汜水尉,后迁校书郎,还是先任校书郎,后迁汜水尉?后来黄益元著《王昌龄生平事迹辨证》也以傅说为是,并补正谭说之误。

王昌龄出塞时间和路线

关于王昌龄出塞的时间,谭优学《王昌龄行年考》订在开元十二年至开元十三年之间,于石《王昌龄》订在其中进士前后(开元十五年左右),傅璇琮、李珍华《王昌龄事迹新探》考订王昌龄由塞外归来在开元十四年秋冬,出塞时间阙疑。李厚培《王昌龄两次出塞路线考》则认为王昌龄曾两次出塞:第一次在开元九年秋,一年后返回;第二次在开元十二年秋,最迟在开元十三年十二月返回。这些文章对王昌龄出塞的路线都尽可能作了描述。另外,胡大浚《王昌龄西出碎叶辨》一文对当时一些学者越来越肯定地说王昌龄到过碎叶提出疑义,认为王昌龄西游碎叶可能性极少,出中亚碎叶更是不可能的事,其诗中"碎叶"一词本属想象之词,不能坐实。

二、王昌龄诗歌研究

20世纪关于王昌龄诗歌艺术成就的研究成果也不少,下面分王昌龄诗歌总论、王昌龄七绝诗歌研究及具体作品分析三个方面进行介绍。

王昌龄诗歌总论

施章是20世纪较早对王昌龄诗歌进行综合研究的学者,他在《王昌龄的诗》①一文中认为王昌龄"虽然算不得意志力极强的人","但他能将他当时所不满意的事实,详详细细地描写出来,使我们读着知道这些人间的苦痛,而起来积极改革",因此,他又把王昌龄表现人生痛苦的诗分为"表现战争"和"表现宫廷生活"这两类加以分析。

除施章以外,20世纪上半叶产生的一些文学史和唐诗研究论著也多少涉及王昌龄的诗歌,但流于一般介绍者居多。值得注意的倒是闻一多40年代初在西南联大授课时的讲义②中对王昌龄诗歌研究作了比较深入的分析,他将王昌龄视为盛唐诗坛"个性最为显著"的两个作家之一(另一个是孟浩然,前文已引)。他认为,"从文学技巧说,王昌龄和孟浩然可以对举",但"浩然走的是清淡之路,昌龄走的是浓密之路",而昌龄在浩然之后倡浓密,正符合盛唐诗风"由齐梁陈逐步回升到魏晋宋的古风时代"的发展趋势。在和谢灵运的比较中,闻一多认为,"大谢炼字功夫极深,但尚不能堆成七宝楼台,完成这一任务的只有王昌龄了",而且"昌龄在文字锻炼功夫上别开天地,比大谢成就更大"。在具体的艺术分析中,闻一多又指出,王昌龄诗给人的印象是"点"的写

---

① 载《小说月报》第17卷号外《中国文学研究专号》。
② 参《闻一多先生说唐诗》。

法，而且"使人读起来自然地引起颤动的感觉"，这"可说是王昌龄的独创风格，功绩不可磨灭"①。

到五六十年代，人们对王昌龄诗歌的关注开始多了起来。首先，当时相继出版的诸多中国文学史类著作都对王昌龄诗歌的思想内容和艺术成就予以肯定。如游国恩等主编的《中国文学史》就认为他的边塞诗写战士爱国立功和思念家乡的心情，他描写宫女、思妇的小诗都很出色。在艺术上，"由于他善于捕捉典型的情景，善于概括和想象，语言圆润蕴藉，音调和谐婉转，民歌气息很浓。所以他写传统的主题，能令读者感到意味深长，光景常新"②。刘大杰的《中国文学发展史》也认为王昌龄的边塞诗"运用极其精炼、概括的诗歌语言，铿锵悦耳的音律，呈现出无比雄伟的气魄和生动的形象"，他表现宫闱离别的诗"字字白描，句句精丽，而情意悠长深远，富于涵蕴，表现出高度的概括能力，达到绝句中难到的境界"③。刘开扬的《论王昌龄的诗歌创作》一文较之前人的研究，又更加细致、深入。作者将王昌龄诗歌分为边塞诗、妇女诗、送别诗三类来分析，认为王昌龄诗歌有两个特点，一是细腻和超凡脱俗、惊耳骇目，另一个是"不假物色""不相倚傍"，而使出语自然。在写法上，他认为，昌龄诗善用比兴，一往情深而含蓄不露，重视意格，也重视声律④。

七八十年代以后虽然也产生了一些论述王昌龄诗歌艺术的文章，如云天《王昌龄的诗歌艺术新探》⑤、周道贵《试论王昌龄的诗歌创作成就》⑥等，但大多分析得更为细致一些，深度上则无多少超越前人之处。只有李无未的《王昌龄诗韵谱》⑦据《全唐诗》及《全唐诗外编》，对王昌龄诗的用韵情况进行归纳分析，并依照《广韵》做成韵谱，具有较高的参考价值。

---

① 《唐诗杂论》，第238页。
② 游国恩、王起、萧涤非等：《中国文学史》第2册，第65页。
③ 《中国文学发展史》中册，第459—460页。
④ 《唐诗论文集》，第38—51页。
⑤ 载《延安大学学报》1980年第3期。
⑥ 载《四川大学学报丛刊》第15辑，1982年。
⑦ 载《延边大学学报》1993年第4期。

王昌龄七绝诗歌研究

这一方面的研究成果主要有冯平的《王昌龄七绝的艺术特色》[①]、章继光《王昌龄七绝意境管窥》[②]、沈绍辉《试论王昌龄七绝的艺术特色》[③]、谢楚发《王昌龄七绝魅力谈》[④]、师长泰《争奇斗巧于尺幅之中——试谈王昌龄七言绝句的艺术特色》[⑤]。

其中冯平文认为，昌龄的七绝往往选取最精炼而又富有启发性的语言，给读者留下广阔的想象空间，贵含蓄而有余韵，但又明快、通俗。其缺点是：有些诗结构比较松散，诗句之间跳跃性太大，内在的感情联系不明显；有些诗在语言、表达上也有流于一般化、类型化。章继光文指出"情境""骚语"可概括昌龄七绝浓厚的主观抒情的特质，其构成是：以情摄景，情境交汇；以意统境，意境浑成；蕴藉含蓄，曲折达情。谢楚发文认为王昌龄七绝的魅力在于：（1）怨而不怒的思想倾向；（2）含而不露的表现手法；（3）别具一格的章句与语言。

除此以外，李珍华的《王昌龄研究》中的第五章"王昌龄的绝句"[⑥] 也从绝句体的演进、边塞诗所用诗歌体式的变迁、王昌龄边塞诗题材的拓展、送别诗中意象和意境的独创、宫苑诗艺术特色等方面说明了王昌龄绝句的艺术造诣和艺术魅力。

王昌龄边塞诗研究

20世纪总论王昌龄的边塞诗的论文虽然不太多，但也取得了一些进展，如张迎胜《王昌龄边塞诗的思想精华和艺术造境》[⑦]、罗时进《王昌龄与李益边塞诗的比较探析》[⑧]、李珍华《王昌龄边塞诗时地初探》[⑨]、曾子鲁《试论王昌龄边塞诗中的非战思想》[⑩]、胡问涛《论王昌

---

① 载《光明日报》1963年2月17日。
② 载《湘潭大学学报》1981年第4期。
③ 载《延安大学学报》1982年第4期。
④ 载《江汉论坛》1985年第4期。
⑤ 载《唐代文学论丛》总第8辑。
⑥ 《王昌龄研究》，第68—100页。
⑦ 载《宁夏大学学报》1986年第1期。
⑧ 载《苏州大学学报》1987年第1期。
⑨ 1987年西北大学"周秦汉唐学术讨论会"论文，此据其《王昌龄研究》。
⑩ 载《唐代边塞诗研究论文集》。

龄的边塞诗》① 等。

其中张迎胜文从四个方面说明王昌龄边塞诗的思想精华：用激越热烈的格调，歌唱唐军的声威，将边塞战争理想化；满怀强烈的主观感情，极写边塞生活中的艰难困苦，表现对广大兵士的关切；旗帜鲜明地揭批边塞战争的阴暗面，将斗争的锋芒直刺封建统治者，毫不疲倦地为民请命；着意描述征人的乡愁和思妇的闺怨，力图传达盛唐时代广大人民群众对和平生活的热爱和向往。又从六个方面归纳出王昌龄创造意境的方法：其一，选择某些富有特征性的景物，注入强烈的主观感情，促使景与情水乳交融，真善美高度统一；其二，既采用赋体，描写实景，又巧用直中含曲的方式，求得含蓄无穷的言外之意；其三，以苦心孤诣，展开形象思维的翅膀，化无形为有形，变抽象为具体，使意境十分深蔚；其四，依靠记忆素材，展开各种联想，再作正反对比，恰当安排实写与虚写，从而使诗歌的意境格外隽永；其五，从表现自身内心的感觉出发，综合采用以声音写静意与以动态写静意等艺术技巧，创造出与边塞生活相吻合的静境；其六，讲究起承转合，旨在起发己心，求得意境的丰满、含蓄、完整。罗时进文结合时代风尚的差异和个人诗歌创作特色分析了王昌龄和李益边塞诗艺术方面的同异。曾子鲁文认为，王昌龄边塞诗引人注目之处，不只是那少数讴歌爱国主义与民族主义的篇什，更多的是那些表现出一种明显的非战思想的作品。他较为细致地分析了王昌龄边塞诗中非战思想的主要表现及其产生的时代和个人原因。

另外，周家谆的《王昌龄早期颂扬扩边战争吗？》② 和上引曾子鲁文都对吴学恒、王绶青《边塞诗派评价质疑》中说王昌龄早期曾颂扬过扩边战争的观点提出了不同的看法。

王昌龄具体作品分析

20世纪对王昌龄诗歌作品进行具体分析的文章甚多，较具代表性的有：施蛰存《秦时明月汉时关》③、逸生《从军行》④、谭家健《谈王

---

① 载《四川师范大学学报》1991年第1期。
② 载《文学评论》1981年第1期。
③ 载《文汇报》1956年10月6日。
④ 载《羊城晚报》1959年11月2日。

昌龄的〈出塞〉》①、逸生《闺怨》②、马茂元《说唐诗——〈从军行〉》③、王运熙《王昌龄的籍贯及其〈失题诗〉的问题——唐诗札记》④、范炯《谈王昌龄的〈闺怨〉——与刘逸生先生商榷》⑤、刘树勋《玉壶奇想见〈骚〉心——谈王昌龄〈芙蓉楼送辛渐〉》⑥、刘逸生《王昌龄〈芙蓉楼送辛渐辨释》⑦、陈邦炎的《王昌龄的两首宫怨绝句》⑧、王富仁《潜意识与意识——王昌龄〈闺怨〉赏析》等。

三、王昌龄《诗格》及其诗论研究

署名王昌龄的《诗格》是盛唐时期比较重要的一部诗学著作，20世纪有相当一些学者倾向于认为此书系王昌龄本人所写，故有越来越多的学者研究此书和王昌龄的诗歌理论。

20世纪较早对此书进行研究的学者是罗根泽，他于1942年发表了《王昌龄诗格考证》⑨一文，对该书在中日的流传情况进行了介绍，并认为该书确系王昌龄所作，能代表其诗学观点。四十多年之后，王运熙《王昌龄的诗歌理论》⑩又以《文镜秘府论》引文为主，间及今本《诗格》《诗中密旨》等材料，从"论构思取境"和"论十七势及其他"等方面阐述王昌龄的诗歌理论。李珍华、傅璇琮《谈王昌龄的〈诗格〉——一部有争议的书》⑪通过对王昌龄《诗格》等论诗著作流传情况的细心梳理和辨析，认为王昌龄《诗格》是真实存在的一部书，但它的流行情况复杂；它是一部盛唐时代有独特见解的诗论，有许多真知灼见，应该与殷璠《河岳英灵集》同样成为盛唐诗论的代表，在古代文学理论史上占有一席之地。另外李珍华《王昌龄研究》一书中的第二章

---

① 载《光明日报》1959年11月15日。
② 载《羊城晚报》1960年6月27日。
③ 载《新民晚报》1961年12月8日。
④ 载《光明日报》1962年2月25日。
⑤ 载《唐代文学论丛》1982年第1期。
⑥ 载《文史知识》1983年第5期。
⑦ 载《唐代文学论丛》1982年第2期。
⑧ 载《名作欣赏》1986年第2期。
⑨ 载《文史杂志》第2卷第2期，1942年。
⑩ 载《复旦学报》1989年第5期。
⑪ 载《文学遗产》1988年第6期。

"诗歌与背景——文艺思想与艺术评论"、第三章"诗的格调——意、境、味、声"、第四章"十七势"都是专论王昌龄的诗歌理论的,且论述较细。到90年代,张伯伟吸取中日学者研究成果,重新整理出版了《诗格》这部盛唐诗学著作①,为进一步研究作了材料上的准备。

20世纪整理王昌龄诗歌作品的成果主要有李云逸的《王昌龄诗注》②,该书是收录王昌龄存世之作较为完备的一个校注本,且笺注颇见功力,书中辑有历代关于王氏具体作品的诗评,书后又附历代总论其人其诗者,便于读者参考。此外,黄明校编的《王昌龄诗集》③也为王昌龄诗歌的更好普及作出了贡献。

第六节　高适研究

一、高适生平研究

20世纪学界对高适生平的研究曾出现过两个高潮。一是60年代初。1961年,王达津发表了《诗人高适生平系诗》④,使高适生平研究有所深入。此后,又产生了两篇研究高适生平的专论,彭兰的《高适系年考证》⑤和孙钦善的《高适年谱》⑥,使得20世纪高适生平研究出现了第一个高潮。二是70年代末至80年代初。1979年,周勋初发表了《高适生平若干问题的探讨——兼评文学研究所〈唐诗选〉》⑦,陈铁民发表了《高适何时入河西幕》⑧。此后数年间,周勋初出版了《高适年谱》一书⑨,徐无闻发表了《高适诗文系年稿》⑩,谭优学发表了《高适

---

① 载《全唐五代诗格校考》。
② 王昌龄著,李云逸注:《王昌龄诗注》,上海:上海古籍出版社,1984年。
③ 王昌龄著,黄明校编:《王昌龄诗集》,南昌:百花洲文艺出版社,1993年。
④ 载《文学遗产增刊》第8辑,北京:中华书局,1961年。
⑤ 载《文史》第3辑,1963年。
⑥ 载《北京大学学报》1963年第6期。
⑦ 载《文学评论》1979年第2期。
⑧ 载《中华文史论丛》1979年第3辑。
⑨ 周勋初:《高适年谱》,上海:上海古籍出版社,1980年。
⑩ 载《西南师范学院学报》1980年第2期。

行年考》①，彭兰发表了《关于高适研究中若干问题的探讨》②，佘正松发表了《辨高适自蓟北归宋中及再到蓟北的年代》③ 等。这些成果使得高适生平研究出现了第二个高潮。此后，虽然也产生了左云霖著《高适传论》④ 和佘正松著《高适研究》⑤ 等专著，但左云霖著于高适生平无有发明，多采闻一多《岑嘉州系年考证》和周勋初《高适年谱》等已有之成果，佘正松著于高适生平亦无太大突破。故80年代中期以后，高适生平研究又趋低落。

综合20世纪产生的诸多有关高适生平研究的成果，我们可以看出，它们主要是围绕以下几个问题展开讨论的：

高适籍里

诸家对高适渤海人的说法无甚分歧，但对其县属的看法，则大不一致：

1. 彭兰《高适系年考证》认为，高适是唐德州蓨（今河北省景县）人。
2. 中国科学院文学研究所主编《中国文学史》（1962年）认为，高适是沧州渤海（今河北省沧县）人。
3. 孙钦善《高适年谱》认为旧题郡望，谓渤海蓨（今河北省景县南）人，里籍当为洛阳。傅璇琮《高适年谱中的几个问题》认为此说是对的，并为之补充论证。
4. 傅希克《高适籍里求是》⑥ 认为，高适籍里应是唐沧州饶安（今河北省盐山县夜珠高村）。

高适生年

关于高适的生年，史无明文，历代研究者，亦未有定论。20世纪学界有十数种说法，影响较大的有以下几种：

1. "700年（武后久视元年）？"说。陆侃如、冯沅君《中国诗史》和郑振铎《插图本中国文学史》等主此说。证据不详。复旦大学中文系

---

① 载《唐诗人行年考》。
② 载《武汉师范学院学报》1982年第1期。
③ 载《文史》第19辑，1983年。
④ 左云霖：《高适传论》，北京：人民文学出版社，1985年。
⑤ 佘正松：《高适研究》，成都：巴蜀书社，1992年。
⑥ 载《河北师范大学学报》1988年第3期。

古典文学组和学生集体编著的《中国文学史》、北京大学中文系五五级集体编著的《中国文学史》均从之。

2. "702年（武后长安二年）"说。闻一多《唐诗大系》将高适生年定为约702年。囿于体例，未提出证据。高文《试论高适》[①]认为高适生年不应早于702年，并谓生于702年是较为合乎事实的。中国科学院文学研究所编著《中国文学史》和刘大杰《中国文学发展史》等均从之。徐无闻《高适诗文系年稿》亦同意此说，并为之作了补证。

3. "696年（武后万岁通天元年）"说。王达津《诗人高适生平系诗》在否定700年、702年两说的基础上，持此说。

4. "706年（中宗神龙二年）"说。彭兰《高适系年考证》在明确反对700年、702年两说的基础上，论证此说。郭沫若《李白与杜甫》《辞海·文学分册》均从之。

5. "700—702年之间"说。傅璇琮《高适年谱中的几个问题》一文在对王达津《诗人高适生平系诗》、彭兰《高适系年考证》、孙钦善《高适年谱》以及刘开扬《试论高适的诗》等文关于高适生年说法一一考辨的基础上，认为高适的生年虽然不易确定，但比较起来，以生于700—702年的可能性较大。

6. "704年（武后长安四年）"说。刘开扬《高适诗集编年笺注》卷首《高适年谱》在订正其旧说[②]的同时，主此说。陈铁民在其与乔象钟共同主编的《唐代文学史》上册中，也推测高适当生于703年至704年之间。

7. "701年（武后长安元年）"说。孙钦善《高适年谱》主此说。

8. "700年（武后久视元年）"说。周勋初《高适年谱》主此说。余正松《高适研究》在否定其他说法的前提下，为周说作了补证。

高适赴蓟北的时间

关于高适第一次赴蓟北边塞的最初时间，学界亦有异说：

1. 彭兰《高适系年考证》认为开元十九年（731）秋，北上蓟门；刘开扬《高适诗集编年笺注》卷首《高适年谱》、谭优学《高适行年考》均同意此说。

---

① 载《开封师范学院学报》1960年第7期。

② 其1957年3月24日《光明日报》副刊《文学遗产》上的《试论高适的诗》一文，在提及高适《重阳》诗时曾推论高适当生于707年。

2. 孙钦善《高适年谱》认为开元二十年（732）高适三十二岁时，北游燕赵，至信安王幕府，欲入幕从戎，未遂愿。

高适"自蓟北归"问题

高适于开元中曾北上蓟北，开始其第一次边塞生活，但是高适何年何月自蓟北南归呢？各家说法不一：

1. 彭兰《高适系年考证》定为开元二十年冬，然未加以论证。
2. 孙钦善《高适年谱》认为高适开元二十一年、二十二年"仍滞留燕赵"间。
3. 周勋初《高适年谱》定为开元二十二年。
4. 刘开扬《高适诗集编年笺注》定高适"开元二十年冬自蓟北南还"。
5. 谭优学《唐诗人行年考·高适行年考》定高适开元二十年秋南还。
6. 佘正松《辨高适自蓟北归宋中及再到蓟北的年代》一文在对以上诸说进行辨正的基础上，通过对高适《自蓟北归》一诗纪事的重新考索，认为高适在开元二十一年冬"自蓟北归"，最晚在开元二十二年春即抵宋中。后来陈铁民与乔象钟共同主编《唐代文学史》叙高适生平时，即取佘正松此说。

高适客居淇上的时间

对高适客居淇上的具体时间，诸家的考证并不相同：

1. 王达津《诗人高适年谱系诗》认为，高适在开元十三年后的数年间，曾北游燕赵及魏郡，家又曾住淇水之上。
2. 彭兰《高适系年考证》谓高适于天宝五载夏秋之际离开汶阳去淇。天宝六载夏，离淇上。
3. 周勋初《高适年谱》将高适客居淇上的时间定在开元二十五年。
4. 孙钦善《高适年谱诸疑考辨》一文则认为，高适客居淇上离北游燕赵甚近，当紧接应征赴长安落第之后，具体说约在开元二十四年秋至二十五年秋。
5. 谭优学《高适行年考》说，高适于开元二十或二十一年自蓟南还，曾小住淇上，究于何时，都有可能。又谓高适于天宝六载前后，亦曾留寓淇上。

高适举有道科及授封丘尉的时间

关于高适举有道科及被授封丘县尉的时间，学界亦有分歧：

1. 王达津《诗人高适生平系诗》认为，高适于开元二十三年被征到长安，旋赴封丘尉任。

2. 彭兰《高适系年考证》将举有道科系于开元二十三年，与上引王说同。但他认为此年高适落第，仍还宋州；说高适于天宝六载夏秋之际，又被诏诣长安，旋解褐汴州封丘尉。

3. 孙钦善《高适年谱》据晁公武《郡斋读书志》，认为高适于天宝八载举有道科登第，即授封丘尉。傅璇琮《高适年谱中的几个问题》、周勋初《高适生平若干问题的探讨》都认为此说较为稳妥，并作了较为详细的考辨。谭优学《高适行年考》也认为定高适以今年（天宝八载）解褐为封丘尉，"似无可移矣"。刘开扬《高适年谱》亦主此说。

高适送兵蓟北的时间

于高适送兵到蓟北范阳节度使安禄山辖区的青夷军的具体时间，学界也是众说纷纭：

1. 王达津《诗人高适生平系诗》定于开元二十四年冬。

2. 彭兰《高适系年考证》定为天宝七载冬。

3. 孙钦善《高适年谱》、周勋初《高适年谱》、刘开扬《高适年谱》均定为天宝九载冬。

4. 徐无闻《高适诗文系年稿》认为高适于天宝八年冬去青夷军送兵，但没有提出根据。

5. 佘正松《辨高适自蓟北归宋中及再到蓟北的年代》在否定上述诸说的前提下，认为高适此次送兵再到蓟北，应确定在天宝十载冬由封丘县出发，十一载春由蓟北南返封丘，并详加论证。

高适入河西幕的时间

对于高适辞去封丘尉，赴西塞，入哥舒翰河西幕的时间，学界看法亦不一致：

1. 王达津《诗人高适生平系诗》认为，高适入河西幕在天宝十三载。

2. 彭兰《高适系年考证》谓，总览高适全集，考证前后行踪，辞封丘尉，客游河右，当在天宝九载。

3. 陈铁民《高适何时入河西幕》对上引两说及孙钦善《高适年谱》

均予以辩驳,认为高适于天宝十二年入河西幕。

4. 徐无闻《高适诗文系年稿》认为高适在天宝九年辞封丘尉入河西幕。

5. 刘乾《就高适问题同徐无闻同志商榷》[①] 对徐无闻说提出商榷,同意陈铁民说。

6. 傅璇琮在《高适年谱中的几个问题》中根据现有材料认为,天宝十二年初夏,高适应哥舒翰之辟,为其幕中掌书记,随至河西,直至天宝十四载秋冬返朝,任左拾遗、监察御史,又佐哥舒翰守潼关,抵御安禄山军队。

7. 孙钦善在《高适年谱诸疑考辨》以及《高适年谱》中对其原《高适年谱》的旧说(认为高适天宝十载秋即已在哥舒翰幕)加以更正,谓高适赴西塞当在天宝十一年秋。

另外,周勋初《高适年谱》和傅璇琮《高适年谱中的几个问题》对高适父、祖相继作了较详细的考证;佘正松《高适研究》提出高适早年曾南游荆襄的问题,认为高适此次南游系与梁洽同行,时间在开元七年后,开元十八年前,即高适二十岁至三十岁之间这十年中。

二、高适的性格和思想研究

20世纪上半叶人们对高适的政治思想及其诗歌中的思想内容很少研究,只有郑振铎《插图本中国文学史》对高适的性格大加赞赏:"他虽没有王维、孟浩然的澹远,李白的清丽奔放,却自有一种壮激致密的风度,为王、孟他们所没有的。"又云:"他的诗也到处都显露出以功名自许的气概。他不谈穷说苦,不使酒骂座,不故为隐遁自放之言,不说什么上天下地,不落边际的话。他是一位'人世间'的诗人,……为的是一位慷慨自喜的人,又是一位屡次独当一面的大员,所以他的作风,于舒畅中又透着壮烈之致,于积极中更露着企勉之意。"[②]

50年代以后出现论文、文学史著作、唐诗研究之类的著作则较侧重于高适思想及其诗中所反映的思想内容:

刘开扬在其《论高适的诗》[③] 中首先称高适是"一个政治诗人和边

---

① 载《西南师范学院学报》1980年第4期。
② 《插图本中国文学史》第2册,第323页。
③ 载《光明日报》1957年3月24日。

塞诗人",然后又从三个方面阐述了高适诗歌所反映的思想内容。第一，其在"浪游"时期所写的伤不遇诗，反映了盛唐时期人才仍是大批地得不到任用，特别是出身寒微的士人很难找到从政的出路，从而揭露了特权阶级把持政柄，阻滞了当时社会和政治发展的状况。第二，也是他的诗的最可贵的方面，是他能注意到人民的疾苦，提出改善人民生活的主张，通过对良吏的称道，和对历史上的暴君贼臣的指责来表达他的关怀人民的思想。第三，他对于保卫边疆的战争，热烈地歌颂战功，但他对于战争给人民直接带来的痛苦也很早就心领神会，对战士寄寓了高度同情；对于统治阶级的内战，是立于反对的立场的。

高文《试论高适》认为，高适慷慨有大志，尚节义，务功名，以王霸之略、经世之才自许，以社稷安危为己任。这是他的主要性格和基本思想。

游国恩等编著的《中国文学史》也论及高适的思想和性格，他们认为，他不肯"拜迎长官"，不能忍受小官吏那种羁束和卑辱的生活，是受了嵇康、陶潜的影响。不愿意"鞭挞黎庶"，不做统治阶级直接压迫剥削人民的爪牙，则是他从切身体验中产生的宝贵的思想。另外，他们也指出了高适豪侠浪漫的性格及其在诗歌中的表现[①]。

80年代以后，学界对高适思想性格和其诗中所反映的思想内容的认识又更加深刻了。如傅璇琮《高适年谱中的几个问题》一文中在肯定高适早期诗歌关心人民疾苦的同时，也指出，"作为封建地主阶级的知识分子，高适思想中是存在着矛盾的，在所谓追求功名、事业的努力中，有着强烈的跻入封建统治集团上层的欲望，……因此在天宝后期政治极其腐败的情况下，他可以向当时执政的官僚集团表示合作，并写了一些歌颂他们的诗篇"[②]。相比较而言，此前的一些研究者，往往只注意他的《封丘县》诗中"鞭挞黎庶令人悲"的一方面，而忽视了高适对天宝后期重大政治事件的态度。

萧涤非、佘正松编著的《高适》中首先指出其具有"强烈的爱国主义精神"，其次肯定其"对民生疾苦的深切关心和同情"，最后和郑振铎一样，也强调他"对理想和抱负的不懈追求"，认为"他基本不受当时盛行的佛道思想的影响"，"失望、挫折、压抑、冷落，并没有动摇高适

[①] 游国恩、王起、萧涤非等：《中国文学史》第2册，第56页。
[②] 《唐代诗人丛考》，第164页。

为实现自己的主张和抱负而积极追求的决心","在他送别,同时也是自己真实感情抒发的许多作品中,都洋溢着一股雄健昂扬、热情奔放的乐观情绪"①。

此外,八九十年代出版的两本有关高适研究的专著,也对高适的思想作了较多的剖析。左云霖《高适传论》在论述了高适边塞诗的思想内容和其诗中的人民性之后,还花费较多笔墨,谈其入仕目的。他认为,"高适不但功名欲强烈,对富贵的向往也是强烈的"②。取得富贵,是他除了实现政治理想和经世济民的愿望之外所谓另一目的。"由于长期困苦生活的折磨和世人鄙薄贫贱对他的刺激,使他对富贵向往由来已久。这种思想,固然是庸俗的,但又是难免的,既不足多非,也无须为之辩护。"而且,"正因为他汲汲于个人名利,所以他才不惜屈己干人,自堕名节"③。同时,该书还突出了高适"政治上的远见卓识",认为这"特别表现在谏阻玄宗以诸王分镇天下和断言李璘必败上",而同时代的著名诗人李白、王维、杜甫"对政治形势的观察、剖析、应付的能力,与高适相比,却相差甚远,他们在安史之乱中的遭遇和经历就是明证"。当然,该书最后指出了高适思想中的一些弱点,如他对李唐与周围少数民族战争的关系和他对劳动人民的态度上,反映出他身上牢固的"王权思想""封建正统思想"等。

佘正松的《高适研究》一书在涉及高适思想时侧重于对其政治思想的透视,该书认为,高适政治思想的核心或纲领,就是他作于开元年间的《淇上酬薛三据兼寄郭少府》诗中明确宣布的:"永愿拯刍荛,孰云干鼎镬!"即永远为拯救人民的苦难而尽力,就是因此得罪被处以煮烹的酷刑也在所不辞。在这种思想指导下,他提出了一系列纠正时弊的具体措施:第一,反对过度的剥削,主张统治阶级对人民进行"安抚",及时解决他们的痛苦;第二,要求整顿吏治,选贤任能,打击豪强权贵;第三,要求"将军"对广大士卒要体贴爱护;第四,反对侵略别人,但主张抵御外来的侵略,使人民过上和平生活。这既说明高适为挽救时弊而提出的政治措施不是大而无当的泛泛之论,同时,也集中表现

---

① 《中国历代著名文学家评传》第 2 卷,第 146—152 页。
② 《高适传论》,第 101 页。
③ 同上书,第 102 页。

了高适"政治家"的气质和他爱国忧民的"王霸大略"①。

三、高适诗歌研究

20世纪上半叶,虽然没有专文论述高适诗歌的艺术成就,但是一些文学史、诗歌史以及唐诗研究著作中也有所涉及。

如胡适《白话文学史》比较注重其在乐府诗方面的成就,他说,"高适的诗似最得力于鲍照","高适是个有经验、有魄力的诗人,故能运用这种解放的诗体来抬高当日的乐府歌词"②。他认为高适的乐府诗是"从乐府出来的新体诗:五言也可,七言也可,五七杂言也可,大体都是朝着解放自由的路上走,而文字近于白话或竟全用白话"。并对时人称之为"古诗""五古""七古"大为不满③。

再如,郑宾于《中国文学流变史》认为高适的诗风是岑参的一派,而且高适"体气狭小","终于不及岑参的高歌激昂"④。在分析高适的诗作时,他又认为,"高适的长篇很少警惕,往往不如其绝句的浑厚可爱",并谓"这是他与岑参不同的地方"⑤。

和郑宾于一样,陆侃如、冯沅君《中国诗史》也认为高适是属于岑参一派的,而且其诗歌成就明显不及岑参,谓"他一切都迫近岑参","他们都不以五言诗和律诗见长,高适在这一方面确是不高明,但是岑参在这方面却还有相当的成就"⑥,并通过将高、岑的律诗进行对比,得出结论:"岑的方面较高多,才气也较高大。"⑦苏雪林的《唐诗概论》更是认为:"岑胜高远甚。"⑧

50年代以后,学术界对高适诗歌艺术成就的评价明显比三四十年代要高得多,而这又和高适诗歌中多反映社会现实生活,符合当时文艺界所提倡的现实主义精神有关。

如刘开扬在其《试论高适的诗》一文开头就明确指出:"在我国诗

---

① 《高适研究》,第58—62页。
② 《白话文学史》,第192页。
③ 同上书,第194页。
④ 《中国文学流变史》中册,第353页。
⑤ 同上书,第354页。
⑥ 《中国诗史》中册,第440页。
⑦ 同上书,第441页。
⑧ 《唐诗概论》,第57页。

歌发展史上,作为一个政治诗人和边塞诗人,高适无疑是有较高的地位和较大的影响的。"在论及其诗歌艺术时,也强调高适的诗歌有气骨,而这"却不是岑参的诗所能赶过的",并对钟惺、胡应麟等抑高扬岑的观点表示异议。

高文在其《试论高适》一文中也认为,"由于高适的长期潦倒失意,受过贫困的折磨,又参加过劳动,这就使他在思想感情上能够接近人民,看到人民的疾苦,写了许多反映人民疾苦的诗歌,标志着我国诗歌发展的新方向,这是高适的重要贡献"。又说,"他的诗歌形式是多样化,艺术特色是魄力雄毅,气骨琅然,直抒胸臆,多慷慨悲壮之音。在创作方法上基本上是现实主义"。

当时出版的文学史,更是对高适诗歌的现实主义精神予以肯定。如游国恩等编著的《中国文学史》认为,"总的来说,他的诗歌是现实主义多于浪漫主义。风格雄厚浑朴,笔势豪健"。并引殷璠、杜甫等人赞语,说明高适诗歌的艺术成就和影响[1]。刘大杰的《中国文学发展史》虽然将高适归入"岑高诗派",认为高适诗歌的"气象比不上岑参的奔放,然格调高远,富于苍凉的情韵",肯定了高适"在描写边塞的风光、战争的场面下,同时又表露出征夫的疾苦,少妇的情怀,故能于高壮的诗风里,呈现出慷慨之音"[2]。

80年代以后,学术界多就高适诗歌本身进行艺术分析和评价,即使将高适与岑参进行比较,也很少区分高低、进行轩轾了。

如萧涤非、佘正松《高适》在阐述高适诗歌的艺术特色时,就抓住高适诗歌慷慨激昂、豪放悲壮的风格特点,分析其表现手法,认为高适最突出的特点是"直抒胸臆";在写景或刻画人物形象时,常常从大处落笔,以浓墨重彩式的粗犷笔调,概括而洗练地勾画出广阔雄浑的景物或形象,给人以一种气魄宏大、胸襟宽广的不平凡感受;最善于运用对比的艺术手法,来表现和深化作品的主题思想;很注重诗歌的思想内容和篇章结构的完整,不大追求奇字奇句,语言显得质朴[3]。

孙钦善《高适集校注·前言》[4]认为,高适以写抒情诗为主,他的

---

[1] 游国恩、王起、萧涤非等:《中国文学史》第2册,第57页。
[2] 《中国文学发展史》中册,第456页。
[3] 《中国历代著名文学家评传》第2卷,第153—160页。
[4] 高适著,孙钦善校注:《高适集校注》,上海:上海古籍出版社,1984年。

抒情诗艺术特色鲜明，成就较高，并认为"直抒胸臆"和"夹叙夹议而又包含着强烈的感情"是高适诗的两个特点①。在分析其写景之作时，也认为高适写景诗也独具特色，"即善于在具体描绘中表现主观感受，多有我之境、写意之画"。文章最后还指出了高诗的不足之处："就是有时为了应酬，敷衍成篇，堆砌典故，食古不化，有些篇章读来颇感滞碍。"②

左云霖的《高适传论》在肯定高适作为一个现实主义诗人所具有的艺术特点之后，认为前人所说的"悲壮"不足以概括高适诗的全貌，他以为，把高适诗风概括为"沉实雄健"更确些："总的说来，高适的诗歌，用现实主义的创作方法，如实地反映生活，深刻地揭示生活，用平白而生动的语言，直书所见所闻所感。从而使他的诗显得内容充实、思想深刻、语言浑朴、气势充沛、感情真率、流利畅达，给人以粗犷厚重而又酣畅遒劲之感。"③

佘正松的《高适研究》先是用三章的篇幅对高适各个时期的诗歌进行艺术分析和评价，接着又列三章分别论析高适诗歌雄放风格、概观高适诗歌雄放风格的异变、分析高适诗歌的语言特色，然后又各以专章探讨高适与岑参诗风之异同、高适诗歌的渊源、高适的地位和影响。该书对高适诗歌的研究不但较为全面、细致，而且不乏新见。如他用"雄壮豪放"来概括高适诗歌的艺术风格，认为"读高适的诗，那如骏马注坡，鹰击长空的雄放之气，无不动人心魄。这些诗，不但展示出蓬勃向上、璀璨壮美的'盛唐气象'，同时也凸现出诗人性格豪爽、抱负远大和刚毅勇敢的精神面貌"④。又如，他能用发展的眼光来看高适前后不同时期、表现不同题材时的风格"异变"，并分析了产生这些异变的原因。再如，他认为，高适诗歌"刚健凝练"的语言特点，有三种表现。第一，善于以刚健有力的语言，在诗歌一开始就造出一种雄浑壮阔的气势，给读者一种"声情高壮"的强烈感受。第二，善于运用一些响亮警拔的词语，在诗句中组成一个或几个响亮的音节，形成高亢有力的节奏，从而增强了诗歌的力度和气势。第三，善于以精练凝重的语言，在

---

① 《高适集校注·前言》，第 12 页。
② 同上书，第 13 页。
③ 《高适传论》，第 91 页。
④ 《高适研究》，第 148 页。

结尾处"宕出远神",使诗歌显得余味无穷,具有"篇终结混茫"的浑厚气势[①]。另外,值得一提的还有该书设专章对高适的文赋创作进行了分析和评价,这是前人很少注意的。

80 年代以后,除了有人继续撰专文探讨高适的边塞诗多无新意,但也出现了一些另辟蹊径,视角新颖之作,如胡建平《论高适的山水田园诗》[②]、陶文鹏《高适诗论述评》[③]、高海夫《高适的审美情趣》[④] 等。其中陶文鹏文把分散在高适诗文中间谈诗的言论整理、归纳出一个比较系统的诗歌理论,如高适认为应该用"虚静"的心态来观物,论述了感悟发兴、"兴"与"悟""意""言""才"的关系,强调以性灵陶冶万象,创造出具有清新自然、飞动美的艺术形象,又强调要发扬"风骚"与"建安"的诗歌精神,使诗歌具有"风骨"。总之,他的诗论继承和发扬了陈子昂的诗论,对盛唐诗歌美学建设和盛唐时代审美理想的形成做出了贡献。高海夫文则认为,在社会美和自然美之间,高适更喜爱、习惯于把前者作为自己的反映对象,他的诗作大都是直接以社会生活为描写对象,以表达其审美体验和评价的。在美的不同形态特征中,高适的趣味偏于壮美,且是一种带有激越雄劲色彩的壮美。高适对语言美的追求,也显示了他特有的情趣,那就是朴实畅朗、劲健雄毅与对称整炼的结合。

另外,葛晓音在其《山水田园诗派研究》一书中对高适的山水田园诗作了较深入的研究。作者认为,高适山水诗仅见少量酬唱之作,体势与其边塞诗相似,均以感怀为主,间或穿插山水描写的片断。高适这类诗铺叙虽然繁密,但善于从虚处烘托,意象较为空灵,能脱出初唐古体诗刻画体物板实堆垛的窠臼,加上气韵沉雄,境界壮阔,仍有自己的价值。与山水诗相比,高适的田园诗更多,也更有特色。这些诗大多作于他隐居淇上、宋中时期。困顿失意、浪迹渔樵的生活使他的心头笼罩着一层难以驱散的阴霾,因此他笔下的田园,总是一片阴云密布、萧瑟苍茫的景象,与王孟诗派笔下清朗闲静的田园风光形成鲜明的对照。高适的田园诗与王孟诗派还有一个显著的差别,就是他注意到了田家生活表

---

① 《高适研究》,第 184—189 页。
② 载《新疆师范大学学报》1984 年第 5 期。
③ 载《喀什师范学院学报》1986 年第 2 期。
④ 载《陕西师大学报》1986 年第 4 期。

象下所深藏的寒馁、辛劳,以及遭受租税剥削的痛苦。这类田园诗已脱离了陶王诗派重在回归自然的基本旨趣,为中唐以后流行起来的反映田家苦的诗歌开了先声[1]。

四、高适作品整理和版本研究

20世纪高适作品的整理取得了较大的成绩,80年代初,相继出版了刘开扬的《高适诗集编年笺注》[2]和孙钦善的《高适集校注》。其中刘开扬著据明活字版排印,而以《唐诗选》残卷、《高适诗集》残卷、《文苑英华》、《全唐诗》尤其是以王重民《敦煌古籍叙录》及其《补全唐诗》等,补其逸佚,增其题注,校其误字,录其异文;且为集中可以编年者作了编年,诗文后有题解,附前人之重要诗文评论资料,书前有高适年谱,颇称资料完备,使用便当。孙铁善著根据《高适诗集》版本源流系统及正误、完足诸情况,确定了校注的底本及具有代表性的校本,尤其用了敦煌写本残卷伯3862《高适诗集》、敦煌写本残卷伯2552《诗选》以及罗振玉辑印《鸣沙石室佚书》敦煌写本残卷《诗选》(署为《唐人选唐诗》)等新出土材料进行校勘,书后还对高适诗赋作了较为细致、缜密的辨伪工作,另外编年、注释工作也颇见功力。

20世纪专门研究《高适诗集》版本的成果有赵万里《高常侍诗唐写本》[3]、万曼《唐集叙录·高常侍集》[4]、孙钦善《〈高适集〉版本考》[5]、《〈高适集〉校敦煌残卷记》[6]、张锡厚《敦煌本高适集研究》[7]等。

---

[1] 《山水田园诗派研究》,第282—288页。
[2] 刘开扬:《高适诗集编年笺注》,北京:中华书局,1981年。
[3] 载《国立北平图书馆馆刊》第8卷第3号,1934年。
[4] 载《唐集叙录》。
[5] 载《文献》第11辑。
[6] 载《文献》第17辑。
[7] 张锡厚:《敦煌本唐集研究》,台北:新文丰出版公司,1995年。

第七节 岑参研究

一、岑参生平研究

岑参生平研究在20世纪内取得了较大的进展。岑参旧无年谱,新旧《唐书》本传及历代传记类典籍对其生平事迹的记载亦甚疏略,1930年赖义辉撰《岑参年谱》[①],是为岑参的第一个年谱,筚路蓝缕,功不可没。此后不久,闻一多先生《岑嘉州系年考证》[②]《岑嘉州交游事辑》[③]又相继问世,使得岑参生平研究顿时豁然。此后,李嘉言在其师闻一多的指导下,又撰《岑诗系年》[④]。到五六十年代,新的一批学者又将岑参生平研究推向深入了,如曹济平的《岑参生年的推测》[⑤]、陈铁民的《岑嘉州系年商榷》[⑥],对30年代岑参生平研究中存在的问题进行检讨。经过十多年的沉寂与冷落,从70年代后期起,岑参生平研究又重新繁荣起来了,且至今而不衰。此中较有代表性的成果有陈铁民、侯宗义合著的《岑参集校注·岑参年谱》[⑦]、孙映逵《岑参生年考辨》[⑧]、胡大浚《岑参"西征"诗本事质疑——读岑参诗札记之一》[⑨]、柴剑虹《岑参边塞诗系年补订》[⑩]、廖立《岑嘉州编年考补》[⑪]、孙映逵《岑参游河朔考辨》[⑫]《岑参"西征"诗本事及有关边塞地名——与胡大浚先生

---

① 载《岭南学报》第1卷第2期,1930年5月。
② 载《清华学报》第8卷第2期,1933年。
③ 载《清华周刊》第39卷第8期。
④ 载《文学遗产增刊》第3辑。
⑤ 原载《光明日报》1957年10月6日。又载人民文学出版社编辑部编:《唐诗研究论文集》,北京:人民文学出版社,1959年。
⑥ 载《北京大学学报》1963年第3期。
⑦ 岑参著,陈铁民、侯宗义校注:《岑参集校注》,上海:上海古籍出版社,1981年。
⑧ 载《南京师院学报》1981年第3期。
⑨ 载《甘肃师大学报》1981年第3期。
⑩ 载《文学遗产增刊》第14辑,北京:中华书局,1982年。
⑪ 载《中州学刊》1982年第2期。
⑫ 载《河北师范大学学报》1982年第2期。

商榷》[1]、胡大浚《再论岑参"西征"诗本事——答孙映逵同志》[2]、孙映逵《岑参边塞经历考》[3]、张春山《岑参首次赴安西之时间及其背景》[4]、廖立《唐代户籍制与岑参籍贯》[5]、王刘纯《岑参交游考辨——阎防、杜位与严维》[6]、廖立《岑参评传》[7]、任晓润《岑参生年、籍贯考》[8]、王勋成《岑参去世年月辨考》[9]、廖立《岑参诗友考》[10]、刘开扬《岑参诗集编年笺注·岑参年谱》[11]等。

综合以上研究成果，我们可以看出，20世纪岑参生平研究主要探讨了以下几个问题：

岑参的籍贯

关于岑参的籍贯，学界有两说：一谓江陵人，一谓南阳人。闻一多《岑嘉州系年考证》谓岑参为唐江陵（即今湖北省江陵县）人，其先世本世居南阳棘阳，梁时长宁公善方始徙江陵。诸书称岑参为南阳人，盖从其郡望。此后陈铁民等撰《岑参年谱》亦同意闻说之考证。但此后学者中亦有人坚持"南阳"说，如任晓润《岑参生年籍贯考》就认为，岑参的籍贯应是唐代棘阳（今河南南阳）；廖立《唐代户籍制与岑参籍贯》则从唐代户籍制的考察入手，论证岑参的籍贯当为"南阳"；刘开扬《岑参诗集编年笺注·岑参年谱》也认为，岑参"祖籍南阳棘阳，今河南新野县，梁时徙江陵，今湖北省江陵县"，似亦倾向于南阳说。

岑参的生卒年

岑参的生卒年史无明文，长期以来亦无确考，20世纪学界颇多异说：

---

[1] 载《徐州师范学院学报》1982年第3期。
[2] 载《西北师院学报》1984年第3期。
[3] 载《徐州师范学院学报》1984年第2期。
[4] 载《新疆社会科学》1985年第4期。
[5] 载《中州学刊》1986年第4期。
[6] 载《河南大学学报》1988年第5期。
[7] 廖立：《岑参评传》，北京：人民文学出版社，1990年。
[8] 载《西南师范大学学报》1990年第2期。
[9] 载《兰州大学学报》1990年第4期。
[10] 载《郑州大学学报》1991年第1期。
[11] 刘开扬笺注：《岑参诗集编年笺注》，成都：巴蜀书社，1995年。

1. 赖义辉《岑参年谱》考证岑参当生于开元六年（718），卒于大历四年（769）。

2. 闻一多《岑嘉州系年考证》不同意赖说，通过详细考证认为，岑参生于开元三年（715），卒于大历五年（770），享年五十六岁；后来陈铁民《岑嘉州系年商榷》也同意此说。

3. 曹济平《岑参生年的推测》也认为，赖说的错误较明显，但闻一多先生的证说亦有不足之处，他认为，岑参生于开元二年（714）更为确切。任晓润《岑参生年、籍贯考》也持此说。

4. 刘开扬《略谈岑参和他的诗》①以为岑参生年最少应该比闻氏所定的后一年，即716年，至770年死去时为五十五岁。

5. 孙映逵《岑参生年考辨》通过对岑参及第授官之年的考证，认为岑参应生于开元五年（717）。

对于岑参的去世时间，学界有三说：一为闻一多《岑嘉州系年考证》所考的大历五年（770）正月说；一为赖义辉《岑参年谱》提出的大历四年说，郭沫若《李白与杜甫》则认为，闻一多的考虑还欠周到，经过他的推测，岑参应当死于大历四年十二月下旬②；一为王勋成《岑参去世年月考辨》疑岑参于大历十月左右病逝于东归途中之船上，其地可能在嘉、戎一带，而非成都之旅舍。

岑参游河朔的时间

关于岑参游河朔的时间，闻一多在其《岑嘉州系年考证》中有较详细的考证，他认为，岑参于开元二十九年游河朔，春自长安至邯郸，历井陉，抵冀州。八月由匡城经铁丘，至滑州，遂归颍阳。陈铁民等《岑参年谱》则不同意闻说，认为岑参于开元二十七年游河朔。春自长安经古邺城至邯郸，复由邯郸抵贝丘。暮春自贝丘至冀州。四月由冀州抵定州。后到井陉。冬抵黎阳、新乡。

岑参"西征"本事及其他边塞经历

《轮台歌奉送封大夫出师西征》《走马川行奉送出师西征》是岑参两首著名的边塞诗，对于此两诗的背景，闻一多认为是"天宝十三载冬破播仙之作"，此说为李嘉言《岑诗系年》、马茂元《唐诗选》、林庚、冯

---

① 文学遗产编辑部编：《文学遗产选集二辑》，北京：作家出版社，1957年。
② 郭沫若：《李白与杜甫》，北京：人民出版社，1971年，第235页。

沅君《中国历代诗歌选》及其他一些选注本所沿用，影响较大。

陈铁民《岑嘉州系年商榷》提出此两诗与《献封大夫破播仙凯歌六章》同指一事，似不妥当，然未作辨析。胡大浚《岑参"西征"诗本事质疑》从边疆历史地理的实际出发，对上述两家说法细加考察，认为闻一多将两诗系于天宝十三载封常清摄御史大夫之后固然是正确的，但把它同《凯歌六章》并列为征播仙之作，则显然不妥。胡文认为，常清之破播仙，当在天宝十三年冬末至次年初春，岑参乃作《凯歌六章》以颂之；而《轮台歌》《走马川行》所叙西征事，当在十三载九月，或十四载九月常清返京之前。在胡文发表后不久，孙映逵撰《岑参"西征"诗本事及有关边塞地名》与胡文商榷，认为西征与破播仙是一役，闻说是确当的，岑诗中的"西征"即是征讨入寇吐蕃（而不是征回纥），同时也是征讨吐蕃支持下的叛镇播仙；而且三诗所写地理位置亦合，在行军路线和地点上也无矛盾。胡大浚《再论"西征"本事——答孙映逵同志》再次强调"西征"与"破播仙"并非一役，且就二诗诗意的理解提出了一些与孙文不同的看法。

此外，孙映逵《岑参边塞经历考》一文对岑参两次赴西北边塞的经历作了考证，其中与闻一多《岑嘉年系年考证》、李嘉言《岑诗系年》及陈铁民等《岑参年谱》多有不同。

岑参的隐居问题

岑参一生曾有几次隐居，对于其《感旧赋序》中所说的"十五隐于嵩阳"一句，闻一多认为，此乃指开元十七年（岑参十五岁）移居河南府登封县（太室别业）事，嵩阳乃是太室。陈铁民《岑嘉州系年商榷》认为此句主要应指作者十五岁至二十岁左右隐于少室的一段经历。刘开扬《岑参诗集编年笺注·岑参年谱》认为，此句当指其十五岁至二十岁隐于太室、少室两山事，不一定专指一处。另外，陈铁民此文还认为，岑参至晚于开元二十九年时已隐居终南，但这种隐居，乃是一面隐居，一面不断寻求出仕的道路。

岑参的交游

此类文章首推闻一多的《岑嘉州交游事辑》，后来诸年谱也都涉及一些。80年代后又产生了几篇考述岑参交游的论文，如王刘纯的《岑参交游考辨》、廖立的《岑参诗友考》等。

二、岑参诗歌研究

岑参边塞诗综合研究

岑参的诗歌成就主要在边塞诗方面，故自20世纪初以来，这方面的研究成果就相当多。

1927年，徐嘉瑞发表了《岑参》①，此系20世纪第一篇专门探讨岑参诗歌的论文。文章认为，"岑参所表现的人物事实，都是最伟大的、最雄壮的、最愉快的"，"岑参是一个意志坚强的人，他终生不会说儿女沾巾的话，越是危险越是痛苦的时候，他越发得意"，"他感受到大沙漠雄壮的印象，由恐怖到了同情，这伟大的沙漠即是他的诗境"，"沙漠的伟大生命，即是这一个'宏壮的诗人'的生命了"。1935年又产生了两篇专论，一篇是孙仲周的《边塞诗人岑参》②，另一篇是叶鼎彝的《唐代民族诗人——岑参》③。其中叶文对杜确在《岑嘉州集序》中将岑参比作吴均、何逊的说法不满，认为"岑参的诗实在另有他自己的一种特殊风格，不得属于任何一种家派"。他同意徐嘉瑞在《岑参》一文中对岑参诗风的评价，也认为"他诗中所表现的人物和事实，都是最伟大的，最雄壮的，最愉快的，好像万马奔驰，金鼓齐奏，十分震动人的耳鼓"。但是，他对岑参诗歌艺术和内容的分析，则远比徐文细致，他说："岑参的诗，就形式方面而论，他是长于七言古诗的，这并不是说他其他的诗体做不好，实在是因为他那种热烈豪壮的情绪，不用那苍苍莽莽的一气呵成的七言古诗，是表达不出来的。"在谈到岑参诗歌的内容时，他又说："他是用全副的精力来描写战争的。但是，他所写战争不是杜甫的兵车行和白居易的新丰折臂翁等诗，专门诅咒战争的残酷，而是歌颂战争的伟大的。""除了歌颂战争而外，还充分表现出许多异国的情调，所取的题材，如大雪，大热，大风，大将，名马，雄壮的音乐，雄壮的舞蹈。他所取这些题材，都是取战争为背景，风格境界都是一致的，他是取动不取静，取雄放而不取澹远。""总之，他的诗境是动的，是阳刚的，是Sublime的！"

20世纪上半叶出版的一些文学史、诗歌史及一些唐诗研究论著中

---

① 载《小说月报》第17卷号外《中国文学研究专号》。
② 载《青年文化》第2卷第2期，1935年。
③ 载《文化与教育》第57期，1935年。

也有关于岑参诗歌的论述,如,胡适《白话文学史》认为,"岑参的诗往往有尝试的态度。如《走马川行》每三句一转韵,是一种创体。《敦煌太守后庭歌》也是一种大胆的尝试"。并对古人把岑参比作吴均、何逊不以为然,"他们只赏识他的律诗","律诗固不足称道;然即以他的律诗来说,也远非吴均、何逊所能比",如他诗中的一些白话句子,"岂是吴均、何逊做得出来的吗?"①郑宾于《中国文学流变史》云:"岑参诗辞意清切,回拔孤秀,悲壮豪慨,新奇挺拔。"②"岑参诗句之新,不特记边塞异域为然,即如歌咏内地风物,也较其他诗人有不同的笔力。"③郑振铎《插图本中国文学史》也认为"岑参是开、天时代最富于异国情调的诗人","他一边具有高适的慷慨壮烈的风格,一边却较之更为深刻隽削,富于奇趣新情"④。苏雪林《唐诗概论》则认为"岑参在同时一群诗人中可以说更能充分表现男性的一个。他有一种热烈豪迈的性格和瑰奇雄怪的思想,最爱欣赏宇宙间的'壮美',以及人间一切可惊、可怖、可喜、可乐的事物。而环境恰恰又成全了他"⑤。

50年代以后,人们开始用新的眼光来研究岑参的诗歌艺术。如刘开扬《略谈岑参和他的诗》⑥ 在论岑参诗歌的内容时,就认为,他的战争诗表现了对人民的关怀,具有强烈的爱国思想;就是其诸多咏怀诗中的悲叹和欢乐不完全为了他个人的遭遇,还有振兴王朝、关怀和希望改善人民生活的积极倾向。在论及岑参诗歌的艺术性时,该文认为其七言古诗独特的体制,"很可能采取了北方民歌的形式";对于岑参诗中的奇语,他认为,"这些奇语的产生由于岑参的创作方法常常是浪漫主义的,他用想象、夸张的手法把所要描写的事物突出地表现出来,这就加强了它的新奇和感人的力量"。而且,"岑参如果不是亲身去到西北边疆,并深刻地观察了当地的风光,特别是体验了将士们的战斗生活,他就不能写出这些奇语来的"。因此,作者认为,"谈岑参的诗除了注意他的夸张手法和通俗之外,更要注意他的生活体验和他的艺术实践,他是善于把

---

① 《白话文学史》,第197页。
② 《中国文学流变史》中册,第351页。
③ 同上书,第352页。
④ 《插图本中国文学史》第2册,第324—325页。
⑤ 《唐诗概论》,第56—57页。
⑥ 载《光明日报》1956年6月24日。

现实主义的方法和浪漫主义的方法结合起来的"。陈贻焮《谈岑参的边塞诗》①也认为，岑参的诗歌之所以在当时就受到各族人民的喜爱，"当然主要取决于他诗歌中所洋溢的积极浪漫主义精神和他高超的艺术造诣，但是，和他的不少作品丰富多彩、别开生面地描绘出祖国的壮丽景色，反映了英勇豪迈的边塞生活，也是有一些关系的"。在引用殷璠所说的岑参诗歌"语奇""意亦造奇"的特点，以及杜甫说岑参兄弟"好奇"的性格之后，作者认为，可见语奇、意奇又与他的性格"好奇"有关，但是"好奇"却不能理解为猎奇。"爱好新奇事物，向往新的天地，不避艰险，乐意过战斗生活，这才是他'好奇'性格中最本质也最珍贵的因素。"

当时还有一些讨论岑参诗歌思想性的文章，如赖寒吹、林楠《岑参诗是歌颂武功的吗?》②针对黄兰坡《评岑参的〈白雪歌送武判官归京〉》③和陆侃如、冯沅君《中国文学史稿》等认为岑参的诗是"歌颂战争""歌颂武功"的说法进行商榷。该文认为，首先，岑参诗在描写战争方面的数量是不多的，且多为咏物抒怀之作；其次，从其直接描写战争的诗篇的内容看，也很难认为他是"歌颂武功"的，"只能认为他是以真实而客观的态度，记录和描写了当时边疆景物及士兵的生活情形。并以一个诗人的正义感，对他所认为的不义的行为加以非难和讽刺"。针对马茂元《唐代诗人短论》④中对岑参的批评"他能够从极端惊险而艰苦的战争环境的描绘来表现出一种积极的乐观的精神，给人以鼓舞。可是他对当时战争的性质却缺乏深刻的认识。虽然他也写到一些战地阴森悲惨的景象，但军中生活的不平，广大士兵对统治者穷兵黩武政策的反抗，以及他们所表现的厌战情绪等复杂的矛盾的心情，在岑参的诗篇里很少得到反映"，高海夫在其《岑参边塞诗的思想性》⑤中提出了不同的看法，他首先具体分析了当时战争的性质和意义，认为不能完全以战争的性质来定作品思想性的好坏，然后他又认为，如果岑参也能像高适那样"对某些战争的积极意义予以歌颂，同时又揭示出它的阴

---

① 载《解放军文艺》1962年4月1日。
② 载《文史哲》1957年第2期。
③ 载《语文学习》1955年第4期。
④ 载《人文杂志》1959年第1期。
⑤ 载《光明日报》1960年10月9日。

暗面、罪恶面","将会更好一些",但是,"如果因此就不敢正视他对某些战争的胜利的歌颂和对那些英雄人物的礼赞,甚至贬低、否定这样作品的积极意义,那恐怕也是不妥当的"。

除此之外,当时出版的一些文学史关于岑参诗歌的论述也具有相当大的影响,值得注意。如游国恩等编著的《中国文学史》认为"岑参的诗歌,以慷慨报国的英雄气概和不畏艰苦的乐观精神为其基本特征",但"缺乏高适诗中那种对士卒的同情",又云,"岑参的诗,富有浪漫主义的特色:气势雄伟,想象丰富,色彩瑰丽,热情奔放,他的好奇的思想性格,使他的边塞诗显出奇情异彩的艺术魅力"。而且他的诗,"形式相当丰富多样,但最擅长七言歌行。有时两句一转,有时三句、四句一转,不断奔腾跳跃,处处形象丰满"[①]。再如,中国科学院文学研究所编写的《中国文学史》也认为岑参的边塞诗比高适的诗"更为丰富多样",而且,比较说来,"高适的诗悠扬婉转,在浓厚的抒情意味中,表现了奔放的气势和慷慨激昂的精神。岑参则急促、高亢,以奇峭而俊丽的风格,描绘了边地光怪陆离、变幻莫测、瑰奇壮丽的风光。……高适显然不及岑参,岑参是唐代边塞诗人中最卓越的代表者"[②]。刘大杰的《中国文学发展史》则认为岑参早期的诗写得十分美丽、悠闲,而他后来的边塞诗,则因西陲"同中原绝异的景象,给他一种新刺激新生命新情调","他的心境与诗境,都由此展开,……欢喜采用自由变动的长歌体裁,去表现自然界的伟大与神奇,和战争生活中壮烈的场面""他的诗富于幻想色彩和夸张手法,善于运用乐府民歌的精神,铸熔创造,驱使着清新奇巧的语言,去描写塞外的风光与艰苦的战场生活,形成未曾有过的险怪雄奇的风格"[③]。

七八十年代以后,人们对岑参边塞诗思想内容和艺术风格的研究虽然仍在继续,但进展很有限,稍具特色者有卢苇的《岑参西域之行及其边塞诗中对唐代西域情况的反映》[④]、柴剑虹《岑参边塞诗和唐代的中

---

① 游国恩、王起、萧涤非等:《中国文学史》第 2 册,第 62 页。
② 中国科学院文学研究所中国文学史编写组:《中国文学史》第 2 册,第 366 页。
③ 《中国文学发展史》中册,第 453—454 页。
④ 载《兰州大学学报》1980 年第 1 期。

西交往》①，苏者聪《岑参是"浪漫主义的边塞诗人"吗?》②、陶尔夫、刘敬圻《盛唐高峰期的西部诗歌岑参边塞诗新探》③、吴宗渊《岑参边塞诗的音乐美》④、陈刚《试论岑参的边塞诗对陆游的影响》⑤ 等。

相比较而言，这时人们对岑参边塞诗中地名的考释成绩倒是突出些。这方面的论文主要有王友德的《岑参诗中的轮台及其他》⑥、柴剑虹的《"葫芦河"考——岑参边塞诗地名考辨之一》⑦、《"桂林"、"武城"考——岑参边塞诗地名考之一》⑧《岑参边塞诗中的"阴山"辨》⑨《岑参边塞诗地名考辨》⑩、《岑参边塞诗中的破播仙战役》⑪、孙映逵《岑参边塞诗地名考释四则》⑫、陈铁民《也谈岑参诗中的"冰片"》⑬、廖立《岑诗边塞地名考补》⑭ 等。

岑参其他诗歌研究

80年代以后，学界的视野更加开阔了，不再局限于研究岑参的边塞诗，他们开始对岑参的山水风景诗和诗歌体式进行研究。

刘朝谦《岑参的蜀中写景诗》⑮认为岑参的写景诗在唐代诗坛也能独树一帜，岑参在蜀中所写的五十多首诗中，写景诗占了很大的比重，集中反映了岑参创作晚期——蜀中时期的艺术成就。文章还分析了这些写景诗的艺术特点：首先表现在题材的广泛和情景的水乳交融；还具有想象丰富，表现手法奇特的特点；风格神秀豪放；有一些诗很有兴寄。

---

① 载《西北大学学报》1984年第1期。
② 载《武汉大学学报》1985年第5期。
③ 载《文学评论》1987年第3期。
④ 载《宁夏大学学报》1990年第2期。
⑤ 载《成都师专学报》1991年第2期。
⑥ 载《文史哲》1978年第5期。
⑦ 载《新疆师范大学学报》1981年第1期。
⑧ 载《武汉师院学报》1981年第2期。
⑨ 载《北京师范大学学报》1982年第3期。
⑩ 载《学林漫录》第7集。
⑪ 载《文史》第17辑。
⑫ 载《文史》第18辑。
⑬ 载《文学遗产》1985年第2期。
⑭ 载《河南大学学报》1985年第5期。
⑮ 载《四川师院学报》1983年第4期。

颜邦逸《岑参早期山水诗的艺术特色》① 也认为岑参的山水诗从量上看，相当可观，有80多首，从质上看，也很出色。他认为其早期山水诗部分地表现为以清静、恬静的境界否定恶浊、喧嚣的俗世，大量地表现为对瑰奇境界的追求。而且，他并不将自己融于山水悠缓的节奏，而是在对山水的诗化中再现积极、热烈、英气勃勃的自我。文章最后还认为，其早期的山水诗是边塞诗的前奏，他早期山水诗所追求的东西，正是后来边塞诗取得的东西。苏雨恒《盛唐自然景物诗的开拓者——对岑参诗的全面认识和评价》② 也认为，在岑集中，数量既多、用力且勤，又取得了最高成就的当首推艺术地再现山水风物的诗篇。早期和人蜀期间诗作的突出成就无疑在于写景诗，即以因此被称为"边塞诗人"的塞上诗作而论，作者描写的重点亦不在边境战争及由此引起的一系列社会内容，而是奇异的塞上风物。孙映逵《岑参山水景物诗面面观》③ 也对人们一直称岑为边塞诗人，湮没其在盛唐山水诗创作中的地位表示不满。他认为岑参的山水景物诗风格多样，浓淡各异，有他自己的面目："清丽"。岑参的山水诗中那种淡画式的清丽，随意点染，酷似小谢风韵；但岑参的诗流丽而不平弱，笔势健举，气宇轩昂，又表现出唐人的魅力。文章最后认为，其成就为王、孟之亚，其诗风之多样、色彩之纷繁，在盛唐山水诗人中仅次于王维。葛晓音的《山水田园诗派研究》也对岑参的山水田园诗作了比较详细、深入的研究，作者认为，"岑参性耽山水，常怀逸念，不但在多处置过别业，而且在虢州、嘉州刺史任上，以仕为隐，纵情游赏"，"因此他的山水诗数量之多，唯王、孟可比。早年风格也有近似孟浩然处。一部分作于终南山和缑山别业的五古，主要是以叙述自己爱好幽赏的心迹为主，在罗列著书作文、访道寻僧、追逐渔樵的生活情趣之时，插入一些山水描写的片断，章法自由多变，并无一定格式，但随情兴所至。还有相当一部分山水诗，作于行役途中，则一般采用前半首摹写山水，后半首怀念亲友的结构"④。作者还通过对岑参山水作品的具体分析，看出岑参构思"用心良苦"的特点，并且认为："其边塞诗的'奇丽'，主要体现为以朴素平易的形式表

---

① 载《辽宁师范大学学报》1985年第6期。
② 载《山西师大学报》1986年第1期。
③ 载《徐州师范学院学报》1987年第4期。
④ 《山水田园诗派研究》，第289页。

现出生活本身的瑰奇;而其山水诗则相反,是用创意造奇的构思和手法表现人们所熟悉的山水幽致。"① 该书最后总结说:"岑参的创作高峰在天宝年间及安史之乱以后,加上他'奇造幽致'的特点,其构思和表现手法已在不少方面开出中唐印象派的端倪。而王孟诗派则是以总结和发展陶谢的艺术经验为基本特色的。因此岑参与王维虽是同时代人,但从山水诗表现艺术的发展来看,他们之间的差异却带有界划时代的意义。"②

另外,还有一些文章专门探讨了岑参的七言古诗的艺术成就,如张学忠的《试论岑参七言古诗的艺术风格》③、王锡九的《论岑参的七言古诗》④ 等。其中张学忠文对岑参七言古诗的风格演变进行了描述,认为岑参早期的七言古诗较多地是采用短小的形式,运用浅显质朴的语言,写得婉转流畅,达到了一定的艺术水平,但"雄壮奇丽"的风格还没有形成。这种风格是诗人两次出塞、在长期的军旅生活和创作实践中才逐渐形成的。诗人在安史之乱爆发后回到朝中所写的七言古诗虽然仍采用了与早期相同的那种比较短小的形式,只不过也同样带上了诗人这个时期比较消极的思想的阴影,语言平淡浅易,富有民歌情调。另外,文章还探讨了岑参七言歌行用韵的特点,七言古诗在语言上"奇"的特点等。王锡九文分三个阶段分析了岑参七古风格的变化,还具体分析岑诗"奇丽"的总体特征。对于岑诗中的五、七言相杂的句法特点,文章指出:"这样的体式,其特点是五言句和七言句在诗中担负的任务不同,所起的作用也不一样,使得诗情巧于变化。这种变化不需要关联、过渡,而依靠句式的变换径直转折,拗峭健拔,戛戛独创。"文章还指出,岑参在诗歌语言的通俗化、重叠复沓的表现手法和"三三七"句式的运用方面,"实开中唐诗坛向当代民歌学习,吸取民间创作的长处的风气之先"。

三、岑参作品的整理和版本研究

20世纪岑参作品的整理和版本研究也取得了较大的成绩。陈铁民、

---

① 《山水田园诗派研究》,第290页。
② 同上书,第292页。
③ 《陕西师大学报》1981年第2期。
④ 《徐州师范学院学报》1990年第3期。

侯宗义著《岑参集校注》（上海古籍出版社，1981年）是较早出现的一个岑参作品的新校注本，该书选择四部丛刊影印七卷本为底本，宋刊残本、明抄八卷本、《全唐诗》为主要校本，并参校其他本子。本书注释详明，且为相当一部分作品作了编年，书后附《岑参年谱》，有助于读者进一步认识和探讨岑参的创作成就和风格演变。刘开扬的《岑参诗集编年笺注》（巴蜀书社，1995年）是在吸收闻一多《岑嘉州系年考证》《岑嘉州交游事辑》、李嘉言《岑诗系年》、岑仲勉《唐人行第录》、陈铁民等《岑参集校注》以及柴剑虹诸多岑诗考订文章等学界已有成果的基础上，完成编年的；至于笺注，亦搜罗群书，旁征博引，故注释又较陈著更为详明。书后附录有序跋、书录及历代诸家评论，更便于读者使用。

对岑参作品版本进行研究的论文则有陈铁民《岑嘉州诗版本源流考》①、廖立《岑嘉州校勘浅议》②《岑参篇目异录叙议》③、王刘纯《〈岑参集校注〉的几个问题》④ 等。另外，万曼的《唐集叙录》也对《岑参集》的版本流传情况作了一定的探讨。

第八节　元结及《箧中集》诸诗人研究

一、元结研究

元结是盛唐后期的重要作家，其具有复古倾向的创作实践和理论对后来中唐新乐府诗歌的创作和古文运动的兴起，起了很好的先导作用。鉴于此，20世纪学界对元结的研究也比较活跃，取得了一定的进展。

元结生平研究

元结生平研究的成果主要产生在20世纪上半叶。1928年，孔德发表了《元氏氏族考》《唐元次山世系考》⑤，其中《元氏氏族考》一文认

---

① 载《文史》第6辑。
② 载《中州学刊》1983年第1期。
③ 载《文学论丛》第2期，1984年。
④ 载《河南大学学报》1985年第5期。
⑤ 二文均载《语历所周刊》第5卷第56期，1928年。

为元结"系出拓跋,迁于河南为鲜卑族,非黄帝李陵之后",《唐元次山世系考》则从其先祖始均直至元次山,列了一详明之世系表,且纠正了新旧《唐书》"元次山本传"所说的元结系后魏常山王遵十五代孙的说法,认为应是十二代孙。文章还经多方考证,得出一个结论:"次山先世世居洛阳,后徙太原;及其父延祖又移鲁县。"

1935 年,孙望又发表了《元次山年谱》[①],该谱对元结一生重大行事及一部分诗文作品作了系年考证工作。该谱前有一《元氏世系表》,谱中认为,元结确系北魏王族常山王遵的后裔;元结祖辈世代居住太原,到了元延祖时才徙家鲁山县。元结生于唐玄宗开元七年(719),卒于代宗大历七年(772),享年五十四岁。谱后附"诸家论元资料""元次山著述表"。后来孙望《元次山集》[②]中所附《元次山事迹简谱》即为此谱之简编。

1944 年,孔德发表了《元次山评传及年谱》[③],此谱谓元次山生于开元十一年,卒于大历七年夏四月,享年五十岁整。谱中关于元结的一些行事的系年自然也与孙谱相左。

20 世纪下半叶,关于元结的生平研究成果寥寥,多为介绍性的文字和评传文章,如孙望的《元结评传》[④]、匡易的《元结》[⑤]、莫乃群的《容州刺史元结》[⑥]、韩绍诗的《同情人民的诗人——元结》[⑦]、陶先庶的《道州忧黎庶词气浩纵横——元结在道州》[⑧]、桂多逊的《元结与浯溪》[⑨]、徐传胜和林蔚兰的《往年壮心在,尝欲济时难——中唐诗人元结》[⑩]等。这些文章对元结生平的研究并无多少新的突破。

---

① 《金陵大学文学院季刊》第 2 卷第 1 号,1935 年,后来 1957 年上海古典文学出版社、1962 年中华书局都出版过铅印本。
② 元结著,孙望校:《元次山集》,北京:中华书局,1960 年。
③ 载《说文月刊》4 卷合订本。
④ 载孙望:《蜗叟杂稿》,上海:上海古籍出版社,1982 年。
⑤ 载《广西日报》1961 年 12 月 9 日。
⑥ 载《广西日报》1962 年 7 月 8 日。
⑦ 载《河南日报》1962 年 12 月 9 日。
⑧ 载《湖南师院学报》1980 年第 3 期。
⑨ 载《湘潭师范学院学报》1986 年第 2 期。
⑩ 载《文史知识》1989 年第 8 期。

元结思想研究

元结的思想比较复杂,学界的研究也深浅不同、角度不一。孔德在其《元次山评传及年谱》中认为,"次山先生虽好古,学古,不同于俗。而其文章亦有充分表现其时代精神者",如《舂陵行》等"具见次山先生经世之志","而悯时忧国,忠君爱民,保全都邑,抚绥流亡,有助于当时,非王维、孟浩然、李白、杜甫诸诗人可比"。

汤擎民《元结和他的作品》①在分析元结的思想倾向时说:"处于那样动乱衰败的时代,作为一位曾经长久地和人民生活在一起,和人民有深厚感情而又富于正义感的诗人和政治家,他是爱憎分明,敢于怒骂,敢于抗争的。我们决不能把他看为避世山林的狷介之士,或是隐于朝市的好好先生。""但我们也不能怀疑他的忠君思想",关键是,他的"爱民和忠君,为人民和为统治者,其间并没有不可调和的矛盾"。应该承认"元结的思想是有道家思想的成分的",而且"从反对腐败政治和黑暗现实这个角度看,元结思想里道家思想的成分在当时不能说没有某些积极的意义"。文章最后认为,"尽管如此,在元结思想中起主导作用的,毕竟是儒家思想而不是道家思想"。

孙望《元结评传》也认为元结"是一个富于正义感、关心人民疾苦与安危的政治家"②,并认为"他的性格特点是刚直、热情。生活作风是敦实俭朴。除具有浓厚的儒家思想以外,他还有一定程度的道家思想。所有这些特点,都和民族气质的承袭以及社会环境和家庭教育的影响有着不可分割的关系"③。

聂文郁《论诗人元结的世界观》④也认为"元结有上忧国家、下恤人民、积极济世的一面,也有山林自安、水石相得、消极退隐的一面",论述了元结的"昌道"主张、政治理想、出处态度等。还认为,元结的"复古"只是一个幌子,元结的思想行事,"只不过是从中小地主阶级利益出发,提出政治主张,进行政治活动,希望改革政治现状,从而抒发个人济世的宏愿而已"。

徐传胜、林蔚兰《往年壮心在,尝欲济时难——中唐诗人元结》对

---

① 载《中山大学学报》1957 年第 1 期。
② 《蜗叟杂稿》,第 119 页。
③ 同上书,第 120 页。
④ 载《青海师范学院学报》1981 年第 1、2 期。

元结世界观的看法也与聂文郁相近,认为他的世界观是复杂而矛盾的。"一面是上忧国家、下恤人民,勉力济世,另一面又因无力补天、壮志不得伸展而时有隐退免遭灭身自亡的消极隐退观念。"

元结文学理论研究

元结的文学理论在盛唐后期至中唐前期的文坛上具有举足轻重的地位和影响,故在 20 世纪也受到学界的普遍关注。

汤擎民《元结和他的作品》一文认为,元结的文学思想,属于儒家一派,他的诗歌理论和《诗经》大序是一致的。他在理论上说明了诗歌是表达作者的思想感情,反映现实,反映政治和社会生活,有其认识作用和教育意义,是白居易的先声。而且,他能进一步把作品和作者、诗品和人格紧紧地联系起来考察。

孙望的《元结评传》则认为:"元结在文学创作上反对绮靡浮华而提倡淳古淡泊的作风。他是继陈子昂而起的在文学观点与创作实践上发展着现实主义传统的一个勇猛的战士。"又指出,元结所抨击反对的,主要包括三个方面:(1) 属于形式方面的声病格律;(2) 属于内容方面的那种专写毫无社会意义的风花雪月与男女之情的颓废倾向;(3) 属于方法方面的"极貌写物""喜尚形似"的模拟因袭的风气。元结还提出了许多见解,客观上有力地反对了把文学艺术当作贵族有闲阶级的消遣娱乐品等看法,确认了文学艺术应该反映生活现实、表达思想感情的功能,肯定了文学艺术具有直接、间接地起规讽教育的作用[1]。

聂文郁《论诗人元结的世界观》一文也肯定了元结的进步的文艺主张,认为元结上继王勃、陈子昂而起,中与杜甫并肩努力,后为白居易、元稹等的新乐府运动开路,不失为一个古代有胆有识的文艺战士。他还指出了元结与王勃、陈子昂文艺观点上的相似之点,以及元结文艺观的独特之处。

孙昌武《读元结文札记》[2]认为元结在思想上的一个重要特点,是后人所提出的"不师孔氏"。这是他在多数"古文"家主张"尊经""宗圣""明道"的潮流中杰特超群的地方,也是他创作思想的主要精华所在。他的文学理论虽然反对形式主义,但"一语不及儒家的道德仁义之

---

[1] 《蜗叟杂稿》,第 135 页。
[2] 载《社会科学战线》1985 年第 3 期。

说，没有尊经、宗圣的观念"，"不把文学视为道学的附庸，而是独立的反映和批判现实的武器"；他认为文学不必重复圣经贤传的陈言，而要倾诉下民的呼声。这在整个唐代的"古文"理论中是很富于独创性、批判性的见解。

王启兴的《评元结的复古主义诗论》① 则针对学界对元结诗论评价很高的现状，提出不同的看法。他认为："元结的诗歌理论继承了传统的儒家诗教，在新的历史条件下又有发展。他不仅坚持为政教服务是诗歌的唯一社会功能，而且否定近体诗，推崇枯淡高古的古体诗，在当时实为一种复古倾向，决不能作不切实际的评价。"

王运熙《元结诗论述评》② 也是一篇对元结诗论进行全面评价的论文，而重点在评述元结《箧中集序》中所反映出来的诗歌理论。文章最后总结说："元结一生对国事民生一直非常关心，他目击唐玄宗后期政治腐败，社会潜伏危机，后来又亲历安史之乱，因此迫切希望文学能发挥积极的社会作用。他提倡写作讽谕一类诗篇，企求诗歌能对政治社会产生补偏救弊作用，在这方面具有进步意义。但他排斥诗歌的娱乐性，对诗的社会功能理解过于狭窄。对诗歌声律和谐、形象鲜明、语言流美等特色笼统加以鄙弃，更显示出对诗歌的艺术特征认识不足。他一味提倡写古朴的五言古诗，其作品与《箧中集》诗人的篇章，在不同程度上存在着古质有余、生动不足的缺点，说明片面复古的主张对诗歌创作产生了不良的影响。"

元结诗文风格及创作成就研究

20世纪对元结诗文风格及创作成就进行研究的成果也不少，介绍如下：

汤擎民《元结和他的作品》是20世纪出现得较早的一篇系统、全面论述元结诗文风格和成就的文章。该文认为，元结的古典散文的形式是多种多样的，可说是元结所独创的政治批评和社会批评的论文，而且，元结的散文，喜欢用短小生动的寓言故事抒发议论，显然是受了《庄子》的影响。他喜欢用诙谐荒诞的话，自然和他"荒浪"的性格有关。元结的文章体现了他的热情、爽朗、倔强和介直的性格特点，和他

---

① 载《武汉大学学报》1986年第3期。
② 载《阴山学刊》1990年第3期。

的为人一样，是与世不合，坚决反抗流俗的。元结诗歌的内容和他的散文基本上是一致的，其中有对上古之世的向往，对衰世末俗的讽刺抨击，还有述说自己出处的人生态度和政治态度、描写山林景物以及退隐生活的内容。而安史之乱起后战争的残酷、官吏的贪暴、人民的疾苦，成为他诗歌的主要题材。战乱的社会现实在他为数不多的诗篇中，得到极其深刻的反映，这和王维、岑参等同是身经安史之乱而其诗作不大呈现时代的暗影是大不相同的。文章最后论述了元结在文学史上的地位："毫无疑问，元结是唐代文学革新运动中古文运动和新乐府运动的开路人之一；过分强调他的作用是不合实际的，不给予应有的地位也是不对的。近年出版的文学史书，有的仅仅提到他的名字，有的把他附属于比他迟半个世纪以上的白居易一派。这样处理，都不能正确地反映唐代古典散文和诗歌革新运动的历史进程的。"

孙望《元结评传》认为，元结作品中最引人注目的是短小精悍、笔锋犀利的杂文性的散文，而其写作目的大多数都是揭破人间诈伪，抨击腐败政治，暴露黑暗现实，反映人民疾苦。该文认为，元结是一个实际从事政治事业的政治家而兼文学的诗人与散文家，他的作品反映了安史之乱前后一段时期的唐代社会现实，体现了他热爱祖国、热爱人民的思想感情。他以淳朴浑成的风格写诗，以古拙犀利的健笔写文，在诗和散文两方面都取得了卓越的成就。虽然不必去跟杜甫、白居易或韩愈、柳宗元相比，但在唐代作家中间，他确实独标一格。元结是唐代古文运动中一个有力的前驱，同时也是唐代辉煌的现实主义文学中一个杰出的作家、诗人。

聂文郁《试论元结诗的艺术形式》① 从六个方面进行了探讨：切义醒目的诗题，详尽清楚的本事，适宜便当的体裁，松宽自然的韵脚，细致缜密的描写，浅显质朴的语言。其《论元结的系乐府创作》② 则从三个方面论述了元结对新乐府工作的自觉程度，还探讨了元结的系乐府工作没有像中唐新乐府运动那样轰轰烈烈地搞起来的原因。其《论元结的山水诗》③ 则以元结出任道州刺史为界，将元结的山水诗创作划分为前后期，指出元结的山水诗大多作于后期，反映了他在去就进退的矛盾夹

---

① 载《青海师范学院学报》1981年第4期。
② 载《青海师范学院学报》1982年第3期。
③ 载《青海师范大学学报》1986年第1期。

缝中生活的消极求退的思想。

徐传胜、林蔚兰《往年壮心在，尝欲济时难——中唐诗人元结》一文认为"元结诗作的社会价值是明显的，它的审美价值也不可忽视。他的诗在语言上多自民间口头语言提炼而来。他极力反对陈言，摒弃典故，务去冷字僻辞，力求文字的浅显质朴，韵脚也较宽松自然，有其独特的艺术感染力"。

另外，还有一些学者将元结与其他作家进行了比较研究，如黄炳辉的《次山文开子厚先声说》[①] 将元结的散文与柳宗元的散文进行比较研究，认为柳文简古、尚奇、理趣的特色实际上源于次山。再如《论元结——兼与陶渊明相比较》[②] 从分析元结的思想入手来论述他的作品，并比较他与陶渊明的异同。

元结作品整理和版本研究

孙望的《元次山集》（中华书局，1960年）是一个经过精心整理的新校本，曹济平在《读新版〈元次山集〉》[③] 一文对之进行了客观的评价。文章认为：首先，该书引用资料范围较广，校勘精细；其次，这部诗文集的篇次以写作年代先后编排，已非诸本之旧；再次，集前冠"前言"和"凡例"六条，集后附录五事。但是，总观全集，在校勘方面尚有一些疏忽之处，而且在排印方面也还存在着一些小错误。聂文郁的《元结诗解》（陕西人民出版社，1984年）编次完全依照孙望的新校本《元次山集》，照录了孙望的校勘记；诗解分两个部分，一为注解，一为评介，注解比较详细浅显，评介也深入浅出。书后附《元次山事迹简谱》和《历代诗文评摘要》，便于读者参考。

二、《箧中集》诸诗人研究

《箧中集》是元结编选的一部诗集，其中作者多为盛唐中后期科场失意、仕途蹇困的中下层士子，他们的创作风格相近，在盛唐后期的文坛上占有一席之地。但是长期以来，学界对他们关注不够，研究成果也不太多。

---

① 载《厦门大学学报》1986年第1期。
② 载《辽宁教育学院学报》1990年第2期。
③ 载《光明日报》1960年9月4日。

1937年，孙望发表了《〈箧中集〉作者事辑》①，有史以来首次较全面、系统地对《箧中集》中诸诗人的生平进行清理，为进一步研究他们的诗歌创作活动、分析他们的诗歌艺术旨趣作了史料上的铺垫。

1984年，朱延春《唐元结〈箧中集〉标点注释》又对其进行了标点和注释②，为研读和欣赏这些作品作了普及工作。

1987年，王运熙发表了《元结〈箧中集〉和唐代中期诗歌的复古潮流》③一文，从社会政治、文化及文学创作潮流等各个方面，探讨了《箧中集》所选诗歌作品的创作倾向和在唐代文学史上的地位，加深了人们对这些作家、作品的认识和理解。跃进的《〈箧中集〉与杜甫》④则探讨了元结为何不选杜诗入此集的原因，论述杜甫与此集在创作风格方面的异同。

另外，80年代以后，还出现了几篇专门研究《箧中集》中诗人孟云卿生平及其诗歌的论文。如张清华《杜甫与孟云卿》⑤介绍了孟云卿与杜甫的交游和诗歌交往情况。张清华的另一篇文章《孟云卿及其诗歌》⑥是一篇全面研究孟云卿生平、思想和创作活动、诗歌艺术成就的论文，颇多己见。张国举的《孟云卿生年籍里考》⑦不同意闻一多《唐诗大系》对孟云卿生年的推断（729），认为孟云卿当生于开元十三年（725）或开元十四年，至于其卒年，该文认为，约在德宗贞元七、八年前后。文章还认为孟云卿的籍贯当为河南，反驳了武昌、平昌、关西诸说。

---

① 载《金陵学报》第8卷，1937年。后收入《蜗叟杂稿》。
② 载《丽水师专学报》1984年第2、3期。
③ 载《复旦学报》1978年第2期。
④ 载《中州学刊》1987年第4期。
⑤ 载《今昔谈》1981年第3期。
⑥ 载《文学评论丛刊》第16辑，北京：中国社会科学出版社，1982年。
⑦ 载《文学遗产》1985年第1期。

第九节　其他盛唐诗人研究

一、王之涣研究

王之涣生平研究

20世纪20—30年代《王之涣墓志》《王之涣祖父王德表、妻李氏墓志》等墓石的出土，使得王之涣的生平研究取得了较大的进展。

马茂元《关于王之涣的生平》[①] 首先援引了岑仲勉《续贞石证史》中所载李根源所藏石刻本《王之涣墓志铭》全文，然后以这篇墓志为主要依据，旁证以其他有关的文献记录，不仅勾勒出王之涣的一生，而且纠正了不少错误的传说。该文主要解决了以下几个问题。第一，生卒年。据《墓志》推知王之涣生于武后垂拱四年（688），卒于天宝元年（742），享年五十五岁。他在诗坛上的活动，是在开元时代。计有功《唐诗纪事》及《全唐诗小传》都说他是"天宝间人"，是错误的。第二，籍贯。旧有二说：《唐诗纪事》作并州，《唐才子传》作蓟门。据此，可以证《唐才子传》之失，而《唐诗纪事》也只说对了一半，严格说，应是绛州人。第三，《唐才子传》说他兄弟三人，据此，可知他兄弟四人，他行次居末。文章还从墓志中看出"他出身于一般的官僚地主家庭"，"是亦儒亦侠式的人物"，"然而他在政治上，则穷困潦倒，失意终身"。还可知道"他是以一个四门学生的身份而入仕的。在这之前，他可能曾应试而落第"。他曾有过十五年在家闲放的时期，是他创作上成熟的时期，《登鹳雀楼》《凉州词》均作于此时。第二次屈就文安县尉，当在五十左右。死于文安县尉任上。总之，这是20世纪最先用出土墓志对王之涣生平进行较系统地梳理的论文。十七年后，马茂元又发表了《王之涣生平考略》[②] 一文，结论未变。

80年代以后，又有一些介绍《王之涣墓志铭》的文章发表，如李

[①] 载《江海学刊》1962年第7期。
[②] 载《中华文史论丛》1979年第4辑。

希泌《王之涣墓志介绍》①、傅璇琮《靳能所作王之涣墓志铭跋》②、郝毓南的《王之涣墓石笺证》③、王尔迁《〈王之涣墓志铭〉注及其他》④，但较之马茂元文大多无更深入的探讨。

李希泌的《盛唐诗人王之涣家世与事迹考》⑤根据《唐故文安郡文安县尉王府君墓志铭》和《唐故文安郡文安县尉王府君夫人渤海李氏墓志铭》，参考傅璇琮《唐代诗人丛考·靳能所作王之涣墓志铭跋》等有关资料，对王之涣的先世和经历、王李婚姻、王之涣的弟兄和诗友、王之涣诗篇写作时间、王之涣及其夫人渤海李氏行年录等，作了较详细的考述。

另外，陈尚君的《跋王之涣祖父王德表、妻李氏墓志》⑥据与《王之涣墓志》差不多同时出土的其祖父王德表、妻李氏的两方墓志，参稽史籍，对王之涣的家世及其若干事迹作了新的考证。而且，他在文后作者补记中又云还找到了王之涣祖母薛氏的墓志，从中也发现了一些为前文所不及的史实。

王之涣诗歌研究

20世纪的王之涣诗歌研究主要集中在对《登鹳雀楼》作者的争议和对《凉州词》诗意的理解上。

1985年，林贞爱撰《〈登鹳雀楼〉非王之涣诗》⑦，根据盛唐人芮廷章的《国秀集》选王之涣诗未及此，而系于朱斌名下这一情况，认为，此诗的作者当是朱斌而非王之涣，文章还辨析了后人致误之由。该文发表以后，在学术界产生了很大的反响。《文教资料简报》杂志社专门就此问题请程千帆、孙望两位教授发表看法⑧，程、孙两位教授首先肯定林文提出了问题，读书细致，善于思考，这是好的。但似乎不能即下断

---

① 载《中国史研究》1980年第2期。
② 载《唐代诗人丛考》。
③ 载《大连师专学报》1982年第1期。
④ 载《运城师专学报》1988年第1期。
⑤ 载《晋阳学刊》1988年第3期。
⑥ 载《文学遗产》1987年第6期。
⑦ 载《社会科学战线》1982年第4期。
⑧ 《〈登鹳雀楼〉的作者仍宜待考——程千帆、孙望教授关于王之涣诗的答问》，载《文教资料简报》1983年第1期。

语:"应该把《登鹳雀楼》的诗的著作权还给朱斌。"理由是:(1)朱斌行踪无考,生卒年不详,也无其他材料可作旁证;(2)靳能所作《王之涣墓志铭》和诗的内容均无不合之处,林文缺乏内证。程、孙二教授最后认为"孤证是难以成立的",《全唐诗》编者的态度可行,还可再加两个字"待考"。

后来涉及此问题的文章还有一些,但大多自以为发人所未发,实无新意。

另外,在五六十年代和80年代初,曾经有过两次关于王之涣《凉州词》诗意解释的讨论,焦点是此诗首句到底应是"黄河远上白云间"还是"黄沙直上白云间"。其中卜冬《王之涣的〈凉州词〉》①、林庚《漫谈王之涣的〈凉州词〉》②、王汝弼《读卜冬〈王之涣的《凉州词》〉》③、稗山《"黄沙直上"与"黄河远上"——答读者质疑》④、史铁良《也谈王之涣的〈凉州词〉》⑤等几篇文章影响较大。对于这个问题,上引《文教资料简报》也请程千帆、孙望教授发表过看法,他们认为,"黄河远上白云间"不能妄改,因为将相距甚远的两个地名写到一首诗中并不奇怪。

二、李颀研究

李颀是盛唐诗坛上一位重要作家,其人、其诗也受到学界较多的关注。20世纪学界不但对他的生平作了较深入的探讨,而且对其诗歌的艺术风格和创作成就也进行了分析和评价。

李颀生平研究

学界关于李颀生平的研究成果较多,主要有谭优学的《李颀行年考》⑥、马茂元的《李颀里贯仕履辨证》⑦、傅璇琮的《唐代诗人丛考·

---

① 载《文学研究》1958年第1期。
② 载《诗刊》1961年第4期。
③ 载《文学评论》1961年第5期。
④ 载《文汇报》1962年8月30日。
⑤ 载《文学评论》1980年第6期。
⑥ 载《西南师范学院学报》1979年第3期。
⑦ 载《中华文史论丛》1979年第4辑。

李颀考》、刘宝和的《李颀里贯辨疑》①、郑宏华的《李颀行事质疑》②、刘宝和的《李颀事迹考》③、姚奠中的《李颀里居生平考辨和诗歌成就》④ 等。这些文章主要围绕以下几个问题展开讨论：

1. 生卒年。闻一多《唐诗大系》、陆侃如、冯沅君《中国诗史》均认为李颀约生于武则天天授元年（690），后来诸文学史、唐诗论著大多从此说。但傅璇琮在其《唐代诗人丛考·李颀考》中则认为，李颀的生年尚无法确定。至于其卒年，闻一多定于天宝十载（751），亦为后世大多数有关著作所沿用。谭优学《李颀行年考》则认为李颀天宝十三载犹健在，此后则不可考。傅璇琮《李颀考》认为，李颀于天宝八载秋冬尚居住洛阳，其卒当在此后数年间，不超过天宝十二载，但无法确定为哪一年。

2. 籍贯。《唐才子传·李颀小传》说"李颀，东川人"，但"东川"究在何地，学界有以下不同看法。（1）云南东川说。陆侃如、冯沅君《中国诗史》认为，东川在今云南东川附近，马茂元《唐诗选》⑤ 也说东川在今云南会泽县附近。（2）四川东川说。刘大杰《中国文学发展史》第二册、游国恩等编著《中国文学史》第二册均认为在四川三台。（3）河南说。傅璇琮《唐代诗人丛考·李颀考》对前两说均持异议，认为李颀的郡望出自赵郡，但实际居住地则是河南府的颍阳。前人之所以认为李颀系东川人，是将李颀诗中的东川别业当成其籍贯了。谭优学的《李颀行年考》也对前两说表示反对，认为李颀的东川，不必他求，就在今河南巩义之南，且并非一行政单位，不能作为李颀籍贯。至于其籍贯，应该存疑。姚奠中《李颀里居生平考辨和诗歌成就》一文对"东川"的辨证，与傅璇琮、谭优学相近，但他认为，李颀应是"赵郡人，家于嵩阳之东溪"。

3. 举进士第的时间。对于李颀举进士第的时间，学界也有不同的看法，有如下几种：（1）开元十三年（725）说。中国科学院文学研究所编《中国文学史》和社科院文学所编《唐诗选》都认为，李颀登进士

---

① 载《河南师大学报》1980 年第 5 期。
② 载《四川师院学报》1981 年第 4 期。
③ 载《中州学刊》1982 年第 5 期。
④ 载《山西大学学报》1983 年第 1 期。
⑤ 马茂元选注：《唐诗选》，北京：人民文学出版社，1960 年。

第的时间在开元十三年。刘宝和《李颀事迹考》则在对开元二十三年反驳中，认定李颀登进士第是在开元十三年。（2）开元二十三年说。傅璇琮《李颀考》认为既然李颀是在孙逖典贡举时进士及第，就只能在开元二十二年，二十三年这两年内。《全唐诗》小传当是于开元二十三年中漏掉了"二"字，误载为开元十三年。马茂元《李颀里贯仕履辨证》、谭优学《李颀行年考》也都持此说。

4. 李颀的交游。傅璇琮《李颀考》中曾对李颀与陈章甫、梁锽、康洽等人的交游作了考证，谭优学在其《李颀行年考》后附有《李颀交游考》，对陈章甫、梁锽、康洽、相里造等人与李颀的交游作了考证。郑宏华《李颀行事质疑》首先认为李颀诗中的刘四乃是刘晏，而非刘昚虚；又认为傅璇琮《刘方平的世系及交游考》①中关于刘方平与李颀的关系有所忽略，故补充材料，认为二人过往是完全可能的。

5. 其他。谭优学《李颀行年考》后还附有《李颀江南游踪考》，傅璇琮《李颀考》对李颀登进士第后的经历也大略作了一些考证，刘宝和《李颀事迹考》认为李颀大概在开元二十四年正月离开新乡，二三月间，便到了长安，稍事勾留，即离开王维、卢象，返回东川故园。此后，再未出仕。姚奠中《李颀里居生平考辨和诗歌成就》一文也对李颀的生平行事作了一些补充。郑宏华《论李颀及其诗歌——〈李颀集〉校注序》②一文将李颀一生分为四个时期，壮游时期（开元十五年前）、十年闭户（开元二十三年前）、进士及第（开元二十三年）、归隐东川（开元二十九年后）。

李颀诗歌研究

80年代以前，学界对于李颀诗歌的讨论多是在文学史、唐诗论著中涉及的，很少有专论，但其中也有一些值得重视的观点。

如陆侃如、冯沅君《中国诗史》认为，在盛唐七言诗的作家中，李颀是最重要的一个。他的七言诗差不多是几首七绝合成的，内容方面也喜欢歌咏战争，但其意境和见解近于王昌龄，而与高、岑略异。另外，指出李颀还擅长写音乐，并认为其《听董大弹胡笳》诗是"写音乐的作品中的杰作"③。郑振铎《插图本中国文学史》在肯定李颀七言律诗方

---

① 载《唐代诗人丛考》。
② 载《四川师院学报》1983年第2期。
③ 《中国诗史》，第444—446页。

面的成就时认为他的七绝如《野老曝背》"也有独特的风趣"①。

和这些出版于20世纪上半叶的文学史相比，五六十年代新出版的几部文学史加重了对李颀诗歌进行分析的分量，如林庚《中国文学简史》认为李颀的诗"长于粗犷明晰的线条"，如《送陈章甫》诗"风格正是与边塞诗情调一致的了"；又说其《古从军行》《古意》《少室雪晴送王宁》等诗是"何等清新明快"；又认为其五言"常常夹在七言里用"，以增加变化，"因为整个旋律的节奏乃是服从于七言的"，像《送刘昱》诗中"这些富于异乡情调的歌唱与边塞诗乃是同一脉搏的"②。游国恩等编著的《中国文学史》对李颀诗作的分析笔墨较多，认为其《古意》诗"在豪壮中略带苍凉"，《古从军行》诗"思想的深刻、感情的沉痛、章法的整饬、音韵的宛转，都有近似高适之处"③。中国科学院文学研究所编著的《中国文学史》第二册认为，李颀的边塞诗虽然只有几首，却颇为流传，"是因为他的诗流畅而又奔放，慷慨悲凉，发挥了歌行体的特点"，认为他还善于"用大自然的音响和形象表达音乐给人的感受"，"尽量把个人主观感受诉之客观景物，使难以捕捉的音乐美得到具体的形象的表达"，另外还具体分析了李颀用五、七言古体诗来塑造人物形象的艺术手法，并认为"在我国小说发达以前，这样的人物素描诗，的确是颇富特色而有意义的"④。

80年代以后，学界开始出现专门探讨李颀及其诗歌成就的论文。张建庆的《李颀和他的诗》⑤与姚奠中的《李颀里居生平考辨和诗歌成就》是较早探讨李颀诗歌成就的论文，但持论较平。稍后不久发表的郑宏华的《论李颀及其诗歌——〈李颀集〉校注序》则论述较为深入，该文首先研究了李颀的思想，认为"在李颀的思想中，积极入世包含着患得患失，归隐好道则表现出消极颓废"，"这是李颀思想的局限"。文章进而分析了李颀诗"玄理最长""杂歌咸善"的艺术特点，对其歌行体的艺术风格分析尤细：其一，他巧妙地运用一些写律诗的手法于古诗之

---

① 《插图本中国文学史》第2册，第329页。
② 《中国文学简史》上卷，第213—215页。
③ 游国恩、王起、萧涤非等：《中国文学史》第2册，第66页。
④ 中国科学院文学研究所中国文学史编写组：《中国文学史》第2册，第369—371页。
⑤ 载《阜阳师范学院学报》1982年第2期。

中；其二，押韵处往往平仄互换；其三，"杂歌"融合乐府民歌的特点，用一些参差长短的字句，显得自然，时时又变换其音韵，浮声切响，甚为调和。因此，李颀的七言歌行，流丽疏宕，凝而不滞，有一气到底的气概，又具有循环往复的旋律。文章最后认为，李颀诗歌的整体风格是"工丽中透出英爽之气"。刘宝和《简论李颀及其诗》①也先分析了李颀的性格和思想，他认为李颀在性格和思想方面均有近于李白处，所不同的是李颀表现得比较温和含蓄，没有李白的激烈劲直；另外，他的道家思想也比李白浓厚，且偏重治术，这就把个人修炼和治国明显地分开了。文章还认为道家思想是李颀的主导思想，除道家思想外，他还有任侠好义的一面。但是文章在分析李颀诗歌艺术成就时倒无太多新见。

另外，还有一些文章从一个侧面探讨了李颀诗歌的成就，如孙琴安的《简论李颀在七律诗中的地位》②、王进驹的《谈李颀的人物诗》③、王锡九的《试论李颀的人物素描诗》④《论李颀的七言古诗》⑤、林健的《论李颀边塞诗的审美超越》⑥等，也都值得参考。

对李颀具体诗歌作品进行较深入的探讨的文章有陈贻焮的《说李颀的〈古从军行〉》⑦、程千帆的《李颀〈杂兴〉诗说——唐诗考索之一》⑧《李颀〈听董大弹胡笳声兼语弄寄房给事〉诗题校释——唐诗考索之一》⑨、金性尧的《李颀诗中的乌珠与逻娑》⑩等。这些文章虽然论题小，开口窄，但挖掘深，见解新，具有较高的学术价值。如陈文给以往人们不太注意的"闻道玉门犹被遮"的"遮"加以新的解释，有助于加深理解诗的主旨和意境。程千帆前文在对前人有关李颀《杂兴》诗的评论进行述评的基础上，重新探讨了李颀该诗所反映出来的思想上的复杂性和艺术上的优缺点；后文旁征博引了许多音乐史上的材料，重新解释

---

① 载《郑州大学学报》1989年第2期。
② 载《唐代文学论丛》总第7辑。
③ 载《光明日报》1984年1月1日。
④ 载《镇江师专学报》1985年第2期。
⑤ 载《阜阳师范学院学报》1989年第2期。
⑥ 载《重庆社会科学》1991年第4期。
⑦ 载《北京日报》1962年3月15日。
⑧ 载《群众论坛》1979年创刊号。
⑨ 载《社会科学战线》1979年第4期。
⑩ 载《光明日报》1982年9月1日。

李颀《听董大弹琴兼语弄寄房给事》诗题中的"语""弄"二字,认为李诗原题当作《听董大弹胡笳声兼寄语房给事》,今传各本异文,乃是传写中误衍、误倒、误脱以及另拟所致。金性尧文对《听董大弹胡笳声兼寄语房给事》中的两个词语进行解释,他认为"乌珠"非"乌孙",是指南匈奴的乌珠部落;"逻娑"作"逻些",即今西藏的拉萨,当时是吐蕃的首府,但诗中此处实指西羌的吐蕃。

李颀作品整理

20世纪新整理的《李颀集》主要有刘宝和的《李颀诗评注》(山西教育出版社,1990年)。该书共分解题、句解、注释、总评及有关李颀籍贯、仕历、评议五部分。诗题次序一仍《全唐诗》编次,然亦于部分题解下考证其作年。诗后所附前人评论,亦有助于读者进一步理解诗意和艺术旨趣。

三、常建研究

常建生平研究

学界对常建生平进行研究的成果不多,主要有马茂元《常建生平考略》[1]《常建生平考略补正》[2]、傅璇琮《唐代诗人丛考·常建考》、程亦军《常建的籍贯和时代》[3]、张学忠《常建晚年隐于秦中辨》[4]《常建生卒年考》[5]等。

其中,马茂元《常建生平考略》辨《唐才子传》《四库提要辨证》之误,谓常建为盱眙尉当在天宝三载之后,天宝十二载之前;又对常建隐居事作了一些考察。其《常建生平考略补正》则认为《常建生平考略》中原推断常建"至肃、代间犹存,其卒当在大历中"是错误的,常建当在天宝十二载前已谢世。傅璇琮《常建考》也对《唐才子传》所记常建事迹作了辨正,他认为《唐才子传》说常建是长安人不确,但他究系何地人,限于目前的史料,只能阙疑;他也认为《唐才子传》所说常

---

[1] 载《中华文史论丛》1979年第4辑。
[2] 载《上海师院学报》1980年第2期。
[3] 载《文史》第23辑,1984年。
[4] 载《文学遗产》1989年第5期。
[5] 载《文学遗产》1992年第3期。

建大历中任盱眙尉的说法是错误的，常建晚年可能居住在武昌。程亦军文首先认为常建的籍贯是湖南醴陵，又认为常建当活到肃代二帝年间，估计常建的出塞时间在开元二十年前后，天宝十二载，诗人已隐居武昌，而隐居前诗人在长安；但武昌并不是诗人终老之地，他后又离鄂返湘，后来大约卒于乡间。张学忠《常建晚年隐于秦中辨》是对常建隐居行迹的考辨，作者不同意"先隐太白，后寓鄂渚"的成说，认为常建在罢盱眙尉后的行止应该是为了再度入仕而先隐于鄂渚，在希望破灭后才又隐居于秦中太白山，并终老于此。

常建诗歌研究

王锡九的《常建诗歌浅论》[①]认为奇奥诡谲、幽秀清丽的艺术特色，刻削入微、雕琢精细的表现手法，正是常建山水田园诗不同凡响、灵光独运之处。他还指出常建诗歌有两个方面的创获。首先，在写法上多从实处见工，意象繁复，笔触细密，在一定程度上有写尽写透的特点。其次，是风格的奇奥幽邃、清寂峭拔，不同于王、孟的幽静旷远、韶秀流丽；在意境上比较浑厚凝重，朴直质实；在韵调上急促。至于常建的边塞诗，作者则认为是"句奇语重"，往往以色彩浓重之笔，写悲苦之词。文章最后总结道，常建的艺术成就主要有两个：其一，艺术构思的奇巧和险僻；其二，非常注意选择词语，追求色彩上的浓烈，给人以极强的刺激，从而获得深刻的印象，达到强化造意的效果。牟臣益的《常建边塞诗的悲苦意识》[②]专论常建边塞诗，认为常建是在盛唐豪迈奔放的边塞诗风和英雄功名思想占主导地位的情况下，以悲苦意识独树一帜的诗人，是在盛唐边塞诗中表现悲苦意识的先觉者和代表。

陶文鹏《以无声画境，传琴筝清韵——谈常建音乐诗的艺术》[③]和《论常建诗歌的音乐境界》[④]两文均论及常建诗歌与音乐之关系。前文指出常建现存诗歌57首中，写到乐器弹奏的就有18首之多，更有几首直接以音乐为题材，这一数量超过了历来被公认善写音乐的李颀。作者认为常建音乐诗的艺术成就表现在：能以清澈、流畅的语言，栩栩传神地表现弹奏者的感情、动作，乐曲的美妙变化，演奏的环境氛围，以及

---

① 载《扬州师院学报》1988年第1期。
② 载《西南师范大学学报》1990年第2期。
③ 载《文史知识》1989年第4期。
④ 载《社会科学战线》1990年第2期。

听者的心灵感应，善于运用博喻和通感的手法，避实就虚，遗貌取神，力求创造一个完整的无声的画境，表现对音乐的幻觉和乐声的神韵。其后文则认为常建在山水诗和边塞诗中同样善于以文字创造音乐，将诗境提升到最高的心灵境界即音乐境界。常建山水诗中的音乐境界，是诗人那多情善感的心灵与自然的精神气韵感触交通，发生和谐共振而形成的。常建擅长于以灵动的笔墨，在时间的流逝过程中表现空间景物，创造出多层次、有节奏的时空境界。即使是写某一特定时间的景色，常建也多以流丽圆转之笔，表现自然景物的空间节奏，并在空间中引进时间感和声音意象。常建山水诗中的梦幻情调、神秘色彩和幽渺意境，可能是诗人对其灵魂中的音乐的神秘感觉的自然流露，抑或是他自觉的艺术追求，都易于在读者心中萦回一种微茫神秘的音乐旋律。关于常建的边塞诗，作者认为有以下特点。一是基本上用乐府旧题，多数篇章是易于入乐的七绝，读来琅琅上口，颇具悠扬悦耳的音韵之美。二是有较高的艺术概括力，所写的多非实指某时某地某一具体战争，力求反映出当时人们对战争的共同感受。从这些篇章所表现的思想感情具有较高的艺术抽象性和概括力来看，颇接近于音乐。三是他的边塞诗有叙事成分，但主要是抒情。诗人的描绘重点不是具体再现边塞生活的各种事件和场景，而是致力于抒发他对战争的态度和感受。这种抒情的直接、强烈、细腻、丰富，正是音乐的主要特征。

四、储光羲研究

储光羲生平研究

20 世纪关于储光羲生平研究的成果比较多，主要讨论了以下几个问题：

1. 生卒年。闻一多《唐诗大系》定储光羲生于 707 年，陆侃如、冯沅君《中国诗史》亦持此说。后来李金坤《储光羲里贯、生卒年考辨》[①] 对此说作了补考。陈铁民在其《储光羲生平事迹考辨》[②] 中认为，储光羲当生于中宗神龙二年（706）。葛晓音《储光羲评传》[③] 则认为储光羲生于 702 年，似更合理。对于储光羲的卒年，异说较多。闻一多

[①] 载《文学遗产》1991 年第 2 期。
[②] 载《文史》第 12 辑，1981 年。
[③] 载《中国历代著名文学家评传》续编一。

《唐诗大系》认为储氏约卒于 759 年，陆侃如、冯沅君《中国诗史》认为储氏约卒于 760 年，陈铁民《储光羲生平事迹考辨》认为储之卒，当在宝应元年（762）遇赦后不久，姑定为广德元年（763）。李永祥、于友发《储光羲事迹考略》①认为储光羲大约是在大历元年（766）前后谢世。李金坤《储光羲里贯、生卒年考辨》也认为储光羲并未贬死岭南，当卒于遇赦后的大历元年左右。

2. 籍贯。储光羲的籍贯，向有鲁国兖州的说法。施章在其《唐代田园诗人储光羲之研究》②首先对此旧说进行了辨析，他认为储光羲并不是山东的兖州，而是江苏的江都人，又从他的诗中得知，储光羲的生地不是山东的兖州，而是江苏的南兖州。马茂元《储光羲里贯及生平事迹考略》③也对兖州说进行了辩驳，但他认为光羲世居鲁郡，后占籍润州之延陵，实应为延陵人。后来陈铁民《考辨》对马茂元的说法表示赞同，且以储诗证之，认为"储无疑是延陵人"。同时或稍后，又有黄进德《储光羲贯润州延陵考》④、李永祥、于友发《储光羲事迹考略》、李金坤《储光羲里贯、生卒年考辨》等文皆认为储光羲籍贯当为润州延陵。

3. 科第考。对于储光羲科第的情况，学界也有不同的看法。马茂元《考略》认为，储光羲于开元十四年（726）登进士第，与崔国辅、綦毋潜同榜。所谓"应制"，即诏中书试文章。盖登第后试文章，乃释褐也。谭优学《唐诗人行年考·储光羲行年考》认为，储光羲开元十四年在东都，成进士，制科及第。陈铁民《考辨》对开元十四年进士试在洛阳举行而非在长安举行作了辨析；又谓储光羲是年登进士第后并未立即解褐入仕，盖登第后又试文章，然后授官也；又据《秋庭贻马九》诗知是年秋储尚在洛阳，估计他授官和离开洛阳赴任的时间约在十四年秋冬间。

4. 仕宦考。马茂元《考略》据储诗补考出他曾在释褐后一度归隐，后又出山官太祝，天宝末曾使至范阳，为御史当在天宝十四五载间（755—756），安禄山乱起之际，任伪官后似曾谋欲建功以自赎而未遂。

---

① 载《东岳论丛》1984 年第 2 期。
② 载《艺林（南京 1929）》1929 年第 1 期。
③ 载《中华文史论丛》1979 年第 4 辑。
④ 载《中华文史论丛》1980 年第 2 辑。

陈铁民《考辨》考出储曾四为县尉,大约在开元二十一年辞官归乡;归乡后约于开元二十八年复入秦,嗣后,即隐居终南;储出山官太祝的具体时间,难以确考,估计在天宝六七年间;其官监察御史最晚即在天宝九载,出使范阳应在天宝九载;对于储陷贼后的行止,该文也作了较详细的考证。谭优学《行年考》对储光羲的仕宦经历也有较详细的考辨,并作了编年,他认为,储开元十四年制举及第后,即授汜水尉,自洛还江东当在开元二十一年之后,自开元二十三年至开元末,似闲居洛中(何时从"故丘"返洛中返此不可考),于天宝四载或稍前尉安宜,天宝十载任华州下邽尉,天宝十二载自下邽尉征拜太祝,未上,隐居终南庄城,天宝十三载或稍后迁监察御史,天宝十五载,陷贼,受伪署,疑于肃宗乾元二年(759)贬赴冯翊。另外,李永祥、于友发《储光羲事迹考略》也对储光羲的仕历作了一些考证,该文认为储光羲属于张九龄一派,于开元二十二年被擢入朝任监察御史,开元二十五年疑因系张九龄党而入狱。葛晓音《储光羲评传》对储光羲的仕历也有一些新的考证,如她认为储光羲于开元十四年释褐后应先任下邽尉,时在开元十五年;开元十八年又转安宜尉,大约在开元十九年或二十年在安宜尉任上弃职归隐(先回故乡,然后又到太行山附近的淇上赋闲);他任汜水尉当在开元二十二年左右,此后可能曾任冯翊尉;开元末到天宝初储光羲隐居终南山;其拜太祝的时间,应在天宝五载以后。

储光羲思想及诗歌研究

关于储光羲思想研究方面的专论,只有储皖峰《陶渊明与储光羲:中国的两大田园诗人》[①]、缪文逵《储光羲的人生观》[②] 等为数不多的文章。另外施章在其《唐代田园诗人储光羲之研究》一文中也对储光羲的思想和性格作了较细致的分析,他认为,储光羲的人生见解,受老氏思想的影响较深,"他有时虽然有同道士或炼师的游仙思想,这是由于不满当时的社会环境,虚构出一个乐园,来聊以消忧的方法。""他理想中的人物是柱下史老聃,是浮丘子,是王子晋;而不是孔丘颜回。所以他能好独善,怀虚无,他既与为功名而钻营之徒异趣,自然功名中人也不愿与之为伍。所以他希望能如王子晋游太清之境,就可以无忧无虑了。"

---

① 载《国学月报汇刊》1928年第1期。
② 载《无锡国专学生自治会季刊》第1期,1930年。

对于储光羲之受伪职，施章也有自己独特的见解，他认为，"姑不论储光羲从贼是事出无奈，就是从他的诗中，也可看出他率真的性格，看出他对唐明皇的不满和对明皇左右一般助桀为虐的家奴的痛恨"，"这位诗人虽有悖于奴隶道德的嫌疑，可是他的人格道德无论如何，乃光明落地，并不像一般腐儒的拘守绳墨"。张仲谋、孙映逵《储光羲简论》①在谈到储光羲诗歌的思想价值时说其思想基础是儒家思想，稍微沾染了一些道家和神仙家的意识。葛晓音的《储光羲评传》也对储光羲的性格和思想作了较深入的探讨，作者指出，"宁可崎岖下位，长守贫贱，也不肯改变自己的人生信仰，这种清浊分明、追求真淳的精神，是储光羲思想中可贵的一面"。"尽管他常怀独善之志，又好长生之说，积极入世仍是他的主导思想。"② 乔象钟、陈铁民主编《唐代文学史》在肯定了储光羲诗歌中有关心国事民瘼的力作，指出其抒发了作者苦旱悯农，忧念社稷苍生的深切感情之后，又指出对其作品中的思想性不能估计过高，因为他还有一些歪曲历史的作品，表明了诗人也有阿谀权贵的庸俗思想意识③。

对储光羲诗歌进行专门探讨的论文也不多。施章《唐代田园诗人储光羲之研究》中有一节是专论"储光羲之农诗"的，他认为储光羲"以他率真的性格，健硕耐劳的身体，由实地耕作当中来体验农夫的生活，而由诗中表现出农人的自得和辛苦的实感来，自然是成为最真实的农诗了"，又认为"光羲的全部诗集的艺术，都具有率真朴质的本色"，"他在唐代诗人中，能特树一帜，而成为一个名家，也就是由于这种质朴的艺术所致"。张仲谋等著《储光羲简论》探讨了储光羲的五古创作及其艺术成因和储光羲的田园诗及其影响，最后认为，"储光羲的田园诗多于而且优于王、孟，作为唐代田园诗人的代表，他上承陶渊明，下开范成大，堪称中国三大田园诗人之一"。葛晓音《储光羲评传》也着重分析了储光羲的田园诗的艺术成就，该文认为，储光羲首先以田园生活为喻体，均采用民歌形式，从农村田猎、樵采、渔牧等日常劳动取材，歌咏隐逸生活的悠闲，并以各类劳动的不同性质和特征为比喻，寄托他仕途失意的种种感慨；其次，善于朴实细致地描写劳动生活的情景，富有

---

① 载《徐州师范学院学报》1989年第2期。
② 《中国历代著名文学家评传》续编一，第594页。
③ 乔象钟、陈铁民：《唐代文学史》上册，第309—310页。

农村的泥土气息；还有不少诗以境界的清新闲静见长；他在五古上用力最多，格调清雅老成，颇有古意，但有些诗较为繁杂，缺乏完整和谐的基调；五律则大抵轻快有余而凝练不足；他的小诗虽然不多，却有一些佳作，最能见出其思致清新、笔调活泼的特色①。此外，论及储光羲诗歌的文章还有李无未、王辛凡的《储光羲诗韵谱》②、刘继才等的《论储光羲——兼与陶渊明相比较》等。

储光羲作品之整理

20世纪上半叶，储皖峰曾对储光羲作品进行过整理，其《储氏丛书》中有《储光羲诗集》五卷，又附录一卷，该书是以文津阁《四库全书》本为底本校勘、刊行的。

五、崔颢研究

崔颢生平研究

20世纪涉及崔颢生平的论文有葛培岭的《崔颢事迹述略》③、傅璇琮的《唐代诗人丛考·崔颢考》、谭优学的《唐诗人行年考·崔颢年表》等。

其中葛培岭文于崔颢生平事迹无甚新见。傅璇琮文则发明较多，它首先不同意闻一多推定的崔颢约生于704年的说法，而且认为崔颢的早年事迹亦不可考；崔颢登进士第当不出开元十年、十一年这两年；并考出崔颢《荐樊衡书》当作于开元十三年，时在相州为官，但不知任何官职；崔颢于开元二十年前后在河东定襄及代州一带游宦；天宝三载或以前，崔颢已从河东入朝，为太仆寺丞；认为《新唐书》本传记载的崔颢与李邕相见的事，恐系传说之词，不尽可信。谭优学文对闻一多所定崔颢的生年亦不同意，将之提前了十年，认为崔颢当生于则天延载元年（694）；玄宗先天元年（712）见叱于李邕；开元十一年（723）成进士；开元十五年后数年间，游吴越荆鄂；开元末数年间，从军辽西；天宝元年（742），在河东，使往定襄郡，折疑狱；唐肃宗乾元元年后（758）卒。

---

① 《中国历代著名文学家评传》续编一，第596—599页。
② 载《延边教育学院学报》1991年第1期。
③ 载《文学论丛》第1辑，郑州：河南人民出版社，1983年，第44—56页。

崔颢诗歌研究

关于崔颢诗歌的研究文章不太多,主要有如下几篇:武安国《崔颢诗论》[1]、王婕《关于崔颢妇女诗作之我见》[2]、李无未《崔颢诗用韵初论》[3]、郑伯勤《论崔颢的诗歌》[4]、陈珏人《关于崔颢的〈黄鹤楼〉诗》[5]、陈植锷《崔颢〈黄鹤楼〉和唐人七律》[6]等。其中郑伯勤文首先探讨了崔颢的人生态度,说从崔颢一生行迹和诗歌创作来看,固然"高蹈的退守者"和"热情的进取者"兼而有之,但就其主导倾向而言,乃是一位"热情的进取者"。然后文章依次分析了崔颢的边塞诗、妇女诗、谈理诗及赠别诗的创作成就,最后认为,"他以满腔的热情和雄健的笔触,比较全面、真实地展现了'安史之乱'前的盛唐社会风貌,为后世留下了一轴多姿多彩的时代画卷。这是诗人在我国文学史上所作的贡献"。陈珏人文认为崔颢《黄鹤楼》的好处,在于八句紧紧结合在一起,传达出一个浑凝的诗感,这是一般的律诗做不到的。陈植锷文对陈珏人文和王力《诗词格律》中所主张的不能用一般七律的要求来要求《黄鹤楼》(因为当时七律尚未定型,或者它根本算不上一首纯粹的律诗)的说法,提出不同的意见,认为《黄鹤楼》应该算律诗,并举三条理由以证之,文章最后的结论是:崔颢是在明确了七律的规格的情况下创作此诗的,但当追求声律的美与锤炼意境的美发生矛盾时,他以前者服从了后者。

崔颢作品整理和版本研究

20 世纪对崔颢作品进行重新整理的成果有万竞君的《崔颢诗注》[7],版本研究方面的论文有傅增湘的《崔颢诗集跋》[8]。

---

[1] 载《南都学坛》1987 年第 2 期。
[2] 载《西北民族学院学报》1989 年第 1 期。
[3] 载《延边教育学院学报》1989 年第 3 期。
[4] 载《山西大学学报》1993 年第 4 期。
[5] 载《光明日报》1957 年 5 月 12 日。
[6] 载《天津师院学报》1979 年第 2 期。
[7] 崔颢、崔国辅著,万竞君注:《崔颢诗注崔国辅诗注》,上海:上海古籍出版社,1982 年。
[8] 载《国立北平图书馆馆刊》第 6 卷 2 号,1932 年。

六、其他中小作家研究

在盛唐文坛上还有相当多的著名作家,他们创作了大量的作品,与当时的大作家均有频繁的交往、唱和和很深的友谊,而且也取得了较高的艺术成就,甚至在当时享有很尊崇的地位,然而由于作品传世甚少,所以并未引起学界足够的注意,20世纪有关的研究成果也比较少。以下择要介绍几家。

刘眘虚

20世纪关于刘眘虚的论文主要有马茂元的《刘挺卿非刘眘虚 辨〈渔洋诗话〉之误》[1]、傅璇琮《唐代诗人考略·刘眘虚》[2]、谢先模的《盛唐诗人刘眘虚考》[3]、廖延平《刘眘虚的〈阙题〉诗有题》[4] 等。马茂元文认为刘挺卿是刘迅,非刘眘虚;刘眘虚的籍贯有嵩山和江东两说,目前尚不能确定;他在调洛阳尉之前,可能曾为校书郎;其卒当在开元二十八年后不久。傅璇琮文认为说刘眘虚开元十一年登进士第是错误的;刘眘虚"八岁属文上书,召见,拜童子郎。……调洛阳尉,迁夏县令"的说法也值得怀疑,是把刘晏早年的事迹错作刘眘虚的事迹了;另外,李华《三贤论》中的刘君根本不是刘眘虚而是刘迅。谢先模文首先对刘眘虚的出生地进行了考辨,在"江东""嵩山""江东(一作新吴)"三种说法中,认定刘是新吴人(唐时新吴即今之江西奉新县)。其次考证其生卒年,认为刘约生于702—705年之间,卒于756—759年之间。另外,还据《奉新县志》(道光版)述其科第、官职,即开元中以宏词科举左春坊、司经局校书郎,转崇文馆校书郎。最后,认为康熙间仍流传的《鹡鸰集》五卷是其诗集,只是到道光间才散失了。廖延平文据江西《靖安县志》(道光五年版)和《长冈刘氏宗谱》,发现刘眘虚的《阙题》诗原题《归桃源乡》,且据此补考了刘在江西靖安桃源的一段隐居生活。

---

[1] 载《中华文史论丛》1979年第4辑。
[2] 载《文史》第8辑。
[3] 载《学术月刊》1980年第4期。
[4] 载《文学遗产》1985年第1期。

张子容

20世纪有关张子容的研究文章只有马茂元的《张子容生平及其诗》① 一篇。该文认为张子容当是先天二年进士，《登科记考》谓先天一年进士，误；在贬乐城尉之前，尝仕宦中朝，然涉历不详；子容谪乐城，当在开元中，乐城解官后，游永嘉，与孟浩然见面；子容之由永嘉北行，当为秩满还朝选官；可能终于晋陵尉。文章最后还对子容集中的误收诗、诗篇散佚情况作了一些介绍。另外，一些有关孟浩然生平的研究文章中也涉及张子容的生平，如陈贻焮《孟浩然事迹考辨》②、谭优学《孟浩然行止考实——唐诗人行年考之一》③、傅璇琮《唐代诗人考略·孟浩然》④、屈光《孟浩然首次入京考》⑤、陈铁民《关于孟浩然生平事迹的几个问题》⑥、陶敏《孟浩然交游中的几个问题》⑦、李浩《孟浩然交游补考》⑧、王辉斌《孟浩然年谱》（上、下）⑨、李浩《孟浩然事迹新考》⑩ 等，均可参考。

綦毋潜

关于綦毋潜的研究文章主要有马茂元《綦毋潜里贯仕履及其诗》⑪、傅如一《綦毋潜生平事迹考辨》⑫、王辉斌《綦毋潜生平考实》⑬、蒋方《唐人綦毋潜生平中几个问题的考辨》⑭ 等。其中马茂元文认为綦毋潜籍贯南康，开元十四年（726）登第后，释褐授宜寿尉，入为集贤院待制；天宝中为右拾遗；其官右拾遗之前，曾为秘书省校书郎；似又曾由

---

① 载《中华文史论丛》1979年第4辑。
② 载《文史》第4辑，1965年。
③ 载《西南师院学报》1978年第1期。
④ 载《文史》第8辑。
⑤ 载《河南师大学报》1981年第3期。
⑥ 载《文史》第15辑，1982年。
⑦ 载《唐代文学论丛》总第8辑。
⑧ 载《西北大学学报》1986年第4期。
⑨ 载《荆门大学学报》1987年第2期、1988年第1期。
⑩ 载《唐代文学研究》第1辑。
⑪ 载《中华文史论丛》1979年第4辑。
⑫ 载《中国社会科学》1984年第4期。
⑬ 载《荆门大学学报》1990年第2期。
⑭ 载《湖北大学学报》1990年第4期。

拾遗出为县令。傅璇琮《唐代诗人丛考·李颀考》中也涉及綦毋潜的生平，其关于綦毋潜登第时间及初授官职的考证与马茂元文相同，亦认为其籍贯当为南康，荆南说误；綦毋潜于开元十五年至十八年间曾归江西故籍，并已为集贤殿学士①。傅如一文在綦毋潜生平诸多问题上的看法与马茂元、傅璇琮有异，如马、傅都认为綦毋潜是南康人，该文则认为綦毋潜的江东别业在南康，而荆南是其籍贯；闻一多《唐诗大系》认为綦毋潜的生于692年，约卒于749年，该文则认为其卒年目前尚可阙疑，最早当卒于天宝末年，具体不可考；马、傅都认为綦毋潜开元十四年登第后即授宜寿尉，该文则认为其进士及第后所授官职为秘书省校书郎；该文还考证出綦毋潜开元十七年弃官还江东，长时期没到北方来，直到开元末才在洛阳与李颀、崔颢等人游，至天宝五年夏方去洛之京，同年授宜寿尉，大约于天宝八年即迁为右拾遗，至天宝十一年，仍在右拾遗任上；天宝后行迹难考；另外该文还发现綦毋潜一些原与薛据相混的诗。蒋方文主要讨论了綦毋潜的乡贯、江东别业所在、任宜寿尉及初次归隐的时间，认为綦毋潜的乡贯当以傅璇琮的虔州说为是，江东别业指吴中，而非虔州；其任宜寿尉应在开元中在集贤院待制与校书郎之前，但不是及第后即授宜寿尉；对傅如一定綦毋潜初次归隐在开元十七年、陈铁民定于天宝初两说都不同意，认为似应在开元二十年左右。

另外，赵克尧《论唐玄宗对音乐、歌舞艺术的贡献》②、初旭《杨贵妃的诗和诗中的杨贵妃》③、王令《李邕补益〈文选注〉说志疑》④、王元军《事近小臣毙——略谈李邕之死》⑤、马茂元《李昂仕履及其长篇歌行》⑥、谢学钦《读薛令之的佚诗》⑦、马茂元《崔国辅里贯仕履及其绝句诗》⑧、陈尚君《李白与崔令钦交游发隐》⑨、张旭光《〈教坊记〉

---

① 《唐代诗人丛考》，第93—94页。
② 载《学术月刊》1991年第1期。
③ 载《电大语文》1991年第9期。
④ 载《文学遗产》1991年第2期。
⑤ 载《文史知识》1991年第6期。
⑥ 载《中华文史论丛》1979年第4辑。
⑦ 载《福建日报》1983年6月24日。
⑧ 载《中华文史论丛》1979年第4辑。
⑨ 载《复旦学报》1980年第4期。

作者崔令钦的时代》[1]、洪炯《关于韦承庆〈凌朝泛江旅思〉》[2]、刘法绥《高力士及其诗》[3]、符苇《赵彦伯及其诗之疑析》[4]、富寿逊《考订二则》(马戴籍贯考)[5]、马茂元《祖咏生平考略》[6]、张立名《祖咏和他的诗》[7]、刘继才《论祖咏及其与王维、陶渊明之关系》[8]、马茂元《崔曙里贯及其生平考略》[9]《薛据里贯及其生平考略》[10]、佟培基《薛据生平及其作品考辨》[11]、刘开扬《关于房琯》[12] 等文章皆论及盛唐一些中小诗人，也具有较高的参考价值，限于篇幅，就不一一介绍了。

---

[1] 载《中华文史论丛》1981年第1辑。
[2] 载《文学遗产》1983年第4期。
[3] 载《龙门阵》1982年第3期。
[4] 载《南充师院学报》1982年第2期。
[5] 载《唐代文学论丛》1982年第2期。
[6] 载《中华文史论丛》1979年第4辑。
[7] 载《湘潭师范学院学报》1982年第1期。
[8] 载《沈阳师范学院学报》1990年第4期。
[9] 载《中华文史论丛》1979年第4辑。
[10] 同上。
[11] 载《中华文史论丛》1983年第1辑。
[12] 载《中华文史论丛》1986年第2辑。

第五章　中唐诗歌研究

中唐时期,名家辈出,流派纷呈,成为唐代文学史上继盛唐之后的第二个诗歌创作高峰,故千百年来一直为诗评家所重视。20世纪学界对中唐诗歌的研究,无论是综合研究还是作家作品研究[①]都取得了很大进展,下面分别加以介绍。

第一节　中唐诗歌整体研究

一、中唐诗歌的总体评价和综合研究

20世纪人们对中唐诗歌的总体认识有一个由浅到深、由简单到复杂的过程,在某些时期,还有明显的分歧。

20世纪上半叶

在20世纪上半叶,人们对中唐诗歌的认识和分析大多较为肤浅,但也不乏珠玑之论。

如胡适在其《白话文学史》中认为中唐是"唐诗的极盛时代",而且与"开元天宝盛时的文学有根本上的大不同"[②],"开元天宝是盛世,是太平世;故这个时代的文学只是歌舞升平的文学,内容是浪漫的,意境是做作的。八世纪中叶以后的社会是个乱离的社会;故这个时代的文

---

① 关于韩愈、柳宗元、元稹、白居易等人的研究成果较多,后面将列专章介绍。
② 《白话文学史》,第257页。

学是呼号愁苦的文学，是痛定思痛的文学，内容是写实的，意境是真实的"①。他还认为，"开元天宝的文学只是少年时期，体裁大解放了，而内容颇浅薄，不过是酒徒与自命为隐逸之士的诗而已。以政治上的长期太平而论，人称为'盛唐'，以文学论，最盛之世其实不在这个时期。天宝末年大乱以后，方才是成人的时期。从杜甫中年以后，到白居易之死（846），其间的诗与散文都走上了写实的大路，由浪漫而回到平实，由天上而回到人间，由华丽而回到平淡，都是成人的表现"②。胡适此论后来得到了苏雪林、郑宾于等人的认同，在20世纪上半叶的学界产生了较大的影响。

苏雪林《唐诗概论》在概述中唐诗歌时对胡适观点作了进一步的申发："这时候一般人的太平迷梦早已打破。而诗人饱经乱离之苦，对时代更有深刻的认识，文学的态度也就一变而为严肃、认真、深沉。而写实文学便于这时代勃然以兴。"③

郑宾于的《中国文学流变史》也认为，"大历元和之际的风尚，和以前已显然有了几个不相同的区别：有卫道的古文诗人；有讲究声病严分近古的诗人；有致力台阁，专工赠送的诗人；有用方言俚语，通俗辞句来写诗的诗人"④。而且，该书对前人认为中唐诗人大多"复古"的说法不以为然，认为他们"乃是矫古"；对于王世贞所持"贞元而后，方足覆瓶"的见解更是不敢苟同，认为"站在诗的立场上"说，"我们之所谓盛唐，并不仅指开元天宝，实在也指大历元和。假如没有元白的尽量创作，……则唐代的'诗戏'便没有终台，登峰而未造极。所以元和的诗业也是特别富于创造力量的"⑤。

陆侃如、冯沅君《中国诗史》统观中晚唐诗，也认为"在诗史上，这是一个光荣的时代"，并谓此时的诗歌"都以民间疾苦为题材"，诗人"作诗的态度也更严肃，更认真"，"这些，都表示新的风气"⑥。

郑振铎《插图本中国文学史》论中唐诗坛时则更注重从诗歌体制演

---

① 《白话文学史》，第221—222页。
② 同上书，第223页。
③ 《唐诗概论》，第16页。
④ 《中国文学流变史》中册，第363—364页。
⑤ 同上书，第364—365页。
⑥ 《中国诗史》中册，第458—459页。

变和发展的角度来阐述问题，他认为，"五七言诗的格律，到了大历间，是已经发展到无可再发展的了，其体式也已进步到无可再进步的了，诗人们只有在不同作风底下，求他们自己的深造与变幻。但大历的诸诗人，除了顾况一人外，其他'十才子'之流，皆没有表现出什么重要的独特的风格出来；他们仿佛都只在旧的诗城里兜着圈子走。最大的原因是，没有伟大的诗人出来，其才情够得上独辟一个天地的。但过了不久，伟大的诗人终于诞生了。其中最重要者便是韩愈与白居易。他们各自开辟了一个崭新的诗的园地，各自率领了一批新的诗人们向前走去。他们完全变更齐、梁、沈、宋，乃至王、孟、李、杜以来的风格。他们尝试了几个古人们所从不曾尝试过的诗境，他们辟出了几个古人所从不曾窥见的园地。但他们却是两条路上走着的；他们是两个极端。韩愈把沈、宋、王、孟以来的滥调，用艰险的作风一手拗弯过来。白居易则用他的平易近人，明白流畅的诗体，去纠正他们的庸俗。韩愈是向深处险处走去的。白居易是向平处浅处走去的。这使五七言诗的园苑里更增多了两条奇葩；这使一般的诗的城国里，更出现了两种重要的崭新的作风。"①

五六十年代

此时出版的文学史，除了北京大学中文系文学专门化五五级学生和复旦大学中文系学生编著的两本文学史对中唐诗歌多有贬抑之词外，其余的文学史对中唐诗歌的评价基本上也是以肯定为主。他们用现实主义和浪漫主义代替以前的"写实"文学和"浪漫"文学的理论，论述也更加深入了。

如游国恩等编著的《中国文学史》就认为，"安史之乱"以后，"在社会矛盾复杂尖锐的形势下，诗歌创作中的现实主义潮流形成了波澜壮阔的局面"，诗人们"揭发了统治阶级的骄奢淫逸、残酷剥削，对人民的深重疾苦表示同情，对国势的削弱也深感不安"，"他们的诗在当时就产生了广泛而深刻的影响"，而且"中唐时代诗歌的风格流派比盛唐更多了"②。

中国科学院文学研究所编写的《中国文学史》也认为"安史之乱以

---

① 《插图本中国文学史》第 2 册，第 350—351 页。
② 游国恩、王起、萧涤非等：《中国文学史》第 2 册，第 14—15 页。

后的严峻、冷酷的现实不能不使诗人们对客观世界作清醒的观察和思考，所以唐代中叶的诗歌主流就很自然地沿着现实主义的道路前进，并得到了蓬勃的发展"①，而且"这也是一个名家辈出、流派众多的时代"，"韩（愈）孟（郊）诗派、刘禹锡、李贺、李商隐和杜牧，他们各以独具风格的作品丰富了诗歌的园地"②。

刘大杰的《中国文学发展史》则认为"这一时期文学的主要特征，是浪漫主义精神衰退了，现实主义得到了进一步的发展与成熟"③，"在他们的作品、书信和序言中，都可以体会到当代诗人们面对现实、深入生活、同情人民的自觉的感情，以及他们对于诗歌改革的进步要求"。④

以上三部文学史对20世纪下半叶学术界的影响是很大的，它们对中唐诗歌的总体评价至今也还在一定程度上影响着人们的看法，90年代新出版的一些文学史，在对中唐诗歌进行概述时，观点也还与之相近，只是不再使用"现实主义"和"浪漫主义"这两个理论名词罢了。

80年代以后

到这一时期，学术界不再局限于对中唐诗风进行描述和评价，而是在前人研究的基础上，从不同角度对中唐诗歌进行综合研究，使得中唐诗歌的整体研究在深度和广度上，都有了较大的进展。相关的成果主要有赵昌平《从王维到皎然》⑤、马承五《中唐苦吟诗人综论》⑥、周发祥《巴罗克与中晚唐诗歌》⑦、卢燕平《从言志求善到言情求美的过渡——中唐诗的心理表现及其地位》⑧、孟二冬《试论齐梁诗风在中唐时期的复兴》⑨《论中唐诗人审美心态与诗歌意境的变化》⑩、孙昌武《中晚唐的禅文学》⑪ 等。

---

① 中国科学院文学研究所中国文学史编写组：《中国文学史》第2册，第330页。
② 同上书，第331页。
③ 《中国文学发展史》中册，第474页。
④ 同上书，第475页。
⑤ 载《中华文史论丛》1987年第2、3辑合刊。
⑥ 载《文学遗产》1988年第2期。
⑦ 载《文学研究参考》1988年第4期。
⑧ 载《兰州大学学报》1989年第4期。
⑨ 载《烟台大学学报》1990年第2期。
⑩ 载《文史哲》1991年第5期。
⑪ 载《唐代文学研究》第3辑。

赵昌平文通过盛、中唐诗歌比较研究，揭示出了贞元前后诗风演变与禅风转化的关系。作者从王维的《清溪》诗与皎然的《渡前溪》诗的比较中，看出了开、天间王孟诗派及其流裔大历十才子与大历、贞元间江浙一带以皎然、顾况为代表的江南诗人集团的创作风格的联系与区别，看出了皎然一派诗人由王孟之流的清丽、清空变为清逸、清狂的轨迹。作者又从这两派诗人创作观念的比较中看出了皎然等人不拘形相的新诗风，正与其"乐禅心似荡""大笑放清狂"的新禅风密切相关。文章还从王维到皎然时禅宗风气的变化中探求到了皎然一派新诗风的形成与洪州禅的放荡作风的内在联系，揭示出了贞元诗风"荡"的真正原因。

马承五文对中唐苦吟诗人进行全面论述。文章首先对组成这一诗派的成员进行了资格审查，确认孟郊、贾岛、卢仝、马异、姚合、刘叉六人为中唐苦吟诗人，韩愈与李贺不在其列。接着又从创作心理、艺术倾向和词语句式等方面，论证了这一诗派的艺术特征。作者认为，这批诗人由于遭遇坎坷，面对着颠倒了的现实世界产生了一种逆反心理，喜欢"追求逆反心理的描述"。作者力求深入这批诗人的内心世界，把握住他们与众不同的心理结构和审美取向，从而揭示出他们在诗歌题材、表现手法、语词句式等方面的独特之处。文中对"以丑为美"问题的论述，用力颇多，但对现实生活中的"丑"如何化为中唐苦吟诗人笔下的"美"的问题，则论述得不够。

周发祥文择要介绍了澳大利亚学者傅乐山、中国香港学者黄德伟等人用西方文学理论术语"巴罗克"研究韩愈、孟郊、李商隐等人诗歌的观点。他们认为，韩、孟等人的诗歌具有巴罗克风格，即具有分裂的个性感，强化了人类形象，偏爱反衬与悖论的习惯等特点。他们还认为，用巴罗克风格特点来界定传统上称之为中晚唐的时期，将是一种动力，促使人们重新为中国文学分期，把各时期的风格作为编写文学史的基本原则，并将扫除隔离中国文学与世界文学主流的障碍。

孟二冬前文认为，与大历诗人同时，以刘长卿、李嘉祐为代表的一群"大历江南诗人"，在艺术上更多地表现出对齐梁诗风的继承；从理论上更为明确地倡导齐梁诗风的，则是皎然；自皎然以后，公开仿效齐梁诗风者更是屡见不鲜：文章从而肯定了这一文学现象的存在。另外，文章还探讨了齐梁诗风的复兴在当时文学史上的意义。孟二冬后文则将中唐诗歌与盛唐诗歌作了多方面的比较，认为中唐诗人在审美心态与诗歌意境的创造方面，都与盛唐诗人大不相同。他们的审美心态，反映了中唐时代特定的社会心理因素；他们在意境的创造上，不同于盛唐诗人那种自然浑成的情韵，而刻意追求"笔补造化"的人工之美。

孙昌武文主要探讨了中晚唐禅宗主流洪州禅的文学创作及艺术成就。文章认为，当时的禅宗由强调不立文字转而要求发明心地，着重言句，创造出大量偈颂与语录。禅门偈颂有明禅歌赞、乐道歌、传法偈、开悟偈、投机偈、遗偈及颂古等多种形式，达到了相当高的艺术水平。语录则在古代传统语录体的基础上，在形式、表现手法、语言等方面均有大的发展。禅门偈颂和语录是代替佛教三藏的新经典，也是文学创作，是独具特色的禅文学。总之，中晚唐时期，禅文学产生了一定的成就，并对整个文坛产生了相当大的影响。

卢燕平文将中唐诗的心理表现与中唐诗人的审美观点联系起来研究，也有一定的参考价值。

90年代以后，还出版了两部对中唐诗歌作系统、深入探讨的论著，即吴相洲的《中唐诗文新变》①和孟二冬的《中唐诗歌之开拓与新变》②。

其中吴相洲著选择了自己体会较深的几个切入点，从士人的行为风范、思想性格、精神境界、构思方式等方面，分析了盛唐至中唐诗风演变的原因，提出了不少值得重视的见解。如作者将盛唐文人希望"为君辅弼"的大志及其种种表现归结为以帝王师自居的行为风范，然后又分析这种行为在安史之乱后消失的原因，抓住了盛中唐士风转变的关键。作者还注意到元白和韩孟两大诗派士人在人生态度上一求凡俗、一求入圣的两种对立的倾向，并着重论述了从萧颖士、元结到韩愈一派士人以圣人自许，树立名节，在矫世抗俗方面的共同特点，及其对诗风的影响，也是颇见悟性的创获。另外，作者论"兴会"从盛唐到中唐的变化，韩孟诗派强调"意"和"思"的作用；对中唐前期不同的风雅观的细致梳理，分析元白的"格力""骨格"说，以及元白、韩孟对哀怨文学的肯定，皆切实中肯，较有新意。

孟二冬著在中唐文化的广阔背景上，对中唐诗歌的总体特征及其形成原因，作深入系统的研究，对中唐诗歌的成就及其历史地位提出了一

---

① 吴相洲：《中唐诗文新变》，台北：商鼎文化出版社，1996年。
② 孟二冬：《中唐诗歌之开拓与新变》，北京：北京大学出版社，1998年。

些富有启发性的论点。如作者对盛唐与中唐诗人的审美趣味、诗歌的情感基调、气象境界、艺术风貌作了广泛的比较,并由此说明中唐诗歌新变的主要特征。作者认为,中唐诗歌以徘徊苦闷、哀怨惆怅、凄凉感伤为基调,气象内敛,境界狭窄;中唐诗人或雕琢炼饰,追求丽藻与远韵的统一,或崇俗尚质,追求浅切尽露的平易之风,或崇奇尚怪,追求"笔补造化"的人工之美。这都与盛唐诗歌形成鲜明的对照。作者还注意到齐梁诗风在中唐的复兴问题。认为皎然在理论上的明确倡导,强化了向齐梁回归的趋势。刻意追求诗歌艺术的新变,是齐梁与中唐这两个时期诗人们的共同之处。然而中唐诗人模仿齐梁却不为齐梁所囿,如王建的《宫词》、李贺的乐府,都能创变出独具中唐特色的风格。另外,作者还从宇宙人生,心性与神思,禅玄与意境,直观与幻象四个方面,说明宗教不仅直接影响了诗人们的世界观、人生观和自我,而且也为他们的诗歌创作注入了新的活力。他们的诗歌在艺术想象、艺术构思、意境的构成、艺术形象的创造等方面,都具有新颖奇异的特点。

二、中唐诗歌的阶段性研究

80年代以后,虽然学术界对中唐诗歌的总体评价并没有大的进展,但是,对中唐时期各阶段诗风特征和演变的研究,却取得了长足的进步。

如罗宗强将中唐分成两个阶段进行研究,他在《论唐大历初至贞元中的文学思想》[①] 一文中认为这是处于"两个高峰之间"的"短短的过渡期",此时无论在创作倾向、创作思想还是在创作理论上都有自己的特点,即"盛唐余韵"与"战乱写实"。大多数诗人"时不时地在作品中或多或少地表现出盛唐诗歌的那种昂扬精神风貌,那种风骨,那种气概,和那种浑然一体的兴象韵味";他们中的很多人还写过战乱中的民生疾苦,流露出不同程度的同情人民的感情。这两点是大历贞元诗人们创作中的两点生机。文章还认为,当时创作思想的主要倾向,是避开战乱的现实生活,追求一种宁静闲适、冷落寂寞的生活情调,追求一种清丽的纤弱的美。他在《论唐贞元中至元和年间尚怪奇、重主观的诗歌思想》[②] 中认为,贞元中至元和年间的诗坛上,除了尚实、尚俗、务尽这

---

① 载《社会科学战线》1983年第3期。
② 载《古代文学理论研究》第9辑,1984年。

一诗派的诗人之外,还有另一批非常活跃的诗人,如韩愈、孟郊、贾岛、李贺、卢仝等人,他们在个人风格上相异甚为明显,但在尚怪奇、重主观这一基本倾向上却是一致的。他们所表现的,往往是自己内心的情状,是自己心灵的历程。他们所表现的世界,往往是非世俗所常有的,甚至是怪异的、变形的;而且他们所描绘的形象的奇特,着色的浓烈与强烈对比,选辞的怪僻和构辞的异样,都在诗歌思想上开辟了前所未有的领域。

此后对中唐诗歌风貌进行分期研究的还有王玮《贞长风概》①,梁德林《〈中兴间气集〉的选录标准与中唐前期的诗歌风尚》②,林继中《由雅入俗:中晚唐文坛大势》③,尚永亮《论元和五大诗人的参政意识和政治悲剧》④,周勋初《元和文坛的新风貌》⑤,高国兴、庄鸿雁《"元和体"与中唐诗风》⑥,朱易安《元和诗坛与韩愈的新儒学》⑦,许总《论贞元士风与诗风》⑧ 等。

其中王玮文移用宋人洪迈提出的"贞长风概"一词,来概括当时文学作品中体现出来的一致风格倾向、当时文人士大夫的总体精神面貌以及当时社会历史的发展脉络和主导性的时代精神,文章认为其含义有三:第一,以深重的忧患意识,去感受当时的苦难,发而为文章,也同样带着杜甫那种沉郁顿挫的总体风格;第二,儒学复古与文学复古的同步性;第三,他们基本上共同完成了由社会到个人,由外界到内心的心路历程,殊途同归,作品中有一片哀音低响。

梁德林文从高仲武所选录诗人诗作来分析中唐前期的诗歌风尚,他认为,高氏提倡"哀而不伤""伤而不怨",体现了一种中和美的理想,它是在安史之乱后需要恢复秩序的历史条件下应运而生的。高氏崇尚"理致清新",也体现了中唐前期诗人的一种审美理想,这种对清新美的追求,主要继承了盛唐山水诗人的艺术风格,只不过盛唐人在清新中蕴

---

① 载《文学遗产》1987年第3期。
② 载《广西师院学报》1987年第1期。
③ 载《人文杂志》1990年第3期。
④ 载《人文杂志》1991年第1期。
⑤ 载《唐代文学研究》第3辑,1992年。
⑥ 载《齐齐哈尔师范学院学报》1992年第6期。
⑦ 载《文学遗产》1993年第3期。
⑧ 载《广西师范大学学报》1995年第4期。

藏着浓郁的情思,而中唐前期诗人的许多作品,则显得境界过于清冷、感情过于清淡,缺乏生气。

　　林继中文从宏观上探讨了中晚唐时期文学创作发展的趋势。该文认为,"中唐,是中国文学史前、后分期的一个支点"。而"诗歌通俗化是中唐诗坛一个瞩目的现象";"浅切与俗绝正合于中唐以后日趋繁盛的世俗地主的审美趣味";"俗文学侵入雅文学的路线,首先是以其生动性从心态上征服士大夫,进而成为他们乐于采用的形式,从而形成血缘关系";俗文艺成为一股文艺新潮,"传统文学在它的冲击下偏离原来的轨道,从'志'的清空的抒情笔调中摆脱出来,转向较为写实的叙事笔调"。文章最后认为,"士族文化"借助了中晚唐文坛由雅入俗这一斜面缓缓地向"世俗地主文化"滑落,这是中晚唐文坛大势所趋。

　　尚永亮前文将韩愈、柳宗元、刘禹锡、元稹、白居易等五大诗人进行比较,认为他们都以政治家的身份活跃在历史舞台上,而且都因为参政而一再遭受贬谪厄运。这是一个独特的贬谪文人群体,它的出现,既有普遍性,又有特殊性,既与时代文化精神和君主专制政治有关,又与诗人们的参政意识和参政实践有关。

　　周勋初文是一篇重新审视元和文坛风貌的文章。该文认为,当时虽然以韩愈的"奇诡"一派和元白的"浅切""淫靡"一派影响为大,但是韩门中人自负才高,鄙视白氏之作;当时的名相裴度,实为文坛老大,代表唐王朝的正统文学观点。他和韩愈政治观点一致,但以为韩文"桀裂章句,隳废声韵",故而更为重视刘禹锡的成就。柳宗元、刘禹锡在《平淮西碑》的写作上就明确地提出反对韩愈的观点,他们沿着盛唐的文学道路前进,所以李肇不把二人之作列入"元和体"中。

　　高国兴、庄鸿雁文重申了张碧波的观点,认为:"元和体可分为两类,一为次韵相酬、穷极声韵的长篇排律;一为杯酒光景间的小碎篇章,并包括二人所谓艳体诗在内。"对于前一类,文章指出:"这些长篇排律还标志着抒情诗中的叙事成分的加强。"对于后一类,文章认为:"这类诗不再是政治教化的工具和附庸。而是瞬间心境意绪的抒发,是娱心遣兴的手段,它更突出诗歌的审美愉悦性质,也更接近了文学的创作本质。"而且,"从内容到形式打破了诗歌的传统规范和传统模式,打破了诗歌创作的神秘性和典雅的贵族性。使其世俗化而为普遍接受和欣赏的文体,呈现出诗歌历史转折时期的特征"。文章还指出,这种诗歌的世俗化倾向还体现在文学的其他领域,如散文的通俗化、变文的世俗化、传奇小说的自觉化,"可见,代表着新的审美趣味和审美观念的元和体的出现和中唐诗风的转变并不是偶然的。它是时代审美趣味的转变和时代社会文化氛围发展的必然结果"。

朱易安文将韩愈的新儒学和古文革新与元和诗坛的诗歌新变联系起来加以研究。文章首先从韩愈与元和诗人的关系入手,认为"韩愈的古文革新思想有可能启发过诗歌的革新,而诗歌的革新同样也会反过来促进古文的创作"。论文又指出,元和诗坛"尚怪"的背后,蕴藏着一种强烈的变革精神。阅读元和诗人的作品,可以感到一种强烈的社会责任感和自我价值感,前者表现为对社会发展的热切关心和对现实的批判精神,后者则表现为积极用世精神和对儒家传统价值观念的重新认定。元和诗坛种种表象以及韩愈倡导的新儒学道统的形成,其深刻的文化背景是中唐士阶层要解决自身面临的问题,通过文化秩序的重建,去寻找唐代士阶层失落的传统价值和地位。许总文认为,与大历时期一样,贞元时期同样处于大乱之后的相对稳定时期,向往中兴成为人们的普遍心态,诗风也表现出继承和延续大历诗歌的特点。另一方面,经过多次社会变革思潮,贞元文人又感受着大历之后的新的时代气息,求新心态的形成和蔓延,促使诗人的个性愈益发展,在艺术上普遍表现出对大历委琐诗风的不满,造成艺术风格的多向发展与审美情调的奇诞变奏,直接启示了元和诗风的到来。

另外,吴庚舜、董乃斌主编的《唐代文学史》(下册)[①] 也将中唐分为大历至兴元、贞元至大中两个时期进行论述[②],这反映了学界对中唐诗风的研究已比较细致和深入。

三、中唐诗歌的题材研究

80年代以后,学界还对中唐诗歌所表现的各种题材的诗歌进行了较有成效的综合研究,研究的重点主要集中在边塞诗、咏史诗、山水田园诗、贬谪诗、艳情诗等方面。

---

① 吴庚舜、董乃斌主编:《唐代文学史》,北京:人民文学出版社,1995年。
② 他们在《唐代文学史》下册第一章"概述"中认为贞元至大中时期还可以细分为两段,即贞元、元和、长庆和宝历、大和、开成、会昌、大中。

中唐边塞诗研究

研究中唐边塞诗的成果主要有华锋的《中唐边塞诗简论》[1]，董乃斌《论中晚唐的边塞诗》[2]，王昌猷、周小立《试论中唐边塞诗》[3]，戴伟华的《论中唐边塞诗繁荣的原因》[4] 等。

华锋文指出，中唐边塞诗的总特点是描写唐朝处于正义立场的防御战，在这种"特定的历史条件下，勇于慷慨从军，是爱国主义的壮举；讴歌这种防御战争，体现了作者对时局的关注和对祖国的热爱"，"因此中唐时期的边塞诗，无论是慷慨激昂，还是苍凉萧瑟，基本上是爱国忧民之作"。作者认为，反映久戍思乡的作品，在中唐边塞诗中占有重要地位。这不是沿袭《诗经》、汉乐府的传统题材，而是由中唐兵役制所决定的。

董乃斌文通过对现存诗作的翻检和分析，发现中晚唐边塞诗的数量绝不少于初盛唐时期，至于反映社会现实的深度和广度，也自有其异于初盛唐边塞诗之处。文章认为，能够紧紧追随时代的变迁，真实地反映唐朝国力渐衰、边疆虚弱而造成的领土丧失、边民沦为异族奴隶的社会现实，也就是由反映外患而触及内忧，从而尖锐地抨击朝廷政治，对昏庸腐朽的统治者施以当头棒喝，这乃是中晚唐边塞诗在思想内容上最根本的特点。它在艺术形式、艺术风格上的许多变化主要便是由这个特点决定的。另外，中晚唐边塞诗还写到了一些前人未加注意或着笔较少的题材，这也是中晚唐边塞诗的一个重要特点。它们在形式上也取得了相应的成绩，创造了与时代气氛相适应的多议论说理、多忧伤感奋的艺术风格。

王昌猷、周小立文首先探讨了中唐边塞诗的产生背景，认为边境上敌强我弱，吐蕃凭借其强大军力，占领着西北大片土地，连年发动入侵，给边地人民带来极大的灾难，威胁着唐王朝的统治，这种形势决定了中唐边塞诗的基调。许多诗人亲赴边关，身历艰苦的边塞生活，从而激发起真切的诗情，创作出大批的边塞诗，赋予了中唐边塞诗以深刻的现实内容。其次，该文分析了中唐边塞诗的内容特点，认为中唐大多数

---

[1] 载《中州学刊》1984 年第 3 期。
[2] 载《唐代边塞诗研究论文选粹》。
[3] 同上。
[4] 载《扬州师院学报》1989 年第 2 期。

诗人更现实地把笔触转向这时边塞生活的各个方面，构成了中唐边塞诗苍凉、沉郁的主调。另外，该文还探讨了中唐边塞诗的艺术特色及中唐边塞诗被历代研究者所忽视的原因。

戴伟华文指出，中唐边塞诗之所以很兴盛，除了唐代边塞诗所共具的创作条件外，还有两个很重要的因素：从时代看，中唐边患日重，引起朝野之士的密切关注，边塞战争自然就成为他们的日常话题；从诗人的生活经历看，中唐以后，文人入幕成为带有普遍性的社会风气，幕府的军营生活为文人创作边塞诗提供了丰富的内容。而且，中唐诗人们不再是抒发激情，而是更多地在诗中阐明对征战的态度，中唐后期的许多边塞诗是诗化的议论，使唐代边塞诗的现实主义精神得到了发展和深化。

中唐咏史诗、田园诗及其他诗歌题材研究

研究中唐咏史诗的论文主要有陈文华的《论中晚唐咏史诗的三大体式》①、王定璋的《论中晚唐咏史诗的忧患意识与落寞心态》② 等。其中陈文华文指出，唐人咏史诗确实对前人体式有所突破，但绝不在于袁枚所说的"对仗之巧"，而在于能站在历史的制高点，运用自己的史识，对古人往事发表评论，或褒或贬，或讥刺，或翻案，总之，议论性、现实针对性更强。这一点，在中晚唐咏史诗中表现得尤为突出。至此，中国咏史诗才算完全成熟。论文还将中晚唐咏史诗概括为三种体式：一是"隐括本传，咏其得失"的"传体"，它的特点是"在隐括本传外，略加议论，以明其得失"；二是"借古抒怀，讽时刺世"的"论体"，它的特点是"往往触及时事，甚至干预政治"；三是"评史论文，独抒己见"的"评体"，它的特点是"评判历史是非，评说古人功罪"。论文还将这种"评体"分成早期、中期、后期三个发展阶段，并指出其在各个时期的特点。

对中唐山水田园诗进行综合研究的论文主要有林继中的《变迁感：中唐士大夫的心理压力——中唐田园诗的透视》③、《人的精神面貌在田园诗中的位置——兼论中唐田园诗蜕变之意义》④ 等。林继中后文指

---

① 载《文学遗产》1989 年第 5 期。
② 载《江海学刊》1990 年第 6 期。
③ 载《暨南学报》1993 年第 3 期。
④ 载《人文杂志》1993 年第 3 期。

出,中唐诗人与此前的隐逸诗人不同,他们更多的是在想象之中将周围环境理想化,或"改造"成田园似的环境,经验被虚化,并进行"不是田园诗的田园诗"的创作。文章还指出独步中唐的"隐逸诗人"不是钱起、秦系辈,而是长期作为中、下层官僚的韦应物、白居易等人。而在他们的创作过程中,人的精神面貌起着决定性的作用,它使田园生活经验心灵化,上升为士大夫特有的审美情趣。

对中唐诗歌表现题材进行综合研究的论文还有张明非的《论中唐艳情诗的勃兴》①、尚永亮的《元和贬谪文学艺术特征初探》② 等。张明非文认为,艳情诗的勃兴一方面固然是中唐社会衰微、风俗颓靡的结果,同时,也标志着以元白为代表的中唐诗人对文学功能、文学特质的认识较前人有了明显的进步。论文还从下列三个方面论述了元白对文学特质的正确认识:首先,表现在对文学具有情感性这一本质特征的认识上;其次,在题材的处理上也往往注意突出情的感发作用;最后,表现在对诗歌审美价值的重视和追求上。尚永亮文则认为,大量使用时空数量词,将个体生命置于广阔的空间和漫长的时间之中,以突出其沉沦色彩;一再借用伤禽、笼鹰意象,以表现个体生命受创和被拘囚的程度;频繁采用登高望远的形式,以抒发怀乡思归那失望与追求紧密糅合的苍凉情感,乃是元和贬谪文学基于深沉浓郁之悲伤意绪的主要艺术特征,并由此构成了它基本的群体风格。

四、中唐时期诗派研究

中唐时期诗歌创作流派纷呈,故 20 世纪学界对中唐诗歌流派的研究也取得了一定的成就。

陈贻焮对中唐诗歌诗派的综合研究

对中唐诗歌流派进行深入、系统的研究,开始于陈贻焮的《从元白和韩孟两大诗派略论中晚唐诗歌的发展》③ 一文。

该文主要研究元和、长庆时期诗歌为何"大变"、如何变以及对后世的影响。文章首先从元白一派入手,认为"就当时和后世政治上所产生的影响,就我国诗歌发展史上所起的作用而论,元、白一派诗中真正

---

① 载《辽宁大学学报》1990 年第 1 期。
② 载《陕西师大学报》1990 年第 4 期。
③ 陈贻焮:《唐诗论丛》,长沙:湖南人民出版社,1980 年。

显示中唐诗歌'大变'实迹的,决非所谓'元和体'的'千言律诗''和韵长篇',而是发端于张籍、王建、李绅,大备于元、白的新乐府之类讽喻诗"①。对于元、白新乐府运动在中唐兴盛的原因,文章从社会、政治、文学诸方面进行了探讨,尤其探讨了当时的政局和思潮与新乐府运动之间的直接关系。

接着,文章分析了元白有关诗歌理论的看法,在肯定的基础上,也进行了批评,认为"元、白关于讽喻诗(尤其是其中的新乐府)的创作和理论,仍然存在一些值得商榷的地方"②,如"那种写作'谏官的诗'的想法和作法,动机虽好,却算不上是成功的尝试"③,再如"白居易关于评价诗歌的政治标准和艺术标准是比较窄狭的","对最能反映时代精神、同样富于重大社会意义的积极浪漫主义诗歌流派缺乏应有的理解"④。

文章还指出,元白诗派体现这一时期诗歌"大变"的不仅在于新乐府运动和有关作家作品,还在于白居易在开、天诗歌全盛之后,为了打破当时诗坛停滞、窒息的状态,开创了一种新诗风、新诗体,提倡"通俊(即"通脱",简易的意思)之习",也正因为这个原因,白居易才在唐代以后产生了很大的影响。

此外,文章还认为元白诗歌"无论在内容上(采世俗艳谈的爱情题材入诗),还是在表现上(情节的铺陈和细节的描绘),都明显地受到变文、'市人小说'和传奇的影响"⑤,所以元白的诗歌"也深为世俗人等所爱重"⑥。

对于韩孟诗派,文章首先同意罗根泽的看法,认为韩愈"是文章家,不是哲学家","古文运动"只是文体改革运动,而且"韩愈毕生所致力的,主要还在于文","他认为掌制诰写大文章才是正事,作诗不过是'余事'"⑦。

---

① 《唐诗论丛》,第 326 页。
② 同上书,第 345—346 页。
③ 同上书,第 347 页。
④ 同上书,第 347、349 页。
⑤ 同上书,第 365 页。
⑥ 同上书,第 366 页。
⑦ 同上书,第 369—370 页。

在评价韩愈诗歌时，文章也指出了韩诗艺术上不少的缺点，尤其对韩愈有些"以文为诗"的诗作进行了批评："韩愈有感于时局的艰危，有慨于官场的黑暗，欲'回狂澜于既倒'，鸣人世的不平，加之学识渊博，自视甚高，主观意识旺盛，才气纵横，生性好奇，勇于开创，因而以其古文浑灝，溢而为诗，波澜壮阔，滚滚不穷，变怪百出，可惊可叹。但由于缺少较深刻的社会内容，又多封建性的糟粕，不少作品的思想性是不高的。同时在艺术表现上蓄意追求奇险，存在着形式主义倾向，往往不免有蹶张之病。"① 当然文章也肯定了其贡献："这主要在于他讲究构思，扩展了诗歌的表现艺术，避免了诗歌往平易、油滑一途发展的不良趋势。"②

对于孟郊的诗歌，文章认为，"孟诗的奇，主要体现在构思和艺术表现上"③。而且孟郊有些诗在意境、色彩、情调等方面多少接近李贺歌诗瑰奇、神秘的风格。

文章还强调了李贺在韩孟诗派中的重要地位，说"人知李贺得韩愈而闻名，罕知韩愈所开诗派得李贺而大盛"④，又谓"韩孟诗派诸人，无一不奇，而风格迥异；李贺之奇，不仅在于想得怪，而在于浮想联翩，构思精巧，意境绮丽。这正是他发展这一诗派的特长，在诗歌表现艺术上所作出的重大贡献"⑤。

总之，这篇长文无论在宏观上还是微观上，都提出了不少精湛的见解，使得中唐诗歌的整体研究在当时上了一个新的台阶，而且对后来的中唐诗歌流派研究产生了较大的影响。

其他学者对韩孟诗派的研究

此后，中唐诗歌流派研究又向纵深发展了，但其中大多是关于韩孟诗派的成果。如刘曾遂《试论韩孟诗派的复古与尚奇》⑥、陈新璋《论韩孟诗派的产生及其诗歌艺术风格》⑦、孟二冬《韩孟诗派的创新意识

---

① 《唐诗论丛》，第382页。
② 同上书，第382页。
③ 同上书，第388页。
④ 同上书，第394页。
⑤ 同上书，第395页。
⑥ 载《浙江学刊》1987年第6期。
⑦ 载《华南师范大学学报》1988年第4期。

及其与中唐文化趋向的关系》①、肖占鹏《皎然诗论与韩孟诗派诗歌思想》②《审美时尚与韩孟诗派的审美取向》③《佛教与韩孟诗派诗歌思想》④《韩孟诗派的精神世界及其诗歌的深层意蕴》⑤、许总《论韩孟诗派的思想倾向与文体观念》⑥、吴河清和曾广开《论韩孟诗派的功利主义诗歌思想》⑦等。

其中，刘曾遂文把韩孟诗派的活动时间框定在贞元、元和至长庆的三十多年中，指出这一诗派比元白诗派早十年以上，因此在促成中唐创作繁荣上较元白诗派著先鞭于前。文章标举了韩孟诗派复古的五个方面的表现和艺术上尚奇的七大特征。其中关于韩孟诗派在意境、格调上取法于古，在用韵上倾向于古的分析，较有特色。陈新璋文将韩孟诗派的产生发展分为三个阶段：第一阶段以孟郊为代表，此外还有刘言史、张碧等人，时间主要在贞元年间至元和初；第二阶段以韩愈为代表，重要人物还有卢仝、刘叉、李贺，时间主要在元和年间；第三阶段以贾岛为代表，主要时间在元和末年及其后的一二十年间。文章认为，韩孟诗派诗歌风格的表现主要是变熟为生，化夷为险，以文为诗，少今多古。

孟二冬文从作家的创新意识和时代的文化趋向两个方面，对韩孟诗派的主导风格及其形成原因作了较深入的探讨。文章认为，韩孟诗派的创新意识主要表现在：（1）光大自屈原以来"发愤以抒情"的精神，并以"不平之鸣"的理论与创作，突破了"温柔敦厚"的诗教传统；（2）根据诗歌艺术的内在特质，汲取佛教思想与佛教艺术的合理成分，重心性，造幽微，以期达到"笔补造化"的艺术效果。在对中唐文化进行了较全面的考察后，作者指出，韩孟诗派的诗歌创新，与当时书画艺术变革同步发展；中唐兴起的禅宗和复兴的天台宗，以其重视主观意念作用的"心性"理论，给韩孟诗人以启发；中唐以来许多诗人对"变风"的追求，也为韩孟诗人的创新提供了借鉴。论文最后说，"韩孟诗派的诗

---

① 载《中国社会科学》1989 年第 6 期。
② 载《文学遗产》1989 年第 4 期。
③ 载《文学遗产》1992 年第 1 期。
④ 载《江海学刊》1992 年第 4 期。
⑤ 载《晋阳学刊》1993 年第 1 期。
⑥ 载《求索》1995 年第 2 期。
⑦ 载《华中师范大学学报》1995 年第 4 期。

歌创新,并没有脱离中唐文化的发展趋向。他们顺应时代的潮流,反映时代的风尚,并根据自己特有的审美情趣,把一些新的因素引入诗歌创作的领域,进一步强化并发展了它们,使之成为带有一贯性和占主导地位的倾向与风格,从而大大推动了诗歌创新的进程,加速了'元和诗变'的节奏。因而可以说,韩孟诗派在诗歌创新中所表现出来的独特风貌,既是他们创作个性的产物,也是中唐文化孕育的结果。"

  肖占鹏《皎然诗论与韩孟诗派诗歌思想》一文认为韩孟诗派的诗歌思想与皎然诗学思想有着相续相承的关系,韩孟诸人吸收发展了皎然诗学中的某些观点,并于皎然诗学有所不取,在创作的过程中完成了自身的变化,从而与皎然诗学有了质的不同,形成了自身的独特的文学思想体系。肖占鹏《佛教与韩孟诗派诗歌思想》一文首先从三个方面指出韩孟诸人与佛教的密切关系,认为韩孟诗派诗歌思想受马祖道一洪州宗开启的"狂禅"的影响最为突出。其表现,一是褒扬冲荡礼教、不拘细行的个体人格;二是冲破儒家传统的"温柔敦厚"诗教,树立了追求奇崛险怪、以丑为美的诗歌创作观念;三是韩孟诗派作家的某些作品,从论断方式到表意,都类似狂禅的斗"机锋"。总之,"韩孟诗派诗歌思想的基质,不是传统儒家'应物斯感'的原始而朴素的反映论,而是强调'赏心''放心''化物自一心',提倡诗歌创作中主观的省察和主体的表现,而不是'饥者歌其食,劳者歌其事'的简单机械的客观再现。这种诗歌创作观,从本质上说,在很大程度上是受了佛教尤其是狂禅'任心'说的影响"。肖占鹏《韩孟诗派的精神世界及其诗歌的深层意蕴》一文,通过对韩孟诗歌深层意蕴的探索,揭示了韩愈和孟郊精神上的多重矛盾:首先表现为入世之心与独立人格的剧烈冲突,其次表现为儒家价值观念与流行价值观念的冲突,最后表现为生命短促的意识与宇宙永恒的意识的矛盾。论文认为,出于现实世界的幻灭和主观精神的无所寄托,他们便在诗中创造一个奇险怪异的世界,以期在险怪的审美体验与陶醉中获得片刻的舒愉与超越。这就是他们诗歌思想的深层意蕴。

姚贾诗派研究

  90年代以后,学界对姚贾诗派的研究兴趣较大,产生了一系列很有学术深度的研究成果。

  这方面的论文主要有徐希平《"武功体"价值新探——兼论姚贾诗

派心理定势及内部差异》①、张宏生《姚贾诗派的界内流变和界外余响》②、尹占华《论郊岛和姚贾》③、刘宁《"求奇"与"求味"——论贾姚五律的异同及其在唐末五代的流变》④等。

其中徐希平文认为"武功体"中除了闲散消沉的个人生活题材以外，反映现实、关心国运民瘼的内容并不少见，指出姚贾诗派表现的责任感与闲适情是中唐文士特定心态之反映，并认为"武功体"重"天格"，最重至情至性，诗律运用自如，形成了"清峭"的诗风，有别于寻常的苦吟奇僻。

张宏生文着重讨论了姚贾之间的关系、姚贾诗风的异同、姚贾与后世诗风的关系。文章首先对"姚诗学贾"的成说提出了不同的看法，认为"与其说姚学贾，不如说二人互相学习、互相影响更恰当些"。在谈到姚贾异同时，作者指出，"姚贾诗在诗歌内涵、体式以及创作方法上虽有不少相似之处，但在意象的选择和风格的表现上，却又很有不同"，"贾岛的诗歌，往往喜欢表现一些人们不大注意却有些希罕、幽僻乃至怪奇的意象"，与"贾岛相比，姚合作品中所表现的主要是一些常见的意象"。文章还论述了晚唐五代对姚贾的接受、南宋诗坛上的姚贾诗风。文章最后认为，"姚贾一派得到后人接受的本质"是因为"这一流派在形式上的追求给后人的启发很大"，而且"姚贾的追随和学习者，大多才气不大"。

刘宁文则在张宏生文有关研究的基础上对姚贾诗歌创作之异同作出了进一步的研究。刘宁认为，张宏生以平淡自然来概括姚贾五律美感效果的共性，在一定程度上忽视了二人创作旨趣的差异。贾姚虽然都注重苦吟，但在艺术旨趣上，贾岛更追求奇特的表现效果，借此抒发内心的孤介奇僻之气，而姚合则用力于创造平淡含蓄的意味，表现普通人生的感受，有平淡自然之趣。简言之，贾岛五律偏于"求奇"，姚合五律偏于"求味"。贾岛的"求奇"反映了不平则鸣的寒士精神，姚合的"求味"则是文官阶层闲适趣味的流露。贾姚二人在唐末开始被并称而逐渐成为一个诗歌流派的标志。唐末五代诗人，对贾姚的接受呈现出独特的

---

① 载《西南民族学院学报》1992年第4期。
② 载《文学评论》1995年第2期。
③ 载《文学遗产》1995年第1期。
④ 载《文学评论》1999年第1期。

艺术取向。他们积极仿效二人的苦吟态度,但在艺术旨趣上则偏向姚合而远离贾岛,形成了以苦吟来创造含蓄意味的表现特色。从贾姚的个人创作,到姚贾诗派的流派创作,五律艺术发生了重要的流变。

另外,许可在吴庚舜、董乃斌主编的《唐代文学史》中也对姚贾二人创作之异同作了较为细入、中肯的分析。如作者指出,贾岛诗的孤峭僻涩的风格曾对姚合产生过一些影响,这是姚合到后世能与贾岛齐名的一个重要原因。但是,二人的诗风也有很不相同的一面。贾岛善苦吟,因而在诗歌艺术上往往有惊人的创造,能进入较高一层的审美境界。而姚合的才华不及贾岛,对诗歌艺术的追求也不如贾岛那样刻苦,所以他的诗很多都显得平淡无奇,境界与格调也不是很高。贾岛还算是韩孟硬体诗派的诗人,姚合诗与韩孟硬体诗派的关系就不密切了。贾岛善于把他周围很为平凡的环境,在笔下变化成一个奇美的诗的世界。姚合也与贾岛相仿,只不过他的这种变化的本领要稍差一些,大约只能做到十之七八[①]。

中唐其他诗派研究

80年代以后,研究中唐诗歌流派的重要论文还有赵昌平的《吴中诗派与中唐诗歌》[②]、马自力的《论韦柳诗风》[③] 等。

赵昌平文着重论述了大历、贞元时期诗歌的一个流派——吴中诗派的特征及其历史作用,认为大历贞元诗坛上以皎然、顾况为首的一批诗人在汲取吴楚民间谣曲滋养,继承与变革南朝诗体的基础上,开始了新的探索。他们既不同于"承盛唐'古雅益以气骨'"又"片面追崇汉魏,故所作虽有气骨却乏兴象,甚至刻板模古"的元结与《箧中集》诸子,也有异于"衍盛唐'清淡益以风神'之绪,然而品格不高,所作多缺乏真情志,又为声律所缚,故往往遗风骨而求兴象","涉于浮薄,陷于时俗"的大历十才子。他们的诗作虽带有大历诗风的某些形迹,但与杜甫、李白有暗通之处,并唱出了元和诗变的先声。他们的理论与创作成了开、天和元和这两个诗歌高潮间转换的枢纽。他们在创作上仿效吴中地区俗体诗,运用乡土性的题材、清激的音节、怪以怒的风格以及俗体联句,形成了自己的诗歌特色。他们上承鲍照、谢灵运创作中奇险深曲

---

① 吴庚舜、董乃斌:《唐代文学史》下册,第337—338页。
② 载《中国社会科学》1984年第4期。
③ 载《中国社会科学》1989年第5期。

的笔意而着意开拓，效学吴体诗而化俗为奇，由此启迪了元和韩孟、元白两大诗派。相同的时代与活动区域、相近的理论与创作旨趣构成了中唐以皎然、顾况为首的"吴中诗派"。由于本文指出了大历时期于十才子之外，还存在着一个长期为研究者所忽视的"吴中诗派"，并探讨了这一诗派的理论、创作特征及其历史地位，无疑填补了唐诗研究中的一个空白，故具有相当大的学术价值。

马自力文认为韦柳并称在中国诗歌史上是一个不可忽视的文学现象。他们的创作倾向代表中唐诗变前期诗歌的发展趋向，在诗风转变过程中起了承前启后的作用。他们的诗风承袭了自陶渊明以来的清淡一派诗歌的总体风貌，且有了新的发展，其总体特征是"高雅清远"。同中唐元白、韩孟两大诗派相比较，可以看出韦柳有其独特的风格，足以与元白、韩孟并立于中唐诗坛而自成一派。韦柳诗风在中国审美发展史上也占重要地位，这种风格蕴含着中国诗画的一种审美理想，具有艺术尺度的美学意义。

五、中唐诗人综考和资料整理

对中唐诗人生平事迹进行综合考证的成果主要有：吴汝煜的《中唐诗人琐考》[①]《中唐诗人琐考五题》[②]《中唐诗人琐考之六》[③]、陶敏的《中唐诗人事迹小考——〈唐代诗人丛考〉补正数则》[④] 等。

第二节　大历诗歌研究

大历年间是盛唐诗风向中唐诗风演变的过渡期，这一时期诗歌的时代特征也比较明显，加上出现了以"大历十才子"为代表的诗人群体，故而一直受到学术界的关注。近一百年来更产生了一批确有开拓的研究成果，使得大历诗歌研究整体上前进了一大步。

---

① 载《文学遗产增刊》第18辑，北京：中华书局，1989年。
② 载《江海学刊》1989年第2期。
③ 载《文学评论丛刊》第31辑，北京：文化艺术出版社，1989年。
④ 载《唐代文学研究》第2辑。

一、大历诗风及十才子诗歌综论

20 世纪上半叶

20 世纪上半叶,人们对大历诗歌的探讨主要体现在一些文学史、诗歌史以及唐诗综论等类的著作中,而且大多比较肤浅、简括。

如胡适《白话文学史》在论述大历诗人时只探讨了元结及其《箧中集》中诸诗人和顾况的诗作。郑宾于《中国文学流变史》虽然也将大历、元和诗人放在一起论述,但较之胡适要细致和深入一些。他谓元结与后来的韩愈等人同属于"矫古的诗人",将韦应物与后来的柳宗元、刘长卿、秦系等人划到一派,称之为"后期的田园诗人",然后论述了"大历十才子的台阁体"。郑振铎《插图本中国文学史》对大历时期诗歌成就的评价似乎又稍高些,他说:"照老规矩是,一种文体,极盛之后,便难为继。但五七言诗体却出于这个常例之外。经过了开、天的黄金时代,她依然是在发展,在更深邃,更广漠的扩充她的风格的领土。继于其后的是大历时代。大历时代的诗人们很不在少数,其盛况未亚于开、天。"① 苏雪林《唐诗概论》则探讨得更细、更深,如她将大历诗人的作品分为三派:一派是与杜甫相鼓吹的人生派,如元结、顾况;一派是表里王维、孟浩然的田园派,以韦应物为代表;一派以研练字句、工秀幽隽、借五七言律绝称长的小诗派,以大历十才子为代表。她对大历诗人的总的看法是:"大历诗人不为不多,不过天才都算在第二三流以下,其作品婉转清扬,芊绵秀丽,如春鸟秋虫,幽花野草,令人可爱,但只能说是'优美'而不能说是'壮美'。"②

20 世纪上半叶对大历诗人研究得最深入细致的,要数闻一多。他从纯文学的立场高度肯定了大历十才子在中国诗史上的地位,认为"大历十才子是唐代最享盛名的一批诗人",并认为"他们的诗是齐梁风格而经张说所提倡改进过的,虽时髦而无俗气,境界趣味完全继承了张说这一派","从时间来说,盛唐中唐之相接也依此为联系,并远承谢康乐的传统不断,十才子的地位和价值也由此可见"。他进而指出,"十才子的诗有两大特点:(1) 写的逼真,如画工之用工笔,描写细致;(2) 写

---

① 《插图本中国文学史》第 2 册,第 340 页。
② 《唐诗概论》,第 107 页。

的伤感，使人读了真要下同情之泪，像读后来李后主的词一样"。他还探讨了这种风格形成的原因："这种风格的产生，是由于经过天宝一场大乱，人人心灵都受了创伤，所以诗人对时节的改换，人事的变迁都有特殊的敏感，写入诗中便那么一致地寄以无穷的深慨。"因此，"十才子乃是分担时代忧患的一群诗人"①。

五六十年代

50年代以后出版的文学史虽然也多述及大历诗人，但对大历诗歌的论述较浮泛，且对十才子的评价也不太高。

如游国恩等编著的《中国文学史》认为中唐大历前后的诗歌"呈现一种过渡状况"，而且，"由于社会的动乱和王朝的衰微，这个时期的诗歌多半都染上了感伤的色彩"②。大历十才子的"诗歌很少反映社会的动乱和人民疾苦，大多数是唱和、应制之作。歌颂升平，吟咏山水，称道隐逸是他们诗歌的基本主题。他们在艺术方面都有一定修养，擅长五言律诗，但大都缺乏鲜明的艺术特色，有形式主义的倾向。……其中仅钱起、卢纶的一些小诗艺术上尚有一定成就"③。

再如，中国科学院文学研究所编著的《中国文学史》也认为，大历时期"许多诗人走王维、孟浩然的道路，并没有继承李白、杜甫的优良传统。……诗人们着重在山水田园自然景物方面的描写，反映现实不多，囿限于较小较窄的境界中。这是他们最大的缺点"④。相对来说，刘大杰编著的《中国文学发展史》的评价则稍辩证些，他虽然也认为大历诗人"在作品的风格上，大致相同，没有分明的强烈的个性表现，所以都不能成为第一流的诗人。但其中如钱起、李益，确也有些好的作品，我们是不得不注意的"。他又说："在这一群人的作品里，虽说没有直接继承杜甫的精神，在诗歌方面再开拓再创造，追求更大的收获，但他们作诗的态度，都严肃认真。"⑤

在此时的文学史中，林庚的《中国文学简史》对大历诗歌的论述较为深入。如他认为，大历时期"回想盛唐时代的盛况，自然有追摹旧观

---

① 《唐诗杂论》，第243页。
② 游国恩、王起、萧涤非等：《中国文学史》第2册，第121页。
③ 同上书，第129—130页。
④ 中国科学院文学研究所中国文学史编写组：《中国文学史》第2册，第411页。
⑤ 《中国文学发展史》中册，第490—491页。

的愿望,于是表现为大历十才子等歌咏升平的诗风"①,"大历时代追慕盛唐,却终于是有心无力",接着从社会政治状况的角度说明了当时的作家"很难从现实里加强自己对于梦想的信心",只好走隐逸的道路的原因,但是作者又指出,"从另一方面说,这时期的隐逸也是没有什么出路的"②。

80 年代以后

80 年代以后,学界对大历诗风的研究才比较系统、深入了,除了涌现出大量的论文,还出版了两部专著——即蒋寅的《大历诗风》③ 和《大历诗人研究》④。这些成果又基本上集中在对大历十才子诗歌的综合探讨上。

这一时期,从整体上研究大历诗歌的论文主要有:卞孝萱和乔长阜的《大历诗风浅探》⑤、陈顺智的《试论大历诗歌的社会心理特征——兼论盛中之变》⑥、蒋寅的《论大历山水诗的美学趣味》⑦《时空意识与大历诗风的嬗变》⑧ 等。

其中卞孝萱、乔长阜文首先将大历时期的诗人分成三类:一是钱起、郎士元、卢纶、司空曙、李端、韩翃、耿湋、吉中孚、苗发、崔峒、畅当、夏侯审等,他们的活动范围,主要是以长安、洛阳为中心的中原地区;一是刘长卿、李嘉祐、严维、朱放、秦系、皇甫曾、李秀兰(女)、章八元等,他们的活动范围,主要是以吴、越为中心的江南地区;一是韦应物、顾况、戴叔伦、戎昱等,他们的活动范围,或南或北。该文对大历诗歌总的看法是:"题材不够广泛,境界不够开阔,现实性不够强,从中很少看到当时社会的疮痍和统治者的荒淫,也很难听到民众的、中小地主阶层的声音。"该文还评价了大历诗人在律诗创作上的得失:"从唐代律诗的发展角度看,开元、天宝时期律诗的句法、

---

① 《中国文学简史》上卷,第 254—255 页。
② 同上书,第 258 页。
③ 蒋寅:《大历诗风》,上海:上海古籍出版社,1992 年。
④ 蒋寅:《大历诗人研究》,北京:中华书局,1995 年。
⑤ 霍松林、林从龙编:《唐诗探胜》,郑州:中州古籍出版社,1984 年。
⑥ 载《中州学刊》1987 年第 4 期。
⑦ 载《安徽大学学报》1990 年第 1 期。
⑧ 载《文学遗产》1990 年第 1 期。

章法、声韵、格律,不如大历时期工整细密,但大历时期的律诗也有不及前者之处,思想意境一般显得不够高远,气势一般显得不够雄伟,语言一般显得不够自然浑成,风格一般显得纤小、卑弱。"①

陈顺智文把大历诗歌的社会心理特征归纳为战乱心理、自卑苦闷心理、茫然心理和孤独落寞心理四种,并逐一进行分析。文章还指出,当自觉的革新运动成为诗坛主流的时候,作为大历文学主流的低沉格调,以孤独落寞这一社会心理为载体,发展保留下来,成为中晚唐诗歌的内在意脉之一。

蒋寅前文认为,色调的灰暗冷落、气质的清空幽寂、性态的轻淡虚静,就是大历诗人笔下的山水的风貌,也是他们对自然美的新发现。在和六朝诗人、王维的比较后,作者指出:"王维是写眼中的山水,而大历诗人写的则是心中的山水。"

蒋寅后文首先指出,"大历诗是唐诗盛衰隆替的转折点,而其中时空意识的变化又是诗风嬗变的关键"。接着,他从五个方面进行论证,在"空间:外向与内向"一节中,作者指出:"盛唐诗人的心理倾向是外向的、辐射的,因此他们对空间的感觉就指向外在的,宏大的向度;而大历诗人,他们的心理倾向主要是内向的,聚敛的,他们的空间感于是更多地指向内在的、幽微的向度。大历诗人的精神活动主要是内省的、体验式的,很少能超越自我,将自我放到宇宙、历史的背景下去思索。所以他们不仅很少宇宙意识,实际上也很少真正的自我意识。"在"时间:历史与现实"一节中,作者又认为:盛唐诗人"强烈的今昔对比使作品闪现出富于哲理意味的历史感和宇宙意识",表现出一种"苍茫辽远的境界";而大历诗人"总是立足于个人的观念来把握自然与社会存在的时间流程,因此主体观照的基本点就不是历史的而是现时的,不是着眼于客观历时的动态存现,而是着眼于即时的静态呈现"。在"心态:理想与哲学之丧失"一节中,作者也指出,"除了心理倾向的由外转向内之外,大历诗人还失去了盛唐人的哲学意识","对他们来说既无功夫也无兴致象初盛唐人那样不时地对自然和人生展开邈远的哲学思索,现实环境迫使他们不得不面对现实的生存问题"。总之,这篇文章能从哲学的高度,以时空意识为着眼点,处处又与盛唐作比较,较深入、细致地分析大历诗歌嬗变的主要特征及其原因。

---

① 《唐诗探胜》,第 195—196 页。

这一时期对大历十才子进行综合探讨的成果更多，较具代表性的有储仲君《大历十才子的创作活动探索》①、《试论"大历十才子"的诗作》②、陈庆惠《关于"大历十才子"的评价问题》③、葛晓音《诗变于盛衰之间——论大历十才子的诗风及其形成》④、丁放《大历十才子诗歌的艺术特征》⑤、金启华《大历十才子及李益等诗人的诗论纲》⑥、刘国瑛《大历十才子的审美心理及其对创作的影响——〈大历十才子研究〉之三》⑦、王定璋《谢灵运与"大历十才子"》⑧等。

其中，储仲君前文同意《极玄集》的说法，"十才子"的名称是因为"唱和"产生的，并不是根据当时诗人成就高下加以遴选的结果。而且"十才子"并不是一个"游从习熟，唱和频仍"的诗人集团，经考证，李端、吉中孚、卢纶、耿湋、司空曙、常衮、崔峒、夏侯审、钱起、韩翃都参加了郭暧家的宴集，而李端又有其特殊的作用，其时约在大历十二、十三年之间。储仲君后文对十才子诗歌内容评价过低的现象提出异议，该文认为十才子的诗歌虽然没有深刻广泛地反映社会的动乱和人民的疾苦，但"这群诗人并没有丧失现实感。他们对现实生活有认识，对人民苦难有体察"，而且有"许多感慨身世、叹贫嗟卑的作品。他们虽然在某种公开场合不得不说些应景的套话，但内心深处却对自己沉沦下僚、或屡遭贬斥的处境愤愤不平"，还指出了十才子风格之差异："耿湋的诗沉着苍凉，李端的诗清空明丽，司空曙看破世情，诗中总有一种悲愁悒郁之气，韩翃热衷富贵，积极干进，诗中还残存着某些盛唐余韵。尤其值得一提的是卢纶。他的心胸比较开阔，笔力也比较雄健。"

陈庆惠文认为，大历十才子与同时代的其他诗人一道，参与了近体诗的最后成熟和巩固阶段的创作，并在扩大写景诗的描写对象，强调细腻描绘的表现手法，开拓送别诗的内容等方面作出了积极的贡献。注重诗歌本身的艺术规律，注意辞藻和意境美的大历十才子，在某种意义上

---

① 载《文学遗产》1983年第4期。
② 载《晋阳学刊》1984年第4期。
③ 载《唐代文学论丛》总第4辑。
④ 载《唐代文学论丛》总第5辑。
⑤ 载《安徽师大学报》1985年第3期。
⑥ 载《南充师院学报》1986年第3期。
⑦ 载《湘潭大学学报》1988年第1期。
⑧ 载《河北大学学报》1992年第4期。

可以说是王维、杜甫与李商隐、杜牧、温庭筠乃至婉约词之间的一个连结，也是对后者的启迪。

葛晓音文在大历诗歌与盛唐诗歌的深层次对比中探讨了大历十才子诗风的特征和形成过程，该文指出"仅就'以闲雅为致'的美学趣味而论，大历十才子离盛唐尚相去不远"，但"精神实质却大不相同"，认为"中兴好梦"是其诗"貌似盛唐的主要原因"，而"风力内衰则主要是由于他们思想平庸，品格不高"，缺乏"济苍生安社稷的雄心壮志"。至于诗歌内容，她认为即使在"少数触及现实的诗歌中，他们也很少正面剖视社会的疮痍，而是更多地注目于带有乱后残迹的月露风云"，山河破碎的现实"没有激起他们忠愤激烈的济世热情，只勾起了他们低回感伤的身世之叹"，其诗歌的基本主题则是"吟咏山水，称道隐逸"。作者还探讨了这种诗风形成的原因，指出大历时四方多事，官场上送往迎来愈加频繁，饯送必须赋诗已成例行公事，韩翃、钱起所擅长的送别诗已成了为达官贵人的酒宴助兴的应酬工具。而且这类诗中的山水大都是诗人的悬想，不一定是亲身经历，又没有真挚的离情别绪，所以最容易形成俗套。他们既无独善之志，又无隐逸之实，诗中所称道的隐逸不过是"迹向尘中隐"，形迹稍离市朝，养病移近郊外，都可算作隐居，因此那些称道隐居的诗歌也不可能具有王孟高洁脱俗的格调。在论及十才子诗歌艺术时，作者又指出，历来诗评家只注意十才子五七律渐近收敛、淡静，皆尚清雅的一面，而无人论及他们的歌行古诗还有渐趋繁富、铺陈丽藻的另一面。其实这两种倾向都是诗人思想感情趋于贫乏的结果。这些论述远较以前的有关论文深入。

丁放文认为，大历十才子诗歌的艺术特征主要有三点：（1）他们抒写情感，不像盛唐诗人那样，着重总体感受的抒发，而是偏重于作较精细的心态描写；（2）写山水，他们不像盛唐诗人那样，多以雄伟奇险的自然为对象，而是以写境界淡远、深冷的山水诗见长；（3）在具体艺术手法上，无论是体裁的选择，还是谋篇布局、遣词造句，十才子诗都偏重于工整精练。

金启华文指出了十才子在诗风上的"大同"和"小异"，认为"大历十才子是承前启后的，使后来诗人从反面吸取教训，从而创作出有个性的作品"。刘国瑛文从审美感受、审美情感、审美品格三个方面探讨了十才子的诗心，细致地分析了大历诗歌的艺术特征和美学张力，认为"清"是十才子诗的共同的美感特征，但各人有不同的表现。如钱起诗清秀中时露工秀,卢纶诗清气中多含健劲之类。

王定璋文用比较研究的方法,论述了大谢的山水诗与"大历十才子"的山水诗的相似之处,指出大谢对"大历十才子"山水诗有三个方面的影响:第一,十才子对谢灵运及其山水诗及其推崇,几乎随处可见直接借用谢灵运诗句、语汇、典故入诗,使谢作成为己作之内容;第二,大历十才子不仅从艺术形式上借鉴谢诗的审美经验,而且还极为巧妙地化用谢诗的意境,取法其艺术手法;第三,十才子受谢灵运的影响更多的是从思想情趣和审美追求方面表现出来,尤其是从谢的身上汲取过多与佛教关系密切的影响。论文还进一步指出:"与谢诗相较,'十才子'之作倒像淡雅的泼墨写意画,虽然落笔疏淡遒劲,却也精工妍炼,审美客体只有朦胧的轮廓,倒也神韵自在,形象虽稍嫌模糊,亦可诱发人的幽思,意象是很鲜活通脱的。谢诗表现的是带有主观感情的自然之景,但在物我关系上,处理得不够自然,显得生涩板滞。'十才子'之山水诗在表现物我关系上,却较为融洽浑成。"

二、韦应物研究

近一百年来,在大历诗人中,人们对韦应物的研究可以说最为深入,所取得的成绩也最大。

生平研究

早在 20 世纪 40 年代,就有学者对韦应物的生平进行了较为系统的研究,薇园的《稻花香馆杂记——韦苏州年谱稿》[①] 是 20 世纪最早出现的一篇韦应物年谱,筚路蓝缕,功不可没。稍后,万曼又发表了《韦应物传》[②],也对韦应物一生的重大行事和仕历进行了梳理和考述。到 60 年代初和 70 年代末、80 年代初,学界关于韦应物生平的研究又有了长足的进展,其中以孙望《韦应物事迹考述》[③]、傅璇琮《韦应物系年考证》[④]、廖仲安《有关〈韦应物系年考证〉的几件事》[⑤] 等几篇文章创

---

① 载《国学丛刊》第 12 期,1943 年。
② 载《国文月刊》第 60、61 期,1947 年。
③ 载《南京师院学报》1962 年第 1 期。
④ 载《文史》第 5 辑,1978 年。
⑤ 载《文史》第 11 辑,1981 年。

获较多。90 年代初,姜光斗发表《韦应物评传》①,在参酌学界有关考证成果的基础上,对韦应物的生平行事和思想演变描述得更为细致了。

综观 20 世纪学界对韦应物生平的探讨,又主要集中在以下几个问题上。

1. 生卒年的考定。关于韦应物的生年,学术界小有分歧。闻一多的《唐诗大系》和薇园的《韦苏州年谱稿》都认为韦应物生于玄宗开元二十四年(736),而万曼的《韦应物传》和后来孙望的《韦应物事迹考述》、傅璇琮的《韦应物系年考证》等著作均认为韦应物当生于开元二十五年。关于韦应物的卒年,薇园认为不能确考,疑韦应物曾在苏州刺史后任过婺州刺史,似曾活到八九十岁,未终老苏州。万曼也认为无法推断韦应物什么时候去世。孙望认为,韦应物大概是在贞元七年(791)任满罢职的,此后一直寄住在苏州的永定寺,大约不久(说得大胆些,也许是贞元九年左右),就死在苏州了。傅璇琮推测,韦应物大约在贞元七、八年间卒于苏州。

2. 家世的考述。万曼在《韦应物传》第十二节中专论"韦应物的家世",但所论有限,发明不太多。后来孙望《韦应物事迹考述》开头虽然也述及其家世,同样也不够深入。相对而言,傅璇琮《韦应物系年考证》对韦应物家世的考证,则显得详明得多。他据《元和姓纂》《新唐书·宰相世系表》及其他一些史料,将韦冲以下直到韦应物六代及韦应物以后四代都作了排列和考述,为深入了解韦应物的家庭情况、家学影响,提供了比较详细的资料。后来,廖仲安在其《有关〈韦应物系年考证〉的几件事》中考证韦应物籍贯时,又在家世方面对傅璇琮文有所补充。

3. 任洛阳丞时间。薇园《韦苏州年谱稿》认为韦应物于广德永泰年间任洛阳丞,万曼《韦应物传》虽然未能确考韦应物何时赴洛阳丞任,但他认为韦"广德三年已在洛阳做洛阳丞"。孙望《韦应物事迹考述》说:"大约在代宗广德二年(764),他就到洛阳谋到了县丞的职司",其根据是韦集卷六中有《广德中洛阳作》。廖仲安《有关〈韦应物系年考证〉的几件事》也认为韦应物到达洛阳丞任的时间是广德二年。傅璇琮《韦应物系年考证》则据《资治通鉴》卷二二二"宝应元年"所载回纥兵入洛阳,肆行杀略,使洛阳遭到极大破坏的史实,再联系韦诗

---

① 载姜光斗:《佛理·唐音·古典美学》,南京:南京出版社,1991 年。

《广德中洛阳作》中的"萧条孤烟绝,日入空城寒"等描写,又因为宝应二年(763)七月壬子改元为广德,故进一步考订韦应物为洛阳丞当在广德元年(763)秋冬间。至于韦应物离任的时间,薇园未能确考,谓韦应物罢洛阳丞后居同德精舍,大历中,任京兆府功曹,不能确定其年。万曼认为韦应物任京兆功曹时在大历十二年(777)。傅璇琮认为韦应物为京兆府功曹当在大历九年至十三年之间。孙望则认为韦应物在大历十年春夏间,就出为京兆府功曹参军事了。

4. 梁州之行和淮海之行的时间。韦应物《淮上喜会梁川故人》诗有云:"江汉曾为客。"廖仲安《有关〈韦应物系年考证〉的几件事》认为韦应物约在大历八年三十七岁时,曾客游江汉,而且考知其游江汉大约是经大散关、凤州至兴元(今汉中),然后沿汉水而东南行至武昌一带。储仲君《韦应物诗分期的探讨》①认为,梁川即梁州,诗中所说的"江汉"就是流经梁州境内的汉水,梁州之行当在大历七年至九年期间。至于淮海之行,孙望文说,大约在大历八年的秋天便作淮海之行了。这次东游淮海,一路经过淮阴、宝应等地,最后到了广陵,为时大约一年。

5. 由江州刺史入为左司郎中的时间。薇园《韦苏州应物年谱稿》认为,韦应物贞元元年在江州,时追赴阙,改左司郎中。万曼《韦应物传》也认为贞元元年秋,韦应物到江州,任刺史;江州罢郡后,似乎曾赴京一次。孙望《韦应物事迹考述》认为,大约贞元元年初,正当韦应物调刺江州三年任满的时候,他奉召回到长安;韦应物这次回长安,就在尚书省为左司郎中。傅璇琮文通过缜密的考辨,认为韦应物是在贞元三年应召由江州赴京为左司郎中的。李良熔《韦应物未罢江州刺史任》②认为,贞元三年夏,韦应物未罢江州刺史,而是从江州刺史任上直接被召至京城任左司郎中的。

6. 任苏州刺史的时间。关于韦应物任苏州刺史的时间,薇园未能确考,疑在贞元元年后不久。万曼认为韦应物守苏州刺史的时间,大约在贞元四年七月以后到贞元六七年间。孙望的看法与万曼相近,也认为贞元四年七月以前,韦应物不可能刺苏州,而贞元五年,应物已在苏州,大约贞元七年末或八年初,应物便任满罢官,寄居苏州的永定寺了。此后,傅璇琮观点也与万曼、孙望相近,惟考证更细。

---

① 载《文学遗产》1984 年第 4 期。
② 载《社会科学战线》1985 年第 2 期。

7. 其他问题。在一些小问题上，学界也有分歧，如韦应物入太学读书的时间，薇园、万曼、孙望、傅璇琮等人均认为在三卫落职之后，然廖仲安据唐代制度和韦应物诗中所叙，指出韦应物入太学当在为三卫之时，而不在三卫落职之后。玄宗西幸，他自三卫撤出，乾元元年（758），他又返京城，复入太学读书。又如，万曼认为，广德元年（763）以前韦应物结婚，且地点是在长安，而非洛阳。孙望则认为，至德三年（即乾元元年，758）应物结婚，是年二十二岁。廖仲安则考定为代宗宝应元年（762）。

性格、思想和诗歌的思想性研究

卞敬业《唐代之田园诗人——韦应物》[①] 是 20 世纪较早对韦应物其人其诗进行专门性探讨的论文，该文在述及韦应物诗歌所表现的思想性时说："韦苏州诗中多表现其恬退性情及爱民思想。"

薇园在其《韦苏州年谱稿·前记》中云："观其性情恬退，不慕荣利，而少年则豪侠不羁人也。……盖棺论定，非陶靖节一流人，不能位置。"

50 年代，北京大学中文系文学专门化五五级学生编著的《中国文学史》对韦应物诗歌持否定态度，谓其思想性不高，故把他归于反现实主义诗派中。此书出版后不久，夏静岩即撰文反对这种观点，他通过对韦应物诸多作品的具体分析，认为韦应物也有"一种充满着对人世有热爱的作品"，而且归隐后也参加农业劳动，做官时也得到人民的爱戴，有些作品"也反映了人民的情感和愿望"。

孙望《韦应物事迹考述》从发展的角度，分时期地论述了韦应物的性格、思想的变化。他认为，少年时期的韦应物充当了唐明皇的爪牙，"这是他一生中生活得最庸俗而思想也是最不光彩的时期"。韦应物在武功折节读书和在太学受学的时期，开始接受儒家的教育，这对于他思想作风的转变有密切关系；当然此后也还受到道家和佛家思想的影响。在洛阳丞期间，应物一方面怀着济世的抱负，然而位卑人微，无可施展；一方面又因个性傲岸，而在混浊的社会里到处碰壁；就在这重重的社会矛盾和人事摩擦下，逐渐转变成与世不协、消极退避，有时清静自持、故示高洁的韦应物。在三为刺史期间，他虽然有着同情人民之心、有着

---

① 载《国专月刊》第 4 卷第 4 期，1936 年。

一番抱负，但却处处受挫，"佛道间杂的阴暗思想就应时而抬头了，而且即时表现为消极退让，遁世孤高的处世态度"。

汤擎民在其《论韦应物的"兴讽"诗》①中着重谈韦应物的"社会政治诗"，认为"韦应物是关心国家大事和王朝安危，注意社会政治情况，敢于揭露批判其中的丑恶面，同时又能同情人民疾苦的"。"诗人把他的无比关心与同情，融注入'兴讽'一类的诗篇。"

储仲君《韦应物诗分期的探讨》②根据韦应物诗作所反映出来的主导情绪，将韦应物一生分为三个时期：（1）洛阳前后，自就读于太学到供职京兆府以前，这是一个积极向上的时期；（2）长安－滁州，自就任京兆府功曹至罢滁州刺史，这是一个消沉失望的时期；（3）江州－苏州，自出任江州刺史，到寓居永定寺，这是一个满足安逸的时期。

姜光斗的《韦应物评传》从总体上评价了韦应物的思想和诗歌的社会价值，他说："韦应物是一位性格刚直、醇厚、关心民生疾苦、入世较深的诗人。在历任地方官任上，他能不时反躬自问，把目光注向社会底层，在一定程度上反映了当时民生的疾苦。他的山水田园诗，有着较浓厚的生活气息，表现了农民的勤劳、希望和辛酸，表现了诗人对官场生活的厌倦和对现实的不满。在中盛唐之交，在杜甫和白居易之间，他的诗歌较真实地反映了现实生活，比起同时代的'大历十才子'来，现实性要强得多。"③

诗歌艺术研究

20世纪以来，人们对韦应物诗歌艺术的研究也存在着一个不断深入的过程。

卞敬业《唐代之田园诗人——韦应物》是20世纪较早对韦应物诗歌进行较深入、细致探讨的论文，文章论韦应物在诗坛上的地位云："苏州诗平易冲和，随在表现。而其真朴处，亦人不可及。""盖苏州诗品清高，极为当时文人所推重。"论其各体的风格云："盖苏州诗渊源陶公，故以五言最为擅场，七言则较有逊色。五古气质闲妙，浑然天成，所谓朱丝素弦，一唱三叹。五律多简远不作矜持语，而自然合拍。五绝则甚古澹，渐入化境矣。大抵韦诗多如行云流水，不著一字，神在阿堵

---

① 载《文学遗产》1981年第3期。
② 载《文学遗产》1984年第4期。
③ 《佛理·唐音·古典美学》，第211页。

之中，而情寄八方之表者也。"文章又谓"其言情真朴处似渊明，其写景清婉处则多似玄晖"，最后称韦应物"为唐之陶潜"。

20世纪上半叶的各种文学史、唐诗研究论著虽然也都涉及韦应物诗歌，但多简括，不太深入。其中只有郑振铎《插图本中国文学史》见解较独特："应物风格虽闲远，但与其说他近渊明，不如说他较近于孟浩然。真实的渊明的继人，应是王维而非应物。他和孟浩然相同，往往喜用自然景物来牵合拢来烘托自己的情绪。"①

倒是五六十年代出版的几种文学史对韦应物诗歌的分析和评价，有一些新意。如游国恩等人编著的《中国文学史》在论韦应物田园诗时着眼于韦与王、孟的区别："他的田园诗不仅仅是寄托洁身自好、乐天知命的思想，而且还流露出对农民劳苦的关怀。如《观田家》……，这比王维《渭川田家》、孟浩然《过故人庄》更接近劳动人民的感情，生活气息也比较浓厚。"又云其山水诗虽然"内容远离现实，趣味也过于孤寂。但艺术上却值得注意，诗中有人，语无虚设。虽然比不上陶诗那样淳淡浑厚，却能作到锤炼而近于自然"②。又如，中国科学院文学研究所编写的《中国文学史》也认为"韦应物诗的思想性和艺术性都比较复杂"，"他的风格简洁，能用极少的句子包括很多的内容，有时平淡，有时浓丽"，"但是他也有豪迈愤激的一面，这是不容忽视的"③。

从70年代末开始，韦应物诗歌研究才真正取得了较大的进展。

高海夫的《中唐诗人韦应物》④一文对韦诗风格有其独到的理解，认为前人所说的"澄淡精致"，"其实主要都是指韦应物的个人抒情之作与流连光景之什而言的"，他的诗"在艺术上也不是一味的'澄淡精致'、工巧秀丽的"，有些作品的语言"以古朴平淡见长"，此外，"韦应物还写过一部分声情慷慨、意气豪放、风格劲健的作品"。此外，姜光斗等人的《韦诗初探》⑤、汤擎民的《论韦应物的"兴讽"诗》⑥也都指出，不能仅仅把他当作一个山水田园诗人，他们着重从其作品的社会意

---

① 《插图本中国文学史》第2册，第341页。
② 游国恩、王起、萧涤非等：《中国文学史》第2册，第128页。
③ 中国科学院文学研究所中国文学史编写组：《中国文学史》第2册，第417页。
④ 载《陕西师大学报》1979年第4期。
⑤ 载《唐代文学》1981年第1期。
⑥ 载《文学遗产》1981年第3期。

义方面肯定了韦诗的成就。

稍后问世的储仲君的《韦应物诗分期的探讨》[①]则认为，韦集中那些仿陶体诗作恰好不是他的风格特色的代表，而他的另一些寄赠酬答诗和游览闲居诗，不仅显示了诗人对幽静景物之美的敏感，以及细腻而形象地加以表现的才能，而且全诗渗透了一种凄清寂寞之感，从而表现出对朋友的真切思念。又如《闲居赠友》《月溪与幼遐君贶同游》等诗"表现的是韦应物自己寓居佛寺（善福寺）的闲散、清静的生活，而不是虚拟的田园生活，诗中流露的是真情实感，而不是虚拟的高情逸趣，此乃其本色"。

廖仲安在其所著《韦应物评传》[②]中更是认为，"韦应物对陶渊明的敬慕是无可怀疑的"，但韦应物效陶更多的是仿效其"风华清靡"的一面，韦应物从这一方面学陶，就与学谢灵运、谢朓很接近了。他的诗风达到流丽、尚未发展到富艳。

张天健《试论韦应物及其诗歌》[③]也认为历代诗论家把韦应物视为高雅闲淡、只是宗谢摹陶的山水田园诗人，"不无偏颇"。文章指出，韦诗能多方揭露时弊，"善反诸己，省分知足"，关心民瘼。因此，韦应物不是出世的"幽人"，而是动荡现实中的"忧人"。文章把韦应物置于盛唐到中唐的时代转折过程中加以分析，既看到了盛唐时代给予他的鼓舞，又看到了中唐时代对他的影响，因此所论较为客观。

和前此诸文相比，胥云的《论韦应物诗歌的淡美风格》[④]认为，韦应物的主要风格是淡美，它是理想与现实、用世与退隐的矛盾统一体，"淡"是这种矛盾的折射和显影，而儒家的仁政思想则是这种淡美风格内在生命力的底蕴。这种淡远冲和的诗歌美学风貌既有大历诗坛崇尚"高情远韵"这一普遍美学趣尚的影响，又显示了其独特的美学追求。他摒弃了大历诸子嘲风弄月、藻饰空虚的毛病，走风雅真淳之道，从而使其诗淡而真厚，风骨内蕴，形成了在中国文学史上有一定影响的"韦苏州体"。

葛晓音的《山水田园诗派研究》对韦应物的山水田园诗有较深入的探讨。该书首先认为韦应物尽管以山水田园诗著称，"实际上他的诗中

---

① 载《文学遗产》1984年第4期。
② 载《中国历代文学家评传》第2卷。
③ 载《贵州大学学报》1986年第3期。
④ 载《陕西师大学报》1992年第4期。

多兴讽之作，并不是一味恬淡忘怀世事的人"①。所以他的山水诗虽然"主要是返璞归真，体合自然"，"但也表现出正视现实的新趋向"，除了反映徭赋繁杂的诗歌以外，他的《观田家》还将田家苦引入了田园牧歌，"这首诗可以看作田园诗主旨从中唐开始大变的一个信号"②。而且，韦应物田园诗有很多是作于出守地方州县时，他"实际上是以外郡为隐"，"这种郡斋或县斋中作的田园诗，大多将小谢宣城郡斋诗的表现方式和陶诗的田园风味相结合，为田园诗派增添了一种新的境界"③。对于韦应物的山水诗，作者则强调了他渲染"禅境""淡化仙境"的高度成就。该书最后总结说："在大历诗歌风力衰退，敷词益工的形势下，韦应物继承盛唐诗人关怀现实、追求理想的传统，不仅创作了许多运用比兴言志述怀、批判时弊的诗歌，而且在山水田园诗中再现了陶诗的真趣，以及王孟诗派所追求的高尚纯洁的人格理想，这是他的诗歌高出于大历诗人的根本原因。同时，他又在融合陶、孟、二谢表现艺术的基础上，接受大历时代艺术风气的影响，形成了高雅闲淡的独特风格，取得了很高的成就，在淡化意象、寻求韵味、提炼仙境和禅境等方面，发展了王孟诗派的表现艺术，将盛唐山水田园诗优美清空的典型意境进一步引向萧散淡冷，反映了中唐的时代相和普遍的审美趣尚，因而在中晚唐和宋代，特别受到白居易和苏轼的推重。"④

另外，美籍汉学家宇文所安《盛唐诗》对韦应物也有一些比较独特的看法，如他认为"韦应物不是一位中唐诗人，他与盛唐风格和主题仍有着千丝万缕的联系。然而，他的许多最优秀的诗篇是有'毛病'的盛唐诗，它们的美正体现于矛盾的不完美之中"⑤。他还对传统的批评家们历来"主要倾心于韦应物的流畅风格和娴熟文体，以及'无声色臭味'的宁静情调"表示异议，认为"韦应物诗的真正魅力应该是在于某些较纷乱烦扰的情绪，在于其融合了所失落事物的清晰视像的失落感"⑥。

---

① 《山水田园诗派研究》，第328页。
② 同上书，第330页。
③ 同上书，第331—332页。
④ 同上书，第337—338页。
⑤ 宇文所安著，贾晋华译：《盛唐诗》，哈尔滨：黑龙江人民出版社，1992年，第289页。
⑥ 同上书，第288页。

蒋寅的《大历诗人研究》则视韦应物为大历时期"地方官诗人中一个卓异的个体",并认为韦应物能"自成一家之体,卓为百代之宗",他首先对韦应物的双重人格进行了探讨,认为他"在观念上志尚清虚,追慕淡泊宁静的隐士生活,而在实际生活中却留恋爵禄,耽于物质享受。当然,韦应物诗中除了追求静穆散淡之趣外,看不到对物质享乐的欲望,可功名之心终透露出他骨子里世俗的一面"[①]。他还指出,"韦应物以他对陶渊明的深刻理解和认同,自然地再现了陶诗的精神与风格,从而使陶诗的典型意义由生活的层面上升到艺术的层面"[②]。他最后还着重论述了韦诗中"作为人生境界和艺术理想的散淡",分析了韦应物异于大历一般诗人的特殊性。

作品考证和版本研究

傅璇琮的《韦应物系年考证》在考证韦应物生平的同时,对韦集中的一部分诗作作了编年工作。姜光斗等人的《〈和晋陵陆丞早春游望〉的作者为韦应物考》[③]认为,《和晋陵陆丞早春游望》一诗非杜审言所作,该文通过对杜审言和韦应物生平的考辨和诗歌风格的比较,指出这首诗只能是韦应物所作。另外,李良熔的《读韦应物诗札记》[④]也对韦《观田家》诗中的"西涧"和《寄李儋元锡》中的"李儋""元锡"作了考证,纠正了传统的说法。

对韦应物集版本流传情况进行研究的学者不太多,除了万曼的《唐集叙录·韦苏州集》中对之有较详细的介绍,傅璇琮《唐代诗人丛考·韦应物系年考证》后亦附有前人藏书志中对于韦集的著录与记载。

三、大历时期中小诗人研究

20世纪,学界对李益、刘长卿、钱起、戴叔伦、卢纶、戎昱、李嘉祐、郎士元、李端、包佶、皇甫冉、张继等大历、贞元时期一些中小诗人的研究也取得了较大进展。

---

① 《大历诗人研究》,第97页。
② 同上书,第104页。
③ 载《南京大学学报》1982年第2期。
④ 载《四川师院学报》1983年第3期。

李益研究①

在大历、贞元时期的诗人中，李益对中晚唐的影响最大，也较突出地表现了大历诗风格上的两重性——既有盛唐的余韵也有中唐的先声。故 20 世纪，学界对他也比较关注，产生了不少研究成果。

1. 生平考证。早在 30 年代初，容肇祖就发表了《唐诗人李益的生平》②，对李益生平初步进行了探讨。70 年代以后，卞孝萱先后发表了《李益年谱稿》③ 和《〈李益年谱稿〉补记》④，对李益生平作了更深入、系统的探讨。谭优学也相继发表了《卞著〈李益年谱稿〉之商榷》⑤（以下简称"《商榷》"）和《李益行年考》⑥，观点与卞孝萱著多有不同。除此以外，李鼎文的《甘肃唐代诗人李益》⑦、马仁可的《李益〈从军诗序〉考实》⑧、王军的《李益生平及诗歌系年诸问题考辨》⑨、关眉的《李益从军经历考辨》⑩ 等也都对李益的生平行事作了考证。

综合以上各家的有关李益生平的考辨，我们可以看出，它们主要讨论了以下几个问题：

第一，少年居住地。学界对李益的郡望凉州姑臧，均无异议，但对李益少时的居住地，则看法不同。卞孝萱认为李益少时当家于郑州，谭优学《李益行年考》则认为李益出生于姑臧，少时当亦成长与此。后来，卞孝萱先生又著文指出，李益"旧籍姑臧，家于成纪"⑪，对其原来的说法作了修改。而王亦军的《李益祖籍及出生地考》⑫，则从李益

---

① 本部分参考了赵以武：《李益及其边塞诗研究综述（1978—1991）》（载《文史知识》1993 年第 4 期）中的部分成果。
② 载《岭南学报》第 2 卷第 1 期，1931 年。
③ 载《中华文史论丛》1978 年第 4 辑。
④ 载《中华文史论丛》1979 年第 2 辑。
⑤ 载《中华文史论丛》1980 年第 3 辑。
⑥ 载《唐诗人行年考》。
⑦ 载《甘肃师大学报》1962 年第 1 期。
⑧ 载《社会科学（甘肃）》1983 年第 5 期。
⑨ 载《北京师院学报》1984 年第 2 期。
⑩ 载《文献》1984 年第 3 期。
⑪ 卞孝萱：《李益及其边塞诗》，载《文史知识》1984 年第 1 期。
⑫ 载中国历史文献研究会秘书处编：《古籍论丛》第 2 辑，福州：福建人民出版社，1985 年。

的远祖算起，直至李益，详加论证，其结论是："李益本人亦是在山东出生并在山东度过了他的童年时代"，"李益家住洛阳"，"从未去过姑臧"。这样，学界对于李益少居何处，就出现了郑州、姑臧、成纪、洛阳四种说法。

第二，是否曾"东迁"、何时"东迁"。谭优学《李益行年考》认为，764年李益17岁以前，"离开凉州，迁入内地，家于洛阳"。卞孝萱《李益及其边塞诗》一文认为，762年至763年吐蕃入侵，家乡沦陷，李益东迁，"可能到郑州投靠李揆，也可能在嵩山脚下、颍水旁边的河南府登封县寓居"。王亦军《考》则指出，李益少时不在陇上，其《从军诗序》言"燕戎乱华"，说的是身遭安史之乱；而且"假设李益少居陇上，是不可能迁入内地的"。

第三，《从军诗序》之真伪。谭优学的《商榷》及《李益行年考》均认为，此序不见于《全唐文》等处，而"仅见"于张澍《二酉堂丛书·李尚书诗集》，"此序盖张澍据《（唐诗）纪事》作者计有功论李益之言而属缀成之"，"似非李益原作"。对此，赵伯陶《李益及其边塞诗略论》①一文，列举了四条理由以证《从军诗序》"是完全可靠的"：（1）张澍本之前120年，有席启寓《唐诗百名家全集·李君虞诗集》，其中就有此序，故非"仅见"；（2）张本是整理并重新排列席本而成，此序冠于集中在一起的47首"从军诗"之前，而非作伪；（3）宋以后李益的集子有两个版本系统，一名《李益集》，一名《李君虞集》，前一系统未收诗序，后一系统（如北图现藏的两个明抄本）有诗序；（4）《全唐诗》未收诗序，可能因成书仓促，仅用二年时间，属漏收。此外，马仁可的《李益〈从军诗序〉考实》②，王亦军等的《李益集注·〈从军诗序〉真伪考》③等，也从不同的角度，肯定了《从军诗序》的真实性，认为绝非出自张澍拼凑。

第四，开始从军的时间。卞孝萱《李益年谱稿》认为，建中元年（780）李益33岁时，入朔方节度使崔宁幕府。赵伯陶《李益及其边塞诗略论》及王亦军等《李益集注·前言》均同卞说。而谭优学《李益行年考》因不相信《从军诗序》的真实性，故另找证据，定在大历九年李

---

① 载《文学遗产》1987年第4期。
② 载《甘肃社会科学》1983年第5期。
③ 王亦军、裴豫敏编注：《李益集注》，兰州：甘肃人民出版社，1989年。

益27岁时，入渭北节度使臧希让幕府。范之麟的《李益诗注·前言》①从谭说。

第五，"五在兵间"的时间。容肇祖《唐诗人李益的生平》定李益贞元初入刘济幕，贞元四年以前入邠宁韩游环幕。卞孝萱《李益年谱稿》认为，第一次为780年至781年，在朔方入崔宁幕府，第二次为782年入幽州朱滔幕府，第三次为786年至787年入鄜坊论惟明幕府，第四次为788年至796年入邠宁张献甫幕府，第五次为约797年至799年入幽州刘济幕府。赵伯陶文赞同此说。谭优学《李益行年考》则认为，第一次在774年至777年入鄜坊臧希让幕府，第二次在781年至782年入朔方李怀光幕府，第三次为785年至789年入灵州杜希全幕府，第四次为790年至796年入邠宁张献甫幕府，第五次为797年至799年入幽州刘济幕府。由于卞著与谭著出入较大，所以各自对李益从军诗的作年、作地的看法，也大不相同。王军《李益生平及诗歌系年诸问题考辨》②的看法又与前两文不大相同，他认为第一次是777年至779年入鄜坊郭子喟幕府，第二次才是780年至781年入朔方崔宁幕府；李益从军曾两至朔方，另一次是在贞元初（785年或786年）入杜希全幕府。此文还对《同崔邠宁登鹳雀楼》《送常曾侍御使西蕃寄题西川》二诗的系年，提出与卞、谭各不相同的看法。关眉的《李益从军经历考辨》认为，李益的首次从军入幕，当以"卞谱"所云"建中元年入崔宁幕"为是；建中二年七月崔宁被召回，李益罢幕；建中三年，李益入幽州节度使朱滔幕；贞元元年，李益入鄜坊节度使唐朝臣幕；贞元四年，罢唐朝臣幕，入邠宁张献甫幕；贞元十二年，张献甫卒，李益入幽州刘济幕。

第六，"客游扬州"的时间。卞孝萱、谭优学均认为800年夏赴扬州，次年春客居扬州。上引王军文则认为，"李益南行至迟当开始于贞元十年夏，……次年春与刘禹锡张登等人会于扬州水馆"，"李益客游扬州及江南应当在入幽州幕府之前"。至于李益离开江南归北的情况，卞孝萱认为"约在贞元末年返长安"；谭优学则以为"似是以贞元十八年或十九年离开扬州"，"乃北还洛阳而非长安"。王军文则指出，北归时间"至早也要在贞元十二年以后"。

---

① 范之麟注：《李益诗注》，上海：上海古籍出版社，1984年。
② 载《北京师院学报》1984年第2期。

2. 诗歌研究。60 年代以前，人们只是在文学史及一些唐诗研究论著中涉及李益的诗歌，故所论皆较肤浅，缺少深度。李鼎文的《甘肃唐代诗人李益》①是较早对李益的诗歌进行较详细分析的文章，他认为在中唐诗人中，李益"可以说是最能继承盛唐边塞诗派的一位能手"，在他的边塞诗中，表现了爱国热情和民族自豪感，"也表现了征人思乡的哀愁"。

二十年以后，华锋的《论李益的边塞诗》②专论李益的边塞诗，认为李益的边塞诗"歌颂正义战争，就要比以前高岑等边塞诗歌颂开边战争，高出一筹"。他还将李益边塞诗分为三类，认为"李益的边塞诗及其用世思想，比盛唐的边塞诗人都有显著的超越"。

卞孝萱、乔长阜的《李益和他的诗歌》③也将李益的边塞诗分为三类：（1）叙写边塞战争的实际，赞扬广大将士的报国精神和英雄气概，反映并同情广大战士的不幸遭遇和痛苦心情，揭露并抨击唐政府守边失策和边将腐败无能；（2）抒写诗人从军生活和壮烈情怀；（3）描写边塞风光和日常生活。作者指出其中一、三两类具有较多的现实主义成分，又指出李益曾"从个人恩怨出发，站到藩镇一边，表示对中央的不满，从当时唐朝总的政治形势来看，这种态度是不足取的"，认为"这是李益政治立场的缺点"。

此后，对李益边塞诗进行探讨的论文还有赵伯陶的《李益及其边塞诗略论》④、罗时进的《王昌龄与李益边塞诗的比较探析》⑤、祝德纯的《李益边塞诗格调新论》⑥、吕庆端的《李益边塞诗独特的审美心理及其艺术表现》⑦等。其中吕庆端文认为，受时代精神和诗人审美心理的影响，李益的边塞诗在写景抒情时已不像盛唐诗人那样着重总体感受的把握，而是偏于较精细深婉的心态描写，"诗人善于把握一时一地刹那间的感受，注重内心世界的倾诉、主观感受的描绘，在瞬间感受中捕捉诗

---

① 载《甘肃师大学报》1962 年第 1 期。
② 载《河南师大学报》1982 年第 1 期。
③ 载《徐州师范学院学报》1983 年第 3 期。
④ 载《文学遗产》1987 年第 4 期。
⑤ 载《苏州大学学报》1987 年第 1 期。
⑥ 载《长沙水电师院学报》1990 年第 2 期。
⑦ 载《青海民族学院学报》1991 年第 4 期。

意"。他还指出,李益的七言绝句具有清婉神秀的艺术风格,注重创造一种苍凉凄清的境界。龙建国的《浅论李益的七言绝句》① 从内容和风格两方面着眼,认为李益抒写离别之情的作品,写得深婉悱恻,韵味隽秀;写思恋之情的作品,写得含蓄雅丽,情景俱佳;咏古抒怀之作,无不沉着清丽。

3. 作品考证、整理和版本研究。20世纪对李益作品所进行的考证,主要集中在对其边塞诗的地名的注释和对《征人歌》《早行》诗的存佚的讨论。对于前一个问题,卞孝萱的《李益年谱稿》认为李益边塞诗中的"受降城"即为"中受降城","盐州"为"五原"(今属内蒙古自治区)。谭优学《李益行年考》则认为"受降城"为"西受降城",而不是一般唐诗注本中多注的灵州回乐县(今宁夏灵武西南)。雷震华的《李益诗中的受降城在哪里?——兼论唐肃宗即位灵武的旧址》② 指出,"受降城"既非唐708年所筑"三受降城",也不是今灵武县,而是唐回乐县,在今灵武西南、今回乐县东北18公里处,唐代为灵州治所。王晓核的《李益诗中的盐州究竟在哪儿?》③ 指出,"盐州"在今陕西定边县,这里从西魏起,时叫盐州,时叫五原。关于《征人歌》和《早行》诗,长期以来,一些有影响的论著都断言已佚。吴庚舜《李益〈征人歌〉〈早行〉诗并未佚失》④ 一文指出,两诗即一般选本标为的《暖川》《度破讷沙》二诗,由于传抄臆改或同诗异题,造成了后来的误会。

20世纪李益作品的整理取得了较大的成就,80年代以后就产生了三个新的整理本,即范之麟的《李益诗注》,王亦军、裴豫敏的《李益集注》,郝润华辑校的《李益诗歌集评》⑤,三种本子各有千秋,为进一步研究李益及其诗歌创作作了必要的资料上的准备。

除了万曼《唐集叙录·李君虞集》对李益集的流传情况作了较详细的考证,赵伯陶文和王亦军的《李益集注·附录》也有所涉及。

---

① 载《贵州师范大学学报》1987年第4期。
② 载《宁夏大学学报》1980年第3期。
③ 载《宁夏大学学报》1981年第3期。
④ 载《光明日报》1983年8月16日。
⑤ 郝润华辑校,胡大浚审订:《李益诗歌集评》,兰州:甘肃人民出版社,1997年。

刘长卿研究

20世纪学界无论是对刘长卿的生平还是诗歌创作的研究，都取得了不少成果。

1. 生平考证。关于刘长卿生平研究的成果主要有傅璇琮《刘长卿事迹考辨》[1]、郁贤皓《刘长卿别李白事迹小辨》[2]、房日晰《刘长卿籍贯为洛阳补证》[3]、张君宝《刘长卿生年辨证——兼考其贬睦州之年》[4]、邹志方《刘长卿与越中交游》[5]、杨世明《刘长卿行年考述》[6]等。

其中傅璇琮文首先考辨了刘长卿两次贬谪的时间和地点，认为第一次在肃宗时，至德三年（乾元元年，758），因某事而由苏州长洲尉被贬为潘州南巴尉，时节在春天；第二次是在代宗时，大历八年至十二年间，因吴仲孺的诬害而由淮西鄂岳转运留后贬为睦州司马，时节在秋冬之际。其次，该文考证了刘长卿任睦州司马时的交友情况，并考证出其任随州刺史很可能是在大历十四年五月，其离开随州大约在兴元元年（784）、贞元元年（785）间；而其卒年当在786年至791年之间，故刘长卿并非卒于随州刺史任上。再次，该文考证了刘长卿登进士第的时间，认为姚合《极玄集》所云刘长卿开元二十一年进士之说难以成立，刘当在天宝中登第，至于具体在哪一年，不可考。据此，文章还否定了闻一多《唐诗大系》以及后来一些文学史所定刘生于709年的说法，认为其生年当在725年左右。文章最后还对其籍贯、任长洲尉等几点作了补充研究，认为洛阳、襄阳一带可能是其早年的居住地。

房日晰文以刘长卿诗为据，论证刘的故乡是洛阳。作者还认为，从刘的诗集不能得出他早期的实际居住地在襄阳一带的结论。张君宝文否定了刘生于725年左右的说法，他说刘《送薛据宰涉县》诗作于长安，而薛据去涉县在开元二十二年，因此如据725年之说，则是年刘长卿仅八九岁，不可能与薛据有交往。文章又据刘至德元年至上元元年间所作《松江独宿》《新年作》等诗所云"一官成白首""老至居人下"等诗句，

---

① 载《中华文史论丛》1978年第4辑。
② 载《中华文史论丛》1980年第1辑。
③ 载《中州学刊》1982年第2期。
④ 载《唐代文学论丛》总第5辑。
⑤ 载《绍兴师专学报》1990年第1期。
⑥ 载《四川师范学院学报》1990年第4期。

认为如至德元年刘长卿已五十岁，那么其生年当在706年。刘贬睦州司马之年，作者认为也不是在大历八年至十二年之间，而只能在大历十年秋与十一年之间。杨世明文也对刘长卿一生的重要行事提出了自己的一些看法，也值得参考。

2. 诗歌研究。人们对刘长卿诗歌的研究，主要集中在对其诗歌所反映的思想性的评价和艺术性的探讨上。

如卞孝萱、乔长阜《刘长卿诗初探》①将刘长卿的生平和创作分为三个时期，并阐述了各个时期的特点。他们指出贬谪南巴是刘长卿创作的转折点，认为刘诗的内容"前期主要是抒写怀才不遇之感，反映边塞战争的现实，具有一定的现实主义精神，思想性比较强。后期嗟叹老迈，寄情山水，缺乏深刻的社会内容，思想性比较弱。中期则主要是抒发迁谪之怨和离别之情，内容比较广泛，思想比较复杂"。他们还提出对"刘长卿中期诗的内容，是应该基本肯定的"。

房日晰《刘长卿诗的思想评价》②着重强调了刘长卿诗歌的积极思想意义，认为它"比较真实地反映了安史之乱给人民造成的深重灾难"，"反映了当时中国人民对此次正义战争的积极态度，表现了作者的爱国思想"。他也写了一些"反映安史之乱后农村荒凉残破景象的诗篇"，表现了对人民生活的关怀和同情。作者还认为，对刘"抒写了自己对蒙诬受冤的激愤和抗争"的诗作，不能像过去一些评论家一样"不是视而不见，就是曲为之说"，认为它们具有"典型意义"，"不能仅仅看作是个人的愤怒与不平，它们在一定程度上，是对封建制度的揭露和批判"，认为刘长卿有一部分诗歌，写个人怀才不遇，恨无知音援引的苦闷，可以说它代表了当时广大的下层知识分子的呼声，有一定的社会意义。

房日晰的《刘长卿诗的艺术特色》③认为刘诗独特的艺术风格是"整赡流畅、淡净炼饰"，而他协调这一风格的方法有二：第一，"充分利用诗歌结构和意象跳跃的特点，通过跳跃的诗句，使整赡的句子由于感情的迅速发展，读起来十分流畅"；第二，"在一首诗中，既有极工的对偶句，又有结构自然不讲字句对仗的流水对句，使整散协调，节奏流畅"。

---

① 载《社会科学战线》1982年第4期。
② 载《西南师范学院学报》1983年第1期。
③ 载《求是学刊》1984年第4期。

杨世明的《简论刘长卿和他的诗》① 把刘的一生仕历和创作分为五个时期进行介绍，大致勾勒了其思想性格和创作特色。他认为，刘长卿的诗歌风格是"清婉苍秀"。这一风格，"代表着大历诗歌的普遍倾向。"

相比较而言，陈顺智《刘长卿诗歌意境的审美特征》② 对刘长卿诗歌艺术的研究更深入一些。文章认为，真正能代表刘长卿个性特征、反映大历时代审美风尚变化的，主要有三类意境。第一，为萧疏阔大的意境。"在这类意境中明显存在着盛唐诗境的痕迹，它保留沿袭了那阔大的外形轮廓，而抽掉其中热情感人的意绪、生机勃勃的自信和诚恳执着的人生态度，代之以冷落、寂寞、犹疑与苦闷，阔大的境界失去昔日混沌的气象、充实的内容，给人以单薄、空疏之感。"第二，为氤氲缭绕的意境。"此种意境则因氤氲缭绕的气象而给人以隔膜之感。这种隔膜正是诗人对于社会环境的隔膜心理和孤独心理在力求与大化同体时的自然表现。"第三，为精细尖新的意境。这是他刻意精深地创造出来的巧句。"如果说刘诗尖新精细的意境打开了通向中唐诗风的门户，那么他的刻意精深则逗露出中晚唐诗歌主流的意脉。"文章还进一步论述了刘诗上述三种意境在更为深层的结构上又有着共同的审美特征，最后指出"刘诗意境的三种类型恰好揭示了盛唐向中唐转变、收敛的内在趋势和逻辑过程"。

3. 作品考订与文集研究。储仲君的《刘长卿诗歌名篇系年质疑》③ 对前人所作刘诗系年多有辨证。佟培基的《刘长卿诗重出甄辨》④ 对刘长卿诗集中与他人尤其是与皇甫冉诗重出的情况作了较细致的考辨。

赵万里的《刘随州诗集》⑤ 对刘长卿集的版本源流做了回顾，谓明抄本可存"宋本之涯略"，且将之与正德刊本对照，进行校勘，作了校记。日本国高桥良行的《刘长卿集传本考》⑥ 追溯了刘长卿集自唐至清的编集、刊刻、流传情况，详述收藏于日本、中国大陆和台湾地区的各种刘集版本，对研究刘长卿其人其诗都很有参考价值。对刘长卿诗集进

---

① 载《南充师院学报》1987年第3期。
② 载《江汉论坛》1992年第7期。
③ 载《晋东南师范专科学校学报》1988年第3期。
④ 《文学遗产》1993年第2期。
⑤ 载《北京图书馆月刊》第1卷第2号，1928年。
⑥ 载《扬州师院学报》1988年第1期。

行系统整理的新成果有《刘长卿诗集编年笺注》(中华书局,1996年)。

钱起研究

20世纪的钱起研究成果主要体现在钱起生平研究方面,而人们对钱起生平的研究又主要集中在其一生重要行事和交游的考辨上。

1. 生平研究。傅璇琮《钱起考》[1] 是较早对钱起生平重要行事进行考辨的论文。该文首先对闻一多《唐诗大系》定钱起生于722年的说法表示怀疑,认为钱起当生于710年左右;其次纠正了钱起于天宝十载登进士第的旧说,认为在天宝九载,而且座主是李昕而非李麟;文章还考知钱起曾为蓝田尉,曾与毕曜、苏端、戴叔伦、韩翃、卢纶、秦系、刘弯等人有交游。

陈庆惠《钱起和他的诗》[2] 一文否定了钱起生于710年和722年两说,根据其《秋夜作》诗的情调认定此时诗人已经是三十五岁上下了,因而将钱的生年定在715年左右。至于其卒年,闻一多《唐诗大系》曾定在780年左右,但作者认为"在公元780年以后,具体的年份尚不能确定"。

王勋成《钱起尉蓝田年月考辨》[3] 认为钱起任蓝田尉在乾元二年九月,罢尉在广德元年二三月间。

罗忼烈的《关于钱起〈湘灵鼓瑟〉诗的一些问题》[4] 通过对天宝九载、天宝十载进士第诗赋题和同年进士的考证,断定钱起于天宝十载登进士第,座主为李麟,而且还辨正了《旧唐书》关于此诗创作过程的一些错误记载。

稍后发表的马斗全《关于钱起的登第时间与座主》[5] 也认为傅璇琮《钱起考》中所说钱起天宝九载登第的说法仍须商榷,其结论是钱起天宝九载虽曾应试,但并未登第;次年即天宝十年再试,始及第;其座主亦非李昕,而是十年之主考官李麟。

---

[1] 载《唐代诗人丛考》。
[2] 载《浙江师范学院学报》1983年第3期。
[3] 载《兰州大学学报》1988年第1期。
[4] 载《广州日报》1991年8月14日。
[5] 载《江海学刊》1991年第5期。

王定璋《钱起交游考》①《钱起交游续考》②两文对钱起诗中酬唱送别之作中的人名刘校书、李大夫、杜相公等进行考证；其《钱起简谱》③排比了钱起一生的重要行事。

2. 诗歌研究。陈庆惠的《钱起和他的诗》是较早对钱起及其诗歌进行全面探讨的文章，该文认为钱起也有热切的功名心，但在"擢第以前的现存为数不多的诗篇中，流露出的几乎十有八九是不遇的哀叹和失望"，"性格软弱，安于天命是钱起思想的基本方面。……钱起思想的另一方面是追慕隐逸"。文章还认为钱起的山水田园诗与王维有一些相似之处，有"怡淡自然的风致"；就诸体而言，擅长近体，尤精七律，其晚年诗歌在数量上是多产的，然成就却不如前期。王定璋的《钱起诗歌艺术风格初探》④认为钱起诗歌"幽深婉转，清赡流丽""圆润精雅，工于造句""新奇研炼、简淡自然"。

吴企明《钱起、钱珝诗考辨》⑤继岑仲勉《唐史余沈》卷二"钱起诗"条、郭绍虞《宋诗话辑佚·诗史》按语、傅璇琮《唐代诗人丛考·钱起考》之后对钱珝混入钱起集中的诗作作了进一步的考辨，并指出了确为钱起的诗，对其中某些作品还作了系年。王定璋《〈钱考功集〉考辨》⑥将混入钱起诗集中的储光羲、韩翃、赵起、严维、白居易、杨巨源等人的作品甄别出一些。颜邦逸的《〈钱考功集〉作者考辨》⑦对前引吴企明文提出商榷，吴文认为今存《钱考功集》中真正属于钱起的诗只有89首，其余80%以上都是钱珝等人之诗。该文则从《诗式》与《文镜秘府论》中所引钱起诗、钱起交游、钱氏家讳等方面重新考证，发现可确定为钱起作的诗歌共有201首之多，并从创作风格、习用手法等方面进一步考察，确定《钱考功集》基本上是钱起诗集。文章还根据钱起《送沈仲》诗，纠正了《唐五代人物传记资料综合索引》疑《全唐文》作者之一沈仲为沈仲昌的错误。另外，王定璋的《钱起部分诗歌系

---

① 载《成都大学学报》1987年第4期。
② 载《湖南师范大学社会科学学报》1989年第3期。
③ 载《中国文学研究》第6辑，2002年。
④ 载《南充师院学报》1985年第3期。
⑤ 载《文学评论丛刊》第13辑，北京：中国社会科学出版社，1982年。
⑥ 载《社会科学研究》1987年第1期。
⑦ 载《辽宁师范大学学报》1988年第4期。

年考证》①《钱起部分诗歌系年》②《钱起诗歌系年续考》③《钱起诗歌系年补遗》④ 等都对钱起作品进行了系年。

戴叔伦研究

在80年代以前，只有一篇简单介绍戴叔伦为官期间政治清明的小文章——莫乃群的《清明仁恕的戴叔伦》⑤。80年代以后，学界才开始对戴叔伦其人、其诗进行较为全面的研究。

1. 生平与思想研究。傅璇琮的《戴叔伦的事迹系年及作品的真伪考辨》⑥ 是较早一篇全面研究和系统介绍戴叔伦生平事迹的论文，文章认为，戴叔伦生于开元二十年，卒于贞元五年五月，并将戴叔伦一生重要行事作了系年。文章还纠正了过去一些记载的错误，如《唐才子传》卷五记载，戴叔伦是"贞元十六年陈权榜进士"，徐松《登科记考》沿之，傅璇琮文则指出，其时戴已卒十一年。文章还对张继、皇甫曾、陈羽等人与戴的交往作了一些考证。孔英的《唐代诗人戴叔伦小议》⑦ 也对戴叔伦为贞元十六年进士的旧说进行了辩驳，认为戴叔伦根本不是进士出身。

蒋寅的《戴叔伦任东阳令考——兼谈〈唐东阳令戴公去思颂〉的新发现》⑧，发现道光十二年刊《东阳县志》中有陆长源撰的《唐东阳令戴公去思颂》，为研究戴叔伦生平提供了直接的材料；作者还据此认为傅璇琮文定戴建中二年离东阳任不确，应在建中三年冬，离任则在四年初；此外本文还据此对戴在东阳令任上的政绩作了介绍。蒋寅的《戴叔伦生平几个问题的考证》⑨ 主要考察了戴叔伦的"家世与家风""师事萧颖士""避地寓饶州""未任新城令""牧抚州年月""抚州推问始末"等六个问题，都有助于对戴叔伦生平行事的进一步认识。

---

① 载《南充师院学报》1986年第4期。
② 载《文献》1984年第4期。
③ 载《文献》1986年第4期。
④ 载《文献》1988年第1期。
⑤ 载《广西日报》，1962年8月26日。
⑥ 载《唐代诗人丛考》。
⑦ 载《延边大学学报》1980年第2期。
⑧ 载《广西师范大学学报》1986年第4期。
⑨ 载《文史》第28辑，1987年。

此后，蒋寅的《戴叔伦两居江西辨证》①、熊飞的《戴叔伦交游考》②、熊飞的《戴叔伦年谱简编》③ 等也对戴叔伦生平及交游作了一定的探讨。

2. 抚州推问诗的真伪问题。80年代中前期，学界曾对戴叔伦集中一组抚州推问诗的真伪问题进行过讨论。

上引傅璇琮文认为，这一组诗为伪作，理由是：（1）有关戴叔伦事迹的材料对此没有记载；（2）戴在抚州的政绩受到朝廷褒扬，不可能有被追赴抚州推问之事；（3）诗中说作者三十年来一直淹留鄱阳，与戴叔伦的经历不符。

此文发表后不久，相继出现了好几篇持不同看法的文章，如陶敏的《戴叔伦抚州推问诗的真伪问题及其他》④、张赋生的《戴叔伦抚州对事及其辨对诗》⑤、赵昌平的《戴叔伦作品真伪及有关行事商榷》⑥ 以及上引蒋寅的《戴叔伦生平几个问题的考证》。

这几篇文章都引用了权德舆的《同陆太祝鸿渐崔法曹载华见萧侍御留后说得卫抚州报推事使张侍御却回前刺史戴员外无事喜而有作三首》，指出其时确有戴抚州被推问一事。由于此戴抚州的行事、交游与戴叔伦相同，被推问者不可能是另一抚州刺史，只能是戴叔伦。蒋寅文还从这些诗作被《文苑英华》《唐百家诗选》《万首唐人绝句》选录的情况说明这些诗不可能是伪作。对于戴叔伦被推问的原因，陶、张、蒋三文均认为很可能是由于戴在抚州作"均水法"，得罪了当地的豪强。《新唐书》及《墓志》未载此事是"为贤者讳""略而不书"，不足为怪。这几篇文章通过对抚州推问诗的考辨，还纠正了傅璇琮文中的一些错误，如关于戴任抚州刺史的时间，傅璇琮文原定在贞元元年至四年秋，陶敏、赵昌平二文则考定其推问事发生在贞元三年岁末至四年春，而将其离任时间改定于贞元三年秋。张赋生、蒋寅二文进一步将其提前至贞元二年秋。蒋文还考定戴莅抚州任在兴元元年。陶敏、张赋生、蒋寅三文均纠正了

---

① 载《咸宁师专学报》1991年第2期。
② 载《渭南师专学报》1992年第2期。
③ 载《抚州师专学报》1992年第4期。
④ 载《邵阳师专学报》1985年第2期。
⑤ 载《镇江师专学报》1985年第4期。
⑥ 载《文史》第25辑，1985年。

傅璇琮文关于戴叔伦自抚州赴容州的结论，指出戴罢抚州后曾北返润州，陶敏文还考证得知戴罢抚州后在洪州郭北龙沙创有别墅，常陪李兼等游宴。另外，这几篇文章还对这次抚州推问的经过及推问诗所记戴生平行事作了一些考证。

3. 诗歌创作研究。和生平研究相比，学界对戴叔伦诗歌创作和艺术风格的探讨则要少得多。

上引傅璇琮文在论及戴叔伦生平的同时，对其诗作的社会意义和历历地位作了较高的评价，认为"在大历、贞元间的诗人中，戴叔伦是以反映当时的社会现实见长的"，他的《女耕田行》《边城曲》《屯田词》有着明显的"对当时处于苛重的压迫和剥削之下的劳动者的同情心"，"具有强烈的艺术效果"。这些作品大多"即事名篇"，采取七言歌行的形式，"可以看作是白居易所倡导的新乐府体的先导"。

蒋寅的《论戴叔伦诗》① 是一篇对戴叔伦诗歌创作活动、艺术风格进行全面、深入探讨的论文。该文将戴叔伦放在大历、贞元诗风的大背景下进行考察，认为，戴叔伦虽然和韦应物、刘长卿、李嘉祐、戎昱等人比较接近，但也有自己的个性，即，他是一个"儒者"、一个"写实型的诗人"，他"用理性的眼光看生活、把握生活，用白描的方式再现它"，因此他的诗十分"朴实"，"闪耀着强烈的现实精神"，真实地记录了"世事的翻覆"，"展现了时代的面貌"。该文还从语义使用、意象使用和韵律形式三个方面对戴叔伦的五言律诗作了较为细致的分析，总结出戴叔伦五律"温厚和平，流利多姿，于平易中见简练，流利中见深沉的风格"。另外，该文还考察了戴叔伦其他体裁的诗歌作品，对戴叔伦在诗歌发展史上的地位和影响作了较高的评价。

4. 作品考辨与文集整理。戴叔伦诗，《全唐诗》编为两卷，但其滥收误收情况之严重，在唐集中实属罕见。这种情况，胡震亨即已发现，徐鹏在其《唐五十家诗集前言》中也已论及，前引傅璇琮、陶敏、赵昌平等人也曾进行甄辨。此外，还有富寿荪《读唐诗随笔·戴叔伦集误收诗考订》②、蒋寅《戴叔伦作品考述》③ 都作了大量的考辨工作，取得了重大进展。蒋寅文还探讨了戴集之所以如此混乱的原因。

---

① 载《文学遗产》1988年第1期。
② 载《中华文史论丛》1981年第1辑。
③ 载《中华文史论丛》1985年第4辑。

关于戴集的整理，蒋寅还有《戴叔伦的传记碑文及其诗文辑佚》①。其《戴叔伦诗集校注》（上海古籍出版社，1993年）是整理得较好的一个校注本。

其他诗人研究

相对说来，人们对大历时期其他诗人的研究就显得薄弱一些。以下做简要介绍：

1. 卢纶。关于卢纶的论文主要有：王达津《卢纶、戎昱生平系诗》②、傅璇琮的《唐代诗人丛考·卢纶考》、卞孝萱和乔长阜《卢纶的生平与创作》③、陶敏《中唐诗人事迹小考·卢纶任阌乡尉年》④、储仲君《论卢纶的交游及其对创作的影响》⑤、蒋寅《论卢纶诗及其对中唐诗坛的影响》⑥ 等数篇。

其中王达津文认为闻一多《唐诗大系》中谓卢纶生于天宝七年（748）的说法不确，卢纶当生于开元二十六年；文章还对卢纶一生重大行事和一部分诗歌创作的时间作了系年考证，是卢纶的第一个行年简谱。

傅璇琮文也对闻一多说提出异议，不过他认为卢纶应生于开元二十五年或在此以前，还对卢纶的先世作了一些考证。文章在对卢纶一生重大行事进行考证的同时，特别考察了他与吉中孚、苗发、夏侯审、崔峒等人的交往，对卢纶的一些诗歌也作了系年。卞孝萱、乔长阜文是较早一篇对卢纶及其诗歌进行全面论述的论文。文章首先把卢纶一生分为读书避乱、宦海浮沉、从军佐幕三个时期，发现卢纶的创作水平在各个时期不平衡，呈马鞍形。其次认为卢纶的创作成就在"十才子"中最高，是"大历十才子之冠冕"。

陶敏文认为傅璇琮《卢纶考》中说卢纶赴阌乡尉任时间无考是不对的，他据《华岳志》卷四卢纶题名，认为卢纶是大历六年二月二日赴任的。

---

① 载《镇江师专学报》1985年第2期。
② 载《南开大学学报》1979年第4期。
③ 载《四川师范大学学报》1988年第2期。
④ 载《唐代文学研究》第2辑。
⑤ 载《晋阳学刊》1991年第1期。
⑥ 载《文学遗产》1993年第6期。

储仲君文从交游的角度,从社会交往的取向、方式、目的、效果等方面,考察社会生活对卢纶以及与他相似的大历诗人的思想、心理、艺术修养和诗歌创作的影响。文章认为卢纶的交往侧重于政界,诗人朋友的圈子很小,且很注重亲戚关系。其交往的人中,颇有些声名狼藉的人物。这一类势利之交很难产生友情,也很难带来多少愉悦,相反,它往往会使人感到厌倦、感到屈辱。从以上情况看,大历时期以卢纶为代表的两京诗人,主要关心的不是诗歌创作,而是把诗歌看作猎取功名的工具:可以用来敲开进士试的大门;可以用来表露才华,赢得声名;可以用来应对酬酢,广交朋友;当然,也可以用来吟咏性情。这样的创作思想自然不可能不对卢纶及其同时代人的创作产生影响:唱酬之风的兴盛,使得诗人去追求格律的工稳,字句的炼饰,诗意的尖新。可以说,这是诗的格律之所以能在大历时代完全成熟的一个重要原因,也是大历诗人讲究体格、情韵、雅逸的原因之一。当然,其消极意义则更为明显。这篇文章角度新颖,切入准确,不但对卢纶诗歌风格的成因有较深入的探讨,而且对进一步理解大历十才子诗共通的艺术精神也具有很大的启示。

蒋寅文也对卢纶诗作了较全面深入的探讨,文章首先批评了卢纶诗叹老嗟悲、自伤不遇、缺乏人生目的的消极倾向,然后又肯定了卢纶军事题材的作品,认为"卢纶对军旅生活的深刻体验和广泛熟悉,使他的军事题材作品能摆脱程式化,给人以写实的个性化色彩和新鲜感"。论文还肯定了卢纶的七律多倾向于写实、造语工切、长于抒情的特点。文章最后论述了卢纶诗对中唐诗人的影响,认为"卢纶作为前辈名家,其诗中浅俗的一面恰与时人的趣味(起码是宫廷)相符,是以为世人所接受,而《御览诗》的钦定性质反过来又使这浅俗之风更加炽盛。在这交相作用中,我们可以看到夙来为人忽视的卢纶与'元轻白俗'的关系,看到卢纶与顾况类似的承前启后的桥梁作用:他们同样是元和诗人风格上的前导,顾况预示了韩孟一派的趋势,而卢纶则成为元白一派的先声"。

刘初棠校注的《卢纶诗集校注》(上海古籍出版社,1989年),是一部对卢纶诗歌作品进行全面整理的成果。

2. 郎士元。关于郎士元的论文只有刘初棠的《郎士元考》[①]、马万

---

① 载《上海师范大学学报》1987年第1期。

辉的《郎士元生平考》①等。其中刘初棠文对《唐诗纪事》《唐才子传》等书的有关记载作了一些补充与辨正工作，结合郎士元的作品，大致勾勒了其生平仕历的轮廓，认为郎士元很可能卒于建中年间。

3. 戎昱。关于戎昱的研究有王达津的《卢纶、戎昱生平系诗》、傅璇琮的《唐代诗人丛考·戎昱考》、黄圭的《略论戎昱的诗歌》②、陶敏的《中唐诗人事迹小考·戎昱任虔州刺史年》、蒋寅的《戎昱的诗品与人品》③等。

其中王达津文认为，戎昱虽系荆南人，天宝中家在长安，且认为戎昱当生于开元二十三年，曾于肃宗至德元年避难移居陇西。大历元年入蜀，大历四年，以澧州刺史崔瓘为潭州刺史、湖南观察使。大历八年，入桂州刺史桂管观察使李昌夔幕府。大历十二年，任侍御史。大历十三年，贬辰州刺史。可能于贞元元年，移虔州刺史。贞元七年，移安南都护，或死于是年，享年五十六岁。

傅璇琮文首先对闻一多《唐诗大系》定戎昱生于740年的说法提出异议，谓其确切的生卒年未可考知；然后考证出戎昱在荆南卫伯玉幕府，当在大历四年之前，广德元年冬之后的数年间；所谓戎昱在江陵曾见到杜甫，甚至说他是杜甫所器重的后辈诗人，可以说是毫无根据的；大历初几年戎昱已在荆南节度使幕府；大历四年至五年四月间，崔瓘为潭州刺史、湖南观察使，戎昱于此时已离开卫伯玉的荆南幕来到湖南，并受到崔瓘的器重；还纠正了几处旧籍记载之误；文章最后说戎昱当卒于798年以后，确切卒年不可考。陶敏文认为戎昱任虔州刺史当在贞元十二年。

上引王达津文、傅璇琮文都对戎昱的一些诗歌作品做了编年工作。

傅璇琮《戎昱考》开头曾对戎昱的诗歌做了一些评价，他认为是戎昱顺着当年杜甫写出"三吏""三别"的那条道路走，"又以沉痛的笔调，描写了那个时代的社会矛盾和苦难的人们"④。黄圭的《略论戎昱的诗》采用述论的方法，对戎昱一部分与现实联系较紧的诗篇逐首进行分析介绍。蒋寅《戎昱的诗品与人品》认为："他的全部作品自始至终

---

① 载《邵阳师专学报》1987年第2期。
② 载《社会科学研究》1987年第2期。
③ 载《中国韵文学刊》总第7期，1993年。
④ 《唐代诗人丛考》，第338页。

都贯注着一股刚气,一种骨力,显出诗人多感激,重意气的豪侠性格。""他的一些诗因直抒胸臆,展现出诗人的自我形象而显得气体刚健,风力遒劲。那挺拔的形象、人格在一味叹老嗟卑、委顿不振的大历诗中不啻鹤立鸡群,所以格外引人注目,可以说,戎昱是大历贞元之际胸襟最豪迈、气概最宏阔的诗人,然而同时也是功力最浅、技巧最粗疏的诗人,志大而不足起其词,乃至于诗到晚境也未能形成自己成熟的风格,令人惋惜!"

4. 李端。关于李端的研究成果主要有傅璇琮的《唐代诗人丛考·李端考》、杨振喜的《大历十才子之一——李端》①、王定璋的《略论李端和他的诗歌》②、蒋寅的《才子中的才子——李端》③。

傅璇琮文对新、旧《唐书》及《唐才子传》中关于李端的一些错误记载进行了考辨,初步考证了其一生的重大行事。杨振喜文对李端的一生和诗歌创作作了比较简略的介绍。

王定璋文对李端其人、其诗作了比较全面、细致的探讨,文章首先对宋人葛立方《韵语阳秋》中所说钱起妒忌李端的公案进行考辨,认为此事是无端编造的;且认为李端约生于天宝三、四年(744、745)间,此说与闻一多《唐诗大系》所定743年差近。文章还认为蒋寅《论戴叔伦的诗》中所说大历诗人"人生态度消极、冷漠……很少有渴求建功立业、实现个人价值的愿望和怀才不遇的愤懑,相反地,遁世隐逸却成为百唱不厌的主题"的见解是片面的,说李端颇有一些推原祸始之类的作品,他的一些反映战争加于人民的痛苦和对生产的破坏的诗歌写得沉痛深挚、感人肺腑。文章还指出,李端的一些古风歌行极有特色,其韵调的浏亮,气势的流走,情致的含蓄,遣词的自然,在中唐诗坛中占有一定的地位和影响,可惜历代研究者似未注意;李端的七言律诗,构思缜密,属对工整,韵调谐美,气势浑然,意境独到。

蒋寅文对李端的诗作了更为深入的探讨,认为李端是大历十才子中才思最敏捷的诗人,诗风最接近钱起;李端虽然写过一些好诗,可是它们被大量的平庸之作所淹没。文章还对李端的生平作了一些简略的考证,认为李端约生于738年,卒于786年。

---

① 载《河北日报》1981年1月8日。
② 载《青海民族学院学报》1989年第1期。
③ 载《河北大学学报》1993年第3期。

5. 皇甫冉。关于皇甫冉的论文有傅璇琮的《唐代诗人丛考·皇甫冉皇甫曾考》、黄桥喜的《皇甫冉里居生平考辨》①、储仲君《皇甫冉考论》②、张瑞君《李嘉祐皇甫冉生平事迹补正》③ 等。

其中傅璇琮文首先对皇甫冉的籍贯进行了考辨，认为其应是丹阳人；然后对皇甫曾的生平事迹作了一些考证。至于皇甫冉的生平，傅文首先指出，闻一多《唐诗大系》所定的皇甫冉生卒年（723—767）均有问题，其生年当为 716 年或 717 年，卒年当在 769 年或 770 年，享年五十四岁。由此可见，皇甫冉的生卒年只不过比杜甫晚几年，不应列入大历诗人之列。文章还对皇甫冉一生的重要事迹作了大略的考证。

黄桥喜文对皇甫冉里居和生卒年的歧说作了考辨。文章经过考辨，认为"皇甫冉的出生之地可能在潭州，籍贯或可定为潭州人，后来迁居润州丹阳，约在三十岁之前，其应试落第东游的时间，当二十岁以后"。其生卒年旧有四说：714—767 年，723—767 年，716 年或 717—769 年或 770 年，717—770 年。黄文对生卒年均作了考辨，其结论为"开元六年（718）至大历六年（771）"。

储仲君、张瑞君两文对皇甫冉的生平事迹也多有发明。

6. 张继。关于张继的研究成果主要有：周义敢的《张继诗考辨》④、储仲君的《张继的行迹及其他》⑤、朱奕的《"姑苏城外寒山寺"考说》⑥ 等。

其中储仲君文考证出张继卒于大历十一年（776）秋，其任洪州转运留后的时间，当在大历五年至十一年之间，认为张继的后半生，是以他的全部精力致力于重建唐王朝经济秩序的。

7. 李嘉祐。关于李嘉祐的论文则有傅璇琮的《唐代诗人丛考·李嘉祐考》、储仲君的《李嘉祐诗疑年》⑦、张瑞君的《李嘉祐、皇甫冉生平事迹补正》⑧。

---

① 载《文学遗产》1990 年第 1 期。
② 载《山西大学师范学院学报》1991 年第 1 期。
③ 载《山西师大学报》1992 年第 4 期。
④ 载《中国古典文学论丛》第 3 辑，北京：人民文学出版社，1985 年。
⑤ 载《文学遗产》1991 年第 3 期。
⑥ 载《苏州大学学报》1991 年第 4 期。
⑦ 载《唐代文学研究》第 2 辑。
⑧ 载《山西师大学报》1992 年第 4 期。

傅璇琮文对李嘉祐的籍贯、登第之年及其他一些事迹作了一些考辨。储仲君文对李嘉祐现存130余首诗逐首进行了考证，并分别归为"天宝十四载（755）以前""至德元年至永泰元年（756—765）""永泰（765）以后""误收""存疑"数类，对其中绝大多数作品，都考出了具体的写作年代。张瑞君文是对傅璇琮文的补证。

8. 韩翃。关于韩翃的研究有傅璇琮的《唐代诗人丛考·关于〈柳氏传〉与〈本事诗〉所载韩翃事迹考实》。该文就《柳氏传》与《本事诗》中的记载，对韩翃是否曾在侯希逸的淄青节度使府任过职、所谓"事罢，闲居将十年"的情况、所谓"李相勉镇夷门，又署为幕吏"的前后经过等进行考辨。

9. 耿湋。关于耿湋的研究有傅璇琮的《唐代诗人丛考·耿湋考》、陶敏的《中唐诗人事迹小考·耿湋未官大理司法》。

10. 司空曙。关于司空曙的论文研究有傅璇琮的《唐代诗人丛考·司空曙考》、陶敏的《中唐诗人事迹小考·司空曙何时贬长林丞》《中唐诗人事迹小考·常衮、卢纶、独孤及、钱起、司空曙唱和诗系年》。

11. 包佶。关于包佶的研究有蒋寅《诗人包佶行年考略》①。

12. 畅诸、畅当。关于畅诸、畅当的论文有黄进德《畅诸与畅当》②。

13. 吉中孚、苗发、崔峒、夏侯审。傅璇琮《唐代诗人丛考·卢纶考》后还附有《吉中孚、苗发、崔峒、夏侯审考》。

第三节　刘禹锡研究

20世纪学界对刘禹锡的研究取得了很大的成就，产生了相当多的成果。下面从生平、思想、诗歌创作、文学思想、作品整理和版本研究等几个方面，分别加以介绍。

一、生平研究

20世纪上半叶，只有子葵的《刘禹锡》③对刘禹锡的生平作了系

---

① 载《唐代文学研究》第1辑。
② 载《文学遗产》1981年第1期。
③ 载《南风》第4卷第1期，1931年。

年。60年代，敬堂和卞孝萱都对刘禹锡的生平作了更为详细的考证，前者有《关于刘禹锡生平的一些问题》①和《刘禹锡年谱（简编）》②，后者有《刘禹锡年谱》③一书。七八十年代以后，学界对刘禹锡生平的研究更为深入、全面，除了卞孝萱仍在继续探讨刘禹锡的生平，出版了《刘禹锡丛考》④《刘禹锡评传》⑤；董乃斌、吴汝煜⑥、郭广伟、吴在庆等人也对刘禹锡的生平事迹作了一定的考证。

综合这些研究成果，我们发现20世纪的刘禹锡生平研究主要集中在以下几个问题上。

籍贯和生地

关于刘禹锡的籍贯和生地，学界有不同的看法。子葵的《刘禹锡》一文沿袭旧说，认为刘禹锡系彭城人。敬堂的《关于刘禹锡生平的一些问题》则否定了"彭城说"，认为彭城是其郡望，禹锡生于苏州。卞孝萱的《刘禹锡年谱》《关于刘禹锡的氏族籍贯问题》⑦《刘禹锡年谱（增订本）》⑧等都认为刘禹锡应系"洛阳人"，旧史书说"彭城人"是错误的，而且刘禹锡生于苏州嘉兴（今浙江省）。郭广伟的《刘禹锡生地考辨》⑨不赞成卞孝萱《刘禹锡年谱》关于刘禹锡生于嘉兴的说法，力图证明刘生于甬桥。他的主要证据是刘禹锡《子刘子自传》中的一段话：父绪"后为淮西从事，本府就加盐铁副使，遂转殿中，主务于甬桥"。卞孝萱又撰《〈刘禹锡生地考辨〉质疑》⑩反驳，指出这段话不能作为刘禹锡生于甬桥的证据依据有三。(1) 四种重要的刘集版本只有日本崇艺馆本作"淮西"，应据影宋绍兴本、结一庐本及《全唐文》作"浙西"为宜。(2) 淮西节度使李忠臣、李希烈、吴少诚均未兼领盐铁使，不可能表荐刘绪为副使。(3) 甬桥属淮西仅上元二年极短时间。王纬为诸道

---

① 载《山西师院学报》1960年第4期。
② 载《扬州师院学报》1963年第3期。
③ 卞孝萱：《刘禹锡年谱》，北京：中华书局，1963年。
④ 卞孝萱：《刘禹锡丛考》，成都：巴蜀书社，1988年。
⑤ 卞孝萱、卞敏：《刘禹锡评传》，南京：南京大学出版社，1996年。
⑥ 吴汝煜：《刘禹锡传论》，西安：陕西人民出版社，1988年。
⑦ 载《南开大学学报》1977年第3期。
⑧ 载《扬州师院学报》1978年第1、2期合刊。
⑨ 载《徐州师范学院学报》1982年第4期。
⑩ 载《徐州师范学院学报》1986年第4期。

盐铁使，总管全国盐铁事宜，故有权在甬桥设"务"，且刘绪主务甬桥是在晚年，且时刘禹锡已登进士第，故郭文的驳论不能成立。

世系

对于刘禹锡的世系，学界也有不同的看法。岑仲勉《元和姓纂四校记》①指出，《元和姓纂》与刘禹锡《子刘子自传》有三点不符：(1)刘禹锡为中山王后，非长沙定王后；(2)刘禹锡祖先七代以前似久居北部，非世居吉州；(3)自传又云"曾祖凯，官至博州刺史"，与行昌之官之名均异②。敬堂《关于刘禹锡生平的一些问题》③在述及刘禹锡先世时也同意岑仲勉的说法。

卞孝萱的《刘禹锡年谱》《关于刘禹锡的氏族籍贯问题》④《刘禹锡年谱（增订本）》以及《刘禹锡丛考》都认为，刘禹锡出于匈奴，是匈奴族后裔，他虽然在自传中曾冒充汉中山靖王之后，但他又说"七代祖亮"，此"刘亮"不是《周书》卷十七、《北史》卷六十五之西魏刘亮，也是胡姓，所以刘禹锡也承认自己是胡姓。卞孝萱以上诸文都对刘禹锡的父祖和兄弟作了比较详细的考证。另外，卞孝萱的《从"寄湖南幕中亲故"诗探索刘禹锡的母系——兼论"曲石唐志"二方的史料价值》⑤和《刘禹锡丛考》还对刘禹锡的母系也作了一番考证，并从中看出刘禹锡与裴度的关系。

郭广伟在《刘禹锡氏族考辨——与卞孝萱先生商榷》⑥中，否定了卞孝萱不认为刘禹锡"实系汉中山靖王刘胜之后"这一说法，认为刘诗《许给事见示哭工部刘尚书诗因命同作》中的刘尚书刘公济乃河间人，非匈奴族，即使假定刘济为匈奴族，也不能像卞孝萱文据刘称公济为从叔，就"说明他们同出一源"，"认为刘禹锡必然也'确系匈奴族'"。郭文还指出给刘禹锡祖先刘亮赐姓者不是魏太祖道武帝（拓跋珪），而是周太祖文皇帝（宇文泰）。郭广伟还撰有《刘禹锡"亲故"考辨——与

---

① 林宝撰，岑仲勉校记，郁贤皓、陶敏整理：《元和姓纂附四校记》，北京：中华书局，1994年。
② 《元和姓纂》，第693页。
③ 载《山西师院学报》1960年第4期。
④ 载《南开大学学报》1977年第3期。
⑤ 载《四川师范学院学报》1979年第3期。
⑥ 载《郑州大学学报》1983年第2期。

卞孝萱先生商榷》①一文,该文仍然是针对卞孝萱《刘禹锡年谱》提出商榷的,如卞孝萱云:"德舆在南方,故能识刘禹锡父子。"郭文则针锋相对地说:"如果说:'德舆在北方,故能识禹锡父子',有何不可?"其所诘难,大率如此。

年龄

由于学界对刘禹锡的卒年的看法存在着分歧,所以关于刘禹锡的享年也就出现七十一岁、七十二岁两种说法了。子葵的《刘禹锡》认为刘禹锡生于唐大历七年,死于唐武宗会昌三年(843),享年七十二岁。敬堂的《关于刘禹锡生平的一些问题》则援引白居易的《感旧诗》以证《旧唐书》所说刘禹锡享年七十一岁不误。卞孝萱的《刘禹锡年谱》也认为刘禹锡生于唐代宗大历七年,卒于唐武宗会昌二年,享年七十一岁。

生平行事研究

子葵的《刘禹锡》是20世纪第一篇较系统、全面地对刘禹锡生平重要行事进行编年考订的文章。此后,敬堂的《关于刘禹锡生平中的一些问题》,正史、笔记中记载的缺漏者为之补充,错误者予以纠正,其所发明处,多达二十九大条。同时面世的卞孝萱的《刘禹锡年谱》对刘禹锡生平的考证,比之前两部著作又更加细致,且亦多新见。80年代吴在庆发表的《卞著〈刘禹锡年谱〉辨补》②,在充分肯定卞著历史功绩的前提下,又对卞著中的某些考订提出了不同的看法,其中"刘禹锡事迹辨误"有五条。

交游

刘禹锡一生交游广泛,且与当时各政治集团关系复杂,所以20世纪学界这一方面的研究成果也比较多。如敬堂的《关于刘禹锡生平中的一些问题》就辨析了史籍所说的"刘柳排挤韩愈"事,认为此事并非事实;还重新审视了刘禹锡与武元衡集团之间斗争的实质;谓刘禹锡未与李冶游,等等。卞孝萱除了先后发表了《谈刘禹锡与元稹、崔群、崔玄亮的"深分"——兼评刘、柳、元、白作品选注本的某些错误》③《刘

---

① 载《徐州师范学院学报》1986年第4期。
② 载《唐代文学论丛》总第8辑。
③ 载《四川师范学院学报》1980年第1期。

禹锡与令狐楚》①《试释"二十年来万事同"——刘禹锡与柳宗元交游小考》②《刘禹锡与韩愈——〈刘禹锡的交游〉之一》③等有关刘禹锡交游的系列论文,还在其专著《刘禹锡丛考》中对刘禹锡一生中的交游进行了详尽、细致的考订,考证出与刘禹锡交游的人物数百名。瞿蜕园笺证的《刘禹锡集笺证》④一书的附录中也有《刘禹锡交游录》,共考证出与刘禹锡交游过的人物五十五名。另外,董乃斌的《唐人看甘露之变》⑤是对前引卞孝萱《刘禹锡与令狐楚》一文的商榷,高志忠的《刘、白"初逢"之年考辨》⑥认为刘禹锡和柳宗元的"初逢"之年,是贞元七(或八)年在符离时,不是在宝历二年冬。

二、思想研究

刘禹锡不仅是一位文学家,还是一位思想家,他的哲学思想和文学思想都受到了学界的重视。

哲学思想

20世纪上半叶,专论刘禹锡哲学思想的论文并不多。子葵的《刘禹锡》从政治、伦理、教育、人生观四个方面探讨了刘禹锡的哲学思想,他认为:"禹锡之天人交相胜论,不偏不颇,不激不滞,唯心唯物,互相平衡,诚中庸之大道也。"又指出:"唐代思想,凝塞固滞;如韩柳等儒家,韩昌黎之思想为乐天,柳宗元之思想为厌世,而刘禹锡之思想则介乎二者之间。一方面对于社会朝政,评论深刻,因而屡被贬斥。一方面受佛教思想之陶融,间有如王维、孟浩然之作品,含有佛教之精神。"

50年代以后,哲学界主要用马克思主义的唯物主义观点来研究刘禹锡。如赵纪彬的《刘禹锡和柳宗元无神论思想研究》⑦就颇具代表性。该文从中国无神论史的角度对刘禹锡的思想进行了评述,认为刘、

---

① 载《中华文史论丛》1980年第1辑。
② 载《内蒙古大学学报》1980年第1期。
③ 载《四川师院学报》1983年第1期。
④ 刘禹锡著,瞿蜕园笺证:《刘禹锡集笺证》,上海:上海古籍出版社,1989年。
⑤ 载《中华文史论丛》1981年第1辑。
⑥ 载《牡丹江师范学院学报》1983年第4期。
⑦ 载《哲学研究》1957年第5期。

柳在中国无神论史上的贡献和地位，不仅超过了荀子，也超过了王充和范缜，文章还着重分析了刘禹锡"天人交相胜"学说的唯物主义实质及其特点。

70年代中前期，由于受到"评法批儒"运动的影响，学界又出现了一大批论述刘禹锡法家思想的文章，就连文学界也有一些从"评法批儒"角度出发探讨刘禹锡文学作品中法家思想的论文。如闻军的《论刘禹锡的政治诗》①就认为"他其中的政治诗，表现了地主阶级革新派的思想立场"，然后从三个方面论述了刘禹锡文学作品中所反映出来的法家思想，强调了其"斗争精神"和"批判精神"。苏者聪的《论刘禹锡诗歌中的法家思想》②认为，刘禹锡诗歌中的法家思想主要有以下几点：第一，维护统一，反对分裂；第二，重视农业，抑制商贾；第三，歌颂法家，揭露儒家。萧涤非的《唐代法家诗人刘禹锡》③也用"评法批儒"的观点重新评价了刘禹锡及其诗歌作品，并从五个方面论证刘禹锡不愧为一位杰出的法家诗人，但其思想也有局限性。

"文革"以后，学界对刘禹锡哲学思想的研究又重新走上了比较客观、科学的道路，研究的角度也更多，论述也更深。和哲学界比较注意刘禹锡在唯物主义思想史上的地位不太一样，文学界则多研究刘禹锡与宗教的关系。如肖瑞峰的《论刘禹锡诗中的佛教烙印》④从思想和艺术两方面探讨了佛教对刘诗的影响，文章认为，刘禹锡宣扬佛教思想的诗作，内容多瑕疵，这一点不能讳言，但佛教思想始终没有成为诗人思想的主导方面。在艺术上，刘禹锡谈禅语佛的诗多堆砌佛家语，显得枯燥无味，而他的诗论却颇受益于禅学。杨鸿雁的《刘禹锡与佛教》⑤认为，刘禹锡与佛教有千丝万缕的联系，这客观上是因为佛教已发展到了与儒、道鼎立而三的兴盛时期，身处其时的刘禹锡幼时就与诗僧有过融洽的师生关系；从主观上看，遭受了种种打击后，他愿意接近佛教。僧人成了沟通刘禹锡与佛教的桥梁。刘禹锡与佛教是相融的，他的人生观受佛教的影响，有消极的一面。从诗禅相通的观点出发，他对禅宗的思

---

① 载《北京大学学报》1974年第6期。
② 载《武汉文艺》1975年第1期。
③ 载《文史哲》1975年第1期。
④ 载《贵州文史丛刊》1986年第3期。
⑤ 载《贵州大学学报》1992年第2期。

维方式在诗歌创作中的作用表示认同；作为地主阶级的政治家，他有目的地容忍了佛教的欺骗性。但是，刘禹锡与佛教又是冰炭不容的，体现在唯物主义与唯心主义的对立。孙琴安的《刘禹锡诗中所涉及的道教》① 探讨了刘禹锡与道教的关系，也具有相当的学术价值。

值得一提的还有吴兆华的《试谈刘禹锡的医学哲学思想》② 和刘朝谦的《人生乐园与自然之美——刘禹锡自然美论兼议》③ 两文。吴兆华文指出，以往人们研究刘禹锡，多注意他在哲学方面的《天论》和文学方面的诗文，极少关注他的医学思想。因此作者以刘禹锡的《鉴药》等篇为例，从人与药性、素质及自然界的关系，展现刘禹锡反对"循往以御变"的变化思想与"过当则伤和"的"度"的思想，这也正是中医哲学的核心。刘朝谦较系统地探讨了刘禹锡的自然美思想。文章认为，刘禹锡以美的物色为生命的寄托，表现为以下几点：（1）以清静幽寂的自然境界净化心灵，从现实的困扰中解脱出来，享受生命自由真朴的快乐，宣泄被贬僻居的冷漠寂寞情怀；（2）以奇异古特的山水胜处张扬自我个性，倾诉知音难寻的心声；（3）以山水的崇高美写出伟大人格追求，返观宇宙本体与本真生命的寥廓苍茫、自由缥缈。文章还探讨了刘禹锡对自然美的经验认识：首先，他认为"天下山水无非美好"；其次，他已经知悟到对自然的审美观照，具有强烈的情感性。文章最后总结说："宾客对自然美从本质到主、客心物关系，观照过程和观照特征等都有许多精湛独到的经验感受，事实上极大地深化了魏晋以来人们的自然美学意识。"

文学思想研究

80年代以后出现了一批研究刘禹锡文学思想的论文，较具代表性的有刘国盈《论刘禹锡的文艺思想》④、孙琴安《刘禹锡的诗歌理论》⑤、肖瑞峰《刘禹锡诗论初探》⑥、陈绪万《刘禹锡文学观初探》⑦、王运熙

---

① 载《上海道教》1991年第3期。
② 载《中山大学学报》1990年第2期。
③ 载《四川师范大学学报》1990年第3期。
④ 载《天津师院学报》1982年第3期。
⑤ 载《镇江师专学报》1986年第2期。
⑥ 载《杭州大学学报》1987年第2期。
⑦ 载《人文杂志》1990年第5期。

《刘禹锡的文学批评》[1]等。

其中刘国盈文比较全面地评述了刘禹锡的文艺思想,他认为刘禹锡所说的"思有所寓",表明了其写作态度是以内容为主的,而且他也认识到文学和时代的关系、文学和作者思想感情的关系。通过对刘禹锡有关文艺思想的分析,他指出,刘禹锡认为,能写出既有充实内容又有完美形式的好作品,必须做到以下几点:(1)加强作者的主观上的修养;(2)加强学习;(3)注意吸收别人的长处;(4)努力从民歌中吸取营养;(5)在学习的基础上,努力创新。文章也指出,刘禹锡的文艺思想中有糟粕的成分,例如,他相信天才,还强调地理的决定作用。肖瑞峰文将刘禹锡提出的"坐驰可以役万景""境生于象外"等论诗名言综合起来考察,阐述了刘禹锡在艺术构思、艺术追求、艺术风格等方面的见解,使原来极为零碎的材料较为系统化了。王运熙文指出,刘禹锡认为作诗必须以意为主,重视意境;他的《竹枝词序》表明了他重视民歌新曲的创新精神;刘禹锡认为僧人能心地虚静,修炼入定,摒除世俗欲念,因而能体察万景,创造出优美的诗境,这是禅学对其诗论的影响;另外,刘禹锡还有一些评论古文的言论。

三、文学成就研究

刘禹锡的诗歌作品不但内容充实,而且艺术精湛,取得了很大的成就,因而受到了历代诗评家的关注和好评,近一百年来,人们更是从各个方面对之作了许多有益的探讨。

刘禹锡诗歌的艺术特色和渊源

三四十年代的文学史和唐诗论著虽然也涉及刘禹锡的诗文创作,但所论简略。20世纪上半叶唯子葵《刘禹锡》中对刘禹锡散文和诗词的看法较有独见,如:"其所作诸赋……,开赋体之先河。豪宕浩博,意味深长,风骨苍劲,清疏雅秀,不亚于欧阳永叔之《秋声》,苏子瞻之《赤壁》,李泰伯之《长江》,及黄鲁直之《江西道院》也。"又如:"禹锡之诗,冲淡温雅,秀丽疏朗,其研练字句,亦力求工秀。"

五六十年代新出版的一些文学史著作加强了对刘禹锡诗歌的分析,而且所论也较前此的文学史著作远为深入、细致。如游国恩等著《中国

---

[1] 载《殷都学刊》1992年第2期。

文学史》一改过去文学史多只强调刘禹锡民歌体作品艺术成就的格局，依次分析了其咏怀诗、咏物诗、怀古诗、民歌体四个门类的诗歌作品，最后认为，"刘禹锡的诗，律诗、绝句比古诗成就高，仿效民歌的乐府小章尤为著名"①。中国科学院文学研究所编写的《中国文学史》将刘禹锡专列一节，以示对刘禹锡的重视，而且该书对其民歌体诗歌的分析更加细致，说"这些诗的特点是保存着民歌清新爽朗的情调和响亮和谐的节奏，能大胆吐露内心的情感，借助于比兴手法或谐音双关语，使人感到真挚而又含蓄，比之一般民歌又要细腻、华美一些"。而且，"刘禹锡的成就是多方面的，近体诗尤其韵调优美，好诗很多"②，其风格是"雄浑爽朗，节奏也比较和谐响亮"③。

七八十年代以后，学界对刘禹锡诗歌的艺术特色和艺术渊源探讨得更细了。较有代表性的成果有韩望愈《论刘禹锡和他的文学创作》④《谈刘禹锡政治诗的思想艺术特色》⑤、陈友琴《略谈刘禹锡及其诗歌创作》⑥、吴汝煜《谈刘禹锡诗歌的艺术美》⑦《刘禹锡——中唐独树一帜的优秀诗人》⑧《论刘禹锡诗歌的艺术渊源》⑨、肖瑞峰《论刘禹锡诗的艺术风格》⑩《论刘禹锡诗的个性特征》⑪《论刘禹锡诗的艺术追求》⑫《刘禹锡诗歌创作道路之我见》⑬、尚永亮《雄直劲健——刘禹锡贬谪诗文的风格主调》⑭、何念龙《萧条异代　接武前贤——论刘禹锡对屈原的继承》⑮等。

---

① 游国恩、王起、萧涤非等：《中国文学史》第2册，第194页。
② 中国科学院文学研究所中国文学史编写组：《中国文学史》第2册，第467页。
③ 同上书，第468页。
④ 载《陕西师大学报》1976年第2期。
⑤ 载《陕西文艺》1976年第2期。
⑥ 载《文学遗产》1981年第3期。
⑦ 载《文学评论》1983年第3期。
⑧ 载《徐州师范学院学报》1984年第1期。
⑨ 载《南开学报》1985年第1期。
⑩ 载《中国文学研究》1986年第1期。
⑪ 载《文学评论》1987年第1期。
⑫ 载《中州学刊》1987年第6期。
⑬ 载《天府新论》1987年第4期。
⑭ 载《中州学刊》1991年第4期。
⑮ 载《江汉论坛》1991年第7期。

其中，韩望愈《论刘禹锡和他的文学创作》一文虽然还带有"评法批儒"的痕迹，但对刘禹锡诗文的艺术特色也有一定的分析，如他认为刘禹锡"所写下的大量政治诗文，善于抓取有形的事物，截取现实生活中的典型片断，加以艺术的升华和概括，投向自己的政敌"，"刘禹锡的诗歌还具有积极浪漫主义色彩"。吴汝煜《谈刘禹锡诗歌的艺术美》认为刘禹锡诗歌的艺术美表现在三个方面：（1）取境美，"刘禹锡所造之境，往往寓明丽于高远之中，绚烂华赡而不失之繁缛，趣远情深而又鲜明如画"；（2）含蓄美，"他的诗歌不事铺述而讲究'片言明百意'，不主浅露而强调'境生于象外'"；（3）音乐美，"刘禹锡的《竹枝词九首》，每首的前两句主要吸取了七绝声律谐婉的特点，后两句大体上保持了民间传唱的竹枝词在曲调上凄凉怨慕的特点，兼有两者之长，做到和谐与拗怒递用，又大量采用谐声双关、重迭回环等艺术手法，使之更加符合天地自然之声，因此能表现出僾利轻隽、含思婉转的韵味"。吴汝煜《刘禹锡——中唐独树一帜的优秀诗人》在论列了刘禹锡、李贺诗歌的相近处后，指出其风格之相异点："刘诗的语言注重来历，善于融合典故和驾驭词采，显得沉着、流丽、精确；李诗务去陈言，只字片语必新必奇，显得幽奥诘屈、生涩。刘诗含思婉转，民歌气息很浓；李诗的音调凄艳悲恻，伤感低沉的情调很重。刘诗造境明丽清远，风神俊爽，李诗则诡异谲怪，虚慌诞幻。"吴汝煜《论刘禹锡诗歌的艺术渊源》一文从四个方面论述了刘禹锡诗歌的渊源，文章最后认为："他以杜甫为榜样，学慎始习，祖风宗骚，做到入门不失其正，故能恢宏气度，骨力豪劲；在《国风》《九歌》的启发下，他比任何一位唐代诗人都更加重视从民歌中吸取艺术营养以丰富自己的才情；并从自己的审美理想出发，远绍近取，转益多师，在创作方法、创作道路、艺术风格和技巧等方面广泛地向前辈作家学习，终于在此基础上形成了自己独特的诗风。"肖瑞峰《论刘禹锡诗的艺术风格》一文从豪迈的情调、壮阔的境界、雄奇的想象和刚健的语言四个方面论证了刘诗"豪健雄奇"的风格特征，其中一些论述颇为独到，如他说刘诗善于"化低回哀婉之音为慷慨激越之韵"，又如他说刘诗"惯于以'莫'字总领全句或全篇，用否定的语气来披示坚定的信念"，"使全句乃至全篇的语势如行云流水，语音如金声玉振"。以此来论证刘诗语言的刚健爽朗的风格，应该说是较为细致、准确的。肖瑞峰《论刘禹锡诗的个性特征》认为，胡震亨对刘诗的评语"骨力豪劲"，道出了刘诗的个性特征，具体表现为：不畏"衰节"，唱出意气豪迈的秋歌;不畏"播迁",唱出正气凛然的壮歌;不服"老迈",唱出朝气蓬勃的暮歌。

刘禹锡在唐代文学史上的地位和影响

70年代以前,人们对刘禹锡在文学史上的地位虽然有所认识,但是不太深刻、明确。

孙琴安的《试论刘禹锡在唐诗中的地位》[①] 是较早论述刘禹锡在唐代诗歌史上地位的论文,文章从诗歌内容和艺术成就两方面着眼,"从刘禹锡现存的八百首左右的诗歌来看,在社会题材的广度和对当时人民痛苦生活的反映上,虽然不及他同时期的大诗人白居易;但是,就其诗歌的思想内容及其在当时政治上所起的战斗作用来讲,却并不在白居易之下,更在一般诗人之上"。"同样,在诗歌的艺术风格上,他也显示出了与唐代其他诗人不同的地方。……一般说来,刘禹锡的诗都比较明快,很少晦涩,无论是古诗、乐府、近体都有这个特点。而近体则写得更含蓄精炼。特别是他被贬期间,从民歌中吸取养料所写的《竹枝词》《杨柳枝词》《浪淘沙词》《纥那曲》《踏歌词》等,更是新鲜活泼、格调明快,具有浓厚的地方色彩和民族风格。"文章最后认为,"用我们今天的评诗标准,从思想内容和艺术风格的统一,从内容和形式的统一来看,那刘禹锡的诗歌成就就当在王孟、韩孟诸家之上。如果说李白、杜甫是盛唐时期最有代表性的诗人,李商隐、杜牧是晚唐时期最有代表性的诗人,那么中唐时期最有代表性的诗人,就是刘禹锡和白居易,他们两个人比较集中地代表了中唐时期的诗歌成就,这就是刘禹锡在唐诗中的地位。"吴汝煜《刘禹锡——中唐独树一帜的优秀诗人》[②] 则把刘禹锡放在韩愈、白居易、柳宗元、李贺等中唐著名诗人中进行对比分析,认为刘"走出一条与韩愈不同的创作路子","刘、白并称,实不相肖",强调刘禹锡在唐代诗歌史上的独特地位。

另外,80年代以后新出版的几部《刘禹锡集》的前言中也有关于刘禹锡在诗歌史、文学史上地位的论述。如上海古籍出版社在《刘禹锡集笺证·出版说明》中就认为,"刘禹锡诗上承大历而予以新变,善用典实而透脱不滞,词采丰美而笔致流利,特别是其中的豪健之气,矫拔

---

① 载《文艺论丛》第12辑,1981年。
② 载《徐州师范学院学报》1984年第1期。

之致，读来别有一种深长的韵味，在当时就赢得白居易'诗豪'之赞。在诗史上与乐天并称刘白，其实刘诗拔戟自成一队，对后来温李诗派，有多方面的影响"①。文章又认为，刘禹锡文章的成就"也可列入屈指可数的大家之内。……他的许多作品，往往具有想象丰富、说理透辟、比喻精巧、征引贴切、论证严密而气机畅达的特点。……在唐代古文史上，刘文能在韩、柳、白外别树一帜"②。又如卞孝萱、吴汝煜在《刘禹锡集·前言》也认为："刘禹锡在唐诗发展史上有着重要的地位，对后世的影响也比较大。……李商隐、温庭筠、杜牧、苏轼、黄庭坚、陈师道、徐文长、袁中郎、唐寅、郑燮等都曾经从刘诗中吸取过营养。特别是刘禹锡的《竹枝词》，至近代仍制作不衰。"③ 文章最后还说："刘禹锡是一位富于独立思考和批判精神的作家。他的优秀作品在思想上是积极向上的，在艺术上是独辟蹊径的。"④

还有一些论文专门探讨刘禹锡对后世作家之影响，如卞孝萱《刘禹锡与晚唐诗人》⑤《刘禹锡与江西诗派》⑥、吴汝煜《刘禹锡对苏轼的影响》⑦、《谈刘禹锡诗歌的影响》⑧、卞孝萱《刘禹锡与苏轼》⑨ 等。

值得一提的是，肖瑞峰的《刘禹锡诗论》论述刘禹锡诗的地位及其影响也颇具新意。如他认为，刘禹锡在中唐诗坛的地位虽然不是至高无上的，但较之韩愈、白居易、柳宗元等人，却是"未遑多让"的，而奠定他这一重要历史地位的，当然只能是他所取得的多方面的诗歌成就，只能是他对唐诗发展所作出的独特贡献。其成就和贡献又主要体现在以下三方面：(1) 对题材领域的拓展与发掘，(2) 对传统主题的深化与反拨，(3) 对诗歌体式的变革与完善。在探讨刘禹锡诗的影响时，肖瑞峰不但梳理了刘禹锡诗歌对中唐及以后中国历代诗人的影响，还将视野拓展到域外，进一步探讨刘禹锡诗对东瀛日本的影响，认为刘禹锡诗为日

---

① 《刘禹锡集笺证·出版说明》，第 3 页。
② 同上书，第 3—4 页。
③ 卞孝萱、吴汝煜：《刘禹锡集·前言》，北京：中华书局，1990 年，第 12 页。
④ 同上书，第 15 页。
⑤ 载《河北师范大学学报》1983 年第 3 期。
⑥ 载《全国唐诗讨论会论文选》。
⑦ 载《光明日报》1984 年 8 月 7 日。
⑧ 载《徐州师范学院学报》1985 年第 1 期。
⑨ 载《中国古典文学论丛》第 3 辑。

本的汉诗作者提供了模拟的蓝本,从而最终肯定刘禹锡为"影响久远的一代'诗豪'"①。

刘禹锡民歌体诗研究

民歌体诗歌是刘禹锡诗歌作品中最为独特、最引人注目的创作成果,故也备受学术界的关注。除了前文所引述的专著、论文中有一些相关的论述,70年代以后,还有相当多的论文是专门研究刘禹锡民歌体诗歌的。较具代表性的有陈祝义《学习民歌 革新诗体——读刘禹锡民歌体诗有感》②、李申《刘禹锡与民歌》③、陈思和《试论刘禹锡的〈竹枝词〉》④、蔡起福《凄凉古竹枝》⑤、方心棣《刘禹锡民歌体诗艺术初探》⑥、邓小军《刘禹锡〈竹枝词〉、〈踏歌词〉研究》⑦、肖瑞峰《论刘禹锡的民歌体乐府诗》⑧等。

其中陈祝义文认为,丰富的民间歌谣给刘禹锡的诗歌创作带来了新的气象,这首先表现在他敢于冲破旧诗格律的限制,标新立异,别创新格。口语入诗,是刘禹锡学习民歌、革新诗体的又一特色。另外,刘禹锡吸取了民歌"比兴"的长处,有时"托物取喻",有时"借物发端",有时也借助谐音、双关语。而且,"刘禹锡吸引民歌的养料和形式,为当时民间歌舞写下了大量的乐词,既有当地民歌新鲜活泼,爽朗明快,节奏明亮的特点,又比之一般民歌要细腻和凝练,富有浓郁的生活气息和地方特色"。李申文除了探讨了刘禹锡与民歌之间的关系,还对封建社会的诗评家贬抑刘禹锡学习民歌的行为表示不满。陈思和文则专论刘禹锡的《竹枝词》,称赞刘禹锡"第一个在作品里唱巴人之声,用巴人之语,咏巴人之事,在古典诗歌向民歌学习方面取得了卓越的成绩"。蔡起福文以刘禹锡的《竹枝词》为中心,初步探讨了《竹枝词》的起源、内容、形式、影响,认为"'竹枝歌'虽不是刘禹锡创,'竹枝'两

---

① 萧瑞峰:《刘禹锡诗论》,长春:吉林教育出版社,1995年,第234—269页。
② 载《文汇报》1978年2月22日。
③ 载《文艺论丛》第12辑,1981年。
④ 载《复旦学报》1981年第2期。
⑤ 载《文学遗产》1981年第4期。
⑥ 载《安徽师范大学学报》1982年第2期。
⑦ 载《安徽师范大学学报》1983年第4期。
⑧ 载《杭州大学学报》1989年第1期。

字入文人诗词,也不是从刘禹锡始,但采录、改造竹枝之声辞,使之成为富有民歌特色的一种诗体,这不能不归功于他"。方心棣文对刘禹锡民歌体诗艺术的探讨更细致一些,文章认为刘禹锡的民歌体诗既具有文人诗的长处,又有浓厚的民歌色彩。民歌色彩与文人诗的韵味融合在一起,使得他的诗作既清新明朗又含蓄华美,既有鲜明的地方情调和浓厚的生活气息,又有强烈的抒情意味,这在我国古典诗歌史上是别具一格、独具特色的。文章还指出,刘禹锡民歌体诗具有以下特色:含蓄婉转、富有情韵;烘托与渲染;含有朴素唯物主义思想的"神妙"之句;注意吸收民间口语,学习民歌悠扬婉转的情调。邓小军文将《竹枝词》和《踏歌词》放在一起进行比较,认为《竹枝》《踏歌》在内容上的共同之点,是表现夔州地方特殊的民俗风土;其题材都是夔州之春,民间赛歌;主题为爱情,兼及客愁。在艺术上,两词都是民歌特色与诗人特色的一体化。其区别:《竹枝》的基本特征是民歌本位,而融入诗人特色;《踏歌》的基本特征是诗人本位,而融入民歌特色。文章又从抒情主人公形象、意象结构、情意结构、手法和风格等角度论述两词的基本特征,分五点讨论:(1)角色化之民歌与诗人之踏歌,(2)意象结构的递进性,(3)情意结构的多层性,(4)电影式的艺术手法,(5)巴歈融入唐音的风格。肖瑞峰文将刘禹锡的民歌乐府体诗的总体风貌概括为四个特征:(1)风景画与风俗画的融合,(2)人情美与物态美的交汇,(3)诗意与哲理的渗透,(4)雅声与俚歌的并存。并对这四个特征展开了具体深入的论证,提出了比较精辟的见解。

刘禹锡诗歌题材、体式和声律研究

80年代以后,还有一些文章对刘禹锡的各种诗歌题材、体式和声律情况进行了有益的探讨。

从题材方面对刘禹锡诗歌进行研究的论文主要有吴汝煜《谈刘禹锡与白居易晚年的酬唱诗》[1]、肖瑞峰《论刘禹锡的讽刺诗》[2]、袁宗一《论刘禹锡的咏史诗》[3]、肖文苑《刘禹锡的咏史诗》[4] 等。其中吴汝煜文对比了刘、白晚年的酬唱之作,认为这些诗中,"白居易远出世情,

---

[1] 载《光明日报》1984年4月17日。
[2] 载《杭州大学学报》1985年第4期。
[3] 载《宁夏大学学报》1986年第2期。
[4] 载《大学文科园地》1986年第3期。

对政治采取超然的态度,明哲保身,怡然自乐。刘禹锡则不能忘怀世情,通常是酒入愁肠,难消孤愤"。这又具体表现在三个方面:(1)对待分司闲官的态度,白是"知足常乐",而刘则"出于无奈",为"一再遭到挫折感到苦闷";(2)两人在对待老境的态度上虽然都"嗟叹老境的凄凉和可悲",但白"失去了积极向上的力量",而刘"对生活很热爱","激励老年人消除暮气,振作精神";(3)在烧丹和宗教信仰上,刘禹锡的某些诗"闪耀着卓越的唯物主义的思想光芒",这是白居易所不及的。肖瑞峰文认为,刘禹锡的讽刺诗以其寓犀利于婉曲、化冷峻为幽野的独特风格,在我国讽刺文学的历史长廊里,居于引人瞩目的地位。袁宗一文和肖文苑文都探讨了刘禹锡咏史诗的思想艺术价值。袁文是从内容方面谈的,重点在于剖析刘禹锡咏史诗在当时的现实意义;肖文是从鉴赏的角度谈的,重点是谈艺术。两文的侧重点虽然不同,但都注意到了刘禹锡的咏史诗的诗情与哲理相结合这一重要特色。另外,肖瑞峰的《刘禹锡诗论》一书也分别探讨了刘禹锡的抒情诗、咏史诗。他认为,刘的抒情诗具有"风力遒劲""风义高伟""风神隽秀"三个特征。刘的咏史诗内容上有四个特征:借古人之针砭,刺现实之痼疾;征前代之兴亡,示不远之殷鉴;慕前哲之高风,抒不屈之气节;赞先贤之伟业,言济世之雄心。形式上也有四个特征:气力雄健,气赅今古;因意遣词,即小见大;即景骋情,妙造自然;章法多变,摇曳生姿。

从声律和体式方面研究刘禹锡诗歌的论文主要有:师为公《刘禹锡诗歌用韵考》①、宋心昌《论刘禹锡的古体诗》②《刘禹锡七绝论评》③等。其中宋心昌前文认为,刘禹锡的古体诗可分为五古和七古两大类。其五古主要学阮籍《咏怀》组诗,又受《古诗十九首》的影响,长篇五古为苏轼所效法。其七古成就较五古高,以学杜甫为主。作品中除反映当时重大历史事件外,还擅长刻画各种物态,有自寓身世之感。七古中的讽刺诗用笔灵活,善于变化。他的杂言也很有特色。文章最后认为,刘禹锡的古体诗在中唐诗坛上虽然谈不上开宗立派,但由于笔力劲健,语意超迈,因此仍有自身的价值和意义。宋心昌后文论述了刘禹锡在七绝方面的四个贡献:(1)刘是第一个将怀古咏史纳入七绝中的诗人,首

---

① 载《铁道师院学报》1987年第1期。
② 载《广西师范大学学报》1992年第1期。
③ 载《中州学刊》1992年第2期。

开这方面的风气,扩大了七绝的题材;(2)刘敢于在七绝中直接抒写男女恋情;(3)刘的七绝"随物感兴,往往调笑而成",有水到渠成之妙;(4)刘仿效民歌的《竹枝词》等,无论在内容题材上,还是在艺术风格上,都与前人的七绝大不相同。

刘禹锡诗歌作品考辨

高志忠的《刘禹锡诗文系年》① 是一部对刘禹锡诗文进行系年考证的专门著作,该书将刘禹锡创作活动分为三期:永贞前(805)为一期,元和初(806)至宝历末(826)为第二期,大和(827)后为第三期。全书每系年一诗一文,皆胪列内证、外证、旁证,结论较为信实。还有一些文章对刘禹锡诗歌作品中的问题进行了考辨,如卞孝萱《〈刘禹锡集〉中疑难问题初探》②、毛西旁《刘禹锡诗注释中的一些年代错误》③、戴志传《刘禹锡朗州诗文考辨——兼与卞孝萱先生商榷》④、陶敏《〈全唐诗〉中重出的刘禹锡诗甄辨·续补》⑤、陈建中《刘禹锡竹枝词写作地点考辨》⑥、杨罗生《刘禹锡三首洞庭诗作系年考》⑦ 等。另外,敬堂《关于刘禹锡生平中的一些问题》中对旧籍中关于禹锡诗文的几个记载,做了一些补正,共涉及八个问题;卞孝萱《刘禹锡年谱》中对刘禹锡大部分诗文作品进行了系年;吴在庆《卞著〈刘禹锡年谱〉辨补》一文,则对卞著中的诗文系年之误进行了辨正,共论及刘禹锡诗文十七篇;吴在庆文还对前人都未系年的刘禹锡的诗歌作品共十四首进行了系年考补。

刘禹锡的散文成就

专门对刘禹锡散文进行研究的文章也不多,主要有吴汝煜《论刘禹锡的散文》⑧、戴志传《略谈刘禹锡朗州散文》⑨ 等。吴汝煜文主要从刘

---

① 高志忠:《刘禹锡诗文系年》,南宁:广西人民出版社,1988年。
② 载《徐州师范学院学报》1978年第1期。
③ 载《四川师范学院学报》1981年第1期。
④ 载《常德师专学报》1985年第2、4期。
⑤ 载《文史》第28辑。
⑥ 载《上海师范大学学报》1988年第3期。
⑦ 载《求索》1988年第4期。
⑧ 载《唐代文学论丛》总第7辑。
⑨ 载《常德师专学报》1986年第1期。

禹锡在唐代古文运动中的地位、散文成就、渊源与影响三个方面展开论述，指出刘禹锡从事古文写作的时间不比韩愈晚。他是与韩愈不约而同地走到了提倡古文运动的道路上来的。刘禹锡的散文以论说文的成就最为突出，具有因小见大、巧丽渊博、富于卓识等特色。其他各体散文也多佳作。其文主要渊源于刘向与班固，而对宋代王安石、苏轼及明代刘基均产生过重要影响。戴志传文指出，刘禹锡在朗州时期的散文"善用对话的形式来摹绘人物的语言、行动，刻画人物性格，并通过典型形象来寄寓自己的思想感情"，"在语言方面的突出特色是凝练、清丽、词采优美，蕴含隽永"。所论大致符合刘禹锡朗州散文的具体情况，但文中举《陋室铭》为例似欠妥。

四、作品集整理和版本研究

20世纪刘禹锡作品的整理和版本研究也取得了较大的成就。主要成果有唐兰《刘宾客嘉话录的校辑与辨伪》[①]、屈守元《谈刘禹锡诗文集的两个影宋本》[②]《关于〈谈刘禹锡诗文集的两个影宋本〉一文的补正》[③]《记明范氏卧云山房抄本刘禹锡诗文集》[④]、陶敏《〈全唐诗〉中重出的刘禹锡诗甄辨》[⑤] 《〈《全唐诗》中重出的刘禹锡诗甄辨〉续补》[⑥] 等。

20世纪新整理出版的《刘禹锡集》主要有以下几种：

1.《刘禹锡集》（上海人民出版社，1975年）。该书是为了适应当时"评法批儒"政治运动的需要而整理的新校本，系以清朱澂《结一庐剩余丛书》中的《刘宾客文集》作底本，参考影印宋绍兴本及《全唐文》《全唐诗》《文苑英华》等校理出版的，无校记。

2. 瞿蜕园笺证《刘禹锡集笺证》（上海古籍出版社，1989年）。本书亦以《结一庐丛书》本为底本，校以两宋本，参以《全唐文》《全唐诗》及《文苑英华》以下各选本，辑为校记。其笺证，或述作品之篇章

---

① 载《文史》第4辑。
② 载《四川师范学院学报》1977年第3期。
③ 载《四川师范学院学报》1978年第2期。
④ 载《四川师范学院学报》1978年第3期。
⑤ 载《文史》第21辑，1983年。
⑥ 载《文史》第28辑。

结构、大旨，得诗人之用心；或释字词、典故，征引弘富，为深入研究刘禹锡及其文学成就提供了很好的基础。

3.《刘禹锡集》整理组点校、卞孝萱校订《刘禹锡集》（中华书局，1990年）。该书以民国徐鸿宝影印宋绍兴八年本为工作底本，以"董本""宋残本""明本""赵本""朱本"五种版本为主要校本，还参校了其他二十种本子，有校记。

4.蒋维崧等《刘禹锡诗集编年笺注》（山东大学出版社，1997年）。该书的特色是对刘禹锡的大部分诗文作了编年，且按作年之先后编排作品。

另外，还出现了一些选本，如吴钢和张天池选注的《刘禹锡诗文选注》①、吴汝煜选注的《刘禹锡选集》② 等。

第四节 李贺研究

在中唐诗坛，李贺诗风独特，成就突出，不但备受历代诗评家的关注、赞许，而且也是20世纪学界一直关注的研究对象。即使在六七十年代，李贺研究也未停止。80年代以后，还出现了好几部有关李贺的研究专著，如刘瑞莲的《李贺》③、傅经顺的《李贺传论》④、刘衍的《李贺诗传》⑤、吴企明的《李贺》⑥、杨其群的《李贺研究论集》⑦ 等，这些著作都在不同程度上对李贺的生平、思想、艺术成就作了新的探索。本文下面拟从生平行事、性格和思想、诗歌艺术、作品流传和影响、作品整理和版本研究等方面，对20世纪李贺研究所取得的成绩进行介绍。

---

① 吴钢、张天池、刘光汉补注：《刘禹锡诗文选注》，西安：三秦出版社，1987年。
② 刘禹锡著，吴汝煜选注：《刘禹锡选集》，济南：齐鲁书社，1989年。
③ 刘瑞莲：《李贺》，北京：中华书局，1981年。
④ 傅经顺：《李贺传论》，西安：陕西人民出版社，1981年。
⑤ 刘衍：《李贺诗传》，太原：山西人民出版社，1984年。
⑥ 吴企明：《李贺》，上海：上海古籍出版社，1985年。
⑦ 杨其群：《李贺研究论集》，太原：北岳文艺出版社，1989年。

一、生平研究

早在 20 世纪初，就有学者对李贺的生平进行了比较深入的探讨。1908 年田北湖发表了《昌谷别传并注》①，对新、旧《唐书·李贺传》记载中的错误多有厘正。1928 年万曼的《诗人李长吉》②一文也纠正了新、旧《唐书》之误。王礼锡于同年同刊发表的《驴背诗人李长吉》③，在肯定田北湖文功绩的基础上，对李贺生平详加考证，且在文后附有一简明《李长吉年谱》。王礼锡文发表后，出现了一些商榷文章，其中主要有李嘉言的《为"长吉生平的考证"质王礼锡君》④、致干的《没落贵族的诗人李长吉——鬼的呻吟，幻的追求》⑤等。1935 年，朱自清《李贺年谱》⑥的发表，标志着李贺生平研究进入了一个系统、深入的阶段。一年以后，周阆风又出版了《诗人李贺》⑦一书，对李贺生平作了一些补证，书后所附《李贺年谱》参考朱自清谱处甚多，然亦有发明。

可是从 30 年代中期直到 70 年代中期，长达四十年的时间里，李贺生平研究几乎没有取得任何进展。梁超然于 70 年代末发表的《李贺生平行踪的一点新探索》⑧打破了这种局面，对朱自清谱中不详之处作了补考。此后刘衍的《读杜甫的〈公安送李晋肃入蜀……〉——研究李贺的一份重要材料》⑨《关于李贺的家世——读杜甫的〈公安送李晋肃〉》⑩在新材料的基础上对李贺家世作出了新的考证，游志坚《读朱自清先生〈李贺年谱〉札记》⑪对朱自清谱进行了一些辨正、补考，杨其群的

---

① 载《国粹学报》第 4 卷第 6 期，1908 年。
② 载《文学周报》第 5 卷第 22 期，1928 年。
③ 载《文学周报》第 7 卷第 23 期，1929 年。
④ 载《文学月刊》第 3 卷第 1 期，1932 年。
⑤ 载《文学杂志》第 1 卷第 1 期，1933 年 4 月。
⑥ 载《清华学报》第 10 卷第 4 期，1935 年。
⑦ 周阆风：《诗人李贺》，北京：商务印书馆，1936 年。
⑧ 载《学术论坛》1979 年第 Z1 期。
⑨ 载《湖南师范大学社会科学学报》1980 年第 1 期。
⑩ 载《文学遗产》1982 年第 3 期。
⑪ 载《重庆师范学院学报》1982 年第 4 期。

《李贺诗与八关十六子》①《李贺生卒年辨正》② 也都对李贺的生平有新的见解。

综观以上成果，我们发现 20 世纪的李贺生平研究主要是围绕以下几个问题展开的：

生卒年

李贺的享年向有二十七岁、二十四岁、二十六岁三说，20 世纪人们的看法也不外乎此。

1. 二十七岁说。田北湖《昌谷别传并注》首先对李贺享年二十四岁的说法提出商榷，认为李贺享年二十七岁，且认为李贺生于贞元六年，卒于元和十一年。此后持二十七岁说者甚多，但是在李贺生卒年的说法上却不尽相同。其中郑振铎《中国文学者生卒考》③、陆侃如、冯沅君《中国诗史》、朱自清《李贺年谱》等对李贺享年及生卒年的看法与田北湖全同；而万曼的《诗人李长吉》虽也同意二十七岁的说法，但他认为李贺当生于贞元七年，卒于元和十一年；王礼锡《驴背诗人李长吉》《李长吉评传》④、周阆风《诗人李贺·李贺年谱》及杨其群《李贺生卒年辨正》都认为李贺生于贞元七年，卒于元和十二年。

2. 二十四岁说。20 世纪持二十四岁说的学者也不乏其人，如何崇恩的《李贺生年考》⑤ 就认为李贺只活了二十四岁，生年当为贞元九年。游志坚的《读朱自清先生〈李贺年谱〉札记》也认为二十四岁说比较可信，然作者又肯定了朱自清关于李贺卒于元和十一年的说法，并认为杜牧《李长吉歌诗序》中"贺死后凡十有某年"之"十某年"乃"十有六年"之误，由此推算李贺当生于贞元九年。

3. 二十六岁说。30 年代李嘉言在《为"长吉生的考证"质王礼锡君》一文中就曾指出王说"二十七岁"不足为定论，谓尚有二十四岁、二十六岁诸说，则当时已有持二十六岁说者。后来于必昌的《李贺生卒年新证》⑥ 坚持认为李贺当生于贞元九年（793），卒于元和十四年

---

① 载《山西大学学报》1984 年第 1 期。
② 载《晋阳学刊》1984 年第 5 期。
③ 载《小说月报》第 15 卷第 9 号。
④ 王礼锡：《李长吉评传》，神州国光社，1930 年。
⑤ 载《湘潭大学学报》1980 年第 3 期。
⑥ 载《文学评论丛刊》第 7 辑。

(819)，享年二十六岁。

家世

田北湖《昌谷别传并注》说李贺"系出大郑王房，食租于东都"；王礼锡的《驴背诗人李贺》中"长吉的家世"一节对李贺其父、其母、其妻、其弟均有所涉及；朱自清《李贺年谱》在同意田北湖、王礼锡所云"贺当出大郑王"的基础上，作了补充论证，而且还特地指出清华大学1933届毕业生阎崇璩所作论文《李长吉年谱》"独主贺出小郑王后"，"然其说难自树立"。刘衍《读杜甫的〈公安送李晋肃入蜀……〉——研究李贺的一份重要材料》及《关于李贺的家世——读杜甫的〈公安送李晋肃〉》两文均指出，闻一多先生在《少陵先生年谱笺证》中虽曾据此诗推断李晋肃与杜甫有"姻娅"关系，但没有进一步论证，他在论证之后认为，他们之间是较远的舅表兄关系，而且可能在孩提时代就有过文学上的交往或生活上的接触。

生地与籍贯

田北湖《昌谷别传并注》首先指出旧说李贺家居陇西，实误，认为李贺寄家洛阳，"祖上有南北园在宜阳南山中，后人因其居地所在而称之曰昌谷"。王礼锡《驴背诗人李长吉》中"里籍的考证"一节对田北湖对李贺的生地的考证深表同意，也认为李贺的生地在洛，故居在昌谷（洛阳后门外）。朱自清《李贺年谱》也认为李贺"居河南府福昌县之昌谷"，而且对昌谷考证更细。后来学界对李贺生地的认识皆沿朱自清说而无异议。

赋《高轩过》的时间

旧籍谓李贺七岁作《高轩过》诗，20世纪学界几乎都认为此说不确，但是至于李贺何时赋《高轩过》诗，人们看法也不一致。如田北湖《昌谷别传并注》认为李贺十八岁作《高轩过》，非七岁作。王礼锡《驴背诗人李长吉》也认为《高轩过》诗乃元和三年与韩愈初相识时作，是年李贺十八岁。其《李长吉评传》又云《高轩过》非七岁所赋。"且看'我今垂翅附冥鸿'等句的语气，明明是穷途潦倒的话。七岁的孩子，方且'总角荷衣'与社会不生关系，何以就有失意之感？并且'书客''秋蓬'也不是在家中的口气。所以即不深考事迹，在语气上也可证明它的错误。"朱自清《李贺年谱》在对李贺、韩愈、皇甫湜三人行迹详加考证之后，认为元和四年李贺二十岁时，在东都，与韩愈、皇甫湜相过，贺为作《高轩过》诗。周阆风《诗人李贺·李贺年谱》认为元和四年李贺十九岁时赋《高轩过》。游志坚在其《读朱自清先生〈李贺年谱〉札记》中认为李贺初见韩愈应为元和四年，不是元和二年；《高轩过》应写于元和四年六月十日后（按其所定李贺生于贞元九年的说法推算，李贺时年十七岁）。

潞州之行

朱自清的《李贺年谱》认为李贺于元和九年秋曾至潞州，依张彻，时彻初效潞幕，元和十年，自潞归，卒。后来，王礼锡的《李长吉评传》、周阆风的《诗人李贺》、傅经顺的《李贺传论》及刘衍的《李贺诗传》基本上都沿用朱自清的说法。但是，梁超然认为朱自清《李贺年谱》对李贺到潞州一事说得不够清楚，故先后撰《李贺生平行踪的一点新探索》《李贺潞州之行新考》①对此事进行补考，他在前文中通过对僧无可的《送李长吉之任东井》诗的考证，提出了四点新见：（1）李贺曾到过代州雁门的东陉任官；（2）李贺到潞州是与张彻相会，并非"往依张彻"；（3）李贺到潞州的时间不一定如朱自清所说在元和九年，而很可能在元和四年左右；（4）由于李贺在代州雁门的东陉生活了一段时间，所以写了《雁门太守行》《北中寒》《平城下》《长平箭头歌》等反映代、潞一带生活的作品。后文则认为李贺到潞州大约在元和六年或稍前。吴企明的《李贺》虽然同意朱自清说李贺到潞州依张彻的观点，但是在时间上与朱说不一致，认为"就在元和八年（813）六月下旬的某一天，他出发到潞州（今山西省长治市）去。"

其他

有一些学者还对李贺生平中的其他问题进行了考证，如：对于李贺所任官职，旧籍说是协律郎，田北湖《昌谷别传并注》首先指出，李贺所补官职应是奉礼郎而非协律郎。万曼《诗人李长吉》中认为李贺实已举进士，而人毁之；非如新、旧《唐书》之谓，贺不肯就也。王礼锡的《李长吉评传》中有对李贺结婚时间的考证，他认为李贺早婚，结婚在十八岁前，《后园凿井歌》"似是新婚时所作"。李嘉言《为"长吉生的考证"质王礼锡君》认为，王礼锡《李长吉评传》中所说元稹"倡嫌

---

① 载《广西民族学院学报》1985 年第 4 期。

名"说"不足信",元稹无毁李贺之可能。洪为法的《李贺之死》[①]讨论了关于李贺死的传说,认为这不是荒诞无稽之谈,文章从李贺一生之心理、思想之特点说明此事也可有正当的解释。另外,前人几乎都认为李贺自潞州归后即卒,而吴企明《李贺》一书则指出,李贺在游潞州之后因淮西战乱并未直接回乡,而是"干脆南游吴会",且"先后到过金陵、嘉兴、吴兴、甬东(今浙江省定海县)等地",并与沈亚之交游,创作了许多描写江南风物的诗作。"淮西战乱稍为缓解,李贺就从江南北归家园","回家后不久,这位青年诗人终因精神上和肉体上的双重折磨,过早地离开了人世"[②]。

二、性格和思想研究

李贺奇诡瑰丽的诗风,与其独特的心理、性格和思想有很大的关系,所以人们在研究李贺诗歌的同时,也对李贺的心理、性格和思想给予较大的关注。大致说来,在20世纪上半叶,人们多注意李贺的社会观、人生观;五六十年代则着眼于李贺对国家、人民之态度;70年代由于受到"评法批儒"运动的影响,人们多探讨李贺的法家思想和无神论色彩;80年代以后,学界对李贺思想、个性的研究走上了比较科学、客观的轨道,人们除了较全面深入地研究李贺的思想,还分析了李贺的心理特点和性格特点。

20世纪上半叶

万曼的《诗人李长吉》是20世纪较早述及李贺的思想、性格的论文,文章认为,"长吉的人生观,同许多诗人一样,同是对酒当歌的作乐态度。……而且气度窄小,拘于世禄厚薄"。

王礼锡的《驴背诗人李长吉》有一节专论"长吉的癖性",不过较之李商隐的《李贺小传》、杜牧的《李长吉歌诗叙》并无多大的深入。

江寄萍《李长吉诗》[③]认为,"从李贺各种古怪的脾气,和他倨傲的性格上看来,他多少是有点神经病的"。文章还分析了造成李贺诗歌中悲感的缘故:"一方面是身世的凄凉,一方面是因为天宝大乱之后,社会的种种现象都不安定,自己目睹的一切,自然不能无所感触。阴险

---

① 载《青年界》第5卷第2期,1934年。
② 吴企明:《李贺》,上海:上海古籍出版社,1985年,第35—36页。
③ 载《大戈壁》第1卷第2期,1932年。

的世途,使他感觉到人生更深的痛苦。"

相对说来,致干的《没落贵族的诗人李长吉》对李贺的思想的探讨则要细致、深入得多,他不同意王礼锡《李长吉评传》中说李贺"是由贵族蜕化的小资产阶级性的士大夫阶级"的论点,他认为李贺"纯粹是一个贵族诗人","他的立场,是地主阶级的立场",因此该文着重探讨了李贺"对于当时的统治阶级和被统治的农人与小民的态度"。文章认为,李贺不但"没有同情农人和小民的痛苦,在他的诗中,他还写着他的生活是建筑在对农人和小民的剥削上","他的意识,正是一般贵族地主的意识,他的诗歌,正是歌吟着一般地主贵族的要求,他的阶级性是非常鲜明的"。文章还分析了李贺"鬼与幻的没落意识",认为长吉诗中的没落意识主要表现在以下几个的形态上:(1)聊以山野田园自慰,(2)失意的感伤到鬼的呻吟,(3)生命的悲哀,(4)幻的追求。

和前此人们多沿袭旧籍所说李贺"性孤冷落,不与人合"不同,周阆风的《诗人李贺》则开始探讨李贺性格的社会原因,文章认为,"李贺的时代,不容他能优游,这样,就成了他消极的怪僻的性格。加以自己又因应举而受人倡嫌名之说,阻止了他上进的路途,于是更为消极冷僻。这性格逐渐扩张下去,达到极点,因此也就更觉怪诞诡异。……所以,他实在并不是天生的鬼才鬼仙,而是时代社会所逼成他的"。

五六十年代

50年代以后,由于受到马克思主义社会观的影响,学界比较注重李贺对人民的态度的探讨,而且由于当时人们对这一价值评判尺度认识和操作的差异,还形成了对李贺的思想评价以肯定为主和以否定为主的两派观点。

1. 肯定派。50年代,陈贻焮的《论李贺的诗》[①]是较早一篇对李贺诗歌的思想性给予肯定的论文。该文认为,"李贺的大部分诗歌,采用了各种不同的题材,从各个方面展示了诗人和他同时代许多失意的、受压迫的人们的悲惨命运、他们痛苦的内心世界以及他们追求自由、幸福和美好生活的强烈意愿,都具有一定的认识价值和美学价值,都是应该肯定的。"

后来,针对北京大学中文系文学专门化五五级学生所编的《中国文

---

① 载《文学遗产增刊》第5辑,北京:作家出版社,1957年。

学史》对李贺诗从思想到艺术全盘否定的做法，学界涌现了好几篇意在肯定李贺诗歌思想内容和艺术特色的文章。

其中，何其芳在《文学史讨论中的几个问题》① 一文中就主张，对李贺这样写有大量中间性的作品的作家，不能"因为从它们里面看不到对人民的同情和明显的进步意义，就可以一概否定"，"因为否定了这些作家和作品，中国文学史就为之减色不少了"。他在后来发表的《〈李凭空篌引〉和〈无题〉》一文中也同样认为："对于古代作品的思想性，我们是应该理解得广泛一些的。李贺只活了二十七岁就死了。由于生活经验的限制，他的作品反映的现实的幅度是比较狭窄的。然而从他的诗里我们仍然看到了封建社会和有才能的人的矛盾。李贺从人民的角度对当时的社会表示不满的诗是极少的，但从他个人的被压抑来表示不满的诗却比较多。这些诗往往写得更动人也更完整。这些诗的思想内容是和我国古代的许多杰出的诗人有共同之处的。"②

叶葱奇在《〈李贺诗集〉后记》中认为："他虽说是唐朝宗室郑王的后裔，其实除了一个空虚的族望外，实际是一个出身布衣的寒士。"文章在对李贺的阶级成分有了这样的认识后，进而强调李贺思想中的进步因素："他虽然家境寒素，所任的职务虽然卑微，然而他却时时往来京洛，对当时的国家大事、统治者的举措、各藩镇的跋扈，以及京师贵游们的动态，都有着耳闻目睹的接触。以他这样一个满怀热情、深有抱负的青年，一面被排斥压抑在一个无聊的小职位上，一面眼看着种种叫人失望、忧虑、愤激的情事，怎么能不叫他的作品里充满了悲怆、愤郁、怨怒、凄凉的意味呢？所以他的作品里反映的是当时社会上活生生的现实，蕴蓄的是希望和失望交织成的意念与热情。"③

马茂元的《李贺和他的诗》也认为对李贺的性格和思想应该给予历史的、辩证的评价，他说："李贺处在动乱不宁的社会，加以体质清羸多病，又有才华过人的优越感和政治上的不得志，因而生活情调忧郁伤感，性格冷僻孤傲。他对空虚和幻灭的感觉特别敏锐，表现在他诗里确实有一股阴森森的气息。过去有人把他说成'鬼才'也不是毫无根据的。但是应该指出的是：他并不是安于这个幽灵似的境界的。他热爱生

---

① 载《光明日报》1959年7月26日、8月9日。
② 何其芳：《诗歌欣赏》，北京：作家出版社，1962年，第65页。
③ 叶葱奇：《李贺诗集》，北京：人民文学出版社，1959年，第379—381页。

活，追求理想，他希望自己的才能能为世用。这些都曾在他的精神领域里掀起了激荡的波澜，迸发出年青生命的火花。""对于李贺诗里所反映的令人难以捉摸的思想情绪，我们必须从他所处的具体的时代和生活环境去理解。在批判其消极的一面的同时，也必须肯定其积极的一面。"①

齐甘在《〈三家评注李长吉歌诗〉评介》②中则认为："李贺的思想深处有一种排山倒海的力量，挥洒在他的诗歌中。例如《浩歌》……李贺不但对自然界表示要征服它的理想，他自己的抱负也很宏伟，例如《苦昼短》。"

谭正璧、纪馥华《试论李贺及其诗歌》③也认为："李贺作品的大部分是典型地表现封建社会里有才能、有理想、正直的知识分子的悲惨命运，直接反映现实的作品却不很多，但在这些不多的作品中，所反映的现实是比较广而且有时是很'深刻'的。"

2. 否定派。五六十年代，首先对李贺思想全盘否定的是北京大学中文系文学专门化五五级学生集体编著的《中国文学史》。他们把中国文学史上诸多作家划分为现实主义和反现实主义两派，认为李贺是反现实主义的作家，在这种调子下，他们指出李贺诗歌的思想内容也是完全消极甚至是反动的："他过着贵公子的生活，却偏偏要写诗"，"他的诗歌内容是空虚而无聊的，什么《美人梳头歌》、《许公子郑姬歌》、《汉唐姬饮酒歌》等，只要一看题目就知道是什么货色"。这种全面否定李贺诗歌思想性的论调虽然遭到许多学者的反对（如上文所引），但也得到了不少人的认同。如人民文学出版社编辑部在《李贺诗集》出版说明中就认为："他出身于贵族世家，往还于名公大人之间，生活的面并不阔大，很少同人民生活有联系。因之，他作品中所摄取的题材，多半局限在宫廷和豪门里面。作品的人民性和思想性如何，还须深入探讨。"④

吉林大学中文系中国文学史教材编写小组编写的《中国文学史稿（唐宋部分）》对李贺思想的评价，也与北京大学中文系文学专门化五五级学生编的《中国文学史》相近，认为李贺"出身贵族，仅二十七岁就

---

① 中国作家协会上海分会文学研究室编：《中国文学史讨论集》，北京：中华书局，1959年，第194—195页。
② 载《学术月刊》1959年第7期。
③ 载《人文杂志》1960年第1期。
④ 《李贺诗集》，第1页。

死去。缺乏现实生活经验，因而诗歌也缺乏现实内容"。说李贺诗歌"以阴冷凄清的笔调，堆砌些华美的词句，内容空洞，充分反映了他生活的空虚"。又说他的诗歌中有"一种颓丧的情调，向鬼的世界寻找安慰，和现实隔离就更远了"①。

持相近观点的还有中国科学院文学研究所中国文学史编写组编写的《中国文学史》，该书也认为李贺"和广大的劳动人民缺少联系，对广阔的社会生活没有深刻的体察和认识"，"视野不宽"，而且他的一些抒写幽怪境界的诗歌"歌颂神秘、歌颂死亡，正是诗人对于人生感到空虚、幻灭的一种表现，影响是不好的"②。

"文革"之中

70年代中期，由于"评法批儒"运动的影响，李贺被划为"法家诗人"，故当时的报刊上几乎清一色的都是分析李贺诗歌中法家思想的文章，如南京大学中文系学员杨启顺等在《法家诗人李贺》③中就强调了李贺对"天命"论的无情揭露，反对分裂、要求统一的坚强决心，以及对秦始皇的赞词，充分体现了他的尊法反儒思想。吴汝煜、郑云波的《李贺的法家思想及其同韩愈的路线分歧》④则就三方面立论：（1）同情"永贞革新"，宣传法家思想，痛恨代表大贵族、大官僚利益的腐朽保守势力；（2）不避家讳、不受封建礼教的束缚，敢想敢说，顽强不屈；（3）关心国家统一，希望投笔从戎，为国家建功立业。文章还指出，"李贺后来不仅与韩愈没有交往，而且还在诗歌上发表了许多同韩愈完全相反的政治见解，公开站到跟韩愈对立的路线上"。

"文革"以后

"文革"结束后直到90年代，人们不再用"评法批儒"的观点来分析和评价李贺的思想，而是以比较历史、辩证的观念，对李贺诗歌所反映出来的思想、性格和心理特点，进行深入、细致的研究。

在70年代末和80年代初，学界主要是肃清"文革"中"评法批

---

① 吉林大学中文系中国文学史教材编写小组编：《中国文学史稿（唐宋部分）》，长春：吉林人民出版社，1959年，第171页。
② 中国科学院文学研究所中国文学史编写小组：《中国文学史》第2册，第411页。
③ 载《南京大学学报》1974年第5、6期。
④ 载《徐州师范学院学报》1976年第1期。

儒"运动对李贺思想评价的不良影响,如孙望《漫谈李贺及其与韩愈的关系》[①]一文就对某些人在"文革"中"不仅把李贺捧上了'法家'宝座,而且硬给他与永贞革新派拉上关系"的做法深表不满,他说,"事实上自二王执政以至失败被贬的整个过程,十六岁左右的李贺正在吴越一带作漫游,他根本没有参与这次运动的可能",而且,"不能因拔高李贺而讳言他与韩愈的关系。为要虚构儒法斗争的历史,而把韩愈树为李贺与之斗争的对立面,更非所宜"。同样,余美云的《李贺诗歌的思想评价》[②]也对"四人帮"横行时李贺被捧为"法家诗人"的做法表示反感,文章既看到了李贺诗歌中积极的一面,认为"诗人突出加以表现的主要是抒写个人受压抑的痛苦与激愤以及反映社会现实两个方面",但是文章又指出,"也应看到,李贺由于家世的沉沦,贫寒的处境,四处碰壁的遭遇,以及唐王朝国力日益衰颓的客观现实,使他看不见出路,因而他的诗歌充满着悲哀和绝望"。

然而,也正是从80年代初开始,学界逐渐拓宽了李贺思想研究的领域,方法和视角都日趋多样,而且越来越注重对李贺性格和心理特征的研究。

如陈允吉接连发表了《李贺诗中的"仙"与"鬼"》[③]《〈梦天〉的游仙思想与李贺的精神世界》[④]等文章,专门探讨李贺诗歌中的"仙""鬼"意识。他在前文中认为,李贺的许多诗歌"深刻地表现了诗人彷徨生死之间,在苦心思索生命的奥秘,试图寻找一条摆脱死亡的道路","李贺的灵魂深处,充满着生与死的冲突所激起的痛苦。他慨叹瑰丽神异的天国难以到达,就把注意移到棘草丛生的墓场,他无法肯定生命得到长存,就转而歌唱死亡的永恒,歌颂操纵命运的神秘力量。他在诗中经常写鬼,又经常写坟墓,正是他心中生与死激烈冲突不可调和的产物"。在后文中他通过对《梦天》一诗所表现的游仙思想的分析来探讨李贺独特的精神世界,文章认为,李贺表现"沧海桑田",并非意在肯定物质世界不断运动变化的客观规律,而是把它作为一种人的生命的否定力量,在诗歌中加以诅咒和悲叹。而这,从它所显示的哲学思想的精

---

① 载《南京师院学报》1977年第4期。
② 载《华南师院学报》1980年第2期。
③ 载《光明日报》1980年8月6日。
④ 载《文学评论》1983年第1期。

神面貌来看，是属于唯心主义和形而上学的。

同样，对李贺诗中神鬼意识进行研究的论文还有王楷、史双元《"鬼才"自有"神仙格"——谈李贺诗歌艺术中强烈的主观色彩》①、赵立《李贺"鬼诗"的意义和社会价值》②、陈维国《黄尘草树徒纷披 几人探得神仙格——李贺神鬼诗探源》③、廖明君《死与生的探求——李贺"鬼"诗论》④、《生命的渴望与理想——李贺游仙诗论》⑤、罗秉恕《〈楚辞〉的启示：略述李贺诗歌创作的"巫"心态》⑥、陈友冰《李贺鬼神诗的文化背景》⑦等。

另外，从佛教角度研究李贺的有张国风的《李贺诗歌中的天竺佛影》⑧，该文主要研究了李贺受佛教影响的可能性，还分析了李贺诗歌中一些和佛教有关的意象，认为李贺诗歌从佛教文化中得到过很多启发。

80年代以后，从性格和心理角度研究李贺的文章也不少，其中较具代表性的文章有陈书良《李贺诗歌的病态美》⑨、张国风《李贺诗歌的颓废主义倾向——个性和心理对艺术风格的影响》⑩、陈允吉《李贺：诗歌天才与病态畸零儿的结合》⑪、贾靖《李贺诗的语言和心理》⑫、孟修祥《李贺的变态心理与诗歌创作》⑬、杨旺生《生命的探索——论李贺的时间忧患》⑭、陈友冰《论李贺的抑郁气质和躁动心态》⑮等。

其中陈书良文认为李贺诗歌的病态美是生动的、也是独特的：首

---

① 载《南京师院学报》1981年第3期。
② 载《吉林师范学院学报》1987年第1期。
③ 载《重庆师范学院学报》1989年第4期。
④ 载《广西师范大学学报》1990年第2期。
⑤ 载《暨南学报》1993年第4期。
⑥ 载《文学评论》1993年第4期。
⑦ 载《辽宁大学学报》1993年第3期。
⑧ 载《北京大学研究生学刊》1986年第2期。
⑨ 载《诗探索》1981年第2期。
⑩ 载《文学遗产增刊》第16辑，北京：中华书局，1983年。
⑪ 载《复旦学报》1988年第6期。
⑫ 载《沈阳师范学院学报》1990年第2期。
⑬ 载《湖北大学学报》1990年第3期。
⑭ 载《南通师专学报》1992年第2期。
⑮ 载《江淮论坛》1993年第3期。

先，李贺相当一部分诗歌无批判地甚至是沉醉地描写了阴森和死亡；其次，还表现于怪诞的境界、过分的伤感，还有一些宫体艳情之作。文章还分析了李贺诗歌中病态美原因和实质，说它是李贺"在憎恨现实，又无力改变现实，转而厌弃现实的情绪支配下创作出来的"，"是在封建时代一个青年知识分子被诱惑到'学而优则仕'的道路上，却又被残酷地摒弃于'龙门'之外，让忧愁、贫困、疾病来摧残其身心的痛苦的内心世界的表现"。

张国风文首先分析了李贺的个性和心理特点及其形成原因，其次论证了李贺的个性和心理是病态的，最后认为病态的个性和心理造成了李贺诗歌的颓废主义倾向。

陈允吉文对李贺一生的经历、思想、审美心理和创作特征作了全面而又较为深入的探讨。文章认为，"中唐社会所呈现的那种陃塞、衰颓的生活现实，乃是酝酿与萌生众多病态人格的温床"，李贺没落贵族的身份、娇宠的家庭教养、病弱的体质和近乎丑怪的外形造成了他的精神畸形和心理变态。在现实生活中，他"一方面好自尊崇要求确立个人的独立品格，另一方面又顾影自怜冀求别人的提携和保护，这对矛盾显示出他求仕过程中病态心理的主要特征。他在自大与自卑这两个极端中间，始终没有达到一种真正的平衡"。文章还认为，"李贺这个人的襟怀是比较偃浅的，他过多地注意自己的感觉，理性思考则异常的不成熟"，"不可能像杜甫那样赋予其作品严肃的政治、伦理色彩"。

孟修祥文试图用变态心理学的理论来研究李贺的性格和心理，他认为："由于长期沉迷于以自我为中心的内心世界，对周围的一切现象不能用客观的眼光来看待，李贺看到的仅是他自身实感的投影。在真实的客观世界中，他丧失了一般正常人的生活能力，形成了非本来的、非实存性的生活方式，使其生命仅仅面向自己。""当他看待外界时，也是带着主观的眼光，对那些真实的客观的现实就视而不见。因而，他笔下作为心灵显现的诗作便呈现出变形、歪曲、倒置的意象。""李贺所建构的鬼魅世界来自他的变态心理所造成的幻觉，这种幻觉因某种事物触发，逐渐地或突然地消散和变形，成为一种梦魇般的形象。"文章还追溯了李贺变态心理所产生的根源：（1）与他幼年时期的家庭环境有关，（2）现实生活的挫折，（3）与变乱衰薄的社会环境有关，（4）宗教活动的影响，（5）楚文化的熏陶。

陈友冰文也从心理学的角度探讨了李贺的抑郁气质、躁动心态及保护性抑郁在其创作和言行中的种种表现,并分析产生这种病态心理的社会文化背景。文章认为其病态心理表现主要有三种。第一,李贺一跨入社会,就有种急欲成就功业、显亲扬名的紧迫感和焦灼感。这种心态使他经常失眠、面容憔悴、身体虚弱、躁动不安,不到二十岁,便出现鬓发凋落变白等早衰症状。第二,这种抑郁躁动气质使他的心态极不稳定,有点神经质,在创作上则表现为一首诗中感情瞬息万变,同一时间写的诗章会对同一问题得出不同甚至相反的结论。第三,这种抑郁躁动气质所形成的飘忽意念还使他的诗歌结构跳跃而少关联,意象朦胧而晦涩。论文还指出,李贺之所以没有变成忧郁型或狂躁型的精神分裂症,是因为人的机体内还有种保护性抑制。这种保护性抑制体现在李贺身上,主要是以下几种形式:一是补偿法,即通过现实中的偏好和幻想上的满足来获得心理补偿,维持心态平衡;二是回避法,即不去正视会给自己造成心理创伤的客观现实,转向内心世界,沉浸于能让自己获得安慰和心理满足的幻境之中,从而实现心理平衡;三是宣泄法,即通过对某种心理压力的直接宣泄来使精神和肌体获得短暂松弛和缓解。这些心理学的研究无疑对更深入地理解李贺诗歌的思想和艺术大有启发意义。

三、诗歌艺术研究

20世纪的李贺诗歌艺术研究,也经历了一个由浅入深,由单一的艺术特色分析到全方位、多角度探讨的过程。而且,在50年代曾经展开过一次关于李贺诗歌评价的讨论,70年代末,又由于《毛主席给陈毅同志谈诗的一封信》的发表,在学术界、理论界掀起了一次对李贺诗歌艺术特色和表现手法进行分析的大高潮。但是,李贺诗歌艺术研究真正取得长足的进展,却是在80年代以后。在20世纪最后20年,人们不但对李贺诗歌的艺术特色和审美特征有了更深刻的理解和认识,还探讨了李贺诗歌的艺术渊源和对后世文学的影响,甚至将其与中外诗人进行比较研究,使得李贺诗歌研究上了一个新的台阶。

艺术特色和艺术手法

20世纪上半叶,人们对李贺诗歌艺术特色和艺术手法的研究,虽然还不太系统、深入,但也有一定的学术价值。

如江寄萍的《李长吉诗》认为李贺诗的风格是"冷艳怪丽",并指出,"造成他诗的伤感色彩,一种是悲哀颜色的渲染,一种是悲哀音调表现"。文章还分析了李贺的悲哀的诗、鬼诗、投笔从戎的诗、抒情诗、游仙诗，说"长吉的游仙诗并不似李白那样有古老的道风，李白的游仙诗很像一个羽衣鹤氅成仙的道士，而长吉的游仙诗，却像一个幽闲冷艳成仙的道姑，在缥缈之中还含有艳丽的神情"。文章又指出，"从他的诗体上看来，知道他是反格律，并且是反骈偶的。长吉的乐府中很少有用律句的。有时本来是五言四韵的体裁，他却用反骈偶的形式。这可见他的乐府是自辟蹊径"。

王礼锡在《李长吉评传》中指出："他的诗体既不能归之于昌黎以文为诗一类，又不能归之于元白以语为诗的一类。他是冷，艳，奇，险，自成一家。"①

周阆风的《诗人李贺》认为李贺诗歌在艺术上既有优点又有缺点，他的优点是：（1）用字造语，不肯苟且，所以字字有力，句句老练；（2）他的诗，大都从实在生活中所体验出来的，他的诗纯是真情的流露，纯是直观的抒写，总之是有感而发的，这是他较一般作家的优良处；（3）在艺术技巧上，他的诗是达到了最高境，宛如临空架阁，高妙怪丽，不是寻常的诗人所能企及。作者认为李贺的缺点是：（1）从大体上看，缺乏热烈的情感、奔放的豪气，所以使人吟读时，不能发生强烈的感应，产生出多量的同情；（2）他的诗因为造语的冷艳诡怪，奇特百出，有许多处甚至难以使人领悟，这样，就失去了他的诗的普遍性，而不能如元白等能深入广大读者群中；（3）在内容上，总觉得有理不胜辞之憾。

钱钟书在其《谈艺录》中论李贺诗歌艺术处甚多，如"李长吉诗""长吉诗境""长吉字法""长吉曲喻""长吉用啼泣字""长吉用代字""长吉与杜韩""长吉年命之嗟"诸节。作者认为，"长吉穿幽入仄，惨淡经营，都在修辞设色，举凡谋篇命意，均落第二义"。又谓"长吉文心，如短视人之目力，近则细察秋毫，远则大不能睹舆薪。故忽起忽结，忽转忽断，复出傍生，爽肌戛魄之境，酸心刺骨之字，如明珠错落"②。又谓"长吉赋物，使之坚，使之锐"，"而其比喻之法，尚有曲折"，"长吉乃往往以一端相似，推而及之于初不相似之他端"③。

---

① 《李长吉评传》，第 100 页。
② 钱钟书：《谈艺录》，北京：中华书局，1984 年，第 46 页。
③ 同上书，第 51 页。

五六十年代，学界开始运用新的文学理论来分析李贺诗歌艺术，使得人们对李贺诗歌的艺术特点和表现手法有了进一步的认识。

如林庚《中国文学简史》先是将李贺与孟郊进行比较，说他们都是"凭苦吟的诗句"把"深沉的苦闷""尽情地表达出来"，"但是他诗才比孟郊更尖锐、更深入、更浓烈，更神秘"。然后又指出，"他的诗随处都是强有力的彩绘的笔触，这彩绘的笔触与神秘之感，仿佛油画之与水彩画一样，是更形象也是更暧昧的"①。这种分析使人对李贺诗歌独特的诗境能得到更直观的印象。

陈贻焮《论李贺的诗》一文也在对传统观点的辨析中提出了自己的新见，如他认为，杜牧评李贺诗歌时所说"理虽不及，辞或过之"的"理"，"是指诗歌中形象思维的'思维（理）'而言，并非指抽象的概念的'道理'或'事理'"，又认为，"至于说到李贺诗歌有无寄托，我认为有些是有的，但并非像某些人所说的那样'无一不为世道人心虑'"。他在《诗人李贺》②中又总结了"长吉体"的艺术特点，谓："这种诗体的主要在构思与艺术表现上有所独创，这方面的主要诀窍是：对某一史实或生活中某一事物偶有所感，便从一点伸发开去，精骛八极，神游千载；既要从现实中解脱出来，力求想象的荒诞，又要紧紧地依据生活经验，力求感受的真切和形象的生动，并设法将这对立的两方面统一在同一诗歌意境中。"这种深入浅出的概括无疑是准确而传神的。

马茂元《李贺和他的诗》认为，"想象力丰富，是李贺诗歌的艺术特征"，又指出，由于想象力的丰富，李贺在诗歌语言艺术上作出了惊人的业绩。这突出地体现在以下两个方面：一是"他最善于运用怪诞、华美的材料和词汇，尤其是富有美学意义的神话传说，别出心裁地创造出一种异想天开，从来没有人说过的语言"；一是"化腐朽为神奇、新鲜，化平易为惊险、瑰丽。把所有被表现在他诗中的客观景物和主观心情一律加以深化和美化"。文章还指出，"形象的鲜明和色彩的丰富是李贺诗歌最成功的表现。在唐人诗中，他是独标一格的。……过去有许多人往往喜欢抽出他某些诗篇，以一点代替全面，拿来和相同时代的元、白、张、王相比附，认为风格相似，甚至说超过了元、白。这是没有必要的"。

---

① 《中国文学简史》上卷，上海：古典文学出版社，第347页。
② 载《唐诗论丛》。

此后十年中，由于政治因素的影响，人们对李贺诗歌艺术的认识停滞不前。直到1977年年底《毛主席给陈毅同志谈诗的一封信》发表，由于毛主席在信中说"诗要用形象思维"，并称赞李贺的诗就是运用形象思维和比、兴两法以反映客观事物的，遂于70年代末涌现出一大批以此来分析李贺诗歌的艺术特点和表现手法的文章。虽然这些文章皆为应景之作，但是由于作者多为古典文学研究者，所以也有一定的学术价值，而且这些分析和研究客观上也促进了李贺诗歌艺术研究的进一步发展。

值得一提的是，当时有些学者并未完全据此论李贺诗歌，而是自出机杼。如郭石山《李贺诗三议》①就未随波逐流，机械地套用"形象思维"和"比、兴"等术语来分析李贺诗歌，而是认为"其艺术上的独创精神，更是值得我们进行探索、学习和借鉴的"。该文指出，"李贺诗歌的最大成就，在于他艺术手法上的独特创造"，并从四个方面进行分析：首先，诗人奇想联翩，对神话进行加工再造；其次，其使用比兴时，感官感受的互为比喻，更见形象生动，这里既有诗人丰富的想象，也有诗人高度的敏感；再次，他想象翻飞，构思多层，含意丰富，令人寻味无已；最后，其诗歌语言所特具的惊人气势，显示一种惊人的力量。

从70年代末开始，学界对李贺诗歌艺术的研究趋于多样化，有从整体上对其诗歌的艺术特色进行新的研究的，有对其诗中某一审美特征、艺术手法进行细致分析的，有对其某一体裁、题材诗中的艺术特点进行深入探讨的。

从整体上对李贺诗歌的艺术特色进行研究的论文主要有：陈尽忠的《谈谈李贺诗歌的"辞"和"理"》②、艾治平的《李贺诗歌的艺术特色》③、房日晰和李明章的《李贺诗歌艺术上的瑕疵》④《再论李贺诗歌艺术上的瑕疵》⑤、章祖安的《李贺诗的格调》⑥、王东春的《心物关系

---

① 载《社会科学战线》1978年第4期。
② 载《厦门大学学报》1978年第4期。
③ 载《暨南学报》1980年第2期。
④ 载《贵州师范大学学报》1981年第1期。
⑤ 载《学术月刊》1981年第10期。
⑥ 载《浙江学刊》1984年第1期。

内化与外形——论李贺诗歌的审美特征》[1]、陈允吉的《诗歌天才与病态畸零儿的结合》[2]、章继光和曾侠的《李贺诗歌的审美意象》[3] 等。

其中章祖安文认为，"李贺创造了一种全新的格调，在他的作品里，绚烂的色彩遮盖了逻辑的力量；奇妙的瑰丽的幻象纷至沓来，互相递嬗，令人目不暇接，改变着读者正常的思路；活在想象世界中的优美生灵和可怖生灵在他的内心骚动，通过生花妙笔，呈现在我们面前，使我们心惊目眩"。王东春文对李贺独特的审美理想和方式，对李贺诗中爱用的审美意象进行了较为新颖的探讨。作者认为，"李贺感兴趣的是人类生活中普遍的、永恒的基本问题。那些事物能引起他对人生的价值和意义的深思，那些东西就成了他创造灵感的一个来源"。陈允吉文认为，"长吉的诗歌是苦闷的象征，也是畸零者人格不和谐的外化和投射，在诗人所刻意摹划渲染的直观事物形象背后，总是隐藏着极其浓烈的感情"。文章还认为，李贺"善于借助幻想和丰富多彩的直觉，把自己对于缺失的感受灵敏地转换到它的相反方向，由之使这种补偿以一种想象性的愿望形态出现"。

对李贺诗歌中某一艺术手法、审美特征进行细致分析的论文主要有：吴汝煜的《论李贺诗歌的比兴手法》[4]，郭在贻的《试论李贺诗歌的语言艺术》[5]，陈书良的《李贺诗歌的病态美》[6]，王檣、史双元的《"鬼才"自有"神仙格"——谈谈李贺诗歌艺术中强烈的主观色彩》[7]，钟元凯的《李贺诗歌的色彩美》[8]，杨其群的《李贺为何不写七言律？》[9]，范之麟的《诗坛风尚对李贺诗歌风貌的影响》[10]，张国风的《李贺诗歌的颓废主义倾向——个性和心理对艺术风格的影响》[11]，万西康

---

[1] 载《河北师范学院学报》1987年第3期。
[2] 载《复旦学报》1988年第6期。
[3] 载《求索》1991年第3期。
[4] 载《徐州师范学院学报》1978年第1期。
[5] 载《杭州大学学报》1978年第1期。
[6] 载《诗探索》1981年第2期。
[7] 载《南京师院学报》1981年第3期。
[8] 载《学林漫录》第5集，北京：中华书局，1982年。
[9] 载《晋阳学刊》1983年第4期。
[10] 载《唐代文学论丛》总第3辑。
[11] 载《文学遗产增刊》第16辑。

的《从李贺诗歌用韵看中唐语音的演变》[1]、陈允吉的《说李贺〈秦王饮酒〉中的"狞"——兼谈李贺的美感趣味和心理特征》[2]、程亚林的《拓展诗境的语言结构——为李贺、谭元春一辨》[3]、贾靖的《李贺诗的语言和心理》[4]、杨振国的《李贺诗歌的通韵与晚唐韵部的合流》[5]、陶尔夫的《李贺诗歌的童话世界》[6]、罗秉恕的《〈楚辞〉的启示：略述李贺诗歌的"巫"心态》[7]、治芳的《李贺诗歌的结构艺术》[8] 等。

其中王樯、史双元文从诗人独特的创作方法入手，探索了其创作艺术形象的独特规律，认为李贺以丰富的形象，竭力表现强烈而独特的自我感受。这种强烈的主观色彩在诗歌形象上的表现是"通感"和"意象复合"；反映在诗歌的结构上，是以变化奇突、浮想联翩所引起的大开大阖、大起大落的跳跃性为特征的，表现为"错综交织的时空和人称的变换""突兀奇谲的蝉蜕式的跳跃"；反映在语言上则是"奇诡清丽的词句"和"化盐入水的融典"。总之，文章认为，只要掌握了李贺诗歌独特的创作手法和创作规律，就不会觉得李贺诗歌是不可理解的。

杨其群文认为，李贺之所以不写七言律，是"出于对时俗所趋但影响不良的元和体的憎恶，进而反对由于元和体的广泛流传而形成的一股中唐纤丽浮荡诗风"。对此，范之麟文有不同的看法。他否定了姚文燮将这一现象归于李贺是针对诗坛不良倾向，为"力挽颓风"，也不同意有人认为七律是应试诗，李不写七律是对科举制度的反抗的观点。认为李贺所以如此，是因为当时诗坛时尚是写作乐府，"在人们普遍写作乐府、相当一部分人对写七律不感兴趣的风气下，李贺出于对乐府的爱好，出于便于抒发情思而避免受近体格律的束缚"才没有写七律。

陈允吉文认为，李贺大多数作品"注重在描写个人的直觉和幻觉，这样的现象主要是由于他本身生活圈子的狭隘和性格的内倾所决定的。他无疑缺少对现实生活中社会问题深刻的思索和高度概括的能力，但他

---

① 载《抚州师专学报》1984 年第 2 期。
② 载《复旦学报》1984 年第 3 期。
③ 载《江汉论坛》1987 年第 8 期。
④ 载《沈阳师范学院学报》1990 年第 2 期。
⑤ 载《盐城师专学报》1990 年第 2、3 期。
⑥ 载《文学评论》1991 年第 3 期。
⑦ 载《文学评论》1993 年第 4 期。
⑧ 载《江淮论坛》1993 年第 4 期。

特别善于捕捉瞬息之间所感受到的事物的直观形象，也喜欢在诗中津津有味地描摹他主观精神上浮现的各种幻景"。

程亚林文从语言学的角度指出了我国传统的语言结构原则"简意"的局限性，肯定了李贺诗歌"冲破了传统诗歌立意单纯、语言畅朗的模式"，能"比较充分地表现了情绪的多面性、复杂性、瞬息性以及意象的同时并置性，拓展出新奇的诗境"。

陶尔夫文认为，李贺诗歌的"奇""诡""怪"，乃在于他所写的大部分作品已不是一般意义上的诗歌，而是近乎诗体形式的童话，或者是极富童话色彩、极富童话意蕴的诗。他的这种"童话"，并不是一般意义上的符合审美常态的童话，而是出自一个智能超常并带有某种反常心理和特殊病理的乖张诗人所幻构出的扑朔迷离的童话世界。

罗秉恕文说，"李贺与《楚辞》及其作者的关系，远不只在于化用和借鉴，而是深刻的认同与陶醉"，作者认为，"巫"这一原始文化范畴，可以将李贺诗风中诸如乐舞、女色、天上漫游等主题及李贺的想象在诗歌创作中所表现的一些基本倾向贯穿起来。

治芳文认为，李贺诗主要有四种结构。一为并列式。就是意象并列或意象并置。这些并列的意象无大小、轻重、主次之分，表面上看起来是无序的、杂乱的，带有很大的随意性，但它们都是从不同的角度和侧面去形容、描摹、比喻、象征或写感受、经验、人事、物象的。二为两段式。就是全诗的意象结构一分为二，成为明显的两个部分，而且诗人有意要在分量上造成一种畸轻畸重的不平衡状态，形成结构上的不对称和不平衡之美，从而让他的诗意和诗情以极为突兀的、不同凡俗的方式表现出来。三为交错式。即意象的排列与组合采用一种交叉的、错列的方式，完全打破了时空关系的完整性和统一性，而让服从于统一构思的意象在不同的时空中分别地、交错地出现，被打散的意象群各具自己的时空性质。四为点睛式。是先用大量的篇幅（即众多的意象）去铺陈、渲染某一具体的人事、景象或场面，形成一个密集的意象群；只在诗的结尾时用一句、最多用两句（或一至两个意象）来揭示题旨，点出正意，表明诗人感情的倾向和指归。这也就是古人所说的李贺诗八法中的"冷结"。文章最后还对"旁出"和"陡转"二法进行了具体的分析。

对李贺某一题材的诗歌进行深入探讨的论文主要有：赵立的《李贺

"鬼诗"的意义和社会价值》[1]、徐树仪的《李贺的"马诗"与唐代的科举》[2]、陈维国的《李贺神鬼诗探源》[3]、廖明君的《论李贺的爱情诗》[4]、《生命的渴望与理想——李贺游仙诗论》[5]、陈友冰的《李贺鬼神诗的文化背景》[6] 等。

其中赵立文探索了李贺"鬼诗"的寓意,并从消极与积极两方面衡量其社会价值。徐树仪文认为,李贺的《马诗》二十三首曲折地反映了唐代用人制度的不合理,认为它们都与科举制度密切相关。

陈维国文对李贺的神鬼诗作了探源式的研究,较有启发性。文章先否定了"模仿说""幻灭说""抒愤说"三种成说,然后对李贺任奉礼郎前后的诗歌作了比较,特别着重分析了李贺有关祀神活动的诗,得出"李贺的神鬼诗也和三年的奉礼郎生活有着直接关系"的结论。文章认为,"李贺长期'风雪值斋坛'与神鬼打交道的生活,必然对他的心理和创作产生深刻影响,使得李贺不仅在参加祭祀活动时,相信鬼神世界的存在,而且观察事物时常自觉不自觉地带上'巫觋的眼光'"。此外,文章还指出,唐代道教盛行,道教思想必然要影响李贺,"强化他作为奉礼郎职司的神鬼意识"。

廖明君前文说,李贺作品中涉及爱情的作品几乎占四分之一,文章分析了李贺诗歌中所表现的对爱情的渴望和爱的痛苦,还认为其游仙诗中展现的是一个超越了痛苦的爱情世界。廖明君后文指出,李贺在其游仙诗中,借助对神话的改造,建构了一个梦幻般的充满诗意的天国世界,使生命克服了生活的恐怖意识,超越苦难而获得快乐,超越死亡而获得长存,超越虚无而获得价值和意义,从而表达了诗人对生命的肯定和赞美,以及对生命的渴望与理想。

陈友冰文从三个方面探讨了李贺神鬼诗的文化背景:(1)生活环境的幽冷荒僻和鬼神气息,造成了李贺诗幽冷的格调和多言鬼神的创作倾向;(2)当时社会弥漫的宗教气氛和李贺的职业特征常使他带着幻觉去

---

[1] 载《吉林师范学院学报》1987年第1期。
[2] 载《上海师范大学学报》1987年第3期。
[3] 载《重庆师院学报》1989年第4期。
[4] 载《学术论坛》1992年第1期。
[5] 载《暨南学报》1993年第4期。
[6] 载《辽宁大学学报》1993年第3期。

看待人生;(3)大历以来文学观念的更新和创作心理的变化,使他自觉地去追求"语奇而入怪"。

四、李贺在中国诗歌史上的地位和影响

诗歌成就及其在中国诗歌史上的地位

20世纪上半叶,人们对李贺诗歌的艺术成就及其在中国诗歌史上的地位和贡献的认识已经比较明晰。

如梁启超在其《中国韵文里头所表现的情感》中把李贺称为"浪漫派的别动队",说"他的诗字字句句都经过千锤百炼","但他的特别技能不仅在于字句的锤炼,实在想象力的锤炼","我们不能不承认他在文学史上的价值"①。

王礼锡的《驴背诗人李长吉》和《李长吉评传》论李贺在文学史上的位置都比较精到、细入。在前文中,他虽然认为李贺是属于韩愈一派的,但是其影响"比之昌黎诸人大","而他反元白的色彩亦较重",并认为"长吉是昌黎的副将,温李的先锋,元白的敌手"。在后书中,他又抬高了李贺在中国文学史上的地位,认为李贺是韩愈和元白两大对立诗派中间"单刀匹马冲围突阵的勇士","这位诗人因为曾受过韩愈的帮助,所以从来论诗的人把他归到韩愈的麾下,忽略他自成一派的地位"②。

当然,也有人对李贺的诗歌成就持否定态度,如致干《没落贵族的诗人李长吉》文就认为:"长吉是个没落的诗人,他的诗歌的内容,除掉悲伤与幻想以外,几乎没有什么东西。他没有盛旺的气概,他是异常的贫乏而不充实呀!正因为他在内容方面贫乏不充实,所以他在诗歌上只能玩弄着形式的美。"陆侃如、冯沅君的《中国诗史》也认为,李贺那些"怪艳"的作品"并不能提高作者在诗史上的地位",有些诗句"诚然是新奇可喜,但他的作品应全体看来,却是太做作了,而且常常还要有晦涩和堆砌的毛病,所以终于不能算第一流的作家"③。郑振铎《插图本中国文学史》对李贺诗歌的评价也不高:"他的诗句尚奇诡,绝

---

① 梁启超:《饮冰室合集·文集》第3册,上海:中华书局,1936年。
② 《李长吉评传》,第159页。
③ 《中国诗史》,第427页。

去畦径，但其大体，则近于王建、张籍。唯较为生硬耳。"①

总的说来，20世纪上半叶学界对李贺在文学史上的地位和贡献多是持肯定的态度的，就是到50年代中期也还是如此。

如林庚在《中国文学简史》中将李贺放在唐代诗歌发展史的背景下进行考察，认为李贺的诗歌具有承前启后的作用，已显现出晚唐诗的特点："通过诗歌语言的魔杖，指顾之间，便出现一个浓郁缤纷的世界，成为风靡一时的诗风。但是它却是离开自然现实世界的神秘的语言，这艺术性与现实性的不能统一，就具体地说明了诗歌之要从高潮上走向低潮。"②

再如，陈贻焮在《论李贺的诗》一文中也认为："李贺在诗歌艺术上的成就则更大。他想象丰富，构思精巧，表现新颖，风格奇殊，其中许多优长，尤其是他的那种严肃认真的创作态度，那种反对庸俗、追求完美的艺术表现的精神，对我们今天的诗歌创作来说，还是值得学习的。"当然，作者同时也指出："另外一面，由于他的生活窄狭，体验不深，在他的诗歌创作上也的确存在着过分追求所谓'美'的表现的不良倾向，这也是应该特别加以说明的。"

而李嘉言则强调李贺于词体产生所具有的积极作用，他先是在《词的起源与唐代政治》③一文中说"李贺既亦以'天若有情天亦老'句得名，所以李贺诗体在'多情'方面便先与词有了不解的宿缘"，"两《唐书》都说李贺做过协律郎的官，如果可靠，则李贺就先合乎作词的第一个条件了"。"纵令李贺不懂得音律，只凭他那'怨郁凄艳之巧'，亦足可与词结成总角之交。""言情的齐梁体到中晚唐又该抬头，碰巧李贺在这时又特加提倡，于是就促成了词的产生。"然后，他又在《李贺与晚唐》一文中认为，以作诗的态度论，李贺、贾岛虽然都和韩愈相近，但是以成就论，他却"早已偷偷的逃出了韩愈的门墙，各树一帜，并取得大众的拥护了"。"二人在晚唐确都独立成立了诗派"，"惟贾岛一派多无名英雄，李贺一派都是名家，而且由于李贺诗的艳丽的外衣及感伤的内容，渐渐的影响，渐渐的发展，以至于词的成熟，使词的起源多一条路

---

① 《插图本中国文学史》第2册，第365页。
② 《中国文学简史》上卷，第348页。
③ 载李嘉言：《古诗初探》，上海：古典文学出版社，1957年，第148—149页。

线可寻，所以李贺一派在晚唐确是不可忽视的"①。

但是，到 50 年代末和 60 年代初，学术界却展开了一场关于李贺诗歌成就评价的大讨论，双方一贬一褒，针锋相对。

这场讨论的起因是北京大学中文系文学专门化五五级学生在他们集体编写的《中国文学史》中对李贺诗歌从内容到艺术形式采取了全盘否定的态度，他们认为："李贺是和新乐府运动相对立的。他继承了苦吟传统和险怪的风格而又向唯美主义方面发展。"又认为："他的很多诗只是一些词藻和断句的堆砌，前后并不连贯，甚至不知道他说的是什么，他是晚唐唯美主义诗风的开路人。"

这种观念很快得到了几所高校中文系所编《中国文学史》的认同。如吉林大学中文系编写的《中国文学史稿（唐宋部分）》也认为，"他无视现实生活，专门在诗的辞藻的秾艳上用功夫，是唐中期反现实主义流派中的唯美主义诗派，也为晚唐唯美主义诗风作了先导"②。复旦大学中文系古典文学组学生集体编著的《中国文学史》③ 也认为李贺诗歌是属于反现实主义一派的，并认为其"千锤百炼而成"的诗句和"丰富的想象力"等艺术技巧，"更帮助他美化了那些悲观消极的情绪"，"他从幻想的鬼境里，取来了漆灯、土花、磷火、纸钱……取来了血、死、哭、泣、泪……组成一幅幅冷艳的图画，表现出一种歪曲的不健康的美。引导人去欣赏它，迷恋它，而忘怀了现实"。殷晋培《必须剔除李贺诗中的糟粕》④ 一文更是认为，在李贺诗中，富有现实主义的作品究竟太少了，李贺的大部分诗歌的思想性是比较贫弱平庸的，而且还掺杂了大量的糟粕。如他对现实的揭露不够深刻，其反映是个人性质的，艺术上严重的形式主义和唯美主义亦是不容忽视的。

北京大学中文系五五级学生编著的《中国文学史》一发表，马上就引起了许多学者的关注，他们大多对这种全盘否定李贺诗歌成就的做法表示异议。

如何其芳在《文学史讨论中的几个问题》一文中就指出，该书忽视

---

① 《古诗初探》，第 140 页。
② 《中国文学史稿（唐宋部分）》，第 172 页。
③ 复旦大学中文系古典文学组学生集体编著：《中国文学史》，北京：中华书局，1959 年。
④ 载《光明日报》1960 年 10 月 30 日。

李贺诗歌艺术方面的独创性是不妥当的。方牧在《关于李贺的评价》①中也认为北大中文系五五级同学编著的《中国文学史》"对李贺的评价是片面的，不公允的"，"因为李贺除了有严重的唯美主义倾向的一面以外，还有另一面，这恰恰被忽略了"。这另一面，"就是他的积极浪漫主义的一面"。文章又进而论述道：首先，从一部分诗里，我们所看到的诗人李贺的形象，并不是一个花天酒地的纨绔形象，而是一个年轻英俊、奋发有为的少年形象。其次，从中我们看到诗人的创作倾向并不是唯美主义的，而是洋溢着积极的浪漫主义精神。再次，我们看到诗人的语言并不完全是一些看不懂和连贯不起来的词藻和断句的堆砌，有些诗篇是通俗易懂、朗朗上口的普通话，虽然他也用了一些典故。最后，我们看到的诗人的风格并不是跟新乐府运动相对立的，而是继承了杜甫、李白、白居易、岑参等的传统，接受了他们的良好影响。

皇甫春在《论中晚唐诗歌的评价问题——对北京大学〈中国文学史〉第四编中的一些意见》②中也认为，"对李贺的评价，没有指出他的诗歌中浪漫主义的精神，以及他对诗歌艺术上卓越的贡献，仅以'空虚而无聊'的结论向读者交代，这就十分不够"。

王孟白在《李贺和他的诗》③中明确指出，李贺诗的才华及其影响深远，是无可怀疑的；李贺诗的风格，乃是浪漫主义的风格；李贺短暂的一生，可以说是从事于艺术探索和创造的一生；"李贺的诗的艺术创造，有着独立不倚冲击传统的精神，并且在反映封建社会制度和有才能的诗人之间的不可调和的矛盾上，李贺的诗也具有深刻的悲剧性质"。文章最后说："笼统地把李贺、李义山乃至于温庭筠都称之为形式主义和颓废主义者，未必是恰当的。"

另外，当时有一些学者虽然并未直接参加这场讨论，但是也在李贺诗歌的评价方面发表了自己的看法。如叶葱奇在《〈李贺诗集〉后记》中虽然十分看重李贺在艺术上的创新之功，认为李贺的作品，"一方面收古诗骚的精英，一面创造出他独具的一种风格。对于当时轻滑、圆熟的一派，他极端憎恶；对于一般应试的官体诗——律诗——尤其不屑一顾"。但是同时又指出，"我们读李贺的歌诗，只应当欣赏他的清新奇崛

---

① 载《中国文学史讨论集》，第189—192页。
② 同上书，第261—263页。
③ 载《光明日报》1960年2月28日。

的字句，浓缛绚烂的词汇和愤郁激越的情感，而对于他的雕琢欠理纤僻晦涩和过于幽冷、凄苦颓废的地方，则应当予以分清而有所抉择"。马茂元在《李贺和他的作品》①中也认为李贺的诗歌"基本上属于积极浪漫主义的范畴。但其中也还掺杂着若干消极的因素"。又如谭正璧、纪馥华在《试论李贺及其诗歌》②一文中也认为："李贺的作品在过分追求美的表现方面无疑是有唯美主义倾向的，但从作品的内容，从创作方法来看则应该属于浪漫主义的范畴（我们这里所谈的浪漫主义当然与现在所谈的革命浪漫主义不同）。他的诗中驰骋着那种瑰丽奇异飞跃的想象，用多彩的笔触夸大地描写神秘梦幻似的气氛和离奇美丽的神话传说世界；用较自由的形式来抒发情感，都是具有浪漫主义特征的，这种浪漫主义精神是从屈原、李白那里继承下来的。"

游国恩等主编的《中国文学史大纲》③持论也比较辩证，他们说："李贺接受了韩愈'务去陈言'的影响，不屑蹈袭前人，不受格律束缚，艺术上富于革新创造精神，一方面他'呕心'为诗，另一方面，他又吸收了楚辞、汉魏古乐府和齐梁诗歌的一些特点，善于通过奇特的想象，比物征事的手法和色彩浓重的语言，表现其'哀愤孤激之思'，因而在诗歌的构思、造意、遣词、设色等方面都表现出新奇独创的特色，形成了奇崛、秾丽、凄清的浪漫主义风格。在中唐诗坛，乃至在整个中国诗歌史上都可以说是异军突起，独树一帜的。李贺诗有独特成就，但也有严重缺点，由于生活狭窄和过分幽冷凄清和虚无颓废，表现了明显的消极浪漫主义，对晚唐诗歌有不良影响。"在第二年出版的《中国文学史》中，游国恩等人同样给予李贺的诗歌以比较辩证的评价，唯用语与前书稍有差异，他们更明确地指出："李贺是一个很富于创造性的诗人。他在短促的生命中，为诗歌开辟了一个新的天地。"对李贺诗歌的缺点认识也改变了："由于生活狭窄和艺术上过分追求奇诡险怪，他的许多诗歌缺少思理而流于晦涩荒诞，不少诗歌仅有奇句，而缺乏完整的形象和连贯的情思脉络。有的诗甚至有南朝宫体的气味。"④

---

① 载《解放日报》1959年4月18日。
② 载《人文杂志》1960年第1期。
③ 游国恩、王起、萧涤非等：《中国文学史大纲》，北京：人民文学出版社，1962年，第136页。
④ 游国恩、王起、萧涤非等：《中国文学史》第2册，第200页。

在"文革"中，人们除了强调李贺诗歌中所反映的法家思想外，对李贺诗歌的艺术成就和在文学史上的地位基本未作进一步的分析。

1977年12月30日，新华社公开发表了《毛主席给陈毅同志谈诗的一封信》①，毛泽东主席在该信中写道："李贺诗很值得一读。"此后的两三年中，全国各地的报刊上涌现出一大批以"李贺诗很值得一读"为题的文章，这些文章对李贺诗歌的艺术成就及其在中国文学史上的地位大都持全面肯定态度，只有很少的几位学者论及李贺诗歌艺术方面的缺点。

如周观武在《评姚文燮的〈昌谷集注〉——兼及当前李贺研究中的一些问题》②中就对当时有些人对李贺成就极力拔高，缺点多方掩饰的做法大为不满，文章认为，"李贺是一个不平凡的诗人"，"他的诗大都奇想联翩，构思新巧，用词奇诡，设色浓丽，极善于借助翻飞的想象，大胆的夸张、优美的神话和奇特的比兴手法，来驰骋自己的形象思维，诡幻幽丽，别具一格，在绚丽多姿的唐诗苑中，确是标出篱外的一枝奇苑"。但是作者又指出，和白居易比较，李贺的缺点却更重些：首先，李贺受梁代宫体影响较重；第二，他过分追求奇诡典雅，以至于雕章镂句，脂粉涂饰，把意思深藏在奥词僻典之中，晦涩难懂，带有唯美主义的痕迹。

又如，朱世英《"神寒"未必"骨重"——试论李贺歌诗的思想核心和艺术特色》③也对当时人们一味赞颂李贺之风不以为然，认为"这类文章的观点大多不是产生在学习研究全部作品之后，而是在开始阅读作品之前就已经有了的，它不是实践和独立思考的产物"，而且"这类文章的论证方法是不科学的。它们不是注意探讨那贯穿于全部（或大部分）作品之中的核心思想，而只是着眼于作品的个别部分"，所以该文在对李贺作品进行全面分析探讨后指出，"从整体来看，李贺歌诗内容比较琐屑，思想境界不高；艺术上也显得高下不等，有奇而美、奇而雅的，也有奇而俗、奇而陋的。远不是像某些人所宣传的那样，政治观点明确，表现了尊法反儒的立场，贯串着忧国忧民的思想；也不是象某些人所夸赞的那样艺术上非常精美，是所谓形象思维运用得最好的诗人，

---

① 此信写于1965年7月21日。
② 载《河南师大学报》1979年第6期。
③ 载《安徽大学学报》1980年第3期。

连李白、杜甫也望尘莫及。我们这样说，并不想全盘否定李贺，实际上李贺诗歌的成就和价值以及它在中国诗歌史上的地位和影响是任何人也抹煞不了的"。文章认为，"李贺诗歌的价值主要在于它的独创性和独立性"，"就这点来说，李贺诗歌是非常有价值的，甚至可以说是无可比拟的"。

80年代以后，学界单纯探讨李贺诗歌艺术成就和评价李贺在文学史上的地位的文章少了一些，而且这些文章的观点也不尽相同。其中较有新见者有刘知渐的《李贺评价问题》①、钟元凯的《李贺在文学史上的地位》② 等。

刘知渐文虽然认为"李贺诗在艺术上是属于浪漫主义的"，但是又指出，"李贺作品的浪漫主义精神，不仅不及屈原，而且也不及李白"，因为"李贺作品低沉阴郁，读后使人颓丧"。而且其创作道路也有两大缺点，一是模拟和苦思，二是追求奇僻晦涩。文章最后认为，对李贺"不要否定过多，也不要把他说得太好"。

钟元凯文认为，李贺以其独特的艺术敏感和才能，为诗歌重新寻找出路。他的诗歌，对传统的内容有所偏离，对诗歌的艺术表现有全新的开拓，既接受了市民阶层的新鲜影响，又深入表现了文人的苦闷情绪。他正是以这种艺术典型的创造，成为晚唐诗人的先行者，激扬起新的诗潮来的。文章还认为，"他的诗歌极主观内向的审美理想，对官能感受和情调的注重，以及回环往复的暗示方式，笔断势连、跳跃性极大的章法"，"在日后的词里""得到了充分的发展"，"成为文人词的奠基者"，而且"李贺的某些篇章，已经出现了向词境过渡的征象"。

艺术渊源和影响研究

70年代末以后，学界探讨李贺诗歌艺术渊源和影响的专题论文开始多了起来，甚至有人还将李贺与国外文学流派、文学家进行比较。

对李贺诗歌的艺术渊源进行探讨的论文主要有：曹毓英的《李贺学习楚辞和古乐府的艺术成就》③、许可权的《李贺与民歌》④、吴企明的

---

① 载《重庆师范学院学报》1982年第4期。
② 载《社会科学战线》1983年第3期。
③ 载《华中师院学报》1978年第2期。
④ 载《河南文艺》1978年第6期。

《李贺诗歌艺术渊源初探》①、杜承仪的《李白、李贺艺术比较论》②、房日晰的《李贺诗歌与屈原楚辞之比较》③《杜甫诗歌对李贺诗风的影响》④等。

其中许可权文从内容、体裁、表现手法、诗歌形式、语言等几个方面，论述了古代民歌对李贺诗歌的积极影响。吴企明文结合中唐时代的政治情况、李贺的生平、思想，探讨了李贺诗歌的艺术渊源和独特风格形成的原因。文章认为，李贺并不是简单地掇拾《楚辞》的字句，搬用现成的表现方法，而主要是从《楚辞》中汲取积极浪漫主义的精神，"意取幽奥，辞取瑰奇"；李贺还善于从汉魏南北朝乐府中汲取养料，融汇古今，变化创新，不仅广泛运用乐府古题反映现实生活，同时还大量写作新题乐府，开拓、丰富并发展了乐府诗创作的领域。文章还指出，李贺学杜，有三个方面：（1）李贺的乐府诗"即事名篇"从老杜来；（2）李贺深得杜甫"语不惊人死不休"的精神，因此造意以及意境，取自杜诗；（3）某些诗的构思、章法以及意境，取自杜诗。杜承仪文从浪漫主义诗歌的基本特征、艺术风格两个方面对二李的诗歌进行比较，分析同一表现手法在二人诗歌中的不同运用及由此产生的艺术效果。房日晰后文认为，"杜诗对李贺诗风形成的影响，不在人们常说的杜甫的现实主义诗歌对李贺诗歌创作的某些启示，也不在个别诗句的脱胎或承袭，而在于杜甫部分诗歌浓郁的浪漫主义色彩与情调，对李贺诗风的形成有着直接而深刻的影响，这个影响对李贺诗歌带有整体的根本的性质，这才是问题的关键"。文章主要分析了杜诗对李贺诗歌两个方面的影响，认为李贺诗中谲诡的意境与情调，也导源于杜诗。

对李贺诗歌在文学史上的影响进行研究的论文主要有：尤振中的《昌谷诗影响概述》⑤、吴企明的《长吉诗与词曲——李贺诗歌影响论之一》⑥、杨鸿雁的《李贺的创作与词》⑦、房日晰的《李贺李商隐诗的朦

---

① 载《古典文学论丛》第 3 辑，西安：陕西人民出版社，1983 年。
② 载《古籍研究》1988 年第 1 期。
③ 载《中州学刊》1991 年第 6 期。
④ 载《文学遗产》1993 年第 2 期。
⑤ 载《苏州大学学报》1984 年第 1 期。
⑥ 载《文学评论丛刊》第 31 辑。
⑦ 载《贵州大学学报》1989 年第 4 期。

胧美比较》①等。其中尤振中文认为，李贺诗歌中的艳词丽藻、奇情幻语，影响到宋词婉约一派，李贺诗歌对宋诗也有影响；在元代，学李贺成为一种风气；明初，昌谷诗不为所重，但有明一代，昌谷诗仍然受到重视，并为某些诗人所取法；清代，昌谷诗受到众多诗人的爱好；近现代诗人的诗词也多学昌谷。

另外，还有一些论文将李贺与国外文学流派和文学家进行了比较研究，如陈伯海的《李贺与印象派》②、葛雷的《李贺与韩波》③、吴伏生的《李贺与济慈》④、郑松锟的《"非美为美"与"恶之花"及其他——李贺与波特莱尔诗歌美学比较谈》⑤、徐志啸的《两个天才而又短命的诗人——李贺与济慈》⑥等。其中陈伯海文认为，李贺的诗歌更胜过了印象派的绘画，因为它不仅有浓厚的色彩感和明快感，还有高昂与低沉的音响感，有秋气与严霜的寒冷感，甚至有沉重感。它们在很大程度上造成了诗篇的苍凉悲壮的意境，赢得触动人心的效果。这种类似于印象派的作风正是李贺诗歌特殊魅力的一个重要方面，也是构成"长吉体"奇诡风格的必要组成部分。葛雷文从"时代美学的造反者""绝望中的追求者""理外有理的强者"等方面将李贺与韩波进行了比较。郑松锟文将李贺的诗歌与十九世纪法国著名诗人波特莱尔的诗歌进行了比较，着重探讨了二人美学趣味的共同点：第一，两人的诗歌都以忧郁为主导，以非美为美，虽开一路先锋，却与当时审美习俗相悖；第二，他们都能以意象的升腾造成巨大的时空差，以超然的审美哲理来观照人生，从中引出生活的真谛，悟出"永恒"从而摆脱"忧郁"的苦痛，使丑转化为美。

五、作品整理、版本研究和研究资料汇辑

作品整理

20世纪学界对李贺的诗歌作品重新整理的成果不多，1908年田北

---

① 载《中州学刊》1989年第4期。
② 载《上海师范大学学报》1981年第4期。
③ 载《比较文学研究》1987年第2期。
④ 载《辽宁大学学报》1989年第5期。
⑤ 载《福建论坛》1989年第4期。
⑥ 载《中州学刊》1990年第2期。

湖发表《校订昌谷集余谈》①，谓其曾遍访李贺歌诗，收集到十四种版本，且其中有宋刻本和金刻本，进行校订。1922年吴闿生又刻印了吴汝纶的《评注李长吉诗集》②。1959年，中华书局上海编辑所重排出版了《三家评注李长吉歌诗》，以适应当时学术界分析、批判李贺诗歌之需，齐甘有一篇评介文章《〈三家评注李长吉歌诗〉评介》③。

20世纪第一个正式出版的真正意义上的李贺诗集新整理本是叶葱奇疏注的《李贺诗集》，该书在旧注的基础上用白话文作了疏注，其中"疏解"部分，对全篇的主旨、意趣，以及运笔、造句的精妙，或有关的历史背景等均有较为简明的交代，有助于读者对诗作的理解。

从60年代开始，林同济就断断续续地校阅了二十余种李贺诗歌集的古今版本（包括宋、金古本），发现其中互异之字甚多，再加上未经注意的错字和疑字，统共不下五百多条，遂于1978年和1979年相继发表了《李贺诗歌集需要校勘》④《两字之差——再论李贺诗歌需要校勘》⑤两文，一再说明此问题的严重性并提出了一些解决的办法。后来因为林先生逝世了，其部分整理成果《李长吉歌诗研究》刊布在《中华文史论丛》1982年第1辑上，该文对李贺的许多诗作从命意到词句校勘、注释均有独到的看法。

1990年，刘衍出版了《李贺诗校笺证异》⑥，该书本着"以期与李贺自编集原貌较为接近"的宗旨，根据北宋鲍钦止所云"李长吉外诗（即外集）二十三篇"之语，分别将这些诗编入四卷中，各卷之中次序淆乱的篇目，则依国内图书馆所藏、今存最早的宋刻四卷本进行调整。该书的"证异"以王琦《汇解》为底本，广取李贺集宋元善本、明清刊本及其他文献资料研究勘正，在文字上做了许多发疑正误的工作。

1992年徐传武又出版了《李贺诗集译注》⑦，该书对李贺诗作进行了翻译，并加以简明的注释，有一定的普及作用。书后附有历代李贺研

---

① 载《国粹学报》第4卷第6期，1908年。
② 参吴闿生：《跋李长吉诗平注》，载《四存月刊》1922年第12期。
③ 载《学术月刊》1959年第7期。
④ 载《光明日报》1978年12月12日。
⑤ 载《复旦学报》1979年第4期。
⑥ 刘衍：《李贺诗校笺证异》，长沙：湖南出版社，1990年。
⑦ 李贺著，徐传武译注：《李贺诗集译注》，济南：山东教育出版社，1992年。

究资料,也有一定的参考价值。

80年代以后,还有一些学者对李贺诗作的注解提出了自己的看法,如尤振中就先后发表了《王琦〈李长吉歌诗汇解〉拾补》①《昌谷诗札丛》②《昌谷诗札丛(续)》③ 等成果,吴企明也发表了《〈李长吉歌诗王琦汇解〉补笺辨正》④《长吉诗注质疑录》⑤,杨其群则有《李贺诗疑点辨析》⑥《李贺咏昌谷诗中专名考》⑦ 等。

版本研究

20世纪从版本方面研究李贺诗集的成果,主要有王国维的《蒙古刊〈李贺歌诗编〉跋》⑧、吴闿生的《跋李长吉诗平注》、尤振中的《李贺集版本考》⑨、万曼的《唐集叙录·李贺歌诗》、涂宗涛的《〈李贺歌诗〉宋本补议》⑩、杨其群的《李贺集题正名》⑪、韩文若的《朱轼〈昌谷集笺注〉评介》⑫ 等。

研究资料整理

20世纪学界还对历代的李贺研究资料进行了整理、汇编,产生了几部各有特色的资料性著作。如,1975年,为了适应"评法批儒"运动中人们学习李贺诗歌的需要,江苏师院和苏州人民纺织厂合编了《法家诗人李贺资料选编》。陈治国于1983年出版了《李贺研究资料》⑬,该书分"传记·纪事""诗评""序跋""年谱""书刊文摘"等几个部分,其中"书刊文摘"部分所收资料截止到1981年,在当时可谓搜罗

---

① 载《南京师院学报》1980年第4期。
② 载《江苏师院学报》1981年第4期。
③ 载《苏州大学学报》1982年第1期。
④ 载《社会科学战线》1980年第1期。
⑤ 载《中州学刊》1982年第2期。
⑥ 载《山西大学学报》1986年第1期。
⑦ 载《山西大学学报》1989年第2期。
⑧ 载王国维:《观堂集林(外二种)》,石家庄:河北教育出版社,2001年,第848页。
⑨ 载《江苏师院学报》1979年第3期。
⑩ 载《天津师院学报》1982年第3期。
⑪ 载《山西大学学报》1985年第2期。
⑫ 载《河北大学学报》1986年第3期。
⑬ 陈治国:《李贺研究资料》,北京:北京师范大学出版社,1983年。

颇丰，极大地方便了李贺研究工作的开展。后来，吴企明又出版了《李贺资料汇编》①，该书收集历代李贺研究资料更为完备。

另外，80年代以后还出版了两种李贺诗歌索引，一是唐文编《李贺诗索引》（齐鲁书社，1984年）；一是栾贵明编《全唐诗索引·李贺卷》（现代出版社，1995年）。

第五节　顾况、张籍、王建和李绅研究

顾况、张籍、王建和李绅等人都是中唐时期的著名诗人，他们在新乐府诗歌方面的创作成就和影响仅次于白居易和元稹。20世纪学界对他们的研究虽然还不太深入，但也取得了一定的进展。

一、顾况研究

20世纪，学界对顾况关注得不够。20世纪上半叶没有一篇关于顾况的专题论文；80年代以前，只有顾易生的《顾况和他的诗》②一篇论文；80年代以后，人们对顾况的关注才多了起来，然而，除了出版了两部新整理的顾况诗集，较有分量的论文也不超过十篇。下面拟从生平研究、诗歌成就研究和作品整理和版本研究三个方面对之作简要的介绍。

生平研究

关于顾况生平研究的成果主要有傅璇琮的《唐代诗人丛考·顾况考》、赵昌平的《关于顾况生平的几个问题——兼与傅璇琮先生商榷》③等。

其中傅璇琮文首次对顾况生平行事进行了较为系统的研究，文章首先对关于顾况生卒年的几种旧说进行了考辨，作者认为，根据现有文字材料，只能大致推算其生活年代，即其生当在唐玄宗开元年间，其卒当在宪宗元和元年前后；对于顾况的籍贯，文章在对苏州、吴兴、海盐三种说法进行辨析后认为顾况应为苏州人；文章还考知，顾况于至德二载

---

① 吴企明：《李贺资料汇编》，北京：中华书局，1994年。
② 载《复旦学报》1960年第1期。
③ 载《苏州大学学报》1984年第1期。

登进士第,于大历七、八年间,在滁州;所谓白居易到长安谒见顾况以及顾况"长安居大不易"的誉语,只不过是一种故事传说,不能看成实有其事。

对于顾况的生卒年、在滁州与去饶州及其归隐后的居处等问题,赵昌平文提出了与傅璇琮文不同的看法。赵昌平文通过对顾况之子顾非熊生年的考证,推知顾况约生于开元十五年;至于卒年,作者认为同治元年所翻刻及民国三十二年所刻的双峰堂本《顾华阳集序》云顾况"以寿九十四年卒"是正确的,从而定其卒年于元和十五年后。赵文又认为顾况大历七、八年不在滁州而在永嘉,顾况《龙宫操》诗下的小注"壬子,癸丑"或为"壬申,癸酉"之误,其经滁州当在贞元九年(或十年)时。

诗歌成就研究

60 年代以前,人们大多是在文学史、诗歌史和有关的唐诗研究论著中谈及顾况的生平和诗歌成就,故所论大多比较简略。

顾易生的《顾况和他的诗》① 是 20 世纪最早一篇对顾况诗歌成就进行较系统分析的文章。该文认为,"顾况是从杜甫进展到白居易之间的重要桥梁之一,对于'新乐府'运动的理论和创作的形成与发展起了促进的作用"。在顾况的创作中,首先值得注意的是《上古之什补亡训传十三章》,仿效民歌来反映当时各种社会矛盾和现实;这些作品"无论在内容上、形式上很可能给白居易写定《新乐府》五十首以一定的启发和影响"。文章还指出,"顾况被某些历史记载描写得似乎只是一个玩世不恭的狂客,仙风道骨的高人隐士。但是我们从他的作品中可以看到,他不仅关切现实,并且原是一个有志用世,企图有所作为的人"。顾况的《游仙记》和《莽虚赋》,是他厌恶当时社会现实、同情人民疾苦和隐遁出世思想结合起来的产物,诗人在这里寄托了自己的社会理想。他的作品常常似乎信手拈来,却又是那么妙趣横生,想象非常丰富,比喻非常奇兀新颖,韵律非常流宕,感情的刻画非常真挚深刻,形象非常生动。但"有些作品过于粗率、浅露,了无意味,读之索然"。

二十多年后,王启兴发表了《顾况的文学思想和诗歌创作》②。该

---

① 载《复旦学报》1960 年第 1 期。
② 载《文学遗产》1985 年第 3 期。

文偏重于顾况诗歌理论和创作实践的社会意义，认为在那"诗道初丧""气骨顿衰"的诗风转变之时，顾况继杜甫、元结之后，倡导"风雅"，强调诗歌应反映人民疾苦，针砭时弊，同时又不囿于传统诗教。在创作上他自觉向民歌学习，从中吸取营养，以充实自己的创作。因此，顾况的诗歌不仅广泛而深刻地反映了当时的现实，而且有着独特的艺术个性和艺术风貌，是盛唐后期、中唐前期一位承前启后的诗人。

和王启兴文相比，稍后面世的邓红梅的《顾况诗歌新论》① 一文，论述更深入、更全面。文章认为，顾况的一生，同时受到正统儒家、天师道、禅宗思想的影响，它们交互作用，不仅造就了他的人品，而且渗透进他的诗风。贞元五年以前，他大致是一个力求楔入现实生活的人，特别明显的是他在这时期写了许多揭露生活中不合理、不如意现象的诗歌；贞元五年贬官后，他的诗歌表达了自己对富贵荣达的再认识，从前用心追求，而现在已经厌弃；入道后的顾况看起来愉快而平静，他在用眼睛捕捉、用心体味、用笔表现着灵气盎然的山林烟霞之景。文章还指出，在元结们和"大历十才子"活跃的中唐诗坛上，与韦应物一样，顾况为解决"风力""气骨"与"理致""意表"的矛盾，自己探索新路子，并且取得了独特的成就。他的诗作中极少平淡的构图和平庸的调色，在他描绘的自然实景中折射着梦幻的光芒。顾况的歌行除想象过人之外，章法结构也纵横有致，出人意表；他的诗歌不仅时露奇气，而且常常有狂态。

另外，赵昌平的《"吴中诗派"与中唐诗歌》② 和葛晓音的《论天宝至大历间诗歌艺术的渐变——从杜甫和岑参等诗人创奇求变的共同倾向谈起》③ 对顾况诗歌艺术都有新颖的看法。如赵昌平指出，顾况乃是"吴中诗派"的代表人物，对中唐诗风有深远的影响：一方面，他兴象风骨并重，故能得盛唐人风蕴；另一方面是"法变气老"，由老成而开法变之渐。总之，复鲍、谢元嘉体奇险深曲、排奡恣纵之古而与杜甫诗风相通，革十才子格调羸弱、窘于驰骋之弊而执韩、孟奇变之先鞭，是吴中派古体诗的重要特点。葛晓音文对顾况与天宝大历诗坛复古思潮的联系进行了精彩的阐述，她认为顾况主要是从人世间的沧桑着眼，以普

---

① 载《苏州大学学报》1988 年第 3 期。
② 载《中国社会科学》1984 年第 4 期。
③ 载《文学史》第 2 辑，北京：北京大学出版社，1995 年。

通的生活经验揣度神仙眼中的世变。这就将杜甫善于以现实生活体验输入神话幻想的特点和独孤及、毕曜、苏涣及《箧中集》诗人强烈的人生如寄之感结合在一起，直接启发了李贺的奇思。顾况正是随着天宝以来诗坛上复古的潮流，综合了杜甫和天宝大历诗坛上其他诗人追求奇变的创作经验，才成为盛唐与中唐两大诗歌高潮的中介。

作品整理和版本研究

80年代以后，出现了两个顾况诗集的新整理本，一是赵昌平校编的《顾况诗集》（江西人民出版社，1983年）；一是王启兴、张虹校注的《顾况诗注》（上海古籍出版社，1994年）。万曼的《唐集叙录·华阳集》中对顾况集的版本流传情况作了简要的介绍，傅璇琮《唐代诗人丛考·顾况考》也述及顾况集的传刻情况。

二、张籍研究

和顾况相比，20世纪学界对张籍的研究要系统和深入一些，其中生平方面的研究成果又稍多一些。

生平研究

20世纪张籍生平的系统研究，开始于卞孝萱的《张籍简谱》[①]，该谱对张籍一生重要行事和诗作尽量作了编年，筚路蓝缕，功不可没。

80年代以后，人们在卞谱的基础上，对张籍的生平作了进一步的研究。潘竟翰《张籍系年考证》[②]就认为卞谱间有疏忽失误之处，遂作了一些补正工作，如卞谱认为张籍约生于大历初年（766）前后，本文则认为张籍约生于大历七年（772）。迟乃鹏的《张籍、刘禹锡相替主客郎中前后事迹考》[③]认为，卞谱在张籍、刘禹锡相替为主客郎中前后一段时间的事迹上，有值得商榷之处：卞谱认为，张籍应在大和二年春任京职主客郎中后不久，又任分司东都之主客郎中时，继刘禹锡为京职主客郎中；本文则认为张籍根本不可能于大和二年春不久，继刘禹锡为主客郎中。张国光的《唐代乐府诗人张籍生平考证——兼论张籍诗的分

---

① 载《安徽史学通讯》1959年第4、5期合刊。
② 载《安徽师范大学学报》1981年第2期。
③ 载《南充师院学报》1983年第2期。

期》①虽未提及卞谱,但也在张籍的生卒年、里贯及生平仕履的某些方面得出了与卞谱相异的结论。张文据韩愈《张中丞传后叙》所云"籍大历中""见(于)嵩""籍时尚小"等语,假定其时为大历十年,时籍九、十岁,定其生于大历元年。至于其卒年,作者据张籍大和二年任国子司业,并终于此职,而贾岛《哭张籍》诗置于其《寄张司业》诗之后,认为张当卒于大和四年春以前。张籍之里贯,旧有和州乌江及苏州两说。卞谱取前说,张文则据前引韩愈《张中丞传后叙》、王安石《题张司业集》称"苏州张司业",及张籍《送远曲》之"吴门向西流水长""此去何时返故乡",《寄苏州白使君》之"题诗今日是州民"等否定乌江之说,认为张籍应是苏州人。对于张籍任主客郎中的时间,张文定于宝历二年(826),又定其调任国子司业在大和二年。纪作亮《张籍的籍贯考辨》②认为,韩愈所说的"吴郡张籍"乃谓其郡望,并引《新唐书·张籍传》《唐诗纪事》《舆地纪胜》等史传材料,驳苏州之说而定张籍为乌江人。纪作亮后来发表的《张籍年谱》③,是其张籍生平研究的一次总结。

谢荣福的《张籍杂考二则》④,是对潘竟翰《张籍系年考证》一文的补证,主要探讨了张籍任广文馆学士事及其起讫时间(元和十三年夏秋间至十五年秋)等问题。郭文镐的《张籍生平二三事考辨》⑤则对卞孝萱的《张籍简谱》、潘竟翰的《张籍系年考证》、张国光的《唐乐府诗人张籍生平考证》诸文进行补正。其中张籍任水部员外郎时两次出使南方、大和四年秋张籍尚健在等观点,均为张籍生平研究中的新说。朱宏恢的《从白居易张籍的酬唱诗看他们的交往》⑥以白居易、张籍的交往诗为例,论述了诗人间的交往对于艺术风格形成和文学运动兴起的重要作用。李一飞的《张籍王建交游考》⑦对张籍、王建二人的交游情况进行了考证,同时对二人各自的生平事迹亦有自己的看法。

---

① 载《全国唐诗讨论会论文选》。
② 载《阜阳师范学院学报》1984年第1、2期。
③ 载《阜阳师范学院学报》1990年第2期。
④ 载《安徽师范大学学报》1987年第4期。
⑤ 载《唐代文学研究》第1辑。
⑥ 载《徐州师范学院学报》1988年第2期。
⑦ 载《文学遗产》1993年第2期。

乐府诗研究

20世纪的张籍诗歌研究主要集中在其乐府诗方面。钱钟书的《谈艺录》中有一节"论张文昌",他认为,"其诗自以乐府为冠,世拟之白乐天、王建,则似未当。文昌含蓄婉挚,长于感慨,兴之意为多;而白王轻快本色,写实叙事,体则近乎赋也。近体唯七绝尚可节取,七律甚似香山。按其多与元白此唱彼于,盖虽出韩之门墙,实近白之坛坫"①。

50年代以后,人们更是集中探讨张籍乐府诗的社会价值和艺术成就。如,50年代有李听风的《谈张籍乐府中所反映的唐代社会问题》②、华忱之的《略谈张籍及其乐府诗》③、张国伟的《试论张籍诗的现实意义》④;70年代末、80年代初,情况也类似,如陈力的《试论张籍的乐府诗》⑤、肖文苑的《论张籍的乐府诗》⑥ 等,无论从选题还是论述深度,都无多大变化。

不过,纪作亮《张籍研究》的出版,稍稍改变了张籍研究中长期停滞不前的局面。该书从"张籍的时代""张籍的生平""张籍的思想""张籍的诗歌""张籍的影响"五个方面,对张籍作了比较全面、系统的研究,而且也有一些比较深入的探讨。如他认为,张籍对文艺有一些较为精辟的见解:第一,张籍论创作主张"破旧""出格",诗以新颖见佳;第二,提出写作时要"放性灵""感所怀",诗以高韵称奇;第三,指出诗应为知音而抒发;第四,认为诗应是无闲语。纪作亮还认为,"真"是张籍美学思想的内质,"妙"是张籍美学思想的外形⑦。这些抉发较之当时学界一味探讨张籍乐府诗的现实意义的做法还是颇具新意的。

作品整理和版本研究

1957年,徐澄宇选注的《张(籍)王(建)乐府》⑧,选注张籍乐

---

① 《谈艺录》,第94页。
② 载《文学遗产增刊》第1辑,北京:作家出版社,1955年。
③ 载《文学遗产增刊》第3辑。
④ 载《唐诗研究论文集》。
⑤ 载《昆明师范学院学报》1979年第2期。
⑥ 载《辽宁师范大学学报》1980年第4期。
⑦ 纪作亮:《张籍研究》,合肥:黄山书社,1986年,第44—64页。
⑧ 徐澄宇:《张王乐府》,上海:古典文学出版社,1957年。

府诗五十四首。1958 年，中华书局上海编辑所以明嘉庆万历年间刻本《唐张司业集》（八卷本）为底本，参照当时可见诸本，细加校点删补，编成《张籍诗集》凡八卷，收诗四百七十八首，逸句一条，联句六首，附录二项（张籍书二首，他人序跋三则），为当前最为完善的张籍作品集。

另，佟培基《张籍诗重出甄辨》[①]，对张籍与他人诗作近三十首的重出情况作了较为细致的辨析工作，颇有功于张籍诗的整理。

万曼的《唐集叙录·张司业集》对张籍诗集的版刻、流传情况有较详细的介绍。另外马家楠《张籍评传》[②] 中也对张籍诗集的各种版本及流传情况有简要的交代。

三、王建、李绅研究

20 世纪，王建研究取得的成就也很有限，其中以生平研究和乐府诗的研究稍微突出一些。

王建生平研究

卞孝萱的《关于王建的几个问题》[③]，是 20 世纪较早对王建进行深入研究的论文。

80 年代以后，学界对王建生平的研究才较为系统深入。较具代表性的著作有谭优学的《王建行年考》[④]、宁业高的《王建的生卒年》[⑤]、卞孝萱、乔长阜的《王建的生平和创作》[⑥]、李军、史礼心的《关于王建生平事迹的两点考证》[⑦]、迟乃鹏的《王建生平事迹考（下）》[⑧]、李一飞的《张籍王建交游考》[⑨] 等。其中谭优学文对王建生平的研究比较系统，他据王建的作品及有关记载，勾勒排比了王建的生平事迹，否定了

---

① 载《河南大学学报》1987 年第 5 期。
② 载《中国历代著名文学家评传》第 2 卷。
③ 载《文学遗产增刊》第 8 辑。
④ 载《西南师范学院学报》1983 年第 4 期。
⑤ 载《江海学刊》1984 年第 6 期。
⑥ 载《贵州大学学报》1987 年第 3 期。
⑦ 载《北方工业大学学报》1989 年第 4 期。
⑧ 载《成都师专学报》1991 年第 1 期。
⑨ 载《文学遗产》1993 年第 2 期。

闻一多《唐诗大系》中王建生于大历三年、卒于大和四年的说法，认为王建应生于大历元年，卒于大和五、六年后。宁业高文对王建的生卒年有新的认识。卞孝萱、乔长阜文带有评传性质（后来收入《中国历代著名文学家评传》续编一）将王建的一生分为三个时期进行考察，以诗论史，兼及仕履、交游。

王建诗歌研究

上引卞孝萱、乔长阜文对王建的诗歌创作也有比较详细的介绍，他们在分期评述王建的诗歌创作情况之后，还专门探讨了王建"诗歌的思想内容和艺术特色"，认为"王建的乐府诗成就最高，宫词影响较大，其余各体也不乏名篇佳作"，指出王建乐府诗的主要特色是"题材广泛，思想深刻，爱憎强烈，倾向鲜明"，"在以客观而严谨的笔调反映社会生活的同时，往往喜爱以奇特而鲜明的形象，强烈地表现主题"；说"王建是唐代第一个大量写作宫词的人"，"他写了《宫词一百首》，这在我国诗史上是空前的事，对后来宫词的发展起了推动的作用，因而获得宫词之'祖'的声誉"。但是他们又认为，王建的《宫词》中"也有平庸之作"。李贺平的《试论王建的〈宫词〉》①则认为前人对王建《宫词》的评价偏低，他主张把《宫词》放到唐代七绝组诗的发展长河中去重新考察。文章指出，王建《宫词》"不仅有相当高的认识价值，同时也具有深刻的教育意义"，王建以组诗的形式扩大七绝容量的艺术实践，"对后世产生了相当大的影响"。陈节的《中唐民俗氛围中的王建乐府》②，指出王建乐府诗中明显描写中唐民俗事象的就有二十几首，占王建全部诗作的四分之一强，文章分别论述了王建乐府诗对中唐婚俗、生产、信仰、丧葬、游艺等民俗的表现情况。

王建作品整理

1957年，徐澄宇选注的《张（籍）王（建）乐府》，选注了王建乐府诗七十六首。后来中华书局上海编辑所于1958年排印了《王建诗集》（十卷本），此书以南宋陈解元书籍铺刻本《王建诗集》为底本，参校汲古阁本、席氏《唐百家诗》本、《全唐诗》本、清代中叶胡氏谷园刊本

---

① 载《许昌学院学报》1988年第3期。
② 载《福建师范大学学报》1990年第2期。

诸本，进行校勘，为一个较为完备的本子。吴企明的《王建〈宫词〉札迻》[①]，对王建百首《宫词》首次作了注释工作。其《王建〈宫词〉辨证稿》[②]认为，中华书局上海编辑所排印的《王建诗集》对卷十中的王建《宫词》一百首中与他人作品的混乱情况并未甄辨清楚，遂加酌订，具体说明了哪些诗是杂入王建《宫词》中的他人作品，哪些诗是应该补入百首《宫词》中的王建诗。其《王建〈宫词〉校识》[③]则认为中华书局上海编辑所排印的《王建诗集》卷十中的王建《宫词》一百首的校勘还未尽善，有许多很有价值的异文也未列入校语中，一些显然错讹的文字也未校正，故在增加参校本的基础上，对王建《宫词》作了进一步的校勘。

另外，栾贵明等编《全唐诗索引·王建卷》[④]、迟乃鹏的《有关王建一些重出诗考辨》[⑤]《关于王建六首诗系年的考辨》[⑥]以及万曼的《唐集叙录·王建诗集》等，也具有相当大的参考价值。

李绅研究

20世纪学界对于李绅的研究更少，专题论文只有卞孝萱的《李绅年谱》[⑦]、宁业高的《关于一首唐诗的作者考辨》[⑧]、文阁的《李绅诗美学思想探微》[⑨]等为数不多的几篇。另外，卞孝萱、卢燕平撰有《李绅》[⑩]一文，对李绅一生的行事和创作活动、诗歌成就都作了较为详细的评述。王旋伯注的《李绅诗注》[⑪]是一个普及性读本。万曼的《唐集叙录·追昔游编》介绍了李绅诗的流传情况。

---

① 载《文学遗产》1982年第4期。
② 载《文学遗产增刊》第14辑。
③ 载吴企明：《唐音质疑录》，上海：上海古籍出版社，1985年。
④ 栾贵明、田奕、陈抗等编：《全唐诗索引》，北京：现代出版社，1995年。
⑤ 载《成都师专学报》1988年第1期。
⑥ 载《成都师专学报》1991年第2期。
⑦ 载《安徽史学》1960年第3期。
⑧ 载《江海学刊》1985年第4期。
⑨ 载《信阳师范学院学报》1987年第3期。
⑩ 载《中国历代著名文学家评传》续编一，第797—812页。
⑪ 王旋伯注：《李绅诗注》，上海：上海古籍出版社，1985年。

第六节　孟郊、贾岛、姚合和皇甫湜研究

孟郊、贾岛、姚合、皇甫湜等人都是中唐诗坛上韩孟诗派中的代表作家,他们的诗歌创作不但在当时产生了很大的影响,而且流被后世,故一直是历代诗评家比较关注的研究对象。20世纪,学界对他们的研究尤其突出,无论是生平行事研究还是对诗歌艺术的探讨,都取得了较大的进展。

一、孟郊研究

生平研究

20世纪最早对孟郊生平进行研究的成果,是李士翘的《孟东野年谱》①。稍后不久,华忱之发表了《唐孟郊年谱》② 一卷,使得孟郊生平研究更加深细了,而且谱中许多观点和结论一直为后来学界所沿用。1941年,华忱之又发表了《孟郊诗文系年考证》③。此后,除了华忱之将其《孟郊年谱》两次再版④、张金亮发表《孟郊去溧阳尉并非辞官考》⑤ 外,未见有人对孟郊的生平作新的研究。

诗歌研究

和孟郊生平研究比起来,关于孟郊诗歌创作的研究成果更多一些。早在1933年,陈柱尊就在无锡国专作过一次题为"孟郊诗"的演讲⑥,陈石遗在演讲开头说:"余所以在此提出孟郊诗,有两大原因:一为孟郊雪冤;二为挽救今日之文澜;而后者之目的尤大。"他先将孟郊与杜、韩进行比较,谓孟郊与杜韩同为唐诗中少有的"雅派",可见东野诗派

---

① 载《北平晨报·艺圃》1934年5月16日、22日、23日;又载《漠锋月刊》第18、19期,1936年。
② 北京大学图书馆1940年排印本。
③ 北京大学1941年油印本。
④ 一次载《孟东野诗集》附录,北京:人民文学出版社,1959年;一次载《孟郊诗集校注》附录,北京:人民文学出版社,1995年。
⑤ 载《盐城师专学报》1985年第3期。
⑥ 演讲稿经丁舜年整理后刊于《国专季刊》第1期,1933年。

之正。他还分析了三人诗情之异:"论其情:则杜诗多忧国,有大臣风;韩诗多卫道,有大儒风;孟诗重复仇,有侠客风。"在演讲的后半部分,他特地拈出孟郊诗中的五大人文精神以矫当时文风、民风之"颓靡":(1)富有报国精神,(2)富有轻生精神,(3)富有为人精神,(4)富有慈善精神,(5)富有兼爱精神。此后,钱大成发表了《孟郊诗论略》①,陈柱发表了《孟东野诗杂说》②,对孟郊诗歌也作了较全面却不太深入的探讨。

和上引诸文相比,40年代闻一多对孟郊诗歌的分析则比较独到,他认为,"孟郊一变前人温柔敦厚的作风,以破口大骂为工,句多凄苦,使人读了不快,但他的快意处也在这里"。又指出孟郊在写作见解和诗歌艺术方面的一些创格,如认为孟郊《赠郑夫子鲂》诗中所云"天地入胸臆,……骊珠今始胎"等语,"是写作的最高见解,太白亦不可及";《听蓝溪僧为元居士说维摩经》诗"写雪景,亦反映孟郊的心境,东坡等喜学此格";《怀南岳隐士》颔联"在句法上创上一下四格,打破前例,使晚唐和宋人享受无穷",同诗第二首颈联"又是向丑中求美的表现,后来成为宋诗的一种重要特色"。他还指出,孟郊的"主要的成就还在于对当时人情世态的大胆揭露和激烈攻击","他在继承杜甫的写实精神之外,还加上了敢骂的特色,它不仅显示了时代的阴影,更加强了写实艺术的批判力量","所以,从中国诗的整个发展过程来看,……最能结合自己生活实践继承发扬杜甫写实精神,为实现诗歌继续向前发展开出一条新路的,似乎应该是终生苦吟的孟东野,而不是知足保和的白乐天"③。

50年代产生了两篇孟郊诗歌研究的专论,一篇是华忱之的《关于孟郊的生平及其创作》④,一篇是刘开扬的《孟郊诗简论》⑤。前文首先概括介绍了孟郊的一生经历,说"他的一生正是扮演了一切被封建社会所损害的伟大诗人们所共有的悲剧",其次考察了孟郊诗歌内容的主要特色,分析了孟郊诗歌独特的表现手法,认为孟诗"惯于用白描的手

---

① 载《国专月刊》第2卷第5期,1936年。
② 载《学术世界》第1卷第9期,1936年。
③ 《唐诗杂论》,第252—254页。
④ 载《四川大学学报》1957年第2期。
⑤ 载《文学遗产增刊》第6辑,北京:作家出版社,1958年。

法，形象化的比拟，和苦吟出来的'唯一适用的字句'来夸张地突出他所要描写的对象"。后文则针对宋代以后的诗评家多贬抑孟诗的情况，为孟诗翻案。文章首先认为，孟郊虽然写过不少描述他的贫病饥寒的诗，但这"都是他自己的实际生活的写照"，而且"确能感动大多数的读者"；文章进而指出，"他的那些关怀人民生活的诗就更不应该轻视，而是有力地说明他并非什么独往独来于高地间的一个'诗囚'"。

80年代以后，学界对孟郊诗歌的研究更加深入和细致了，产生了一些较有新意的成果。如张天健的《为孟郊一辨》[①]《苦吟诗人孟郊及其诗歌艺术》[②]、马承五的《孟郊诗歌的艺术特色》[③]、迟乃鹏的《孟郊言贫诗管窥》[④]、斯蒂芬·欧文（即宇文所安）的《孟郊和韩愈的诗》[⑤]、尚永亮的《论孟郊诗的风格及其形成原因》[⑥]、施蛰存的《说孟郊诗》[⑦]、刘斯翰的《"郊寒岛瘦"别议——兼论中唐"苦吟诗派"》[⑧]、张国举的《孟郊在洛阳的家事、交游和诗歌创作》[⑨]、傅绍良的《试论孟郊在文学史上的地位》[⑩]《论孟郊审美心理的基本特征》[⑪]、喻学才的《孟郊与宋诗》[⑫]、韩泉欣的《孟东野诗作年补考六题》[⑬]、马承五的《"病态的花"的文化心理特征——中西苦吟诗人比较研究》[⑭]、郑孟彤的《漫谈孟郊

---

① 载《四川师范学院学报》1980年第4期。
② 载《唐代文学论丛》1982年第1期。
③ 载《唐代文学论丛》总第3辑。
④ 载《温江师专学报》1984年第1期。
⑤ 喻学才摘译，载《唐代文学研究年鉴》1984年卷，西安：陕西人民出版社，1985年，第444页。
⑥ 载《陕西师大学报》1985年第2期。
⑦ 载《名作欣赏》1986年第2期。
⑧ 载《光明日报》1987年1月13日。
⑨ 载《吉林大学社会科学学报》1987年第3期。
⑩ 载《陕西师大学报》1987年第3期。
⑪ 载《唐都学刊》1989年第1期。
⑫ 载《湖北大学学报》1989年第6期。
⑬ 载《杭州大学学报》1989年第1期。
⑭ 载《江汉论坛》1989年第11期。

的山水诗》①、房日晰的《孟郊贾岛诗歌艺术比较》②《孟郊与李贺》③、谢建忠的《道教与孟郊的诗歌》④等。

其中张天健前文针对历代诗评家对孟郊"褒少贬多"的情况,就几个人所非议的问题谈了自己的看法。马承五前文认为孟郊诗歌的主要特色是"奇",这主要表现在"构思奇、抒情奇、比喻奇、语言奇",但又"奇而不怪,峭而不险,主要是在质朴中见奇,在立意中求奇,因而特别新颖而富有情味",作者同时又指出,孟诗的缺点是"有的说理议论过多,有的如佛道思想的教科书,枯燥无味,有些诗晦涩难懂"。迟乃鹏文对人们一般都认为孟郊是"寒士"的传统说法,提出了不同的看法,他认为孟郊并非那样贫穷,他从孟郊诗中看出孟郊家有一婢、一仆,还有两顷地和一些耕夫,这样的人家"怎能说成'饥寒'、'悲惨'!"而且他任官后"生活更加富裕"。既是如此,为何韩愈等人会说他"穷饿"呢,而他在诗中也自言如此呢?作者认为这是因为封建士大夫不是以"掌握的财富的多少","而是以是否做官,以及官职的大小,品秩的高低"作为是否穷的主要依据。因此孟郊言贫诗的产生,"一言以蔽之,仕途失意使其然"。宇文所安文是由喻学才摘译的,著者批评了传统的批评家将孟郊称为韩门弟子的说法,他认为孟郊在791年结识韩愈前早就形成了自己的诗风。孟郊早期诗中下列五因素的增长是值得注意的:第一,生僻词语的使用和惊人意象的创造;第二,奇巧古拙的夸张趋向;第三,习惯于用绝对肯定和绝对否定的限制方法;第四,个人的伦理位置,即诗人倾向于估价各种好坏现象;第五,道德和伦理的隐喻。作者还指出,孟郊应进士考试以来的十三年的诗歌,具有如下发展趋向:第一,从朴素、生硬和强烈的尚古主义转变为更为复杂和富有个性的象征主义;第二,孟诗的想象的怪怪奇奇越来越占据显要位置;第三,孟诗完成了从偶然到普遍、从即兴的情感到想象诗的转变。他用想象创造自己的诗世界;第四,这个时期他第一次尝试进行组诗创作的变革。作者还着重探讨了孟郊诗歌中的"两分法",认为孟郊诗大多数都是用奋斗和失败、肯定和否定两者之间的辩证张力创造出来的,这种

① 载《广州日报》1990年10月24日。
② 载《人文杂志》1992年第1期。
③ 载《黔东南民族师专学报》1993年第1期。
④ 载《文学遗产》1992年第2期。

"两分法"给予了他后期富有活力的组诗以辩证的结构。孟郊组诗中的每一首都是前一首生出后一首，肯定、否定，然后又否定原来的否定，这是孟郊对组诗结构艺术的重大发展。尚永亮文从中唐社会背景、诗人的主观努力、其生活道路、性格特征以及与韩愈的相互影响等方面，探讨了孟郊诗歌奇、硬风格的形成原因。施蛰存文指出，真正能代表孟郊诗风的不是家喻户晓的《游子吟》，而是《长安早春》《寒溪》九首之九、《教坊儿歌》；孟郊诗的特点不是"古淡"，而是"寒酸"。刘斯翰文对孟郊和贾岛诗风的同中之异作了多方面的比较，认为孟郊代表苦吟诗人极想用世而最终赍志以殁的悲剧性的一面，而贾岛代表苦吟诗人放弃雄心、躲开现实矛盾的怯懦的一面；郊岛并称，岛不如郊。张国举文在探索孟郊家庭变故方面颇有所得，作者根据韩愈《孟东野失子诗序》等资料，考定孟郊在洛阳定居的九年间，"老少连丧五人"，此点为华忱之《孟郊年谱》所未及，且对理解孟郊诗歌的凄哀苦涩的风格有相当的意义。傅绍良文根据王运熙关于孟郊是《箧中集》的直接继承者这一见解，在中唐浓厚的复古风气和大批寒士困顿失意的广阔社会背景上，论述了孟郊诗歌的心理特征和抒情方式，指出孟郊诗歌在情、境两方面都有突破传统的地方。喻学才文认为孟郊在中唐诗歌复古运动居于领袖地位，宋人学唐主要是从中晚唐入手，文章主要分析了宋人既受孟郊影响又不肯公开承认的原因。马承五文将孟郊与波特莱尔进行比较，从"患难感：现实压抑人类苦难""忧郁感：灵与肉的折磨""幻灭感：人生悲剧与绝望心理"三个方面分析他们的同异点。郑孟彤文认为，孟郊的山水诗也"纯是苦语，略无一点温厚之言"，而且也多是"硬语"，"这些横空硬语，正是体现了孟郊观察事物的细微，洞察能力的高强"，文章还指出，"运用组诗描写山水，并在诗中常发议论，也是孟郊山水诗的一个特点"。谢建忠文视角独特，颇具新意。该文探讨了孟郊诗歌受到道教的深刻影响，着重论述了孟诗受道教影响的三个特征：一是他对道教神仙之说的矛盾心态，二是儒道互补与儒道体用的接受方式，三是道教文化影响到孟郊审美意识向怪诞发展，这使他的诗歌具有相当的艺术创造性。

作品整理和版本研究

孟郊作品整理的成果主要有华忱之的《孟东野诗集》[①] 和华忱之、

---

① 华忱之：《孟东野诗集》，北京：人民文学出版社，1959年。

喻学才校注的《孟郊诗集校注》① 两种，版本研究方面的成果主要有钱大成、戴传安的《孟东野诗集版本考》②，万曼的《唐集叙录·孟东野集》等。

二、贾岛研究

生平研究

比较系统、深入的贾岛生平研究，是从 40 年代初李嘉言的《贾岛年谱》③ 开始的，因为关于贾岛事迹的史料并不多，所以该谱从其交友可考者约一百四十人的诗文集和有关史料中对贾岛的生平、著作进行了全面、深入而绵密的考订，其中多有发明和创见。后来，岑仲勉发表了《贾岛诗注与贾岛年谱》④ 一文，首先对李嘉言文中所说"贾岛既非出自山东旧门之李党，又屡举进士不中，未能列入新兴阶级之牛党，故徒出入牛李而终为两党所俱不收"的说法，表示异议，他认为李氏立论为无根之谈，当时文人并不一定"死守一党"，"方得跻身青云"；他还认为贾岛"推敲"事不可信；他在肯定了李氏考证绵密之优点后，对李氏谱后所胪列贾岛同时代人事迹，如贾韩订交之始、张籍历官、元郎中与元稹等问题进行了辨正。稍后，李嘉言发表了《为贾岛事答岑仲勉先生》⑤ 一文，对岑仲勉的质疑进行回应，重申了其《贾岛年谱》中的部分观点。

1979 年，王达津发表的《关于贾岛》⑥，使得曾经中断三十年的贾岛生平研究又接续上了，但该文只是探讨了"推敲"故事的真实性、贾岛生卒年、贬为长江主簿的原因和时间等几个老问题，未得出新的结论。稍后，姚诚的《贾岛在四川的活动与遗迹》⑦、肖煜的《贾岛籍贯

---

① 华忱之、喻学才校注：《孟郊诗集校注》，北京：人民文学出版社，1995 年。
② 载《国专月刊》第 3 卷第 5 期，1936 年。
③ 载《清华学报》第 13 卷第 2 期，1941 年。
④ 载《学原》第 1 卷第 8 期，1947 年。
⑤ 载《学原》第 2 卷第 1 期，1948 年。
⑥ 载《南开大学学报》1979 年第 2 期。
⑦ 载《南充师院学报》1981 年第 1 期。

是何处?》①、阎慰鹏的《关于贾岛的归葬问题》② 等文，或对贾岛的晚年的活动，或对贾岛的籍贯和归葬问题提出了一些看法，但也未取得新的突破。

值得注意的是吴汝煜与谢荣福合撰的《李嘉言〈贾岛年谱〉订补》③、郭文镐的《姚合佐魏博幕及贾岛东游魏博考》④、房日晰的《贾岛考证二则》⑤ 等文。其中吴汝煜等文对李嘉言《贾岛年谱》中诸多问题进行考订、甄辨，继上引岑仲勉文后，又一次以可信的材料、缜密的论证，指出了李文存在的一些错误，具有很高的学术价值。郭文镐文也同样值得重视，贾岛东游魏博一事，李嘉言《贾岛年谱》漏考，郭文不但补正了《贾岛年谱》之不足，而且还兼及姚合，探讨了姚合佐魏博幕与任武功主簿的时间问题，因而这篇文章对搞清中唐与贾岛、姚合有关系的诗人的行踪问题，颇多参考价值。房日晰文考证了贾岛曾有邠州之行，也补充了李嘉言《贾岛年谱》的不足。

诗歌研究

和生平研究一样，20 世纪的贾岛诗歌研究的高峰期也是在三四十年代和八九十年代。

1931 年，王香毓发表了《读长江集札记》⑥，是 20 世纪较早对贾岛思想和诗歌进行深入分析的文章。该文首先研究了贾岛仕途不畅的原因，认为"以岛之才力论，转入仕途，宜有飞黄腾达之一日；乃于去浮图之后，卒未尝得志。故于时事，颇有讥刺之语，足以取怨贾尤。又值唐文宗患当时人士不通经术，下诏停试进士诗赋。岛之颠沛困顿，以至于死，盖有由矣。或以其行为不检，实非"。又谓"岛性情真挚，态度坦白，于其诗中往往见之。其诗皆即景生情；于苦吟之下，更能尽情写出自己之失意与穷苦。然非无病呻吟；正表现诗人之真挚性情耳。或以其为拘于眼前之物象，未为知言"。又谓"论岛诗者，多以寒涩奇僻目之，固不尽然。……长江集中除工整险奇之诗而外，要不乏清泛之作。……

---

① 载《北京晚报》1981 年 5 月 5 日。
② 载《文献》1983 年第 1 期。
③ 载《辽宁广播电视大学学报》1987 年第 3 期。
④ 载《江海学刊》1987 年第 4 期。
⑤ 载《文学遗产》1992 年第 6 期。
⑥ 载《清华中国文学会月刊》第 1 卷第 1 期，1931 年。

其诗尚有雄壮之气势,亦未可以掩没者"。

稍后,段臣彦的《介绍一个苦吟的诗人——贾岛》① 分"略传""苦吟""环境""思想-志趣-爱好"等部分,对贾岛作了较为简略的介绍,认为贾岛"有好神仙的思想","也是一个好读书击剑荆轲者流"。陈延杰的《贾岛诗注序》② 在对贾岛的生平和创作进行简要的评述时,突出了贾岛五律诗的贡献:"岛之五律,……以细小处见奇,实能造幽微之境,而于事物理态,体认最深,非苦思冥搜,不易臻此。"谢若田的《苦吟诗人贾岛及其诗》③ 也是一篇简要介绍贾岛的生平和创作的短文,唯所论稍平。

40年代的贾岛诗歌研究,以闻一多的《贾岛》④ 新意为多。该文首先探讨了贾岛"为什么单做五律"的问题,接着探讨了贾岛诗中"为什么老是那一套阴霾、凛冽、峭硬的情调",以及在每个朝代的没落的时期,文坛上都有回归贾岛的倾向等问题,对于这些问题,闻一多都有精彩、独到的分析。

从40年代末到70年代末,将近三十年的时间里,除了一些报纸的文艺副刊上出现过几篇有关贾岛的文艺随笔,并未产生出对贾岛诗歌进行深入研究的专题论文。倒是60年代出版的几部中国文学史类著作对贾岛诗歌的评价,值得注意。如,刘大杰在其《中国文学发展史》中认为,贾岛"在刻画自然风物的幽深清峭的形象上,表现了优美的技巧","但是因为他过于刻画,过于求新求奇,所以总是佳句多而佳篇少"⑤。中国科学院文学研究所编著的《中国文学史》也认为:"贾岛在诗歌上的成就,除了一些好句而外,好诗不多。"并对此解释道:"大约因为他太醉心于词句的琢磨,反而忽略了全诗的完整的艺术境界的创造。因而他的不少的诗虽然对仗工稳,却缺乏动人的情思,读后留不下完整的印象。加以他的诗多是寄赠酬唱之作,极少反映当时社会生活,局度也显

---

① 载《磐石杂志》第2卷第10期,1934年。
② 陈延杰注:《贾岛诗注》,上海:商务印书馆,1937年。
③ 载《文学月刊》1941年第1期。
④ 《唐诗杂志》,第28—32页。
⑤ 《中国文学发展史》上册,第269页。

得比较狭窄。"① 游国恩等主编的《中国文学史》则对贾岛没有在诗中反映当时社会现实、揭露生活中的腐败现象表示不满,因而认为贾岛的诗无论思想内容或艺术成就都远不及孟郊。

相比较而言,李嘉言写于60年代、发表于80年代的《长江集新校·前言》②则能不受当时政治因素的干扰,对贾岛的诗歌作出了比较全面而公允的评价,他认为,贾岛诗中确实"流露了不少哀愁悲苦的情绪",但"诗人灵魂所受的创伤是当时腐败黑暗的社会政治所加给他的","他本有爱国思想,欲以正直自守,有所作为","但终无出路,终生贫困,终于使僻涩寒瘦的思想作风占了主导地位","他虽不同于张籍、白居易一派,却因与张籍、白居易同一时代背景而发生一定的内在联系,他们从不同角度反映了时代的面貌"。文章还指出,"简单地说他缺乏时代气息、是形式主义,反现实主义的等等,是不合适的"。

80年代以后,学界对贾岛诗歌的研究更加深入和细致了,相当一部分论文都着眼于对贾岛诗歌进行新的分析和评价,如胡中行的《略论贾岛在唐诗发展史中的地位》③,姜光斗、顾启的《论贾岛的诗》④,赵剑的《贾岛新论》⑤,郑孟彤和郑曼元的《贾岛的山水诗》⑥等。

其中胡中行文指出,贾岛和韩愈"在诗歌创作上并没有什么师承关系","贾韩二人的诗歌风格有着明显的不同",认为"在白、韩两大势力之间,贾岛是以第三种力量的代表出现的",他在"纠正白、韩两种倾向的过程中发展自己的风格",而且"元和、长庆的后期,在贾岛周围已经汇集起一批志趣相投的诗人,……已经显露出独擅晚唐的势头了","晚唐的绝大多数诗人是贾岛的后继者",该文还认为"贾岛诗歌风格的特点是幽僻清奇,这样的艺术特色既有利于表现他自己压抑而不满的矛盾心理,也符合长庆以后的时代要求"。姜光斗、顾启文也对贾岛诗歌提出了一些新的见解,如他们认为,"全面地看贾岛,他并不一

---

① 中国科学院文学研究所中国文学史编写小组:《中国文学史》第2册,第407页。
② 载贾岛著,李嘉言新校:《长江集新校》,上海:上海古籍出版社,1983年。
③ 载《复旦学报》1983年第3期。
④ 载《唐代文学论丛》总第4辑。
⑤ 载《唐代文学研究》第1辑。
⑥ 载《阅读与写作》1991年第1期。

直是孤僻的,还有激烈奋发的一面",如《剑客》《落第东归逢僧伯阳》《下第》《病鹘吟》等,"这些金刚怒目式的诗,谁能相信竟也是那位'独行潭底影,数息树边身'的无本和尚、'二句三年得,一吟双泪流,知音如不赏,归卧故山秋'的苦吟诗人做出来的!"他们还认为,虽然"他的主导风格是幽细平淡","但风格的平淡并不等于感情的平淡,更不等于感情的枯寂。表面平淡,实质有境界,有韵味,要做到这一点并不容易"。"通读《长江集》,你就会惊讶地发现,贾岛所创造的艺术境界,真可称得上丰富多彩,琳琅满目,美不胜收。苏东坡的'郊寒岛瘦'的一个'瘦'字,是概括不了贾岛全部诗作的。"赵剑文认为,贾岛的诗风不是"怪僻""奇僻",而是自然冲淡,"表面上的狂词滂葩、奸穷怪变,经过诗人特殊人格、情趣的化合和点染;审美经验的筛选与组合,完全被艺术化了,融于通篇气韵的古雅清幽、自然平淡之中,正是艺术的价值所在",因此,作者也不同意把贾岛纳入韩孟诗派。文章还探讨了贾岛的审美情趣,认为贾岛是以古典美学的和谐优美为理想的,因此他的作品带有单纯、宁静、孤独的色彩。文章把贾岛诗中喜欢描写病态美和丑恶的事物,归咎于贾岛天性的懦弱,把贾岛诗的耽幽爱奇,以丑为美,说成是在"体验着隐寓在表象背后的悲剧美"。

作品整理和版本研究

陈言杰的《贾岛诗注》(商务印书馆,1937年),是贾岛诗歌的第一个注本,也是目前所见的唯一的贾岛诗歌的全注本,尽管其中有些地方值得商榷,但筚路蓝缕,功不可没。1946年,李嘉言发表了《长江集考辨——〈贾岛年谱〉附录之三》[1],文章据四部丛刊所收明翻刻宋十卷本对通行十卷本作了一些校订。一年后,岑仲勉又发表了《贾岛诗注与贾岛年谱》[2],对陈言杰《贾岛诗注》中的一些问题进行了商榷。1983年,上海古籍出版社出版了李嘉言校订的《长江集新校》,考订精确,指出现行版本的诸多舛误,还对贾岛集中的一些伪作,一一辨别,所以是目前贾岛诗集最为完善的本子。佟培基的《贾岛诗重出甄辨》[3]则对贾岛与他人诗歌的重出情况进行了清理,也有助于贾岛诗集的进一步整理。

---

[1] 载《国立西北师范学院学术季刊》第 2 期,1946 年。
[2] 载《学原》第 1 卷第 8 期,1947 年。
[3] 载《河南大学学报》1985 年第 5 期。

《贾岛诗集》版本方面的研究成果主要是万曼的《唐集叙录·长江集》。

三、姚合研究、皇甫湜研究

姚合研究

20世纪，姚合研究的成果很有限，且多是在70年代末以后产生的，内容涉及姚合生平、诗歌创作和诗集整理等几个方面。

对姚合生平研究的成果主要有王达津《姚合的诗和姚合生平》①、吴企明《〈全唐诗〉姚合传订补》②、曹方林《姚合在御史台时期及其交游考》③、徐希平《姚合杂考》④、谢荣福《读姚合诗杂考三则》⑤、郭文镐《姚合佐魏博幕及贾岛东游魏博考》⑥、信应举《关于姚合的籍贯问题——兼与吴企明先生商榷》⑦、郭文镐《姚合仕履考略》⑧、郭文镐《姚合"从军夏绥"辨》⑨、尹占华《姚合系年考》⑩、徐希平《关于姚合生平若干问题的考索——向邝健行先生求教》⑪等。

其中，王达津文考订出姚合当生于大历十四年，和贾岛相同；很可能死于会昌六年（846）三月武宗死后不久；文章还据《郡斋读书志》和同时人的赠诗简略排列了姚合的生平仕历，认为姚合当先任郎中，后出任杭州刺史，回朝后才任谏议大夫，任陕虢观察使在开成四年，此皆王文之发明。吴企明文对《全唐诗·姚合小传》进行了订补，认为姚合并不是宰相姚崇的曾孙、玄孙，他是吴兴人，曾任谏议大夫，又曾任刑、户二部郎中、殿中侍御史，于元和十一年登第，《唐诗纪事》云"出荆、杭二州刺史"之"荆州"当为"金州"之误，卒赠礼部尚书，

---

① 载《南开大学学报》1979年第2期。
② 载《杭州大学学报》1979年第4期。
③ 载《温江师专学报》1985年第1期。
④ 载《南充师院学报》1985年第2期。
⑤ 载《徐州师范学院学报》1987年第2期。
⑥ 载《江海学刊》1987年第4期。
⑦ 载《郑州大学学报》1988年第3期。
⑧ 载《浙江学刊》1988年第3期。
⑨ 载《山西师大学报》1990年第1期。
⑩ 载《西北大学报》1991年"语文教学与研究专辑"。
⑪ 载《西南民族学院学报》1994年第6期。

谥号曰懿。曹方林文考证出，姚合"从宝历元年（825）初至大和元年（827）初任监察御史"，"从军在边地夏州一带，在傅良弼军中做掌书记"，"从军一年多"，"大和元年秋回归洛阳"，"依然在御史台做官"。徐希平文考证出姚合曾以殿中侍御史分司东都，还考证出姚合早年曾隐居嵩山。谢荣福文对姚合生平的考证多与徐希平文观点相左，他认为徐文说姚合曾分司东都无疑是正确的，但所任不是殿中侍御史，而是监察御史；还发现姚合早年曾寄家邺城。郭文镐《姚合佐魏博幕及贾岛东游魏博考》文考证出姚合于元和十一年及第后曾佐魏博幕，还对姚合任武功主簿的时间及其生年进行了考证，认为姚合任武功主簿在长庆间，任职约三年，长庆四年谢职归故里，推其生年在建中元年。信应举文对吴企明认为姚合郡望吴兴、籍贯亦为吴兴的说法提出商榷，认为姚合世系所属为姚崇之曾孙，望出吴兴，籍为陕州。郭文镐《姚合仕履考略》文带有年谱性质，认为姚合生于建中二年，卒于大中元年（847），享年六十七岁；对姚合生平重大行事的考证也多见。郭文镐《姚合从军夏绥辨》认为姚合并未从军夏绥，上引曹芳林文系误解姚诗及李频《送姚侍御充渭北掌书记》一诗，后诗中"姚侍御"非姚合。徐希平《关于姚合生平若干问题的考索》文对邝健行《中国诗歌丛稿·姚合考》一文诸多问题进行商榷包括：（1）姚合是否曾"充渭北掌书记"；（2）姚合曾任侍御史之职；（3）姚合牧杭的时间；（4）姚合卒年。

对姚合诗歌进行分析的文章则有曹方林的《姚合诗初探》[①]、徐希平的《"武功体"价值新探——兼论姚贾诗派心理定势及内部差异》[②]、张宏生的《姚贾诗派的界内流变和界外余响》[③] 等。其中徐希平文对姚合诗风的探讨颇为深入，且多新见。它首先探讨了"武功体"的潜在影响与传统评述之关系，认为"武功体"中除了闲散消沉的个人生活题材，反映现实、关心国运民疾的内容并不少见。文章认为，"武功体"有两种主要思想倾向：第一，积极进取的精神与关注现实的责任感，第二，闲居遣怀、流连风物的独善情怀。姚合对后世产生重大影响乃至招惹非议，均多由于后者，但它是"当时士人真实际遇和特定心态的反映，有着艰难人生与丑恶社会留下的烙印，折射出时代的暗影，同样具

---

① 载《成都师专学报》1986 年第 1 期。
② 载《西南民族学院学报》1992 年第 4 期。
③ 载《文学评论》1995 年第 2 期。

有不可置疑的认识价值",而且"时时透出其激荡难平的心底波澜,表明洁身自好的信念"。文章还指出,"武功体"重"天格",其清峭的诗风有别于寻常的苦吟奇僻。张宏生文讨论了姚贾之间的关系、姚贾诗风的异同以及姚贾与后世的关系等问题,也有相当的深度。

对姚合诗歌作品进行整理的成果有曹方林的《姚合诗辨证》①和刘衍的《姚合诗集校考》(岳麓书社,1997年)等。

皇甫湜研究

20世纪有关皇甫湜的研究成果就更少了,就目前所见,主要有梁孝翰的《韩门奇崛派皇甫湜文学之评价》②、曹汛的《皇甫湜生卒年考证》③、姚继舜的《皇甫湜生卒年诸说辨正》④等。

第七节　中唐其他作家研究

一、李德裕研究

李德裕是中唐著名的政治家和文学家,一直受到历代史学家、诗评家的关注。20世纪初以来,学界不但对其生平和思想有进一步的探讨,而且对其诗歌创作也进行了比较深入的研究。

生平和思想研究

20世纪学界对李德裕生平和思想的探讨主要集中在30年代和80年代。1935年,陈寅恪发表了《李德裕贬死年月及归葬传说辨证》⑤,该文意在指明《资治通鉴》纪事之脱误,及清代学者检书之疏忽,文章通过对史书、笔记所载李德裕贬死年月和归葬传说的辨证,引证当时新出土墓志数方,得出结论:(1)李德裕大中三年十二月卒于崖州;(2)其柩于大中六年夏由其子烨护送北归,葬于洛阳。此文发表后不久,张

---

① 载《成都师专学报》1987年第1期。
② 载福州《协大艺文》第6期,1937年。
③ 载《文史》第30辑,1988年。
④ 载《文学遗产》1992年第2期。
⑤ 载陈寅恪:《金明馆丛稿二编》,上海:上海古籍出版社,1980年。

尔田提出商榷，他在《与吴雨生论陈君寅恪李德裕归葬辨证书》[1]中说陈文"合之论理，有不能成立者数端"，认为此文"有大功于义山者，乃在……证明卫公归葬在大中六年，实为异日补注玉溪生集者，最重要之贡献。其他诸说，则尚非今日所能论定"。至于李德裕贬死海南何地，在海南是否有后裔存留，郭沫若曾提出自己的看法，认为李德裕贬死在崖城，而且在海南有后裔。1985年，卢业时通过实地考察，发表了《李德裕在海南贬地考》[2]一文，提出了与郭沫若不同的看法：（1）李德裕的真正贬地在海南北部的今琼山区境内；（2）望阙亭在琼山区大林乡多吕村；（3）李德裕在海南没有后人留下，崖州多港峒李姓黎人只是在黎族社会不断汉化过程中采用汉族姓氏而尊奉李德裕为其祖，并不真正是李德裕的后裔；（4）郭沫若说及历代主张李德裕贬地为崖城之说多属传闻和附会，不足为证。

相当长的时间内，李德裕生平和思想研究没有取得多大进展。80年代以后，学界又出现了研究李德裕的高潮，发表了一大批探讨李德裕与牛李党争、李德裕与会昌灭佛之关系的论文，如田廷柱《李德裕和会昌禁佛》[3]、傅璇琮《略谈唐代的牛李党争》[4]《李德裕年谱》[5]、赵吕甫《牛僧孺、李德裕史事辨误》[6]、周建国《关于唐代牛李党争的几个问题——兼与胡如雷同志商榷》[7]、袁刚《会昌毁佛和李德裕的政治改革》[8]、田廷柱《晚唐政治家李德裕》[9]、曹旅宁《论李德裕与会昌灭佛之关系：读〈隋唐佛教史稿〉札记》[10]、王炎平《辨李德裕无党及其与牛党之关系》[11]、陈建樑《李德裕政风二题》[12]等。其中田廷柱《李德裕

---

[1] 载《语言文学专刊》第1卷第1期，1936年。
[2] 载《海南大学学报》1985年第1期。
[3] 载《辽宁大学学报》1980年第5期。
[4] 载《文史知识》1983年第2期。
[5] 载傅璇琮：《李德裕年谱》，济南：齐鲁书社，1984年。
[6] 载《南充师院学报》1983年第1期。
[7] 载《复旦学报》1983年第6期。
[8] 载《中国史研究》1988年第4期。
[9] 载《文史知识》1989年第1期。
[10] 载《青海师范大学学报》1989年第3期。
[11] 载《四川大学学报》1992年第2期。
[12] 载《史学月刊》1994年第6期。

与会昌灭佛》一文强调了李德裕在会昌禁佛中的作用，认为在禁佛的过程中，李德裕出谋划策，奉制力行，指挥若定，成果卓著；其反佛思想尤为可贵，其力主禁佛的行动，无疑符合社会进步的要求，符合人民的愿望，因而有积极作用。曹旅宁文对汤用彤《隋唐佛教史稿》中所说李德裕之所以积极主张灭佛，根源在于他不喜欢释民，进而推论出李德裕因与道教相关联而力斥佛教的见解进行商榷，认为会昌灭佛的发生具有深刻的社会政治、经济等根源，也具有历史必然性，李德裕的所作所为不过是一个封建社会政治家顺应时代、挽救封建国家危机的自觉行动。傅璇琮的《李德裕年谱》从分析社会政治、经济等矛盾入手，依据牛李党魁对待这些矛盾的不同态度，指出党争是历史条件的产物，是两种不同政治集团的原则分歧，并对李德裕力挽狂澜的改革图治精神给予了极高的评价。《李德裕年谱》对元和至大和政治的详尽叙述，可以称得上一部齐备的牛李党争史，同时，其对中晚唐时期诗人们的交往和创作活动考察甚细，又可以说是中晚唐牛李党争背景下的一部文学编年史。

诗歌成就研究

对李德裕诗歌进行研究的论文，主要有郑宪春的《论李德裕及其诗歌创作》①、董乃斌的《〈会昌一品集〉及李德裕的思想和创作》②《李德裕的诗和诗中的李德裕》③、周建国的《富有文才的名相李德裕》④ 等。其中董乃斌两文所探索的中心题旨是一个，那就是要通过对李德裕诗文思想艺术的分析揭示出这位政治家内心世界的更深层面，从而建立起对他比较全面的认识和理解。文章认为李德裕是一个政治化了的封建文人，一生在政治斗争的漩涡中浮沉。他作品中的一大部分是封建王朝政治、军事措置的性质，构成了《会昌一品集》的主体，反映的主要是晚唐的政治状况和他的相业；另一部分作品属于文学创作范围，如赋、诗和一些杂文，较能反映他的思想、气质、性格和内心活动的历程，从中我们也能看到其内心的矛盾和苦闷。怀念平泉庄的诗作是李德裕现存诗篇的主要部分，它们大抵作于李德裕政治生涯的低潮期。它们既反映了他享受奢侈的物质生活的剥削者心理和占有欲，又在一定程度上反映了

---

① 载《湖南教育学院平江分院论文选刊》1982 年第 1 期。
② 载《文学评论丛刊》第 18 辑，北京：中国社会科学出版社，1983 年。
③ 载《唐代文学论丛》总第 6 辑，西安：陕西人民出版社，1985 年。
④ 载《文史知识》1991 年第 11 期。

他在政治上的出与处的矛盾。另外，李德裕还有两个文学观点，一是"文章与名节不可一概而论"，这种将文学创作与政治名节作一定区分的观点在封建时代可谓相当明智通达，影响于他本人的诗歌创作，便在无形中解除了许多禁忌和束缚，使他能够把平素不轻易表露的某些思想感情在诗中加以宣泄，从而使我们能够较全面地看到他的世界观和个性。其另一个文学观点是"文章如日月，虽终古常见而光景日新"，曾被清人沈德潜称为"至论"。所谓"终古常见"，指的应是稳定性较强的文学形式，"光景日新"指的是因反映时代和现实生活而变动迅速的文学内容。文章还认为，李德裕被贬珠崖后的作品色彩秾丽、感情深沉，吐诉了无限眷恋京国而又无可奈何的心情。而正是这为数不多的好诗，才使李德裕在唐代诗史上占有一席之地并使人至今难忘。周建国文也认为，李德裕作品的内容、体裁与其仕途上的荣辱进退有密切的关系，这种密切的程度在唐人中甚至可说是罕见的。文章还将李德裕的诗文分为三类。第一类即收入《会昌一品集》正集二十卷中的政治性应用文，这些文章数量之大，"为唐人文集所仅见"，而且质量之高独步当时，以明快详实，曲尽事理为主要特色。第二类是身遭贬逐时所写的系列诗赋，这些作品大多围绕仕隐矛盾和宦海风波言志抒情，透露出思乡之念和迁谪之感，表现出一种深厚的抒情风格。第三类是一些同僚唱酬或抒写个人闲情的篇什，这些作品大多作于前期任方镇大吏的时候。文章最后介绍了李德裕的文学思想。

诗歌整理和版本研究

对李德裕诗歌作品进行整理的成果有佟培基的《全唐诗重出误收考·李德裕》（陕西人民教育出版社，1996年），对李德裕文集版本进行研究的成果则有万曼的《唐集叙录·李文饶文集》。

二、薛涛研究

薛涛是中唐时期多才多艺的女诗人，且与当时许多文人都有交往，故受到后世学界的普遍重视。20世纪以来，人们除了对其生平和创作进行了较多的研究，对她与元稹的关系也展开了热烈的讨论[①]。

[①] 下文"薛涛生年"和"与元稹之关系"两部分，参陈坦：《当前薛涛研究概述》，载《社会科学研究》1987年第6期。

薛涛生年

关于薛涛的卒年,学界一般认为在唐文宗大和六年(832)前后。但薛涛的生年,史料记载和当代学者的说法都不统一,代表性的观点主要有以下几种。(1) 758年(肃宗乾元元年)说。此论依据是:《唐音癸签》称涛"工绝句,无雌声,自寿者相",可知她至少活到七十岁;明刻《薛涛诗》小传有"大和岁薛涛卒,年七十五"之说,上推而得①。(2) 770年(代宗大历五年)说。此论依据是:涛甫及笄时,韦皋镇蜀,召令侍酒,遂入乐籍。及笄系女子15岁,而韦皋镇蜀起自785年(德宗贞元元年),上推15年即770年②。(3) 785年(德宗贞元元年)说。依据各本传及涛诗中称韦皋为"韦中令""韦令公",而韦皋至801年(德宗贞元十七年)方兼中书令,始可称"韦中令"或"韦令公",故涛侍酒赋诗必在贞元十七年后韦皋兼中书令时。涛年始及笄,以诗闻外,至韦公召见,或有一二年时间,则涛此时亦只十七八岁。由此上推而得③。(4) 781年(德宗建中二年)说。参刘天文《薛涛生年考辨》④。另,石岩的《薛涛小传》⑤认为薛涛大历三年生于长安,卒年在大和五年,享年六十四岁。

与元稹之关系

由于薛涛妓女的独特身份,加上元稹又是一个风流才子,而且二人之间有互相酬赠之作,所以千百年来人们都倾向于认为薛涛与元稹之间存在着爱情关系。但是20世纪以来,一些学者又极力推翻此说,遂展开了热烈的讨论。主要观点有以下两种。(1) 爱情说。此说以张篷舟为代表。他在《薛涛诗笺》中认为:"她四十岁时,元稹为东川监察御史,慕涛欲见,严绶遣往,与稹聚于梓州(今四川省治县)。似属意于稹,但长稹十岁;稹则爱情不专,数月后又遭移贬,她遂终身未嫁。"⑥苏

---

① 参李冶、薛涛、鱼玄机著,陈文华校注:《唐女诗人集三种·前言》,上海:上海古籍出版社,1984年。
② 薛涛著,张篷舟笺:《薛涛诗笺》,北京:人民文学出版社,1983年。
③ 参彭芸荪:《望江楼志》,成都:四川人民出版社,1980年。
④ 载《社会科学研究》1992年第6期。
⑤ 载《国专季刊》1933年第1期。
⑥ 薛涛著,张篷舟笺:《薛涛诗笺》,成都:四川人民出版社,1981年,第65页。

者聪的《元稹在男女关系问题上"一往情深"吗?》①也认为"自元和四年至长庆元年,十几年来,元稹与薛涛一直保持着这种不正常的关系"。邓剑鸣、李华飞的《薛涛与元稹的关系问题及其他》②则更加肯定:"元稹、薛涛见过面是事实,两人有过一定程度的爱情关系也是确实的。"(2)酬唱说。卞孝萱《元稹·薛涛·裴淑》③认为元稹与薛涛未曾会晤,仅有唱和关系。彭芸荪的《望江楼志》也认为:"旧传(元稹)尝与薛涛会晤,实出附会。然唱和寄赠,事亦有之。"

诗歌研究

20世纪学界对薛涛诗歌的研究也取得了一定的成果。早在1929年,姜华就发表了《女诗人薛涛》④,对薛涛的生平和诗歌创作进行介绍,文章认为,薛涛的艺术手腕到了《春望词》一类的诗,可算是登峰造极了,是"真善美"的结合,称此诗"质朴如白衣处女,亭亭独立,毫无俗态,其表白其胸怀,荡荡然如一池清水";但是对其集中《十离诗》却不满意:"以言艺术,浅薄无聊;以言内涵,卑污秽浊。"

后来,有将近五十年的时间,学界基本没有对薛涛诗歌作更深入的研究。1984年,胡荣锦的《论薛涛的诗》⑤的发表,打破了这种沉寂的局面。该文认为,据薛涛流传至今的八十一首诗看,思想内容是较为贫弱的,对社会现实的反映也极其有限,这与她的低下的社会地位和个人的见识不高有关。但是,她的那些反映歌妓受压迫和偶一为之的关心政治的诗作,也是有着一定的现实意义的。文章还指出,薛涛诗的风格不是单一的,它既有自然率直的一面,也有清奇雅正的一面。文章最后对薛涛在中唐诗史上的地位作了一个评价:"在争奇斗艳的韩孟诗风盛行的中唐,她的诗能以活泼清新的风格出现,更属难能可贵。"

此后学界研究薛涛诗歌的成果又多了起来,如刘长耿和孙顺霖的《论薛涛和她的〈十离诗〉》⑥、董淑瑞的《薛涛及其诗歌创作》⑦、贺新

---

① 载《光明日报》1985年7月2日。
② 载《社会科学研究》1984年第4期。
③ 载《四川师范学院学报》1980年第3期。
④ 载《真善美》第3卷第3期,1929年。
⑤ 载《广州师院学报》1984年3、4期合刊。
⑥ 载《殷都学刊》1985年第1期。
⑦ 载《新疆师范大学学报》1985年第1期。

居的《薛涛简议》①、朱德慈的《薛涛诗艺术风格摭谈》②、王继范的《试论唐代女诗人薛涛》③、张而今的《情思·才调·风度——谈薛涛诗的审美魅力》④、赵松元的《薛涛诗歌的"丈夫气"再议》⑤、咸力的《薛涛诗的歌唱性小议》⑥等。其中刘长耿、孙顺霖文指出，《十离诗》一反酬答唱和之常态，不失为一组颇能表现薛涛双重不幸的真实情感之作。在艺术风格上，薛涛继承了古诗和汉魏六朝乐府民歌的传统，形成了自己的特色：运用民歌的语言，平易凝练，通晓流畅，词采清丽，情意深婉；还大量借助比喻和隐喻。但是此诗也有一些欠妥之处，如修辞单一造作，形式千篇一律。董淑瑞文则对当时诸多文学史著作没有给予薛涛一定的诗史地位表示不满，谓薛涛反映身世感叹的诗，是其身世之苦、心灵之声的写照，她的痛苦与向往常常以直抒己怀或借物抒情的方式表达出来，处处流露真情，娓娓动人；说她的唱酬诗寄寓着对大自然的热爱、个人清高的操守和对友情的珍重。文章认为薛涛诗歌的艺术特色是：情真、洒脱、艳丽。贺新居文也探讨了薛涛诗歌的思想境界和艺术性，认为其艺术性有三点：第一，语言平易但不浅露，诗意含蓄但不晦涩；其次，状物细致；其三，感情深细。朱文从六个方面分析了薛涛诗的艺术风格：（1）"畅"：涛诗平白如话，晓畅和谐，读来一气直泻，婉转悦耳，似潺潺流水；（2）"常"：遣词造语，如话家常，不用奇字、僻字，不作拗折倒装的句式；（3）"藏"：含蓄不露，于平淡中寓深意；（4）"长"：造境上善于融化情景，将主观情感与客观对象巧妙地融为一体，从而更强烈地表达自己感情的真实；（5）"香"：细腻与温馨；（6）"朗"：有朗健的骨格。王继范文通过评说薛涛的咏物、酬唱、赠别等各类作品来展示薛涛的人物和品格，认为《十离诗》"是对唐诗发展的一个贡献"。张而今文从情思、才调、风度三方面探讨了薛涛诗歌的艺术魅力。赵松元文是对朱德慈《试论薛涛的风格特征——兼难"无雌声"

---

① 载《天津师大学报》1985 年第 5 期。
② 载《社会科学研究》1985 年第 6 期。
③ 载《辽宁大学学报》1987 年第 4 期。
④ 载《贵州大学学报》1990 年第 2 期。
⑤ 载《中国文学研究》1991 年第 2 期。
⑥ 载《文史杂志》1992 年第 6 期。

说》①进行商榷的文章，朱文首先从薛涛诗的某些用语论证薛诗具有明显的女性特征，其次认为体悟入微、观照精细、格调柔婉、情韵哀怜是薛诗的典型个性，而这又是极女性的；赵文则认为薛涛的吟咏情性的诗篇，绝无脂粉气，亦绝无尘俗气，而且其活泼大胆的性格主要使她形成了与众不同的艺术思维与表现方式，所以刚柔相济之美的丈夫气才是薛涛诗的主导风格。

作品整理和版本研究

20世纪对薛涛作品整理用力最勤的无疑是张篷舟，1929年，他曾合薛涛、曼殊之诗及其事迹为一集，题为《浪漫二诗人》，于1933年刊行于上海的南京书店。后来他又利用在北京图书馆工作的机会，搜集、整理了薛涛的作品，于1983年出版了《薛涛诗笺》，该书笺注简明，搜罗薛涛有关史料和后人研究材料甚丰，为较完备的薛涛作品集。另外，陈文华编集的《唐女诗人三种》（上海古籍出版社，1984年）中也收有薛涛的诗歌作品。

对薛涛作品进行辨正的论文成果有：彭云生遗作、陈刚整理的《〈十离诗〉辨证》②，许永驰的《〈谒巫山庙〉是薛涛的作品吗？与张篷舟先生商榷》③，邓剑鸣和胡国强的《〈薛涛诗笺〉中几首诗真伪辨》④，佟培基的《全唐诗重出误收考·薛涛》等。

薛涛诗集版本研究方面的成果主要有：傅增湘的《明本薛涛诗跋》⑤、张篷舟的《薛涛诗笺·版本源流》、万曼的《唐集叙录·薛涛诗》等。

三、张祜研究

张祜是中晚唐间著名诗人，其人、其诗一直受到学界的关注，20世纪80年代以后，张祜研究趋于细致和深入，其中吴在庆和尹占华成果较多。

---

① 系"薛涛研究会成立大会暨第一次学术会议"会议论文。
② 载《唐代文学论丛》1982年第2期。
③ 载《温江师专学报》1985年第1期。
④ 载《西南师范大学学报》1989年第1期。
⑤ 载《清华周刊》第34卷第6期，1930年。

生平研究

谭优学的《张祜行年考》① 是 20 世纪较早对张祜生平和创作进行系统研究的文章,该文从以下几个方面探讨了生平和行事:(1)张祜的名、字、籍贯及生卒年;(2)元微之短沮令狐之表荐;(3)"钱塘论""争解元"之失意;(4)"累蒙方镇论荐"及"遍干诸侯";(5)文坛朋辈之交游;(6)塞北岭南之广泛游踪;(7)祜之妻孥及身后萧条。文后还列有一简明的《张祜年表》。此后不久,吴在庆相继发表了《令狐楚表荐张祜时间考》②《张祜卒年考辨》③《关于张祜生平及诗歌系年、辨伪的几个问题》④《张祜生年辨正》⑤ 等文章,其中对张祜生平行事的看法与谭文颇不相同。如他认为,张祜《寓怀寄苏州刘郎中》诗与令狐楚表荐事无关,又据张祜《庚子岁寓游扬州赠崔荆四十韵》及《寄献萧相公》诗,考定表荐事在元和十五年秋;闻一多及谭优学文都认为张祜卒于大和六年,武汉大学《唐诗选注》定其卒于大和十三年左右,吴在庆认为张祜应卒于大中八年;关于张祜的生年,闻一多云生于唐德宗贞元八年,谭优学云生于德宗建中三年,卞岐《张祜生年考辨》⑥ 认为应生于贞元十八年,吴在庆在经过多方考辨的基础上,认为闻一多的说法比较可信;对于元稹是否可能谗毁张祜这一问题,以前有人曾否定过,吴在庆在多方论证后认为这是完全可能的;吴在庆还提出,张祜曾三入长安,而其寓京三年之时间乃其第三次入长安的大和末期。此外,高玉崑的《张祜何年进京》⑦、乔长阜的《张祜生卒年和三入长安考》⑧、尹占华的《张祜系年考》⑨ 也有相当的参考价值。

诗歌研究

谭优学的《张祜行年考》中也涉及张祜的文学观和诗歌创作,如他

---

① 载《西南师范学院学报》1980 年第 4 期。
② 载《四川大学学报》1984 年第 2 期。
③ 载《人文杂志》1985 年第 2 期。
④ 载《文学遗产》1985 年第 4 期。
⑤ 载《厦门大学学报》1986 年第 1 期。
⑥ 载《徐州师范学院学报》1981 年第 4 期。
⑦ 载《西北大学学报》1985 年第 1 期。
⑧ 载《唐代文学研究》第 1 辑。
⑨ 载《唐代文学研究》第 2 辑。

曾列专节论"张祜之文学观及为文态度"和"祜诗略论",认为"祜诗之佳者,首推宫词,微婉而多讽,艺术造诣,臻于化境;次则体物图貌、描绘山水之作"。又谓:"祜诗无僻字僻典,无诡怪陆离之状,纯熟工整,流转自然。均眼前事,眼前景,人人习见,而祜为之,情趣盎然。"

对张祜诗歌进行专门研究的论文有:朱碧莲的《"千首诗轻万户侯"——评张祜的诗》①、陈广宏的《中晚唐间著名诗人张祜》②、张立名的《张祜诗刍议》③、吴在庆的《论张祜的诗歌》④、尹占华的《张祜诗辨伪》⑤、张浩逊的《张祜宫词浅论》⑥等。其中朱碧莲文首次对张祜诗歌的思想意义和艺术成就作了比较深入、细致的分析。文章首先针对元稹评张诗为"雕虫小巧"的做法进行反驳,认为"张祜的诗是有一定的思想意义的,尽管诗集中不乏应酬奉和之作,也写了自己流连倡家的荒唐行为,但那只是唐代落魄文人所难以避免的局限性,并不能因而抹杀他的诗歌所具有的思想性"。其次,对白居易认为徐凝的诗为先,张祜的诗为次的评论也进行了辩正,认为"总的看来,张祜的诗优于徐凝"。文章最后对张祜诗歌在中晚唐诗坛上的地位作了总的评价:"在晚唐形式主义文风甚嚣尘上,诗风日益萎靡不振的背景下,张祜却能以如此质朴的五古,歌咏时事,关心朝政,'谏讽怨谲',锋芒毕露,自不失为佼佼者。他虽然不能与杜牧、李商隐并列,然亦相差无几。在政治态度和性格作风上,他与杜牧大同小异,特别在某些反映个人壮怀及描写时事的诗歌中,两人有共同的爱憎,诗风接近,无怪张祜晚年与杜牧成为莫逆之交,他们志趣相投,诗酒酬答,互相同情,互相支持。……囿于偏见的元稹和白居易难以认识祜诗的价值,只有深深了解张祜的杜牧才能真正懂得他的诗。"

另外,吴在庆的《试论张祜的傲诞狂荡》⑦探讨了张祜的性格,文

---

① 载《文学遗产增刊》第16辑。
② 载《文史知识》1984年第6期。
③ 载《湘潭师范学院社会科学学报》1986年第1期。
④ 载《宁夏教育学院学报》1986年第3期。
⑤ 载《西北师院学报》1987年增刊。
⑥ 载《南都学坛》1988年第2期。
⑦ 载《厦门大学学报》1993年第1期。

章首先从笔记小说中看出张祜的形象是傲诞的,探讨了张祜诗歌中所反映出来的"傲诞狂荡"的性格特点:(1)对某些权势者的蔑视与讥讽怨刺;(2)耿介的性格,高洁的情怀,凌云的气骨;(3)愤世嫉俗,终穷独醒。文章还分析了张祜这种性格产生的原因以及对其人生的影响。

四、中唐其他中小作家研究

20世纪以来,学界对中唐的一些中小作家,也给予了一定的关注,虽然研究成果不多,取得的进展不是很大,但也为今后的进一步研究作了必要的铺垫。

卢仝研究

关于卢仝生平方面的研究成果主要有:刘曾遂《卢仝不死于"甘露之变"辨——兼考卢仝生卒年》[①]、姜光斗、顾启《卢仝"罹甘露之祸"说不可信》[②]、刘曾遂《卢仝生平事迹杂考》[③]、孔庆茂和温秀雯《卢仝行年考》[④]等。其中,姜光斗、顾启文从诸多方面对卢仝死于"甘露之变"的传统说法进行了驳正,认为卢仝大约卒于元和七年或八年,并不死于元和九年的"甘露之变"中。刘曾遂的《卢仝事迹杂考》考证出:(1)卢仝早年曾寓居扬州,大约三十岁时才离开扬州;(2)卢仝曾隐济源王屋山(大约三十岁时隐居此处,大约四十多时移居东都);(3)卢仝无"两征不起"之经历;(4)迁居洛阳及与马异结交;等等。孔庆茂、温秀雯文是一篇卢仝的简明年谱,其中对卢仝一生的重要事迹的考证多有自己的看法。

关于卢仝诗歌方面的成果主要有:项楚的《卢仝诗论》[⑤]、孔祥祯《谈卢仝和他的政治讽刺诗》[⑥]、王骥《试评中唐诗人卢仝》[⑦]、董乃斌《天地间自欠此体不得——论卢仝、马异、刘叉的诗》[⑧]等。其中孔祥

---

① 载《杭州大学学报》1983年第3期。
② 载《学林漫录》第7集。
③ 载《浙江师范大学学报》1985年第2期。
④ 载《南京师大学报》1990年第4期。
⑤ 载《四川大学学报丛刊》第15期,1982年。
⑥ 载《青海师范学院学报》1982年第4期。
⑦ 载《镇江师专〈教学与进修〉》1983年第4期。
⑧ 载《中国古典文学论丛》第1辑。

祯文对此前学界不是谓卢仝诗"怪诞""险僻",就是说其是"反现实主义"诗人的情况表示不满,遂结合卢仝的生平身世对其政治讽刺诗作进一步的探讨。文章认为,卢仝政治讽刺诗的矛头是指向当时皇帝的昏庸,宦官的跋扈,藩镇的作乱,官场的黑暗,这类诗的特点是真切、大胆、深刻泼辣,而且富有创见。有些诗浪漫主义色彩很浓,有些短诗又很自然、流畅、清新。从整体上看,卢仝有怪僻松散的诗,但所占比例极少,绝大多数的诗想象奇特,语言古朴自然,感情真切。因此,不能用"怪僻"二字概括其全部诗歌,他更不是"语言奇谲怪僻"一格的宗师。

权德舆研究

关于权德舆的研究成果主要有:叶幼勋的《复傅沅叔年伯论权文公集书》①、林家英等的《权德舆的为人、为文、为诗》②、李文衡的《权德舆文艺观浅论》③、王达津的《权德舆与中唐诗的"意境"说》④、吴汝煜的《权德舆诗人名考证》⑤等。其中,林家英文认为,在日益趋向没落的中唐时代,权德舆的为人、从政,堪称是尽职秉公、刚正不阿,体察民病、宽仁温厚;他的诗,是其抒写情性、袒露内心世界的精神寄托;在艺术表现手法上,多用白描手法,力求语言的清淡、省净、流畅、自然的同时,也注意锤炼富有表现力的语言。王达津文认为,在中唐时期,首先明确提出意境说的正是权德舆,他认为权氏已经看到意的高低决定诗境的高低,外界之境也有助于诗境,首先是使意更深远。境不仅是物象的铺陈,而是有广远空间,含深意的境界,最后可以使人得意忘筌。

李翱研究

关于李翱的研究成果主要有李恩溥的《李翱年谱》⑥、马积高的

---

① 载《图书馆学季刊》第 3 卷第 3 期,1929 年。
② 载《兰州大学学报》1981 年第 1 期。
③ 载《文学评论丛刊》第 18 辑。
④ 载《光明日报》1985 年 1 月 1 日。
⑤ 载《西北师大学报》1989 年第 5 期。
⑥ 载《中央日报》1948 年 5 月 17 日。

《李翱生平仕履考略》①、陈尚君的《李翱卒年订误》②、李光富的《〈李翱年谱〉订补》③、郝润华的《李翱与〈李文公集〉》④等。李恩溥文虽极简略,然为李翱的第一个年谱,有拓荒之功。马积高文较之李恩溥文更加系统,且对李翱的一些重要行事进行了比较深细的考证。李光富文则对李恩溥文进行订补,在生卒年、籍贯、世系、行事等方面均提出了自己的看法。郝润华文对李翱的文学创作和文集的版本流传情况作了较全面的介绍。

项斯研究

关于项斯的研究成果则有卞岐的《项斯籍贯考》⑤、杨叔威的《说项斯的诗及其里籍问题》⑥、卞岐的《唐诗人项斯的三首佚诗》⑦《关于项斯佚诗的真伪》⑧、徐光大的《项斯籍贯生平考探》⑨等。

其他

另外,有一些文章还涉及中唐时期的其他作家,如储仲君的《李嘉祐诗疑年》⑩、张瑞君的《李嘉祐皇甫冉生平事迹补证》⑪、郭殿崇的《唐徐州诗人刘商考》⑫、汤擎民的《刘轲生平及著述考略》⑬、张全恭的《唐文人沈亚之生平》⑭、杨胜宽的《〈全唐诗外编〉所收沈亚之逸诗逸

---

① 载《湖南师院学报》1980 年第 3 期。
② 载《中华文史论丛》1981 年第 1 辑。
③ 载《四川大学学报》1985 年第 4 期。
④ 载《西北师大学报》1992 年第 1 期。
⑤ 载《浙江学刊》1982 年第 1 期。
⑥ 载《括苍》1982 年第 1 期。
⑦ 载《光明日报》1984 年 1 月 3 日。
⑧ 载《光明日报》1984 年 3 月 6 日。
⑨ 载《台州师专学报》1987 年第 1 期。
⑩ 载《唐代文学研究》第 2 辑。
⑪ 载《山西师大学报》1992 年第 4 期。
⑫ 载《徐州师范学院学报》1989 年第 3 期。
⑬ 载《学术研究》1988 年第 4 期。
⑭ 载《文学》第 2 卷第 6 期,1934 年。

句的真伪问题》①、郭殿崇的《关盼盼妾属甄辨》②、吴汝煜的《张仲素考》③、曹汛的《茂陵才子马逢》④、陶敏的《〈全唐诗〉令狐楚卷及李逢吉诗整理刍议》⑤、姜剑云的《令狐楚作品传流及散佚考述》⑥、冀勤的《关于欧阳詹的生卒年》⑦、储皖峰的《论郑嵎津阳门诗》⑧、曹汛的《石贯诗事》⑨、周勋初的《卢言考》⑩、瑞需的《梁肃》⑪、张天健的《刚肠侠诗话刘叉》⑫、成志伟的《读坎曼尔〈诉豺狼〉》⑬、肖之兴的《关于〈坎曼尔诗签〉年代的疑问》⑭、王宗堂的《舒元舆简论》⑮、陶敏的《羊士谔生平及诗文系年》⑯等。

---

① 载《甘肃社会科学》1986年第3期。
② 载《徐州师范学院学报》1986年第4期。
③ 载《文史论坛》1986年第3期。
④ 载《中华文史论丛》1988年第1辑。
⑤ 载《湘潭师范学院社会科学学报》1987年第2期。
⑥ 载《晋阳学刊》1992年第2期。
⑦ 载《中国古典文学丛考》第1辑,上海:复旦大学出版社,1985年。
⑧ 载《文哲月刊》第1卷第4期,1936年。
⑨ 载《中华文史论丛》1984年第4辑。
⑩ 载《学术月刊》1987年第4期。
⑪ 载《甘肃文艺》1980年第10期。
⑫ 载《社会科学研究》1989年第3期。
⑬ 载《解放日报》1978年6月11日。
⑭ 载《光明日报》1980年11月18日。
⑮ 载《河南大学学报》1986年第5期。
⑯ 载《唐代文学研究》第1辑。

第六章　晚唐五代诗歌研究

晚唐五代诗歌在唐代诗歌史乃至整个中国诗歌史上都占有重要的地位，这个时期不但出现了杜牧、李商隐、温庭筠、韦庄等独具个性的大诗人，而且在诗歌题材、表现形式、艺术技巧等方面都有新的开拓和发展。但是由于晚唐五代并未产生王维、李白、杜甫那样的大家，也没有涌现韩愈、柳宗元、元稹、白居易那样较具号召力的文坛领袖，更未掀起声势浩大的文学运动，所以并未受到历代诗评家足够的重视，20世纪以前，人们对像李商隐这样的大诗人的研究也较薄弱。20世纪以来，尤其是80年代以后，学界虽然在逐步改变以创作成就定高低、定选题的文学史研究观念，加强了对晚唐五代文学的研究，但是总的看来，取得的成果还很有限。

第一节　晚唐诗歌综合研究

20世纪以来，人们对晚唐文学的探讨主要集中在对晚唐诗歌创作风尚、历史地位、发展规律、表现题材等问题的综合分析和研究上。

一、关于晚唐诗歌成就的评价

80年代以前，人们大都在各种文学史、诗歌史著作中对晚唐文学的创作情况进行概述、评价。

30年代

此阶段出版的诗歌论著和文学史著作多对晚唐文学持否定的态度，如苏雪林在其《唐诗概论》中就认为，"唐末诗坛之混乱也和政局差不多。开宗立派的大师已经绝迹,能表现特别色彩的诗家也不可多得,诗风止于'幽僻''尖新''纤巧''靡弱''俚俗'。视盛中唐李杜韩白之元气磅礴光焰烛天者实不可同日而语,唐诗到这时候已经成为洪波之末流,大声之余响了"①。该书还将这四五十年中诗人的创作分成五派:第一派,以通俗为主,作风出于白居易,"竟浅得像白话一样",杜荀鹤、罗隐、罗虬、罗邺、李山甫为代表;第二派风格主幽峭僻苦,是学贾岛的,以李洞、周贺、喻凫、曹松、崔涂、马戴、唐求、张祜、方干等人为代表;第三派以清真雅正为主,善作五律,谓之格律诗,学张籍、姚合。

郑宾于的《中国文学流变史》对晚唐诗歌持更为明确的否定态度,他在中册第六章第四节"晚唐诗的终了"中指出诗歌到晚唐之所以"终了"的原因有二。第一,"便是只知模仿,没有创造","所以诗的范围只是缩小,不会扩大;只向死的方面行,不能向生的方面去开拓"。第二,"唐末诗人,互竞以诗干禄",所以,"大家都好寻章摘句地'学';大家都妄以诗歌为游说当世卿相的工具,致身青云的宝物。由是而遂粗制滥造,争奇斗巧。致使诗歌失掉其应用之能,徒存一套空空的格架;如此,所以诗亡!"②

五六十年代

此时新出版的文学史对晚唐文学的评价则是否定中有肯定,而他们肯定的又多是唐末的现实主义创作风气。

如游国恩等主编的《中国文学史》就认为:"杜牧、李商隐的诗歌在忧时悯乱、感叹身世之中,已经流露出浓厚的感伤气氛,他们那些沉迷声色的诗,更显示了精神的没落和空虚。这种倾向到唐末表现更为严重。与这种内容相适应,晚唐诗的风格形式也日益向着华艳纤巧的形式主义发展。这是晚唐诗中占比较主要地位的潮流。但是,在黄巢起义前后,皮日休、杜荀鹤、陆龟蒙等作家却继承了中唐白居易新乐府及韩柳古文运动的传统,以锋芒锐利的诗歌和小品文反映了唐末的阶级矛盾。"③

中国科学院文学研究所编著的《中国文学史》对杜牧、李商隐和唐

---

① 《唐诗概论》,第173—174页。
② 《中国文学流变史》中册,第441—442页。
③ 游国恩、王起、萧涤非等:《中国文学史》第2册,第202页。

末诗人的评价也是有褒有贬,他们将晚唐诗人按照对现实的态度分成两类:一类是仇视农民起义或逃避现实的诗人,以韦庄、司空图和韩偓为代表,"他们虽都有较高的艺术修养,但大部分作品的思想内容是消极的或反动的";一类出身比较贫寒,在科举上遭遇到不同的挫折,在政治上也就不可能很顺利和很有地位,因为他们的生活比较接近中、下层人民,接触到较丰富的社会现实生活,在诗歌创作中就很自然地继承了现实主义的传统,在不同程度上反映了阶级矛盾和劳动人民的生活,如皮日休、聂夷中、于濆、曹邺、杜荀鹤和罗隐等[①]。

80 年代

这种有贬有褒的评价在文学史研究中一直持续到 80 年代中前期,但 80 年代学者的论述更辩证、更深细。

如马茂元、陈伯海在其《隋唐五代诗歌概述》[②]中概括了唐懿宗后直至唐亡的诗歌状况,认为由于社会动乱,"诗歌创作领域也普遍出现衰退的趋势",指出"这时期的作者大多数是前代诗风的追随者",如唐彦谦、吴融、韩偓学温庭筠、李商隐的华美,李频、方干、周朴、李洞学贾岛、姚合的清苦等等,然而,"总的说来,未能超越前人,在艺术上没有重大突破"。

而于同时同地发表的吴调公的《"秋花"的"晚香"——论晚唐的诗歌美》[③]一文则"要为晚唐这一丛'秋花'翻案","为她的晚香之美而致一瓣心香"。作者认为晚唐诗歌之美,在于具有"幽艳晚香之韵":(1)这种审美范畴多少带有一种"悲剧性",是"绿暗红稀"之美;(2)这种艺术美的创造必然是文采斐然,而诗人则更多地沉吟于兴象意境的寄托,它具有忽视功利美的倾向;(3)晚唐诗人的审美趣味有异于盛唐诗人之"外向",而侧重于"内向",他们欣赏、刻画繁华都市和镜槛香闺中的珠光宝气,把它们雕镂进艺术的"七宝楼台",用苦闷象征代替艺术功利。作者还认为,晚唐诗歌"标志着中国诗歌艺术美的一次新跃进、新突破"。它表现在"把诗歌艺术推崇到其高无比的地位","更结合诗人们创作实践的苦吟,对诗歌艺术规律进行了长期持续的探索,提

---

① 中国科学院文学研究所中国文学史编写小组:《中国文学史》第 2 册,第 490 页。

② 载《全国唐诗讨论会论文选》。

③ 同上。

出了许多有关风格、取境和炼格的主张；写出了许多'诗歌作法'的专书、专文"，从而"展示了'韵外之致'的境界，开拓了想象的空间，引导出灵感的迸发"。作者还认为晚唐俗文学、爱情主题的传奇、审美精微而风格婉约的近体诗乃是"晚唐'秋花''幽艳'的各种因素的综合"；"晚唐绝体诗格的淡逸轻盈，不但把近体诗推向高峰，融合了俗文学的精华，也对尔后的词的萌芽做出了贡献"。

再如陈伯海在其《宏观世界话玉溪——试论李商隐在中国诗歌史上的地位》[①] 中也着重剖析晚唐诗的总风貌、艺术风格特色、流派及其在文学史上的地位。他认为与盛、中唐相比较，晚唐诗"呈现出衰退的趋势"，除了个别名家外，"缺少卓然屹立、开宗立派的大诗人，多数作者往往成为前一时期某家诗风的追随者"。他将晚唐诗坛概括成六个重要的流派，即：白居易的追随者的通俗化派，元结和《箧中集》诸诗人的追随者的作风简古派，张籍（指律诗）的追随者的诗风理致清新、表达真切、属对工整的律诗派，贾岛的追随者的苦吟诗派，受李贺影响的"瑰奇美丽"派，继承韩愈诗风的"博解宏拔"派。除个别流派外，晚唐各派的共同倾向是"都致力于艺术形式的精工雕琢，把追求'形式美'作为诗歌创作之能事"。文章在论述晚唐诗的特点、不足及其在文学发展史中的地位时说："晚唐诗，尤其是以'温、李'为代表的重视表现人的细微的感受和曲折的心理，作风精工典丽、富于联想和暗示情味的诗篇，绝非沿着中唐'以文为诗'的路子继续前进，而是背道而驰，折回了'以诗为诗'的藩篱。晚唐诗是中唐诗的否定，是盛唐诗的否定之否定。"晚唐作者"集中于感觉和情绪心理的探索，实质上是一种逃避现实的病态心理的反映"，这样，其诗"题材窄狭、意境颓唐、表现形式宛转含蓄"。因此晚唐诗虽"在坚持诗歌的抒情特质和发展婉曲见意的抒情技巧上获得了一定的成功，纠正了中唐诗的某些偏颇"，但是"这恰恰是以削弱诗篇反映现实生活的深广度和丧失那种健康、质朴的抒情气息作为代价，从而使自己陷入更大的片面性之中。就这个意义上看，晚唐诗终究只能算作盛唐诗坛抒情绝唱的回光返照，而并不标志着'以诗为诗'传统的全面复苏"。但是我们"不能把晚唐诗光看作历史发展行程中的曲折与中断，还要看到它同时又是沟通中唐与北宋之间的桥梁"。

---

① 载《全国唐诗讨论会论文选》，第 430—443 页。

90 年代

90年代新编的文学史也能从整个中国文学发展史的角度来对晚唐文学作出较历史的、客观的评价。如吴庚舜、董乃斌主编的《唐代文学史》在承认晚唐文学的局限和不足后指出,"如果我们不是就晚唐文学论晚唐文学,而是从文学史承前启后的作用这个角度来观察","不难发现它的独特的历史价值"[①]。该书首先充分肯定了晚唐诗歌作为诗艺全面成熟的标识意义,认为"晚唐诗歌的状况表明齐言诗体的生命已达到其顶峰",这"恐怕比其自身的绝对价值要高得多";"晚唐又是一种来自民间而为众多文人作家所接受的新诗体——词——方兴未艾的时期"。而且,此时在诗歌领域之外也发生着许多重要变化,一是"各类通俗文学继前一阶段的兴盛又有新的进展",一是"晚唐小说创作的新变"。最后,还有诗歌理论和批评,在本时期文学中也是很值得一提的[②]。

二、对晚唐五代诗歌的综合研究

从20世纪初到70年代末,对晚唐文学进行综合研究的专题论文只有罗根泽的《晚唐五代的文学论》[③]一篇。该文认为唐代社会的逐渐崩溃有三个阶段,其中第三次是黄巢之乱。这次崩溃"使诗及文章都放弃社会的使命,而转于俪偶格律,绮缛淫靡","文章家与诗人大半都放弃救世与刺世,而反回来救自己;由是由救世刺世的文学,变成自娱娱人的文学。同时又以一方面社会丧乱,一部分的文人流落于江湖,或慷慨愤世,或优游肥遁,一方面都市发达,一部分的文人苟安于都市,或献诗宫廷,或声艺自娱。前者反映为变相的古文及其文论,后者反映为艳丽文学的提倡与'诗格'的讲明"。

到80年代中后期,对晚唐诗歌进行综合研究的成果就多起来了,且不再局限于作或褒或贬的评价,而是对晚唐时期文学进行多角度、多层次的分析和探讨。

诗歌整体风貌和发展规律

首先值得注意的是,有些学者对晚唐文学的独特风貌和发展规律作

---

① 吴庚舜、董乃斌:《唐代文学史》下册,第10—11页。
② 同上书,第11—13页。
③ 载《文哲月刊》第1卷第2、3期。

了宏观的描述。如陈铭在其《晚唐诗风略论》① 一文中认为，晚唐诗人接过中唐诗人对残缺美的品味，通过历史陈迹的证实和现实社会的感兴，把对这种残缺美的欣赏发展成了带有浓郁伤感情绪的审美情趣。作者认为，晚唐诗人的性格特点对这种诗风的形成有很大的影响，"晚唐诗人大抵是在矛盾的夹缝中生活，却又牢骚满腹，时刻渴望心灵的解脱和意志的自由"，他们"对旧的社会秩序失去信心，却不能看到新的社会秩序的曙光。所以他们愤世嫉俗，恃才傲人，纵情声色，耽于幻想。在生活和创作中，常常敢于冲破某些封建主义的苑范，作出发聩振聋的呐喊"。由于思想不受拘束，创作就不限成法，故晚唐诗歌创作强调的是广泛的师承，从思想到形式，不囿于一个格局。"不拘绳检的形象，绮丽流畅的语言，凄怆反复的情绪，使晚唐诗歌的形象具有个性特色，同时具有浪漫主义的色彩。在作品里，更多地偏于内心世界的倾诉，偏于个人主观感受的描绘，以其画面的精微性和哲理性开拓读者的想象空间。"

在陈铭之后，对晚唐诗歌风貌和发展规律进行综合探讨的是田耕宇，他先后发表了《晚唐诗意境论》② 《论晚唐感伤诗产生的文化背景》③《深沉的反思意识——晚唐诗歌特色之一略论》④《苦闷、沉思、求索——中国封建文艺在晚唐五代的新走向》⑤ 等系列论文。在《晚唐诗意境论》一文中，作者匡正了前人从政教风化、伦理道德出发，视晚唐诗为"郑卫之声""亡国之音"以及近几十年以政治功利为标准，视绝大多数晚唐诗为"形式主义""唯美主义"的成说。文章论述了晚唐诗的四种主要意境。第一，"全盛风流"与"盛唐余韵"的意境。第二，悲凉萧瑟的意境，它是晚唐诗歌意境的典型类型，诗人多选用诸如秋色、夕阳等多种凄清、荒疏的自然景象，并与残破衰败的人事融合在一起，在感情的抒发中流露出心底"式微"的"感伤"。这既丰富了唐诗意境，又有时代特征。第三，恻艳蕴藉的意境，这种意境是在形式的艳丽之中包蕴着深厚的悲恻、伤感的情愫，它的表情方式是用低回婉转的

---

① 载《浙江学刊》1986 年第 3 期。
② 载《成都师专学报》1988 年第 2 期。
③ 载《陕西师大学报》1988 年第 3 期。
④ 载《社会科学辑刊》1988 年第 4 期。
⑤ 载《社会科学研究》1993 年第 4 期。

方式产生出缠绵悱恻、余音绕梁的情感体验,其诗歌内容多与青春短促、爱情波折、良辰难久、理想事业难以实现有关。第四,清新尖巧的意境,它是由景物描写的清爽新鲜与情感表现的清淡闲适以及景物描写的细致入微与心理活动的精微刻画构成的,晚唐的山水诗与咏物诗集中体现了这种审美趣味。在《论晚唐感伤诗产生的文化背景》中,作者认为,晚唐诗坛,商声四起,诗风迥异前代,以"悲怨"为特征的感伤诗风构成了晚唐诗的特质。接着,作者从"横向"与"纵向"两方面考察了晚唐感伤诗产生的文化背景。在横向考察中,作者指出,由于社会政治、阶级斗争状况发生了深刻的变化,诗人们的思想意识也出现了深刻的转变。知识分子力图干预现实的责任感被现实自身粉碎,儒家思想很难付诸实践,知识惯性与逐渐抬头的道家思想意识相碰撞,形成了晚唐诗人既想振作而最终不能振作的感伤气氛。变态的思想意识导发了向往孤寂的社会心理,在这种思想意识的支配下,诗人向往山林渔樵以求得心理平衡,而大自然的生生不已又使他们感到自然的永恒和生命的短促、自然规律的无情和人类力量的微弱,恨春、怨春、伤春、悲秋构成诗人感伤的主题。另外,畸形繁荣的城市经济也诱发了追求享乐生活的社会心理。文章最后说,受上述条件的制约,晚唐诗人多以悲凉荒疏为美、以哀怨悱恻为美、以清新淡泊为美、以幽艳细腻为美,这种审美特征的内涵主要给人以幽美深微的审美感受,又在文采斐然中,让人感受到一种不可名状的迷惘、怅恨之情。在《深沉的反思意识》中,作者着重从思维方式上探讨了晚唐诗歌的特色。作者认为,对历史和人生的反思交织为晚唐诗歌的一大特色。尽管这类诗歌的反思意识不曾上升到纯思辨的高度,但也不乏悠深的哲学意味与较高的美学价值。也正因为它还没有成为纯思辨的产物,所以,它具有淳美隽永的诗歌意境。其《苦闷·沉思·求索》一文则受闻一多将整个中国封建社会的文艺从盛唐划分为前后两个时期的观点的影响,从两个文化层面审视和论述了由沉思转向求索的晚唐五代文艺在展开后期封建文艺过程中的地位和意义,一是开始转变的地主阶级文化层面。这首先表现在对社会、人生、自然总体关系认识上的深刻反省,以及对人的价值观念的重新认定,本期产生的大量的怀古诗就是这一转变的印证。二是以都市为中心的市民文艺层面的展示。市民文艺突出的特征是对世俗生活的津津乐道,尤其是在儿女之情及赤裸裸的性爱方面。

类似的文章还有叶树发的《试论晚唐诗歌的自我意识》[①]、康萍的《唐末诗歌中的淡泊情思及其原因》[②]、方然的《关于晚唐文学发展规律的系统探讨》[③]、沈检江的《晚唐诗：感伤情调的全方位渗透》[④] 等。其中康萍文认为，在唐末诗歌中，有大量描写个人心绪的诗作，无论是闲适诗、战乱诗，还是抒情感伤诗，普遍都带有一种淡泊情思。所谓淡泊，就是指心境上保持闲静、恬淡，不受外物干扰，对世事无所进取，满足于目前的宁静，并乐在其中。但是，透过表面的极端"淡泊"，可以窥见诗人内心的极端痛苦——痛苦到了麻木的程度。方然文认为，唐代科举诱发的文人竞奔之势，在中唐动荡和晚唐党争中受到的严重挫伤，都市生活的诱惑促成了诗歌同艺妓的结合，孕育了晚唐文学的基调和旋律。于是"言情"弥益"言志"，"重美"过于"重善"，在通俗文学的普及中显示了创作主体精神所未有的勃兴。与此同时，"论时"之讽喻精神渐为旁依寄托的"咏史"诗风所替代，文学的社会批评锋芒逐渐失却犀利的光彩。文章还认为，晚唐诗歌独特的风情是中国古典诗歌创作主体精神的回归。

另外，余恕诚的《晚唐两大诗人群落及其风貌特征》[⑤] 也是从宏观着眼的，如他认为"韩（愈）、白（居易）两派至少从宝历以后就渐渐失去了领导主流的力量，诗歌界也就自然会有新潮和新的诗人群体出现"。他将晚唐诗人大体分为两大群体：一是继承贾岛、姚合、张籍的穷士诗人群，工于穷苦之言，诗歌风貌特征是收敛、淡冷、着意；二是以李商隐、温庭筠、杜牧为代表，在心灵世界与绮艳题材的开拓上作出了重大贡献的诗人群，诗歌风貌特征是悲怆、绮丽、委婉。

晚唐诗歌题材和体式研究

80年代以后研究晚唐诗题材的成果主要有：孙浮生的《略谈晚唐名僧之咏花诗》[⑥]、葛培岭的《论晚唐边塞诗的萧飒风格》[⑦]、胡遂的

---

① 载《江西社会科学》1990年第1期。
② 载《复旦学报》1991年第4期。
③ 载《云南师范大学学报》1992年第5期。
④ 载《求是学刊》1994年第5期。
⑤ 载《安徽师范大学学报》1996年第2期。
⑥ 载《徐州师范学院学报》1983年第3期。
⑦ 载《中州学刊》1986年第6期。

《关于佛教和晚唐山水诗的综合思考》[①]、王红的《试论晚唐咏史诗的悲剧审美特征》[②]、王定璋的《论中晚唐咏史诗的忧患意识与落寞心态》[③]、田耕宇的《晚唐律诗、绝句兴旺原因初探》[④]、胡遂的《晚唐山林隐逸诗派概论》[⑤]、孙昌武的《中晚唐的禅文学》[⑥]等。

其中葛培岭文认为晚唐边塞诗的主调是萧飒,色彩阴郁,景象悲苦,感情压抑,情绪低沉;晚唐边塞诗最具特色的地方,当推对于战士苦难的描写。这类作品数量多,立意新颖,成就很高。在晚唐那种昏君当权、朝政败坏、民不聊生的情况下,英雄主义的热情已日趋消冷,代之而起的则是人道主义的新潮。在艺术表现上,晚唐边塞诗做了不少新的追求和创造,不少诗十分注意意象的优美和手法的巧妙,常把悲惨和苦难加以别具匠心的熔塑,把它们制成一件件形象优美的艺术品。

胡遂前文发现,与初、盛、中阶段相比,晚唐诗中有关佛教题材的作品较前期明显增多,同时在晚唐诗人中,又以山水自然为主要创作题材的诗人数量最多,诗人们追求禅悦和与之相关的淡泊山水境界的风气盛极一时。该文探讨了这种现象产生的原因,文章认为,由于晚唐社会政治的黑暗腐败,加上诗人大多出身贫贱,无力干预政治,改变现实,使他们普遍"要求平衡因现实带来烦乱的心理,便在禅悦和与之相关的山水自然中找到了它最恰当的归宿"。文章还指出,他们的作品,除了少数是宣扬枯燥佛理说教的诗体偈语之外,其中大量的作品实际上都是以描写自然界中幽静景色为主的山水诗,只不过其中蕴含着"空""寂""静""净"的佛理禅意。晚唐山水诗大多不以王维为法,而是遵循贾姚派的路子,通过刻苦用功的"渐悟"来达到以诗名家的目的。与晚唐山水诗精巧工细、讲究诗眼句法的要求相适应的是,晚唐诗人多写作近体,而少歌行。文章最后认为,晚唐山水诗的兴起,与参禅好佛的时代风气关系极大,与温、杜等描写歌楼酒肆、纵情声色的作品同样都是士大夫们面对日益黑暗腐败的现实无可奈何而追求自我解脱的一种方式。

① 载《求索》1987年第6期。
② 载《陕西师大学报》1989年第3期。
③ 载《江海学刊》1990年第6期。
④ 载《西南民族学院学报》1991年第6期。
⑤ 载《湖南师范大学社会科学学报》1992年第6期。
⑥ 载《唐代文学研究》第3辑。

王红文从社会学的角度对晚唐的咏史诗进行了探讨,认为是晚唐这个忧患时代促使诗人在历史的经验与教训中探求解答现实困惑的路径,从时代的变迁中参悟人生的哲理,追忆昔日辉煌以抒发末世的感伤,寻找前人的覆辙以警戒当今,造成了咏史诗的繁荣,也是这个时代使咏史诗"带上了明显的伤悼特征"。其悲剧美表现为"浓厚的主观色彩涵盖于历史题材之上",这主观色彩"由沉重的感伤和冷峻的理性复合构成"。与感伤情调和沉思的特征相应,"晚唐咏史诗无爆发式的情感表现,多为'弥散式'的情绪渗透",呈现出深婉朦胧的悲剧美。

孙昌武文则指出,洪州禅发展为禅宗主流的中晚唐时期,禅由强调不立文字转而要求发明心地,着重言句,创造出大量偈颂与语录。禅门偈颂从明禅歌赞、乐道歌到传法偈、开悟偈、投机偈、遗偈以及颂古等,有多种形式,达到了相当高的艺术水平。禅门偈颂和语录是代替佛教三藏的新经典,也是文学创造,是独具特色的禅文学。在中晚唐,禅文学取得了一定成就,并对整个文坛产生了相当大的影响。

而从诗体方面研究晚唐五代诗歌的文章则不多见,主要有刘宁的《论唐末绝句的丰富发展》[1]。该文着重讨论了唐懿宗咸通以下的唐末诗坛的绝句艺术。作者认为,唐末绝句,吸收了盛唐、中唐以至晚唐所出现的不同艺术风格的影响,发展出明显的议论风格,抒情方式的探讨穷力追新,甚至对叙事功能也有所开拓,呈现出旺盛的艺术生命力,而其中所揭示的艺术问题也相对复杂,对于认识绝句这一诗歌体裁的艺术特质极有裨益。

晚唐诗人群体研究

这方面的研究成果不太多,主要有周勋初的《"芳林十哲"考》[2]和臧清的《论唐末诗派的形成及其特征——以咸通十哲为例》[3]等。

其中周勋初文主要对"芳林十哲"的得名进行了多方面的考证。臧清文则主要探讨了十哲的形成过程、诗歌特征。臧清文认为,李频、薛能对十哲的形成起了不可忽视的推动作用。十哲善于将惨痛的人生及其感受诗意化为梦醒后的追忆和惆怅,这种低回寻觅、黯然神伤的悄吟乃是当时文人典型的情感表达方式。十哲虽然丧失了理想和热情,但尚未

---

[1] 载《广东社会科学》1998年第6期。
[2] 载《唐代文学研究》第2辑。
[3] 载《文学评论》1997年第5期。

丧失知识分子的良心，诗歌格调不高但其真诚可贵，由此也反映了唐诗在精神气骨上的渐趋委顿。作者还指出，咸通十哲是在唐末社会文化的孕育下必然产生的一种文学现象，它的典型性不在于准确而深刻地反映这个时代的没落趋势和社会矛盾的本质，而在于代表了这个时代大多数失路的知识分子对人生的一般理解和无可奈何的共同心态。他们在艺术上所作出的努力虽然微弱，却对五代和宋初诗人具有一定的影响，其原因，当不仅在于诗风的延续性，更在于这种诗风对于无力振作的时代的适应性。因此，在唐末众多的诗群诗派中，相较于讽刺现实的诗歌以及浮艳空洞的颓风，十哲代表的是一种更具有普遍性的诗风，更能体现当时诗界派别纷歧、门径庞杂的表象下的真实面貌。

晚唐诗歌考订和整理

80年代以后，对晚唐诗歌进行综合考证、整理的成果主要有：佟培基的《晚唐诗重出甄辨》[①]、梁超然的《唐末五代广西籍诗人考论》[②]、吴在庆的《晚唐五代若干诗人名、字考辨》[③]《唐五代作家生卒年考》[④]、傅璇琮和吴在庆的《唐文宗大和七年文学编年》[⑤]等。

第二节 杜牧研究

杜牧是晚唐时期著名的文学家，20世纪人们自始至终一直对他的生平和文学创作给予较大的关注，80年代以后更是产生了好几部杜牧研究专著。下面拟从生平和思想研究、诗文研究、文学思想研究、作品整理和版本研究等几个方面，对20世纪学界有关杜牧的研究成果进行介绍。

一、生平和思想研究

20世纪学界对杜牧生平、思想的研究主要集中在三四十年代和八

---

① 载《文史》第25辑，1985年。
② 载《广西社会科学》1986年第3期。
③ 载《厦门大学学报》1989年第4期。
④ 载《辽宁大学学报》1996年第5期。
⑤ 载福建师范大学中文系、上海文艺出版社编：《艺文述林·古代文学卷》，上海：上海文艺出版社，1996年。

九十年代两个阶段。1933年林建略发表了《晚唐诗人杜牧之》[1]，这是20世纪较早对杜牧其人其诗进行全面分析的专题文章，其中分"杜牧传略""杜牧与李温""热烈的襟怀""关于杜牧的韵事""矛盾的两方面"等部分，对杜牧的生平和思想作了较有深度的考察和评述。此后不久，徐裕昆又发表了《杜樊川评传》[2]，该文对杜牧生平和性格的分析又较林建略文为详。稍后，王叔苹的《诗人杜牧》[3]则更侧重于对杜牧性格和思想的研究，且分析得也更为细入。40年代初，缪钺发表的《杜牧之年谱》[4]，可以说是20世纪最早的一部全面、系统、深入地研究杜牧生平的著作，不仅理清了杜牧的生平行踪，为不少诗文作了精确的系年，廓清了一些历代相传的讹传与谬误，而且对杜牧的身世思想及诗文艺术风格均有简约精到的发明，为后来的杜牧研究提供了极大的方便，使得杜牧研究有了一个质的飞跃。

从60年代到70年代，杜牧生平研究一直处于低谷阶段，此时有关的成果主要有缪钺的《杜牧卒年考》[5]《杜牧与张祜》[6]《杜牧传》[7]以及王达津的《杜牧的卒年》[8]等。杜牧生平研究的第二个高潮期是八九十年代，此时除了缪钺出版了《杜牧年谱》的增订本[9]，吴在庆、胡可先、王西平、曹中孚等学者用力尤勤，他们分别出版（大多曾以单篇论文的形式发表过）了《杜牧论稿》[10]《杜牧研究丛稿》[11]《杜牧评传》[12]《晚唐诗人杜牧》[13]。

综观20世纪的杜牧生平和思想方面的研究成果，我们可以看出，

---

[1] 载《中国语文学丛刊》创刊号，1933年。
[2] 载《光华大学半月刊》第4卷第2期，1935年。
[3] 载《文艺月刊》第10卷第2期，1937年。
[4] 载《国立浙江大学文学院集刊》第1—2集，1942年。
[5] 载《四川日报》1962年8月26日。
[6] 载《四川文学》1962年第7期。
[7] 缪钺：《杜牧传》，北京：人民文学出版社，1977年。
[8] 载《南开大学学报》1979年第2期。
[9] 缪钺：《杜牧年谱》，北京：人民文学出版社，1980年。
[10] 吴在庆：《杜牧论稿》，厦门：厦门大学出版社，1991年。
[11] 胡可先：《杜牧研究丛稿》，北京：人民文学出版社，1993年。
[12] 王西平、张田：《杜牧评传》，西安：陕西人民出版社，1987年。
[13] 曹中孚：《晚唐诗人杜牧》，西安：陕西人民出版社，1985年。

它们主要是围绕以下问题展开讨论的。

卒年

关于杜牧的卒年，学界有这样几种说法：

1. 大中六年说。缪钺在《杜牧之年谱》中依钱大昕《疑年录》谓杜牧生于贞元十九年（803）癸未，卒于大中六年（852）壬申，享年五十岁。吴在庆也在《杜牧卒年及〈杜秋娘诗〉系年考辨》[①]中与王达津的大中十一年说商榷后指出，杜牧应卒于大中六年末。陈尚君的《杜牧卒年订正》[②]虽然同意缪钺《杜牧年谱》中关于杜牧卒于大中六年的论断，但是他认为，在标明杜牧卒年的西历时间时"应以853为正"，因为杜牧《自撰墓志铭》有大中六年十一月十日梦中得谶语等事，而此后"尚能往讯星工，自撰墓志，并非卒于当时"，而此后八日已是853年，"从其本人活动看，可肯定尚未卒"。吴在庆在《杜牧卒年再考》[③]也根据南唐刘崇远《金华子杂编》所记杜牧自撰墓志铭后"逾月而卒"的记载，确定杜牧卒于大中六年十二月。又据是年十二月一日乃853年1月13日，而确定杜牧实卒于853年，享年五十岁。虽然如此，但是吴文认为，"还是按照一般中西历对照的通例，大中六年既然相当于公元852年，则杜牧卒年仍应写为'公元852年'"，否则，"将会误会认为杜牧卒于大中七年"。

2. 大中七年说。后来缪钺在《论晚唐诗人杜牧》[④]中，又转而依从岑仲勉《李德裕会昌伐叛集编证》[⑤]，推定杜牧之卒不得早于大中七年七月，故谓杜牧卒于大中七年，享年五十一岁。

3. 大中十一年。王达津在《古诗杂考——读古典诗歌札记之二》[⑥]中针对岑仲勉、缪钺的大中七年说提出商榷，他根据杜牧集中有《李讷除浙东观察使兼职御史大夫制》《卢博除庐州刺史制》《张直方授右骁卫将军制》等文章，推定杜牧应该卒于大中十一年七月以后。胡星林的

---

① 载《厦门大学学报》1982年增刊《文学专号》。
② 载《文学遗产》1983年第2期。
③ 载《人文杂志》1983年第5期。
④ 载《四川大学学报》1956年第1期。
⑤ 载《国立中山大学研究院文科研究所历史学部史学专刊》第2卷第1期，1937年。
⑥ 载《南开大学学报》1979年第2期。

《关于杜牧的卒年》[①] 也持此说。

4. 不早于大中末说。罗时进在《杜牧〈自撰墓志铭〉探微》[②] 中认为，杜牧此文的背后只是一个自以为不祥的梦，不足以据之考订杜牧卒年。作者认为，这时杜牧"少得恙"，杜牧把偶染小恙当成灭顶之灾，虚惊一场，而绝非卒于该年。文章认为，杜牧卒年当不早于大中末。

生平重要行事

1. 杜牧迁中书舍人之时间。缪钺《杜牧年谱》认为杜牧迁中书舍人在大中六年（852），但是未言究竟在是年何时。吴在庆在缪钺《年谱》的基础上进一步考证出时在大中六年夏秋之间[③]。

2. 杜牧离宣州赴扬州幕职之时间。缪钺在其《杜牧之年谱》《杜牧传》《杜牧年谱》中均认为杜牧于大中七年四月沈传师内召后，即应牛僧孺之辟，赴扬州为淮南节度府幕僚。曹中孚的《晚唐诗人杜牧》和王西平、张田的《杜牧评传》也都认为杜牧是在大中七年（853）四月以后到扬州的。但是，吴在庆在其《杜牧论稿》中则从杜牧诗中考知，杜牧离宣城赴扬州是在大中七年秋日[④]。

3. 杜牧赴黄州刺史任之路线及时间。缪钺《杜牧年谱》谓杜牧会昌二年（842）出任黄州刺史，但是未言何月及具体路线。吴在庆进一步考证出杜牧出刺黄州是取道秦岭、商州、南阳一路的，且出京在三月初，到黄州已在四、五月间[⑤]。

4. 行止补考。缪钺的《杜牧之年谱》《杜牧传》和《杜牧年谱》对杜牧的交游和行踪已经作了较详细的考述，但是吴在庆和郭文镐又分别有所补充：吴在庆在其《杜牧论稿》中补入了大和三年（830）、开成三年（838）、会昌元年（841）、会昌四年、大中二年等五条；郭文镐在其《〈李府君墓志〉作年与杜牧有关行止考》[⑥] 一文中补充了杜牧在开成二年春分司东都往还洛阳、扬州间的行止。

---

① 载《语文园地》1986年第1期。
② 载《人文杂志》1988年第6期。
③ 《杜牧论稿》，第37—38页。
④ 同上书，第67—68页。
⑤ 同上书，第68—70页。
⑥ 载《南通师专学报》1988年第2期。

杜牧与元白

杜牧在《唐故平卢军节度巡官陇西李府君墓志铭》中曾引墓主李戡的话,称元稹、白居易的诗"纤艳不逞,非庄士雅人,多为其所破坏……淫言媟语"。20世纪学界对于杜牧这句话的理解不一。

一种观点认为此话并非杜牧的意见,如曹中孚《杜牧诋諆元白诗辨》[①]就认为历代学者对杜牧的指责"是一个李代桃僵的附会","本来杜牧讲得非常明白,这是李戡的意见,但人们却指鹿为马,硬说是杜牧的意见"。

另一种观点则认为,杜牧既然引用了李戡的话,说明他对此语也是同意的。然而,这一种观点中又可分为指责杜牧和为杜牧辩护两派:

50年代,郭沫若在《关于白乐天》[②]中肯定白居易的"元和体"的同时,非难了杜牧这类"庄士雅人"对白居易的指斥。后来陈友琴在《白居易诗评述汇编·卷头语》[③]中也认为:"杜牧说这种话,是带有个人意气的","是不合理的攻击",又说杜牧"把白居易的关于歌妓方面的东西都当作'淫言媟语',那杜牧自己的'淫言媟语'就更多了,为什么丈八灯台照别人不照自己呢?"

与此相反,寇养厚在其《杜牧对元白诗的态度》[④]中就认为杜牧的攻讦主要决定于元白诗的内容与杜牧较进步的政治理想与文论思想,而且杜牧攻讦的并非元白诗的总体,而仅限于艳诗中的某些作品。作者指出,元白诗中确有这类作品,其较好的艳诗,如元的《梦游春七十韵》《会真诗三十韵》中尚不乏露骨描写的淫言媟语,他作更无须论。白居易的蓄妓与写妓女的艳诗,较之元稹有过之而无不及,这些诗对社会人生有消极影响,杜牧的攻讦也有一定道理。又因杜牧的政治理想是面对现实,解决当时社会一系列重大政治问题,且受经世致用家学传统的影响,主张"文章与政通,而风俗以文移"的文论思想,故以其政治理想与文论思想衡量元白诗,自然也要攻讦。该文还对历史上三种非难杜牧攻讦元白诗的观点(即杜牧也有风流韵事并写过淫媟之诗,无资格攻讦元白;杜牧攻讦元白是为张祜出气抱不平;杜牧攻讦白居易,是因其与

---

① 载《学术月刊》1981年第9期。
② 载《文艺报》1955年第23期。
③ 载陈友琴编:《白居易资料汇编》,北京:中华书局,1962年。
④ 载《文史哲》1986年第5期。

白居易有宿怨）进行了申辩。吴在庆在其《试论杜牧与元白的公案》[①]中也认为，杜牧痛斥元白的原因是多方面的。首先，杜牧与元稹虽然没有接触，但对元稹是不怀好感的。其次，对白居易亦有芥蒂。但是，更主要的是，杜牧的诗格和文学主张与元白诗的内容都存在着较大的分歧。文章认为，元白的某些诗在思想内容、格调情趣方面并不是无可非议的。元白的此类诗往往把狎妓生活，甚至偷情的具体细节写入诗中，且用语轻艳，情趣庸俗，诗的格调和美学趣味是卑下的，而杜牧的诗格较高。李戡墓志铭又是写在他颇负雄心壮志的开成二年（831），此时他尚未因政治挫折而产生严重的消极颓放思想。他论诗又重思想内容，强调"以意为主"。因此，他对流传中的元白这类缺乏积极政治思想内容，格调又不高，情趣不够健康的诗章，也就深为不满了。

杜牧与牛李党争

杜牧与牛李党争的关系也是学界比较关注的问题。以前的学者几乎都认为杜牧属于牛党，但到20世纪人们大多不同意这种观点。如王西平在其《杜牧与牛李党争》[②]中就明确提出杜牧不属于牛党，作者认为，杜牧对现实政治的诸多见解皆与牛僧孺相对立，他并不以朋党观念来对待牛李党争，另外，"从牛党对待杜牧来看，也没有理由把杜牧列为牛党"，如牛党得势的宣宗朝，杜牧仍滞留外任三年，而一旦入朝，又不满朝政。再如，吴在庆在其《试论杜牧的党派分野》[③]中也通过对杜牧与牛李党派主要人物关系的考述，认为杜牧因与牛党有很深的人事关系，又受到李党的排斥，逐渐产生怨恨李党的情绪，因此在接近晚年时，他明显偏向牛党。尽管如此，他在大多数时候却能够不为牛李党争圈子所围住，而能以国家大局为重，凭公对待。寇养厚的《杜牧与牛李党争》[④]则认为，杜牧只是在大中元年（847）李德裕被贬到死这一很短的时间内依附于牛党，并不是牛党的中坚分子，而在武宗会昌年间，李德裕为首辅宰相时，杜牧与李德裕在一系列重大社会政治问题上的观点完全一致，并对李德裕的政绩及为人均有较高的评价，而李德裕亦对杜牧的才略，特别是军事才能颇为赞赏。但德裕失势后，杜牧却对其极

---

① 载《厦门大学学报》1988年第1期。
② 载《陕西师大学报》1985年第4期。
③ 载《人文杂志》1987年第2期。
④ 载《文史哲》1988年第4期。

力诋毁,完全是挟私报复(原因是会昌年间德裕一直未提拔自己)。杜牧后来附于牛党,完全是出于报答牛僧孺的知遇之恩。与此类似,朱碧莲的《论杜牧与牛李党争》① 也认为杜牧一般在感情上倾向于牛党,在理智上支持李党。杜牧感激牛僧孺,一是因为牛屡次引荐,二是他放浪扬州时牛对他暗中保护。而李德裕虽不以牛党目杜,对杜牧的方略赞赏采纳,杜牧的政绩又如此突出,两家又是世交,"德裕竟毫无表示,不予大用",杜牧"由于个人之不得升迁便产生隔阂"。所以凡是涉及牛李论争,杜牧"差不多都以感情代替理智,无条件地袒护牛",但杜牧"在当时既非牛党,亦非李党"。

性格和思想

20世纪学界对杜牧的性格和思想的研究也比较细致和深入。早在30年代,林建略在其《晚唐诗人杜牧之》② 中就分析了杜牧"热烈的襟怀":"他对国家,对人民,都有无限的希望,满腔的热诚,只想恳诚的供献给国家,给人民",同时也看出了杜牧思想中"矛盾的两方面",认为杜牧一生中存在着两种完全不同的矛盾思想,且都时时刻刻在转变之中。但,"他毕竟是积极的成分多,而消极的成分少,所以应该是初由积极而消极,继而是消极中的积极,他的思想,也是在这公式中不住地变换着"。徐裕昆的《杜樊川评传》分析了杜牧的性格特点:卓荦不羁,意气闲逸,旁若无人。王叔苹的《诗人杜牧》在论述杜牧性格时,首先探讨了其"不拘细行"的性格是由于其遭遇造成的,指出"这样的一个不拘细行的人,若是仅仅底以薄幸纨绔之徒来看他,那是失之于浅了。他另有一副刚直不阿于世的生性"。又云:"他的性格是孤傲,憨直,豪放,热情。对于兄弟朋友友爱,是再诚挚也没有了。但他有时也逃不出偏狭的胸襟。"文章还较深入地分析了杜牧的思想,认为"牧之的中心思想,似乎是受了点荀子的影响","他也觉得人是虚伪的,生下来就有恶根","所以主张戡平这乱世,只有用兵征伐",但"他对于政治的见解,不主张全用法治,主以人情参以法律来治天下"。

五六十年代以后,学界则注重杜牧对待现实、对人民的态度。如缪钺的《论晚唐诗人杜牧》③ 就认为:"杜牧虽出身于高门世族的家庭,

---

① 载《文学遗产》1989年第2期。
② 载《中国语文学丛刊》创刊号,1933年。
③ 载《四川大学学报》1956年第1期。

但已深染新兴进士阶级的风气,因此他的思想就不至于那么保守;同时,因为他性情耿介刚直,不能逢迎权贵,不肯经营财利,所以仕宦不很得意,经济也不很富裕。这就使他与当时统治者有相当的距离,能揭发时政腐败而同情民生疾苦,在思想中具有进步性。"但文章又指出:"杜牧对于历史上的农民起义,虽也表示相当的同情,但是在当时是不会主张农民起义的。杜牧主张朝廷改善政治,削平藩镇,以减少人民的痛苦,就杜牧的阶级出身及当时历史情况来说,应当肯定这种思想的进步性。"杜牧思想的进步性还在于他对佛教的意见。他赞成武宗禁止佛教,使僧尼还俗,寺庙奴婢及依附人口都编入农籍,寺院所占土地也收归国有等做法,认为这样能增加农业收入,减轻每个农民的担负。

80年代以后,学界对杜牧思想的探讨更加全面、系统和深入了。如葛晓音的《杜牧和他的诗歌》①就深入探讨了杜牧的思想特点及其产生的原因。作者认为,与其他晚唐诗人不一样,杜牧对国家的命运和前途还充满信心,存在着很乐观的幻想,这种理想的依据主要是贞元、元和年间的"中兴"给他的幻觉,同时诗人所经历的文、武、宣三朝暂时稳定的局面也给了他这种希望。杜牧以为既逢"明主",就有可能实现恢复贞观之治的理想。杜牧理想的中心内容是"扫洒""腥膻"和"凶狠",收复"燕赵"和"河湟"。杜牧对政治的信心还与他对皇帝的幻想有关。出于这种幻想,杜牧对朝廷所取得的每一点小小的政绩都有强烈的反应。尽管杜牧对皇帝的颂扬客观上也起到了歌颂升平、粉饰现实的作用,但在大多数士大夫醉生梦死、悲观颓废的晚唐,他那种忧国忧民的思想感情是较为难能可贵的。文章还分析了杜牧与李商隐对待甘露事变的不同态度,作者认为,杜牧之所以对甘露事变后宦官造成的政治恐怖只字不提,反而称作"重云开朗照,九地雪幽冤",主要是因为杜牧迫于当时宦官的势焰而畏惧退缩。作者最后总结道:"杜牧作为这一代优秀诗人之一,在暮霭沉沉的晚唐诗坛上投下了最后一道理想的光辉。如果说李商隐诗的感伤色彩反映了唐亡以前人们所普遍感到的没落情绪,那么杜牧的豪壮气概则反映了唐亡前夕回光返照阶段某些有志之士企图挽回国运的幻想和努力。"

此后,寇养厚的《杜牧诗思想和艺术述论》②也涉及杜牧的思想。

---

① 载《学术月刊》1981年第6期。
② 载《西北师院学报》1983年第4期。

寇文针对有些人据杜牧的某些描写与歌妓交游的诗作，把杜牧看成好像"是一个醉心于醇酒妇人的风流浪子"这类意见，进行反驳，认为"如果把这类诗与杜牧大量的论政谈兵的诗文联系起来以观其全人，杜牧似乎还不是一味轻薄放荡的狎妓之徒。从这类诗中流露的情绪看，他除了与这些身居社会最底层的歌妓确实有真挚的感情之外，更重要的是在风流韵事、豆蔻相思的外表下，隐藏着一个关心国事的诗人形象"。

王德普的《杜牧及其诗评漫议》[①] 对"自宋代以来，杜牧的研究家们几乎众口一说"，对杜牧"褒扬有余，批评不足"，"有的人甚至颠倒是非，对杜牧思想及其诗歌中的糟粕大加赞扬"的现象进行批评，文章认为儒家的伦理纲常和中庸思想，到杜牧诗中"演化成了对反动统治阶级的妥协退让，甚至苟合取容"，他的作品中"充斥着消极的成分。这些消极的内容，歪曲了社会的本来面貌，起着欺骗和麻醉人民的作用"。针对此文，王西平发表了《历史地评价杜牧——与〈杜牧及其诗评漫议〉的作者商榷》[②] 进行商榷。王西平文认为，王德普所言杜牧时事政治诗是"恪守封建礼法"，"为皇帝歌功颂德的内容不仅夸大其词，而且无中生有"，"说杜牧对权奸往往敢怒不敢言"都是离开杜牧"维护中华大一统这个进步思想"的大前提，也不符合杜牧诗歌的实际。此外，王西平还就王德普认为杜牧批评时人、时事，常常是某人已败亡、某事已了结之后的"虚张声势"的"懦弱"，提出反驳意见。

张鲜华的《论杜牧的思想和创作》[③] 则着重探讨了佛老思想在杜牧思想中的地位和影响。作者认为，杜牧在尊儒的同时，还不同程度地吸收了道家和佛家思想，这些因素虽然时隐时现，居于从属地位，但仍对杜牧产生了一定的影响。文章指出，给杜牧以更具体、更巨大影响的是道家的人生观，他遇事旷达，这种旷达很大程度来源于庄子的相对主义哲学，而且杜牧把儒家"乐天知命"和庄子的"安时而处顺"的思想融合起来，希图在相对主义的天地里重新估价人生的意义。但杜牧这种与庄子接近的思想并不是出于纯理性的思考，而是多出于他自身经历感受中产生的直觉力量。文章还指出，杜牧对佛教的态度比较复杂，杜牧从经邦济世的政治需要出发，继承了韩愈等人的反佛传统，反佛的态度是

---

① 载《内蒙古师大学报》1984年第2期。
② 载《内蒙古师大学报》1986年第1期。
③ 载《铁道师院学报》1986年第3期。

坚决的，鲜明的。但是杜牧的反佛是不彻底的，他并未从世界观上去触动佛教唯心主义的本体论。他接受了禅宗的"明心见性"学说，在诗歌创作中寄予玄妙的哲理，用来表现随缘任运、消极放达的人生态度。

另外，王西平、张田的《杜牧评传》在介绍杜牧生平思想时，突出了诗人忧国忧民的抱负，论析了他重兵，知兵，善于用兵，而重兵又恰恰是为了去兵的观点。吴在庆的《杜牧论稿》也论及杜牧的政治思想，认为杜牧既是一个敢于正视现实、揭露社会弊端、以济时救国为己任的爱国者，也是一个同情民生疾苦、爱护百姓的诗人。

二、诗文研究

20世纪，学界对杜牧诗文创作的研究也取得了相当大的进展，除了诸多的专题论文从不同的角度对杜牧诗文进行了不同程度的探讨，到80年代以后，一系列有关杜牧的研究专著也都对杜牧的文学创作作了较为深细的分析，甚至还产生了《杜牧诗美探索》[①]这样专论杜牧诗歌美学风貌的论著。下面将从四个方面对20世纪杜牧诗文研究的情况进行介绍。

杜牧诗文风貌和创作成就的总体评价

早在30年代，就有专文对杜牧诗文风貌创作成就进行较为全面的分析和评价，如林建略在其《晚唐诗人杜牧之》中就曾"总说杜牧的诗"，他认为，"杜牧的诗在晚唐诗坛上，可说是独树一帜。就在不落寻常窠臼，力求脱却当时一派诗风的影响，而是有意的在标新立异"。文章认为，杜牧的诗可分为两大类，一是豪迈的，一是香艳的。前者"或为遣愁，或为吊古，或为感怀之作，多是用一种拗峭的笔调写成，立意奇特"；后者"大半是用一种清新的笔调来轻描淡写的，所以便不至满纸都脂粉气了"。稍后，徐裕昆的《杜樊川评传》也论及杜牧的著作和诗，谓杜牧的著作"磅礴澶漫，有奔腾澎湃之势"，又云："吾侪欲了解杜牧之诗，不难自两方面观之。一为牧之之性格，一为牧之之背景。当晚唐之世，藩镇方张，朝廷多事，牧之既有用世之心，复目击生民之流离，故其伤时之作，慨乎言之，而辞意深切，体贴入微。""牧之晚年不遇，壮志飘萧，故其悒郁之情，溢于辞表。"王叔苹的《诗人杜牧》也

---

① 王西平、高云光：《杜牧诗美探索》，西安：陕西人民出版社，1993年。

认为:"牧之的才气,是纵横非常,下笔成咏。他不仅是一个绮靡的诗人而已,悲壮的诗,在他的集子中何止数十篇。写情写物也都入于上境,他的诗名似乎超过了他的文名。实在的,他不但是唐末的一个伟大的诗人,而且是一个压阵的文豪哩!"他认为,杜牧的"文是那样的沉厚奇变,诗又是那样的英姿雄发","他的诗辞旖旎动人,拗峭过甚,正以如此,有时也就流入纤巧了。不过要知道,元稹、白居易、李商隐、温庭筠等都是与他上下同时,他既不愿效风行一时的元白所创的元和体,又不愿效温李的晦涩;不得不自成一色,力矫时弊,立意必在奇辟"。

到50年代,人们对杜牧诗文创作的评价主要着眼于其思想性内容,相对忽视了对其艺术风格和成就的探讨。针对这种情况,缪钺发表了《杜牧诗简论》①以矫正其弊。他认为:"我们论诗时,必须记住所论的是'诗',不是散文论著,尽管思想性在诗中是很重要的,但是仍然不能只阐发它的思想性,不能只说明作者思想与意图的价值,而必须结合它的艺术性,说明诗的意境、风格、韵味,甚至于技巧方面的种种特点。"正是基于这种考虑,作者着重分析了杜牧独创的诗歌风格,他认为杜牧诗中俊爽的风格,能在峭健之中而又有风华流美之致,在晚唐是杰出的,在整个唐代诗坛中是独创的,这是杜牧平生忧国忧民的壮怀伟抱与伤春伤别的绮思柔情交织在一起而以艺术天才表现出来的特征。

80年代以后,学界更加重视对杜牧诗文艺术特色和创作成就的探讨。如葛晓音在《杜牧和他的诗歌》中主要探讨了杜牧成为晚唐诗坛翘楚的原因。作者认为,"杜牧积极进取的精神和豪迈不羁的气概使他选择了一条与追求形式技巧的晚唐诗人所不同的创作道路","也就是在遵守以内容和气势为主、艺术形式为辅的传统表现手法的基础上融合今古之长,创造自己的风格"。"对生活的乐观和有信心使杜牧像盛唐诗人一样执着于现实,因此他所创造的明快优美的意境基本上保持了传统诗歌寄思想感情于客观生活的鲜明画面之中的特点。""渴望为国立功的理想给杜牧的诗歌带来了丰富的想象和豪放的气概,但他的务实精神又使他的想象和比喻从不带有神仙世界的险怪色彩。"又由于杜牧在"以直达的语言表现对生活美的敏锐感觉"方面特具的天赋,"他总是能从日常的景色中发现独特的美,并找到某一种与意境最相和谐的情调,通过画

---

① 载《光明日报》1957年6月23日。

面的巧妙组织表现出来"。此后,王西平、张田的《杜牧诗歌艺术美浅析》① 认为,杜牧诗歌的艺术美在于具有"豪爽健朗的形象美""强烈坦荡的诗情美""清新明洁的意境美",其中论及杜牧诗的特点说:"杜牧善于选取清新明朗,能给人以快感的景物来抒写他的情怀,创造出情景交融、诗情画意的优美意境",善于选择"富于飞动流走、色彩鲜明的美的语言,来创造他独特的诗境"。王西平的另一篇文章《杜牧创作个性与艺术风格综论》② 则指出,杜牧善于从政治、军事、社会历史的角度选择题材,以政治家军事家的眼光,以奔放豪爽的激情表达他那睥睨世俗的情思和见解;善于描写具有豪爽性格的人物,倾心歌颂建功立业的英雄;善于描写自然界壮美的场景,创造壮丽意境,表现积极向上的昂扬情调。与这种选材范围及审美感受的独特行相适应,杜牧在表现上多率真直赋,寓理于诗,用拗折法,而反说(翻案法)和设问则是杜牧拗变的主要手段,从而形成了豪爽俊健的风格。

吴在庆的《杜牧诗歌表现手法初探》③ 认为,杜牧的诗歌之所以如此杰出,其原因是多方面的,其中之一就是他善于运用各种诗歌表现手法,增强诗歌的表现能力,利于形成独特的诗歌风格。文章认为:"他的诗歌之所以形象鲜明,富有感染力,这与他采用比喻、拟人、寓情于景、以景表情、对比等手法有更密切的关系。而翻案法、掉尾一波、设问深入、应用典故等表现手法对于开拓他诗歌的新意境,深化思想内涵,也不无作用。""直抒胸臆、语法句式的倒置改变,这对于他古诗的豪爽劲健,偏傥不羁的风格有直接影响。""而含蓄婉转、掉尾一波、寓情于景、以景表情、设问深入等更明显地有助于他绝句的远韵远神、流情婉转风格特色的形成。"除此之外,吴在庆在其《杜牧论稿》中也探讨了杜牧的政治思想、党争关系对其诗歌创作的影响以及杜牧诗歌的风格及其成因。

王西平、高云光合著的《杜牧诗美探索》是一部专门论述杜牧诗歌艺术美的论著,该书将杜牧的诗歌划分为几种有特色的美学范畴加以研究,上篇从宏观的角度探讨了杜牧诗歌的内容美和艺术美,下篇则对杜牧的美学观、创作个性及艺术风格进行综合研究。

---

① 载《人文杂志》1984 年第 6 期。
② 载《陕西师大学报》1989 年第 3 期。
③ 载《宁夏社会科学通讯》1985 年第 2 期。

杜牧诗歌分体裁、分题材研究

在对杜牧诗歌分体裁研究的论文中，专论其绝句艺术的占绝大多数，如吴绍礼的《杜牧七言绝句的艺术特色》[①]、冯海荣的《谈杜牧七言绝句的特色》[②]、戴伟华的《浅谈杜牧七绝诗的艺术性》[③]、鲍恒的《杜牧绝句艺术风格初探》[④]、秦效侃的《杜牧七绝论稿》[⑤]、寇养厚的《杜牧七言绝句浅论》[⑥]等。其中吴绍礼文认为杜牧七言绝句的特色在于意境优美、诗情画意、妙在拗峭、工在三句四点。戴伟华文认为，在杜牧七绝中，最能代表他的诗歌成就的是写景抒情诗，而其艺术性又表现在画意浓，明丽的画面给人美妙的艺术感受，和那富有"立体感"的语言传出了自然景物的"神"。秦效侃文指出，杜牧的七绝是其"本求高绝"的创作追求的最佳成果，"尤其可称者是以下两点：一、七绝咏史，以议论入诗而于拗峭之中见风华掩映之美，开拓了七绝歌咏题材的范围。二、在七绝写景抒情中，兼明快与含蓄之美，把两种不同的相矛盾的艺术风格成功地统一了起来，从而提高了七绝这种文艺形式的表现力"。寇养厚文认为，杜牧写景七绝的成功，首先在于重视诗的色彩，他"通过不同色素的对比以及各种色调和光线的变化，烘托出渲染出诗歌主题所决定的特定画面"，从而呈现出"色彩缤纷的意境美"，其次"还能通过语言文字的'锻炼'，使画面情态逼真"。

寇养厚的《杜牧七言律诗的艺术风格及其成因》[⑦]则另辟蹊径，对学界很少关注的杜牧的七律诗歌进行较深入的探讨。

林仲湘《杜牧诗文用韵考》[⑧]和熊江平的《杜牧诗韵考》[⑨]虽然不是专论杜牧诗歌体裁的文章，但它们对杜牧诗文用韵情况的分析和归纳很有参考价值，尤其是林仲湘文所附的《杜牧诗文用韵一览表》《杜牧

---

① 载《齐齐哈尔师范学院学报》1980年第1期。
② 载《上海师范学院学报》1981年第1期。
③ 载《扬州师院学报》1981年第2期。
④ 载《安徽师范大学学报》1983年第2期。
⑤ 载《西南师范学院学报》1984年第1期。
⑥ 载《河北师范大学学报》1984年第3期。
⑦ 载《文史哲》1985年第1期。
⑧ 载《广西大学学报》1990年第2期。
⑨ 载《青海师范大学学报》1995年第1期。

近体诗用韵表》《杜牧古体诗用韵表》《杜牧韵文用韵表》更有助于学界对杜牧诗歌声律、格调的进一步研究。熊江平文在分析诗韵后表明了自己的观点:"杜牧少年科第,又是高门世族的才子,做诗是比较严格按照官韵的,但考察杜牧诗的诗韵系统,确实与《广韵》的同用独用有差别,已经打乱了《切韵》系统,这是受当时活生生的口语影响的结果。"

从题材方面对杜牧诗歌进行研究的论文则更多,而且论述的题材也较为多样。较具代表性的有张啸虎的《杜牧政论诗文初探》[①]、王清士和李子和的《试谈杜牧的政治诗》[②]、刘维俊的《评杜牧的咏史诗》[③]、王南的《论杜牧的咏史诗》[④]、全岳春的《论杜牧的政治诗》[⑤]、王西平和张田的《漫话杜牧的爱国诗歌》[⑥]、师长泰的《杜牧咏史七绝论略》[⑦]、缪钺的《略谈杜牧的咏史诗》[⑧]、徐伯鸿的《试论杜牧妇女题材诗》[⑨]、郭其云的《杜牧艳诗析》[⑩]、张国伟的《杜牧李商隐的咏史绝句》[⑪]、王金昌的《杜牧山水诗的艺术风格》[⑫]、房日晰的《杜牧李商隐之咏史绝句诗之比较》[⑬]、刘曾遂的《略论杜牧咏史七言绝句》[⑭] 等。

其中王清士、李子和文是针对以前人们多认为杜牧专事华藻,只长于风华绮靡之作的观点而写的,他们说:"其实杜牧的很多诗篇是有较强的政治性的。""他现存的四百来首诗中,古诗大都是政治社会题材;近体诗中,有的直接歌咏时事,有的以咏史方式寄托自己对时局的感慨,有的深寓对现实的不满和讽刺。反映了晚唐时期一些重大社会问题

---

① 载《群众论坛》1980 年第 3 期。
② 载《贵州社会科学》1981 年第 3 期。
③ 载《天津师院学报》1981 年第 6 期。
④ 载《唐代文学论丛》1982 年第 2 期。
⑤ 载《社会科学(上海)》1984 年第 4 期。
⑥ 载《青海社会科学》1984 年第 5 期。
⑦ 载《唐都学刊》1985 年第 1 期。
⑧ 载《文史知识》1985 年第 7 期。
⑨ 载《信阳师范学院学报》1987 年第 2 期。
⑩ 载《学术论坛》1989 年第 1 期。
⑪ 载《河北学刊》1989 年第 5 期。
⑫ 载《文史知识》1991 年第 3 期。
⑬ 载《西北大学学报》1994 年第 2 期。
⑭ 载《唐代文学研究》第 6 辑。

及军事政治事件。"刘维俊文认为,杜牧往往以咏史的笔法,给与晚唐君主辛辣的讽刺,希望他们迷途知返,从谏如流,中兴帝业,还通过咏史诗对历史上的暴君进行揭露和鞭笞,这些又是和他忧国忧民的思想感情分不开的。全岳春文也指出,"一般认为,'脂粉气'构成杜牧诗的主要特色。其实不然","占主导地位的还是他的政治诗",认为"通过对政局时事的深刻观察和思索,抒发自己的政治理想,是杜牧政治诗的主要内容",杜牧对"黑暗的政治作了深刻的揭露和强烈的控诉,表现了可贵的批判精神"。王西平、张田文综观了杜牧的爱国诗篇,认为有两大特色,一是热情歌颂祖国河山的壮美,二是对祖国命运的关切。指出诗人对山河之爱,"总是深深地同时代、同人民的命运联结在一起";而其以重视边防为内容的诗篇有一个特点,就是"充满了关心人民疾苦的深厚感情,把爱国性与人民性水乳交融在一起"。师长泰文认为杜牧的咏史七绝成就最高,它"不追求文辞的华美,诗意的含蓄,而惨淡经营于立意的高奇,议论的警策,因而显得气势雄放豪宕,格调爽朗明快。其七绝咏史与李商隐的七绝咏史蕴藉深析的艺术风格互相媲美,双峰对峙,代表了唐人的咏史七绝的最高成就"。缪钺文认为,杜牧的咏史诗寓褒贬议论于含蓄蕴藉的诗味之中,极大地发挥了绝句诗体的妙用。徐伯鸿文对杜牧诗中涉及妇女的诗篇进行综合论述。张国伟文对小李杜的咏史绝句的共同特征作了分析和归纳,文章首先勾勒了咏史诗的发展史,认为与盛中唐相比,小李杜的咏史诗更加强史论成分和写景成分;变叙述为描绘渲染;借古讽今;现实性强;善作翻案文章,创意新奇;有意识的虚构。房日晰文对小李杜二人咏史诗的异同进行了较深入的分析,认为杜牧、李商隐的咏史诗在艺术构思上有着许多相似之处,然而,他们在观察问题的立场、视点和心态上存在着较大的差异。李商隐写咏史诗是为正在醉生梦死的君主敲起警钟,借历史写现实,用咏史诗来推动改革现实的进程,因此李诗显得含蓄蕴藉,感情深挚,往往是跌宕起伏的唱叹;而杜牧则以咏史诗讽刺现实,抒写怀抱,往往有立意高绝的议论,表现出横溢的才气。因此,李商隐的咏史诗是诗的史,杜牧的咏史诗是论的诗,二者殊途同归,均达到了批判现实、讽喻时政的目的。刘曾遂文将杜牧的咏史诗放在唐代咏史诗的发展史中进行考察,认为在晚唐诗人中,第一个大量采用七绝形式写作咏史诗者,正是杜牧。从诗旨看,杜牧的这类作品已经突破了演绎史事、褒贬人物,被誉作"二十八字史论"式的优秀作品。基于此,文章得出如下结论:"尽管史论式咏史七绝不始于杜牧,但以如此大量的七言绝句形式,以如此鲜明的史论笔法,创作出如此格调迥异前人的咏史诗,当推杜牧为第一人。杜牧咏史七绝的出现,标志着史论式七绝咏史诗经过中唐时代的酝酿和发展至此已臻成熟,杜牧也因此而成为咏史诗发展长途中一座新的里程碑。"

杜牧散文研究

对杜牧散文进行研究的成果不太多,主要有王西平和张田的《略论杜牧的文和赋》①、寇养厚的《论杜牧的散文》②、吴在庆的《杜牧与韩柳古文运动》③ 等。

其中王西平、张田文较全面地论述了《樊川文集》中杜牧的文和赋,认为其主要特点是:(1)笔锋犀利,寓意深刻;(2)旁征博引,条分缕析,说理充分;(3)议论和抒情相结合,议论中带有浓郁的抒情色彩;(4)善于形象地描写、叙述,鲜明生动,富于真切感。文章又指出,可以从两方面看出他的文章从唐向宋过渡的印迹:一是开宋文明白晓畅之先河,二是奠定了骈散结合的文赋基础。寇养厚文先将杜牧文与韩愈的古文进行对比,然后指出杜牧的散文在思想内容方面所取得的成就,主要表现在论政谈兵的长篇政论文之中,它们的艺术特点是纵横设辩,文势充沛;结构谨严,推理周密;巧用偶句,散骈相辉。而他的一些记人叙事抒情状物的文章在艺术上也别开生面,独具匠心,其中有"以构思巧妙、叙议结合见长者",有"以韵致深婉、辞情悱恻见长者",有"以比拟确切、形象生动见长者"。文章最后说,"杜牧在继承韩愈所领导的古文运动优良传统的同时,又能独辟蹊径,自成一家"。吴在庆文从杜牧的家学渊源、师承关系以及政治思想、创作主张及实践等方面,对杜牧与韩柳古文运动之间的关系进行了较为全面的探讨。作者认为,从杜牧的创作主张及创作实践看,他与韩柳、特别是韩愈的渊源关系是明显的。它主要表现在以下几个方面:(1)在对待文章的意、气、辞的关系上,杜牧既继承了韩柳的观点,又有所发展;(2)杜牧提出的文以气辅的主张,也与韩愈所说的"气"的概念大体相同;(3)在对待文章的词采章句、文体的形式上,也可看出杜牧对韩柳的继承和发展关

---

① 载《齐鲁学刊》1985 年第 3 期。
② 载《苏州大学学报》1987 年第 1 期。
③ 载《固原师专学报》1988 年第 4 期。

系。文章最后指出，在晚唐时代，骈文随着文风的浮艳有所发展的情况下，杜牧却能反浮艳，坚持散体文的方向，力避用骈，实在比韩愈彻底。

杜牧文学思想研究

1960年，复旦大学中文系中国文学批评史隋唐五代小组撰著的《杜牧、皮日休的文学批判》[①] 是20世纪较早对杜牧文学思想进行专门探讨的文章，该文首先分析了杜牧"以意为主"的理论价值，然后指出，杜牧在论述李贺歌诗时也有精辟的见解。

80年代，对杜牧文学思想所进行的探讨更为细致、全面了。如徐中玉《论杜牧的文学思想》（正、续）[②] 一文分析了杜牧关于文学内容与形式关系、诗文的特点、文学修养等问题的论述，还考察和分析了前人多所争议的、关于杜牧认为李贺诗"理虽不足"的"理"的各种不同意见，指出"杜是主张文理'优柔'的"，认为杜牧所谓的"理"指的是"既不同于他在一般地谈内容与形式关系时应占主要地位的'意'，亦非指在诗中应该直接发议论，而是另有所指。即如骚中'时有以激发人意'的'感怨刺怼，言及君臣理乱'这一类的具体内容"。张金海的《杜牧的文学思想》[③] 指出：杜牧文学思想中的"主'意'的观点，'见志''极情'的观点，讲求华美而又'遒壮''杰逸'的文辞的观点，推崇'鲸海动''鹤天寒''摩苍苍'的阳刚之美的观点，以及复兴风骨兼备、繁盛的文学局面的文学理想，或对传统的文学理论，或对当时的文学思潮带有某种补弊纠偏的性质，具有强烈的针对性和进步的时代意义"。张田的《杜牧的美学观初探》[④] 认为杜牧美学观的核心是生活美、功利美、艺术美，在谈到功利美时，作者指出从杜牧"所热烈赞颂和深深热爱的人物、事物看，是同人民大众的阶级利益相一致或基本相同"的，他正是"赞颂了体现社会前进方向的人物、事物，并选择最恰当的艺术形式表现出来，创造了一些性格真实的人物形象，为文学的功利美作出了十分可贵的贡献"。陈子建的《杜牧〈李长吉歌诗序〉"理"义

---

① 载《光明日报》1960年9月11日。
② 载《唐代文学论丛》1982年第2期、1983年总第3辑。
③ 载《文学遗产》1983年第3期。
④ 载《齐齐哈尔师范学院学报》1985年第3期。

辨》①也对杜牧《李长吉歌诗序》的"理"提出了自己的看法,他指出,《序》中之"理"宜解作情理事理,亦即诗歌创作应当遵循的章法规矩。其理由如下。第一,从李贺诗歌的艺术形式看,瑰诡奇谲是其主要特色。但流于幽奥诞幻、酸涩难懂,以致悖于情理事理之真却是李贺诗的最大缺点。第二,从李贺诗的思想内容看,不乏"藏哀愤孤激之思于片章短什",亦有"诗史"之誉,因此,单以"感怨刺怼,言及君臣理乱"不及于骚来谈其诗思想内容的不足,似乎欠妥,故杜牧所谓"少加以理"应是针对李贺诗最明显的缺点,即诗歌艺术章法规矩未臻圆熟浑成而提出的。第三,从诗歌艺术的时代审美特点及杜牧的审美观念来看,杜牧虽注重思想情蕴的抒发,然于章法技巧、风格形成似乎更为讲究。他对元白的攻评就很能说明问题。因此,杜牧论李贺诗,虽能从形式和内容的总体风貌上予以概括和赞美,却又着重从艺术表现的角度,指出其诡幻太甚,悖于情理事理之真,以致难以索解的缺点。另外,作者还从历代诗评家对李贺诗的议论中寻找到一些佐证。王西平的《杜牧美学观之我见》②也对杜牧的美学观进行了较深入的探讨,认为"高绝"是杜牧美学观的核心。高,主要从思想内容说,指立意高、气韵高、格调高;绝,主要从艺术美说,指绝妙、绝顶,即要求文艺创作、文艺作品要有高深的思想,绝妙完好的艺术形式。在这一总体美学理想的支配下,其具体美学主张体现在文与质、情与理、作与用三个方面。

另外,一些中国文学批评史、文学理论史也涉及杜牧的文学思想,但是大多流于一般评述,缺少深入的探究。其中罗宗强的《隋唐五代文学思想史》有新意,他将杜牧和李商隐放在一起论述,说他们的文学思想都是反功利主义的,认为杜牧用"以意为主"去取代韩柳提出的"文以明道",强调的是"意"而不是"道",而这个"意"只是一个较广泛的思想内容的概念,与明道说差别是很大的,"实质上是对文以明道说的修正",是"用一个一般的重内容而轻形式的主张,去取代有严格规定性的功利说"③。这见解是独到的。

---

① 载《社会科学研究》1988年第6期。
② 载《松辽学刊》1988年第1期。
③ 《隋唐五代文学思想史》,第375—376页。

三、作品整理与版本研究

杜牧诗文辨伪

现存杜牧作品集除其甥裴延翰编的《樊川文集》（二十卷）比较可靠外，宋代以后出现的《樊川别集》《樊川外集》《樊川诗补遗》《樊川集遗收诗补录》等都不同程度地混入了其他人的作品，所以，20世纪，尤其是80年代以来，学界做了许多杜牧诗文的辨伪工作。

20世纪较早对杜牧诗进行甄辨的学者是翼鹏，他在1935年发表了《全唐诗所收杜牧许浑二家类同诗略录》①，对《全唐诗》中所收杜牧与许浑重出的诗作进行了排比，然未作考辨。此后，缪钺的《杜牧年谱》则指出杜牧的《叹花》《赠肥录事》等诗不可尽信。

然而，比较系统、全面的杜牧诗文辨伪工作，是从吴企明开始的。他在1980年3月发表了《樊川诗甄辨柿札》②一文，首先在吸收杨守敬、余嘉锡等人考证成果的基础上指出，"'续别集'当是南宋时好事者误将许浑诗辑成的，书坊又不加考索，率然刊刻，造成混乱"。并据宋岳珂《宝真斋法书赞》卷六所载"唐许浑乌丝栏诗真迹"考辨出《樊川集遗收诗补录》绝大多数（二十九首）是许浑诗。又考证出《樊川集遗收诗补录》的《梁秀才以早春旅次大梁，……走笔依韵》《分司东都，……上四十韵》也都是许浑所作。除此以外，他还发现《樊川别集》中混入了李白、张籍等人的作品。

此后，胡可先相继发表《〈忍死留别献盐铁裴相公二十韵〉诗非杜牧作考辨》③《杜牧诗辨伪》④，先后考证出《忍死留别献盐铁裴相公二十韵》《送刘三复郎中赴阙》两诗非杜牧所作，后一首诗当为许浑之作。而张金海《樊川诗真伪补订》⑤则论证了《登澧州驿楼寄京兆韦尹》《龙邱途中二首》《愁》《洛下送张曼容赴上党召》《怀归》《别怀》《旅宿》《旅情》《忆归》《重登科》《赠别宣州崔群相公》《川守大夫刘公早岁寓居敦行里肆，……辄献此诗》《出关》等诗非杜牧作。吴在庆的

---

① 载《华北日报·图书周刊》第11期，1935年。
② 载《文史》第8辑。后收入其专著《唐音质疑录》。
③ 载《徐州师范学院学报》1982年第1期。
④ 载《唐代文学论丛》总第5辑。
⑤ 载《武汉大学学报》1982年第2期。

《杜牧疑伪诗考辨》① 先对张金海文的有关考辨作了一定的补充和纠正，还对《樊川集遗收诗补录》中的《过鲍溶宅有感》《陵阳送客》《寄兄弟》《秋晚还茅山石涵村舍》《赠别》等九首诗，《别集》《外集》中的《将赴池州道中作》《三川驿伏览座主舍人留题》等诗作，以及宋代以后各种笔记、诗话中所谓的杜牧诗作了考辨。郭文镐的《〈樊川外集〉诗辨伪》② 又甄辨出《题吴兴消暑楼十二韵》等十四首伪作。

另外，佟培基的《全唐诗重出误收考》总共考证出杜牧集中与他人重出、误收诗93条，可以说是对杜牧诗作辨伪的一个阶段性的总结。

杜牧诗文系年和人名考证

缪钺的《杜牧年谱》是最早一部对杜牧诗文进行大规模系年考辨的著作，所考大多翔实可靠，后来的学者在此基础上或补遗、或纠谬，又将杜牧诗文的系年工作引向深入了。

较早对缪钺《杜牧年谱》中诗作系年进行商榷的是王达津，他在1979年发表了《杜牧的〈杜秋娘〉诗和杜牧的卒年》③，认为缪钺定该诗作于大和七年（833）是错误的，他根据诗序中所云"郑注用事，诬丞相欲去异己者"，认定此诗不可能写于大和九年（835）郑注被杀之前，而是"大中二年秋杜牧作司勋员外郎取道金陵那一次写的"。然而，就在王达津此文发表后不久，吴在庆又撰《杜牧卒年及〈杜秋娘〉系年考辨》④ 与王达津商榷，认为此诗绝非作于大中二年（848），而提出了此诗作于开成二年（837）秋末的设想。

对缪钺《杜牧年谱》中的系年问题进行较多讨论的是胡可先，其《〈杜牧年谱〉商榷》⑤ 认为《冬至日寄小侄阿宜诗》应作于开成五年（840）冬，《送容州中丞赴镇》应作于大和九年（835）前，《奉送中丞姐夫倩自大理卿出镇江西，叙易书怀，因成十二韵》及《中丞业深韬略，叙事述怀，再奉长句》当系于大中三年（849）。胡可先在其另一篇文章《杜牧诗文编年补正》⑥ 中又为杜牧部分诗文进行系年或改系。

---

① 载《中华文史论丛》1985年第1辑。
② 载《唐都学刊》1987年第2期。
③ 载《南开大学学报》1979年第2期。
④ 载《厦门大学学报》1982年增刊。
⑤ 载《江海学刊》1982年第5期。
⑥ 载《四川大学学报》1983年第1期。

稍后，吴在庆、曹中孚、郭文镐、王西平等人也对杜牧诗文系年问题提出了自己的看法。如吴在庆在其《读〈樊川文集〉札记》①中为当时尚未系年的杜牧诗文系年。后来他又发表了《杜牧诗文系年及行踪辨补》②，先对缪钺、胡可先等人的系年进行辨正和补充，又对《樊川文集》和《樊川外集》中的一些诗文的作年做了新的考证。曹中孚的《杜牧诗文系年补遗（摘编）》③对杜牧8篇诗文的作年进行了改系和补系。郭文镐的《杜牧诗文系年小札》④也对杜牧4首作品进行新的系年，对三首诗作了改系。此后，郭文镐还发表了《杜牧若干诗文系年再考辨》⑤《杜牧诗文系年小札（续）》⑥，为缪钺《杜牧年谱》中一些误系及未系的作品作了系年。王西平的《杜牧诗文系年考辨》⑦在缪钺、胡可先、曹中孚等人有关考证的基础上，补入杜牧未系年诗作10首、文1篇，订正误系或考辨不精的诗8首、文3篇。

在缪钺《杜牧年谱》之后，对杜牧诗文中的人名进行考证的成果主要有吴在庆的《读〈樊川集〉札记》⑧、胡可先的《杜牧诗文人名新考》⑨、陶敏的《樊川诗人名笺补》⑩等。

杜牧作品集出版与版本研究

20世纪对杜牧作品集进行重新整理的成果不太多，1962年中华书局上海编辑所重印了清人冯集梧的《樊川诗集注》⑪，书后附有"杜牧诗评述"，颇便参考。缪钺在1957年选编的《杜牧诗选》⑫，是一部很有学术价值的杜牧诗作选注本。

对杜牧文集的版本进行研究的论文主要有韩锡铎的《关于〈樊川文

---

① 载《固原师专学报》1984年第3期。
② 载《杜牧论稿》，第51—70页。
③ 载《江淮学刊》1984年第3期。
④ 载《人文杂志》1984年第6期。
⑤ 载《西北师院学报》1987年第2期。
⑥ 载《人文杂志》1989年第5期。
⑦ 载《西北大学学报》1986年第1期。
⑧ 载《固原师专学报》1984年第3期。
⑨ 载《中华文史论丛》1985年第1辑。
⑩ 载《徐州师范学院学报》1987年第2期。
⑪ 1978年中华书局又据此重印。
⑫ 缪钺选注：《杜牧诗选》，北京：人民文学出版社，1957年。

集夹注〉》①，该文针对清人和今人多以杜牧的诗前人没有注本的错误看法，指出"实际上前人是有注本的"，即《樊川文集夹注》，作者认为该书的注者当为南宋较晚时人或元代人，文章还探讨了该书在杜诗注释、校勘以及古书辑佚等方面的价值。另外，万曼的《唐集叙录·樊川文集》②和缪钺的《杜牧评传》③都对杜牧作品集的流传和版刻情况作了一些介绍。

第三节　韦庄研究

韦庄是唐末五代一位兼长诗词的著名作家，在我国文学史上占有重要的地位，其人其诗也受到历代学者的注意。20世纪，由于其名作《秦妇吟》的重现于世，学界对其人其诗的研究兴趣又有所增加，产生了一些较有影响的成果。

一、生平研究和思想评价

何寿慈的《韦庄评传》④是20世纪较早介绍韦庄生平和创作的文章，该文为韦庄作了一个《传略》，但发明无多，唯其对韦庄人生态度的阐述较有新意。他认为，韦庄"有杜牧'十年一觉扬州梦'的风怀，也有杜甫忧国伤时的心肠"，"他有浪漫的思想，但浪漫得不彻底，他有救世的志愿，但也没有救世的能力，终于逼迫他不能不走颓废的一条路"。30年代，是韦庄生平研究的丰收期，先是曲滢生出版了《韦庄年谱一卷》⑤首次对韦庄的生年进行了考证，认为韦庄生于大中五年（851），其对韦庄一生行事的排比，也较何寿慈《韦庄评传》中的"传略"详细一些。然而，稍后面世的夏承焘的《韦端己年谱》⑥，对韦庄一生重要行事的考证，则更系统和全面，其中许多结论现在仍为学界所常引用。和曲滢生的看法不同的是，夏承焘认为韦庄当生于开成元年

---

① 载《辽宁大学学报》1984年第4期。
② 载《唐集叙录》。
③ 载《中国历代著名文学家评传》第2卷。
④ 载《中国文学季刊》创刊号，1929年。
⑤ 曲滢生：《韦庄年谱一卷》，北平我辈语丛刊社，1932年。
⑥ 载《词学季刊》第1卷第4号，1934年。

(836)，卒于前蜀武成三年（910）。

此后的韦庄生平研究大多是对夏承焘《韦端己年谱》的补充和辨误。如刘星夜的《韦庄生年考证》[①]就认为韦庄当生于大中元年（847），李建中的《关于韦庄的生年》[②]则谓韦庄约生于大中七年（853）左右。谢海阳的《对〈韦端己年谱〉的一点质疑》[③]，用四条理由证明夏承焘《韦端己年谱》中谓唐昭宗光化三年十二月"奏请追赐李贺、皇甫松、陆龟蒙等进士及第"事，"实倡于王，或王逝后，端己取其奏上之，文实吴融所作"，"是不能成立的"，他认为韦庄所上之表，决不会是王大夫委托吴融所起草的那一件。齐涛的《韦庄非韦应物之后》[④]对夏承焘所认为韦庄系武周时宰相韦待价之后、韦应物四世孙的说法提出疑义，其根据是韦诗中未避"澈"字，他认为韦庄应是玄宗时宰相韦见素之后。朱德慈的《韦庄漫游淮安考略》[⑤]是对夏承焘《韦端己年谱》的补充，考证出韦庄于僖宗中和二年（882）至昭宗景福初年（892）间，避黄巢义军之"乱"，离开故土长安，漫游闽、赣、江、浙一带，其间曾涉足古城淮安，拜谒韩侯祠，留有《淮阴侯庙》一诗。齐涛的《韦庄生平新考》[⑥]在韦庄的生年、早年事迹、陈仓迎驾、江南行踪等方面提出了与夏承焘《韦端己年谱》不同的看法。而齐涛的另一篇文章《韦庄诗系年》[⑦]将全部韦庄诗以其活动时间为准，编为六个部分，逐一考订其诗歌的创作年月。

评价韦庄一生政绩的文章主要有天健的《韦庄的政绩及其诗作》[⑧]、何汝泉和钟大群的《韦庄与前蜀政权》[⑨]等。其中天健文认为，韦庄从政治蜀成绩，第一要推繁荣文化的措施，另外他还采用了许多相宜的政策措施，使得西蜀黎元安定，生产复兴。何汝泉、钟大群文则从社会历史方面对韦庄入蜀及其对前蜀政权之贡献发表了他们的看法。他们认

---

① 载《光明日报》1957年5月26日。
② 载《宝鸡师院学报》1980年第1期。
③ 载《人文杂志》1982年第6期。
④ 载《陕西师大学报》1987年第1期。
⑤ 载《江海学刊》1989年第6期。
⑥ 载《文学遗产》1996年第3期。
⑦ 载《山东大学学报》1996年第2期。
⑧ 载《社会科学研究》1987年第3期。
⑨ 载《西南师范大学学报》1990年第2期。

为，韦庄之所以入蜀，和朝政黑暗已极、朱梁之辈凌辱士人，而王建待士优渥、蜀中条件优越等客观条件有关，也和其漠视礼法、不以王建出身卑贱为意，而一心想施展宏图，有着内在联系。他们指出，韦庄对前蜀的贡献主要有：第一，韦庄支持王建对朱梁的策略，并积极为之谋划奔走；第二，韦庄为王建招揽人才，安息民众；第三，韦庄在王建称帝建政中起了重要作用。总之，文章肯定了韦庄生命后十年的表现。

二、诗歌研究

诗歌创作总论

20世纪，对韦庄诗歌创作的整体研究并不多。单篇论文只有何寿慈的《韦庄评传》[①]、吴家桢的《韦庄诗词之研究》[②]、傅生文的《略论韦庄诗的思想意义》[③]、张天健的《韦庄诗初探》[④]《韦庄诗的艺术特色》[⑤]等。

其中何寿慈文认为，在晚唐五代的诗人词人中，韦庄要算其中的佼佼者。因为他有伟大的天才，有创作的能力，有能自成一派的作风，他的作品都有清丽的境界、深刻的背景，他能作诗人的诗，也能作词人的词。他不是有意作诗，作词，只约略地吐露他的情怀，描写些流浪、颓废、伤感的生活，"唯其如此，他的作品才能表现他自己的个性，值得我们去研究"。吴家桢文按照韦庄一生各个阶段来分析其诗作中的思想和所表现的生活。傅生文文对20世纪相当长的时间里学界不是忽视就是否定韦庄的创作成就的现象提出了批评，他认为，"韦庄是唐代最后一个有成就的诗人，他一生以忠实于生活、忠实于感情的态度进行创作，为我们留下了一份宝贵的文学遗产，理应在文学史上占有一定的地位"。文章还在深入分析韦庄诗歌作品中所表现出来的积极思想意义的基础上，重新评价了韦庄在文学史上的地位："韦庄也和杜荀鹤、皮日休、聂夷中等人一样，走的是杜甫开创的、白居易等发展了的唐代诗歌的现实主义创作道路，而韦庄在艺术上的成就则又使他的诗作成为唐代

---

① 载《中国文学季刊》创刊号。
② 载《大夏周报》第9卷第17期，1933年。
③ 载《文学遗产增刊》第16辑。
④ 载《四川师范学院学报》1984年第1期。
⑤ 载《辽宁大学学报》1986年第3期。

诗歌艺术的最后一抹耀眼的余晖。"张天健前文在肯定韦诗某些进步内容的同时，也指出其诗"几乎都带有或浓或淡的感伤"，"他的感伤诗，大都围绕自我抒发感慨，调子低沉，胸野不宏"。张天健后文认为，韦诗艺术特色一是"醇情"，诗人以诗歌把缕缕至情从心河引出，毫不掩饰，叙情而不暗，情浓而不艳；二是"清丽"，这不仅表现在《又玄集》的编选宗旨上，还表现在具体的创作中。他遣词用语丽而不艳，清而含情，风格清峻、自然、平畅，异于许多晚唐诗人，是独树一帜的名家。

另外，王水照的《韦庄评传》[①] 也对韦庄的诗歌创作成就进行了分析和评价，他认为韦庄的诗歌"较为广阔地反映了唐末动荡的社会面貌，也反映他漂泊四方的经历和凄苦孤寂的心情"[②]，又将韦诗分为伤乱诗、羁旅诗、写景诗三大类进行分析，谓"其律诗圆稳整赡，音调响亮；绝句则包蕴丰满，发人深省。而清词丽句、情致婉曲为其共同风格"[③]。

吴庚舜、董乃斌主编的《唐代文学史》在文学史著作中首次较为详细地介绍了韦庄及其诗作。他们将韦庄的诗歌创作分为前后两个阶段，认为韦庄前期诗作"敢于面对现实，表现了唐末重大社会问题，从而成为'诗史'"[④]，而后期的诗"更多的却是以王粲等古人自况，哀悼壮志的幻灭"，"仕进不能、退隐不忍、救时无方的苦闷哀伤，成了他此期讴歌的中心主题，即使到了中第授官之后，这种内容和情调也没有多大改变"[⑤]。他们对韦诗艺术成就的评价是，"韦诗不雕饰，不鄙俚，不生硬枯涩，'务趋条畅'却又有'文外曲致'，每以浅切近情、兴象丰满、情致富足而受到人们的喜爱"。他们还认为，"韦诗的成功，在于多从真实生活中经个人反复体味后提炼而来，既富有生活气息又兼含理趣"，"尤其善传诗人对自然界的某种领悟"，"在细致观察中捕捉有活力的常见生活景象，构成清新秀丽、生机盎然的画面"[⑥]。

---

① 载《中国历代著名文学家评传》第2卷，1983年。
② 同上书，第747页。
③ 同上书，第619页。
④ 吴庚舜、董乃斌：《唐代文学史》下册，第663页。
⑤ 同上书，第664页。
⑥ 同上书，第665页。

《秦妇吟》的发现和研究

《秦妇吟》是韦庄的代表作,曾经传诵一时,但失传已久。它的重现于世,是在 20 世纪初。

1900 敦煌藏经洞被打开以后,法国人伯希和运走了一大批写本和画卷,罗振玉据其从伯希和处所闻俄、英、法、日、美等人先后劫掠的敦煌文物,写成《莫高石室秘录》一文,于 1909 年在《东方杂志》第 6 卷第 11、12 期上发表,中有《秦人吟》一目,即《秦妇吟》,此为我国学界得知此诗名之始。稍后,王国维从日本人狩野直喜博士处得见其所抄斯坦因《秦妇吟》残本,作《敦煌发见唐朝之通俗诗及通俗小说》一文,于 1920 年发表于《东方杂志》第 17 卷第 8 期,其第一段即为《秦妇吟》残篇,是为我国人得见《秦妇吟》原文之始。

1923 年,伯希和录巴黎所藏天复五年(905)张龟写本,及伦敦博物馆所藏后梁贞明五年(919)安友盛写本,并将这两种《秦妇吟》卷子寄罗、王二氏。1924 年,罗氏即将此两种写本互校,全文印入《敦煌零拾》,是为我国人得见《秦妇吟》全文之始。同时,王国维复据伯希和所寄两本及先前从狩野直喜博士处迻录之残本,略事校勘,列举各本之异同,发表于《北大国学季刊》第 1 卷第 4 号,题为《韦庄的〈秦妇吟〉》,是为我国人正式校勘《秦妇吟》之始。

与罗振玉、王国维同时做研究者,有英国人小翟理士博士(Dr. Lionel Giles),他是大英博物馆东方部主任,即管理敦煌写经者。他于 1919 年在馆中发现三种《秦妇吟》写本,乃作论文一篇,于 1923 年英国皇家亚洲学会百周年庆祝会上宣读,后又就五种写本重新写定,于 1926 年发表于英国《通报》第 24 卷第 4、5 合期。1927 年,张荫麟将其转译为中文,题为《秦妇吟考证与校释》,发表于《燕京学报》第 1 卷第 1 期,是为我国人得读《秦妇吟》与韦庄事实合证之始。

此外,郝立权作《韦庄秦妇吟笺》,更为笺证、笺注,于史实、典故并发抉之,于 1931 年发表于《齐大月刊》第 2 卷第 3 期,是为我国学者笺注《秦妇吟》之始。此后,黄仲琴又作《秦妇吟补注》,于 1933 年发表于中山大学《文史学研究所月刊》第 1 卷第 5 期,则为郝立权后专门研究《秦妇吟》所述之史事者。

稍后，刘修业又撰《秦妇吟校勘续记》①，不但详述了20世纪《秦妇吟》研究之经过②，而且重点介绍了王重民新发现的巴黎图书馆中的P.3780、P.3953两种本子，至此，共发现七种《秦妇吟》本子。作者还将这七种本子对校，于各本文字之异同，又作了一次校勘，其中不乏超越罗、王之处。

1936年，陈寅恪发表了《读秦妇吟》③。该文从史实与地望考证诗中所述从长安到洛阳，以及从洛阳东奔之路程。然其中最重要的一点，乃在揭示了韦庄晚年之所以讳言此诗的缘由。作者认为，"无论其是否为端己本身之假托，抑或实有其人"，《秦妇吟》中之秦妇，因黄巢洗长安后逃难出城，其路线必经杨复光部队之防区，如秦妇避难之人，于丧乱中，弱不自济，而有委身驻军之事。陈寅恪推测杨军八都大将之一王建，后为"前蜀创业垂统之君，端己北面亲事之主"，必有女委身之事，韦庄之《秦妇吟》"流行一世，本写故国乱离之惨状，适触新朝宫闱之隐情，所以讳莫如深，志希免祸"，故虽系其生平之杰构，亦不得不禁其传布。

陈寅恪文发表后，即在学界引起了较大的反响，使得此后相当长的时间里，学界仍热衷于为《秦妇吟》作笺注和讨论韦庄讳言此诗的原因。

如1941年冯友兰发表了《读秦妇吟校笺》④，在陈寅恪之说的基础上提出另一解释。他认为"唯其所以冒犯之处，则似尚有另一解释之可能"，即诗中"路旁试问金天神"一段，"即是指斥当时军阀之语"，"指斥军官之残暴扰民，过于黄巢，而杨复光总陈蔡之兵，西入关中，其路线有经过新安之可能。如此，则此段所指斥，又为杨复光军，或有为杨复光军之嫌。而其所事新朝之主，及新朝中一部之同僚，又适为前杨复光军中要人。故其讳言此诗，不但为志希免祸，且系出于人情之常，所谓'不好意思'者"。稍后，徐嘉瑞也作《秦妇吟本事》⑤，与陈寅恪商

---

① 载《学原》第1卷第7期，1947年。据文前小引称，此文实作于1935年。
② 本书关于"《秦妇吟》发现及研究"的介绍即参考了此文。
③ 载《清华学报》第11卷第4期，1936年；后于昆明自印线装本，改题为《秦妇吟校笺》；再后于广州出油印本，又改题为《秦妇吟笺证》。
④ 载《国文月刊》第1卷第8期，1941年。
⑤ 载《国文月刊》第27期，1944年。

权。该文认为韦庄讳言此诗,且欲删去诗中两句,"并不是触怒公卿,而是触怒宦官田令孜",然韦庄所以不存《秦妇吟》,则另有故。徐嘉瑞又认为,此诗中应删的也不止一句两句,其中成问题的太多,所以全篇删去。最重要的有三个原因:(1)"触犯田令孜"这一原因,在田令孜未死之前,是很重要的;(2)"写洛下屯师抢劫,触犯时溥及其部下";(3)"讽刺僖宗太过,为王建所不喜"。而前两个原因则是景福二年(893)以前最大的忌讳。文章认为陈寅恪的假设是可能的,但不是必然的。徐嘉瑞文发表后不久,周一良又撰《评〈秦妇吟本事〉》①,认为徐文"关于本事方面,作者推定两点颇有理据":"第一是解释'皆言博野自相持,尽道贼军来未及'的'博野',为'博野军'的倒戈,是不错的"。"第二是解释'自从洛下屯师旅'的'师旅',为时溥所领由徐州西行赴难,剽掠河阴,终于东归的军队。按之史文,诗句和浣花集其他作品,都较颇相符合。"但周一良又认为徐文对韦庄欲自删此诗的三点原因的解释"都太近乎揣测,很难认为满意"。

50年代,除了陈寅恪本人又撰《秦妇吟校笺旧稿补正》②,为其旧说作进一步的补正和阐释;刘文典的《群书斠补》③ 也为陈寅恪的旧笺作补注。

80年代以后,学界仍然在探讨韦庄讳言《秦妇吟》的缘由。如俞平伯的《读陈寅恪〈秦妇吟校笺〉》④ 重新评述陈寅恪旧说。张业敏则对陈寅恪说提出商榷,他在《关于〈秦妇吟〉研究中的两个问题》⑤ 中认为,从《北梦琐言》的记载中可以看出,韦庄被戏称为"秀才",是在《秦妇吟》诗写成后的事,其自讳即因此而起。但其仕蜀却是在写此诗十余年后,因之"触隐情"说不可信。作者认为《秦妇吟》诗包含着一些惹得唐朝"公卿贵人们不快的思想感情",这对于"一向攀龙附凤、一心向上爬的韦庄,自然是很不利的"。而要取谅于公卿们,"唯有自我否定全诗"。这就是韦庄自禁《秦妇吟》的真正原因。马茂元、刘初棠

---

① 载《清华学报》第15卷第1期,1948年。
② 载《岭南学报》第10卷第2期,1950年。
③ 载《云南大学学报》1957年第2期。
④ 载《文史》第13辑,1982年。
⑤ 载《广西师范学院学报》1985年第3期。

的看法则不同,他们在《韦庄讳言〈秦妇吟〉之由及其他》①中认为,韦庄讳言《秦妇吟》是因为他"写诗的本意,固然在于渲染、夸大黄巢农民起义军的'暴行',揭露官军残害百姓的罪恶。但在韦庄做了蜀主王建的臣子之后,他就不得不考虑到蜀主王建及其部下与《秦妇吟》诗中所咒骂的黄巢起义军以及残害百姓的官军之间有着某种联系"。他们还通过详细的考证,认为韦庄所"委身的前蜀王朝的创业之主王建,本人的出身就是个地地道道的贼",而且他"和韦庄《秦妇吟》里所称为'贼'的黄巢农民军有着既对立又统一,剪不断,理还乱的复杂微妙关系",这样诗人既仕于王建,熟知王建"雄猜多机略,意尝难测",那么《秦妇吟》"对黄巢农民军的种种丑化,在王建看来,岂不是指着和尚骂秃驴?何况黄巢起义军与王建的部队是我中有你,你中有我"。因此,"为了全身远害,他不得不湮没自己的成名之作"。同年发表的张天健的《〈秦妇吟〉讳因考》②也不同意王国维、陈寅恪的观点,其看法与张业敏文差近,认为"韦庄为《秦妇吟》撰家戒,'他日',应当是光启元年僖宗还京之日,并非时隔二十年的'复贵'之时;'讳因'并非针对王蜀而为的'志希免祸',而是针对'公卿垂诳''谤议横生'"。

80年代以后,《秦妇吟》研究的新进展有两个:

一是《秦妇吟》敦煌写卷的新发现。1983年,柴剑虹撰文③说,他在伦敦藏的缩微胶卷中,"发现了《秦妇吟》的第十个写本残卷","该卷编号S.5834,下半部残缺,共十三行,每行存七至十一字不等。前十二行为残诗,末行书抄写年月"("年代为贞明陆年岁在庚辰十贰月")。他认为这一残卷与现藏巴黎的P.2700卷原来正是同一写卷,后因伯希和与斯坦因劫盗而致使此卷一撕为二。

二是对《秦妇吟》诗的思想和艺术进行的分析和评价。此前的《秦妇吟》研究大多局限于文本的校勘、整理和史实的笺证等,80年代以后,学界才开始对此诗的思想和艺术进行探讨。王水照的《关于韦庄〈秦妇吟〉评价的两个问题——兼论古代作家对农民起义的一般态度》④,认为韦庄从维护唐王朝统治出发,对起义军多有诋毁,进而形

---

① 载《文史》第22辑,1985年。
② 载《河南大学学报》1985年第2期。
③ 柴剑虹:《〈秦妇吟〉敦煌写卷的新发现》,载《光明日报》1983年6月7日。
④ 载《复旦学报》增刊《古典文学论丛》,上海:上海人民出版社,1980年。

成了全诗的一个主要思想倾向,这是不必讳言的。但是,就在这类的描写中,我们可以看出某种历史的真实,诗中夸张起义军进入长安时的混乱情况,恰恰暴露出封建统治者在伟大人民力量面前所表现的仓皇失措和腐败无能。这些暴露和反映虽然不是韦庄的主观思想,却是诗歌形象本身所具有的客观意义。张业敏的《韦庄〈秦妇吟〉思想性辨议》① 也指出,以前对《秦妇吟》的评价是偏颇的。该文认为,此诗有同情人民苦难、反对官军害民和藩镇不忠、哀叹王朝衰败和反对农民起义几个方面,它们互相关联,又相对独立,不能混为一谈。除反对农民起义外,其他思想内容应肯定。就反对农民起义问题来说,作者也指出,这与黄巢起义打破了韦庄中举的美梦有关。而且,黄巢起义亦不是无可非议的,《秦妇吟》写义军在长安的行为"基本上是真实的","并非无中生有的歪曲诬蔑"。韦庄反黄巢起义只是受时代和阶级局限,而《秦妇吟》的认识意义和史诗价值,在我国诗史上的地位不容贬低。牖人的《论〈秦妇吟〉的艺术真实》② 的看法也和张业敏文类似,作者首先从历史角度考察了《秦妇吟》诗前半部分对黄巢军描写的真实性,然后又讨论了如何看待黄巢起义的破坏行为、如何对待史料等问题,破除了学界"长期以来对农民起义只能言其功,不能道其过;只能说其善,不能论其恶"的"道德化的历史观",认为"这种观念,无论用于衡文、论史还是人都是非科学的",而且"要认真对待文史资料,在全面占有、综合分析的基础上作出科学的结论,不应采取绝对主义的态度,把出自与农民敌对者之手的史料一概斥为虚妄、诬蔑"。

作品集的整理和出版

向迪琮校订的《韦庄集》③,是较早对韦庄作品进行全面整理的成果。该书诗集部分(《浣花集》和《浣花集补遗》)据《四部丛刊》影印明人朱承爵刻本、清康熙席鉴刻本及《全唐诗》等互校排印;词集部分(《浣花词集》),辑自《花间集》和《尊前集》等书,并参校《全唐诗》。

李谊的《韦庄集校注》④ 是韦庄文集整理的又一收获,该书校勘部

---

① 载《广西教育学院学报》1986 年第 1 期。
② 载《文学评论》1987 年第 2 期。
③ 韦庄著,向迪琮校订:《韦庄集》,北京:人民文学出版社,1958 年。
④ 韦庄撰,李谊校注:《韦庄集校注》,成都:四川省社会科学院出版社,1986 年。

分在吸收向著成果的基础上,又广泛借鉴50年代以后的韦庄研究成果,全书分诗、词、文三部分,最后附录有关志、传、诸家评论、书录题跋和直到1983年的论文索引。

对韦庄作品进行整理的单篇文章有齐涛的《韦庄〈浣花集〉卷次辨误》① 等。

万曼的《唐集叙录·浣花集》② 对韦庄作品集的流传情况作了比较详细的考证和交代。

第四节 皮日休、杜荀鹤、罗隐、陆龟蒙、聂夷中研究

皮日休、陆龟蒙、聂夷中、杜荀鹤、罗隐等人是唐末诗人中的佼佼者,但是,20世纪前半叶人们除了在一些文学史、诗歌史中偶一提及外,研究他们生平和思想的专论可谓寥寥无几。50年代以后,随着当时理论界对现实主义文学精神的提倡,人们开始评价他们的诗歌在反映社会现实、民生疾苦等方面的成就,进而对他们的生平和思想也展开了较为深入的研究。80年代以后,又着重探讨他们在诗歌艺术形式方面的贡献,从而使得关于这几位诗人的研究在世纪末初具规模。

一、皮日休研究

生平和思想研究

有关皮日休生平和思想的探讨,是从50年代开始的。大草的《革命诗人皮日休》③ 是较早一篇对皮日休生平和革命倾向进行评述的文章。此后,陆续出现了较有深度的论文,如周连宽的《皮日休的生平及其著作》④、缪钺的《皮日休的事迹思想及其作品》⑤、萧涤非的《校点〈皮子文薮〉说明——兼论有关皮日休诸问题》⑥、缪钺的《再论皮日休

---

① 载《文献》1988年第1期。
② 载《唐集叙录》。
③ 载《新中华》第13卷第18期,1950年。
④ 载《岭南学报》第12卷第1期,1952年。
⑤ 载《四川大学学报》1955年第2期。
⑥ 载《文史哲》第1期,1958年。

参加黄巢起义军的问题》①、李菊田的《皮日休生平事迹考（并与缪彦威先生及萧涤非先生商榷)》②。到 70 年代末、80 年代初，学界又开展了一次关于皮日休死因和思想评价的讨论。下面拟对皮日休生平和思想研究中几个有争议的问题作一简介③。

  1. 家庭出身问题。关于皮日休的家庭出身，人们有两种看法。一种意见认为，皮日休出身于农民。如萧涤非在其《校点〈皮子文薮〉说明》中认为，"皮日休出身是个道地的'寒门'，够得上说是个'农家子'"。明确持这种看法的学者还有孙次舟④等。1963 年出版的中国科学院文学研究所编著的《中国文学史》和游国恩等编著的《中国文学史》也都认为皮日休"出身贫寒""家事务农"，他本人也参加过农业劳动。第二种意见认为，皮日休出身于普通的地主家庭。缪钺在其《皮日休的事迹思想及其作品》一文中认为，皮日休"出身于一个普通地主家庭，并非高门世族"，后来他在反驳孙次舟《关于皮日休参加黄巢农民军的问题》时又明确指出，皮日休《皮子世录》中所谓"不拘冠冕"，"是说没有做过官，并不一定就是农民"；所谓"或农竟陵"，是指皮家另一支，从《送从弟归复州诗》来看，这一支皮家子弟也是过的"优游"的地主生活。郭预衡在 1965 年所写的评论游国恩等《中国文学史》的文章中也认为皮日休是地主出身，他指出，据"老牛瞠不行，力弱谁能鞭"这类诗句来判断皮日休参加过劳动是误解。《皮子世录》中的所谓"农"与"隐"，实际上也都是地主阶级的生活方式。郭预衡还引述了《三羞诗》其三的小序说明"作者明明过的是地主生活"，《中国文学史》硬说皮日休参加过劳动，"这就很难说不是有意把皮日休描叙成劳动者，从而抬高他的地位"。

  2. 皮日休参加农民起义军的问题。对于皮日休是否参加了黄巢起义，正史和许多笔记都是肯定的，但北宋尹师鲁和南宋陆游持否定态度。近现代学者基本上否定尹、陆的说法，如萧涤非在《校点〈皮子文薮〉说明》中指出，皮日休参加黄巢起义的事，最早见于刘昫《旧唐

---

  ① 载《历史研究》1958 年第 2 期。
  ② 载《天津师院学报》1958 年第 1 期。
  ③ 参申宝昆：《皮日休研究中若干问题讨论综述》，载《枣庄师专学报》1985 年第 6 期和《唐代文学研究年鉴》1986 年卷。
  ④ 据缪钺《再论皮日休参加黄巢起义军的问题》一文引。

书》,成书时间相当早,欧阳修的《新唐书》、司马光的《资治通鉴》也都有记载,是可以肯定的。陆游所以一再为皮日休辩护,是因为他把皮日休从黄巢看成"隳节",这种立场就决定他的态度不客观。尹师鲁所作墓志铭,是一种"亦欲掩疵扬善以安孝子之心"的文章,像"从贼"这种"大逆不道"的事,绝不能写进去。

然而,对于皮日休究竟是如何参加黄巢起义的,现当代的学者看法不一,主要有两种意见:

一种意见认为皮日休并非主动参加黄巢起义,而是被劫从军。萧涤非、缪钺均取此说。萧涤非认为:"皮日休并不是自动投效黄巢的,《唐诗纪事》卷六十四说日休'遭乱归吴中(苏州),黄巢寇浙江,劫以从军'。《郡斋读书志》卷四也说日休'为毗陵(江苏武进)副使,陷巢贼中'。地点虽不同,但都说是被劫,这大概是可信的。"缪钺在《皮日休的事迹思想及其作品》中说:"皮日休由于阶级的局限,并未自动参加到黄巢起义军中,但是当他为黄巢军队所得之后,由于他平日思想中原有一些进步成分,同情人民疾苦,愤恨时政腐败,又由于黄巢一贯的争取读书人的政策,于是他即不至于像周朴那样顽固拒绝,而愿意参加起义军了。"

另一种意见认为皮日休是自觉参加黄巢起义军的。孙次舟在《关于皮日休参加黄巢起义军的问题》中,根据贯休的诗与自注,参以《资治通鉴》,考明黄巢起义军在浙东、浙西与官军作战的情况,推测当时皮日休是在苏州军事判官任上从军攻打黄巢,因官军起义而参加黄巢军队的。

缪钺反驳了孙次舟的意见,他认为,孙次舟所考的材料并未提及皮日休,皮日休从军南下攻打黄巢,因官军起义而参加了黄巢军的说法,是从旁推测。即使承认这推测是正确的,如果是官军士兵强迫军官起义,那么皮日休仍是被劫从军。

3. 皮日休的下落。对皮日休的下落,从宋代开始就有争议。学界的争论多是以笔记杂著的传闻为依据,主要有三种说法:(1)为黄巢所害;(2)被唐王朝诛杀;(3)投奔吴越,去依靠钱镠。

自宋代以来,持第一种说法的人最多,影响也最大。郑振铎的《插图本中国文学史》、缪钺的《皮日休的事迹思想及其作品》也取此说。

萧涤非、郑庆笃等人持第二种观点。萧涤非认为,皮日休既然作了黄巢的翰林学士,就构成了他被"杀无赦"的条件,并引述 883 年 5 月黄巢退出长安不久，僖宗下诏杀崔璆以及对起义有关人员斩尽杀绝，虽妇女不饶的例子，说明皮日休被诛杀是合理的。郑庆笃《论皮日休》① 也认为第二种说法最为可信，合乎情理，并且推论皮日休死在大中三年（883）。后来，袁宏轩的《皮日休死因探考》② 和刘扬忠的《皮日休简论》③ 亦持此说。

李菊田在《皮日休生平事迹考》中持第三种观点，他根据《五代史补》卷一"杨行密钱塘侵掠"条，说在天复二年（902），田頵围攻钱塘时，皮日休犹在钱镠幕中，是时黄巢已死十九年，可知黄巢没有杀皮日休。李菊田认为尹师鲁所写墓志中说皮日休徙籍会稽，在钱氏政权下做官，可能是真实的。据此，缪钺在1958年发表的《再论皮日休参加黄巢起义军的问题》中修正了自己原来的看法，认为"皮日休为黄巢所杀，或为唐代统治者所杀诸种说法均不能成立，而逃奔吴越，依靠钱镠，乃是皮日休的结局"。张志康《皮日休究竟是怎样死的》④ 基本同意缪钺的看法，并补充了一些材料，进一步证明缪钺的论点可信。他认为皮日休参加了黄巢起义，黄巢兵败后投奔吴越，但并不像尹师鲁所说"官太常博士，赠礼部尚书"，而是又离开了钱镠，流寓于安徽宿州，过着一种淡泊清闲的生活，最后死葬在宿州。

4. 皮日休的思想。大草于1950年9月发表的《革命诗人皮日休》是第一篇极力挖掘皮日休"由哀而怨，由怨而革命"的革命思想的文章。此后，周连宽的《皮日休的生平和著作》也探讨了皮日休的思想，但他的分析较为辩证，认为"日休一方面对当时的政治极感不满，但一方面中国古贤圣的'道统'把他的思想支配着，不敢像王仙芝黄巢辈之投身于实际的反抗行动，而只能作出一种'济世救民'的呼声"。缪钺的《皮日休的实际思想及其作品》也认为，"皮日休虽然同情人民疾苦，愤恨时政腐败"，但是，"由于历史时代与阶级性的局限，他仍然是抱着封建社会士大夫传统的想法，想得君行道，改善政治"，而且，他还对当时一些人"一定要把皮日休说得很前进，使他成为完人"的先入为主的研究态度提出了批评。

---

① 载《山东大学文科论文集》1981年第1期。
② 载《山西师院学报》1985年第2期。
③ 载《中国古典文学论丛》第1辑。
④ 载《学术月刊》1979年第8期。

到80年代以后，虽然仍有一些文章热衷于探讨皮日休的对待农民和农民起义的态度，如许荣生、祁永寿的《晚唐诗人皮日休的进步民主思想及其代表作〈橡媪叹〉》[1]、沈开生的《皮日休同情农民和农民起义吗?》[2]、赵熙文的《略论皮日休参加义军的思想基础》[3]等，但是观点和角度均无大超越。倒是郑庆笃的《论皮日休》[4]中的有关论述较为深入和辩证，他认为皮日休的基本思想是孔孟儒家思想体系。他引述《文薮》中的诗文，说明皮日休对儒家经典和儒家代表人物推崇备至，指出："在风雨飘摇、江河日下的唐朝末季，皮日休如此大声疾呼'罢斥百家，独尊儒术'，重新振兴儒家道统权威，发挥其治世济民的功能，以维系唐王朝的统治地位。这反映了皮日休的思想不仅是被动地受了时代和阶级的局限，而且俨然以儒学的继承者捍卫者为己任的。"但是，他更多地接受了孔子所谓的"仁者爱人"、孟子所谓的"民为贵、社稷次之、君为轻"这些具有进步因素的"民本"思想。郑庆笃在谈到鲁迅对《皮子文薮》的评价时说："鲁迅先生评价《皮子文薮》时，指出他'并没有忘记天下，正是一塌糊涂的泥塘里的光彩和锋芒'。这主要是针对晚唐时期华靡衰落的文风，对此而言的。就一部《文薮》而言，其中也充满了孔孟之道的儒家说教。"

诗文研究

20世纪上半叶，人们多是在文学史、诗歌史中提及皮日休的诗文创作，比较简略。

五六十年代出版的文学史，在对皮日休诗文进行分析时花费的笔墨稍多一些。如游国恩等编著的《中国文学史》在论述皮日休的诗文时就注重其举进士之前所写的那些富有思想性的诗歌和散文，说他的诗歌受白居易的影响最大，《正乐府十篇》和《三羞诗》深刻地反映了农民大起义前夕极端黑暗的社会面貌，是皮日休现实主义诗歌的代表作品；在散文方面，皮日休最推崇韩愈，继承并发扬了韩愈所倡导的古文运动的精神，他的许多小品文，具有比他的诗更为强烈的战斗性[5]。中国科学

---

[1] 载《青海师范学院学报》1982年第3期。
[2] 载《北方论丛》1982年第2期。
[3] 载《湖北大学学报》1985年第3期。
[4] 载《山东大学文科论文集》1981年第1期。
[5] 游国恩、王起、萧涤非等：《中国文学史》第2册，第211—213页。

院文学研究所编著的《中国文学史》对皮日休诗文考察的范围稍广一些。他们认为,皮日休大部分的诗歌是和陆龟蒙唱和之作,"这些唱和诗自然只是玩弄技巧、掉书袋的,没有什么真实的感情和深刻的思想内容。他爱在诗歌中发议论、说道理,而缺乏生动鲜明的形象;又好用典故和生硬词句;这种以文入诗的风格,和韩愈颇有类似之处。他的较好的作品是《正乐府十篇》,……确是反映了唐末统治阶级的横暴和对于劳动人民残酷的压迫和剥削,诗风也朴质刚健"[1]。

相对说来,一些专题论文对皮日休诗文成就的分析和评价要稍稍细致一些。其中周连宽的《皮日休的生平及其著作》对皮日休诗文艺术的探讨尤为用力。该文在开篇就指出,皮日休的"五言古诗魄力雄健,近体诗亦清逸典雅,与陆龟蒙唱和,竟多至六百余首,一篇相投,动辄千数百言,其诗才之富赡挺拔,可以想见"。在评价皮日休的文学史地位时,他又指出,日休的那些描写民病的作品"就是咸通间的诗史","日休对于散文,一方面主张复古运动,所以连作赋都要散文化","但他一方面又崇拜屈原那种个人主义的富于浪漫情调的骚体,而仿作《九讽》《悼贾》《反招魂》等篇","日休的仿作,写得太浅白露骨了,这种尝试是失败的,自然是日休的作品中最恶劣的一部分"。"他对于诗歌,一方面沿袭写实主义社会诗派,但一方面又染上浓厚的技巧主义的色彩,此外,又带些田园派和奇僻派的气息。日休的作品,就是这样的一种复杂的混合体,这里面包含着矛盾,也包含着新生的种子,我们不能忽视它,因为它是文学发展史上一个必然的阶段。"

其他如缪钺的《皮日休的事迹思想及其作品》和萧涤非的《校点〈皮子文薮〉说明》等文大都侧重于分析皮日休反映现实的作品。

80 年代以后,学界对皮日休诗文创作进行了多角度、多层次的研究,但较有新意的成果依然不多。

就皮日休文学思想的研究而言,主要有黄保真的《论皮日休的文学思想》[2]、申宝昆的《剥远非、补近失、劝乎功、戒乎政——皮日休文学思想管窥》[3] 等。其中黄保真文认为,在晚唐文坛理论成就最高的是

---

[1] 中国科学院文学研究所中国文学史编写组:《中国文学史》第 2 册,第 492—493 页。

[2] 载《学术月刊》1982 年第 5 期。

[3] 载《枣庄师专学报》1986 年第 1 期。

皮日休,他虽然曾参加过农民起义,但他的文学思想仍属于传统儒家的范畴。文章在论述了皮日休以韩愈的继承者自居,坚持正统的文道观,和在诗歌理论上继承新乐府运动的进步传统这两点后指出,在中国古代的文论家中,强调政教作用者,往往忽视对艺术规律的研究,皮日休则不然。他在《霍山赋序》等文中,非常具体地描述了艺术思维的情状、过程。而《松陵集序》之论艺术风格,更是上升到美学的高度,其立论通达,见解深刻,在晚唐除司空图、张彦远之外,没人能超过他了。

诗歌研究方面,有人把皮日休放到唐宋诗歌转关中进行考察,分析得较细。如申宝昆的《论皮日休在唐宋诗转变中的作用》[①] 在发挥袁枚《小仓山文集·答沈大宗伯论诗书》中有关观点的基础上,具体从以议论为诗、以才学为诗、以文为诗、以赋为诗、喜咏琐事微物、不写爱情等方面,论述皮诗特色,认为"皮日休在继承杜、韩传统,启窦宋诗特色方面,对完成诗体革新有着不容忽视的作用"。而单书安的《〈正乐府〉仿〈系乐府〉浅说》[②] 则从诗歌体制、内容、主题、艺术风格等方面具体而微地分析了皮日休的《正乐府》与元结的《系乐府》之间的承继和发展关系,也较有深度。

就皮日休散文的研究而言,有刘国盈的《皮日休和古文运动》[③] 和李金坤的《试论皮日休散文的艺术特色》[④] 等文。

作品集的整理和版本研究

20世纪皮日休作品整理方面的成果,主要有萧涤非校点的《皮子文薮》[⑤] 和申宝昆的《皮日休诗文选注》[⑥]。万曼的《唐集叙录》较详细地介绍了《文薮》和《皮从事唱酬诗》的历代版刻和流传情况。

二、杜荀鹤、罗隐、陆龟蒙、聂夷中研究

和皮日休相比,人们对杜荀鹤、罗隐、陆龟蒙、聂夷中等人的研究

---

① 载《齐鲁学刊》1989年第3期。
② 载《江海学刊》1989年第6期。
③ 载《昆明师范学院学报》1983年第1期。
④ 载《江苏教育学院学报》1990年第4期。
⑤ 皮日休著,萧涤非校点:《皮子文薮》,北京:中华书局,1959年。
⑥ 皮日休著,申宝昆选注:《皮日休诗文选注》,上海:上海古籍出版社,1991年。

就更为有限了。

杜荀鹤研究

在20世纪上半叶,研究杜荀鹤的专题文章只有黄芝冈的《论杜荀鹤》① 一篇。该文首先对杜荀鹤的人品发表了自己的意见,他说,青年时期的杜荀鹤虽然"勤于请谒","却还有几分可爱之处":第一,他自认热衷名利,并不像一般人遮遮掩掩;第二,他虽然不忘干求请谒,但也重视他的文艺,不愿专倚强亲,悻取贵显;第三,他倡言向文场觅公道。但是,该文对杜荀鹤入仕发达以后的人品不以为然,而且认为杜荀鹤"有几句诗虽有些像老杜'窃比稷契'的那种气派,……但他的诗却没有一首长篇大制,三百首大半是干谒投寄和嗟卑怨命之作。……诗格卑陋,几与乞僧斋婆同一鼻孔出气"。

50年代以后,人们对杜荀鹤的看法一下子改变了,其中一个原因是杜荀鹤有一些表现民生疾苦的作品。

研究杜荀鹤生平的成果主要出现在80年代,如汤华泉的《杜荀鹤生平事迹考证》②、温公翊的《杜荀鹤行实考略》③、吴在庆的《〈唐才子传·杜荀鹤传〉笺证》④ 等。其中汤华泉文,就《北梦琐言》定杜荀鹤卒年为天佑四年(907)的说法提出异议,认为当定于天复四年(904)。此外,就杜荀鹤是杜牧"微子"之说,亦加以否定。吴在庆文考证出皮日休为苏州郡从事及初识陆龟蒙之时间均在咸通十一年(870)春。

20世纪下半叶探讨杜荀鹤文学创作道路和诗歌艺术的文章,主要有徐晓星的《晚唐诗人杜荀鹤》⑤、肖文苑的《杜荀鹤的生活道路及其创作》⑥、羊春秋的《论苦吟诗人杜荀鹤》⑦、秦效成的《论杜荀鹤诗歌的创作思想》⑧、顾黔的《杜荀鹤诗用韵考》⑨、宋尔康的《简论杜荀鹤

---

① 载《论语》第120、121期,1947年1月1日、1月16日。
② 载《阜阳师范学院学报》1986年第1期。
③ 载《阴山学刊》1988年第1期。
④ 载《云南教育学院学报》1991年第5期。
⑤ 载《文学遗产增刊》第2辑,北京:作家出版社,1956年。
⑥ 载《北京师范大学学报》1979年第3期。
⑦ 载《湘潭大学学报》1982年第4期。
⑧ 载《安徽教育学院学报》1984年第1期。
⑨ 载《天津师大学报》1990年第3期。

的诗歌及其特点》①等。其中,徐晓星文指出,杜荀鹤诗有两个显著的特点:一是直接描写社会现实,同情人民的痛苦,具有现实主义的精神;二是运用民间语言,浅显通俗。但是也有缺点:在《唐风集》里,具有高度人民性的作品毕竟不多;他写的大部分是近体诗,就反映当时的现实来看,不及古体诗舒卷自如。肖文苑文认为,杜荀鹤在近体诗的创作上,成就十分突出,"以浅近的语言,鲜明的形象,去反映丰富复杂的生活","他的绝句如行云流水,清新爽朗,有较浓的民歌风味"。顾黔文从音韵学的角度考察了杜荀鹤诗的用韵情况,认为他的诗韵颇能反映晚唐时期皖南方言的一些语言现象,也可以窥见汉语音韵由晚唐至宋语音变化的轨迹。宋尔康文首先回顾了20世纪杜荀鹤研究的历史,认为中华人民共和国成立前的研究偏重于他的寒瘦苦吟精神(对自我坎坷经历的苦吟),中华人民共和国成立后的研究偏重于他的现实主义精神。他指出,杜荀鹤的诗,既继承了贾岛的寒瘦苦吟精神,又继承了张籍反映社会现实的旨趣。其诗有两个明显特点:其一,从元白以来直至皮日休,大都是用乐府的形式来揭露社会黑暗、同情人民疾苦的,而他却全以律、绝的形式,把复杂的内容凝缩到短小的篇幅之中;其二,诗歌浅清直白而又流畅合律。其缺点是"有些诗歌长于用实而短于用虚,这在他的五言律诗中,表现得尤为明显"。

1959年,中华书局曾经出版过《杜荀鹤诗》(与《聂中夷诗》合为一册),该书收其《唐风集》三卷,诗317首,系据贵池刘氏刻本断句排印,参照《全唐诗》校补。沈津的《记宋本〈杜荀鹤文集〉》②和万曼的《唐集叙录·唐风集》介绍了杜荀鹤文集的版刻和流传情况。

罗隐研究

20世纪罗隐生平研究方面的成果首推汪德振的《罗隐年谱》③,该书第一次较详细地考证排比了罗隐的生平行事,如他认为罗隐唐太和七年(833)生,后梁开平三年(909)卒;其《罗隐年谱·里居考》据徐厚斋《闲云录》及《新登县志》《罗氏宗谱》等,认为罗隐家于新城。后来的罗隐生平研究大多是在此书基础上的补充和辨正。如李之亮的

---

① 载《河南大学学报》1991年第5期。
② 载《中华文史论丛》1980年第1辑。
③ 汪德振:《罗隐年谱》,北京:商务印书馆,1937年。

《〈罗隐年谱〉补正》①就对汪德振所定罗隐于大中六年（852）举进士不第的说法进行商榷，他据《通典·选举》及罗隐《湘南应用集序》等材料，得出罗隐大中五年（851）应举的结论。又如，罗隐究竟是怎样进入钱镠府的，历来有自荐说（汪德振谱即主此说）、推荐说、召进说。彭剑青的《罗隐进钱府考》②一文，主召进说。文章认为，自荐说与罗隐许多关于东归的诗歌的情调不和；推荐说考之于史事，察之于情理，也有未合；罗德威当时大权在握，既然重视罗隐，决不会把自己的叔父推荐给钱氏。另外，吴在庆有《〈唐才子传·罗隐传〉笺证》③和《关于罗隐生平行踪的几个问题》④，其中后文所考罗隐之事有八：罗隐谒白敏中于江陵的时间在大中十二年（858）秋；"嘲钟陵妓云英"的时间在咸通九年（868）；从事淮南幕的时间在咸通十一年后（870），乾符元年（874）前；为司勋郎中充镇海军节度判官的时间在光化三年（900）左右；送郑仁规出任湖州刺史的时间在乾符四年（877）；因病两度未能赴试的时间一在光启元年（885），一在光启二年（886）；罗隐至苏州时在光化二年（899），至汴州时在咸通五年（864），至鄂州时在乾符二年（875）。文章还对《五代史补》所记罗隐谒邺王罗德威等事作了言之有据的质疑。

姜国柱的《略论罗隐的思想》⑤认为，罗隐的《谗书》表现了他对封建制度的不满，特别是对封建传子的世袭制度进行了揭露和批判；认为他的《两同书》中的各篇，都从不同的角度论述了关于事物矛盾的朴素辩证法思想，说明了事物矛盾双方相反相成的对立统一关系，"其可贵之处，还在于他运用对立统一思想来说明社会生活中的强弱、贵贱、理乱、得失、损益、爱憎、真伪等等，这在一定程度上是对统治者提出的某些告诫以至警告"。

研究罗隐诗歌的专论主要有郭君曼的《罗隐的讽刺诗》⑥、谢明的

---

① 载《郑州大学学报》1986年第6期。
② 载《青海民族学院学报》1988年第2期。
③ 载《云南教育学院学报》1989年第4期。
④ 载《文学遗产》1994年第1期。
⑤ 载《辽宁师院学报》1980年第6期。
⑥ 载《文学研究》1958年第2期。

《罗隐和他的咏物诗》[1]、雍文华的《罗隐诗歌的现实主义》[2]、蒋祖怡的《诗人罗隐的讽刺艺术》[3] 等。其中雍文华文力图纠正人们对罗隐自伤怀抱、感叹不遇的诗歌的意义的忽视。他说,这些诗抒发的"绝不仅仅是'卒不离乎一身'的个人情绪,与社会毫不相通的个人哀感",而是倾吐了人们的痛苦和不平,对社会的不合理现象"进行了揭发、批判和抗争"。蒋祖怡文指出,罗隐的讽刺诗中数量最多,揭露最深的是讽刺当时封建科举的诗篇,这无疑是因为他身临其境的缘故;罗隐诗的艺术特色,主要有两个:一是少用典或不用典,较为通俗,二是含蓄,他的诗常常用反话来表达,"婉而多讽"。

对罗隐散文的研究主要集中在对其《谗书》的分析和评价上,如雍文华的《〈谗书〉:一部抗争和愤激之作》[4]、龙连荣的《罗隐和他的〈谗书〉》[5]、邵传烈的《晚唐的抗争和愤激之谈——略论罗隐、皮日休、陆龟蒙的杂文》[6] 等,这些论文都是对鲁迅《小品文的危机》中有关论点的发挥。

另外,刘开扬的《罗隐评传》[7] 对罗隐的生平、思想和诗文创作进行了较为详细的介绍和评价,具有较大的参考价值。

对罗隐文集进行整理的专著有雍文华校辑的《罗隐集》[8]、蒋祖怡选注的《罗隐诗选》[9] 等。万曼的《唐集叙录·罗昭谏集》介绍了罗隐文集在历代的流传和版刻情况。文章有李之亮的《〈罗隐集〉辑校补说》[10],该文据方志补罗隐诗三首,残句二;又对《罗隐集》的校勘提出辨正,对于罗隐作品的整理具有一定的参考价值。

陆龟蒙、聂夷中研究

20世纪关于陆、聂二人的研究成果就更少了。有关陆龟蒙的研究

---

[1] 载《语文园地》1984年第4期。
[2] 载《唐代文学论丛》总第5辑。
[3] 载《杭州大学学报》1985年第1期。
[4] 载《文学遗产增刊》第14辑,1982年。
[5] 载《贵州文史丛刊》1988年第3期。
[6] 载《江海学刊》1990年第6期。
[7] 载《中国历代著名文学家评传》第2卷。
[8] 罗隐注,雍文华校辑:《罗隐集》,北京:中华书局,1983年。
[9] 蒋祖怡选注:《罗隐诗选》,杭州:浙江古籍出版社,1987年。
[10] 载《古籍整理出版情况简报》第190期,1988年。

成果主要有王立群的《陆龟蒙的文学思想——兼论陆龟蒙唱和诗与〈笠泽丛书〉成就差异的原因》[1]、李锋的《唐诗与宋诗的桥梁——陆龟蒙诗歌艺术初探》[2]、陈汉英的《点校〈陆龟蒙集〉所见〈全唐诗〉之误》[3]、陈汉英的《此花端合在瑶池——评晚唐诗人陆龟蒙》[4]、李锋的《陆龟蒙生卒年考》[5]《论陆龟蒙的文艺思想》[6] 等。其中王立群文指出，陆龟蒙文论的核心是传统儒学的劝善惩恶观，以诗论入文论是其特色；他学文是为了"行道"，也就是强调辅时及物，匡救时弊；他提倡"道统"，重视六籍，都只是为了提高作家本人的修养，而不是要一一依经立事，宣扬经义，一味地"明道"，这就是陆龟蒙"道统"论的特殊性；他还崇尚真文，反对伪文，对文学有"尚真"的要求，但在一定程度上陷入了复古主义。文章还认为，《笠泽丛书》收录的小品文，乃是这种进步文艺观的写作实践，这就是《笠泽丛书》具有较高成就的重要原因之一；而他的唱和诗成就却不太高，因为他错误地把近乎文字游戏的诗作看成是诗歌发展的必然，并以善作此类诗为"多能"，导致又形成了一种新的形式主义文风。李锋《唐诗与宋诗的桥梁》一文认为，陆龟蒙接过杜、韩开辟的新表现手法，推而广之，把"诗言志"放到一个更阔大的范畴去理解；说理论事、应和唱酬、调笑谐谑无不可入于诗中；在写法上又是斗新奇，喜拗峭，押险韵，以突破格律为快事，从而使"以文为诗，以议论为诗，以才学为诗"达到一个新高潮。这在客观上体现了诗歌变革的趋势，成为唐与宋诗歌之间的桥梁。陈汉英《此花端合在瑶池》文认为，陆龟蒙诗的思想性，除了真实地反映了经世治国的初衷始终不渝，以及凛凛清风世代有传以外，还具体表现为关心国事、体察民瘼、洁身自好等，并指出其最见功力的五古，占全部诗作的三分之一，动辄百韵数百言，才思敏捷，成不移晷。李锋《论陆龟蒙的文艺思想》也提出了一些较为新颖的看法，他认为陆氏论文主功利性和其儒官家世影响有关；陆龟蒙是韩愈和欧阳修之间"穷而后工"思想的桥梁；

---

① 载《河南大学学报》1985 年第 2 期。
② 载《华东师范大学学报》1987 年第 1 期。
③ 载《古籍整理出版情况简报》第 188 期，1988 年。
④ 载《苏州大学学报》1988 年第 4 期。
⑤ 载《古籍整理研究学刊》1989 年第 3 期。
⑥ 载《华东师范大学学报》1990 年第 1 期。

趋奇骇俗是陆氏文论的一个特色，他认为"奇"是"真"的折射，是变态社会下的变态反映，把这一观点同"穷而后工"观联系起来了。李锋的《陆龟蒙生卒年考》认为陆氏必生于会昌四年（844）以前，关于卒年则同意姜亮夫《历代人物年里碑传综表》的说法，即中和元年（881）。万曼的《唐集叙录·甫里先生文集》介绍了陆龟蒙文集在历代的流传和版刻情况。

关于聂夷中的成果主要有丁力的《聂夷中和他的诗》[①]、单寿年的《关于〈聂夷中和他的诗〉的一些问题——与丁力同志商榷》[②]《聂夷中五题》[③]、王从仁的《聂夷中评传》[④]、黄新亮的《唐末诗人聂夷中略论》[⑤]、宋尔康的《聂夷中诗歌浅论》[⑥]等。其中王从仁著介绍聂夷中生平、创作较为详细。另外，1959年中华书局出版的《聂夷中诗》（与《杜荀鹤诗》合为一册）收诗36首。

第五节　晚唐其他中小诗人和五代十国文学研究

一、晚唐其他中小诗人研究

许浑研究

许浑是晚唐时期较有影响的诗人，在20世纪下半叶受到了学界较为广泛的关注，人们从生平、思想和诗歌创作等多方面对他进行了比较深入的研究和探讨，并有专著《许浑研究》[⑦]出版。

关于许浑生平方面的研究成果主要有董乃斌的《唐诗人许浑生平考

---

① 载《北京文艺》1957年第1期。
② 载《光明日报》1957年11月24日。
③ 载《光明日报》1959年7月19日。
④ 载《中国历代著名文学家评传》第2卷。
⑤ 载《益阳师专学报》1985年第2期。
⑥ 载《河南大学学报》1996年第4期。
⑦ 李立朴：《许浑研究》，贵阳：贵州人民出版社，1994年。

索》①、谭优学的《许浑行年考》②、郭文镐的《许浑北游考》③、罗时进的《许浑生年考》④、王远彦的《许浑生卒年考》⑤、郭文镐的《许浑南海之行考》⑥《许浑刺郢及卒年考》⑦、王远彦的《关于许浑的家世与籍贯》⑧、郭文镐的《许浑弃官东归考》⑨、罗时进的《晚唐诗人许浑宦游宣州考》⑩、《晚唐诗人许浑初莅察院考》⑪、王光汉的《许浑里籍长笺》⑫等。

董乃斌文根据许浑诗作和有关史、志，首次对许浑的生平进行了考索，他认为：（1）许浑并不是丹阳人，其郡望湖北安陆，籍贯实为洛阳，早年曾迁居湖南，约生于元和末，长庆初定居江南；（2）许浑与接近牛党的靖恭、新昌二杨及李钰等人关系较好，而与李党较疏，但他并非党人；（3）会昌四年（844）至六年，许浑曾在岭南幕府从事，大中初北归；（4）大中三年（849），许浑辞去监察御史之职，任润州司马，不久再次离家赴京洛求职。大中六年（852）任郢州刺史，直到大中十一年（857）；（5）此后许浑改刺睦州，可能于次年即卒于住所；（6）许浑享年应为65年。谭优学文按年编事系诗，特详于元和十五年（820）许浑30岁至大中十二年（858）68岁之间，篇末附《许浑新传》。郭文镐《许浑北游考》首先纠正许浑北游在元和、长庆际说之误，考其事在长庆四年（824）秋至宝历二年（826）秋；其《许浑南海之行考》一文主要探讨了五个问题：（1）许浑南海之行非会昌四年至六年之反证，（2）许浑从事南海幕之幕主，（3）卢贞镇南海之时间，（4）许浑赴南海之行踪，（5）许浑生于贞元十二年（796）；其《许浑刺郢及卒年考》认

---

① 载《文史》第26辑，1986年。
② 载《唐代文学论丛》总第8辑。
③ 载《辽宁大学学报》1987年第4期。
④ 载《陕西师大学报》1988年第4期。
⑤ 载《湖北大学学报》1988年第5期。
⑥ 载《西北师院学报》1988年第4期。
⑦ 载《江汉论坛》1989年第5期。
⑧ 同上。
⑨ 载《北方论丛》1989年第6期。
⑩ 载《苏州大学学报》1991年第2期。
⑪ 载《南京师大学报》1994年第1期。
⑫ 载《古籍研究》1995年第4期。

为许浑于大中五年秋至六年秋分司洛阳，春以员外郎自京出刺郢州，又于兴宗大中七年前后出守，官终郢州刺史，大中八年在郢州任，秋卧病三月，卒于大中九年（855）初。王远彦前文认为，许浑应生于贞元十六年（800），其依据主要是张祜的《访许用晦》诗；其卒年虽不能确定，但只能在咸通六年（885）以后不久。王远彦后文认为许浑的祖籍既非安陆，亦非丹阳，其祖籍应为平舆，为新安许氏敬宗之后，后由祖籍平舆迁居新籍丹阳。

罗时进的《许浑生年考》认为许浑应生于德宗贞元四年（788），其《晚唐诗人许浑宦游宣州考》就许浑仕宣州的时间、任职、交游等问题与董乃斌的《唐诗人许浑生平考索》进行了商榷，又指出许浑在宣州广交方外之人和隐士，透露出其佞佛尊道的思想倾向以及仕与隐之间的矛盾。

论及许浑诗歌创作的论文有罗时进的《许浑千首湿与他的佛教思想》[①]、罗时进的《试论"许浑千首湿"》[②]、许永璋的《略论许浑诗在唐诗发展中的地位》[③]、房日晰的《试论许浑的诗》[④]、徐俊的《试论"许浑千首湿"》[⑤]、卞孝萱和乔长阜的《晚唐诗人许浑的生平和创作》[⑥]、李丹的《试论许浑七言律诗的艺术价值》[⑦]、周蓉的《许浑律诗论略》[⑧] 等。

罗时进前文认为，许浑皈依的是禅宗南宗，是他在毫无力量与黑暗抗争，与更不愿"与之同流合污的尖锐矛盾中产生的消极厌世思想"的结果；又认为"水在佛教，尤其是禅宗被视为清净无瑕，湛然恒静的最高境界、普度众生的圣物。这些理念对他的诗歌影响很深"。其后文也对许浑思想作了探讨，认为"诗人本是积极入世，要求建功立业的"，并且具有"强烈的正义感和对人民疾苦的同情心"，但在内忧外患下，他"无法挽救那个行将灭亡的社会，更不愿意在统治者面前摧眉折腰"，

---

① 载《学术月刊》1983 年第 5 期。
② 载《陕西师大学报》1984 年第 1 期。
③ 载《唐诗探胜》。
④ 载《新疆师范大学学报》1986 年第 2 期。
⑤ 载《文学遗产》1989 年第 1 期。
⑥ 载《山西大学师范学院学报》1989 年第 1 期。
⑦ 载《四川师范大学学报》1991 年第 1 期。
⑧ 载《西北师大学报》1994 年第 5 期。

萌发厌世思想,并很快与佛教"苦""空"一拍即合,从而皈依佛教。"他一生中虽然时宦时隐,但总是披着天竺式的袈裟,以释迦之表,行老庄之实。"

许永璋文将许浑的诗作评为"上承盛唐的高华,下启晚唐的绮丽","标志唐代律诗发展到纯熟阶段",他"在唐代新体律诗的发展中所起的重要作用,实不应等闲视之!"

房日晰文概括评述了许浑诗的思想内容和艺术成就,认为许诗透露了作者对国家前途命运的关注,流露出对无法挽回的颓势的无可奈何的情绪;侧面反映了当时激烈的矛盾斗争。尽管抒写范围小到个人生活圈子中,不能与当代激流协调汇合,缺少为时代前进而呐喊的诗篇,但不能说他没有反映政治斗争之作。许浑的一些诗写山水名胜和风土人情,可从中了解到当时的风俗世态,给人以很高的美的享受。在艺术方面,许诗写物抒情,不为物累,不受情牵,自由驰骋而不越矩,任意挥洒而又合格,在意境构思和遣词造句上都值得效法和学习,但许诗也有过分追求艺术技巧、气势不够、韵味不醇之处。

徐俊文从具体诗作出发剖析了"许浑千首湿"的成因,并对罗时进"佛教思想对'许浑千首湿'形成有较大影响"之说提出商榷,文章认为:水这一意象"经过历代诗人的反复运用,积累、沉淀出很多特殊的象征意义",它与"人生朝露、来日苦短的兴叹合拍",是"乡愁离愁"的象征,是"无奈心境的写照",是诗人独善其身"沧浪清浊、濯缨濯足"的自慰。许浑诗中"记游写景之作则与禅意了不相涉",许诗中对佛典的频繁运用,"目的并不在于描写景物,创造意境,而是作为与僧人交往的一种应酬,或是对佛理禅境的体验"。许诗中含"水"字的对句中,几乎一半与"山"相对,还有一半与云、风、夕阳相对,"尽管对偶精密,但缺少变化,用事造句重复雷同",这是许诗的特点,也是造成"许诗千首湿"的一个重要原因。李丹文从拗体、对偶、结构、风格等方面论证题旨,就观点而言未超出昔人之论,然分析较细致,论述较周详。

整理许浑作品集的成果有万曼的《唐集叙录·丁卯集》、李立朴的《唐诗人许浑〈丁卯集〉考述》[①]、拓晓堂的《许浑〈丁卯集〉叙录补

---

① 载《贵州文史丛刊》1990 年第 3 期。

正》① 等。李立朴文对许浑诗集之流传、版本之存佚、作品之真伪情况作了考辨，并在镇江近代学者唐邦治的《唐郢州刺史许浑传》的基础上，结合本人心得，列出许浑佚诗 19 首，且略作考辨。拓晓堂文据经眼的宋元诸刻本详加考述，与万曼进行了商榷。

韩偓研究

韩偓是李商隐称誉过的晚唐诗人，以《金銮集》闻名于世。20 世纪学界对他的研究也取得了一些成绩。

1. 生平研究。清宣统三年（1911），扫叶山房刊印了震钧的《韩承旨年谱》（一卷，《香奁集发微》附录），这是韩偓的第一个年谱，虽然简略而且颇多谬误，但草创之功，不可抹煞；此后，又出版了缪荃孙编著的《韩翰林诗谱略》（一卷，《烟花东堂四谱》本），也比较简略。比较详细、系统地研究韩偓生平的成果要算是霍松林、邓小军的《韩偓年谱》②，该谱广罗自唐至清史、子、集材料，补阙纠谬，使韩偓事迹大备于此，为进一步研究韩偓的生平事迹和文学创作打下了很好的基础。

此外，王达津的《〈宫柳〉诗和韩偓的生卒年》③、陈伯海的《韩偓生平及其诗作》④、陈冠明的《韩偓字甄辨》⑤、康正果的《晚唐诗人韩偓》⑥、刘乾的《〈新唐书·韩偓传〉辨误》⑦ 等，也对韩偓生平的一些问题进行了探讨。

2. 诗歌创作研究。在 20 世纪上半叶，研究韩偓创作的专论有两篇，即薇园的《香奁或无题诗》⑧ 和玄修的《说韩偓》⑨，所论皆以香奁诗为主，且极为简略。

1950 年，阎简弼《香奁集跟韩偓》⑩ 的发表，标志着全面研究韩偓的开始。该文共分三个部分：第一部分主要辨析了前人对《香奁集》作

---

① 载《文献》1991 年第 3 期。
② 载《陕西师大学报》1988 年第 3 期、1988 年第 4 期、1989 年第 1 期。
③ 载《南开大学学报》1979 年第 2 期。
④ 载《中华文史论丛》1979 年第 4 辑。
⑤ 载《安徽师范大学学报》1982 年第 3 期。
⑥ 载《陕西师大学报》1983 年第 1 期。
⑦ 载《中国史研究》1984 年第 3 期。
⑧ 载《国学丛刊》第 2 期，1941 年。
⑨ 载《同声月刊》第 2 卷第 5 期，1942 年。
⑩ 载《燕京学报》第 38 期，1950 年。

者的种种疑问,最后断定"现行世本的香奁集该说是属于韩偓的",而不是沈括所说的"和凝"或叶梦得所说的"韩熙载",然后介绍了《香奁集》的版本流传、存留情况;第二部分"韩偓的种种",探讨了韩偓的名和字、身家与人品、轶事、墨迹、卒年死所与坟地等问题,他在"身家与人品"中指出,韩偓不但忠于君国,而且对人也极厚道,给人说好话,"再由《全唐文》所收的他的那些手札看,生活那么艰苦,而不肯轻取滥收,人品高洁也可想见也";第三部分是"韩偓汇评纠补",对历代诗评排比辨析、纠谬较多,可见作者对韩偓诗歌艺术的分析和评价。

陈伯海的《韩偓生平及其诗作简论》①首次对韩偓的诗歌创作进行了较为系统、深入的研究。该文认为,韩偓各类诗作中,最有价值的是感时的篇章。它们是唐末动乱时代的写真,几乎是以编年史的方式再现了唐王朝由最后的痉挛直至死亡的图景。而且它们在艺术上也取得了很大的成就,韩偓"喜欢用近体尤其是七律的形式写时事,纪事与抒情、写景相结合,用典工切,有沉郁顿挫的风味,这些都是继承了杜甫、李商隐的传统;而能将感慨苍凉的意境寓于清丽芊绵的词章,悲而能婉,柔中带刚,则又有他个人的特色","特别是迁谪以后的作品,纵横开阖,清壮浏亮,称得上唐代七律的殿军"。作者还认为,韩偓的写景诗也写得相当出色,他不但能惟妙惟肖、具形具神地描写各种景色,更重要的是在于"他能够从景物的画面中融入自己的身世之感,即景即情,浑然无迹"。文章还探讨了韩偓的"香奁诗",认为其中确有一定数量作品反映士大夫的狭邪生活,感情浮薄,作风轻靡,但也不乏较为清新沉挚之作,而且"香奁诗"在艺术技巧上也有可取之处:"除了长于抒写人的情思外,一些作品还从外观上塑造了年轻妇女在爱情生活中的生动形象,楚楚动人";有的作品"完全把人的情感隐藏在景物画面的背后,笔意含蓄,耐人寻味"。

此后,对韩偓诗歌创作进行探讨的论文还有黄世中《论韩偓及其香奁诗》②、苏黎明《从韩偓贬后诗作看其晚年思想》③、杨洁明《论韩偓

---

① 载《中华文史论丛》1981年第4辑。
② 载《温州师专学报》1984年第2期。
③ 载《泉州师专学报》1986年第1期。

的政治抒情诗》①等。其中后两文均着重分析了韩偓诗集中反映社会现实的作品,强调了韩偓关心国难时艰、同情人民疾苦的方面。

另外,陈祖美的《韩偓评传》②,对韩偓的生平和诗文成就介绍得比较全面,也具有一定的参考价值。

除上引阎简弼文、陈伯海文涉及韩偓作品集在历代的流传和刊刻情况,万曼的《唐集叙录·韩翰林集(附香奁集)》对韩偓本集的介绍更为细致。

李群玉研究

20世纪学界对李群玉较为系统的研究是从80年代开始的,二十年中,人们不但初步探讨了李群玉的生平,还从各个方面分析了李群玉诗歌艺术的特点和成就,并重新整理出版了《李群玉诗集》③,学术界还于1990年9月在李群玉的故乡湖南省澧阳召开了全国性的李群玉学术讨论会④,使得李群玉研究形成了一定的规模。

李群玉生平研究方面的成果主要有邝振华的《诗人李群玉生平试探》⑤、张建的《李群玉生卒年考》⑥、万松的《晚唐诗人李群玉传》⑦、汤基猛的《关于李群玉生平的几个问题初探》⑧、陈书良的《李群玉考辨》⑨、陶敏的《李群玉年谱稿》⑩、王达津的《李群玉疑年录》⑪《李群玉生平系年》⑫等。其中邝振华文认为,李群玉当生于元和十年(815)前后,卒于唐宣宗大中十三年(859)前后,享年四十四岁。汤基猛文首先指出,邝振华文关于李群玉生卒年的说法值得商榷,他认为李群玉

---

① 载《内蒙古民院学报》1986年第1期。
② 载《中国历代著名文学家评传》续编一。
③ 羊春秋辑注:《李群玉诗集》,长沙:岳麓书社,1987年。
④ 参木木:《李群玉学术讨论会综述》,载《中国文学研究》1991年第1期。
⑤ 载《武汉师范学院学报》1984年第2期。
⑥ 载《岳阳师专学报》1984年第4期。
⑦ 载《常德师专学报》1986年第1期。
⑧ 载《中国文学研究》1986年第1期。
⑨ 载《湖南地方志》1990年第6期。
⑩ 1990年"李群玉学术讨论会"会议论文。
⑪ 载"中国唐代文学学会第五届年会暨唐代文学国际学术研讨会专辑",《唐代文学研究年鉴》1991年卷。
⑫ 载《渤海学刊》1995年第1期。

当生于元和二年（807），卒于唐宣宗大中十二年（858）；还探讨了李群玉的家世及其经历，着重分析了李群玉辞职归里的原因：他那清介磊落，直言不讳的性格与权贵们格格不入。陈书良文根据李群玉的《宥民》《放鱼》《吾道》等诗，认为这位校书郎上书皇帝，揭露了权臣奸党的一些丑恶行为，因而招致小人攻讦，使他有口难辩，只得告归。

李群玉诗歌研究方面的成果主要万松的《李群玉和他的诗》①、邝振华的《论晚唐湖南诗人李群玉》②、周寅宾的《论李群玉的山水诗》③、万松的《漫谈李群玉诗中的乡土色彩美》④、黄新亮的《李群玉诗作的佛性内蕴及以释补儒的主体特征》⑤、胡湘荣的《试论李群玉诗歌的哀怨特色》⑥、章继光和祁光禄的《李群玉诗歌的美学价值》⑦ 等。其中万松前文以李群玉同时人的诗作和零星史料参证李群玉的作品，探讨他的凄苦身世和清傲性格，文章分"宦情薄去诗千首""一曲哀歌白发生""一吟丽句风流极"几部分，认为李群玉的诗有着"清丽婉转"的艺术特色，这同他爱好、追慕南朝的诗，从中吸取了艺术营养分不开。周寅宾文论析了李群玉山水诗的特点和师承关系，认为李"宗师屈宋"，他的诗作中，"地方色彩，较之屈原"更浓郁，"构成了一种乡土文学"。其诗有"新颖完整的构思"，"浑然一体的境界"，标志着我国山水诗进入更成熟的阶段。胡湘荣文分析了李群玉诗歌哀怨的特色在四个方面的表现。章继光等文认为李诗具有"音韵美，色彩美，整饬美"，"意境悠远，别有一种疏淡美"。另外，还有一些文章将李群玉和别的诗人进行比较，如马风程的《李群玉和李商隐》、谢劲的《李群玉与王维山水诗之比较》⑧ 等。

整理李群玉诗歌作品的成果，除了前述的羊春秋辑注的《李群玉诗集》，尚有佟培基的《李群玉诗重出甄辨》⑨、易邵白的《〈李群玉诗集〉

---

① 载《求索》1983 年第 1 期。
② 载《湖南师院学报》1984 年第 6 期。
③ 载《全国唐诗讨论会论文选》。
④ 载《常德师专学报》1986 年第 3、4 期。
⑤ 载《益阳师专学报》1991 年第 1 期。
⑥ 载《中国文学研究》1991 年第 2 期。
⑦ 载《长沙水电师院学报》1991 年第 3 期。
⑧ 均为 1990 年"李群玉学术讨论会"会议论文。
⑨ 载《新乡师范学院学报》1984 年第 2 期。

匡补》、牛贵琥的《〈李群玉诗集〉正误》、刘毓庆的《读〈李群玉诗集〉札记》①等。

对李群玉诗集版本研究方面的成果有万曼的《唐集叙录·李群玉诗集》和刘志盛的《李群玉著作版本考》②，刘志盛文考察了唐宋明清六种刻本和抄本，分析了其流传沿革关系，并判定羊春秋辑注的《李群玉诗集》为现存最完整的足本。

郑谷研究

20世纪学界对郑谷的研究也取得了较为可喜的成绩，不但出现了好几部郑谷年谱，还涌现出一些比较深入地分析其诗歌艺术的文章，更出版了《郑谷诗集笺注》③《郑谷诗集编年校注》④等全面整理其诗歌作品的新成果。

王达津的《郑谷生平系诗》⑤一文是较早对郑谷生平进行全面整理考证的著作，并系之以诗，有筚路蓝缕之功。赵昌平的《郑谷年谱》⑥对王达津文颇多辨正补充，有新的进展。谭优学《唐诗人行年考续编·郑谷行年考》⑦的结论则又与王、赵二文互有异同。此外，曹汛的《"中唐郑谷"说质疑》⑧、周介民的《郑谷卒年考》⑨等，也涉及郑谷的生平。

对郑谷诗歌进行研究的论文主要有赵昌平的《关于郑谷的佚诗》⑩、傅义的《〈严塘经乱书事〉非郑谷诗》⑪、赵昌平《从郑谷及其周围诗人看唐末至宋初诗风动向》⑫、霍有明的《郑谷诗歌美学观初探》⑬《晚唐

---

① 此三文均为1990年"李群玉学术讨论会"会议论文。
② 1990年"李群玉学术讨论会"会议论文。
③ 郑谷著，严寿澂等笺注：《郑谷诗集笺注》，上海：上海古籍出版社，1991年。
④ 傅义校注：《郑谷诗集编年校注》，上海：华东师范大学出版社，1993年。
⑤ 载《南开学报》1981年第1期。
⑥ 载《唐代文学论丛》总第9辑，西安：陕西人民出版社，1987年。
⑦ 载《唐诗人行年考续编》，第276—315页。
⑧ 载《中华文史论丛》1983年第3辑。
⑨ 载《益阳师专学报》1990年第1期。
⑩ 载《文学遗产》1984年第3期。
⑪ 载《文学遗产》1985年第4期。
⑫ 载《文学遗产》1987年第3期。
⑬ 载《湖南师大学报》1988年第5期。

诗坛巨擘郑谷的诗歌创作》[①]、王定璋的《试论郑谷的诗歌》[②]、钟祥的《末代风骚——论晚唐诗人郑谷的诗》[③] 等。

其中，赵昌平《从郑谷及其周围诗人看唐末至宋初诗风动向》视野开阔，纵横开阖。虽论述郑谷，又不局限于郑谷一人，既从纵的师承前人开启五代及宋初诗风着眼，又从横的与同时代人的关系所形成的影响立论，以郑谷为中心，给晚唐至宋初的诗坛绘出了一个轮廓。文章首先考察了郑谷诗在宋初的流传情况，指出"宋前期，以庆历至元祐诗风丕变为契机，郑谷诗的流传实经历了由盛而衰的过程"。对于前人用"格卑"来概括郑谷的诗风，作者是不满意的，他说："应当承认郑谷诗无复盛唐雄浑之气，但却未可言格卑。因为多难的时代，衰退的国运使晚唐诗必定带有一种萧瑟的情韵。……变盛唐之悲壮为唐季之悲凉，正是郑谷等唐季优秀诗人'别一种精神'的根本。"文章还认为："郑谷诗虽然受到（唐代诗坛）多种风格的影响，但就全体观之，以受贾姚体与白体这晚唐诗坛上最盛行的两种诗体影响为最著。……要之，郑谷以盛唐之自然浑成为根本，而顺应中晚唐人意必求新，词必己出的潮流，立足自身的经历习染，对前辈综合融会，转益多师，终于创造出自己深察浅出，悠然远韵的独特风格。"作者还考察了郑谷诗在唐末五代的盛行情况，指出郑谷诗风是通过"咸通十哲"及包括齐己、虚中、尚颜、孙鲂、沈彬、伍乔等在内的南方诗坛（荆、楚、吴、南唐），这两群诗人的传播而盛传起来的。

霍有明文从三个方面探讨了郑谷的诗歌美学观：（1）一向以继承骚雅为己任，欲以清真古朴矫当时诗坛盛行的"体格雅丽"的齐梁诗风；（2）颇重视天然与推敲之间的关系；（3）寄情山水，僧侣学禅。钟祥文认为郑谷诗歌的中心内容是"对患难时代的感伤"。他积极投身科举，兼济理想破灭后，归隐宜春，其诗内容与基调相应地变为以闲适诗为主，释道思想日显。在艺术的传承方面，郑谷上承风骚，又受晚唐贾姚体、白体两大诗派影响，民歌和曲子词对其亦有熏染，上述诸方面汇成郑谷诗"深入浅出、清婉修然"的风格。

对郑谷诗集版本进行探讨的成果有万曼的《唐集叙录·云台编》、

---

① 载《人文杂志》1992年第2期。
② 载《西南民族学院学报》1992年第3期。
③ 载《河南大学学报》1996年第2期。

傅义的《郑谷〈云台编〉叙录》① 等。

胡曾研究

胡曾是晚唐咸通间著名诗人，尤擅咏史，80年代以后，学界对其生平和咏史诗开展了一些研究。1993年全国首届咏史诗暨胡曾学术讨论会在湖南邵阳市召开，更推动了胡曾研究的进一步深入。

从生平方面对胡曾进行探讨的文章主要有王重民的遗著《补〈唐书·胡曾传〉》②、文正义的《胡曾及其作品考》③、钟葵生的《胡曾点滴》④、赵清永的《胡曾考辨》⑤ 等。它们涉及胡曾的生年、籍贯、参加科举考试的时间和次数等问题。

研究其咏史诗的文章有陈书良的《简论胡曾及其〈咏史诗〉》⑥、马少侨的《唐代咏史诗人胡曾》⑦、罗庚岭的《胡曾和他的咏史诗》⑧、吴代芳的《评胡曾咏史诗的得失》⑨、梁祖萍的《简论胡曾及其咏史诗》⑩、蔡镇楚的《论胡曾的咏史诗》、王庆堂的《胡曾咏史诗的思想内容和艺术特色》、易重廉的《评胡曾咏史诗对〈三国演义〉的影响》⑪ 等。

曹邺研究

20世纪研究曹邺的成果主要有何维馨的《阳朔诗人曹邺》⑫、毛水清的《论晚唐诗人曹邺和他的诗》⑬、梁超然的《论晚唐诗人曹邺》⑭、

---

① 载《文史》第29辑，1988年。
② 载《中华文史论丛》1980年第2辑。
③ 载《湘潭大学学报》1985年第1期。
④ 载《求索》1983年第6期。
⑤ 载《文学遗产》1988年第5期。
⑥ 载《求索》1983年第6期。
⑦ 载《益阳师专学报》1984年第1期。
⑧ 载《教与学（怀化师专学报）》1984年第1期。
⑨ 载《唐都学刊》1988年第2期。
⑩ 载《青海师范大学学报》1990年第4期。
⑪ 后三文均为"全国首届咏史诗暨胡曾学术讨论会"会议论文，载《邵阳师专学报》1994年第3期。
⑫ 载《广西日报》1962年4月7日。
⑬ 载《教育革命（广西）》1978年第6期。
⑭ 载《文学评论丛刊》第7辑。

梁超然和毛水清注的《曹邺诗注》①、余博贺的《论曹邺的诗》②、尹楚彬的《曹邺生平考辨》③等。

鱼玄机研究

鱼玄机是晚唐著名女诗人，比较多地受到了 20 世纪学者的关注。早在 20 世纪初，就出现了研究鱼玄机的论文，如储祎的《女诗人鱼玄机》④、谭正璧的《中国女性的文学生活·鱼玄机》⑤、卢楚娉的《女冠诗人鱼玄机》⑥等。其中卢楚娉文在参考了前两文的基础上，进一步指出，鱼玄机是中国封建社会唯一的"一个勇敢的和环境奋斗，溃决藩篱，仰头天外，不怕一切的讥诮怒骂，去享受现实的应该有的幸福生活"的女性，文章还叙述了鱼玄机的生活和文学创作，认为鱼玄机打死女僮绿翘应确有其事，不像谭正璧那样存疑，而且还推测那日不遇的某客可能是"李郢"。

和二三十年代相比，八九十年代的鱼玄机研究更为细致和深入，出现一批探讨其人、其诗的文章，如缪军的《试论晚唐女诗人鱼玄机及其诗作》⑦、曾志援的《试评唐代女诗人鱼玄机的诗》⑧、王中华的《"敢于乱礼法"的女性——谈鱼玄机的诗》⑨、艾芹的《鱼玄机的女性意识及其爱情》⑩、张乘健的《感怀鱼玄机》⑪、苏者聪的《论唐代女诗人鱼玄机》⑫、曲文军的《女诗人鱼玄机考证三题》⑬等。其中，曾志援文指出鱼玄机的诗"只写了一个主题，那就是爱情，只用一种颜色，那就是冷色，只有一个调子，那就是哀怨"，其诗的特殊魅力在于"表现了女子

---

① 曹邺著，梁超然、毛水清注：《曹邺诗注》，上海：上海古籍出版社，1982 年。
② 载《华南师范大学学报》1985 年第 1 期。
③ 载《广西师范大学学报》1990 年第 2 期。
④ 载《妇女杂志》第 14 卷，1928 年。
⑤ 谭正璧：《中国女性的文学生活》，上海：光明书局，1930 年。
⑥ 载《集美周刊》第 11 卷第 10 期，1931 年。
⑦ 载《南宁师范学院学报》1984 年第 3 期。
⑧ 载《女作家》1986 年第 3 期。
⑨ 载《中州大学学报》1986 年第 1 期。
⑩ 载《齐鲁学刊》1987 年第 5 期。
⑪ 载《文学遗产》1989 年第 4 期。
⑫ 载《武汉大学学报》1989 年第 5 期。
⑬ 载《唐都学刊》1992 年第 2 期。

在爱情生活中所特有的美,一种温馨的美、悲剧的美"。王中华文则认为鱼玄机敢于蔑视封建礼教,敢说犯禁的话,做越轨的事,其可贵处正在于放荡和不安分守己,其诗丰富了反封建的内容。艾芹文也从封建社会妇女追求理想的角度肯定其爱情诗的价值,认为鱼玄机爱情诗的特色"还表现在她能够以女性独有的心态和视角,融合自身的感受,并使之升华为理性认识,进一步增强了诗歌的表现力量"。张乘健文对"杀婢"问题作了考辨,认为"所谓鱼玄机'妒杀'案是亘古之谜,也是千古奇冤"。苏者聪文也涉及"杀婢问题",但她仍承旧说,文章以"坚贞不渝,一往情深""文士争狎,知音难求""才高命薄,遭辱受谤"三部分论述鱼诗内容,即"抒写了她自己不幸的身世和道家凄清孤寂难耐生活,悲诉难觅知音的痛苦,表现对爱情和美好生活的热烈追求",并以"多中见一,词新情婉"概述了鱼诗的表现手法和艺术风格。

另外,90年代还出版了彭志宪等著的《唐代诗人鱼玄机诗编年译注》①,这对进一步深入探讨鱼玄机的生平和创作,对现代人更好地了解、欣赏鱼玄机的诗作都有积极的意义。

贯休研究

从80年代开始,人们对贯休这一晚唐著名诗僧的生平和创作展开了一些探讨。如马凌霜的《贯休入蜀的时间及生卒年补正》②纠正了旧说之误,认为贯休当生于唐文宗太和六年(832),之蜀当在天复七年(907),卒于后梁乾化二年(即前蜀永平二年,912),享年八十有一。

黄世中的《略论诗僧贯休及其诗》③对贯休诗歌的艺术进行了比较详细的分析,文章认为贯休诗,特别是他的古风乐府,不惟较为深刻地反映了唐末的社会现实,而且在唐季歌行中也独树一帜(唐末五代作者大多不擅古体),形成自己的风格:"清冷""峭奇"。除了吸收和运用俚谚俗语之外,以议论入诗和熔铸风雅、骚体、五言、七言于一炉,也是其诗歌艺术的重要特点。而且其议论近于说话调式,同以五、七言为主的咏唱调式不同,它常常是以双音节词结尾。这种说话调式实开宋诗议论的先河,但宋人有只阐发"义理"而不问"情理"者,贯休诗中议论

---

① 彭志宪、张燚:《唐代女诗人鱼玄机诗编年译注》,乌鲁木齐:新疆大学出版社,1994年。
② 载《文学遗产》1981年第4期。
③ 载《浙江师范学院学报》1984年第2期。

乃"情韵以行"。

再如刘芳琼的《贯休诗歌订补》①对现存贯休诗歌的真伪情况详加考订，去伪存真，得贯休存诗730首，佚句9则。

戴伟华的《贯休行年考述》②就贯休的字、号、籍贯、别集、行迹、交游等也发表了自己的看法。

类似的文章还有杨道明的《贯休诗论》（上、下）③、王定璋的《骨气浑成　境意卓异》④等。

于濆研究

于濆是唐末诗坛一位不为时人所重，却创作了不少反映现实生活诗篇的诗人，故亦为部分学者所关注。

如60年代，畴人就发表了《关于晚唐诗人于濆》⑤，对于濆及其诗作的现实主义精神进行了阐发。

80年代以后，学者大多仍作如斯观，如萧月贤的《晚唐诗人于濆及其诗歌》⑥首先分析了其诗歌的现实意义，然后指出其诗歌艺术上的特点是：采用古体诗表达现实的内容，较好地发挥了民歌和古体通俗明快、朴实自然、无修饰、不雕琢的特点，大都运用白描手法直接叙事和抒情，即使用典也不隐晦曲折；形式比较自由，虽全是五言体，但没有严格的韵律格律；善于选用对立的事物或现象加以描绘，以突出诗的思想意义。

梁超然的《论晚唐诗人于濆》⑦则指出了一个值得注意的现象：他的四十五首诗中，没有一首酬答、唱和之作。于濆的诗作大多能从不同的角度反映一定的社会问题。而且于濆是晚唐写边塞诗较多的诗人，他的边塞诗在边塞战争的题材中，在描绘社会现实的题材中，在深刻性方面比之前人有了新的突破，较之前人提供了新的东西。梁超然的另一篇

---

① 载《文献》1991年第3期。
② 载《扬州师院学报》1992年第2期。
③ 载《广西师范学院学报》1986年第4期、1987年第2期。
④ 载《西南民族学院学报》1990年第2期。
⑤ 载《光明日报》1961年1月8日。
⑥ 载《郑州大学学报》1981年第4期。
⑦ 载《广西民族学院学报》1983年第1期。

文章《于濆边塞诗的特色与晚唐边塞诗的衰微》①以于濆的边塞诗为主要对象,兼及其他诗人作品,分析了晚唐边塞诗的特点,探讨边塞诗作为一个流派在晚唐衰微的原因。

其他晚唐诗人研究

对晚唐其他一些中小诗人,学界也给予了一定的关注,唯研究的广度和深度都极有限,故下面只对有关文章或专著略作交代。

有关齐己的文章有陈蒲清的《诗僧齐己》②、黄新亮的《论释子齐己的社会诗》③、吴在庆的《〈唐才子传·齐己传〉笺证》④、周介民的《齐己生卒年考》⑤等。

研究方干的文章主要有吴在庆的《方干的隐居生活与诗歌》⑥、周寅宾的《论方干的浙江山水诗》⑦、吴在庆《浅谈方干的诗歌》⑧等。

研究雍陶的文章有周啸天的《雍陶生平及诗歌创作初探》⑨、梁超然的《雍陶交游考》⑩、李光富的《兴来聊赋咏,清婉逼阴何——谈唐代成都诗人雍陶和他的诗》⑪、王定璋的《矜负好句 自比谢柳——雍陶诗歌简论》⑫等。

涉及刘驾的文章主要有卞岐的《晚唐诗人刘驾和他的作品》⑬、《刘驾生平的补正》⑭、梁超然的《刘驾交游补考》⑮、梁超然的《刘驾的交

---

① 载《广西民族学院学报》1985年第2期。
② 载《求索》1984年第2期。
③ 载《益阳师专学报》1984年第1期。
④ 载《云南教育学院学报》1988年第2期。
⑤ 载《益阳师专学报》1989年第4期。
⑥ 载《宁波大学学报》1996年第1期。
⑦ 载《文学遗产》1996年第2期。
⑧ 载《宁德师专学报》1996年第3期。
⑨ 载《社会科学研究》1984年第5期。
⑩ 载《贵州大学学报》1986年第4期。
⑪ 载《文史杂志》1987年第2期。
⑫ 载《天府新论》1990年第2期。
⑬ 载《文学遗产》1982年第1期。
⑭ 载《文学遗产》1982年第4期。
⑮ 载《文学遗产》1982年第4期。

游、行踪及其他》① 等。

涉及曹唐的专论主要有梁超然的《晚唐诗人曹唐及其诗歌》②、陈继明的《曹唐诗歌略论》③、梁超然的《晚唐桂林诗人曹唐考略》④ 等。

有关赵嘏的研究成果有艾芹的《一声留得满城春——试谈赵嘏诗歌的意境美》⑤、谭优学注《赵嘏诗注》⑥、胡可先等的《赵嘏事迹考索》⑦ 等。

涉及崔致远的文章主要有马家骏的《崔致远和他的诗》⑧、金东勋的《晚唐著名朝鲜诗人崔致远》⑨、周旻的《晚唐诗与崔致远》⑩ 等。

涉及李远的文章有梁超然的《晚唐诗人李远考略》⑪《〈唐才子传·李远传〉笺证》⑫ 等。

研究李涉的文章有刘虎开的《试论李涉的诗歌》⑬、张虎升《试论李涉的诗歌》⑭ 等。

此外，还有魏玉侠的《李频诗简议》⑮、杨秋瑾的《李频交游小考》⑯、陈冠明的《唐诗人卢贞考辨》⑰、季国平的《皇甫松生平著作考

---

① 载《文学遗产》1984年第3期。
② 载《唐代文学》第1期。
③ 载《中南民族学院学报》1986年第4期。
④ 载《广西师范大学学报》1989年第4期。
⑤ 载《齐鲁学刊》1985年第6期。
⑥ 谭优学注：《赵嘏诗注》，上海：上海古籍出版社，1985年。
⑦ 载《淮阴师专学报》1987年第4期。
⑧ 载《陕西师大学报》1983年第2期。
⑨ 载《中央民族学院学报》1985年第1期。
⑩ 载《国外文学》1990年第2期。
⑪ 载《广西民族学院学报》1990年第2期。
⑫ 载《唐代文学论丛》总第9辑。
⑬ 载《武汉教育学院学报》1982年第2期。
⑭ 载《唐代文学论丛》总第6辑。
⑮ 载《文史哲》1990年第6期。
⑯ 载《四川师范大学学报》1996年第1期。
⑰ 载《安徽师范大学学报》1991年第4期。

述》①、曹汛的《刘象考》②、陶敏的《陈陶考》③、张天健的《简评唐代诗人唐求》④、陈尚君的《袁郊未任翰林学士》⑤、张如安的《唐释宗亮诗辑存》⑥、汤华泉的《张乔考论》⑦、华岩的《关于马戴及其诗歌》⑧、沈家庄的《〈香奁集〉的作者不是和凝》⑨、江弘基的《晚唐两位京兆诗人（张孜、秦韬玉）》⑩等。

二、五代十国诗歌研究

五代十国也是中国文学史上比较重要的时期，这一时期不但词坛大盛，产生了许多优秀的词人和词作，诗人们也担负着承前启后的历史任务。但是，20世纪学界对五代词的情况较为关注、研究较多，对此时诗歌的研究则显得相当薄弱，所幸这种状况到20世纪末得到了初步改善。首先是吴在庆等学者从80年代就开始对唐末五代一些诗人的生平和作品的有关问题进行考证、甄辨⑪，为进一步探讨五代诗人的生平事迹和诗歌创作打好了基础。其次，刘宁的博士论文《唐末五代诗歌研究》⑫用了相当大的篇幅考察了五代诗人群体的构成方式及其创作特点，更可注意的是该文还从文学史流变的角度，探讨了五代诗歌所取得的艺术成就及其在唐宋诗歌艺术转型过程中的地位和作用。总之，到20世纪末，对五代文学尤其是诗歌的研究已经初成规模，取得了实质性的进展。

---

① 载《扬州师院学报》1986年第1期。
② 载《文史》第30辑，1988年。
③ 载《中华文史论丛》1986年第1辑。
④ 载《社会科学研究》1986年第4辑。
⑤ 载《中华文史论丛》1985年第1辑。
⑥ 载《宁波师院学报》1986年第1期。
⑦ 载《阜阳师范学院学报》1985年第1期。
⑧ 载《唐代文学论丛》总第8辑。
⑨ 载《读书》1988年第10期。
⑩ 载《陕西师大学报》1984年第1期。
⑪ 吴在庆的有关研究成果已经结集成《唐五代史丛考》，南昌：江西人民出版社，1995年。
⑫ 北京大学中文系1997年度博士学位论文，未刊稿。

五代十国诗歌综论

20世纪上半叶，学界对五代诗歌的研究首推郑振铎的《五代文学》[1]，该文虽然以论述五代词为主，然亦述及此时期诗人和诗坛的情况。作者指出，"比之新曲的词来，五七言的旧体诗，在此时殊为衰落"，"五七言的古律诗，在此时作者仍是很多的；然而作者虽不少，却很少有伟大的诗人"，作者列举了司空图、罗隐、冯道、韩熙载、李建勋等近三十位诗人的作品进行分析，所发评语亦颇精警。他后来在《插图本中国文学史》中也认为，"这时代的五七言诗坛也并不落寞。晚唐的诸派竞鸣的盛况，此时代仍然继续下去"[2]，并对南唐、西蜀、中原、闽中的诗人群作了简短的介绍。

第一部较系统地对五代诗歌进行探讨的著作，是杨荫深的《五代文学》，该书按朝代和国别分述了五代、十国的文学创作情况，其中虽然亦以词为主，但对诗人及他们的五七言诗作的研究显然比同时期的其他论著要细致、深入些。在五代诗歌中，作者尤推重后周的诗歌创作，谓"五代文学之中，以后周为最兴盛"，并分析造成这种情况的两个原因：一是由于当时帝王的倡导，二是前代文学之士的来朝[3]。在十国诗歌中，该书于南唐诗坛颇费笔墨，说"南唐词人虽少，而作旧体诗的却很多"，遂重点分析了韩熙载、李建勋、沈彬、孙鲂、廖凝、陈陶、陈贶、刘洞、江为、伍乔、左偃、李中、孟宾于、成彦雄及徐铉等人的诗作[4]。另外，该书亦颇重视闽之诗坛，谓在闽太祖时，"宾至如归，唐之衣冠卿士，跋涉来奔"，故"闽文学遂得称盛"，对韩偓、黄滔、崔道融、徐寅等人的作品也比较称赏。

在郑振铎和杨荫深之后的五十年里，学界似乎忽略了五代十国的诗坛，人们除了热衷于分析当时新起的词外，几乎无人关注当时五七言诗歌的创作情况。直到80年代中后期，学界才又开始对五代诗歌进行探讨。就80年代发表的有关文章看，仍以概述为主，如向以群的《南唐

---

[1] 载《小说月报》第20卷第5号，1929年4月。
[2] 《插图本中国文学史》第2册，第440页。
[3] 杨荫深：《五代文学》，上海：商务印书馆，1935年，第16—17页。
[4] 同上书，第36—50页。

文学风尚略论》①、姜超的《西蜀词风和南唐诗意》②，考辨性质的文章只有何绰如的《唐五代应制诗辨疑》③。

较有深度的倒是罗宗强《隋唐五代文学思想史》一书对五代时期诗歌创作倾向和审美趣味的论述。作者指出，"儒家传统的伦理道德准则在士人中此时已丧失殆尽了"，"社会思想的这种不知不觉的变化影响到文学思想上来，便是功利主义的文学观如诗教说和明道说的失去现实意义"④。"文学思想的主要倾向，是缘情说。缘情说从两个方面发展，一是走向娱乐消遣，因此追求轻艳；一是虽用于消遣，而着重于追求真情抒发，追求内心感情的细腻表达和意境的细美深广。"⑤

进入90年代以后，人们对五代诗歌的综合研究开始摒弃表面化、浮泛性的概论，进入渐趋深细的探讨阶段。如陶亚舒的《从前蜀文化的世俗化看前蜀诗词》⑥从文化背景的角度看前蜀诗歌的审美趣尚，文章指出，前蜀文化的特点是世俗化，主要表现为偏离儒家传统，崇尚审美技艺，以娱乐消遣为中心。（此论与前引罗宗强说相近。）这一特征的形成受到时代与地域的双重影响：一是相对安定的巴蜀地区经济繁荣，市民阶层增大，对世俗娱乐文化需求上涨；二是五代时期大一统格局遭到破坏，儒家道统控制力弱化，使世俗文化乘隙而起；三是蜀主满足于偏安享乐，尤其是后主王衍，他成为加剧世俗文化享乐倾向的催化剂；四是巴蜀地域文化原又有尚实不尚理、重艺不重气的特点，这也是前蜀时期文化世俗化的温床。前蜀词正是在这一历史语境产生的典型地体现文化世俗化倾向的文学样式。而前蜀诗由于受"言志""思无邪"等儒家诗教的巨大历史惯性的制约，明显地与词异趋分途。彭万隆的《引商刻羽　风流未泯——五代诗歌的思想意义》⑦则一反众说，强调五代诗歌的思想意义，认为五代诗歌作为五代的一面镜子，全面而深刻地反映了那个乱离岁月的现实人生，认为五代诗人从各个方面对统治阶级进行了

---

① 载《人文杂志》1987年第3期。
② 载《语文学刊》1987年第3期。
③ 载《徐州教育学院学报》1987年第4期。
④ 《隋唐五代文学思想史》，第432页。
⑤ 同上书，第433页。
⑥ 载《理论与改革》1990年第2期。
⑦ 载《安徽师范大学学报》1993年第2期。

深刻的揭露，表现了深沉的黍离麦秀之悲和侨寓播迁之感。

贾晋华的《五代泉州诗坛》①则可以说是对五代时期某一地域诗人群体进行的较有成效的研究。该文通过较为细致的考察，指出在唐末至后梁中，以王延彬为中心，在泉州聚集了一批诗人禅客。这一诗人群的作品散佚严重，但从现存作品中，仍可见其创作倾向和特征："咏物诗为泉州诗人群喜用的题材"，"这类诗多用七律写成，雕琢辞藻，修饰华艳，摹刻细微，抒写委婉，颇近于温、李一派诗风"。五代后期，泉州仍活跃着不少诗人，主要有詹敦仁、詹琲、刘乙三位诗人，"他们现存的诗歌作品以表现隐逸生活情趣、描绘山水景物为主，风格较为清新淡逸，自然浑成，不落僻细苦吟之迹，与韩偓、颜仁郁的隐逸诗相承"。文章最后还论述了泉州诗人在当时诗歌史上的地位："五代十国的诗歌主流大致有二：其一学白居易，中原各朝及各藩国台阁诗人多趋此体；其二学贾岛及其变体郑谷等，庐山、湖湘、荆渚等地隐逸诗人多走此路。而泉州诗人却由于受韩偓及禅风影响，上承温、李和盛唐，诗歌风格呈现出华丽、清壮、淡逸等特色，于白体、晚唐体外拔戟自成一队，在五代诗歌史上占有一定地位。"

张兴武的《论五代诗在中国诗歌发展史上的位置》②认为，五代诗作为一个独立的发展阶段，上接唐末，下启宋初，前后经过了一百三十多年，是超越于时代更替的，它在中国诗歌史上的位置与价值，在于其完成了从唐诗到宋诗的过渡，贯穿于这一过渡时期的诗风流变线索主要有"白体""昆体""晚唐体"及"词代诗兴"，其流变过程既有一贯性与整体性，又有明显的阶段性，这从白体诗的演变轨迹中可以看得十分清晰。

贺中复的《论五代十国的宗白诗风》③也是一篇颇有分量的对五代十国诗坛进行综合考察的论文。该文认为此期存在着可观的宗白诗风，其势力与影响都超过了学温李、效贾姚者；然后依取向、诗风的相对差异，以后唐灭亡（936）、南唐开国（937）为界分作前后两期，谓前期宗白诗人的创作的承唐新变主要出自对咸通以来"风雅道丧"的不满，在主学白居易的同时兼取多家之长，发扬地方文化传统，以反拨、博取

---

① 载《厦门大学学报》1993年第3期。
② 载《西北师大学报》1995年第5期。
③ 载《中国社会科学》1996年第5期。

求创新，在"古"与"今"、"复"与"变"中求发展，并以巨细不一、各有偏重而呈现出多样性、多极化特征。而五代诗歌演至南唐开国，由前期的承唐转为后期的启宋，究其关键，则取决于宗白诗风的转型性新变。而且后期宗白诗的创新已不像前期那样基本限于个别方面的尝试，其自觉性与总体观照都显明地加强了。经南唐李建勋、冯延巳、冯延鲁和徐铉等重要诗人的相继探索，形成了五代后期宗白诗风的四大特征：(1) 吟咏性情，(2) 次韵唱酬，(3) "率意而成"，(4) 清新雅淡。个性鲜明的南唐宗白诗，其势力之强大甚至制约了江左追风贾、姚的李中诸人的创作，使其继齐己之后进一步趋近白居易。而其风北渐，更有力地促成了中朝宗白诗风的兴盛。南北相继盛行、愈演愈烈的五代宗白诗风以强劲势头进入北宋。

刘宁的《唐末五代诗歌研究》对五代诗歌的探讨更为深细和全面。该文从诗人群体、诗体创作、诗学批评及与宋初诗坛的联系四个方面考察了唐末五代的诗歌状况。该文的绪论阐述了以咸通元年（860）为唐末诗坛起始点的分期考虑。第一章研究了唐末五代诗人群体及其创作特点，根据地域的不同将五代诗人分成中朝、南唐、西蜀、楚国、闽地、吴越六个群体，并分别论述了各个群体的构成和创作特点，还就群体创作涉及的时代思想背景及创作中的一些重要现象作了分析。第二章研究了唐末五代诗体的创作状况，分别讨论了五律、七律、绝句及古诗乐府的创作情况：此时的五律呈现了贾姚五律的复杂流变，继承了姚合五律平淡有味的艺术旨趣，围绕这一旨趣发展了苦吟的语言方式，形成了浅切的诗风；七律出现了思理加强的特点，相当多的作品通过引入比较丰富的现实思考拓宽抒情深度，受到白居易、李商隐七律艺术的影响，继承了杜甫思考现实人生的理性品质，为宋代诗人在七律创作上取法杜甫提供了直接的创作背景；绝句吸收了丰富的表现方式，发展了明显的议论风格，抒情方式的探讨穷力追新，对绝句的叙事功能也有所开拓；歌行的影响比较普遍，成为当时诗人在近体之外普遍接受的体裁。第三章研究唐末五代诗学批评的理论变化及其局限，认为唐末五代的风雅观注重雅颂，反映了文官政体制度化加强对雅颂教化的强调；同时，由于唐末政治的腐败，制度化的发展趋于消极，风雅观也流于虚饰政治的儒家教条，缺少积极的理论建设；讽喻怨刺等内容受到排斥，追求以个人闲适之趣美王化。第四章分析了宋初诗坛与唐末五代诗坛的联系，尤其是白体、昆体的创作状况及南唐诗艺对宋初诗坛的影响，认为宋初诗人学习南唐诗歌秀丽的语言风格，使白体的雅颂内涵获得更有艺术魅力的表现，杨亿等人的昆体创作并没有简单否定南唐诗艺，而是体现了艺术上的推进。

花蕊夫人及五代十国其他诗人研究

20世纪学界对五代时期具体作家的研究很有限，除了花蕊夫人等少数诗人①的生平和创作探讨得稍深入外，余皆较为肤浅。

20世纪上半叶，研究花蕊夫人的文章有浦江清的《花蕊夫人宫词考证》②，考证出宫词为前蜀王衍时的作品，咏宣华苑中景物情事，作者或为前蜀开国主王建之小徐妃，王衍之生母，宫中号"花蕊夫人"者，亦恐杂有其姊大徐妃与后主王衍诸人之作。文末附宫词校定本九十八首及疑误为宫词之作六首。

80年代以后的花蕊夫人宫词研究也主要围绕宫词作者是谁而展开，如樊一的《"花蕊夫人"〈宫词〉作者是谁》③从《宫词》中找出若干内证，其中又以王衍生日问题最重要，认为冠以"花蕊夫人"之名的《宫词》，其"著作权"只能属于前蜀花蕊夫人即小徐妃。类似的文章还有罗树凡的《也议花蕊夫人及其宫女诗》④、张天健的《花蕊夫人诗事新议》⑤、王文才的《花蕊夫人氏籍辨》⑥等。

缪志明的《小议花蕊夫人宫女诗》⑦从艺术得失的角度，对宫女诗进行研究，认为花蕊夫人的宫女诗，具有短小、平易、细腻、传神几个特点，比起某些男子的同类作品，写得有血有肉，略高一筹。

徐式文笺注的《花蕊宫词笺注》⑧是目前较为完备的花蕊夫人宫词的整理成果，笺注简明，可作为普及读本。

---

① 有的文章和专著把韩偓、韦庄、罗隐、贯休等人视为五代诗人进行研究，本书已在晚唐诗歌部分介绍过了。
② 载《开明》新1号，1947年。
③ 载《光明日报》1983年6月14日。
④ 载《社会科学研究》1985年第1期。
⑤ 载《天府新论》1990年第2期。
⑥ 载《成都大学学报》1991年第2期。
⑦ 载《社会科学研究》1982年第6期。
⑧ 花蕊夫人撰，徐式文笺注：《花蕊宫词笺注》，成都：巴蜀书社，1992年。

五代十国其他诗人研究

学界对五代十国其他诗人的研究更为薄弱,除了傅璇琮主编的《唐才子传校笺》(第四册)、吴在庆的《唐五代文史丛考》[①] 中多有对唐末五代诗人生平、作品的考辨外,还有一些单篇论文也有所涉及,如曹汛的《南唐处士朱贞白》[②]、房日晰的《南唐诗人李白》[③]、黄志辉的《关于孟宾于生平事迹的若干考证》[④]、倪文杰的《徐铉诗韵考》[⑤] 等。

[①] 吴在庆:《唐五代文史丛考》,南昌:江西人民出版社,1995年。
[②] 载《中华文史论丛》1988年第1辑。
[③] 载《求索》1990年第3期。
[④] 载《广州日报》1990年5月9日。
[⑤] 载《广西大学学报》1987年第2期。

第七章 孟浩然、王维研究

第一节 孟浩然研究

孟浩然在盛唐诗坛享有很高的声誉,他的高洁的品格和精湛的诗歌艺术对当时许多诗人都产生了深远的影响,故自唐代以来一直受到诗评家的关注。20世纪的学人在孟浩然的生平、思想和诗歌艺术等方面的研究更是取得了长足的进步,现择要介绍如下。

一、孟浩然生平研究

20世纪关于孟浩然生平研究的成果很多,主要有刘甲华《河岳诗人孟浩然》[1]、李光璧《整理孟浩然传记之中心问题》[2]、王达津《孟浩然的生平和他的诗》[3]、陈贻焮《孟浩然事迹考辨》[4]、谭优学《孟浩然行止考实——唐诗人行年考之一》[5]、傅璇琮《唐代诗人考略·孟浩然》[6]、屈光《孟浩然首次入京考》[7]、陈铁民《关于孟浩然生平事迹的

---

[1] 载《文史杂志》第6卷第1期,1946年。
[2] 载《新思潮》第1卷第1期,1946年。
[3] 载《南开大学学报》1964年第3期。
[4] 载《文史》第4辑,1965年。
[5] 载《西南师范学院学报》1978年第1期。
[6] 载《文史》第8辑,1980年。
[7] 载《新乡师范学院学报》1981年第3期。

几个问题》[1]、孙维城《孟浩然入京事迹考》[2]、屈光《孟浩然二次入京考》[3]、王从仁《孟浩然"年四十游京师"考辨——兼与傅璇琮先生商榷》[4]、孙维城《孟浩然三入长安考》[5]、王达津《孟浩然生平续考》[6]、李景白《"孟浩然遇明皇"事质疑》[7]、陶敏《孟浩然交游中的几个问题》[8]、李浩《孟浩然交游补考》[9]、王辉斌《孟浩然集中之卢明府探考》[10]、刘文刚《两唐书孟浩然传辨证》[11]、王辉斌《孟浩然年谱》(上、下)[12]、王辉斌《孟浩然入京新考》[13]、李浩《孟浩然事迹新考》[14]、屈光《孟浩然开元八年前后首次入京补考》[15]、王波《孟浩然行年新考》[16]、陶新民《孟浩然行踪辨异》[17]等。

上述研究成果基本上围绕着孟浩然入京次数和时间、游吴越的时间、交游、遇明皇事展开探讨的,下面一一归纳。

入京的次数和时间

两《唐书》皆认为孟浩然四十岁时入长安,千年以来无异辞。陈贻焮《孟浩然事迹考辨》亦认为孟浩然开元十六年(728)冬(四十岁)入京师应进士第。傅璇琮《唐代诗人考略·孟浩然》则认为此说"大为可疑",他认为孟浩然在开元十六年,年四十岁以前即已淹留长安。后来陈铁民在其《关于孟浩然生平事迹的几个问题》中又对傅璇琮之说表

---

[1] 载《文史》第15辑,1982年。
[2] 载《安徽师范大学学报》1983年第4期。
[3] 载《洛阳师专学报》1983年第2期。
[4] 载《上海师范学院学报》1984年第3期。
[5] 载《安庆师范学院学报》1985年第3期。
[6] 载《唐诗丛考》。
[7] 载《文学遗产》1986年第1期。
[8] 载《唐代文学论丛》总第8辑。
[9] 载《西北大学学报》1986年第4期。
[10] 载《湖北师范学院学报》1986年第3期。
[11] 载《文史》第28辑,1987年。
[12] 载《荆门大学学报》1987年第2期、1988年第1期。
[13] 载《长沙水电师院学报》1988年第1期。
[14] 载《唐代文学研究》第1辑。
[15] 载《辽宁师范大学学报》1988年第3期。
[16] 载《湖北大学学报》1991年第6期。
[17] 载《学术界》1993年第4期。

示异议,认为陈贻焮《孟浩然事迹考辨》"断孟入京赴试的时间为开元十六年冬,似无大误"。

40年代,李光璧《整理孟浩然传记之中心问题》首先对此说提出异议,认为四十应是约数(实际上是开元二十年,浩然年四十四),且是二次入京。首次入京,当在年三十时。文章还就孟诗所述,论其三十入京之痕迹;再由其游踪,考其四十入京之详细行程、路线。

三十年后,谭优学的《孟浩然行止考实》也持孟浩然一生两入长安说,但他认为两《唐书》所说孟开元十六年入长安系第一次入京,孟浩然第二次入京"必在开元二十一年"。此后屈光相继撰《孟浩然首次入京考》和《孟浩然二次入京考》,力主孟浩然两入长安说。屈光认为,谭优学虽然提出了两次入京说①,但他所论尚有不足:第一,沿袭四十入京说;第二,历叙浩然自京返楚路线有误;第三,考证二次入京的年份不准确。据屈光考证,浩然首次入京在三十二岁左右,时为开元八年(720)。此说与李光璧文差近。文章又从四个方面论证了傅璇琮《唐代诗人考略·孟浩然》中提出的孟浩然开元十三年至十五年入京的说法不能成立。屈光最后认为,开元二十年冬或开元二十一年春,年四十四或四十五岁的孟浩然又应襄州刺史韩朝宗举荐二次入长安。此说亦与李光璧说差近。

孙维城先著《孟浩然入京事迹考》支持二次入京说,但他对屈光文中所论两次入京的时间提出了不同的看法,认为孟第二次入京正是《旧唐书》所称的"年四十来游京师"的一次,时在开元十六年,然后通过对开元八年至十一年间任尚书左丞者的考证及根据屈文对开元十一年至开元十三年任尚书左丞者的考证,得出孟约于开元十三年至十五年间游历长安的结论。此文发表后不久,孙维城又著《孟浩然三入长安考》,认为孟浩然一生实三入长安。与此同时,王达津也著《孟浩然生平续考》,提出孟浩然多次入京,其可考者有三次,第一次是开元七年,他三十岁后,第二次入京似在开元十一年(723),第三次入京当在开元二十年(732)冬,到达长安可能是在二十一年春。

游吴越的时间

关于孟浩然吴越之行的时间,学界存在着分歧。主要有以下几种

---

① 按:20世纪中下叶的孟浩然研究者几乎都无视李光璧文,更不知孟浩然两次入京说是李氏提出的。

观点：

1. 杨荫深的《王维与孟浩然》① 和北京大学中文系文学专门化五五级学生编撰的《中国文学史》都认为孟浩然游吴越在其四十入京师之前，是"游吴越倦了才西入京师"的。

2. 李光璧《整理孟浩然传记之中心问题》一文认为，孟浩然是二次入京（开元二十年冬）返里后，才游吴越的。

3. 王达津《孟浩然的生平和他的诗》认为孟浩然是入京返里过程中折道东向，去游吴越的，具体时间是从开元二十二年（734）冬开始的，一直到开元二十五年才启程还乡。

4. 陈贻焮《孟浩然事迹考辨》也认为孟浩然是在入京返里后才东游吴越的，具体时间定在开元十八年（730）夏秋之际。是年年底抵越州，开元二十年（732）冬赴永嘉，从吴越还乡在开元二十一年五月，且平生只有一次游吴越的经历。

5. 谭优学《孟浩然行止考实》认为"此行以开元十三年自洛首途，以开元十五年冬回到荆襄，历时三年，时间绝不可能更后"。

6. 陈铁民《关于孟浩然生平事迹的几个问题》认为，孟之游吴越应在久滞洛阳之后、开元十六年入京之前，也即开元十四年夏秋至十六年夏。

7. 陶新民《孟浩然行踪辨异》认为陈贻焮先生《孟浩然事迹考辨》所定的开元十八年入吴越"还是较为妥当的"。

8. 刘文刚《两唐书孟浩然传辨证》及《孟浩然年谱》虽然也认为孟浩然的吴越之游是在开元十六年离京之后，但他认为，孟浩然离京之后并未直接返里，而是先前往蓟门，再经洛阳，然后于开元十七年秋离开洛阳，往游吴越，一直到开元二十年仲夏才归襄阳的②。

以上诸文均对孟浩然吴越之行的路线作了勾画和探寻，结论小有出入。

孟浩然的交游

这方面的成果主要有郁贤皓《李白与孟浩然交游考》③、陶敏《孟

---

① 杨荫深：《王维与孟浩然》，上海：商务印书馆，1936年。
② 刘文刚：《孟浩然年谱》，北京：人民文学出版社，1995年，第42—62页。
③ 载《唐代文学》第1期，1981年。

浩然交游中的几个问题》①、李浩《孟浩然交游补考》②、王辉斌《孟浩然集中之卢明府探考》③、刘文刚《交游补述》(见《孟浩然年谱》)等。

孟浩然遇明皇事质疑

李光璧《整理孟浩然传记之中心问题》认为《北梦琐言》《唐诗纪事》《韵语阳秋》诸书所记载的孟浩然"赋诗忤玄宗"事并错误百出,不可信。后来李景白相继撰《"孟浩然遇明皇"事质疑》《"孟浩然遇明皇"事质疑兼论孟浩然的功名仕进思想》、刘文刚《两唐书孟浩然传辨证》等皆论及此事,且持相近观点。

另外,刘文刚的《两唐书孟浩然传辨证》还论及孟浩然的"名与字"(认为孟浩然名浩字浩然)、"鹿门隐居"(在其二十岁至二十四岁之间,即景龙二年[708]至先天元年[712])、"入张九龄幕"、"病卒"等事。

刘文刚的专著《孟浩然年谱》是目前较为详尽的孟氏年谱。

二、孟浩然思想研究

自唐代以来,孟浩然在人们心目中就一直是一个隐士的形象。但到20世纪上半叶,学术界的看法有了变化。

闻一多在其《孟浩然》一文中认为,"孟浩然是为隐居而隐居,为着一个浪漫的理想,为着对古人的一个神圣的默契而隐居",但是他"虽然身在江湖,他的心并没有完全忘记魏阙"。文章还认为他的隐居是为襄阳的历史地理环境所决定的:"从汉阴丈人到庞德公,多少令人神往的风流人物","对于少年的孟浩然是何等深厚的一个影响"④。

刘甲华的《河岳诗人孟浩然》⑤ 首先对人们说孟浩然是隐逸诗人不以为然,认为这种说法忘记了孟的另一方面——他的儒家精神和仕进志趣。总计他的一生,早年学书剑,壮年游历,中年走京师,晚年在张九龄手下做事,所为的无非在做官,冀以实现他的志愿。所以"我们应该说他是不得志的文儒,那能说他是'隐逸诗人'"。文章还探讨了孟浩然

---

① 载《唐代文学论丛》总第 8 辑。
② 载《西北大学学报》1986 年第 4 期。
③ 载《湖北师范学院学报》1986 年第 3 期。
④ 《唐诗杂论》,第 24 页。
⑤ 载《文史杂志》第 6 卷第 1 期,1946 年。

的思想与性格之间的冲突，认为："在思想上，他继承了家世所重的儒风，锐意仕进；而在性格上，他却是放荡不羁，乐意山水。他既不能约制性格去成就思想，当然要得到相反的结果，使他的思想不能顺利地实行。"

陈贻焮在其《谈孟浩然的"隐逸"》[①]对闻一多的观点作了申发和辨证，他认为闻一多所说孟浩然的隐居为襄阳的历史地理环境所决定的观点"是不很完全的"，"这些是原因，但并非最主要的"；孟浩然前期的隐居，是"在'隐居'的名义下"，"努力在为科举，为入世作准备"，而且，"这种'隐居'可以造成名誉，于进于退都是有利的"。至于孟浩然后期的隐居则是因为"壮志受到现实的挫折"，"政治上没有出路"。所以文章认为，"不要以为孟浩然前前后后总是隐居，实在前后的心情是完全不同的。我们应该了解这种差异、这个过程，应该从发展上来观察他"。

此后李景白《"孟浩然遇明皇"事质疑兼论孟浩然的功名仕进思想》、李育仁《论孟浩然的思想特征》[②]、丁成泉《孟浩然"好乐望名"辨》[③]等文也都认为"功名仕进"是孟浩然的主导思想，儒家的进取思想是其思想发展的主线，"隐逸"只是他生活的一面，甚至可以说是其表面，道、释思想是其不得已而出现的一条副线。

葛晓音《山水田园诗派研究》[④]一书认为孟浩然是"盛世隐士的典型"，其典型意义在于他代表了盛唐大多数终生不达或官至一尉的失意文人共同的精神面貌：时代给予他们凭个人努力和才能获得一切的幻想，而现实中的矛盾又常常粉碎他们的希望。王士源所说的"骨貌淑清，风神散朗，救患释纷，以立义表，灌蔬艺竹，以全高尚"，正是融合了魏晋名流清朗萧散的风神仪表，盛唐拯世济人的时代精神，以及陶渊明躬耕田园的高尚节操而形成的盛唐隐士的典型风貌。也正因为如此，他与陶渊明虽在精神上相通，却又有很大的差别。在谈及孟浩然的这种精神风貌对其诗歌的影响时，作者指出："孟浩然在诗中常以阮籍、陶潜和东晋的名士名僧自喻或比喻友人，不只是出于用典的需要，也反

---

① 载《光明日报》1954年8月22日。
② 载《广西大学学报》1984年第2期。
③ 载《华中师范学院学报》1985年第4期。
④ 葛晓音：《山水田园诗派研究》，沈阳：辽宁大学出版社，1993年。

映了他的审美趣尚,即有意将陶渊明田园诗和晋宋山水诗中的自然观统一起来,寻求东晋文人在自然中领会的意趣。但因他缺乏深刻的玄理思辨,所以他的田园诗基本上沿袭了初唐以来山水田园诗已经形成的以观赏为主的表现方式,同时又融入他在终生不达的生活经历中体会出来的陶诗真趣,因而能兼取陶、谢之长,融主观感受于客观观赏,通过塑造典型的隐士形象,反映出田园中的盛世气象,以及中下层地主文人寻求人格的独立、内心的自由和崇尚真挚淳朴之美的艺术理想。"①

三、孟浩然诗歌研究

20世纪涉及孟浩然诗歌艺术的研究成果较多,主要有闻一多《孟浩然》②、刘甲华《河岳诗人孟浩然》③、刘开扬《论孟浩然和他的诗》④、王达津《孟浩然的生平和他的诗》⑤、陈贻焮《孟浩然诗选·后记》⑥、陶文鹏《论孟浩然的诗歌美学观》⑦、李景白《清幽雅淡 平易自然——漫评孟浩然诗歌的艺术风格》⑧、章尚正《两位开一代山水诗风的先驱——谢灵运与孟浩然山水诗比较》⑨、李景白《孟浩然诗歌艺术风格的再思考》⑩、程发义《略谈孟浩然山水田园诗的"味"》⑪、柯素莉《孟浩然诗歌魅力探寻》⑫ 等。

闻一多《孟浩然》对苏轼所说孟浩然"韵高而才短"观点不太同意,认为"孟浩然不是将诗紧紧地筑在一联或一句里,而是将它冲淡了,平均地分散在全篇中","淡到看不见诗了,才是真正孟浩然的诗",

---

① 《山水田园诗派研究》,第200页。
② 载《唐诗杂论》。
③ 载《文史杂志》第6卷第1期,1946年。
④ 刘开扬:《唐诗论文集》,北京:中华书局,1961年,第26—37页。
⑤ 载《南开大学学报》1964年第3期。
⑥ 载《文艺论丛》第10辑,1980年。
⑦ 载《文学评论》1984年第1期。
⑧ 载《河北师范学院学报》1987年第4期。
⑨ 载《安徽大学学报》1988年第4期。
⑩ 载《西南师范大学学报》1989年第3期。
⑪ 载《语文学刊(教育版)》1989年第4期。
⑫ 载《江汉论坛》1993年第2期。

而且,"古今并没有第二个诗人到过这境界"①。另外,他在西南联大授课时的讲义②中也有一节是专论孟浩然的。他首先认为在盛唐诗坛上,"作品中具有鲜明个性的……当首推孟浩然",而且"他的诗格绝不是因为受王维的影响而形成的","旧来王孟合称,实不甚恰当"。他还认为孟浩然"对初唐的宫体诗产生了思想和文字两重净化作用","他在思想净化方面所起的作用,当与陈子昂平分秋色,而文字的净化,尤推盛唐第一人"③。可见闻一多对孟浩然评价之高。

刘甲华的《河岳诗人孟浩然》首先对人们称孟浩然为田园或山林诗人不以为然,说他是河岳诗人。接着认为,孟浩然一生思想与性格的冲突虽然使他做不到大官,但他那放荡不羁、潇洒脱尘的性格表现于诗,"则为悠淡自然,别有妙境,奠定了他在文学史上的地位"。最后将孟浩然诗歌艺术的来源分为三期:第一期,学汉魏西晋的古诗;第二期,学东晋宋齐梁的古体而间或采取近体诗的形式;第三期,融会古诗和近体诗,一方面采取汉魏六朝古诗的精华,一方面又旁撷隋唐新兴的近体诗的美点,于是成就了古体式的近体诗,其好处是:"古澹悠深,自然寄逸。"

刘开扬的《论孟浩然和他的诗》认为"孟浩然的诗除了少数不满意封建官僚制度和'权势',以及描写自然风景的优美而外,有很多的诗篇都是不足取的。总的说来,他的诗的思想性是不高的,那是由于他的远离社会生活,因而他的诗就缺乏生活的气息"④。

王达津《孟浩然的生平和他的诗》认为,孟浩然虽有一部分带有出世色彩的作品,但其主要诗篇仍然表现出一种始终并未忘却的积极问世的倾向,其山水诗内含的主要倾向也是在于始终不忘政治,表达用世、济苍生的愿望。该文认为,孟浩然诗歌的艺术造诣同样有他的不可磨灭之处:第一,诗人的诗有由于用世心的执着和不屈于权贵的豪迈而形成的一定的风骨,起着一定的承前启后的作用;第二,他描写山水景物,兴象宏阔、高远、清新、豪逸,自有它艺术的魅力和影响;第三,孟浩然的诗更近于自然,伫兴而发,不假雕琢,比之王维,仍有工整与不求

---

① 《唐诗杂论》,第 27 页。
② 参《唐诗杂论》附录《闻一多先生说唐诗》。
③ 《唐诗杂论》,第 231 页。
④ 载《唐诗论文集》,第 35 页。

工整的区别；第四，孟浩然诗更接近现实，比陶、阮以及陈子昂诗要更明朗化，这也是诗歌新的动向。

陈贻焮的《孟浩然诗选·后记》对孟浩然诗歌独特的艺术精神作出了确切的阐发。文章指出，孟浩然的田园、隐逸诗虽然没有较广阔的内容，但侧重于写在襄阳村居时的种种高雅行径和闲情逸致，尤其难能可贵的是，他学习了陶渊明写诗的经验，重视清新而浑然一体的感受，通过一系列的诗歌创作，以襄阳江村和本人为原型，经过艺术概括，竟成功地创造出一个幽雅、恬静的意境以及与此意境相协调的"风神散朗"的抒情主人公形象，从而形成了清淡的独特艺术风格，为百花齐放的唐代诗坛增添了别有韵致的奇葩。文章还抉发出孟浩然诗歌创作的艺术精髓——"妙悟"，并对其进行了独到、深入的分析。认为孟浩然作诗不像韩愈、孟郊诗派那样"钩奇抉异"，在构思和表现上惨淡经营，也不像寒山、拾得那样信口吟哦，率而成章，而是有待于"妙悟"，即诗人在生活中触景生情，忽有所悟，一悟之后，则诗思如泉，泻于笔下，这样往往能写出好诗来。文章还对人们常常忽视的孟浩然诗歌"浑健"的一面稍加强调，但认为"冲澹仍然是它的主要艺术风格"。

80年代以后出现的一些专论孟浩然诗歌艺术的论文虽然角度各异，但少有进一步的深入。

陶文鹏的《论孟浩然的诗歌美学观》专门探讨了人们很少注意的孟浩然诗歌理论，故显得角度新颖。文章通过对孟浩然谈诗的诗句的钩沉整理，发现孟浩然很重视诗歌抒写心灵、抒发感情这一美学特征，强调"情以物迁，辞以情发"；还明确表示反对当时那股内容空虚、词藻浮艳的形式主义诗风，提倡应以《风》《雅》式的作品积极反映社会现实生活，猛烈抨击、扫荡诗坛上的齐梁颓波；孟浩然诗歌创作中的美学追求是"以清真为核心，在清空、清幽、清淡、清旷的多种美感中洋溢着清新气息"；文章最后对孟浩然的诗歌美学观给予了较高的评价，认为它"较早地反映了盛唐时期审美风尚的变化，并体现了当时诗人们共同的美学追求"，"是由陈子昂过渡到李白的诗歌美学观的一座桥梁"，"对于盛唐诗风的继续发扬，无疑地起了推动和促进的作用"。

值得注意的是，葛晓音的《山水田园诗派研究》对孟浩然的山水田园诗作了深入、细致的探讨，且颇多新意。该书首先指出，"从山水诗发展的历程和地域来看，孟浩然可说是在神龙至开元前期吴越和荆楚两地山水诗兴起的背景下产生出来的、南方山水诗最高成就的代表"①。在对孟诗具体分析时,作者认为:"孟浩然将兴寄引入山水诗,是他最重要的贡献之一。""孟浩然多次在山水诗里强调'兴'的发生,……这在开元以前的山水诗中是罕见的。"他"明确指出了人对自然的会心在山水诗创作中的重要性","使山水清兴和托谕寄讽的'兴'在理论上区分开来了"。作者最后总结道:"孟浩然作为盛唐山水田园诗派的前辈诗人,其'经纬绵密'(殷璠《河岳英灵集》)之处仍残存着山水诗从初唐之繁实转向盛唐之清空的过渡痕迹。但他以比兴寄托和壮逸之气充实了南方山水诗的骨力,并从题材和精神旨趣两方面将田园隐逸和山水行旅结合起来,使陶渊明的感受和谢灵运的观赏融为一体,以不刻画不雕琢的白描手法写景抒情,直寻兴会,寓情致和故实于鲜明的兴象之中,继陶渊明所开创的以意为主、由情见景的意境和平淡自然的风格之后,又形成了情景交融、意在象外的意境和冲淡清旷的风格。其强调'发兴'的创作体会和淡化意象、注重传神的表现艺术,给盛唐山水田园诗提供了重要的艺术经验,因而在王维之前,将盛唐山水田园诗的发展推向了高潮,并代表南方山水田园诗的最高成就,与北方的王维构成了盛唐山水田园诗派的两座高峰。"②

另外在 50 年代、60 年代及 80 年代,学术界曾经就孟浩然的《春晓》诗进行过讨论,在这两次讨论中,《光明日报》都曾就讨论的情况作过综合报道③。

孟浩然作品的整理

20 世纪对孟浩然作品的整理也取得了较大的成绩,陈贻焮的《孟浩然诗选》④ 是较早出现的一部孟诗选注本,该书对孟浩然的 37 首作品作了编年。李景白《孟浩然诗集校注》⑤、徐鹏《孟浩然集校注》⑥、

---

① 《山水田园诗派研究》,第 194 页。
② 同上书,第 216 页。
③ 《关于孟浩然及其〈春晓〉诗的争论——来稿综合报道》,载《光明日报》1959 年 6 月 28 日;《关于孟浩然〈春晓〉来稿综述》,载《光明日报》1980 年 10 月 26 日。
④ 孟浩然著,陈贻焮选注:《孟浩然诗选》,北京:人民文学出版社,1983 年。
⑤ 孟浩然撰,李景白校注:《孟浩然诗集校注》,成都:巴蜀书社,1988 年。
⑥ 孟浩然著,徐鹏校注:《孟浩然集校注》,北京:人民文学出版社,1989 年。

赵桂藩《孟浩然集注》① 都对孟浩然现存诗歌作品作了校勘、注释，虽然它们在一些作品的注解和编年方面存在着分歧，但也都各有其贡献。

另外，刘文刚《孟浩然佚诗新辑》②、房日晰《孟浩然诗辨伪》③ 也具有一定的参考价值。

第二节　王维研究

一、20世纪王维研究概述

王维是盛唐时期杰出的诗人兼画家，他多才多艺，在当时文坛享有很高的声誉，身后也得到了历代诗评家的广泛关注和高度称赏。

20世纪前半叶的王维研究很有限。王维研究的专著只有日人梅泽和轩著、傅抱石译的《王摩诘》④，而且此书以介绍王维的绘画为主。其他著作则是将王维与陶渊明或孟浩然合论的；专题论文有两三篇，其中只有朱湘的《王维》⑤ 是专论其文学成就的。相对说来，傅东华的《王维诗·导言》⑥ 对王维诗的艺术旨趣及其原因的探讨较深入些。

20世纪较早全面、深入地研究王维，给王维以客观、公正评价的学者，是陈贻焮。他在50年代中后期和60年代初，先后发表了《王维的政治生活和他的思想》⑦《论王维的诗》⑧《王维生平事迹初探》⑨《山水诗人王维》⑩《王维的山水诗》⑪ 等系列论文，对王维的生平、思想和诗歌进行了系统、深入的研究。同时，他又编选了《王维诗选》⑫，选

---

① 孟浩然著，赵桂藩注：《孟浩然集注》，北京：旅游教育出版社，1991年。
② 载《四川大学学报》1987年第4期。
③ 载《荆门大学学报》1988年第1期。
④ 梅泽和轩著，傅抱石译：《王摩诘》，上海：商务印书馆，1935年。
⑤ 载《小说月报》第17卷号外《中国文学研究专号》。
⑥ 傅东华：《王维诗》，上海：商务印书馆，1930年。
⑦ 载《光明日报》1955年7月31日。
⑧ 载《文学遗产增刊》第3辑，1956年。
⑨ 载《文学遗产增刊》第6辑，1958年。
⑩ 载《中国文学》（英文版），1962年第7期。
⑪ 载《文学评论》1960年第5期。
⑫ 王维著，陈贻焮选注：《王维诗选》，北京：人民文学出版社，1959年。

诗一百五十二首，注释甚详，后记为诗人作传，资料翔实，推断稳妥，在很长时间里，都是学界研治王维所可信赖的材料。

20世纪王维研究的高潮是在八九十年代。随着思想意识的解放、学术观念的更新，人们对王维的思想和诗歌艺术也有了较为深刻的理解，对王维的评价也越来越高。这一时期，学界除了对王维的一些生平问题展开热烈的讨论，对王维思想尤其是其与佛教禅宗之关系也有深广的探究，至于其诗歌艺术，更受到学界空前的关注和评论，人们从各个角度分析其诗（特别是山水诗）的意境和成就。1991年5月，全国首届王维诗歌学术讨论会在西安召开了，这次会议依据陈贻焮提出的希望成立王维诗歌研究会的建议，成立了隶属于中国唐代文学学会的"王维研究会"，同时决定编辑出版《王维研究》。此后每隔两年，王维研究会就召开一次全国性的王维诗歌学术研讨会，出版一辑《王维研究》会刊，极大地推动了王维研究的进一步开展，加强了人们对王维在中国文化史、诗歌史上崇高地位的认识。90年代末，王维作品新的校注本[①]也终于面世了，这标志着王维研究到20世纪末已经欣欣向荣、全面开花了。

二、王维生平研究

20世纪上半叶的一些著作和论文虽然也涉及王维的生平，但是都未有新的突破。陈贻焮的《王维生平事迹初探》是20世纪最早一篇重新讨论王维生平的论文，该文除了对王维生卒年、擢进士第时间等向有歧说的旧问题发表了自己的看法，而且还抉发了他隐居终南山之时间和隐情。60年代，也出现了两篇研究王维生平的文章，即卢怀萱的《王维的隐居与出仕》、金丁的《王维丁忧时间质疑》[②]。进入80年代以后，谭优学、葛晓音、杨军、王达津、陈铁民、王从仁、陈允吉、张清华等学者相继撰文对王维生平中的一些问题进行探究和讨论，使得人们对王维生平行事的了解更为深入和细致了。下面将结合学界比较关注的几个问题，简要地介绍一下20世纪王维生平研究所取得的进展。

生年问题

王维的生年，两《唐书》没有记载，最早对王维生年进行考订的是

---

① 王维撰，陈铁民校注：《王维集校注》，北京：中华书局，1997年。
② 两文均载《文学遗产增刊》第13辑，北京：中华书局，1963年。

清人赵殿成,他在《右丞年谱》中根据《新唐书·王维传》中王维享年六十一的说法,推断王维当生于武后大足元年(701)。20世纪以来,学界对王维的生年问题曾经展开过热烈的讨论,主要有以下几种观点:

1. 701年说。这是赵殿成的旧说,在20世纪前半叶,学界对此一直未有异议。陈贻焮于50年代发表的有关王维的系列论文均沿用此说。

陈铁民先是在其《王维年谱》①中沿用赵殿成说,后来又针对王从仁、杨军等人对赵说的商榷,撰写了《王维生年新探》②,维护赵说。该文逐项辩驳王、杨等人立说的根据,又为赵说提出两条新的证据:一,王维《与魏居士书》中有"仆年且六十",通过考察文意,此文当作于入肃宗朝后,约在乾元元年(759)之后,与赵说适相合;二,王维在《大唐故临汝郡太守赠秘书监京兆韦公神道碑铭》中称"维稚弱之契,旷年弥笃",据两《唐书》韦安石父子诸传参考,知王维与韦斌唱和在开元二年(714)以后,依赵说,其时王维十五岁。若按王、杨等人新说,王维年已二十三,显然不合。

葛晓音在《王维前期事迹新探》③里曾经觉察到赵殿成关于王维的生年的考订与其弟王缙生年相牴牾,提出疑问。她在后来发表的《答〈《王维前期事迹新探》质疑〉》④中则为赵殿成说也提供了一个佐证:王维《燕支行》下王维自注"时年二十一",而可考知此诗当作于开元十年(722),所以赵说王维生于701年不误。

2. 约692年说。此说的首倡者是王从仁,他在《王维生卒年考辨》⑤中提出:第一,王缙的生卒年是王维生年的重要旁证;第二,王维在上元元年(674)所作的《责躬荐弟表》中自称"逼近悬车,朝暮入地",其时年近七十;第三,王维《赠从弟司库员外絿》诗中所谓的"徒闻跃马年",当指开元二十二年右拾遗事,时年四十三岁;第四,王维十九岁应京兆府试,据《太平广记》引《集异记》载,曾得一位强有力的公主的庇借。若赵殿成说,当在开元初,而其时并无这样一位贵公主。这位公主应是协助李隆基诛韦武党的太平公主,故王维应京兆府试

---

① 载《文史》第16辑,1982年。
② 1986年唐代文学讨论会会议论文,载《唐代文学研究》第1辑。
③ 载《晋阳学刊》1982年第4期。
④ 载葛晓音:《汉唐文学的嬗变》,北京:北京大学出版社,1990年。
⑤ 载《文学评论丛刊》第16辑。

应在景云元年（710）；第五，王维《终南别业》诗称，"中岁颇好道，晚家南山陲"，诗成于天宝三年（744）以前。若依赵说，当时王维仅四十左右，不当称晚，王维天宝初与苑咸酬唱时自称"冯唐已老"，依旧说正当中年，不当称老，而作于济州官舍的《赠祖三咏》有"结交二（一作三）十载"，依旧说亦难通。王从仁文的结论是王维约生于武后如意元年（692），享年七十左右。

王从仁文发表之后，得到了张安祖[①]、赵昌平[②]等人的响应。他们都为王说提供了新的论据。其中张安祖文认为，王维与祖咏结识在其十六七岁时，《赠祖三咏》中的"三十"应是"十三"之误，这样他开元九年（721）则是三十岁左右。赵昌平文则指出：（1）《王右丞集笺注》卷七《慕容承携素馔见过》诗所谓"年算六身知"中的"六身"为"七十三"，正谓年近七十；（2）同书卷九《春日上方即事》中的"鸠形将刻杖"，为"过七望八之年"。以此二条合王从仁文提出的"逼近悬车"条观之，王维之享年当在七十岁上下，王从仁文所定王维生卒年为692年至761年，较之旧说，更为合理。

另外，杨军《王维事迹证补》[③]着重论证王缙生卒年不误，以证王维不生于701年，而推断其享年不下六十六岁，与王从仁文也有暗合之处。

3. 694年、695年说。此说是姜光斗、顾启在《王维生卒年新证》[④]中提出的，他们的论据也是王维《责躬荐弟表》中的"逼近悬车"一条。

4. 700年说。此说是张清华在《王维年谱》[⑤]中提出的。他认为王维与其弟王缙年龄应相仿，王缙与王维可能是同年生，即"两头生"（因为此年有十三个月）。王维生年可定于700年年初，王缙应生于701年的一月或二月。然此说推测成分太多，至今尚未发现有响应者。

5. 699年说。谭正璧《中国文学家大辞典》持此说，后来只有王达

---

① 张安祖：《王维生年小考》，载《北方论丛》1985年第3期。
② 赵昌平：《王维生卒年考补》，载《中华文史论丛》1987年第1辑。
③ 载《唐代文学论丛》1982年第2期。
④ 载《学术月刊》1983年第8期。
⑤ 张清华：《王维年谱》，上海：学林出版社，1988年。

津在《王维的生平和诗》① 沿用此说。

贬谪济州

对于王维贬谪济州的原因,近人多沿用《集异记》里的说法,谓王维手下的舞蹈演员,因不谨慎,偶尔私自表演了只能为皇帝享用的黄狮子舞,致使王维获罪被贬。但是,王从仁在《王维和孟浩然》② 和《王维五考》③ 中提出了自己的新见,他认为王维出贬济州,"是做了最高统治集团内部钩心斗角的牺牲品",因为王维与岐王关系很深,与宁王、薛王也有交往,所以导致最高统治者的猜忌而被贬,舞黄狮子事,只是借口而已。

关于王维离开济州的时间,谭优学的《王维生平事迹再探》④ 定为开元十四、十五年。王达津的《王维生平及其诗》⑤ 将此事定在开元十二年。

葛晓音的《王维前期事迹新探》⑥ 则认为,王维大约到开元十六年左右才离任。其证据有二:(1) 王维的《裴仆射济州遗爱碑》中曾经记载了裴耀卿在济州修筑河堤之事,而此事经考证当发生在开元十五年,可见王维开元十五年仍在济州;(2) 王维《赠祖三咏》诗题下原注云"济州官舍作",而此诗至早也应作于开元十六年,王维当是这一年的暮秋离开济州的。

陈铁民《王维年谱》⑦ 和《王维生平五事考辨》⑧ 均认为,王维当在开元十四年夏之前,已经离开了济州司仓参军任,其主要根据是王维作的《送郑五赴任新都序》一文,谓此文为开元十四年四月王维于长安所作。(葛晓音前文认为此序当作于开元二十四年之后。)

史双元的《王维漫游江南考述》⑨ 和杨军的《王维生平的若干问

---

① 载《唐代文学论丛》总第 3 辑。
② 王从仁:《王维和孟浩然》,上海:上海古籍出版社,1983 年。
③ 载《宁夏大学学报》1984 年第 1 期。
④ 载《西南师范学院学报》1982 年第 2 期。
⑤ 载《河北师范大学学报》1982 年第 4 期。
⑥ 载《晋阳学刊》1982 年第 4 期。
⑦ 载《文史》第 16 辑,1982 年。
⑧ 载《古籍整理与研究》1987 年第 2 期。
⑨ 载《南京师大学报》1985 年第 4 期。

题——就〈王维年谱〉与陈铁民同志商榷》① 一致推断裴耀卿赴宣州在开元十四年八月以后,王维离开济州在开元十五年暮春。他们二人的分歧在于,史双元文推断王维《送郑五赴任新都序》是开元十五年四月作于长安,杨军文则断为十四年春作于济州。

王勋成《王维谪济州司仓参军年月及行踪考》② 认为王维离济州任赴洛阳候选的时间当在开元十三年十一月,而且王维离济州是在裴耀卿刺宣州之前而不是之后。

张清华《王维年谱》则认为王维于开元十四年春寒食节前离开济州西归。

王维离开济州以后直至开元二十二年再度出仕之前的行止,赵殿成《王右丞年谱》付之阙如,陈贻焮《王维生平事迹新探》也认为难明。葛晓音《王维前期事迹新探》、陈铁民《王维年谱》、谭优学《王维生平事迹再探》、王达津《王维生平及其诗》皆试图填补这一"空白"。

葛晓音文认为王维于开元十六年暮秋离开济州后,于开元十七年寒食节时途经汜上,然后从开元十七年春开始屏居淇上。何时离开淇上,无考。王维离开淇上后,直到献诗给张九龄被擢为右拾遗之前,主要隐居于嵩山。

王达津文认为王维离开济州后即还长安,自开元十四年始,隐居终南和辋川,直至开元二十一年,其间只于开元十七年曾往东都,隐嵩山。

谭优学文认为王维回到两京,或曾短时间转官吴越,入蜀也当在这几年间,而赴榆林、新都郡,隐居淇上,"闭关"嵩山,大都只有摆在这一段时间里,才没有扞格。

陈铁民文认为王维离开济州后,即到长安或洛阳等待朝廷给予新的任命,不久莅官淇上,寻即弃官隐淇上,开元十七年在长安,始从大荐福寺道光禅师学顿教,后四年疑仍闲居长安,开元二十二年曾隐居嵩山,二十三年拜右拾遗,遂离嵩山至东都任职。此四文中,谭优学文属于推断;王达津文口气虽然较为肯定,但未提供证据;只有葛晓音文、陈铁民文提供了一定的佐证。

张清华《王维年谱》也认为王维于开元十四年夏回到长安以后,未

---

① 载《西北师院学报》1986 年第 1 期。
② 载《兰州大学学报》1989 年第 2 期。

马上任职，而是闲居，下年即官淇上。

隐居次数及隐居地点

对于王维一生隐居的次数和地点，学界也有不同的看法。

1. 少年隐居。关于这一问题，赵殿成《王右丞年谱》、陈贻焮《王维生平事迹新探》均付阙如。

葛晓音《王维前期事迹新探》首先指出，王维十八岁前曾在洛阳东北一带隐居过。作者据王维《哭祖六自虚》诗，考证出他们少年时的隐居之处当在洛阳东北的郊县。

陈铁民《王维年谱》据王维《哭祖六自虚》，认为王维于开元六年（年十八）前居长安时，曾和祖六隐居过终南。王达津《王维的生平及其诗》也据此诗认为王维曾少年隐居，并谓其居住南山，往来东洛。

杨军《王维生平的若干问题》则认为王维《哭祖六自虚》诗中所云"南山俱隐逸，东洛类神仙"，当指隐居嵩山、隐居终南，这些都是王维中年以后的事。他否认王维登进士第前曾有过隐居行为。

2. 隐居嵩山、淇上。关于王维隐居嵩山事，赵殿成《王右丞年谱》阙如。陈贻焮《王维生平事迹新探》推测可能即在开元二十年的前几年内。王达津的《王维的生平及其诗》则将此事定在开元十七年。谭优学《王维生平事迹再探》认为，此事当在开元十四、十五年至二十二年之间。葛晓音《王维前期事迹新探》认为此事当在王维离开淇上之后，被张九龄擢为右拾遗之前。陈铁民《王维年谱》定在开元二十二年。姚奠中《唐诗札记》[①] 在辨析"山东兄弟"时提到，"一般注者都没有深考王维当时的家究竟在哪里。我认为当时王维的家根本不在蒲州这一带，而在嵩山之阳"。张清华在《〈王维年谱〉证补》[②] 中同意姚奠中说，并作了补考，认为"王维确实在河南登封的嵩山居住过，具体地点在太室山东侧的五渡河。……王维居嵩山东溪的时间应从少年十五岁以前起，至开元二十三年任右拾遗这段时间"。

王维隐居淇上事，赵殿成《王右丞年谱》、陈贻焮《王维生平事迹新探》均未说明。王达津《王维生平及其诗》虽然亦未明示，然据其系王维《淇上即事田园》一诗于开元十七年可知，他认为王维隐居淇上与

---

① 载《文学遗产》1986 年第 2 期。
② 载《文学遗产》1988 年第 6 期。

隐于嵩山同年。谭优学《王维生平事迹再探》认为此事当在开元十四、十五年至开元二十二年之间。葛晓音《王维前期事迹新探》认为王维屏居淇上是在他三十岁（开元十八年）左右，可能他当时在这一带当个小官，过着半官半隐的生活。后来，她在《山水田园诗派研究》中又认为王维隐居淇上主要是得到当时在黎阳任县官的丁㝢的资助①。陈铁民《王维年谱》疑此事在王维官淇上后不久，即开元十六年。

3. 隐居终南、辋川的年代。王维的诗文中，说自己曾隐居终南，又说自己曾在辋川隐居过。陈贻焮《王维生平事迹初探》提出王维隐居终南，在开元二十八、二十九年之后，天宝三载之前的三四年间；而隐辋川，始则当隐终南之后，天宝七载之前，后至天宝十五载安禄山陷长安前，曾有较长时间。有时又离开辋川较长时间，乾元元年后遂不复在辋川。陈铁民《王维年谱》大体从之，并有所补证，认为王维隐终南，在开元二十九年之后，天宝二载之前，隐辋川最晚始于天宝三载。尽管在具体时间上略有出入，但二人一致认为隐居终南和辋川是王维后期的事。

王达津《王维生平及其诗》将王维隐居终南和辋川的时间定在自济州归后到开元二十一年之间，但他未出示证据。

杨军先是在《王维诗文系年》②中推断王维自济州重返长安，本拟偶时哲以图进取，无奈谶纬祸起，汲引路断，又遭丧偶之不幸，遂退隐终南，并依大荐福寺道光禅师受教，时在开元十六年以后不久。后又在《王维生平的若干问题》中说王维隐居终南是在开元十六年王缙中高才沉沦草泽自举科以后不久。

陈允吉的看法与上述学者均不相同，他在《王维"终南别业"即"辋川别业"考——兼与陈贻焮等同志商榷》③中推定，王维的蓝田"辋川别业"的具体位置当在终南山东缘北麓，和终南山相当靠近；同时，按照当时人对蓝田一带地方的称名习惯，完全可以把"辋川别业"直截了当地呼为"终南别业"。文章还分析了王维《终南别业》诗和《唐诗纪事》的有关记载来证明"辋川别业"就是"终南别业"。如果此说成立的话，王维初隐终南之日，亦即始居辋川之时。唯王维任右拾遗

---

① 《山水田园诗派研究》，第236页。
② 载《天津师范大学学报》1983年第4期。
③ 载《文学遗产》1985年第1期。

前为全隐，后为半官半隐。

对于陈允吉这一新说，陈铁民在《王维生平五事考辨》中进行了反驳。他认为陈允吉文中所论只能说明王维诗中的"终南别业"有可能即指"辋川别业"，尚不足以证明"终南别业"就是"辋川别业"，又举出多条材料证明王维的隐居终南和隐居辋川并不是一回事。他最后说，王维隐居终南的时间，更确切地说，应在开元二十九年春自岭南北归之后、天宝元年官左补阙之前，历时一年左右。

和陈铁民一样，张清华也在《〈王维年谱〉证补》中对陈允吉的新说予以反驳，明确表明自己同意陈贻焮和陈铁民的说法。他在后来出版的《王维年谱》中也将王维始隐终南的时间定在开元二十九年，但他认为王维居终南山的时间约两年多，可能在这里过了三个秋天：即开元二十九年、天宝元年、二年。

另外，刘志云《欲觅千古游人处——唐代诗人王维辋川别业初探》[①]、樊维岳《王维经营辋川别业时间初探》[②] 均涉及王维辋川别业的营建及规模，故附记于此。

受伪职史实

关于王维被迫受伪职之事，学界长期以来一直沿用《旧唐书·王维传》的记载，并多持批评态度。

杨军在1982年发表的《王维事迹证补》[③] 中首次引用王维集中《大唐故临汝郡太守赠秘书监京兆韦公神道碑铭》，认为这一段文字为我们提供了陷贼官员遭遇的真相。王维自己同样饱尝了折磨和屈辱。本传称"禄山素知其才，迎置洛阳"（新旧《唐书》略同），恐系猜测之词。

杨军此文发表以后，得到了陈铁民的认同。他在《王维生平五事考辨》中对王维集中《大唐故临汝郡太守赠秘书监京兆韦公神道碑铭》的有关文字作了进一步的诠释。他认为，这段文字，提供了王维陷贼遭遇的真相，可补史传记载之不足并纠正其误。如根据这段文字，可知王维的"服药取痢，伪称瘖疾"，是借机逃离长安，摆脱安禄山的控制；又王维是在备受折磨、侮辱之后，被叛军捆缚、用武力强行押送到洛阳的，所谓"禄山素怜之，遣人迎置洛阳"，并不是事实。

---

① 载《贵州文史丛刊》1986年第4期。
② 载《唐都学刊》1994年第1期。
③ 载《唐代文学论丛》1982年第2期。

1992年，杨军又发表了《王维受伪职史实甄别》①，继续探讨王维受伪职问题。他指出，王维的扈从不及是因为玄宗仓皇出走，未让群臣扈从，这才决定了他陷贼的命运，与陈希烈、张均之流的卖身投靠有本质的区别。从至德元年（756）六月算起，直到至德二年四月，王维都在囚禁中；而安禄山在二年正月初六即被杀而死，可知王维并没有向安禄山屈服。这也表明，作为一位朝官，王维在危难中保持了应有的节操。安禄山给王维"给事中"，和别人的头衔一样，都是徒有虚名而已。陷贼后，王维忠君爱国的立场坚定不移，《凝碧诗》的写作标志着王维尽到了诗人的天职，也是他在特殊战场为朝廷作出的贡献。

拜右拾遗的时间

王维第二次出仕即擢右拾遗的时间，学者一般都沿用赵殿成《王右丞年谱》的说法，认为在开元二十二年。葛晓音《王维前期事迹新探》首先考证出王维《上张令公》诗中之"张令公"非"张九龄"，而是张说，所以王维上张九龄诗不始于《上张令公》而始于《献始兴公》。张九龄封始兴伯在开元二十三年，王维被张九龄任命为右拾遗而"解薛登天朝"也当在开元二十三年。

同样，陈铁民的《王维年谱》也据王维《京兆尹张公德政碑》文意及《上张令公》《献始兴公》诗意，将王维任右拾遗事断在开元二十三年。

杨军的《王维生平的若干问题》针对上述陈铁民文中的说法，提出了不同的看法，认为陈铁民文中"径把'始兴县开国子'称作'始兴县开国公'，进而简化成'始兴公'未必合宜"。他指出，"始兴公"只不过是张九龄的代称而已，与其封爵没有直接联系。王维称张九龄为始兴公，是因为张九龄是韶州人。"既然'始兴公'与张九龄加封始兴县子或始兴县男没有必然联系，我们便不能把王维写《献始兴公》的时间定于开元二十三年三月以后，因为这以前同样可称之为'始兴公'。"

杨军文发表后不久，陈铁民又在《王维生平五事考辨》中进行了反驳，重申了自己的观点。陈铁民文指出，始兴同曲江一样都是韶州的属县；《献始兴公》作于开元年间，当时韶州尚未改为始兴郡，王维不可能以"始兴"作为韶州的代称称呼张九龄。其实，"始兴公"并不是

---

① 载《王维研究》第1辑，北京：中国工人出版社，1992年。

"始兴县开国公"的简称,而是一种爵号之省称加"公"的称呼。所以,断王维拜右拾遗在开元二十三年三月九日之后,并非无据。

官太子中庶子、中书舍人

两唐书王维传均称王维在太子中允后所任官为太子中庶子,因有本传这样明确的记载,故历来论王维生平者都取成说,信而不疑。

杨军《王维生平的若干问题》一文考证出唐代东宫不设太子中庶子之职,故有唐一代不可能有人任过此职,两唐书王维传所载实误,后来诸多著述习而不察,以讹传讹。那么王维在任太子中允以后究竟担任什么职务呢?杨军推测说:"所谓'太子中庶子'或是'太子中舍人'之误。……又'太子中舍人'可以称为'太子中书舍人','书'、'庶'同音,容易误作'太子中庶子'和'中书舍人'。《新唐书》本传不载中书舍人或以是。"他对《旧唐书》本传所载王维尝为中书舍人也提出了怀疑。

对于杨军这一新说,陈铁民并不同意。他在《王维生平五事考辨》一文中指出,唐代确实不曾设置太子中庶子之职,只有太子左、右庶子之职,虽然如此,但是仍不敢轻易地断定两唐书本传的记载有误,因为唐人有时以"中庶子"概指左右庶子。两唐书王维本传中的"中庶子"疑即此义。至于王维所任中书舍人一职,可以举王维的《请回前任一司职田粟施贫人粥状》和《和贾舍人早朝大明宫之作》诗为证。

交游及其他

王维一生交游甚广,赵殿成《王右丞年谱》中已经考出一些。陈贻焮在《王维事迹初探》中述及王维在济州时与崔录事、成文学、郑霍二山人等失意之士和在辋川与裴迪的交往。

陈允吉《王维与华严宗诗僧道光》[①] 和《王维与南北宗禅僧关系考略》[②] 两文主要考察了王维与佛教中人的交往。他在前文中论证了道光是一个华严宗的僧侣,并考述了王维同他的密切关系,以及对于王维诗歌创作的深刻影响。在后文中,陈允吉通过寻检王维的诗文和其他有关史料,考知王维在开元年间,与禅学北宗的僧侣有着很深的交往,特别是与普寂、义福、《楞伽师资记》的作者净觉、惠澄等人,都曾有过程

---

① 载《复旦学报》1981 年第 3 期。
② 载《文献》1981 年第 2 期。

度不同的交往；文章还探讨了王维与南宗的关系，尤其是与神会、燕子龛禅师、瑗公、璿禅师、元崇等人的交往。文章最后指出，王维与北宗僧侣的交往，"主要是在开元年间"，而天宝以后，"他的主要交游对象，已经转向南宗僧侣"。

继陈允吉之后，陈铁民也著《王维与僧人的交往》①一文探讨王维与佛教中人的交往，然论点有异。陈铁民指出，有些学者把王维结交的南宗僧人给"扩大化"了。他认为，与王维有往来的僧侣，目前可确考为南宗者，仅只神会、瑗公二人。实际上，王维与当时的各派僧侣都有广泛的交往。开元时期，他与北宗禅僧往来颇多，但同时又与华严宗、密宗、律宗等僧侣有交往。特别是曾师事道光禅师十年，思想上受到过较多的影响。天宝年间，随着南宗顿教的北传，王维又同南宗僧人有所接触，但他也并没有因此而疏远北宗僧人。终王维一生，一直与北宗禅僧有来往（如与元崇、舜阇黎的交往，即在晚年）。

另外，陈铁民还著有《从王维的交游看他的志趣和政治态度》②，分别考察了王维与当时执政者、王公大臣、中下级官吏、怀才不遇的士人、隐者、和尚、居士、道士等人的交游，并从中看出王维的人生志趣和政治态度。

还有一些成果涉及王维是否有吴越之行及入蜀等问题。

赵殿成认为王维无吴越之行，陈贻焮《王维生平事迹初探》也忽略了王维这一行迹。谭优学《王维生平事迹再探》论证了王维曾到过越州、京口、庐山等地，时间约在开元十四五年至二十二年之间。陈铁民《王维年谱》也认定王维曾到过九江、润州（州治即京口），但时间是在开元二十九年王维自岭南北归之时。史双元《王维漫游江南考述》③则断王维在开元十五年到十七年之间有过一次南游，历时两三年之久，文章还详细论列了王维此次南游的行踪。

另外，陈贻焮《王维生平事迹初探》认为王维曾到过巴峡，时间可能在开元二十八九年。谭优学《王维生平事迹再探》考订王维曾经入蜀，到过渝州，时间则约在开元十四五年至二十二年之间。

---

① 载《文献》1989年第3期。
② 载陈铁民：《王维新论》，北京：北京师范学院出版社，1990年。
③ 载《南京师大学报》1985年第4期。

第三节　王维思想研究

王维的思想比较复杂，而且在一生中的前后期也有所变化。学界对其思想的研究比较深入而广泛。早在 20 世纪三四十年代，学界就对王维一生思想之发展及其诗歌所表现的性情和生活态度作了较为细致的分析。五六十年代，学界又对王维的政治立场及其对社会现实的态度进行过讨论。八九十年代，学界则对王维与宗教尤其是禅宗的关系格外关注，产生了许多论述王维禅宗思想的成果。

一、80 年代以前

20 世纪上半叶

傅东华的《王维诗·导言》是 20 世纪较早涉及王维性情和思想的文章。该文认为，王维的奉佛造成了他"无可无不可"主义，主张"以不动为出世"，而视"存亡去就如九牛一毛"，这虽不是纯粹的释教精神，却不能不说是由释教出发的①。小尹在其《唐朝以来一个最大的艺术家——王维》② 中就有一节是专论王维的性情的。他认为，王维"有这样一个大方的家庭，他又这样的慧敏，修养又如此深，自然他不会是个极端性情的人。他该属于平庸，沉着，天真一流的"。"他爱他的弟弟和妹妹，也敬爱着母亲；更忠贞于他和妻之间的情感。""他不像他人一样说哭便哭，说笑便笑；但他的确有着锐敏的感觉，同时也有软风一样的乐与哀。正像书诘上的藏锋一样，那么浑厚，有力，修圆的外表。"

五六十年代

这一时期，学界偏重于对王维的政治态度和思想的发展过程进行探讨。陈贻焮在其《王维的政治生活和他的思想》③ 中认为："王维中年以前接近当时比较进步的政治力量，思想感情中也的确存在着进步的和积极的因素，而这些因素却又是他许多诗歌带有人民性与积极意义的根据，但并不能就此过分地对他，尤其对他晚年给以夸大的评价。后期王

---

①　《王维诗》，第 5 页。
②　载《中国文艺》第 2 卷第 5 期，1940 年。
③　载《光明日报》1955 年 7 月 31 日。

维是消极的，是妥协的。他不满意不良政治倾向、不满意李林甫，但也不能不去歌功颂德。我们不认为他甘愿背叛朝廷，去作安禄山的官，但他毕竟不敢明显地表现出自己的反抗。他不愿巧诏以自进，但又不干脆离去。他不甘同流合污，但又极力避免政治上的实际冲突，把自己装点成不官不隐、亦官亦隐的'高人'，保持与统治者不即不离的关系，始终为统治者所不忍弃。这些，我们不应只看作为佛学对他所产生的坏影响，相反，他的学佛，也应看作为他思想意识中妥协一面发展的必然结果。"

稍后发表的署名北京大学中文系中国文学史教研室的《杰出的诗人王维》① 也探讨了王维的政治倾向、对待政治的态度以及他后来为什么由热衷政治而转向退隐田园的问题。该文认为，王维的政治倾向首先表现在对张九龄的支持上，他的政治倾向"和唐初以来的开明政治是一脉相承的"，又是和当时的"腐败政治势力"明显对立的，"在当时的政治形势下，就不能不承认他的政治倾向的进步价值"，"王维本不是一个主张归隐的人，但是有一个条件，就是那时代的政治比较清明"。"政治的恶浊，这就是王维归隐的根本原因。""王维归隐后既不是清一色的积极，也不是清一色的消极。积极的与消极的两种东西并存着。而且有着一个消长的变化过程，一般说来，越到后来消极的东西越加发展，越加占了主导的地位。"

当时类似的文章还有周通旦的《从王维思想分期问题论王维的思想》②、卢怀萱的《王维的隐居与出仕》③ 等。另外，当时新出版的几部文学史如游国恩等编著的《中国文学史》、中国科学院文学研究所编著的《中国文学史》等，对王维思想的分析和评价也和上述陈贻焮、北大中文系中国文学史教研室所撰写的文章观点相近。

二、八九十年代

从 60 年代中期直到 70 年代末，学界对王维思想的研究没有进展。从 80 年代初开始，人们又开始对王维的思想比较关注，不过此时人们注意的焦点是王维与宗教（尤其和佛教禅宗）的关系。

---

① 载《北京大学学报》1959 年第 2 期。
② 载《哈尔滨师范学院学报》1963 年第 2 期。
③ 载《文学遗产增刊》第 13 辑。

王维与佛教的关系

王维一生奉佛,故学界对其与佛教的关系格外关注,这一方面真正有深度的研究成果是到 80 年代才出现的。

陈允吉是 20 世纪较早对王维与禅宗的关系进行深入探讨的学者。他在 80 年代初相继发表了《论王维山水诗中的禅宗思想》[①]《王维与华严宗诗僧道光》[②]《王维与南北宗禅僧关系考略》[③] 等论文。其中《论王维山水诗中的禅宗思想》一文认为,虽然王维早期受过佛教其他宗派的影响,特别是明显地受过禅学北宗的影响,但是随着禅宗日益广泛的传播,尤其是在中年同神会在南阳相遇以后,他终于完全接受了禅宗那一套主观唯心主义的教义[④]。

在陈允吉之后,研究王维与佛教关系的文章越来越多了,主要有马欣来的《试论王维的佛教思想》[⑤]、贾晋华的《试论王维对禅宗的反影响》[⑥]、姜光斗的《论王维的禅宗思想》[⑦]、洪丕谟的《王维、白居易与佛诗》[⑧]、严国荣的《居士信仰:王维文化心态的动态分析》[⑨] 等。

其中马欣来文对学界一直认为王维学佛已是"蝉蜕尘埃之中,浮游万物之表者"的观点持否定态度。他认为,唐王朝对文人的态度是优礼有加,但不予以重任,这对那些抱负远大、尽欲一鸣惊人的文士们是极其沉重的打击。文人慕道、奉佛、归隐,首先是为了忘却那条想走而走不成的路。王维就是如此,他对佛教、禅宗的接受、信奉是有限度的。他虽尝真心学法,但并未"解悟""解脱"。他又学佛,又背佛。学佛是因为他寂寞空虚,背佛又说明他学佛是自我排遣,而不是人生信仰。文章认为,由于严羽、胡应麟、王渔洋等人的评论,遂使王维成为超然物外、高不可攀的神秘的禅宗代表,这是不合实际的。贾晋华文指出,王

[①] 载《文艺论丛》第 10 辑,1980 年。
[②] 载《复旦学报》1981 年第 3 期。
[③] 载《文献》1981 年第 2 期。
[④] 后两文着重考证王维与佛教中人的关系,具体内容可参考本书"王维生平研究·交游及其他"部分。
[⑤] 载《山西师大学报》1985 年第 2 期。
[⑥] 载《文学遗产》1991 年第 4 期。
[⑦] 载《唐都学刊》1994 年第 5 期。
[⑧] 载《中国宗教》1995 年第 2 期。
[⑨] 载《王维研究》第 2 辑,西安:三秦出版社,1996 年。

维的思想和诗作深受佛教特别是禅宗的影响，但有的学者把王维之后才出现的讲求直觉、暗示、象征的公案禅法，也用来印证王维的诗歌艺术，似有违禅宗发展的历史。王维在"平常心是道"的洪州禅兴起之前，已采取了自然任运、触处即真的悟道态度；在凝练隽永、富于诗意的机锋、公案出现之前，已写出了众多饱含禅意、含蓄冲淡的山水写景诗。而且两京收复后，肃宗召神会进京入内供奉，南宗禅大盛，与王维在天宝初年写《能禅师碑》盛赞南宗禅分不开。文章指出，王维与洪州禅的种种相合当非偶然，洪州禅的开宗立派在王维之后，因此应该是王维影响了洪州禅，而非相反。王维对于洪州禅的中国化、老庄化和诗化，应该说是产生了一定的影响。姜光斗文认为，王维不仅倾心于如来禅的渐修理论，更倾心于祖师禅的顿悟学说，当然王维宣传得最多的还是南宗禅的"中道观"。由于王维是在家居士而非出家僧人，再加上当时佛教宗派都极活跃，所以王维并无严格的宗派观念，他在信仰禅宗的同时，既可超越慧能、神会的某些思想，又可信仰净土宗等其他佛教宗派。另外，王维的禅宗思想常常和道家的虚无观念交融在一起。严国荣文专门探讨了佛教居士信仰对王维心态的影响，文章通过王维一生爱佛、求佛、信佛的变化过程，看出居士信仰在王维一生中所起的关键作用，认为超越"我执"与"法执"的居士信仰是王维在入世与出世之间艰难选择的结果，后来王维由忏悔到"身心相离，理事俱如"，强调实践、方便的"菩萨行"，更彻底地体现了居士信仰。

另外，张清华的《诗佛王摩诘传》① 中有一节"任运自然得禅趣"，也专门在对比中讲了禅宗对王维诗歌思想及艺术风格的影响，讲了禅宗与王维诗的关系。

王维与道教、道家思想的关系

学界对王维与道教关系的探讨远远落后于对王维与佛教关系的研究，其中探讨得较为深入的文章有史双元的《论道家思想对王维生活和创作的影响》②、陈铁民的《王维与道教》③ 等。史双元文指出，在服药、行气、保精几个方面，王维都有所实践，其生活态度确实有着浓厚的道家色彩。在王维的政治观、人生观特别是艺术观中，道家思想的烙

---

① 张清华：《诗佛王摩诘传》，郑州：河南人民出版社，1991年。
② 载《牡丹江师范学院学报》1987年第1期。
③ 载《文学遗产》1989年第5期。

印十分鲜明而突出,如其诗文中常传布道家"无为而治""毁圣弃智""委身自然"等思想。王维首创纯以墨色写形的水墨山水画,诗风以清淡为主,也与老子尊尚朴素阴柔的美学观有关,王维的艺术观最得道家精髓,艺术化地发扬光大了道家思想。陈铁民文则指出,王维不仅受到道教求长生、好神仙风气的影响,还有过一段学道求仙的经历。由于王维并修佛、道,两教又具有一些可以互相调和的基本观点,再加上他所接受的道教思想、理论,多具有与佛教思想、理论接近或可以相通的特点,所以王维的诗文中常常表现出融合佛、道的思想倾向。

王维的美学思想和艺术审美观

虽然传为王维所作的《山水诀》和《山水论》决非王维所作,但在《王右丞集》中,仍有不少谈美和艺术创作的言论,包含着相当多的美学见解。

陶文鹏的《论王维的美学思想》① 是 20 世纪较早对王维美学思想进行钩稽论列、系统整理的文章。该文共分五个部分。第一部分论述王维对美和美的本质的认识,发现王维积极提倡并在艺术创作中努力追求一种真实自然、朴素清新、娟洁蓬勃的美;第二部分论述了王维对审美活动中主客体关系的见解,指出王维提出了"审象于净心",必须把审美当作悠然闲适的"不急之务"来进行的思想;第三部分论述了王维欣赏山水自然美的趣味;第四部分论述王维对创造艺术美的规律的见解,指出王维提出了"凝情取象",以"暗识"去"审象求形",创造艺术要"取舍惟精",力求"传神写照"等精辟的论点;第五部分指出,王维能够融画意入诗,使"诗中有画",是他在理论上明确认识到诗画有共同性所致。

此外,还有一些文章论及王维的艺术审美观,如陶林的《王维的禅宗审美观及其山水诗的空灵风格》②、张清华的《禅宗艺术观与王维诗的风格》③《王维的诗学观与盛唐诗的繁荣》④ 等。其中,张清华后文指出,王维在《别綦毋潜》诗里提出"盛得江左风,弥工建安体",把"江左风"与"建安体"结合起来,有机地体现在诗歌创作中。这一理

---

① 载《美学》第 5 期,1984 年。
② 载《浙江师范学院学报》1984 年第 3 期。
③ 载《中州学刊》1988 年第 6 期。
④ 载《文学遗产》1991 年第 4 期。

论是王维同时代的诗论家与诗人都未明确提出的，王维率先提出，说明了他的艺术实践经验、他的诗学观和盛唐的近体诗一样，已经发展到成熟阶段，是盛唐美学思想的高峰。而盛唐好诗迭出，形成我国文学史上空前绝后的艺术高峰，与这一诗歌理论和美学追求有直接关系。

第四节 王维诗、文研究

学界对王维诗文创作成就和艺术风格的研究，方法多样，角度不一，所以也是比较深入和细致的。总的看来，在20世纪上半叶，学界多笼统地评价和分析王维诗歌的风格特点和艺术技巧；五六十年代，学界曾经展开过一次关于王维诗歌如何评价的讨论，所以较偏重于王维诗歌的思想意义和其山水诗的社会意义的分析；70年代末以后，学界对王维诗歌艺术特色的探讨趋于细致和深入了，出现了一大批从禅意、绘画、音乐等角度研究王维诗歌艺术性的文章，还有人分析王维各体诗歌的不同特点和创作成就，更将王维与古今中外诗人进行比较研究，使得王维诗歌研究到20世纪末形成了较大的规模，取得了相当可观的成绩。相对说来，人们对王维文赋的研究则稍嫌单薄，取得的成绩很有限。

一、王维诗歌艺术风格及成就总论

20世纪上半叶

此时学界对王维诗歌风格和艺术成就的评价，主要体现在一些专著和少量的论文中，而且侧重于阐发王维诗中清淡的韵味。

傅东华在《王维诗·前言》中认为："王维诗中并不寓什么深奥的哲理，也不含什么浓烈的感情；他的好处只在一种清淡而深长的趣味。"杨荫深的《王维与孟浩然》也指出，王维的诗"可以称得'淡而有味'四字"，"他在诗中爱用静一方面的词句"，"只是低声吟咏。令人如闻溪流之声，淙淙有韵"。他还将王维的诗歌创作分成三个时期：第一个时期是他三十岁左右，此时他"是一个纯粹的隐居诗人"；第二个时期，是他三十岁之后，此时的诗"多含有一种不平之气"，"这在他作品上表现的，便是'愁'、'忧'、'怜'，便是伤感气味很重的时期"。第三时期，此时王维痛定思痛，诗中又表现出他"古澹悠远"的趣味了。

当时的一些论文也多作如斯观。如小尹在《唐朝以来一个最大的艺术家》①中就指出，王维"是善用胸臆的，利用了诗人的感觉来写出大自然的美妙，不加修饰的建范着潇洒艺术的园亭，自是出尘妙品"。承名世在《王孟的优劣》②中也认为，"王诗的长处是清远隽逸"。方管的《王维散论》③更以诗人的生活过程，以及这过程所形成的生活方式来说明王维诗歌"静"的风格之所以产生的必然原因。文章认为王维的成熟的作品大抵都是辋川时期的作品，因为他这时是功成身退，于现实社会已毫无不满，对现实社会已毫无要求，于是歌颂安闲幽静的自然景色就成了他的主要工作。但是王维诗中自然景色虽是安静，可也并不极端，并不至于寂寞。总之，寂绝之中稍缀以实有，眼前不见而远处却在，这就是两个妙法，为王维所经常运用，直接的以镇静那其实也并不安静的自然，间接的以调和自然与社会，而真正目的则在于抚慰人们的感情，使之安静而不至于极端。文章最后还说："王维在中国文学史上，恐怕要算最完全最高妙地实现了'温柔敦厚'的诗教的唯一的诗人，他的诗作乃是中庸主义的最美好的花朵。"

五六十年代

此时，由于社会制度和意识形态较20世纪上半叶发生了根本性的变化，学界开始改变过去较重视文学作品艺术价值的批评习惯，渐渐重视文学作品的现实意义和社会价值。

这一转变体现在王维诗歌研究方面，就是有一些人运用阶级分析的观点，简单地拿王维的田园诗和安史之乱后的杜甫反映社会现实、阶级矛盾的作品对比，说他的田园诗是粉饰生活、歪曲现实的，甚至说王维的诗歌不但毫无价值，反而是反动的，把王维说成是反现实主义诗人。但是，更多的学者还是能够结合王维诗歌创作的实际情况，对王维诗歌的思想意义和艺术价值作出比较客观公允的评价。

在五六十年代的王维诗歌研究方面，陈贻焮发表的《论王维的

---

① 载《中国文艺》第2卷第6期，1940年。
② 载《文史杂志》第6卷第1期，1946年。
③ 载《新中华（上海）》第12卷第3期，1949年。

诗》①《王维的山水诗》②《山水诗人王维》③ 等系列论文，较为学界所关注。他在《论王维的诗》一文中首先分阶段探讨了王维诗歌的思想意义和艺术价值。如他认为，王维的早期诗歌"采取了各种不同的方式，通过各种不同的题材的描写"，"义正辞严、直截了当地抨击权贵，为怀才不遇的人们叫屈"；王维后期，虽然在政治上并未和上层统治集团脱离，但是，"从他的一些诗作中，可见他的爱憎并未完全因学佛而泯灭，他的积郁不平，也并未完全为辋川风月所消磨"。对于王维后期的山水田园诗，他的看法是，其中许多作品"的确是消极的，充满了佛老思想和灰色的人生情调"，但是因为"诗人投身到大自然中，从当时污浊的政治空气中苏醒过来，认识到了大自然的美，平添了生命的活力和向上的精神，从而使他后期的诗歌得以从玄言禅意、奄奄一息的低调中一振而起，写出了一些具有独特艺术特色的作品"。他认为，王维这方面的成就"不仅在于描写了安适的隐居环境和生活，还在于表现了田家风景与农民生活的可爱"，此外，"他能以开阔的胸襟，劲健的手腕，涂抹出祖国雄伟的崇山峻岭"，"又能用清新的情致、匀润的色调渲染出溪山一角的幽境"。该文最后对王维在中国文学史上的评价是很高的，并分析了其之所以能取得如此大成就的种种原因，以及近来得不到重视的一些缘故。其《王维的山水诗》则认为王维山水诗的总的艺术特点和优点是："注意把握并描写客观景物作用于审美主体所产生的浑然一体的整个印象。在具体的艺术表现上，既渲染、烘托总的印象和情绪，又形象地生动地描绘具体景物；既看到全体，又看到局部和个别，以后者为主，以前者为辅，层次分明；既有虚叙，又有实景；既有白描，又有彩绘，作者是画家，又精通音乐，在取景设色、调度诗歌音律上，也有其独到之处。他的山水诗不像谢灵运的那样仅从实处绘声绘色、堆砌景物，而能从虚处素朴地陪衬以全景、渲染以情绪、烘托以情事，作到情景交融而免除了板滞繁芜的毛病；也不像储光羲的那样，仅有景物情事的粗略描写。"其《山水诗人王维》也对王维的诗歌成就作了比较全面的探讨，认为王维"真不愧为山水诗典范作家和艺术大师"。

在陈贻焮《论王维的诗》发表后不久，北京大学中文系中国文学教

---

① 载《文学遗产增刊》第 3 辑。
② 载《文学评论》1960 年第 5 期。
③ 译文载《中国文学》（英文版），1962 年第 7 期。

研室在他们撰写的《杰出的诗人王维》[1] 中也对王维作出了高度评价。他们对当时有些人全盘否定王维诗歌成就的做法提出异议，认为王维诗歌的内容相当复杂，有积极的成分，也有消极的成分，但仍以积极的成分为主。王维在自己的诗作里写出了对进步的政治倾向的歌颂，表现了追求实现这种政治的激情和豪迈的气魄，并歌颂了追求真理、实现进步理想的人物和行为。王维是逐渐认识到那个社会的污浊而归隐的，所以在他的某些山水田园诗里不能不打上现实斗争的烙印。在这些诗歌里，充满着对自然美好景物的描写，就寓含着对现实社会的否定的意义。对王维的山水诗来说，更多的意义是他用出色的艺术才能，形象地、感人地描绘了大自然的美。该文最后评价道："王维的诗歌有对生活情趣和对美好愿望的描写，有对现实的不满与揭露，有山水的描写，有生活的题材，这些都给我们留下了多方面优美的诗篇，他的成就，是不能抹煞的。"

同样，王运熙在《王维和他的诗》[2] 中也对王维及其诗歌成就给予了较为全面公正的评价。他认为，王维以他的写景诗在当时诗坛放射出闪耀的光芒，成为田园山水诗派的领袖。这个流派中的其他优秀诗人孟浩然、储光羲等人的成绩都赶不上他，伟大的诗人李白、杜甫在展示自然界的丰富多彩和表现作家对自然的深入细致的感受上面，较王维也不免有所逊色。他不愧为诗国中首屈一指的风景画大师。盛唐诗坛的繁荣局面是由各种风格的作品组成的。其中王维的许多写景诗对自然美作了精致动人的表现，这也是重要的贡献。文章还分析了王维的边塞诗、社会诗、送别诗，认为这些诗篇在艺术描写上也比较优秀，一部分尤为杰出，形式和内容取得了和谐的统一，产生了相当强大的感染力。

当时对王维诗歌艺术成就和风格特征进行探讨的文章还有邓魁英的《王维诗简论》[3]、北京大学中文系文四（2）王维研究小组的《对王维诗歌的评价》[4]、彭立勋等《关于王维及其诗歌评价的几点意见》[5]、王

---

[1] 载《北京大学学报》1959年第2期。
[2] 王运熙：《王维和他的诗（代序）》，载王维撰，赵殿成笺注：《王右丞集笺注》，上海：上海古籍出版社，1961年。
[3] 载《语文学习》1957年第8期。
[4] 载《文学研究与批判专刊》第1辑，北京：人民文学出版社，1958年。
[5] 载《华中师范学院学报》1959年第1期。

葆生的《王维不是反现实主义诗人》①、羊春秋的《略论王维抒情小诗的艺术特色》②等。

八九十年代

从70年代末开始,学界对王维诗歌风格特征和艺术成就的探讨更为深入,角度更为多样,评价更为公允,但相关的研究成果大多是结合王维的山水诗或者其他题材的作品来谈的。所以,下面仅缕述一些总论性的、评价性的成果,结合特定题材、体裁的具体性的探讨则放在后文有关小节中介绍。

刘禹昌的《王维诗赏析》③虽然是一篇以王维诗歌作品赏析为主要内容的文章,但作者在文章的开头提出了对王维诗歌成就的一些新看法,他认为不能囿于成见,仅目王维为山水田园诗人,而使我们不能见诗人的"大全"。王维的诗歌创作是丰富多彩的,艺术成就是多方面的,艺术风格同具"阴柔之美"和"阳刚之美",他不是"偏精独诣"的"名家",而是"具范兼熔"的"大家"。

许永璋的《王维诗品新议》④也从王维的时代遭际、哲学思想来探索其诗歌之卓绝成就,以平亭诸家之论,冀复其在诗坛上应有之地位。文章对王维的作品按题材进行了分析和评价,不但对其中的山水田园类作品作出了较高的评价,而且对朝省应制类、朝市林泉类、禅定禅悦类、诗画浑成类作品的评价也不低。

史双元的《王维诗歌与盛唐气象》⑤试图抛弃成说,独辟蹊径,从整体上给王维诗歌以全新的评价。他认为,对于王维的作品仅仅从消极者否定、积极者肯定这一模式出发是不够的,有必要调整角度,重新认识它的价值,认识其诗作整体上表现出的时代精神——作为中国文化骄傲的"盛唐气象"。王维的作品主要记录了那一时代人们的普遍希冀和追求,对盛世功业的自信和满足,对美好平静生活的渴望和享受,对各种思想的宽容和吸收,对文化艺术开拓创造的热诚追求。他的诗主要传达出明彻而平静的印象——一个净化了的时代的印象。盛唐的皇皇巨业

---

① 载《文汇报》1959年5月15日。
② 载《湖南文学》1962年第9期。
③ 载《唐代文学》1981年第1期。
④ 载《学术月刊》1986年第9期。
⑤ 载《南京师大学报》1986年第4期。

及其由盛转衰的变化使得诗人对崇高美的景仰中混着伤感，缺乏力量和气魄，但并不单乏，具有盛唐时代特有的浑厚和深沉。文章还从五个方面论证了王维诗歌反映盛唐气象所取得的成就：首先，表现了昂扬向上的时代精神，其中既有对建功立业的赞颂，也有对不合理现象的批判；其次，在王维笔下，盛唐气象被描写得更充分，更富诗意，大量山水诗，真正表现出盛唐特有的安恬富足的神态、宁静和谐的气氛；再次，王维其人其诗是充盈丰实、兼容并蓄的盛唐文化精神的缩影；复次，王维和李杜在创造精神的启动下，各自开辟了一块崭新的诗歌天地，三位大诗人风格各异，共同组成了盛唐诗歌的顶峰；最后，王维诗歌艺术上的杰出成就，本身也构成了后代难以企及的盛唐文化的一个部分。

陈铁民的《论王维诗歌的多样风格》[①]也是一篇对王维诗歌艺术风格进行较为全面探讨的文章。该文认为，王维最具自家面目、最独树一帜的风格是清淡、简远、自然，这种诗风使他能够在百花争艳的盛唐诗坛上卓然特立。但是，王维的其他许多作品，或雄健，或浑厚，或奇峭，或壮丽，或婉曲，或平实，或俊爽，或秀雅，也都自有其不可磨灭的价值，应当给予足够的重视。因为这些作品多数作于王维生平的早期，更富有盛唐的时代气息。而且，这些诗歌的创作，对于开元诗坛革除齐梁遗风的历史任务的最终完成，无疑产生了促进的作用。

和上述论文一样，90年代新出版的一些文学史著作也对王维的创作成就作出了新的评价。如林庚在其《中国文学简史》中说："王维在整个盛唐的文艺中，可以说是发展得最全面的。"[②] "王维在文艺上的全面发展，也就使得他在诗歌里成为一个全面的人才。我们很难指出王维诗歌的特点，因为他发展得如此全面，如果一定要指出，那就是代表整个盛唐诗歌的特点：深入浅出，爽朗不尽，融汇着历代诗歌的精华。"[③] "在盛唐解放的高潮中，王维主要的成就，正是那些少年心情的，富有生命力的，对于新鲜事物敏感的多方面的歌唱，那也就是当时诗歌的主流。"[④] 乔象钟、陈铁民主编的《唐代文学史》也指出："王维和李杜一起，在盛唐时代创造精神的鼓舞下，各自开辟了风貌不同的崭新的诗歌

---

① 载《王维新论》，第226—240页。
② 《中国文学简史》，第217页。
③ 同上书，第218页。
④ 同上书，第222页。

天地，成为盛唐诗坛上的大家。"① "王维的诗歌，题材丰富，体裁多样，思想洒脱，情趣横溢，兼具阳刚美和阴柔美。他是盛唐边塞诗的先驱，更是盛唐山水田园诗的代表人物。他的诗把写景与抒情、自然和工丽完美地统一起来，标志着对自然美的艺术表现进入了一个新的境界。由于他的丰硕创作成果，中国山水诗的艺术达到了高峰。"他们还认为，王维的山水田园诗"以一种高度净化的美的意境，以及旷逸恬淡宁静和谐的情调，从一个独特的角度反映了盛唐气象"②。

总之，80年代以后的学者多强调王维诗歌中所表现的盛唐气象，将王维与李杜并论，大大提高了王维在中国文学史乃至中国文化史上的地位。

二、王维山水诗研究

在王维的诗歌创作中，山水诗成就最著，也倍受后世批评家关注。20世纪以来，王维山水诗研究方面的成果尤为丰硕。

20世纪前五十年，未见对王维山水诗进行专门探讨的成果。60年代初，陈贻焮首先发表了《王维的山水诗》③，对王维的山水诗作专门研究，此后，萧涤非的《关于王维的山水诗》④和张志岳的《诗中有画——试论王维诗的艺术特点》⑤也对王维的山水诗发表了很好的看法。"文革"十年中，王维山水诗的研究处于停滞状态。

70年代末，叶式生《王维山水诗的艺术特色》⑥的发表，标志着王维山水诗研究的复苏。此后二十年间，学界对王维山水诗研究的兴趣越来越浓，佳作也不断涌现，较具代表性者如袁行霈的《王维诗歌的禅意与画意》⑦，较早对王维山水诗与禅宗及绘画之关系进行了深入的探究，同时亦预示着此后二十年间王维山水诗研究的大势所趋；陈允吉的《论王维山水诗中的禅宗思想》⑧较早地将王维山水诗的意象与禅宗理念结

---

① 乔象钟、陈铁民：《唐代文学史》上册，第352页。
② 同上书，第353页。
③ 载《文学评论》1960年第5期。
④ 载《文史哲》1961年第1期。
⑤ 载《文学遗产增刊》第13辑。
⑥ 载《文学评论丛刊》第2辑，北京：中国社会科学出版社，1979年。
⑦ 载《社会科学战线》1980年第2期。
⑧ 载《文艺论丛》第10辑。

合起来研究；葛晓音的《王维·神韵说·南宗画——兼论唐代以后中国诗画艺术标准的演变》[①]较早将王维放在中国古代绘画史、审美观念发展史上进行纵横考察；陶文鹏的《传天籁清音 绘有声图画——论王维诗歌表现自然音响的艺术》[②]，可说是国内较早对王维山水诗中的音乐美进行深入探讨的专论；而赵昌平的《从王维到皎然》[③]《王维与山水诗由主玄趣向主禅趣的转化》[④]两篇长文，则有意踵武上引陈允吉文，通过对玄禅之辨及王维禅宗思想的时代与个性特点的讨论，进一步阐发禅宗意识转化为王维诗内质的必然性与具体形态。

综观 20 世纪关于王维山水诗研究的诸多成果，可以发现它们又主要是围绕"诗中有画""山水诗中的禅意"等问题展开讨论的。

诗中有画

80 年代以前，人们在述及王维山水诗的艺术特色时，也常在引用苏轼的"诗中有画"这一评语后稍加阐释。如苏雪林的《唐诗概论》就认为，王维"本是一个画家，所以能以恬静而鲜明的笔调摄取自然真相"，"而且他的小诗善能捉住一瞬间的印象而清澈生动地表现出来"，如《鹿砦》《木兰柴》《北垞》，"写光线变动与西洋画之印象主义相似"，"我们竟可以说他是中国诗里的印象派"[⑤]。陈贻焮在《论王维的诗》一文中也说："的确，王维的许多山水田园诗写得很美。绮丽的色彩，幽美的境界，真像图画一样，能唤起人们新鲜生动的视官感受。"

从 70 年代末开始，学界对苏轼这一论断的探讨更趋细致和深入，且言人人殊，理解各异。

有一些学者认为，"诗中有画"不足以概括王维诗歌中最重要的艺术成就和特色。如叶式生的《王维山水诗的艺术特色》[⑥]就认为，王维山水诗除了"诗中有画"和"有声画"之外，还有更高一级的独到成就，特点就是其"诗如电影"，是画面、音响、动作的有机结合，这是

---

① 载《文学评论》1982 年第 1 期。
② 载《文学评论》1983 年第 2 期。
③ 载《中华文史论丛》1987 年第 2、3 辑合刊。
④ 载《学人》第 4 辑，南京：江苏文艺出版社，1993 年。
⑤ 《唐诗概论》，第 64 页。
⑥ 载《文学评论丛刊》第 2 辑。

"诗中画"的最高境界。姜光斗、顾启的《王维山水诗艺术初探》[①] 也认为,苏轼的评论只是认识到了王维山水诗融化绘画艺术的一面,从而就浓淡相配、随类赋采,动静相衬、宫商迭奏,应物象形、景与情偕,经营位置、虚实相生,概括集中、气韵生动,精工自然、风清骨峻六个方面对王维山水诗的艺术进行了分析。

张明非的《王维山水诗的艺术特色》[②] 从另外的角度对之加以讨论。作者指出,自晋宋到唐,三百年间,有成就的山水诗人不独王维一家,他们的诗各具特色,但大都鲜明如画。然而,本来可以用来概括他们共性的"诗中有画",却成了王维山水诗的特征,这是为什么呢?她认为,这是因为王维在这方面有高人一筹的独到之处,即在于追求一种含蓄、淡雅、空灵、形神俱似的最高境界,充分发挥诗歌表情达意的特长,以表现画面难于表现的内容,将诗歌和绘画艺术融会贯通,使诗情画意完美地融合在一起,而不只是"以画入诗"。而在意境创造方面,王维不只力求每一首诗写得有意境,而且以许多诗创造了一个共同的意境,即幽美怡静的境界。

葛晓音在《王维·神韵说·南宗画——兼论唐代以后中国诗画艺术标准的演变》[③] 一文中探讨王维山水诗与绘画之关系时,更是提出了一些十分独到的观点。她认为,王维的诗画堪称盛唐艺术的代表,但他的造诣和成就并不限于明清人所标榜的虚和、萧散、简约、淡远的风格和意境。从现存唐宋人对王维画的评价看,王维的画是非常注重写实的。同样,他在山水田园诗中,"既注重对景物的精确描绘,又善于融入抒情主人公的思想感情,创造优美的意境,其中有一部分风格近似于北宗画的精工和雄伟"。"王维诗的意境正是凭着一个诗人兼画家对自然美的特殊敏感,通过辩证地处理形的虚实、主次、繁简等关系构成的,而决不是舍形求意的结果。""王维诗常借助精心结构的画面表现深长的含意,并不如明清人所说来自天籁,不用人巧。"所以,此文不但是对明清人关于王维诗画评论的综合检讨,也是对近现代学者多强调王维山水诗淡远、空灵的意境的一个纠偏。

更多的论者则是在赞同苏轼此评的前提下,结合王维诗歌创作的实

---

① 载《重庆师范学院学报》1981年第3期。
② 载《唐代文学》1981年第1期。
③ 载《文学评论》1982年第1期。

际，或从总体上探讨王维"诗中有画"的具体表现形式，或从某一方面深入剖析王维"诗中有画"的突出特征。

如袁行霈在《王维诗歌的禅意与画意》①一文中就认为，王维的"诗中有画"是因为他虽用语言为媒介，却突破了这种媒介的局限，最大限度地发挥了语言的启示性，在读者头脑中唤起了对于光、色、态的丰富联想和想象，组成一幅幅生动的图画。具体地说，他善于从纷繁变幻的景物中，略去次要部分，抓住主要特征，摄取最鲜明的一段和最引人入胜的一刹那，加以突出表现，并且总是突出自己最鲜明的印象和感受，以唤起读者类似的体验，使他产生身临其境之感。同时，还把绘画"经营位置"的技巧，运用到诗歌中来，特别注意所描写的景物之间的关联，善于处理画面虚实的布置，以达到"诗中有画"。

还有些学者对王维"诗中有画"的一些具体表现形式作了比较细致的分析，如余庆安的《王维诗中的色彩》②、文达三的《试论王维诗歌的绘画形式美》③、陶文鹏的《传天籁清音　绘有声图画》④《谈王维创作感觉意象的艺术》⑤、金学智的《王维诗中的绘画美》⑥、寇养厚的《诗中有画与诗中有声——论王维诗歌的绘画美与音乐美》⑦、益军的《诗家妙思　画师巧构——王维诗歌的结构艺术》⑧、毕宝魁的《试论王维诗中的"画境"》⑨、张浩逊的《关于王维诗歌"绘画美"的三个问题》⑩、赵玉桢的《试论王维诗"诗中有画"的主体内涵——兼与文达三同志商榷》⑪、翟振业的《王维山水诗与电影表现艺术》⑫等。

其中，余庆安文认为，王维在诗中描写客观世界的时候，常以画家

---

① 载《社会科学战线》1980年第2期。
② 载《华中师院学报》1981年第3期。
③ 载《中国社会科学》1982年第5期。
④ 载《文学评论》1983年第2期。
⑤ 载《中文自修》1986年第8期。
⑥ 载《文学遗产》1984年第4期。
⑦ 载《贵州大学学报》1986年第3期。
⑧ 载《中文自学指导》1986年第8期。
⑨ 载《广州师院学报》1988年第3期。
⑩ 载《安庆师范学院学报》1990年第3期。
⑪ 载《湘潭大学社会科学学报》1991年第1期。
⑫ 载《吴中学刊》1994年第2期。

的眼光观察事物，发现和研究在不同的时间、环境、条件下，客观对象的某种色彩与人的某种情绪的联系，并利用色彩能刺激人、人对色彩有心理反映的特点，在诗中把客观物象的色彩人性化、情感化，通过恰当的描绘物象的色彩来渲染情绪，抒发情感，烘托意境，产生以景动情的艺术效果。用动化、多样化、整体化的色彩来表达人物的感情，把色彩同声、态组合描写，便是王维诗中运用色彩的特点。

文达三不同意前此有关"诗中有画"的某些界说，认为王维诗歌的特色主要表现在：（1）他的诗同他的画一样，常常表现出一种清幽静穆、缥缈空灵的境界，就思想情感的基本表达方式而言，他善于发现和捕捉客观外物与主观情感的契合点，从而托物以寓情，立象以尽意，以再现为表现；（2）他善于将色彩、线条、构图等本来属于绘画艺术的表现形式全面地融汇入诗，在读者的头脑中唤起生动逼真的生活画面；（3）他的"诗中画"的色彩、线条、构图，具有相对独立于描绘对象的形式美，这些形式本身能够引起特定的心理反应、审美体验，具有表情的功能，不仅仅是忠实再现客观对象的手段而已。

陶文鹏前文着重探讨了王维诗歌表现自然音响的艺术。他指出，王维在山水诗创作中，是同时以诗人的灵心、画家的慧眼和音乐家的锐耳来捕捉、表现自然美的。他把音响的描写当作为自然山水传神写照的一个重要手段，使声音成为构成形神逼肖、气韵生动、具有立体感的自然景物形象的要素，他对自然音响的素材能严格地选择、提炼，能融情入声，并运用多样化的手法使音响和景色和谐交流，使他的"有声画"显出鲜明特色。其后文则指出，王维在表现姿态万千的自然美时，诗人既能在总体上收摄和概括雄伟壮阔的山水景色，又能细致入微地刻画各种自然事物，笔下的自然意象，有雄壮之美，也有精微之趣。以广摄与细取互相渗透、补充而构成的意象，粗中有细，小中见大，方之于绘画，可以说是融写意的疏体与工笔的密体于一幅之中。在王维诗中，自然界的美丽景色和神奇音响往往是有机配合、水乳交融的，一个个有声有色的意象、一幅幅配着音响的图画使读者耳目一新。

金学智文用绘画中的"条件色"这一原理来分析"空翠湿人衣""客舍青青柳色新""日色冷青松"等诗句的艺术效果，新颖而有说服力。此外，作者还着重论证了王维把中西绘画共有的线性透视和空气透视的规律运用于其中，"表现了受透视规律制约的空间层次"。同时指出王维运用中国画所特有的透视法，用诗的语言来表现"三远"（即高远、深远、平远)。最后作者分析了王维表现诗中画的构图美、意境美所运用的"以虚间实""以人点景"等艺术手法。

益军文则从诗歌本身的文字结构、谋篇布局，探讨王维山水诗"以画法为诗法"的结构艺术。他指出，王维的山水诗常常是以画法和诗法相结合来构建的。有的诗可以明显地看出画笔与诗笔明暗两条线索；有的诗运用"双体结构"映衬、反衬之法，对比强烈，宾主有序；有的诗格老味长，从容不迫。

毕宝魁文指出，王维诗中确实有画，主要表现是他将一种兼工（工笔）带写（写意）的画风融进诗中，而创立了一种把刻意求工和浑然天成熔为一炉的诗风。

最后，再介绍一下20世纪有关王维绘画研究的一些成果，专著主要有梅泽和轩著、傅抱石译的《王摩诘》和何乐之的《王维》[1]，专题论文主要有童书业的《王维画法的特点——中国美术史札记之一》[2]、陈允吉的《王维"雪中芭蕉"寓意蠡测》[3]、杨军的《"雪中芭蕉"命意辨》[4]、陈传席的《王维和水墨山水画研究》[5]等。

禅意

禅宗对王维山水诗的影响，也是学界研究的焦点。袁行霈的《王维诗歌的禅意与画意》[6]和陈允吉的《论王维山水诗中的禅宗思想》[7]可以说是20世纪较早对这一问题进行深入探讨的文章。

其中袁行霈文认为，在佛教思想的影响下，王维有些诗是禅学的枯燥说教，有些诗则在自然山水和田园生活的描写中蕴含着禅意。王维诗中的禅意，集中地表现为空与寂的境界，还表现为无我的境界，有必要区别看待。他的后期诗歌意象空灵，境界清幽，呈现出一种闲淡冷寂、悠然自在的情趣，显然与禅学的浸润有关，其中自有消极的因素在。若辩证地看，也有积极意义。禅宗常使用形象的表达方式和诗的语言，当

---

[1] 何乐之：《王维》，上海：上海人民美术出版社，1959年。
[2] 载《文史哲》1961年第2期。
[3] 载《复旦学报》1979年第1期。
[4] 载《陕西师范大学学报》1983年第2期。
[5] 载《吕梁学刊》1988年第1期。
[6] 载《社会科学战线》1980年第2期。
[7] 载《文艺论丛》第10辑。

诗人投身大自然并进行创作时,"顿悟"的方式往往能引导他迸发出智慧的火花,在刹那突破一点,进入富于哲理意味和艺术趣味的世界。这种意外的收获,恐怕王维自己也未曾明确意识到。

陈允吉文则认为,王维在描绘山水风景的过程中,时常把自身的理念思维和审美体验结合在一起,在自然美的艺术形象中寄托唯心主义的哲学思辨,塑造一种虚空不实和变幻无常的境界,从而把禅理有机地"组合"到"诗情画意"中去。诗人特别喜爱刻画清寂空灵的山林,表现光景明灭的薄暮,这些从他的诗中反映出来的特有现象,都是同他力图在作品形象中表现禅宗的色空思想分不开的。另外,作者还对王维山水诗中"动"与"静"的关系、"禅悟"的认识论、"任性逍遥,随缘旷放"的生活理想进行了探讨。

此后,有关王维诗歌与佛教禅宗之关系的文章一下子多了起来,较具代表性者有曲世川的《王维的佞佛和他的山水诗》[①]、孙昌武的《王维的佛教信仰与诗歌创作》[②]、史双元的《禅境画意入诗情——王维后期诗风浅探》[③]《论王维诗作中的禅趣》[④]、贺新居的《王维的奉佛与诗歌初探》[⑤]、陶林的《王维的禅宗审美观及其山水诗的空灵风格》[⑥]、李育仁的《对王维诗中虚幻境界的思考》[⑦]、张清华的《禅宗艺术观与王维诗的风格》[⑧]、邱瑞祥的《禅宗的"净心"思想与王维的山水诗创作》[⑨]《禅学理念与王维山水诗创作手法》[⑩]、毕宝魁的《王维佛教思想对其诗歌艺术的影响》[⑪]、赵玉桢的《王维山水田园诗源于禅宗吗?》[⑫]、

---

① 载《山东大学文科论文集刊》1981年第1期。
② 载《文学遗产》1981年第2期。
③ 载《南京师院学报》1983年第1期。
④ 载《四川师范大学学报》1986年第6期。
⑤ 载《唐代文学论丛》总第3辑。
⑥ 载《浙江师范学院学报》1984年第3期。
⑦ 载《江汉论坛》1984年第6期。
⑧ 载《中州学刊》1988年第6期。
⑨ 载《贵州大学学报》1989年第3期。
⑩ 载《贵州大学学报》1991年第3期。
⑪ 载《辽宁大学学报》1989年第6期。
⑫ 载《中州学刊》1990年第2期。

姜光斗的《辋川诗与南宗禅》[①]、内田诚一的《王维"安禅制毒龙"考辨兼其佛教诗的实践性》[②]、赵昌平的《王维与山水诗由主玄趣向主禅趣的转化》[③]、陈允吉的《王维〈辋川集〉之〈孟城坳〉佛理发微》[④]等。

曲世川文认为,王维在禅宗思想的影响下,以及在长期的优美静谧的山水园林生活中,形成了具有佛教特征的任运自在的美学观念。表现在他中晚年的山水诗中,主要有三种类型的作品:一是以静寂为任运自在之美,写了一些静寂、肃穆的山水诗;二是以清丽为任运自在之美,写了一些优美、幽深的山水诗;三是以自然为任运自在之美,写了一些表现物事的自生自灭、自动自息的山水诗。他中晚年山水诗的清远风格,正是他任运自在的美学观念的体现。

孙昌武文认为,禅宗思想对形成王维山水田园诗那种"澄淡精致""浑厚闲雅"的独特风格起了积极作用。其影响于王维的诗歌艺术,可以从三个方面分析:以禅悟入诗、以禅趣入诗,以禅法入诗。具体地说,以禅悟入诗,违背了诗歌重主观抒情和形象描绘的原则,损害了诗的内容,也破坏了艺术上的完整;以禅趣入诗,在内容上往往是消极的,却有助于突出自然界清幽、静谧、肃穆的诗情,有助于形成高简闲淡、凝神静虑的境界;以禅法入诗,大大丰富了诗歌的构思方法和表现方法,使他的诗歌在意境创造上,不重迹象而重传神,主客观浑融一体,在意蕴的表现上,言有尽而意无穷,语短情浓,更值得重视。

史双元前文认为,王维的一些诗作,往往把自己心领神会的禅悟包含在具有美学意义的象征性图景里,在具有象征意义的图景中再现空灵清静的禅悟之境,"以假造之景象","显示人生、宗教或道德、哲学某种深邃义理",这使他的诗既含蓄隽永,又平淡自然。其后文则指出,王维将他所理解的禅理、所感受的禅境融入诗情画意之中,这类诗大都具有"俗""真",明、暗、显、隐二相,使人既可以从世俗的角度获得美感,又可以从"胜义谛"感悟生慧。文章进而分析了王维一些作品中的禅理、禅趣、禅境。

---

① 载《王维研究》第1辑。
② 载《锦州师范学院学报》1995年第2期。
③ 载《学人》第4辑。
④ 载《王维研究》第2辑。

陶林文指出，王维禅宗美学观的最突出的表现，就是"对空寂之美的追求和赞颂"，但这种空寂"是根植于现实和人世的以心灵体悟到的空寂，是内含着万物生命的实有和灵动的空寂"，并由此导致空灵美学风格的产生。王维诗中出现最多而且最能代表诗人风格的是"山、明月、白云、清泉、松、竹等意象"，"形成了以'空山'为中心，再向上下左右四方伸延的多层次的立体空间结构，而不是单向演进式的结构"，因而王维的山水诗有"一种空曚旷寂而又灵动之至的美学效果"。

李育仁文认为王维"是有选择地接受了大乘般若学的'中观'学说的某些影响"，同时也受《庄子》的"逍遥""齐物"，特别是"无动而不变，无时而不移"的"物化"思想的影响。这不仅使王维有着消极的人生态度，也使其诗中产生虚幻的境界。作者不同意有的文章把王维优秀的山水诗说成是"寄托禅理"之作，更不同意"用佛经、王诗互相对照、注释"，从而"完全抹煞了王维诗的客观性、真实性和诗的社会功能，即美感作用"的做法和论断。

赵玉桢文对学界普遍认为王维山水田园诗受禅宗思想影响提出了不同意见，他首先从王维山水田园诗创作的过程和几次隐居的心态着手，分析王维中前期所作的山水田园诗并未受禅宗多大影响。作者指出，王维的山水田园诗，除个别专谈佛理禅机之外，都不能说他们渗透着禅宗思想，充斥着禅宗的生活情趣。王维山水诗中艺术风格的形成主要有三个方面的因素：一是幼年时生活环境的熏陶，使王维对大自然幽美的环境产生了浓厚的兴趣和依恋之情；二是前代田园山水诗尤其是陶、二谢诗对王维山水田园诗有着深刻的影响；三是他高妙的山水画艺术与山水诗艺术的互相影响，相辅相成，这是三者之中的关键。文章最后说王维的山水田园诗中洋溢着生活美和艺术美，王维把自己充沛的感情和充实的思想通过自然界的蓬勃生机和美妙情趣在诗中艺术地表现出来了。

赵昌平文认为，王维的《终南山》《初入终南》等诗，虽然"气调仍较明朗宽大，而体格亦仍较多对前代的借鉴，然而在山水诗中表达禅趣的意向是明确的，因而在诗歌意象上表现出虽仍不废刻画，但却力图摆落对象的具体形象，多通过化实为虚的手法来使对象虚化的倾向。这类诗作可以视为由主玄的山水诗至主禅的山水诗之接合部"。文章又指出："《辋川集》的意义在于，它本身并非有意证道之作，而是一组游览诗，但它又是一组含蕴了诗人深刻的心理积淀、文化积淀，因而将业已转化为诗人才性的禅的讲究刹那体验的思维形态，融入了即时即地心境的游览诗。也就是说，在诗人心物相缘的创作过程中，禅的意识，已不再是诗歌的外围成分，而已成为诗心的内含成分，并熔炼了诗人的种种艺术素质，随时随处地表现出来。这种表现又引起了对山水诗诗体形式的新要求，从而又促进了五绝体势的发展。"

另外，葛晓音在《山水田园诗派研究》一书中对王维山水诗与禅宗之关系的分析也颇为独到。作者指出，首先，"南宗的顿悟性空之说对于王维观照自然的方式是有影响的"①，"有助于诗人在欣赏自然时摒除烦虑和杂音"，"在虚静之中可以谛听到平时听不见的声音，感觉到平时难以察觉的动静"②，写出了诸如《鸟鸣涧》这样的好诗；其次，王维还善于用丰满的色相渲染禅寺，如《游感化寺》"所有意象的选择都格调一致，色彩鲜明，富有宗教壁画的装饰趣味，从而构成了一幅金碧辉煌的梵天仙境图，生动地展现了佛经中描绘的极乐世界"。作者还指出，"将禅境化入多种风格的记游诗，以丰富山水诗的内容和表现艺术，正是王维对山水诗的重要贡献之一"③。作者最后认为，"王维的空静之境固然是吸收了禅家涤清烦虑、自悟性空之说的产物，但也是他追求真淳高洁的审美理想融合在高度提纯的自然美之中的结晶。当他晚年在长安'唯以禅诵为事'，丧失了生活情趣之后，即无好诗，亦可足证对禅境的体会并不是王维取得高度成就的主要原因"④。

三、其他题材的诗歌、诗歌体式和文赋研究

边塞诗和其他题材诗歌

在山水田园诗之外，王维还创作了大量的边塞诗、送别诗和应制诗，但是学界对王维这些题材的诗歌的研究无论从质量和数量上都远逊于对王维山水田园诗的研究。

就边塞诗的研究而言，主要有张清华的《论王维的边塞诗》⑤、王

---

① 《山水田园诗派研究》，第 244 页。
② 同上书，第 245 页。
③ 同上书，第 247 页。
④ 同上书，第 251 页。
⑤ 载《中州学刊》1984 年第 3 期。

从仁的《论王维的边塞诗》①、马秀娟的《论王维的边塞诗》②、王志清的《王维边塞诗：雄悍逸放的人格塑型——兼论所受鲍照诗的影响》③ 等。

其中张清华文首先从内容上分析王维的边塞诗，将其分为五种类型，同时指出其艺术上最突出的艺术特点是：意境新颖，皆出常境，诗中有画，画中寓情。

王从仁文认为，王维的边塞诗反映了游侠少年的豪情和边塞将士的英勇奋战，表现出作者开阔的胸襟、炽热的情感，唱出了高昂、奋发的时代强音，抒写了壮士有志难酬、将军有功不赏的情怀，比较深刻地揭露了军中错综复杂的矛盾，也寄托了寒士阶级的愤懑不平。他还以开元二十五年王维赴凉州为界，将其边塞诗创作分为前后期，认为后期创作主要表现了边地人民的生活，刻画边塞风光，开出了新的路子。在艺术形式与表现方法上，王维曾尝试以各种体裁写边塞诗，他较多地运用七古写边塞题材，是由四杰走向高岑中的一个环节；以七绝写游侠、边塞生活，也是王维的创举；其七律亦有雄阔一路，还在边塞诗中表现出描绘人物的特长。

马秀娟文对王维边塞诗思想内容的分析和张清华、王从仁大同小异，对艺术特点的论述着眼点则不同，主要从写景与状人两个方面分析。在写景方面，该文认为，王维前期创作的边塞诗就已具有"诗中有画"的特点，只是与山水诗不同，表现的是阳刚美："体现在境界的阔大雄浑，气魄的宏伟奔放，笔力的刚健苍劲，读之令人感奋，催人向上，具有震慑人心的艺术力量。"在状人方面，其边塞诗不少是"以人物活动为主体的，景物的描写是这些活生生的人物活动的场景而处于从属地位"，王维写人物的方法是"常常用最省净的语言，抓住人物的某一典型活动，寥寥数字就勾勒出人物的形象"，又"侧重表现人物的精神世界"，"借助于典故刻画人物"。

有关王维送别诗的专论目前似乎只有师长泰的《虚实变换 情味俱深》④。该文着重探讨了王维送别诗的艺术特色：（1）抒情与写景的融

---

① 载《上海师范大学学报》1985 年第 3 期。
② 载《江西大学学报》1985 年第 4 期。
③ 载《晋阳学刊》1994 年第 2 期。
④ 载《文学遗产》1991 年第 4 期。

合，王维继承并发展了魏晋南北朝送别诗借景烘情的传统手法，创立了融山水描写与抒发别情于一体的送别诗的新格局；（2）实境与虚境的变换，唐以前的送别诗侧重于实境的描绘，而围绕着送别时的所见所闻来抒写别情。王维打破了这种传统的写法，把送别诗的境界拓展到别后的山程水驿之中，造成了送别实景与别后虚境的变换；（3）借地形以叙行色。

对王维应制诗进行专门探究的文章也只有维治译的日本学者入谷仙介的《王维的应制诗》[①]一文。该文主要以应制诗为中心就王维宫廷中诗进行探索，作者认为王维应制诗大体上也是充满了祝福皇帝的昌盛荣华的文字，与其他诗人情况没什么两样，但他仍能试着在某种程度上利用它实现自己政治主张。

王维诗歌体式研究

朱湘的《王维》[②]是20世纪较早对王维诗歌创作进行较为全面探讨的文章。该文对王维的各种诗体一一进行了分析和研究，认为王维在古体中五古长似七古，绝句中五绝长似七绝，律诗中五律长似七律。这种工短句而不很工长句的事实并非偶然的，它与作者的文体间是有密切的关系。因为作者擅长的文体是一种重神韵的文体，讲究暗示而不讲究直叙，着重弦外之音而不着重于言尽于辞，所以短句成了他的得意的工具，短句再加短篇，使王维的五绝独擅今古。文章又指出，王维的五律诗中写一种清超的风景，与五言绝句中所写的充满禅性的幽景不同，而王维的七言古诗可以当得"平稳"二字。

在朱湘文发表之后将近六十年时间内，未见有人对王维的诗歌作专门的分体研究。从80年代中后期开始，学界又出现了一些分体裁研究王维诗歌的专论，如王志的《试论王维五言山水诗的意境美》[③]，韩宪臣、毕宝魁的《王维乐府诗初探》[④]，张明非、陈列的《从王维五古看唐代五古的嬗变》[⑤]，张传峰的《论王维的七律》[⑥]，邱瑞祥的《论王维

---

① 载《辽宁大学学报》1988年第4期。
② 载《小说月报》第17卷号外《中国文学研究专号》。
③ 载《中国文学研究》1988年第2期。
④ 载《广东社会科学》1991年第2期。
⑤ 载《王维研究》第1辑。
⑥ 载《湖州师专学报》1994年第3期。

五言律诗的情感倾向》①《王维的古体诗与盛唐气象》②《论王维的七言律诗》③，入谷仙介的《关于王维早期的乐府诗》④等。

其中，韩宪臣、毕宝魁文认为，王维早期的乐府诗首先具有很强的娱乐性，足以显示出他是位文字巨匠；另一方面也充分地反映了他青春时期的精神风貌。其乐府组诗在结构上还有一个特点，即第一首歌咏实景，第二首以下则为适合座中客人的要求而展开想象，进行虚构，不像一般组诗那样，仅把大体上相同情趣的几首作品并列起来。王维就是在易懂的乐府诗篇中尖锐地揭示出华美的外衣中裹藏着的精神世界，委婉地抒发自己的情怀。

张明非、陈列文认为，在盛唐诗人中，王维是较早探索五古并取得显著成绩的一个，概括起来大约有以下特点：（1）建安江左，兼容并取；（2）熔铸陶谢，益以风神；（3）借鉴近体，运律于古；（4）王维处于五古的转折阶段并促进了五古的转变，在唐代五古的转折阶段起了很大的作用。

邱瑞祥前文认为，王维古体诗中积极入世的情怀显露出雄浑博大的诗境和刚健流畅的风格，这些正是盛唐气象的积极产物和代表风格。其中文认为王维的五律呈现出乐而不淫、哀而不伤的情感倾向，表露出儒家的中和之美。其后文则认为，王维在七律的发展过程中，是一位既有继承，又有创新与拓展的过渡性人物，是通向杜甫七律的桥梁。具体表现为：表现领域的扩大，极力塑造高远的诗歌意象，追求章法的变化。

入谷仙介文提出了他在对王维诗歌日译过程中发现的有关早期乐府诗的一些用典的问题，探讨王维究竟是以什么作为典故的，进而重新看待青年时期的王维。

王维文赋的研究

王维不但创作了大量的诗歌，同时也写了相当数量的文赋。但学界对王维文赋的研究一直比较薄弱，专题论文主要有陶文鹏的《论王维的

---

① 载《贵州大学学报》1994年第3期。
② 载《贵州大学学报》1995年第4期。
③ 载《贵州大学学报》1996年第4期。
④ 载《唐代文学研究》第6辑。

文赋创作》①、张清华的《王维的文赋》② 等。其中陶文鹏文指出，王维的文章中有少数是思想内容积极健康、具有现实意义的作品。在形式上，这些作品绝大多数是唐代风行的"时文"，即骈文，但他能骈中见散，既保持骈文对偶齐整、音韵协调的特色，又具有语言流畅、气势充沛的散文美，体现了由骈文向散文转化的迹象。他的不少以送行为题材的作品，都在篇末生动地描写送别时的环境或别后行人旅途中的自然景色，寓情于景或景中含情，使文章摇曳生姿，富于诗的深远意境。这是王维文章一个鲜明的艺术特色。

四、王维与孟浩然和其他诗人之比较

王维之所以能取得如此大的艺术成就，和他对前代、同代诗人的广采博取是分不开的，所以20世纪也产生了一些将王维与前代、同时诗人进行比较的研究成果。

与孟浩然之比较

以王、孟并论的专著，主要有杨荫深的《王维与孟浩然》、王从仁的《王维和孟浩然》等。

杨荫深著主要说明了王维和孟浩然的种种相异之处。如他指出，两人虽然同是描写田园的，但情调却截然不同，"浩然有时毕竟还要高呼直喊起来"，而王维"只是低声吟咏。令人如闻溪流之声，淙淙有韵"③；王维的诗"与孟浩然诗一同读起来的时候，真会觉得一个是怎样爱静，一个在静中总是带着一些动的"，至少孟浩然"心中一些不平之气，常常会在字里行间发吐出来的"④；"王维的写景大多是静的，是客观的，浩然却是动的，是主观的。一个是竭力避免自己的影子放到诗里去，一个却喜把自己的影子和诗篇去混合"⑤。

和杨荫深著不同，王从仁著则在肯定王孟并称、王孟地位相当的前提下，探讨了王、孟各自的生平和文学成就。王从仁在引言中认为，王孟并称有着丰富的涵义。首先，他们生活在同一个时代，是情趣相投的

---

① 载《唐代文学论丛》总第5辑。
② 载《文学评论丛刊》第31辑。
③ 《王维与孟浩然》，第20页。
④ 同上书，第24页。
⑤ 同上书，第65页。

莫逆之交；更重要的是，他们共同开创了盛唐诗坛上一个主要的创作流派——山水田园诗派；在思想作风上，他们都以"高人""隐士"著称；在诗歌体裁上也有共同的好尚，都擅长五言诗。当然，王、孟也有所不同，如王维歌咏的题材就不止山水田园，他的风格也有雄阔的一面；即使是两人的山水诗也有一定的区别。作者又具体论述了王、孟山水田园诗的区别。首先，王维诗中，诗人的自我形象与外界景物融成一体，作者的个性与自然达到了完美的契合，他善于通过景物的描写，表现个人的感情。孟浩然诗中，诗人的形象是独立的，并不断地在所描写的自然环境中活动着，作者的感情是直抒出来的。其次，王维的诗，静中有动，往往以动显静。孟诗中，首先使人感觉到的，是诗人情感的波动，他所描绘的景物却往往是静美的，万籁俱寂的。再次，王维诗以清秀精工著称，语言锤炼，时有警策之句和醒人耳目的"诗眼"；对景物的描摹，则善于彩绘。孟诗清新自然，篇幅大多短小，语言平淡，擅长白描手法。另外，王维的诗受佛教思想影响较大，孟诗则甚不明显。总之，王维的诗丰润而富有生趣，孟浩然的诗清淡而韵味悠长[①]。

除了上述专著，20世纪还产生了相当数量的专题论文。承名世的《王孟的优劣》[②]可以说是较早探讨这一问题的文章。该文认为，王、孟虽然并称，"其实孟诗远不及王"："王诗的长处是清远隽逸，孟诗虽也清远，隽逸却不及王，其长处在比较矜炼而已"；"王维早年得志，胸襟开阔，所以他的诗没有寒酸的气息。孟浩然一生潦倒，胸襟因穷愁而狭小，加以才情较差，所以他的诗不能脱寒酸的气息"。

此后相当长的时间内，未见有人将王、孟作专门之比较。80年代以后，学界才又出现了一些相关的文章。如丁成泉的《论王、孟山水诗的艺术经验》[③]、贺新居的《王、孟诗歌之比较》[④]、李浩的《王维与孟浩然山水田园诗之比较》[⑤]、胡遂的《论陶谢王孟田园山水诗审美意趣之异同——兼论山水诗从六朝到盛唐意境演进过程》[⑥]、冀勤的《孟浩

---

① 《王维和孟浩然》，第76—77页。
② 《文史杂志》第6卷第1期，1946年。
③ 载《华中师院学报》1982年第3期。
④ 载《辽宁大学学报》1987年第1期。
⑤ 载《西北大学学报》1987年第3期。
⑥ 载《中国文学研究》1987年第1期。

然王维诗风格琐谈》①、朱起予的《王、孟诗歌差异论》②、赵玉桢的《王维、孟浩然齐名质疑——论王维为高孟一等的大诗人》③《论王维、孟浩然诗思想境界的差异》④等。

其中，丁成泉文从景物形象的塑造、表现手法和诗与画的结合三个方面，探讨了王维和孟浩然的山水诗的艺术经验。贺新居文从四个方面概括了王孟诗歌的内容，指出王诗在反映社会生活的广度和深度上比孟诗略胜一筹。就山水诗而言，王维受佛教思想影响较深，及处处可见受绘画影响的痕迹，这些在孟诗中都很难找到；就田园诗而言，王维善于写静，以有声写无声，是幽静；而孟诗中的静往往是"寂静"，是直写其静；王诗中的景色是一幅幅静美的田园画，孟诗则如一个个蒙太奇镜头；王诗"物我一体"，是"无我之境"，孟诗往往有诗人活动的影子，是"有我之境"，孟诗喜直接抒情、议论，王诗多以景见情，情景交融。二人各有成就，不宜轩轾。李浩文从思想、创作时间、观照自然的角度、抒情方式和体裁等方面，对王、孟山水田园诗作了比较，着重于同中有异，分析其特点及成因，指出孟浩然是由晋宋山水田园诗过渡到王维山水田园诗的桥梁和重要转折点，熔陶谢于共冶，和山水、田园于一体，基本上为盛唐山水田园诗定下了基调；王维则以其天才之资将诗、画、音乐和山水、田园结合得天衣无缝，更臻完美，把盛唐山水田园诗推到了顶峰。胡遂文对王孟诗歌进行了比较：孟诗个性鲜明，诗人自我形象特别活跃，呈现"淡美"的意趣；王诗则泯灭个性，消尽意气，从而达到一种"思与境谐"的境界。冀勤文从王、孟的不同经历入手，分析了二人退隐的不同原因，认为王维是在遭受到人生的挫折、正视了社会的诸多矛盾之后自甘退隐的，因此，他的内心趋于平静，是充实的，反映在诗中便呈现出一种真正恬淡美好的风格。孟浩然的退隐则是失意者寻求的一种解脱，是不得已而为之的，因此，他在描写山水的心境里，很明显地流露出一份抑郁和对社会冷淡的情调，这在王维诗中是找不到的。但这并不意味着孟浩然完全不受时代氛围的影响，在其秀丽淡雅、宁静清冷的诗风中，也带有盛唐时期的特色。朱起予文指出，孟浩

---

① 载《文史知识》1989年第4期。
② 载《苏州大学学报》1989年第4期。
③ 载《人文杂志》1990年第5期。
④ 载《苏州大学学报》1992年第2期。

然诗总的特点是"冷",其意境是清远的;而王维诗意境是清秀的,富有人情味的。孟浩然是疏野的,其诗表现的是一种既有别于田父野老、又不同于隐逸官僚的具有乡绅特征的思想;王维则是一位文人,一位正统的、有着高度文化修养的诗人兼画家。孟诗总是存在于相对封闭的空间中,视境不免局促;王诗的视境往往是阔大的,无限的。赵玉桢后文认为,在中国文学史上,王维、孟浩然向来齐名并称,其实,这是一个非常片面的结论。因为两位诗人除都创作了不少优美的山水田园诗这一点相似外,再也没有共同之处。仅就诗作来说,从宏观方面来看,两位诗人成就、对诗史的贡献有大小之分,艺术风格有丰厚与单弱之异,思想境界有高下之别,这些巨大的差异决定了王、孟诗作在总体上根本不能划分到同一层次。

另外,葛晓音在《山水田园诗派研究》一书中也对王维与孟浩然在山水田园诗创作上的异同进行了细致、深入的比较。作者认为:"如果说孟浩然以比兴寄托和壮逸之气充实了南方山水诗的骨力,那么王维就是在充分吸取南方山水诗表现艺术的基础上,开辟了北方山水田园诗的新境界,以雄浑壮丽与清新自然相结合的风格,实现了汉魏风骨与齐梁词彩相交融的艺术理想。"[①] 作者还指出,"如果说孟浩然的山水诗是以感受为主,而较少刻画,以淡化意象取胜的话;那么王维则更擅长于精确刻画形貌特征,用精心结构的画面表现丰富的感受,因此他笔下的山水无论色彩或构图都比孟浩然鲜明"[②]。

王维与其他诗人之比较

学界除了喜欢将王维和孟浩然进行比较研究,还将王维与陶渊明、谢灵运等前代诗人进行比较,以期探讨其山水田园诗的艺术渊源;将王维与其同时代的李白、杜甫、储光羲、裴迪等其他诗人进行比较,以探讨他们诗歌创作之异同;还有人把王维与华兹华斯、泰戈尔等外国诗人进行比较,探究人类共同的文学审美趣味;也有人研究王维诗歌对日本等国文学创作的影响。

在80年代之前,虽然没有将王维与这些诗人进行比较的专题论文出现,但是在一些论著中,实际上已经有了对他们的比较。如陈贻焮

---

① 《山水田园诗派研究》,第225—226页。
② 同上书,第232页。

《论王维的诗》①在探讨王维诗歌风格形成原因时指出,他的一些诗蕴藉、素朴,深受《国风》艺术风格的影响。他累用《史记》中的题材(如《夷门歌》等),不失原作慷慨悲壮之情。而其中给他影响最大的,又莫如《楚辞》和陶渊明。王维不仅采用了《楚辞》的形式,发展了它的意境,创作了许多骚体诗;就是他的一些近体诗,境界精美,且一往情深,颇有哀怨之思,所受《楚辞》(尤其是《九歌》)的影响,也莫不隐约可辨。王维是陶渊明之后成功的田园山水诗人。他们都热爱自然,都具有平和恬静的心情。他们的风格都是浑成的,格调也都是高雅的,但他们的诗歌,也有所不同。其中最显著的是:陶诗着重白描,王诗长于彩绘;陶诗虽善写风景,而表现生活感受居多,王诗虽情景交融,却仍以景物描写为重。再如,王运熙的《王维和他的诗》也论及王维与陶渊明的异同,他认为王维的一些山水诗如《竹里馆》等,艺术描写都比较生动,情景交融,语言自然,跟陶潜的名句"采菊东篱下,悠然见南山"(《饮酒》)颇为类似。"但这里所刻画的诗人,对社会现实采取漠不关心的态度,超尘绝世,陶醉于自然的美景中,它也不像陶诗那样在表面的恬淡中包藏着对现实的消极反抗,表现了中下层知识分子的愤慨;这里所有的只是官僚地主赋闲生活中的优游自在,因此在思想内容上就谈不到有什么社会意义。"②

葛晓音的《王维·神韵说·南宗画》是较早将王维放到中国山水诗史上探讨其艺术渊源和影响的专题论文。该文在论及谢灵运对王维的影响时说:"大谢状物的精致使王维懂得形象确定性的重要","同时大谢的堆砌和繁琐又使王维明白形象的过分确定也会限制人的想象空间,使诗歌失去回味的余地。因而他善于用清丽去冲淡大谢的华靡,用简约压缩大谢的繁缛"。

此后,产生了许多探讨王维与陶、谢、李、杜等人之异同的文章,如任嘉禾的《陶潜与王维——诗史上儒道结合与儒佛结合之比较》③、马秀娟的《山水诗的一大飞跃——王维与谢灵运山水诗之比较》④、胡遂的《论陶谢王孟田园山水诗审美意趣之异同——兼论山水诗从六朝到盛唐意

---

① 载《文学遗产增刊》第3辑。
② 《王右丞集笺注》,第9页。
③ 载《内蒙古大学学报》1984年第2期。
④ 载《唐代文学论丛》总第7辑。

境演进过程》①、万亚峰的《试论李白、王维创作倾向的分化》②、王竞时的《试论"二谢"与王维山水诗的艺术风格和特色》③、王友怀的《追楚辞逸步而自见新意》④、王志清的《山水诗中物的心态化试论——王维杜甫山水诗比较研究》⑤、李金坤的《储光羲、王维诗歌之异同》⑥、师长泰的《实做有尽 虚做无穷——〈辋川集〉王、裴五绝诗比较》⑦等。

其中任嘉禾文认为，陶潜的思想以先秦"儒家八派"中的"颜氏之儒"为主体，陶诗中所表现的典型情绪、典型性格都出自"颜氏之儒"；王维属于"孟氏之儒"，王诗中体现了孟子"乐以天下，忧以天下"的典型情绪，体现了"兼济"与"独善"相统一的孟子式的典型性格。作者还论证了王维以孟子思想为主导与当时现实的矛盾，因而走上了"儒佛（禅）结合"的道路，这也对王维诗歌风格产生了影响。胡遂文指出，王维诗中的"物我一体"不同于陶渊明的"物我交流"。谢灵运和王维在通过对自然山水的观照来体悟哲理这一点上有共同之处，但这种体悟反映在谢灵运的山水诗中，往往是一种与景物基本脱节的说教；体现在王维山水诗中却是一种苞含于大自然的物态天趣之中的宇宙人生的至理。王维采取的这种摒除知性逻辑干扰的直观顿悟方式，最符合创造意境的审美规律。胡遂文还把山水诗从六朝到盛唐的意境演进过程描述为：从谢灵运的客观状物到谢朓的融情入景，到孟浩然的"期以放性"，再到王维的"思与境偕"，这就是中国山水诗从产生到盛唐阶段意境演进的一般过程。万亚峰文指出，安史之乱成为唐代社会由盛转衰的转折点，此时的每个作家通过对时代气候的不同感受，从各自不同的利益出发，重新选择自己的创作道路，体现在他们出世与入世的分化上，王维和李白就是这两种倾向各有代表性的作家。在客观条件与主观因素的冲突中，李白表现出了更强烈的理想主义世界观，毫不顾忌客观现实的压力，大胆创作；而王维进步的政治理想在险恶的政治风浪中被吞噬了，

---

① 载《中国文学研究》1987年第1期。
② 载《文史知识》1988年第3期。
③ 载《辽宁教育学院学报》1988年第1期。
④ 载《文学遗产》1991年第4期。
⑤ 载《人文杂志》1993年第1期。
⑥ 载《辽宁大学学报》1994年第4期。
⑦ 载《王维研究》第2辑。

性格的弱点则有了进一步的显现。王友怀文的角度比较新颖,先从王维骚体诗融汇《楚辞》词语而出新意和受《楚辞》骇目谲怪的风格影响两个方面分析后,认为王维众多的骚体诗"不只是对骚体形式的简单模仿,而更能让内容和形式统一起来,表达诗人的情志,表现诗人的写作技巧,显示着诗的意境美"。至于《楚辞》对王维诗歌艺术的整体影响,王友怀文拈出王维幽静的意趣与屈原诗句中幽静一面的投合,二人对芳草香花的特殊兴味,和善于通过色彩表现诗人明快朗丽的感觉等方面有绍承关系,这表现出王维诗的艺术个性。李金坤文指出,在山水诗方面,储光羲、王维诗皆体现出一种阔大开朗、意境雄浑的气象。但王维在创作上追求一种超尘脱俗而虚幻空寂的禅悟之境;而储光羲描写山水,多以世人手眼客观而真切地加以描写,力求写出它的真趣,给人以美的享受。在田园诗方面,储、王都表现出一种安适自得、乐在其中的情趣。但王维诗多是从第三者的角度来描写的,只能是一种"无我之境";而储光羲却不同,他完全是以当事者的身份置之于农家之列,完全是一种"有我之境"。如果以秀静恬淡、情境高爽来概括王维山水田园诗风格的话,那么储光羲的作品则表现为真朴自然、淡远醇厚的风格。师长泰文指出,由于思想感情相合,生活情趣相投,加之深受王维的影响,裴迪的诗也同王维的诗一样,具有平淡自然的风格。但二人毕竟生活经历、思想境界与艺术修养不同,因此他们同咏辋川之作存在着明显的差距。从总体上看,裴诗的艺术水平不及王诗高,但也有少数篇章写得情景交融,意境悠远。具体地说,王维《辋川集》二十首绝句中,除了少数几篇偏重实写,其余绝大多数诗都重在虚实结合,显得构思多变,形神兼备。这与裴迪大多数诗偏重实写形成对比。二者在艺术构思、表现手法上有明显差别,因此也造成了不同的艺术效果。

葛晓音的《山水田园诗派研究》在论述王维的山水田园诗时也经常将王维与陶、谢比较,且时见精辟之论。如作者指出:"王维学习大谢,并不像沈宋和二张那样热衷于章法和格调的模仿,而是超出一格,对大谢的古体山水诗平铺直叙、面面俱到、不分主次、寓目辄书的基本表现方式进行了彻底的改造,形成了突出主线、详略得宜、曲折有致的多种结构方式,并在一向以意象密实为特色的古体中创造出空灵的意境。"[①]作者又指出,王维和陶渊明的相合之处,主要是在安贫乐道这一点,因

[①] 《山水田园诗派研究》,第228页。

此他"最容易接受的还是陶诗所提供的现成的田园模式,即鸡鸣狗吠、桑麻榆柳、村墟烟火、菊花壶酒、穷巷柴扉这些寓有安贫乐道之意的特定意象",但是,王维"善于将陶诗的典型意境吸收到自己的田园生活中去,没有满足于对陶诗意象的综合和模仿"①。

还有一些文章将王维与域外诗人进行比较,如金丹元的《试比较王维与华兹华斯山水诗的近似审美意识》②,孙振华的《两位集进取与高蹈于一身的"大自然歌手"——试比较王维与华兹华斯》③,朱晓亚的《王维与泰戈尔诗歌比较》④ 等。也有学者探讨了王维诗歌在域外的流传和影响,如雪田的《王维的诗有俄译本》⑤,于保玲著、周发祥摘译的《王维研究与翻译近况》⑥,周发祥、洪庭木的《王维研究在国外》⑦,王丽娜的《王维研究在海外》⑧,马歌东的《试论日本汉诗对王维五言绝句幽玄风格之受容》⑨,柳晟俊的《王维诗对李朝诗人之影响考》⑩ 等,都具有较大的参考价值。

五、作品考辨及文集整理

诗文的考辨

20世纪学界对王维诗文作品的考订和整理同样也取得了一定的成绩。陈贻焮的《王维诗选》是20世纪关于王维诗歌考订方面第一个具有较大规模的成果,该书对王维的许多诗作的作年进行了考订,并为之作了编年。

20世纪专事王维诗文考订的文章主要有程会昌的《王摩诘"送綦毋潜落第还乡"诗跋》⑪,曹济平的《关于王维写作〈辋川集〉的年代

---

① 《山水田园诗派研究》,第237页。
② 载《昆明师专学报》1985年第4期。
③ 载《云梦学刊》1987年第3期。
④ 载《徐州师范学院学报》1991年第1期。
⑤ 载《编译参考》1980年第7期。
⑥ 载《文学研究动态》1983年第8期。
⑦ 载《唐代文学研究年鉴》1984年卷。
⑧ 载《文学遗产》1991年第4期。
⑨ 载《人文杂志》1995年第3期。
⑩ 载《唐代文学研究》第6辑。
⑪ 载《国文月刊》第60期,1947年。

问题》①，陈贻焮的《〈关于王维写作《辋川集》的年代问题〉读后》②，韩维钧的《王维现存诗歌质疑》③，杨军的《王维诗文系年》④，陈铁民的《王维诗真伪考》⑤，毕宝魁的《王维诗二考》⑥，李浩的《王维　孟浩然诗地名考辨》⑦，杨军的《王维文校理札记》⑧等。

而谭优学的《王维生平事迹再探》⑨，王达津的《王维生平及其诗》⑩，陈铁民的《王维年谱》⑪，杨军的《〈王维的生平和诗〉质疑——就教于王达津先生》⑫，张清华的《〈王维年谱〉证补》⑬《王维年谱》⑭，陈铁民的《读张著〈王维年谱〉札记》⑮等，在探讨王维生平事迹的同时，也做了不少王维诗文的考订工作。

作品集的整理和版本研究

对王维作品集进行重新整理的成果主要有傅东华的《王维诗》、陈贻焮的《王维诗选》、陈铁民的《王维集校注》等。前面两书是选本，其中陈贻焮著因为考订精审、注释简明，从50年代末开始在学术界一直有很大的影响。陈铁民著是对王维现存作品重新进行校理、笺注、编年的成果，比较全面地体现了八九十年代在王维生平和诗文考订等方面所取得的实绩。清人赵殿成的《王右丞集笺注》也曾经过叶葱奇的勘校，被上海古籍出版社先后在60年代、80年代、90年代三次排印出版，满足了王维研究界的需要。另外，陈抗等编制的《全唐诗索引·王

---

① 载《光明日报》1961年11月5日。
② 载《光明日报》1962年2月11日。
③ 载《文学遗产增刊》第13辑。
④ 载《天津师范大学学报》1983年第4期。
⑤ 载《文史》第23辑，1984年。
⑥ 载《沈阳师范学院学报》1989年第2期。
⑦ 载《西北大学学报》1989年第4期。
⑧ 载《王维研究》第2辑。
⑨ 载《西南师范学院学报》1982年第2期。
⑩ 载《河北师范大学学报》1982年第4期。
⑪ 载《文史》第16辑，1982年。
⑫ 载《苏州铁道师范学院学报》1986年第1期。
⑬ 载《文学遗产》1988年第6期。
⑭ 张清华：《王维年谱》，上海：学林出版社，1988年。
⑮ 载《文献》1991年第3期。

维卷》①、陈铁民整理的《王维事迹资料汇录》《（王维）画评》《（王维）诗评》（均载《王维集校注》附录），对王维研究的进一步深入也有一定的帮助。

对王维作品集的版本和流传情况的研究成果主要有万曼的《唐集叙录·王维文集》、陈耀东的《王维集知见录》②、陈铁民的《王维集版本考》③等。

---

① 陈抗、林沧、任红等编著：《全唐诗索引·王维卷》，北京：中华书局，1992年。
② 载《王维研究》第2辑。
③ 见《王维集校注》附录。

第八章 李白研究

　　李白,中国诗歌史上的天才、奇才,其诗不仅在当时引起了极大的轰动,而且具有持久的生命力和永恒的艺术魅力,至今仍能家喻户晓,脍炙人口。与此同时,历代诗评家也对李白的生平和创作进行了持续不断的品评和研究,到 19 世纪末,已经积累了相当可观的成果。不过,在李白研究史上,20 世纪所取得的成绩和进展无疑最大。这一百年中,学界在传统的印象式诗歌品评的基础上,开始运用较为现代的、科学的、系统的诗歌理论来研究李白及其诗歌艺术,取得了至深且巨的成就。在李白诗文校注和文集整理方面,更是硕果累累,佳作迭出。尤其值得一提的是,从 80 年代中期开始,从事李白研究的学者自发成立了李白研究会,定期召开全国性或国际性的李白研究学术研讨会,连续出版了多种专门刊载李白研究论文的刊物,极大地促进了李白诗歌的进一步普及和研究的进一步深入。为了比较全面、准确地反映 20 世纪李白研究所取得的巨大进展和成果,本文拟采取分阶段和分专题相结合的方法介绍之[①]。

第一节　20 世纪李白研究概述

一、20 世纪上半叶

　　严格说来,具有现代学术意义的李白研究,是从 20 世纪 20 年代才

[①] 本章写作承蒙中国李白研究会李子龙先生惠寄大量资料,特此致谢。

开始的。伍非百的《诗界革命家李白的作品之研究》①，是20世纪较早运用现代诗歌理论对李白进行批评的文章。该文无论是行文的方式还是论述的角度，都与传统的点评、集说异趋，而是从人格特质和艺术形式两方面，高度评价了李白对当时诗歌革新的贡献。稍后，又陆续出现了相当数量的从思想、性格、情感和艺术特质等角度对李白进行较为细致研究的文章，如崔宪家的《浪漫主义的诗人李白》②、陆渊的《情圣李白》③、徐嘉瑞的《颓废派之文人李白》④、缪启愉的《李白个性的遗传及其儿童期生活》⑤、李长之的《李白的文艺造诣与谢朓》⑥、浩乘的《李白的佛学思想》⑦、萧望卿的《李白的宇宙意义与人生观》⑧等。同时，用类似理论和方法研究李白的专著也不少，如李守章的《李白研究》⑨、汪炳焜的《李太白传》⑩、李长之的《道教徒的诗人李白及其痛苦》⑪、戚惟翰的《李白研究》⑫等，其中李长之著视角尤为新颖、分析尤为独到，在学术界具有较大的影响。

就具体问题而言，关于李白氏族和籍贯问题的讨论无疑是20世纪上半叶李白研究领域中最引人注目的风景。这次讨论是从李宜琛的《李白的籍贯与生地》⑬开始的，他在该文中提出李白应生于西域的说法。此后陈寅恪在《李太白氏族之疑问》⑭中又详细考证，亦断定李白"生于西域，不生于中国"。而与之观点不同的文章则有王立中的《〈李太白国籍问题〉之商榷》⑮等。

---

① 载《晨光》第1卷第5期，1923年。
② 载《师大国学丛刊》第1卷第3期，1932年。
③ 载《学灯》1923年12月20日。
④ 载《小说月报》第17卷号外《中国文学研究专号》。
⑤ 载《学生文艺丛刊》第7卷第2期，1932年。
⑥ 载《北平晨报·文艺副刊》第16期，1937年。
⑦ 载《佛学月刊》第2卷第5、6期，1942年。
⑧ 载《京沪周刊》第2卷第6期，1948年。
⑨ 李守章：《李白研究》，上海：新宇宙书店，1930年。
⑩ 汪炳焜编：《李太白传》，上海：商务印书馆，1935年。
⑪ 李长之：《道教徒的诗人李白及其痛苦》，香港：商务印书馆，1940年。
⑫ 戚惟翰：《李白研究》，上海：中华书局，1948年。
⑬ 载《晨报副刊》1926年5月10日。
⑭ 载《清华学报》第10卷第1期，1935年。
⑮ 载《学风》第6卷第7、8期，1936年。

二、五六十年代

从 50 年代开始,学界开始运用马克思主义的唯物史观来分析和评价李白的思想和诗歌,还展开了关于李白的人民性和进步意义的讨论,这次讨论是从林庚发表《诗人李白》① 一文开始的。林庚在该文中指出,李白并非像过去有些人想象的那样脱离现实,相反,他对政治,对祖国,对人民是很关心的;他的作品反映了当时社会的某些情况,同时也表现了高度的爱国主义精神。对于这些看法,当时许多学者都表示赞同。而他们对林庚提出的李白歌颂"太平盛世"是反映了人民的愿望、李白的布衣感是与农民起义"一而二二而一"的观点则发表了不同的看法。

五六十年代李白的生平研究,除了对李白的家世和出生地继续进行讨论外,还提出了一个新问题,即李白的经济来源。这一问题是由麦朝枢的《李白的经济来源——读李漫笔之一》② 引起的,他认为李白和他的父亲都是贩运铜铁的商人,而李白则"兼涉采冶"之业。该文发表以后,立即引起了学界的注意,相继出现了耿元瑞的《李白是靠经商过活吗?——对〈李白的经济来源〉一文的质疑》③、慕容华的《李白是做生意的?》④、李廷先的《为李白一辨——读麦朝枢〈李白的经济来源〉一文后》⑤ 等商榷文章。

这一时期的李白诗歌艺术研究的新趋势是学界开始普遍用浪漫主义的理论来分析其诗。林庚在《诗人李白》中说:"李白从市民阶级萌芽中所得到的主要是独往独来的自由生活,个性解放的要求,自由意志与浪漫主义的精神。"⑥ 后来专论李白诗歌浪漫主义的文章一下子多了起来,如胡国瑞的《李白诗歌的浪漫主义精神及艺术特点》⑦、孙殊青的

---

① 载《文学遗产》1954 年第 25 期。
② 载《光明日报》1962 年 8 月 12 日。
③ 载《光明日报》1962 年 12 月 23 日。
④ 载《羊城晚报》1963 年 1 月 16 日。
⑤ 载《扬州师院学报》1963 年第 17 期。
⑥ 林庚:《诗人李白》,北京:古典文学出版社,1956 年,第 32 页。
⑦ 载《文学遗产增刊》第 4 辑。

《论李白诗歌的积极浪漫主义》[①]、谢善继的《李白诗歌的浪漫主义精神》[②]、黄海章的《试论构成李白诗歌积极浪漫主义的因素》[③]等。

三、"文革"期间

从1967年到1976年,李白并没有被人冷落,其中最可注意的就是郭沫若在《李白与杜甫》提出的李白生于中亚碎叶说。他在该书中认为李白当生于中央亚细亚的碎叶城,其位置在今哈萨克斯坦境内的托克马克。此说一出,马上得到了学界众多的响应,如余恕诚的《李白出生于中亚碎叶的又一确证》[④]、殷孟伦的《试论唐代碎叶城的地理位置》[⑤]等。直到80年代以后,也还有人响应此说。

"文革"后期,李白研究最引人注目的现象是当时有些人用"评法批儒"的观点来分析和评价李白,普遍认为李白是法家,说李白具有强烈的尊法反儒的思想倾向和战斗精神,他们还将之与杜甫进行比较,扬李抑杜。

四、80年代以后

20世纪最后二十年,可以说是李白研究的复苏期和高潮期。从70年代末开始,学界又重新用学术批评和科学研究的眼光来对待李白及其文学创作,再加上有相当多的学者在"文革"期间一直没有停止对李白研究的思考,所以从70年代末到80年代中期,就出版了将近二十部李白研究专著,论文更是难计其数。

当然,八九十年代李白研究的兴盛局面不只体现在发表成果的数量上,更体现在空前的深度和广度上,此时人们发现和讨论的问题较以往任何一个时期都多。

就李白生平研究而言,人们除了继续探讨李白的出生地、家世问题和经济来源等问题外,还就李白一生入京的次数和时间、寄家东鲁、长流夜郎等问题展开了广泛的讨论。

---

① 载《学术月刊》1957年第10期。
② 载《唐诗研究论文集》,北京:人民文学出版社,1959年。
③ 载《中山大学学报》1960年第2期。
④ 载《安徽师范大学学报》1973年第1期。
⑤ 载《文史哲》1974年第4期。

在李白思想研究方面，学界则拓宽思路，多角度、分层次地研究李白的思想与盛唐文化乃至中国传统文化之关系，对李白与宗教之关系的研究也更为深入和全面。

在李白诗歌的现实性的研究方面，人们对李白诗歌是否反映了"盛唐气象"的讨论较五六十年代更为深入。

在李白诗歌的艺术研究方面，人们也逐渐改变套用现实主义或浪漫主义的理论模式的思路，开始从意象、结构、语言、声律、诗体、审美观、创作心理、文化价值等角度进行更新颖细致的探讨。同时，人们还将李白与古今中外的许多诗人进行比较，试图寻找李白诗歌的艺术渊源、艺术魅力及中外优秀诗歌作品的共同艺术规律。在具体作品研究方面，此时学界对《蜀道难》作意和主题的研究、对李白词真伪问题的讨论较五六十年代都更为热烈和持久。

八九十年代，学界在李白作品的考订和整理方面也取得了巨大的成绩。这二十年间，除出版了十几部李白诗选、文选，还先后出版了《李白集校注》[1]《李白全集编年注释》[2]《李白全集校注汇释集评》[3] 三部各有特色的李白全集的新整理本，充分显示了20世纪李白作品整理和研究的实绩，同时也为李白研究的进一步推进和开拓打下了坚实的基础。

在李白研究史上，20世纪八九十年代还具有划时代的意义，这主要表现在李白研究会的成立、李白研究刊物的出版和李白学的初步创建等方面。1985年5月，在安徽省马鞍山市召开了"中日李白诗词研讨会"，在这次会议上有人提出成立"中日李白诗歌研讨会"。经过有关方面和全国李白研究专家们的共同努力，1987年11月成立了"中国李白学会"，并决定出版会刊《李白学刊》（后改名《中国李白研究》），学会秘书处和会刊编辑部都设在马鞍山市的"李白纪念馆"内。到1998年为止，李白研究会共召开了六次年会暨李白研究国际研讨会，先后出版

---

[1] 李白著，瞿蜕园、朱金城校注：《李白集校注》，上海：上海古籍出版社，1980年。

[2] 安旗、薛天纬、阎奇等编著：《李白全集编年注释》，成都：巴蜀书社，1990年。

[3] 詹锳主编：《李白全集校注汇释集评》，天津：百花文艺出版社，1996年。

了会议论文集一部[①]、会刊九部、相关论文集一部[②]。除了安徽省马鞍山市建立了李白纪念馆，成立了李白研究所，四川省江油市、湖北省安陆市、山东省济南市也都建立了李白纪念馆和李白研究机构。其中江油市李白纪念馆先后举办李白研究学术会议[③]多次，出版《李白研究论丛》[④]两辑，湖北安陆考证李白领导小组编辑出版了《李白在安陆》[⑤]等著作；山东济宁李白纪念馆也出版了《李白在山东论丛》[⑥]等著作。

可以说，在20世纪最后的二十年中，李白纪念活动和学术讨论遍地开花，使李白研究呈现出前所未有的兴盛局面。

第二节 李白生平研究

在20世纪的李白研究中，生平研究取得的成绩最为骄人。百年之中，十几种李白年谱先后出版，传记更多，探讨李白生平的专题论文难计其数。这些成果又主要围绕着以下几个问题展开讨论。

一、出生地问题

自古以来，人们就对李白的出生地持有不同的意见。20世纪学界对李白出生地的看法更是众说纷纭，莫衷一是，约有以下几种观点。

蜀中说

在李白生地的诸说中，此说出现最早。它最先是由明代杨慎提出来的，清人王琦也对此说持肯定态度。20世纪初，黄锡珪在其《李太白年谱》[⑦]中同意王琦提出的"神龙"为"神功"之讹的说法，认为到武后时，李家子孙已还内地，于蜀之绵州彰明县内之青莲乡安家，李白也

[①] 马鞍山市李白研究会编：《中日李白研究论文集》，北京：中国展望出版社，1989年。
[②] 茆家培、李子龙主编：《谢朓与李白研究》，北京：人民文学出版社，1995年。
[③] 四川省早在1982年10月就成立了"李白研究学会"。
[④] 李白研究学会编：《李白研究论丛》，成都：巴蜀书社，1987年。
[⑤] 朱宗尧主编：《李白在安陆》，武汉：华中师范大学出版社，1986年。
[⑥] 郑修平：《李白在山东论丛》，济南：山东友谊书社，1991年。
[⑦] 黄锡珪编：《李太白年谱》，北京：作家出版社，1958年。

当生于此地。此说后来得到了一些学者的响应,戚惟翰的《李白研究》①、苏仲翔的《李杜诗选·导言》②、复旦大学中文系古典文学教研组选注的《李白诗选·前言》③、王伯祥的《增订李太白年谱》④、胥树人的《李白和他的诗歌》⑤、裴斐的《评李白出生碎叶说兼及其籍贯问题》⑥都沿用此说。

西域说

李宜琛在1926年5月10日的《晨报副刊》上发表了《李白的籍贯与生地》一文,通过对李白生卒年的考订,认为"李白不生于四川,而生于被流放的地方",也即李家被流放的西域碎叶。九年以后,陈寅恪又发表了《李太白氏族之疑问》⑦一文,认为李白是生在西域的"呾逻私城",在五岁的时候,由他的父亲带回到巴西的。一年之后,《逸经》上先后发表了三篇涉及李白出生地问题的文章,即胡怀琛的《李太白的国籍问题》⑧《李太白通突厥文及其他》⑨、幽谷的《李太白——中国人乎?突厥人乎?》⑩,它们都肯定李白生于西域。其中胡怀琛文在引《大唐西域记》的记载后说,"李白的先世所流寓的地方,疑是在呾逻私城南面十余里的地方",即素叶(今中亚碎叶)之西八百五十里。此说后来得到了相当多学者的赞同,如李长之的《道教徒的诗人李白及其痛苦》、詹锳的《李白家世考异》⑪、俞平伯的《李白的姓氏籍贯种族的问题》⑫、张书城的《李白先世流放焉耆碎叶》⑬、李从军的《李白出生地

---

① 戚惟翰编:《李白研究》,上海:中华书局,1948年。
② 苏仲翔选注:《李杜诗选》,上海:春明出版社,1955年。
③ 复旦大学中文系古典文学教研组选注:《李白诗选》,北京:人民文学出版社,1961年。
④ 王伯祥编著:《增订李太白年谱》,成都:四川人民出版社,1981年。
⑤ 胥树人:《李白和他的诗歌》,上海:上海古籍出版社,1984年。
⑥ 载《江汉论坛》1984年第11期。
⑦ 载《清华学报》第10卷第1期,1935年。
⑧ 载《逸经》1936年第1期。
⑨ 载《逸经》1936年第11期。
⑩ 载《逸经》1936年第17期。
⑪ 载《国文月刊》第24期,1943年。
⑫ 载《文学研究》1957年第2期。
⑬ 载《新疆师范大学学报》1986年第2期。

考异》① 等。其中，张书城、李从军文都专门针对郭沫若提出的李白生于中亚碎叶说，对西域碎叶说进行了补充论证。他们通过对李序、范碑中"条支""碎叶"地望的考异，得出李白出生于邻近鄯善郡的焉耆碎叶，即今新疆境内博斯腾湖畔的库尔勒和焉耆回族自治县一带。而钟兴麒的《唐代安西四镇之一的碎叶位置新探——兼谈诗人李白的出生地》② 则认为李白的出生地碎叶既不在中亚的巴尔喀什湖，也不在焉耆，而是在今哈密附近的三堡。

中亚碎叶说

此说是郭沫若在《李白与杜甫》中提出的。他认为碎叶在唐代有两处，一为中亚碎叶，一为焉耆碎叶。焉耆筑于高宗调露元年（679），而《碑文》标的是"隋末"，故李白的生地是中亚碎叶，而非焉耆碎叶。郭沫若此说得到了一些学者的响应，如余恕诚的《李白出生于中亚碎叶的又一确证》③、殷孟伦的《试论唐代碎叶城的地理位置》④、周春生的《李白与碎叶》⑤、陈化新的《读〈李白与杜甫〉札记——李白出生于中亚碎叶补说》⑥、朱方的《唐代"条支"地望质疑》⑦ 都赞成李白生于中亚碎叶的说法。有的对此说的一些细节错误作了修正，如耿元瑞的《李白家世问题郭说辨疑》⑧ 除了指出郭沫若说的条支不准确之外，还考证了碎叶城的地理位置应在苏联托克马克之西、伏龙芝之东的坎特。此后出版的一些李白研究著作、文学史著作也纷纷采用此说，如王运熙、李宝均的《李白》⑨，刘忆萱、管士光的《李白新论》⑩，乔象钟、陈铁民主编的《唐代文学史》等。

---

① 李从军：《李白考异录》，济南：齐鲁出版社，1986年。
② 载《新疆大学学报》1986年第3期。
③ 载《安徽师范大学学报》1973年第1期。
④ 载《文史哲》1974年第4期。
⑤ 载《历史研究》1978年第7期。
⑥ 载《延边大学学报》1979年第3期。
⑦ 载《中华文史论丛》1979年第3辑。
⑧ 载《江汉论坛》1981年第1期。
⑨ 王运熙、李宝均：《李白》，上海：上海古籍出版社，1979年。
⑩ 刘忆萱、管士光：《李白新论》，太原：山西人民出版社，1987年。

其他说法

除上述三说，人们对李白的出生地还有其他一些说法。如吴汝滨的《李白》① 认为"李白生于陇西，长于蜀，客居于山东"。刘友竹《李白的出生地是"条支"》② 认为李白生于"条支"，而唐代的"条支""在今阿富汗中都一带，其治所就是昔之鹤悉那，今之加兹尼"，稍后发表的康怀远的《对〈李白的生地是"条支"〉的一点补充》③ 也完全同意这种观点，并进行补正。而刘开扬在《李白在蜀中的生活和诗歌创作》④ 中则认为李白《李白上安州裴长史书》中所称"奔流咸秦，因官寓家"乃指长安，由此推论李白生于长安。

二、家世问题

和生地问题一样，学界对于李白的家世问题也是见仁见智，各成一说，有以下几种观点。

唐室宗亲

此说来源甚早，李白本人在诗中就说过自己是唐宗室，范传正的《唐左拾遗翰林学士李公新墓碑铭序》和《新唐书·李白传》也都认为李白是凉武昭王李暠的九世孙，与李唐诸王实际上同宗。20世纪持这种观点的学者有孙楷第、麦朝枢、王文才、李从军等人。孙楷第在《唐宗室与李白》⑤ 一文中指出，虽然范传正和《新唐书》说李白是凉武昭王李暠的九世孙明显有误，但是李白确实与唐室诸王同宗，李白先人徙西域是因坐杨、豫、博党得罪。麦朝枢的《关于"李白的姓氏籍贯种族的问题"》⑥ 和王文才的《李白家世探微》⑦ 也认为李白确系李暠之后，王文才文还指出李白先世与隋末唐初的割据势力李轨同属陇西姑臧大房，或许曾卷入李轨与李渊的斗争，并因此而远遁。李从军的《李白家

---

① 载《文艺杂志》第1卷第1、2期，1925年。
② 载《社会科学研究》1982年第2期。
③ 载《社会科学研究》1982年第3期。
④ 载《文学遗产》1982年第4期。
⑤ 载《经世日报·读书周刊》1946年10月30日。
⑥ 载《文学遗产增刊》第6辑。
⑦ 载《四川师范学院学报》1979年第4期。

世考索》① 也完全同意李白为唐宗室的观点，但他认为李白先人（当是祖父）为唐永昌元年（689）谋迎中宗的唐宗室十二人之一，事败被杀，李白的父亲流巂州，而后又由配流之地外逃至西域。90年代以后，仍有一些学者撰文认为李白系唐室宗亲或为唐宗室，如刘伯涵的《李白先世新探》②、徐本立的《李白为李渊五世孙考》③《〈李白为李渊五世孙考〉补证》④ 等。

胡人

此说起于陈寅恪。他在《李太白氏族之疑问》⑤ 中指出，当时"一元非汉姓之家，忽来从西域，自称其先世于隋末由中国谪居于西突厥旧疆之内，实为一必不可能之事"，"则其人之本为西域胡人，绝无疑义矣"。此说后来的支持者有詹锳，他在《李白家世考异》⑥ 中认为，"白之家世，或本商胡，入蜀之后，以多赀渐成豪族"。近来日本学者松浦友久也持此说，他在《李白的出生地及家世——以异族说的再研究为中心》⑦ 一文中逐一考辨各种说法，最终认为李白出生于西域异族家庭，至于属于什么民族，仍然难以断定，"恐怕应当看作是与汉族同一个系统的蒙古族，或者至少是以此为基础的混血的异族出身吧"。

胡化之汉人

胡怀琛在《李太白的国籍问题》⑧ 中指出，李白的先世曾寓居在咀逻私城的南面十余里，是突厥化的中国人。后来，幽谷在《李太白与宗教》⑨《李太白——中国人乎？突厥人乎？》⑩ 中也都认为李白先世谪居西域太久，以致太白之父已成突厥化之汉人。俞平伯的《李白的姓氏籍

---

① 《李白考异录》，第40—50页。
② 载《中国李白研究（1990年集·上）》，南京：江苏古籍出版社，1990年。
③ 同上。
④ 载《中国李白研究（1991年集）》，南京：江苏古籍出版社，1993年。
⑤ 载《清华学报》第10卷第1期，1935年。
⑥ 载《国文月刊》第24期，1943年。
⑦ 载《中国李白研究（1990年集·下）》，南京：江苏古籍出版社，1991年。
⑧ 载《逸经》1936年第1期。
⑨ 载《逸经》1936年第7期。
⑩ 载《逸经》1936年第17期。

贯种族的问题》①也认为，李白自认为是中国人这一点不应该错，只不过因为他家久住西域，所以胡化程度很深罢了。他家原来姓什么不知道，却不姓李。周勋初的《李白及其家人名字寓意之推断》②则通过对李白家人名字及其他行为的考察，认为李白出身于一个由西域迁来的受胡族文化影响很深的家庭，但不是纯粹的胡人。

富商之家

此说是受陈寅恪的"胡人"说影响而形成的新说。詹锳在《李白家世考异》中就认为李白家为"商胡"。王瑶的《李白》③也根据种种迹象断定李白父亲"可能是一个大商人"。后来，麦朝枢的《李白的经济来源——读李漫笔之一》④更是认为李白和他的父亲都是贩运铜铁的商人，而李白则"兼涉采冶"之业。郭沫若的《李白与杜甫》也认为，李白既不是凉武昭王李暠的九世孙，也不是西域胡人，而是一个商人地主。但是，郭沫若不同意李白本人也在经商的说法，他认为，不是李白本人而是他至少有一兄一弟在长江沿岸的重要码头上经商⑤。

李广之后

此说也是从李白的自述而起的。20世纪持此说的学者不多，只有张书城。张书城在《李白先世之谜——论李白属西汉李广、李陵、北周李贤杨隋李穆一系》⑥中认为，李白的远祖如其自述是汉将军李广（并推出李白为李广的二十五世孙），但数到九世祖时，却不是凉武昭王李暠。李白的世系，在李广之后，是李广之孙、投降了匈奴的汉骑都尉李陵。因为李陵的身份不光彩，李白诗中隐瞒了这一点。李陵在蒙古草原上的后裔，后来加入鲜卑部，四世纪末，又随鲜卑拓跋部南下入塞。在北魏、西魏、北周历代，这个李姓家族政治上都很显赫。但到隋末，隋炀帝因忌李氏门族之盛，制造了一个大冤案，一举杀李浑、李敏、李善衡等一族三十二人，其余不论老幼，"皆徙边徼"，就是西域，具体指隋炀帝大业五年（609）开发的西域吐谷浑故地，即今青海至新疆罗布泊

---

① 载《文学研究》1957年第2期。
② 载《中国李白研究（1990年集·上）》。
③ 王瑶：《李白》，上海：华东人民出版社，1954年。
④ 载《光明日报》1962年8月12日。
⑤ 《李白与杜甫》，第13页。
⑥ 载《唐代文学论丛》总第8辑。

一带。李门大冤案中幸存的老幼即被徙于此，其中并有一房可能流寓到碎叶，即为李白的五世祖。

三、入长安的次数和时间

李白一生到过长安几次，都在什么时候到的长安，这些问题都是20世纪学者一直在探讨的问题。大致说来，有如下三种观点。

一次入京说

自唐代以来，关于李白生平记载的各种文献资料都一致认为李白一生中只在天宝初年奉诏到过一次长安。到20世纪60年代初，所有的李白生平研究著作，如黄锡珪的《李太白年谱》和詹锳的《李白诗文系年》①及其他有关李白的研究著作、李白诗选，都对此说无异辞。即使在60年代李白二次到长安说兴起后，也还有学者坚持此说，如刘广英在《〈李白初入长安的若干作品考索〉商榷》②即认为，李白只有天宝初奉诏入京时去过长安。再如乔象钟、陈铁民主编的《唐代文学史》（上册）在论及李白生平行事时，也只提李白天宝初年入京事，似仍持一次入京说。

二次入京说

此说起于60年代，是稗山在《李白两入长安辨》③中首先提出来的。此文观点如下。第一，李白在关内写的一部分诗篇，表现出穷愁潦倒、渴望遇合，显示出进身无门、彷徨苦闷的思想感情，与他供奉翰林时期春风得意、踌躇满志的作品迥然不同，决不可能是同一时期的作品。第二，关内诸诗反映事情甚多，似非一次入京所写。而《玉真公主别馆苦雨》《登新平楼》与李白供奉翰林时所写《侍从游宿温泉宫作》，虽同是暮秋之作，但诗中的感情显然不同时。因此，李白在奉诏入京之前曾去过长安。第三，根据李白诗篇中反映的情况，李白第一次入京大约在开元二十六年夏至二十八年春之间，夏季，李白从南阳启程进京，这与奉诏入京时在秋天从南陵进京不同。到长安后隐于终南山，结识崔宗元、玉真公主、卫尉张卿、贺知章、裴十四等人。在政治上未得进展

---

① 詹锳：《李白诗文系年》，北京：作家出版社，1958年。
② 载《人文杂志》1984年第4期。
③ 载《中华文史论丛》第2辑，北京：中华书局，1962年。

后，李白又西北游邠坊，度过冬天，第二年春天又回到终南山，大约五月间取道黄河东归，这与天宝间赐金还山取道商州大路东归也不同。稗山此论打破了传统的一次入京说，但在当时及以后的十年间都未见有人响应。直到1971年11月，郭沫若才在《李白与杜甫》中对稗山此说加以肯定，并推断李白初入长安的时间在开元十八年。1978年后，郁贤皓又陆续发表了《李白与张垍交游新证》《李白两入长安及有关交游考辨》①《李白初入长安事迹探索》等论文②，肯定稗山的两次入京说和郭沫若推断的开元十八年一入长安说，并较多地补充了李白初入长安的论据。此后，学界赞成两次入京说的人越来越多，如朱金城的《李白集校注》中的校补记和后记、安旗与薛天纬合编的《李白年谱》③、詹锳为《诗人李白》④一书所写的序言都采用了李白两入长安说。还有一些学者对李白初入长安的事迹作了补证，如薛天纬的《李白一入长安事迹之我见》⑤、李从军的《李白第一次入长安考异》⑥、谢思炜的《李白初入长安的若干作品考索》⑦、杨栩生的《李白首次入京时间之考索》⑧、陶新民的《李白一入长安试论》⑨等。但是，学界对李白第一次入长安的时间存在着分歧，如前所述，稗山认为在开元二十六年，郭沫若、郁贤皓等人认为在开元十八年，乔象钟在其《李白》⑩中认为在开元二十三年冬，郭石山《关于李白两入长安问题》⑪则认为在开元二十五年，胥树人的《李白和他的诗歌》认为在开元二十五年至开元二十七年。关于李白此次出京的时间，亦有异说：郭沫若、安旗都认为李白在关内只有一年，开元十九年即离京，郁贤皓认为在长安三年，约开元二十年春夏

---

① 此二文均载郁贤皓：《李白丛考》，西安：陕西人民出版社，1982年。
② 载郁贤皓：《李白与唐代文史考论》第1卷《李白丛考》，南京：南京师范大学出版社，2008年。
③ 安旗、薛天纬：《李白年谱》，济南：齐鲁书社，1982年。
④ 1983年由人民美术出版社与日本美乃美出版社联合出版。
⑤ 载《唐代文学论丛》总第3辑。
⑥ 载《吉林大学学报》1983年第1期。
⑦ 载《西北大学学报》1983年第3期。
⑧ 载《南京师大学报》1985年第2期。
⑨ 载《河北大学学报》1993年第2期。
⑩ 乔象钟：《李白》，北京：中华书局，1982年。
⑪ 载《吉林大学学报》1982年第2期。

之交离京，李从军《李白归蜀考》①认为李白于开元二十一年去京归蜀。

三次入京说

此说的首倡者是李从军。他在《李白三入长安考》②中认为李白除了在开元中、天宝初两次入京外，还于天宝十一、十二载间第三次到长安，并有邠、岐之游。此说提出后，也得到了一些学者的赞同。如安旗在《李白三入长安别考》③中即通过对《经乱离后天恩流夜郎忆旧游书怀赠江夏韦太守良宰》《远别离》等十一首诗的分析考察，勾勒出李白三入长安的始末。同时，胥树人在《李白和他的诗歌》一书中也认为李白在天宝十二载（或十一载冬）曾第三次入长安，其路线是由幽州经太原赴京，并与杜甫在长安相见，杜甫的《冬日有怀李白》《春日忆李白》即作于此时。此说也有学者明确反对，如郁贤皓在《李白三入长安质疑》④中就通过对李白天宝后期行踪的再考订，认为天宝十一、十二载间李白不可能到长安。

四、李白的经济来源

李白一生漫游的经济来源，是20世纪学界提出的新问题，人们对这个问题也有两种截然相反的看法。

李白家庭或其本人经商说

1962年麦朝枢撰写《李白的经济来源——读李漫笔之一》⑤，认为李白的故乡绵州是"盐铁有名产地"，"李白的父亲所经营的可能是贩铁商业"，他又根据"秋浦有银、有铜"，李白在秋浦居住过，因此想到李白"到江南的活动，也可能是继续他的铜铁商业经营"，"由于有了万金之产，所以能够蔑视王侯"。此说提出后，得到了郭沫若、刘大杰等人的赞同和支持。郭沫若在《李白与杜甫》一书中根据李白《万愤词报魏郎中》一诗中有"兄九江兮弟三峡"诗句，认定李白的兄弟都在经商，

---

① 载《社会科学战线》1982年第4期。
② 载《中华文史论丛》1983年第2辑。
③ 载《人文杂志》1984年第4期。
④ 载《中华文史论丛》1984年第1辑。
⑤ 载《光明日报》1962年8月12日。

并推论说这两位兄弟便是李白漫游生活的经济后台。刘大杰在他的《中国文学发展史》(修订本)中也认为李白是一个与商业有联系的中小地主。另外,曲世川的《李白在山东的产业及其他》① 对李白定居山东的原因作了分析,认为除了为"学剑""探奇"之外,主要是因为他在山东有经济来源。

主要是别人的馈赠和稿费

在麦朝枢文发表后不久,有许多学者与之商榷,提出了相反的意见,如耿元瑞的《李白是靠经商过活的吗?——对〈李白的经济来源〉一文的质疑》②、慕容华的《李白是做生意的?》③、李廷先的《为李白一辩——读麦朝枢〈李白的经济来源〉一文后》④。80年代以后,裴斐、乔象钟又相继撰长文对之进行探讨,提出了相似的观点。如裴斐在《李白经济生活探源》⑤ 中认为,李白的"经济来源恐怕主要还是靠诗名和写诗谋取馈赠",李白"能以诗谋生,称得上一个职业诗人",并认为"李白思想性格在封建士大夫阶层当中显得很特殊,这是同他所处的经济地位有关的"。乔象钟的《李白漫游的经济来源》⑥ 则分析了唐代士人漫游寄食的社会风气,认为李白之所以能浪游各处,"主要倚靠他的交游广,名声大,时人对他的优礼与敬爱",所作诗文有的是为了谋生,其酬报亦应不少;又指出,李白就婚许、宗,在经济上必得到岳家帮助;天宝初赐金还山,可能用赐金扩大了家产。

五、寄家东鲁时的确切地点

李白在诗中说"学剑来山东""我家寄在沙丘旁""高卧沙丘城""穆陵关北愁爱子",从中可以看出从开元末期李白就移家东鲁。《旧唐书·李白传》又云:"父为任城尉,因家焉。"那么,其山东寓家之地究竟在何处?是沙丘还是任城(今山东济宁)?沙丘到底在哪里?学界对此也有不同的看法。

---

① 载《东岳论丛》1984 年第 2 期。
② 载《光明日报》1962 年 12 月 23 日。
③ 载《羊城晚报》1963 年 1 月 16 日。
④ 载《扬州师院学报》1963 年第 17 期。
⑤ 载《江汉论坛》1980 年第 2 期。
⑥ 载《文学评论丛刊》第 13 辑。

任城说

因为有《旧唐书》的明确记载，所以长期以来，人们都认为李白在山东的寓居地是任城。20 世纪以来，虽然大多数学者都认为《旧唐书》关于李白父亲曾为任城尉的说法有明显的错误，但仍然认为李白在山东的寓居之地是任城。如郭沫若的《李白与杜甫》就认为李白在开元二十四年移家到鲁郡兖州任城东门内[①]。王运熙、李宝均的《李白》也认为李白在是年离开安陆，移家到东鲁任城[②]。刘忆萱、管士光的《李白新论》也认为"李白曾家任城，倒是事实"[③]。

80 年代以后，还有一些学者专门撰文论证李白曾寓居任城，如黄瑞云的《李白家于东鲁与竹溪之饮年代考》[④]、曲世川的《李白在山东的产业及其他》[⑤]、吴国柱的《李白客任城说》[⑥]、郑修平的《李白寄家任城二十三年考》[⑦]、郑修平、相力的《李白诗中"鲁中"等地名及寄家地》[⑧] 等。其中，吴国柱文研究了李白的《任城县厅壁记》，指出李白乃慕任城之名，认为居此可以陶冶情操，登览访古，因此"更客任城"。郑修平文考订了李白寄家任城的时间。作者认为李白在开元二十四年到达任城，直到乾元二年将其儿女移往楚地止，其间李白虽几度离家漫游，天宝十一载以后，再未到过任城，但其家则在任城未动，共计二十三年。郑修平、相力文也力主李白在东鲁的寄家地是任城，而不是兖州、曲阜等地的观点。作者认为，如果将李白诗中所提到的所有有关山东的地名联系起来看，可以发现李白寄家在"鲁中"某城池"东门"的"汶阳川"，而根据《水经注》，汶水流经鲁城池东门者，只有任城一地。

兖州说

此说是安旗在 80 年代中后期提出来的。她到山东实地考察，并查

---

① 《李白与杜甫》，第 18 页。
② 《李白》，第 31 页。
③ 《李白新论》，第 44 页。
④ 载《武汉大学学报》1982 年第 5 期。
⑤ 载《东岳论丛》1984 年第 2 期。
⑥ 载《济宁师专学报》1985 年第 1 期。
⑦ 载《东岳论丛》1986 年第 1 期。
⑧ 载《中国李白研究（1995—1996 年集）》，合肥：安徽文艺出版社，1997 年。

阅了大量的方志，发表了《李白寓家瑕丘说》①一文。她在文中指出，千年以来几成定论的李白寓家任城说实际上是不正确的。李白在东鲁所作的诗文涉及任城的只有三首：《赠任城卢主簿潜》《对雪奉饯任城六父秩满归京》《任城县厅壁记》，均是客游其地所作，不能证明李白寓家任城。作者据李白《送萧三十一之鲁中兼问稚子伯禽》诗中"我家寄在沙丘旁"句，认为东鲁沙丘是兖州府东门外二里之瑕丘，东北距曲阜三十里，西南距任城六十里，为李白寓家之处。作者还认为，李白在宣州南陵别儿童入京之南陵不在宣州，而在东鲁，指曲阜南陵村，人称南陵，李白在此地存有田舍。

此说一出，得到了许多学者的肯定和赞同。1994 年 8 月，李白研究界还在山东兖州召开了"李白在山东"国际学术讨论会，着重讨论了李白在山东寓家之地在何处的问题。许多学者都同意安旗的看法，认为是在今山东兖州。此后也陆续发表了许多支持此说的论文，如王伯奇的《李白来山东　家居在兖州》、徐叶翎的《李白寓家东鲁考辨》②、李子龙的《李白寄家东鲁新考》、徐本立的《李白山东寓家兖州考》、武秀的《从兖州近年出土的四件文物看李白在山东寓家地点》、葛景春的《"南陵"到底在哪里？》③、徐叶翎的《再谈李白寓家东鲁》、王伯奇的《李白在兖州的田产》④ 等。

六、是否到过夜郎

李白受永王璘"谋反"的牵连，被肃宗朝廷判处长流夜郎，其戍地是珍州夜郎县（今贵州正安县）。但是，对于李白究竟到过戍地夜郎没有，学界有不同的看法：一是"未至夜郎"说，二是"已至夜郎"说。其中，"未至夜郎"说中又有"巫山遇赦"说、"夔州遇赦"说和"渝州遇赦"说等。

未至夜郎说

在 20 世纪 80 年代之前，大多数李白研究著作都认为李白未至夜郎，如詹锳的《李白诗文系年》、郭沫若的《李白与杜甫》等。80 年代

---

① 载《人文杂志》1987 年第 3 期。
② 此二文均载《谢朓与李白研究》。
③ 此四文均载《中国李白研究（1994 年集）》，合肥：安徽文艺出版社，1994 年。
④ 此二文均载《中国李白研究（1995—1996 年集）》。

以后，有些学者还对当时有人提出的李白"已至夜郎说"进行了辩驳。如李子和的《李白到过夜郎吗？》①、王定璋的《〈李白确至夜郎考辨〉质疑——与邱耐久、朱孔扬二同志商榷》②等文，认为持"已至"说者或以李白的所谓"遗迹"、或引用志书，都不足为据。而刘友竹先后发表的《李白遇赦前后行踪考异》③《李白长流夜郎新探》④《谈〈放后遇恩不沾〉的注释和系年》⑤等文都认为李白已至广义的夜郎国（包括夔、涪、渝、泸沿长江一带），但未至狭义的夜郎县（李白的流放地），李白行至渝州即被放还。

同时，80年代以后出版的一些李白研究著作也多认为李白未至夜郎，即中途遇赦，但并未严守前人的"巫山遇赦"说。如王运熙、李宝均的《李白》，瞿蜕园、朱金城的《李白集校注》，郁贤皓的《李白选集》⑥，安旗、薛天纬等编著的《李白全集编年注释》，詹锳主编的《李白全集校注汇释集评》等。

已至夜郎说

认为李白已至夜郎的说法也由来已久。20世纪80年代以后，有一些学者陆续撰文支持此说。如周春元的《李白流放夜郎考》⑦就认为"李白到达了夜郎贬所"。他认为李诗中的"乌江"即今贵州的乌江，李白的"半道放还"，应从时间上理解。他还列举了李白流放夜郎的遗迹来证明李白确实到达了夜郎。同样，邱耐久、朱孔扬的《李白确至夜郎考辨》⑧也认为李白的《南流夜郎寄内》《放后遇恩不沾》《流夜郎题葵叶》《望木瓜山》《忆秋浦桃花旧游时窜夜郎》等五首诗"作于夜郎贬所"，"半道"就是"未尽期"，"是指时间而言，不是指路程"。

90年代以后，一些学者更从唐代法律的角度，论述李白确已至夜

---

① 载《贵州文史丛刊》1982年第3期。
② 载《学术论坛》1983年第5期。
③ 载《成都大学学报》1988年第2期。
④ 载《荆门大学学报》1989年第1期。
⑤ 载《中国李白研究（1992—1993年集）》，合肥：安徽文艺出版社，1994年。
⑥ 郁贤皓：《李白选集》，上海：上海古籍出版社，1990年。
⑦ 载《贵阳师院学报》1981年第2期。
⑧ 载《学术论坛》1982年第4期。

郎。如张才良的《李白流夜郎的法律分析》[1]，王辉斌的《李白长流夜郎新考》[2]，陶锡良的《从唐律析李白流夜郎》[3]，张春生、金懋初的《也谈李白流夜郎与唐律适用》[4] 等。其中张才良文认为李白在流夜郎诗中屡称"三年"，是因为他判的是"加役流"；"半道"不是指流途，而是指期限；"巫山阳"意指巫山以南地区，即指夜郎。李白本该"于配所役三年"，可他到达夜郎不久即遇赦，对于加役流的"役三年"来说，当然是"半道承恩放还"了。

七、李白的交游和重要行踪

交游

李白一生交游甚广，弄清李白的交游情况对于深入地认识、了解李白的一些行为和诗文创作的背景、思想情绪和心理动因，都有极大的帮助。故 20 世纪以来，有相当一部分学者致力于此，并取得了很大的进展和突破。

其中，郁贤皓的李白交游研究成果尤多[5]，如《李白与张垍交游新证》[6]《李白两入长安及有关交游考辨》[7]《李白诗中崔侍御考辨》[8]《吴筠荐李白说辨疑》[9]《李白与元丹丘交游考》[10]《李白与玉真公主过从新探》[11]《再谈李白诗中"卫尉张卿"和"玉真公主别馆"——答李清渊同志质疑》[12] 等。其中，《李白与张垍交游新证》认为，李白诗中的"卫尉张卿"，就是开元十八年时为卫尉卿的张垍，这反过来又证明了李白在开元年间确实曾经去过长安。其《吴筠荐李白说辨疑》则通过对吴

---

[1] 载《李白研究》1990 年第 2 期。
[2] 载《中国李白研究（1991 年集）》。
[3] 载《李白研究》1990 年第 2 期。
[4] 载《扬州师院学报》1994 年第 2 期。
[5] 部分收入其《李白丛考》。
[6] 载《南京师院学报》1978 年第 1 期。
[7] 载《南京师院学报》1978 年第 4 期。
[8] 载《文史哲》1979 年第 1 期。
[9] 载《南京师院学报》1981 年第 1 期。
[10] 载《河南师范大学学报》1981 年第 2 期。
[11] 载《文学遗产》1994 年第 1 期。
[12] 载《南京师大学报》1994 年第 1 期。

筠事迹和李白在开元中行踪的考辨，发现李白与吴筠根本不可能在天宝初"同隐剡中"，也根本不存在"筠荐之于朝"，李白奉诏入京是出于玉真公主的推荐。其《李白与玉真公主过从新探》和《再谈李白诗中"卫尉张卿"和"玉真公主别馆"》二文都是着重考证李白与玉真公主交往的文章。他根据《玉真公主别馆苦雨赠卫尉张卿二首》诗的内容判断卫尉张卿可能是别馆的主人，即玉真公主的丈夫；他还辩驳了李清渊《李白赠卫尉张卿别考》一文提出的卫尉张卿可能是张去奢的观点，认为张去奢未任卫尉卿，也不是驸马，其弟张去盈是驸马，但不是卫尉卿；《玉真仙人词》是李白开元二十一年前后与元丹丘隐居嵩山时写给玉真公主的干谒之作，玉真公主看了李白的诗，才向其兄玄宗推荐了他。

其他学者对李白的交游情况也进行了比较深入的探讨，如陈尚君的《李白崔令钦交游发隐》[1]、李宝均的《吴筠荐举李白入长安辨》[2]、谢思炜的《李白对杨国忠态度之我见》[3]、薛天纬的《李白与唐肃宗》[4]、李从军的《李白诗中崔侍御辨误》[5]、李浩的《李白与郭子仪互救是伪托》[6]、倪培翔的《也谈李白诗中崔侍御——与李从军同志商榷》[7]、陈钧的《李白谒见苏颋年代考辨》[8]、刘友竹的《李白与李邕关系考》[9]、王辉斌的《孔巢父与李白、杜甫交游考》[10]、许嘉甫的《吴筠荐李白说征补》[11]等。

其中，陈尚君文从现存的零星史料中考证出李白和崔令钦的交往情况，发现两人十分投机，这不仅间接指示了诗人李白与教坊的联系，而且也提供了李白可能作词的新的佐证。薛天纬文分四个阶段考察了李白与唐肃宗的关系，作者认为，考察李白与肃宗的关系，一方面可进一步

---

[1] 载《复旦学报》1980年第4期。
[2] 载《文史哲》1981年第1期。
[3] 载《西北大学学报》1985年第1期。
[4] 载《学林漫录》第11集，1985年。
[5] 载《李白考异录》。
[6] 载《内蒙古大学学报》1988年第2期。
[7] 载《唐代文学研究》第1辑。
[8] 载《中国李白研究（1990年集·上）》。
[9] 同上。
[10] 载《齐鲁学刊》1994年第2期。
[11] 载《临沂师专学报》1995年第4期。

认识封建帝王的冷酷寡恩，另一方面可进一步感受诗人的天真赤诚。王辉斌文考证出李白与孔巢父初识并结为"竹溪六逸"的时间为天宝四载李白放逐还山后，认为王琦、詹锳、郭沫若等人提出的开元二十四年的说法是错误的，因为那年孔巢父才十岁，不可能与李白结交。

行踪

李白一生行踪遍及大半个中国，所以对其行踪的考察也是李白生平研究中的一个重要方面。20世纪，尤其是80年代以后，学界对李白行踪的考证和研究取得了很大的成绩。

20世纪研究李白行踪的专论主要有耿元瑞的《李白行踪考辨——读唐诗札记》①、黄瑞云的《李白开元六年到开元十八年行踪考略》②、薛天纬的《李白幽州之行探》③、葛晓音的《李白一朝去京国以后》④、葛景春和刘崇德的《李白由东鲁入京考》⑤、郁贤皓的《李白洛阳行踪新探索》⑥、竺岳兵的《李白"东涉溟海"行迹考》⑦、李子龙的《李白新安之游质疑》⑧、郑文的《论李白〈梁园吟〉创作的时间、前往梁园的路线及其他》⑨、阎琦的《李白二三两次入越考》⑩等。

其中，葛晓音文涉及李白在天宝三载出京以后流连梁园达十年之久的原因，她认为李白"之所以长期盘桓于梁园，原因当是多方面的：这儿有许多古迹可供游览凭吊，附近一带又有名山大川以利修炼学道"，但更为重要的是"他还没有失去东山再起的信心，所以迟回依恋，不忍遽去。他希望通过广泛的交游，使自己的声誉上达帝听，洗清谗名，重上天路"，"而梁园一带的地理位置正好提供了这种方便的条件"。葛景春、刘崇德文认为《南陵别儿童入京》诗在《河岳英灵集》《又玄集》《唐文粹》中均题为《古意》，诗中内容与江南风物不符，"南陵别儿童

---

① 载《郑州大学学报》1979年第4期。
② 载《华中师院学报》1980年第1期。
③ 载《唐代文学》第1期。
④ 载《北京大学学报》1981年第5期。
⑤ 载《河北大学学报》1983年第1期。
⑥ 载《南京师大学报》1986年第3期。
⑦ 载《唐代文学研究》第1辑。
⑧ 载《李白学刊》第1辑，上海：上海三联书店，1989年。
⑨ 载《社科纵横》1990年第4期。
⑩ 载《中国李白研究（1995—1996年集）》。

入京"当系宋本《李白集》所误题,因而自南陵入京之说不可靠,他们认为李白当是从徂徕山中出而西入长安的。郁贤皓《李白洛阳行踪新探索》一文,对李白在洛阳的行踪作了新的探索,文章认为李白开元年间多次到洛阳,且在天宝十载后还到过洛阳,作者认为前人说天宝三载夏李白在洛阳与杜甫相会的根据是不足的。竺岳兵文认为,李白出蜀后东涉溟海,乃指到剡中为止,溟海指今东海区域,李白自广陵至会稽后,沿今曹娥江逆流而上,经剡县(今浙江嵊州市、新昌县)、沃洲湖至石梁飞瀑,再舍舟登陆,上天台山华顶峰。李子龙文则指出,李白并无新安之游,李白是在天宝十三载由泾县登黄山的。

另外,还有一些专著涉及李白在某一地区的行踪,如常秀峰等编著的《李白在安徽》①、朱宗尧主编的《李白在安陆》、郑修平编的《李白在山东论丛》等。

八、李白生平中的其他问题

学界除了对李白生平中以上诸多问题进行了较为深入而广泛的探讨外,还讨论了李白从璘的性质、自青年时期出蜀后是否又回过蜀中、卒年等问题。

李白从璘的性质

对于李白从永王璘一事的看法,自古以来就有较大的分歧:一种意见认为是从逆不道,有亏大节;另一种看法认为,李白之从璘,是由于胁迫,虽然他本人也有些疏于考虑,但并没有什么地方污损了他高洁的人格。20世纪30年代以后,学界逐渐抛弃了"从逆"说和"胁迫"说,而是从李白当时从逆的心理和当时的政治、军事形势来分析李白从璘的真正动因,力求对之作出比较客观、公允的评价。如乔象钟的《李白从璘事辨》②、徐德煊的《关于李白依附李璘问题》③、万光治的《李白从璘辨析》④等。其中,乔象钟文认为李白之所以从璘,主要是因为他对祖国和人民的爱:"当人民临于水深火热之中,东西两京均已沦陷之时,他被一种热烈的感情冲击着。"入幕后,李白也是希望永王"能

---

① 常秀峰、何庆善、沈晖:《李白在安徽》,合肥:安徽人民出版社,1980年。
② 载《文学遗产增刊》第7辑。
③ 载《群众论丛》1981年第1期。
④ 载《社会科学研究》1981年第2期。

去解救陷入水深火热的中原一带人民",而且,永王"称兵构乱,白即逃归"。所以,李白是无罪的,"不应该受到什么处罚"。

是否回过蜀中

很久以来,学界一直认为,李白自青年时期离蜀以后,就再也没有回过蜀中故乡。但从20世纪80年代初开始,有学者提出李白后来回过蜀中。如李从军在《李白归蜀考》①中就认为,李白在第一次长安谋仕失败后,于开元二十一年由长安出发,登太白峰、取道剑阁而归蜀,文章还据此重新对《蜀道难》一诗的作意进行了阐释。李从军此说一出,在学界引起了一定的反响。有的学者对之提出了质疑,如阳煦在《"李白归蜀"说辨疑》②中稽考了李白开元二十一年的行踪,认为李白开元二十一年真正的去向是向洛阳、经随州、游襄阳,根本不可能入蜀。《登太白峰》诗实作于天宝三载李白被逐出京之后,并不是李白归蜀的证据。同意李白回过蜀中的文章则有王辉斌的《李白出川后又回峨眉初探》③等。

卒年问题

自唐以来,人们一直认为李白卒于宝应元年(762),但从20世纪80年代开始,学界出现了新的说法。如李从军在其《李白卒年辨》④中就认为李白享年六十四岁,卒于唐代宗广德二年(764)。再如阎琦在《李白卒年刍议》⑤中也认为,李白不卒于宝应元年,而应卒于广德元年,享年为六十三岁。

第三节 李白性格和思想研究

从20世纪20年代开始,学界就对李白的思想和性格进行了较为系统的研究,但二三十年代的研究比较侧重于李白个性和人生观的探讨。40年代,研究者则对李白与宗教之关系的研究有所突破,出现了李长

---

① 载《社会科学战线》1982年第4期。
② 载《绵阳师专教学与研究》1986年第1期。
③ 载《荆州师专学报》1986年第4期。
④ 载《吉林大学社会科学学报》1983年第5期。
⑤ 载《西北大学学报》1985年第3期。

之《道教徒的诗人李白及其痛苦》这样的专著。五六十年代，人们又注重研究李白的政治理想和他对现实的态度，出现了像陈贻焮《唐代某些知识分子隐逸求仙的政治目的——兼论李白的政治理想和从政途径》①这样的专论。70年代前中期，在"评法批儒"运动中又涌现出一大批分析李白法家思想的文章。从70年代末期开始，学界对李白思想和性格的研究更加深入和细致了，且呈现出几个特点：一是喜追寻李白思想的历史渊源，可以裴斐的《李白与历史人物》②为代表；二是多探讨李白思想与盛唐文化之间的关系，可以袁行霈的《李白诗歌与盛唐文化》③和葛景春的《李白与唐代文化》④为代表；三是对李白与宗教之关系的研究趋于深细，产生了一大批深入探讨李白与道教、佛教之关系的论文；四是开始从文化心理的角度研究李白，出现了一批对李白独特的文化心理、个性、意识进行细致分析的文章。

一、李白的个性、人生观和文化心态

20世纪上半叶

二三十年代的学界偏重于研究李白的个性和性格。一部分学者认为李白性格特点是豪放和乐观。如曾毅在《中国文学史》中就认为："（李白）志气宏放，喜为大言。青年时，侠骨棱棱，不顾细谨，不修小节，气若盖一世。故语用兵，则先登陷阵，不以为难；语游侠，则白昼杀人，不以为非；语功名，则谈笑而静胡沙，不以为意。……其神识超迈，故能易功名之野心，而为出世之逸想，洒落豁达，曾无浮世之艰。"⑤胡适的《白话文学史》也认为，李白"在那个解放浪漫的时代里，时而隐居山林，时而沉醉酒肆，时而炼丹修道，时而放浪江湖，最可以代表那个浪漫的时代，最可以代表那时代的自然主义的人生观"⑥。吴汝滨的《李白》在分析李白的人生观时认为，李白人生观的特质有

---

① 载《北京大学学报》1961年第3期。
② 载《文学遗产》1990年第3、4期。
③ 载《文学遗产》1986年第1期。
④ 葛景春：《李白与唐代文化》，郑州：中州古籍出版社，1994年。
⑤ 曾毅：《中国文学史·第四编·李白杜甫》，上海：泰东图书局，1918年，第152页。
⑥ 《白话文学史》，第202页。

二：一是"合仙侠为一人",二是"快乐"。说他"只求眼前的快乐,置将来之名利于不顾",并谓他快乐的方法是酒与妓。

另一部分学者则认为李白性格和心理上具有悲观和颓废的因素。如徐嘉瑞在《颓废之文人李白》[①]中指出,李白对于人生是抱"厌世的人生观""厌世的乐天观"。汪静之的《李杜研究》有一章是专论"李白的颓废思想",他认为"李(白)悲观","李之纵乐颓废,是因为对于人生十分不满意"[②],"他所注意的,乃是反抗自然的问题。他的思想的根底是很简单的,只有哀人生之长逝一句话"[③]。而李长之的《道教徒的诗人李白及其痛苦》更认为李白是"寂寞的超人",并用较多的笔墨论述了"李白之痛苦"[④]。崔宪家在《浪漫主义的诗人李白》[⑤]中首先分析了李白性格"狂放""倨傲"的成因和背景,又谓"就是这位自以为脱离尘世的谪仙人,也免不了发生许多矛盾,而引起苦笑的悲哀",我们读他的诗,"可以想见他如何的追慕神仙,但是神仙究竟不可求得,他事实上还是人间的谪仙人,他无时不在恣情的享受人间快乐,他有时也想建功立业,有所作为"。这样辩证的论断,在当时还是很难得的。

三四十年代,人们还对李白的思想[⑥]进行了一定程度的探讨。如幽谷在《李太白——唐朝大政治家》[⑦]中着重分析了李白的政治思想,他认为李白对于外交的主张是以王道为骨干的睦邻政策,对于内政的主张是维护君主独裁的制度和实施济国利民的政策,并认为李白政治学说的渊源是赵蕤的六十三篇《长短经》,包含着"王霸大略"的要素。萧望卿先后发表了《李白的思想与艺术观》[⑧]和《李白的宇宙意义与人生观》[⑨],他在前文中指出,"李白像庄子一样,由'心齐''坐忘',以达到忘人我,齐生死,万物一体的,逍遥自适的境域",但"李白却也怀抱济世的雄心,他的自然无为的政治思想完全承袭老庄";"他自己奇幻

---

① 载《小说月报》第17卷号外《中国文学研究专号》。
② 汪静之:《李杜研究》,上海:商务印书馆,1928年,第12页。
③ 同上书,第81页。
④ 《道教徒的诗人李白及其痛苦》,第4页。
⑤ 载《师大国学丛刊》第1卷第3期,1932年。
⑥ 有关李白与宗教方面的专论将在后文"李白与宗教"中介绍。
⑦ 载《逸经》1937年第12期。
⑧ 载《文学杂志》第2卷第2期,1947年。
⑨ 载《京沪周刊》第2卷第6期,1948年。

丰沛的想象、和玄妙精微的冥想都因佛教的浸濡而发扬滋长,这是对于诗人如何观照,如何表现的本质上的影响。他的观空隐退的态度也受了佛教的启迪和推展";"但他却特别着重孔子游说诸侯的一面,仿佛以为他是个纵横家","李白忠愤的眷恋君国,却接近儒家的精神,虽然这多由于他豪侠讲'义分'","儒家兼济的精神在他心里辉耀如北极星"。他在后文中着重探讨了李白的宇宙观,认为在李白心目中,宇宙万物都是活的,有生命,有情感的,和他有亲密的精神往来,而切合在一起。李白这种宇宙意识是由于道教和佛教的影响。萧望卿可以说是当时为数不多的对李白思想作全面、深入分析的学者之一。

五六十年代

当时,中华人民共和国刚刚建立,文化界、学术界也面临着如何接受祖国文化遗产,建设社会主义文化事业的问题,所以,北京大学中文系古典文学教研室就特请林庚用新的理论和方法研究李白,其成果就是《诗人李白》①。林庚在这篇文章中指出,李白出生于市民阶级,是一个布衣,他"从市民阶级萌芽中所得到的主要是独往独来的自由生活,个性解放的要求,自由意志与浪漫主义的精神;而这一个萌芽在当时的历史发展上既是进步的,就必然带来了民主思想","当然李白主要的还是发展了传统上布衣的斗争方式,还是由于代表了传统上'两种文化'中的反抗精神"。此文在1954年6月间的几次讨论会上发表后,立即引起了同行专家的极大兴趣,与会的专家一致认为李白并非像过去有些人想象的那样脱离现实,相反,他对政治,对祖国,对人民是很关心的,他的作品反映了当时社会的某些情况,同时也表现了高度的爱国主义精神,林庚对李白这些方面的肯定是值得注意的②。当然,也有学者提出了不同的看法。如胡国瑞在其《评〈诗人李白〉》③中不同意林庚把李白的中心思想归结为"布衣民主思想",他认为,"李白之所以一心只想从草野直入朝廷,取得较高的政治地位,乃由其个性、生活环境以及当时社会现实的种种情况所决定的,并非由于他有什么'鲜明的布衣感',而一定要坚持其'布衣的身份'"。

---

① 载《文学遗产》1954年第25期。
② 参陈贻焮《关于李白的讨论——北京大学中文系古典文学教研室会议记录》,载《光明日报》1954年10月24日。
③ 载《光明日报》1955年3月6日。

还有一些学者从不同的角度对李白的性格和思想进行了新的探讨。如张志岳在《略论李白》① 中论述"李白的性格思想"时指出，李白喜任侠的性格思想之所以可贵，主要是在于这种任侠的性格思想使他敢于正视现实，敢于蔑视统治者，从而成为具有坚强品质的政治家和富于正义感与热情的伟大诗人。李白之所以是属于人民的，他的作品之所以能永远使人激动，正是由于这种为人民所喜爱的任侠的性格思想得到光辉的体现。"求仙学道则是在政治活动的途径上受到任侠性格思想的作用，又从而发展了他那种'不屈己，不干人'的品质的。"

马克垚的《关于李白思想的一些问题》② 认为李白的思想充满许多矛盾，而其中主要的矛盾，便是入世与出世、从政与还山、兼济与独善的矛盾。这种入世与出世、兼济与独善的矛盾，在李白的思想中一直冲突着，斗争着。更为重要的是，他一生也未解决这个矛盾，一生也不知道，在当时的社会中，应当把自己摆在一个什么地位上，这就构成了他性格上、思想上许多迷离恍惚的画面。

黄海章在《试论构成李白诗歌积极浪漫主义的因素》③ 中指出："李白的主导思想，无疑是积极入世的思想，然而他思想的构成，是很复杂的。他以道家蔑视腐恶的现实的态度，来反抗现实，以道家冲破一切人为的束缚的精神，来追求自由；以墨家任侠的精神，来负荷挽救祖国的危机，解除人民的痛苦的重任。他虽然受了道家思想消极的一面的影响，有时狂醉于花月之间，呈现着颓废的色彩，但不是死气沉沉的。……（他）主要的倾向是积极的，乐观的，感情是火热的。"

陈贻焮的《唐代某些知识分子隐逸求仙的政治目的——兼论李白的政治理想和从政途径》④ 专门探讨李白的政治理想和人生抱负。作者认为，李白一生中最大最主要的、为他长期所追求而始终不渝的志向只有一个——"想作宰相"，而且李白"企图将积极入世的政治抱负和消极出世的老庄思想、隐逸态度结合起来，以前者为用，以后者为体，使自己……由隐出仕而终归于隐，以退为进而急流勇退，以避免偏执一端之弊，而并获'兼济''独善'两者之利"。文章在分析了李白这种理想和

---

① 载《新建设》1957 年第 1 期。
② 载《文学遗产增刊》第 6 辑。
③ 载《中山大学学报》1960 年第 2 期。
④ 载《北京大学学报》1961 年第 3 期。

求仕途径的阶级特性和历史局限性后,也指出了其中的进步因素,作者认为,"热爱人民,同情人民;憎恨权贵和封建社会中许多不合理的事物,并始终保持着高涨的战斗热情,对之进行不屈不挠的反抗;对社会现实有较深刻的认识,同时又有救世济人的大志与理想,所有这些,都是李白进步和伟大的地方","是不容忽视而应特别指出加以充分肯定的"。

"文革"期间

"文革"开始以后,几乎没有对李白思想的研究,但是到"文革"后期的"评法批儒"运动中,李白因为被划为"法家"而受到一些人的重视,理论界也出现了一批论述李白法家思想的文章,如刘大杰的《李白的阶级地位与诗歌艺术》①、吴汝煜的《论李白的法家思想》② 等。其中刘大杰文认为,李白的家庭不是有正统儒家思想的官僚地主家族,所以他从小所受的就不是传统的儒家教育,青年时期就已经成为一个"申管、晏之谈,谋帝王之术"的尊法轻儒的人物。文章还分析了李白的法家思想:批判儒家,推尊法家;反对分裂,维护统一;针砭时弊,蔑视权豪;接触下层,体会民情。

70年代末以后

在70年代末和80年代,学界对李白的思想、政治观和世界观仍然比较关注,如王运熙的《李白的生活理想和政治理想》③、黄克的《李白世界观矛盾初探》④、肖文苑的《李白思想探求》⑤、张啸虎的《论李白的政治态度及其政论诗》⑥、裴斐的《李白与月——兼论李白性格的叛逆性与平民性》⑦、罗宗强的《试论李白的生活理想》⑧、刘广英的《李白思想小议——对〈李白纵横探〉中一些问题的不同看法》⑨、谢思

---

① 载《学习与批判》1975年第11期。
② 载《学习与批判》1976年第2期。
③ 载《社会科学战线》1979年第1期。
④ 载《文学评论丛刊》第2辑。
⑤ 载《辽宁大学学报》1980年第6期。
⑥ 载《中南民族学院学报》1982年第3期。
⑦ 载《文史知识》1982年第10期。
⑧ 载《古典文学论丛》第2辑,西安:陕西人民出版社,1982年。
⑨ 载《人文杂志》1985年第2期。

炜的《李白对杨国忠态度之我见》①、何念龙的《论李白对权贵态度的两重性——兼及李白志向与个性的矛盾》②、王亚民的《李白世界观蠡测》③、葛景春的《自由精神和理想主义——李白思想新探》④ 等，虽然在研究方法和研究领域上并无多少创新和拓展，但在研究的深度上则有不同程度的推进。

从 80 年代中期开始，学界陆续出现了一些对李白的个性特征、情感世界和文化心理进行探讨的文章，如王定璋的《李白的兴趣爱好与心理特征浅探》⑤、杨海波的《试论李白的忧患意识》⑥、裴斐的《李白个性论》⑦、傅绍良的《李白的个性意识与悲剧心态》⑧、徐希平的《李白与少数民族：论太白个性之多民族基因及对少数民族之影响》⑨、于翠玲的《"辅弼"与"谪仙"：李白的自我意识及其文化传统》⑩、许总的《论李白自我中心意识及其诗境表现特征》⑪、《论李白的思想文化性格》⑫、傅绍良的《李白人格悲剧的文化意蕴》⑬、罗宗强的《自然范型：李白的人格特征》⑭、周勋初的《李白思想中的"异端"因素》⑮、吕美生的《论李白"外道内儒"的孤独意识》⑯ 等。

其中杨海波文认为李白的忧患意识经过了四个阶段，有四种表现形式：（1）直陈其忧，（2）借酒消忧，（3）辞世斥愤，（4）心膂系忧。并分析了李白忧患意识形成的原因。裴斐文指出，李白"具有最强烈的自

---

① 载《西北大学学报》1985 年第 1 期。
② 载《江汉论坛》1986 年第 8 期。
③ 载《河北大学学报》1988 年第 1 期。
④ 载《文学遗产》1988 年第 5 期。
⑤ 载《宁夏社会科学》1987 年第 6 期。
⑥ 载《东岳论丛》1988 年第 4 期。
⑦ 载《中国李白研究（1990 年集·上）》。
⑧ 载《陕西师大学报》1992 年第 1 期。
⑨ 载《祁连学刊》1993 年第 2 期。
⑩ 载《西北师大学报》1994 年第 2 期。
⑪ 载《安徽大学学报》1995 年第 4 期。
⑫ 载《东南文化》1995 年第 1 期。
⑬ 载《晋阳学刊》1996 年第 3 期。
⑭ 载《唐代文学研究》第 6 辑。
⑮ 同上。
⑯ 载《中华道学》创刊号，1997 年。

我意识","李白思想最鲜明的特点就是反中庸","他却处处突出自我,言论上自命不凡,行动上亦与众不同,言与行均表现出最强烈的自我意识"。另外,"李白思想上存在的矛盾不是入世与出世的矛盾,而是入世出世'两无从'的双重矛盾","既不愿诎于世(同流合污),又不愿遗世(独善一身),既要保持人格独立,又要坚持济世的理想;始终不忘于仕,又始终不忘于隐(实则既非仕亦非隐)。这种无法克服的双重矛盾和双重痛苦,既是他一生不幸的根源,也是他创作激情的主要源泉"。傅绍良文也认为,李白的侠胆、狂饮、仙趣都极大地刺激着他个性中那高傲狂放的因素,使他的个性意识常处于一种膨胀状态,形成了他那独有的浪漫雄放的性格;而他所向往的"功成身退"的生存模式则"是一种带有理想色彩的幻影"。适性与立名、功名与隐逸、务实与超脱等矛盾紧紧地交织在一起,使他时常陷入难以自拔的困境之中。自负、傲岸、狂放的个性固然给他谋得了广泛的声誉,却始终无法将他送上功成的阶梯。功名挫折带来的自我失落的迷惘感、知音难遇的寂寞感、宦途艰难的悲愤感、生命促迫的忧患感,共同构成了李白悲剧心态的基本内容。罗宗强文从李白与自然的关系、他的神仙道教信仰、他的功业追求三方面,探讨了李白的人格范型。作者指出,在李白的意识里,有一种泯一物我的根基,他在自然中看到了自我,看到自我舒展的无限空间,看到自我存在的价值和意义。现实生活中的一切挫折与失意,现实生活中自我价值的失落感,都在自然中得到补偿。这种与自然的亲近感,这种与自然泯一的思想基础,正是他的自由性格的生发点。他由此而向往山水,企望神仙。从自然与神仙,他想得到的是一种不受任何约束的逍遥的人生境界。这是一个摆脱世俗种种烦扰、使心境得以宁静、也使自我得以充分体认的人生境界。但这只是他作为自然的人的一个侧面。另一侧面,是他的世俗志愿、欲望的不加掩饰的强烈表达与追求,特别是对于功业的追求。他的这种入世,与儒家的入世思想实存差异,仍可归于自然范型。周勋初文从李白的入仕道路、所受教育、与儒家学术的疏离、深受《长短经》的影响、与纵横家的貌合神离等几个方面探讨了李白思想中的异端因素,最后指出,李白的思想,不受儒家牢笼,立身行事,矫矫不群,发为诗文,时见异彩,这是他的过人之处;而他攀比古人,看不到时代的差异,从政心切,却又昧于眼前形势,遭致失败,事有必然。

值得一提的是,90年代还产生了几部专门研究李白思想的专著,如葛景春的《李白思想艺术探骊》①、杨海波的《李白思想研究》② 等。其中葛景春著上编为"思想探源",着眼于多学科、多角度、多层次的立体研究。作者分别就李白与儒家思想、庄子哲学、道教、佛教、纵横、任侠、魏晋风尚及玄学等方面,进行了全面而又系统的探索,认为李白的思想,既融汇了道家的自由精神与儒家的理想主义、道家的浪漫主义与儒家的求实精神、道教的个性解放与儒家的兼济天下、道家的功成身退与儒家的入世态度,又对佛教、纵横、墨、法、兵、杂等百家思想兼收并蓄,熔铸一体,形成了一个开放型的思想体系,其核心是自由精神和理想主义。而杨海波著则从李白的哲学观、伦理观、宗教观、人生观、价值观、文学观、妇女观、战争观、社会交往观以及忧患意识、审美意识、英雄意识、反传统意识等十几个方面探讨李白思想的全貌。

另外,裴斐的《李白与历史人物》③、王运熙的《李白诗歌的两种思想倾向和后人评价》④ 两文也值得注意。其中裴斐文通过对李白诗中用典情况的全面统计,发现李白受吕尚、管仲等的影响更大;对谋臣加名士的历史人物特别倾慕,这是导致他既有自尊、自重与高傲的一面,又有与纵横家的品格不合,与儒家中庸之道亦大相径庭的一面的思想与性格的主要原因;李白虽然同情和崇敬许多历史人物,但这种崇敬和同情从不受任何神圣观念和清规戒律的约束。王运熙文论述了李白兼具积极用世与超尘去世两种相反的思想倾向,梳理了历代对李白思想倾向的不同评价。

二、李白与宗教

李白与宗教的关系密切而复杂,早在20世纪30年代,就有学者对此作了专门的探讨。如幽谷在《李白与宗教》⑤ 中就较为深入地分析了李白与各宗教尤其是与景教的关系。作者指出,太白之父是突厥化的汉人,他们在四川的家庭完全是突厥化的,所以李白所受的教育也是突厥化的。从李白的《上云乐》中可以看出,他"对于景教的经典、历史、

---

① 葛景春:《李白思想艺术探骊》,郑州:中州古籍出版社,1991年。
② 杨海波:《李白思想研究》,上海:学林出版社,1997年。
③ 载《文学遗产》1990年第3、4期。
④ 载《文学遗产》1997年第1期。
⑤ 载《逸经》1936年第7期。

教义和仪式,都是非常熟悉",再从他两个子女的名字上,也可以知道李白的家庭非但是突厥化的,并且是景教化的。李白结识吴筠之后,致力于道教,尽心研究,无非欲借道教之玄旨,保养他的精魄,延长他的年寿,得以做番利国利民的事业,实现他平素的抱负,初本无凭道教之功而达到飞黄腾达的目的。从他的诗句中,还可以知道李白于郎陵东(今河南确山县)在高僧白眉空门下研究过佛教哲学,所以他在诗中有许多禅语佛典,他的佛学确有悠久的渊源。文章最后指出,宗教不能克服他坚强的个性,也不能限制他的自由行动。他倒利用各宗教来宣传和保存他的文艺,达到他最高层次的政治舞台。

后来,总论李白与宗教之关系的文章虽然不多,但探讨李白与道教(或道家)、佛教之关系的成果则层出不穷,下面将分别介绍:

李白与道家、道教之关系

较早、较深入地对李白与道教之关系进行研究的成果是李长之的《道教徒的诗人李白及其痛苦》。该书认为,李白所接受的道教乃是其在兼容并包阶段的,就刘勰的三品说——上中下三品,李白可以说全部都沾染了。因为李白有老庄自然无为的宇宙观,但也有神仙派炼养服食的实践,同时并服从张天师的符箓。道教色彩之杂,李白尤其有,先前是假托太公的阴谋派的鬼谷子、苏秦、张仪,都可说是道家的一支,而李白也时以苏张自况,也时常想贡献奇计;后来道家掺入了佛的成分,李白更是时常谈禅,并同许多和尚打交道。道教的五大概念,道、运、自然、贵生爱身和神仙,都支配着李白,所以他是个忠实的道教徒①。

五六十年代,探讨李白隐逸求仙问题的文章比较多,如陈贻焮的《唐代某些知识分子隐逸求仙的政治目的——兼论李白的政治理想和从政途径》②、麦朝枢的《李白求仙学道与政治活动的错综变化——读李漫笔之二》③、李继唐的《谈谈李白的求仙学道》④等。其中陈贻焮文通过对初盛唐士人求仕途径的考察,指出隐逸求仙虽然本是出世的表现,似乎与干禄无关,但实际上却早已为士大夫所利用,而成为另一类行之

---

① 李长之:《道教徒的诗人李白及其痛苦》,沈阳:辽宁教育出版社,1998年,第38页。
② 载《北京大学学报》1961年第3期。
③ 载《光明日报》1962年11月18日。
④ 载《文学遗产增刊》第13辑。

偶见奇效的"登龙术"了。所以李白能够成功地由隐入仕。但是，由于将由隐而仕这一从政活动方式的作用估计得太过理想，对于最高统治者之所以极其重视礼聘、表彰逸人高士的根本用意与真实目的的认识不清，李白对此寄托了过多过天真的幻想，这是他失败的主观原因。

"文革"中，只有郭沫若的《李白与杜甫》论述了李白与道教的关系，他在"李白的道教迷信及其觉醒"一章中认为李白是"道教的方士"①，并较为详细地考察了李白一生求仙访道的过程，他认为李白之信仰道教是"出于迷信"②，"他深信那些仙翁、仙女、仙兽、仙禽等是实质的存在。他深信人可以长生不老，或者返老还童"③。"他认真炼过灵丹"④，但"神仙迷信、道教迷信深深地害了他"，长期炼丹、服丹使他早衰，以致水银中毒；而"酒是使他从迷信中觉醒的触媒"⑤。

从80年代初开始，学界又出现了一大批探讨李白与道家、道教之关系的专题文章，如刘伯璠的《李白的道家思想及其在安徽的活动》⑥、夏晓虹的《谈谈李白的"好神仙"与从政的关系》⑦、安旗的《从〈庐山谣〉看李白游仙出世思想之实质》⑧、罗宗强的《李白的神仙道教信仰》⑨、王友胜的《李白对游仙传统的拯救与革新》⑩、刘长春的《李白的游仙思想与天台山道教》⑪、蒋见元的《李白与道教》⑫、阮堂明的《李白诗中对自我的仙化倾向》⑬等。

夏晓虹文认为，李白的好神仙并不神秘，而是有着多种多样的原因。就与其从政的关系来讲，在他入朝前，主要是用此来交游干谒，以

---

① 《李白与杜甫》，第85页。
② 同上书，第87页。
③ 同上书，第87—88页。
④ 同上书，第91页。
⑤ 同上书，第92页。
⑥ 载《艺谭》1981年第4期。
⑦ 载《文学遗产增刊》第14辑。
⑧ 载《人文杂志》1982年第4期。
⑨ 载《中国李白研究（1991年集）》。
⑩ 载《中国李白研究（1998—1999年集）》，合肥：安徽文艺出版社，2000年。
⑪ 载《东南文化》1994年第2期。
⑫ 载《道家文化研究》第4辑，上海：上海古籍出版社，1994年。
⑬ 载《中国李白研究（1995—1996年集）》。

达到"名动京师""一飞冲天"的问政目的;在朝中,则欲以道干政,不满于朝政的黑暗,又要借"谪仙"之名存身远祸;放归以后,一腔怨愤无处发泄,乃以求仙为寄托,但又不甘心沉埋至死,仍希图凭道隐东山再起。罗宗强文认为,在对道教信仰中,李白不仅服食过"菖蒲"仙药,服食过经过简单处理的丹砂,而且还受过炼外丹的秘诀,亲自从事过炼丹活动。李白的神仙道教信仰,主要是受司马承祯、吴筠等茅山上清派的影响,如果消除尽神仙迷信的色彩,则更带有一种哲学意味与人间气息,表现在思想上,就是功成身退的理想。王友胜文从宏观的角度勾勒了中国文人游仙精神的发展演变过程,认为李白对游仙传统的拯救包括两个方面:第一,李白的神游仙国是缘于尘世的狭窄与拘束、压抑与不自由;第二,李白诗歌的神仙世界里,宗教色彩较为淡薄,人高于神(仙)的主题在回归。阮堂明文认为,李白一生具有相当明显的"自我仙化"意识,这不仅体现在他认同别人对自己的称呼并时常以"谪仙人"自称,还体现在他立身仙界、由上俯下的观察角度上。文章还探讨了李白的这种自我仙化倾向中所蕴含的意义。

李白与佛教

相对说来,学界探讨李白与佛教之关系的成果不太多,主要有浩乘的《李白的佛学思想》[1]、葛景春的《李白与佛教思想》[2]、章继光的《李白与佛教思想》[3]、姜光斗的《谈李白诗歌中的佛教意识》[4]等。其中,浩乘文首次较为全面地探讨了李白与佛教的关系,文章首先考察了李白熏沐佛化因缘的历史痕迹,搜罗了历代诗评家对李白的评论中有关佛学的材料,分析了李白的佛学思想。该文指出,李白"受佛学洗礼,所以虽遭贬谪,能潇脱自在逍遥物外以诗酒为性情寄托,以佛学为心志归宿,以高僧为游行依止",他"确能'色相俱空'洞然看破功名利禄而悄然地度林间崖下底云游僧生涯"。文章还指出,李白的号——"青莲居士"即取自梵典,李白诗中的佛学思想有起信、习教、习禅、悔悟等。文章最后认为,李白习究教典的广博深透,不是迷信的盲从或虚浮的弄玄,因为他的诗文中虽没有说明研究三藏十二部的步骤,但一吟一

---

[1] 载《佛学月刊》第 2 卷第 5、6 期,1942 年。
[2] 载《唐代文学论丛》总第 9 辑。
[3] 载《人文杂志》1990 年第 1 期。
[4] 载《南通师专学报》1991 年第 4 期。

咏能随手拈来经典中的精华,天衣无缝地成为满目琳琅,确非拾人牙慧,乃是洞达教法的结晶。葛景春文通过对李白集中五十余首直接与佛教有关的及与僧人交游的诗作的考察,指出李白对佛法相当熟悉,与僧徒佛寺的关系相当密切,佛教思想相当浓重;认为李白以释济道,释道并用,其佛教思想的特点是往往与道教思想混合在一起。作者还指出李白佛教思想的产生与他身世密切相关,又与唐代政治和时代风气有重要关系,有深刻的个人经历及社会根源。章继光文认为佛教思想对李白后期的思想影响比较大,具体体现在宣扬空观念、向慕幻性清净、超脱厌世三个方面。李白思想中释道融合的情况,反映了唐代佛教与玄学合流的趋向。姜光斗文主要探讨了佛教对李白诗歌创作的影响,他将李白诗集中表现佛教意识的诗作分为直接阐发佛理和在景物描写或空灵明净的意境中渗透出禅味、禅趣的两类,并认为后者是从禅宗"镜花水月"、不执于物的观察世界的方法移植过来的审美方式的自觉运用,所以显得朦胧含蓄、活泼灵动、在可解与不可解之间,从而扩大了诗歌的涵盖面和含容量。

李白与酒、侠、纵横家等传统文化之关系

20世纪学界除了对上述李白与儒、道、释等的关系进行了较为深入的探讨,还对李白与酒、侠、纵横家等其他传统文化思想的关系作了广泛而全面的分析,也取得了较为丰硕的成果。

20世纪,除了一些李白研究著作、唐诗研究论著甚至一些文学史、诗歌史中有关李白与酒的关系的论述,还产生了专门探讨李白饮酒问题的文章,如袁以涵的《陶渊明和酒和李白》①、杨海峥的《李白与酒》②、罗田的《酒神精神与诗仙李白》③、葛景春的《李白与唐代酒文化》④等。其中袁以涵文指出,同是饮酒赋诗,而李白和陶渊明的态度各不相同,一个是慷慨激昂,一个是冲淡平和;一个是"笔落惊风雨,诗成泣鬼神",有摇山撼海的气魄,一个是"肯与邻翁相对饮,隔篱呼取尽余杯",饶田舍闲逸的风味。葛景春文认为李白受唐代酒文化的影响,其思想性格具有以下特征:(1)批判意识与叛逆精神,(2)狂热精

---

① 载《国立中央大学半月刊》第1卷第8、9期,1930年。
② 载《渤海学刊》1990年第2、3期合刊。
③ 载《云梦学刊》1991年第1期。
④ 载《河北大学学报》1994年第3期。

神与享乐意识，（3）忧患意识、自由意识与宇宙意识。

专论李白与纵横家之关系的成果主要有林邦钧的《李白的纵横家思想与风格》①，该文认为李白的纵横家思想是战国纵横家和侠义之士的思想在新的历史条件下的融合和发展。战国纵横家以富贵利禄为目的的进取精神被李白净化为以安社稷、济苍生为内涵的宏图大志。以豪放的性格和叛逆不羁的精神为内涵的英雄主义是李白对战国豪杰义士侠义精神的深化。

专门探讨李白与《长短经》之关系的文章有葛景春的《李白与赵蕤的〈长短经〉》②、罗宗强的《也谈李白与〈长短经〉》③。其中葛景春文是较早对李白与《长短经》的作者赵蕤之关系进行考察的文章，该文认为《长短经》的王霸之道与游说纵横之术对李白思想产生了巨大影响，李白思想的复杂性也是受到《长短经》以儒家为主的杂家思想的影响。李白诗歌写得纵横捭阖，颇有奇气，明显受到了纵横家风气和兵法的影响。作者还认为，《长短经》虽然没有为李白在政治上打开一条光明大道，但对李白思想、性格、世界观及诗歌创作都产生了有益作用。罗宗强文在葛景春文的基础上对李白受《长短经》之影响作了进一步的探讨。该文指出，赵蕤的讲"时宜"的思想，深入了李白的心里，以致形成了他对待人生的一种基本态度。他为什么不走唐代士人普遍所走的应举入仕的道路，而幻想着由布衣直至卿相，最内里的意识，可能就是这逢时虎变的想法在起作用。赵蕤对李白的另一影响，是对士的基本看法，这其中包括士之地位、用贤士与治国、士之处世态度诸方面。该文还通过对赵蕤《长短经》的仔细考察，指出李白的任侠似非来自赵蕤的影响，而另有渊源。

研究李白任侠思想的文章有任朝第的《论李白的游侠思想》④、葛景春的《大唐一诗侠——李白与任侠》⑤、尹占华的《论李白的侠意

---

① 载《北京师范大学学报》1986年第1期。
② 载马鞍山市李白研究会编：《中日李白研究论文集》，北京：中国展望出版社，1989年。
③ 载《中国李白研究（1990年集·下）》。
④ 载《宝鸡师院学报》1988年第2期。
⑤ 载《中州学刊》1990年第4期。

识》①、王国璎的《李白的侠客形象》② 等。其中葛景春文认为，任侠作为一种独立的思想，体现了墨家的博爱精神，在李白身上发挥着独有的作用，他不仅培养了李白惩暴济弱、疾恶如仇、仗义疏财、重交守信的正义感与优良品德，而且也培养了李白强烈的自信感与意气风发的昂扬斗志。王国璎文指出，"侠客"显然是李白终其生未尝放弃扮演的角色。李白于诗文中每每称扬侠客的豪迈有为，鄙视儒生之迂腐无用，未尝不含有维护其"非官宦儒生"之家世背景，抬高自己社会地位之意。而李白以当今侠客自居，以好剑任侠自许，乃是借侠客不受身世阶级之局限，积极参与世务，甚至左右时局的身份特征，视侠客形象为助其谋求政治发展之"资历"。

另外，王运熙的《论李白的平交王侯思想》③ 从具体表现、思想渊源、历史背景、思想意义等方面对李白的平交王侯思想作了较为深入的探讨。文章认为，李白平交王侯的思想，表现了他的兀傲不屈的精神，不贪爵禄富贵、志趣高尚、自尊自重的优良品质和作风。贾晋华的《李白与名士传统》④ 则从"求名·济世""玄谈·放达""求仙·山水"等方面，分别论述了李白对名士传统的继承和超越，最后指出，李白将求名济世与自由人格完美地结合了起来，而他对名士传统的继承和超越，标志着汉季以来人的觉醒的最后完成、士的独立人格的完美实现。

第四节　李白诗文研究

一、文学成就总评

20 世纪上半叶

此时学界已经对李白的诗文创作成就进行了一定程度的探讨。如伍非百在其《诗界革命家李白的作品之研究》⑤ 中说，他最爱李白的诗，

---

① 载《祁连学刊》1990 年第 4 期。
② 载《唐代文学研究》第 5 辑。
③ 载《中国李白研究（1990 年集·上）》。
④ 载《中国李白研究（1990 年集·下）》。
⑤ 载《晨光》第 1 卷第 5 期，1923 年。

因为他的诗中含有骚、仙、侠三种特质，认为这三种特质，"使人幽思，使人解脱；使人慷爽，使人悱恻缠绵，高尚清洁，而又勇敢至诚"；又认为李白的诗歌在艺术形式上解放了诗体，"李白却不肯用这个律。不但五律七律，是他要破坏的，就是乐府的本意，歌行的等句，他也要破坏。越是没有限制，越显得出艺术本领"，所以李白可谓"诗界革命家"。吴汝滨的《李白》[①]认为："就质上说，他的胸襟很阔大，气象很雄浑，风神狂放，飘忽绝尘之处，亘古罕有其比。他的抒情诗，善描写妇女心理；他的描写诗，以写景为最好，能使情景合一；他的叙述诗，不及杜子美、白香山之好，而亦能处处表现个性。以形式来说，他的乐府及五七言古律绝都很好，而微短于用韵，赋、文皆不甚好。"崔宪家的《浪漫主义的诗人李白》认为李白占据了"中古浪漫主义诗人的独一无二的交椅"，"他的诗歌，在意识上表现倾慕神仙的要求，在取材上表现出资产阶级的背景，在修辞和气势上，表现出豪放不羁，活泼自由的天才，而确定他独成一家的地位"。戚惟翰的《李白研究》详细分析了李白诗歌的优劣，他认为李白"长于古体，而短于绝律"，"长于抒情，而短于写景"，"长于自我的表白，而短于客观的描写"，"富于辞华，而缺少内容"[②]，该书还论及李白的文赋，说李白的性格是不宜于模拟，他的赋没有一篇能脱《文选》的窠臼，所以终比不上诗的出色[③]；他的"书"，都是文情并茂，气象万千，读之令人生无限快感，确可当"清雄奔放"而无愧色[④]；其次佳的是序，此类文虽都是抒情小品，而其清新俊逸，亦不亚于诗[⑤]。

另外，当时出版的一些文学史、唐诗论著也对李白的诗文创作成就给予了较高的评价。如胡适的《白话文学史》着重评价了李白在乐府诗和山水诗方面的重大成就，他认为，"乐府到了李白，可算是集大成了"，他特别的长处有三点：第一，他是有意用"清真"来救"绮丽"之弊的，所以他大胆地运用民间的语言，容纳民歌的风格，很少雕饰，最近自然；第二，他奔放自由，故能充分发挥诗体解放的趋势，为后人开不少生路；第三，李白的乐府有时是酒后放歌，有时是离筵别曲，有

---

① 载《文艺杂志》第1卷第1、2期，1925年、1926年。
② 戚惟翰：《李白研究》，第84—85页。
③ 同上书，第90页。
④ 同上书，第92页。
⑤ 同上书，第93页。

时是发议论,有时是颂赞山水,有时上天下地作神仙语,有时描摹小儿女情态,体贴入微,这种多方面的尝试便使乐府歌辞的势力侵入诗的种种方面。两汉以来无数民歌的解放的作用与影响,至此才算大成功①。他在评价李白山水诗成就的时候说,"他的天才高,见解也高,真能欣赏自然的美,而文笔又恣肆自由,不受骈偶体的束缚,故他的成绩往往比那一班有意做山水诗的人更好"②。苏雪林的《唐诗概论》认为,李白的诗"不惟集汉魏乐府之大成功,而且也集开、天浪漫文学的大成"③,和开天时期其他诗人相比,"唯有李白的作品很多作于天宝之后,并且依然保持着他的神仙、豪侠、颓废的浪漫的色彩",所以他"能替盛唐四十余年灿烂庄严的浪漫文学挣得一个最光荣的收局"④。

五六十年代

五六十年代,正是人们大量运用马克思主义的社会学批评方法进行文学研究的时期,所以当时的许多学者都用这种全新眼光对李白的文学成就重新作出评价。如林庚在《诗人李白》中首先认为,李白是"历史上一个最具有鲜明性格的诗人","那丰富的想象,解放的个性,通俗而飞动的歌唱,青春与浪漫的气质,无一不是属于那一个时代的精神面貌。这些表现为太阳般鲜明的形象,感染了无数的人们,这就是属于李白的光辉的成就"⑤。作者还指出,"李白在诗歌形式上,无疑的正是以七古与七绝最为杰出,那奔放不羁的歌唱,那天真解放的情操"⑥。另外,李白一生绝少写律体,"表现了诗歌从六朝带有贵族气息的骈俪中真正解放出来,而回到平民的手中,也正是这样的发展,唐诗才走上了诗国的高峰,这就是李白在民族形式上所走的进步的道路"⑦。作者最后指出,"李白在艺术上的高度的统一性、典型性、独创性、普遍性","都是属于世界上最伟大诗人的范畴,创造了中国诗歌高潮中最杰出的表现与典范"⑧。

---

① 《白话文学史》,第208—209页。
② 同上书,第215—216页。
③ 《唐诗概论》,第77页。
④ 同上书,第81页。
⑤ 林庚:《诗人李白》,上海:古典文学出版社,1956年,第55页。
⑥ 同上书,第63页。
⑦ 同上书,第63—64页。
⑧ 同上书,第66页。

范宁在《李白诗歌的现实性及其创作特征》① 中也指出，李白的作品"在风格上表现成为一种奔放雄迈的气概，虽然带有浪漫主义的成分，但是基本上应该是属于现实主义的范畴"，"李白诗歌主题的现实内容和非现实的情节的结合，能够给人一种清新的感觉"，"他的诗歌中充满了清新的刚健的感人的力量和一种青春旺盛的乐观情绪"，"他的作品在一定程度上，体现了中华民族富于反抗性的高贵品质"。

另外，50年代末和60年代初出版的几部文学史中对李白创作成就的评价，则在相当程度上代表了当时学界的普遍看法。如刘大杰的《中国文学发展史》认为："李白作品的最大特色，在于创造了艺术的鲜明形象，雄放无比的多样的风格，在诗歌的语言上，放射出五光十色的奇丽的光辉，形成明朗透彻的个性。"② "李白的作品，是兼有岑、高、王、孟各家之长，并且更加提高发展，集盛唐诗歌的大成。"③ 游国恩等编著的《中国文学史》也认为："作为一个浪漫主义诗人，李白是伟大的，也是最典型的。"④ "李白的诗歌，继承了前代浪漫主义创作的成就，以他叛逆的思想，豪放的风格，反映了盛唐时代乐观向上的创造精神以及不满封建秩序的潜在力量，扩大了浪漫主义的表现领域，丰富了浪漫主义的手法，并在一定程度上体现了浪漫主义和现实主义的结合。这些成就，使他的诗成为屈原以后浪漫主义诗歌的新的高峰。"⑤

70年代末以后

"文革"期间，李白研究几无进展，从70年代末开始，学界又开始了对李白诗文创作的研究。此后人们虽然逐渐摒除浪漫主义或现实主义这样的概念，力图使用新的名词来论述，但他们对李白诗文创作成就的总体评价较五六十年代仍未有质的变化。也正因为此，八九十年代的学者不再热衷于对李白诗文创作成就作总体评价，而是喜欢分题材、分体式地探讨李白在某一具体表现领域、某一具体艺术样式上的创新和发展。

---

① 载《光明日报》1955年9月18日。
② 《中国文学发展史》中册，第466页。
③ 同上书，第469页。
④ 游国恩、王起、萧涤非等：《中国文学史》第2册，第86页。
⑤ 同上书，第93页。

二、李白诗歌是否反映了"盛唐气象"

50 年代

1954 年，林庚在《诗人李白》中认为："李白的时代不但是唐代社会上升的最高峰，也是中国整个封建时代健康发展的最高潮。""这个当时全世界封建社会中最先进的民族，正走在她胜利的高峰上，她的无限的展望，带来了自由的丰富的想象，少年的解放的精神，对于祖国乡土的热爱与礼赞；她需要尽情地歌唱，这乃是人民普遍的愿望。无数诗人都努力在满足人民这一个愿望，也就在这高峰上，于是出现了李白。""李白就是最优秀地完成了这个时代的使命。没有李白，我们今天对于盛唐高潮的认识就要减低，没有李白，盛唐的高潮就要为之减色。这就是李白诗歌的现实性。"①

林庚此文先是在 1954 年 6 月下旬北京大学中文系古典文学教研室举行的讨论会上发表的，有些与会学者对林文中所说的"太平盛世"的性质问题提出了不同的看法，但是大多数学者并没有否认李白对盛唐的歌颂，如赵树理在同意林庚对盛唐性质的分析的基础上，指出李白的诗作既反映了盛唐好的一面，但他对现实还是不满的，因此也反映了盛唐坏的一面②。

此文在报刊③上正式发表以后，在学术界引发了一场关于李白诗歌是否反映了"盛唐气象"的讨论。有些学者表示了不同的意见。如胡国瑞在其《评〈诗人李白〉》④ 中认为林庚文"对李白诗歌所表现的要求解放的精神力量的历史意义估价过高"，裴斐在《谈李白的诗歌》⑤ 中认为，李白诗歌贯穿着怀才不遇与人生若梦这样两个基本主题，其感情基调不是乐观、少年解放、青春奋发，而是忧郁和愤怒。"当李白以一个卓越的诗人姿态出现时，面对的已经不是'上升发展的现实'，而是唐帝国开始崩溃的时期了"。还有一些学者持调和的观点。如时萌在

---

① 林庚：《诗人李白》，第 3—5 页。
② 参陈贻焮：《关于李白的讨论——北京大学中文系古典文学教研室会议记录》，载《光明日报》1954 年 10 月 24 日。
③ 载《光明日报》1954 年 10 月 17 日。
④ 载《光明日报》1955 年 3 月 6 日。
⑤ 载《光明日报》1955 年 11 月 13 日、20 日。

《谈研究李白的几个问题》①一文中,既不同意林庚的观点,也不同意裴斐的观点。他认为李白"既然经历过那个全盛阶段,那么他诗中的'盛唐气象',也真是反映了生活的真实",但"后来,随着历史的发展与现实生活的转变,李白的笔尖逐渐转向,笔上的彩色逐渐沾上了天宝以后的现实生活的灰暗的色彩,诗篇里流露着忧愤的控诉"。

1958年,林庚又发表了《盛唐气象》②一文,对其"盛唐气象"的观点进行补充和伸发。他在该文中认为,"盛唐气象"是指诗歌中蓬勃的气象,这蓬勃不只由于它发展的盛况,更重要的乃是一种蓬勃的思想感情所形成的时代性格;而"蓬勃的朝气,青春的旋律,这就是'盛唐气象'与'盛唐之音'的本质","整个盛唐气象正是歌唱了人民所喜爱的正面的东西,这里面反映了这时代中人民力量的高涨,这也就是盛唐气象所具有的时代性格特征"。

80年代

80年代初,裴斐陆续发表了《历代李白评价述评》③《论李白的政治抒情诗》④等文章。他在这些文章里指出,李白天宝初供奉翰林是他一生当中的重大转折,由此分出创作的前后期,而安史之乱又使他的后期创作进入了一个更加辉煌的阶段。李白正是"站在当时社会所处的时代顶峰,看见的不是更美妙的前景,而是黑暗的深渊","他对现实的看法是悲观的",李白作品的基调,"决不是所谓'盛唐气象'的反映","诗人并没有对他面临的现实唱赞歌,相反,由于政治上的失意,使他感到现实中简直毫无出路"⑤。

而李泽厚在《盛唐之音——关于中国古典文艺的札记之一》⑥一文中,对林庚的观点表示了赞同。他指出,"盛唐之音在诗歌上的顶峰当然应推李白,无论从内容或形式,都如此"。他还认为李白的《答王十二寒夜独酌有怀》等六首诗是代表盛唐的最强音,并用以论证"他们这个阶级(指世俗地主阶级)在走上坡路,整个社会处于欣欣向荣并无束

---

① 载《光明日报》1956年6月17日。
② 载《北京大学学报》1958年第2期。
③ 载《文学评论丛刊》第5辑,北京:中国社会科学出版社,1980年。
④ 载《文学遗产》1981年第1期。
⑤ 裴斐:《李白十论》,成都:四川人民出版社,1981年,第1—27、69—102页。
⑥ 载《文艺理论研究》1980年第1期。

缚的历史时期中"。

1982年在西安举行的唐代文学研讨会上,"盛唐气象"再次成为与会者热烈讨论的议题,会后发表的《唐代文学研究的新局面——全国唐代文学学会成立大会暨第一次学术讨论会述要》① 介绍了与会者讨论的意见。他们普遍认为,"盛唐气象"是盛唐社会政治安定、国家统一、经济繁荣、生产力和思想解放的产物,是中华民族的骄傲。从前研究李白,往往只着眼于李白对现实的揭露和批判,也基本上不提早期的杜甫。须知李白的揭露和批判,正是那个时代强盛、青春的活力、思想解放的反映,把李白单看作批判诗人,是贬低了李白。盛唐气象,中晚唐的作家不断怀念,人民也怀念,这说明盛唐气象从来都是鼓舞人们实现理想、激发民族自信心的一股力量。否定了盛唐气象,不利于古为今用,不利于激发民族自信心和爱国热忱。

针对与会者的这些意见,裴斐又发表了《唐代历史转折时期的李、杜及其诗歌》② 和《"盛唐气象"再质疑》③ 两文。他认为,前人所谓的"盛唐"仅是指诗之盛,与当代论家所说的诗歌所反映的社会历史之盛,是两个概念,不容混淆;李白创作成熟于玄宗后期,当时盛世已是一种虚弱的假象,而李白的卓越之处恰恰就在唯有他觉察出了正在酝酿之中的社会危机;李白和杜甫所反映的不是盛世,而是一个危机四伏和充满灾难的时代;李白的艺术个性不仅是豪,而是豪中有悲,"悲感至极而以豪语出之",这才是李白的本色。

与此同时或稍后,多数学者撰文认为李白诗歌确实反映了"盛唐气象"。如罗宗强在其《李杜论略》④ 中指出,李白的政治思想和生活理想、美学理想、艺术风格各方面,都鲜明地体现了盛唐的时代精神,与杜甫有着明显的区别。黄天骥的《李白诗歌研究的几个问题》⑤ 也认为,盛唐时代经济繁荣的景象,是李白构思壮美形象的直接推动力。李白诗中所表现的浩瀚气魄和雄伟的景物形象,在一定程度上反映了盛唐

---

① 载《西北大学学报》1982年第3期。
② 载《文学遗产》1982年第3期。
③ 载《光明日报》1982年11月13日。
④ 罗宗强:《李杜论略》,呼和浩特:内蒙古人民出版社,1980年。
⑤ 载《文学遗产》1982年第4期。

的国力。王昌猷、梁德林的《李白诗歌的时代特征榷议》[①]不同意裴斐关于李白诗歌"反映了唐代社会盛极而衰的历史转折过程""反映了盛世的崩溃"的观点,他们认为安史之乱虽使唐朝元气大伤,也只是衰落之始,而不是"全面崩溃的时代",他们将李白的诗歌创作划分为三个时期,认为早期反映了盛世的繁荣,晚期反映了盛世的衰落,中期是过渡期,仍然反映了盛唐气象。袁行霈的《李白诗歌与盛唐文化》[②]则认为,"盛唐文化的繁荣发展乃是南北文化交流和中外文化交流的结果。而李白恰恰处在这两种交流的高潮中,再加上他本人特殊的教养和经历,终于使他和盛唐文化一起登上高峰","李白成长为那个时代最完美的人物。李白的魅力就是盛唐的魅力"。

此后虽然还有一些学者就这个问题进行了探讨,但总的看来,在论点和论据等方面都无多少新意,故不再赘述。

三、诗歌艺术综论

五六十年代

五六十年代,人们多从浪漫主义或现实主义的创作手法出发探讨李白诗歌的艺术特征。如范宁的《李白诗歌的现实性及其创作特征》[③]、胡国瑞的《李白诗歌的浪漫主义精神及艺术特点》[④]、谢善继的《李白诗歌的浪漫主义精神》[⑤]、孙殊青的《论李白诗歌的积极浪漫主义》[⑥]、黄海章的《试论构成李白诗歌积极浪漫主义的因素》[⑦]等。其中谢善继文认为,李白的诗,在一个广阔无边的背景中,贯串着长江大河似的奔腾浩荡的气势,具有清新、开朗、自然、豪放的风格;由于诗人具有雄伟的气魄,形成一种自由的格律,在他的诗中最能表现着浪漫文学的真精神的,是那些长篇歌行。黄海章文则从时代影响、生活道路、思想渊源和他所继承的积极浪漫主义的优良传统等方面,探讨了构成李白诗歌

[①] 载《湖南师院学报》1984年第4期。
[②] 载《文学遗产》1986年第1期。
[③] 载《光明日报》1955年9月18日。
[④] 载《文学遗产增刊》第4辑。
[⑤] 载《华中师范学院学报》1957年第2期。
[⑥] 载《学术月刊》1957年第10期。
[⑦] 载《中山大学学报》1960年第2期。

积极浪漫主义的因素。

王尚文的《试谈李白诗中的一些艺术形象》① 分析了李白诗歌中一些艺术形象的涵义。如大鹏的意义"分明就是对鹦雀之辈的封建权贵的嘲笑和蔑视,对一切封建秩序封建束缚的否定;对自由精神的赞美";而凤凰和松柏也都是诗人自己的寄托,表现了诗人不能与权贵奸臣同流合污的孤傲独立的性格和品质。另外,诗人还创造了许多神奇美妙的理想境界。

八九十年代

80 年代以后,学界对李白诗歌艺术的研究角度趋于多样。人们从诗歌意象、意境、表现手法、创作心理等多方面,对李白诗歌艺术进行了综合研究。

对李白诗歌的意象进行研究的成果主要有房日晰的《论李白诗歌意象的跳跃性》②、姬默的《李白与月亮》③、卢燕平的《"飞"意象与李白诗的飘逸美》④、李浩的《李白诗文中的鸟类意象》⑤、张天健的《论李白诗歌月亮的意象》⑥、傅绍良的《论李白诗中的月亮意象与哲人风范》⑦ 等。其中房日晰文认为,李白许多诗篇在意象上的跳跃比其他诗人的作品表现得更为突出和强烈。这一特点与诗人才思敏捷密切相关。而才思之敏捷又与其经常饮酒、作诗时充满沉醉状态的灵感有关。意象跳跃的特点又是由于诗人用世之志和倔强性格与现实发生急剧冲突,创作时非常激动,思绪飞跃造成的;也是由于诗人本身的精神状态经常处于非常矛盾的状态中,感情瞬息万变所致。文章认为李白诗歌这种意象的跳跃性,使其诗具有极大的概括性和感染力,而且在任意挥洒之中又保持着意境完整,注意到丰富含蓄,因此,大大增强了艺术表现力。李浩文通过对李白文集中鸟类意象的统计,发现李白诗文中出现频率最高的鸟类意象并非大鹏,而是凤鸟。该文认为李白诗中所出现的神话传说

---

① 载《光明日报》1960 年 1 月 24 日。
② 载《唐代文学论丛》总第 3 辑。
③ 载《中日李白研究论文集》。
④ 载《天府新论》1993 年第 3 期。
⑤ 载《文学遗产》1994 年第 3 期。
⑥ 载《中国李白研究(1992—1993 年合集)》。
⑦ 载《陕西师范大学学报》1996 年第 3 期。

中虚构的鸟类意象多带有典故本身所具有的原型性特点,同时又积淀着丰富而复杂的历史文化内涵,使李白诗充满神奇瑰丽的色彩。文章还认为,李诗在禽鸟的意象构成上,具有对比性,即将含有不同象征意义甚至相反意义的鸟类意象放到一块进行描述,产生映衬对照的作用,使善与恶、正与邪、喜悦与厌恶、欢乐与悲怆,在强烈的反差情境中更加鲜明突出。张天健文认为,李白一是将月亮作为最美的物象,一是作为最亲近的物象。李白用月亮组象,寄托他酷爱自由、追求解放、同情不幸、鄙弃尘俗、叛逆不羁的思想性格。

从创作心理的角度对李白诗境进行探讨的文章有金性尧的《李白的梦境·仙境和诗境》①、杨铁原的《李白的审美敏感阈及其艺术表现》②、袁行霈的《李白的宇宙境界》③、许总的《论李白自我中心意识及其诗境表现特征》④、陆惠解和陈尚铭《李白诗歌与灵感思维》⑤等。其中金性尧文从文艺心理和大脑功能的角度探索了李白诗歌的梦境、仙境和诗境的关系,认为对于李白诗歌中的一些复杂的矛盾现象,都应该放在一定的历史范围内,从他的心理、意志、情欲、智力方面去考察探索,笼统地用"精神面貌"之类的话表述是不够的。杨铁原文认为李白有自己独特的审美敏感阈,他豪放无拘的个性和躁动不安的心态,使他对那些呈现激烈运动和冲突状态的事物有特殊的兴趣,并在审美观赏和艺术创造中表现出来,这就是一种高度的亢奋、紧张、不假思索,唯求一泻为快的创作情绪。袁行霈文则指出,李白的宇宙境界有以下几个特点:首先,他往往是从大处把握对象,得其神气,略其形色,得到大气象;其次,李白处理人事的态度往往是极其洒脱的,对其所爱的人有火一般热烈的感情;最后,最重要的是李白既然感到自己与宇宙等量,遂能保持自己独立的人格。文章还指出,李白诗歌的宇宙境界的形成,跟诗中运用的意象有很大的关系,李白常常使用自然意象特别是宏伟的自然意象,还常常把两个宏伟的自然意象重叠起来,造成更加宏伟的效果。另外,李白宇宙境界的形成还和他所使用的语言风格有很大的关系,李白

---

① 载《唐代文学论丛》总第 5 辑。
② 载《求索》1986 年第 6 期。
③ 载《中国李白研究(1990 年集·上)》。
④ 载《安徽大学学报》1995 年第 4 期。
⑤ 载《中国李白研究(1994 年集)》,合肥:安徽文艺出版社,1996 年。

的诗歌语言是大容量的，能容纳宏伟的带有强烈色彩和力度的感情；李白诗歌语言里沉淀着战国时代纵横家的热情与气质，还沉淀着道家和方士的气质和言辞，有一些仙气，所以李白诗里多的是出人意表的大言、冯虚凌空的神仙、虚无缥缈的仙境。许总文认为，自我中心意识的空前强化，构成了李白文学创造力的心理基础与内在动因。李白诗歌创作既以自我意识为中心而展开，又充满天国仙界的神秘氛围，更采取"援笔三叫，文不加点"的情感爆发式的表达方式，因此，在其创作出空前宏大的艺术境界的同时，还表现出一种通体充盈的神奇之气。

从创作手法、表现艺术等方面分析李白诗歌艺术的成果则主要有房日晰的《论李白诗歌中感情表现的特色》①、胡遂的《道教与李白诗歌的想象艺术》②、朱易安的《庄周梦蝴蝶——李白诗歌用事小议》③、张瑞君的《浅论李白诗歌的时空描写艺术》④、陈尚铭的《试说李白诗中的意识流》⑤、松浦友久的《李白诗歌抒情艺术研究》⑥ 等。其中房日晰文认为，李白诗的特点在于"以情纬文"。他的感情抒发，有时如山洪暴发，直泻而下；有时如涓涓细流，沁人心脾。前者大多是长篇，感情冲动，情绪激昂，以致表现出若断若续、意接词不接的现象，因而主观色彩很浓，自我形象非常鲜明。后者则大多是短小的抒情诗，一气呵成，诗人将其主观感情巧妙地隐藏在诗意浓郁的画面背后，诗的情调谐和，诗味深厚隽永。胡遂文从道教文化的角度探讨了李白诗歌中的想象艺术，认为李白诗歌受道教文化的影响，主要表现在其诗歌的超人境界、奇幻境界以及情化自然的境界三个方面，它不仅可使李白诗歌特别是山水之作返璞归真，而且还使李白及其诗歌热爱自然的审美神韵得到充分表现。朱易安文通过对李诗中一些用典的具体分析，发现李白用事比其他唐人更具有"天成"的特点，比别人更多地反映出作者的潜在意识；他的比喻和寓意的对象往往即是自我，历史人物在李白的作品中并

---

① 载《李白研究论丛》。
② 载《中国文学研究》1990 年第 2 期。
③ 载《中国李白研究（1990 年集·上）》。
④ 同上。
⑤ 载《中国李白研究（1995—1996 年集）》。
⑥ 松浦友久著，刘维治译：《李白诗歌抒情艺术研究》，上海：上海古籍出版社，1996 年。

不是孤立的，而是被纠集到一起，通过互相映衬和补充，按李白的价值观，塑造出一个理想的、完美的人生世界；隶事中人物形象的替换，一定程度上反映了李白在仕与隐问题上的矛盾和忧虑，因此，他找不到一个完整的人物形象来展示他的模式，而只能组合。张瑞君文指出，李白的时空描写艺术是极其丰富的，诗人不仅可以将过去、现在、将来的空间境界互相沟通，可以将天各一方的空间境界同时展示。而李白连接这些互不相关的时间、空间境界的艺术手段有抒情主人公的心理变化、空间境界所表达的内在意旨、对历史人物和事件的内在体验等多种。这就是李白诗歌气势宏伟，包蕴深厚，境界广阔的重要原因。陈尚铭文从广义的意识流的角度探讨了李白诗歌独特的艺术个性：连喻式诗意识流，跳喻式诗意识流，变喻式诗意识流，突喻式诗意识流。文章还对《远离别》等诗的意识流结构进行了具体的剖析、图解。松浦友久的著作主要从"题材及其心象构造"角度来论述李白诗歌的素材与主题，从"样式及其艺术表现功能"的角度来论述李白诗歌的诗型与风格问题。作者在分析李白诗歌的感觉基调时指出，李白诗歌之所以被人称为"具有浪漫主义精神和色彩"，直接原因就是"李白诗歌语汇本身就有很高的光明度"[①]；在探讨李白诗歌主要题材及其心象构造时，作者指出，行旅、离别、饮酒、月光等，"构成了极其独特的或相当独特的李白世界"，"这些题材内所具有的某种共通的因素或特征，同李白诗歌整体所体现的李白创作风格相呼应，给人以极为强烈的印象"[②]。

四、李白诗歌分题材研究

李白诗歌表现的题材丰富多样，学界从题材角度对李白诗歌进行探讨的成果也较多，而对山水、游仙及爱情、妇女题材的关注尤甚。

山水诗、游仙诗

就单篇论文而言，20世纪研究李白山水诗、游仙诗的成果主要有裴斐的《谈李白的游仙诗》[③]、韩式朋的《李白山水诗的写意特征》[④]、

---

① 《李白诗歌抒情艺术研究》，第31页。
② 同上书，第128页。
③ 载《江汉论坛》1980年第5期。
④ 载《求是学刊》1984年第3期。

乔象钟的《论李白的山水诗》①、张家骐的《应怎样评价李白的山水诗——兼与王运熙同志商榷》②、王许林的《阳春召我以烟景 大块假我以文章——论李白山水诗的宇宙意识》③、王定璋的《李白山水诗文的个性特征及时代意义》④、韩经太的《善游皆圣仙——李白山水仙游诗的兴象特征与文化底蕴》⑤等。

其中裴斐文认为,李白入宫以前所写的游仙诗,基本上属于《文选》注家李善所谓的"正格"游仙诗,其后期的游仙诗有了显著的变化。首先是诗人把他在政治上的失意和愤懑心情带进了作品,使作品具有反抗现实的意义,从而在艺术上也出现了气势奔放的诗风;其次是可以从中看出诗人自己的鲜明形象;最后是他笔下的神仙大多富有人情味。韩式朋文从李白山水诗与中国写意画的关系角度考察了李白山水诗的艺术独创性,认为李白的山水诗有四个写意特征:"以神托形,以小观大";"景淡情浓,物我相契";"重实求虚,虚实结合";"山水写意,诗画相通",且认为其对宋以后中国山水画和山水诗有较大影响。

王许林文指出,李白的山水诗包含着一个人们长期忽略了的美学意蕴——宇宙意识的觉醒和探求,而李白的山水宇宙意识又呈现四种表现形态:探索型、创造型、伤感型、空灵型。

王定璋文认为,李白的山水田园之作主要有以下三个特点:其一,豪放浪漫的个性基调和夸张写意的艺术手法;其二,变化多样的艺术风貌与气势恢宏的独特意境;其三,模山范水之作与诗人建功立业的感情交织在一起的表现形式。这三个特点就是为什么李白笔下的山川景物浸透了他的个性色彩和主体意识,为什么他那大鹏般的志趣总要曲折隐微地折射于其作品之中的原因之所在。

王兆鹏等文指出,美好理想在现实冲突中碰成碎片,这一方面构成了李白"我欲因之壮心魄"的伟岸精神和"兴酣落笔摇五岳,诗成笑傲凌沧洲"的山水豪情;另一方面,也构成了他对人的命运和出路的反省,对生命的价值和意义的沉思,而这种反省和沉思往往是借助对自然

---

① 见《李白论》。
② 载《齐鲁学刊》1987年第3期。
③ 载《江淮论坛》1988年第1期。
④ 载《青海民族学院学报》1990年第2期。
⑤ 载《谢朓与李白研究》。

景象的叩问来实现。

韩经太文探讨了李白一生豪游山水的文化驱动力，认为以大为美而又迷狂于幻想的真实，循着生之快乐的方向运筹神思而又追求于一时尽兴的淋漓痛快，秉持着豪雄侠士的奇险心理而又沉溺于美色的温香暖玉，这诸多层面的驱动因素，辐辏于道教氛围作用下的仙游意念和自然山水呈示中的赏心悦目，便构成了李白那独特的山水仙游诗的艺术境界。

另外，葛晓音的《山水田园诗派研究》在论述李白山水田园诗时指出，"他的主要成就在那些描写名山的七言和杂言歌行"，"与其说它们是山水诗，还不如说是诗人理想和苦闷的寄托，是诗人精神境界的自然化。这些诗打破初唐歌行整齐骈偶的拘束，杂用古文和楚辞句法，以豪放纵逸的气势驾驭瞬息万变的感情，用仙境和梦幻构成了壮丽奇谲的理想世界"①。作者还指出，李白的山水诗"在大量吸收齐梁清词丽句的基础上，将山水的清空之美进一步提纯和净化，形成了晶莹透明的诗境"②。作者最后认为，李白"在融会盛唐众家诗境的同时，始终使抒情主人公的形象突出在山水意象之上，因而具有强烈的个性。这是他与王孟诗派最大的区别。但李白在艺术成就达到一代顶峰的同时，也产生了'百首以后较易厌'的问题"③。

爱情诗、妇女诗

对李白诗歌中的爱情题材和妇女题材进行探讨的成果主要有孙殊青的《论李白诗歌中的妇女形象》④、肖文苑的《浅谈李白的爱情诗》⑤、安旗的《和"卑贱者"共呼吸，同命运——李白关于妇女的诗歌》⑥、乔象钟的《李白诗歌中的妇女群象》⑦、沙灵娜的《李白的思妇诗与弃妇诗》⑧、赵晓岚的《李白爱情诗述评》⑨、傅绍良的《论李白的妇女诗

---

① 《山水田园诗派研究》，第302页。
② 同上书，第307页。
③ 同上书，第311页。
④ 载孙殊青：《李白诗论及其他》，武汉：长江文艺出版社，1957年。
⑤ 载《吉林大学社会科学学报》1979年第4期。
⑥ 载安旗：《李白纵横探》，西安：陕西人民出版社，1981年。
⑦ 见《李白论》。
⑧ 载《国际关系学院学报》1989年第3期。
⑨ 载《中国文学研究》1990年第3期。

及其人格美》①等。

其中孙殊青文指出，李白作为一个伟大的人道主义者，对妇女的不幸遭遇深表同情，并在自己的诗篇中真实地反映出她们的痛苦、要求和愿望，而且，他还热烈地歌颂她们反抗暴力的英雄行为。安旗文分析了李白诗歌中所表现的妇女形象，认为李白从先进的男女平等的思想出发，"能够在他的创作中大量地反映妇女的生活和思想感情，而且把她们写得这样美丽，这样纯洁，这样聪明，这样善良，这样有胆有识，这样可爱可敬"，"体现了诗人和'卑贱者'共呼吸、同命运的高贵品质"②。沙灵娜文指出，李白的思妇诗和弃妇诗多用乐府旧题而赋予他们新的面目、新的生命。

抒情诗及其他题材

除了上述的山水、游仙及妇女、爱情等题材，学界还对李白诗歌中的其他一些题材，如政治抒情诗、战争诗、咏史诗等进行了探讨，其中较有深度的论文主要有张汝洛的《李白底抒情诗》③、裴斐的《论李白的政治抒情诗》④、王定璋的《略论李白诗中的战争题材》⑤、孟修祥的《充满现实感的历史世界——论李白的咏史怀古诗》⑥、王友胜的《李白的咏史诗及其审美价值》⑦等。

另外，日本学者松浦友久的《李白：诗歌及其内在心象》把李白现存诗作按内容和题材分为行旅、离别、月光、女性、风景、怀古、饮酒、战乱、政治、游仙、赠寄、独吟等十二种类型，并分别进行了研究。作者指出，"尤以旅、酒、光，是李白诗歌中最重要的对象"⑧，"这是因为，这些都使人们有可能通过它们从主观感觉上认识遥远的时间和空间的广阔，通过它们从主观感觉上克服人生的有限性的东西"⑨。

---

① 载《陕西师范大学学报》1991年第1期。
② 《李白纵横探》，第157页。
③ 载《学灯》1924年10月21日。
④ 载《文学遗产》1981年第1期。
⑤ 载《李白学刊》第2辑，上海：三联书店，1989年。
⑥ 载《中国李白研究（1994年集）》。
⑦ 载《中国李白研究（1995—1996年集）》。
⑧ 松浦友久著，张守惠译：《李白：诗歌及其内在心象》，西安：陕西人民出版社，1983年，第201页。
⑨ 同上书，第202页。

五、李白诗歌分体和声律研究

分体研究

在李白诗歌分体研究中,人们对古体诗关注较多,而古体诗中,乐府又尤为学界所重视。这方面的成果主要有詹锳的《李白乐府探源》[①]、谢善继的《李白的乐府民歌与形象思维》[②]、周振甫的《李白乐府诗中感事篇试探》[③]、黄瑞云的《说李白的古风》[④]、乔象钟的《李白乐府诗的创造性成就》[⑤]、金志仁的《舒卷自如 金声玉振——谈李白杂言诗的音乐美》[⑥]、裴斐的《太白乐府述要》[⑦]、松原朗的《李白的歌行——论歌行与咏物的关系》[⑧]、郁贤皓的《论李白乐府的特质》[⑨]《李白乐府与歌吟异同论》[⑩]、房日晰的《李白对七言古诗发展的杰出贡献》[⑪]、王锡九的《论李白七言古诗的艺术成就》[⑫]、张明非的《从五言乐府诗看李白革新诗歌的实绩》[⑬]、傅如一的《李白乐府论》[⑭]、葛晓音的《论李白乐府的复与变》[⑮]等。

其中詹锳文对李白乐府诗在体式和句辞上的来源逐一进行了探讨,可见李白乐府从古题本辞本义妙用夺换而出,离合变化,显有源流。

松原朗文认为歌行在初唐后期确定为以咏物(事物的客观描写)为基本内容的歌辞文学,直到岑参歌行仍是这种特点。发展到李白,歌行

---

① 载詹锳:《李白诗论丛》,北京:作家出版社,1957年。
② 载《华中师范学院学报》1978年第2期。
③ 载《厦门大学学报》1980年第1期。
④ 载《湘潭大学学报》1980年第2期。
⑤ 载《文学遗产》1982年第3期。
⑥ 载《名作欣赏》1984年第6期。
⑦ 载《文史知识》1987年第8期。
⑧ 载《中日李白研究论文集》。
⑨ 载《李白学刊》第1辑。
⑩ 载《中国李白研究(1994年集)》。
⑪ 载《李白学刊》第2辑。
⑫ 载《江苏教育学院学报》1990年第2期。
⑬ 载《中国李白研究(1991年集)》。
⑭ 载《文学遗产》1994年第1期。
⑮ 载《文学评论》1995年第2期。

与咏物的关系表现为以下三种类型：咏物部分与作品末尾的抒情部分截然分离；咏物部分轮廓模糊与作品末尾部分界线不明显；咏物已与抒情融为一体，不可能再把两者分开。作者认为李白的歌行已从初盛唐的咏物诗中摆脱出来，抒情色彩越来越浓。

郁贤皓前文指出，李白几乎每篇乐府都把个别的感受普遍化、传统化、客体化，也许正因为如此，才使这些诗篇能叩动人们普遍的心弦；李白乐府多用比兴手法，未明确提示自己的表现意图，给人以未完结的感觉，同时也使李白乐府产生"奇之又奇""窈冥惝恍"的巨大艺术魅力。郁贤皓后文通过比较分析，认为李白的乐府诗与歌吟体诗有三个方面的显著不同，李白的新题歌吟体诗不必归入乐府类，其乐府诗应以《乐府诗集》所收和宋本《李白集》卷下标明"乐府"者所限，不宜随意扩大其范围。

王锡九文认为，李白的乐府，善于根据所写的内容，广泛地向前人学习，创造出多种多样而又贯之以个人独特性的风格。而其中，学骚体而又加以新变一格，又是李白乐府中最富有艺术创新精神的。就李白的全部七古而言，最有特色的也还是他取法《庄》《骚》，同时结合初唐以来七古艺术发展的极则——波澜起伏、气势纵横、音节高亢、豪迈奔放的特点而写出来的诗篇。

张明非文认为，李白继承和发扬乐府的现实主义精神，首先体现在借南朝乐府民歌写时事；另外，李白的五言乐府还恢复了叙事传统，但与汉魏乐府有所不同，既不注重情节的交代，也不着力于对话、细节，而是多用夸张和想象，突出人物特征，使其形神毕肖，并且具有强烈的主观色彩和浓郁的抒情意味。文章最后指出，从李白革新诗歌的立场出发，便会发现他的五言乐府艺术上融汉魏古调与齐梁新声于一体，既继承了汉魏乐府的意境浑成，又吸取了齐梁民歌的凝练精巧；既保存了汉魏乐府的自然质朴，又不废齐梁民歌的声色之美。这样一种风骨和声色的融合，是李白对乐府的艺术创造，同时也是他革新诗歌的途径。

傅如一文探讨了李白对传统乐府诗整理与提高的方式：(1) 对乐府旧辞的语言加以修改锤炼；(2) 将文不对题的乐府旧辞尽力根据史料依题立义；(3) 有些乐府旧题无古辞或失传，李白根据旧题流传的故事加以增补；(4) 有些乐府旧题的古辞立意欠佳，李白另铸新辞。另外，李白首创了即文名篇的新题乐府，开创了以文为诗的新传统，使古诗向自由诗不断转化，创造了一种特殊模式的乐府诗，即××歌（××行、×

×吟)＋送××(送××至××地),如《西岳云台歌送丹丘子》。

葛晓音文将李白乐府的内容和表现艺术复古与变革的关系分为三种类型:一是在体制、内容及艺术方面恢复古意;二是综合并深化某一题目在发展过程中衍生的全部内容,或在艺术上融合汉魏、齐梁风味,再加以提高和发展;三是沿用古意,而在兴寄及表现形式方面发挥最大的创造性。作者还指出,乐府到李白手中最大限度地恢复了汉魏兴寄的传统和天真自然的风致,融会了前人的一切表现艺术而更加完美,达到了化工无迹的境界。由于这些经验是中国诗歌在上升发展的阶段积累起来的,经过李白天才的总结,从而促使古题乐府进入了极盛的阶段。作者还探讨了李白复古革新意识之所以产生的原因,认为李白之所以产生复古革新的自觉意识,除了对本人天才的强烈自信以外,还和两个群体的影响有关。一是他所结交的道士,如司马承祯、胡紫阳、元丹丘等,基本上属于茅山道派。茅山道派是李白和陈子昂思想上联系的中介之一。他们二人思想一脉相承之处,主要在于都吸取了茅山派穷究"天运""元命"的哲学。李白正是运用这种思维,站在"上探玄古,中观人世"的高度,清醒地认识到这一代诗人适逢盛时的幸运,比陈子昂更明确地树立了"乘运""跃鳞""希圣""删述"的大志,并本着对盛唐时代精神的敏锐感受,以"贵清真"作为诗歌革新的精神向导,使儒家的复古观念为总结前代文化、开创"文质相炳焕"的一代新文风的现实目的所用。这也是李白以复古为号召,在创作中却能复中有变、决不机械拟古的主要原因。另一个群体是天宝年间李白在"十载客梁园"期间所结识的贾至、独孤及、于邵、杜甫、高适等人。这些人彼此关系密切,而且都具有较浓厚的儒家复古思想。李白在天宝前期与他们交往,必定会受他们影响。而且,李白的一些思想观念,往往与当时的政治脉搏相合拍。开元年间士大夫要求从礼乐入手实行教化的呼声很高,崇雅黜俗成为一种流行的思潮。崇尚雅乐,爱好清乐,抵斥胡乐和俗乐也是这种复古思潮的一种反映。而在提倡清乐的问题上,李白又是盛唐诗人中最坚决的。文章最后总结说,李白之所以大量创作古乐府,主要是出于"将复古道,非我而谁"的自觉意识,以及总结一代文化的使命感。由于这种使命感始终与复古观念结合在一起,李白的复古就不是单纯的拟古和仿古,而是指引创作归于真朴的一种精神导向。

另外,日本学者松浦友久的《李白乐府诗论考——以艺术表现功能完成为中心》①从艺术表现功能的角度对李白的乐府诗进行了较为深入的探究。作者认为，首先，李白乐府体现了因起源不同而在乐曲性联想方面存在的一定程度的差异，结果是在其乐府诗作中产生一种飘逸、富于韵律的动感。这种动感通常由于音律数的自由化（非拘束性）所致。而其杂言作品要比七言乐府，更明显地体现这一倾向；其次，李白乐府也最为典型地表现了感动的古典化、客体化，李白采用了将先行作品的诸种要素加以集中提炼的典型化手法；再次，乐府诗的第三个表现功能——表现意图的未完结提示，在李白乐府中虽复杂，但很明了，作者的表现意图在作品自身尚没有完全明确固定时，读者就可以依照乐府诗固有模式猜想到其结局，读者主观判断照旧可以在解释方面使其完结。作者最后指出："从汉代以来庞大的作品群中，抽出真正有效因素作为唐代乐府再构成的能力，换言之，对中世诗古典性（并非《诗经》的、古代诗的）真切感受性和造型力，是使李白乐府诗达到如此完美程度的最基本原因。这就意味着作为乐府诗作者的李白，同作为乐府新境的开拓者相比，明显应属于具有更多古典的、传统的手法的集大成者。"②

和李白古体诗研究相比，学界对李白近体诗的研究要逊色一些，有关的研究成果主要有房日晰的《试论李白的五言律诗》③《李白七言绝句艺术探微》④《论李白的五言绝句》⑤《为李白七律少一辩》⑥、葛景春的《李白律诗浅探》⑦、康怀远的《李白七绝诗的思想意义和艺术构思》⑧、孙琴安的《李白五律的艺术成就》⑨、施逢雨的《从情意模式角度看李白绝句的成就》⑩、宋心昌的《李白七律考评》⑪《李白五律艺术

---

① 载《李白诗歌抒情艺术研究》第九章。
② 《李白诗歌抒情艺术研究》，第 271 页。
③ 载《西北大学学报》1980 年第 4 期。
④ 载《四川大学学报丛刊》第 15 辑，1982 年。
⑤ 载《中州学刊》1984 年第 1 期。
⑥ 载《上海师范大学学报》1984 年第 4 期。
⑦ 载《文学论丛（郑州）》1985 年第 4 期。
⑧ 载《祁连学刊》1990 年第 2 期。
⑨ 载《中国李白研究（1991 年集）》。
⑩ 同上。
⑪ 载《上海教育学院学报》1992 年第 2 期。

论略》①等。

其中房日晰《李白七言绝句艺术探微》一文认为李白七绝创作的数量远远超过了同时代其他诗人，有的直接描写重大政治活动，开拓了七绝反映社会生活的领域，还写了一些七绝组诗，因而对七绝的成熟有其特殊功绩。其《论李白的五言绝句》一文，认为以较小的篇幅写重大的题材，是李白对五言绝句表现力的开拓和贡献，而李白炉火纯青的艺术手法，则奠定了他在五绝史上不可动摇的崇高地位。其《为李白七律少一辩》文认为，要揭示李白七律创作甚少的真正原因，必须将其诗歌放在盛唐诗歌创作的总潮流中考察：七言歌行和七言绝句发展到盛唐已臻成熟，李白则将其推到历史高峰；而七律，开元、天宝年间仍处于摸索试验阶段，当时浪漫主义创作思潮盛行，诗人很少愿意在形式上下功夫，七律创作成绩甚微，李白也不例外。其实李白并非不善作七律、不愿作七律或反对作七律。

孙琴安文认为，李白的五律似乎从不受格律的束缚，多是任意挥洒，一气流走，脱口而出，然笔墨过处，却又自成平仄，天然对仗，起承转合，样样俱备；他的五律往往涂饰上非常艳丽的色彩，能极想象夸张之妙，写出了许多想落天外、异常奇妙的诗句。

施逢雨文在将李白绝句与整个唐代绝句的情意模式进行对比之后指出，李白的绝句中警策论断型的作品比例偏低，而片刻意趣型、普通四句型和民歌类的比例则都明显偏高。作者还试图从李白的才性等方面对这种现象作了一些解释。

宋心昌文首先对李白现存的七律数量进行了统计和考辨（实为9首）；其次，概括了李白七律的艺术风格："任意挥洒，一气流走，吐词天拔，句挟清音，无意于律而自成格律。"对于李白七律中的失律现象，作者的解释是：盛唐七律，主要讲体格风神，规范法度，或通篇匀称，句律典重，或尚华藻秀异，音调朗润，而李白和崔颢的七律，则从乐府和歌行而来，故常于规矩绳墨中杂以古调，律法稍疏。

20世纪纯从诗歌声律的角度研究李白诗歌的成果更少，主要有鲍明炜的《李白诗的韵系》②、坂井健一的《李白诗词谐韵考》③等。其中

---

① 载《河北师范大学学报》1992年第3期。
② 载《南京大学学报》第1期，1957年。
③ 载《中日李白研究论文集》。

鲍明炜文属于纯粹的音韵学研究。而坂井健一文则在分析李白诗歌用韵的基础上，注意到了声韵与李白诗歌风格之间的关系。作者指出，李白诗歌所使用的语言都是所谓雅言。李白在中古汉语中，对于音节数方面，抽掉－ng 组字，而最多使用的是－n 组字。这是李白诗在谐韵上的一个倾向。从这一过去多被忽略的侧面，可以重新看待李白诗词，并可以作为进一步研究李白诗词特点的参考。

值得注意的还有朱易安的两篇探讨李白诗歌形态的论文：《拆碎七宝楼台——李白诗歌形态研究之一》①《韵律和意象组合——李白诗歌形态论》②。前文将李白始终的含有相同语词的句子进行纵向排列，从中发现了李白诗歌形态的某些规律和模式，并由此看到了其诗歌在特定语境下所表述的深层意义。作者认为：语词的有效选择，是李白诗歌形态的基本特征之一。后文就韵律与意象间相互影响、相互制约的关系，探讨其在共构李诗形态中的作用。该文也指出，李白诗歌在用韵上体现了十分娴熟的技巧和严谨性。以他的五言诗作统计，极少有押本韵而出韵的例子，甚至于七言诗和杂言诗中通韵的例子也不多。所以，一般认为李白不愿受到太多的声律拘束的说法是不准确的。作者还指出，李白诗中的意象组合，"往往呈现出模糊的拼接和搭配，却又能产生气势非凡的艺术力量"。

六、《蜀道难》作意和主题讨论

《蜀道难》是李白的名作，但是对于其作意和主题，自古以来，就存在着不同的理解和看法。20 世纪初以来，李白研究学者或沿用旧说，或对旧说加以补证，或对旧说提出商榷、自立新说，形成了以下几种观点：

玄宗幸蜀说

徐嘉瑞的《颓废之文人李白》③持此说，该文假定《远别离》不是天宝初年后作，是咏幸蜀，那么《蜀道难》也可类推了。二诗大约在玄宗出长安后作。"李白起初听见谣言说明皇生死未卜，才作了远别离。忽然得了确实消息，才知道他是去四川，大吃一惊地说：'噫吁嚱危乎

---

① 载《中国李白研究（1990 年集·下）》。
② 载《铁道师范学院学报》1993 年第 4 期。
③ 载《小说月报》第 17 卷号外《中国文学研究专号》。

高哉，蜀道之难难于上青天'，以下又说一大篇咨嗟太息愁眉不展的话，都是抱怨唐明皇千错万错，不应该去四川。"王瑶在《李白》中也认为："孟棨《本事诗》记载贺知章曾经见过这诗，但这传说也不可信；它开头就说'李太白初自蜀至京师'，而李白并不是由蜀中至长安的。""和李白生平和思想联系起来看，应以萧说为是。"①俞平伯的《〈蜀道难〉说》②也同样认为萧士赟讽玄宗奔蜀说最可信。他认为《河岳英灵集》殷璠序说"此集起甲寅，终癸巳"不可靠。书名既为"河岳英灵"，所收当是已逝的作家，云"终癸巳"，其时太白尚在，离他卒年宝应元年，相距甚远。今本《河岳英灵集》是否殷氏之旧，或有出后人附益处固不可知。此说后来附议者寥寥。

送友人入蜀

詹锳的《李白蜀道难本事说》③认为，《蜀道难》和《剑阁赋》《送友人入蜀》"俱是先后之作"，"当在天宝初间，时太白方在长安未久，尚未得志"。《蜀道难》，敦煌写本诗选残诗作《古蜀道难》，则其本为规模古调当可想见。阴铿《蜀道难》云："蜀道难如此，功名讵可要。"所以其旨意当是劝告友人，谓功名不可求。王运熙《谈李白的〈蜀道难〉》④一文，据《河岳英灵集》的编辑年代，推断《蜀道难》的作年至迟在天宝十二载前，证明萧士赟讽玄宗奔蜀说不可信，认为《蜀道难》是李白在长安送友人入蜀之作，采用乐府旧题，描绘蜀地道途艰险和环境险恶，希望友人不要久留蜀地。

咏祖国山川的奇险和壮丽

樊兴在其《"蜀道难"的寓意及写作年代辨》⑤中认为，《蜀道难》是天宝元年李白刚到长安时所作，它主要是歌颂了祖国山川的奇险和壮丽。后来王启兴的《〈《蜀道难》新探〉质疑》⑥也认为《蜀道难》是借乐府旧题极写雄峻奇险的蜀中山川。康怀远的《〈蜀道难〉是李白在蜀

---

① 王瑶：《李白》，第96页。
② 载北京大学文学研究所编：《文学研究集刊》第5册，北京：人民文学出版社，1957年。
③ 载《学思》第2卷第8期，1942年。
④ 载《光明日报》1957年2月17日。
⑤ 载《文学遗产增刊》第6辑。
⑥ 载《唐代文论丛》1982年第1期。

地时的作品》①认为《蜀道难》作于蜀地，是李白青年时代的代表作，重点是表现"蜀地之险"，别无寄托。乔象钟的《李白〈蜀道难〉补议》②认为，从前人的文学作品看，咏叹蜀道难者，远不及歌颂锦城乐者更为热烈；而蜀道，在蜀人的眼中，又是一条充满传奇色彩的历史道路，李白作此诗就是对这条奇光异彩道路的描述。

仕途坎坷

郁贤皓在其《李白两入长安及有关交游考辨》③中认为开元十八年，李白初入长安见贺知章，写《蜀道难》寓功业难成之意。稍后安旗撰专文《〈蜀道难〉新探》④，明确提出此说。她认为，《蜀道难》作于开元十八年至十九年之间，是李白首次入长安困顿蹭蹬失意之作，是作者经历一番大幻灭以后谱出的血泪交织的乐章，因而它是对唐王朝的阴暗面的揭发和批判，认为从李白惯用的艺术手法看，《蜀道难》用比兴手法，以蜀道艰险寄托对仕途坎坷、现实黑暗的愤郁。她后来又陆续发表了《〈蜀道难〉求是》⑤《〈蜀道难〉新笺》⑥《我读〈蜀道难〉》⑦等文章，继续申述其对《蜀道难》寓意为仕途坎坷的说法。柯昌贵的《说〈蜀道难〉的主题》⑧也持此说。

隐喻黑暗现实

姜光斗、顾启的《〈蜀道难〉作年与主题思想质疑》⑨一文，认为该诗的主题应是隐喻玄宗后期李林甫专权时政治黑暗、仕途艰险的社会现实。黄东黎的《〈蜀道难〉新辨》⑩认为，《蜀道难》的创作时间当在天宝元年十一月至天宝二年三月间，是李白奉诏进京初的作品。它正是唐帝国由盛转衰的前夜，通过极力描写蜀道的艰险，深刻地揭示出盛唐

---

① 载《社会科学研究》1984年第1期。
② 载《文学遗产》1990年第4期。
③ 载《南京师院学报》1978年第4期。
④ 载《西北大学学报》1980年第4期。
⑤ 载《唐代文学论丛》1982年第2期。
⑥ 载《光明日报》1983年5月31日。
⑦ 载《中国古典文学鉴赏》1985年第1期。
⑧ 载《光明日报》1983年5月31日。
⑨ 载《呼兰师专学报》1984年第1期。
⑩ 载《松辽学刊》1985年第4期。

时代的社会矛盾,表达自己的远见卓识和雄才大略。持此观点的文章还有钟元凯的《〈蜀道难〉——天宝治乱转关的缩影》①。

多重寓意说

袁宗一的《略论〈蜀道难〉之有无寄托》②认为《蜀道难》作于天宝三载春,李白"济苍生、安社稷"的仕宦之途失败后,借友人入蜀之机,描写入蜀途中的险阻,抒发理想幻灭的痛苦、怀才不遇的悲哀、备受屈辱的愤懑,以及当时社会阴暗面所引起的种种思想感情。

七、李白文研究

20世纪从整体上探讨李白文思想和艺术的专题文章主要有刘忆萱的《李白古赋的艺术特色》③、戴伟华的《试论李白散文的艺术性》④、王定璋的《李白文章管窥》⑤、刘忆萱和管士光的《李白的散文》⑥、牛宝彤的《清雄奔放的李白文》⑦《略谈李白文章的艺术成就》⑧、朱金城的《论李白的散文》⑨等。

其中刘忆萱、管士光文认为:"李白的散文能用挥洒自如的笔触揭示自己的理想,挥斥内心的幽愤,好像在与读者促膝倾谈,豪放爽朗中带有凄怆悲愤之气,这与他坎坷不平的人生道路有着密切的联系。"⑩

朱金城文探讨了李白散文与传统散文之间的继承和革新。他说:"(李白的)大赋虽脱胎于汉赋,还广泛吸收了先秦两汉诸子的笔法,尤其是《庄子》、《山海经》、《淮南子》等在创作题材和手法上都启发过作者。"而李白的小赋虽然"模拟了南朝江淹、庾信的等人的抒情小赋",但"已经全然不是那种沁人心骨的冷色调和精雕细凿的风格","而字里行间仍时时透露出清新自然的气息","它具有后者所没有的开阔气象以

---

① 载《铁道师院学报》1986年第2期。
② 载《宁夏大学学报》1985年第2期。
③ 载《文学评论丛刊》第9辑,北京:中国社会科学出版社,1981年。
④ 载《南充师院学报》1981年第3期。
⑤ 载《四川师范学院学报》1983年第4期。
⑥ 载《李白新论》。
⑦ 载《殷都学刊》1989年第3期。
⑧ 载《李白学刊》第2辑。
⑨ 载《李白学刊》第1辑。
⑩ 《李白新论》,第241页。

及一贯到底的完整性和流畅性"。而李白的书表序记大部分用骈散相间的文体写成,"文中雄浑开阔的气象,跌宕转折的文势,典赡高华的风态和清丽自然的语言,则综合体现了盛唐文学的特色"。作者指出,李白的散文还具有"以诗为文"的特点:"即使是说理性的文字,也采用抒情色彩很浓重的方法来表现,缺乏严密的逻辑性和思辨性。所谓主气、不主意,主情、不主理的艺术方法,直观上增添了他的散文作品的文艺性。"

牛宝彤文指出,李白文在艺术方面具有一定的成就:第一,清雄奔放;第二,以诗为文;第三,多种表现手法的运用,富于变化。作者还认为,李白对于屈赋的优良传统的借鉴和继承,使李赋在唐代文坛"复古"革新的浪潮中前进。李白赋是由六朝俳赋、唐初律赋向唐宋文赋过渡中的产物,曾起过承上启下的过渡作用。

另外,牛宝彤主编的《李白文选》[①],是 20 世纪唯一一部李白文的选注本。

八、李白文学思想研究

在 20 世纪上半叶,人们对李白文学思想的探讨多是在一些文学批评史、李白研究专著中进行的。如李长之在《道教徒的诗人李白及其痛苦》中指出,李白"清真"的文学观,"是从他的道教思想一贯下来的"[②],"李白由道教的'自然'观念出发,而爱淳朴"[③]。而专门探讨李白的文学观念、创作理想的文章则很少,主要有董维藩的《李白对于文学的概念》[④]、萧望卿的《李白的思想与艺术观》[⑤] 等。萧望卿文指出,李白以复古自任,复古的精神贯彻在他的思想和作品里,但他的复古实在就是新变。他不仅接受了汉魏诗的格式和精神,且兼揽了六朝和隋唐的精华,来挽救浮艳的颓风而创造新诗。李白的艺术思想承袭老庄,特别是庄子,他尚淳朴,轻视技巧,排斥虚饰,而企想回到自然。

五六十年代,对李白文学思想的探讨的专论更少,只有俞平伯《李

---

① 牛宝彤主编:《李白文选》,北京:学苑出版社,1989 年。
② 《道教徒的诗人李白及其痛苦》,第 69 页。
③ 同上书,第 70 页。
④ 载《细流》第 5—6 期,1935 年。
⑤ 载《文学杂志(上海)》第 2 卷第 2 期,1947 年。

白《古风》第一首解析》[1]一文涉及。作者并没有从字面上理解李白有关文学创作的观念，他指出李白在此诗中的有些说法是夸大的，有些必须结合其创作特点来理解，如李白所谓的"复古"事实上在创新，而"绝笔于获麟"则显示了他对文学的批判功能的提倡。

70年代末以后，研究李白文学理论和审美趣味的专题论文才开始多了起来。如罗宗强的《清水出芙蓉　天然去雕饰——李白审美理想蠡测》[2]、乔象钟的《李白的诗论及其艺术实践》[3]、杨海波的《试论李白的文学观》[4]、王运熙的《李白的文学批评》[5]等。

其中罗宗强文指出，李白的诗大都是经过提炼，自觉追求自然的美。作者不同意前人所说的李白提倡复古的观点，也不同意说李白是以复古为革新，指出李白的着眼点只在反对绮丽，提倡"清真"，而后者又是李白的文学思想的核心。王运熙文指出，像对宇宙、人生、政治的看法那样，李白的文学观也是深受儒、道两家影响。他接受老庄思想影响，强调诗歌应当写得清真自然；同时又继承儒家积极入世、关系现实的传统，主张诗歌要有兴寄，触及时事。对于前代遗产，他主张多方面地广泛吸取其有用成分，使创作达到文质彬彬境界。面对《楚辞》以后文坛的复古思潮，其某些言论强调要恢复《诗经》古雅的传统，对《诗经》以后的作品存在笼统贬抑的偏激倾向。但在更多的场合却不是这样。他不但对屈赋、建安风骨给予极高评价，而且还对南朝一些杰出诗人发出由衷的赞美。

第五节　李白词真伪问题的讨论

自宋代以来，就一直有人对各种词选所收的李白词半信半疑。20世纪学界更是对李白是否作过词，尤其是《菩萨蛮》《忆秦娥》《清平调》三词的真伪问题进行过持久而热烈的讨论。下面在参考李田《李白

---

[1]　载《文学遗产增刊》第7辑。
[2]　载《古代文学理论研究丛刊》第1辑，上海：上海古籍出版社，1979年。
[3]　载《唐代文学论丛》1982年第1、2期。
[4]　载《天津师大学报》1987年第3期。
[5]　载《李白学刊》第1辑。

〈清平乐〉词三首真伪问题》[①]和葛景春《李白词真伪讨论述评》[②]的基础上，介绍20世纪对李白三首词真伪问题讨论的情况。

一、20世纪上半叶

否定论

1924年，胡适在《词的起源》[③]中说，长短句的词起源于中唐，旧学相传，都以为李白是长短句的创始者，那是不可靠的传说。《尊前集》收李白的词十二首，《全唐诗》收十四首，其中多有很晚的作品。长短句的《忆秦娥》《菩萨蛮》《清平乐》皆是后人混入的作品。胡适认为，盛唐人崔令钦《教坊记》中有《菩萨蛮》词调，是后人添入，不足证明盛唐时已有此曲调。后来浦江清在《词的讲解》[④]一文中也说："李白抗志复古，所作多古乐府之体例，律绝近体已少，更非措意当世词曲者。即后世所传《清平调》三章，出于晚唐人之小说，靡弱不类，识者当能辨之。"

1944年，詹锳在《李白〈菩萨蛮〉、〈忆秦娥〉词辨伪》一文中系统地论证了胡适提出的李白不可能填词的说法。他举出了五条证据：（1）李白《菩萨蛮》一词出处可疑；（2）《菩萨蛮》曲名，起于晚唐世，此词乃晚唐人嫁名李白；（3）此二词为宋本及仿宋本所不载；（4）从词的发展史上的演进之迹亦可断其伪；（5）《忆秦娥》词与李白行踪不合。后来证《菩萨蛮》《忆秦娥》为李白伪作者，大多因袭詹锳说。

肯定论

20世纪初的词学家如况周颐、王国维都认为《菩萨蛮》《忆秦娥》为李白所作。况周颐在其《蕙风词话》卷四中即驳斥了胡应麟的伪作说，指出唐开元时崔令钦所作《教坊记》所载教坊曲名中，已有《菩萨蛮》调。王国维认为此作当为李白所作，他在其《人间词话》中曾举太白《忆秦娥》词为例。

---

① 载《唐代文学研究年鉴》1985年卷。
② 载《唐代文学研究年鉴》1989年卷。
③ 载《清华学报》第1卷第2期，1925年。
④ 载浦江清：《浦江清文录》，北京：人民文学出版社，1989年。

40年代，唐圭璋在《论词之起源》①及《云谣集杂曲子校释》中驳胡适之说。他说，"据敦煌所发现之唐词，足证《教坊记》之可信，据《教坊记》之所载词调，可证《乐府杂录》及《杜阳杂编》之误"，"李白不能作《菩萨蛮》之说"亦可不攻自破。1945年杨宪益在《零墨新笺：李白与菩萨蛮》②中也力主《菩萨蛮》《忆秦娥》系李白所作。

二、五六十年代

50年代初，随着对敦煌曲子辞的深入研究，对《菩萨蛮》产生的年代进行了更确切的考证，又展开了对李白词的争论。

否定论

1957年初，俞平伯在《今传李太白词的真伪问题》③中对今传李白词的真伪发表了意见。他说，李白作这两首词的可能性很小，其原因有四点：（1）《菩萨蛮》词的来源是不确定的；（2）从词调的发展上看，李作《菩萨蛮》之类的词可能性很小；（3）不合乎李白的生平；（4）在文学史上找不到盛唐至晚唐此二词的影响。而"寒山一带伤心碧"似从杜诗《滕王亭子》："清江锦石伤心丽"一语化出，似后人托名李白所作。

肯定论

任二北在《敦煌曲初探》④一书中，对敦煌曲子辞《菩萨蛮》"枕前发尽千般愿"一词的写作年代进行了考证。据向达《伦敦所藏敦煌卷子经眼录》云，此词所在的S.4332卷背后录有"壬午年龙兴寺僧学便物字据"。据任氏考证："天宝元年乃壬午，此字据可能写于天宝元年。依常情：写卷正面文字，必先写，则此二辞（按指《菩萨蛮》等）可能写于天宝以前，至迟不逾天宝元年也。"由此证明，《菩萨蛮》这一曲调，在开元间已盛行于民间。任氏在他的《敦煌曲校录》⑤一书"普通杂曲"章中又重申了这一意见，认为从《菩萨蛮》曲调出现在盛唐开元

---

① 载《时事新报·学灯》（渝版）第178期。
② 载《新中华》复刊第3卷第10期，1945年。
③ 载《文艺研究》1957年第1期。
④ 任二北：《敦煌曲初探》，上海：上海文艺联合出版社，1954年。
⑤ 任二北：《敦煌曲校录》，上海：上海文艺联合出版社，1955年。

时代这一情况来看，不能否定李白有作《菩萨蛮》词之可能。

三、70年代末以后

从1978年开始，关于李白词真伪问题的讨论又迅速开展起来，参加讨论的文章之多，范围之广，都是前两个阶段不可相比的。

否定论

80年代以后认为李白词为伪作的学者，有袁行霈、吴企明、黄刚、刘永济及杨胤宗等人。

袁行霈在其《古都长安的历史画面——李白〈忆秦娥〉赏析》① 中从《忆秦娥》一词的意象和风格上来判断，此词出于晚唐人之手。吴熊和、蔡义江、陆坚等人在《唐宋诗词探胜·菩萨蛮》② 中也认为此二词"皆疑为唐末五代人所假托"。黄刚的《李白两首词真伪之我见》③ 对李白二词完全否定。他认为此词亦非晚唐人所作，疑是宋人所作。台湾学者杨胤宗的《李白填词考》④ 也力证《菩萨蛮》《忆秦娥》二词不是李白之作，而绝类晚唐温飞卿所作。

不但李白的长短句词被视为伪作，就是李白的三首《清平调词》也有人认为是伪作。如吴企明在《李白〈清平调〉词三首辨伪》⑤ 中说："《清平调》三首，出自小说家韦叡之手，假名李白，根本不是李白的作品。"

肯定论

1978年初，唐圭璋、潘君昭在《论词的起源》⑥ 一文中，又重申了唐圭璋在民国时期所提出的李白作《菩萨蛮》《忆秦娥》等词的观点。此后，主张或赞同李白有可能作词的学者还有孟庆复、李廷先、何满子、李汉超、庞石帚、陈尚君、葛景春等人。

---

① 载人民文学出版社编辑部编：《唐宋词鉴赏集》，北京：人民文学出版社，1983年。
② 吴熊和、蔡义江、陆坚：《唐宋诗词探胜》，杭州：浙江人民出版社，1981年。
③ 载《浙江师范学院学报》1982年第2期。
④ 载《孔孟月刊》第24卷第7期，1986年。
⑤ 载《文学遗产》1980年第3期。
⑥ 载《南京师院学报》1978年第1期。

李廷先在《〈李白《清平调词》三首辨伪〉商榷》① 中针对前引吴企明文中所说的杨玉环在天宝三载被潜纳进宫、杨玉环在当女道士时不可能公开随侍玄宗左右、《清平调》词句叙事涉于虚妄、典故运用失当以及乐律、《松窗录》的史料价值等问题进行商榷，证明李白词中所写为眼前景、眼前事，并不虚妄。何满子的《李白〈菩萨蛮〉赏析》② 对"中唐以前，词尚在草创期，这样成熟的表现形式，这样玲珑圆熟的词风，不可能是盛唐诗人李白的手笔"这一说法提出质疑。李汉超的文章《论李白〈忆秦娥〉》③，则对《忆秦娥》一词做了详细的考证，确认此词为李白所作。庞石帚④也对伪作说作了批驳，他先从风格方面对《菩萨蛮》《忆秦娥》二词做了新的论证，说李白诗与此二词意境、语言相似的颇多。近人论证《菩萨蛮》等确为李白所作，最有力的一条论据是天宝末年崔令钦所著《教坊记》中有《菩萨蛮》的曲名，证明证李白时已具备作词的条件。但崔令钦与李白关系如何，不为人们所知。陈尚君《李白崔令钦交游发隐》⑤ 一文，则探索了两人的密切交游关系。陈尚君文指出，李白《赵公西候新亭颂》一文中的"宣城令崔钦"，《经乱后将避地剡中留赠崔宣城》《江上答崔宣城》诗题中的"崔宣城"，就是著《教坊记》的崔令钦。崔令钦曾为李白题过画像，还曾为李白家乡故居陇西院写过记。从李白给崔令钦的诗来看，两人的关系十分密切。陈尚君指出："崔李交游，不仅间接指示了李白和音乐机关教坊的关系，也提供了李白作词的新的佐证。"后来，葛景春的《古集原载词二首　遗韵曾传魏夫人——李白词二首新证》⑥ 从版本学的角度入手，认为北宋乐史、宋敏求版《李翰林集》确实收录过《菩萨蛮》《忆秦娥》两首词，继而，作者又以《湘山野录》记载魏泰见过载有《菩萨蛮》的"古本"李集为旁证，从而得出《菩萨蛮》与《忆秦娥》二词确实为李白所作的结论。

---

① 载《文学遗产》1981年第4期。
② 《唐宋词鉴赏集》，第1—4页。
③ 载《文学评论》1983年第4期。
④ 参魏炯若：《记庞石帚先生谈〈菩萨蛮〉真伪问题》，载《龙门阵》1982年第1期。
⑤ 载《复旦学报》1980年第4期。
⑥ 见《李白思想艺术探骊》，第234—240页。

真伪并存论

主张李白词真伪并存的有施蛰存、周圣伟。施蛰存在《读李白词札记》①中认为李白是作过词的,但所作长短句词不是《菩萨蛮》《忆秦娥》等,而是《清平乐》四首,并对传为李白词的作品,一一进行考证,他的结论是:"《清平调辞》三首、《秋风清》一首、李白歌诗也,今列于词。《清平乐》四首,李白词也。《连理枝》二首、《菩萨蛮》、《忆秦娥》各一首,此宋人所撰,依托李白者也。《桂殿秋》二首,乃李德裕所撰《步虚词》,误属李白者也。"周圣伟的《从诗与乐的相互关系看词体的起源与形成》②亦赞同施说。他说:"尽管至今对《忆秦娥》、《菩萨蛮》二词是否李白所为还持有异议,然而他的《清平乐》四首,歌辞平仄彼此贯通如一,却的确是现存作品中的一个显著先例。"

第六节 李白诗歌的艺术渊源和影响

一、李白诗歌的艺术渊源

综合探讨

20世纪从总体上探讨李白诗歌艺术渊源的文章主要有唐钺的《李太白模仿前人》③、范民声的《李白怎样向古代诗人学习》④、胡国瑞的《李白诗歌与其前代的继承关系》⑤、泉清一的《李白诗的魅力及其先行文学》⑥等。

其中唐钺文根据《李太白全集》内的王琦注及附录,初步分析了李白诗文创作中的模仿前人之处。范民声文首次全面、系统地探讨了李白对前人文学创作艺术的继承和发展,指出李白的一部分乐府诗虽是学习曹植和鲍照的,但他在吸收曹、鲍的主要精神之外,还有着豪放、飘逸

---

① 载《华东师范大学学报》1984年第1期。
② 同上。
③ 载《东方杂志》第39卷第1期,1943年。
④ 载王运熙等:《李白研究》,北京:作家出版社,1962年。
⑤ 载《文艺论丛》第9辑,1980年。
⑥ 载《中日李白研究论文集》,第197—210页。

的特色；在描写自然景物的诗篇中，他突破了前人的限制，把自己的整个情感、整个生命和大自然拥抱在一起，达到了融合无间的地步。李白的《古风》虽然以阮籍《咏怀》、左思的《咏史》、陈子昂《感遇》为范本，但感情更加奔放，态度更加明朗。至于在遣词造句、设意布景等技巧方面，李白也都有他自己的创造性，处处表现出他自己的独特风格。

泉清一文认为永明体的声调给予李白的诗很大的影响，是谢灵运、沈约、谢朓、庾信等诗人涵养了李白诗的声调和对偶感。李白较喜欢采用近体五言律诗的对偶中一般很少采用的反对，这体现了刘勰的"反对胜于正对"之意。

李白与庄子、屈原

清人龚自珍在《最录李白集》中评论李白诗歌时曾说："庄屈实二，不可以并；并之以为心，自白始。"所以20世纪学界在探讨李白诗歌的艺术渊源时，也喜欢追寻李白与庄子、屈原之间的承传关系。如王运熙的《并庄屈以为心》[1]和陶道恕的《略论庄、屈对李白歌行诗的影响》[2]两文，是直接研究庄、屈对李白之影响的文章。其中，王运熙文指出，李白把屈原的积极入世精神和庄周的消极避世态度，用"功成身退"的口号统一起来，在这对矛盾中，功成是前提，是矛盾的主要方面，即首先要建功立业，然后才能甘心隐退。陶道恕文则从思想和艺术两方面探讨了庄、屈对李白歌行诗的影响，作者认为，李白深得庄周文贵独创的精髓，也很符合屈原"发愤以抒情""陈志"的要求。他的歌行大、中、小型结合，单篇与组诗结合的特点，正体现了庄周大型与中小型篇章结合、屈原单篇与组诗结合的艺术经验。李白歌行的语言，固然是他"清水出芙蓉，天然去雕饰"的艺术观点的体现，但雄放纵恣的笔调、参差错落的句式，也很得力于庄、屈作品的启发。

专门探讨庄子对李白影响的文章有陶白的《李白与庄子及其他》[3]、韩式朋的《谈李白诗歌艺术上对庄子散文的继承》[4]、葛景春的《李白

---

[1] 纪念李白逝世1220周年暨江油李白纪念馆开馆大会论文，1982年10月发表，载《李白研究论丛》第2辑，成都：巴蜀书社，1990年。
[2] 载《四川师范大学学报》1988年第5期。
[3] 载《南京师院学报》1983年第1期。
[4] 载《求是学刊》1983年第1期。

诗歌与庄子美学》①等。其中，韩式朋文认为，李白的诗歌艺术从《庄子》中汲取的营养比任何一部作品都要多，这主要体现在形象描绘的壮观生动、"意接辞不接"、个性表现的傲岸狂放以及语言特点、美学思想等方面。葛景春文认为，李白与庄子作品的风格之所以很相似，都具有"逸"和"神"的特点，除了他们都具有卓越的文学才能、浓厚的浪漫气质、傲岸的个性特征，还因为他们在美学观点上也有不少共同之处，如自然美、壮大美、"五言美"以及率真美等。

专门探讨屈原对李白之影响的文章有黄炳辉和庄如顺的《试论李白对屈原诗歌艺术特点的继承和发展》②、耿元瑞的《屈原与李白——谈李白诗笔写屈原》③、葛景春的《李白与屈骚精神》④等。

李白与魏晋南北朝文学

李白诗歌深受魏晋南北朝文学的影响，所以李白对魏晋六朝文学的继承和发展也是20世纪学者所热衷探讨的问题。

从整体上研究李白与魏晋六朝文学之关系的文章主要有裴斐的《李白与魏晋南北朝时期诗人》⑤、陶新民的《魏晋审美观与李白诗歌》⑥、陈正宏的《李白诗歌与齐梁文风》⑦等。其中裴斐文认为李白受庄子和屈原影响往往经过魏晋六朝的中介。该文还将魏晋六朝诗人分为阴柔美和阳刚美的两类，说当他歌咏自然山水时多受前类诗人影响，感叹人事和抒发政治愤懑时多受后类诗人影响；小篇（律、绝）多受前类诗人影响，大篇（乐府、古诗）多受后类诗人影响。但李白与六朝诗人亦有别，如六朝但有清真之句，而殊乏清真之篇，李白的诗篇则浑融一体而非仅有佳句。陶新民文从"意在言外与遗骸传神""一往情深""清真自然"三方面探讨了魏晋审美观对李白诗歌的影响。

专门分析陶渊明对李白之影响的文章有袁以涵的《陶渊明和酒和李

---

① 载《中州学刊》1984年第6期。
② 载《学术月刊》1980年第12期。
③ 载《郑州大学学报》1983年第4期。
④ 载《祁连学刊》1990年第2期。
⑤ 载《文学遗产》1986年第1期。
⑥ 载《李白学刊》第2辑。
⑦ 载《上海文论》1990年第1期。

白》①、陈钧的《李白与陶渊明》②、周唯一的《陶渊明李白饮酒诗之比较》③等。其中袁以涵文的内容参见本章第二节"李白的思想和性格"的"李白与酒"部分。陈钧文从饮酒、傲视权贵、社会理想、用世之心、艺术特色等方面，对李白和陶渊明进行了比较研究。

李白与谢朓

在六朝诗人中，谢朓无疑最受李白研究学者的关注。探讨李白与谢朓之关系的文章主要刊登在茆家培、李子龙主编的《谢朓与李白研究》中，该书收有探讨李白与谢朓之渊源关系的文章多篇，如王运熙的《李白推重谢朓诗》、周本淳的《李白"一生低首谢宣城"析》、莫砺锋的《论李杜对二谢山水诗的因革》、陶道恕的《谢朓李白山水抒情诗合说》、李戎《从李白尚友谢朓说开去》、葛景春的《李白与谢朓的山水诗》、王定璋的《诗坛飘逸两俊杰》。其中王运熙和周本淳文都认为李白之所以特别推重谢朓，有宣城山水之美及谢诗之善于写景的因素。莫砺锋文指出，在山水诗的发展过程中，李、杜与二谢之间体现出一种深刻的因革关系。在对二谢诗句的借鉴中，李白是因多革少，杜甫则因少革多；李白写山水的五古中多排偶体现了向二谢诗的复归，杜甫在五古中少用排偶而将此手法用于律诗则体现了对二谢诗的变革；李白的山水诗中处处有诗人的影子在，带有浓郁的抒情色彩，这是李白在小谢诗风的基础上发展而成的独特风格，杜甫则对大谢的山水诗深有会心，但是杜甫笔下的山水形象更加奇伟不凡，具有更加鲜明的个性。

类似的文章还有宋绪连的《李白低首谢宣城》④，该文认为，谢朓诗的发唱惊挺、飞腾而入的发端手法所体现的审美趣味合乎李白这位浪漫主义诗人的脾味，故为李白所吸取、发展；太白又折心于小谢芙蓉出水的清新自然之美，以之作为自己追求的艺术境界。

另外，探讨李白与六朝诗人之关系的文章还有高树森的《"元嘉之雄"与盛唐"诗仙"——谢灵运与李白山水诗之比较》⑤、阮廷瑜的

---

① 载《国立中央大学半月刊》第 1 卷第 8、9 期，1930 年。
② 载《人文杂志》1987 年第 6 期。
③ 载《衡阳师专学报》1993 年第 4 期。
④ 载《辽宁大学学报》1983 年第 1 期。
⑤ 载《苏州大学学报》1986 年第 2 期。

《论"李侯有佳句，往往似阴铿"》①等。

李白与乐府民歌

李白诗歌中乐府诗的成就最大，所以探讨李白对乐府民歌艺术养料的汲取的文章也就出现了，如王运熙的《李白怎样向汉魏六朝民歌学习》②、蔚家林的《论民间文学对李白诗歌的影响》③、赵怀德和赵晓霞的《李白对乐府的继承与发展》④、陈节的《李白诗中民间文学精神的再现》⑤等。其中王运熙文从思想、题材和艺术等方面探讨了李白向汉魏六朝民歌学习的成果。蔚家林文认为李白创造性地运用了劳动人民创造的神话、传说和寓言故事；学习民间歌谣，从中吸取营养，进一步解放了中国的诗歌；学习民间文学语言，吸取人民群众语言刚健清新的乳汁。陈节文指出，高度浓缩民间传说的内容，借古讽今，指陈治乱盛衰，是李白常用的手法之一；其寓言式的诗歌，寓理于风趣、幽默的笔墨和整齐、和谐的形式之中，既继承、发展了中国古代寓言的优秀传统，又丰富了诗歌的创作领域。

另外，张瑞君的《李白与〈古诗十九首〉》⑥独辟蹊径，探讨了李白与《古诗十九首》之间的艺术传承关系，认为李白对《古诗十九首》的仿作很多，无论是精巧自然的构思，还是贴切生动的比兴，处处可以看到李白继承发展《古诗十九首》的巨大成就。

二、李白诗歌与唐代诗人的比较及其在后世的流传和影响

20世纪尤其是80年代以后将李白与同时代诗人或后世诗人作比较研究的成果很多。还有学者探讨了李白诗歌在域外的流传和影响，不乏将李白与外国诗人进行比较的成果。

李白与唐代其他诗人之比较

将李白与唐代诗人进行比较的文章主要有吴明贤的《李白与陈子

---

① 载《中国李白研究（1994年集）》。
② 载《文学遗产增刊》第7辑。
③ 载《民间文学论坛》1986年第2期。
④ 载《陕西师范大学学报》1986年第4期。
⑤ 载《中国李白研究（1990年集·下）》。
⑥ 载《李白学刊》第2辑。

昂》①、林继中的《情趣·理趣——李白、王维山水诗比较》②、房日晰的《李白王昌龄七言绝句之比较》③、黄益元的《李白、王昌龄七言绝句比较》④、张国伟的《李白、王昌龄的绝句艺术比较探索》⑤、杜承仪的《李白李贺艺术比较论》⑥、房日晰的《李白李贺诗歌艺术比较论》⑦、张式铭的《"三李"诗论纲》⑧、周汝昌的《说唐诗"三李"》⑨、姜光斗的《论李白对韩愈奇险诗风的影响》⑩、阮廷瑜的《李白诗对温庭筠五律之影响》⑪ 等。

其中周汝昌文认为，"三李"是唐代诗人中最突出的"纯诗人型作手"，三人都有才，但李白是才气，李贺是才思，李商隐是才调。他认为，李贺的风格"全然来自太白"，"他不多写律绝，而特擅歌行，你看他那气势、格调，包括书生不得志的感慨，八荒万古的艺术想象力，无不与太白有着千丝万缕的联系。但他的独立价值却是自辟鸿蒙，别有天地，与太白混淆不得。"姜光斗文从四个方面探讨了李白对韩愈诗风的影响：李白那天马行空、不可拘勒的浪漫主义精神，对雄伟、高大、神奇、瑰丽、悲壮的意象追求，以文为诗、诗句散文化，李白最擅长的诗体是七古与五古等。阮廷瑜文从结句、起结句、层次清晰、作意相同、用事、联中无动词、联中着色七个方面分析了李白诗对温庭筠五律之影响。

对后世诗人之影响

这方面的论文主要有佐藤一郎的《李白对李攀龙、王世贞及荻生徂

---

① 载《青海民族学院学报》1989年第4期。
② 载《厦门大学学报增刊》1983年。
③ 载《西北大学学报》1986年第3期。
④ 载《铁道师院学报》1986年第3期。
⑤ 载《河北学刊》1987年第1期。
⑥ 载《古籍研究》1988年第1期。
⑦ 载《中国古典文学论丛》第7辑，1989年。
⑧ 载《长沙水电师院学报》1988年第2期。
⑨ 载《文史知识》1992年第7期。
⑩ 载《中国李白研究（1990年集·上）》。
⑪ 载《中国李白研究（1991年集）》。

俅的影响》①、葛景春的《文坛千古两谪仙——李白与苏轼比较研究》②、金振华的《李白与李清照诗歌的共通处》③、王晋光的《李白对王安石的影响》④、赵维江的《毛泽东与唐代大诗人李白》⑤ 等。

在域外的流传和影响

研究李白诗歌在域外的流传和影响，或者将李白与外国诗人作比较研究的成果也很多。

涉及李白诗歌在朝鲜、日本等东方国家的影响的文章主要有张振国等的《东瀛儿女爱李白》⑥、王丽娜的《李白诗在日本》⑦、山下一海的《李白对松尾芭蕉的影响》⑧、朴忠禄和紫荆的《李白对朝鲜古典诗歌的影响》⑨、吴绍钒和宁海的《李白对高丽时期汉诗发展的影响》⑩ 等。

介绍日本、韩国的李白研究情况的文章有张采民的《现代日本李白研究综述》⑪、邝健行的《韩国诗话中论李白的诗新义举隅评析》⑫、郁贤皓的《松浦友久李白研究述评》⑬ 等。

介绍李白诗歌在西方国家的流传和影响的文章有王丽娜的《李白诗歌在西方》⑭、《美国对李白诗歌的翻译与研究》⑮、詹锳的《评英人阿瑟·韦里著〈李白之生平及其诗〉》⑯。

将李白诗歌与西方诗歌进行比较的文章有杨铁原的《李白诗歌的崇

---

① 载《中日李白研究论文集》。
② 载《社会科学研究》1988 年第 3 期。
③ 载《苏州大学学报》1987 年第 4 期。
④ 载《中国李白研究（1991 年集）》。
⑤ 载《中共浙江省委党校学报》1992 年第 4 期。
⑥ 载《人民日报》1985 年 12 月 4 日。
⑦ 载《唐代文学论丛》总第 8 辑。
⑧ 载《中日李白研究论文集》。
⑨ 载《延边大学学报》1983 年第 2 期。
⑩ 载《延边大学学报》1994 年第 2 期。
⑪ 载《文教资料》1990 年第 3、4 期。
⑫ 载《中国李白研究（1991 年集）》。
⑬ 载《中日李白研究论文集》。
⑭ 载《文献》1985 年第 3、4 期，1986 年第 1 期。
⑮ 载《唐代文学研究年鉴》1983 年卷。
⑯ 载《中日李白研究论文集》。

高美与西方艺术崇高美的比较》[①]、阮珅的《大鹏和云雀——从一个角度看李白和莎士比亚》[②]、葛景春的《东方诗仙与西方诗魔——李白与拜伦比较研究》[③]、葛雷的《波兰诗与李白诗的比较》[④] 等。

第七节 李白作品集和研究资料整理

20世纪的李白诗文的整理工作，无论是在诗文的系年、考辨、注释，还是在作品的全面整理、集评，抑或是在李白集版本的研究等方面，都取得了很大的成绩。

一、20世纪上半叶

在20世纪上半叶，虽然未有学者对李白的诗文作品进行新的全面的整理，但是在李白诗文的选注、辨伪、系年以及英译等方面取得了一定的成绩。

20世纪上半叶出版的李白诗选主要有高铁郎校点的《李白诗选》[⑤]、胡云翼选辑的《李白诗选》[⑥]、傅东华选注的《李白诗》[⑦]、余研因选注的《白话注解李白诗选》[⑧]、中华书局辑注的《音注李太白诗》[⑨] 等。其中，高铁郎著系就清曾国藩《十八家诗钞》所选李白诗校点而成；傅东华著选注李白诗164首，对李诗中的地点、人名和典故加以注释，简明扼要；《音注李太白诗》系就沈德潜《唐诗别裁集》所选李白诗音注而成。

詹锳是20世纪上半叶对李白诗文进行着力整理的少数学者之一。他先是发表了《李白集版本叙录》[⑩] 一文，据各家叙录及亲自经眼的历

---

① 载《求索》1983年第3期。
② 载《外国文学研究》1984年第2期。
③ 载《中州学刊》1991年第6期。
④ 载《国外文学》1992年第2期。
⑤ 高铁郎校点：《李白诗选》，上海：新华书局，1928年。
⑥ 胡云翼选辑：《李白诗选》，上海：亚细亚书局，1932年。
⑦ 傅东华选注：《李白诗》，上海：商务印书馆，1928年。
⑧ 余研因选注：《白话注解李白诗选》，上海：民智书局，1934年。
⑨ 沈归愚选本，中华书局辑注：《音注李太白诗》，上海：中华书局，1936年。
⑩ 载《浙江大学文学院集刊》第3期，1943年。

代的李白集的版刻源流情况进行了梳理，并一一评价各种版本的优劣，文后还列有一《版本源流简表》，极有助于李白集的进一步整理。稍后，他又发表了《李诗辨伪》①，对李白集中的《长干行第二首》《少年行》《三五七言》《戏赠杜甫》等十五题十六首诗作和《比干碑》文一篇的真伪问题发表了自己的看法。

二、五六十年代

五六十年代出现了一些新的李白作品的选注本，如舒芜选注的《李白诗选》②和复旦大学中文系古典文学教研组选注的《李白诗选》，这两部著作都在不同的程度上强调了李白诗歌中反映社会现实的作品，即体现了"人民性"的作品。后者在体例上有所创新，首次将所选李诗中可以考订作年的作品进行了编年。

此阶段李白诗文整理的最大的收获还是对李白诗文的系年。晚清学者黄锡珪在 20 世纪初就撰成了《李太白年谱》和《李太白编年诗目录》，但正式出版，却是在半个世纪以后③。黄锡珪在《年谱》的每年事迹后都加有按语，排列了该年李白所写的作品；在《目录》中则将能够编年的李白诗作都排列出来了，此举实为首创。1958 年，作家出版社又出版了詹锳的《李白诗文系年》④，该书中采取文史结合的方法，互相印证，把李白三分之二以上的诗文作了编年、笺释，并详加考证。

三、八九十年代

对李白诗文进行整理的高潮是在 20 世纪最后二十年内出现的。此一时期，无论是诗文的选注、笺评、编年还是辨伪、辑佚，都较以往任何一个阶段有了长足的进步，尤其是三部新的对李白全集进行全面整理的成果的出现，可谓集前此李白作品整理工作之大成。

李白作品的选注和普及

八九十年代，为了适应普通读者赏读李白诗歌的需要，出现了好几

---

① 载《东方杂志》第 41 卷第 2 期，1945 年。
② 舒芜选注：《李白诗选》，北京：人民文学出版社，1954 年。
③ 黄锡珪：《李太白年谱》，北京：作家出版社，1958 年。
④ 詹锳：《李白诗文系年》，北京：作家出版社，1958 年。

部李白诗文的选注本。如安旗的《李白诗新笺》①、《李诗咀华——李白诗名篇赏析》②、裴斐主编的《李白诗歌赏析集》③、刘开扬等的《李白诗选注》④、郁贤皓选注的《李白选集》⑤、詹锳等注译的《李白诗选译》⑥等。

其中,安旗《李白诗新笺》对《蜀道难》《长相思》《梁园吟》《梁甫吟》《将进酒》《梦游天姥吟留别》等著名作品加以笺释。《李诗咀华》赏析李白将近八十首诗作,大凡李白的诗作名篇都已收入,且按创作年代编排。裴斐主编的《李白诗歌赏析集》收集了八十多位作者撰写的119首诗歌的赏析文章,书后附有《李白年谱简编》。郁贤皓《李白选集》打破了以前李白作品选本只选诗歌不选文赋的做法,首次诗文并选,选录李白作品三百多篇。郁贤皓也根据他对李白生平和诗文多年的研究,为二百四十多首诗歌及选录的全部文章作了编年。每篇作品后,还选录了历代评笺,评笺后有作者的按语,都有助于读者理解诗意、领悟诗艺。詹锳的《李白诗选译》则在李白诗的今译方面作了可贵的尝试。

另外,《唐诗鉴赏辞典》⑦收入胡国瑞等撰写的李白诗歌赏析一百一十余首,霍松林、林从龙选编的《唐诗探胜》收入吴小如等撰写的李白诗歌赏析多篇,都促进了李白诗歌的普及。

李白诗文的辑佚和辨伪

近二十年来,一直有学者在进行李白诗文的辑佚和辨伪工作。

70年代末、80年代初,吴企明先后发表了《试论李白诗的考辨工

---

① 安旗:《李白诗新笺》,郑州:中州书画社,1983年。
② 安旗、薛天纬、阎琦:《李诗咀华——李白诗名篇赏析》,北京:北京十月文艺出版社,1984年。
③ 裴斐主编:《李白诗歌赏析集》,成都:巴蜀书社,1988年。
④ 刘开扬、周维扬、陈子健选注:《李白诗选注》,上海:上海古籍出版社,1989年。
⑤ 郁贤皓选注:《李白选集》,上海:上海古籍出版社,1990年。
⑥ 詹锳、陶新民、张瑞君等注译:《李白诗选译》,成都:巴蜀书社,1991年。
⑦ 萧涤非、程千帆、马茂元等:《唐诗鉴赏辞典》,上海:上海辞书出版社,1983年。

作》①《李白诗辨证拾遗两题》②《〈草书歌行〉是李白写的吗？》③《〈论文苑英华〉中的李白诗》④ 等文，从理论和实践两方面探讨了李白作品的辨伪问题。另外，吴企明还对李白集中的重出诗逐首加以甄辨，写出了《论李白集中的重出诗》⑤。这些成果都为李白研究的进一步展开，提供了较为可靠的资料。

之后涉及这一问题的文章还有黄瑞云的《李白三首诗的系年及真伪考辨》⑥、郁贤皓的《黄锡珪〈李太白年谱〉附录三文辨伪》⑦《李白诗的辑佚和辨伪》⑧、刘友竹的《〈僧伽歌〉非伪作辨》⑨、魏炯若的《李诗辨伪二题》⑩、王辉斌的《〈江南逢李龟年〉为李白作》⑪、朱宗尧等的《敦煌写本残卷中李白诗歌校记》⑫、刘崇德的《李白〈猛虎行〉〈草书歌行〉新考》⑬、启功的《"太白仙诗"辨伪》⑭、何林天的《李白诗辨伪》⑮ 等。

李白集的版本研究

80年代以后，对历代李白集的版本情况进行全面探讨的成果主要有万曼的《唐集叙录·李翰林集》、申风的《李集书录》⑯ 等。

宋本李白集的版刻和流传情况，是人们关注的热点。这方面的文章

---

① 载《江苏师院学报》1978年第2期。
② 载《河南大学学报》1980年第1期。
③ 载《江苏师院学报》1980年第1期。
④ 载《文学评论》1981年第2期。
⑤ 系"纪念李白逝世1220周年暨江油李白纪念馆开馆大会"会议论文，1982年。
⑥ 载《四川大学学报》1980年第1期。
⑦ 载《学林漫录》初集，1980年。
⑧ 与尹楚彬合著，载《唐研究》第3卷。
⑨ 载《天府新论》1987年第5期。
⑩ 载《李白研究论丛》。
⑪ 载《李白研究论丛》第2辑。
⑫ 同上。
⑬ 载《文学遗产》1992年第3期。
⑭ 载《传统文化与现代化》1996年第2期。
⑮ 载《山西师大学报》1997年第1期。
⑯ 载《李白学刊》第1辑。

较多，主要有朱金城的《谈日本影印的宋本〈李太白文集〉》①、杨桦的《宋甲本宋乙本〈李太白文集〉为同一版本》②、周道贵的《北宋刻本〈李太白文集〉影印出版》③、詹锳的《宋蜀本〈李太白文集〉的特点及其优越性》④、房日晰的《宋本〈李太白文集〉三题》⑤等。

对元明清三代李白集版本进行研究的文章有王定璋的《〈瑶台风露〉——新发现的李白五古精选精批手抄本》⑥、朱金城的《略论清人王琦的〈李太白集辑注〉》⑦、詹锳的《题名〈李翰林集〉的三种不同版本》⑧、詹锳和杨庆华的《〈分类补注李太白诗〉及其不同板本》⑨、詹锳和葛景春的《元明两代白文无注本〈李太白集〉提要》⑩、濮禾章的《述〈李诗纬〉》⑪、杨羽翎的《〈李太白诗醇〉简述》⑫、芳村弘道的《元版〈分类补注李太白诗〉与萧士赟》⑬等。

1900年敦煌遗书发现后，人们从伯2567《唐人选唐诗》残卷辑出李白诗四十三首，它比目前传世的宋蜀本《李白集》要早二百年以上，是极其珍贵的唐人手抄本。所以从20世纪初开始，就有学者对这一部分李白诗进行了整理。如罗振玉在《鸣沙石室佚书》中收有此书的影印本⑭，上海古籍出版社编选的《唐人选唐诗十种》中也收有影本和迻录本⑮。黄永武的《敦煌所见李白诗四十三首的价值》⑯一文，不仅迻录全文，还与今本进行了详细的勘校。

---

① 载《学林漫录》初集。
② 载《天津师范大学学报》1983年第5期。
③ 载《古籍整理出版情况简报》1987年第176期。
④ 载《文学遗产》1988年第2期。
⑤ 载《西北大学学报》1989年第1期。
⑥ 载《天府新论》1985年第3期。
⑦ 载《中日李白研究论文集》。
⑧ 载《文献》1987年第2期。
⑨ 载《河北大学学报》1987年第4期。
⑩ 载《李白学刊》第1辑。
⑪ 同上。
⑫ 载《中国李白研究（1990年集·下）》。
⑬ 詹福瑞译，载《河北大学学报》1993年第2期。
⑭ 宸翰楼1913年影本，上虞罗氏1925年石印本。
⑮ 元结、殷璠等选：《唐人选唐诗十种》，上海：上海古籍出版社，1978年。
⑯ 载黄永武：《敦煌的唐诗》，台北：洪范书店，1987年。

对敦煌写本残卷中李太白诗进行研究的成果主要有杨雄的《敦煌写本李白诗刍议》①和张锡厚的《敦煌本〈李白诗集〉残卷再探》②。其中杨雄文将敦煌遗书伯2567、伯2552《唐人选唐诗》写本残卷中的四十四首李白诗,与今本李白集对校,还将之与殷璠《河岳英灵集》相比较,发现敦煌本较殷璠本更接近原作。张锡厚文认为,敦煌本《李白诗集》残卷极有可能是独立存在的传本,从中可以看出宋元以来对李白作品的改动之迹。该文还指出,《唐人选唐诗》和黄永武文中的录文都有与原卷不符之处。

李白集的全面整理

作为一个世纪以来李白研究的成果的集中展现,八九十年代学界先后推出了三部重新全面整理李白全集的巨著。

瞿蜕园、朱金城的《李白集校注》是继王琦注本后的又一部《李白全集》的校注本。该书以乾隆二十三年(1758)刊行的王琦注的《李太白文集》的早期印本为底本,并用宋甲本、宋乙本等九种善本,参以唐宋两代重要总集及选本(包括敦煌残卷)进行校勘,纠正了王琦本中校勘方面的不少错误。注释及评笺部分,除以杨齐贤、萧士赟、胡震亨、王琦四家为主外,并旁搜唐、宋以来有关诗话、笔记、考证资料,以及近人研究成果,复加以笺释补充与考订其中之谬误,发明之处亦多。第三十卷"诗文补遗",除王琦所辑者外,复增辑《鹤鸣九皋诗》《题上阳台》等诗文若干。另外,该书在李白诗文的系年方面也取得了不小的成绩,如首次提出李白两入长安及游邠坊问题,在注释《酬坊州王司马与阎正字对雪见赠》等诗时,对王琦等传统的天宝初一次入长安说提出了质疑。该书充分体现了20世纪前八十年李白研究的新成果,同时又为20世纪最后二十年李白研究进入全面繁荣的新阶段做了很好的准备,因而在李白研究进程中占有独特的地位。

安旗主编的《李白全集编年注释》在校勘、注释和评笺方面充分吸收了瞿蜕园、朱金城著及今人的研究成果,并在此基础上有所拓展,但最大的特点和成就是对李白诗文的编年。该书一改过去李白全集多为分类注释的做法,将李白现存诗文大部分(达85%)按照创作时间的先

---

① 载《敦煌研究》1986年第1期。
② 载《中国李白研究(1992—1993年集)》。

后进行编排（有少部分列为未编年诗和未编年文），使得李白的生平经历、思想脉络、作品真谛、创作规律较为清楚地显现出来了，因而也为读者认识一个活生生的、发展变化的李白及其诗，提供了方便。

詹锳主编的《李白全集校注汇释集评》作为这三部巨著中最晚出版的一部，充分借鉴和吸收了前两部著作的成果和优点，因而在校、注、评、释诸方面具有总其成的性质。在校勘方面，该书以日本静嘉堂文库所藏宋蜀本《李太白文集》为底本，参校的总集和选集达十七种之多。其所用的版本，几乎包容了当时所能见到的全部李白诗文集。注释部分广搜博引，对李白诗文中有关佛教、道教的部分，用力最多，纠正了王琦注本中的不少错误。集评部分兼收并蓄，收录了自宋以来各家对李白诗的品评，有的是从海外孤本中收录的。备考部分本着"片言不遗"的精神，吸收了近年来各家研究李白的成果，对古人的一些错误的看法，也一并收录了。所以，本书在一定程度上可以看作是20世纪李白研究成果的结晶，代表和体现了20世纪末《李白集》整理的新水平。

李白研究资料的整理

除了前文所述的各种李白选集、全集中多收有各种李白研究资料，裴斐、刘善良还整理出版了《李白资料汇编·金元明清之部》[①]，郁贤皓主编的《李白大辞典》[②]也具有资料整理的性质。另外，上海古籍出版社1991年影印出版了日本学者平冈武夫编著的《唐代研究指南·李白的作品》，具有作品索引的性质，极有助于研究者的检索。类似的著作还有栾贵明等编著的《全唐诗索引·李白卷》[③]。

第八节　李杜比较

李白和杜甫是我国古代最为著名的、影响最为深远的诗人，自唐代以来，人们多喜将他们并论，更有学者对他们的进行比较，以致很多诗

[①] 裴斐、刘善良编：《李白资料汇编·金元明清之部》，北京：中华书局，1994年。

[②] 郁贤皓主编：《李白大辞典》，南宁：广西教育出版社，1995年。

[③] 栾贵明、田奕、陈抗等编著：《全唐诗索引·李白卷》，北京：现代出版社，1995年。

评家都卷入了对李、杜孰优孰劣的争论。进入20世纪以后，虽然学界还存在着李杜优劣论，但人们更喜探讨李杜之间的交谊、李杜诗歌思想和艺术之异同。

一、李杜之交谊和相互影响

20世纪较早探讨李杜交谊的学者是闻一多。他在《杜甫》① 一文中用饱含感情的笔墨，描述了李杜二人的交往和友谊。如他在写到李杜第一次会面时说："我们该当品三通画角，发三通擂鼓，然后提出笔来蘸饱了金墨，大书而特书。因为我们四千年的历史里，除了孔子见老子，（假如他们是见过面的，）没有比这两人的会面，更重大，更神圣，更可纪念的。"

40年代，陈叔渠在《唐代两大诗人的风义感及其他》② 中也论及李杜之交谊。他认为，"杜甫对于李白，一片怜才之忱，在他的诗中，时时可见"；"最奇怪的，李白对于杜甫，却是很为冷淡"，"这更可见老杜的怜才爱友，一片热烈至诚，出于天性了。"

50年代，林庚在《诗人李白》中较为细致地探讨了李杜之间的交谊。他认为，"李白是杜甫生平最倾心的诗人"，而其因素又有政治和诗歌两方面③。李白与杜甫相会游从的半年中，李白影响杜甫的成分要多一些。他们真无愧于是志同道合的好友，他们对于政治的警惕，对于现实的敏感，乃是时代真实的镜子。他们的默契也就是现实主义传统的发扬。从诗歌艺术上说，也是李白影响杜甫为多："杜甫在遇见李白之前，现存约十首的诗中几乎都是五律，可见杜甫早期的作品原是以五律为主的。"④ 而杜甫在遇见李白之后，受到李白七古的影响，后来又"从七古中获得全新的解放，因而又创造了他自己所独有的五古"⑤。

60年代，人们对李杜交谊更为关注，出现了好几篇论述李杜之交谊的文章，如郭沫若的《诗歌史上的双子星座》⑥、耿元瑞的《有关李

---

① 载《新月》第1卷第6期，1928年。
② 载《今文月刊》第1卷第3期，1942年。
③ 林庚：《诗人李白》，第67页。
④ 同上书，第71页。
⑤ 同上书，第72页。
⑥ 载《光明日报》1962年6月9日。

杜交游的几个问题》①等。郭沫若文指出:"李白和杜甫是像兄弟一样的好朋友。他们在中国文学史上的地位,就像天上的双子星座一样,永远并列着发出不灭的光辉。"

70年代,郭沫若在《李白与杜甫》中进一步阐述了他对李杜交往和友谊的看法。他说:"杜甫十分同情李白,毫无问题。"②而"李白虽然年长十一岁,他对于杜甫也有同样深厚的感情"。"前人爱以现存诗歌的数量来衡量李杜感情的厚薄,说杜厚于李,而李薄于杜。那真是皮相的见解。"③对于相传李白所作的《戏赠杜甫》诗,作者认为,"既非嘲诮""戏赠",也不是后人伪作,"那诗亲切动人,正表明着李白对于杜甫的深厚的关心"④。

80年代以后,仍然有一些学者论及李杜之交往和友谊,如李宽的《杜甫与李白的友谊》⑤、叶嘉莹的《谈李白、杜甫的友谊和天才的寂寞——从杜甫〈赠李白〉诗说起》⑥、王辉斌的《李杜初识时地探索》⑦等。叶嘉莹通过对杜甫《赠李白》一诗的解说,证明李杜相轻之说的决不可信,看出李杜二人于外表的相异之下所蕴含的一份生命与心灵上的相通。王辉斌文对李杜天宝三载前后的行踪进行考察,认为他们初识的地点不在洛阳而在梁园。

二、对李杜优劣的再讨论

虽然20世纪大部分学者并不热衷于讨论李杜孰优孰劣的问题,但是在一定的时期内仍有一些学者自觉或不自觉地持扬李抑杜或扬杜抑李的观点。

20世纪上半叶

这一时期,大多学者对历史上的李杜优劣论不以为然。如胡小石在

---

① 载《文学遗产增刊》第13辑。
② 《李白与杜甫》,第100页。
③ 同上书,第101页。
④ 同上书,第104页。
⑤ 载《东北师大学报》1981年第4期。
⑥ 载《北京师范大学学报》1982年第3期。
⑦ 载《四川师范大学学报》1987年第1期。

《李杜诗之比较》① 中就没有对李杜强分高下,而是从李杜二人的创作实际出发对其诗歌艺术之异同一一比较。汪静之在《李杜研究》中也认为,历史上扬李抑杜或扬杜抑李者中能真了解李、杜者不多,"李杜二派的辩论,因为偏倚的嗜好而盲赞瞎谤,都没有说着最重要处"②。所以作者从七个方面分析了李杜的相异之处。

而另外一些学者虽然没有明确地持李杜优劣论,但隐隐约约显露出一点抑李扬杜的调子。如胡适在《白话文学史》中就说李白:"虽然'咳唾落九天,随风生珠玉',然而我们凡夫俗子终不免自惭形秽,终觉他歌唱的不是我们的歌唱,他在云雾里嘲笑那瘦诗人杜甫,然而我们终觉得杜甫能了解我们,我们也能了解杜甫。杜甫是我们的诗人,而李白则终于是'天上谪仙人'而已。"③ 再如李广田在《杜甫的创作态度》④ 中借用宋人罗大经的话表明了自己抑李扬杜的观点,还认为:"以诗之纯风格言,李或有胜杜处;以诗之思想内容言,杜实胜李百倍;因任何作品,都不能只凭其风格而伟大。何况所谓风格优越云云,实在也还是一般的偏见,因为归根结底,风格仍为思想所决定,一个人如果根本不能接受李白的思想,也就无从欣赏他的风格了。"当然,这种扬杜抑李论是有抗日战争这一特殊的背景的,同时也和论者所持的文学理论观念分不开。同样,傅庚生在《评李杜诗》⑤ 也从思想和情思的重要性方面肯定了杜甫,贬低了李白:"若借着如此的一种客观标准去衡量李、杜二人的歌诗,我们会发现杜甫有八九分的光景了,李白要逊似二三分。"

20世纪下半叶

五六十年代,由于受新的社会制度和意识形态的影响,学界在研究古典诗歌时,也就更多地强调了文学的社会功用和诗歌作品的现实性或人民性。用这种观点来衡量李、杜,就出现了比较明显的扬杜抑李论了。然而,当时也有一些学者并未扬此抑彼,而是能够持平,见出李杜二人各自的成就。如苏仲翔的《李杜诗选》就各选李杜诗歌二百余首

---

① 载《国学丛刊》第2卷第3期,1924年。
② 汪静之:《李杜研究》,上海:商务印书馆,1928年,第12页。
③ 《白话文学史》,第210页。
④ 1946年6月21日昆明青年会文学系统演讲稿,载《国文月刊》第51期,1947年。
⑤ 载《国文月刊》第75、76期,1949年。

（共五百余首），合为一编，以见其诗歌实质、风格之异同。作者指出，李白和杜甫，是照耀着唐代乃至整个古典诗坛的两面万古常新的旗帜。他们二人的作品无疑"同样具有高度的现实性和人民性"①，"李白和杜甫，在中国诗歌发展史上来说，都是继往开来、沾溉百世的人物"②。

郭沫若的《李白与杜甫》的出版，又较为集中地体现了六七十年代自上而下的扬李抑杜的倾向。据王学泰《20世纪文化变迁中的杜甫研究》③介绍，中华人民共和国成立后毛泽东不止一次地说过，他更爱读李白的诗，而且认为李白是千古诗人之冠；江青在审查影片《杜甫》是也曾强调说"主席更喜欢李白的诗"，言外之意就是不能再赞扬其他诗人了，尤其是不能赞扬曾与李白并称的杜甫。所以郭沫若的《李白与杜甫》几乎处处"扬李抑杜"，完全改变了他在60年代初所持的李白与杜甫是中国"诗歌史上的双子星座"的看法。

80年代以后，几乎没有人再在李杜比较时持扬此抑彼的观点了，人们大多对李杜诗歌创作之异同条分缕析。

三、李杜思想、诗歌艺术之比较

80 年代以前

从20世纪20年代开始，就有学者对李杜的思想和诗歌艺术进行了比较。如胡小石的《李杜诗之比较》④就对李、杜诗歌的艺术和成就进行了较为系统的分析和比较。再如，汪静之在《李杜研究》中也就思想、性格、艺术、境遇、行为、嗜好、身体等方面对李、杜进行了比较。

50年代，苏仲翔在《李杜诗选·导言》中首先探讨了李、杜思想方面的异同。他认为，在对于祖国的爱慕、对于人民的热爱、对于侵略战争的憎恨三方面，李杜是有共性的；至于二人不尽相同而且在诗中反映得比较突出的，则为李白多人民自豪感与反抗精神，杜甫富人道主义

---

① 苏仲翔选注：《李杜诗选》，上海：古典文学出版社，1957年，第7—8页。
② 同上书，第24页。
③ 载董乃斌、薛六纬、石昌渝主编：《中国古典文学学术史研究》，乌鲁木齐：新疆人民出版社，1997年，第405—426页。
④ 载《国学丛刊》第2卷第3期，1924年。

与悲天悯人之怀①。接着从在诗歌史的地位上说，李杜"都是继往开来、沾溉百世的人物。李白是第一个吸取民族优良传统和外来形式，奄有陶谢庾鲍沈宋各家之长，把中国诗歌推向全面发展的'先驱'；杜甫则是随着时代进展又把诗歌创作提到现实主义空前未有的高度，因而赢得'诗史'、'诗圣'称号的集大成者"②。

80年代以后

从80年代初开始，对李杜各方面进行比较的成果就越来越多了。在这些成果中，首先值得一提的罗宗强的《李杜论略》。该书从政治思想、生活理想、文学思想、创作方法、艺术风格、艺术表现手法等方面对李、杜进行了系统、深入的比较，而且精见迭出。

在罗宗强著作同时或之后，学界还出现了一些关于李杜比较的专题论文，如金启华的《李、杜诗论的比较》③、袁行霈的《论李杜诗歌的风格与意象》④、裴斐的《唐代历史转折时期的李、杜及其诗歌》⑤、肖瑞峰的《李杜诗论异同辨》⑥、苏为群的《李杜山水诗的特色及其异同》⑦、吴光兴的《李杜独尊与八世纪诗歌的价值重估》⑧ 等。

其中金启华文认为，李杜诗论的共同之处在于都主张吸收风雅骚赋、建安以前各家之作，取精用宏，成就他们的伟大；不同之处主要在于对声律的看法，分道扬镳，各行其是，成就他们各自不同的特色。

袁行霈文认为，在建立自己独特的意象群方面，李白和杜甫都是能手。飘逸与沉郁这两种不同的风格，突出地表现在不同的意象群上。李白所创造的富于个性特点的意象中最突出的就是飞翔的大鹏，还有奔腾咆哮的黄河长江、高出天外的山峰、飞泻直下的瀑布，这些"都具有超凡的气概，曲折地表现了李白冲决束缚、追求自由的热情，可以见出他飘逸不群的风格"；而杜甫伤时忧国的情怀借着客观物象表现出来，形

---

① 《李杜诗选》，第7—17页。
② 同上书，第24页。
③ 载《文艺理论研究》1980年第2期。
④ 载《社会科学战线》1981年第4期。
⑤ 载《文学遗产》1982年第3期。
⑥ 载《社会科学研究》1987年第2期。
⑦ 载《北京大学学报》1989年第4期。
⑧ 载《文学遗产》1994年第3期。

成带有浓厚忧郁色彩的意象，如瘦马、病桔等，"在这些被损害与被遗弃的生物身上，杜甫表现了多种深沉而忧郁的情思"。作者指出，李杜风格的不同还体现在意象的组合上。李白诗中意象的组合比较疏朗，好像疏体的写意画，三两传神之笔可能胜过满纸的勾画；杜甫诗中意象的组合比较紧密，往往把几个意象压缩在一句诗中，显得凝重、老成、深沉。李杜意象疏密的不同还表现在诗的章法上。李白的诗章法疏宕，跳跃性强，诗的节律也比较急迫，有一股不断向前冲击的力量；杜诗意象之间的脉络相当分明，章法十分严密，节律回旋舒缓，有一种沁人心脾的渗透力。

裴斐文认为，李杜都有很大的政治抱负，其个性差异表现在各自选择的从政道路不同。杜甫是标准的正统派，立志作贤臣，采取的入仕方式亦与一般士子无异；李白则梦想当策士，献奇策立奇功，一举而致卿相。但他们的努力在当时的政治环境中均以悲剧告终。

吴光兴认为，李杜生前不受重视，李杜齐名当以其文集行世为限，约在 8 世纪 70—80 年代之交或 80 年代，"李杜独尊"的构想最初很可能出于"新古文派"。作者还认为，8 世纪、9 世纪之交至北宋王安石之前，李杜被视为一种共同的审美理想——壮大奇丽；从王安石开始，李杜不同，李为豪放，杜为沉郁。

总之，20 世纪的李白研究无论是生平、思想研究，还是艺术分析、作品整理，都取得了令人瞩目的成绩。当然，在特定的时期内，李白研究也曾因受到各种非学术因素的干扰而走过弯路。80 年代以后，李白研究虽然突飞猛进，但是选题重复、徒有方法之新而无突破之实的现象日益严重。90 年代，真正有分量、有突破、令人为之一振的论著和论文更是越来越少。然而，由于有 20 世纪李白研究所取得的成绩做基础，加上更为扎实的治学精神、更为先进的研究方法、更为开放的学术环境，21 世纪的李白研究必将会取得更为长足的进步。

隋唐五代文学研究指南系列

20世纪隋唐五代文学研究述论（下）

杜晓勤 著

第九章 杜甫研究

第一节 20世纪杜甫研究概述

杜甫是中国古代最伟大的诗人,也是被研究得最为充分的诗人。20世纪,学界逐渐改变了以前多用封建伦理观、文艺观评价和研究杜甫生平、思想和诗歌艺术的学术传统,代之以民主思想评判和现代艺术分析,取得了十分可观的进展和成绩。

一、20世纪上半叶

在20世纪的头二十年里,人们仍然习惯沿用考证、笺注和点评式的传统方法来研究杜甫及其诗歌。最早用现代学术观念和人文理论研究和分析杜诗的成果是1922年梁启超的学术讲演《情圣杜甫》[1],他在该文中首次对历代诗评家封杜甫为"诗圣"的做法提出异议,而是完全把杜甫当成一个普通诗人看待,极力挖掘杜甫诗中的"情"之"真"和"情"之"深"。20年代末,胡适在《白话文学史》中也认为杜甫更贴近平民大众。此后以现代伦理观念和人文价值标准来分析杜甫生活、性格和思想的论文逐渐多了起来,其中尤见时代烙印的研究成果有顾彭年的《杜甫诗里的非战思想》[2]、易君左的《杜甫的时代精神》[3]、杜若莲

---

[1] 载《晨报副镌》1922年5月号,又载《梁任公学术讲演集》第一辑,上海:商务印书馆,1926年;另载《杜甫研究论文集》第一辑,北京:中华书局,1962年。

[2] 顾彭年:《杜甫诗里的非战思想》,上海:商务印书馆,1928年。

[3] 载《时代精神》第7卷第1期,1942年。

的《民族诗人杜少陵及其生平》①、冯至的《杜甫与我们的时代》② 等。

与此同时，学界对杜甫生平事迹的研究也出现了新的变化，如闻一多的《少陵先生年谱会笺》③ 将前人数十种杜甫年谱加以汇集笺注，而且注意辑入了当时的音乐、绘画、宗教、文献等史料，把杜甫及其文学创作放到一个大的文化史的背景下来考察，是对传统年谱学的超越。而以评传这一新形式叙述杜甫生平的著作有朱偰的《杜少陵评传》④、冯至的《杜甫传》⑤ 等。

20世纪上半叶的杜甫诗歌艺术研究是新旧方法并存，有纯用传统方法研究杜诗的，如郭曾炘的《读杜札记》⑥；有在传统的点评方法基础上稍加综合论述的文章，如玄修的《说杜》⑦；也有引进西方现代文学理论特别是写实主义或现实主义理论分析杜诗艺术的，如耕南的《杜甫诗中的唐代社会》⑧、吴泾熊的《杜甫论》⑨、李广田的《杜甫的创作态度》⑩ 等。另外，洪业等的《杜诗引得》⑪ 的出版可以说是现代西方的引得编撰方法和中国传统的乾嘉学派的诗文校勘整理的合璧，至今仍嘉惠学林。

还值得一提的是，40年代的解放区延安对杜甫比较重视。胡乔木曾经有过关于纪念杜甫的指示信。焕南的《案头杂记》⑫ 介绍了延安的杜公祠、少陵川，谈到延安纪念杜甫将修葺杜公祠，开纪念会。而同时发表的钱来苏的《关于杜甫》⑬ 高度评价了杜甫及其作品，强调了杜甫

---

① 载《中国青年（重庆）》第12卷第3期，1945年。
② 载《萌芽》第1卷第1期，1946年。
③ 载《武汉大学文哲季刊》第1卷第1—4期，1930年。
④ 朱偰：《杜少陵评传》，重庆：青年书店，1947年。
⑤ 1946年至1948年间曾在《经世日报·文艺周刊》《大公报》《新路周刊》《民讯》等报刊上连载；后有冯至：《杜甫传》，北京：人民文学出版社，1952年。
⑥ 郭曾炘：《读杜札记》，上海：上海古籍出版社，1984年。
⑦ 载《同声月刊》第1卷第7、8期，1941年。
⑧ 载《珞珈月刊》第1卷第6期，1934年。
⑨ 载《中山文化教育馆季刊》第3卷第3期，1936年。
⑩ 载《国文月刊》第51期，1947年。
⑪ 哈佛燕京学社引得编纂处编：《杜诗引得》，燕京大学引得校印所，1940年。
⑫ 载《解放日报》1946年11月3日。
⑬ 载《现代周刊（槟榔屿）》第32期复版，1946年。

的民族意识与民族气节,指出纪念杜甫的重大现实意义。

二、五六十年代

从 50 年代初开始,许多杜甫研究者开始运用马克思主义、毛泽东文艺思想来研究和分析杜甫及其诗歌,在杜甫的生平思想、创作道路,杜诗产生的社会原因及其反映社会生活的深度和广度等问题的研究上,取得了较大的进展。如冯至在 50 年代初期连续发表的《杜甫传》和萧涤非 50 年代末期在《文史哲》上连载的《杜甫研究》[①]。但这一阶段,由于人们对马克思主义的理解不够、运用不当,不少文章生搬硬套俄国和苏联文学理论的名词术语,在对杜甫思想和诗歌艺术的分析过程中有简单化的弊端。当时能够对杜甫诗歌艺术进行深入、独到的分析的文章只有夏承焘连续发表的《杜诗札丛》[②]、马茂元的《谈杜甫七言绝句的特色》[③] 等数篇。

1962 年是杜甫诞生一千二百五十周年,杜甫被列为世界文化名人,全国各地都举行了隆重的纪念活动,文化界名流学者更是纷纷撰文纪念。据不完全统计,这一年报刊杂志上发表的有关杜甫的文章有三百多篇,涉及杜甫的各个方面,其中郭沫若在纪念杜甫诞生一千二百五十周年大会上的开幕词《诗歌史上的双子星座》[④] 对杜甫在中国文学史上的地位给予了极高的评价,谓杜甫是"伟大的诗人""爱国诗人","和人民打成了一片","同命运,共甘苦"。这一论断在很长时间里一直为学界所沿用、发挥。

还值得一提的是中华书局在 1962 年 12 月、1963 年 2 月、1963 年 11 月相继出版了《杜甫研究论文集》一、二、三辑,汇集了 20 世纪初到 1963 年间重要的杜甫研究论文,这在某种程度上显示和总结了大半个世纪杜甫研究的实绩。

三、"文革"期间

1966 年开始的"文革",使杜甫研究中断了。据王学泰的《二十世

---

① 另有萧涤非:《杜甫研究》,济南:山东人民出版社,1956 年。
② 载《文学研究》第 1、2 期,1958 年。
③ 载《文学遗产》1961 年第 357 期。
④ 载《人民日报》1962 年 4 月 18 日。

纪文化变迁中的杜甫研究》[①] 一文，1966年年底至1967年年初，江青审查中华人民共和国成立以来所拍摄的国产影片，便对1962年为纪念杜甫所拍的纪录影片《诗人杜甫》大放厥词，说是冯至一班人为影射现实而拍摄的，是恶毒攻击社会主义的作品。并说毛主席喜欢李白而不喜欢杜甫。于是杜甫、杜诗就被作为封建"四旧"而扫地出门了。"文革"前六年中，没有一篇关于杜甫的文章，也就不奇怪了。1971年，郭沫若的《李白与杜甫》问世了，在该书中他一反1953年给成都杜甫草堂题书的楹联"世上疮痍诗中圣哲，民间疾苦笔底波澜"和在杜甫诞生一千二百周年大会开幕词中对杜甫的高度评价，认为杜甫是一个"完全站在统治阶级、地主阶级一边"的封建卫道士。

　　1975年开展的"评法批儒"运动，又使杜甫搅入"儒法斗争"中去了。梁效的《杜甫的再评价——批判杜甫研究中的尊儒思想》[②] 就是这么给杜甫划线定性的，他们认为杜甫的诗是"政治诗"，他的诗歌是对当时唐玄宗推行的儒家路线的批判，说杜甫是一个不自觉的"法家诗人"。紧接着，报刊上围绕这篇文章展开了一场规模不算太大的关于杜甫到底属于儒家还是法家的论争，论争的双方虽然观点不同，但是都没有离开"评法批儒"这一总的政治原则。

四、"文革"以后

　　1977年以后，随着人们思想的解放和学术研究的走上正轨，又出现了研究杜甫的热潮。这个时期，学界不但整理再版了大量的明清名家注杜论杜的旧著，如仇兆鳌的《杜诗详注》、钱谦益的《钱注杜诗》、浦起龙的《读杜心解》、杨伦的《杜诗镜铨》、王嗣奭的《杜臆》、施鸿保的《读杜诗说》、金圣叹的《杜诗解》等，为进一步深入研究杜诗打下了基础；而且陆续出版了不少当代学者研究杜甫的新著，如傅庚生的《杜诗析疑》、徐仁甫的《杜诗注解商榷》、陈贻焮的《杜甫评传》、金启华的《杜甫诗论丛》等。还出现了专门刊发论杜成果的《草堂》（后改名为《杜甫研究学刊》），除了成都杜甫草堂有杜甫纪念馆，河南的巩义市也建立了杜甫纪念馆，四川省还成立了杜甫研究会，并多次召开了全国性的杜甫及其诗歌作品学术讨论会。

---

① 载《中国古典文学学术史研究》。
② 载《北京大学学报》1975年第2期。

就研究方法而言，20世纪最后二十年来，人们不断开拓视野，从诗歌艺术本身、美学、文艺心理学、文化史、杜诗研究史等各个角度对杜甫及其诗歌作品进行了深入、细致、全面的探讨，取得了十分可喜的成绩。

第二节 杜甫生平研究

20世纪的杜甫生平研究，以闻一多的《少陵先生年谱会笺》[①]和陈贻焮的《杜甫评传》取得的进展最大。其中闻一多著对前人的杜甫生平研究作了一次全面的清理和总结，使杜甫的生平大致明了了；陈贻焮著则在有分析地吸取清代钱谦益、杨伦、浦起龙、仇兆鳌，以及现当代闻一多、俞平伯、冯至、萧涤非等学者研究成果的基础上，对杜甫的游踪、交往和杜诗的写作年代、地望作了相当多的考订工作，纠补了前人不少阙失，可谓是20世纪杜甫生平研究的集成之作。除此以外，20世纪还产生了相当数量的杜甫年谱、杜甫传和数量更多的有关杜甫生平事迹考订的专题论文。综观这些成果，虽然没有出现大的进展和突破，但大致就以下几个问题进行了一定规模的讨论[②]：

一、生卒年

从宋人吕大防《少陵年谱》以来，大多数学者认为杜甫生于唐玄宗先天元年（712），卒于唐代宗大历五年（770），享年59岁。清末学者陈衍在《石遗室诗话》中首次对吕大防说提出质疑，他认为："按老杜绝笔当在《风疾伏枕》一首。……《耒阳阻水》当在五年春夏之交，《风疾书怀》在其冬，其夏《舟中苦热》已有'耻以风疾辞，胡然泊江岸'之句，则杜公之卒必在大历六年。"

陈衍此说提出之后，在相当长的时期内并未有人响应。20世纪较早认同此说并对之补证的学者是丘良任。他先后撰写了《杜甫湘江诗月

[①] 载《武汉大学文哲季刊》第1卷第1—4期，1930年。
[②] 本节参考了王辉斌的《建国以来杜甫生平研究综述》，载《山东师范大学学报》1996年第3期。

谱》①《杜甫之死及其生卒年考辨》②，对杜甫的生卒年予以再考，以证陈衍说之不误。其中前文主要以作品逐月编次的方式，得出杜甫大历五年冬尚在长沙的结论；后文则据《资治通鉴》，认为杜甫的《献三大礼赋》写于天宝十载（751），又其中有"行四十载"之语，则杜甫当生于先天二年，以此年下数元稹所说的杜甫享年59岁，则杜甫必卒于大历六年而非大历五年。

在丘良任文发表后不久，王辉斌也相继撰文对杜甫的卒年重新考察。他在《杜甫卒年新考》③ 中也认为杜甫大历六年仍健在人世，其主要论据是：（1）大历六年春，刘长卿在湖南与杜甫曾赠诗同送"韦赞善"至岭南；（2）卢岳大历五年秋护送韦之晋灵柩至京师后，于翌年夏不曾返长沙，杜甫斯时曾以诗寄怀之；（3）萧十二（一本作萧二十）牧守长沙事在大历六年春后，杜甫于潭州曾写诗求其"一起辙中鳞"；（4）《风疾舟中》的"三霜楚户砧"所指为大历四年、五年、六年。后来，王辉斌又撰《杜甫〈风疾舟中〉诗新说》④ 质疑《风疾舟中》为绝笔说，认为其作年在大历六年冬，题旨则是因辛京杏牧潭的胡作非为而发。翌年春，辛京杏被召还长安，萧十二继其任，杜甫以诗赠萧，说明其卒年当在大历七年的春天。

除此以外，四川省文史研究馆编《杜甫年谱》⑤ 还对杜甫出生的具体时日进行了考订，他们认为杜甫当生于先天元年的正月一日。但萧涤非《杜甫研究》和陈贻焮《杜甫评传》⑥ 均认为此说不可信。

二、世系、母系与妻室问题

世系

20世纪对杜甫世系进行考订的成果主要有冯至的《杜甫家世里的

---

① 载《长沙水电师院学报》1987年第2、3期。
② 载《杜甫研究学刊》1988年第3期。
③ 载《杜甫研究学刊》1989年第4期。
④ 载《宁夏教育学院·银川师专学报》1992年第3期。
⑤ 四川省文史研究馆编：《杜甫年谱》，成都：四川人民出版社，1958年。
⑥ 陈贻焮：《杜甫评传》（上），上海：上海古籍出版社，1982年。

一段（两个姑母）》①、岑仲勉的《唐集质疑·杜甫世系》②、曾意丹的《介绍一块研究杜甫家世的重要墓志——大周故京兆男子杜并墓志铭并序》③、金启华的《杜甫诗论丛·杜甫世系表》④、邓绍基的《杜诗别解·关于杜甫的世系问题》⑤等。

  岑仲勉文主要针对仇兆鳌《杜诗详注·杜氏世系》所进行的考辨与订正，如认为杜甫至晋代杜预为十四代而非十三代，杜位系杜甫的从子而非从弟等；岑文还对仇兆鳌世系中的若干阙失进行了正补，使"十四代"之世系更为完整与翔实。金启华文则是针对钱谦益《钱注杜诗·杜甫世系》、吴景旭《杜陵世系》、冯至《杜甫传》、四川省文史研究馆《杜甫年谱》这四种世系，进行了综合考订，他列了两份新的世系表，一为杜预至杜甫的"十四代"表，一为杜预至杜氏得姓起的"杜伯"的"十八代"表，在"十四代"表中，金启华对第六、第十两代的人名作了全面的补正，又考证出杜甫为杜预第四子杜耽之后。邓绍基文则对现代研究者的有关成果进行了一次全面清理，最后得出结论：杜甫世系除第五代尚付阙如外，其他都已考出，并列了一份自杜预至杜甫的"十三代"世系表。

母系

  20世纪较早对杜甫母系进行探讨的文章是朱偰的《杜甫母系先世出于唐太宗考》⑥，该文认为杜甫的外祖母是纪王慎（太宗第十子）之孙，义阳王悰之女，故杜甫母系先世出于唐太宗。但此说后来响应者不多。

  冯至的《杜甫传》和岑仲勉的《唐集质疑·杜甫祖母卢氏考》则考证出杜甫的母亲有生母和继母之分，生母为崔氏，继母为卢氏。此外，《杜甫传》还对崔氏的世系进行了勾勒，认为崔氏系出清河，于杜甫幼年时已死去；杜甫生母的舅父为李行远、李行芳兄弟，李琮的女儿为杜甫的外祖母；杜甫外祖父的母亲为舒王李元名之女。

---

① 载《经世日报·文艺周刊》1946年8月25日。
② 岑仲勉：《唐集质疑》，载《唐人行第录》，上海：上海古籍出版社，1978年。
③ 载《考古与文物》1980年第2期。
④ 金启华：《杜甫诗论丛》，上海：上海古籍出版社，1985年。
⑤ 邓绍基：《杜诗别解》，北京：中华书局，1987年。
⑥ 载《文风杂志》创刊号，1943年。

四川省文史研究馆编撰的《杜甫年谱》认为杜甫的生母崔氏乃"文章四友"之一崔融的长女。陈贻焮《杜甫评传·杜母小议》则主要针对崔氏名海棠的旧说进行辩驳；同时指出，清代钱谦益、朱鹤龄等人对杜甫母系的研究均存在着不同程度的错误。

刘衍《关于李贺的家世——读杜甫〈公安送李晋肃〉》[①]通过对李贺家世的梳理，提出了一种前人所未及的新说，认为杜甫与李贺的父辈有着一种疏远的亲戚关系。王辉斌《杜甫母系问题辨说》[②]则对杜甫母系问题研究中的三个主要问题进行了考辨，认为：第一，崔氏为崔融长女之说与史料不符，未可信从；第二，崔氏非系出清河一房，而是博陵安平崔姓的后裔；第三，杜集中无海棠诗，与崔氏毫无关系，该因海棠乃一种从海外引进的花卉，杜甫当时根本没有见过。

妻室

据元稹《杜君墓系铭》，杜甫妻子杨氏为司农少卿杨怡女，享年四十九岁。故20世纪大部分学者均认为杨氏卒于杜甫谢世之后，杜、杨结为伉俪当在开元二十九年，杜甫时年三十岁，杨氏十九岁。然王辉斌《杜甫妻室问题索隐》[③]则指出：根据唐玄宗开元二十二年所颁布的"婚姻法"，男15岁、女13岁以上者须"得嫁娶"；故杜、杨结合应在开元二十二年；杨氏约生于开元五年，卒于大历元年秋前；杨氏卒后，杜甫于大历二年的秋天，又于夔州与当地的一位少妇再婚，即杜甫一生凡两娶；杜甫卒后，此继室尚健在。

三、行踪与交游

20世纪学界对杜甫一生重要行踪的考察起于20年代。1929年陈鸣西发表了《杜诗地名考》和《杜诗地图十幅》[④]，以地图的形式对杜甫一生的重要行踪进行了粗略的勾画。此后，闻一多的《少陵先生年谱会笺》也对杜甫的一些重要行踪进行了考辨。但对杜甫一生行迹的大量考察和杜甫一些重要行止原因的深入探讨，却是在80年代以后。

---

① 载《文学遗产》1982年第3期。
② 载《杜甫研究学刊》1994年第2期。
③ 载《大庆师专学报》1991年第1期。
④ 此二文均载《文学丛刊》第1期，1929年。

行踪的新发现和详细考察

在 80 年代初期，陈贻焮对杜甫行踪的新发现比较多，他曾先后发表了《杜甫壮游踪迹初探》①、《杜甫携家避安禄山乱经过（兼谈杜甫在诗歌艺术上的创新）》②、《杜甫秦州行止探》③ 等系列文章，其中《杜甫秦州行止初探》一文首次揭示出杜甫在十九岁那年曾经去郇瑕（今山西临猗县）一带漫游，并在那里结识了韦之晋、寇锡。而他在《杜甫评传》中对杜甫一生重要行踪的勾勒尤多且细。

同时及以后，对杜甫行踪详加考证的文章还有王重九的《杜甫弱冠西游考》④、沈元林的《唐宝应元年杜甫行迹考》⑤、孙士信的《杜甫客秦州赴两当县考——关于杜甫由秦陇入蜀路线的质疑》⑥、陶瑞芝的《杜甫自齐赵"西归到咸阳"时间考》⑦、陈铁民的《由新发现的韦济墓志看杜甫天宝中的行止》⑧、乔长阜的《杜甫应进士试和壮游齐赵新探——兼探杜甫初游吴越的时间》⑨ 等。

另外，还有一些学者通过实地考察来研究杜甫的行踪，此种研究法以张忠纲的《杜甫在山东行踪遗迹考辨》⑩ 开先河，此后有林家英等的《评迹辨踪学杜诗——杜甫由秦州赴同谷纪行诗实地考察散记》⑪、张忠的《诗圣杜甫陇右纪念遗迹》⑫、杜甫纪念馆的《杜甫川北行踪遗迹考察记》⑬、丁浩的《杜甫两川行踪遗迹初考》⑭《杜甫两川行踪遗迹资料

---

① 载《文史》第 14 辑，1982 年。
② 载《人文杂志》1982 年第 1 期。
③ 载《草堂》1983 年第 1、2 期。
④ 载《草堂》1982 年第 2 期。
⑤ 载《社会科学研究》1984 年第 5 期。
⑥ 载《兰州大学学报》1986 年第 4 期。
⑦ 载《杜甫研究学刊》1992 年第 1 期。
⑧ 载《文学遗产》1992 年第 4 期。
⑨ 载《杜甫研究学刊》1997 年第 4 期。
⑩ 载《齐鲁学刊》1981 年第 2 期。
⑪ 载《兰州大学学报》1985 年第 2 期。
⑫ 载《草堂》1987 年第 2 期。
⑬ 载《草堂》1983 年第 1 期。
⑭ 载《成都文物》1986 年第 2 期。

辑录》①等。不过，运用这种研究方法最突出的成果还是山东大学《杜甫全集》校注组集体实地考察后所编写的《访古学诗万里行》②一书，该书不仅纠正了历代杜诗注家的不少地名错误，还发现了许多新的踪迹和新的地望，不少成果为陈贻焮《杜甫评传》（中、下）③等新的论杜著作所直接援引采用。

杜甫一些重要行止的原因

杜甫后期先后漂泊西北、西南，都是在一地生活一段时间后即离去，对于杜甫离开这些地方的原因的探讨，也是杜甫生平研究中的一个热点。

1. 离开华州去秦州的原由。关于杜甫由华州去秦州的原由，旧说认为，属"关辅饥，辄弃官去，客秦州"。闻一多《少陵先生年谱会笺》亦主此说。首先提出新说的是冯至的《杜甫传》，该书认为，杜甫至秦州乃是因为此地有其从侄儿杜佐与友人赞公④。朱东润的《杜甫叙论》则认为，杜甫之所以去秦州，是因为他想去蜀中投靠房琯、刘秩、严武等朋友，而秦州是当时由关中至蜀中较为安全的线路上的必经之地，故有秦州之行⑤。此后还出现了一些研究杜甫弃官去秦州的缘由的论文，如冯钟芸的《关于杜甫弃官往秦州缘由新探》⑥、王抗敌的《从弃官西游看杜甫思想的复杂性》⑦等，陆续提出了避乱说、归隐说等观点。

2. 离蜀的原因。旧说认为，严武病卒成都，杜甫无从依靠，故而离去，闻一多的《少陵先生年谱会笺》、冯至的《杜甫传》、朱东润的《杜甫叙论》皆从之。陈尚君的《杜甫为郎离蜀考》⑧《杜甫离蜀后的行止原因新考》⑨则认为，杜甫离蜀的真正原因，乃是入京为郎，时间在永泰元年（765）严武未卒之时。陈尚君文还认为，杜甫被任命为郎官，

---

① 载《草堂》1987年第1期。
② 山东大学杜甫全集校注组编著：《访古学诗万里行》，北京：人民文学出版社，1982年。
③ 陈贻焮：《杜甫评传》（中、下），上海：上海古籍出版社，1988年。
④ 《杜甫传》，第94页。
⑤ 朱东润：《杜甫叙论》，北京：人民文学出版社，1981年，第86页。
⑥ 载《文史知识》1982年第3期。
⑦ 载《学术月刊》1982年第5期。
⑧ 载《复旦学报》1984年第1期。
⑨ 载《草堂》1985年第1期。

乃是严武向朝廷奏请所致，与入参严武幕为两回事。后来陈贻焮在《杜甫评传》中吸收了陈尚君这一新说。

但是张忠纲在《论严杜交谊与杜甫之去蜀——兼与陈尚君同志商榷》①中不同意陈尚君的为郎离蜀说，他从三个方面进行了商榷，最后认为杜甫离蜀仍然是因为严武死后，无所依从所致，旧说不误。

3. 离开夔州南下湖湘的动机。杜甫南下湖湘的动机，旧说以为是投靠亲友，王辉斌《杜甫出峡后两改初衷探究》②则从多方面对之进行了辩驳，认为杜甫南下的真正目的是受功名的驱使与欲解民于倒悬。

交游

杜甫一生交游甚广，诗文中所及时人很多，对于杜甫与这些人的交往情况的考证，也是杜甫生平研究中的一个重要方面。20世纪除了一些年谱、评传、传等专门著作中涉及杜甫的交游问题，还产生了相当多的研究杜甫交游问题的论文③。

对这一问题进行综合考论的文章主要有卞敬业的《杜少陵朋辈考》④、李云逸的《杜甫交游补笺》⑤、杨廷福的《杜甫交游考略》⑥、陶敏的《杜甫交游新考》⑦、胡可先的《杜甫交游补考》⑧等。探讨杜甫与个别诗人交游的文章主要有张清华的《杜甫与孟云卿》⑨、卞孝萱的《杜甫与高适、岑参》⑩、蔡川右的《杜甫和郑虔》⑪、沈元林的《试论杜甫与高适在蜀时的关系变化》⑫、钟来因的《杜甫与裴虬》⑬等。

---

① 载《草堂》1987年第2期。
② 载《杜甫研究学刊》1990年第2期。
③ 李杜交往的研究情况已在"李白研究"部分介绍过了，此处不赘述。
④ 载《国专月刊》第1卷第1、3期，1935年。
⑤ 载《西北大学学报》1986年第4期。
⑥ 载《中国古典文学论丛》第1辑。
⑦ 载《草堂》1987年第2期。
⑧ 载《杜甫研究学刊》1988年第1期。
⑨ 载《今昔谈》1981年第3期。
⑩ 载《草堂》1982年第1期。
⑪ 载《昆明师院学报》1982年第1期。
⑫ 载《草堂》1986年第1期。
⑬ 载《唐代文学论丛》总第9辑。

四、卒地、卒因与墓地

这三个问题，从宋代以来即多有争论。20世纪更是众说纷纭，莫衷一是，成为杜甫生平研究中的一个热点。

卒地

关于杜甫的卒地，学界有两大说法：

1. 耒阳说。此说始于中唐，历代多有从之者。20世纪持此说的主要有郭沫若的《李白与杜甫》、金启华的《杜甫诗论丛》《杜甫评传》、邓绍基的《杜诗别解·关于杜甫的卒地卒因问题》、朱东润的《杜甫叙论》等。

2. 潭岳之间说。此说起于南宋鲁訔、黄鹤等人。闻一多的《少陵先生年谱会笺》在批驳"耒阳说"后，对此说作了大量的补证工作，最后认为杜甫于大历五年冬以寓卒于潭岳间。后来从此说者甚众，但观点又小有区别。如冯至的《杜甫传》和四川文史馆编著的《杜甫年谱》均认为杜甫卒于湘江舟中；萧涤非的《杜甫研究》认为是在洞庭湖的舟中；陈贻焮的《杜甫评传》认为杜甫卒于潭岳途中；丘良任的《杜甫之死及其生卒年考辨》[①]认为杜甫卒地乃在昌江寓所，即今湖南省平江县境内。

卒因

至于杜甫的卒因，学界更是说法不一。传统观点有三：饫死说、病死说和溺死说。20世纪，学界主要继承了前两种说法，但饫死说又派生出了中毒致死说，如郭沫若的《李白与杜甫》即认为杜甫死于其所食之腐肉中毒（因天热变质而有毒且被酒所促进）；病死说的类别更多，主要有急性胰腺病、风湿病、风疾、肺病、糖尿病、心肌梗死等说法。

墓地

据有关资料记载，湖南耒阳、平江，湖北襄阳，河南巩义、偃师等地均有杜甫墓。经过20世纪学者的研究，发现耒阳的杜甫墓为后人伪托，襄阳墓是纪念墓，但余下的平江、巩义、偃师三地的杜甫墓，到八九十年代也还各有人认为是真墓。如萧涤非的《杜甫研究·再版前言》

---

① 载《杜甫研究学刊》1988年第3期。

和冯建国的《杜甫四墓考》①认为杜甫死于洞庭湖中,初葬平江,后迁至偃师;傅永堂的《关于巩县杜甫墓问题》②认为杜甫的真正墓地应在巩义,余皆不可信;毛居青的《杜甫墓考》③、毛炳汉的《杜甫墓地在平江》④、丘良任的《杜甫之死及生卒年考辨》等文均主平江墓说,认为巩义墓不可靠;熊治祁的《杜甫之死及平江墓》⑤又认为平江墓为后人伪托,未可遽信。

另外,20世纪还出版了专门研究杜甫卒葬问题的论著,即傅光的《杜甫研究(卒葬卷)》⑥。该书认为杜甫于大历五年夏卒于耒阳,初葬岳阳,终葬偃师,共同构成了杜甫灵柩归葬的全过程。

第三节 思想研究

在20世纪的杜甫研究中,思想研究的时代色彩最强,具有十分明显的阶段性。五四运动以前,人们仍然是从传统的封建伦理的角度对"诗圣"的道德内涵进行阐述;五四运动以后,一些学者开始探讨杜甫身上的"平民"意识,挖掘他身上能够引起普通人共鸣的思想情感。二三十年代的军阀混战、三四十年代的日军侵华战争又促使许多学者在研究杜甫思想的同时,表达反对战争、渴望和平以及热爱祖国、抵抗外侮的情感;五六十年代,学界开始运用马克思主义理论和人民性的观点来评价杜甫的思想,展开过一次规模不小的关于杜甫世界观的实质问题的讨论;"文革"中,有些人运用阶级分析的理论给杜甫的思想定性为地主意识,且对之进行了全面的否定。"文革"结束以后,学界不仅重新以严肃、科学的态度把杜甫的思想放到当时的历史背景下进行较为客观的评价,而且从性格心理、与宗教之关系、美学思想、人文精神等新的角度对杜甫思想进行了全面、深入的研究。但是,由于20世纪上半叶

---

① 载《草堂》1987年第1期。
② 载《草堂》1982年第2期。
③ 载《新湖南报》1962年9月5日。
④ 载《湖南师院学报》1983年第2期。
⑤ 载《湘潭大学学报》1983年第1期。
⑥ 傅光:《杜甫研究(卒葬卷)》,西安:陕西人民出版社,1997年。

和"文革"期间的有关成果较少①,所以下面将主要对五六十年代有关杜甫思想评价问题的讨论和80年代以后多层次、多角度研究杜甫思想的成果进行介绍。

一、对杜甫思想和世界观实质的讨论

杜甫思想和世界观的实质问题,虽然早在20世纪上半叶就有学者进行过探讨,而且80年代以后也还不时有人论及,但从讨论的规模和激烈的程度看,无疑以五六十年代为最。

50年代初较早用新观点来评述杜甫思想和诗歌艺术的文章是颜默(廖仲安)的《谈杜诗》②。作者认为杜甫思想虽然具有时代阶级局限,但是他的"政治抱负是具有深厚的人道主义色彩的","是必须肯定的",当作者读到"安得广厦千万间"时,"感到杜甫心里沸腾着的改变这个使千万人冻饿的世界的自发的激情,是如何的需要政治觉悟的支持啊!"稍后,刘大杰在《杜甫的道路》③ 中也指出,杜甫"在社会实际生活的体验中,逐步地从个人的小天地里解放出来,走向人民,走向现实主义的道路,成为人民喉舌的诗人"。西北大学中文系杜诗研究小组撰写的《论杜甫的世界观——杜甫研究第二章》④ 从杜甫世界观的形成、发展及其社会根源,杜甫世界观中矛盾的复杂性和主要矛盾,杜甫的世界观是在矛盾中发展的,人民力量对杜甫世界观的作用等多方面,对杜甫的思想和世界观进行了比较深入、系统的分析。文章最后认为:"杜甫是一位伟大的人民的诗人。在很大程度上,他反映了封建社会中深受压迫,然而还没有觉悟起来的广大农民的思想意识;他表现了他们的力量和局限,民主、天真的幻想和保守、落后的脚步。另一方面,也由于诗人没有最终地、彻底地背叛了自己的阶级,所以在他的思想上又保留着统治阶级的偏见,对他的生活与创作,对他的生活与创作,都带来了不利的影响。"

当时一些杜甫研究著作也用马列主义的新观点来分析杜甫的崇高理想和世界观中的进步性。如冯至写作《杜甫传》,旨在揭示出杜甫是

---

① 详参本章第一节"20世纪杜甫研究概述"的相关部分。
② 载《文艺报》1951年第7期。
③ 载《解放日报》1953年4月13日。
④ 载《西北大学学报》1959年Z1期。

"怎样从炫耀自己的家族转到爱祖国,从抒写个人的情感转到反映人民的生活,他怎样超越了他的阶级的局限,体验到被统治、被剥削的人们的灾难"的思想历程①。傅庚生的《杜甫诗论》有一章是专论"杜甫的人民性"的,作者指出,"走向人民,处处为人民设想,替人民讲话,是诗人杜甫诗歌创作的特异之处","杜甫跳出了他自己的阶级,投向人民的队伍里,把他的聪明才智和具有极成熟、极强烈的表现力及感染力的一支诗笔,跟人民的需要结合起来了,从此他的诗里的人民性得到比较充分的发展,也发挥了战斗的作用,终于成就了他的伟大"②。萧涤非的《杜甫研究》也认为,杜甫思想的主要来源是儒家思想,但是,"由于他一方面能继承儒家思想的若干优点,同时在某些点上又能突破儒家一些老教条的局限,因而终于成为伟大的人民诗人"③。作者还指出,杜甫的进步思想主要有人道主义的思想、热爱祖国的思想、热爱人民的思想、热爱劳动的思想、无贵无富的思想等④。

1962 年是杜甫诞生 1250 周年,全国各地的文艺工作者和杜甫研究学者都纷纷撰文纪念,这些文章更是充分肯定了杜甫思想中的进步性和他人格的崇高。如郭沫若在《诗歌史上的双子星座》一文中就指出:"他对于人民的灾难有着深切的同情,对于国家的命运有着真挚的关心,尽管自己多么困苦,他是踏踏实实地在忧国忧民。"类似的文章还有冯至的《人间要好诗》⑤《纪念伟大的诗人杜甫(在世界文化名人——中国伟大诗人杜甫诞生 1250 周年纪念大会上的报告)》⑥、冯文炳的《杜甫的价值和杜诗的成就》⑦、萧涤非的《人民的诗人杜甫》⑧、蒋和森的《伟大的时代歌手——杜甫的生活与创作》⑨等。

当然,在中华人民共和国成立初期及 1959 年反右运动和学术大批判中,也有一些人从阶级分析和批判封建主义糟粕的观点出发,强调了

---

① 《杜甫传》,第 1 页。
② 傅庚生:《杜甫诗论》,上海:上海古籍出版社,1985 年,第 63 页。
③ 萧涤非:《杜甫研究》,第 46 页。
④ 同上书,第 49—62 页。
⑤ 载《人民日报》1962 年 2 月 13 日。
⑥ 载《人民日报》1962 年 4 月 18 日。
⑦ 载《人民日报》1962 年 3 月 28 日。
⑧ 载《诗刊》第 2 期,1962 年。
⑨ 载《人民日报》1962 年 4 月 4 日。

杜甫思想中的种种局限性和落后性。如有一篇文章说："至于杜甫，在中国旧社会里，固然被推为诗圣，但是在现在看来，不过是一个趋炎附势、汲汲于想做大官的庸俗诗人罢了。他的一生，并无革命事迹的表现，脑子里充满着忠君、立功、个人主义的思想……。"①《中国人民文学史》则把李白、杜甫等许多作家都摒弃在外，把他们贬之为"人民文学的旁支"和"人民文学的支流发展到最后的没有灵魂的骸骨"②。这些文章大多具有简单化的倾向，因而并未得到当时大部分学者的认同，反而很快受到了批评。

另外，六十年代的《光明日报》和《文汇报》等报刊上还专门对杜甫思想中的人道主义等因素展开过一定规模的讨论，详情可参看《关于杜诗的人道主义问题的讨论》③和《关于杜甫思想的分析评价（文艺研究综述）》④等。

二、杜甫性格和生活情趣

杜诗不仅深刻地反映了当时的社会现实，而且也充分体现了杜甫本人的性格和生活情趣。但是历代杜甫研究者很少注意及此。直到20世纪二三十年代，才有学者对之进行比较深入的研究，80年代以后，有关的文章就更多了。

如前所述，梁启超的《情圣杜甫》和胡适的《白话文学史》是20世纪较早把杜甫还原为普通人，分析杜甫身上平民意识的研究成果。也是从它们开始，杜甫性格的可爱之处和生活情趣才开始凸现出来了。如梁启超认为，杜甫的"情感的内容，是极丰富的，极真实的，极深刻的"，"他表情的方法又极熟练，能鞭辟到最深处，能将他全部完全反映不走样子，能像电气一般一振一荡地打到别人的心弦上"。他指出，杜甫"是一位极热心肠的人，又是一位极有脾气的人"，"从小便心高气傲，不肯趋承人"，后来虽然境遇非常可怜，但"情绪是非常温厚的，

---

① 王迅流：《评冯至〈杜甫的家世和出身〉》，载《文艺生活》总第58期，1950年。
② 转引自邓绍基的《关于文学遗产的继承问题的讨论和思想认识》，载卢兴基主编：《建国以来古代文学问题讨论举要》，济南：齐鲁书社，1987年，第2—3页。
③ 载《光明日报》1961年5月28日。
④ 载《文汇报》1965年10月11日。

性格是非常高抗的"。胡适则着重强调杜甫能"在贫困之中,始终保持一点'诙谐'的风趣",并指出杜甫这种诙谐风趣"是生成的,不能勉强的","很像是遗传得他祖父的滑稽风趣,故终身在穷困之中而意兴不衰颓,风味不干瘪","穷开心",而且"这种风趣到他的晚年更特别发达",成为其晚年诗的最大特色①。

但是,从30年代直到70年代末,学界又因各种政治因素和时局的影响,多注意杜甫的思想和世界观的研究,涉及杜甫性格、情感和生活情趣的文章只有翦伯赞的《杜甫研究》②、冯靖学的《杜少陵对生物的情感》③和彭清的《杜甫的性格》④等可数的几篇。其中,翦伯赞文在专论"杜甫的性格"时认为,"杜甫的性格看起来很沉郁",但"杜甫的沉郁不是天生的,而是残酷的现实把他压迫到展不开眉头"。他指出,"杜甫在童年时代是很活泼的","青年时代也是很放纵的","中年以后,这位生气勃勃的诗人,由于生活的折磨,显然变得沉郁了","晚年的作品,更是充满了感伤的情绪"。他还指出,"杜甫是一个极有骨气的人","虽然穷困,但耻于趋炎附势";"脾气虽然高傲,但情感却非常热烈"。作者最后总结道:"反抗强暴,鄙视权贵,同情穷人,痛恨贪官污吏,这就是杜甫的性格。"

这段时期的大部分的杜甫研究论著在叙述杜甫的生活和创作时也很少涉及杜甫的性格特点尤其是生活情趣,有的著作还明确批判胡适在《白话文学史》中对杜甫诙谐风趣的分析,认为这是胡适"为了要泯灭杜诗的反抗精神,因而伪造出'滑稽的风趣'以诬蔑我们祖国伟大诗人杜甫"⑤。持同样观点的文章还有萧涤非的《批判胡适对杜甫诗的错误观点》⑥等。"文革"之中,郭沫若出于"扬李抑杜"的主观目的,特地在《李白与杜甫》一书辟专章谈"杜甫嗜酒终身"的问题,他认为,和李白相比,"杜甫是同样好仙,同样好酒,同样'痛饮狂歌',同样'飞扬跋扈'的"。

---

① 《白话文学史》,第228—230页。
② 载《群众》第9卷第21期,1944年。
③ 载《文化先锋》第8卷第10期,1948年。
④ 载《新文化月刊》第1卷第1期,1950年。
⑤ 傅庚生:《杜诗散绎》,西安:东风文艺出版社,1959年。
⑥ 载《文史哲》1955年9月号。

80年代以后,学界恢复了对杜甫性格、情感和生活情趣的研究,出现了如刘征的《杜甫的生活情趣》①、吴迪的《论诗人与酒——兼评〈李白与杜甫〉中"杜甫嗜酒终身"一章》②、曾枣庄的《至情至性 感人至深——论杜诗的人情味》③、王德全的《杜甫的幽默和风趣》④、濮禾章的《试论杜甫的人情味》⑤、唐典伟的《杜甫的幽默情趣及文化意义》⑥、黄维华的《杜诗中的幽默意趣及其审美特征》⑦、吴明贤的《试论杜甫的"狂"》⑧、邓魁英的《杜甫的穷儒意识与诗歌创作》⑨等文章。

其中曾枣庄文认为,杜诗真实地反映了安史之乱前后的时代动乱,是时代的一面镜子,这确实是它很突出的特点。但是,一般人读杜诗的兴味远远超过读史,还因为它感情真挚,同情人民,关心朋友,热爱妻子儿女、兄弟姐妹,具有普通人的喜怒哀乐,能以情动人,富有人情味,因此该文分别论述了杜甫与邻居、朋友、亲人之间的关系。唐典伟文认为杜诗的幽默风调是一种"稀有"的美学形态,它往往在嘲他、自嘲以及对自然的观照中展示一种丑、缺憾与滑稽。杜诗幽默风趣的动机和功能表现为一种人际间的相互理解与沟通,一种自我心理的调节与平衡,一种审美提升功能。杜甫的幽默是诗人积极入世、乐观处世的另一种表现形式。他的这部分作品既符合传统审美标准,又是对礼教意识和等级观念的冲击,是对他在困顿中的严重倾斜的心理的补偿。吴明贤文认为,"狂"作为杜甫诗歌创作的心理动力,是杜甫性格的一个重要组成部分,反映出诗人的自信与自尊,坦率与真诚,愤世与抗争。邓魁英文指出,杜甫是真正的"穷儒",具有强烈的"穷儒意识",这对他各个时期的思想和创作产生了重大的影响。他的咏贫伤贫的诗篇是他充满矛盾的"穷儒意识"的体现,是他贫穷一生的"年谱"。

另外,陈贻焮的《杜甫评传》"充分肯定了杜甫与人民大众在生活

---

① 载《文汇增刊》1980年第4期。
② 载《河北师范大学学报》1981年第1期。
③ 载《唐代文学论丛》总第1辑。
④ 载《甘肃日报》1984年10月28日。
⑤ 载《成都大学学报》1986年第4期。
⑥ 载《杜甫研究学刊》1990年第2期。
⑦ 载《苏州大学学报》1993年第2期。
⑧ 载《杜甫研究学刊》1996年第3期。
⑨ 载《北京师范大学学报》1997年第4期。

遭遇和思想感情上千丝万缕的联系，又生动地再现了他与当地官僚豪绅来往的生活图景和社交气氛，令人从中具体地感受到杜甫的社会地位和阶级属性，见出他在为人处世中表现的一贯忠厚、耿直、热诚之外，也有违心地应酬世俗交际、比较世故的一面。由于《杜甫评传》不厌其详地从各个生活侧面塑造了杜甫的丰满形象，因而能够令人信服地证明这位伟大诗人的一切进步性和局限性都植根于他的时代"①。

三、君臣观

在 20 世纪上半叶，尤其是五四运动以后，由于受西方资产阶级革命思想和马列主义的影响，从梁启超直到闻一多，大多认为杜甫不是单纯的"忠君"，不是"愚忠"，而是具有反抗黑暗现实，甚至"痛骂皇帝"的行为。但是，黄芝冈在其《论杜甫诗的儒家精神》②中，对时人的这种观点以及人们多摘取杜诗中的一两句而不顾全篇旨意的做法深表不满。他认为："杜甫以稷、契为心，实是他轸念民生疾苦的出发点，因此，天宝末年朝中竞尚奢侈，即使他深感不快，但他对君与民的见解却和《孟子》七篇初无二致。""'进思尽忠，退思补过'，儒者以孝事君，杜甫全做到了。""而且，杜甫遭贬谪后，终身无一言怨怼君上。"

五六十年代，学界开始用马列主义来分析杜甫的"君臣观"，大多数学者能以历史唯物主义的态度对待杜甫的"忠君"思想，既不简单、粗暴地否定它，也不有意避开或拔高它。如颜默在《谈杜诗》中就指出，杜甫的"社会出身使他找不到实现理想的社会物质力量，于是就不能不希冀于帝王将相，英雄伟人的善良愿望。在杜诗里，一方面是对当代政治无情的诅咒，一方面又掺杂着歌颂尧舜君王的词句"。西北大学中文系撰写的《论杜甫的世界观》也认为杜甫对君主的态度是矛盾的："目睹统治者的荒淫腐败，而对作为祸首的皇帝，诗人不止一次地进行了尖锐的批评、揭发和讽刺"，"但是，另一方面诗人却从来没有怀疑过君主制度的合理性，在他的思想上还存在着很深的忠君思想，有时忠君的确忠得傻头傻脑的程度"。该文还指出，在民族存亡系于一发的时刻，杜甫的忠君和爱国是"错综地交织在一起"的，"忠君，往往成了爱国的形式"，"如果因为这类诗运用了'汉主'、'朝廷'、'太宗业'一些令

---

① 《杜甫评传·下卷·葛跋》，第 1336—1337 页。
② 载《学术杂志》第 1 卷第 1 期，1943 年。

人不愉快的词，轻易加以否定，就不是客观的、历史主义的态度了"。

在1962年发表的诸多纪念杜甫的文章中，人们更是对杜甫的"忠君"思想给予同情和理解，也有人把它说成是"人民性"的体现。如冯至在《纪念伟大的诗人杜甫》一文中就认为："这是封建社会一个出身于统治阶级而又爱祖国、爱人民的诗人在所谓君昏世乱的时代里常常遇到的悲剧，到了皇帝或国王这一关，矛盾就无法解决了。"冯文炳在《杜甫的价值和杜诗的成就》①中也认为，"杜甫的'忠君'，不但同他的爱祖国的精神分不开，也同杜诗的人民性分不开"，"杜甫的最伟大之处在于他在'忠君'思想支配之下，他'取笑同学翁，浩歌弥激烈'，终其一生没有安心做地主的倾向"。

"文革"之中，郭沫若为了贬抑杜甫，在《李白与杜甫》一书中把忠君的方式分成高级、低级，认为高级的是屈原，低级的是宋玉，而杜甫则是宋玉的嫡传。他说杜甫忠君方式的标准"在宋玉的《九辩》中可以找到。'专思君兮不可化'，'窃不敢忘初之厚德'，'切不自聊而愿忠'，这些都是'每饭不忘君'的源泉了"。并把它同后来韩愈说的"臣罪当诛，天王圣明"等同起来了②。

80年代之后，学界又重新对杜甫的忠君思想进行了较为深细的探讨。如萧涤非在其《杜甫研究·再版前言》中指出，"杜甫在一定程度上，也接受了孟子把暴君殷纣王说成'一夫'（独夫）、说周武王伐纣不是'弑君'而是'诛一夫纣'的富有革命性的进步观点"，杜甫的忠君思想在很大程度上也是针对他心目中的"尧舜君"而发的，"有其特定的对象"，"随着对象的不同、环境的不同，他的态度也有所改变，并非铁板一块"③。

而专门讨论这一问题的文章有廖仲安的《漫谈杜诗中的忠君思想》④、葛晓音的《略论杜甫君臣观的转变》⑤、康伊的《杜甫君臣观新

---

① 《人民日报》1962年3月28日。
② 《李白与杜甫》，第179—180页。
③ 《杜甫研究》，第8—9页。
④ 载《江汉论坛》1981年第4期。
⑤ 载《中州学刊》1983年第6期。

探》①、李绪恩的《杜甫忠君辨》②、郑文的《杜甫爱国爱民与忠君思想是否必须分开》③、《由杜甫对唐玄宗、肃宗及代宗之评论看其晚期思想有无质变》④、许总的《再谈杜诗"忠君"说》⑤、刘明华的《论杜甫的"忠臣"类型及恋阙心态》⑥等。

其中，廖仲安文指出："杜甫爱君的思想，常常是和忧国的思想密切联系在一起的"，"杜甫对君王的过错，往往采取直言敢谏，毫不隐瞒的态度"，但也有一些"是庸俗的"，"忠君思想并不是杜甫个人所特有的思想，也不是封建地主阶级所特有的思想"，"农民也是拥护君权的"，因而不应用批判杜诗里的忠君思想来扬李抑杜。

葛晓音文指出，杜甫对君臣关系的认识是经历了一个发展变化的过程的。在安史之乱前，杜甫和大多数盛唐文人一样，把"致君尧舜上，再使风俗淳"看作自己的最高理想。这种理想是建立在君为中心、臣为附庸的观念以及对玄宗这个"尧舜之君"满怀信心的思想基础之上的。而安史之乱后，房琯事件抹去了杜甫心目中最高统治者头上的光圈，对他的君臣观产生了重大影响。现实使他早年以君为太阳、臣为葵藿的观念转变为君臣遇合的理论，他主张贤人可以看君能否与自己相合而决定进退。

康伊文指出，杜甫的君臣观，实质上和唐初魏徵的君臣观是一脉相承的，即"良臣观"而非"忠臣观"。杜甫有人格独立的坚定信念，他弃官赴秦州和离开严武幕府的行为，说明了他并非一切唯命是从的愚忠之臣；他学魏徵的直言讽谏，大胆议论朝政，并用诗歌表达了对皇帝过错的批判；他一生同情人民，坚定而真诚地为苍生社稷忧虑；这一切都是良臣观的直接体现。文章最后认为，这种良臣观与韩愈及宋代理学家的儒家思想相比，更具有民主色彩，"用这种良臣观来观察杜甫，解释杜甫的言行，更自然更合理，所谓'一饭未尝忘君'不是杜甫的本色"。

许总文从宋代政治、理学的大背景上，考察了杜诗"忠君"说的形

---

① 载《草堂》1986年第2期。
② 载《山东教育学院学报》1987年第2期。
③ 载《四川师范大学学报》1987年第5期。
④ 载《杜甫研究学刊》1993年第3期。
⑤ 载许总：《杜诗学发微》，南京：南京出版社，1989年。
⑥ 载《杜甫研究学刊》1992年第2期。

成及其内涵,强调杜甫思想中"爱国爱民"与"忠君"的概念必须分开。

四、杜甫与宗教之关系

杜甫的思想受儒家影响较大,但他与道教、佛教中人也多有来往,所以杜甫与宗教之关系也是学界较为关注的问题。

20世纪上半叶研究杜甫与宗教关系的文章只有志喻的《杜甫诗中之宗教》①一篇。该文认为,杜甫诗中之宗教思想,就广义言,可谓之泛爱主义者;就狭义言,可谓儒道教及景教,杜甫皆有所服依,而未专主一宗,未服膺一教。文章还从社会环境、个人遭遇和身体性情等方面,探讨了其所以然的原因。

此后相当长时间内,未见有人对杜甫与宗教之关系进行探讨。重新提出这一问题的是郭沫若,他在《李白与杜甫》"杜甫的宗教信仰"一章中指出:"其实杜甫对于道教和佛教的信仰很深,在道教方面他虽然不曾像李白那样成为真正的'道士',但在佛教方面他却是禅宗信徒,他的信仰是老而愈笃,一直到他的辞世之年。"②他甚至认为,与其称杜甫为"诗圣",倒宁可称之为"诗佛"③。

对杜甫与宗教之关系真正展开全面而深入的研究是在80年代以后,而这次研究的起点则是对郭沫若《李白与杜甫》中有关论述的批判和商榷。如吕澂的《杜甫的佛教信仰》④、陈允吉的《略辨杜甫的禅学信仰——读〈李白与杜甫〉的一点质疑》⑤、钟来因的《论杜甫与佛教——兼论作为外国文学的佛经对杜诗的影响》⑥都是针对郭沫若著的有关观点而立论的。

其中吕澂提出了与郭沫若不同的看法。他认为,杜甫并非南宗信徒,他早年信仰北宗,晚年转而归依弥陀净土。陈允吉文认为郭沫若在前人研究的基础上重新提出这个问题,对开拓读者眼界是有意义的,但

---

① 载《逸经》第28期,1937年。
② 《李白与杜甫》,第181页。
③ 同上书,第195页。
④ 载《哲学研究》1978年第6期。
⑤ 载《唐代文学论丛》总第3辑。
⑥ 载《草堂》1983年第2期。

郭著也有不少武断的地方，例如他沿袭清代注家的说法，断定杜甫是一个"追随神会的南宗信徒"就是如此。陈允吉同意吕澂的观点，也认为"杜甫的禅学信仰毫无疑问应该属于禅学北宗"，他还就佛学在杜甫思想中的地位提出自己的看法："我们探讨这个问题，并不是像郭老那样，要把杜甫说成是一个'极端信佛'的教徒，更不是旨在以此概括诗人的全部思想"，"在他的世界观中，禅学思想的影响只是一个很次要的方面"。钟来因文则先谈到时代风尚及杜甫家庭环境与佛教的关系，又指出杜诗中涉及佛教的总计有五十首左右，仅占全集三十分之一，其中能成为名篇佳作的极少。这些作品，或"身临佛寺，心忧天下"，或反映出生活动荡中产生的苦闷彷徨，或只是描写寺院风光的游览之作。所以杜甫谈不上是禅宗信徒。文章最后指出作为外国文学的佛经对杜诗有一定的影响，扩大了诗的题材，并使少数诗的风格发生了变化。

此后探讨这一课题的文章越来越多了，较有新意者主要有曾亚兰的《论杜甫晚年诗的神仙思想及个性追求》①、石云涛的《重评杜甫与道教》②、刘长东的《论杜甫的隐逸思想》③、钟来因的《再论杜甫与道教》④、谢思炜的《净众、保唐禅与杜甫晚年的禅宗信仰》⑤等。

其中钟来因文仍然是针对郭沫若《李白与杜甫》有关观点进行商榷的，他从五个方面作了驳论：(1) 杜甫求仙访道是受了李白的影响，吸收了道家、道教中的许多营养，使杜诗增添了不少斑斓浪漫的色彩，是好事而不是坏事；(2)《三大礼赋》的主要内容是唐的创业、唐玄宗的功绩，其核心思想仍是儒家思想，而赋中反对道教迷信的字句，更证明了杜甫坚定的儒家思想；(3)《冬日洛城北谒玄元皇帝庙》的主旨仍是讽刺唐玄宗崇道过分；(4)《前殿中侍御史柳公紫微仙阁画太乙天尊图文》虽然用了许多道家术语及典故，但其主旨仍然是儒家的仁政思想，核心是为民求福，盼望安史之乱早日平定；(5) 关于丹砂、蓬莱及其他。谢思炜文从杜甫晚年漂泊四川时期，禅宗净众宗、保唐宗在四川积极弘法，并发生影响甚大的"法争"事件，牵扯到高适、严武等军政官

---

① 载《贵州社会科学》1990 年第 2 期。
② 载《许昌师专学报》1993 年第 4 期。
③ 载《杜甫研究学刊》1994 年第 3 期。
④ 载《首都师范大学学报》1995 年第 3 期。
⑤ 载《首都师范大学学报》1995 年第 5 期。

员的情况，及杜甫与这些官员的联系和至成都后有关佛法的诗文创作情况，指出杜甫在一定程度上受到了净众宗、保唐宗的影响。文章认为，我们应关注的是杜甫为禅宗所吸引的事实，它表明："恰恰从杜甫开始，儒家思想的认真信奉者和实践者们都必须以某种方式对禅宗思想的影响作出回应。"

五、杜诗中的人文精神及其在中国文化史上的意义

从80年代中后期开始，由于当时学术界"文化热"的影响，人们也尝试着用文化学的方法探讨杜甫身上独特的人文精神、文化心态，探讨其在中国文化史上的重要意义。

程千帆、莫砺锋的《忧患感：从屈原、贾谊到杜甫》[①]是较早将杜甫放到中国文化史的大背景下考察的文章。该文指出，与屈骚、贾赋一样，深沉的忧患感构成了大部分杜诗的基调；与屈原、贾谊一样，杜甫对于国家、人民也具有十分强烈的责任感。他们最大的共同点，是都怀着对国家、人民的命运的巨大关切，都具有对现实生活的深邃的洞察力，因而都能够极其敏锐地觉察到当时政治、社会中各种形式的隐患。在屈骚和杜诗中所蕴含的忧患感和责任感是我国古代文学中最具有积极性的精神财富。

此后，从文化学和文化史的角度探讨杜甫思想的成果渐渐多了起来，如曹慕樊的《杜甫诗歌所含蕴的传统文化精神》[②]、刘明华的《社会良心——杜甫魅力新探》[③]《论杜甫的"民胞物与"情怀》[④]《社会良知——杜甫：士人的风范》[⑤]、邓小军的《杜甫是唐代儒学复兴运动的孤明先发者》[⑥]《杜甫：儒学复兴运动的先声》[⑦]《杜甫诗史精神》[⑧]、杜

---

① 载《文艺理论研究》1986年第5期；又载程千帆、莫砺锋、张宏生：《被开拓的诗世界》，上海：上海古籍出版社，1990年。
② 载《西南师范大学学报》1990年第4期。
③ 载《江汉论坛》1990年第2期。
④ 载《文学遗产》1994年第5期。
⑤ 刘明华：《社会良知——杜甫：士人的风范》，太原：山西教育出版社，1994年。
⑥ 载《杜甫研究学刊》1990年第4期。
⑦ 载《陕西师范大学学报》1991年第3期。
⑧ 载《安徽教育学院学报》1992年第3期。

晓勤的《论杜甫后期的悲剧心态》①《论杜甫的文化心态结构》②《论杜甫的个体生命意识》③、胡晓明的《略论杜甫诗学与中国文化精神》④、谢思炜的《杜诗的伦理内涵与现代阐释》⑤、丁启阵的《生命的悲歌——论杜甫诗中有关生命的悲剧主题》⑥、吴明贤的《试论杜甫的"狂"》⑦、吴逢箴的《杜甫与西域文明》⑧等。

其中，刘明华从余英时的《士与中国文化》中借用了"社会良知"一词来探讨杜甫身上独特的人文魅力。他认为，杜甫具有良知的真诚，即忧患意识；良知的勇气，即批判精神；良知的理想，即重建意识；良知的情怀，即民胞物与情怀；良知的困惑，即悲剧命运。他还指出，杜甫是中国传统知识分子心中的偶像，是中国文化君子理想的楷模，他在人格和行动上都代表着知识分子的理想，是儒家文化理想人格的化身。他的伟大的人格精神，对民族精神和民族心理产生了深远的影响，这在中国文学史上可以说是绝无仅有的。邓小军认为，杜甫对韩愈所领导的中唐古文运动暨儒学复兴运动的两大中心思想，即尊王攘夷，维护以中原文化为基础的祖国统一，反对以胡化为本质的藩镇割据的政治层面，和复兴儒学、攘斥佛教的文化层面，都已孤明先发，以诗歌为表达方式，明确地表示了出来。杜甫是中唐儒学复兴运动的先声。杜晓勤认为乾元二年秋（759），杜甫弃官而去，走上了"迹江湖而心系魏阙"的人生之路。此后，他又陷入了"民胞物与"的集体情感与"独往高蹈"的个体意识的冲突之中。这一冲突，使他既难安于隐又惮于入仕，最终导致了"兼济"未成、"独往"亦未成的生命悲剧。对于这一悲剧，人们多从战乱的时局、蹇困的生计上寻找原因。杜文则认为，造成这一悲剧心态的最深沉的文化原因，是他对"真情"和"真性"都采取了真挚、执着的态度，而"真情"和"真性"在中国封建文化体系中从来就是一对互相对立、矛盾的人性论范畴。胡晓明认为，杜甫已渐渐地、自觉地

---

① 载《陕西师范大学学报》1993年第2期。
② 载《杜甫研究学刊》1994年第1期。
③ 载《贵州文史丛刊》1995年第2期。
④ 载《文艺理论研究》1994年第5期。
⑤ 载《文学遗产》1995年第1期。
⑥ 载《杜甫研究学刊》1996年第2期。
⑦ 载《杜甫研究学刊》1996年第3期。
⑧ 同上。

超越了他的同时代人，已有意识地、认真地将诗歌作为他人格生命的显示。杜诗的出现，遂使中国诗史上有了一种厚重拙大的范式，使中国诗歌继屈、陶之后，再一次与文化核心价值发生了重要的关联。杜甫的人格生命形态及其诗歌反映了中国文化精神的两个要义：一是扩充而无止境的恻隐之心即"仁者心"；二是天人不二，终极关怀与现实关怀不打成两截。杜甫不仅做了苦难人生的代言人，而且以他有血有泪的歌吟，人生之苦与乐交织于复杂而天然的底布上的真实歌吟，呈露了一种人性的高贵与美，一种真正道成肉身的人格。这一人格，本身就是中国哲学文化中最高的诗意所在。谢思炜认为，杜诗的伦理内涵超越了对某一道德原则的简单确认，并把历史的客观形式呈现给读者。其中表现出的儒家伦理的诸种困境，和儒者个人的道德发现、完善乃至动摇、失落的过程，对我们今天批判改造在历史上曾发挥巨大正面、负面作用的儒家思想，无疑会有重大的启示。

第四节　诗歌艺术研究

20世纪最早研究杜诗的专题文章是李详的《杜诗证选》[①]，该文将杜诗化用"文选"之句、事、理者一一排比出来，虽然方法简单，但已非传统的诗文点评可比，初具现代学术意识。

20年代，学界已能比较自如地运用现代治学方法研究杜诗，如段熙仲的《杜诗中之文学批评》[②]、段凌辰的《杜工部七言绝句之研究》[③]等。

三四十年代，人们研究杜诗的角度更多、方法更新。有综论杜诗风格和创作分期的，如振作的《杜甫诗研究》[④]、吴泾熊的《杜甫论》[⑤]、由毓淼的《杜甫及其诗研究》[⑥]等；有专论杜诗艺术技巧的，如玄修的

---

① 载《国粹学报》1910年第2期，1911年第4期。
② 载《金陵光》第15卷第1期，1926年。
③ 载《孤兴》第9期，1926年。
④ 载《摇篮》第1卷第1期，1931年。
⑤ 载《中山文化教育馆季刊》第3卷第3期，1936年。
⑥ 载《文学年报》第5期，1937年。

《说杜》①、邵祖平的《杜甫诗法十讲》②、冯钟芸的《论杜诗的用字》③等；也有探讨杜甫诗歌创作理论的，如李辰冬的《杜甫戏为六绝句研究大纲》④、郭绍虞的《杜甫戏为六绝句集解》⑤、罗庸的《少陵诗论》⑥、程会昌的《少陵先生文心论》⑦、金启华的《杜甫诗论》⑧等；也有笺注杜诗、研究其版本流传情况，甚至将杜诗翻译成英文的。可以说，到40年代末，杜诗研究已经形成一定规模，取得了较大成绩，同时也为后半个世纪尤其是80年代以后杜诗研究的全面拓展、取得长足进步，打下了较为坚实的基础。

五六十年代，许多专家开始运用马列主义、毛泽东文艺思想对杜诗的艺术成就和创作技巧进行探讨，出现了如萧涤非的《学习人民语言的诗人——杜甫》⑨、冯文炳的《杜甫写典型——分析〈前出塞〉、〈后出塞〉》⑩、冯至的《诗史浅论》⑪等文章。这些研究虽然套用了苏联文学理论中某些概念和名词术语，但对杜诗反映现实的深度和广度的挖掘分析上较前人有明显的进步。另外一些学者则能从诗歌艺术本身立论，如夏承焘的《杜诗札丛》⑫、缪钺的《杜诗中含蓄之法》⑬等。此时还出现了分析杜甫诗歌美学观的文章，如吴调公的《青松千尺杜陵诗——论杜甫诗歌的美学观》⑭，开阔了杜甫诗歌理论研究的视野。

从70年代末开始，杜诗艺术研究以更加强劲的势头和空前的规模发展，人们不但继承了传统治学方法的诸多优点，还大胆借鉴西方文艺

---

① 载《同声月刊》第1卷第7、8期，1941年。
② 载《文史杂志》第1、2期，1945年。
③ 载《国文月刊》第67期，1948年。
④ 载《燕大月刊》第5卷第1、2期，1929年。
⑤ 载《文学年报》第1期，1932年。
⑥ 载《新苗》第2期，1936年。
⑦ 载《文史杂志》第1、2期，1945年。
⑧ 载《学灯》1946年3月11日、19日。
⑨ 载《文史哲》1952年第6期。
⑩ 载《东北人民大学人文科学学报》1956年第1期。
⑪ 载《文学评论》1962年第4期。
⑫ 载《文学研究》1958年第1、2期。
⑬ 载《光明日报》1961年10月12日。
⑭ 载《文学遗产》1962年第411、412、413期。

理论和批评方法的长处,从各个角度、多个层面对杜诗进行了深入、细致的探讨。为了较好地反映20世纪杜诗艺术研究取得的主要成绩和进展,本章下面将从艺术综论、题材和分类研究、声律和分体研究、艺术渊源和影响、诗歌创作观和审美理想等方面分别加以介绍。

一、艺术综论

杜诗艺术价值及其在诗歌史上的地位

20世纪较早对杜诗艺术价值及其在中国诗歌史上的地位作较为深入探讨的文章,是梁启超的《情圣杜甫》和胡小石的《李杜诗之比较》[①]。梁启超认为,杜甫的作品,"自然是刺激性极强,近于哭叫人生目的的那一路;主张人生艺术观的人,固然要读他。但还要知道:他的哭声,是三板一眼的哭出来,节节含着真美;主张唯美艺术观的人,也非读他不可"。胡小石文则在杜甫与李白的比较中见出杜甫在中国诗歌史上独特的地位。

三四十年代,专门探讨杜诗艺术价值的文章主要有吴泾熊的《杜甫论》、由毓淼的《杜甫及其诗研究》等。吴泾熊文从杜甫写实主义艺术成就的方面高度评价了他在文学史上的地位,并进一步论述了杜诗中的真、善、美,认为杜甫有尖锐细密的观察力与惊人的写实手腕,即诗中"真"的表现;有丰富的感情、同情心和由同情心而产生的非战思想与社会思想,即"善"的表现;谓杜甫诗中的美并非指词藻、声律等外在的美,而是属于他性格的美。由毓淼文根据杜甫论诗重"神"而称杜甫为"诗神",说"工部既不仿效离骚,又不采用乐府旧题,而自己另外独创格调,自立新题,这便是他的伟大地方,工部诗的取材,多半是当代的时事,实在可以称得起是一个划时代的诗人,因为真正的唐诗还要从杜甫开始"。

五六十年代,人们因研究方法和文艺观的改变,对杜诗的艺术价值又有了新的认识。如刘大杰在《杜甫的道路》[②]一文指出,杜甫诗歌的主要特色,是"他发挥了《国风》、乐府的现实主义精神,大量吸取民间语言,消化提炼,丰富了他的诗歌的言语,使得他的歌唱,同人民的

---

① 载《国学丛刊》第2卷第3期,1924年。
② 载《解放日报》1953年4月13日。

生活情感更加接近，在表达情意、描画人物和叙述故事上，显得格外生动真实"。郭沫若在《诗歌史上的双子星座》一文中认为，杜甫"和人民同命运、共甘苦，既从现实生活中积累了丰富的经验，而又向古代的诗人和民间的诗歌虚心学习，把古代的和民间的语言加以锤炼，而创造性地从事诗歌天地的开拓。因而他的诗歌便十分突出地具有严格的格律、深刻的表现、充沛的气势、雄厚的魄力，形式与内容相合无间，而使人不得不深受感动。思想性和艺术性，在杜甫的诗歌里，得到了高度的结合"。冯至《"诗史"浅论》[①]又指出："杜甫的诗是真实地继承了并发扬光大了《诗经》《乐府》的优良传统，同时也吸取了六朝以来山水诗的一些艺术成就。他的诗是经得起用'兴观群怨'和'知人论世'的准绳来衡量的。他使中国诗歌的这种特点在世界文学中放射出灿烂的光辉。"蒋和森在《碧海制鲸手——杜诗的气魄》[②]认为杜诗的艺术特点之一是具有"那种运笔如椽、令人为之神动心摇的气魄"，它在创作上的表现是悲伤而不消沉、忧郁而不颓废，而古代诗人很少能达到杜甫这样的境界。

80年代以后，人们虽然不再热衷于从整体上评价杜诗的艺术成就及其在中国诗歌史上的地位，但就仅有的几篇相关文章来看，在研究的深度和立论的新颖等方面，较之前人仍是有所前进的，如黄稚荃的《杜诗在中国诗史上的地位》[③]、程千帆和莫砺锋的《杜诗集大成说》[④]、刘开扬的《论杜甫诗歌在文学史上的地位》[⑤] 等。

杜诗风格论

自古以来，人们多用"沉郁顿挫"来说明杜甫的艺术风格。20世纪的学者则对杜诗风格的审美内涵、产生原因和流变过程作了较为细致深入的分析。

80年代以前，人们多就"沉郁顿挫"这一定评论杜诗风格。如柯剑岐在《论杜甫诗歌的艺术风格》[⑥] 中认为，"沉郁"是杜诗的主要风

---

① 载《文学评论》1962年第4期。
② 载《文学遗产》1962年第412期。
③ 载《草堂》1983年第1期。
④ 载《文学评论》1986年第6期，又载《被开拓的诗世界》，第1—24页。
⑤ 载《杜甫研究学刊》1988年第1期。
⑥ 载《文学遗产》1960年第315、316期。

格,"表现在杜甫创作中的那种深沉、锐敏的洞察力,以及由此而来的那种浩浩荡荡、波澜壮阔的生活画面;也是指那种苍老遒劲的笔触以及由于忧国忧民的伟大思想而来的忧郁色彩和悲剧气氛"。文章还探讨了杜诗这一风格的形成过程和原因,认为它是安史之乱前后特定历史时期的产物,是时代风格通过杜甫具体的世界观和创作实践的反映。759年前后是杜甫沉郁风格发展的顶峰,越到晚年,愈更增加了浓厚的悲剧气氛和衰飒情调。

类似的文章还有傅庚生的《沉郁的风格,闳美的诗篇——为纪念诗人杜甫诞生一千二百五十周年而作》①、安旗的《"沉郁顿挫"试解》②等。傅庚生指出,杜甫当时所说的"沉郁",近于所谓"诗教"的"温柔敦厚",还是属于为封建统治者服务的范畴的;后来他一步步地走向人民,发展了他的诗歌,迨到发生了质的变化以后,诗的风格就已形成属于另一个范畴的"沉郁"。就是说,杜诗中日益明显的人民性使它固有的沉郁的风格日趋深广。安旗认为,杜甫早年自称"沉郁顿挫"的含意,主要是表示学历之深厚、技巧之娴熟,希望唐玄宗能够赏识他,让他"执先祖之故事";后来,杜甫有了更多的生活经验,特别是经历了干戈离乱,他尝了人生的艰难困苦,对统治阶级的幻想日趋破灭,和人民的生活与思想感情日益接近,他的创作才愈发成熟,他的"沉郁顿挫"的风格也才有了真正的深广的时代内容,即"忧愤深广,波澜老成"。作者又指出:"忧愤深广,而又以含蓄蕴借的手法出之,才能显得'沉郁'。仅有忧国忧民之情不一定表现为'沉郁'。"

80年代以后,虽然仍有一些学者力图对"沉郁顿挫"作出新的解释,如金学智的《杜甫悲歌的审美特征》③、王南的《"沉郁顿挫"论》④等。但更多的学者则从杜诗风格发展过程、分期或形成原因等方面着眼,或在这一总体风格基础上分析杜诗的其他风格,如傅绍良的《论杜甫诗歌的阴柔美》⑤、刘地生的《杜诗韵字在形成风格的过程中所起的

---

① 载《诗刊》1962年第2期。
② 载《四川文学》1962年第6期。
③ 载《文学遗产》1991年第3期。
④ 载《文学遗产》1993年第4期。
⑤ 载《陕西师大学报》1985年第4期。

作用》①、金诤的《试论杜诗风格的地理特征》②、裴斐的《杜诗八期论》③、刘宁的《杜甫诗歌的平淡美》④ 等。

其中傅绍良文认为,杜诗虽然偏于阳刚美,但同时也具有鲜明的阴柔美的特点,即:用谐趣和幽默摆脱痛苦命运的折磨,使人看到他带泪的笑,绝望中的希望;把自己的失意之愁、悠然之兴、超然之态化作对人生的留恋,对幽静境界的追求;细腻敏锐地感受自然,化客观景物为情思。刘地生文的研究方法和结论都很新颖,它通过对杜诗中一系列例证的研究,认为杜诗用韵与作者为人的作风相称,惯用入声韵,惯用 i 元音造成的韵母,或用闭塞音 [-p]、[-t]、[-k] 收尾入韵。由于 i 发音轻细,而 [-p]、[-t]、[-k] 发音短促,使这些韵字的整个发音变得微弱急促。这些韵字的发音特点同作品的思想因素一道参与作用,构成了杜诗沉郁顿挫的整体风格。金诤文认为,地理的差异,明显影响着杜甫的诗歌创作。黄河流域粗放朴健的水土风沙,形成了杜甫那质实雄浑而不务奇情幻彩的艺术风格,杜诗中那些标志着古典现实主义顶峰的作品,字字句句都散发着黄土高原泥土的气息;由秦州经同谷入蜀,高山峻岭,历涉艰险,使杜甫入蜀的诗篇又具有秦岭的峭拔凌厉之风;入蜀之后,杜甫一直生活在长江流域,气候湿润多雨,景物清奇峻丽,山川幽壑娟秀,这就使此后的杜诗明显地带有南国的风韵,而在创作上也转向了抒情与艺术技巧的锤炼。裴斐文将杜诗发展分成八个时期,即:壮游时期是杜诗风格尚未形成的懵懂期,长安十年是杜诗沉郁顿挫风格的形成期,辗转兵燹是杜诗既成风格的发展期,奔逃陇蜀是杜诗风格的变化期,栖息草堂是杜诗新风格(萧淡婉丽)的形成期,流离两川是杜诗风格的再变期(即由萧淡婉丽变为雄浑悲壮),羁留夔州是杜诗两类风格(壮美、柔美)全面发展和登峰造极的时期,落魄荆湘是杜诗发展的落潮和光辉的结束期。这种划分不仅比传统的四期说更为细致,而且注意到杜诗不同时期的风格变化,比起笼统地以"沉郁顿挫"概括全部杜诗,更能全面真实地反映杜诗的面貌。刘宁文则另辟蹊径,着重分析了杜甫诗歌的平淡美。

---

① 载《镇江师专学报》1985 年第 3 期。
② 载《杜甫研究学刊》1988 年第 2 期。
③ 载《文学遗产》1992 年第 4 期。
④ 载《古典文学知识》1995 年第 6 期。

还有一些文章探讨了杜甫在某一特定地域、时期的诗歌风格和艺术成就，如王锡臣的《论杜甫夔州诗的艺术成就》①、卞孝萱和乔长阜的《杜甫的〈夔州歌〉与刘禹锡的〈竹枝词〉——兼论杜甫夔州诗的艺术特色及其形成原因》②、何丹尼的《杜甫早期诗试论》③、缪钺的《杜甫夔州诗学术讨论会开幕词——综述杜甫夔州诗》④、张宏生的《杜甫夔州诗中所反映的生活悲剧》⑤、马德富的《杜甫夔州诗风格的正与变》⑥、杨恩成的《论杜甫漫游时期的诗歌创作与审美观》⑦、吴明贤的《试论杜甫早年的诗歌创作》⑧等。

另外，四川省杜甫研究会于1984年4月23日至26日，在成都杜甫草堂召开了杜甫夔州诗学术研讨会，八十多位来自全国各地研究杜甫的专家学者参加了会议，提交论文四十多篇⑨，其中部分论文后来发表在《草堂》和《文学评论》等刊物上，在一定程度上促进了杜甫夔州诗研究的发展。甘肃省杜诗研究界则对杜甫陇右诗进行了较有成效的研究，于1985年出版了李济阻的《杜甫陇右诗注析》⑩。此后，地处陇上的甘肃省天水师专中文系的教师们一直潜心研究杜甫陇右诗，他们的研究成果大部分收入了《杜甫陇右诗研究论文集》⑪。1996年9月9日至13日，中国杜甫研究会第二次学术讨论会在甘肃省天水市召开，来自全国各地（包括港、澳、台地区）的80多位学者出席了大会。大会共收到论文60多篇，集中讨论了杜甫陇右诗的思想内容、艺术成就及其在杜诗中的地位。

---

① 载《天津师院学报》1981年第3期。
② 载《草堂》1983年第2期。
③ 载《上海师范学院学报》1983年第1期。
④ 载《草堂》1984年第2期。
⑤ 载《文学评论》1984年第4期。
⑥ 载《草堂》1984年第2期。
⑦ 载《陕西师大学报》1991年第3期。
⑧ 载《杜甫研究学刊》1992年第2期。
⑨ 有关这次会议情况的综述可参看濮禾章、祁和晖：《杜甫夔州诗学术讨论会概述》，载《草堂》1984年第2期；又载《唐代文学研究年鉴》1985年卷。
⑩ 李济阻：《杜甫陇右诗注析》，兰州：甘肃人民出版社，1985年。
⑪ 天水师专中文系编：《杜甫陇右诗研究论文集》，兰州：甘肃人民出版社，1995年。

杜诗的艺术手法与技巧

早在 20 世纪上半叶，就有不少学者撰文专论杜诗中的艺术技巧和手法，如玄修的《说杜》、罗庸的《读杜举隅》[①]、邵祖平的《杜甫诗法十讲》《杜诗精义》[②]、刘禹昌的《"香稻碧梧"句法引类及溯源》[③]、冯钟芸的《论杜诗的用字》[④] 等。其中，玄修文鉴于历代评杜诗者多就篇就句论之，就篇者多言其所指，就句者多言其炼辞，总论作法者绝少的情况，专门探讨杜甫五律、七律等各体章法、律法之妙及渊源所自。邵祖平文从体裁、兴寄、义蕴、声律、事实、警策、沿依、派衍、同异、善学十个方面论述了研读杜诗时应该细心体会之处。冯钟芸文则专就遣词造句这一因素造成的幽美与壮美之别，论述了杜诗中的这两种风格。

五六十年代，虽然大多数人喜从人民性、现实性及整体艺术风格等方面论杜，但仍有一些学者能从诗歌艺术本身入手，探讨杜诗中高妙的艺术手法和技巧。如李汝伦的《略论杜甫的讽刺》[⑤]、许永璋的《谈四句杜诗的表现方法》[⑥]、缪钺的《杜诗中含蓄之法》[⑦]、方管的《读杜琐记》[⑧]、金启华的《杜诗技巧论》[⑨]、霍松林的《尺幅万里——杜诗艺术漫谈》[⑩] 等。其中缪钺文分析了含蓄之法在杜甫不同体裁、题材的诗歌中的不同表现。方管文论及杜诗以丽句写荒凉、于沉雄富丽寄哀伤之类的高妙诗境。金启华文则归纳出以赋为主、间用比兴，以议论为主和错综地描写情景，句法的变化和炼字的精当，各种诗体的熟练运用并有所创新等杜诗中的几个主要技巧。霍松林文所说的"尺幅万里"是指杜甫基本上从人民的愿望出发，用多样的、完美的艺术形式，极其广阔、极其深刻而又极其生动地反映了安史之乱前后几十年的社会生活。而杜诗的这个艺术特点，又是由典型事物的艺术反映、适当的夸张和以少胜多

[①] 载《国文月刊》第 9 期，1941 年。
[②] 载《东方杂志》第 41 卷第 1 期，1945 年。
[③] 载《龙门杂志》第 1 卷第 1、2 期，1947 年。
[④] 载《国文月刊》第 67 期，1948 年。
[⑤] 载《作品》1956 年第 11 期。
[⑥] 载《人民文学》1957 年第 8 期。
[⑦] 载《光明日报》1961 年 10 月 12 日。
[⑧] 载《文学遗产》1962 年第 408、409 期。
[⑨] 载《南京师院学报》1962 年第 3 期。
[⑩] 载《文学遗产增刊》第 13 辑。

的艺术语言、穷极变化的章法、充满激情的活生生的生活画面等因素形成的。

"文革"之后,学界探讨杜诗艺术技巧和手法的成果更多。人们除了从章法、句法、用字、情景关系、议论与抒情等传统视角着眼,还从意境、意象、色彩、音乐性、制题艺术、用典、叙事艺术等更多角度分析杜诗艺术的精微之处。

这一时期专论杜诗某一艺术技巧和手法的文章主要有萧涤非的《试论杜甫的比兴》①、吴小如的《略论杜诗的用事》②、吕福田的《杜诗修辞技法管见》③、许总的《杜甫以文为诗论》④、吴慧的《杜诗中的色彩映衬》⑤、吕福田的《试论杜诗中对动词模糊性的运用》⑥、徐仲涛的《略论杜诗的命题》⑦、万云骏的《大与细、宏观与微观在杜诗中的反映》⑧、刘明华的《杜诗用典中所体现的诗人自我形象——杜甫修辞艺术论之一》⑨、曹慕樊的《杜诗的起结》⑩、陈祥耀的《论杜诗直起法》⑪、谢思炜的《杜诗叙事艺术探微》⑫、张国伟的《杜诗中谬理的审美效应》⑬、蒋长栋的《试论杜甫的比兴体制》⑭、管遗瑞的《试论杜诗结构的顿挫美》⑮ 等。其中,萧涤非文将杜诗中的"比"分为无寄托的比和有寄托的比,将杜诗中的"兴"分为"触物以起情的兴"和"兼含比喻的兴",以见出杜诗中比、兴的丰富多彩。许总文探讨了以文为诗在开拓杜诗的表现内容和丰富杜诗的艺术形式等方面的积极作用,并阐发了

---

① 载《文艺论丛》第 4 辑,1978 年。
② 载《北京大学学报》1979 年第 6 期。
③ 载《北方论丛》1983 年第 4 期。
④ 载《学术月刊》1983 年第 11 期。
⑤ 载《湖北师范学院学报》1985 年第 3 期。
⑥ 载《北方论丛》1985 年第 5 期。
⑦ 载《江苏教育学院学报》1985 年第 1 期。
⑧ 载《学术月刊》1986 年第 3 期。
⑨ 载《草堂》1986 年第 1 期。
⑩ 载曹慕樊:《杜诗杂说续编》,成都:巴蜀书社,1989 年。
⑪ 载《文学遗产》1993 年第 1 期。
⑫ 载《文学遗产》1994 年第 3 期。
⑬ 载《杜甫研究学刊》1995 年第 1 期。
⑭ 载《求索》1997 年第 1 期。
⑮ 载《杜甫研究学刊》1997 年第 2 期。

杜诗这一艺术手段在诗歌史上的历史意义。吴慧文指出，杜诗中常常把色彩字放在句首，这种艺术手法，是有其美学道理的。如"碧知湖外草，红见东海云"，就是根据人的感知客体的过程先后而言；又如"红深珊瑚短，青悬薜荔长"，上下句颜色相衬，是为了在色彩的组合上造成先声夺人的艺术意境。吕福田文借鉴了模糊数学的概念研究杜诗，他认为杜诗意境的含蓄蕴藉往往是借助弹性较大的语言，即语言的模糊性实现的。如杜诗描写水常用的"动"，描写鸟常用的"度"和"过"，就是一些隶属度较宽的动词，构成了模糊含蓄的意境。万云骏文认为，杜诗中大与细、远视与近视之间有时不但是不同画面的映衬，而且存在着内部相衔相生的关系，其表现在杜诗中则是平时远大的政治抱负和洞烛幽微的观察能力的结合。诗人虽然局处一隅，但视野极其开阔。大与小的对比，所表现的是诗人的孤独和社会的无情。谢思炜文突破了近世文学分类意义上的叙事与抒情的标准，而着眼于中国文人特殊的诗歌记事传统和民间叙事传统的区别，通过对杜甫困守长安、安史乱中、漂泊西南三个时期反映现实的诗歌的解析，指出"抒情记事诗在他的创作中无疑占据了最主要的位置"，而叙事、记事两种形式的结合，才使得杜诗具有"诗史"的性质。张国伟文将杜诗中的谬理分为知觉变异、思维超常、想象奇特、大胆夸张、违反逻辑、语言错序、离形得似七类，并分别加以阐述，指出杜诗的谬理具有化腐朽为神奇、变抽象为具体的效果，增加了奇趣、理趣、逸趣，有着特殊的审美效应。

80年代以后最为引人注目的现象，就是出现了不少研究杜诗意象、意境的表现艺术的文章。其中较具深度和新意的主要有王岳川的《杜甫诗歌的意境美》[1]、江裕斌的《试论杜甫对诗歌意象结构与音律的开拓与创新》[2]、林继中的《杜诗情感意象的一种构图方式》[3]、陈开勇的《杜甫的艺术追求：情感与表达——对比兴自然意象与悲剧自然意象的考察》[4]等。

另外，刘明华还出版了《杜诗修辞艺术》[5]一书，该书比较全面、

---

[1] 载《江汉论坛》1983年第6期。
[2] 载《文艺理论研究》1991年第2期。
[3] 载《文艺理论研究》1992年第1期。
[4] 载《河池师专学报》1995年第4期。
[5] 刘明华：《杜诗修辞艺术》，郑州：中州古籍出版社，1991年。

系统地探讨了杜诗中的诸多艺术手法和技巧,其中对杜诗语言艺术的分析尤为细致、深入。

二、题材和分类研究

就杜诗题材研究来看,20世纪上半叶的研究成果不多,而且主要集中在战争诗上。五六十年代,人们研究杜诗题材的领域有所拓展,有人专论杜甫的题画诗,也有人专论杜甫的咏物诗。但是,杜诗题材和分类研究的全面展开,却是在80年代以后。20世纪最后二十年里,学界研究了杜甫的抒情诗、政治诗、咏史怀古诗、自传诗、山水诗、题画诗、纪行诗、游宴干谒诗、边塞诗、家庭诗、爱情诗、咏物诗、花鸟诗等诸多题材,取得了一定的进展。为了叙述方便,本章下面将之归纳为山水纪行诗、自传家庭诗、咏物题画诗、边塞诗及其他五大类,分别加以介绍。

山水诗、纪行诗

对杜甫山水诗、纪行诗进行专题探讨的文章主要有金启华的《杜甫的山水诗》[1]、陈祖言的《杜甫山水诗简论》[2]、樊维纲的《杜甫湖南纪行诗编次诠释》[3]、王启兴的《诗情画意 沁人心脾——杜甫景物诗艺术琐谈》[4]、马晓光的《论杜甫入蜀诗对山水诗的贡献》[5]、成松柳的《试论杜甫的纪游诗》[6]、程千帆和莫砺锋的《崎岖的山路与伟丽的山川——读杜甫纪行诗札记》[7]、胡问涛的《论杜甫的田园诗》[8]、程千帆和莫砺锋《杜甫的山水诗》[9]、牟瑞平的《杜甫山水景物诗中的生命意

---

[1] 载《徐州师范学院学报》1980年第3期。
[2] 载《文汇报》1982年4月26日。
[3] 载《文学遗产》1982年第3期。
[4] 载《唐代文学论丛》总第3辑。
[5] 载《山西大学学报》1985年第1期。
[6] 载《华中师范学院学报》1985年第4期。
[7] 载《社会科学战线》1987年第2期,又载《被开拓的诗世界》,第189—206页。
[8] 载《四川师范大学学报》1992年第4期。
[9] 载《古典文学知识》1992年第4期。

识》①《杜甫山水景物诗中的历史意识》②、曾明的《杜甫山水诗中的人文主义精神》③等。

其中金启华文认为,杜甫能够根据各地山川不同的景色,写出各种不同风格的诗篇,更能结合自己的遭遇,抒发自己的思想情感,有些诗篇更寄寓一些哲理,而近乎所谓的"道"。马晓光文认为,杜甫早年的山水诗基本属于古典浪漫主义范畴,在精神上受佛、道的影响;而入蜀的纪行诗,已摒却了传统山水诗人逃避社会、以山水自娱的思想感情,用现实主义来写纪行诗。在表现手法上,杜甫没有采用山水诗传统的意象,如明月、彩虹、白云、落日等,而是创建了崭新的意象风格,如孤戍、啼鸟、寒塘、绝岸等。杜甫还把沿途所见的实景入诗,使情与景通过行神、动静、虚实关系的处理,产生了含蓄不尽的艺术韵味。成松柳文也指出,杜甫的纪游诗是以意为先,在自然山水的塑造中,还有时代的风云和自己的身影,使山水草木都充满着诗人忧国忧民之情与迟暮飘零之感,这是杜甫纪游诗区别于山水诗派的重要标志。杜甫还突破了盛唐诗歌"诗情画意"的艺术习尚,在纪游诗中有意换格,这在唐代诗坛也是独树一帜的。程千帆等文说杜甫《发秦州》和《发同谷》二十四首纪行诗,用概括与具体、有比较与无比较、实写与虚写等手法,以狮子搏兔之全力描绘秦陇山川,而且并入身世之感、生事之艰。山水诗与纪行诗原为两种不同的题材,杜甫则通过创作实践,使二者成为一个有机的整体。牟瑞平后文认为,杜甫景物诗中的历史意绪大致有三种表现:或抒思古幽情,总结历史兴亡;或寄坎坷遭遇,抒发怀才不遇之怨;或写伤今情绪,表达对现实的关注和批判。杜甫实是将山水景物诗与怀古诗完美结合并使之定型的第一人。

葛晓音的《山水田园诗派研究》把杜甫的山水田园诗放到中国山水田园诗发展史的大背景下进行深入细致的探讨,取得了可观的成绩。作者指出,杜甫从开元天宝年间起,就显露出他有意创变的迹象,他此时所写的"那些题隐居、记游览的诗歌虽然不乏盛唐诗富于诗情画意的共同特点,却没有空灵冲淡的韵味,而是更注重深细描写偶游山林时的新

---

① 载《杜甫研究学刊》1994年第2期。
② 载《杜甫研究学刊》1996年第1期。
③ 载《杜甫研究学刊》1997年第3期。

奇意趣"①。和王孟诗派"即景造意",诗兴由景物触发,景物大体上保持其本来面目不同,杜甫则强调心理感受,使景物具有较大的主观随意性②。而且杜甫还"特别注意使语感与形象和谐一致,以求细致地表现某种只可意会难以言传的感受和气氛"③。作者又指出,杜甫之所以在山水诗史上占有重要的地位,还因为他创作了一大批纪游诗和行旅诗,并认为杜甫的入蜀诗二十余首"按照记游的顺序,以随物肖形、变化多端的表现艺术描绘千奇百怪的蜀中山水,是杜甫对大谢体山水诗的重大发展"④。作者最后高屋建瓴地肯定了杜甫山水诗艺术创变的重大历史意义:"杜甫的山水诗继承了前人的全部成就,同时从自己独特的生活体验出发,突破了盛唐诗风格比较单一的局限,以及王孟诗派一味以闲雅冲淡为致的审美趣味。他在艺术上的创变大大开拓了诗歌的境界,使诗歌内容扩充到人世间一切景物都可以表现的范围,并开出了后世各种风格流派的源头。因此杜甫山水诗的出现,实际上是从'大变'的角度,给陶谢王孟山水诗的传统艺术作了对照性的总结,同时也预示了这一诗派在发展到顶峰后,将因表现艺术和审美趣味的单调而必然走向衰落的趋势。"⑤

咏物诗、题画诗

这方面的文章主要有陈友琴的《漫谈杜甫的题画诗》⑥,宋廓的《论杜甫的咏物诗》⑦,金启华的《杜甫的花鸟诗阐微》⑧,韩成武的《谈杜甫咏画题画诗》⑨,雷履平的《杜甫的咏物诗》⑩,周裕锴的《一洗万古凡马空——谈杜甫的咏马诗》⑪,刘继才的《杜甫不是题画诗的首创

---

① 《山水田园诗派研究》,第314页。
② 同上书,第317页。
③ 同上书,第321页。
④ 同上书,第321—322页。
⑤ 同上书,第326页。
⑥ 载《文学遗产》1961年第370期。
⑦ 载《甘肃日报》1962年4月28日。
⑧ 载《徐州师范学院学报》1979年第4期。
⑨ 载《河北大学学报》1980年第4期。
⑩ 载《草堂》1981年第1期。
⑪ 载《草堂》1981年第2期。

者——兼论题画诗的产生和发展》①，王启兴的《论杜甫题画诗的美学思想》②，冯立的《杜甫题画诗的寄寓思想与艺术特点》③，柯昌贵的《论杜甫的题画诗》④，程千帆、张宏生的《英雄主义与人道主义——读杜甫咏物诗札记》⑤，周瑾的《杜甫题画诗的法与意》⑥等。

其中，陈友琴文指出，杜甫不是为题画而题画，而是善于联系实际生活，他往往在所题的对象中寄寓了自己的思想感情，这种写法对后来中唐乃至元人的题画诗影响很大。金启华文认为，杜诗写花木鸟兽，能把它们的形象、特征、个性都刻画出来，能联系到它们和现实的关系来描绘，能把它们当作象征事物来抒写，又能把它们的内在含义表达出来。所以既鲜明、生动，又丰富、深远。其手法是赋比兴兼而施用，古近体无不适合内容，达到和谐的统一。柯昌贵文认为，杜甫虽不是题画诗的始创者，但第一个大量写作题画诗，使之臻于成熟，成为诗歌领域里的一个独特的品种，这功劳则非杜甫莫属。他认为杜甫题画诗的显著特点是不即不离，诗传画外意，众宾拱主与铺陈描状相结合。程千帆、张宏生文着重探讨了杜甫咏物诗中英雄主义和人道主义的内涵。他们认为，杜甫咏物诗中的英雄主义主要表现为致远雄心和疾恶刚肠，其出发点和最后归宿都在于报国的满腔热忱。而在当时的历史条件下，忠君爱国与仁民爱物的一致性，又使得关心王室安危，期望报效朝廷，从而歌颂具有英雄气概的事物的诗人，也必然同时对人民的命运怀着深切的关注，其作品中也充满着人道主义精神。

另外，吴鹭山的《杜诗论丛》涉及杜甫的游仙诗及咏马、咏凤凰、咏鹰等咏物诗，他指出，杜甫所写的游仙诗虽不多，但能与李白各树一帜，风格又迥自不同⑦。李汝伦在《杜诗论稿》⑧中不但有专文论述杜甫的题画诗（即《关于题画诗》《杜诗对唐代绘画艺术的史的反映》《杜甫对韩干画马的批评》），还选录了杜甫的十九首题画咏画诗，并一一

---

① 载《辽宁大学学报》1982年第2期。
② 载《武汉大学学报》1984年第1期。
③ 载《艺术界》1987年第1期。
④ 载《江汉大学学报》1987年第2期。
⑤ 载《文学遗产》1988年第5期。
⑥ 载《杜甫研究学刊》1996年第4期。
⑦ 吴鹭山：《杜诗论丛》，杭州：浙江文艺出版社，1983年，第87页。
⑧ 李汝伦：《杜诗论稿》，广州：广东人民出版社，1983年。

评笺。

自传诗、家庭诗

这方面的文章主要有钟来因的《杜甫的夫人诗及声妓诗》[1]、刘石的《杜甫的家庭诗》[2]、于翠玲的《试论杜甫的言家事诗》[3]、曾子鲁的《杜甫自传诗初探》[4]、谢思炜的《论自传诗人杜甫——兼论中国和西方的自传诗传统》[5]等。其中,刘石文认为,杜甫在某种程度上被神化了,"杜甫的家庭诗对于我们消除对他的'神秘感'是有作用的"。他分析了杜甫思妹、忆弟、怀内、亲子诸方面的诗,揭示了杜甫丰富的思想感情。于翠玲文认为,杜甫不仅有近于愚拙的忠君观念,而且对于夫妻、父子、兄弟等伦常关系,也始终没有超出儒家的道德观念,故而他不能像李白那样游仙访道,了不介意家事,甚至不能割舍妻子,遁入佛门。杜甫的"言家事诗",继承了《诗经》、汉乐府"饥者歌其食,劳者歌其事"的现实主义传统,所描写的贫贱夫妻、饥寒儿女的生活情景,是一般文人所不能写、也不屑于写的题材,他的"言家事诗"为后代文人写这类诗开了先河,影响颇为深远。谢思炜文和曾子鲁文都对杜甫的自传诗进行了探讨,杜甫在前人成功的创作经验的基础上将之发展为更为成熟的标准的自传体诗。谢思炜文认为杜诗创作全部围绕诗人的生活经历展开,完整地反映了他的生活经历和思想经历;杜甫在每一个重要阶段都写出了回顾性的长篇作品,详述个人遭遇,有一些剖析揭示、总结描述自己一生的纯粹的自传作品。谢文还将杜甫与西方自传诗人如华兹华斯和惠特曼进行了比较。曾子鲁文认为杜集中凡以回忆的口吻抒写叙述自己经历的诗篇,只要对了解诗人的思想、生平有所帮助,不管形式如何,内容怎样,都应看作是自传式或带有自传因素的作品。在写作上,这些自传诗注重学习借鉴司马迁《史记》中的纪传文章,取得了较高的成就。

---

[1] 载《福建论坛》1985年第3期。
[2] 载《阜阳师范学院学报》1986年第2期。
[3] 载《唐代文学论丛》总第7辑。
[4] 载《江西师范大学学报》1990年第3期。
[5] 载《文学遗产》1990年第3期。

边塞诗、战争诗

这方面的文章主要有一鸣的《杜甫反战诗歌的研讨》①、许惕生的《杜甫的反战文学》②、申如的《杜甫的战争诗歌》③、王达津的《杜甫边塞诗浅探》④、刘艺的《杜甫边塞诗之儒家思想评议》⑤ 等。

其他题材

还有一些文章涉及杜甫诗歌的其他题材和类别，如吴奔星的《略谈杜甫抒情诗的特色》⑥、毛炳汉的《杜甫戏题诗初探》⑦、林继中的《杜甫早期干谒游宴诗试析》⑧、陈子建的《试论杜甫的夔州咏史怀古诗》⑨、周建国的《杜甫的政治诗散论——玄肃代三朝更替中的杜涛拾零》⑩、庾光蓉的《论杜甫的爱情诗》⑪ 等。

三、声律和分体研究

杜甫各体兼善，且极讲究声律，所以从中唐以来，历代杜诗研究者无不对杜诗的体式和声律特点进行过归纳和梳理。进入 20 世纪以后，杜诗研究者们仍然把体式和律法作为研究杜诗的一个重点。总的看来，人们对杜甫近体诗的研究要比对其古体诗的研究深入得多，而在近体诗研究中，又以对绝句、五律和七律的研究为主。人们对杜甫绝句艺术价值和成就高低的讨论从 20 年代一直持续到 80 年代。80 年代以后的杜甫近体诗律法研究又以分析杜律的创新为中心。90 年代以后，一些学者开始探讨杜甫律法中所蕴涵的人文精神和生命意义。

---

① 载《更生周刊》第 5 卷第 6 期，1940 年。
② 载《中日文化》第 1 卷第 1 期，1941 年。
③ 载《文艺风》第 1 卷第 1 期，1947 年。
④ 载《芜湖师专学报》1983 年第 2 期。
⑤ 载《新疆大学学报》1997 年第 3 期。
⑥ 载《古典文学论丛》第 2 辑。
⑦ 载《中州学刊》1985 年第 5 期。
⑧ 载《草堂》1986 年第 2 期。
⑨ 载《成都大学学报》1986 年第 2 期。
⑩ 载《安庆师范学院学报》1988 年第 2 期。
⑪ 载《杜甫研究学刊》1995 年第 4 期。

诗体和声律总论

在20世纪上半叶统论杜甫诗体、诗律的文章只有陈友琴的《李天生论杜诗律》①一篇。不过，邵祖平的《杜甫诗法十讲》和玄修的《说杜》中都有关于杜甫诗律的论述。如邵祖平文在"审体裁"中就指出，杜甫于体裁"不创之中，有矫变者"，如五言古诗，穷极笔力，扩张境界，不觉自十韵展为五十韵之《自京赴奉先县咏怀》，又展为七十韵之《北征》，盖前古所未有；五言排律，更务铺陈终始，排比声韵，大或千言，次犹数百；七言古诗歌行之体，气格苍老，雄跨百代，其句法皆以古文笔法出之，大矫初唐绮靡纤巧之习；五言律诗则有扇对格，四句一气格，八句一气格；七言律诗，则变体犹多，有自第三句起失粘落平仄格，有自第五句起失粘落平仄之折腰体；七言绝句有律体之绝句格，有拗体之绝句格；等等。再如玄修论杜甫律法云："杜诗律体，皆不离古体气脉。章法变幻虽不多，亦有其变幻处。于排律犹易见"；"杜古诗多律句，正由学齐梁以来之偶句排比而然"；"杜诗五绝甚少，亦无多趣味"，"七绝则开创法门甚多"。

五六十年代，统论杜诗格律的文章亦不多，只有王泽浦的《试谈杜甫近体诗格律》②、张世禄的《杜甫与诗韵》③和陆志韦的《试论杜甫律诗的格律》④等寥寥数篇。其中陆志韦文针对当时学界大都着重杜诗的思想性，很少讨论杜诗的格律的现象，把杜甫五律和七律诗里怎样排比平仄来"约句、准篇"的情况全部列举出来。作者认为，初唐以后，古诗、绝句、律句各有各的特殊任务，律诗的任务决不是叙事，杜甫的叙事诗用古体。国计民生，律诗里只能重点地触及，大致像引用典故那样。他又将杜甫五律的句式分为四大类，说篇式中有完全合律的，但更值得注意的是例外的篇式。并认为杜甫的五律中有百分之九不合格，几乎全出在上句第二、四字都用平声字或都用仄声字上。至于杜甫的七律，"不能说他讲求声律"。另外，夏承焘在其《杜诗札记·吴体》⑤中对杜诗中的"吴体"的含义发表了自己的看法，他认为杜甫的"吴体"

---

① 载《青年界》第4卷第4期，1933年。
② 载《河北日报》1962年7月10日。
③ 载《复旦大学学报》1962年第1期。
④ 载《文学评论》1962年第4期。
⑤ 载《文学遗产增刊》第7辑。

是仿效南方民歌声调的，和一般文士所作的变体格律诗，在对句或本句中用平仄相救的实不相同。而且当时已有此体，非杜自创；因此体为文士所鄙视，所以流传不多。

此时新出版的一些杜诗研究论著中亦很少专论杜诗的体裁和诗律，只有萧涤非的《杜甫研究》上卷中有一章是论"杜诗的体裁"的。该书着重探讨了杜甫对各种诗体的创变，如杜甫五古的创格是三韵六句式，对七古的创造较多：第一，创为九字、十字乃至十字以上的长句；第二，创为"三平调"这一特殊的音节；第三，创为每章五句的畸形体；第四，创为一种有规律的平仄换韵法[①]。杜甫五律值得注意的有两点：第一是平仄的变化，第二是抒情的内容。"杜甫从不用这一诗体来摹写具有戏剧性的人民生活，而主要是用来抒情。"[②] 杜甫是七律的第一位大家，他除了创作了超过前人创作数量总和的七律，还赋予七律以战斗性，打破了固定的谱式，创成一种"拗格律诗"，且风格沉雄悲壮，慷慨激昂，还创为"连章体"[③]。至于排律中的七排，则是杜甫首创的。对于杜甫的绝句（尤其是七绝），该书也给予了较高的评价："上自国家大事，下至日常生活，凡题材不足以构成长篇的，他多半便用七绝来表达"，"七绝在他手里也成了有力的反映现实的工具之一"，而且表现手法和风格也很不一样[④]。

80年代以后，学界对杜甫体裁和诗律的综合探讨才逐渐多了起来。如丁成泉的《杜律句法与音节——读唐诗札记之二》[⑤]，马重奇的《从杜甫诗用韵看"浊上变去"问题》[⑥]，裴斐的《杜律举隅》[⑦]，刘知渐、熊笃的《如何理解杜甫的"诗律"》[⑧]，王圣强的《试从杜甫押入声韵的诸诗篇探讨唐代入声的演变》[⑨]，刘地生的《杜诗韵字在形成风格的过

---

① 萧涤非：《杜甫研究》上卷，第118—125页。
② 同上书，第129页。
③ 同上书，第131页。
④ 同上书，第137页。
⑤ 载《华中师范学院学报》1981年第3期。
⑥ 载《福建师大学报》1982年第3期。
⑦ 载《草堂》1983年第2期。
⑧ 载《草堂》1983年第1期。
⑨ 载《黔南民族师专学报》1983年第2期。

程中所起的作用》①，夏晓虹的《杜甫律诗语序研究》②，王硕荃的《杜诗入声韵考》③，许总的《杜诗以晚期律诗为主要成就说》④，莫砺锋的《论杜甫晚期近体诗的特点及其对宋诗的影响》⑤，邝健行的《杜甫对初唐诗体及其创作技巧的肯定和继承》⑥《吴体与齐梁体》⑦，管遗瑞的《"吴体"与"拗体"》⑧、黄玉顺的《杜诗和唐代韵书的关系》⑨《杜诗古体叶韵考》⑩，毛庆的《"晚节渐于诗律细"详辨：兼论后期杜诗格律之精妙》⑪，王辉斌的《杜甫诗歌：中国古代学者诗的范本——以其近体诗为研究的中心》⑫，欧凤威的《论杜甫格律诗的章法与句法》⑬，林继中的《杜律：生命的形式》⑭，刘明华的《完善与破弃——对杜甫"拗体"的思考》⑮，韩晓光的《杜甫律诗对仗的语式变异》⑯、夏晓虹的《杜甫联章诗的结构方式》⑰ 等。

其中裴斐文着重讨论了杜甫后期律诗的艺术成就，他在比较了杜甫各体诗歌数量多寡以后，认为杜诗以其后期为主不是表现在古体而是表现在近体，后期近体诗在全部杜诗中占有最重要的地位。刘知渐、熊笃文说前人对杜甫"晚去渐于诗律细"的"诗律"二字含义理解得太狭窄，他们认为，诗律不仅包括声韵对仗，而且包括字句锤炼、章法结构和形象意境的创造。夏晓虹前文说杜甫是位诗歌技巧纯熟的大师，他在

---

① 载《镇江师专学报》1985 年第 3 期。
② 载《文学遗产》1987 年第 2 期。
③ 载《杜甫研究学刊》1988 年第 2 期。
④ 载《中州学刊》1988 年第 6 期。
⑤ 载《南京大学学报》1989 年第 1 期。
⑥ 载《杜甫研究学刊》1992 年第 2 期。
⑦ 载《唐代文学研究》第 5 辑。
⑧ 载《杜甫研究学刊》1992 年第 3 期。
⑨ 载《杜甫研究学刊》1993 年第 2 期。
⑩ 载《杜甫研究学刊》1993 年第 4 期。
⑪ 同上。
⑫ 载《首都师范大学学报》1994 年第 3 期。
⑬ 载《湖北师范学院学报》1995 年第 1 期。
⑭ 载《首都师范大学学报》1996 年第 4 期。
⑮ 载《杜甫研究学刊》1997 年第 2 期。
⑯ 载《杜甫研究学刊》1997 年第 4 期。
⑰ 载《文史知识》1997 年第 7 期。

格律允许的范围内,往往通过改变语序,更完美地表达诗意。他根据具体情况,有时将名词提前,也有时将动词或形容词提前,其高明之处并不在于无视规律,而恰恰在于他能够严格的遵守格律,巧妙地利用和支配格律,达到超越限制表情达意的自由境地,使格律这一僵硬的形式具有了活跃的生命力。许总文认为,就诗体而言,对于表现杜甫晚年的心理状态,容纳由于这种心态而造成的新的艺术时空关系,具有"言对为易,事对为难,正对为劣,反对为优""不可多用虚字,两联填实方好"的特点的律诗正是最适合的形式,由此也正可窥见杜甫晚年大量写作律诗并使之达到艺术高峰的根本原因。作者还指出,到杜甫晚年的时候,"律诗的表现内容被全面引进广阔的社会生活,形成律诗成立、存在和发展的强大生命活力;同时,意象间的非关联性,意境间的非连续性,思维和跳跃性及其对时空关系的重新剪辑并使之统一于诗意与哲理之中,更奠定了律诗的基本美学结构。"莫砺锋文也认为,杜甫晚期把近体诗的题材范围扩大到几乎与古体诗同样广阔的程度,而且,杜甫晚期近体诗呈现出两种不同的风格倾向。第一种蕴藉高华,与李白、王昌龄等大多数盛唐诗人的风格基本一致。第二种则与大多数盛唐诗人异趣,主要表现为:(1)多用俗字俚语入诗,(2)七律中出现一气盘旋、清空如活的境界,(3)一篇诗中工拙相半。这三点对宋代诗人如江西诗派与杨万里等发生了很大的影响。邝健行后文对杜诗中的"吴体"进行了研究,认为杜甫所说的"吴体"其实就是"齐梁体",也就是"拗体",作者并不同意前人所说"吴体"乃是杜甫学习吴地民歌的一种诗体的观点。王辉斌文认为唐代诗人有才子型和学者型两类,前者凭才气写诗,后者以功力写诗。学者型诗人的产生,与近体诗的发展密切相关。杜之近体诗既开学者诗之先河,又为后世诗人提供了一部学者诗的范本。文章通过对杜甫近体诗的重要创获及有关问题的讨论,揭示了中国古代学者型诗人及其诗的一些规律。林继中认为,杜甫后期致力于抒情诗形式的研究,力图创造诗歌独特的语言,表现诗歌独特的境界。杜律的"逻辑"与"秩序"是以情感生命的起伏为起伏,极力追摹生命的节奏,让诗的形式之律动与人的内在生命之律动同步合拍,由此焕发出诗美。刘明华文在对众家关于拗体概念和杜诗拗体数量诸说进行梳理之后,指出"拗体"是晚起义,最早也在宋代,理论上的总结则在清代、现代,而杜诗拗句实无规律可寻。杜诗只拗不救或少救的原因,可以"七言难工"和"对规则的破弃"两方面作出解释。杜甫的"拗"有时是顺其自然,放弃规则;有时又是有意为之,破弃声律。杜甫能律则律,当拗则拗的态度,古人对"大拗"的态度,都很值得我们思索。韩晓光文则以现代通行的语法体系剖析杜律对仗,探究其语式变异的内在结构。文章从语音、语词、句法、节律、格式五方面分析了杜甫律诗对仗中的语式变异,认为这充分体现了诗人"造语贵新"、同中求异的审美追求。

另外,侯孝琼的《少陵律法通论》① 是一部系统阐发杜甫律诗法则的专著。全书分炼字、琢句、章法、技巧、韵律五篇,涉及杜律法则的各个方面,读之不但使人对杜甫律诗的精湛艺术有更深刻的认识,而且使人了解到杜甫取得如此成就的途径。

对杜甫绝句诗的探讨

自古以来,人们就对杜甫的绝句诗评价不一。20世纪的杜诗研究者们对之仍见仁见智,展开过较长时间的讨论。

从20年代到80年代一直有文章专论杜甫的绝句诗,如段凌辰的《杜工部七言绝句之研究》②,马茂元的《谈杜甫七言绝句的特色——读诗偶记之一》③,裘重的《杜甫的绝诗》④,金启华的《谈杜甫的绝句诗》⑤,夏承焘的《论杜甫入蜀以后的绝句》⑥,熊柏畦的《试论杜甫的绝句》⑦,冯钟芸的《杜甫绝句的特点》⑧,李谊、陈德外的《关于杜诗绝句的评价问题》⑨,周啸天的《杜甫——绝句艺术的拓新者》⑩,陈邦炎的《试论杜甫绝句的得失》⑪,寇养厚的《谈杜甫的绝句》⑫,丁成泉的《略论杜甫对绝句的改造》⑬ 等。

---

① 侯孝琼:《少陵律法通论》,郑州:中州古籍出版社,1996年。
② 载《孤兴》第9期,1926年。
③ 载《文学遗产》1961年第357期。
④ 载《文汇报》1961年8月24日。
⑤ 载《江海学刊》1962年第4期。
⑥ 载《文学评论》1962年第3期。
⑦ 载《文学遗产增刊》第13辑。
⑧ 载《北京大学学报》1964年第1期。
⑨ 载《四川师院学报》1981年第1期。
⑩ 载《安徽师范大学学报》1982年第1期。
⑪ 载《草堂》1982年第2期。
⑫ 载《齐鲁学刊》1985年第3期。
⑬ 载《华中师范大学学报》1990年第4期。

其中，段凌辰文指出，少陵七绝之所以不能令人满意，其原因固非一种，而拗体太多，不中格律，实是其最大之原因。该文将杜甫七绝中与常格不合者，列举统计出来，并指出其不合之处，以示其为拗体。文章最后的结论是："杜工部七言绝句之为拗体者甚多。其拗处尤以第一句第二句为最多，第三句第四句拗者甚少。第一句中，以第二字拗者为最多，第四字次之。第二句之中，以第四字第六字拗者最多。于此可更知第二句第二字为拗甚少，正可以救第一句第二字也。"马茂元文针对历代诗评家对杜甫绝句的微词指出，"在杜甫诗中，绝句确实是个比较薄弱的环节。然而这只是和他的其他各体诗歌比较而言的，并非'无所解'或'不可法'"。作者认为，杜甫绝句的成功之处表现如下。首先是用绝句来作一种杂感式的谈艺论文，评今鉴古的组诗，这是杜甫的创举。其特点在于抒情和说理的密切结合，敏锐地反映了诗人的一些片断的思想和零星的见解，它给后人的启发是很大的。其次是其入蜀后所作的绝句多描写当地风景和风俗人情。杜甫这类诗的独特之处在于：第一，在表现手法上，和盛唐一般的绝句不同，它是细致刻画，曲折达意的；第二，在音调上，也不像盛唐绝句那样的和谐铿锵；第三，在语言的运用上，较之盛唐其他各家的绝句，更多的杂有当时流行的口语；第四，在句法上，有通篇用骈句的，也有通篇用散句的，有骈散相参，前两句用骈句，后两句用散句，更多的是前两句用散句，后两句用骈句，可说是极变化之能事；第五，在章法上，往往劈空而来，屹然而止，尤其显得突兀而不平常。作者认为，代表杜甫绝句成就的正在此类作品，"它的妙处，在于活跃着诗人盎然的生活情趣"。文章最后还探讨了这类作品形成的原因。金启华文也对杜甫绝句的艺术成就发表了自己的看法，作者指出："就总的倾向来说，是逼真地刻画景物，深刻地揭露现实，描绘了阶级矛盾和民族矛盾，补了史书之不足，使我们认清了当时社会的真正面貌；同时，诗中对人民寄予了深切的同情，充分体现了他的进步思想。"其艺术特色是既有单篇的诗章，又有联篇的歌唱；既有常调的凡响，又有拗体的独特；既有直切的陈述，又有蕴藉的韵味；既有一气呵成的吟咏，又有两两相对的音响。而在这些相对的因素中，后者又是他显著的特色。夏承焘文认为，杜甫晚年在蜀中所作的绝句，可能绝大部分和蜀中民歌有关。文章旨在说明杜甫绝句的来源和影响，廓清历代诗评家对它的狂妄的诽谤，使人们认识到杜甫的绝句在文学史上的地位和价值。文章最后转引了李嘉言《古诗初探·绝句起源于联句说》一文对杜甫绝句的评价。"前人总说老杜不善于绝句，那恐怕对于老杜是一个莫大的侮辱。老杜的绝句才真能严守六朝的家法，不为声病所染。这与他的律诗也谨守六朝的家法同样值得特别注意。""六朝绝句只限于五言，初盛唐间张九龄、张翚、王维、李白以'绝句'为题的也都是五言。""至老杜始有以'绝句'命题的七言诗者，则七绝似即首创于老杜。"夏承焘同意李嘉言的这些论点，但是也做了补充："杜甫绝句固然有继承六朝文人传统的，但主要的该是入蜀以后这种继承民歌、提高民歌的作品。"冯钟芸文认为，杜甫对绝句不仅和其他诗歌形式同样重视，而且也和其他诗歌形式一样继承传统，取精用宏，力求创新，独树一帜。文章主要探讨了杜甫绝句的特色，作者认为与盛唐诸家绝句风格的相比，杜甫的绝句有以下特色。第一，杜甫绝句虽然也是严格的格律诗，但在音乐旋律上一般不及盛唐绝句那样跌宕，悠扬，这往往和杜甫绝句的三四句爱使用对仗句有关。第二，杜甫较多地对景物作具体的描绘，通过描绘或刻画而构成完整的诗意画境，比一般盛唐诗的画意更多。第三，诗的思想感情不是朦胧而浑厚的感受，而是清晰、深刻的内心活动。周啸天文认为盛唐绝句总的倾向是浪漫的，偏重抒情、叙事、议论成分较少，杜甫则在题材、表现手法、样式风格等方面对绝句有所开拓。陈邦炎文从杜甫和其他人绝句的比较中，认为"用拗体""多偶句""入议论""用俗语"并不都是杜甫自己的特色，而杜甫《三绝句》及《夔州歌》的一部分在艺术风貌上的直、实、重三个特点，却是他人所无。因此，看杜甫的绝句的成就，"主要的着眼点应当放在他的那些以直、实、重面貌出现而又在艺术上取得成功的篇章"。他认为，杜甫对绝句的创新有得有失，从艺术性强的绝句所占比例来看，是失大于得，但从文学史角度、从绝句发展演进的角度看，具有特别重要意义。丁成泉文既不同意王士祯、杨慎、胡应麟等人对杜绝的否定，也不赞成仇兆鳌等人对杜绝的评价，而是认为杜甫绝句多连章体、创为拗体、多着议论、尚质尚俗，从内容到形式的诸方面，改变了盛唐绝句那种"语近情遥，含而不露""意尚含蓄，语务从容"的格调，创立了一种情思迫促、声调拗峭、笔墨质实，适宜于反映乱世心声，与其沉郁风格一致的绝句新风貌。

五律、七律研究

五律和七律（包括五排和七排）历来被认为是杜甫最擅长的诗体，

所以学界对杜甫五律和七律的研究也最为深入。

这方面的成果主要有马茂元的《思飘云外物 律中鬼神惊——谈杜甫和唐代的七言律诗》[1]、郭绍虞的《关于七言律诗的音节问题兼论杜诗的拗体》[2]、叶嘉莹的《杜甫七律演进的几个阶段》[3]、钟树梁的《论杜甫的五言排律》[4]、金启华的《论杜甫的五律》[5]《论杜甫蜀中的排律》[6]《论杜甫的排律》[7]、万云骏的《试论杜甫的七律》[8]、牟怀川的《试论杜甫的五言排律》[9]、马承五的《试论杜甫七律组诗的连章法》[10]、孙琴安的《简论杜甫所开的三派七律及其影响》[11]、苏为群的《论杜甫七律的艺术成就》[12]、赵谦的《杜甫五律的艺术结构与审美功能》[13]、孙琴安的《关于杜甫五律诗评价问题》[14]、李华的《简谈杜甫的五言排律》[15]、孟昭诠的《试论杜甫的七律拗体》[16]、欧凤威的《略论杜甫排律仄韵律的特色》[17]、王硕荃的《论"子美七言以古入律"——杜诗拗格试析》[18]等。

其中，马茂元文指出，唐代的七言律诗，到了杜甫，境界始大，感慨始深；而对杜甫来说，入蜀以后，才是他七律的全盛时期。作者认为，盛唐诸家七律以兴趣情韵见长，但到杜甫手中，摹写物象，抒发性

---

[1] 载《文学遗产》1962年第416期。
[2] 载中国古代文学理论学会编：《古代文学理论研究丛刊》第2辑，上海：上海古籍出版社，1980年。
[3] 载《南京大学学报》1981年第3期。
[4] 载《草堂》1981年第2期。
[5] 载《南京大学学报》1982年第3期。
[6] 载《徐州师范学院学报》1986年第1期。
[7] 载《江苏教育学院学报》1988年第2期。
[8] 载《唐代文学论丛》总第3辑。
[9] 载《上海师范学院学报》1983年第1期。
[10] 载《草堂》1985年第2期。
[11] 载《杜甫研究学刊》1988年第1期。
[12] 载《北京大学学报》1991年第3期。
[13] 载《中国社会科学》1991年第4期。
[14] 载《杜甫研究学刊》1992年第4期。
[15] 载《首都师范大学学报》1993年第1期。
[16] 载《贵州大学学报》1993年第3期。
[17] 载《华中师范大学学报》1994年第3期。
[18] 载《杜甫研究学刊》1996年第1期。

情,"壮浪纵恣,摆去拘束",于尺幅之中,运之以磅礴飞动的气势,一变而为巨刃磨天,金鹀擘海的壮观。磅礴飞动的气势、深厚的感情和精严的诗律,三者融合无间,构成了杜甫七言律诗独特风格的基本特征。郭绍虞文也认为:"律诗的律到杜甫而细,他能在仄声中再严上去入之分,又能在平仄律中再参以双声迭韵之美,所以'细'到极点,可是律诗之拗也到杜甫而极,别人只做到变格,他则创为拗体,这才是他的不可及处。"叶嘉莹将杜甫一生的七律创作分为四个演进阶段:一是天宝之乱以前的作品,此时数量最少,成绩最差,内容也与一般作者一样,也仍然是以酬赠写作为主,技巧方面没有什么开创与改进;二是收京以后重返长安时期的作品,此时杜甫对于七律一体的运用,已经达到运转随心,极为自如的地步,也更为扩大而且加深了诗中情感的意境;三是定居草堂时期,此时杜甫从纯熟完美转变到老健疏放;四是去蜀入夔以后的作品,杜甫此一阶段之七律,对格律之运用,已经达到完全从心所欲的化境的地步,一种是表现于格律之内的腾掷跳跃,另一种是表现为格律之外的横放杰出。作者又认为,杜甫在拗律方面的成就,终不及其在正格的七律方面成就,杜甫在正格之七律中,能做到既保持形式之精美,又脱出严格之束缚的,便是句法的突破传统与意象的超越现实。金启华前文将杜甫一生的五律创作分成五个阶段,并一一阐述其各阶段五律作品的内容和艺术特色;后文将杜甫蜀中的排律分为成都和夔府两个时期,而夔州时期是他排律的高峰期。万云骏文认为读杜甫七律可以分阶段,但不能过分拘泥,强分高低。苏为群文指出,杜甫的七律除了在思想内容、意象境界、情趣格调上有着全新的开拓,具体的语言技巧和写作手法也较前代有很大的提高。如他的七律起句富于创新,中二联写景往往以情间之,句中用典不露痕迹;善用双字叠字,体物贴切,描摹工巧;善用转折语等等。赵谦文以结构主义的方法对杜甫五律艺术结构进行了比较全面细致的研究,他把杜甫的五律艺术结构归纳为起兴结构、客观结构、双线结构、绾连结构、比较结构、意象链结构等形式,并对各种形式结构的审美功能作了细致的分析。

另外,陈友琴《长短集》中"诗文短语"有一则是论"杜甫五言律诗的错综变化"的。作者认为,杜甫的五律"不但气势雄浑,而且韵律精细,在意境上多变化","有意境壮阔忽转为凄凉的","又有气象巍峨忽转为情景细致婉约的","还有不少由广阔的自然界忽转到人事琐屑的",这些都是杜甫讲究错综变化的巧妙手法①。

古体诗研究

20世纪学界对杜甫古体诗的研究兴趣虽然稍弱些,但是经过一些学者的辛勤研究,也取得了一定的成绩。研究杜甫古体诗的文章有王锡臣的《论杜甫的七言歌行的特点》②、金启华的《论杜甫的七古》③、西鲁的《浅谈杜诗七古押韵艺术》④、金启华的《论杜甫的五言古诗》⑤、黄玉顺的《杜诗古体叶韵考》⑥、葛晓音的《论杜甫的新题乐府》⑦、马承五的《乐府诗的体式嬗变与创格——杜甫"新题乐府"论(形式篇)》⑧等。

其中,金启华前文从题材和艺术手法上对杜甫七古作了高度的评价。他指出,杜甫七古的取材极为广阔而又丰富,几乎包罗万象;写作技巧更是千门万户,变化莫测;其谋篇,有长篇巨制,短制组诗,有的工于发端,起得突兀,有的承转递接,曲折多变,有的收尾袅袅,韵味不绝;其用句,有时以散文出之,明白如话,有的以律句出之,凝练铿锵;其用韵,有时一韵到底,转折不衰,有的更换用韵,愈转愈精;其风格,有的沉郁,有的豪放,有的幽默讽刺,有的含蓄委婉,也是富于变化的。杜甫七古渊源有自,而又衣被后昆,在中国古典诗歌的七古诗中,确是集大成的。葛晓音文以极具说服力的统计和论述,着重探讨了杜甫写作新题乐府的自觉意识和独创性,澄清了一些以前一直没有明确解决的问题。如文章在重新界定"新乐府"和"新乐府运动"的前提下指出,杜甫反映时事的新题乐府共有31首。由杜甫开始形成的"歌"与"行"表现职能上的大致分工和杜甫明显效法汉魏古乐府取题的用意,充分表现了他写作新题"行"诗的自觉性。其原因一是初盛唐"行"诗较少,富有独创性的杜甫选择"行"诗来发展自己的特色很自

---

① 陈友琴:《长短集》,杭州:浙江人民出版社,1980年,第269—270页。
② 载《文学评论丛刊》第5辑,北京:中国社会科学出版社,1980年。
③ 载《草堂》1981年第1期。
④ 载《青海师范学院学报》1982年第1期。
⑤ 载《杜甫研究学刊》1992年第4期、1993年第1期。
⑥ 载《杜甫研究学刊》1993年第4期。
⑦ 载《社会科学战线》1996年第1期。
⑧ 载《华中师范大学学报》1996年第2期。

然;一是受盛唐复古思潮的影响,杜甫比同时代诗人更自觉地将新题歌行与恢复古乐府传统联系起来。杜甫新题乐府在艺术上对于古乐府的继承和独创,表现在以高度概括的场景描写展现广阔的社会背景,对汉乐府单一叙事方式的突破和以古乐府神理创造新的表现手法三个方面。

专论杜甫古体诗的著作只有马重奇的《杜甫古诗韵读》[①] 一部。另外,王锡九在其《唐代的七言古诗》[②] 一书中也较为细致、深入地探讨了杜甫七古在体裁、内容上的拓新和艺术成就。

四、艺术渊源和影响

艺术渊源

20世纪上半叶专论杜诗艺术渊源的文章极少,只有梁实秋的《杜审言与杜甫》[③] 一篇。

五六十年代,学界对杜诗艺术渊源的探讨稍多了些,如萧涤非的《学习人民语言的诗人——杜甫》[④]、黄海章《杜甫对文学遗产继承的态度》[⑤]、田本相的《转益多师是汝师——读杜诗随笔》[⑥],萧涤非、廖仲安的《别裁伪体　转益多师——纪念杜甫诞生一二五〇周年》[⑦],陈友琴的《略论杜甫对学习、继承和批评的看法》[⑧] 等。

其中萧涤非文着重讨论了杜甫对民歌的学习和借鉴,他认为杜甫不但有效地使用了民歌的体裁,而且成功地借鉴了民歌的手法,更大量运用了通俗的词汇,"这三方面的总和,造成了杜甫诗的一个特质,便是生动性与素朴性"。萧涤非、廖仲安文更为系统全面地探讨了杜甫对前人和当代诗歌艺术的学习和借鉴。他们指出,杜甫十分"重视《大雅》、《小雅》以及《离骚》中的那种爱国忧民、坚持正义的精神","也十分重视'比兴'";发展了两汉乐府民歌"写时事"的精神,进一步创作了

---

① 马重奇:《杜甫古诗韵读》,北京:中国展望出版社,1985年。
② 王锡九:《唐代的七言古诗》,南京:江苏教育出版社,1991年。
③ 载《文潮月刊》第4卷第1期,1947年。
④ 载《文史哲》1952年第6期。
⑤ 载《中山大学学报》1961年第1期。
⑥ 载《河北日报》1962年4月11日。
⑦ 载《文学评论》1962年第3期。
⑧ 载《光明日报》1962年6月24日。

《兵车行》、"三吏"、"三别"等杰出的现实主义诗篇,并且树立了"即事名篇,无复依傍"的新乐府传统;对于齐梁诗人,杜甫的态度是有区别的,"沈约的诗虽然并不高明,但他是新体诗的创始人,谢朓、何逊、阴铿、庾信,都是在不同程度上超越齐梁浮艳诗风的优秀诗人,所以我们不能把杜甫对这些诗人的赞美看作杜甫对齐梁诗歌的一般肯定","杜甫对前代遗产采取了比陈子昂、李白更为深入细致的批判继承的态度,这是值得我们借鉴的";另外,杜甫对唐代和同时代诗人的评论,也同样值得我们重视。他们还认为,"别裁伪体亲风雅",主要是表明他在诗歌思想内容上的主张,而"转益多师是汝师",则主要是表明他关于诗歌的语言、音律、形式的主张。

80年代以后,人们对杜诗艺术渊源的探讨更为深细了,相关的成果也更多。如张志岳的《略论杜甫对魏晋南北朝诗歌的继承和发展》①、陶道恕的《何刘沈谢力未工,才兼鲍照愁绝倒——略谈鲍照诗对杜甫的影响》②、陶道恕的《"庾信文章老更成"——杜甫学习庾信艺术经验浅议》③、徐有富的《杜甫学习陶诗风格问题》④、张明非的《杜甫与六朝文学》⑤、陈贻焮的《到底不是陶渊明——漫谈老杜部份草堂诗》⑥、程千帆等的《杜甫集大成说》⑦、毛炳汉的《论杜甫对屈原的继承》⑧、黄珅《陶杜异同论》⑨、邝健行的《杜甫对初唐诗体及其创作技巧的肯定和继承》⑩、吴相洲的《庾信杜甫老成境界之比较》⑪、杜晓勤的《庾信、杜甫诗歌集大成之比较》⑫ 等。

其中,徐有富文认为杜甫入蜀后所写大量田园诗的平淡简易、淡

---

① 载《草堂》1982年第1期。
② 同上。
③ 载《四川大学学报丛刊》第15辑,1982年。
④ 载《草堂》1983年第1期。
⑤ 载《广西师范大学学报》1984年第1期。
⑥ 载《草堂》1986年第2期。
⑦ 载《文学评论》1986年第6期。
⑧ 载《贵州文史丛刊》1987年第4期。
⑨ 载《文学遗产》1991年第3期。
⑩ 载《杜甫研究学刊》1992年第2期。
⑪ 载《内蒙古大学学报》1994年第2期。
⑫ 载《陕西师范大学学报》1996年第3期。

泊闲静的风格是学习陶渊明；而于恬静自然之外，又有激昂沉郁，是学陶又显示出自己的特点。张明非文从三个方面论述了杜甫对六朝文学养料的汲取：一是对文学社会作用的认识，二是诗歌语言的锤炼方面，三是律诗的写作方面。陈一新文通过分析和欣赏杜甫的一些写于草堂的诗歌，说明杜甫这一时期由于生活环境与陶渊明相似，思想感情也与他相近，"作起诗来，不觉就有点五柳先生的味道"，但作者又指出，不能因此而认为二人对人生的理解、或在旷达的程度上已经渐趋一致。杜甫有一种积极入世、执着人生的精神，为了排泄内心的莫大苦闷，当闲适时道机自露，写出一些"水流心不竞，云在意俱迟"这样"有理趣、无理语"的警句，"就诗论诗，固然绝妙，若就人论人，总不免扭捏作态，终逊陶令的率真，须知老杜虽极谙闲适之趣，奈何他非真正的旷达之人，这是他的痛苦和悲哀"。毛炳汉文认为杜甫对屈原的继承是多方面的：首先，继承了屈原的政治伦理思想的主要成分；其次，继承了屈原的爱国思想；最后，继承了屈原的某些艺术风格和表现手法，体现在对以屈赋为代表的楚辞诗句词语的直接运用和点化上。毛文还指出，至今仍有人认为杜甫只是继承了《诗经》的现实主义传统，与屈赋没有多少关联，甚至认为杜甫对屈原怀有成见，这些观点显然是站不住脚的。黄珅文细致地考察了陶、杜之"真"在本质上的差异，进而分析了他们在诗的境界、诗的景物形象、诗的风格特征等方面的不同之处。吴相洲文认为，老成不是杨慎以来一直被误解的一种风格范畴，也并非泛指一切成熟的创作境界，而是指意笔纵横驰骋的、气势不同凡近的那种写作境界，老成是他们创作上所达到的最高境界。在怎样表达意、兴，使创作臻于老成之境上，庾信和杜甫，有不自觉和自觉、浅和深、窄和宽、粗和细的区别。文章还从二人在创作上这种最高境界的对比，力图揭示出他们创作的同异和原因。杜晓勤文也认为，庾信、杜甫诗歌集大成的过程具有相似性，他们基本上都是由崇尚绮丽、清新，向沉郁、老成发展的，而他们之所以最终能超越时人，集诗歌艺术之大成，又主要得益于他们后期精神境界的升华。但是，他们对儒学精神的理解并不相同，这又影响到他们诗歌集大成的程度及成就之大小。

杜诗在后世的影响

80年代以前，有关杜诗对后世文学影响的文章寥寥无几，主要有高熙曾的《杜诗给予南宋爱国诗人的影响》[①]、萧涤非的《杜甫研究·杜甫的影响》、金启华的《杜诗影响论》[②] 等。

高熙曾文指出，杜甫的伟大成就，首先在于他以高度的艺术力量表现了自己对祖国命运和人民疾苦的时刻关怀。他的不朽的爱国诗篇，不仅充分地反映了我国八世纪封建社会的现实和时代精神，而且一直哺育着历代爱国诗人，成为中华民族保卫祖国、抵制外来侵略者的精神支柱。这种影响，在南宋时期和明清之际，表现得尤为突出。该文主要阐述了陆游、辛弃疾、文天祥等人从杜诗中汲取的营养和力量，认为他们首先为杜诗中高度的政治性所感染，还开辟了新的诗歌境界，创造了新的语言风格；其次，他们从杜诗中吸取了自己所需要的"教化""六义"，并以此来充实自己诗词中的爱国主义和现实主义的内容；最后，他们在汇成南宋诗的时代风格前提下，各就杜诗，学其一体，加以革新，便形成了南宋诗的各个流派，以便尽可能地完成时代给予他们的艺术使命。萧涤非文从思想内容和艺术创作两方面探讨了杜甫对后世的影响，他认为，杜甫在思想内容方面的影响主要有三点：第一，杜甫发扬了现实主义精神并开拓了中唐以后以白居易为首的现实主义的创作道路，使现实主义倾向在此后的诗歌中取得了支配地位；第二，杜甫身上的人道主义精神对后世诗人的教育作用也是很大的；第三，杜甫还继承和发扬了我们中华民族爱国精神的优良传统，教育、激励了后代，特别是处于外族侵略时期、外族统治时代无数的爱国诗人和民族英雄。杜甫艺术创作方面的影响也有三点：第一，杜甫创造了"即事名篇"的办法，为后代诗人创作现实主义的诗歌广开方便之门；第二，杜甫大量有选择地采取口语入诗，丰富了诗的语言，加强了诗的表现力，对后世的影响也是显著的、巨大的；第三，杜甫忠实于艺术创作的态度，为后代诗人、文学家树立了一个良好的榜样。金启华文认为，自中唐以来，直至明清，历代诗人之受杜甫影响是非常多的，可以分为两派：一是学习杜诗丰富的社会内容和与之相结合的高度艺术成就的，即如中唐的白居易、张籍、王建等，晚唐的曹邺、皮日休、杜荀鹤等，南宋的陆游、文天祥等；另一派则是在某些方面学习杜甫，过分追求技巧，有时偏重形式的模仿，在篇章字句方面着力描写自然景物，如中唐的韩愈，晚唐的

[①] 载《河北日报》1962 年 4 月 10 日。
[②] 载《江海学刊》1960 年的 2 期。

李商隐，北宋的黄庭坚及其江西诗派，金、元、明、清的元好问、李梦阳、沈德潜、邓辅纶等。

80年代以后，学界对杜甫及其诗作影响的研究出现了前所未有的高潮。

这一时期，研究杜诗对历代诗歌创作之影响的文章主要有许总的《宋诗学杜新论》①、田守真的《历代的杜甫戏》②，程千帆、张宏生的《七言律诗中的政治内涵——从杜甫到李商隐、韩偓》③，林继中的《杜诗与宋人诗歌价值观》④，周裕锴的《工部百世祖，涪翁一灯传——杜甫与江西诗派》⑤，张志烈的《谈杜甫咏物诗与南宋咏物词》⑥，房日晰的《杜甫李商隐七言律诗之比较》⑦，《杜甫诗歌对李贺诗风的影响》⑧，杜晓勤的《开天诗人对杜诗接受问题考论》⑨《杜诗在至德、大历间的流传和影响》⑩《论中唐诗人对杜诗的接受问题》⑪，王泽君的《试论杜甫诗对小说戏曲的影响》⑫，张清华的《杜甫诗开拓的新世界：论杜诗艺术对韩诗的影响》⑬，程杰的《杜甫与唐宋诗之变》⑭，许志刚的《杜诗在日本的传播》⑮，刘扬忠的《稼轩词与老杜诗》⑯，曾亚兰的《清代女子学杜絮语》⑰《从元人学杜咏杜看元代模杜之风》⑱，吴企明《论杜

---

① 载《中州学刊》1985年第1期。
② 载《草堂》1986年第1期。
③ 载《文艺理论研究》1988年第2期。
④ 载《文学遗产》1990年第1期。
⑤ 载《杜甫研究学刊》1990年第3期。
⑥ 载《杜甫研究学刊》1991年第1期。
⑦ 载《杜甫研究学刊》1991年第2期。
⑧ 载《文学遗产》1993年第2期。
⑨ 载《文学遗产》1991年第3期。
⑩ 载《陕西师大学报》1991年第3期。
⑪ 载《社会科学辑刊》1995年第1期。
⑫ 载《杜甫研究学刊》1992年第1期。
⑬ 载《杜甫研究学刊》1992年第3期。
⑭ 载《南京师大学报》1992年第3期。
⑮ 载《文史知识》1992年第1期。
⑯ 载《文学遗产》1992年第6期。
⑰ 载《杜甫研究学刊》1994年第1期。
⑱ 载《杜甫研究学刊》1995年第2期。

甫和李贺》①，房日晰的《杜诗与贺体——从用髑髅说起》② 等。

其中，许总文不同意近人将宋人学杜分为一学思想内容、一学艺术形式的观点，认为这不免牵强，是完全不必要的。程千帆、张宏生文认为，七律虽滥觞于梁陈，但直到了杜甫手里，才被注入了丰富而深刻的政治内涵，使之跳出了宫廷和个人生活的小圈子，成为反映社会政治现实的一种新手段，从而开拓出了七律的新境界。文章还认为杜甫所开创的这一传统，在他身后相当长的一段时间里，都没有得到很好的继承，中唐的许多著名诗人虽擅长七律，但其内容对社会政治缺少关注，又回到杜甫之前的老路上去。直到晚唐的李商隐、韩偓，杜甫七律的这一传统才得到真正的继承和发展。而在数百年之后，又出现有意识地继承这三位唐代诗人这一传统的元好问、钱谦益、吴伟业诸人。于此，可以窥见有隐有显、有曲有直、有断有连的文学史发展的某些规律。林继中文指出，杜诗在唐大历年间"只在较小范围内（'江汉之南'），甚至是以部分面目（'戏题剧论'）进入文学交流系统的，尚未被时人所充分认识"，"中晚唐至五代，杜甫的影响是广泛的，但尚未有模式化的倾向，更无推为宗主的迹象"。到了大一统的宋代，杜甫以其忠君爱国、病民省身的潜在意义及其丰富的审美情趣通过了宋人的价值选取，并与之视野交融，在长期接受过程中得到认同，终于成为新时代的最高典范——"诗圣"。而宋人所尊者从浅俗的白体到雅化的西昆体，再到"务本""致用"二者兼有的韩愈、梅尧臣，最后弃韩、梅而尊杜，都是北宋人将自立精神寓于遴选、树立乃至改造古代典范之中的过程。周裕锴文比较具体地剖析了杜甫与以黄庭坚为代表的江西诗派的艺术渊源和师传关系，认为黄庭坚青年时期受王安石、苏东坡等人影响，学杜主要从社会功能和伦理价值角度着眼；晚年谪居黔州，大力提倡杜甫夔州后的作品，转向超功利的、审美的方向。黄庭坚具体而微地总结了杜甫的艺术手法，推广为作诗的不二法门，并把韩愈及晚唐诗人李商隐、唐彦谦作为学杜的桥梁。这样，杜甫不再仅仅作为儒家理想人格的化身为人崇拜，而是作为一个超凡入圣、牢笼百代的艺术范型受到膜拜。杜晓勤前文指出，"在开天大半时间里，由于杜诗风格未定型、杜甫审美思想与盛唐诗坛接受视野不合"，"所以开天诗人对杜诗的接受情况是极为有

---

① 载《杜甫研究学刊》1996年第3期。
② 载《杜甫研究学刊》1996年第4期。

限的"。中文认为，杜诗在至德、大历年间，虽然数量大、流传亦广泛，但仍未得到时人的普遍赞誉，其原因大致有二：一是"安史之乱"的爆发妨碍了时人对杜诗完整的认识；二是杜甫诗歌的审美风尚与时人趋异。刘扬忠文统计出在629首辛词中，隐括杜诗或融化杜句者，竟达140首之多，超过五分之一，说明杜诗对辛词之影响极大。文章进一步论证杜诗在思想内容、审美情趣、风格趋尚、艺术手法等方面对辛词都有影响，这种影响几乎是全方位的，一部稼轩词集明显地显露杜诗风貌，在宋词学杜诸家中以辛弃疾所得为最多，成就最著。吴企明文和房日晰文论析了杜甫对李贺的影响。吴企明文指出，杜甫和李贺的联系"绝非空泛之言、无根之谈"。杜甫和李贺有亲旧关系，长吉自幼倾慕这位当代的大诗人。李贺从大处着眼，继承杜甫诗歌中的现实主义精神、乐府精神、锤炼语言等方面的优秀艺术传统。这既说明杜甫膏沐百家的历史作用，也说明李贺兼取众长，才能在有限的年岁内取得突出的艺术成就。房日晰文通过分析"髑髅"二字运用的情况指出杜甫的一些诡谲怪异之作，对元和后期贺体诗的形成，有着深刻的影响。由此可进一步证明，杜诗对李贺诗风的形成有着不容忽视的影响。

研究杜甫对现当代文学艺术创作之影响的文章主要有李谊的《"挺身艰难际　张目视寇仇"——试谈杜甫及其诗歌在抗日战争中的影响》[①]、廖仲安的《近百年来中国文化艺术中杜甫的潜在影响》[②]、高益荣的《论杜甫对吴宓为人及诗歌创作的影响》[③] 等。

研究杜甫及其诗在国外之影响的文章主要有李芒的《芭蕉的俳句和杜甫的诗歌》[④]、李丙畴的《杜甫诗对朝鲜文学的影响》[⑤]、李明滨的《杜诗在俄罗斯》[⑥]、胡士协的《杜甫诗在越南》[⑦]、马歌东的《试论日本汉诗对于杜诗的受容》[⑧]、王雪等的《杜甫对朝鲜诗人丁若镛诗歌创作

---

① 载《抗战文艺研究》1982年第4期。
② 载《杜甫研究学刊》1992年第4期。
③ 载《宝鸡文理学院学报》1994年第3期。
④ 载《日语学习与研究》1990年第1期。
⑤ 赵晓兰译，载《杜甫研究学刊》1992年第3期。
⑥ 载《杜甫研究学刊》1993年第1期。
⑦ 李翔译，载《国外社会科学快报》1993年第7期。
⑧ 载《陕西师大学报》1995年第2期。

的影响》① 等。

五、诗歌创作观和审美理想

杜甫之所以能够取得如此巨大的艺术成就，其中一个重要原因就是他具有自觉的艺术追求和明确的审美理想。历代杜诗研究者虽然也都对此有所触及和分析，但是从 20 世纪初以来，现当代杜诗学者用现代文学理论来进行更为系统的、深入的研究和探讨，也就取得了前所未有的成绩。

20 世纪上半叶

从 20 年代开始，就有学者撰文专论杜甫的文学批评，如段熙仲在《杜诗中的文学批评》② 中，就将杜集中涉及文学批评之处全部钩稽出来，并分为评古、评并时作者、自述三大类，又从中见出杜甫的文学观点。第一，派别。杜甫非复古派，"盖工部以文学为演进的代异其制；师古可也，泥古则不必"。第二，态度。"不薄今人爱古人是也。其于批评多同情之欣赏，而不屑于寻疵摘瑕"。第三，方法。一则类比，多用古今人类比之，以致其意；二曰标德，形容其美。第四，工部用诗以遣兴者也。第五，诗法。工部论诗，大略四端：修养、精思、意兴、风格。这是 20 世纪最早出现的较为系统、全面地评述杜甫文学批评方法和观点的文章，显得十分可贵。

30 年代总论杜甫诗歌理论的文章有罗庸的《少陵诗论》③，该文从杜甫论诗的材料中，钩稽出 "神" "兴" "静" "飞腾" "清新" "讨论"，并结合杜甫的创作实践，探讨了杜甫对于诗歌创作过程、艺术追求、创作态度、批评方法等方面的独特看法，亦具一定的深度。但是 30 年代最为引人注目的还是郭绍虞、李辰冬等人对杜甫论诗名作《戏为六绝句》的深入阐述和讨论。李辰冬有感于郭绍虞在燕京大学上《中国文学批评史》课时，费了三个钟头讲杜甫的《戏为六绝句》，讲得太详细，太过深求，故撰《杜甫戏为六绝句研究大纲》。李辰冬认为杜甫的《戏为六绝句》是一时兴之所至之作，并不是深思冥想以后的作品，只要看此诗的自然与流畅，就可知之，题为 "戏" 字，意指并非慎重的作品。

---

① 载《延边大学学报》1995 年第 3 期。
② 载《金陵光》第 15 卷第 1 期，1926 年。
③ 载《新苗》1936 年第 2 期。

所以该文对六绝句的解释也就比较自然流畅、简单明了。郭绍虞的《杜甫戏为六绝句集解》则认为，杜甫《戏为六绝句》"盖其一生诗学所诣，与论诗主旨所在，悉萃于是，非可以偶而游戏视之"。作者在比勘众说、以杜证杜之中，提出了自己的见解。如他认为"杨王卢骆当时体"的主旨既不是杜甫讥讽四杰，也不是杜甫推尊四杰，而是因为时人贬谪四杰，杜甫"反不以为然"，为四杰辩护；再如"纵使卢王操翰墨"一首，他认为"此诗本承上一章言。时人之讥哂四子者，每谓其轻薄为文，正以其劣于汉、魏之近风、骚耳。四子之劣于汉、魏之近风骚，……当时文体如是，固非四子之病也"。即便如此，四杰仍然能够以纵横的才气驾驭瑰丽的文辞，他们的作品，仍然是经得起时间的考验的。

40年代研究杜甫文学理论的文章主要有程会昌的《少陵先生文心论》、金启华的《杜甫诗论》等。其中程会昌文论述了杜甫诗论与儒家政治思想、文学观的渊源关系。金启华文将杜甫与李白的诗论进行了对比，认为李白主张复古，以《大雅》为极则；杜甫则不然，不厚古薄今，以今人比美古人，多师兼取。

五六十年代

由于新的文风和文学理论的影响，五六十年代有关的文章多能运用马列主义、毛泽东文艺理论来分析杜甫的文学理论观点，如金启华的《杜甫的创作论》[①]、马茂元的《论〈戏为六绝句〉——为纪念伟大的诗人杜甫诞生1250周年而作》[②]、王运熙的《杜甫的文学思想——纪念杜甫诞生1250周年》[③]、华忱之的《略论杜甫的诗歌主张》[④]、王达津的《杜甫的创作思想试论——纪念他的诞生一千二百五十周年》[⑤]、吴调公的《青松千尺杜陵诗——论杜甫诗歌的美学观》[⑥]、黄海章的《杜甫的诗论》[⑦]、耿元瑞的《杜甫对唐代诗人的评论》[⑧]、卞孝萱的《杜甫诗论

---

① 载《雨花》1958年第3期。
② 载《文艺报》1962年4月11日。
③ 载《文汇报》1962年4月11日。
④ 载《光明日报》1962年4月15日。
⑤ 载《河北文学》1962年第4期。
⑥ 载《光明日报》1942年4月22日、4月29日、5月6日。
⑦ 载《羊城晚报》1962年5月10日。
⑧ 载《郑州大学学报》1962年第1期。

旁探》①、郭绍虞的《论〈戏为六绝句〉与〈论诗三十首〉》②等。

其中金启华文从马克思主义文艺理论的新观点出发，分析了杜甫诗论中对于文学创作的认识，他说杜甫不但认识到现实生活与诗歌的关系，还进一步认识到怎样才能写出好诗，也即有生活、有知识、有技巧，才能写出伟大的诗篇。而且杜甫认为诗歌创作要有充实的内容，也必须有优美的形式，写完后还要和人讨论诗。总之，作者认为，杜甫对创作的认识，"就是这样完善而又精辟的"。马茂元文在肯定郭绍虞《集解》对《戏为六绝句》诗意的理解的基础上作了更深一层的探讨，他认为杜甫在古往今来的作家中，单单提出庾信和初唐四杰，实际上是对当时人们嗤点庾信、攻击四杰，也即否定六朝文学、反对近体诗的思潮的一种回应，而且杜甫在后三首中针锋相对地明确地提出了自己的意见：力崇古调，兼取新声。在比较杜甫和陈子昂、李白的文学观之后，作者指出，陈子昂、李白等人"之所以不惜全盘否定六朝文学，其用意则在于提倡以风雅为典范的反映现实的文学传统；《六绝句》的结论，也是归于'亲风雅'。……不过杜甫的途径，要比他们广阔得多"。此文是首次将杜甫《戏为六绝句》作为一个具有中心论点的理论整体进行系统分析的文章。王运熙文也比较全面、系统地分析了杜甫的文学思想，他认为："杜甫在诗歌理论批评方面，一方面强调思想内容，另一方面又注意艺术表现；一方面推重古体，另一方面又注意近体；一方面要求风格、语言的雄浑古朴，另一方面又重视清丽华美。这种眼界开阔、注意到艺术创作各个方面的特色，就构成了杜甫'不薄今人爱古人'和'转益多师'的理论原则。正是在这种思想指导之下，杜甫能比较全面地认识到各个历史时期的作家作品都有自己的特色和成就，不能笼统否定。"吴调公文主要从杜甫的创作实践中探讨杜甫诗歌的美学观，思路比较新颖。他认为杜甫诗歌具有一种悲壮美，诗人悲壮的审美特性的形成不是偶然的：从客观因素说，植根于风尘颠洞；从主观因素说，植根于诗人的美学理想——扭转悲剧而为喜剧的憧憬，不屈服于悲剧命运的拨弄，在寂寞中燃烧着希望，是悲剧人物对喜剧的倾心。文章还分析了杜甫的审美体验：第一，杜甫欣赏"静者心多妙"，证明他把自己内心世界作为物色考察的对象，沉潜于心波的底奥，了然于"神与物游"

---

① 载《文学遗产增刊》第13辑。
② 载《学术月刊》1964年7月号。

的过程，并找出感情的线索，化为缜密的意脉和律法；第二，杜甫不仅能把握思路，还能体察自己内心节奏的回旋。杜甫的审美特性主要是沉郁，但不是没有豁达；主要是浑壮，但不是没有纤秾。

80年代以后

从70年代末开始，学界重又对杜甫的文学思想、艺术理论进行了全面、深入的探讨，而且角度更多、方法更新。

此时对杜甫文学思想、诗歌理论进行综合探讨的文章很多，但是，大多没有实质性的突破。其中只有罗宗强的《浑涵汪洋　兼收并蓄——杜甫文学思想刍议》①、张柽寿的《杜甫诗论刍议》②、周振甫的《杜甫诗论》③、罗根泽的《杜甫之思想及其对诗之见解》④、吉川幸次郎的《杜甫的诗论和诗——在京都大学文学部最后的一次讲演》⑤、康伊的《论少陵诗学的基本理论结构》⑥、王运熙《杜甫诗论的时代精神》⑦、莫砺锋的《论杜甫的文学史观》⑧、王辉斌的《三苦一神：杜甫的创作法门》⑨等文章较有深度和新意。

罗宗强认为，杜甫文学思想的一个特点是他艺术上的集大成和理论上的主张"别裁伪体""转益多师"。"亲风雅"实际上就是重兴寄，在创作实践上表现为写时事、写实的倾向，他的"转益多师"全都服从于这一主要倾向。文章还论述了杜甫这一文学思想的历史意义，"一方面，在满目疮痍的社会生活中，把文学从侧重于发抒个人情怀襟抱引向写生民疾苦，从理想引向写实，给文学创作开拓了空前广阔的视野。一方面，他又总结了文学在发展过程中积累起来的丰富的艺术经验，主张对诗的各种艺术表现力作自觉的探讨与追求。无疑，他的文学思想反映了

---

① 载《隋唐五代文学思想史》。
② 载《古代文学理论研究丛刊》第2辑。
③ 载《草堂》1984年第1期。
④ 载罗根泽：《罗根泽古典文学论文集》，上海：上海古籍出版社，1985年，第417—428页。
⑤ 张连第译，载刘柏青、张连第、王洪珠编：《日本学者中国文学研究译丛》第1辑，长春：吉林教育出版社，1986年，第44—72页。
⑥ 载《杜甫研究学刊》1990年第2期。
⑦ 载《杜甫研究学刊》1992年第2期。
⑧ 载《唐代文学研究》第5辑。
⑨ 载《扬州师院学报》1995年第1期。

文学发展的趋势，有巨大的积极意义。"① 张梩寿文虽发表于 80 年代初，实写成于 60 年代。作者认为杜甫对文学创作的认识虽然一开始并没有超越儒家诗教的范围，但身经安史之乱后，他就认识到要发挥诗歌的社会作用，必须掌握诗歌反映现实的特点，即通过"陶冶性灵"来实现，这比儒家的诗教"无疑是前进了"。他还分析了杜甫所强调的"神"，认为"神"就是创作的灵感，就是因客观事物之触发而产生的创作激情。康伊文认为"真""兴""神""律""法"五个词语就建构起少陵诗学的大厦，这是一个有鲜明中国文化特色、与少陵诗歌创作紧密相连的、富有独创性的结构。莫砺锋文认为杜甫在使前代丰厚的文学遗产成为诗歌继续发展的动力方面，比陈子昂的贡献更大。"陈子昂的文学史观有严重的缺陷，他只注意到先唐诗歌优秀传统的一个部分（即建安、正始诗歌），却忽视了更为重要的正面反映时代、社会的现实传统（主要体现于《诗经》、汉乐府）。杜甫正是在这一点上实现了对陈子昂的超越。"

还有一些文章从美学思想的角度探讨了杜甫的艺术审美观，如屈守元的《杜甫美学观琐谈》②、肖文苑的《杜甫论画》③、何西来的《真——杜甫美学思想的核心》④、王迹的《评杜甫的书论》⑤、张志林的《试论杜甫的绘画美学思想》⑥、吴调公的《旅食京华春——长安十年中杜甫的审美观》⑦、张晶的《杜甫题画诗的审美标准》⑧、王启兴的《杜甫美学观三题》⑨、杨力的《略论杜甫题画诗的绘画美学思想》⑩ 等。张晶文认为"瘦硬遒劲，骨气刚健是杜甫审美标准的一个重要方面，杜甫的题咏画马画鹰诗中，集中反映了这一点"。王启兴文把杜甫的美学观归纳为三点：其一，为"传情"和"遣兴"；其二，是重视诗歌批判现实和

---

① 《隋唐五代文学思想史》，第 153—154 页。
② 载《草堂》1981 年第 1 期。
③ 载《吉林大学社会科学学报》1981 年第 1 期。
④ 载《美学论丛》第 3 辑，1981 年。
⑤ 载《青海师专学报》1983 年第 1 期。
⑥ 载《大庆师专学报》1983 年第 2 期。
⑦ 载《草堂》1984 年第 1 期。
⑧ 载《贵州文史丛刊》1986 年第 2 期。
⑨ 载《杜甫研究学刊》1988 年第 2 期。
⑩ 载《中国韵文学刊》1997 年第 2 期。

反映现实的作用,把"比兴"作为诗歌的审美标准;其三,把握不同诗人作品的艺术美,赞扬其独特风格,促进诗歌风格的多样化。

此时结合杜甫的《戏为六绝句》《偶题》等论诗之作进行探讨的文章有周振甫的《略说杜甫〈戏为六绝句〉》①、钟来因的《杜甫〈戏为六绝句〉新探》②、刘尚勇的《论杜甫〈戏为六绝句〉的产生及其影响》③、周振甫的《谈杜甫〈戏为六绝句〉的"当时体"》④、顾永新的《〈戏为六绝句〉其二、三两首试解》⑤、郑树平的《从〈偶题〉看杜甫的诗歌理论》⑥等。周振甫文根据明朝何景明的解释,认为"当时体"指的是初唐四杰那些平仄协调的律句体的古体诗。此文虽然不长,但言简意赅。

此外,葛晓音在《论南北朝隋唐文人对建安前后文风演变的不同评价——从李白〈古风〉其一谈起》⑦一文中,从南北朝至隋唐文人对屈赋和建安文风的认识发展过程着眼,指出"纵使卢王操翰墨,劣于汉魏近风骚"二句历来难解,主要是一般人都理所当然地认为风骚应在汉魏之上,故岂有劣于汉魏反而接近风骚之理?事实上,盛唐却存在着崇尚建安气骨、鄙视淫靡之文的思潮,因而一些后生产生了把四杰"当时体"视为近于风骚而不及汉魏的谬见,杜甫正是对此而发。明白这一背景,此诗就自然顺理成章,不必如郭绍虞那样将"汉魏近风骚"五字连读,解为"四子之劣于汉魏之近风骚",搞得句法堆磊不通。

六、单篇诗作探讨和杜甫文研究

单篇诗作探讨

20世纪,尤其是五六十年代和80年代以后,报刊上发表的对杜甫具体诗作进行欣赏和分析的文章不可胜数,但是大部分文章又是围绕着可数的几十篇名作进行探讨的,且多无新意和深度。所以,下面只对具

---

① 载《文学遗产》1980年第3期。
② 载《争鸣》1985年第1期。
③ 载《草堂》1986年第2期。
④ 载《晋阳学刊》1993年第1期。
⑤ 载《古籍整理研究学刊》1994年第2期。
⑥ 载《山东师范大学学报》1997年增刊。
⑦ 载《文学评论丛刊》第30辑。

有较大学术价值的有关成果进行介绍。

20世纪上半叶对杜甫单篇作品作比较深入的探讨的文章甚少，主要有陈寅恪的《庾信哀江南赋与杜甫咏怀古迹诗》[①]、摩诃男的《杜诗〈咏怀〉〈北征〉谋篇之研究》[②]等。

五六十年代对杜甫单篇作品进行分析的文章较多，其中较有独特见解的有俞平伯的《说杜甫律诗〈题张氏隐居〉》[③]《说杜甫〈自京赴奉先咏怀〉诗》[④]、冯文炳的《杜甫写典型——分析〈前出塞〉〈后出塞〉》[⑤]、萧涤非的《谈〈石壕吏〉》[⑥]、傅庚生的《"三吏""三别"散绎》[⑦]、胡小石的《杜甫〈北征〉小笺》[⑧]、朱东润的《杜甫的〈八哀诗〉》[⑨]、冯钟芸的《杜甫〈秋兴〉八首的艺术特点》[⑩]、方管的《谈〈秋兴八首〉》[⑪]等。

俞平伯前文从杜甫的《题张氏隐居》这样的应酬之作中也看出了作者的人情味跟风趣：其一，直说、典故双管齐下；其二，用透过一层的写法。冯文炳文认为杜甫的"《前出塞》《后出塞》是中国诗史上第一个写兵写典型人物的伟大创造"。萧涤非文主要分析了《石壕吏》中所体现出来的杜甫的思想矛盾："杜甫是热爱人民、同情人民痛苦的诗人，但民族矛盾的紧张局势，又使他必须站在整个国家民族的立场上来考虑问题，不能不把人民的痛苦从属于整个国家民族的生存。"胡小石文指出："盛唐诗人力破齐梁以来宫体之桎梏，扩大诗之领域，或写山水，或状田园，或咏边塞，较前此之幽闭宫闱低回思怨者，有如出永巷而骋康庄。至杜甫兹篇，则结合时事，加入议论，撤去旧来藩篱，通诗与散文而一之，波澜壮阔，前所未见，亦当时诸家所不及（元结同调而体制未弘），为后来古文运动家以'笔'代'文'者开其先声。"另外，该文

---

① 载《文学月刊》第1卷第1期，1931年。
② 载《学风》第3卷第3期，1933年。
③ 载《语文教学》1951年第2期。
④ 载《语文教学》1951年第4期。
⑤ 载《东北人民大学人文科学学报》1956年第1期。
⑥ 载《语文学习（北京）》1957年第7期。
⑦ 载《人文杂志》1957年第5期。
⑧ 载《江海学刊》1962年第4期。
⑨ 载《光明日报》1962年4月22日。
⑩ 载《北京大学学报》1962年第3期。
⑪ 载《光明日报》1962年7月15日。

对诗中所涉史实和杜甫作此诗意旨之笺释、剖析，亦多有发明，如作者认为："杜自玄宗西幸，房琯拜相，诏皇太子及诸王分镇天下。未几而太子灵武擅立，玄宗被迫内禅。永王起兵及房琯东来被斥，此时虽尚未收京，已逆知将来玄肃间父子之恩，必有乖异。故于墨敕省家，作《北征》诗时，先赞中兴之光美，末著内禅之隐微。全篇大旨，实在于是。"朱东润文针对历代诗评家对杜甫《八哀诗》多有指责的现象，从杜甫要为诗歌中人物的叙述开辟一条道路的角度，对此诗作了比较中肯的分析和较高的评价。冯钟芸文和方管文都对杜甫的《秋兴八首》的艺术特色进行较为深入的分析。其中冯钟芸文着重分析了这组诗的艺术结构和表现手法，认为"八首诗是不可分割的整体，正如一个大型抒情乐曲的有八个乐章一样。这个抒情曲以国家兴衰的爱国思想为主题，以夔府的秋日萧瑟，诗人的暮年多病，身世飘零，特别是忧念祖国安危的沉重心情作为基调"。"八章中的每一章，都以它自己独特的表现手法，从不同的角度共同表现基调的思想感情。而它们每一章在八章中又是互相支撑，构成了整体。这样，不仅使整个抒情曲错综、丰富，而且有抑扬顿挫，有开有阖，更突出地表现了基调的主题。"方管文则将之分成前三首和后五首两截进行探讨，认为"八首之中，有声与无声，有色与无色，更代为用，结合得极其巧妙"。

从70年代末开始，对杜甫单篇诗作进行研究的文章更多了，其中较有深度和新意的主要有吴鹭山的《杜甫〈同谷歌〉与〈胡笳十八拍〉的关系》[1]、马连儒的《要历史地评价〈三吏〉、〈三别〉》[2]、程千帆的《一个醒的和八个醉的——杜甫〈饮中八仙歌〉札记》[3]、毛庆的《浅谈〈秦州杂诗〉二十首的格律特点》[4]、房日晰的《一首杜甫怀念李白的佚诗——〈冬日有怀李贺长吉〉考辨》[5]、蒋寅的《〈避地〉辨伪》[6]、刘明华的《〈秋兴八首〉的对比结构及象征意义》[7]、林正龙的《"三吏""三

---

[1] 载《文献》1981年第3期。
[2] 载《学习与研究》1981年第2期。
[3] 载《中国社会科学》1984年第5期。
[4] 载《唐代文学论丛》总第5辑。
[5] 载《上海师范大学学报》1986年第1期。
[6] 载《草堂》1986年第1期。
[7] 载《杜甫研究学刊》1990年第2期。

别"渊源试探》①、林继中的《诗心驱史笔——杜甫〈八哀诗〉讨论》②、毛庆的《〈望岳〉、〈游龙门奉先寺〉均非仄韵五律：与周汝昌先生商榷》③ 等。

其中程千帆文在考证、论述等方面较以往的文章有所突破，他认为，"饮中八仙""是由于曾经欲有所作为，终于被迫无所作为，从而屈从于世情俗务拘束之威力，才逃入醉乡，以发泄其苦闷的"。而作者杜甫"已经从沉湎中开始清醒过来，而以自己独特的艺术手段对在这一特定的时代中产生的一群人物作出了客观的历史记录"。另外，这篇诗中出现了一般抒情诗中所罕见的以客观描写为主的人物群像，也就很自然地成为杜甫从当时那种流行的风气中挣扎出来的最早例证，而且还是杜诗中清醒的现实主义的起点。毛庆前文对杜甫《秦州杂诗二十首》的句法和音律等格律特点做了具体分析，认为这一组诗的"格律形式，既合于常轨又独辟蹊径，可以说达到了炉火纯青的境地，成为杜甫五律创作的高峰"。房日晰文从五个方面考证了《全唐诗》卷二七三载戴叔伦《冬日有怀李贺长吉》诗，是杜甫怀念李白而作的，而且应是为李白晚年被流放而作的，时间似早于《冬日有怀李白》诗。

80年代还出版了一部对杜甫《秋兴八首》进行研究的专著，即叶嘉莹的《杜甫秋兴八首集说》④。该书将《秋兴八首》依次进行分章集解，集解之前冠以"论杜甫七律之演进及其承先启后之成就（代序）"，对杜甫七律尤其是《秋兴八首》的艺术成就进行了评述。作者在"集解"之中所加"嘉莹按语"，对前人旧注或赞其见，或正其误，或补其阙，时有发明。

杜甫文赋研究

和杜诗研究相比，20世纪的杜甫文赋研究则要冷清得多。80年代以前未见有专文研究杜甫的文赋。刘开扬的《杜文管窥》《杜文管窥续编》⑤ 对杜甫的赋、序、祭文、碑志、杂述、奏状、策问等各体文章皆

---

① 载《喀什师范学院学报》1992年第2期。
② 载《首都师范大学学报》1993年第5期。
③ 载《杜甫研究学刊》1995年第3期。
④ 叶嘉莹：《杜甫秋兴八首集说》，上海：上海古籍出版社，1988年。
⑤ 二文均载刘开扬：《柿叶楼存稿》，上海：上海古籍出版社，1983年。

有所评述笺释,对深入研究杜甫颇有裨益。郭维森的《杜甫的赋》[1]是较为难得的全面评述杜甫赋作内容和艺术的文章。林继中的《杜文系年》[2]为现存杜甫文赋作了编年。徐希平的《〈全唐文〉补辑杜甫赋甄辨》[3]对《全唐文》所补之杜甫赋的真伪问题进行了考辨。

第五节 杜集版本研究和杜诗学史

20世纪杜甫研究的又一重要收获,是学界在杜集版本流传和杜诗学史研究方面取得了长足进步。

一、杜集流传和版本研究

历代杜学著作汗牛充栋,难计其数,但20世纪学者对前人的这些研究成果已经进行了较为全面的整理。

杜集书录

此类研究成果中,首先应该介绍的是周采泉的《杜集书录》[4],该书积作者数十年披览收集和潜心钻研之功,初步汇集和总结了历代杜学著作的利弊得失,是当前最为全面、精审的杜集工具书。该书分"内编"与"外编"两大部分。"内编"十一卷,以存书之书录解题为主,分目为"全集校勘笺注类""选本律注类""辑评考订类""其他杂著类"。"外编"五卷,以存目参考资料为主,分目为"全集校勘笺注类存目""选本律注类存目""谱录类""集杜和杜戏曲类"。合计843种。书目的排列以著作时代先后为序。每书首列书名、下系卷数及作者小传。书名下列"著录""版本""序跋"和"编者按"等项内容。全书还有附录四种:(1)《历代杜学著作姓氏选存》,(2)《近人杜学著作举要》,(3)历代总集、诗话、笔记于杜诗有重要论述著作简介,(4)《朝鲜、日本两国关于杜集著作知见书目》。《全书》约百余万字,共收录杜学著

---

[1] 载《杜甫研究学刊》1991年第1期。
[2] 载《漳州师院学报》1995年第3期。
[3] 载《杜甫研究学刊》1997年第2期。
[4] 周采泉:《杜集书录》,上海:上海古籍出版社,1986年。下文对该书的评价参考了曹光甫:《杜集书录》,载《唐代文学研究年鉴》1987年卷,"新书选评"。

作一千二百余种，书后还编有《书名篇名索引》《作者姓名字号别名索引》，大大方便了读者的寻检。本书的学术价值主要体现以下两点。第一，网罗文献，巨细毕收。作者根据自己的见闻，不论书之存亡，悉加搜辑。特别是对一些稿本、名家批点本、善本秘籍等世人罕见者，还酌录原文，以备考索、研究。第二，考订详赡，评论切要。本书所加大量按语，均非泛论和拾人唾余者，皆自出机杼，确有见地。

20世纪出版的另一部杜集书录的大型著作是郑庆笃、焦裕银、张忠纲、冯建国四人编著的《杜集书目提要》[①]。该书体例与周采泉著小异，分为五个部分：(1)"知见书目"，收宋、元、明、清书目215种，不同版本446种，辛亥革命以后近今人著述140种(含台湾41种，港澳10种及日本9种，新加坡1种)；(2)"著录存目"，共列已佚或存佚不明者221种；(3)"集杜书目"，介绍"杜诗集句"类著作28种；(4)"戏曲电影"，12种；(5)"外文译著"，介绍日、英、德、意、俄、匈牙利、越等外文译著42种。书后附有《杜甫研究报刊论文目录(1909—1984)》。该书除"著录存目"一部分外，每介绍一书，均先简介著者生平、著述，然后撮述该书内容、体例、特点、成书过程、版式及刊刻流传情况。该书著者对一些杜学著作之间的传承关系多有辨析，对前人著录有误的一些杜集的版刻时间也都注意加以辨正，体现了著者的功力和识见。

除上述两部著作，还有一些文章也对历代杜集的版刻、流传情况进行了介绍。如万曼的《杜集叙录》[②]，叔英的《杜甫诗集的几种较早刻本》[③]，马同俨、姜炳炘的《杜诗版本目录》[④]，陈仲笾的《宋人校刊杜集志略》[⑤]，王学泰的《历代杜诗注小议》[⑥]，何金文的《宋元刻杜诗》[⑦]，周采泉的《略谈历代杜诗的辑佚工作和近代发现的杜甫佚诗》[⑧]，廖仲

---

① 郑庆笃、焦裕银、张忠纲等编著：《杜集书目提要》，济南：齐鲁书社，1986年。
② 载《文学评论》1962年第4期，后收入其《唐集叙录》。
③ 载《文物》1962年第6期。
④ 载《图书馆》1962年第2期《纪念杜甫诞生1250周年另册》。
⑤ 同上。
⑥ 载《光明日报》1982年11月23日。
⑦ 载《草堂》1982年第1期。
⑧ 载《草堂》1983年第1期。

安、王学泰的《杜诗注本述评》①，陈尚君的《杜诗早期流传考》②，许总的《宋代杜诗辑注源流述略》③，丁浩的《杜甫草堂藏明刻本杜集述评》④，祁和晖的《唐宋杜诗刻石考述》⑤ 等。

另外，一些图书馆、博物馆、杜甫纪念馆也曾编辑出版过历代杜集和杜学著作的目录。如北京图书馆参考研究组编的《北京图书馆馆藏杜甫诗集书目》⑥，收杜甫诗集81种，92部，有关图书两种两部。成都杜甫草堂编的《成都杜甫草堂收藏杜诗书目》⑦，共收成都杜甫草堂所藏杜诗图书资料120余种，470部，3800余册。浙江省图书馆也编有《浙江图书馆馆藏杜诗书目》⑧，收杜诗65种，96部，每书均有简要解题。

历代杜学著作研究

20世纪学者对历代杜集和杜学著作本身的研究成果也颇多。早在20世纪初，邓实就对《钱笺杜诗》的版本情况进行了介绍⑨。20年代研究杜学著作的文章有黄景仁的《朱竹垞先生批杜诗》⑩ 和傅增湘的《校宋残本草堂诗笺跋》⑪。

此后三十多年里未见此类文章。直到1962年，在全国各地纷纷纪念杜甫诞生1250周年的活动中，才又出现了两篇研究《杜臆》及其作者王嗣奭的文章，即刘开扬的《王嗣奭和他的〈杜臆〉——为纪念杜甫诞生1250周年而写》⑫ 和柴德赓的《关于〈杜臆〉的作者王嗣奭》⑬。

---

① 载《文史知识》1984年第7期。
② 载《中国古典文学丛考》第1辑，1985年。
③ 载《文献》1986年第2期。
④ 载《杜甫研究学刊》1990年第3期。
⑤ 载《杜甫研究学刊》1994年第3期。
⑥ 北京图书馆参考研究组编：《北京图书馆馆藏杜甫诗集书目》，1954年，油印本。
⑦ 成都杜甫草堂编：《成都杜甫草堂收藏杜诗书目》，1956年，油印本，后连载于1981年的《草堂》杂志。
⑧ 浙江省图书馆编：《浙江图书馆馆藏杜诗书目》，1956年，油印本。
⑨ 参其《钱笺杜诗原本二十卷》，载《国粹学报》1909年第49期。
⑩ 载《国专学刊》第1卷第2期，1926年。
⑪ 载《图书馆学季刊》第1卷第3期，1926年。
⑫ 载《光明日报》1962年4月1日。
⑬ 载《光明日报》1962年6月17日。

80年代以后，历代杜学著作的研究出现了高潮。除了每年发表不少研究杜学著作的论文，还出版了一些历代杜学著作的新整理本。

这一时期对历代杜集和杜学著作进行研究的论文很多，主要有元方的《谈宋绍兴刻王叔原〈杜工部集〉》①，周采泉的《〈杜诗言志〉的评价和作者的探索》②，钟大全的《南宋刻本〈杜工部草堂诗笺〉简述》③，周采泉的《〈傅青主批杜诗〉质疑》④，佛雏、李坦的《〈杜诗言志〉点校本前言》⑤，许永璋的《取雅去俗，推腐致新——略评〈钱注杜诗〉》⑥，邓绍基的《关于钱笺吴若本杜集》⑦，雷履平的《赵次公的杜诗注》⑧，许总的《论吴见思〈杜诗论文〉的特色及其对杜诗学的贡献》⑨，王学泰的《评杜甫诗集的〈黄氏补注〉》⑩，许永璋的《略评〈杜诗详注〉》⑪，程千帆的《〈杜诗镜铨〉批钞》⑫，李寿松的《略论〈杜少陵集详注〉中的问题》⑬，张忠纲的《独具一格的杜诗评本——介绍赵星海的〈杜诗传薪〉》⑭《关于〈杜工部草堂诗话〉》⑮，冯建国的《〈杜律虞注〉伪书新考》⑯，许总的《蔡梦弼〈草堂诗话〉与方深道〈诸家老杜诗评〉》⑰《审音归母　谨严细密——周春〈杜诗双声叠韵谱括略〉初

---

① 载《文学遗产增刊》第13辑。
② 载《书林》1980年第3辑。
③ 载《草堂》1981年第2期。
④ 载《草堂》1982年第1期。
⑤ 载《扬州师院学报》1982年第1、2期。
⑥ 载《草堂》1982年第2期。
⑦ 载《江汉论坛》1982年第6期。
⑧ 载《四川师院学报》1982年第1期。
⑨ 载《草堂》1983年第1期。
⑩ 载《文学遗产》1983年第3期。
⑪ 载《社会科学研究》1984年第1期。
⑫ 载《草堂》1984年第1期，1985年1、2期，1986年第1期。
⑬ 载《文学遗产增刊》第16辑。
⑭ 载《草堂》1986年第1期。
⑮ 载《古籍整理出版情况简报》1987年第177期。
⑯ 载《中国古典文学论丛》第4辑，北京：人民文学出版社，1986年。
⑰ 载《苏州大学学报》1987年第2期。

探〉》①,蔡景芳的《朱鹤龄〈辑注杜工部集〉研究》②《吴若本与〈钱注杜诗〉》③,萧涤非的《〈杜诗别体〉引言》④,王学泰的《杜诗的赵次公注与宋代的杜诗研究》⑤,徐定祥的《以意逆志,尽得性情——评黄生〈杜诗说〉》⑥,蒋寅的《〈杜诗详注〉与古典诗歌注释学之得失》⑦,廖仲安、王学泰的《〈杜诗赵次公先后解辑校〉》⑧,长谷部刚的《杜诗笺注钱谦益的著述态度》⑨,梅新林的《杜诗伪王注新考》⑩,张寅彭的《史炳〈杜诗琐证〉中征引与驳议的赵次公注文》⑪,沈时蓉的《韩菼批校〈钱笺杜诗〉辑考(下)》⑫,左江的《朝鲜李植〈纂注杜诗泽风堂批解〉底本辨析》⑬ 等。

80 年代以后,还重印、影印和新整理了一些前代著名的杜学著作。仇兆鳌的《杜诗详注》、杨伦的《杜诗镜铨》、浦起龙的《读杜心解》、钱谦益的《钱注杜诗》、王嗣奭的《杜臆》、施鸿保的《读杜诗说》等在五六十年代都有铅排本,80 年代以后又多次重印、再版。80 年代以后影印、排印或重新整理的杜学著作主要有史炳的《杜诗琐证》⑭、金圣叹的《杜诗解》⑮、清代佚名的《杜诗言志》⑯、黄生的《杜诗说》⑰、赵

---

① 载《苏州大学学报》1989 年第 2 期。
② 载《杜甫研究学刊》1990 年第 1 期。
③ 载《杜甫研究学刊》1990 年第 4 期。
④ 载《东岳论丛》1991 年第 6 期。
⑤ 载《首都师范大学学报》1994 年第 1 期。
⑥ 载《杜甫研究学刊》1994 年第 2 期。
⑦ 载《杜甫研究学刊》1995 年第 2 期。
⑧ 载《首都师范大学学报》1995 年第 6 期。
⑨ 载《中国诗文论丛》第 14 集,1995 年。
⑩ 载《杜甫研究学刊》1995 年第 2 期。
⑪ 载《杜甫研究学刊》1996 年第 3 期。
⑫ 同上。
⑬ 载《杜甫研究学刊》1997 年第 3 期。
⑭ 史炳:《杜诗琐证》,上海:上海书店,1986 年。
⑮ 钟来因整理:《杜诗解》,上海:上海古籍出版社,1984 年。
⑯ 佚名:《杜诗言志》,南京:江苏人民出版社,1983 年。
⑰ 黄生撰,徐定祥点校:《杜诗说》,合肥:黄山书社,1994 年。

次公的《杜诗赵次公先后解辑校》①、张忠纲的《杜甫诗话校注五种》②、梁运昌的《杜园说杜》③等。其中,林继中辑校的《杜诗赵次公先后解》学术价值尤大,辑校者林继中所写的前言对赵次公的生平、注杜时间、此书源流多有考订。

二、杜诗学史

20世纪,尤其是80年代以后,人们对杜诗学史的研究也取得了长足的进步,其中廖仲安、许总等学者成果尤丰。

廖仲安先后发表了《杨慎与杜诗》④、《论唐宋时期的杜甫研究》⑤、《杜诗学》⑥等系列论文。其中《杜诗学》一文从"杜诗学"的来历、"杜诗学"独立发展的历史条件和"杜诗学"发展的几个时期等三个大的方面,发表了他对建构杜诗学、发展杜诗学和梳理历代杜诗学研究成果的独到看法,实际上是一篇"杜诗学"论纲。

许总也相继发表了《唐人论杜述评》⑦、《论宋学对杜诗的曲解和误解》⑧、《以文为诗　以刚为柔——桐城派杜诗学概略》⑨、《杜诗学大势鸟瞰》⑩、《方东树论杜述评》⑪、《金元杜诗学探析》⑫、《明清杜诗学概观》⑬等。许总后来将其多年来撰写的杜诗学论文结集为《杜诗学发微》,成为一本首次对杜诗研究史加以宏观描述和重点开掘的专著。

除廖仲安、许总,还有不少学者在杜诗学史的研究方面倾注了心

---

① 杜甫著,赵次公注,林继中辑校:《杜诗赵次公先后解辑校》,上海:上海古籍出版社,1994年。
② 张忠纲校注:《杜甫诗话校注五种》,北京:书目文献出版社,1994年。
③ 梁运昌:《杜园说杜》,北京:书目文献出版社,1995年。
④ 载《光明日报》1983年3月22日。
⑤ 载《中国古典文学论丛》第3辑。
⑥ 载《首都师范大学学报》1994年第5、6期。
⑦ 载《唐代文学论丛》总第5辑。
⑧ 载《文学评论丛刊》第22辑,北京:中国社会科学出版社,1984年。
⑨ 载《中国古典文学论丛》第4辑。
⑩ 载《光明日报》1986年8月12日。
⑪ 载《草堂》1987年第2期。
⑫ 载《江海学刊》1987年第3期。
⑬ 载《文学遗产》1988年第6期。

血，他们的成果也为杜诗学的建立作出了贡献。如曾枣庄的《论唐人对杜诗的态度》[1]《天下几人学杜甫，谁得其皮与其骨——论宋人对杜诗的态度》[2]、张志烈的《简牍仪刑在——谈苏轼的评杜与学杜》[3]、王仲镛的《杨慎杜诗学述评》[4]、高鹏的《日本杜甫研究概况》[5]、熊志廷的《王船山评杜浅议》[6]、詹杭伦的《方回杜诗学综论》[7]、蒋凡的《严羽论杜甫》[8]、张忠纲的《渔洋论杜》[9]、刘明今的《从明人对杜甫的评价看明代诗学的风尚》[10]、高光植的《杜诗研究三十载——南朝鲜杜诗研究者李丙畴一席谈》[11]、李天道的《论仇兆鳌的批评观及其方法》[12]、邓哲《论鲁迅对杜甫的态度》[13]、裴斐的《唐宋杜学四大观点述评》[14]、黑川洋一的《日本江户后期对杜诗的鉴赏》[15]、罗焕章的《少陵疑是我前身——谈李调元的杜诗学》[16]、谢思炜的《杜诗解释史概述》[17]、赵晓兰的《王安石与杜甫》[18]、周锡山的《金批杜诗美学说——论金批杜诗之三》[19]、高克勤的《"愿起公死从公游"——论王安石在杜诗学史上的地位》[20]、

---

[1] 载《草堂》1981年第1期。
[2] 载《草堂》1982年第1期。
[3] 载《草堂》1981年第2期。
[4] 载《草堂》1982年第1期。
[5] 载《唐代文学研究年鉴》1984年卷。
[6] 载《草堂》1986年第2期。
[7] 载《草堂》1987年第1期。
[8] 载《复旦学报》1987年第4期。
[9] 载《文学评论》1987年第4期。
[10] 载《文学遗产》1987年第6期。
[11] 载《国外社会科学》1988年第5期。
[12] 载《青海民族学院学报》1989年第2期。
[13] 载《杜甫研究学刊》1990年第1期。
[14] 载《杜甫研究学刊》1990年第4期。
[15] 载《国外社会科学快报》1990年第78期。
[16] 载《杜甫研究学刊》1991年第1期。
[17] 载《文学遗产》1991年第3期。
[18] 载《杜甫研究学刊》1991年第4期。
[19] 载《杜甫研究学刊》1992年第1期。
[20] 载《杜甫研究学刊》1992年第2期。

黄志辉的《全面认识杜学发展的历史和现状》[1]、管遗瑞的《评苏雪林在〈唐诗概论〉中对杜诗的研究》[2]、关玉林的《论〈随园诗话〉评杜诗》[3]、陈新璋的《评胡适的杜诗观》[4]、裴斐的《略论两宋杜诗学中存在的一种倾向》[5]、林继中的《杜诗学——民族的文化诗学》[6]、曾亚兰的《郭沫若笔下的真杜甫》[7]、李凯的《江西诗风盛行下的杜甫观——〈韵语阳秋〉论杜述评》[8]、胡可先的《杜诗史料学论纲》[9]、莫道才的《黄庭坚论杜甫》[10]、王克平的《韩国古典诗话对杜甫之批评》[11]等。

其中，林继中文认为应将杜诗研究从单个作家、线式因果研究的封闭体系中解放出来，放在中国文化大系统中进行考察，这会更有利于发掘杜诗深层的内蕴；同时，由于杜甫及其创作的典型性，深入研究也将有助于对中国文学和中国文化及其某些规律的认识与归纳。胡可先文认为杜诗学应该包括杜诗目录学、杜诗校勘学、杜诗注释学、杜诗史料学、李杜优劣论、杜诗历史学、杜诗文化学、杜诗学的研究进程八个方面的内容，该文初步建构起杜诗学的一个框架。

---

[1] 载《杜甫研究学刊》1992年第3期。
[2] 载《杜甫研究学刊》1993年第4期。
[3] 载《杜甫研究学刊》1994年第2期。
[4] 载《杜甫研究学刊》1995年第1期。
[5] 载《中国文学研究》1995年第3期。
[6] 载《杜甫研究学刊》1995年第4期。
[7] 载《郭沫若学刊》1997年第1期。
[8] 载《杜甫研究学刊》1997年第1期。
[9] 载《杜甫研究学刊》1997年第2期。
[10] 同上。
[11] 载郑判龙主编：《韩国诗话研究》，延吉：延边大学出版社，1997年。

第十章　元稹、白居易研究

元稹、白居易都是中唐很有影响的大作家，他们友情深厚、交往频繁，在诗文创作方面也经常唱酬、互有影响，后世常常将他们相提并论，故本章下面将20世纪学界关于他们的研究成果放在一起介绍。

第一节　元稹研究

元稹是中唐诗坛十分重要的作家，在诗歌、小说、散文、文学批评等方面均取得了很大的成就，故历来受到文学史家的重视。20世纪，学界在元稹生平、品格、诗歌、小说、作品整理等方面的研究，更是硕果累累，成绩卓著。

一、元稹生平研究

20世纪上半叶，很少有人对元稹生平进行专门探讨。50年代，学界在研究元稹小说《莺莺传》的同时，才开始重新探讨元稹本人的生平事迹。如孙望在其专著《莺莺传事迹考》[①]中，就附有《元稹事迹简谱》。汪辟疆在其校录的《唐人小说》中也附有《微之年谱》一卷[②]。苏仲翔在其选编的《元白诗选》[③]后也附有《元白简谱》。当然，这些成果还不太细致、深入，发明也不太多。真正较系统、深入地探究元稹

[①]　载孙望：《蜗叟杂稿》，上海：上海古籍出版社，1982年。
[②]　汪辟疆校录：《唐人小说》，上海：古典文学出版社，1955年。
[③]　苏仲翔选注：《元白诗选》，上海：春明出版社，1956年。

一生行事的学者是卞孝萱，他的《元稹年谱》① 不但清晰地勾勒出元稹一生的仕履及创作过程，还辟有"刊误""附录""考异""纠谬""辩证"等项，广泛引录史传碑志、诗文诗话、谱牒笔记等，或排比异说，或补充材料，或纠谬辩证，或提出问题，不仅使元稹的生平事迹、创作活动以及前人的研究与评述为一编，而且提出了许多可供后人进一步探讨的问题。除此以外，他又有《元稹简表》②《元稹》③《元稹家庭真相》④《元稹与两浙诗人》⑤《元稹·薛涛·裴淑》等成果。稍后，王拾遗也发表了一系列研究元稹生平的论文和专著，如《元稹生平考略》⑥《元稹主要交游考》⑦《元稹传》⑧《元稹论稿》⑨ 等。此外，吴伟斌、刘维治等人也有一些相关的研究成果，如吴伟斌有《关于元稹通州任内的几个问题》⑩《元稹裴淑结婚时间地点略考》⑪《元稹白居易通江唱和真相述略——〈元稹年谱〉献疑之十一》⑫ 等，刘维治有《元稹原配夫人是韦氏而非谢氏》⑬《元稹评传》⑭ 等。本章"元稹生平研究"和"关于元稹人品的讨论"参考了吴在庆的《近10年元稹研究述评》⑮ 的部分成果。

综观以上成果，我们发现，他们的讨论主要集中在以下几个问题上：

---

① 卞孝萱：《元稹年谱》，济南：齐鲁书社，1980年。
② 载《山西大学学报》1981年第2期。
③ 与刘维治合著，收入《中国历代著名文学家评传》第2卷。
④ 载《历史研究》1979年第4期。
⑤ 载《浙江师范学院学报》1980年第1期。
⑥ 载《宁夏教育学院学刊》1983年第4期。
⑦ 载《宁夏大学学报》1983年第1、2期。
⑧ 王拾遗：《元稹传》，银川：宁夏人民出版社，1985年，附"元稹生平简要年表"。
⑨ 王拾遗：《元稹论稿》，西安：陕西人民出版社，1994年，中有《元稹生平考略》和《元稹交游笺证》。
⑩ 载《贵州文史丛刊》1987年第1期。
⑪ 载《唐代文学论丛》总第9辑。
⑫ 载《苏州大学学报》1988年第2期。
⑬ 载《社会科学辑刊》1981年第1期。
⑭ 与卞孝萱合著，载《辽宁大学学报》1982年第5期。
⑮ 载《唐代文学研究年鉴》1992年卷。

家世和家庭情况

卞孝萱的《元稹家庭真相》通过对元稹家庭成员年龄的排比，发现其大兄元沇、二兄元秬皆非元稹之母所生（这个事实白居易是知道的，但是未明说），故元沇、元秬对郑氏、元积、元稹无情，使得元稹父亲死后，他和寡母被迫离开这个家庭，过了若干年颠沛流离的生活。

针对闻国新《白居易与元稹》[①]一文中说元稹的原配夫人系谢氏的说法，刘维治撰《元稹原配夫人是韦氏而非谢氏》予以纠正，指出元稹的原配夫人应为韦丛。

关于元稹与其第二个夫人裴淑结婚的时间、地点，学界旧有二说：即元和九年（814）前在江陵府，元和十二年五月在通州。卞孝萱在其《元稹·薛涛·裴淑》中指出此两说之误。他根据白居易《寄蕲州簟与元九因题六韵》（时元九鳏居）及元稹《酬乐天寄蕲州簟》两诗认为"元和十一年初元稹尚未与裴淑结婚"，又据元稹《景中秋八首》之一"啼儿冷秋簟，思妇问寒衣"及之四"婢报樵苏竭，妻愁院落通"句，指出"元和十一年（丙申）秋元稹已与裴淑结婚"。至于结婚地点，该文又据元稹《祭礼部庾侍郎太夫人文》中的"合姓异县，谪任遐藩"句，认为"异县指涪州"，"元稹由通州赴涪州，与裴淑结婚"。由于这一问题涉及元稹在兴元及来回途中所写的数十首诗的系年及地点等问题，吴伟斌的《元稹裴淑结婚时间地点略考》对此提出了商榷。他认为前引诗中的"啼儿"指裴淑之女樊，而其时在元和十一年暮秋。这样由"元裴已有'啼儿'"逆推，他们结婚时间的下限不应迟于元和十一年年底。又据白居易《寄蕲州簟与元九因题六韵》、元稹《感梦》等诗，认为"元稹十年十月赴兴元途中，并无家室陪伴在旁，证明其时元稹还未与裴淑结婚"，从而得出"元、裴结婚在元和十年十月元稹到兴元之后至是年年底前"的结论。至于结婚地点，吴伟斌文经过对元稹五经百牢关而非七经的事实等方面的考察，以及裴淑等对蜀地红荆的惊怪，认为从"元和十年十月至十二年五月，元稹离开了通州"，"并没有去过涪州"，而裴淑在元和"十二年十月前也没有见过蜀地红荆十月开花的情景"，提出元、裴结婚只能在兴元年间。

---

① 载《山花》1980年3月号。

任职通州期间的几个问题

卞孝萱《元稹年谱》对于元稹在通州任内的行事和诗文创作考证甚细，但是吴伟斌多有不同看法。吴伟斌在《关于元稹通州任内的几个问题》中指出，首先，元稹赴通州时并无归田之举；其次，他认为卞孝萱沿旧说所认为的元白二人"江通唱和"不确，从此一时期元、白不应有诗文唱和；最后，卞著认为元稹于元和十一年夏北上兴元就医，并于十二年九月南归通州，吴文则认为元稹北上兴元在元和十年（815）十月，返归通州在元和十二年（817）五月；吴文还就"李六"和"李十一"、谁是"李忠州"等问题提出了与卞著不同的看法。

另外，吴伟斌在此文和《元稹白居易通江唱和真相述略——〈元稹年谱〉献疑之十一》中，对卞孝萱《元稹年谱》将元酬白之作根据白寄赠诗的写作年月，一一对应系于四年中的各个时期的做法也表示了异议，他考察了元稹这一时期的行踪及其与白居易的联系，认为这样的系年与实际不符。他发现元白贬通、江时共有诗79首，其中仅8首为元主动寄赠白，其余均为白主动首唱，然后元对应酬和，与元白其他时期的唱和显然不同。形成这一反常现象的原因是元至通州后不久即染病往兴元就医，遂与白失去联系，直至元和十三年五月返回通州后，元白才恢复联系。而元就医兴元时，白并未及时得悉，仍不时有诗寄往通州，而元却未收到。"故白氏在得知元氏没有收到己诗的真实情况后于元和十二年十二月重行寄赠"，元稹才又一一酬和。这样"今存元氏通州任内的31首酬白之作，大部分应是其元和十三年初32首追和诗中的作品"。

交游

卞孝萱的《元稹与两浙诗人》是较早对元稹的交游情况进行考辨的文章。此后吴伟斌在其《元微之诗中"李十一"非"李六"之舛误辨》[①]中指出，岑仲勉《唐人行第录》中所说元稹《与李十一夜饮》及《赠李十一》诗中的"李十一"应为"李六"（即新授忠州刺史李景俭）的说法不能成立，因为"李六景俭自邓赴忠州不当经过通州"，而且李景俭元和十二年初赴忠州任时，元稹正在兴元就医，直至是年五月才回到了通州，"那么，李六景俭在十二年初赴忠州刺史任时，即使到了通州，因其时微之不在通州，两人也无法相会。因此，元、李'通州会

---

① 载《南京师大学报》1981年第1期。

面'说是根本无法成立的"。作者经过考察分析，认为"李十一景信不是'白居易从江州遣来之致书邮'，而是'自忠州访'微之之友人"，"李十一景信并没有'早到江州随白氏'，白氏在江州所寻之'李十一'也不是景信"。后来王拾遗的《元稹主要交游考》也持相同看法。王拾遗考索了元稹与杨巨源、李建、李绅、李景俭、刘禹锡、柳宗元、吕温、韩愈、窦群、窦巩、张正甫、杨琼、卢戡、严澈、李夷简、李程、卢子蒙、张元夫、韦臧文、马逢、吴士矩、吴士则、胡灵之、崔韶等人的交游唱和情况。

二、关于元稹人品的讨论

元稹是中唐文学史上争议较多的作家，而后世人们争议的焦点又在于其人品。

政治品格

长期以来，人们对元稹的政治品格大多持非议的态度，其原因主要有两个：一是认为元稹反对永贞革新；一是他晚年依附宦官，"变节"了。然而，对于这两点，20世纪也有人并不同意。

针对新、旧《唐书》以来人们一直认为元稹抨击王叔文、王伾，反对永贞革新的态度，吴伟斌撰《元稹与永贞革新》[①] 为之辩解。文章首先力辨元稹《论教本书》并无反对永贞革新之意，并以为"元稹对二王、刘、柳诸人的品行非常钦佩，在诗文中对他们的才干大加称颂"；其次，他指出"元稹的政治主张与永贞革新的主要内容大致相符"；再次，作者又论述了"永贞革新失败后，元稹与其成员的关系更为密切"，"他对支持革新的顺宗表示了极大的钦慕，对宪宗镇压革新的行为则表示了明显的不满"，又认为"元稹与永贞革新成员之间，除了政治上的同情、诗歌上的酬唱外，他们在生活上的来往也是密切的"。

元稹与宦官崔潭峻、魏弘简及严绶的关系一直为人们所非议，并因此认为元稹变节。王拾遗的《元稹生平考略》就认为元稹"背叛了过去'德济苍生'的信誓，向宦官集团和旧官僚集团靠近了"。董乃斌的《元稹其人》[②] 也认为"可惜他经不起打击，也经不起官禄的引诱"，"变为

---

① 载《文学遗产》1986年第5期。
② 载《文史知识》1985年第1期。

处处依附江陵君严绶、监军使崔潭峻。当然,严绶就对他'恩顾偏厚',崔潭峻也对他特加青睐,后来和另一个宦官魏弘简一起援引他入朝做官,一直做到入相出将的地步"。文章还认为白居易为元稹所撰《墓志铭》中的"以权道济世,变而通之","是对元稹政治上变节的讳饰"。卞孝萱的《元稹》也认为"裴垍卒后,元稹失去靠山,改变为依附严绶及监军使崔潭峻,以求进用。'前时予橡荆,公(裴垍)在期复起。自从裴公无,吾道甘已矣。'这几句话是元稹政治上屈服的自供"。

然而,也有人对元稹与宦官之关系提出异议。如冀勤《说元稹的政治品格》① 就认为,元稹贬官江陵时,"严绶任江陵尹荆南节度使,崔潭峻为荆南监军使,与元稹是上下级关系",严绶礼遇元稹,"这只能说明严绶赏识他的才能","并不能因此证明他巴结严绶"。文章还认为"元稹在江陵与严、崔共事的五年中","没有一件是损害人民利益的","也没有丧失他为人处世的基本原则","没有改变他正直孤傲的性格"。吴伟斌的《也谈元稹的"变节"真相》② 则指出:"元稹在贬职期间因政治地位下降,其斗争方式必然有所改变,但他斗争立场未改,政治气节未变,以斗争方式的变化为依据断定他变节是不妥的。"

两《唐书·李宗闵传》皆记载了元稹因长庆元年(821)科试案涉嫌"牛李党争"之事,对此,吴伟斌《元稹与长庆元年科试案》③ 通过对元稹在这场科试案中的表现的分析,以及此事对他一生影响的考察,认为"元稹实未参与牛李党争,科试案亦与牛李党争无涉"。《旧唐书·元稹传》还记载了宦官崔潭峻在长庆初年归朝献元稹《连昌宫词》因而使元稹得以返朝为知制诰之事,对此吴伟斌在《元稹与唐穆宗》④ 及《"元稹献诗升职"别议》⑤ 两文中都指出旧传所记之误,力辨元稹升职并非宦官之力。文章认为,"元稹升职实与萧俛、令狐楚、段文昌、薛房有关,而起决定作用的则是穆宗",穆宗之所以提拔元稹原因有三:第一,元稹当时所负的诗名,早为穆宗所知赏;第二,元稹早年在《才识兼茂明于体用策》及不久前在《连昌宫词》中提出的"调和中外无兵

---

① 载《光明日报》1986 年 7 月 29 日。
② 载《复旦学报》1986 年第 2 期。
③ 载《中州学刊》1989 年第 2 期。
④ 载《贵州文史丛刊》1988 年第 1 期。
⑤ 载《北方论丛》1989 年第 1 期。

戎""努力庙谋休用兵"的政治主张,正切合穆宗初登帝位时的施政意图;第三,起用元稹等人是当时穆宗施政的需要,即为了打击反对拥立自己的宦官头目吐突承璀,而重用被吐突承璀所排挤的官员。

吴伟斌还有《元稹"劝穆宗罢兵"考辨》[①]《元稹与穆宗朝"消兵"案》[②]等文,也都是为元稹的政治品格辩护的。另外,吴伟斌还撰专文探讨人们普遍贬抑元稹政治品格的原因,他在《元稹评价纵览》[③]中从"同时代人们的赞誉与攻击""史书不公正的述评""《元白诗笺证稿》的失误"等方面追踪元稹研究史,剖析其发展演变的轨迹,从另外一个角度蠡探这位著名文学家的本来面目。文章最后认为:"贬诽元稹的根本原因,完全是由于史学家们没有对有关元稹的第一手资料认真研究、仔细鉴别,过分相信了对元稹贬诽的虚假材料,从而作出了不符合元稹生平的结论。后世的人们又盲从了史书的现成结论,并据此发表了自己的看法。"而胡振龙的《后世非议元稹晚节原因初探》[④]则在不否定元稹与宦官有交往的前提下,阐述了他对元稹晚节的看法,他认为元稹具有杰出的政治才干,晚年在刺史和节度使任上政绩卓著,在朝任职时主张停止对河朔用兵,也是审时度势之论;文章还从传统文化心态的角度指出了历来人们偏爱白居易晚年洁身自好而非议元稹"谋道不择时"的锐意进取的偏颇。

与薛涛之关系

元稹与薛涛的关系是学界探讨元稹人品时的又一个重要方面。20世纪有相当一批学者沿袭《云溪友议》《清异录》《牧竖闲谈》等书中的观点,认为元稹在使蜀时曾与薛涛相会,并有诗往来,有的学者还认为元稹在江陵时与薛涛"保持不清不白的关系",对元稹的人品表示非议。

张蓬舟在其《薛涛诗笺·薛涛传·元薛因缘》中就认为薛涛四十岁时,元稹为东川监察御史,慕涛欲见,严绶遣往,与元稹聚于梓州。她似属意于稹,但长于稹十岁,稹则爱情不专,数月后又遭移贬,她遂终身未嫁。邓剑鸣、李华飞在《薛涛与元稹的关系问题及其他》中也认为薛涛《寄旧诗与微之》、元稹《寄赠薛涛》两诗是"地地道道的情诗",

---

① 载《徐州师范学院学报》1986年第3期。
② 载《海南大学学报》1988年第2期。
③ 载《复旦学报》1988年第5期。
④ 载《殷都学刊》1988年第4期。

"元稹、薛涛见过面是事实，两人有过一定程度的爱情关系也是确实的"。苏者聪的《元稹在男女关系问题上"一往情深"吗?》指责元稹"不但见女色即动心，且甚至听女色而怀鬼胎"，其根据是"宪宗元和四年至长庆元年，十几年来，元稹与薛涛一直保持着这种不正常的关系"。朱德慈《元薛姻缘胜证》① 以"诗证""史证""他证"三种证据，力证元稹与薛涛之间确实有过一段未谐姻缘的关系。

对此事持否定意见的学者主要有卞孝萱、彭芸荪、陈坦、冀勤、吴伟斌等。卞孝萱《元稹·薛涛·裴淑》认为，"元稹与薛涛未曾会晤，仅有唱和关系"，其证据是严绶时任右仆射，不在成都，又何来遣涛往侍之事？彭芸荪《望江楼志》② 也认为"旧传（元稹）尝与薛涛会晤，实出附会。然唱和寄赠，事自有之"。陈坦的《〈薛涛与元稹的关系问题及其他〉一文辨误——与邓剑鸣、李华飞同志商榷》③、刘知渐《关于元稹、薛涛的关系问题》④ 两文也都不同意元稹与薛涛有过爱情关系，刘文列举了"年龄相距悬殊""会面地点、情事不合""爱情关系无证据"等理由，证明元、薛之间只有诗歌唱和关系而没有爱情关系。冀勤的《元稹道德品格之我见》⑤ 主要针对苏者聪《元稹在男女问题上"一往情深"吗?》提出商榷，该文开列了元稹恋爱、婚姻历程的时间表，用事实说明元稹并非"轻薄放荡、好色成性"，作者还指出，评价古代作家时必须要有足够的材料依据，同时要顾及作家当时所处时代的"是非标准"。吴伟斌接连发表了《元稹与薛涛——兼与苏者聪同志商榷》⑥《也谈元稹与薛涛的"风流韵事"》⑦ 等文章，坚持认为历来关于元稹轻薄好色一类的传闻并无可靠的历史根据，因而不足凭信。他在后文中更对此事进行了全面的探讨，辩驳持肯定论者的根据。他还认为现存所谓元、薛的唱和诗"实为他人伪作"，而薛涛的《赠远二首》"实与元稹无涉"，诗中所谓的"戎马事"绝非指任江陵士曹参军的元稹，"不能以此

---

① 载《成都大学学报》1989年第2期。
② 彭芸荪：《望江楼志》，成都：四川人民出版社，1980年。
③ 载《社会科学研究》1986年第2期。
④ 载《社会科学研究》1986年第5期。
⑤ 载《文史哲》1987年第3期。
⑥ 载《牡丹江师范学院学报》1986年第3期。
⑦ 载《扬州师院学报》1988年第3期。

证明稹在江陵时期与涛存在所谓'以夫妇自况'的艳情及唱和"。

三、元稹诗歌研究

对元稹诗歌进行较深入的研究开始于30年代陈寅恪发表的《读连昌宫词质疑》①《元微之遣悲怀诗之原题及其次序》② 等系列论文，同时或稍后，邹恩雨的《元稹与白居易》③ 和玄修的《说元白》④ 都将元稹与白居易合在一起讨论。此后陈寅恪也将元稹与白居易的诗歌作品一并进行笺释、研究，如其《论元白诗之分类》《元和体诗》⑤，稍后出版的《元白诗笺证稿》⑥ 中论及元稹诗作的部分有"连昌宫词""艳诗及悼亡诗""古题乐府"三章。在陈寅恪的影响下，50年代以后，学界对元稹诗歌的研究更加深入和广泛了，到八九十年代，人们的研究角度更多，在诸如诗歌艺术特色、对当时文学发展之贡献、诗歌体裁、题材、声律特点、诗歌理论等方面均取得了较大的进展，其中尤以卞孝萱、王拾遗、吴伟斌等人成绩显著。值得一提的是，王拾遗的专著《元稹论稿》中有相当一部分内容是讨论元稹诗歌的，其中第三部分是"元稹的文学见解"，第六、七、八、九等部分对元稹具体作品进行分析和探讨，均具有一定的深度。

诗歌成就和对中唐文学之贡献

20世纪上半叶出版的一些文学史、诗歌史著作对元稹的诗歌艺术及其成就，作出了整体评价。如郑宾于《中国文学流变史》就认为："元稹的诗，是从当时的社会环境之下流滚出来的。他看不惯当时藩镇的跋扈，豪将的横杀，捐税的苛杂，佛老的猖披……于是'心体悸震，若不可活'。所以遂便发之为诗，讥讽时政；冀可极百姓于万一，使政治上轨道。……他有了陈子昂做帮助，有了杜工部可师法，遂便大胆地在诗里谈其社会问题政治问题起来。同时他又看穿了诗虽然是依伴乐曲而流演的东西，但却也可以离开音乐而独立。……于是他便大胆地借用

---

① 载《清华学报》第8卷第2期，1933年。
② 载《清华学报》第10卷第3期，1935年。
③ 载《安徽大学文史丛刊》第1卷第1期，1935年。
④ 载《同声月刊》第2卷第4期，1942年。
⑤ 两文均载《岭南学报》第10卷第1期，1949年。
⑥ 陈寅恪：《元白诗笺证稿》，上海：上海古籍出版社，1978年。

古题或另拟新题来创作他之所谓新体诗歌，专门要讽刺执政，代民伸冤。"① 郑振铎《插图本中国文学史》认为，元稹"虽和居易相酬唱，但居易的流畅平易的作风，他却未能得到。不过他的诗虽不能奔放，却甚整炼"，他的《乐府古题序》"是'新乐府'的一篇简史"，他的传奇《会真记》"成了后来的一个最有名的传说的祖本"②。

五六十年代出版的文学史对元稹诗歌的论述更加细致深入了，如游国恩等编著的《中国文学史》就认为，元稹"虽比白居易小六七岁，但却是首先注意到李绅的《新题乐府》并起而和之"，"对新乐府运动的开展起着很大的推动作用"，"但他有一部分乐府诗仍借用古题，不似白居易那样坚决彻底，旗帜鲜明"。而且"元诗内容的广度和深度，以及人物的生动性，都不及白居易。这主要决定于他的世界观"。另外，他的悼亡诗"属对工整，而又如家常话"，"这对于律诗的通俗化有一定影响"③。中国科学院文学研究所中国文学史编写组编写的《中国文学史》则将"元稹"单列一节，以示重视，他们对元稹的《田家词》《估客乐》《连昌宫词》等作品评价很高，但是也认为"元稹其他讽谕诗的成就远远不如白居易，元稹的作品形象不鲜明，意思不集中，枯燥乏味的多"，有些作品的"表达方法也有些呆板"，不及白居易写得"叙述生动""引人入胜"。"元稹作品中最好的是古今艳诗和悼亡诗"，"由于他富于词藻，精于描绘，尤其擅长写男女之间的爱情，能吸引人和感动人"。他们还特地指出其爱情诗《春晓》"是《会真记》的张本，值得在文学史上着重提出的"④。

80年代以后，对元稹诗歌艺术及文学成就进行综合研究的专题论文多起来了，较具代表性的有裴斐《元稹简论》、吴伟斌《元稹诗歌艺术特色浅析》⑤、卞孝萱《唐代次韵诗为元稹首创考》⑥、梁超然《元白四题——与裴斐先生商榷》⑦、吴伟斌《试析元稹的现实主义创作道

---

① 《中国文学流变史》中册，第418页。
② 《插图本中国文学史》第2册，第360页。
③ 游国恩、王起、萧涤非等：《中国文学史》第2册，第151—153页。
④ 中国科学院文学研究所中国文学史编写组：《中国文学史》第2册，第462页。
⑤ 载《扬州师院学报》1985年第3期。
⑥ 载《晋阳学刊》1986年第4期。
⑦ 载《广西民族学院学报》1986年第3期。

路》①《关于元稹诗文评价的思考》②《论元稹对中唐文学的贡献》③ 等。

其中裴文主要探讨了为何是"元白"并称而非"白元"的问题，该文认为"元白"并称所以先元后白的原因有两个：第一，元白唱酬固以次韵见重，而次韵不独自元始且为其所长；第二，"淫靡"本为元白共有，李肇却独加于元，可见元之艳诗影响更大。文章还认为，"真正能代表元稹的不是新乐府，而是以哀艳缠绵之笔写生离死别之情的艳诗和悼亡诗"，在元白的唱酬诗中，"呈露出来的诗人性格，元稹实在要更可爱一些，他的积极用世的人生态度对于我们也更亲近一些"。

吴伟斌《元稹诗歌艺术特色浅析》认为元稹诗歌的艺术特色有五个方面：(1) 浅切；(2) 语言通俗自然，朴实明快；(3) 含蓄有味；(4) 感物寓意；(5) 浪漫色彩的表现手法。

卞孝萱文以丰富的资料和谨严的考证，得出了"元和五年元稹在江陵府所作《酬乐天书怀见寄》等五首诗，是元、白之间'次韵相酬'的开始"这一结论，从而使宋程大昌关于"唐世次韵起元微之、白乐天"等比较笼统的说法落实了、准确了。

梁超然文中的"题四：说元稹之淫靡"，是针对裴斐《元稹简论》中所云"'淫靡'即李肇所谓淫言媟语"，提出不同的看法。梁文认为，李肇在《国史补》中说元和年间人们"学浅切于白居易，学淫靡于元稹"均指艺术风格而言，而"淫言媟语"则指内容而言，因而不能混为一谈。

吴伟斌《试析元稹的现实主义创作道路》一文把元稹一生的创作道路分为三个时期分别进行论述。文章认为，元和年间是元稹现实主义创作的全盛时期，也是元稹一生创作中最为重要的时期。文中指出，所谓"元和体"诗歌，"就元稹来说，也主要是指他元和年间包括新题乐府诗在内的讽谕诗及感叹自身遭遇的'小碎篇章'和'次韵相酬'的排律，而正是元稹等人的这些诗篇，在唐代文学史上形成了'诗到元和体变新'的崭新局面。"这种将"新乐府"也纳入"元和体"的范畴，是此文的新说。

吴伟斌《关于元稹诗文评价的思考》回顾了以往在对元稹评价上的

---

① 载《北方论丛》1986 年第 4 期。
② 载《光明日报》1986 年 12 月 16 日。
③ 载《海南大学学报》1991 年第 2 期。

种种不够公允的现象,对元稹在诗歌、小说、文论等方面的成就和贡献,一一提出了自己的看法。文章认为:"元诗固然不能与李、杜诗相提并论,但就制策与传奇来说,元稹却有着李杜所没有的成就。元文当然不及韩、柳影响深广,但元稹诗却无疑比韩、柳诗歌更受当时人们的欢迎。"

吴伟斌《论元稹对中唐文学的贡献》一文则针对当时"某些权威著作忽视了众多史料的存在和元稹诗文的实际,避而不谈元稹对中唐文学的贡献,否认元稹为中唐文坛主盟者之一的地位"的现象,强调元稹对中唐文学的贡献,他认为:"无论是新乐府运动的倡导与参加,诗歌内容的变革,诗歌理论的提出,诗歌唱和形式的创新,还是对唐文,尤其是对当时制诰文的弃旧图新,以及对唐传奇的发展繁荣,成绩是显而易见的,贡献是毋庸置辩的,其在中唐的主盟者之一地位,也是无可置疑的。"

卞孝萱、刘维治的《元稹评传》对元稹创作成就的论述也比较深入,如他们从"成就较大的乐府诗""颇具特色的艳诗与悼亡诗""独树一帜的次韵排律"三个方面论其诗歌创作成就,谓"在平易坦荡中呈现出丽绝华美"是元稹独有的诗歌艺术特色,而这一点又体现在五个方面:(1)浓墨重彩的画笔,(2)曲尽其情的铺叙,(3)具有感染力的细节刻画,(4)富有情趣的比兴手法,(5)酣畅淋漓的自由抒写[①]。

另外,单论元稹乐府诗的论文有吴翠芬的《元稹的新题乐府和古题乐府》[②],单论元稹某个时期诗歌创作的论文有屈小玲《元稹在通州的诗歌理论和创作》[③],研究元稹诗歌韵系的论文有鲍明炜的《白居易元稹诗的韵系》[④],都具有较高的参考价值。

元稹的文学主张

20世纪人们对元稹的文学主张也比较注意。早在20年代,胡适就发表了《元稹白居易的文学主张》[⑤],该文认为,他们的根本主张,翻成现代的术语,可说是为人生而作文学:文学是救济社会,改善人生的

---

① 《中国历代著名文学家评传》第2卷,第571—581页。
② 载《教学与研究汇刊》1958年第2期。
③ 载《四川师院学报》1985年第2期。
④ 载《南京大学学报》1981年第2期。
⑤ 载《新月》第1卷第2期,1928年。

利器；最好要能"补察时政"，至少也须能"洩导人情"；凡不能这样的，都不过嘲风雪，弄花草而已。"尚质抑淫，著诚去伪"，这是元白的写实主义。而元白发愤要作一种有意的文学革新运动，其原因不出于两点：一面是他们不满意于当时的政治状况，一面是他们受了杜甫绝大的影响。

后来的一些文学史（包括胡适的《白话文学史》）、诗歌史、文学批评史类著作也对元稹的文学主张作了不同程度的分析，其中80年代以后出版的一些文学批评史、文学理论史尤有新意。

如罗宗强在其《隋唐五代文学思想史》中就认为，元稹虽然在提倡有所兴寄、写时事上和白居易观点一致，但他们在对待诗歌的艺术方面态度又略有差别。如元稹在《唐故工部员外郎杜君墓系铭并序》中，对诗歌史上各个时期作品的评价标准，似以有无寄兴定优劣，但他在论杜之成就时，却未完全以寄兴为标准，而是从其诗歌艺术的兼备众体说的，这是与白居易论杜的细微差异之处；而且他在《叙诗寄乐天》中也说他写诗几乎涉及一切生活内容，不像白居易所说的"惟歌生民病"了[1]。

再如，王运熙在其《隋唐五代文学批评史》中把元稹的诗歌批评分为两个部分：一是对自己诗歌的评述，二是围绕着杜甫诗的诗论。他认为，在对自己诗歌的评述中，元稹一方面理智地强调讽谕诗的重要意义，另一方面又在内心深深喜爱那些抒写日常情景的古诗和律诗。另外，元稹对杜诗十分推崇，围绕对杜诗的评论，他还对汉魏六朝诗作出了评析，对李杜两大诗派作了比较，其提出的李杜优劣论对后世颇有影响[2]。

张少康等著的《中国文学理论批评发展史》中也专列一节论"元稹的诗论与'元和体'的文学思想"。他们认为，元稹对历代诗歌发展的评价，"不像白居易那样片面"，"比较公正一些"。第一，元稹对秦汉至魏晋诗歌作了较多肯定，对"歌颂讽赋、曲度嬉戏"之作，特别是对建安诗歌的意义与作用，作了合乎实际的较高评价。第二，元稹对两晋文学基本上还是肯定的，认为它还保存了不少古代的"风概"。他虽然批评宋齐间诗歌"教失根本"，只是"吟写性灵、流连光景"之作，但对

---

[1] 《隋唐五代文学思想史》，第299—301页。
[2] 《隋唐五代文学批评史》，第410—426页。

其"风容、色泽、放旷、精清"不无赞美之意。第三,在唐代诗歌的评论方面,对沈宋在律诗创作上的贡献与影响,给予了充分的肯定和足够的估价。尤其是对杜甫诗歌艺术成就作了十分全面、深刻的概括,认为杜甫是集历代诗歌艺术大成的伟大诗人。而且,从他对杜甫的评价中,还可以看出他对南朝"颜谢之孤高""徐庾之流丽"也是很欣赏的。这些都说明元稹对诗歌的近体格律、艺术技巧等还是相当重视的[①]。

另外,王拾遗的《元稹论稿》分析"元稹的文学见解"也较细致。

作品笺释和研究

学界对元稹具体诗歌作品的笺释和研究开始于陈寅恪,后世大部分的相关成果是在他的影响和启发下产生的,他们或补证,或商榷,或拓展,作者笺释和研究成为元稹研究中一个不可忽视的方面。

早在 20 世纪 30 年代,陈寅恪就对元稹的诗歌作品进行了具体、深入的探讨,其《读连昌宫词质疑》[②]"仿金仁山、阎百诗诂经之方法,以校释唐人之诗","即据地理以推年月,依年月以论人事",从而讨论元稹作此诗之时、地,及与当时政治之关系。文章在对五种可能性进行比较、考证后认为,"《连昌宫词》若为作者经过行宫,感时抚事之作。则其著作之时日,用地理行程相参校,仅有元和十年暮春及元和十四年暮春二者之可能"。"但一考当年节候与花事之关系",两者又均不可能,"则《连昌宫词》非作者经过其地之作,而为依题悬拟之作",而从诗意又可以看出来"此诗实成于元和十三年暮春"。

两年以后,陈寅恪又发表了《元微之遣悲怀诗之原题及其次序》[③],该文的研究方法与前文相近,先提出了三种假设。一是此三首诗为不同时期之所作,二是此三首诗排列之次序应与今本适相反,三是此三首诗本来每首各有其题目,其两首之原题皆已略去,今所存之题乃原系于第三首之原题,故不可以为概括此三首诗之总题。随后即对这些假设进行论证,最后认为:"今本第三首作于微之任监察御史分司东台时。今本第二首诗作于任江陵府士曹参军时。今本第一首作于元和微之以通州司马权知州务时。"作者还提出一种假设:"疑微之当日作今本第三首诗,

---

① 张少康、刘三富:《中国文学理论批评发展史》上册,北京:北京大学出版社,1995 年,第 366—367 页。
② 载《清华学报》第 8 卷第 2 期,1933 年。
③ 载《清华学报》第 10 卷第 3 期,1935 年。

其原题为'遣悲怀'。后作今本第二首诗其原题为'再遣悲怀',最后作今本第一首诗,始题作'三遣悲怀'。其三首之原稿未必即前后相连。"

十五年以后,陈寅恪又出版了《元白诗笺证稿》一书。其中"艳诗及悼亡诗"一章旁征博引,视野弘阔,议论风生。作者认为:"欲了解元诗者,依论世知人之旨,固不可不研究微之之仕宦与婚姻问题,而欲明当日士大夫阶级之仕宦与婚姻问题,则不可不知南北朝以来,至唐高宗武则天时,所发生之统治阶级及社会风习之变动。"① 故文章将元稹的婚姻观、爱情观与其政治目的联系起来考察,谓"其于韦氏,亦如其于双文,两者俱受一时感情之激动,言行必不能始终相符,则无疑也"②。"微之因当时社会一部分尚沿袭北朝以来重门第婚姻之旧风,故亦利用之,而乐于去旧就新,名实兼得。然则微之乘此社会不同之道德标准及习俗并存杂用之时,自私自利。综其一生行迹,巧宦固不待言,而巧婚尤为可恶。"③ 但是,作者又认为:"微之天才也。文笔极详繁切至之能事。既能于非正式男女间关系如与莺莺之因缘,详尽言之于会真诗传,则亦可推之于正式男女间关系如韦氏者,抒其情,写其事,缠绵哀感,遂成古今悼亡诗一体之绝唱。实由其特具写小说之繁详天才所致,殊非偶然也。"④ 其《古题乐府笺证》先云元稹古题乐府之作意:"微之于新题乐府,既不能竞胜乐天,而藉和刘猛李余之乐府古题之机缘,以补救前此所作新题乐府之缺憾,即不改旧时之体裁,而别出新意新词,以蕲追及乐天而轶出之也。"⑤ 又认为:"此十九首中最可注意者,莫如人道短一篇,通篇皆以议论行之。词意俱极奇诡,颇疑此篇与微之并世文雄如韩退之柳子厚刘梦得诸公之论有所关涉。"然后文章通过微之之论与韩、柳、刘诸人"天人"之说之比较,来印证此假说⑥。

50年代后半期,出现了一些对陈寅恪文进行补正、商榷的文章,补正者有刘文典的《群书斠补(元白诗笺证稿等五篇)》⑦,商榷者有卞

---

① 《元白诗笺证稿》,第83页。
② 同上书,第88页。
③ 同上书,第95页。
④ 同上书,第99—100页。
⑤ 同上书,第302页。
⑥ 同上书,第303页。
⑦ 载《云南大学学报》1957年第2期。

孝萱的《与陈寅恪先生商榷〈连昌宫词〉笺证问题》①、李春棠的《陈寅恪教授和〈元白诗证史〉》② 等。

其中卞孝萱文开头即表明，本文是以《连昌宫词》笺证为例，试图分析一下陈先生在古典文学研究中所表现的资产阶级学术思想。作者认为，首先，陈先生喜欢用"首句标其目，卒章显其志"这个公式，来阐述白居易以至元稹某些诗歌的体制，"这是形式主义的表现"，"套用这个公式，势必缩小元、白作品的现实主义"。其次，从《元白诗笺证稿》全文看，陈先生所谓"今昔盛衰之感"中的"盛"，不是指开元时期大唐帝国国力的强盛，而是指李隆基这一小撮人巡幸扈从、兴欢作乐、铺张浪费之"盛"。其实，在我们看来，这正是元稹所讥讽的东西。可是，陈先生却非常欣赏李隆基的那些"盛"事。"他着重于谴责诗中某些不符或不完全相符于'正史'的词句，而没有对诗的思想性与艺术性作必要的正确说明，其所给予读者的印象，就不免是削弱了元稹在揭发统治集团荒淫腐化行为的原意。"最后，文章还对陈寅恪在《笺证》中所表现的主观主义与繁琐主义的考证方法进行了批判。总之，这篇文章虽然带有明显的大批判的色彩，但是基本上仍是从学术立论的。

80年代以后，对元稹单篇诗歌作品进行研究的文章更多了，而且即使观点与陈寅恪不同，也已没有五六十年代中的那种学术批判加政治讨伐的风气了。

其中较具代表性者有王拾遗的《读元稹的〈伤悼诗〉》③《"篇章竞出奇"——读〈连昌宫词〉札记》④、邓元煊的《也谈〈连昌宫词〉的内容和写作》⑤ 等。

王拾遗前文对元稹现存四十八首悼亡诗所作时间和悼亡之人，逐一作了考证。王拾遗后文首先认为《连昌宫词》是元稹十四年暮春经连昌宫时作，实际上否定了陈寅恪《连昌宫词》一文中的说法，而且他认为这首诗的主旨是"讽喻宪宗"。

邓元煊文则明确对陈寅恪认为的元稹《连昌宫词》有"写得不集

---

① 载《光明日报》1958年8月17日。
② 载《史学月刊》1959年第4期。
③ 载《宁夏大学学报》1982年第1期。
④ 载《光明日报》1982年10月26日。
⑤ 载《四川师院学报》1983年第2期。

中"的缺点提出了不同看法,并从思想内容上极力肯定此诗,认为它"形象地反映了安史之乱所造成的巨大灾难和唐王朝日趋没落的现实",并"借野老之口回答了'太平谁致乱者谁'这一问题",表现了"削平藩镇、反对分裂的思想","明确地提出了要求停止用兵,用政治来消灭内乱的政见",认为此诗"具有一定的现实主义精神和人民性,有着较为深刻的箴谏意义"。

版本研究和作品整理

从版本方面研究元稹的文章有傅增湘的《校宋蜀本元微之文集十卷跋》① 等。万曼的《唐集叙录·元氏长庆集》对元氏文集的流传情况有较详细的介绍,卞孝萱《元稹评传》第四部分也对元稹作品的结集和流传情况作了简明的交代。

卞孝萱、冀勤等学者对元稹的作品进行了整理。卞孝萱发表了《元稹诗真伪考》②《元稹诗文校记》③ 等文,冀勤先后发表了《元稹诗文辑存》④《元稹佚诗续辑》⑤。冀勤点校的《元稹集》⑥,以影宋抄本《元氏长庆集》为底本,着重利用宋浙本、宋蜀本、兰雪堂活字印本、马元调鱼乐轩刻本、四部丛刊影董氏刊本进行校勘,续补了诗一卷、文一卷,又有附录五卷,收有关于元稹的碑传,《元氏长庆集》的序跋、书录以及唐五代人有关元稹的诗文资料,极大地方便了对元稹的研究。

四、《莺莺传》研究

《莺莺传》是元稹的一部重要传奇作品,对后世的小说、戏曲具有深远影响,也格外受到了20世纪学者的关注。人们对元稹这部作品的写作时间、创作动机、人物原形、艺术成就等问题都展开了长期、深入的讨论⑦。

---

① 载《北平图书馆馆刊》第4卷第4期,1930年。
② 载《教学与进修(镇江)》1979年第2期。
③ 载《淮阴师专学报》1980年第3期。
④ 载《文学评论》1982年第4期。
⑤ 载《古籍整理出版情况简报》1986年第166期。
⑥ 元稹撰,冀勤点校:《元稹集》,北京:中华书局,1982年。
⑦ 下文参考了程国赋:《〈莺莺传〉研究综述》,载《文史知识》1992年第12期。

写作时间

关于《莺莺传》的写作时间，学界存在着两种说法。(1) 贞元二十年（804）九月说。陈寅恪在《元白诗笺证稿》第一章《长恨歌》中，据《莺莺传》中所云"贞元岁九月""后岁余，崔亦委身于人，张亦有所娶"等语，及《才调集》中微之《梦游春七十韵》，韩愈、白居易集中相关之材料，认为"贞元二十年乃最可能"①。此后王季思《从莺莺传到西厢记》②、卞孝萱《李绅年谱》③《元稹年谱》中都同意此说，另外卞孝萱在《关于元稹的几个问题》④中还对此说作了一些补证。(2) 贞元十八年九月说。吴伟斌《〈莺莺传〉写作时间浅探》⑤在对"贞元二十年"说表示疑问的基础上，通过对元稹、白居易、李绅、杨巨源、韩愈等人行踪和《莺莺传》故事情节的考察，认为《莺莺传》应该作于贞元十八年九月。

写作动机

宋人王性之《传奇辩正》曾认为元稹创作此传的目的是觉得自己抛弃莺莺的行为"悖于义"，是"心不自聊"而"出翰墨"。对于这种说法，曹家琪在《崔莺莺·元稹·〈莺莺传〉》⑥中是持否定态度的，他认为元稹写作此传，"本意是要'使知之者不为，为之者不惑'，《莺莺传》以垂诫将来"。刘开荣的《唐代小说研究》⑦的第五章"传奇小说中的恋爱主题所反映的阶级矛盾（上）"和李宗为的《唐人传奇》⑧都认为，《莺莺传》中所反映出来的作者的态度是前后矛盾的，全文以主要篇幅突出了莺莺的端庄温柔、美丽多情，而在篇末却借张生之口骂她为"妖孽"，称张生的行为为"善补过"，为他辩解。这一点可以说是元稹创作《莺莺传》时矛盾心理在作品中的体现。而曾祥麟《张生不是无

---

① 《元白诗笺证稿》，第 9—10 页。
② 王季思：《从莺莺传到西厢记》，上海：古典文学出版社，1955 年。
③ 载《安徽史学》1960 年第 3 期。
④ 载《扬州师院学报》1978 年第 3 期。
⑤ 载《南京师大学报》1986 年第 1 期。
⑥ 载《光明日报》1959 年 9 月 14 日。
⑦ 刘开荣：《唐代小说研究》，上海：商务印书馆，1947 年。
⑧ 李宗为：《唐人传奇》，北京：中华书局，1985 年。

情种——关于元稹的〈莺莺传〉》①则在指出莺莺首先抛弃张生这一点之后,认为"元微之之所以'肯作此贻人口实之文',主要是'叙婚仕之际所以至感者'",这种"至感",即赵令畤所说的"此恨绵绵无尽期",也就是对莺莺的真挚感情、对自己不能尽情的叹恨。

张生是否为元稹自寓

一种观点认为,张生为元稹自寓,此说古已有之。近人鲁迅、陈寅恪、卞孝萱、孙望等人均认同此说。如鲁迅在其《中国小说史略》第九篇"唐之传奇文(下)"中就认为,"元稹以张生自寓,述其亲历之境"②。陈寅恪《元白诗笺证稿》第四章附《读莺莺传》,进一步发挥了宋人赵令畤的观点,也认为:"莺莺传为微之自叙之作,其所谓张生即微之之化名,此固无可疑。"③ 孙望《莺莺传事迹考》从元稹的生平多方面的事迹及诗文考证,得出结论:"元稹底事迹与年代,跟《莺莺传》中所载张生的事迹与年代完全相符合",由此可知"张生即是元稹"④。罗弘基的《张生与元稹——兼论〈莺莺传〉的主题》⑤也主张此说,但是他不主张"过分地偏重微观的考证",而是通过张生与元稹思想性格等方面的比较,认为"张生形象的塑造虽然可能采用'杂取种种'的方法,但在艺术概括的过程中,更多地融入了作者当时的生活态度,从而使这一形象成了作者本人思想性格的真实写照。从这个意义上看,'元稹以张生自寓'的说法应当是可以成立的"。另一种观点认为,张生只是元稹塑造的一种艺术形象,并不就是元稹。霍松林《略谈〈莺莺传〉》⑥即持这种观点。他认为,《莺莺传》中与史实相吻合的部分"只能说明元稹的《莺莺传》植根于生活的沃壤之中,有一定的生活原型。作为一篇文学作品,它里面的人物如张生,并不是元稹","把《莺莺传》看成元稹的'自传'的这种传统说法是应该抛弃的"。吴伟斌《"张

---

① 载《贵州民族学院学报》1989 年第 3 期。
② 鲁迅:《中国小说史略》,《鲁迅全集》第 8 卷,北京:人民文学出版社,1957 年,第 64 页。
③ 《元白诗笺证稿》,第 108 页。
④ 《蜗叟杂稿》,第 68 页。
⑤ 载《学术交流》1989 年第 5 期。
⑥ 载《光明日报》1956 年 5 月 20 日。

生即元稹自寓说"质疑》① 将元稹自寓说的主要根据归为七类，并逐类加以分析、批驳，最后认为张生"是由作家根据亲身的和非亲身的生活经历，经过艺术虚构和再创造而出现在我们古典文学长廊中的一个艺术形象"。曾祥麟《张生不是无情种》批评了陈寅恪"论张生，并不从《莺莺传》出发，而是从元稹与双文、韦丛的'本事'出发"的研究方法，认为不应该用此法论张生，"因为崔张二人是元稹笔下的文学形象，虽有所本，亦不能如此穿凿附会，将崔、张混同于元、韦"。程毅中《唐代小说史话》②对张生是否即元稹自寓也持相当谨慎的态度，他认为"我们把《莺莺传》作为小说来看，其中一定有作者亲身体验的生活素材，也有作者精心结构的艺术加工。元稹对于自己的风流韵事，既不能忘情，又不能不有所掩饰"。

张生抛弃莺莺之原因

张生为何会抛弃莺莺呢？张生与莺莺之间是否存在着爱情？他们之间爱情悲剧的实质是什么？这些也是学界讨论得较多的问题。

第一种观点认为，崔、张之间的爱情悲剧是唐代门阀制度下的产物。陈寅恪《读莺莺传》从分析唐代社会"仕"与"婚"的矛盾入手，指出"唐代社会承南北朝之旧俗，通以二事评量人品之高下。此二事，一曰婚，二曰宦。凡婚而不娶名家女，与仕而不由清望官，俱为社会所不齿"。而莺莺出自寒门，因此"极热中巧宦""欲以直声升朝之际"的元稹抛弃莺莺也是必然的了③。刘开荣《唐人小说研究》第五章"传奇小说中的恋爱主题所反映的阶级矛盾"中阐述了陈寅恪的观点，并进一步认定莺莺出身低微，"她很可能即或不是列籍的妓女，但是身份亦高不了多少"。莺莺被抛弃，正是当时门阀制度、封建婚姻制度压迫的结果。这种说法从一定程度上说明张生与莺莺爱情悲剧产生的社会根源。后来张友鹤《唐宋传奇选》④、吴志达《唐人传奇》⑤、李宗为《唐人传奇》、侯宗义《中国文言小说史稿》⑥等都同意这种说法。张友鹤、吴

---

① 载《中州学刊》1987年第2期。
② 程毅中：《唐代小说史话》，北京：文化艺术出版社，1990年。
③ 《元白诗笺证稿》，第113—114页。
④ 张友鹤选注：《唐宋传奇选》，北京：人民文学出版社，1964年。
⑤ 吴志达：《唐人传奇》，上海：上海古籍出版社，1981年。
⑥ 侯宗义：《中国文言小说史稿》，北京：北京大学出版社，1990年。

志达等人并由此指出张生这种行为暴露了封建士大夫阶层始乱终弃、玩弄女性的本质。

第二种观点是元稹"热衷巧宦"说。曹家琪《崔莺莺·元稹·〈莺莺传〉》不同意陈、刘二人的"门第"说，他将元稹抛弃莺莺的原因归之于元稹"热衷巧宦"。他否定陈寅恪、刘开荣认定莺莺出身低贱的说法，认为莺莺出身名门，是崔鹏之女，只是家道后来逐渐衰微，"以'热衷巧宦'的元稹来看，寡母孤儿在当时是无权可借的。元稹要留着'婚'作为取得'官'的本钱，这正是他弃遗莺莺的原因"。

第三种观点认为这是"情"与"礼"矛盾冲突的结果，霍松林《略谈"莺莺传"》也不同意陈寅恪和刘开荣的"门第"说。他认为："从'莺莺传'本身看，所谓'高门'和'寒门'的矛盾是没有的。"他还着眼于封建礼教与情感之间的矛盾，分析张、崔爱情发展的全过程，认为在张生和莺莺身上，"'情'和'礼'的矛盾是早就存在着的"。后来张生抛弃莺莺，"从表面上看，'礼'终于战胜了'情'，但实际上，'礼'是虚伪的，而'情'的火焰是非常炽烈的"，因此才会出现后来张生以"外兄"的身份求见莺莺的情节。周承明《重新评价〈莺莺传〉的思想价值》① 否定张生对莺莺产生过真情，认为"仅止于钟色而已"，张生实际上是个"会伪装、善矫饰的伪君子"、好色之徒。

第四种观点认为是张生的妇女观念所致。姚瑾《试论〈莺莺传〉崔张离异的原因与性质》② 认为张生与莺莺相恋之际，不仅仅在于重色，而是产生了真情，随着崔、张爱情的发展，张生的爱已经逐渐变得具体、丰富，但由于封建社会妇女地位的地下，张生性格中还存在着另外一面，即轻视女性，甚至视女性为玩物的卑鄙念头。正是因为这种观念的存在，才导致最终张生遗弃了莺莺。所以崔、张爱情悲剧的产生不仅仅如陈、刘所说是外在压力，或张生考虑名利的结果，更重要的原因在于张生多种性格因素的存在。

第五种，莺莺抛弃张生说。曾祥麟《张生不是无情种》一文提出一种新见解，他分析了张生"始乱终弃"的全过程。指出"这个'乱'之所以成为事实，倒完全出自莺莺的果敢和机敏，即所谓'自荐之羞'"。张生赴京应考之际，"由于社会的、心理的乃至生理的种种原因，莺莺

---

① 载《洛阳师专学报》1989年第3期。
② 载《西南师范大学学报》1988年第1期。

是难以长久地痴等空守的，而张生呢，'婚'未成，'仕'不就，惶惶然孤身飘零，苦闷中发其书于相知，与友人咏叹此奇遇，而'志亦绝矣'，这才有那篇表面冠冕堂皇、内心无限凄苦的'辩解'，实则自我解嘲而已"。因此他反对对张生乃至于对元稹作无端指责，指出"张生决不是莺莺眼中的'负心汉'，而是不能尽情的情人"。并认为《莺莺传》末尾关于贬莺莺为"妖孽"的议论是"表达一种无可奈何的末世之叹，而绝不是卑鄙地要为自己'玩弄女性'开脱"。

对于《莺莺传》末尾的议论，鲁迅《中国小说史略》曾谓之"文过饰非，遂堕恶趣"。谢柏梁《元稹〈莺莺传〉非文过饰非作》① 对此提出质疑，他从《莺莺传》的曲折爱情、全传的情义评判、艺术原型的流播发展等方面进行分析，推翻"文过饰非"说。李宗为《唐人传奇》、罗弘基《张生与元稹——兼论〈莺莺传〉的主题》② 等文章都抨击了张生的"忍情"之举。李宗为还认为"张生的'忍情'之说是极其虚伪的诡辩"，罗弘基则指出"张生既非礼法之士，也非情痴情种，而是一个执着奉行纵欲主义的风流才子"。

第二节　白居易研究

一、20世纪白居易研究概述

白居易和杜甫、李白一样，是被20世纪学界研究得最为深透的三大唐代作家之一。在20世纪上半叶，学界就已经对白居易进行了较为全面的研究。如生平研究方面，产生了郭虚中的《白居易评传》③ 和岑仲勉的《白集醉吟先生墓志铭存疑》④ 等或对白居易一生行事进行评述、或对白居易生平疑点进行考辨的著作。思想研究方面主要有张汝钊的《白居易诗中的佛学思想》⑤。诗歌研究方面成果更多，有总论白居

---

① 载《中国文学研究》1991年第2期。
② 载《学术交流》1989年第5期。
③ 郭虚中编著：《白居易评传》，成都：正中书局，1936年。
④ 载《"中央研究院"历史语言研究所集刊》第9本，1947年。
⑤ 载《海潮音》第15卷第3期，1934年。

易诗歌的，如佘贤勋的《白香山诗研究》[①]、李尔康的《白居易诗研究》[②] 等；也有研究白居易诗歌题材的，如李蕴华的《白居易的妇女文学》[③]、李国标的《白居易和他的讽谕诗》[④] 等。陈寅恪的《元白诗笺证稿》虽然出版于1950年下半年，实际上他从40年代后期就已经开始对白居易诗歌进行考论结合的综合研究，并在1948年发表了《长恨歌笺证》[⑤]《白香山新乐府笺证》[⑥]，在学界产生了较大的反响。白集整理方面，20世纪上半叶学界所取得的成绩同样很大，其中岑仲勉著作尤丰，他先后在《"中央研究院"历史语言研究所集刊》上发表关于白居易集版本、诗文考证的文章多达六篇，提出并解决了一些前人未曾注意或解决的问题。

五六十年代，白居易研究呈现出新的面貌。此时学界研究得较多的问题是白居易诗歌的创作方法、艺术特征等问题，李嘉言、霍松林、陈友琴等学者之间曾经展开过关于此类问题的讨论。此时学界讨论的另一个问题是《长恨歌》的主题思想，怎样看待唐明皇与杨贵妃的爱情是这次讨论的焦点，因为其中涉及阶级分析还是超阶级的研究的问题，对此，陈玨人、谭丕模、林志浩等人曾经多次撰文进行讨论，彼此商榷。尽管在20世纪上半叶早已有人涉足白居易的文学理论研究领域，但是五六十年代的白居易文论研究还是具有较为明显的时代色彩，因为人们着重分析的是白居易诗论中的现实主义精神和人民性问题，当时人们得出的某些结论即使到世纪末的今天也还有人在沿用。另外，陈友琴的《白居易诗评述汇编》[⑦] 的出版，也为当时白居易研究的进一步深入提供了必要的资料。

"文革"期间，白居易研究几乎是一片空白。70年代后期，白居易研究从复苏渐渐走向全面兴盛。此时人们不仅继续研究过去几十年中学界热衷探讨的白居易的生平、诗歌创作手法、《长恨歌》的主题、现实

---

① 载《金陵光》第15卷第1期，1926年。
② 载《协大艺文》第12、13期，1940年。
③ 载《青年文化》第1卷第5、6辑合刊，1935年。
④ 载《新认识》第6卷第1期，1942年。
⑤ 载《清华学报》第14卷第1期，1947年。
⑥ 载《清华学报》第14卷第2期，1948年。
⑦ 后更名为《古典文学研究资料汇编·白居易卷》和《白居易资料汇编》，由中华书局分别于1962年、1986年出版。

主义文学理论等老问题,还开掘了白居易与宗教之关系、白居易诗歌体裁和形式、白诗在国外的影响、白居易的美学观等新的研究领域。这一时期成就最大的领域是白居易生平研究、白居易与宗教之关系和白集的全面整理和版本研究。生平研究方面,出现了好几部白居易年谱、家谱和传记;白居易与佛教之关系的研究也出现了开掘较深的好文章,其中陈允吉的《从〈欢喜国王缘〉变文看〈长恨歌〉故事的构成——兼述〈长恨歌〉与佛经文学的关系》① 一文尤为新警。朱金城的《白居易集笺校》② 可谓是 20 世纪白集整理的集大成之作,它在白居易作品的笺证和校勘方面均取得了丰硕的成果。在白居易文集版本研究方面,谢思炜的成就最为引人注目,其博士学位论文《白居易集综论》③ 从各个方面研究和分析了白居易集的版本流传和各本文字的校勘问题,是 20 世纪末产生的对白集版本系统研究得最为全面、深入的成果。

二、生平研究

20 世纪白居易生平研究最为显著的成就,就是陆续出版了一大批白居易传、白居易年谱和白居易家谱之类的专门性生平研究著作。

周庆熙的《白乐天评传及其年表》④ 是 20 世纪较早出现的白居易评传,该文对白居易一生行事、思想和诗文创作的评述较为粗浅,但评价较高。文后所附年表亦极简略,对乐天生平事迹无甚发明。稍后出版的郭虚中《白居易评传》,则对白居易的一生行事、思想和诗歌创作作了更为详细的介绍和评述。

在 50 年代中后期和 60 年代初,短短的几年时间里,一下子出现了好几部用马克思主义理论来研究和分析白居易及其创作成就的传记类著作。如王进珊的《人民诗人白居易》⑤、苏仲翔的《白居易传论》⑥、万

---

① 载《复旦学报》1985 年第 3 期。
② 白居易著,朱金城笺校:《白居易集笺校》,上海:上海古籍出版社,1988 年。
③ 谢思炜:《白居易集综论》,北京:中国社会科学出版社,1997 年。
④ 载《国文学会特刊》1935 年第 3 号。
⑤ 王进珊编:《人民诗人白居易》,上海:四联出版社,1954 年。
⑥ 苏仲翔:《白居易传论》,上海:上海文艺联合出版社,1955 年。

曼的《白居易传》①、王拾遗的《白居易》②、褚斌杰的《白居易评传》③、陈友琴的《白居易》④等。其中，苏仲翔著从白居易的家世、生平、思想及性格、诗歌创作进行了新的分析和评价。万曼著是一部较为详细的白居易传记，对白居易一生的经历和创作作了较为细致的描述。王拾遗著也叙述了白居易一生的主要事迹，并粗略地把白居易各个时期的活动联系起来了，试图描绘出白居易"在那个历史时代是如何生活着和战斗着的"⑤。褚斌杰著也从"诗人的家世和家庭""诗人的一生""开明的政治思想""先进的文学主张""具有高度人民性的作品""作品的艺术风格""作品的影响"等诸方面对白居易的一生和创作进行了评述。

"文革"之后，虽然又出现了一些传记类的著作，如陈友琴的《白居易》⑥，陈翔的《大诗人白居易》⑦，王拾遗的《白居易传》⑧，陈敏杰、羊达之的《白居易》⑨，褚斌杰的《白居易评传》⑩，但是最为引人注目的还是 80 年代以后出版的一些新的白居易年谱、家谱。

王拾遗的《白居易生活系年》⑪是其中较早问世的著作。该书以系年的形式，考订了白居易生平、行事、思想、交游等各个方面的情况，每年白居易事迹下均列出论据若干，然因资料来源不广，故发明不多。书后附《白居易简要年表》，分"纪年""时事""出处""主要诗文"等四个栏目，使人对白居易一生行事和诗文创作一目了然。朱金城的《白居易年谱》⑫，是作者多年笺校《白集》积累的成果，它以广博的征引和缜密的论证，对白居易的生平事迹、作品系年、人事游和有关时事进行了详赡精当的考订。全书在参考宋绍兴本、明马元调本、日本那波道

---

① 万曼：《白居易传》，武汉：湖北人民出版社，1956 年。
② 王拾遗：《白居易》，上海：上海人民出版社，1957 年。
③ 褚斌杰：《白居易评传》，北京：作家出版社，1957 年。
④ 陈友琴：《白居易》，北京：中华书局，1961 年。
⑤ 王拾遗：《白居易》，第 142 页。
⑥ 陈友琴：《白居易》，上海：上海古籍出版社，1978 年。
⑦ 陈翔：《大诗人白居易》，郑州：河南人民出版社，1982 年。
⑧ 王拾遗：《白居易传》，西安：陕西人民出版社，1983 年。
⑨ 陈敏杰、羊达之：《白居易》，南京：江苏古籍出版社，1991 年。
⑩ 褚斌杰：《白居易评传》，北京：北京大学出版社，1994 年。
⑪ 王拾遗编：《白居易生活系年》，银川：宁夏人民出版社，1981 年。
⑫ 朱金城：《白居易年谱》，上海：上海古籍出版社，1982 年。

圆本、清汪立名一隅草堂本等多种版本，校正《白集》有关诗文的同时，还广泛吸收和运用前人的研究成果，以及新、旧《唐书》等典籍的有关记载，并对其中的疏漏失误多有补正，提出了不少关于白居易生平行事的新见解。《白居易家谱》①是1980年7月在洛阳白家发现的，记载了从白居易到现代共五十余代的情况。该书原名《乐天后裔白氏家谱》，谱中记载各代的婚配、子嗣、昭穆次序，井然不乱，为研究白居易的后裔情况，提出了宝贵的资料。此书后面还附有顾学颉编写的《白居易行实系年》。

除了上述各种关于白居易生平研究的专著，从20世纪40年代开始，还产生了不少对白居易生平事迹进行考证、辨析的专题论文。

综观这些专著和论文，可以发现20世纪学界对以下几个问题比较关注：

世系和家族

新、旧《唐书·白居易传》和白居易本人的《故巩县令白府君事状》，都说白居易是北齐五兵尚书白建之后，但《新唐书·宰相世系表》指出白建乃后周弘农郡守。清人汪立名的《白香山年谱》已经指出这个矛盾。

对于这个问题，陈寅恪在《唐代政治史述论稿》中篇"政治革命及党派分野"中论"牛僧孺家有隋代牛弘赐田事"时曾阐述及之。他指出："白建卒于北齐未亡以前。其生存时期，周齐二国东西并峙，互相争竞。建为齐朝主兵之大臣，其所赐庄宅，何得越在同州韩城，即仇雠敌国之内乎？其为依托，不待辩论也。"他在此基础上又推论道："岂居易、敏中之先世赐田本属于一后周姓白名某字某之弘农郡守，而其人却是乐天兄弟真正之祖宗，故其所赐庄宅能在后周境内，后来子孙远攀异国之贵显，遂致前代祖宗横遭'李树代桃'之阨耶？"②这一观点，陈寅恪后来在《白乐天之先祖及后嗣》③中又再次提出，并得到学界的普

---

① 白书斋续谱，顾学颉注释编纂：《白居易家谱》，北京：中国旅游出版社，1983年。

② 陈寅恪撰，唐振常导读：《唐代政治史述论稿》，上海：上海古籍出版社，1997年，第88页。

③ 载《岭南学报》第9卷第2期，1949年。

遍认同。如顾学颉在《白居易世系、家族考》①、朱金城在《白居易年谱》中都接受了陈氏此说。

同样，20世纪学界对白居易的远祖也提出了新的看法。对于白居易的远祖，白居易自己在《故巩县令白府君事状》说是出自芈姓，"楚公族也"。而《新唐书·宰相世系表》说"白氏出自姬姓"，为周太王之后。周为西北民族，楚为南方民族。对于这个分歧，从宋代以来，就代有学者考辨、论析之。

到20世纪中叶，陈寅恪在《白乐天之先祖及后嗣》中指出，"此种谬伪矛盾可笑之处"乃"诸家谱谍记述，虚妄纷歧"所致，"今日稍具常识之读史者，决不致为所迷惑"，他根据《北梦琐言》中所记崔慎由诋白敏中语，《唐摭言》中白敏中、卢发所赋"十姓胡中第六胡"诸句，以及白居易《沃州山禅院记》所云"厥初有罗汉僧，西天竺人白道猷居焉""昔道猷肇开兹山，今日乐天又垂文兹山。异乎哉！沃州山与白氏其世有缘乎？"等语，谓"白氏与西域之白或帛有关，自不待言"，从而推论乐天先世当出于西域胡姓。陈氏此说在很长一段时间内无人响应。

80年代初，顾学颉发表的《白居易世系、家族考》中有一部分就专门论述"'白'是汉化胡姓之一"的。他在陈寅恪有关论述的基础上，广泛搜集正史、野史及《高僧传》中的材料，考证出"因龟兹国境内有白山，故汉朝赠其王姓白，一直到唐代未变"，而且"从魏晋南北朝一直到唐代，从西域龟兹国来到中土姓帛（白）的人很多，有传教的，有做文官的，也有做武官封王的"，所以他也认为"白氏的祖先并不是汉族，而是西域龟兹国的王族"。稍后魏长洪的《白居易祖籍新疆库车摭谈》②也同意陈寅恪和顾学颉所说的白居易的祖先是西域胡人的观点，并认为白居易的祖籍在今新疆的库车地区。

在白居易家世中还有一个问题，即白居易父母是否舅甥婚配问题。最早提出这个问题的是罗振玉。《贞松老人遗稿·甲集后丁遗稿》"白氏长庆集书后"云："季庚（白居易之父）所取乃妹女，乐天称陈夫人为季庚之姑，乃讳言而非其实矣。"陈寅恪在《白乐天之先祖及后嗣》中对罗氏此说极为称赏，他认为"其说虽简，然甚确"。他根据白居易所自述的家祖情况，作一世系亲属表，发现"乐天之外祖母乃其祖之女，

---

① 载《文学评论丛刊》第13辑。
② 载《新疆大学学报》1983年第2期。

与其父为同产，易言之，即乐天之父季庚实与亲甥女相为婚配也明矣"，并谓此事甚有悖于当时礼法人情，甚至影响到白居易后来的被贬、政治上的出处等问题。

对罗陈此说，岑仲勉提出了异议。他在《隋唐史》①中认为，造成这种误会的原因，盖因白氏为其外祖母所撰《唐故坊州鄜县尉陈府君夫人白氏墓志铭》流传文字有误。据他考证实际上白居易父母"不过中表结婚，绝非舅甥联婚"②。

在此后的二十多年里，再未有人论及这一问题。直到1982年，顾学颉在其《白居易世系、家族考》中才又论及"季庚婚配问题"。他全面肯定了罗陈二人的说法，并对岑仲勉之驳进行了反驳。他在注释里说，岑氏云原本作"弟某女"应作"女弟"，"某"字衍的说法实际上是不对的，因为宋绍兴本白集正作"第某女"。他又征引白居易《唐故坊州鄜城县尉陈府君夫人白氏墓志铭》中"惟夫人在家，以和顺奉父母，故延安府君（指白锽）视之如子（与'女'相对而言，就是把她当儿子看待的意思）"和"洎延安终，夫人哀毁过礼，为孝女"等语为内证，说明陈白氏为白锽之女，与白季庚为兄妹关系，"她的女儿白陈氏嫁给季庚为妻，不是舅甥又是什么呢？"

就在顾学颉此文发表的次年，陈之卓又发表了《白居易父母非舅甥婚配考辨及有关墓志试正》③，明确支持岑仲勉的说法，并为之作了补正。该文首先援引白居易《故巩县令白府君事状》及《唐故坊州鄜城县尉陈府君夫人白氏墓志铭》，考证出白居易之父季庚之母出自河东薛氏，而陈夫人出昌黎韩氏，则季庚与陈夫人非一母所生明矣。文章进而考定韩氏既非白锽继室，也非妾媵、外室，从而论定"白季庚之父巩县令锽与陈夫人之父'延安令'不是同一人"；此延安令应讳"湟"与季庚之父巩县令锽应是叔侄关系，而与乐天曾祖白温为同辈。湟、锽两字在唐代读音不同，不犯家讳。到宋代，湟、锽两字合为同音，遂导致宋人避忌叔侄同名，乃擅自将"湟"字改为"锽"字，将两人合为一人，以致造成白氏世系的紊乱。

在白居易家族问题中子嗣为谁也是一个悬而未决的问题。传统说法

---

① 岑仲勉：《隋唐史》，北京：高等教育出版社，1957年。
② 同上书，第415页。
③ 载《兰州大学学报》1983年第3期。

有三：一为侄孙阿新。白居易自撰《醉吟先生墓志铭》："乐天无子，以侄孙阿新为之后"。《旧唐书》本传只说："无子，以其侄孙嗣。"未说名字。二为侄景受。《新唐书·宰相世系表》"白公表"于居易下云："景受，孟怀观察支使，以从子继。"李商隐《白公墓碑铭》："子景受"。与《新唐书》合。三为侄孙景受。《册府元龟》卷八六二"总录部：为人后"条："白景受，刑部尚书致仕白居易之侄孙。居易卒，无子，以景受为嗣。"以上三说，互相矛盾，不能不引起人们的注意。宋人陈振孙的《白文公年谱》和清人汪立名的《白香山年谱》均倾向于认为阿新与景受不是同一个人，可能因为乐天立嗣的主张前后有变，于是造成误会。清人冯浩在《樊南文集详注》卷八《太原白公墓碑铭》注释中引《唐文粹》卷五八此文后《殇子辞》为证，谓《辞》中"令子"指阿新，"不幸夭折"，今子，指景受。此后钱振伦《樊南文集补编》卷七《与白秀才状》注也推衍冯说，谓"新书世系乃据后追录，不嫌与旧书歧出也。"

20世纪40年代，陈寅恪在《白乐天之先祖及后嗣》一文首先肯定了冯浩据《殇子辞》立说，称其"可谓读书有得"，然"其曰令子即阿新"之结论，"则仍信从伪志，似亦未确"[①]。他认为最多只能说："其前立之子先死，后立之子为景受耳。"80年代初，顾学颉《白居易世系、家族考》也论及这一问题。他在初步肯定陈寅恪说的前提下，又指出，就是冯浩所据的《唐文粹》中《殇子辞》也有问题，"仍不能视为坚证"。他认为，1982年在洛阳发现的《乐天后裔白氏家谱》彻底解决了这一问题，因为书中的《白氏重修谱系序》明写着白居易是以其侄景受为嗣的，洛阳白氏均为景受之后代。

婚前恋情和婚姻问题

关于白居易的婚前恋情，前人均未论及。顾学颉在《白居易和他的夫人——兼论白氏青年时期的婚姻问题》[②]中首先揭示了此事。他认为，白氏青年时期，大约就有一个感情很好的对象，青梅竹马，墙头马上，结下了深厚的爱情。这个姑娘就是他诗中两次提及的"湘灵"。至于他们为什么没有能够正式成婚而终于分开了，主要原因是"社会上门

---

① 他同意岑仲勉所认为的白集中《醉吟先生墓志铭》乃一伪撰之文的说法。
② 载《江汉论坛》1980年第6期。

第等级观念和风尚的阻碍,两家家庭并非'门当户对',因而迫使一对情侣痛苦地分离"。后来,戴武军的《白居易婚前恋情详考》①和王用中的《白居易初恋悲剧与〈长恨歌〉的创作》②也论及此事,且结论相同。其中王用中文还将此事与白居易后来创作《长恨歌》联系起来了,并试图解释《长恨歌》主题多样性的个人心理原因。

对白居易婚姻问题进行较为深入探讨的学者主要是顾学颉和王辉斌。顾学颉《白居易和他的夫人》认为,白居易在元和二年(807)作周县尉时,经朋友介绍,和一个姓杨的女子结婚。这位杨夫人至少要比白居易小十一二岁。他还指出,白居易和这位杨夫人结婚,对于他后来的政治生活颇有一定影响。王辉斌在《白居易的婚姻问题》③中以"与白居易结婚的这位杨氏为谁家之女"为着眼点,并将有关材料记载白居易妻室概况所存在的一系列矛盾为突破口,从而提出了对白居易婚姻的新看法。他认为,元和三年(808)夏,白居易与杨詹卿从父妹第一次结婚,生四女,杨氏因病约卒于白居易出牧苏州的宝历元年(825)之前。大和元年(827)或翌年春夏间,与杨汝士妹第二次结婚,生子阿崔,会昌六年(846)白居易卒时,此杨氏尚健在。

贬谪问题

白居易一生曾多次外贬,对于这几次外贬的原因,学界也有不同的看法。

如顾学颉在《白居易贬谪江州的前因后果》④中对白居易被贬江州的真正原因进行了探讨,他认为白居易所作《赏花》及《新井》诗,与其母堕井而死,本无关涉,白居易被贬江州的真正原因是他以前作了许多讽刺朝中重臣的诗歌,张弘靖、韦贯之、杜佑的门弟子、李吉甫等一大批朝臣都给他捏造罪名、落井下石。

另外还有两篇文章论及白居易出刺杭州的问题,即谭青的《白居易由中书舍人出刺杭州辨——白居易思考之一》⑤、芳村弘道的《白居易

---

① 载《山东师范大学学报》1991年第3期。
② 载《西北大学学报》1997年第2期。
③ 载《云南教育学院学报》1994年第4期。
④ 载《武汉大学学报》1981年第1期。
⑤ 载《成都大学学报》1987年第3期。

杭州刺史转任考》①。其中芳村弘道文从白居易出刺杭州途中所写的诗文、唐代中书舍人的迁官情况和李商隐《白公墓碑铭》的资料性等方面考察，发现白居易除授杭州刺史是因谴责处分的贬谪，而非大多数学者所认为的白居易志愿说；文章还探讨了白居易这次被贬的内情，他从白居易贬谪前后的政界形势推测，发现在他的左迁的背后似乎有李逢吉的策谋。

交游

白居易一生交游甚广。20世纪许多白居易传记、年谱、系年，多多少少考证出白居易与朋友的一些交往情况。下面主要介绍涉及白居易交游的专题论文，如潘世良的《白居易谒见顾况说辨析》②、朱金城的《白居易交游考》③、顾学颉的《张好好与白居易》④、肖瑞峰的《樊素、小蛮考》⑤、寥元中的《白居易与大彻惟宽禅师》⑥、张安祖的《白居易荐徐凝屈张祜真伪考——澄清一桩文学史上的千年公案》⑦、朱琦的《韩白关系考》⑧、谢思炜的《白居易与李商隐》⑨等。其中朱金城文是第一篇全面、系统地考证白居易一生交游情况的文章，可与其《白居易年谱》的笺证部分参看。张安祖文也是首次对唐人笔记小说中所说的"白居易荐徐凝屈张祜"问题进行深入考辨的论文，他指出白居易在任杭州刺史数年之后的苏州刺史任上，张祜还"未尝识白公"，此事纯属子虚乌有。朱琦文认为，白居易一生相知最深的应该说有两个人：元稹和韩愈。尽管韩愈曾一度成为白居易的"诗敌"而使二人多年不合，但韩愈是白居易最相知的一位知己。谢思炜文前半部分探讨了白居易与李商隐的过从关系，后半部分从思想和创作诸方面分析了白居易对李商隐的影响和启迪。

---

① 载《唐代文学研究》第6辑。
② 载《通化师院学报》1981年第1期。
③ 载《河北大学学报》1982年第1期。
④ 载《江汉论坛》1982年第8期。
⑤ 《学林漫录》第10集，1985年。
⑥ 载《浙江佛教》1995年第3期。
⑦ 载《北方论丛》1995年第5期。
⑧ 载《中国韵文学刊》1994年第1期。
⑨ 载《文学遗产》1996年第3期。

其他

除了上述几方面，20世纪还有一些文章涉及白居易的出生地和宅第、故里及其他一些问题，如刘维治的《赠鹤质疑》[①]、王拾遗的《白居易两京宅第考》[②]、耿元瑞和赵从仁的《关于白居易的出生故里及其后嗣问题》[③]、赵从仁的《香山寺及白墓遗址考》[④]、孟繁仁的《白居易原籍在山西太谷阳邑》[⑤] 等。

另外，谢思炜在其《白居易集综论》中也对白居易的家世和早年生活进行了探讨，他在白居易祖先世系、白季庚婚配、早年恋爱等问题上的看法多与前人相近，然所考更细致；他新考出的内容是"白母病史""避难越中与应试宣州"等白居易早年生活。

三、思想研究

白居易一生思想复杂且前后变化较大，所以20世纪学界对其思想的研究也比较关注，且取得了一定的进展。

人生观和思想总论

20世纪产生的许多白居易传记、评传首先对白居易的思想和性格作了不同程度的阐述。

如陶愚川在《诗人白居易析论》[⑥] 中就比较详细地分析了白居易的性格和思想。他认为诗人的性格有六点值得注意：（1）诙谐，（2）情感丰富，（3）淡泊，（4）仁慈，（5）嗜酒和坐禅；思想方面则有六点：（1）妇女方面，（2）农工方面，（3）吏治方面，（4）迷信观念之打破，（5）对于当时社会组织之不满，（6）诗歌方面的"诗界革命"的主张。

五六十年代出版的白居易传论、评传等著作论及白居易性格和思想的更多。如万曼在《白居易传·前言》中就肯定了白居易的正直的性格，分析了白居易政治思想的进步性和局限性。她说："我们应该注意的就是白居易能够始终坚持真理，始终和恶势力不妥协的伟大的精神。"

---

① 载《社会科学辑刊》1980年第3期。
② 载《社会科学战线》1981年第2期。
③ 载《郑州大学学报》1982年第4期。
④ 载《中州学刊》1983年第2期。
⑤ 载《人民日报》（海外版）1996年6月7日。
⑥ 载《大厦年刊》1933年（创立九周年纪念）。

即使是"白居易晚年的作品,虽然表面上是优游暇豫的,但是仔细咀嚼,总会感觉到在他那些闲适的诗篇中隐藏着一种苦味,感觉到一个伟大性格不幸生于那个时代的一种寂寞"①。苏仲翔的《白居易传论》也着重分析了白居易思想上二重性的斗争,他指出,"白居易早年的积极从政,原想和杜甫一样","走儒家'仁政'的老路。后来碰了几个钉子,只好祭起老子'知足不辱'的法宝,置身闲散","以求适应当时朋党斗争的复杂政治环境"②。"他中年以后的炼服丹药,晚年的归心梵乘,都是这二重性思想斗争暂时妥协的结果,可以说他到死都在矛盾徘徊中过生活的。"③ 他还总结道:"白居易的思想和性格:从政方面,出于儒家的'政为不忍之寄'的观点;生活方面,近于道家的放任自然;修养方面,早岁炼丹,晚年参禅,幻灭后只好醉吟自遣了。"④ 他最后也认为:"我们对于白居易身为封建社会的官僚,而能够在他的行动和诗歌中到处流露着对人民的高度关心、同情和热爱,已是难能可贵,自然不能对他作过高的超历史的要求了。"⑤ 这实际上也是当时大多数学者对白居易思想的共同态度。

80年代以后出版的一些白居易评传也大多对其思想作了评价。如王拾遗在《白居易评传·代序》中认为,白氏首先接触的是儒家思想,而后才依次接受了佛道二家的思想。但白氏"对佛家、道家的论述,往往是以儒家的论述,去衡量,去裁汰,而不是无所辨析地去囫囵接受",因此,他认为:"白居易的思想,儒家思想占主导地位,佛家思想和道家思想是从属的地位,故而它们之间没有什么不可调和的矛盾。"⑥

还有一些专题论文从整体上分析和评价了白居易的思想和人生观,阐述了白居易一生思想发展、转变的过程。如蹇长春的《白居易思想散论》⑦《百道判及其学术价值——兼论白居易的早期思想》⑧、丁立群的

---

① 万曼:《白居易传》,第6页。
② 《白居易传论》,第34页。
③ 同上书,第34—35页。
④ 同上书,第35页。
⑤ 同上书,第36页。
⑥ 王拾遗:《白居易传》,第9页。
⑦ 载《甘肃师大学报》1981年第4期。
⑧ 载《西北师院学报》1984年第3期。

《论白居易人生态度转变之原因》[1]、许可的《论白居易的思想》[2]、荆立民的《论白居易的人性观》[3]、王谦泰的《论白居易思想转变在卸任拾遗之际》[4]、褚斌杰的《白居易的人生观》[5]、吴相周的《韩愈白居易思想比较论纲》[6]、张安祖的《论白居易的思想创作分期》[7]、严杰的《人仕求禄与退隐——浅议白居易的出处进退》[8]等。

其中，蹇长春前文对白居易的思想作了全面的评述。该文认为，纵观白氏一生，他"基本上是以儒家思想为其思想的主干的。只不过他的前期思想更多地反映了'兼济天下'积极用世的儒家思想的积极面；而在后期，他虽然说过'栖心释梵，浪迹老庄'之类的门面话，但实质上他既不佞佛，也不信道，而是以'执两用中'的儒家中庸之道，作为支配其思想和行为的杠杆的"。作者还指出，作为白氏后期处世哲学的中庸主义，是他"应付一切现实矛盾的万应灵丹"，这主要表现在以下三个方面："在思想领域里，对待儒释道三教持调和平衡、兼包并容的官方立场；在出处进退的问题上，持'似出复似处'的'中隐'观念；在朋党之争中，持中立、调和的骑墙态度。"蹇长春后文通过对白居易早期思想资料百道判的分析，指出白氏早期思想具有三个特点：一是鲜明的儒家正统观念，二是自觉的庶族地主的立场，三是热衷于仕进的积极用世的态度。荆立民文认为白居易旗帜鲜明地提出了一套共同的人性理论，且自觉运用这套理论构成了自己的文学见解基础，支配自己创作实践，在古代作家中，实属罕见。王谦泰文指出，以前学界大多以白居易左迁江州为其思想变化的分界线的观点是错误的。他认为白居易思想的大转变应是在"元和五年卸拾遗任之时"，为此他从白居易的行事、诗文、自述以及人生追求四个方面进行了论证。褚斌杰文也对白居易的儒、道、佛思想进行了综合考察。文章首先认为，白居易一生的思想，是十分复杂而充满矛盾的。然后从"积极用世、博施济众的思想""独

---

[1] 载《大连师专学报》1984年第4期。
[2] 载《河北师范学院学报》1986年第4期。
[3] 载《东岳论丛》1991年第3期。
[4] 载《宁夏教育学院学报》1986年第2期。
[5] 载《文学遗产》1995年第5期。
[6] 载《齐鲁学刊》1995年第4期。
[7] 载《求是学刊》1996年第1期。
[8] 载《中国典籍与文化》1997年第2期。

善其身、乐天知命的思想""栖心道佛'中隐'于世"三个方面,对白居易"儒、道、释三家兼具"的思想,以及"三家思想对他的人生观和处世态度"的影响,进行了多层次、多角度的剖析。吴相周文将韩愈与白居易的政治观、人生观、美学观进行了比较,并揭示了其同异。文章指出,韩是较纯粹的儒家,从内到外,一生未变;而白居易则是以儒家思想为补用,以老子思想来谋身,以庄禅思想来娱乐。因此,二人的思想既有"极相似处",也有"极相异处"。在政治观方面,韩基本上属于儒家,而白居易在信从儒家思想理论的同时,加入了一些老子思想。在人生观方面,韩愈"想做圣人,是个斗士;白居易只想做个凡人,是个闲士"。在美学观方面,"韩愈为了开宗立派,以文明道,有意追求险怪的文风,为的是惊世骇俗,令人耳目一新",所以他的诗"是一个孤独者的诗";白居易的闲适性格,"与他通俗的诗风正相适应",所以他的诗"简易"而"通俗",适应了"由士林到市井,由圣贤到凡人的转变",白居易的《久不上韩侍郎戏题四韵以寄之》充分反映了韩、白二人表现在审美趣味上的上述差别。张安祖文对白居易思想分期研究中"元和十年贬江州司马时"说和"元和五年卸任拾遗之际"说,分别进行了辩驳,他认为,"白居易思想创作发生根本变化的转折点是在长庆二年他立功请求外放之际",并认为,白居易此前的思想"虽然有起伏,但从总体来说是积极的,以'兼济'为主,此后则对时君与'兼济'之志的实现不再寄希望,消沉下来,以'独善'为主"。严杰文在参考清人赵翼《瓯北诗话》有关论述的基础上,从白居易生长于寒族的小官僚家庭这一角度分析了他的出处进退观。文章说,由于出身贫寒,白居易很早就形成了"知足长乐"的人生哲学,他经常在诗中坦言自己入仕的目的在于求禄,其林泉退隐之志也非始于元和十年(815)贬江州以后,而是在元和初年已有流露。

政治倾向、政治思想

20世纪较早论及白居易政治思想和政治倾向的是五六十年代出版的白居易传记、评传之类的著作。如褚斌杰的《白居易评传》中有"开明的政治思想"一章,他认为,白居易政治思想的核心,"便是要统治阶级关心人民的疾苦,照顾人民的要求",他的一切具体的政治策略,都是由这个思想延续出来的。他提出了开明的政治主张,如举贤授能,广通言路,补察时政,革慎默之俗;还对当时的赋税制度和对外战争提出了自己的看法。白居易的伟大在于他能在一定程度上突破自己出身阶级的局限，体现人民的愿望，参加社会现实的斗争[①]。

从70年代中后期开始，出现了一些专论白居易政治思想和政治倾向的论文，如李鹏的《试论白居易的政治倾向》[②]、蹇长春的《试论白居易对永贞革新的态度及新乐府运动的历史背景》[③]、王秉均的《论白居易的政治思想》[④]、顾学颉的《白居易与永贞革新》[⑤]、周楞伽的《白居易的出身、性格、思想与其政治倾向的关系》[⑥]、傅璇琮的《白居易评价中的一个问题》[⑦]、朱继琢的《白居易早期的社会思想——〈策林〉述评》[⑧]、周建国的《白居易与中晚唐的党争》[⑨] 等。

其中顾学颉文认为，白居易在永贞革新时，由于某种原因，虽然没有实际参与其事，但在重要时刻，即韦执谊拜相不到十天的时候，他抓紧时机，向韦上万言书，全面地陈说了国家大计、当务之急；并提醒韦应不失时机、赶紧推行新政，以救天下人的疾苦。这清楚地表明了他对革新的积极拥护态度。事后，对一些因革新而长期倒霉的人物，他却非常同情，有共鸣，结下了深厚的友情，这和那些怕引火烧身、躲得远远的甚至落井下石的人，迥然不同。对于扑灭永贞革新的一些反对派，即对掌握大权的强藩、权宦，他不计个人利害，以不畏权势的气魄，一而再、再而三地弹奏那些人的不法行为，与之坚决斗争，这和同时人韩愈、元稹等人的态度大不相同。周楞伽文在吸收罗振玉、陈寅恪对白居易出身、家世考证的基础上，认为"正是由于白居易出身庶族地主，所以他在政治上同情和倾向同是出身庶族地主的王叔文、王伾、牛僧孺，也就无怪其然了"。傅璇琮文针对当时学界大多认为白居易对王叔文集团持拥护态度，在永贞革新中是赞助新法的观点，提出了不同的看法。他在钩稽和排比了有关史料以后，指出白居易给当时的宰相韦执谊上

[①] 褚斌杰：《白居易评传》，第50—62页。
[②] 载《南京师院学报》1976年第2期。
[③] 载《甘肃师范大学学报》1979年第8期。
[④] 载《兰州大学学报》1980年第3期。
[⑤] 载《文史》第11辑。
[⑥] 载《唐代文学》第1期。
[⑦] 载《文学遗产》1982年第3期。
[⑧] 载《广东社会科学》1988年第2期。
[⑨] 载《文献》1994年第4期。

书，虽然韦执谊是支持王叔文革新的，而且白居易在这封上书中对韦执谊也表示了热烈的期望，但白居易上书时韦执谊拜相还不到十天，当时新政实际上还没有实施，连新政的主持者王叔文授翰林学士，能够实际谋划和操纵政事，也是在白居易上书后四天发生的事，所以不能仅凭这封上书就认为白居易支持王叔文所推行的新政。周建国文对白居易与中晚唐党争之关系作了一番全面探讨，并对过去一些论著沿袭旧史错误记载之处加以辨识。文章认为，白居易在人事关系与私谊方面同牛党较为接近，而在对现实政治的看法上则与元稹、刘禹锡相似，较为接近李德裕的政见。

与佛、道之关系

白居易与佛教、道教之间的关系，也是学界讨论较多的问题。20世纪较早探讨白居易佛教思想的文章是张汝钊的《白居易诗中的佛学思想》[①]。该文从"观空""研教""持斋""禅悟"等方面分析了白居易诗中的佛学思想，认为白居易之学佛与一般文人"对于教理则徒事剽窃以雄其笔札；又喜掠影宗门，摹拟附会以资其口谈"的做法大不一样，"他的学佛步骤皆循序渐进：先领悟人命无常，进而研教参禅，其末后求生兜率的宏愿，尤为卓识超群！"

陈寅恪的《白乐天之思想行为与佛道之关系》[②]是20世纪上半叶对白居易与佛道关系分析得最为深透的文章。该文认为白居易早年与道教之关系很密切，并从"丹药之行为"与"知足之思想"两方面论述之，他说白"外虽信佛，内实奉道"，其"知足思想"乃"纯粹苦县之学"，"所谓禅学者，不过装饰门面之语。故不可以据佛家之说，以论乐天一生之思想行为也"。他还指出："读白诗者，或厌于此种屡言不已之自足思想，则不知乐天实有所不得已。盖乐天既以家世姻戚科举气类之关系，不能不隶属牛党。而处于当日牛党与李党互相仇恨之际；欲求脱身于世网，自非取消极之态度不可也。""夫当日士大夫之政治社会，乃老学之政治社会也，苟不能奉老学以周旋者，必致身败名裂，是乐天之得以身安而名全者，实由食其老学之赐。"

此后相当长的时间里，人们似乎是有意对白居易与佛道之关系避而

---

① 载《海潮音》第15卷第3期，1934年。
② 载《岭南学报》第10卷第1期，1949年。

不谈。直到 80 年代以后,专论白居易与佛道之关系的文章才又多了起来,如李醒华的《关于白居易与佛道关系之我见》[①]、张立名的《白居易与佛道》[②]、钟来因的《论白居易与道教》[③]、尚永亮的《论白居易所受佛老影响及其超越途径》[④]、范海波的《白居易的佛教思想与道家思想的关系》[⑤]、寥元中的《白居易与大彻惟宽禅师》、熊小燕的《白居易的中隐理论与禅宗的关系》[⑥] 等。

其中张立名文认为,虽然从总的倾向看,"兼济"是他思想中的主要方面,但是,如果忽视了佛道对他的影响,忽略了他的"忘情任诗酒,寄傲遍林泉"的消极方面,也就不可能对他作出全面的正确的评价。而白居易信奉佛道的用意,一是"寻求精神寄托",二是为了"远祸全身"。这是他对抗当时腐败政治的"特殊方式"。正是这种方式使他"得以全名,高寿,厚禄,在客观上起了护身的作用"。钟来因文首先肯定"白居易乃是善于调节儒、释、道三教的大诗人",但白居易终生崇道,道家思想根深蒂固。文章较为具体地论述了白居易的服食与追求林泉声伎之乐,以及崇道思想对白氏后期创作的影响。尚永亮文指出,由于白居易始终把个体生命作为主要的关怀目标,势必导致他对佛教那种随缘适意并使其为自我现实人生服务的态度,而重视在感性中求超越;倡言"安心""顿悟"的南宗禅,又正好与白氏此一态度紧相契合,这样一来,禅宗倡导的"内外不住,来去自由,能除执心,通达无碍"的境界,以及道家所宣扬的"知足"、"虚静"、看破红尘等态度,便理所当然地成为白居易在困境中坚持的主要准则和追求的主要目标了。文章最后认为:现实政治的严肃和人生的实际困厄导致白居易别无选择地遁迹佛、老,而对佛、老义理的独特领悟和人生落实,则使得白居易在走向超越的过程中,既具有一种与其性分相合的自觉自发性质,同时也避免了生命的枯寂单调,呈现出一种圆融周流的特点。

另外,谢思炜在其《白居易集综论》中也论及白居易的佛教信仰和

---

① 载《学术研究》1982 年第 2 期。
② 载《湘潭师专学报》1984 年第 2 期。
③ 载《江海学刊》1987 年第 4 期。
④ 载《陕西师大学报》1993 年第 2 期。
⑤ 载《殷都学刊》1993 年第 3 期。
⑥ 载《学术论丛》1995 年第 6 期。

道教信仰。他首先分析了白居易一生各个阶段与佛教之关系，较为细致、深入地探讨了白居易信佛的特点。他认为："与南北朝崇佛士人相比，白居易及其所代表的中唐士人接受佛教思想的特点是，从单纯的理论兴趣更彻底地转向了直接的人生问题，更全面地根据佛教思想来检讨和引导自己的人生意识，同时也更熟练地将佛教思想与其他思想协调起来，使之更自然地融入士人的政治生活和精神生活追求中。因此，他的佛教信仰具有调和性和实践性的特征。"[①] 他在论述白居易的道教信仰时指出，白居易的道教信仰开始得并不比佛教信仰晚，持续时间也很长。文章还探讨了白居易对道教的反省和批判，认为："（白居易）对道教的批判，是基于一项基本的事实：道教的长生许诺在实践中无法验实，反而带来残酷的后果。"[②]"白居易对道教的质疑是根本性的，所针对的是道教最主要的成仙思想。"[③]

其他思想

20世纪还有一些论文探讨了白居易的非战思想、妇女观、人性和人道思想，甚至有人论及白居易的经济、法律等方面的思想。如秦桂祥的《白香山诗中关于非战思想及妇女问题之探讨》[④]、刘富起的《白居易的法律思想评介》[⑤]、塞长春的《白居易讽谕诗的人道理想》[⑥]、戴金珊的《白居易经济思想略论》[⑦]、陈鹏生的《白居易也是法律思想家》[⑧]、刘兴的《白居易妇女诗婚姻观探索》[⑨]、蔡正发的《白居易妇女观管窥》[⑩]、荆立民的《论白居易的人性观》[⑪] 等。

---

① 谢思炜：《白居易集综论》，北京：中国社会科学出版社，1997年，第291—292页。
② 同上书，第300页。
③ 同上书，第301页。
④ 载《国专月刊》第1卷第5期，1935年。
⑤ 载《吉林大学社会科学学报》1981年第5期。
⑥ 载《西北师院学报》1983年第1期。
⑦ 载《江淮论坛》1985年第3期。
⑧ 载《文汇报》1985年10月21日。
⑨ 载《湖南师范大学社会科学学报》1987年第5期。
⑩ 载《云南民院学报》1987年第1期。
⑪ 载《东岳论坛》1991年第3期。

四、文学理论和审美思想

白居易之所以能够在文学创作上取得很大的成就,其中一个原因就在于他具有较为自觉的理论意识和相当明确的审美追求。因此,人们对白居易的文学理论和美学思想也相当关注。更由于学界对白居易文学理论的"现实主义"的定性,五六十年代以来,分析白居易诗歌理论的文章层出不穷,不胜其数,虽然其中大部分文章是重复劳动,但也不乏确有见地的成果。

文学理论

胡适是 20 世纪最早对白居易文学理论进行系统、深入探讨的学者。他在《白居易元稹的文学主张》[①] 中指出:"白居易与元稹都是有意作文学革新运动的人。他们的根本主张,翻成现代的术语,可说是为人生而作文学! 文学是救济社会,改善人生的利器;最上要能'补察时政',至少也须能'泄导人情';凡不能这样的,都'不过嘲风雪,弄花草而已'。""文学既是要'救济人病,裨补时阙',故文学当侧重写实","'尚质抑淫,著诚去伪',这是元白的写实主义"。他认为元白二人在江州、通州时的通信"在中国文学史上要算两篇重要的宣言"。他还分析了元白提出这种文学理论的缘由,说"元白发愤要作一种有意的文学革命新运动,其原因不出于上述的两点:一面是他们不满意于当时的政治状况,一面是他们受了杜甫的绝大影响"。后来诸多论述白居易文学理论的文章多多少少都受到胡适此文的启发,而且基本观点也都是由此文而来的。

五六十年代,由于受苏联文艺理论观念的影响,人们大多将白居易的文学理论定性为"现实主义的文学理论",给白氏的文学理论以极高的评价。如北京大学中文系文学专门化五五级学生集体编著的《中国文学史》称白居易是"伟大的现实主义诗人",他"直接地、有意地继承了杜甫的现实主义传统","建立了现实主义的文学理论"[②]。刘大杰的《中国文学发展史》也认为白居易是"现实主义的战士",他的《与元九书》是反对形式主义的"激烈的宣言","进一步发展了现实主义的理论

[①] 载《新月》第 1 卷第 2 期,1928 年;又载《白话文学史》上卷,第 16 章"元稹与白居易"。

[②] 北京大学中文系文学专门化五五级:《中国文学史》,第 9 页。

内容，并且向反现实的文学作了有力的斗争"①。马茂元在《唐代诗人短论·白居易》②中也指出白居易是继杜甫之后"我国古代最伟大的一位现实主义诗人"，唐代现实主义诗歌理论"到了白居易手里才算把它总结发扬，建立起一个完整的体系"。他在《略论白居易的文学思想——重读〈与元九书〉》③中进一步指出，唐代反对六朝形式主义文学思想的斗争，"到白居易才在现实主义理论上最后廓清影响，竟其全功"。游国恩等主编的《中国文学史》则从整个中国文学史上立论，认为他的"独特贡献"就是"在总结我国自《诗经》以来现实主义诗歌创作经验的基础上，建立了现实主义的诗歌理论"，他的《与元九书》"便是一篇最全面、最系统、最有力的宣传现实主义、批判形式主义的宣言"④。

就在学界几乎众口一词地称赞白居易现实主义诗论的同时，也有人提出了不同的看法。如何其芳就曾不止一次地指出，不能机械地用现实主义文学的概念去硬套我国古代文学史上的民主性的文学。从文学和现实的关系着眼，真实地反映现实的并不只是现实主义的文学，真实地反映现实并不就是现实主义的同义语⑤。同样，他对当时人们多称白居易的文学理论为"现实主义诗论"且给予极高评价的做法，也是持保留态度的。他在《新诗话》⑥中认为，白居易继承了汉儒以"美刺"言诗的传统，"强调用诗歌来批评当时的社会和政治"，"这种理论当然是进步的"，"正是由于这种理论，他才写出了那些讽谕诗"；"但他的这些理论也有缺点，就是把诗歌的作用和诗歌的题材范围看得比较狭窄了一些"。他在该文中还特地指出："现在有些著作把白居易关于诗歌的理论称为现实主义的理论，有的甚至说是全面的现实主义的理论这并不恰当。"在他的主持下，由中国科学院文学研究所集体编著的《中国文学史》在评价白居易诗论时也部分地贯彻了这种思想。他们既肯定了白居易的诗

---

① 《中国文学发展史》中册，第10页。
② 载《人文杂志》1959年第2期。
③ 载《文汇报》1961年3月15日。
④ 游国恩、王起、萧涤非等：《中国文学史》第2册，第138页。
⑤ 何其芳：《文学史讨论中的几个问题：1959年6月17日在中国作家协会和中国科学院文学研究所召开的文学史问题讨论会上的发言》，载《光明日报》1959年7月26日。
⑥ 载《文史知识》1959年第2期。

论"基本上符合现实主义的诗歌理论",同时又指出"他所谓的'核实',同我们今天的现实主义的创作方法也还有区别"。何其芳以及中国科学院文学研究所编著的《中国文学史》中的这些观点,为后来80年代学界对白居易诗歌理论和创作成就的重新评价和论争埋下了伏笔。

从70年代末开始,学界开始对五六十年代全面肯定白居易诗论的做法进行反思,产生了不少对之作客观、深入分析的文章。

尤其注意的是,50年代以来,白居易新乐府一直被视为中国现实主义诗歌的典范,而这一运动的性质及其创作和理论的缺陷却得不到必要的研究。陈贻焮在《从元白和韩孟两大诗派略论中晚唐诗歌的发展》①中第一次对这一运动产生的背景进行了深入的探索,在详细分析当时政局和思潮的基础上,指出白居易的新乐府讽谕诗实质上是"谏官的诗",是他们在进行政治改革中面谏、上书奏之外的一种有力补充。基于这一认识,文章对讽谕诗中虚美王政的糟粕,以及新乐府理论中政治标准和艺术标准过于窄狭的弊病,和新乐府创作"程式化"的表现方法进行了辨析,认为过于看重狭义的政治目的——进谏,便会忽视生活体验,难免把诗歌当作他们政见的"单纯的传声筒",因此严格说来,这种现实主义是不完备的。

霍松林在《白居易诗译析·前言》②中,虽然首先肯定了白居易"提出了诗歌以反映民间疾苦,表达人民情感为职责的现实主义理论",但也又指出白居易诗论"把'为民'和'为君'混为一谈,这给他的创作带来了局限"。敏泽在《白居易的诗论》③中也认为,白居易的诗论"带有鲜明的、具有进步倾向的功利主义,它要求文学要有强烈的讽谕、美刺、比兴的原则;要有强烈的现实主义精神或现实性",但是他的"为君、为臣、为民"而作的文学纲领,"从根本上说仍然是为了维护封建主义的政治统治","这就是他的理论和创作上的局限性"。褚斌杰也指出,白居易的一些"符合于现实主义基本精神的文学主张,既反映了他为民生疾苦而呼吁的心愿,也是对当时脱离社会现实的文风的一种改革,在我国现实主义文艺理论的发展上,作出了重要贡献";其局限性主要体现在"对文学的功能的理解过于狭隘",因而导致"只看重或肯

---

① 载《中国古典文学研究论丛》第1辑,长春:吉林人民出版社,1980年。
② 霍松林:《白居易诗译析》,哈尔滨:黑龙江人民出版社,1981年,第9页。
③ 载《学术月刊》1980年第2期。

定那些直接歌咏社会政治的作品",对从屈原到李、杜等伟大作家,"都采取了贬低的态度";白居易主张"系于意不系于文",甚至主张"直歌其事",这是其政治讽谕诗的长处,但也影响了这部分诗歌的艺术性①。

80年代中期,学界曾经展开过对白居易诗论是否可称为"现实主义理论"、是否具有进步意义等问题的讨论。这次讨论是从裴斐的《白居易诗歌理论与实践之再认识》②一文开始的。他在该文中不同意对白居易的诗歌理论评价太高,认为白居易"对诗歌社会功能的认识比孔夫子更狭隘","比汉儒更加无视诗歌本身的艺术规律",白居易诗论在历史上"了无影响","原因即在于这种理论同我们民族诗歌的经验是直接违背的"。基于这种认识,他不同意把白居易的诗论视为现实主义理论。

裴斐此文发表以后,立即引起了学界的关注,许多学者发表文章与之商榷,如吴调公的《关于白居易评价问题》③、王春庭的《白居易评价之我见——兼与裴斐、王启兴先生商榷》④、潘世秀的《白居易的现实主义诗歌理论》⑤均充分肯定了白居易诗歌理论的积极意义和历史地位。

在这次讨论之后,又有一些学者指出,不能简单地、脱离历史地评价白居易诗歌理论,而应客观地、历史地、公允地看问题。所以80年代中后期发表的一些评述白居易诗论的文章,持论就比较全面和辩证。如袁行霈的《白居易的诗歌主张与诗歌艺术》⑥就对白居易诗论的成就和局限作了比较深入而审慎的分析和评价。他指出,首先,白居易的诗歌主张是具有一定的积极意义的,它"主观上虽然是维护封建统治,客观上却有利于反抗封建统治的斗争"⑦。其次,对诗歌与现实关系,以及内容与形式关系的说明,是白居易诗歌主张的精华。"杜甫并没有提出反映人民疾苦的主张,这个主张是由白居易明确提出来的。前有杜诗的榜样,后有白居易的主张,这就为后世诗人指出了一个新的方向,为

---

① 《中国历代著名文学家评传》第2卷,第500页。
② 载《光明日报》1984年12月18日。
③ 载《光明日报》1985年8月13日。
④ 载《江西社会科学》1986年第4期。
⑤ 载《中文自学指导》1986年第5期。
⑥ 袁行霈:《中国诗歌艺术研究》,北京:北京大学出版社,1987年。
⑦ 同上书,第286页。

诗歌创作开拓了一个新的天地。"① 但是，白居易在内容和形式的关系上，有两点认识"是不恰当的"：第一，他在强调内容真实性的时候，没有把艺术真实同生活的真实区别开来，"诗歌变成真人真事的报道，甚至失去诗歌的特点，使之近似押韵的奏章了"；第二，"白居易首先强调诗歌的思想内容是完全正确的，但对艺术形式却重视不够。这可以说是从元结到皮日休整个中晚唐现实主义诗论的缺陷"②。

不久以后，霍松林也撰文③指出，白氏讽谕的诗歌理论有什么缺点是应该讨论的，但其对社会、对政治、对人民所体现的强烈的责任感，却是值得肯定的。

90年代以后，学界对白居易诗歌理论的探讨更为深入了。如张少康在《儒家民本思想和白居易的诗歌理论》④中就指出，白居易的"救济人病，裨补时阙"的诗歌创作主张和"不惧权豪怒，亦任亲朋讥"的创作态度，既是对儒家民本思想的继承和发扬，同时也是对儒家文学思想中保守方面的重大突破。他并没有受《毛诗大序》的"发乎情，止乎礼义""主文而谲谏"等的局限，这是不符合儒家"温柔敦厚"的"诗教"原则的。"白居易的诗歌创作和诗歌理论最有价值的地方，正是在于他能够'为民请命'，勇敢地揭发现实的黑暗，'意激'、'言切'而不囿于'温柔敦厚'的'诗教'传统，这对后世诗歌创作和诗歌理论批评的影响是十分深远的。"

又如贾文昭在《白居易论诗的审美特性》⑤中对人们很少注意的白居易有关诗歌艺术性的论点进行了细致的分析。他认为："白居易不仅看重并强调诗的政治功能，对诗的审美特征也是非常重视的。在他的许多诗文中都论及了诗的审美特征，诸如感情问题，语言问题，声律问题，比兴问题，形神问题，巧拙问题，趣味问题，等等。"

美学观

80年代以后，由于受到"美学热"的影响，人们对白居易的艺术

---

① 袁行霈：《中国诗歌艺术研究》，北京：北京大学出版社，1987年，第287页。
② 同上书，第289页。
③ 霍松林：《白居易诗歌理论的再认识》，载《河南社联》1988年第2期。
④ 载《东方论坛》1993年第4期。
⑤ 载《文艺理论研究》1996年第2期。

审美观也进行了一定程度的探讨。如蹇长春的《白居易诗论的美学意义》①，刘世忠、朱企泰的《白居易美学思想分析》②，张继兴的《白居易中和美思想简论》③，陈铭的《白居易诗以俗为美的审美观》④，张健永的《白居易的音乐美学思想初探》⑤，田岛、李秀莲的《白居易音乐美学思想研究》⑥等。其中张继兴文认为，在诗歌美学理论方面，白居易明确地倡导诗歌创作要表现人民的疾苦，强调了感情在诗歌创作和欣赏中的作用，建立了比较完整的"中和美"的诗歌美学理论。文章从"内美和外美""客观美和自然美""审美观的相对性""艺术和现实的关系"等方面，分析了白居易的"中和美"思想。田岛、李秀莲文认为，在中国民族音乐美学思想史上，白居易的音乐美学思想是有其突出的时代意义的。但是，长期以来，学界只注重其诗歌美学的研究，而忽略了对其音乐美学思想的研究。他们结合中国民族音乐发展史和唐代丰富的音乐实践活动，从音乐审美活动的情感特征和教化功能两个方面，探讨了白居易在继承和发展中国民族音乐美学思想上的突出贡献。

五、诗歌创作综论

20世纪，学界对白居易诗歌创作的研究取得了十分可观的成绩。在20世纪上半叶，有人对白居易诗歌艺术进行概论性的分析和评价，也有人对白居易诗歌中特定题材进行探讨，更有人对白居易的诗歌名篇进行笺证。五六十年代，学界着重分析白居易诗歌中的现实主义精神，开始对《长恨歌》的主题进行讨论。"文革"之后，学界除了继续对白居易诗歌的艺术成就和局限进行讨论，继续深入探讨《长恨歌》的主题和艺术，还扩大了研究领域，对白居易的闲适诗、诗歌的格律和形式、诗歌理论和创作心态展开研究，产生了不少角度新颖、视野开阔、立论新警的文章。

---

① 载《甘肃师大学报》1980年第4期。
② 载《内蒙古社会科学》1981年第3期。
③ 载《学术月刊》1982年第5期。
④ 载《学术月刊》1985年第11期。
⑤ 载《吉首大学学报》1986年第1期。
⑥ 载《西北师大学报》1991年第4期。

诗歌成就总评和诗歌艺术总论

在 20 世纪上半叶,学界几乎都对白居易的诗歌创作成就持肯定态度。

如曾毅的《中国文学史》[1] 说,白诗尚坦夷,言人所欲言,能沁人心脾,耐人吟讽,如水之荡荡,或伤于平浅,然其抗垒前贤,特开生面,于文学上皆可大书特书。顾实的《中国文学史大纲》也指出:"盖当时之诗,竞拟魏汉,甚者至肖诗之雅颂,强自鸣高而自炫学博。白居易独以人耳为主宰,显为一种反动。洵具有慧眼卓见也。今观《长恨歌》《琵琶行》,皆无注脚即可明白。宜乎彼诗在当时大行于世,上自王公,下至野老村妪,莫不玩诵之。故白居易者,纯粹平民诗人也。"[2] 赵景深的《中国文学小史》亦云:"因为他反对艺术的艺术,所以他用白话作诗,因为他主张人生的艺术,所以有许多诗为社会鸣不平。"[3] 张汝钊的《白居易诗中的佛学思想》[4] 也认为:"白居易之在东亚,犹歌德但丁之在欧洲,最受人们欢迎。一个诗人,在他诗里的思想,能深深打入人们的心坎上,终古以来,就没有几人——温厚柔和的情致,感警练达的论调,亲切熨帖的词句,幽邃奥深的思想,却用他明达清切的笔调传达出来,引起我们淡邈悠远的想象和易简驯良的感应。"佘贤勋的《白香山诗研究》[5] 更明确指出:"香山诗,可谓今日白话诗之鼻祖,盖其诗在各家中最称浅易……且其取材于社会现实,故益觉动人。"陶愚川则在《诗人白居易析论》[6] 中深有感触地说:"白居易不是一个普通的诗人,他有伟大的抱负和热烈的心肠。他作诗的目的是很纯正的,他要在诗中充分地暴露出当时政治的黑暗和人民的苦痛。"文章还指出,"唯有人们所不爱的讽谕诗,却正是他的'诗的灵魂'"。作者还希望有人出来像白居易一样对二三十年代诗坛上的那些"吟风月"之诗进行总攻击。

总之,由于当时白话文运动、五四运动的影响,人们对白居易诗歌

---

[1] 曾毅:《中国文学史》,上海:泰东图书局,1922 年。
[2] 顾实编:《中国文学史大纲》,上海:商务印书馆,1929 年,第 201 页。
[3] 赵景深:《中国文学小史》,上海:光华书局,1932 年,第 74 页。
[4] 载《海潮音》第 15 卷第 3 期,1934 年。
[5] 载《金陵光》第 15 卷第 1 期,1926 年。
[6] 载《大厦年刊》1933 年卷。

的通俗性、现实性和平民性格外欣赏。

五六十年代，由于学界对白居易诗歌现实性有共同的认识，所以人们大多对白居易诗歌（尤其是讽谕诗）的人民性、现实主义精神及其艺术成就进行肯定。

如游国恩在其《白居易及其讽谕诗》[①]中就指出，"白居易之所以值得我们重视，也就是因为他继承了杜甫那样的同情人民的传统"，他"一生作品中最有价值、最有意义的也就是讽谕诗"，这些讽谕诗"大胆揭露了当时政治社会的黑暗及阶级矛盾"，表现了作者"有正义感""肯替人民说话"的斗争精神。郭沫若在《关于白乐天》[②]指出，白居易我国文学史上一位"现实主义的伟大诗人"，而且他十分同意日本学者片山哲先生称白居易为"大众的诗人"，是"为劳动人民祈福的和平诗人"，是"清廉洁白、毅然有所自立的诗人"；他甚至认为白居易的"闲适诗"也不应该责备，因为这"表示着诗人的高洁，不愿意和恶浊的社会同流合污"。谭丕模的《白居易诗歌的现实主义精神》[③]也认为，白居易的诗歌忠实地反映了现实。从他的诗歌所表现的人民性来看，他是一个伟大的现实主义者，他是一位多产的诗人，而且是多产讽刺诗的诗人。他讽刺不合理的社会制度，讽刺统治者的荒淫无耻，希望减轻对人民的剥削与压迫。同时也歌颂了那些减轻对人民的剥削与压迫的政治措施，憧憬着人民的理想与要求。另外，他还就明确的主题、通俗的语言、广泛地使用比兴手法、诗歌的故事化等方面高度评价了白居易诗歌的艺术成就。

另外一些学者则在对白居易诗歌成就的肯定中又指出了其缺点和局限性。如陈友琴的《白居易诗歌艺术的主要特征》[④]在肯定白居易的诗平易、浅切、通俗易懂的优点的同时，又指出白居易的讽谕诗具有概念化、公式化的问题，甚至一些非讽谕诗的结尾也是比较公式化的；而且白居易诗歌的"俗"，有时显得过分浅露，不含蓄，不隽永，少数作品在思想性和艺术性的结合上，或多或少是有些缺点的，在今天，我们就

---

① 载《人民文学》1953年2月号。
② 载《文艺报》1955年第23号。
③ 载《新建设》1956年第1期。
④ 载《文学遗产增刊》第6辑。

应该批判地接受白居易的作品。霍松林在《读〈谈白居易的写作方法〉》①一文中也认为,白居易的讽谕诗中所常用的"卒章显其志"的写法"是公式化、概念化的,也是可有可无的","这自然是他的缺点",因为"诗的思想性必须通过诗的形象表现出来"。同样,袁行霈的《白居易诗歌的艺术成就和缺陷》②在肯定白居易诗歌语言浅显平易、有意到笔随之妙的同时,也指出其不含蓄、不简练、公式化、概念化的缺陷。

当时出版的一些文学史著作也在对白居易诗歌成就的充分肯定中,指出了其局限性。如中科院文学研究所编著的《中国文学史》就认为,讽谕诗是白居易旨在"反映民生疾苦的现实主义诗歌",是"替被压迫人民说话"的"不朽之作",但是他的写作目的是为了"愿得天子知","为统治阶级服务的思想是很明白的";他强调"核实",也有忽视艺术性的倾向。游国恩等主编的《中国文学史》也认为白居易讽谕诗艺术上的缺陷"主要是太尽太露,语言激切而缺少血肉,有时流于苍白的说教"。

70年代末,陈贻焮的《从元白和韩孟两大诗派略论中晚唐诗歌的发展》③能够跳出当时学界对白居易诗歌成就或褒或贬的论争,深入、客观地分析元白诗派通脱、浅俗的倾向及其受变文、"市人小说"、"传奇"等市民文学的影响等问题,是白居易诗歌研究中的一个重要进展和实质性突破。

陈贻焮指出,无论是白居易的"讽谕""闲适"还是"杂律"诗,其中都存在着一种共同的"通脱之习"(也可以说是"通俗化倾向")。这是因为当时的诗人唯开、宝诸公马首是瞻,从而将诗歌创作活动推到了多少带有神秘感的、高不可攀的境地,使诗歌的发展停滞下来。元白为了打破这种停滞状态,"独树一帜",就变盛唐"旧法"为"通脱之习",也就是说,大破诗国的不二法门,大开方便之门,教人们不要把作诗看得那么难、那么高不可攀,就像他们那样,爱怎么写就怎么写。如果对社会现实有所感触,对政治有所不满,可写讽谏诗;若想克制功名利禄之心,可写"闲适诗";要是自恃才大,意欲与人较量短长,可写"千字律诗";有诗意更好,没有诗意也可以借诗的形式说理谈禅,

---

① 载《光明日报》1955年1月9日。
② 载《光明日报》1963年6月9日。
③ 载《中国古典文学研究论丛》第1辑。

大发议论。此外，白居易又在古诗、律诗中多创体制，自成一格：或连用叠调，或连用一字，又创各式六句七律诗格等等，从体制上突破了一些"旧法"的约束。总之，他把诗歌引向了更为宽阔的道路，对当时和后世的诗歌创作都产生了很大的影响。另外，作者还指出，元白的诗歌，无论在内容上（采世俗艳谈的爱情题材入诗），还是在表现上（情节的铺陈和细节的描绘），都明显地受到变文、"市人小说"和传奇的影响，这在当时有反封建礼教的意义。元白诗也因此深为世俗人等所爱重。

80年代中期，学界曾经出现过贬抑、否定白居易讽谕诗、新乐府诗歌艺术成就的现象。如裴斐在《再论关于元白的评价》① 中指出："从作品实际和在当时发生的社会影响看，元白的主要成就均不在《新乐府》，而在题材广泛的抒情诗。"王启兴的《简论白居易的新乐府》② 更是认为，白居易的新乐府"仅从稽政着眼"，"题材十分狭窄"，而且"立意不新不深"，"把自己的倾向赤裸裸地宣泄净尽"，"读之了无余味"，"这不能不说是艺术上的失败"。

在裴斐文和王启兴文发表之后，全国各地不少学者提出了不同的看法。如苏者聪的《白居易的新乐府不能一概否定》③、王春庭的《白居易评价之我见》④、谢孟的《政治功利与白居易新乐府》⑤，都从不同的角度说明，对白居易的讽谕诗、新乐府不能简单否定、过分贬抑，而应看到其在文学史上的独特贡献和积极意义。

80年代中期白居易诗歌研究的另一热点是对文学史上有无"新乐府运动"问题的讨论。最早提出中唐时期存在着"新乐府运动"这一概念的学者是胡适。20年代，他在《白话文学史》中指出，这个"新乐府"运动滥觞于天宝中后期的杜甫和元结，《箧中集》里的作家是这个运动里的几个"无名英雄"⑥，"这个文学革新运动的领袖是白居易与元稹，他们的同志有张籍、刘禹锡、李绅，李余、刘猛等"⑦。此后，诸

---

① 载《光明日报》1985年9月10日。
② 载《光明日报》1985年10月10日。
③ 载《南充师院学报》1986年第4期。
④ 载《江西社会科学》1986年第4期。
⑤ 载《学习与探索》1986年第4期。
⑥ 《白话文学史》上卷，第257—258页。
⑦ 同上书，第304页。

多文学史和白居易研究著作、论文多沿用了胡适这一说法。

但是，到20世纪80年代中期，有学者对中唐是否出现过"新乐府运动"提出了怀疑。如裴斐在《白居易诗歌理论与实践之再认识》[①]中说："当时是否有过这么一个运动，以及白居易是否领导了这个运动，都是很可疑的。"罗宗强在《"新乐府运动"种种》[②]中也指出："从当时写新题乐府，且又按元、白的那种主张写新题乐府的人数来看，很难说构成一个运动。"周明在《论唐代无新乐府运动》[③]中从"新乐府"这一概念的不科学性、不确切性的角度提出："人们很难用这个概念对唐代某一诗歌运动下一个界说分明的定义"，"唐代根本未曾有过一个'新乐府运动'"。他认为，只能勉强说唐代"有过一个李绅先写了二十首，元稹和了十二首，白居易和了五十首，共八十二首讽谕诗的唱和活动"。王运熙在《讽谕诗和新乐府的关系和区别》[④]中也认为："新乐府作为一种样式，既可以表现讽谕性内容，也可以表现非讽谕性内容。所以说讽谕诗与新乐府二者，既有联系又有区别，不能混为一谈。"他主张，"在论述唐代诗歌时，不宜使用'新乐府运动'这一名称；如果勉强运用'运动'的话，那采用'讽谕诗运动'这一名称更为贴切一些"。

针对上述学者的质疑，也有人提出了商榷。如蹇长春在《新乐府诗派与新乐府运动——关于白居易评价的一个问题》[⑤]中就认为，中唐时期诗坛上确实存在着一个由"思想倾向、文学观点和艺术风格相近的诗人群体"组成的"新乐府诗派"。要判断他们的文学活动是否构成一个"运动"，只能根据这一诗人群体的文学实践（包括理论和创作）所产生的社会影响，以及在文学发展史上的影响来衡量。文章认为，运用关于文学流派运动的现代文艺学观点来衡量，无疑可称之为"新乐府运动"。

葛晓音的《新乐府的缘起和界定》[⑥]通过对新乐府的缘起和演变过程的分析，对新乐府作了新的界定：所谓新乐府，包含广义和狭义两种概念。广义的新乐府指在唐代歌行发展过程中，从旧题乐府中派生的新

---

① 载《光明日报》1984年12月18日。
② 载《光明日报》1985年11月19日。
③ 载《唐代文学研究》第2辑。
④ 载《复旦学报》1991年第6期。
⑤ 载《西北师院学报》1986年第4期。
⑥ 载《中国社会科学》1993年第3期。

题,或在内容上和形式上取法汉魏古乐府,以"行""怨""词""曲"(包含少数"引""歌""吟""谣")为主的新题歌诗。狭义的新乐府指广义的新乐府中符合"兴谕规刺"内容标准的部分歌诗。作者认为,从杜甫到白居易确有一批新乐府存在,至于用什么名词去说明,是可以重新考虑的。她的看法是,如果找不到更合适的名称,也不妨仍借用"运动"一词。可以说:"从盛唐天宝年间至中唐贞元、元和年间,在提倡复古、要求改革的社会思潮中,一批诗人如杜甫、元结、韦应物、顾况、戴叔伦、王建、张籍、韩愈、孟郊、鲍溶、刘禹锡等,取法汉魏古乐府,创作了许多带有汉乐府式的三字题或具有'行'、'词'、'怨'、'曲'这类歌辞性题目的新题歌行,其中包含着一些关注现实、兴讽时事的作品;元和四年,李绅、元稹、白居易看到诗歌创作的这一趋势,出于进谏的需要和教化的目的,直承《诗经》的传统,提倡恢复周代采诗制,用兴讽规刺的标准对杜甫以来歌行仿汉魏古乐府制作新题的现象加以总结和规范,并以一批'新题乐府'和'新乐府'组诗作为示范,融合了《诗经》、汉乐府和中唐前期兴讽歌行的创作精神和表现形式,确立了'新乐府'的名称,其影响一直延续到唐末的皮日休和北宋的诗文革新,这就是'新乐府运动'的实际内涵。"

经过这次讨论,大多数学者对使用"新乐府运动"这一名称开始持慎重的态度,90年代以后新出版的文学史、诗歌史以及白居易研究论著多摒弃了这一概念,只有中国社科院文学研究所总纂的《唐代文学史》等少数的文学史著作仍然坚持中唐存在着"新乐府运动"。

分类和题材研究

白居易诗歌题材多样,他当时就曾按内容把自己的诗歌分为讽谕诗和闲适诗。20世纪的白居易诗歌题材研究则涉及白居易的讽谕诗[①]、闲适诗、抒情诗、田园诗、寓言诗、叙事诗、咏史诗、乐舞诗、感伤诗等。

闲适诗在白居易的诗歌创作中占有十分重要的地位,白居易是将它与讽谕诗相提并论的。但在20世纪大部分时间里,学界并未给予足够的重视。

20世纪上半叶,学界对白居易的闲适诗尤其是其中所表现的洒脱

---

① 关于"新乐府"诗及讽谕诗的研究情况前已介绍,下文不再赘述。

性情和艺术造诣还是比较肯定的。但是到五六十年代,有很多学者在高度评价白居易讽谕诗的同时,冷落甚至贬抑了其闲适诗。他们或是认为白居易的这些作品,是悲观厌世的、消极退隐的,是脱离人民、消磨斗志的,是描写官僚地主的享乐生活的;或者说后期的作品虽然有同情人民的呼声,然而是低沉微弱的,没有其中年时期所写的讽谕诗那样具有现实性。

然而,当时也有一些学者提出了不同的看法。如郭沫若在为日本学者片山哲研究白居易的著作所写的序言《关于白乐天》中就指出:"白乐天的闲适诗,应该说是诗人在封建势力压迫下的后退一步。""但这种后退,我们从历史的观点来看,对于诗人是应该予以同情,而不能予以责备的。""这种后退,与其解释为明哲保身,倒表示着诗人的高洁,不愿意和恶浊的社会同流合污。"白居易的闲适"是对于恶浊的顽强的封建社会的无言的抗议!"萧文苑在《论白居易的诗歌理论和创作》① 中也对当时学界普遍贬低白居易闲适诗的做法提出异议。他认为,"诗人后期这些作品,是残酷的现实所逼成的。诗人在这些作品里,表现出自己不愿与混浊的人生同流合污,保持自己的高洁和磊落,多少也带有和统治阶级决裂的反抗意识",而且,"也没有这样一条规律:作品没有人民性,就是反动的,毫无意义的"。因此,他建议研究白诗的学者们"要科学的客观的去看问题,抛弃那种庸俗社会学的观点",以求对白居易晚年的作品"获得一个准确的评价"。萧氏这个观点在当时是十分难能可贵的。

但郭沫若、萧文苑二人的观点和呼声在当时并未产生多大的影响,直到 80 年代初,霍松林《论白居易的田园诗》② 的发表之后,情况才有所改变。霍松林在该文中认为,白居易前期的闲适诗中,有不少田园诗和山水诗。他着重分析了白氏前期任周至尉及丁母忧退居渭村时期,接触和体验农村生活而写的田园诗,其主要论点如下。第一,白氏着重写"田家苦"的田园诗,"植根于农村生活土壤,来自对农民疾苦的深刻了解和深厚同情。正因为有了这种人道主义的闪光,才把白居易的田园诗同传统的田园诗区别开来"。第二,以陶渊明和盛唐王、孟为代表的传统田园诗,着重表现"田园生活的淳朴、宁静和闲适,用以对照上

---

① 载《教学与研究汇刊》1957 年第 3 期。
② 载《陕西师大学报》1982 年第 3 期。

层社会的虚伪、污浊和倾轧"，类似于西洋文学中看不见"豺狼"的"牧歌情调"的田园诗，而白居易的田园诗则着重写"田家苦"，愤怒地鞭挞"虐人害物"的"豺狼"，因而是不同于传统田园诗的"新的流派"。第三，白居易的田园诗，特别是"讽谕"诗中的田园诗，是"以自己的生活体验和思想认识为前提，继承了《七月》和杜甫等前辈诗人表现'田家苦'的传统创作出来的"。第四，当前学界论唐代田园诗只讲王、孟和储光羲等，而不提杜甫、白居易，是不全面的。

此后，分析和肯定白居易闲适诗、写景诗、田园诗的文章越来越多了。如朱金城、朱易安的《白居易写景诗初探》①，朱宏恢的《浅论白居易闲适诗的积极意义》②，杜纯粹的《白居易闲适诗新探》③，张金亮的《白居易闲适诗创作心态刍议》④，刘维治的《白居易宦海沉浮及其山水之吟》⑤等。张金亮文将白居易216首闲适诗的创作分为四个阶段，探讨了白居易不同时期的创作心态。刘维治文分析了白居易的山水之吟与他仕途沉浮的密切关系，还强调了山水自然景观的地域特征的影响，认为这是造成白居易不同时期山水之吟具有不同风采的重要因素。

80年代以后，关于白居易诗歌题材的文章还有马德懋的《白居易寓言诗初探》⑥、雄飞的《白居易的音乐诗》⑦、侯文正的《论白居易叙事诗的艺术特色》⑧、周乃昌的《白居易的寓言体诗》⑨、傅正谷的《论白居易的乐舞诗和他的乐舞美学观》⑩、张金亮的《白居易感伤诗论略》⑪等。

体裁和诗律研究

和白居易诗歌的题材研究相比，人们对其诗歌的体裁和声律的探讨

---

① 载《南开学报》1983年第6期。
② 载《徐州师范学院学报》1986年第4期。
③ 载《中国文学研究》1987年第1期。
④ 载《唐代文学研究》第6辑。
⑤ 载《辽宁大学学报》1997年第4期。
⑥ 载《全国唐诗讨论会论文选》，第338—361页。
⑦ 载《交响》1983年第3期。
⑧ 载《山西师大学报》1985年第2期。
⑨ 载《汉唐文史漫论》，第346—356页。
⑩ 载《山西师大学报》1990年第2期。
⑪ 载《青海师范大学学报》1993年第1期。

则薄弱得多。

80年代以前,未曾出现过对白居易诗歌进行专门的分体或诗律研究的文章和专著,人们多是在白诗通论、文学史、诗歌史等著作中论及白诗体裁和诗律。80年代以后,才陆续出现了一些研究白诗用韵、诗体的艺术成就的文章。如赵锐的《白居易的诗歌用韵》①、赖江基的《从白居易诗用韵看浊上变去》②、马重奇的《白居易诗用韵研究》③、吴进仁的《论白居易诗文用韵》④、房开江的《白居易七绝诗遭遇冷落探因》⑤、入矢义高的《白居易的口语表现》⑥。

诗歌艺术渊源和影响

80年代以前,学界对白居易诗歌艺术渊源和影响的探讨往往都是在白居易研究论著以及一些文学史、诗歌史中进行的,且比较简略。但人们显然已经初步认识到白居易对杜甫、元结甚至对汉魏诗歌、《诗经》、楚辞的继承和发展,能够看到白居易诗在日本、朝鲜等国的流传和影响。

80年代以后,论及白居易诗歌艺术渊源的文章才开始出现,如王家星的《宋玉与白居易文学上的传承关系》⑦、入谷仙介的《关于〈琵琶行〉的创作——重点研究与杜甫的关系》⑧、尚永亮的《论白居易对屈原、陶潜的取舍态度及其意识倾向》⑨、章尚正的《白苏论》⑩ 等。其中王家星文认为:感伤主义是宋玉和白居易创作的基本特征,"宋将它'遗传'给了白,渗透于白氏整个人生及众多诗篇中"。在白氏许多诗中,从语言、题材、内容,到表现手法、创作方法,直接渊源于宋玉《九辨》的地方不少。

论述白居易诗歌对后世以及在国外影响的文章则更多了,如巍然的

---

① 载《北方论丛》1980年第5期。
② 载《暨南学报》1982年第4期。
③ 载《福建师大学报》1984年第1期。
④ 载《汉中师院学报》1985年第1期。
⑤ 载《贵州大学学报》1986年第2期。
⑥ 载《古典文学知识》1994年第4、5期。
⑦ 载《学术论坛(南宁)》1990年第2期。
⑧ 载《漳州师院学报》1992年第3期。
⑨ 载《中州学刊》1993年第2期。
⑩ 载孙以昭主编:《中国文化与古典文学》,合肥:安徽大学出版社,1997年。

《白诗在日本》[①]，严绍璗的《白居易文学在日本中古韵文史上的地位和意义》[②]，曹汾的《两地闻名追慕多 遗文何日不讴歌——白居易的诗歌在日本》[③]，许一虎的《〈源氏物语〉与白居易诗歌》[④]，王延梯、林端娥的《放达有唐唯白傅，纵横吾宋是黄州——王禹偁与白居易的继承关系》[⑤]，向叙典的《开元法曲无人记，一曲〈琵琶〉传到今——评杜牧等人对白居易诗歌的批评》[⑥]，下定雅弘的《战后日本白居易研究概况》[⑦]，竹村则行《吴伟业的〈琵琶行〉与白居易的〈琵琶行〉》[⑧]，郭洁梅的《白居易与日本平安朝文学》[⑨]，詹志和的《中国诗人白居易与日本文学中的唯美伤感风格》[⑩]，高志忠的《白居易与〈源氏物语〉》[⑪]，金卿东《高丽、朝鲜时代士人对白居易的"受容"及其意义》[⑫]，贺中复的《论五代十国的宗白诗风》[⑬] 等。

其中，严绍璗文列举了大量的事实，论证了白居易文学给予日本九世纪至十二世纪文学的深刻影响。文章共分三个部分：（1）白居易文学传入日本的一般性考察；（2）"白体诗"的出现与日本汉诗诗风的变革；（3）白居易诗在和歌中被醇化的形态。文中还有一些新发现的资料。郭洁梅文论述了白居易诗对八至十二世纪末日本平安文学中的汉文学（即"男人的文学"）与"假名文学"（即"女人的文学"）的影响，并重点介绍了《长恨歌》在日本的流传情况，还探讨了白居易诗之所以比李白、杜甫诗歌更受日本人欢迎的原因。

---

① 载《人民日报》1980年7月15日。
② 载《北京大学学报》1984年第2期。
③ 载《唐代文学论丛》1982年第1期。
④ 载《延边大学学报》1983年第2期。
⑤ 载《文史哲》1984年第3期。
⑥ 载《红柳》1984年第6期。
⑦ 载《西北师大学报》1989年第4期。
⑧ 载《苏州大学学报》1991年第2期。
⑨ 载《文学遗产》1991年第4期。
⑩ 载《文艺研究》1992年第4期。
⑪ 载《日本研究》1993年第2期。
⑫ 载《文学遗产》1995年第6期。
⑬ 载《中国社会科学》1996年第5期。

六、《长恨歌》和《琵琶行》研究

《长恨歌》研究

在白居易的诗歌作品中,《长恨歌》和《琵琶行》最受人们的关注。尤其是学界对《长恨歌》主题的讨论①,更是从 20 年代开始,直到八九十年代仍未结束。

在 20 世纪上半叶,研究《长恨歌》的专题论文不多,主要有俞平伯的《〈长恨歌〉及〈长恨歌传〉的质疑》②和陈寅恪的《〈长恨歌〉笺证》③。二文无论是在《长恨歌》本事的研究还是在主题的解说上,都提出了富有启发性的新见解。

其中,俞平伯文将《长恨歌》与《长恨歌传》对读,对传统说法提出了疑问。他认为马嵬事起仓皇,杨贵妃虽被赐死,但未必真死,可另觅替死鬼。杨沦落民间后,大约当了女道士。玄宗后来知道杨贵妃在人间而不能使之回来,只有结再生之缘。白居易将此事写入诗歌,为君讳而不便明言,只能托陈传以示其隐旨。

陈寅恪文也指出,要了解《长恨歌》,"第一须知当时文体之关系",当时的新文体——传奇小说,其特征在于"文被众体",从中可以见史才(即小说中的叙事)、诗笔(即诗之笔法)、议论。由此可见,《长恨歌》与陈鸿的《长恨歌传》关系密切,"为一不可以分离之共同机体"。白歌见诗笔,陈传见史才、议论,白诗中不便明言的真正作意"乃见于陈氏传文中"。陈寅恪还进一步考察了《长恨歌》故事的衍变,指出明皇杨妃故事为唐人所常用题目,逐渐附会修饰,"曼衍滋繁,遂成极富兴趣之物语小说","在白歌陈传之前,故事大抵尚局限于人世,而不及于灵界,其畅述人天生死形魂离合之关系,倒以《长恨歌》及传为创始"。他还认为,白居易的诗作《李夫人》为《长恨歌》的缩写,可视为白氏"自撰之笺注"。诗旨"鉴嬖惑"与诗中所言"生亦惑,死亦惑,

---

① 下文主要参考了陈尚君:《六十年来国内〈长恨歌〉研究述要》,载《文史知识》1983 年第 7 期;并旁参蹇长春:《关于〈长恨歌〉的主题》,载《唐代文学研究年鉴》1984 年卷;张展:《〈长恨歌〉以及李、杨爱情问题的讨论》,载卢兴基主编:《建国以来古代文学问题讨论举要》。
② 载《小说月报》第 20 卷第 2 号,1929 年。
③ 载《清华学报》第 14 卷第 1 期,1947 年。

尤物惑人忘不得。人非木石皆有情，不如不遇倾城色"，均有意刺宪宗之多内宠。可见，"读《长恨歌》必须取此篇参读之，然后始能全解"。陈氏的这些见解，对后来持讽谕说者启示很大。陈文发表之后，夏承焘撰《读〈长恨歌〉》①，对陈文提出的歌传合一说提出质疑，认为陈传作于白歌之后，白歌陈传各自独立，而且唐人小说并非皆具史才、诗笔、议论。

五六十年代，学界对《长恨歌》的主题兴趣最大，参加讨论的学者较多。综合各家的说法，主要有爱情说，讽谕说和讽谕、爱情双重主题说。

1. 爱情说。持爱情说者认为，《长恨歌》的前半部分虽然对李、杨荒淫误国有所不满和讽刺，但全诗主要描写了李、杨的爱情遭遇，歌颂了他们爱情的纯真性，而且这种爱情，具有一定的典型意义。如褚斌杰在其《关于〈长恨歌〉的主题及其评价》②中首先指出，白居易借李、杨爱情故事"歌颂了爱情的坚贞和专一"，这在当时不合理的婚姻制度下具有进步性。郑秀萍在《谈〈长恨歌〉的主题思想——读白枫〈长恨歌〉的思想性》③中也认为，作者通过李、杨爱情悲剧的描写，"歌颂了那种与人民的生活、人民的感情相一致的纯洁无疵的爱情。李杨的不幸古代普遍男女也能碰到，因而具有一般意义"。罗方《谈〈长恨歌〉》④认为，李、杨爱情与梁祝故事一样，"属于人民的精神情绪的表现"。在持爱情说的学者中也有人对李、杨爱情持不同看法，如许可《〈长恨歌〉简论》⑤就认为李、杨爱情虽真挚坚贞，但其方式却是违背人民意愿的，最终带来悲剧性的结果。林志浩的《论〈长恨歌〉的主题思想兼及其争论》⑥也认为，诗中写李、杨前期爱情只是爱色，随着时代和人物遭际的变化，进而升华为爱情。

2. 讽谕说。持讽谕说者又有讽谕说和暴露说之别。谭丕模指出

---

① 载《国文月刊》第78期，1949年。
② 载《光明日报》1955年7月10日。
③ 载《光明日报》1955年12月18日。
④ 载《光明日报》1956年5月27日。
⑤ 载《文艺学习》1957年第12期。
⑥ 载《光明日报》1956年8月19日。

《长恨歌》是通过李、杨故事"暴露了统治者荒淫无耻的生活"①。白枫认为此诗意在"展现出中唐时代中国封建统治阶级的生活面貌,统治阶级生活的荒淫糜烂和政治道德上的腐败堕落"②。这是持暴露说者的主要观点。而持讽谕说者则认为,白居易作此诗的目的是揭露与讽刺李、杨纵情声色,贻误国政,"引起了安禄山之乱","暗喻最高统治者应该以此为戒"③。两说皆为政治主题说。其共同点是,认为此诗首句点明主题,全诗重点在前半段的揭露和讽谕,主要不是甚至完全不是歌咏、歌颂李、杨爱情的作品。

3. 双重主题说。王运熙《略谈〈长恨歌〉内容的构成》④认为,此诗在思想内容上"一方面对李、杨两人的生活荒淫、招致祸乱作了明显的讽刺,另一方面对杨贵妃的死和两人诚笃的相思赋予很大的同情","是明显的无法否认的事实"。这可从诗篇本身证明,也可从陈鸿《长恨歌传》中得到印证。"感其事",就是为两人的悲剧所感动,因而赋予同情;"惩尤物""窒乱阶",就是指出明皇因溺于女色而招致祸乱,必须加以讽刺,并从中吸取教训。诗中虽然写了两个方面,"更为偏重的是对于李、杨两人悲剧遭遇的同情"。而詹锳《从浪漫主义与现实主义两结合的观点试论〈长恨歌〉》⑤则从另一个角度提出看法,认为此诗的主导方面在后半篇,为使前后有机结合,前半的讽刺保持着一定限度,而且多有讳饰。将此诗看成纯粹的讽刺诗或爱情诗都不恰当。

50 年代学界在对《长恨歌》主题进行讨论的同时,也涉及了方士会杨妃故事的来源。如李健章在《关于〈长恨歌〉的评价问题》⑥中就认为,白氏此诗作于周至,该地历史上有周穆王见西王母、弄玉吹箫升仙的传说,唐代亦多修道成仙故事,"易孕育带有幻想色彩的作品"。詹锳推测海上仙山的描述可能受到李白《梦游天姥吟留别》的影响。王运熙则赞同清人赵翼的"时俗讹传,本非实事"的说法,认为是当时的民间传说。传说的依据是玄宗一生对神仙方术的热衷追求和马嵬变后对杨

---

① 谭丕模:《白居易诗歌的现实主义精神》,载《新建设》1956 年第 1 期。
② 白枫:《〈长恨歌〉的思想性》,载《光明日报》1957 年 9 月 11 日。
③ 载《天津日报》1961 年 7 月 25 日。
④ 载《复旦学报》1959 年第 7 期。
⑤ 载《天津日报》1962 年 10 月 17 日。
⑥ 载《武汉大学学报》1959 年第 10 期。

贵妃的真挚哀悼和思念。白居易从友人处听到传说后写入诗篇，他并非这一故事的创造者。

"文革"以后，学界对《长恨歌》的兴趣依然很浓。一方面，人们仍然对《长恨歌》的主题理解不一；另一方面，在《长恨歌》的艺术分析和故事来源等方面也有新的进展。

"文革"以后的《长恨歌》主题的讨论，依然以爱情说、讽谕说和双重主题说为主，另外，俞平伯的"隐事说"被人重新提出，并引发了一场讨论。

此时持讽谕说的学者最多。这派观点的文章，在立论上大都强调结合作品的历史背景、结合作者的政治思想和文学观点、结合陈鸿的《长恨歌传》来探讨《长恨歌》的主题。如杨发恩《〈长恨歌〉的主题思想及其他》①就指出，此诗前后两部分思想是一致的。前半部分讽谕意义甚明，后半部分关于李、杨爱情悲剧情节的渲染、对玄宗晚年悲凉处境的生动描绘，加深了其讽谕意义。王拾遗的《"他生未卜此生休"——论〈长恨歌〉的主题》②认为陈鸿《长恨歌传》中的"'惩尤物，窒乱阶，垂于将来也'这个观点，也就是《长恨歌》所表达的主题思想"。李、杨之间不过是"男贪女色，女图男势"，根本谈不到爱情。不能因为作品以多半篇幅描写了所谓的"李杨爱情"，"就误认为诗人是同情'李杨爱情'的，这是"忠实于民间传说的情节使然"。而周天的《说〈长恨歌〉——〈白诗笺说〉之一》与《再说〈长恨歌〉——〈白诗笺说〉之二》③更是以较为充分的篇幅申述了其讽谕说。他强调指出：原先流传于市民中的李、杨故事，"基本上是个渗透着帝王威权下降感的爱情故事"；白居易却从自己的"民主主义思想"出发，将故事整理加工成为"意存讽谕的《长恨歌》"；但当作品重新回到民间时，市民们仍然"只欣赏他们自己原先就欣赏的东西"，"取其渗透着帝王威权下降感的爱情故事的绚丽，失其讽谕之风骨"。作者的创作动机与作品的社会效果是既矛盾又统一的。

八九十年代持爱情说的学者也不少，其中又以张安祖、马茂元等为代表。他们大多强调把《长恨歌》与《长恨歌传》分开，把文学创作与

---

① 载《昆明师院学报》1979年第1期。
② 载《宁夏大学学报》1980年第2期。
③ 载《文艺论丛》第13、15辑。

历史事实加以区别，更着眼于作品中人物形象的塑造，以及作者对材料剪裁义理的匠心，来探究《长恨歌》的主题。

张安祖《关于〈长恨歌〉的新探索》①指出，白居易之所以对李、杨爱情给予同情，主要是唐玄宗"历史形象的复杂性"：马嵬事变后，"唐玄宗前期'好皇帝'的形象并没有被他后期的罪恶所完全抵销"；人们也懂得他"对杨贵妃的宠爱决不是促成安史之乱的根本原因"；尽管后来白居易和人民的出发点仍然有所不同，"但对待玄宗这个历史人物的态度却是基本一致的"。这就决定了作者得以在民间传说的基础上创作出这一作品，并使之同民间传说有着"基本一致的中心思想"，同时也使作品在当时能够得到"各阶层的理解、喜爱而广泛流行"。

而马茂元、王松龄的《论〈长恨歌〉的主题思想》②则史料考证与理论分析并重，较为全面地论述了"爱情说"的观点。文章认为，沿用历史题材的《长恨歌》，"自不可能完全抛开历史而向壁虚构；然而作为诗的主体、诗的核心，它那富有悲剧意义的感人至深的故事情节，则来自民间传说，是不受历史原型的局限的"。实际上作品塑造的李、杨形象，已经脱离了他们的"历史原型"；作品所描写的爱情悲剧也不再"仅仅是帝王宫妃的悲欢离合，而具有普通男女爱情悲剧的性质"。因此，应从较广阔的时代意义上去把握和理解《长恨歌》的主题思想所蕴含的社会历史内容：既要看到作品通过对李、杨爱情悲剧的描写，"歌颂了爱情的坚贞专一，倾诉了对他们在爱情上不幸遭遇的深刻同情"；同时也要看到作品"在客观上反映了李杨故事的原始创造者——处在中唐战乱时代的人们（包括文人）对美满爱情的理想和渴求"。

钟来因《〈长恨歌〉的创作心理与创作契机》③从三个方面分析了《长恨歌》的创作心态：（1）作为仕途得意的新进士白居易，出于"生活浪漫，思想开朗，反旧礼教习俗等要求，促使他写出《长恨歌》这样的'风情'诗"；（2）对初恋者湘灵的思念及不能与之结合的"绵绵之恨"，是其创作《长恨歌》的"感情的酵母"；（3）反映了白氏婚前对爱情的理想与渴求。

80年代以后，持双重主题说的学者相对少一些。主要有刘辉扬的

---

① 载《文学评论丛刊》第5辑。
② 载《上海师范学院学报》1983年第1期。
③ 载《江西社会科学》1985年第3期。

《一篇〈长恨〉有风情》①、陈小玲的《哀艳之中，具有讽刺》②、蹇长春的《〈长恨歌〉主题平议——兼论〈长恨歌〉悲剧意蕴的多层次性》③等。其中蹇长春文在评价、分析各派观点是非得失的基础上，主张摒弃单一主题说的僵化模型，分三个层次去把握《长恨歌》的悲剧意蕴：即把李、杨悲剧分别看作爱情悲剧、政治悲剧和时代悲剧，从而使爱情主题、政治讽刺主题和时代感伤主题，各有所依存和附丽。居于不同的层次的三重主题，构成一个有内在联系的统一的整体。

除了主题，学界还探讨了《长恨歌》的艺术魅力、艺术渊源及其对后世和在国外的影响，如张安祖的《论〈长恨歌〉的艺术成就》④、钟来因的《〈长恨歌〉的创作心理与创作动机》、陈允吉的《从〈欢喜国王缘〉变文看〈长恨歌〉故事的构成——兼述〈长恨歌〉与佛经文学的关系》⑤、马晓光的《此恨绵绵无绝期——谈谈贵妃杨玉环及其形象演变》⑥、赵炎秋的《两曲悲歌　千古魅力——〈长恨歌〉、〈李尔王〉阅读中读者同情现象试探》⑦、唐音街的《〈长恨歌〉与佛道关系论述的新进展》⑧、张国光的《杨玉环的艺术形象及其历史本来面目：论〈长恨歌〉对杨玉环的美化》⑨、王用中的《白居易的初恋悲剧与〈长恨歌〉的创作》⑩、张俊哲的《母题与嬗变：从〈长恨歌〉到〈杨贵妃〉》⑪、周相录的《〈长恨歌〉在日本的影响》⑫等。其中陈允吉文认为，《长恨歌》同当时方兴未艾的通俗讲唱文学有着极密切的关系。特别是它叙述的这个美丽曲折，又掺杂着佛教因果报应和诸行无常的故事，十分明显地受了《欢喜国王缘》《目连变》等讲唱文学的影响。其渊源可以追溯

---

① 载《上海师范学院学报》1981年第4期。
② 载《广西民族学院学报》1981年第1期。
③ 载《西北师大学报》1991年第6期。
④ 载《北方论丛》1983年第4期。
⑤ 载《复旦学报》1985年第3期。
⑥ 载《文史知识》1987年第9期。
⑦ 载《中国文学研究》1990年第4期。
⑧ 载《社科信息》1990年第3期。
⑨ 载《江汉论坛》1991年第9期。
⑩ 载《西北大学学报》1997年第2期。
⑪ 载《外国文学评论》1997年第3期。
⑫ 载《文史知识》1997年第10期。

到印度佛经中有关有相夫人和目连的若干传说。唐音街介绍了台湾学者王梦鸥《〈长恨歌〉的结构与主题补说》一文，认为该文"全面探索了《长恨歌》与道教的关系"。王用中文提出王质夫与白居易交情相当深，而且王质夫隐居于仙游山修道求仙。"从时间上看，《长恨歌》的创作，至多不晚于白、陈、王三人同游仙游山之后一二年。四川道士的神话，即杨通幽的故事，见《太平广记》卷四三。这神话源于唐玄宗避难的西蜀，王质夫后来死于梓潼，正邻近于杨通幽的乡里。王质夫相信神仙，相信道士的传说，并由他把这题材提供给了白居易，却不料这题材消化到诗人的脑子里，褪下了神秘色彩，仅剩下一种对爱情的执着感。"

《琵琶行》

《琵琶行》是同《长恨歌》齐名的作品，研究它的文章也不少。其中较有深度、别具新意的文章主要有陈寅恪的《白香山〈琵琶行〉笺证》[1]、蒋礼鸿的《"琵琶行"的音乐描写》[2]、何其芳的《新诗话（六）》[3]、霍松林的《〈琵琶行〉赏析》[4]、王达津的《漫谈〈琵琶行〉》[5]、金学智的《白居易〈琵琶行〉中的音乐美——兼谈白居易的音乐美学思想》[6] 等。

七、白集整理和版本研究

20世纪白居易研究的另一大收获，就是对白居易文集的重新整理以及对白集版本源流的研究。

白居易文集的新整理和版本研究

白居易生前曾对自己的诗文加以集录、整理，后经唐末五代兵乱，篇什多有散佚。现在存世最早的白集刻本，是南宋绍兴时所刻的七十一卷本《白氏长庆集》。胡适在《跋宋刻本白氏文集影本》[7] 中曾对此版本的版刻情况和存在的问题进行了评述。

---

[1] 载《岭南学报》第10卷第2期，1950年；后辑入其《元白诗笺证稿》。
[2] 载《语文教学》1957年第2期。
[3] 载《文学知识》1959年第4期。
[4] 载《陕西教育》1980年第10期。
[5] 载《文学遗产增刊》第14辑。
[6] 载《学术月刊》1985年第7期。
[7] 载《浙江图书馆报》1928年第1期。

从 20 世纪初以来，学界在全面吸收白居易研究相关成果的基础上，对其文集作了大量、有效的校勘和整理工作。

40 年代中后期，岑仲勉先后发表了《白氏长庆集伪文》《论白氏长庆集源流并评东洋本白集》①《文苑英华辩证校白氏诗文附按》《补白集源流事证数则》《从文苑英华中书翰林制诰两门所收白氏文论白集》《从金泽图录白集影页中所见》②六篇文章。他通过大量细致详尽的校证和考释，解决了白氏作品研究中的几个关键性问题，为进一步深入研究白居易提供了极大方便。这几个关键性问题如下：（1）考订《白氏长庆集》最后编订时间在唐武宗会昌二年（842）。（2）提出《白氏长庆集》东林真迹于唐末或五代初已经消亡的论断。（3）根据传世的唐代碑志、正史、类书互相核校，比较宋代以来《白氏长庆集》传世刻本的异同，指出今本所收白氏诗文大致可分为六类："第一类，信白氏作品也。第二、三两类，其中虽有可疑，然未获强证，吾人不能断为非白氏作品也。第四类至第六类则异是，其必非白氏所作。"（4）他校定《白氏长庆集》诸刻，指出各有所善，从总体看，明马元调本优于日本那波道圆本。日本著名学者花房英树曾撰文盛赞岑氏对《白氏长庆集》的研究"实在是充实的著作"。

40 年代末，陈寅恪也曾着力于白居易作品的笺证、整理工作，先后撰著了《长恨歌笺证》③《白香山新乐府笺证》④《白香山琵琶引笺证》⑤等文，在白诗的笺释、考订方面，颇多发明。

五六十年代，白集整理和版本研究未有大的突破，人们只是在岑仲勉、陈寅恪等人研究成果的基础上稍有推进。如刘文典的《群书斠补（元白诗笺证稿等五篇）》⑥、卞孝萱的《对陈寅恪〈元白诗笺证稿〉的一些意见》⑦、朱金城的《〈白居易诗选〉编年注释质疑》⑧等。

白集整理和版本研究的高潮是在 80 年代之后出现的。1980 年中华

---

① 并载《"中央研究院"历史语言研究所集刊》第 9 本。
② 并载《"中央研究院"历史语言研究所集刊》第 12 本，1948 年。
③ 载《清华学报》第 14 卷第 1 期，1947 年。
④ 载《清华学报》第 14 卷第 2 期，1948 年。
⑤ 以上诸文及此文后均被收入《元白诗笺证稿》。
⑥ 载《云南大学学报》1957 年第 2 期。
⑦ 载《光明日报》1958 年 12 月 28 日。
⑧ 载《中华文史论丛》第 5 辑，1964 年。

书局出版了顾学颉校点的《白居易集》，该书以宋绍兴本为底本，参校宋明清的一些主要刊本，改正了原本明显的错误和脱漏，并将前人已经拾补的连同新近发现的佚诗佚文编为外集两卷。这虽不是各本的汇校、汇刊，但已经是世纪初以来第一个经过整理的白居易诗文的全集本，给当时研究者带来了很大的方便。

20世纪白氏文集整理、校勘方面的最大成果当推朱金城的《白居易集笺校》。该书笺证部分以笺释人名为主，兼及典章制度、词语典故。它在广泛吸收陈寅恪、岑仲勉等前辈学者相关成果的基础上，努力发掘新材料，纠正了不少前人和时人的失误。此书的校勘，以明代马元调刊本《白氏长庆集》为底本，参校历代白集刊本十一种及唐、宋两代重要文集及选本七种，罗列异同，以备众说，类似于集校。但是，本书又不同于一般的集校，能尽量吸收已有的学术成果，使得校勘记不限于一般的列异同、校是非，而具有较高的学术水平。

90年代以后，在白集整理和版本研究方面取得成果最丰的学者当数谢思炜。其博士学位论文《白居易集综论》上编考论结合，着重探讨白集的版本问题，从"《白氏文集》的传布及'淆乱'问题辨析""日本古抄本《白氏文集》的源流及校勘价值""敦煌本白居易诗再考证""明刻本《白氏讽谏》考证""《新乐府》版本及序文考证""明刻本《白氏策林》考证""明郭勋刻本《白乐天文集》考证"等方面，对白集版本源流演变和现存白集的构成情况进行了调查和研究，理顺了一些错综复杂的关系，具有很高的学术价值。

白居易作品的普及

20世纪尤其是80年代以后，白居易作品的普及工作也取得了一定的成绩。

在白居易诗文的选注本的出版方面，五六十年代是一个高潮。苏仲翔选注的《元白诗选》是较早的一部白诗选本。1962年12月作家出版社出版了顾肇仓、周汝昌选注的《白居易诗选》，在注释和编年上都做了不少工作，书后还附有白居易年谱，是当时较好的选注本，在学界产生了一定的影响。

白居易诗文选注本出版的另一个高潮是80年代。这一时期不但再版了五六十年代出版的两种《白居易诗选》，还新出版了王汝弼选注的

《白居易选集》①和梁鉴江的《白居易诗选》②。王汝弼著诗文兼选，具有一定的特色。

在白居易诗歌今译方面，则首推霍松林的《白居易诗选译》③，该书选择白诗一百多篇，用现代汉语作了诗体翻译。其中不少篇什能保持原作的诗意，重视文词的藻饰，在古诗今译方面作了有益的探索。类似的著作还有李希南、郭炳兴的《白居易诗译释》④。

从50年代直至90年代末，除"文革"期间，几乎每年都有相当多的白诗赏析文章问世，这些文章对白诗的普及起了相当大的推动作用。褚斌杰主编的《白居易诗歌赏析集》⑤是这方面的代表作。

而朱金城、朱易安合著的《白居易诗集导读》⑥则是一部全面介绍白居易诗文创作的普及性读物，于通俗化中具有一定的学术价值。

总的看来，20世纪白居易研究取得了相当大的成绩，但是也有一些薄弱环节和不足之处。如在白居易研究中存在着重诗歌轻散文，重讽谕诗轻闲适诗、感伤诗，重诗歌内容分析轻诗歌形式研究，重具体作品的分析和探究，轻从文学流变史宏观综合探讨白诗等现象。另外，对历代的白居易研究和国外的白居易研究情况，学界也梳理、介绍得不够，没有成立一个全国性的白居易研究会，单从这一点说，就和王维研究、李白研究、杜甫研究甚至韩愈研究、柳宗元研究存在着很大的差距。

---

① 王汝弼选注：《白居易选集》，上海：上海古籍出版社，1980年。
② 梁鉴江选注：《白居易诗选》，广州：广东人民出版社，1986年。
③ 霍松林译注：《白居易诗选译》，天津：百花文艺出版社，1959年。
④ 李希南、郭炳兴：《白居易诗译释》，哈尔滨：黑龙江人民出版社，1983年。
⑤ 褚斌杰主编：《白居易诗歌赏析集》，成都：巴蜀书社，1990年。
⑥ 朱金城、朱易安：《白居易诗集导读》，成都：巴蜀书社，1988年。

第十一章 李商隐、温庭筠研究

第一节 李商隐研究

一、概述

20世纪,李商隐研究可说是晚唐诗人研究中进行得最为充分和深入的。早在20世纪初,就出现了一些诗意李商隐阐释以及校订其作品的专著,如1909年上海国光社石印出版了《李义山诗》三卷(封面题:《东涧写校李商隐诗集》),1917年上海会文堂又石印出版了屈复的《玉溪生诗意》八卷。

20年代到40年代,李商隐研究趋于全面,涌现出一批对李商隐生平、诗歌进行探讨的专著和论文。其中,苏雪林的《李义山恋爱事迹考》[①]、岑仲勉的《玉溪生年谱会笺平质》[②]以及张尔田的《玉溪生诗评》[③]影响较大。

五六十年代,新的一批研究者开始运用马克思主义的研究方法和研究观念对李商隐的生平、思想和诗歌进行探讨,出现了一批侧重李商隐对社会现实之态度、强调李商隐诗歌现实意义的论文,而马茂元等少数学者在研究李商隐诗歌思想性的同时,仍能细致深入地分析其诗歌艺术和风格特点,诚属难得。

---

① 苏雪林:《李义山恋爱事迹考》,上海:北新书局,1928年。
② 载《"中央研究院"历史研究所集刊》第15本,1948年。
③ 载《同声月刊》第2卷第7期,1942年;第3卷第1期,1943年。

自70年代末开始，李商隐研究进入了一个全面开花的新时期。

首先，在20世纪末的二十多年里，出版了好几部对李商隐诗歌作品进行校注、汇评、集解的著作，其中又以刘学锴、余恕诚的《李商隐诗歌集解》①成绩最为显著。

其次，对于李商隐生平和思想的研究也硕果累累，其中刘学锴、余恕诚的《李商隐》②，杨柳的《李商隐评传》③，吴调公的《李商隐研究》④，董乃斌的系列专著《李商隐传》⑤《李商隐的心灵世界》⑥以及王蒙对李商隐诗歌进行心理分析、艺术阐释的系列论文，都在学术界产生了较大的反响。

最后，1992年11月下旬，在广西桂林召开了"中国首届李商隐学术讨论会"，会上成立了隶属于中国唐代文学学会的中国李商隐研究会，以后每隔两年就举行一次全国性的李商隐学术研讨会。这些都使得李商隐研究出现了空前的繁荣。

本章下面将从生平和思想研究、诗歌风格和艺术成就与作品集的新整理等方面，对20世纪的李商隐研究所取得的成绩作简要的介绍。

二、生平和思想研究

生年

关于李商隐的生年，前人有三种意见，冯浩主元和八年（813）说，张采田主元和七年说，钱振伦主元和六年。20世纪学界则在此三说的基础上，又提出几种说法：

1. 元和八年说。岑仲勉《玉溪生年谱会笺平质》在分析前人三种说法的意义后认为，"在未有新佐证提出之前，仍应推冯说为定案，即生元和八年卒大中十二年，享年四十六岁"。后来出版的各种文学史、唐诗选本、李商隐诗选以及《辞海》修订本"李商隐"条均主此说。何

---

① 刘学锴、余恕诚：《李商隐诗歌集解》，北京：中华书局，1988年。
② 刘学锴、余恕诚：《李商隐》，北京：中华书局，1980年。
③ 杨柳：《李商隐评传》，南京：江苏人民出版社，1981年。
④ 吴调公：《李商隐研究》，上海：上海古籍出版社，1982年。
⑤ 董乃斌：《李商隐传》，西安：陕西人民出版社，1985年。
⑥ 董乃斌：《李商隐的心灵世界》，上海：上海古籍出版社，1992年。

林天的《李商隐生平探讨》① 也支持此说。

2. 元和七年说。杨柳的《李商隐评传》和吴调公的《李商隐研究》都同意此说。杨柳后来在其《李商隐出生年代再探讨》② 中又重申了其观点："在未掌握新材料前,应定为生于元和七年（812）,卒于大中十二年,年四十七岁。"

3. 元和六年说。董乃斌在《李商隐生年为元和六年说》③ 中同意钱振伦笺证《樊南文集补编》时的说法,认为不应迁就《上崔华州书》,而应依《仲姊志状》所叙述的情况,将李商隐的生年定于元和六年。

4. 元和四年说。张振佩《李义山评传》④ 对冯浩说不满,又详加考证,认为李商隐生于元和四年,卒于大中十三年,享年五十一岁。但此说提出六十年来,未见有人响应。

江湘之游

这个问题是冯浩从李商隐诗中推测出来的,他认为义山在开成末、会昌初（840—841）曾有一次为期数月的江湘之游（游历长沙一带）。这一说法后来得到了张采田《玉溪生年谱会笺》的支持。

20世纪以来,学者们对这一问题持肯定和否定两种态度：

1. 否定派。岑仲勉在《唐史余沈》卷三"李商隐南游江乡辨正"中对冯浩所提出的论据一一质疑,认为李商隐不可能在开成末、会昌初南游江乡⑤。后来,刘学锴、余恕诚编著的《李商隐》也对此事持"暂时存疑"的态度。不过,他们在同年所著的《李商隐开成末南游江乡说再辨正》⑥ 中则明确否定了李商隐的这次游历。同样,吴调公在《李商隐研究》中也未采纳冯浩说,未述李商隐南游江乡事。他在后来发表的《李商隐南游江乡辨》⑦ 中则较充分地论证了李商隐开成末并无南游江乡事。

2. 肯定派。杨柳在《关于李商隐的江湘之游——李商隐生平行踪

---

① 载《山西师院学报》1982年第2期。
② 载《文学遗产增刊》第16辑。
③ 载《文学遗产增刊》第14辑。
④ 载《学风（安庆）》第3卷第7、8期,1933年。
⑤ 《唐史余沈》,上海古籍出版社,第179—182页。
⑥ 载《文学遗产》1980年第3期。
⑦ 载《阴山学刊》1988年第1期。

考证之一》①中指出，岑仲勉说"似甚辨，细考则破绽百出"，且列举了三条理由。文章认为李商隐于大中元年（847）写给杜悰的启中所说"南游郢泽"即指开成五年的江乡之游。他在后来所撰的《〈李商隐开成末南游江乡说再辨正〉质疑》②及其所著的《李商隐评传》中均持同样观点。另外，周建国在《李商隐开成、会昌之际行迹辨索——兼就江乡之游问题与吴调公先生商榷》③也反驳了吴调公的意见，认为李商隐在开成、会昌之际确有江乡之游。葛晓音的《李商隐江乡之游考辨》④在肯定李商隐开成五年江乡之游的基础上进一步考证出，李商隐此行的重要动机是到荆湘一带寻找曾与他相爱，但被"吴王"取去、南下湖湘的一女冠。

李商隐的恋爱事迹

据苏雪林《李义山恋爱事迹考·自序》所云，最早探讨李商隐恋爱事迹的学者是张鹤群，他曾做过一篇《李义山与女道士恋爱事迹考证》的文章，发表在东吴大学十五周年纪念会所刊行的《回溯》上，但他只是认为李商隐和女道士有恋爱关系，对李商隐和宫嫔恋爱说则持怀疑态度。真正对李商隐的恋爱生活进行深入、细致考证的是苏雪林，她的《李义山恋爱事迹考》一书认为李商隐的诗"除掉一部分之外，其余的都是描写他一生的奇遇和恋爱的事迹"⑤，指出李义山一生所恋爱的人有女道士、宫人、妻、娼妓四种。该书对李商隐与女道士、宫嫔之间的恋爱过程分析得尤其细致。后来，陈贻焮在《李商隐恋爱事迹考辨》⑥中又对李商隐的恋爱事迹进行补充论证，也认为李商隐早年学仙玉阳时曾与一姓宋的女冠有恋情，而且他与那女冠曾经有过远别，原因当是她随公主入宫。后来，他们的关系"终于泄露了，他们的相爱遭到干预而变成了悲剧的结局"。但他对苏雪林文也提出了商榷，认为"李与此人恋爱是在玉阳灵都观"，"无须节外生枝地硬扯到长安的华阳观中"。

当然，20世纪也有一些学者对李商隐的恋爱事迹持否定态度。如

---

① 载《文史哲》1979年第4期。
② 载《学术月刊》1981年第12期。
③ 载《复旦学报》1981年第4期。
④ 载《文史》第17辑，1983年。
⑤ 《李义山恋爱事迹考》，第4页。
⑥ 载《文史》第6辑。

张尔田在《论李义山恋爱事迹》① 中就认为："义山集中，其女性诸诗，除《柳枝》数首外，但可谓之艳情，而不得实指为恋爱。至其艳情托何而起，所指者为谁，此情惟义山个人能言之，吾人实无权为之代答。"此文后所附张荫麟《评苏雪林女士李义山恋爱事迹考》也认为苏雪林"悬断之'事迹'多从诗中推出，什九缺乏历史的根据"，又说"此书最大之功用，盖在使人解颐矣"。六十年以后，杨柳在《如何确解李商隐诗——评近年来研究李商隐诗的一些问题》② 中，也对有的学者从李商隐诗中"意逆"出其恋爱事迹的方法不以为然。然而，一年以后，董乃斌在《略论玉溪生诗解中的一种不良倾向——兼谈古典诗歌研究的方法问题》③ 对杨柳的这种说法又提出不同意见，认为研究诗歌也离不开参悟之法，实际上对从李诗中探讨其恋爱事迹的做法也是持肯定态度的。而且，董乃斌在其《李商隐传》中，也未否定李商隐"学仙玉阳"时与女道士的恋爱关系，更详细考述了李商隐与洛中里娘柳枝的恋爱，认为"这才是一次纯真动人的初恋呢"④。另外，吴调公的《李商隐研究》一书中也有对李商隐与柳枝、宋华阳以及其妻王氏等人爱情关系的大量分析⑤。

李商隐与牛李党争

李商隐与牛李党争之关系，是李商隐生平中一个比较重要的问题。对于这个问题，学界有以下四种不同的看法：

1. 李党说。朱鹤龄、张采田均认为李商隐应该属于李德裕党。这种观点在20世纪亦有较大的影响。如张国光《试解〈锦瑟〉之谜——李商隐倾向李德裕党之一证》⑥ 就认为，"李商隐之党'李'而背'牛'是经过深思熟虑以后作出的抉择"，并认为"李党比牛党进步"，他"被目为牛党的叛徒而受到打击，这并不是他的耻辱"。傅璇琮《李商隐研究中的一些问题》⑦ 首先论证了李商隐并非如冯浩所说"无与于党局"，

---

① 载《学衡》第74期，1930年。
② 载《人文杂志》1980年第6期。
③ 载《河北师院学报》1981年第4期。
④ 《李商隐传》，第44页。
⑤ 《李商隐研究》，第97—118页。
⑥ 载《武汉师范学院学报》1980年第4期。
⑦ 载《文学评论》1982年第3期。

指出"李商隐确实是卷入了党争的","是会昌末、大中初代表进步倾向的李党走向失败的时候开始,它显示了李商隐极为可贵的政治品质,表示了李商隐绝不是历史上所说的汲汲于功名仕途、依违于两党之间的软弱文人";"李商隐以自己的诗文表同情于李德裕,在当时的政治斗争中,就是表明他是将自己置身于从永贞、元和以来政治革新的行列的"。同样,钟铭钧的《李商隐诗传》也认为李商隐属于李党,且说他"敢于冒党派斗争的大不韪,以自己的思想准则和感情倾向作政治上的抉择,这不能不是一个勇敢的无畏的举动"①。

2. 牛党说。徐逢源主此说。20世纪以来,似乎只有北京大学中文系文学专门化五五级集体编写的《中国文学史》沿用过,后未见有人采用。

3. 无党说。此为冯浩《玉溪生年谱》中首创之观点。在20世纪上半叶,首先得到了岑仲勉的支持。岑氏在《玉溪生年谱会笺平质·导言》中也认为,"商隐非党","商隐二年书判拔萃,官止正九品下阶之秘书正字,无关政局,何党之可言",其"择婚王氏,就幕泾原,情也,亦势也"。50年代以后,此说得到了更多学者的响应。但是,各人的说法仍有小异。有人认为李商隐主观上无心介入党争,如谢无量在《再谈李义山》②中认为,李商隐"并不注意于党派"。黄清士的《李商隐与令狐父子》③也认为李商隐对人的态度,是只重品行,不问党派,令狐绹的性格和作风与他气味不相投。针对有人说李商隐舍牛党就李党是良禽择木的意思,作者指出对此事不必用朋党局限,还是说择主而事较妥。有人认为,李商隐虽然主观上并不想介入党争,但其客观上已经卷入党争的漩涡之中,因而成为无辜的牺牲品。如马茂元在《李商隐和他的政治诗——玉溪生诗论之一》④一文中,就对过去人们所认为的李商隐出入两党,是个"背家恩,放利偷合"的"小人"的看法进行反驳,提出"李商隐是处在牛、李党争的夹缝中而成为被牺牲的小人物"。稍后,柳文英在《谈李商隐的风貌》⑤中也认为李商隐是晚唐官僚集团内

---

① 钟铭钧:《李商隐诗传》,郑州:中州书画社,1982年,第59页。
② 载《光明日报》1957年8月4日。
③ 载《光明日报》1958年2月16日。
④ 载《光明日报》1961年6月11日、18日。
⑤ 载《学术月刊》1962年第7期。

部矛盾斗争中不幸的牺牲者,但是该文又指出,李商隐和牛李党争实在并没有什么关系。后来,中国科学院文学研究所编著的《中国文学史》也认为他"在党争的夹缝中过日子,一直很不得志"。杨柳的《李商隐评传》说"正因为他是这样一位持正不阿的人,才做了当时政治斗争的牺牲品"。还有人采用"无关党局"的提法,赞同冯浩的"小臣文士"之论,并着重从主观态度上加以论证。如吴调公就认为,李商隐"受知于令狐楚,只有文字之交、师生关系","通婚王茂元",并未"走上了什么终南捷径","参加长安吏部考试,以书判拔萃,重入秘书省",似乎还找不出"有党人汲引的迹象","终武宗一朝,李党得势时期",也似乎并没有利用李德裕等人的"奥援",因而说不上"朋党的联系",他对党人的态度,也无所偏袒,"研究了以上两点,我们就可以了然于李商隐无关乎牛、李党局了"①。

4. 出入两党说。陈寅恪的《唐代政治史述论稿》认为李商隐"本应始终属于牛党","乃忽结婚李党之王氏","不仅牛党目以放利背恩,恐李党亦鄙其轻薄无操。斯义山所以虽秉负绝代之才,复经出入牛李之党,而终于锦瑟年华惘然梦觉者欤!"② 陈贻焮在《关于李商隐》③ 中也认为,前人或要求李商隐忠于某一封建主子以致富贵,并根据这一观点去责备他"放利偷合""诡薄无行",或惋惜他未能飞黄腾达,都是不正确的。但是,"可以看出,他之所以深交令狐、攀亲王家,主要是出于他企图夤缘权势的个人打算,也是有可非议之处的"。张明非的观点与陈贻焮亦相近,认为"李商隐的为人也有可以非议之处。他一生陷于党争,却又不甘沉沦,为了取得令狐绹的同情,他屡屡表白心迹,乞求谅解"④。同样,陈伯海《略论李商隐的政治诗》⑤ 也认为,"李商隐确有依违于牛李两党某些成员之间以求取得提挈的表现,这一点比之屈原、李白的劲节傲骨,是大有逊色的"。

---

① 《李商隐研究》,第43—49页。
② 《唐代政治史述论稿》,第91页。
③ 载《北京大学学报》1962年第2期。
④ 张明非:《谈李商隐的政治诗》,载《人文杂志》1982年第2期。
⑤ 载《文学评论丛刊》第1辑,1978年。

思想和性情

20世纪专门研究李商隐思想的论文不多。张振佩的《李义山评传》① 曾花费了大量的笔墨分析李商隐的性情和思想,他认为义山的性情有六点:热情、偏狭、倨傲、好名、犹疑、矛盾。他还认为,李商隐"也和一般人同样,为追求较舒服和安定的生活,于是便力争上流,谋求显达。但几度的失败,便把他推入绝望的深渊。反顾自己并没有什么不如人的地方,于是只好归之于不可推求的命运。成为一个定命论者、一个目前主义的颓废者",最后"做一个激头激尾的现实反抗者"。

陈贻焮的《关于李商隐》② 是一篇深入分析李商隐一生思想发展的论文,该文通过对李商隐一生三个心愿的叙述和分析,看出:"一、李商隐少壮时代,固然有所谓'欲回天地'(《安定城楼》)的大志。但比较抽象,而更具体更见诸行动的却是为了'孝友',为了家人骨肉之情,对于重建家门和光宗耀祖的渴望,以及为此所作的努力;二、李商隐诗文中的感伤情调,固然主要是当时唐王朝衰落时期封建阶级及其知识分子没落情绪的反映,也透露出他其后政治上不得意的苦闷,但多少含有他自幼孤苦忧伤等身世方面的因素。"文章还将李商隐一生分为三个阶段:"始欲委屈夤援;继悟孤立无援;终于疏远名利。"并谓其晚年诗如《槿花二首》《乐游原》等作的感伤情调中夹有受佛教影响所致的虚无思想。柳文英的《谈李商隐的风貌》通过对把李商隐当作一个轻薄浪子的传统说法的批驳,探讨了李商隐独具的性格美和精神美,指出李商隐具有高洁的品格、傲兀的志气,而且也是一个极富于感情的人。

李乃龙的《略论李商隐的仙道观》③ 根据李商隐《戊辰会静中出贻同志》等诗考析了其仙道观的渊源和特点,并论述了仙道观在其作品中的体现。

其他

有一些论著涉及李商隐生平的其他问题。如刘学锴、余恕诚的《李商隐生平若干问题考辨》④ 探讨了李商隐"占数东甸""学仙玉阳""入

---

① 载《学风(安庆)》第3卷第7、8、9期。
② 载《北京大学学报》1962年第2期。
③ 载《江汉论坛》1995年第9期。
④ 载《安徽师大学报》1983年第4期。

泾幕与成婚""徐幕奉使""王氏逝世之时间"等问题。李中华的《"王氏之死"考》①认为王氏死于大中五年（851）深秋。梁超然的《李商隐考略二题》②对义山的生年和摄守昭州二事进行了考证，他考定李商隐摄守昭州时间为大中二年正月初五至三月二十日。

二、诗歌风格和艺术成就总评

20 世纪上半叶

此时学界对义山诗风格和创作成就的品评大多比较简略，但也不乏珠玑之论。如沈茂彰的《玉溪生诗管窥》③谓义山诗"作风能独开一派，其最著者，典丽、奇炼、幽深、微婉、纤巧，五者是也"。

何蟠飞的《李义山诗的作风》④谓义山诗是象征主义，应该用解象征主义诗的方法来解，"只需感觉到其中浑漠的气味就可以了"。又说义山诗的作风是热烈、伤感、凄清、精丽、沉郁。

玄修《说李商隐》⑤云："读义山诗，毋专求之律体，其学杜处，多在古体中。当明其身世所遭遇，及其心迹。"

张尔田《玉溪生诗题记》⑥云："玉溪一派，实于天壤间独辟一蹊径，观集中多假闺襜香清语，以寓其忧生念乱之痛，直灵均苗裔也。有唐名家，无一人可与抗敌，岂直奴仆命骚也哉！"

缪钺的《论李义山诗》⑦谓李义山"灵心善感，一往情深，而不能自遣者"，可比之屈原，文章还分析了李商隐因与令狐氏恩怨亲疏之故而发为篇章者，谓皆似香草美人之辞。

五六十年代

这一时期，学界多从诗歌内容和现实性等方面来评价义山诗的成就。

---

① 载《文学遗产》1984 年第 2 期。
② 载《铁道师院学报》1993 年第 2 期。
③ 载《中国文学会集刊》第 3 期，1936 年。
④ 载《文学年报》第 4 期，1938 年。
⑤ 载《同声月刊》第 2 卷第 5 期。
⑥ 载《同声月刊》第 2 卷第 7 期。
⑦ 载《思想与时代》总第 25 期，1943 年。

如陈寂的《李商隐诗探微》① 就颇强调了李诗中的现实内容，说他的一些直接反映历史、现实的作品"可比杜陵诗史"，又认为"李商隐是作讽刺诗的能手"，作者在详细分析后指出，"作者不可能只是刻画爱情，而不关心政治的。但一般人却看不见他诗中的主要内容，光把他当作描写爱情的诗人，这是何等的错误呢"。

顾易生在《李义山诗的思想内容》② 中也认为，李商隐有很多诗在精深、婉丽的辞藻中含有丰富高尚的感情和充实深挚的内容，有些诗更是结合了时代、反映了人民的爱憎。作者指出："他时而戟手怒斥，直倾胸头愤慨，更多的却是委婉含蓄，曲吐隐微无尽的愁丝，以婉丽蕴藉的彩笔，写凄楚低迷的哀思，成为晚唐诗人中的主要代表。"

马茂元的《读李义山诗札记三则——唐诗论丛之一》③ 强调了李商隐诗中的"高情远意"，所谓的"高情远意"，实质上就是诗人的人格美，也就是诗歌风格的美的表现。认为"商隐诗确实多忧危凄苦之词，充满着浓厚的感伤气息，但他和那些消极的颓废诗人却有着本质上的不同，因为在他的诗歌里我们可看出'无限好'的晚晴景色"。

另外，当时新出版的一些文学史也能较全面、客观地评价李商隐诗歌的风格和成就。

如刘大杰的《中国文学发展史》认为："李商隐作诗，爱用冷僻的典故，精确的对偶，工丽深细的语言，和美婉转的音律，外形特别美丽，意义往往隐晦。而其佳者，含蓄蕴藉，韵味深厚。"④ 他又认为："李商隐虽少直接反映人民疾苦生活的作品，但在不少诗篇中，表现出比较鲜明的政治倾向。他对晚唐政治的败坏，君主的荒淫，宦官的专横，表示不满。许多优秀的咏史诗歌，大都是借托史事，寄其吊古伤今之意，而具有较深的讽刺性。"⑤ 又认为李商隐爱情诗的"长处，是严肃而不轻薄，清丽而不浮浅。有真实的情感，也有真实的体验。抒情深而厚，造意细而深。从这些诗里，可以体会到作者对于爱情的态度和在

---

① 载《中山大学学报》1957年第3期。
② 载《复旦学报》1958年第1期。
③ 载《人文杂志》1958年第2期。
④ 《中国文学发展史》中册，第519页。
⑤ 同上书，第520页。

艺术表现上的技巧"①。

游国恩等主编的《中国文学史》也认为"李商隐是一个关心现实政治的诗人",但"最为人所传诵的,还是他的爱情诗","这些诗很典型地表现了封建时代士大夫们那种隐秘难言的爱情生活的特点。他们一方面向往爱情,一面又对封建礼法存着重重的顾虑"。他们认为:"他成就最高的是近体,尤其是七律。这方面他继承了杜甫七律锤炼谨严、沉郁顿挫的特色,又融合了齐梁诗的浓艳色彩,李贺诗的幻想象征手法,形成了深情绵邈,绮丽精工的独特风格。"②

中国科学院文学研究所编著的《中国文学史》对李商隐诗歌的评价则更高,他们认为:"李商隐的诗歌不仅在唐代,而且在我国古典诗歌的整个传统中,都是很有特色的。""在李商隐的诗作中,思想性和艺术性比较统一的,是他少数的反映民生疾苦的诗和一部分的咏史诗和爱情诗(无题诗);而咏史诗和爱情诗中优秀的作品最能够代表他自己的优美风格和艺术特色。"③虽然李商隐"没有在他自己的作品中广泛地反映如此错综复杂的历史现实,没有较多地表现人民的苦难、意志和愿望,却以很多的作品来表现他个人穷愁潦倒的生活、伤感哀苦的情绪以及对于爱情的追求","他开创了诗歌上新的风格、新的流派,在艺术技巧上他对我国的古典诗歌更有所发展和丰富,有些地方还值得我们借鉴或继承"④。

80 年代以后

这个时期学界对李商隐诗歌的综合研究更为深透,从整体上探讨李商隐诗歌艺术风格的论文主要有吴调公的《论李商隐诗歌风格的形成和发展》⑤《李商隐的创作个性及其时代折光》⑥《论李商隐诗的朦胧美》⑦、

---

① 《中国文学发展史》中册,第 521 页。
② 游国恩、王起、萧涤非等:《中国文学史》第 2 册,第 209—210 页。
③ 中国科学院文学研究所中国文学史编写组:《中国文学史》第 2 册,第 478—479 页。
④ 同上书,第 483 页。
⑤ 载《文艺论丛》第 9 辑,1979 年。
⑥ 载《文学遗产》1982 年第 1 期。
⑦ 载《社会科学战线》1983 年第 2 期。

董乃斌的《李商隐诗风格分期论纲》①、刘学锴的《古代诗歌中的人生感慨和李商隐诗的基本特征》②等。

其中吴调公《论李商隐诗歌风格的形成和发展》将李商隐一生诗歌风格的形成和发展分成三个阶段，认为："李商隐的十年应举时期的诗歌早已表现其承传李贺的秾丽的特色。而他的'沉博'风格则更多地表现为爱情诗中内心矛盾的体贴入微和对情境色泽丰富多彩的描绘。以长安为中心的求仕时期的诗歌，主要是侧重反映一代兴亡的巨幅画卷的旅行诗，和糅合神话与现实于一炉的讽谏诗，霓裳风马，骋驰于远古的历史和广阔的郊原中，以形成其'沉博'。至于天涯漂泊、幕府生涯时期的诗歌的'丽'，则表现为异乡风土中描绘、斑斓陆离的色彩和伤悼诗中凄楚的冷色。而'沉博'的进一步发展，则更得力于学习杜甫功力的精进，无论是在政治诗和生平回忆诗中，都或多或少地吸取了杜诗的'沉郁顿挫'的特色。"吴调公的另一篇文章《论李商隐诗的朦胧美》认为李商隐的诗歌"得'变化无方'之趣""得'乱辞无绪'之趣""得'近而不浮，远而不尽'之趣"，故形成了朦胧美的美学特征。

董乃斌文一反前人多用李商隐的生平分期来论析其诗歌风格的形成和发展的做法，从李商隐诗歌创作的实际出发，将李诗风格的发展分为四个时期。第一期为模拟期，大致从李商隐开始创作到开成元年（836）写出《有感二首》等诗以前，其诗歌创作主要致力于模拟乐府歌行和李贺歌诗，抒写少年情怀，偶有轻愁薄闷，在模拟中显出过人的才华和巨大创作潜力。第二期为愤激期，到会昌二年（842）《哭刘蕡》等诗的完成，本期诗风特征是政治性大大加强，情绪趋于激愤悲壮。第三期为感伤期，大致从哭刘蕡以后至大中十二年（858）游历江东写出一系列咏史诗为止。李商隐诗歌的基本风格——哀婉凄厉、愤懑不平的思想感情同浓艳绮丽、朦胧曲折的表现形式有机、和谐的统一，到本阶段才成熟定型。第四期为颓废期，指李商隐罢盐铁推官归居荥阳以后的创作。随着生活境遇和健康状况的每况愈下，诗中大量出现对人生和世界虚无、幻灭的思想情绪。

刘学锴文是一篇从宏观角度对李商隐诗歌的艺术特征进行探讨的论文。该文首先指出，诗歌中写人生感慨，唐以前较多人生苦短的喟叹，

---

① 载《西北大学学报》1982 年第 3 期。
② 载《安徽师大学报》1993 年第 1 期。

唐以后较多人生困顿与离合聚散、盛衰变化的感慨,陶潜与杜甫就是杰出的代表。李商隐则是使诗歌中人生感慨的抒写向更深细隐微方面发展的诗人。义山诗对人生感慨的抒写具有个性特点的有三种类型,即命运感慨、世情感慨和情绪感慨。另外,作者还认为,李商隐对人生感慨的抒写同时反映了从先秦到晚唐两方面的发展趋势。

与此同时,还有一些论著也涉及对李商隐诗歌风格的分析。如刘学锴和余恕诚的《李商隐》第七章"李商隐诗歌的艺术特色"、吴调公的《李商隐研究》第五章"李商隐诗歌的艺术特色"、董乃斌的《李商隐的心灵世界》下编中前五部分,都是论述义山诗的风格的。

其中刘学锴、余恕诚著认为,李商隐诗作"具有寄托遥深、构思细密、意境含蓄、情韵优美、语言清丽、韵律铿锵、工于比兴、巧于用典等特点,表现出他特有的深婉精丽,富于象征暗示色彩的艺术风格"①。吴调公著认为,李商隐诗歌的"沉博绝丽"表现在四个方面:"在诗思的陶钧中,表现为深情的婉约和意境的曲折;在幽邃的肌理中,表现为意脉的贯串和律法的精细;在炼字炼句中,表现为体物的工切和用典别出新意;在诗体方面,发展了咏史诗和侧重地创写了无题诗,表现了艺术素养的深厚,不拘一格,师法前人而又自辟蹊径。"② 董乃斌著下编第一部分探讨了玉溪生诗歌风格演变的轨迹;第二部分认为,李商隐诗歌是心灵的象征,是诗人自身的身世之感,一种纯属主观的心态和生命体验;第三部分指出,人生的挣扎与感伤的主题是李商隐诗歌主题的贯串线;第四部分认为,李商隐的创作个性倾向于多用比兴以寄托其主题思想的表现方法,因此他的诗在艺术上的明显特色便是隐晦曲折、朦胧含蓄;第五部分认为,义山诗描述语言最显著的特征自然是秾艳华丽,另外还具有沉痛凄切、森冷阴暗的色调。

另外,还有一些文章从创作心态、艺术构思等角度对李商隐诗歌的特色进行了探讨,如张伯伟、曹虹的《李义山诗的心态》③,蒋凡的《李商隐的艺术贡献与心理分析》④,董乃斌的《李商隐诗的语象——符

---

① 《李商隐》,第103—104页。
② 《李商隐研究》,第125页。
③ 载《唐代文学论丛》总第6辑。
④ 载《文学评论》1988年第2期。

号系统分析——兼论作家灵智活动的物化形式及其文化意义》[①]《幻梦与诗章——李商隐诗心抉微》[②]，王同书的《枯荷、夕阳萧瑟美——李义山诗特色别议》[③]，梁佛根的《义山诗的用典心理动因与中国传统诗歌用典的文化内因浅说》[④] 等。

其中蒋凡文称李商隐是"心理分析的高手"，文章认为李商隐一生蹭蹬仕途，并非如人所说仅是由于牛党要人令狐绹的排轧，更重要的原因还在他自身"逆反"的心理素质及其诗歌创作。这样抛开个人得失，全然无视利害的坚强创作心理准备，保证其诗歌创作在构思立意、命题谋篇诸方面，能够高瞻远瞩、别开生面，从而为永恒艺术魅力的出现作了良好的铺垫。文章还指出，李商隐的政治诗、咏史诗，心理描写细腻动人；李商隐的无题诗以其擅长心理分析与升华的独特艺术个性，丰富和发展了中华民族的文艺心理学，从而为人类文明作出了新贡献。董乃斌的《李商隐诗的语象》运用符号学和文化原型理论对李商隐诗常用的"蝶蜂"语象进行分析。文章指出：一个作家在其作品中较多地使用何种字词，可以窥见作家审美情趣的个性特征。因此，"把字词色彩（还有音调格律）与作家心态直接挂钩，从前者径直引出对后者即作家文化—心理结构的析论"，"从中可以看到两者之间的曲折关系"。基于此，文章就"蝶"进入文学后形成的两种语象系统——"庄生梦蝶"系统和"韩凭夫妇化蝶"系统考镜源流，指出前者"是抒发苦闷、灰心、迷惘、失落、幻觉乃至幻灭，以及由此引致的消极、颓唐、放旷、无为等心态的习用典故"；后者则成为美丽纯真、贞洁和爱情的化身。据作者统计：李商隐以"蝶"为标题的诗共廿九例。除《锦瑟》属"'庄生梦蝶'系统倾向于虚静无为等义者"外，其余绝大部分均属"韩凭夫妇化蝶"系统，"均无不沿用了以蝴蝶为柔美、爱恋、寻觅、无望乃至悲剧之象征的传统文化意义"。此外，文章还就义山诗中表面上未出现蝶蜂字样而实际上咏蜂蝶并有指代、隐喻、象征意义的诗篇作了语象考察。王同书文从"枯荷"（败荷）和"夕阳"（斜晖、晚晴、残阳、斜阳）等语象分析得出"萧瑟美是李商隐诗的特色"的结论。梁佛根文则认为：现实中

---

① 载《文学遗产》1989 年第 1 期。
② 载《阴山学刊》1989 年第 3 期。
③ 载《徐州师范学院学报》1989 年第 2 期。
④ 载《河池师专学报》1994 年第 1 期。

文人命运与历史人物有惊人的相似处,从而出现文人仿同心理的发达;社会对人权的轻视使自我防护成为必要;社会制度的恒久不变使文化哲学无质的飞跃,积淀成文人的仿古心态,创作上形成原道、征圣、宗经的原则,引起文人对事类征引(用典)的重视;对美学本质性问题认识的停滞,使异代美感共鸣成为可能,并促使文人用典故表现古人已体验到的美感境界。这也是义山诗用典的心理动因。

80年代以后,学界对李商隐诗歌的艺术成就及其在中国诗歌史上地位的评价也有了一些新意。这方面的成果主要有吴调公的《关于李商隐诗歌的评价问题》①、荀运昌的《李商隐诗歌中的反传统倾向》②、陈伯海的《宏观世界话玉溪——试论李商隐在中国诗歌史上的地位》③等。

其中陈伯海文从整个古代诗歌发展的潮流着眼,论述李商隐在中国诗歌史上的地位。文章第一部分考察李商隐在晚唐诗坛所处的地位,认为晚唐诗歌创作的各个流派中,应以"温李"一派为大宗,而李商隐又不限于这一派的正宗,他的成就和影响超越了"温李"诗派的范围,成为整个晚唐诗坛的典型与高峰。第二部分研究李商隐及其所代表的晚唐诗在中国诗歌史上的地位,认为李商隐及其所代表的晚唐诗,实质上是古典抒情诗发展到高潮后的一阵余波,是文学创作的主流由抒情写景向叙事说理转折过渡中的一卷水涡。作为这阵余波和旋流的弄潮儿,李商隐的地位虽不能同站在抒情发展高峰上的李白以及开辟"以文为诗"新天地的杜甫相提并论,毕竟也有其不可替代的历史价值。李商隐的诗歌创作还构成了联系唐诗与宋诗、宋词之间的特殊纽结点,我们可以据此把握古代诗歌史的来龙去脉,从而去发现和总结文学发展变化规律性问题。

另外,一些专著也涉及对李商隐诗歌成就的评价,如刘学锴、余恕诚的《李商隐》第八章"李商隐在文学史上的地位与影响",董乃斌的《李商隐的心灵世界》下编的第八部分"他不是一颗稍纵即逝的流星",等等。

刘学锴、余恕诚著《李商隐》在论李商隐在文学史上的地位与影响

---

① 载《学术月刊》1981年第4期。
② 载《西南师范学院学报》1982年第4期。
③ 载《全国唐诗讨论会论文选》,第430—443页。

时认为，李商隐是唐诗繁荣发展期的最后一位有独特艺术成就的诗人，而李商隐在文学史上的地位，除了用他的诗歌反映他所处的时代以外，可以说主要是由咏史诗和无题诗的成功创作而奠定的。李商隐咏史诗的"成功之处就在于他善于选取典型的历史题材，巧妙地将历史与现实融合在一起，并抓住有典型意义的情节或细节，加以着力描绘渲染，从而将自己的感情和议论自然地寓含在鲜明的形象之中，达到艺术的概括性和描写的具体性、寓意的深刻性与形象的鲜明性、议论的奇警与情味的隽永和谐统一"；而其无题诗的特点和优点则在于，"十分注意比兴本身形象的鲜明、生动、完整，力求其既富于生活实感，又具有启发性，能引起读者由此及彼的自然联想"①。

董乃斌的《李商隐的心灵世界》探讨了李商隐在中国文化史上的地位，认为"他留给后世的最根本的影响，便在于他继承并发扬光大了中国文人以诗歌创作作为舒泄哀怨愤懑和克服身心困厄的根本手段这一传统。李商隐的突出贡献，还在于他以深厚的学力和过人的才华创造了令人目眩神迷的诗美，使诗（特别是中国古代格律诗）的思想容量和艺术质量达到一个前所未有的水平，从而大大丰富了文人们克服内心痛苦、寻求心理平衡的手段"②。

三、诗歌题材和体式研究

诗歌题材研究

20世纪，尤其是50年代以后，学界对李商隐诗歌题材的研究也取得了一定的成绩。

就李商隐诗歌题材的研究而言，主要成果有刘开扬的《关于李商隐的爱情诗》《关于李商隐的政治诗》③、马茂元的《李商隐和他的政治诗——玉溪生诗论之一》、陈贻焮的《谈李商隐的咏史诗和体物诗》④、陈伯海的《略论李商隐的政治诗》、韩理洲的《李商隐的咏史诗》⑤、陈

---

① 《李商隐》，第127页。
② 《李商隐的心灵世界》，第283页。
③ 两文均载其《唐诗论文集》。
④ 载《文学评论》1962年第7期。
⑤ 载《延安大学学报》1980年第3期。

伯海的《李商隐和晚唐咏史刺政诗》[1]、杨柳的《李商隐咏女冠诗初探》[2]、张明非的《谈李商隐的政治诗》、钟来因的《唐朝道教与李商隐的爱情诗》[3]《李商隐玉阳山恋爱诗解》[4]、王蒙的《对李商隐及其诗作的一些理解》[5]、刘学锴的《李商隐的托物寓怀诗及其对古代咏物诗的影响》[6]《李商隐咏史诗的主要特征及其对古代咏史诗的发展》[7]、苏涵的《一个弱者的爱情世界——李商隐爱情诗的人格阐释》[8]等。

其中刘开扬的《关于李商隐的爱情诗》把李商隐的爱情诗分为三类：（1）他年轻时恋爱中的作品，恋爱的对象有宋真人姊妹和柳枝，这两次恋爱都失败了；（2）写他和他的妻子王氏相爱和王氏死后的悼亡诗；（3）不知道所写恋爱对象是谁的作品。文章认为，李商隐的爱情诗有可取之处，但也有很多封建糟粕。"他的诗表现了一些真挚的爱情，而且对封建礼教束缚着男女青年，不让他们自由相爱，也是有一些反映的，这是应该肯定的地方。"但是，"李诗对封建势力的不满却表现得不够有力，并且几乎完全没有表现出当时的社会生活来，这是它的弱点"[9]。其《关于李商隐的政治诗》一文认为，虽然"我们不必把'爱国诗人'的头衔加给他，但他的政治诗也反映了当时的朝廷和社会的政治面貌"，文章分析了李商隐的咏史诗、描写当时政治生活的诗以及战争诗，强调了李商隐诗歌中的现实精神，同时也看到了李商隐政治诗的缺点。一是他对党争的危害认识不足，他对令狐绹的剖白和屡启陈情，也是他思想庸俗的一面；对于社会混乱的原因，他更没有认识到；还有他的政治诗也有类似他的爱情诗的，写得很隐晦，用典太多，而且好逞才华，使读者读起来很困难。

马茂元文也强调了研究李商隐政治诗的重要性，他认为："就研究的程序来说，先从直接表现政治态度的作品着手，弄清作家创作思想的

---

[1] 载《社会科学（上海）》1981年第2期。
[2] 载《齐鲁学刊》1982年第1期。
[3] 载《文学遗产》1985年第3期。
[4] 载《唐代文学研究》第1辑。
[5] 载《文学遗产》1991年第1期。
[6] 载《安徽师大学报》1991年第1期。
[7] 载《文学遗产》1993年第1期。
[8] 载《山西师大学报》1993年第3期。
[9] 《唐诗论文集》，第285—300页。

基础及其倾向性,然后由此及彼,互相印证,对进一步进行全面的探讨,将会起着开启关键的作用。"文章指出:"积极关心现实和消极逃避现实的互相矛盾着的心理交织在一起,构成了李商隐诗歌意识形态的复杂性。""把政治上的感触和生活上的抒情紧密地联系在一起,通过个人的身世遭遇,通过日常生活的歌咏而表现出自己对现实一系列重大问题的肯定或批判,这是李商隐大量政治诗中的主要内容;从这可以看出他在思想上所能达到的高度。然而这仅仅是问题的一面,我们不能忽略其另一面,那就是他诗歌中所表现的浓厚的消极感伤情绪。"文章最后认为:"政治诗是李商隐全部诗的重要内容之一,无论从质量或数量上看,它们在文学史上以及诗人创作中所应占的地位,都并不低于他的爱情诗。""从政治诗来看李商隐,他虽不能和稍早的张籍、白居易等诗人相提并论,但却高出于与他齐名的杜牧和温庭筠。"

陈贻焮文指出,李商隐体物诗《牡丹》中"运用大量富于生活气息的典故来描写、烘托因某一事物而引起的种种感受和情绪的做法,在以前的诗歌中是罕见的",然而,这只是"一个很有趣很成功的尝试","很难在一般诗中,甚至在咏物诗中被普遍地加以运用的这一事实,却显示出这一做法在构思和表现上所存在的严重局限性"。对于李商隐咏史诗中艺术上的创新,陈文同样也给予了很高的评价:"李商隐这类诗歌的构思和表现显然受到了李贺的影响。是李贺使他懂得了怎样凭借历史陈迹或前人诗文的启示而驰骋想象,进行构思和表现;但同时又体现出自己独特的审美趣味和艺术特色,作出了新贡献。"陈贻焮文又极赞赏其咏史绝句,说李商隐的"这类作品大多想象生动,感受逼真,将历史陈迹和传闻写活了","此外他还特别注意构思的凝练,取材的精当,力求出奇制胜,小中见大"。在论及李商隐"一些专写特定生活环境中特定感受和情绪的精美诗篇"时,作者指出,这些诗"表现入微""体物入神","但最可注意的是,由于他有时将一些感受、情绪、感情写得很形象很具体,以致使诗歌或多或少地带有象征意味",这就增强了诗歌的表现力。

陈伯海的《李商隐和晚唐咏史刺政诗》一文认为,诗人咏史的深刻性,在于他能够从政治着眼来看待一些历史现象,经常把封建帝王的荒淫恶习同政治上的祸国殃民联系起来考察,使得作品中的暴露具有一定的社会深度。文章还探讨了李商隐咏史刺政诗题材表现上的贡献和体裁上的创新。张明非文认为,李商隐的政治诗反映了他的政治观点,从中可以比较清楚地了解到李商隐的真实面目,这些诗歌显示了他敏锐的观察力和清醒的见解,而且不为尊者讳。

钟来因前文指出,李商隐的爱情诗与道教关系密切,前人谓其诗风清峭感怆、谲怪、隐僻、精深,均与道教有关。文章联系唐代崇尚道教的风气及李商隐玉阳山学道的经过,认为义山为追求爱情的幸福,触犯了封建礼教,也违反了道门教规,受到重大挫折,这对其生活、思想、诗风都有重大影响。文章从三个方面论述了道教给义山爱情诗打上的烙印:第一,充满了仙风道气的爱情诗,为读者展示了一幅瑰丽多姿、极富仙家色彩的爱情画卷;第二,义山大量运用隐比手法、比兴体制来写爱情生活中的种种感受,致使这些诗呈现出隐晦、精深的风格;第三,义山爱情诗受道教好静虚无的影响,在恋爱的悲剧中更易产生感伤、颓废的情绪,使他的诗涂上了浓郁的悲剧色彩。钟来因后文选取李商隐"学仙玉阳山"期间所写的有代表性的恋爱诗三十首,一一剖析,揭示出其中隐藏着的奥秘。作者认为,道藏中的秘诀隐文的表达方式给义山的爱情诗打上深刻的烙印。他的无题诗的制题艺术,爱情诗的隐比、象征手法,都从道藏学来。因此,揭开其中隐藏着的道藏的奥秘,有助于我们真正理解这些恋爱诗。

王蒙文认为,李商隐的政治诗既有一种旁观者的清醒,又有一种旁观者无法投入的无可奈何的悲凉。作为政治上的失败者(甚至连失败也谈不上),李商隐对政治无益无效的关注与政治进取的愿望,拓宽、加深、熔铸了他的诗的精神。文章还指出,李商隐善于将负面的情绪用艳丽精致的形式加以表达,诗中充满了迷茫与悲凉的体验。文章对李商隐诸多名作的分析大都发人所未发,且文笔洒脱,激情洋溢,很有个性。

刘学锴前文首先勾勒出咏物诗的发展史,指出李商隐之前的咏物诗形成了借物托寓和单纯体物两种传统。李商隐的咏物诗在继承前人传统的基础上兼具多种类型,但最能体现其咏物诗艺术特征及成就的则是托物寓怀之作。他的这类诗的最主要的特色和贡献,是实现了从类型化到个性化的转变。文章还指出了义山对文学表现真实个性的重视是实现从类型化到个性化的转变的内在原因。咏物诗的创作离不开对物与人、形与神、情与理等关系的处理,义山在这些方面对传统都有明显的发展。概言之,从物与人的关系看,义山把前二者比较简单的比附发展为注重整体神合的较高层次的象征;从形与神的关系看,义山此类作品的显著特征是离貌取神;从物与情或理的关系看,义山此类作品的特征是不涉理路，极饶情韵。总之，无论从感情的产生还是传达看，义山托物言志诗都更接近于"兴"体，而与传统的比体和赋体咏物诗判然有别。刘学锴后文指出，李商隐咏史诗的第一个特征是强烈的讽时性，第二特征是具有较高的概括性与典型性。李商隐为正确处理历史真实与艺术真实作了多方面的成功尝试，具体而言，一是用假想推设之辞突破史实局限，更深刻地揭示讽刺对象的本质与灵魂；二是将两件本不相接之事，略去时间距离，将其紧相组接，以突出历史现象的前因后果；三是抓住具有典型意义的细节或微物来表现深刻的主题；四是在史实或传说的基础上加以生发，创造出带有虚构色彩的场景；五是深入开掘历史现象的某一本质方面，熔铸多方面的生活内容，使之具有更高的概括性和典型性。浓郁的抒情色彩和深长的情韵是李商隐咏史诗的第三个特征。如果说，讽时性赋予咏史诗以鲜活的生命灵魂，典型性赋予它丰满充实的血肉肌体，那么抒情性便赋予它动人的情韵风神。

苏涵文对李商隐的爱情诗作了人格阐释。作者认为，政治失落和三次爱情失落造成了李商隐的弱化人格，这决定着诗人的艺术选择。具体而论，首先，是他的人格特质中孱弱、退缩的一面的主导作用，使他只能以委婉曲折的方法在艺术中追求爱情的自由。其次，这种性格驱动他去追求相应的刺激情境，在那情境中获得满足。再次，这种人格特质使他既执着于情的苦恋，又不能隐去爱情生活的真实事迹，从而形成了情的高度浓化和可叙述内容的尽量淡化的艺术特点。李商隐的弱化人格所营就的爱情诗的艺术价值有三点：一是对情的偏执造成了深隐朦胧之美，二是以"弱者的强爱"这种特殊的爱情形态深刻揭示了人间爱情悲剧的共性，三是从一个特殊的方面使后人更深一层地认识了晚唐衰弱的时代精神。总之，缺陷的人格的另一面竟是艺术的圆满。

诗歌体式研究

20世纪从体裁方面研究李商隐诗歌的论文不太多，而且主要集中在对其七律、七绝的探讨，如萧艾的《试论李商隐的七言律诗》[①]、周振甫的《李商隐绝句初探》[②]、初旭的《沉博艳丽，高振唐音——李商

---

① 载《光明日报》1957年6月2日。
② 载《山西师院学报》1981年第4期。

隐七律艺术探微》①、房日晰的《李商隐七绝论略》②、赵谦的《论李商隐七律的内在结构效应》③等。

其中周振甫文认为李商隐绝句中反映身世之感的较多,在反映身世之感的诗里,结合不同内容,运用了多种多样的艺术手法。这些诗写得深情绵邈,沉博艳丽,用词精炼,跟其他各体的诗具有同样的艺术特点,可供我们借鉴。李商隐的绝句,可能在当时有许多不便明言的,写得比较隐晦,注家也各自作出不同的解释。我们可以在精工富丽的辞章中体会到他的婉转的情思。初旭文认为,在七律的发展史上,第一座里程碑是杜甫,那么,第二座里程碑当之无愧地则为李商隐了。文章分析道,李商隐"沉博艳丽"的风格,具体表现为情致缠绵、意境幽深,诗思婉约、律法精严。工于比兴,深于寄托,清词丽句。这些都突出表现在他的七律中。房日晰文指出,李商隐的绝句深刻地反映了动乱的时代,揭示了晚唐面临的严重的社会问题,在艺术上又能苦心孤诣,戛戛独造:第一,含义深邃,意旨微茫;第二,议论精辟,感情深沉;第三,构思奇妙,诗味隽永;第四,感情细腻,意境婉约;第五,语言淡宕,风神摇曳。赵谦文论述了李商隐致力于改变七律内在结构的几种手法:一是用隐喻手法使之具有表层意象与深层联想意义的复调结构;二是用反讽式、层递式、时空式的比较结构,使外在意象语言层面和推论语言的潜逻辑层面有机整合;三是利用意象的感觉示意功能,构织密集的意象群落;四是大量用典,尤重在典故中蕴含的多种关系的互相作用;五是运用复义手段,将多重意旨附挂于某个意象。文章具体分析了这几种手法的效应,视角独特,言之成理,是李商隐诗歌体裁研究中少有的较有深度和新意的成果。

四、诗歌艺术渊源和对后世的影响

80 年代以前

在相当长的时期内,学界虽然也涉及义山诗的艺术渊源和影响,但并无专文探讨之,且大多比较简略。

如张振佩的《李义山评传》就指出了义山诗的历史根源:"盛唐融

---

① 载《沈阳师范学院学报》1986 年第 1 期。
② 载《西北大学学报》1990 年第 2 期。
③ 载《华中师范大学学报》1991 年第 4 期。

合南北文学而成的诗,是初盛之变,而韩白等又为盛唐诗内在矛盾的暴露、冲突的结果,更产生出晚唐温李一派新型的诗。"文章还将义山与杜甫、义山与李贺、义山与温飞卿等人作了比较,论及义山诗的影响时,主要强调了对西昆诗派的影响。

沈茂彰的《玉溪生诗管窥》谓义山之诗受赐于老杜、韩愈、令狐楚、六代、盛唐、佛典者甚多。

缪钺在《论李义山诗》论述义山诗的渊源和成就时,颇强调李贺的影响,他说:"义山诗之成就不在其能学李贺,而在其能取李贺作古诗之法移于作律诗,且变奇险为凄美,又参以杜甫之沉郁,诗境遂超出李贺之上。"文章还论述了义山诗与词体之关系:"义山虽未尝作词,然其诗实与词有意脉相通之处","盖中国诗发展之趋势,至晚唐之时应产生一种细美幽约之作,故李义山以诗表现之,温庭筠则以词表现之,体裁虽异,而意味相同"。

陈寂的《李商隐诗探微》有一节是"李诗的渊源和继承",认为李之于杜(甫),相同处不单在面貌,而且贯彻在精神。

另外,五六十年代出版的一些文学史著作也对李商隐的艺术渊源和影响作了比较简略的介绍。如游国恩等编著的《中国文学史》就指出:"李商隐的诗歌,特别是他的爱情诗,对后代有很大的影响,从晚唐韩偓等人、宋初西昆派诗人、直到清代黄景仁、龚自珍等都在诗的风格上受过他消极或积极的影响。此外,唐宋婉约派词人,以及元明清许多爱情戏曲的作家,也都不断地向他学习。"[①] 中国科学院文学研究所编著的《中国文学史》认为:"他接受了汉魏古诗和乐府歌词以及梁陈宫体诗的影响;在唐代诗人中,对他影响较深的,是杜甫的五言和七律;他的七绝有着杜牧那种清丽俊逸的格调;而他那些奇特的想象,却是汲取了李贺的浪漫主义手法。"[②]

80年代以后

直到80年代以后,才产生了一些对李商隐诗歌艺术渊源和影响进行深入探究的论文,有些文章还将李商隐与外国诗人作了比较。

这一时期研究李商隐诗歌艺术渊源的论文如吴调公的《李商隐诗歌

---

① 游国恩、王起、萧涤非等:《中国文学史》第2册,第210页。
② 中国科学院文学研究所中国文学史编写组:《中国文学史》第2册,第478页。

渊源论》①、刘学锴的《李商隐与宋玉——兼论中国文学史上的感伤主义传统》② 等，论述都较前人更为深入。

其中吴调公文认为，李商隐从屈原诗歌艺术宝库中学到了象征手法和浪漫主义气氛的渲染技巧；受徐、庾描写丽人思妇的影响而写了较多的爱情诗，在色彩瑰丽上也受了徐、庾的影响而形成他的"百宝流苏"的风格；李商隐受杜甫的影响表现在频频以时事入诗，抒发忠荩之感，还具体而微地学习、师承了杜诗的沉郁风格、炼词炼律的精细；在构思的奇巧和词采的冷丽幽凄上则深受李贺的影响。刘学锴文从宏观角度审视李商隐在中国文学史上源远流长的感伤主义传统中的地位，较有深度和新意。该文首先从诗人的为人、作品基本主题、微辞托讽、抒写艳情绮思、诗歌理论等方面对比了李商隐与宋玉，揭示出他们之间的继承关系；然后从文学史发展的长河中考察李商隐对感伤主义文学传统的贡献，并对文学史的感伤主义勾画出一个简略的发展轮廓。文章认为："李商隐的诗歌，融时世身世之悲感于'沉博艳丽'之中，贯感伤情调于咏史、咏物、无题等各种题材体制之内，将宋玉、庾信、杜甫、李贺诸家的感伤质素与文采华艳都加以融汇吸收，成为感伤主义文学传统的集大成者。"

相对说来，探讨李商隐诗歌对后世影响的成果则多一些。主要有吴调公的《李商隐对北宋诗坛的影响》③《李商隐在清代的余波绮丽》④、王玉祥的《李商隐对苏曼殊诗的影响》⑤、王兆阳的《论李商隐的诗对词的独特风格形成的影响》⑥、刘学锴的《李义山诗与唐宋婉约词》⑦ 等。

其中吴调公前文认为，在北宋时期，学习李商隐诗歌的显然有两个作风：早先是西昆体的生搬硬套，扩大了李诗的糟粕；后来是王安石、黄庭坚，在善于创新的前提下汲取了李诗的营养。到了南宋，由于民族

---

① 载《北方论丛》1980 年第 2 期。
② 载《文学遗产》1987 年第 1 期。
③ 载《晋阳学刊》1981 年第 2 期。
④ 载《群众论坛》1981 年第 3 期。
⑤ 载《广州研究》1987 年第 3 期。
⑥ 载《西安公路学院学报》1987 年专辑。
⑦ 载《安徽师大学报》1988 年第 3 期。

矛盾尖锐,发抒悲凉沉痛的哀国之思的诗歌一时成为主流,这距离李商隐的风格较远,故李诗的余波一时消歇。吴调公后文指出,李商隐诗派经历了明代的中衰,进入清代以后,在诗坛的影响扩大了,特别在清初和清末两个时期,更加呈现出余波绮丽的局面。文章比较详细探讨了李商隐诗歌对清代诗人钱谦益、吴伟业、王闿运,以及光宣之际的湘鄂诗人、江南诗人的影响。文章最后说:"清初的几位大诗人,可算既善于学习前人而又善于脱胎换骨。而晚清的学李也不乏名家。因此相对说来,作为李商隐诗歌的出色的绮丽余波,大概应推有清一代的承传者了。"刘学锴文从两个方面论述了义山诗与唐宋婉约词的关系,以义山诗与婉约词在诸方面的相似点,说明义山诗在由五七言诗向词演变过程中所处的重要地位,探讨义山诗的一些重要质素与特征对婉约词的深远影响。文章认为,李商隐在诗与词之间搭起了一座桥梁。义山的绮艳之作,词化特征比较显著的有三类:一类是经过改造的"长吉体"艳情诗,一类是用近体律绝形式写的无题诗、准无题诗、有题的爱情诗和风格绮艳的咏物诗,一类是吟咏日常生活情思的小诗。这三类诗的词化特征主要表现在:(1)题材的细小化;(2)内容的深微化;(3)意境的纤柔化;(4)语言的圆润化。在审美类型上,都属于婉丽纤柔、温润妩媚的优美型、阴柔型。而义山诗对唐宋词的影响主要表现在:(1)在艳绝之中融入身世时世之感与人生感慨。(2)李商隐诗歌的比兴寄托不是偏于理性的"志",而是融合着生命血肉的"情",是对悲剧身世和人生的深沉悲慨。这种自然流露的纯感性的寄托,对词的影响比传统的托物寓志方式要大得多。义山诗的深层意蕴多因触事(物、情)而兴慨,表现得比较隐微,适应了由诗到词的演变过程中,寄托由志到情、由显到隐、由有意到无意转化的趋势。(3)表现感伤情调和感伤美。这是义山诗的审美特征。这种审美特征主要影响了南唐及以后的词。(4)时空交错与跳跃的章法结构。这一点,在李贺诗中已表现得相当突出,义山加以继承和改造,给人以缥缈变幻、回环往复的感受,并对唐宋词产生了明显的影响。总之,此文使人们长期以来对义山诗与唐宋词之间关系浮浅、笼统的认识更为深入、细致了。

另外,还有几篇文章探讨了李商隐诗与英国诗人华兹华斯的异同及其在国外的影响,如蒋小雯、唐英明的《李商隐和华兹华斯》[①],许渊

---

① 载《上海师范大学学报》1987年第1期。

冲《谈李商隐诗的英译》①，刘若愚的《李商隐与西方现代读者》② 等。

蒋小雯、唐英明文从几个方面论述了李商隐与英国诗人华兹华斯的相同、相似之处。文章认为："李商隐和华兹华斯都是被卷入生活的诗人。他们都关心社会现实，而不是藏头去尾地躲在生活的背后养神安息。""李商隐和华兹华斯都善于咏物、写景，而且都能突出地表现出人和自然的交流，人和自然的融汇"，而且他们的诗"在朴实的词句后面隐藏着深奥的意蕴"。刘若愚文探讨了李商隐对西方当代读者具有特殊吸引力的原因。作者认为李商隐的长处正在于深入人生，尝遍了生活的各种滋味。正是他对待人生的这种积极态度赢得了现代西方读者的理解和欣赏。作者认为李商隐是"巴洛克"风格的诗人，认为李商隐的诗和"巴洛克"文学美术一样都寻求神秘奇异的境界，都趋向于繁缛炫目的作风，这种相似便是使西方读者对李商隐的诗感兴趣的又一原因。

五、无题诗研究

无题诗是李商隐诗歌中极其重要的部分，不但对后世产生了深远的影响，而且也一直是学界热衷探讨的课题。下面将在参考陈冠明的《李商隐的无题诗和锦瑟诗讨论综述》③、和刘学锴的《李商隐无题诗研究综述》④ 等文的基础上，对20世纪学界的有关研究情况进行简略的介绍。

无题诗的范围

李商隐诗集中标明"无题"的诗，朱鹤龄注本中有十六首，冯浩注本中有十五首，其他各家注本大致相同。纪昀提出摘句首二字为题的，如《碧城》《锦瑟》等诗，也算"无题诗"⑤。这就将"无题诗"的范围扩大了许多。这个说法得到了20世纪大部分学者的认可。

李长之、吴调公、刘学锴、余恕诚均认为这类诗为"类似《无

---

① 载《外语学刊》1987年第3期。
② 载《文学研究参考》1987年第8期。
③ 载《文史知识》1983年第4期，又载《唐代文学研究年鉴》1984年卷。
④ 载《唐代文学研究年鉴》1988年卷。
⑤ 《四库全书总目》卷一五一。

题》"①，杨柳《李商隐评传》等称之为"例同《无题》"。

刘开扬又提出，用"句中二字"作题的诗，也"等于《无题》"②。

徐朔方认为，"至少就文字表面而言"，那些"以抒写艳情或爱情为内容"的，"是否另有寄托则在疑似之间"的"一些七言律诗"，均可列为"无题诗"。因此，一方面，只要具备以上条件的，即使有题的，如《圣女祠》等七首七律诗，也可作为"无题诗"看待；另一方面，对以《无题》为题的十五首和以"句首二字为题"的"近三十首"诗却作了如下的"限定"：《无题》诗非七律的均在排除之列，即使是七律的，如《无题》（万里风波），也因非关爱情，在排除之列。此外，以"句首二字为题"的诗也只剩下《锦瑟》等七首，以上三项，凡有"《无题》诗"二十首③。

杨柳的《如何确解李商隐的诗——评近年来研究李商隐诗的一些问题》④一文从内容与形式统一的角度，将无题诗划了一个范围，即指"摅写作者不愿明言的生活遭遇或思想感情的偏什"，共有六七十首。其中包括：（1）题目标明《无题》者二十首；（2）拈篇中数字为题，例同《无题》的诗；（3）概括题旨命题者，如《药转》《曼倩辞》《晓起》《可叹》《离思》等。

无题诗的内容和作意

从清代以来，人们对李商隐无题诗内容和性质的理解就有分歧。说法主要有两种，即寄托说和爱情说。

清代学者多认为李商隐的无题诗是有寄托之作，而其中吴乔等人更将全部无题诗都说成是为令狐绹而作。到19世纪末和20世纪初，这种观点为张采田、汪辟疆等人所继承。不过，张采田对李商隐无题诗所寓意的对象的理解与前人稍异，他认为李商隐无题诗除了一部分寓意令狐绹，还有一些作品是为李德裕写的，其中寄托了对李德裕的怨旷之

---

① 分别见李长之：《李义山论纲》，载《光明日报》1957年4月14日；吴调公：《评李商隐的爱情诗》，载《社会科学战线》1979年第3期；刘学锴、余恕诚：《李商隐》。
② 刘开扬：《论李商隐的爱情诗》，载《唐诗论文集》。
③ 徐朔方：《论李商隐的无题诗》，载《杭州大学学报》1979年第1、2期。
④ 载《人文杂志》1980年第6期。

情①。由于张采田等人的观点过于牵强、过于绝对，所以，寄托说在20世纪相当长的时间里响应者只有萧艾、杨柳等数人。如萧艾在其《试论李商隐的七言律诗》②将许多七律《无题诗》看作"希望令狐绹对他汲引"的诗。杨柳的《李商隐评传》认为，从某种意义上说，这些《无题》诗，是干谒之作，是"直接、间接影射令狐家的"。

20年代末，苏雪林撰成《李义山恋爱事迹考》，考证义山恋爱的对象有女道士、宫嫔和娼妓，并认为无题诗中的"紫府仙人"是为所恋女冠而作，"含情""凤尾""重帏""昨夜""来是""飒飒""相见"等则分别抒写义山与所恋宫嫔飞鸾、轻凤幽会、间阻的情景，及对方死后对她们的追悼。这种爱情说一经提出，立即引起了学界的普遍关注。许多学者对苏氏的索隐猜谜的方法不以为然，如张荫麟《评雪林女士李义山恋爱事迹考》、张尔田《论李义山恋爱事迹》③均认为苏氏所说的义山恋爱事迹有泥解之弊，认为李商隐的无题诗严格说来只能算是艳情诗。另外，有些学者比较同意苏氏之说，亦持爱情说。如朱偰的《李商隐诗新诠》④就继续敷演李商隐与宫嫔言情而作《无题》之说。陈贻焮的《李商隐恋爱事迹考辨》和葛晓音的《李商隐江乡之游考辨》都在对苏雪林的考证有所纠偏的基础上，继续探讨李商隐的恋爱事迹。

但是，更多的学者倾向于认为李商隐的无题诗中有寄托之作，也有艳情（或爱情）之作。如张振佩的《李义山评传》就在明确反对梁启超艳情说、苏氏恋爱说之后，同意纪晓岚的说法，认为"无题诗并不是专为某一事件而作，而是各有其作意的"，他将无题诗分为狎邪之诗、怨怼之作、哀感之作、讽刺之作四类。

20世纪下半叶，将无题诗分别观之的学者更多。如刘学锴、余恕诚在《李商隐诗选·前言》中就认为无题诗的性质和内容并不单一，其中确有一部分"寄托的痕迹比较明显，寄意也比较清楚"，另一部分"寄托的痕迹似有似无，多数和纯粹的爱情诗非常相似"，也有"明显是

---

① 参《玉溪生年谱会笺》。
② 载《光明日报》1957年6月2日。
③ 两文均载《学衡》第74期，1930年。
④ 载《国立武汉大学文哲季刊》第6卷第4号，1942年。

艳情冶游之作"①。周建国的《李商隐的无题诗、寄托诗考辨举隅》②则分析了义山无题诗中的艳情诗,寓意令狐绹的诗,以及别有寄意的政治诗,还探讨了某些制题隐晦、词旨婉曲的政治诗隐词以寄的情况。

尤其是对其中寄托似有似无的作品,人们的理解就更加多样化了。人们或认为其中所抒写的"悲剧性爱情和爱情心理,又总是隐隐约约地和诗人的悲剧身世及人生体验有着某种联系"③,或认为不能"截然排除其中蕴涵着更深的隐痛"④,或认为"他把自己对社会人生那种凄凉的情感,那种恍惚不定的心态也悄悄地织进他的爱情篇章中了"⑤,甚至认为"它实际上乃是作者全部人生经验的形象化表现","许多无题诗既可以理解为爱情诗,但又不仅仅是爱情诗,因为坚贞纯洁的爱情和高尚的精神寄托,在同一诗歌境界中得到了完美和谐的统一。无题诗中的爱情,既可以说是一种特定的情绪,又可以说是一种净化了的精神追求"⑥。美籍学者刘若愚也认为,对李商隐无题诗的三种见解(为令狐父子而作说、秘密恋爱说、讽刺宫廷及党争说)均不能令人信服,其弊病在于陷入过分追求"创作意图"的谬说之中。刘氏主张"对这类诗作象征意义的理解,而不是(一味求索)它们的寓意","与其将某首诗作提供的潜在线索,使诗的戏剧性情节可以有这样或那样的解释或多种理解。我们要再现的就是诗的戏剧性情节,而不是考证诗中的人物原型"⑦。

无题诗的艺术特色和成就

在大半个世纪的时间里,人们多沉湎于对无题诗内容和性质的探讨,而相对忽视了对无题诗艺术的研究和分析,真正对无题诗的艺术作比较系统、深入的研究,是70年代末以后的事。这些研究又大致体现在以下几个方面:

---

① 《李商隐诗选》,第15页。
② 载《唐代文学研究》第2辑。
③ 《李商隐诗选》,第15页。
④ 陈伯海:《怎样看待李商隐的〈无题诗〉》,载《文学评论丛刊》第5辑。
⑤ 李中华:《试论李商隐无题诗》,载《唐代文学论丛》总第9辑。
⑥ 蒋凡:《李商隐无题诗新探》,载《唐代文学论丛》总第7辑。
⑦ 刘若愚撰,肖占鹏译:《李商隐诗诸评之我见》,载《唐代文学论丛》总第8辑。

1. 对无题诗寄托方面特点的探讨。刘学锴的《李商隐的无题诗》①从四个方面揭示了无题诗寄托的特点：对借以寄托的人物情事的生动性，作品本身性质的两重性，寄托内容的抽象性，寄托方式的整体性。陈伯海《怎样看待李商隐的〈无题诗〉》②一文认为，它"综合了齐梁言情与汉魏咏怀这两个传统，……创造了一种新的比兴形式。……以情寄情，爱情的相思与政治、人生的'相思'犹如水乳交融般地渗合在一起"。

2. 对无题诗构思特点的探讨。周先民的《李商隐无题诗构思特点》③指出，"《无题》诗往往是围绕着理想'郁结'所形成的中心去构思，又往往被带有条件反射特点的记忆所触发，因而它的内涵丰富而复杂，感情真挚而强烈；相反相成、瞻前顾后的自由联想使得它的意绪纷繁而飞动，对'距离美'的潜心追求使它的形象瑰美而精微"。

3. 对无题诗意象组合方式与结构特点进行探讨。郝世峰的《选玉溪生诗补说前言》认为："他的诗歌结构常常不注重意象间的表面关系，而是以心使物，因心造境，偏于表现意象下面的深层底蕴，因此，意象间的表面逻辑关系相当隐约不定，甚至彼此不相干连，……这样的结构才最足以表现诗人那种迷离惝恍的心境。"罗宗强的《隋唐五代文学思想史》也指出："他除了用重叠的象喻之外，还常常把一些片断的意象组织在一起。"④刘学锴、余恕诚在《李商隐诗选》"增订本前言"中也认为"以心象融铸物象"是李义山诗形象构成的重要特点，"无题诗虽多包含情节和事件，却不是事件的简单再现，而更多伴随着心境的表现。作事件看，常常若断若续，莫知所归，作物的境象和某些心象序列分的交织与融合看，则更能窥见作者的'文心'"。赵景波的《论李商隐无题诗的朦胧机制——兼论中国古典意象诗的解读规律》⑤则从语境学、结构学、符号学的角度对李商隐无题诗的意象进行了颇有新意的探讨，他指出，李商隐的无题诗多以诗人流动的意识构成潜在意脉，表面上被互不相联系的意象覆盖。这种内化的潜隐的意脉是造成无题诗朦胧

---

① 载《安徽师大学报》1979 年第 4 期。
② 载《文学评论丛刊》第 5 辑。
③ 载《文学评论》1984 年第 2 期。
④ 《隋唐五代文学思想史》，第 368 页。
⑤ 载《齐齐哈尔师范学院学报》1990 年第 6 期。

效应的结构学原因。从符号学的角度看,诗由有多重性格的符号构成。在概念符号、表象符号和意象符号中,李商隐的无题诗更多的是运用意象符号(包括同构意象、浸染意象、比附意象)。这些意象都有多重意味,加上诗人打破了物理时空框架,按照自己的心理时空对这些意象进行"蒙太奇"式的组接,致使这些意象中的表象因素无法在审美主体的审美意识中运用组合,因而呈现给人们的是一个不能用语言准确表述的艺术境界。王蒙的《混沌的心灵场——谈李商隐无题诗的结构》①认为李商隐无题诗结构的第一个特点是可简约性、可直通性。李诗的难点在意旨的理解上,这其中又难在神龙不见首尾的虚拟和前言不搭后语的语序上。其间意旨混混沌沌,若即若离。但如果把它的较平易的首二句和尾二句连通起来,弃其腰而取其首尾,删繁就简,则所写为何,就明白了许多。跳跃、空白、首尾相对平和与中段的异峰突起,是这类诗结构的第二个特点。有弹性、可更替性、可重组性是这类诗结构的第三个特点。诸特点中又贯穿着一个统一性原则,就是情感、意象、用典、形式的统一。认为李商隐从心灵出发,以内转的潜气为依托,精心搜索编织,铺陈营造,探寻寄寓,建成了他特有的城池叠嶂、路径曲幽、陈设缛丽、堂奥深遥的诗的宫殿。这一类诗的结构可称之为心灵场。

4. 对无题诗的基调、意境、风格等方面的特点进行探讨。研究者比较一致地指出,《无题》诗的基调是"浓厚的感伤"②,"凄艳而不轻佻"③,"浓烈而凄清"④。在意境方面,大都认为它具有"朦胧"的特点,"它们要表现的不是一个故事,而是一种情绪;不是一幅时间、地点清晰可考的画面,而只是一种空灵缥缈但是可以把握的意境。……在一定程度上,它们具有音乐作品可以意会、较难言传的特点"⑤。"无题诗……犹如无标题音乐,往往是作者某种潜在情绪的触发及展现"⑥。关于无题诗的艺术风格,除了比较一致地指出并肯定其朦胧美以外,研

---

① 载《文学遗产》1995年第3期。
② 郝世峰:《选玉溪生诗补说·前言》,载姜炳璋选释,郝世峰辑:《选玉溪生诗补说》,天津:南开大学出版社,1985年,第31—33页。
③ 《隋唐五代文学思想史》,第370页。
④ 李中华:《试论李商隐无题诗》,载《唐代文学论丛》总第9辑,第111页。
⑤ 《李商隐传》,第266页。
⑥ 蒋凡:《李商隐无题诗新探》,载《唐代文学论丛》总第7辑,第154页。

究者还分别指出其"追求一种细美幽约的美"①,"化沉博为精纯,寓淳蓄于舒展","兼绮丽和深沉的风格"②。

5. 从爱情诗的角度对无题诗的特点进行评论。吴调公在《李商隐研究》中说:"在他的诗中,不仅略去庸俗的爱情细节,并且善于勾勒一个'余味曲包'的总的轮廓,……正面文章往往不多,着意渲染的只是有助于抒发某种感情的特殊气氛。""逶迤婉转的脉络,……和迷离惝恍的内容是相适应的。"③ "他的典型感情的概括能力,复杂的心理描绘,以及通过背景气氛的渲染和用象征手法抒发情怀的艺术本领,都可以作为今天的借镜。"④ 李中华的《试论李商隐的无题诗》也认为:"多数无题诗并不注重爱情事件的交代与勾勒,它抒发的是一种纯粹的情致","略去了爱情的线索,隐去了主人公的身份,将非情的成分脱略殆尽"。

锦瑟诗的题旨

自宋代以来,人们对《锦瑟》诗的题旨所作的解释和推测就纷歧繁复,20世纪的歧说也有十几种之多,兹介绍其中较有影响者:

1. 恋情说。宋人刘攽的《中山诗话》谓锦瑟是令狐绹的青衣名,计有功的《唐诗纪事》略同。此说遭到了明清两代大多数学者的辩驳,故响应者不太多。屈复在《玉溪生诗意》中笼统地将其定为"男女慕悦之词",但又认为"有寄托"。苏雪林在其《李商隐恋爱事迹考》中将其认为此诗是咏"他所恋爱的宫嫔"的。刘开扬《论李商隐的爱情诗》又认为是"追忆他年轻时恋爱的事",恋人当然是王氏。

2. 悼亡说。朱彝尊以为此诗是"埋香瘗玉"的"悼亡诗",冯浩从之。姚莹《论诗绝句》云:"《锦瑟》分明是悼亡,后人枉自费平章。"近人心史(孟森)《李义山锦瑟诗考证》⑤ 也认为,李商隐以锦瑟为嘉偶之纪念,为悼亡之作,盖作于大中五年秋。刘盼遂的《李义山锦瑟诗定诂》⑥ 同意孟心史的悼亡赋诗之说,并加以补正。马茂元亦认为,

---

① 《隋唐五代文学思想史》,第369页。
② 《李商隐研究》,第120页。
③ 同上书,第122页。
④ 同上书,第124页。
⑤ 载《东方杂志》第23卷第1期,1926年1月。
⑥ 载《文学年报》第3期,1937年5月。

"仔细寻绎诗意,觉得悼亡之说确不可易。不过所悼念的不可能是商隐的妻子王氏,而是他所爱恋的另一女子","至于这位女子是谁,'锦瑟'二字是否影射或直接就嵌用了她的名字,则无从考证"。黄世中的《〈锦瑟〉笺释述评及悼亡说新笺》① 也主此说。张国光的《试解〈锦瑟〉之谜——李商隐倾向于李德裕党之一证》则认为,《锦瑟》是"悼亡"诗和政治诗的结合,认为"望帝"句"系悼念武宗之死与会昌新政的被废搁"。

3. 听瑟曲说。禹苍《说锦瑟篇》② 认为此诗"实是写听瑟曲而引起的情怀"。

4. 伤唐室残破说。岑仲勉在《隋唐史》中说:"余颇疑此诗是伤唐室之残破,与恋爱无关。"

5. 编集自序说。此说出何焯《义门读书记》引程湘衡说,亦见王应奎《柳南随笔》。高步瀛认为此说无疑③。钱钟书也认为此说无"瓜蔓牵引,风影比附","最为省净"④。周振甫在《李商隐锦瑟诗初探》⑤中,又引钱钟书用瑟的"适、怨、清、和"的乐音来解释诗的中间二联,认为这二联正好"说明《李义山诗集》的主要内容和它的艺术特色",周振甫推此说是"创辟的新解"。持此说者还有钟来因⑥等人。

6. 回顾生平兼编集自序说。此为上说的补充,见李固阳《就锦瑟诗与周振甫先生商榷》⑦。李固阳文认为,这首诗既然编在集子的开头,就标明集内诸篇记录着一生事迹,确乎起了"编集之自序"的作用。但李文否定钱钟书的"适、怨、清、和"说,认为这是"回顾平生"之作,是李商隐"慨叹自己的际遇"。

7. 自伤身世或自叙平生说。何焯《义门读书记》首倡此说,汪师

---

① 载《文史》第 30 辑。
② 载《光明日报》1961 年 11 月 26 日。
③ 高步瀛选注:《唐宋诗举要》下册,上海:上海古籍出版社,1978 年,第 621 页。
④ 钱钟书:《冯注玉溪生诗集诠评》(未刊稿),转引自周振甫:《诗词例话》,北京:中国青年出版社,1962 年。
⑤ 载《山西师院学报》1980 年第 5 期。
⑥ 钟来因:《〈锦瑟〉非音乐诗而是〈玉溪生诗集序〉——兼与梁枢同志商榷》,载《西北师院学报》1985 年第 1 期。
⑦ 载《山西师院学报》1982 年第 2 期。

韩《诗学纂闻》和之。张采田《李义山诗辨正》以为"悼亡诗定论",而其《玉溪生年谱会笺》则直视诸家为臆说,又以为"自伤身世"说"斯真定论"。薇园的《稻花香馆杂记·香奁或无题诗》① 亦认为义山一生仕宦不进,终身坎壈,故开卷锦瑟一篇,乃假物以自伤。20 世纪七八十年代出版的专著多从此说。许多有关《锦瑟》诗的论文,如汪辟疆《玉溪生诗笺举例》②、王达津《古典诗歌札记》③、程千帆《李商隐锦瑟诗张笺补正》④、魏明安《评锦瑟诗的笺解》⑤、李文初《李商隐锦瑟诗颈联发微》⑥ 等,也均从此说。阎琦《锦瑟新解》进一步认为:"'自伤'说已笼括'悼亡'说在内","故'自伤'说最为通达",可以"粗定下来"⑦。梁枢的《〈锦瑟〉新论》⑧ 认为《锦瑟》是一首"自伤身世的音乐诗",李商隐是以琴瑟的音乐在"演奏其身世之感"。美籍学者刘若愚更是认为,《锦瑟》诗可视为人生如梦这一共同主题的变奏曲,这种看法不排除对诗人妻子或任何人的忆念,也不排斥对诗人往昔生活和其诗作的沉思。这样的构思正合乎李商隐晚年情况,显示了诗人对自己一生的回顾⑨。美籍学者王福民也认定《锦瑟》诗是李义山的"自叙诗","是他一生际遇的自叙","是作者站在旁观者的地位把他一生的'前尘'加以欣赏的结论"⑩。吴奔星的《诗的明朗与含蓄——兼论李商隐的〈锦瑟〉》⑪ 指出,"从思华年的内容上看,不外以党争引起的宦海沉浮为经,以夫妻生离死别为纬交织成篇"。"诗人的一片惘然之情,是由象征官场的尘网和陷入一往情深的情网所产生的失落感引起。"这是目前比较流行的一种说法。

---

① 载《国学丛刊》第 2 期,1941 年。
② 载《中华文史论丛》第 4 辑,1963 年。
③ 载《南开大学学报》1978 年第 4、5 期。
④ 载《南京大学学报》1979 年第 1 期。
⑤ 载《兰州大学学报》1980 年第 1 期。
⑥ 载《暨南大学学报》1981 年第 1 期。
⑦ 载《西北大学学报》1982 年第 3 期。
⑧ 载《西北师院学报》1984 年第 2 期。
⑨ 刘若愚著,詹晓宁、肖占鹏编译:《关于李商隐的〈锦瑟〉诗》,载《南开学报》1985 年第 6 期。
⑩ 王福民:《李义山〈锦瑟〉诗演义》,载《文学遗产》1988 年第 5 期。
⑪ 载《文学评论》1990 年第 6 期。

8. "不可知"说。此说的倡导者是屈复，他在《玉溪生诗意》中认为："凡诗有所寄托，有可知者，有不可知者"，若《锦瑟》《无题》诸篇，即是"不可知者"。梁启超也说，他对《锦瑟》等诗讲的什么事，"理会不着"，只觉得诗美，"含有神秘性"[①]。王士菁说，《锦瑟》是"恍惚迷离"的，"究竟写的什么，恐怕只有诗人自己心中有数吧?"[②] 谢无量说，《锦瑟》等诗"究竟何所寄托，殊难证明"[③]。王蒙的《一篇〈锦瑟〉解人难》[④] 从鉴赏学的角度剖析诗意，认为从诗人的写作触发动机来全然肯定或否定一说，前提都不充分。王蒙指出，此诗所咏的"核心是一个情事"，是一种"惘然之情"，其中"包括了丧妻之痛、漂泊之苦、仕途之艰、诗家的呕心沥血和收获的喜悦以及种种别人无法知晓今人更无法知晓的个人情感"。"诗人经过人生沧桑之后，当他深入再深入到自己内心的深处时，他的感受是混沌的一体的、概括的、莫名的、只可意会不可言传的、是惘然的无端的。"

六、樊南文研究

李商隐的文尤其是骈文具有很高的文学价值，但是研究者却不多，20世纪研究樊南文的单篇论文主要有董乃斌的《论樊南文》[⑤]《李商隐散文简论》[⑥]、吴在庆的《樊南四六刍议》[⑦] 等。

其中，董乃斌《论樊南文》是20世纪较早对李商隐文进行全面、深入探讨的论文，该文着重分析了李商隐花费极大精力所致力于的骈体文，说李商隐为文曾经历了一个由散入骈而最终以骈文为专业的变化过程，并从三个方面探究了这种变化的意义。首先，这种转变表明，在韩、柳大力提倡"文从字顺"、明白晓畅的古文，并在社会上发生巨大影响之后，骈文依然有不小的市场；其次，应该看到，是李商隐的生活道路促使他变成一个以写作骈文为专业的人，而他所以走上这条生活道

---

① 梁启超：《中国韵文里头所表现的情感》，载夏晓虹编：《梁启超文选》下册，北京：中国广播电视出版社，1992年，第82页。
② 王士菁：《唐代诗歌》，第288页。
③ 谢无量：《谈李义山》，载《光明日报》1957年8月4日。
④ 载《读书》1990年第7期。
⑤ 载《文学遗产》1983年第1期。
⑥ 载《西南师范学院学报》1984年第3期。
⑦ 载《中州学刊》1995年第2期。

路，又有着某种必然性（如其职业特点和令狐楚的影响）；最后，李商隐之所以下苦功钻研骈文，并非全然被动地由于外界的原因，真正的动力还是蕴藏在他本人思想深处的要致身通显以实现政治抱负的强烈愿望。对于李商隐四六文的思想内容，作者指出，樊南四六虽然许多都是代笔文字，但从中却不时透露出李商隐本人的政治观点。作者还指出，樊南四六中较好作品的真正优点，在于通过某些修辞手法的适当运用，使文章不但具有一般的辞章之美，而且增强了形象性和含蓄性，从而超越了一般应用文的水平而进入艺术的境界。《李商隐散文简论》侧重探讨了李商隐的散文，作者认为，李商隐对古文仍是很重视的。他将李商隐现存的散文分成两类，一类侧重议论，一类侧重叙事，并指出它们的风格都接近韩、柳古文。吴在庆的《樊南四六刍议》是继董乃斌前文之后论李商隐文的又一大成果。文章指出，李商隐初习古文，后转习四六的个中因由有二：一是作者长期为幕，必须迎合时尚，捉刀代笔，身不由己；二是古文运动影响的减弱及李商隐对儒道某些主张的怀疑。商隐四六，多代人立言，这是被人视为内容空洞从而备受冷落的一大原因。该文认为，商隐四六的价值首先在于丰富的史料性上。李文多代显要如令狐楚、王茂元、崔戎等而作，这些人与时政关系密切，状表呈启、酬赠往来，必然关涉时事并表达意见，这就使李文具有史料作用；其中的行状、祭文、遗表、碑铭等涉及一大批人物生平行事，所记或可与史载相印证，或可补史载之阙，或可纠史籍之误。其次，商隐四六在艺术上除了形式美之外，还有其特殊价值。一者，其中相当数量的应景文章，内容情感两皆空泛，用骈文可于隶事用典中掩饰空泛；二者，商隐四六在叙事抒情上也颇多值得总结的艺术经验。

另外，一些散文史论著如郭预衡的《中国散文史》、马积高的《赋史》、姜书阁的《骈文史论》也都涉及李商隐的文，唯介绍较简略、论述稍浮浅。

七、李商隐文艺观研究

李义山诗中有一些论诗之作，而且他的创作中也体现出比较鲜明的创作观，但是长期以来，学界对义山文艺观的研究一直比较薄弱。

早在30年代，张振佩在其《李义山评传》[①]"章十一"中就从四

---

① 载《学风（安庆）》第3卷第8期，1933年。

个方面初步论述了"义山的文学意见":义山的文学生活、义山对创作内容方面的主张、义山对格律方面的意见、义山的文学功效论。当时和稍后出版的一些文学批评史、文学理论史也简单地提及义山的文学主张。

吴调公《李商隐研究》是较详细论及李商隐的审美观的著作,他从李商隐的文学作品中抽绎出三点审美观:(1)婉约的优美感和坚韧不移的风骨;(2)李商隐对悲剧性生涯的体验与探索;(3)美的理想火焰永远在寂寞中燃烧①。吴调公的《李商隐文艺观探微》②是较早出现的专论义山文艺思想的文章,该文认为,如果说中唐时代诗歌和散文这两个文艺运动的共同倾向是侧重于文学的思想性和较多地汲取儒家思想的进步方面,那么,李商隐的文艺思想恰恰是侧重于文学的艺术性和摆脱儒家的道统,要求解放个性。他的以发抒真情为内容和融各家之长作为形式因素的文学主张,既标志了晚唐初期对儒家思想的一次突破,也标志了他纠初唐四杰之偏。文章还从三个方面具体分析了李商隐的文艺观:不系今古,挥笔为文;流莺巧啭,比托遥深;博兼众体,不取"偏巧"。盖国梁的《李商隐诗歌创作的美学观点》③一文发挥了钱钟书、周振甫对李商隐诗歌艺术美的看法,文章援引周振甫先生在《李商隐选集》中所说的"商隐的诗,有摹写自然的,有润饰自然的,有通于自然的"的见解,并称周先生的识见"可谓精锐,洞中肯的",特别是像商隐的无题诗,几乎可以说大都达到了钱钟书先生所说那种"通天"的完美境界④。而周振甫先生指出,商隐在《献侍郎巨鹿公启》一文里论诗时所提出的"虑合玄机",是已经看到了"造化之秘"。文章最后说,可见,"他的诗歌创作达到如此完美的艺术境界,是在其美学观点的指导下,有艺术的思维构成和创作的内在动机的"。

另外,八九十年代出版的几种文学批评史、文学思想史也对李商隐的文学观有比较详细的探讨。

如罗宗强在其《隋唐五代文学思想史》中认为,李商隐对诗歌艺术的独特探索,反映了唐代诗歌思想的又一次重要发展。他将李商隐的探

---

① 《李商隐研究》,第26—40页。
② 载《社会科学(甘肃)》1983年第2期。
③ 载《文学评论》1988年第3期。
④ 《李商隐诗歌集解》第3册,第1434页。

索分为三个方面。(1) 追求朦胧情思与朦胧意境的美。"他在艺术上着意追求的，就是如何才能不把内心完全袒露无遗，而只到此为止。神龙见首不见尾，一个个意象，仿佛露出一鳞半爪，留下了许多原该衔接而不予衔接的空白。这些空白仿佛迷蒙云雾，其中隐隐约约，让人猜度。这样的艺术追求，应该说是李商隐的一个创造。"① (2) 追求一种细约的美。(3) 感情的表达方式是多层次、细美幽约、迂回曲折，而感情基调则是凄艳而不轻佻。他在分析李商隐的文学理论时也认为："他追求朦胧情思与朦胧意境，追求细美幽约，所以他不重诗教，而重情感表达。"②

王运熙、杨明的《隋唐五代文学批评史》着重分析了李商隐对前代或同时诗人的批评，指出："李商隐的文学思想比较复杂多样。""他既重视、钦佩李贺、杜牧的日常抒情写景之作，更推崇贾谊、李白、杜甫等关怀国事民生的篇章，还肯定了宋玉假托巫山神女寄托讽喻的辞赋。可见在内容题材方面，他要求有裨于教化，但也重视抒发日常生活中的个人情怀，取径较为宽广。""在思想方面，他既肯定儒学，但有时又赞美老、庄自然之道，超越了儒家的思想规范，还认为道非周公、孔子所可独霸，因而对深受道家影响的元结作品备加赞美。在文章样式上，他兼长古文、骈文，既重视古文，推重古文家元结、韩愈；又爱写骈文，注意向南朝骈文名家任昉、庾信等人学习，并加以赞美，还慎重为自己的四六文编集作序。其诗特长律体（今体），但也有若干古雅峭劲的古体诗。他在理论批评方面的多样化表现和他创作方面的多种态势互相呼应。"③

张少康的《中国文学理论批评发展史》认为，李商隐在文学思想上，"大胆地突破了传统观念的束缚，明确反对文学创作上的师圣明道，而主张缘情体物、抒写性灵，更彻底、更自觉地使文学与儒家政教脱钩，而成为表现个人感情角落、心灵世界的产物"④。"李商隐的散文理论和创作实践，纠正了古文提倡者全盘否定骈文的片面性，又以注重感情和气势改变了骈文过分追求形式美而忽视内容充实的弊病，这对中国

---

① 《隋唐五代文学思想史》，第369页。
② 同上书，第372页。
③ 《隋唐五代文学批评史》，第638页。
④ 《中国文学理论批评发展史》上册，第427页。

古代散文理论和散文创作的健康发展，是有积极作用的。"① "李商隐从元气自然论的文学本源论出发，在诗歌创作方面，特别强调要言志缘情，抒写性灵"，而且，"他所说的'志'不是狭隘的儒家政教，而是泛指各类诗歌中的诗人之志"。可见，"李商隐不仅在散文理论上是对以韩柳为代表的古文理论之否定，在诗歌理论上也是对元、白早期诗论为代表的新乐府理论的否定"②。

八、作品集的新整理

和诗文研究一样，20世纪李商隐作品的整理工作也取得了较大的成绩。

首先值得注意的是学界对李商隐诗集新的整理。1985年人民文学出版社出版了叶葱奇疏注的《李商隐诗集疏注》，这是20世纪出版的第一部李商隐诗的新的全注本。本书以清朱鹤龄本为底本，参校北宋本、南宋本（清陆敕先校订本）、钱谦益抄校本及《才调集》《文苑英华》等，注释中附校记。本书除正文外，设有"注释"和"疏解"，疏解不仅绎述诗意，对诗的作年和时代背景，篇中的兴寄和寓意，以及运笔深婉、用典用字隽永之处，也加以阐述。书末所附李商隐的史传年谱以及历代有关他的重要诗话选录等资料，也很有参考价值。

和叶葱奇著相比，刘学锴、余恕诚编著的《李商隐诗歌集解》则可以说是20世纪李商隐诗歌作品整理的集大成性质的著作。该书是李商隐诗歌的会校、会注、会评、会笺本。校勘方面，用明刊汲古阁唐人八家诗本为底本，参校了明嘉靖蒋氏中唐人十二家本、明姜道生唐三家集本等明清刊本、抄本，并以唐、宋、元三代主要总集、选本进行校勘。不主一本，择善而从，力图校定一个集合各本之长和诸家合理校改意见，同时又能较全面地反映各本文字异同的会校本。诗歌编年方面，在充分吸取冯浩、张采田等人考证成果的基础上，着重对李商隐的"江乡之游"与"巴蜀之游"及大量系诗进行辨正。不编年的诗，按题材、内容相近分类编次。注释方面，主要是在鉴别正误当否的基础上，舍弃旧注中一些明显的错误，删削少量明显重复者，其余则一概收录，便于研究者的比较选择，或从不同方面加以利用。笺评方面，先大体上按时代

---

① 《中国文学理论批评发展史》上册，第428页。
② 同上书，第429页。

先后排列历代对一首诗的笺解与评论,然后再以按语的形式表示编著者对这首诗的意见。会笺、会评汇集了自宋至近代众多评家、注家和学者对义山具体诗篇的解说与评论,内容涉及考证本事、叙述背景、阐明旨意、论文谈艺等各个方面,甚至由此引发对义山其人其诗的总体看法。书后附有李商隐的传记资料、各本序跋、书目著录、李商隐年表及编著者关于李商隐生平事迹考辨等有关资料。

20世纪还出版了一些李商隐诗歌的选本,如安徽师大中文系古典文学教研组编选的《李商隐诗选》①、陈伯海选注的《李商隐诗选注》②、周振甫选注的《李商隐选集》③、王汝弼、聂石樵的《玉溪生诗醇》④等,均各有特色。

虽然目前尚未出现一部新的李商隐文的整理本,但刘学锴、余恕诚已经在做这方面的工作,据他们发表的《〈李商隐文编年辑注〉工作设想》⑤介绍,他们已开始将商隐所有存世之文(包括《樊南文集》《樊南文集补编》及新辑佚文)合为一编,按年编次,辑录诸家笺校注释、系年考证,并加上编著者考订补正的成果。预计全编(约150万字)可在1998年年底前完成⑥。

另外,刘学锴、余恕诚还整理了《李商隐研究资料汇编》,由中华书局正式出版。

第二节 温庭筠研究

温庭筠虽是与李商隐齐名的晚唐著名诗人,但是,无论从研究的深度还是研究的广度看,人们对他的生平和诗歌的研究都远远不及对李商

---

① 安徽师范大学中文系古代文学教研组选注:《李商隐诗选》,北京:人民文学出版社,1978年。
② 陈伯海选注:《李商隐诗选注》,上海:上海古籍出版社,1982年。
③ 周振甫选注:《李商隐选集》,上海:上海古籍出版社,1986年。
④ 王汝弼、聂石樵笺注:《玉溪生诗醇》,济南:齐鲁书社,1987年。
⑤ 《唐代文学研究年鉴》1995—1996年合辑。
⑥ 此书后来于2002年3月由中华书局正式出版,全书134万字,共收李商隐编年文335篇,未编年文17篇,冯浩辑李商隐文佚句及刘学锴、余恕诚新辑佚句若干。

隐的研究。20世纪前半叶，学界主要对温庭筠生平进行了的一些资料整理和考证，诗歌研究则显得较为零散和肤浅；50年代初直至70年代末，是温庭筠研究的萧条期；80年代以后，学界在继续深入探讨其生平事迹的同时，逐步对其诗歌进行较为深入的分析和探讨，使得温庭筠研究在世纪末初步形成全面、系统的研究局面。

一、生平研究

早在三四十年代，学界就已对温庭筠的生平作了较为系统的研究。1934年，夏承焘发表了《温飞卿年谱》[①]，该年谱穷搜博引，钩沉发微，首次对温庭筠一生重要行事逐年进行了考订，筚路蓝缕，功不可没。同时，邹啸的《温飞卿与鱼玄机》《温飞卿与柔卿》[②]探讨了温庭筠与两位女诗人的交往情况。此后，顾学颉又先后撰著《温庭筠〈感旧陈情五十韵献淮南李仆射〉诗旧注辨误》[③]《新旧唐书温庭筠传订补》[④]，在厘定旧说之谬的基础上，对温庭筠的生平事迹作了进一步的整理。

80年代以后，学界对温庭筠生平进行了更为深入、全面的探讨，其中较为重要的研究成果有陈尚君的《温庭筠早年事迹考辨》[⑤]、王达津的《温庭筠生平之若干问题》[⑥]、黄震云的《晚唐诗人温庭筠是温彦博的七世孙》[⑦]《温庭筠籍贯及生卒年》[⑧]、顾学颉的《温庭筠交游考》[⑨]、陈尚君的《也谈温庭筠生平之若干问题——答王达津先生》[⑩]、牟怀川的《温庭筠生年新证》[⑪]、徐甸的《温庭筠入蜀考辨》[⑫]、黄震云的《对

---

① 载《词学季刊》第1卷第4期，1934年；后增订为《温飞卿系年》，收入《唐宋词人年谱》，上海：古典文学出版社，1955年。
② 两文均载《青年界》第5卷第4期，1934年。
③ 载《国文月刊》第57期。
④ 载《国文月刊》第62期。
⑤ 载《中华文史论丛》1981年第2辑。
⑥ 载《南开学报》1982年第2期。
⑦ 载《扬州师院学报》1982年第2期。
⑧ 载《徐州师范学院学报》1982年第3期。
⑨ 载《北京师范大学学报》1982年第5期。
⑩ 载《南开学报》1982年第6期。
⑪ 载《上海师范学院学报》1984年第1期。
⑫ 载《汉中师院学报》1984年第2期。

〈温庭筠生年新证〉一文的意见》①、牟怀川的《关于温庭筠生平的若干考证和说明——兼驳〈意见〉》②、徐旬《温庭筠从宗密禅师结社考》③、牟怀川的《温庭筠从游庄恪太子考论》④、黄震云的《温庭筠累年不第偃蹇终生及其原因考》⑤、徐旬《温庭筠开成年间事迹考》⑥、刘范第的《温庭筠贬谪时地辨》⑦、彭志宪的《温庭筠未曾再贬及有关问题》⑧、殷大云和黄震云的《温庭筠生平纪事和诗文系年（上、下）》⑨、牟怀川的《温庭筠改名案详审——兼辨两〈唐书·温庭筠传〉之误》⑩、梁超然的《温庭筠考略》⑪等。

综观上述诸多成果，研究的焦点又主要集中在以下几个问题上。

籍贯和世系

关于温庭筠的籍贯，《旧唐书》说他是太原人，而《新唐书》则谓温大雅并州人。对于新旧《唐书》记载的分歧，顾学颉在《新旧唐书温庭筠传订补》中认为："盖太原、并州系一地，唐属河东道。唐初为并州，后改称太原，祁其属县也。庭筠传以郡概县，省祁字；大雅传从唐初名：实则所指系一地也。"顾氏此说为夏承焘所沿用，并被采择到《温飞卿系年》中。陈尚君在《温庭筠早年事迹考辨》中指出："史称庭筠为太原祁人，系指郡望，并非家居所在。""庭筠一生，从未涉足太原一带，所作诗文，也不以太原为乡土。他常提到的故乡，均在江南。""庭筠占籍应即在无锡附近。"而王达津在《温庭筠生平的若干问题》中则对陈尚君这一新说提出了商榷，他认为："温籍贯太原，但寄籍却不在江南。陈尚君说未确。温庭筠应家鄠县。"随后，陈尚君在《也谈温庭筠生平之若干问题》中，又对王达津说进行反驳，并对自己之前的观

---

① 载《上海师范大学学报》1985年第2期。
② 同上。
③ 载《文史》第28辑。
④ 载《唐代文学研究》第1辑。
⑤ 载《文学评论丛刊》第31辑。
⑥ 载《文学遗产增刊》第18辑。
⑦ 载《长沙水电师院学报》1990年第2期。
⑧ 载《文学遗产》1993年第5期。
⑨ 载《盐城教育学院学报》1994年第2期、1995年第2期。
⑩ 载《文史》第38辑。
⑪ 载《漳州师院学报》1994年第3期。

点作了补证。与王达津文差不多同时发表的黄震云的《晚唐诗人温庭筠是温彦博的七世孙》《温庭筠籍贯及生卒年》两文也对夏承焘《唐宋词人年谱·温飞卿系年》引顾学颉说"太原并州系一地"说作了订补,他认为"并州是太原,这是温庭筠的籍贯"。

史传谓温庭筠系温彦博的裔孙,清代学者赵绍组在《新旧唐书互证》中提出疑义,其理由是世系表不载庭筠,《旧唐书》也未言温庭筠系彦博之裔。对于赵绍组的质疑,顾学颉《新旧唐书温庭筠传订补》引庭筠开成九年(844)秋呈友人一百韵诗,证明飞卿为彦博之后"无可置疑"。后来,黄震云在《晚唐诗人温庭筠是温彦博的七世孙》一文中,又对顾学颉说作了补证。黄震云还在《温庭筠杂考三题》①中对夏承焘《唐宋词人年谱·温飞卿系年》中的一些错误进行了纠正,并重新列了一表。

生卒年

温庭筠的生卒年是20世纪温庭筠研究界讨论得比较热烈的一个问题。飞卿生卒年,史籍无征。夏承焘在《温飞卿系年》中首次作了考订,他认为温庭筠《感旧陈情五十韵献淮南李仆射》(以下简称《感旧》)诗中的"李仆射"为李德裕,又引温氏《开成五年秋,……一百韵》(以下简称《百韵》)进行对比,定二诗同为开成五年之作;又由《百韵》诗"收迹异桑榆"句,逆推温氏约生于812年。顾学颉的《温庭筠〈感旧陈情五十韵献淮南李仆射〉旧注辨误》虽然推论与夏承焘无大出入,但他认为温与李仆射(李德裕)年龄相差约三十岁。按此推算,温庭筠约生于817年,此说后来为刘开扬在《唐诗通论》中所采用。

和顾、夏二文不同,陈尚君《温庭筠早年事迹考辨》则在征引更多材料的基础上,认为《感旧》诗中的"李仆射"并非"李德裕",而应为"李绅",并初步推算出温庭筠的生年,约在德宗贞元十七年(801)。稍后发表的王达津的《温庭筠生平之若干问题》则主张复用夏承焘、顾学颉等人摒弃的"李蔚"旧说,又说温作《百韵》诗时正年轻,认为温庭筠应生于824年。陈尚君《也谈温庭筠生平之若干问题》则对王达津说进行了反驳。

---

① 载《江海学刊》1983年第5期。

黄震云《温庭筠籍贯及生卒年》也对"李仆射"发表了意见，该文径取"嵇绍、山涛"之喻，以"筮仕年"为四十岁，以"垂髫"为八岁，然后从李钰（784—852）的年龄推算温的生年为 817 年。牟怀川《温庭筠生年新证》以温《上裴相公启》中"至于有道之年，犹抱无辜之恨"为依据，认为"有道之年"即郭有道（郭泰）的享年四十二年。然后考定该《启》是开成四年首春求恳裴度之作，由此逆推，温生于 798 年。并再与其他线索，尤其是与《感旧》诗相印证，认为李仆射非李绅莫属。后来，黄震云、牟怀川又分别发表了《对〈温庭筠新证〉一文的意见》《关于温庭筠生平的若干考证和说明——兼驳〈意见〉》，对各自的观点进行了补正。

至于温庭筠的卒年，学界也有异说。夏承焘《温飞卿系年》根据温庭筠《赠蜀将》题下自注"蛮入成都，频著功劳"，谓指咸通十一年（870）之事，作温诗最后可系年者，并谓温"卒于咸通末，得年六十左右"。对于夏承焘此说，陈尚君和施蛰存均不同意。陈尚君在《温庭筠早年事迹考辨》中认为，此诗应作于大和三年（829）南诏入蜀后不久，并不是温庭筠晚年之作。施蛰存《读温飞卿词札记》① 据《南诏野史》认为，应指咸通三年事，也不是温庭筠最后的作品。施蛰存又引《宝刻丛编》卷八："唐国子助教温庭筠墓志，弟（温）庭皓撰。咸通七年。"而温庭筠有《榜国子监》，末署"咸通七年十月十六日，试官温庭筠榜"。故定温庭筠卒年当在咸通七年。王达津的《温庭筠生平的若干问题》发挥"李蔚"说，把温的卒年推迟至中和二年（882），陈尚君后来曾在《也谈温庭筠生平的若干问题》中对王达津此说提出质疑。牟怀川的《温庭筠生卒年研究综述》② 则在综合以上各家说法的基础上，又引香港学者黄坤尧《温庭筠》一书中的有关论据，认为温庭筠当卒于咸通八年左右，误差不超过一年。

贬尉问题

温庭筠被贬的时地，两《唐书》本传所载颇有异同。夏承焘和王达津考证的结论都是温被贬两次，一在大中末贬为隋县尉，再为咸通四年贬方城尉。刘范第的《温庭筠贬谪时地辨》肯定了第一次被贬为大中十

---

① 载《中华文史论丛》第 8 辑。
② 《唐代文学研究年鉴》1987 年卷。

三年说（夏承焘），否定了大中十一年说（王达津）。第二次被贬时地的唯一根据是纪唐夫送温庭筠一诗。刘范第文通过对此诗及有关史实考证，认定此诗实乃贬隋县时作，故他认为第二次被贬说殊难成立。彭志宪《温庭筠未曾再贬及有关问题》指出"温庭筠实仅任过隋县尉，没有再贬方城尉，而且任隋县尉的时间应在大中二十年（858）"。

与庄恪太子的关系问题

温庭筠与庄恪太子的关系问题，顾学颉在《温庭筠交游考》中认为其《庄恪太子挽歌词二首》仅以普通书生身份作诗挽吊，又据"邺客瞻秦苑"句，似此时庭筠尚在邺都，准备赴长安参加进士考试，恐与庄恪太子无识面之缘。陈尚君的《温庭筠早年事迹考辨》同样根据挽歌词二首立论，却得出了相反的结论。他认为，温庭筠曾从太子游，其《太子西池二首》《雍台歌》两诗均与太子有关，当属从游时作。文章还认为，庭筠入东宫游，疑出于李翱荐举，当始于开成元年（836），可能三年九月始离去。并谓"东宫从游是其生平中值得注意的事，此后负谤畏讥，物议纷纷，似皆与之有关"。牟怀川在其《温庭筠从游庄恪太子考论》中也认为《挽歌词》二首于"沉痛悲叹之外，隐隐透露了诗人与庄恪太子的特殊关系。这并不是一般的'都人恨'，而是一个从游文人因其事关己所发，由衷的兔死狐悲之词"，并认为"温之入侍庄恪太子不早于开成二年三月"。

二、诗歌研究

80年代以前

从世纪初直到80年代初，学界对温庭筠诗歌的研究都是以具体作品的考证、笺释、辨误和赏析为主。如沈曾植的《温飞卿诗集兰畹之意》[①]、温廷敬的《读温飞卿诗集书后》[②]《温飞卿诗发微》[③]、顾学颉的《温庭筠〈感旧陈情五十韵献淮南李仆射〉诗旧注辨误》、刘逸生的《茅店鸡声体物工——温庭筠〈商山早行〉》[④]、王同策的《〈商山早行〉写

---

① 载《国学专刊》第1卷第4期，1926年。
② 载《国立中山大学文史学研究所月刊》第3卷第1期，1934年。
③ 载《语言文学专刊》第1卷第3、4期，1937年。
④ 载《羊城晚报》1961年11月11日。

的是秋天吗?》①、霍松林的《温庭筠的〈商山早行〉诗》② 等。

80 年代以后

1981 年,林邦钧发表了《论温庭筠和他的诗》③,该文标志着学界对温庭筠诗歌进行较深入、系统探究的开始。该文从思想和内容两方面切入,按思想内容将温诗分为咏史诗、抒怀诗、妇女题材诗和艳情诗,他总结温庭筠诗歌的艺术特色为"典丽精工,婉曲含蓄",乐府七古以富艳绚丽著称,律诗以清竣工细见长。

此后,陆续出现了一些从整体上研究、分析温庭筠诗歌的文章,如王翊群、朱嘉耀的《试论温庭筠诗歌的积极意义》④,黄震云的《温庭筠诗歌的艺术特色》⑤,孙安邦的《试论愤世刺时的温庭筠》⑥,张晶的《温庭筠乐府诗中的女性形象》⑦《审美价值与社会价值的交融——温庭筠乐府诗简论》⑧,俞明仁的《温庭筠散论》⑨,王希斌的《论温庭筠乐府诗的思想内容》⑩《绘阴柔之色 写阳刚之美——论温庭筠乐府诗歌的艺术特色》⑪,刘尊明的《温庭筠笔下的女性形象及其审美意义》⑫《禅与诗——温庭筠艺术风格成因新探》⑬,山木敏雄的《温庭筠文学一侧面——时间流逝中的不稳定的存在》⑭,成松柳的《温庭筠诗歌艺术风格初探》⑮,黄崑的《哀绝晚唐——飞卿:温庭筠诗歌简论》⑯ 等。

---

① 载《社会科学战线》1979 年第 3 期。
② 载《长安》1980 年 9 月。
③ 载《文学遗产》1981 年第 4 期。
④ 载《徐州师范学院学报》1982 年第 1 期。
⑤ 载《徐州师范学院学报》1984 年第 1 期。
⑥ 载《山西师院学报》1984 年第 4 期。
⑦ 载《辽宁师范大学学报》1985 年第 4 期。
⑧ 载《文学评论》1987 年第 5 期。
⑨ 载《中共浙江省委党校学报》1987 年第 1 期。
⑩ 载《北方论丛》1989 年第 3 期。
⑪ 载《学习与探索》1989 年第 4 期。
⑫ 载《湖北大学学报》1989 年第 5 期。
⑬ 载《人文杂志》1989 年第 6 期。
⑭ 许总译,载《古典文学知识》1996 年第 2、3 期。
⑮ 载《长沙水电师院学报》1992 年第 1 期。
⑯ 载《江苏教育学院学报》1993 年 4 月。

其中王翊群、朱嘉耀文认为温庭筠刺时的作品是其诗歌积极意义之所在。他们把这类作品分为揭露社会现实、直接抨击封建统治者，为自己受到不公正对待而鸣不平，运用"咏史"形式曲折表达对统治者不满三大类。黄震云文不仅分析了温诗的艺术渊源，认为"温诗继承汉魏乐府、初盛唐时期的现实主义的传统，又吸引了陶渊明、谢灵运清新自然的风格，沿袭元白长卿的平易，韩愈孟郊的奇瘦，李贺的幽晦壮丽，形成自己韵格清拔、富丽堂皇、含蓄深刻而又浅显细腻的多样风格"。他从意境表现上对温诗进行了较为深入、细致的剖析，将温诗研究带入了一个更高的阶段。

张晶前文将温庭筠诗和词中的女性形象进行了比较，他认为，温庭筠乐府诗中的女性与其词中的女性形象之共同点，便是在魅力动人的外在形象中透出深沉的哀伤。其差异则在于：后者近似于油画，前者则近于浮雕；后者只是透过悲凄的目光，向我们泄露出许多心灵的隐秘，前者则能见出鲜明的个性差异，各有风神，各有其性格特质；后者较为单薄，前者更为丰厚复杂化了。总之，前者较之于后者，更为深刻，更富内涵，更有社会意义。张晶后文用鉴赏与论证相结合的方法，细致地论述了温庭筠乐府诗的美学价值与社会价值是紧密结合在一起的。这对进一步理解温庭筠乐府诗的美学价值与社会价值是有意义的。文章重点分析了温庭筠的《春江花月夜》和《张静婉采莲曲》两诗，将前者归为"以美写丑"一类，认为"读者在欣赏温氏这类作品时，首先欣赏到的是优美动人的个体意象，然而，读完全诗，由艺术作品的形象结构所唤起的整体感受却是丑"。作者将后者称为"以美写怨"式的作品，说诗的个体意象优美、富丽、绰约，给人以很强烈的审美感受。但是诗人通过优美的个体意象的特定组合，使整首诗的艺术形象表现出来的美感是悲凄哀怨的。作者最后指出，温庭筠个体意象的创造特征在于：首先，温诗的意象极富色调美；其次，温庭筠的乐府诗，虽然意象中充满色彩美感，但它并不呆板黏着，并不显得堆砌、质实，而善于化实为虚，使意象具有一种灵动之美；最后，常常于具象和抽象的巧妙转逆之间创造意象，这也是温诗某些意象富有空灵之美的重要因素。

王希斌后文也从美学角度分析温庭筠的乐府诗，并把温庭筠视为唐代诗坛上居于李白、白居易、刘禹锡之后的第四位乐府大家。王希斌指出他的乐府诗有的词彩浓艳、意象华美；有的富有情韵，意境悠远；还有的峭拔奇丽、雄浑刚健，富有浪漫主义色彩。作者认为，温诗如此多样的风格，证明他在谋篇布局上学习李白，更宗法李贺，被后人诟病的齐梁诗体的浓丽、汉赋的夸饰也被移入，在韵律、句式和格调上已经非常接近当时新兴的抒情诗——词的创作体制，可以认为温庭筠的乐府诗正是他创作词的基础。

刘尊明后文认为温庭筠的游历佛寺、交结寺僧诗，写景咏物诗，羁旅纪游诗，隐逸闲适诗大都具有冲和平淡、俊逸清丽的风格，这与他受华严宗第五祖宗密禅师影响、受禅宗思维方式和审美情趣熏陶有关。

山木敏雄文以温庭筠的乐府歌行体为中心，从多方面探讨它的艺术风格，并着重指出，在温庭筠的诗词中，以各种形式描写了时间流逝中的不安定存在："温庭筠所描写的是水面映出的晃动虚像等不安定的存在和注定要醒来的梦，并且以'梦'来暗示有所值的事物的丧失。此外还通过女性粉妆的残退零乱、王朝的灭亡、晚春的景色等来刻画，来说明美的存在时间的流逝中是有限的，它时刻包孕着趋于灭亡的危惧和不安定感。"文章还探讨了这些手法和作者心情的关系，认为这些诗的共同点，就是作者虽然胸怀抑郁，但又不去寻找出路，采取了借在时间流逝中趋于灭亡的不安定的存在来抒发感慨的态度。

成松柳文指出，温庭筠诗歌艺术风格的建立，首先是吸收了杜甫、李贺、李商隐、贾岛等前辈诗人的艺术精华从而形成其诗风芜杂的特点。另外，其诗风又很典型地代表了晚唐诗整体风貌，体物细微曲折，有向审美和艺术主体回归的态势。

三、作品整理和版本研究

20世纪对温庭筠诗歌作品的整理成果，主要有吴逈生的《温庭筠诗选》[①]、刘斯翰的《温庭筠诗词选》[②]和清人曾益等笺注、今人王国安点校的《温飞卿诗集笺注》[③]。另外，林邦钧的《温诗顾注补正二则》[④]、黄震云的《晚唐诗人温庭筠佚诗二首（〈赠隐者〉、〈思桐庐旧居便送鉴

---

① 吴逈生：《温庭筠诗选》，上海：商务印书馆，1930年。
② 刘斯翰：《温庭筠诗词选》，香港：三联书店，1986年。
③ 王国安：《温飞卿诗集笺注》，上海：上海古籍出版社，1980年。
④ 载《文学遗产》1983年第1期。

上人》)》①、林邦钧的《〈温飞卿诗集笺注〉摘误》② 等，也可供参考。

万曼的《唐集叙录·温飞卿集》对《温飞卿集》的流传和版刻情况进行了介绍。

四、温李之比较

温庭筠与李商隐同时代，时人号为"温李"，这也使得后人多注意"温李"这一称号的含义，对他们二人的诗歌创作进行比较。

80 年代以前

20世纪较早对"温李"并称发表意见的有玄修，他在《说李商隐》③ 中谓世人将"温李""相提并论，皆非知言"，"温李之称，指偶俪文字言，非论其诗也"。后来陈寂的《李商隐诗探微》④ 也论及"温李的分歧"，他认为，温李虽同是雕琢藻丽，而李较清峭深婉，温较柔靡巧缛，所以在诗史上李的成就较高，而温却是花间词人之冠了。从思想内容上来看，温所说的是主观的个人得失，李所说的是客观的国家兴衰，积极和消极意义显有不同，把温、李混淆在一起，说他们同样是唯美的、象征的、神秘的、颓废，这就是没有对他们经过精细分析作区别对待，而把李的作品价值降低，也可说是不辨淄渑了。范文澜的看法则不同，他在《中国通史》中指出："在晚唐，李商隐是旧传统的结束者，温庭筠是新趋势的发扬者，晚唐诗人温李并称，其余诗人都不能和他们比高下，因为此后诗人（包括词人）都是温李的追随者。"⑤

80 年代以后

对"温李"齐名进行专门研究的论文出现在80年代以后。黄震云在《谈温李齐名》⑥ 中也对"温李"齐名发表了自己的看法，他认为：(1) 温李齐名是一定历史条件下的产物；(2) 温李齐名反映了他们诗词上的成就。首先，他们丰富的诗歌著作中都有一定数量的托古讽今的作品，在含蓄中露出悲愤的心情；其次，他们在晚唐文坛上的地位均较

---

① 载《山东师大学报》1983年第1期。
② 载《文史》第18辑。
③ 载《同声月刊》第2卷第5期。
④ 载《中山大学学报》1957年第3期。
⑤ 范文澜：《中国通史》第4册，北京：人民出版社，1978年，第322页。
⑥ 载《社会科学（甘肃）》1983年第2期。

高;最后,温李诗歌中都有相同数量的描写男女爱情的作品和少量的侧艳作品。于翠玲的《温、李齐名说浅探——兼及温、李酬赠诗》①认为,昭宗朝翰林学士裴廷裕在《东观奏记》中所谓的"词赋诗篇冠绝一时,与李商隐齐名"的温李齐名说,广及诗文辞赋,并不仅指诗歌方面。而后人却把它片面理解为诗歌方面,至宋代已有扬李抑温的观念,清代常州词派本想力挽狂澜,后王国维以温庭筠词品极似"画屏金鹧鸪"再次一锤定音。故是"温李齐名"反映的只是当时晚唐文坛温、李双峰并峙的局面,而以后随着温庭筠文著的失传,温的这种辉煌也就一去不返了。

另外,还有一些文章直接将温李的诗歌创作进行比较,分析颇为细致、深入。如林邦钧的《温、李诗比较》②从思想和内容两个方面比较温、李诗歌。他指出,温李诗的思想内容有不少相同之处,也具有同样的特点:盛世难再的悲叹多于理想的追求,不满现实的冷嘲热讽多于现实的抨击、抗争,诉哀乞怜的怨忿、思归慕隐的向往多于奋发有为的进取。但李诗在反映现实的深度或广度上为温诗所不及,而且温李诗的思想内容方面的区别也影响他们的风格。在沦落潦倒之后,温多思归慕隐;李多身世之悲、沉沦之痛。表现在诗中,温庭筠的律诗得王、韦之澄淡清疏,工摹山状水,时抒闲逸之情;李商隐律诗承少陵的沉郁顿挫,多托物寓怀,常吐哀艳之词。所以有温薄李厚、温清李浓之别。吴肃森的《谈李商隐爱情诗与温庭筠恋情词艺术风格的亲缘关系》③指出,从爱情的题材,缛丽的语言,婉曲、含蓄的表现手法,以及沉痛感伤的倾向,都可以看出温庭筠词的婉约风格是李商隐的绮词艳语从正面起推动作用的结果。但他们也存在着一些不同之处,并各有其长处与不足。简括地说,李商隐的爱情诗,在艺术上达到了成熟的境地,它能委曲尽意地写出爱情相思的心理过程,且语言华美而不失流走自然。但是他的许多诗艺术表现过于虚空,往往给人一种飘忽朦胧而又难以捉摸的感觉;再加上章句间跳跃较大,以及炼词伤意等,都给作品增添了费解的成分。温庭筠的恋情词深受李商隐爱情诗的艺术影响而又有所进展。他加强了词的组织性,用暗示、联想的手法,使它能表达李商隐在五、

---

① 载《西北大学学报》1984年第1期。
② 载《西南师范学院学报》1982年第4期。
③ 载《贵州社会科学》1982年第5期。

七言诗中所难于表达的内容和情感。但是，也由于他过分讲究藻饰和文字声律，从而产生了许多文字流弊；同时也由于文人的阶级意识和生活的限制，作品的内容日益空虚，并逐渐远离了人民。房日晰的《李商隐、温庭筠之七律比较》[①] 也指出，李情深，温浅露。李有着极丰富的感情，并将深切的感受与情绪渗入作品，主客观融为一体，其诗幽微缠绵、曲折丛深、凝重而浑厚。温诗往往是客观的描写，在作品中主观感情的融注似嫌不足。类似的文章还有陈铁镔的《温庭筠诗与李义山诗的比较研究》[②] 等。

---

① 载《西北大学学报》1993年第1期。
② 载《锦州师院学报》1985年第2期。

第十二章　唐代古文运动和韩柳研究

韩愈和柳宗元虽不只以古文名世（他们的诗歌创作也是足为后世师的），但是，由于他们是唐代古文运动的领袖和代表作家，所以我们把20世纪学界对唐代古文运动和韩愈、柳宗元的研究情况放到在一起介绍。

第一节　唐代古文运动研究

从30年代开始，就已经有学者对唐代古文运动进行比较全面、系统的研究了，如王锡昌的《唐代古文运动》① 就是这样一部论述简略而周全的专著。此时从整体上探讨唐代古文运动的专题论文也出现了好几篇，其中又以曾了若的《隋唐骈散文体变迁概观》② 和罗根泽研究唐代古文运动创作和理论的系列文章《唐代早期的古文文论》③《韩愈及其门弟子文学论》④ 等较具深度。40年代涉及唐代古文运动的专著似乎只有龚书炽的《唐宋古文运动》⑤ 一本，论文亦少。

五六十年代论及唐代古文运动的专著和论文不多，专著只有钱冬父

---

① 王锡昌：《唐代古文运动》，燕京大学国文学系学位论文，1935年，现藏北京大学图书馆。
② 载《史学专刊》第1卷第1期，1935年。
③ 载《学风（安庆）》第5卷第8期，1935年。
④ 载《文艺月刊》第9卷第4期，1936年。
⑤ 龚书炽：《唐宋古文运动》，上海：商务印书馆，1945年。

的《唐宋古文运动》① 一本，论文也只有寥寥几篇，但是当时新出版的文学史类著作则充分体现了学者们学习马克思主义文艺理论后对唐代古文运动的起因和实质的新的探讨和认识。

"文革"之中，尤其是70年代中叶，唐代古文运动被卷进了"评法批儒"的运动中。当时，出现了一大批用"儒法斗争"观念对唐代古文运动的阶级实质进行分析和批判的文章，其中较为典型和较有影响的文章是刘大杰的《韩愈与古文运动》②。

唐代古文运动研究的全面、深入地开展，是在70年代末之后的二十年里，此阶段不但先后出版了陈幼石的《韩柳欧苏古文论》③、孙昌武的《唐代古文运动通论》④、刘国盈的《唐代古文运动论稿》⑤、葛晓音的《唐宋散文》⑥、李道英的《唐宋古文研究》⑦ 等各具学术个性和学术创见的专著，而且还涌现出一大批从各个角度、各个层次研究唐代古文运动的专题论文。另外，90年代还出版了好几部对唐宋八大家文集进行新的整理和对唐宋八大家散文艺术进行全面综合研究的著作，如朱世英和郭景春的《唐宋八大家散文技法》⑧、吕晴飞的《唐宋八大家散文鉴赏辞典》⑨、吴小林的《唐宋八大家汇评》⑩、郑子瑜的《唐宋八大家古文修辞偶疏举要》⑪、余冠英和周振甫、启功等主编的《唐宋八大家全集》⑫ 等。

下面，我们将从唐代古文运动产生的原因、分期问题和作家研究、整体评价和对后世文学的影响三方面，介绍20世纪学界所取得的有关

---

① 钱冬父：《唐宋古文运动》，上海：中华书局，1962年。
② 载《学习与批判》1976年第4期。
③ 陈幼石：《韩柳欧苏古文论》，上海：上海文艺出版社，1983年。
④ 孙昌武：《唐代古文运动通论》，天津：百花文艺出版社，1984年。
⑤ 刘国盈：《唐代古文运动论稿》，西安：陕西人民出版社，1984年。
⑥ 葛晓音：《唐宋散文》，上海：上海古籍出版社，1990年。
⑦ 李道英：《唐宋古文研究》，北京：北京师范大学出版社，1992年。
⑧ 朱世英、郭景春：《唐宋八大家散文技法》，武汉：长江文艺出版社，1989年。
⑨ 吕晴飞主编：《唐宋八大家散文鉴赏辞典》，北京：中国妇女出版社，1991年。
⑩ 吴小林编：《唐宋八大家汇评》，济南：齐鲁书社，1991年。
⑪ 郑子瑜：《唐宋八大家古文修辞偶疏举要》，北京：教育科学出版社，1992年。
⑫ 余冠英、周振甫、启功等主编：《唐宋八大家全集》，北京：国际文化出版公司，1997年。

学术成果。

一、唐代古文运动产生的原因

唐代古文运动产生的原因一直是学界比较关注的问题。早在三四十年代，就已经有学者对之进行探讨了。王锡昌的《唐代古文运动》从文艺思潮、民族关系和社会制度三方面论述了唐代古文运动兴起的原因。其中不乏新见，如他认为："北方民族刚直成性，气质天赋，故不适雕章缛句之虚饰，更难拘于韵律声病之束缚，……故古文运动得始盛于北方，盖亦由于其民族性之关系欤？"他又指出唐代明经考试、官修史书这两种制度对古文运动有重大的影响："明经则抑华而务质，修史则厌虚而求实。古文运动之促成，实赖于斯二者之力。"① 当时出版的一些文学史著作也有相关的论述，如郑振铎的《插图本中国文学史》就认为唐代古文运动取得成功的最大的原因，"便在于骈俪文的矫糅做作，徒工涂饰，把正当的意思与情绪，反放到第二层去。而且这种骈四俪六的文体，也实在不能尽量地发挥文学的美与散文的好处。这样，骈俪本身的崩坏，便给古文运动者以最大的可攻击的机会。……在大众正苦于骈俪文的陈腐与其无谓的桎梏的时候，韩愈们登高一呼，万山皆响，古文运动便立刻宣告成功了"②。

五六十年代专论唐代古文运动的论文较少，且均未对其产生、兴起的原因作出新的探讨。但此时唯一的专门研究古文运动的专著——钱冬父的《唐宋古文运动》则较早用唯物主义的历史观从社会、政治等方面分析古文运动产生和取得胜利的原因，认为："从八世纪末到九世纪二十年代，是唐王朝经历了安史之乱的衰落后转向中兴的时期。这个时期中央政权得到相当的稳定，由于生产的发展，经济和文化也有着新的发展与高涨，新兴中小地主集团在政治上取得了一定的地位，然而和大地主官僚集团的斗争还很激烈。这时文学改革经过了长期的酝酿与准备，散文对骈文末流的冲击力越来越大，大规模展开古文运动的时机便成熟了，加上韩愈和柳宗元出来领导，使这个运动获得了全面的胜利。"③

此时新出版的几部文学史也能从文学自身的原因之外，寻找古文运

---

① 《唐代古文运动》，第9页。
② 《插图本中国文学史》第2册，第368页。
③ 《唐宋古文运动》，第15页。

动之所以兴起于中唐的社会、政治、文化原因,且较之钱冬父著更为深入。如中国科学院文学研究所编写的《中国文学史》和游国恩等主编的《中国文学史》均认为,古文运动是借助于儒学复古运动的旗帜而发展起来的。儒学复古运动的兴起,跟中唐时期的社会经济、政治和文化的情况有密切的关系。因而他们都分析了安史之乱后藩镇割据、佛道两教的流行与唐王朝和广大人民的利益之间的矛盾,以及人们在大乱之后要求中兴的社会心理。其中,中国科学院文学研究所编写的《中国文学史》还指出:"古文运动和这个儒学复古运动的联系,就体现在韩愈文道合一的主张里。这个主张并不意味着他已明确地认识到:为了宣传儒学而必须进行文体的变骈为散的改革;但要用'道'来充实'文'的内容,以纠正齐梁以来的形式主义文风,这对当时处在儒学复古运动中的广大知识分子,无疑具有很大的号召力,从而促进了古文运动的蓬勃发展。"①

80年代以后,学界对唐代古文运动产生的原因的研究又有了较大的突破和进展。这首先体现在一些专著里。如孙昌武的《唐代古文运动通论》、刘国盈的《唐代古文运动》、葛晓音的《唐宋散文》都用了相当的篇幅细致、深入地分析了唐代古文运动产生的原因。

其中孙昌武著指出,唐代阶级关系的变化,为古文运动造成了一个阶级基础,"轻阀阅、重科举,轻经术、重文章","是唐代阶级关系发生新变化、统治阶级各阶层权力再分配的结果。这就培育起一个依靠政能文才来争取自己的社会地位的知识分子阶层","这个阶层也为散文发展提供了一批新人物,一种新思想和新的创作态度"②。他还指出中唐儒学复兴中产生的啖、赵、陆学派以及唐代思想的比较开放、自由,也为"古文运动"提供了良好的思想土壤。刘国盈著指出,古文运动之所以发生在唐代的贞元、元和年间,有三个原因:一是文体改革的必然结果,二是作者队伍的壮大,三是时代的需要。而在论述"时代的需要"时,作者针对前此一些学者认为古文运动的兴起是和唐代的中兴相一致或是唐代中兴的结果的观点进行了商榷,他认为安史之乱后唐代由盛而衰,人们关心国家的命运和自己的生活,有许多话要说,用辞赋、律诗,限制都太多,都不足以充分表达思想感情和意见观点,所以要求对

---

① 中国科学院文学研究所中国文学史编写组:《中国文学史》第2册,第423页。
② 《唐代古文运动通论》,第18页。

文体进行改革，改革成一种比较自由而又比较好掌握的文体，以便用来反映人们肚子里要说的话，"而古文这种文体恰恰具有这样的一种特点，因而古文运动便应时代的需要而蓬蓬勃勃地开展起来了。这就是到了贞元、元和年间，所以会产生一个古文运动的原因"①。

另外，程千帆在《唐代进士行卷与文学》中专门探讨了"行卷对推动唐代古文运动所起的作用"，他精辟地指出："古文运动与进士科举及行卷风尚关系的密切，主要还不是表现在韩愈等人在文坛上初露头角、以古文行卷从而获得进士登第的时候，而是表现在后来他们在社会上文坛上已经成为当世显人、其力量已经足以左右文风、并能够接受后进行卷、将其向主司或其通榜者加以揄扬和推荐的时候。……这就形成了一种更有利于促进这一当时新兴的文学运动的连锁反应。"②

80年代以后涉及这一问题的论文角度更为多样和新颖，如王开富的《唐代市民文艺对韩愈古文运动的影响》③、刘国盈的《唐代古文运动和佛教》④、孙昌武的《唐代"古文运动"与佛教》⑤、罗宗强的《古文运动何以要到韩、柳出来才开了新局面》⑥、葛晓音的《论唐代的古文革新与儒道演变的关系》⑦《古文成于韩柳的标志》⑧、吴相洲的《文以明道和中唐文的新变》⑨等。其中刘国盈文指出，儒士和儒臣由于反佛斗争的需要，在文字上不能不冲破骈文的桎梏，并向散文的方向发展，而且佛教以通俗化的方式来贩卖他们的宗教，也是推动文体改革的一种积极因素。作者最后认为："古文运动的指导思想虽然和佛教的思想针锋相对，格格不入，但是，恰恰是这样的一种外来的宗教思想，为古文运动的兴起创造了必要的和可能的条件。"孙昌武文更明确地指出，唐代古文运动的复兴不但与反佛斗争没有必然的联系，其发展与佛教之间反而有着复杂的关联和深刻的相互影响。"古文"的表现形式、表现

---

① 《唐代古文运动论稿》，第14页。
② 莫砺锋编：《程千帆选集》，沈阳：辽宁古籍出版社，1996年，第797页。
③ 载《重庆师范学院学报》1981年第1期。
④ 载《北京师范学院学报》1982年第1期。
⑤ 载《文学遗产》1982年第3期。
⑥ 载《唐代文学论丛》总第7辑。
⑦ 载《中国社会科学》1987年第1期。
⑧ 载《学术月刊》1987年第1期。
⑨ 载《文学评论》1996年第1期。

方法实际上受到佛典翻译文学的相当大的影响。罗宗强文从文学思想、文学与政治的关系和文学与继承创造的关系三个方面进行论述，他认为散体文的发展和繁荣是和功利主义的文学思想密切相联系的，韩、柳本身就是改革家，他们在文体文风上的改革主张和他们政治上的主张息息相关，这给古文运动带来了生命力。同时他们又注意积极吸收骈文在艺术上的成就，重视自己在创作方面的独特创造，所以能够最终取得古文运动的成功。葛晓音前文联系古文运动发生的背景以及"载道"说形成的过程对韩柳古文运动之所以成功的原因进行了深入、细致的探索，她发现："文体的革新取决于'道'的内涵的更新。唐代古文运动之所以至韩、柳始成，主要是因为韩、柳从现实的需要出发，在批判继承古文运动先驱之文说的基础上，对儒道进行全面的清理，提出了许多反传统观念的新解，以文章内容的变革带动形式的变革，才使'文以载道'说产生了实践意义，并在理论上臻于完善。"具体说来，韩柳"使载道的古文从敷显仁义、发明功德的典谟誓诰之文，变而为讽世刺时、言志述怀的感激怨怼之作，从而促成了散文体裁和语言艺术的全面革新，形成了既宜于实用、又便于进行艺术创作的新文体，解决了在文学领域内与骈文争优势的根本问题"。葛晓音在后文中进一步指出："古文成于韩柳的关键在于：他们除写作政治、哲学方面的议论文之外，还有相当一部分文章是发自真性情的穷苦愁思之声。……这本是魏晋以来文人诗赋的一个重要主题。因此韩柳变'笔'为'文'的主要标志是在应用文章中感怀言志，使之产生抒情文学的艺术魅力。其次，他们扭转了唐代古文模拟前人的倾向，在兼取经史诸子百家及辞赋的基础上，摒除了骈散夹杂式的结构，根据当代口语提炼新的散文语言，创造出上继三代两汉古文、以奇句单行为主的新文体，以及与这种文体相适应的多种艺术表现方法，从而使散文在文学价值上压倒了外侈内竭的骈文。"吴相洲文指出古文运动的展开是以人们对儒术现实意义认识的加深为前提的，也就是说是伴随着儒学复兴运动而展开的。然而儒学复兴的过程是复杂的，中唐的第一位皇帝肃宗采取黜华用实的用人方针，对儒术采取冷淡和排斥的态度，使盛唐儒学未能顺利地向中唐过渡。代宗即位，开始明确任用儒生，至德宗朝，经陆贽、权德舆等人大力提倡，儒学走向复兴高潮。古文运动正是在这一背景下展开的。文章还从"文以明道"观念的产生的角度探讨了古文运动兴起的原因，他指出韩柳等人强调"由道及物"的观念从理论上解决了明道和现实政治的关系，改变了以往古文家只知引六经作文,不知通过现实发扬儒家义理的局面;另外,盛唐人作文只把儒家教条作为缘饰盛世文明的标志,而中唐人则把这些教条当作拯世济时之本。所以中唐古文运动获得了成功。

二、分期问题和作家研究

古文运动的分期研究

古文运动虽然是在中唐蓬勃开展起来的,但是其准备期却很长,在韩柳之前已经有许多作家从理论和实践上反对骈文、提倡古文,而20世纪学界对古文运动准备期和这些古文运动先驱作家的研究也取得了一定的进展。

20世纪较早且较细致对唐代古文运动进行分期研究的学者是罗根泽,他的《唐代早期古文论》就是一篇研究唐代古文运动的准备期和先驱作家的文章。他认为,古文的兴起可以上推到北朝,"因为苏绰已经在西魏之末(约550年前后),仿《尚书》作《大诰》了,柳虬也在那时作《文货论》,以思糅今文古文之争了","苏绰及其附和者已经打出'古文'的招牌来了"。文章分八个部分对韩柳以前的古文作家进行研究:李谔王通的攻击六朝文,唐初四杰的反对淫巧文,陈子昂与卢藏用的提出载道说,萧颖士、李华之极端的宗经尚简说,两个胡人的意见(元结、独孤及),梁肃提出文气与李观重视文辞,古文理论家之柳冕的文论,权德舆等的天文说与人文说。稍后,曾了若的《隋唐骈散文体变迁概观》也对古文运动兴起、发展的过程进行了描述。

三四十年代出现的有关唐代古文运动的一些专著也对韩柳以前古文运动的滋生和发展过程作了较为深细的探讨。如王锡昌在《唐代古文运动》一书中就把唐代古文运动的发展过程分为"滋生""完成"和"销沈"三部分,而在"滋生"一章中又从"破坏"和"建设"两方面论述了早期古文作家的贡献,且认为初期文人"破坏之功大",后期"建设之绩伟"。其中主"破坏"者有魏徵、王勃、杨炯、傅奕等,他们破坏的对象有二:"六朝之骈文"和"佛者之异说"[①]。主"建设"者可分为三个时期:陈子昂首竖复古旗帜,第一期也;富吴等以六经为文,第二期也;独孤及等以文主教化,第三期也。有此三期之演进,至韩愈始一

[①] 《唐代古文运动》,第19页。

呼而完成①。而在"销沈"部分,作者着重阐述了"韩门之分化"与"骈文之回照"两个问题。龚书炽的《韩愈及其古文运动》也有一章是专论"韩愈古文运动之先驱者"的,其中主要分析萧颖士、李华、元结、独孤及、梁肃、柳冕等人的理论和创作成就。

五六十年代,只有钱冬父的《唐宋古文运动》列专章探讨了"古文运动的准备期",他认为韩柳之前的一百年可以称之为古文运动的准备期,这个时期有三件重大的事情:第一件事情是发出了古文对骈文斗争的信号,第二件事情是虽不完备、但是初步奠定了古文运动的理论基础,第三件事情是进行了古文创作实践的尝试。他还指出:"准备时期的这些作家和号召者,不论是谁(包括宇文泰和隋文帝),他们的功绩都是应当肯定的,……韩愈和他的朋友(如李观、李翱)还直接受到梁肃的教导,古文运动领导者和前期作家的关系是十分密切的。"他也专门论述了"唐代古文运动的趋向和衰落",指出,韩柳的继承者对古文运动的目的和意义发生了曲解,他们或是把古文变成了宣扬、讨论儒家孔、孟之道的道学书;或是片面地发展了古文运动提倡重视文学技巧即"创新"的主张,追求奇异怪僻,与众不同,以致使运动走上了弯路。但是晚唐小品文却放射出异常的光彩,发展了韩柳古文运动的现实主义的方向②。

80 年代以后出版的一些专著则对古文运动的分期研究进行了更为细致的研究。如孙昌武《唐代古文运动通论》用四章的篇幅论述了"古文运动的兴起""古文运动的发展""古文运动前期理论主张"以及"古文运动在晚唐的延续"等问题,分析得较为细致,且认为在初盛唐之际"比较彻底地对骈文流弊加以清算的是刘知几"③,首次强调刘知几对古文运动的发展所起的重要作用。

80 年代以后产生的相关论文则多围绕盛唐散文作家尤其是萧李集团在唐代古文运动中的地位和作用进行探讨。这方面的文章主要有孙昌武的《盛唐散文及其历史地位》④、王祥的《初、盛唐文的演变与古文

---

① 《唐代古文运动》,第 22 页。
② 同上书,第 59—64 页。
③ 《唐代古文运动通论》,第 43 页。
④ 载《社会科学战线》1982 年第 4 期。

运动》①、汪晚香的《论唐代散文革新中的肖李集团》②、屈光的《盛唐李萧古文集团及其与中唐韩愈集团的关系》③、葛晓音的《中晚唐古文趋向新议》④等。其中孙昌武文指出："盛唐时期的抒情文，在艺术上很有特色，特别是在描摹景物和创造意境上成就更为突出。但后来一般'古文'家都尊经重道，视'流连光景'为颓靡，以'模山范水'为小技，大都不重视抒情、写景的文字。……只有柳宗元等少数人，发展了富有高度艺术性的山水记和抒情散文作品，成为'古文'中文学性最强的一部分。从这个角度看，盛唐散文中的上述抒情文的价值是不可低估的。"王祥文不同意有人"以韩柳古文直接与先秦两汉相接"而将初、盛唐文"一笔抹杀"的做法，论述了"初、盛唐文演进过程中的主要特点及其意义"，以及"为什么初、盛唐没有发生古文运动"等问题，然论述尚欠妥帖圆通。屈光文从厘清李华、萧颖士、贾至、独孤及等人的关系入手，肯定自天宝初至大历末近四十年中，文坛上活跃着一批复兴儒学的古文家，一个通过交游和师承关系形成的古文集团——李萧古文集团，在人事交往方面与韩愈家族有密切联系，在古文理论和实践创作上都为韩愈集团奠定了基础，并通过集团的第二代盟主梁肃直接启蒙了韩愈集团。汪晚香文也认为李萧集团是韩柳集团的先导，但也指出了萧李集团的不足：他们虽然力图在复古中有所新变，但在理论倡导和写作实践上总的来看，仍是复古有余而创新不足。而韩柳与他们最大的不同正在于深通复变之道，较好地解决了复古与创新的关系。葛晓音文鉴于韩柳以后散文的发展受到多种复杂因素的影响，认为"仅将古文的缺陷归结于尚奇求怪和短局滞涩，亦嫌笼统"，为此她"更新视角"，重新对这一问题作了深入的探究。她认为，"骈文的复兴是古文衰落的一个重要原因，而骈文之所以复兴，却又与古文运动的影响和局限有关"，"韩愈和柳宗元主要是从更新儒道内涵的角度来提倡复古，以文章内容的变革带动古文形式的变革"，他们"虽以反对俪偶章句为号召，却并不排斥歌功颂德、赞美王化的赋颂，这就为骈文留下了发展的余地"，"何况晚唐好尚轻靡绮艳的文风又给骈文提供了再一次与古文较量的机会"。

---

① 载《文学遗产》1987年第1期。
② 载《湖北师范学院学报》1987年第2期。
③ 载《文学遗产》1987年第4期。
④ 载《北京大学学报》1987年第5期。

她又指出,"仅从'怪涩'这一点来寻找古文衰落的原因还是不全面的"。她认为"韩柳的同道和弟子不能继承其古文成就的重要原因,还在于多数文章单纯模拟韩柳所创造的文体和艺术表现形式,缺乏自己的独创性";另一个重要原因是,"散文的普及仍然局限在应用文中","韩柳变应用文为文学性散文的创举没有得到普遍的继承和发扬","中唐以后,像韩愈那样有感而作的愤世嫉俗、书怀明志的古文并不多见";"韩柳之后的古文成就不高,还与唐代散文受骈文影响较深的特点有关","就是对古文革新作出重大贡献的韩愈和柳宗元","在艺术表现和形式体裁上"也曾"借鉴骈文",但"韩柳古文恃其才高气盛,虽杂以骈句,却能与散文融为一体,变化动宕,气势流畅,骈句便成为一种修辞的技巧。而对于古文功力不深的作者来说,则不容易使骈散相间的文章达到浑然一体的程度","提倡古文的目的原是为反对骈文过于讲究形式的弊病,结果古文反倒被骈文引入了形式主义的歧途,当然就不可能得到健康的发展"。

古文作家研究

20世纪,尤其是80年代以后,学界还对古文运动的先驱作家以及韩柳以外的其他古文作家的生平、思想和创作进行了不同程度的探讨。

在盛唐古文作家中,人们对李华和萧颖士的研究稍微深入一些。

研究李华的文章主要有唐文治的《李遐叔吊古战场文研究法》[①]、黄天朋的《李华生卒考(一、二)》[②]、尹仲文的《李华卒年考辨》[③]、汪晚香的《李华卒年考》[④]、姜光斗的《李华、萧颖士生卒年新考》[⑤]《李华世系仕履考》[⑥]、谢力的《李华生平考略》[⑦] 等。

专论萧颖士的文章主要有俞纪东的《萧颖士事迹考》[⑧]、姜光斗的《萧颖士习籍世系和生平仕履考》[⑨] 等。

---

① 载《学术世界》第1卷第3期,1935年。
② 载《中央文史》第28、29期,1937年。
③ 载《河北大学学报》1979年第2期。
④ 载《湖北师范学院学报》1989年第2期。
⑤ 载《南通师专学报》1989年第3期,又载《文学遗产》1990年第3期。
⑥ 载《南通师专学报》1991年第1期。
⑦ 载《唐代文学研究》第2辑。
⑧ 载《中华文史论丛》1983年第2辑。
⑨ 载《南通师专学报》1993年第4期。

在韩柳同时代作家中，人们较为关注李翱、梁肃、皇甫湜。

有关李翱的论文主要有马积高的《李翱生平仕履考略》[①]、陈尚君的《李翱卒年订误》[②]、刘国盈的《李翱与古文运动》[③]、李光富的《〈李翱年谱〉订补》[④]《李翱著作年代及版本考》[⑤]、金涛声的《李翱集版本源流考辨》[⑥]、姚继舜的《李翱文集版本系统考》[⑦]、李晓春的《试论李翱的人性论》[⑧]等。

对梁肃、皇甫湜的研究成果主要有姜光斗的《论梁肃的佛学造诣及其对唐代古文运动的贡献》[⑨]，胡大浚、张春雯的《梁肃年谱稿（上）》[⑩]，梁孝瀚的《韩门奇崛派皇甫湜文学之评价》[⑪]，姚继舜的《皇甫湜生卒年诸说辨正》[⑫]等。另外，刘国盈在其专著《唐代古文运动论稿》中有一章是"皇甫湜和古文运动"，也值得参考。

在晚唐古文作家中，人们对孙樵用力较多，如刘国盈的《孙樵和古文运动》[⑬]、李光富的《孙樵生平及孙文系年》[⑭]、刘扬忠的《刘蜕、孙樵与唐代古文运动》[⑮]、王志昆的《孙樵作品的思想内容和艺术特色初探》[⑯]《孙樵集版本源流考》[⑰]《孙樵未任中书舍人》[⑱]、刘芳琼的《评晚

---

① 载《湖南师院学报》1980年第3期。
② 载《中华文史论丛》1981年第1期。
③ 载《唐代文学论丛》总第3辑。
④ 载《四川大学学报》1985年第4期。
⑤ 载《四川大学学报》1996年第1期。
⑥ 载《唐代文学研究》第5辑。
⑦ 载《南昌职业技术师院学报》1995年第1期。
⑧ 载《兰州大学学报》1997年第1期。
⑨ 载《唐代文学研究》第5辑。
⑩ 载《甘肃社会科学》1996年第6期。
⑪ 载《协大艺文》第6期，1937年。
⑫ 载《文学遗产》1992年第2期。
⑬ 载《北京师范学院学报》1983年第3期。
⑭ 载《四川大学学报》1987年第1期。
⑮ 载《唐代文学论丛》总第9辑。
⑯ 载《广西大学学报》1988年第1期。
⑰ 载《重庆师院学报》1988年第1期。
⑱ 同上。

唐孙樵的散文》[①]、刘洁的《匡正唐代文学家孙樵记》[②]等。

三、整体评价和对后世文学的影响

从20世纪上半叶开始,对唐代古文运动所取得的成就和存在的缺憾,学界一直有争议。

王锡昌的《唐代古文运动》是较早对唐代古文运动给予全面肯定的专著,该书的"结论"部分认为:古文运动非纯粹之复古运动,"实文学之革命运动";"古文运动乃中国文化之复兴";"乃文学之革命,非社会之革命"。三四十年代出版的其他相关论著和论文,也大都认为韩柳所倡导的古文运动是文学革新运动而非纯粹之复古运动,而且对中国文化(尤其是儒学)的复兴起到了相当大的推动作用。

五六十年代,一些学者从唐代古文运动所取得的成就的角度对之进行了肯定,如钱冬父在《唐宋古文运动》中说,经过韩柳的毕生努力和奋斗,从理论和创作上,终于打垮了当时骈文的统治地位,树立了古文在文坛上的权威。而且骈文在晚唐谋求保存自身所起的变化和挣扎,也反映了古文运动的威力[③]。当时新出版的一些文学史著作对唐代古文运动作了更为充分的肯定,如中国科学院文学研究所编著的《中国文学史》就指出:"这次古文运动的胜利,不仅有力地打击了风靡三百年的绮丽柔弱的文风,而且直接启示了北宋的文学革新运动,开创了中国文学史上以唐宋八大家为代表的古文传统,对后世的影响是极其深远的。"[④]游国恩等编著的《中国文学史》也认为:"唐代古文运动的胜利,是我国散文发展的一个转折点。它打垮了骈文的长期统治,开创了散文的新传统。……使散文在传统的著书立说之外,在日常生活中找到了表现自己的写景、抒情、言志的广阔园地。"[⑤]"古文运动的理论,特别是韩愈所提出的文道合一、气盛言宜、务去陈言、文从字顺等论点,指导了后来无数古文家的写作,直到今天,仍有借鉴意义。"[⑥]

---

① 载《南京师大学报》1991年第1期。
② 载《文博》1992年第2期。
③ 《唐宋古文运动》,第59页。
④ 中国科学院文学研究所中国文学史编写组:《中国文学史》第2册,第428页。
⑤ 游国恩、王起、萧涤非等:《中国文学史》第2册,第177—178页。
⑥ 同上书,第180页。

在"文革"期间尤其是"文革"后期的"评法批儒"运动中,出现了从"儒法斗争"角度对古文运动进行批判的观点,以郭兰成的《批判文学史上的尊儒反法思潮——试论唐代古文运动》①、刘大杰的《韩愈与古文运动》为代表。

70年代末,学界又出现了对古文运动进行否定的观点,如徐寿凯的《我国的古文运动及其历史教训》②就认为传统的或流行的肯定的评价"是大有商榷的余地的",他的主要观点是韩愈提倡复古运动,旗号复古,内容也是复古,是拖住了历史前进的脚步。这种对唐代古文运动进行全盘否定的观点并未得到多少学者的响应,此后持类似看法者只有陶新民的《唐代古文运动再审视》③。

80年代以后,学界对唐代古文运动的评价以肯定为主。如孙昌武在《唐代古文运动通论》中就认为,唐代古文运动有三个主要贡献:首先,古文运动的发展,一直与唐代统治阶级内部进步与反动、改革与保守的斗争相呼应;其次,它开创了中国古典散文的新时代,奠定了此后散文发展的方向和规模;最后,还造成了一种精炼畅达、富有表现力的新文体。当然,该书也指出唐代古文运动值得注意的教训,如它有时脱离了生活,受到儒学教条或其他错误思想的束缚,限制了它反映现实的深度和广度④。

80年代以后对唐代古文运动进行整体评价的论文不多,其中较具新意且论述较为深入者是罗宗强的《唐代古文运动的得与失》⑤。该文指出,"韩、柳古文的最大成就,就是从空言明道走向参与政治、参与现实生活。有了这一点,才使'古文'活起来了,走向了发展的更为广阔的天地;才使它与六朝骈文不仅在文体上,而且在文风上真正区别开来"。对于古文运动之失,他认为,从文学理论发展史上讲,六朝时区别"文""笔",是文学观念正在发展的标志,但唐代古文家重新混文笔为一,中止了这种发展,从而使散文理论一直停留在文章学的水平上。而且,仅就文章学而言,"明道说"也有很大局限,它常常是一种束缚,

---

① 载《学习与批判》1975年第8期。
② 载《艺谭》1980年第6期。
③ 载《学界》1997年第2期。
④ 《唐代古文运动通论》,第351—356页。
⑤ 载《文史知识》1988年第4期。

使散文成为一种宣传工具。这些观点可谓是发人所未发，切中肯綮。

第二节 韩愈研究

从20世纪初开始，随着现代学术观念和学术规范的建立，人们改变了以前多在学术笔记或诗话中讨论韩愈的单一格局，系统性、理论性的韩愈研究成果层出不穷。20世纪的韩愈研究在生平、思想、文学理论、诗歌创作、散文创作、作品考订、文集整理和韩学的建立等诸多方面都取得了相当大的成绩，下面将分别加以介绍。

一、生平研究

自宋代至清末，已经产生了不少韩愈年表、年谱之类的著作，人们对韩愈一生的大致行事和一些作品的写作时间也已有了较明确的认识。在充分吸收前人研究成果的基础上，20世纪学界在韩愈生平研究方面，也取得了一些进展。

籍贯

20世纪上半叶重新检讨韩愈的籍贯问题的文章主要有孙百急的《韩愈之籍贯问题》[①]、赵毓英的《韩愈乡里辨略》[②]等。其中赵毓英文经过细致的考证，认为传统旧说有三点不可信：（1）韩愈不是昌黎韩派，（2）邓州南阳之说无稽，（3）修武之说亦不可信，可能是后世受朱熹的影响而伪造的。他的新结论是："一、韩氏祖茔在河阳，韩愈亦葬在河阳。二、但韩愈却住在洛阳，而且有田在河阳对河之河清（本属河阳）。三、韩愈家住洛阳，大约是从他父亲仲卿开始，而他本人自幼就住在洛阳。四、韩愈虽住洛阳而仍葬在河阳，所以仍定河阳是他的乡里。五、河阳与河南岸，当时有长桥架水，交通极便利，由原籍河阳，买田河南，再迁居洛阳，是很可能的事。"

此后相当长的时期内韩愈的籍贯问题未见有人涉及，直到70年代末以后，这一问题才又被学界重新提起。如孙醒的《关于韩愈的籍贯问

[①] 载《北平中国文艺（北京）》第2卷第4期，1940年。
[②] 载《国文月刊》1945年第39期。

题》①，宋海军的《韩文公家乡考》②，洪流的《韩愈的籍贯考》③，刘峰的《韩愈故里与韩愈墓》④，李会典、和富兴的《韩文公河阳人辨》⑤，彭功智的《韩愈籍贯考析》⑥，傅全纯、纪思的《韩愈郡望考》⑦ 等。但是，这些文章均无实质性的突破，且大都同意韩愈的籍贯应为河阳也即今河南孟州市的说法。

生母问题

韩愈在他的作品中很少提到他的母亲，韩愈的生母到底是谁？为什么韩愈讳言其母呢？这是学界一直在讨论的问题。清人沈钦韩曾说："案祭文（《祭郑夫人文》）言父卒而不及其母，盖所出微，终丧已嫁，故鞠于兄舍。"胡适对沈氏此说作了进一步的发挥，认为："沈说虽无可据，于情理盖亦可通，退之或出于婢妾，伊产后即他适，故退之自叙不道之耳。"然而，陈寅恪却持不同的看法，他说："据白氏《长庆集》三十三《韩愈等二十九人亡母追赠郡国太夫人制》，有'归于华族，生此哲人'等语，当即指退之生母。且恐非婢妾改嫁，似沈、胡先生皆无确证。"而黄天朋的《韩愈研究》⑧ 也不同意韩愈的生母系婢妾改嫁的说法。

此后探讨这一问题的文章还有刘国盈的《韩愈生母考》⑨、卞孝萱的《为什么韩文中未提出过母亲？》⑩《韩愈"生母"之谜》⑪ 等。其中刘国盈文在对上述诸说辨析的基础上指出：韩愈的生母是"死"而不是"嫁"，其身份可能是嫁到"华族"的婢妾，至于生母的姓字，则不得而知。卞孝萱文推测说，韩愈《乳母墓铭》中所说的"乳母李"，实为韩愈之生母。

---

① 载《函授通讯（河南师大）》1979 年第 4 期。
② 载《南都学坛》1983 年第 1 期。
③ 载《韶关师专学报》1984 年第 4 期。
④ 载《中州学刊》1984 年第 6 期。
⑤ 载《新乡师范学院学报》1985 年第 1 期。
⑥ 载《河南师范大学学报》1988 年第 2 期。
⑦ 载《沈阳师范学院》1992 年第 1 期。
⑧ 黄天朋：《韩愈研究》，上海：开明书店，1939 年。
⑨ 载《北京师范学院学报》1987 年第 3 期。
⑩ 载《文史知识》1994 年第 1 期。
⑪ 载《韩愈研究》第 1 辑，郑州：中州古籍出版社，1996 年。

贬阳山问题

20世纪撰专文探讨此事的文章有周长志的《韩愈为什么被贬阳山》[1]、阎琦的《韩愈的"阳山之贬"析》[2]。阎琦文认为韩愈刚任监察御史不久上疏言事被贬阳山的真正原因是王叔文、王伾和韦执谊等永贞党人的打击和迫害,而非因京兆尹李实。

但是,刘国盈的《韩愈评传》不同意说刘禹锡、柳宗元"传之落冤仇"的传统说法,认为根本原因是韩愈上书《御史台论天旱人饥状》,触怒了皇帝的幸臣李实。

交游

关于韩愈的交游问题,学界探讨得较多。在20世纪上半叶,人们由于对韩愈与佛教之关系比较关注,所以也分外注意韩愈与大颠的关系。这方面的研究成果主要有董璠的《韩愈与大颠》[3]、钱钟书的《谈艺录·昌黎与大颠》等。

20世纪下半叶尤其是80年代以后,学界对这一问题探讨的范围扩大了许多,相关的论文涉及韩愈与白居易、柳宗元、刘禹锡、孟郊等人的交游。如卞孝萱的《刘禹锡与韩愈——〈刘禹锡的交流〉之一》[4]、吴文治的《韩愈与白居易的交往》[5]、路剑的《韩愈与白居易》[6]、周勋初的《韩愈的〈永贞行〉以及他同刘禹锡的交谊始末》[7]、尚永亮的《韩愈同二王刘柳的关系及其对永贞革新的态度》[8]、张金亮的《韩、孟的交游与唱和》[9]、刘国盈的《韩愈、柳宗元交游考》[10]《唐贞元元和年间韩愈刘禹锡

---

[1] 载《语文月刊》1984年第8期。
[2] 载《学林漫录》第12集,1988年。
[3] 载《文学年报》第3期,1937年。
[4] 载《四川师院学报》1983年第1期。
[5] 载《光明日报》1986年6月1日。
[6] 载《江西师范大学学报》1986年第3期。
[7] 载《中华文史论丛》1987年第2、3期合刊。
[8] 载《研究生文选》第2辑,西安:陕西师范大学出版社,1986年。
[9] 载《青海师范大学学报》1989年第1期。
[10] 载《北京社会科学》1991年第1期。

关系考辨》①《韩愈与僧人》②、朱琦的《韩白关系考》③ 等。

另外，陈克明的《韩愈述评》④ 一书中还专门探讨了"韩愈师友关系"，分别论述了"韩愈同独孤及、梁肃、陆贽的关系"，"韩愈同柳宗元、刘禹锡的关系"，"韩愈同李观、欧阳詹、张籍、樊宗师的关系"，"韩愈同李贺、孟郊、李翱、皇甫湜、贾岛等的关系"。

服硫磺问题

关于韩愈是怎么死的，前人有认为是食丹而死的，理由是白居易在《思旧》诗中所说的"退之服硫磺，一病讫不痊"。但也有人认为，此说不过是"文人乐闻邪说，以诬谤前贤"。20 世纪上半叶，林纾的《韩柳文研究法》⑤ 和章太炎的《文录》卷一《思乡愿》也持此说。但是予同的《韩退之与卫退之》⑥ 则重申了白诗中的"退之"系卫中立、卫退之，而非韩愈、韩退之的观点。

而陈寅恪在《元白诗笺证稿·附论·白乐天之思想行为与佛道关系》中则认为："乐天之旧友至交，而见于此诗之诸人，如元稹、杜元颖、崔群，皆当时宰相藩镇大臣，且为文学词科之高选，所谓第一流人物也。若卫中立则既非由进士出身，位止边帅幕僚之末职，复非当日文坛之健者，断无与微之诸人并述之理。然则此诗中之退之，固舍昌黎莫属矣。"

此后涉及这一问题的文章还有刘国盈的《韩愈非死于硫黄辨》⑦、阎琦的《韩愈"服硫黄"考论》⑧ 等。其中刘国盈文对陈寅恪先生的观点提出了反驳。首先，他不同意说韩愈是服食硫磺而死，因为不但韩愈本人不曾说过有服食之好，而且韩愈的朋友也不曾说过韩愈有服食之事，张籍的《祭退之》诗中所写韩愈之死时的情形也非服食之状；其次，他也不同意说白居易诗中的"退之"就是"卫中立"，他认为很可

---

① 载《学习与探索》1993 年第 3 期。
② 载《首都师范大学学报》1994 年第 4 期。
③ 载《中国韵文学刊》1994 年第 1 期。
④ 陈克明：《韩愈述评》，北京：中国社会科学出版社，1985 年。
⑤ 林纾：《韩柳文研究法》，上海：商务印书馆，1914 年。
⑥ 载《小说月报》第 14 卷第 2 号，1923 年。
⑦ 载《北京师范学院学报》1984 年第 4 期。
⑧ 载《韩愈研究》第 1 辑。

能这两个字是"敦诗"之误,也即崔群,因为他既是白居易的好友,又是服丹而死的。阎琦文同样也不同意说韩愈服硫磺而死,他认为白居易诗中"退之"谓白行简的可能性很大。

二、性格和思想研究

韩愈的性格和人格

20世纪有两个时期,学界比较关注韩愈的性格和人格:一是在三四十年代,人们曾对韩愈的性格和个性有过截然不同的两种评价;二是在80年代以后,人们开始从文化心理学的角度对韩愈的人格和性格进行分析。

三四十年代,涉及韩愈人格和性格研究的文章主要有陈登原的《韩愈评》[①]、洪为法的《韩愈的矛盾和委琐》[②],这两篇文章都对韩愈的人格和性格持否定和批评的态度。

如陈登原在文章开头就指出韩愈是"文人无行"的典型代表,他认为韩愈虽然"能笃于其友,不以时会更易,一节之长,要亦可以不朽",但"未能免于恶俗,而必欲自标清高;未能淡于势利,而必自谓道;疾言厉色,以欺浮屠;巧言令色,以谄公卿;而犹执其两端;而犹'谨献薄技'。——较之常人,罪犹加等。"洪为法也认为:"道貌岸然,忠贞之至,强悍已极,这是一般人对于韩愈的印象。……但是一考其实际呢,却都不过银样镴枪头,外场好看","韩愈,细细剖析其言行,也只是文人的典型,处处显露着矛盾,委琐。他一生就在矛盾和委琐中悲苦着,挣扎着"。

另外,周荫堂的《韩白论》[③]也持类似的观点:"韩的胸襟狠狭隘,见解狠肤浅,思想狠粗糙,并且一味地想挂'圣人'的招牌,他对于精邃玄奥的佛学,本不能了解,而却大肆攻击,认为异端邪说。……他在政治上活动,更现出他的患得患失,阿谀逢迎的心理。"

当然,当时也有人对韩愈的性格和人格作了肯定性的评价。如王锡昌在《韩愈评传》[④]就指出:"韩愈幼禀朴实刚毅的性格,及长又屡遭

---

① 载《金陵学报》第2卷第2期,1931年。
② 载《青年界》第6卷第4期,1934年。
③ 载《金陵学报》第1卷第1期,1931年。
④ 载《时代青年(济南)》第1卷第2期,1936年。

贬谪的磨炼，使得他洞鉴远达，信道笃行。所以他自负传继道统之责，来排除佛教；自信有退敌之能，来夺三军之帅。"进而对韩愈"这种特立独行，不避难险的精神"表示了由衷的钦佩。

从30年代后期直到70年代末，都未见有人对韩愈的性格和个性进行专门的探讨。80年代以后，人们又开始对韩愈的人格进行研究，不过多是结合韩愈的一些重要行事进行探讨的。如仇永明的《韩愈谀墓辩》[①]、李光富的《论韩愈并不谀墓》[②] 等文章通过细致的考辨，指出韩愈并未"谀墓"，进而肯定其人格。还有一些文章结合韩愈的《平淮西碑》的历史真实性问题，讨论了韩愈的人格，讨论的情况可参见陶易的《韩愈〈平淮西碑〉引起的聚讼》[③]。

90年代以后又出现了一些运用文化心理学的方法来分析韩愈的性格和个性的成果，如郭明志的《气盛：韩愈人格心态的文化蕴涵》[④]。文章指出"气盛"是韩愈人格形象的核心内容，并从韩愈"气盛则言宜"说的原意、韩愈尚气的表现及韩愈立身行事等方面进行分析和阐释。作者认为，"气盛"不仅是指一种文论主张，一种最佳创作心态，而且具有更广泛的社会人生意义，它是韩愈所追求的一种理想人生境界。济世热忱是韩愈"气盛"的升华，刚健进取是韩愈"气盛"的根基，特立独行是韩愈"气盛"的常态。

韩愈的政治思想及其对永贞革新的态度

从五六十年代开始，学界才渐渐对这一问题关注起来，当时讨论的焦点是韩愈是否依附宦官、站在豪族大地主的立场，反对"永贞革新"。

否定派认为，韩愈是站在大地主的立场，反对"永贞革新"的。如黄云眉在《韩愈柳宗元文学评价》中就认为，"他在政治方向上，表现为一贯维护大地主利益，反对以王叔文为首的新势力集团的政治改革，在生活作风上，表现为和旧官僚沆瀣一气"，"韩愈虽然出身于中小地主阶层，而他的阶级意识，却接近于大地主阶层"[⑤]。

肯定派则认为，韩愈的主张基本上符合人民的利益，是进步的。如

---

① 载《华东师范大学学报》1982年第3期。
② 载《四川大学学报》1989年第1期。
③ 载《古典文学知识》1991年第1期。
④ 载《北方论丛》1993年第6期。
⑤ 黄云眉：《韩愈柳宗元文学评价》，济南：山东人民出版社，1957年，第19页。

游国恩等主编的《中国文学史》就认为:"他政治上反对藩镇割据,拥护王朝的统一;提倡'仁政',反对官吏对人民的聚敛横征,要求朝廷宽免赋税徭役:这些都表现了他关心国家命运和民生疾苦,是他政治思想中的进步的一面。"① 吴孟复的《试论韩愈的政治思想——兼与王芸生先生商榷》② 指出:"和俱文珍集团的结合,是以'用武力削平藩镇'这一共同主张为基础的,而用武力削平藩镇并不失为正确的主张。"卫仲璠在其《对韩愈政治思想倾向的一点看法》③ 中更指出:"韩愈不但不依附宦官,而且跟宦官集团,真正一贯处于针锋相对的敌对地位。"

还有一些学者认为韩愈在政治上是一个中间派。如王芸生在《再论韩愈和柳宗元——并答吴孟复先生》④ 中说:"韩愈是一个顽固的保守党,又是一个机会主义者,即政治投机家。"钱冬父的《唐宋古文运动》也认为:"韩愈和柳宗元都出身于中小地主阶层,但韩愈在政治上经常采取依偎违的态度,帮着大地主官僚说话。他的这种'骑墙派'的、有时甚至是落后的态度,使他的文学成就受到了一定的限制。"

在"文革"后期的"评法批儒"运动中,韩愈的政治态度又成了理论界的一个批判的对象,韩愈被彻底否定了,而且还增加了"继承孔孟复辟之道""坚持儒家保守势力的政治立场"等新内容⑤。

"文革"之后的几年内,学界从韩愈与宦官的关系、对待藩镇割据的态度、与"永贞革新"的关系三个方面对"文革"之中的"批韩""贬韩"进行了反思,且大都对韩愈持肯定态度。

如徐克文在论及韩愈与宦官之关系时指出,韩愈虽然写过《送汴州监军俱文珍诗》并序等官场应酬的奉命之作,"不能不说是他'文德'上的一大缺陷,但也不能因为他写过这篇序,就坐实他是地道的宦竖派","观察一个人应查其历史,统观其一生,看其大节,不能以一斑代全豹"⑥。王启兴的《为韩愈一辩——韩愈评价中几个问题的商榷》⑦ 也

---

① 游国恩、王起、萧涤非等:《中国文学史》第 2 册,第 164 页。
② 载《新建设》1963 年第 8 期。
③ 载《合肥师范学院学报》1962 年第 4 期。
④ 载《新建设》1963 年第 11 期。
⑤ 详参黄挺:《"文革"期间批韩概观》,载汕头大学中文系编:《韩愈研究资料汇编》,1986 年。
⑥ 徐克文:《论韩愈维护"三统"的斗争》,载《辽宁大学学报》1976 年第 6 期。
⑦ 载《西北大学学报》1979 年第 4 期。

认为，除了前人已经辩明的事实之外，从韩愈的一生言行加以考察，勾结宦官的罪名也是不能成立的。韩愈一生再没有写过请求俱文珍或其他宦官引荐的阿谀奉承的书启诗文，在他仕途坎坷之时，也未得到势压百僚的俱文珍或其他炙手可热的宦官的援引。相反，韩愈在洛阳时曾"日与宦者为敌"，以至于惧怕宦官罗织罪名诬害；同时，裴度奏请罢去监军的宦官，韩愈对此并没有反对，还积极赞助。蒋凡的《韩愈与宦官——读〈送汴州监军俱文珍序〉札记》①也指出："宦官俱文珍在汴州军乱中平叛有功，韩愈《序》中的颂词基本上接近事实，这与溜须拍马的谀词有本质的区别。"他还列举史实证明俱文珍是当时宦官中的佼佼者，认为不能因为他是"刑余之人"，就加以歧视。

对于韩愈对待藩镇割据的态度，郭预衡指出：韩愈《平淮西碑》的主要倾向是"反对藩镇割据，而歌颂平叛的胜利；赞扬主战派，而批评主和派"，认为"韩愈反对藩镇割据的坚定立场，不应因为碑文少写了李愬之功便加以贬低"，而且他"反对藩镇割据的主张，还不仅表现在平定淮西的一时一事，他在一系列的文章里都贯穿着这个思想"②。

关于韩愈与"永贞革新"的关系，学者们也大多认为应历史地看问题。如蒋凡《韩愈与王叔文集团的'永贞改革'——兼论韩愈政治思想的进步因素》③认为，"在韩愈柳宗元的时代，对王叔文集团和'永贞改革'的态度，并不是检验政治上进步与反动的唯一标准"，当时"反对王叔文集团的大有人在，既有反动腐朽的势力，又有进步的政治人物，不可一概而论"。"武元衡、李绛、裴度是不同于王叔文集团的另一批正直的朝官"，韩愈是他们这一"无形之'党'"中的积极的一员，他的文章及其一贯的政治主张，与"王叔文集团确有许多一致的地方"。郭预衡《韩愈评价的几个问题》④指出："韩愈最大的政治错误是反对所谓'永贞革新'。但他所以反对，倒不是因为王叔文'推行法家路线'，而是反对王叔文其人。"至于永贞革新集团中的柳宗元、刘禹锡，韩愈则是同情的，韩柳之间的友谊，"几十年间始终没有断绝"。徐克文认为："韩愈对顺宗朝以王叔文为首的政治革新集团，由于政治派系关

---

① 载《学术月刊》1980 年第 1 期。
② 郭预衡：《杰出的散文家韩愈》，载《文学评论丛刊》第 2 辑。
③ 载《复旦学报》1980 年第 4 期。
④ 载《北京师范大学学报》1978 年第 3 期。

系他基本是反对的,但他写《顺宗实录》的时候,对王叔文的一些进步政治措施还是秉笔直书,给以正面肯定的。"

80年代以后,学界对韩愈的政治思想的研究热情渐渐消退了,也未出现大的论争和突破。其中论述较为深入的文章主要有陈光明的《略论韩愈、柳宗元、刘禹锡的友谊和分歧》①、屈光的《韩愈与藩镇的关系》②、尚永亮的《韩愈同二王刘柳的关系及其对永贞革新的态度》、周勋初的《韩愈的〈永贞行〉以及他同刘禹锡的交谊始末》、刘国盈的《再论韩愈和永贞革新的关系》③ 等。

韩愈与中唐儒学复兴

这一问题一直是学界讨论的重点。20世纪上半叶,人们关于韩愈的复古崇儒思想曾有过争论。

一些学者从复古崇儒与排佛的关系和当时的社会现实出发,对韩愈的复兴儒学加以肯定。如李嘉言认为,佛老诸邪说行,"无纲常节其行,无礼义束其心,则天下将乱",所以韩愈的复古,有着"救时弊"的现实意义④。

还有一些学者结合韩愈的"道"作了进一步的阐释。如罗根泽在《韩愈及其门弟子文学论》⑤ 中说,"韩愈不惟抓住了鲜明的道",更在于他"有万死殉道的愿力",但韩愈虽重道而"只能作实行的儒家,不能作理论的儒家"。冯友兰的《韩愈李翱在中国哲学史中之地位》⑥ 认为韩愈虽然不能成为哲学家,而仅为"文章之雄",但他的"道"在中国哲学史上占有一席之地:"(一)韩愈极推尊《孟子》,以为得孔子之正传。此为宋明以来之传统的见解,而韩愈倡之。(二)韩愈《原道》,特引《大学》。……此后至宋明,《大学》遂为宋明新儒家所根据之重要典籍焉。(三)韩愈《原道》提出'道'字,又为道统之说。此说孟子本已言之,经韩愈提倡,宋明新儒家皆持之,而宋明新儒家亦有道学家

---

① 载《辽宁大学学报》1984年第5期。
② 载《辽宁师范大学学报》1986年第5期。
③ 载《北京社会科学》1988年第4期。
④ 李嘉吉:《韩愈复古运动的新探索》,载《文学(上海)》第2卷第6号,1934年。
⑤ 载《文艺月刊》第9卷第4期,1936年。
⑥ 载《清华周刊》第37卷第9、10期,1932年。

之名。由此三点言之，韩愈实可谓为宋明新儒家之先河也。"

另外一些学者则对韩愈的复古崇儒提出尖锐的批评。其中一些人因反对韩愈排佛而批评其崇儒，如陈登原的《韩愈评》就说："夫当愈之世，可原而论者，亦已众矣。藩镇之跋扈，可原也；民生之凋疲，可原也；宦官之横，君暗臣鄙，可原也。而曷为乎'原道'哉？……实则原其所原，盖文人避重就轻之狡计而已。"而韩愈倡"道统"，是"文人之卖弄，茫无归宿之夜郎自大已"，"实开以后道统纠纷"。知堂（周作人）的《谈韩退之与桐城派》①也认为："韩退之留赠后人有两种恶影响，流泽孔长，至今未艾"，其中的"道"，是"统制思想"。

五六十年代，这一问题仍是学界讨论的重点，不过和三四十年代情况不同，人们大多对韩愈此举持充分的肯定态度。如陈寅恪在其《论韩愈》②中就从以下六个方面说明了韩愈"在唐代文化史上之特殊地位"：（1）建立道统，证明传授之渊源；（2）直指人伦，扫除章句之繁琐；（3）排斥佛老，匡救政俗之弊害；（4）呵诋释迦，申明夷夏之大防；（5）改进文体，广收宣传之效用；（6）奖掖后进，期望学说之流传。

再如范文澜在《中国通史》中指出："韩愈宗尚儒学，对佛老特别是对佛教攻击最为坚决。""他有名的五原，虽然还不能像宋儒理学那样成为系统的儒家学说，但已为宋儒开辟理学的初源。""韩愈继承了儒家正统学说，即孔孟学说，学孟子之学，思想上难免沾染唯心主义的色彩，不过，他对唯心主义更高度发展的佛学，视之如无物，各种祸福报应之类的骗术，全不置信。被愚人看作绝对神圣的佛骨，要求投诸水火，予以毁灭，这些卓荦的议论，不必因为他在哲学思想上是唯心主义而否认或减轻它的重要意义。"③

更多的学者则认为韩愈所提倡的"道统"，实际上是对他以前传统儒学的改造和发展。如吕振羽的《中国政治思想史》就指出："在事实上，韩愈的儒家学，不仅不是孔丘、孟轲、荀卿儒家学的抄袭，或董仲舒、刘歆儒家学的抄袭；而是适应于唐代社会情况下，为孔丘、孟轲、荀卿、董仲舒等人以来的儒家学之又一次修正，对原来的儒家学有所修

---

① 载《人间世》第 21 期。
② 载《历史研究》1954 年第 2 期。
③ 《中国通史》第 4 册，第 344—345 页。

改,也有其新的内容。"① 季镇淮在《韩愈的基本思想及其矛盾》② 中也认为:"韩愈一方面大声疾呼提倡'道统',一方面又好像打破'道统'的成见所囿,还能在这个薄弱的'道统'之外,看到新奇的'异端',并大胆地予以承认和接受。"这和"道统"对立的一面,"是韩愈思想中新的成分,是含有解放精神的"。

在"文革"后期的"评法批儒"运动中,韩愈的"道统"和儒家思想自然而然地遭到了严厉的批判③。

"文革"之后,人们除了对"评法批儒"运动中的"批韩"进行拨乱反正,还对韩愈的儒家思想及其在中唐儒学复兴运动中的作用甚至在中国文化史上的地位,作了进一步的更为深入的探究。成果有孙昌武的《论韩愈的儒学与文学》④、王昌猷的《韩愈生平及其思想的评价——兼论董仲舒对儒学的改造与沿袭》⑤、许可的《韩愈论道与性何曾接受过佛说——并与孙昌武同志商榷》⑥、邓小军的《唐代的中国文化宣言——韩愈〈原道〉论考》⑦、朱易安的《元和诗坛与韩愈的新儒学》⑧、黄永年的《论韩愈在中国思想史上的地位》⑨ 等。

其中,孙昌武文指出,韩愈鼓吹儒道、张扬"道统"有真诚的一面,也有假借旗号以资号召的一面。就其真诚信仰和宣传儒道一面来看,有墨守先儒教条的内容,也有发展儒学传统理论以适应现实斗争的内容,还有融汇百家观点以补充、改造儒学观点的内容。邓小军文认为,韩愈《原道》的道统学说,乃是对儒家的君权有限合法性思想的重大发展;《原道》还从文化品格、生死观、本体论三个层面,准确地阐明了中国文化与印度佛教的分野,有力地批判了佛教义理,体现了中华民族的文化智慧;同时它开始扭转佛教在中国数百年来所形成的凌驾趋

---

① 吕振羽:《中国政治思想史》,北京:生活·读书·新知三联书店,1955年,第398页。
② 载《文学研究》1958年第1期。
③ 详参黄挺《"文革"期间批韩概观》。
④ 载《文学评论丛刊》第13辑。
⑤ 载《湖南师院学报》1979年第2期。
⑥ 载《晋阳学刊》1988年第2期。
⑦ 载《孔子研究》1991年第4期。
⑧ 载《文学遗产》1993年第3期。
⑨ 载《陕西师范大学学报》1996年第1期。

势，使之返居宾位文化之位置；并为宋代新儒学开导先河，所以不愧为唐代儒学复兴运动之旗帜，唐代的中国文化宣言。朱易安文认为韩愈新儒学产生于中唐的重要原因，是唐代士阶层在传统价值和地位失落以后，企图重新建立真正的社会价值和独立人格的需要。"文以载道""不平则鸣"等文学主张与韩愈提倡的道统相辅相成，同出一种维系士阶层传统价值和性格的理想，同时也反映了一种道统与政治合一的希望。

韩愈与佛教之关系

这也是学界一直讨论的问题。20世纪上半叶，人们对韩愈的排佛有肯定和否定两种态度。

李嘉言的《韩愈复古运动的新探索》是肯定韩愈排佛的有代表性的文章。他认为韩愈的辟佛具有相当大的现实意义与必要性：第一，"辟佛是因复古引起的，然他所以复古，佛教又适为其因，因为佛教在当时盛行的结果，政治经济莫不受其影响而日趋崩溃，……辟佛乃是佛教本身的弊病使然"；第二，"中国国民性""其于社会特别认定功利之必要，重视常识的实际的倾向，不喜超越空想的道理，佛乃异国之说教，误事空谈，不宜加于中国国民"，佛教的流传，必然引起社会思想的混乱，不利于社会的安定；第三，"韩愈辟佛，与其排斥六朝文学，如出一辙。六朝文学由起，与佛教输入，其间有甚大的关系"。吴恩裕在《韩愈李翱与佛教之关系》[①]中认为，韩愈的排佛"在思想上，殊无价值。但在另一方面，则有甚大之意义。盖其根据儒家人生哲学之见解而排佛，实有社会的意义。此点自来无人注意，而多非议愈之排佛；以为浅陋不值一笑。实则愈所排之佛，多半在人生态度上注意。而非愈者谓其排'佛学'，此非之者之妄，非愈之不清楚也。吾以为愈从此点排佛，不可不谓有相当之价值"。"愈之排佛，纯系以佛家与儒家的伦理或人生态度之不合；换言之即'正心诚意将以有为'的在家人的儒家反对'欲治其心焉，而外天下国家，灭其天常'的出家人的佛徒而已"。"但此却与'佛学'无涉"，"彼对佛学本身似亦有兴趣，同时又有接受之'意向'及'事实'"。吴培元的《韩愈的排佛思想》[②]也指出："韩退之的排佛，近承傅奕之后，而远开宋初欧阳永叔的先声。"对于韩愈的排佛思想，前

---

① 载《清华周刊》第38卷第9期，1932年。
② 载《哲学与教育》第3卷第2期，1935年。

人认为都是些浅薄幼稚、不足挂齿的议论,而吴氏认为,"唯其是不足挂齿的浅近的议论,所以颇能触动一般民众的内心"。文章还将韩愈的排佛思想析为五端:(1)夷法问题,(2)法毒问题,(3)伦常问题,(4)僧弊问题,(5)神奇问题。冯友兰的《韩愈、李翱在中国哲学史上的地位》一文认为:"韩愈虽排佛,但于佛学,亦有相当之知识",而非只是什么也不懂地"乱骂一通"。董璠的《韩愈与大颠》从韩愈与大颠的关系入手,分析了韩愈的排佛的初衷。他说,韩愈虽多与佛徒来往,但考其诗文,"此等言行,何曾'转问',固仍是一厢情愿的'人其人,火其书,庐其居'之'法西斯蒂'精神也"。韩愈对于大颠,"为敌国如故,其排佛亦如故"。他与大颠,"及赠衣惜别,又诚不免恋恋之意",意即韩愈并没有因与大颠的私谊而改变其排佛的初衷。

但当时否定韩愈排佛的学者也有不少,而且论点很激烈。如周荫堂的《韩白论》认为唐代佛教发达,是唐帝国"集中国已往学术和制度的大成","做一切亚洲文化的吸收","无所不包"的结果,是值得肯定的好事。韩愈排佛,是一种无知。陈登原的《韩愈评》更指出:"在愈之前,佛教已成为民族精神之一部;在愈之后,佛教更成为民族精神之一部",而且,佛"约民成俗,无所为祸","信仰佛教,已为当时社会生活之一部"。他还从客观效果上否定韩愈的排佛,他说,"是知佛教之深入人间,殆无异于政府之提倡与压抑",韩愈之排佛,"是则愈之愚也"。他又说,韩愈的排佛,是纯为统治者着想,"但以得年享国,不经之说,为其攻佛之根据"。他又引前人所说韩愈与大颠之关系,认为"韩愈之信佛,要可谓不得推翻",韩愈"好佛而辟佛,辟佛而又不能远佛,执其两端,而为矫激之沽名;而不识夫佛徒之深入人间,而徒取前人俚浅之说,以肆其咆哮,而咆哮以后,则又饶有悔意。乞怜摇尾,见于词色——适以成愈之愚中有诈,诈中有愚而已"。

五六十年代,学界仍在继续讨论这一问题。如陈寅恪的《论韩愈》[①]就对韩愈的排佛给予了充分的肯定。他认为,韩愈"所持排斥佛教之论点,此前已有之,实不足认为退之创见,特退之所言更较精辟,胜于前人耳。……今所宜注意者,乃为退之所论实具有特别时代性,即当退之时佛教徒众多,于国家财政及社会经济皆有甚大影响。……则退之所论自非剿袭前人空言,为无病之呻吟,实匡世正俗之良策"。但也

---

① 载《历史研究》1954年第2期。

有一些学者认为韩愈反佛的态度并不十分坚决,成效也很有限。如黄云眉的《韩愈柳宗元文学评价》就指出:"韩愈的辟佛,正像柳宗元所说,只是辟了佛的'迹',还没有真正接触到它所宣传的教义。"①"韩愈不能完成和佛老之学斗争的任务,不是没有客观条件,而是由于他的主观努力的不足。"②"无可讳言,'排斥佛老'的韩愈,是对当时贪长生的君相们及士大夫们,一样为道教徒所欺骗、所玩弄以至于死的。无可讳言,'排斥佛老'的韩愈,是对当时佛老所造成的'政俗之弊害',连自己也不能'匡救'自己的。"③

在"文革"后期的"评法批儒"运动中,所有的文章都千篇一律地批判韩愈的辟佛,说韩愈此举的目的"是为了从思想上维护孔学的独尊地位,以适应地主阶级保守派在政治上推行尊儒反法的反动路线的需要","丝毫也谈不上有什么积极意义"④。

"文革"之后的二十年里,学界仍然在对韩愈的辟佛进行讨论,且分析得更为具体和深入,评价也更为辩证。这方面的文章主要有洪流的《韩愈谏迎佛骨的历史意义》⑤、邹进先的《论韩愈反佛老对其文学思想及诗文创作的影响》⑥、刘国盈的《韩愈与僧人》⑦、阎琦的《元和末年韩愈与佛教关系之探讨》⑧ 等。其中,洪流文从为"复兴儒学扫除障碍"、为国计民生着想、对佛教的严重打击、用儒家的"道统"对抗佛教的法统四个方面肯定了韩愈反佛的历史意义,最后指出"虽然他反佛的行动在当时未能很快取得成效,然而他反佛的理论却给后代留下深远的影响,并为宋明理学的兴起开辟了道路"。邹进先文分为两大部分,第一部分论述韩愈反佛老对其人格心态的影响,指出排斥佛老使他冲破当时士人儒道释互补的进退出处的普遍格式,始终执着于积极入世、奋发有为的精神,充满了强烈的历史使命感和社会责任感,不甘穷危,向命运抗争;第二部分论述了韩愈反佛老对其文学思想和诗文创作的影

---

① 《韩愈柳宗元文学评价》,第 74 页。
② 同上书,第 77 页。
③ 同上书,第 79—80 页。
④ 详参黄挺:《"文革"期间批韩概观》。
⑤ 载《暨南学报》1988 年第 1 期。
⑥ 载《社会科学辑刊》1990 年第 5 期。
⑦ 载《首都师范大学学报》1994 年第 1 期。
⑧ 载《铁道师院学报》1997 年第 3 期。

响，文学思想方面的影响体现在"反对佛教'天性以见性'和道教的清静无为，肯定人的世俗感情，强调这种世俗的情感乃是诗文创作的根本的驱动力和生气的来源"。韩愈诗文创作方面的影响体现在主体的情绪状态始终是执着入世、质实热烈的，以及排除宁静和谐、淡泊清空的审美情绪，形成独特的诗歌审美风貌；以光怪震荡为美，艺术表现上追求气足力劲，意象构成上怪诞夸张，语言形式上反对对称和谐等。刘国盈文对韩愈既辟佛而又和僧人交往的情况作了详细的论述，他说韩愈和僧人的交往，或出于礼貌上的需要，或因爱才，或不胜打扰，或有碍朋友的情面，或虽有诗文提及，却可能根本就没有交往，或出于排解心情的孤寂等，却无一是由于信仰上的原因，因而韩愈辟佛是真心实意的。阎琦文结合对韩愈生平的研究，发现当宪宗元和末年、具体说元和十四年至元和十五年的两年之间，韩愈的反佛态度出现过由高潮到低潮、再由低潮到高潮的一段颇为特异的时期。当低潮之际，韩愈不但出现了对自己谏迎佛骨的尤悔心情，而且试图对佛理有所认知、有所体验。由于时局、个人处境的变化以及始料不到的舆论蜂起，韩愈终于与佛教擦肩而过，其欲知佛理并予以体验的企图也终于浅尝辄止。《论佛骨表》所反映出来的韩愈的巨大勇气和坚强意志，在唐代，乃至在中国儒佛斗争史上，都堪称精彩的一笔。韩愈为什么如此激烈而毫无顾忌呢？直接的理由是：第一，韩愈对淮西战事胜利以来宪宗种种误国荒惰行为的严重失望；第二，是自淮西战事胜利以后韩愈久被压抑、屈辱情绪的一次恣意发泄。关于韩愈与大颠的交往及与孟简书，阎琦指出《与大颠三书》纯属伪作，不足为据。但从他对自己与大颠的交往有所辩白的话里，却能感受到韩愈在潮州亲近佛理的效果。同时也说明他颇能以佛教的"以理自胜，不为事物侵乱"来调整自己的情绪。韩愈《与孟尚书书》标志着他的排佛意识继《论佛骨表》之后的又一次回涨，其一年多来潜滋暗长尝试接近佛教、体验佛理的心理和行为将由此终结。

韩愈思想的其他方面

20世纪还有一些学者涉及韩愈思想的其他方面，如商继宗的《关于评价韩愈教育思想中的一个问题》[①]、商聚德的《韩愈的唯物主义思

---

① 载《文汇报》1961年3月24日。

想不容忽视》①、张福民的《浅论韩愈的诛民说》②、邓鸿光的《韩愈与传统》③、李保霖的《韩愈的辩证法思想》④、许凌云的《论韩愈的社会历史观》⑤、邱妙芳的《韩愈祭鳄的文化反思》⑥等。

另外，陈克明的《韩愈述评》还论及韩愈的经济思想，专门探讨了韩愈的天命观、历史观、人性论；邓小军的《唐代文学的文化精神》⑦也论究了韩愈的人性思想和政治上的道德主体精神。

三、文学理论和审美观

韩愈之所以能够在散文创作方面掀起一个古文运动，在诗歌创作方面能够开宗立派、自成一家，和他自觉的文学理论和明确的审美观无疑是分不开的。所以，长期以来，学界也热衷于探讨韩愈的文学创作思想和艺术审美观。

文学思想综论

从整体上探讨韩愈文学思想的文章主要有罗根泽的《韩愈及其门弟子文学论》、郭锡良的《韩愈在文学语言方面的理论和实践》⑧、牟通的《韩愈的文论》⑨、申建中的《略论韩愈的文学思想》⑩、郑尚宪的《韩愈的文学思想散论》⑪、季镇淮的《韩愈的文学思想述略》⑫、张少康的《论韩愈的文艺思想》⑬、严杰的《韩愈"不平则鸣"说渊源新探》⑭、施

---

① 载《河北大学学报》1979年第1期。
② 载《河南大学学报》1988年第5期。
③ 载《华中师范大学学报》1990年第3期。
④ 载《韩愈研究》第1辑。
⑤ 载《孔子研究》1997年第1期。
⑥ 载《广东民族学院学报》1997年第1期。
⑦ 邓小军：《唐代文学的文化精神》，台北：文津出版社，1993年。
⑧ 载《语言学论丛》第1辑，上海：上海教育出版社，1957年。
⑨ 载《山西大学学报》1980年第2期。
⑩ 载《文艺理论研究》1982年第3期。
⑪ 载《厦门大学学报》1983年增刊。
⑫ 载《韩愈研究资料汇编》。
⑬ 同上。
⑭ 载《江海学刊》1988年第1期。

旭升的《韩愈"不平则鸣"说的心理透视》①、周唯一的《韩愈的"道"及其在文学创作中的积极作用》②、杨晓霭的《论韩愈诗文创作中"宗经"与"自嬉"的矛盾》③、王涵的《韩愈的"文统"论》④、林伯谦的《韩愈文学理论与佛法行持之研究》⑤等。

其中，罗根泽文从"道与文"的关系论述了韩愈的载道说理的文章能够成为"文学"的关键，认为韩愈的文中不唯有理智的"道"，还有"感情作用"，"虽为载道文学，仍合于'文学产于情感'的要素"，"韩愈自谓重道轻文，而结果文过于道"；文章还指出韩愈"不平之鸣"说所包含着的社会内容与强烈的情感因素。他说："冷酷的社会，葬送了热肠的学者，遂由不平则鸣、文穷益工的事实，作出了不平则鸣、文穷益工的文学产生说。"季镇淮文把韩愈的诗和"古文"分开来谈，认为韩愈的文学思想有两个方面，一是复先秦儒家的思想之古，一是复先秦两汉的散文之古。他的复古主义文学思想是整个文章革新问题，不是一种体裁改革问题。另外，韩愈的"不平则鸣"说是复古主义和现实主义的结合，因为他不但承认"道统"以内的善鸣人物，也承认"道统"以外的善鸣人物，他还认为"文章之作，恒发于羁旅草野"，这是一种现实主义的文学思想。韩愈认为诗是"舒忧娱悲，杂以瑰怪之言"，"讽于口而听于耳"，忽视诗的社会作用，强调诗的艺术特点。总之，韩愈在"古文"方面，是以古传统反对近今的腐朽文风，在诗则以近今潮流建立新传统。韩愈对诗与古文这两种不同形式的思想，反映了文学史上文学思想发展或创作流派斗争的两个重要规律。张少康文认为韩愈的古文理论属于一般文章写作理论，亦即文章学理论，它在改革书面语言方面起了重大作用，但并非文学理论，因此，研究韩愈的文艺思想不应当以他的古文理论为中心来考察，而应当依据他的诗论、书论等来研究。文章指出韩愈文艺思想的核心是"不平则鸣"，强调"发愤著书"的文艺创作传统。特别是他提出的"欢愉之辞难工，而穷苦之言易好"的观点，是对我国古代民族的、进步的文艺传统的重大发展。韩愈在审美观点和创

---

① 载《烟台师范学院学报》1990年第1期。
② 载《衡阳师专学报》1992年第1期。
③ 载《西北师大学报》1994年第2期。
④ 载《北京大学学报》1994年第6期。
⑤ 载《铁道师院学报》1995年第1期。

作思想上，着重发挥了儒家重视人工修饰的方面，但也糅合了道家善于驰骋幻想的浪漫主义精神。他主张作家既要充分发挥自己的艺术想象力，又要在技巧上刻意追求，创造一种瑰玮怪奇的艺术境界，以体现自己的理想和愿望。施旭升文从文艺心理学的角度对韩愈的"不平则鸣"说进行了阐释，认为其最具基本层次的含义是对创作主体的心理动力揭示，"不平"即创作者内在心理的不平衡，这种不平衡是由客观外物的感发激荡而致，从而带来创作主体在创作之际的心灵的发动，进而通过对特定对象的艺术加工，形之于言辞而传达出来；另外，韩愈标举的"善鸣"对创作主体的精神品格和艺术修养提出了较高的要求。王涵文认为韩愈的"文道"观与孔、荀等先秦儒家代表的"文道"观实质上相去甚远，因此不能把韩愈"文为贯道之器"的创作宗旨视为对儒家创作路线的忠实继承。韩愈的功绩在于他能正确地吸收"缘情"观念，顺应历史发展更新"言志"观念，情志并茂地开创了儒家散文创作的新路线。

古文运动理论

20世纪学界对韩愈的古文创作理论和古文运动的理论指导的研究成果更多，主要有季镇淮的《韩愈的"古文"理论和实践》[①]、吴文治的《略论韩愈的古文理论》[②]、孙昌武的《韩愈重"文"尚"奇"的"古文"论》[③]、刘国盈的《韩愈和古文的理论建设》[④]、卢盛江的《韩愈"气"说的特点》[⑤]、张立伟的《韩愈"气盛言宜"新探——兼论"古文"的艺术特征》[⑥]、于兴汉的《韩门的文道之论与宋代古文运动》[⑦]、吴相洲的《文以明道和中唐文的新变》[⑧]、寇养厚的《韩愈古文理论中的"道"》[⑨] 等。

其中吴文治文认为，韩愈的古文理论自成体系，相当系统而详备。

---

① 载《北京大学学报》1958年第2期。
② 载《唐代文学》第1期。
③ 载《天津社会科学》1983年第5期。
④ 载《唐代古文运动论稿》，第141—158页。
⑤ 载《江西师范大学学报》1986年第3期。
⑥ 载《文学遗产》1988年第4期。
⑦ 载《山西师大学报》1993年第1期。
⑧ 载《文学评论》1996年第1期。
⑨ 载《文史哲》1996年第1期。

文章看到了韩愈文学理论中既主张宗经、载道，又主张独创的矛盾现象，并认为韩愈思想矛盾现象的产生，与他在崇尚儒学的同时又能看到社会现实有一定的关系。孙昌武文阐发了自宋代以来即有人提出过的韩愈裂道与文为二、重道而不废文的文学观，侧重探讨了他的"古文"论中"尚奇"的内容，从而论述他对文学独创性的重视。卢盛江文从创作论的角度，论述了韩愈对创作论体系的新发展，指出韩愈从作家整个创作生涯的高度，提出在长期思想艺术修养的基础上，达到"气醇""气盛"的修养——创作化境，进而变创作活力为作品活力，达到"言之短长与声之高下者皆宜"的境地，形成了一个自成系统的创作理论。这肯定了韩愈对创作论的新贡献。吴相洲文在论述韩愈"文以明道"观时指出，韩愈在谈"明道"与"作文"时对前代文章的取舍标准是不一致的，韩愈从明道的角度出发，特别推崇三代之文，并以此为标准，对三代以后的文章做出了取舍；但从"作文"的角度出发，则又对六经以外的各家文章的艺术精髓加以汲取。明乎此，才能对韩愈谈创作经验时有些看似矛盾的话有较为明确的认识和准确的理解。寇养厚文指出，韩愈之道虽然标榜为纯粹的儒道，但实际上吸收了佛、道、法、墨等学派的思想成分，并非纯粹的儒道。韩愈"不平则鸣"的本意包括抒欢愉之情和哀怨之情两个方面，实即儒道的"美"和"刺"。以前的儒道对"刺"多有限制，主张"以理囿情"，而"不平则鸣"之"刺"，却主张哀怨之情的自由抒发。

另外，陈幼石的《韩柳欧苏古文论》在论及韩愈"道""文"的复古与正统的建立时，也对韩愈思想中文体、风格的含义和他的文学复古理论提出了独特的看法。他认为韩愈区别古文传统的"真""伪"观和古文运动的前辈作家萧颖士、李华等人是不同的："事实上，韩愈本人并没有对骈文风格本身发起厉害的攻击，也没有把它当作宣传佛教的工具来攻击。当时思想上倾向于佛老两家的作家已不是骈文作家，而是最新形式的古文作家了。……韩愈认为'伪'的传统与其说是骈文传统，不如说是非儒家的佛老传统，韩愈认为'杂'的不是'四声八病'而是当时流行作品中的佛老成分。因此韩愈所一再重申的复古主题应和以前萧颖士和李华的复古运动清楚地区别开来。这是一种在复古运动本身内部的改良运动，而不是以前那种只针对骈文传统的古文运动。"[①]

---

① 陈幼石：《韩柳欧苏古文论》，上海：上海文艺出版社，1983年，第9页。

诗歌创作理论

20世纪专论韩愈诗歌创作理论的文章主要有李其钦的《试评韩愈的诗论》[1]、张清华的《韩愈的诗论》[2]，肖占鹏的《佛教与韩孟诗派诗歌思想》[3]，吴河清、曾广开的《论韩孟诗派的功利主义诗歌思想》[4]等。

四、散文创作研究

韩愈不但提出了比较全面系统的古文创作理论，倡导了中唐古文运动，而且以相当杰出的散文创作成就赢得了时人和后人的敬仰。对韩愈本人散文创作成就的分析和研究也成了韩愈研究领域的一大组成部分。

韩愈散文成就的整体评价

20世纪学界在三四十年代和五六十年代曾经两度展开过关于韩愈散文成就高低、优劣的讨论，80年代以后则以肯定性评价为主。

三四十年代关于韩文成就高低、价值大小的争论，在某种程度上是与韩愈对待儒、佛之态度，韩愈人品、文品等问题密切相关的。

对韩文持肯定态度的主要有钱基博、陈柱、王锡昌等。如钱基博在《韩文读语》[5]指出："昌黎之文所以开八家之宗而不为伧野者，在运气以驱辞，又铸辞以凝气，所以疏而能密，雄而不快！"然后通过对韩文逐篇的分析，从思想内容和艺术特点两方面肯定了韩文的成就。今举数例，以见一斑："愤激而出以诙诡，感慨而寓之萧闲"；"写出胸中一段愤郁，直起直落，文势极宽衍而气自紧括"；"意自悲愤，而气极浩落，亦得文章沉郁顿挫之妙"。陈柱《札韩篇》[6]对韩文亦有类似的评语："余谓此文之动人者，全在末段之有情"；"读公此文，犹如目击，则文中有画，岂不信然欤"；"此文笔以唱叹出之，真有诗境"；"韩公忧国忧民之深，随处流露，杜诗韩文，其情一也"。王锡昌的《韩愈评传》[7]

---

[1] 载《韩愈研究资料汇编》。
[2] 载《中州学刊》1987年第2期。
[3] 载《江海学刊》1992年第4期。
[4] 载《华中师范大学学报》1995年第4期。
[5] 载《光华大学半月刊》第1卷第1—5期，1932年。
[6] 载《学术世界》第1卷第8—12期，1936年。
[7] 载《时代青年（济南）》第1卷第2期，1936年。

在评述韩愈的散文成就时也说:"韩愈为了要恢复中国的传统文化,以文为教的方法,来传道。就内容方面而说是要求道,学道,培道,在表现方面是要立异,自树立而不因循。才可以为当时所怪,而有后世之传。这是借文以传道,借复古以革新……所以他在思想方面,铲除了盛行六百多年的佛家思想;在文章方面,也廓清了自魏晋以来的文体的靡风。恢复了中国儒家的文化,建设了朴实的自然的古文。这实在是变易风气的怪杰,革命建设的英雄。"

当然,否定韩文者也大有人在。如周作人《谈韩退之与桐城派》[①]说:"讲到韩文,我压根儿不能懂得它的好处。"他说读韩文,"总是有旧戏似的印象","但见其装腔作势,搔首弄姿而已"。高则明《韩退之"挨骂"》[②]说韩文"形式上(同样在内容上),即表现的技巧上,是贫弱得很可怜的,只是那么一套兜圈子、翻筋斗的把戏"。此外,还有一些学者结合韩文的具体作品进行贬抑。

人们对韩文给予后世的影响也存在着不同的意见。如钱基博在《韩文读语》和《韩愈志》中从艺术风格、表现手法等方面肯定了韩文对宋代欧、苏、王诸人的积极影响,而周作人的《谈韩退之与桐城派》、灵钧的《一篇韩文》[③]则强调了韩文对于后来八股文模拟之风的不良影响。

五六十年代对于韩文价值大小、成就高低的讨论又烙上了较明显的阶级分析、现实主义与反现实主义等政治色彩和意识形态的印记。

肯定者可以季镇淮等为代表。他在《韩愈的"古文"理论和实践》中从文学发展史的角度考察了韩愈古文的价值、地位,他认为"韩愈'古文'形式上的多样化,说明他不仅恢复了'古文'的历史地位,而且也把'古文'的实用本能发展到全新的、最高的阶段。即就形式上讲,'文起八代之衰'的评赞,韩愈也确乎是可以当之而无愧的"。又说:"韩愈的'古文',是一种新型的散文。他是司马迁以后最大的散文家。他不仅恢复了散文的传统,而且把散文实用本能推广了,使散文在堂皇的著书立说之外,在日常生活中找到了表现自己的写景、抒情、言志的广阔园地。"游国恩等编著的《中国文学史》也对韩愈的散文成就

---

① 载《人间世》第21期,1935年。
② 载《写作与阅读》第1卷第4期,1937年。
③ 载《写作与阅读》第1卷第5期,1937年。

给予充分的肯定,他们认为,韩愈散文中"成就最高的显然是那些由于自己仕途坎坷不平而对黑暗现实进行了揭露和批判的作品"①,"韩愈的散文,内容复杂丰富,形式也多种多样。他的'杂著'或'杂文',发挥了散文的战斗性的功能,不少作品达到了思想艺术完整的统一"②。另外,他的叙事文和抒情文也比较成功,而且"他善于创造性地使用古代词语,又善于吸收当代口语创造出新的文学语言,因此他的散文词汇丰富,绝少陈词滥调,句式的结构也灵活多变。他随所要表达的内容和语言的自然音节,屈折舒展,文从字顺;间亦杂以骈俪句法,硬语生辞,映带生姿"③。

另外一些文学史著作则对韩愈的散文成就持否定态度。如北京大学中文系文学专门化五五级集体编著的《中国文学史》就认为韩愈"古文"的思想内容基本上是反动的,形式也没有突破前人的藩篱。吉林大学中文系编著的《中国文学史》立论更偏激,认为韩愈散文是反现实主义的。

"文革"后期的"评法批儒"运动中,韩愈的散文创作遭到了一致的批判,批判者将韩愈的创作分成"无聊"的"帮闲文学"、"维护尊儒反法反动路线"的"帮忙文学"与"攻击法家人物及其革新路线"的"帮凶文学"三种类型。指责韩愈文学创作的"要害是基本上没有反映人民大众的疾苦、要求和愿望",而是"站在历史潮流的反面,用他的文学去为地主阶级保守派推行尊儒反法的反动政治路线效劳",因此他们对韩愈的文学成就"基本上给予否定"④。

80年代以后,从整体上探讨韩愈散文成就的文章不太多,许多文章是针对韩愈某一类作品而言的,且大多对之持肯定态度。如孙昌武的《论韩愈散文的艺术成就》⑤、胡守仁的《试论韩愈的散文》⑥、张啸虎的《论韩愈政论散文的艺术成就》⑦、饶德江的《论韩愈传记文学的生命力

---

① 游国恩、王起、萧涤非等:《中国文学史》第2册,第165—166页。
② 同上书,第166页。
③ 同上书,第169—170页。
④ 参刘乃昌:《韩柳之争是两条路线的斗争》,载《大众日报》1974年6月23日;塞长春:《论韩愈》,载《甘肃师大学报》1975年第4期。
⑤ 载《辽宁师院学报》1981年第2期。
⑥ 载《争鸣》1981年第2期。
⑦ 载《中州学刊》1984年第3期。

与艺术美》①、龚德才的《瀚宕多奇 不类旧常——试论韩昌黎碑志创作的成就》② 等。

韩愈散文艺术研究

很长时期以来，人们就一直重视对韩愈散文艺术技巧和表现方法的研究。20世纪上半叶的许多韩学论著和论文也同样涉及韩愈散文艺术的精妙之处，如林纾的《韩柳文研究法》、钱基博的《韩文读语》《韩愈志》、唐文治的《韩退之原道篇研究法》③、陈柱的《札韩篇》、陈柱尊的《韩文研究法》④ 等，只不过不太系统而已。

五六十年代出现了一些对韩愈散文具体艺术技巧和表现手法进行讨论的文章，如振甫的《韩愈散文的技巧》⑤、顾易生的《试谈韩愈的尚奇及韩文与辞赋骈文的关系》⑥、王达津的《韩愈的文学思想及其散文特色》⑦、管希雄的《论韩愈的散文艺术》⑧ 等。而郭锡良的《韩愈在文学语言方面的理论和实践》⑨、杜仲陵的《略论韩愈的书面语言与当时口语的关系》⑩、诸祖耿的《从用字造句方面看韩愈提倡"古文"的作用》⑪ 等则是从韩愈散文的语言艺术着眼的。

80年代以后，人们对韩愈散文的艺术探讨更为深入和细致。此时综论性的文章主要有刘国盈的《论韩愈的散文艺术》⑫、吴小林的《试论韩愈散文的创新特色》⑬《论韩愈散文的风格》⑭、邓小军的《韩愈散

---

① 载《武汉大学学报》1987年第3期。
② 载《中国文学研究》1987年第1期。
③ 载《学术世界》第1卷第1期，1935年。
④ 载《真知学报》第2卷第5期，1943年。
⑤ 载《新闻战线》1959年第22、23期。
⑥ 载《文学遗产增刊》第10辑，北京：中华书局，1962年。
⑦ 载《河北日报》1962年3月23日。
⑧ 载《温州师范学院学报》1963年第6期。
⑨ 载《语言丛刊》，1957年。
⑩ 载《语言研究》1959年第4期。
⑪ 载《江海学刊》1963年第5期。
⑫ 载《北京师院学报》1982年第4期。
⑬ 载《唐代文学论丛》1983年第3期。
⑭ 载《文学论集》第7辑，北京：中国人民大学出版社，1984年。

文的艺术境界》①等。其中刘国盈文分析了韩愈的"自能树立"、雄壮奔放和生动、形象等写作特点。邓小军文从"由学养变化气质而来的浩乎沛然之气势""于浑灏流转之中呈现的宽裕从容之风姿""以龙渊之利议于割断之美""以微言侧笔蕴含大义之美""从细节刻画个性从而揭示行为的根源"诸方面分析了韩愈散文所达到的高妙的艺术境界。

此时，从某一侧面探讨韩愈散文的艺术特色的文章主要有王玉骏的《韩愈散文所描写的类型形象》②、曾子鲁的《试析韩愈散文立意谋篇的"奇"处》③《试析韩愈散文的"变"与"奇"》④、周奇文的《浅谈韩愈散文"尚气"的风格特征》⑤、郭明达的《论韩文的雄浑》⑥、吴小林的《论韩愈散文的结构美》⑦、王章焕的《韩愈散文的叙事艺术》⑧等。其中王玉骏文认为韩愈的散文"不仅比较广泛地反映了现实生活，而且还塑造出个性鲜明的人物"，他指出韩文有三种类型的人物形象，一是忠臣义士，二是封建士大夫群臣，三是士人群像，比较突出的是作者的自我形象。周奇文文认为，韩愈散文中"'尚气'是基调，'尚奇'只是一种别调"，"这种'气'，实际上也就是作者为文时所表现出来的一种激情，一种饱满的精神状态"，韩愈"化理智为感情，以'道'充'气'"，"不平则鸣"，又有雄辩的逻辑力量和注重文章表现形式，这些都是形成文章"气盛"的重要因素。吴小林文从美学的角度，通过大量例证，论述了韩愈散文结构所具有的严谨而生动、贯通而曲折、整齐而错落的特点，说韩愈的散文真正做到了严整划一与错落变化的辩证统一，不愧为我国古代文艺作品结构美的光辉典型。

另外，一些韩学著作中也论及韩文的艺术技巧和特色，如陈克明的《韩愈述评》在论述"韩愈的文学成就"时说韩文的造诣主要有三：议论纵横，汪洋恣肆；比喻生动，发人深省；感情真挚，热烈奔放。孙昌

---

① 载《人文杂志》1994年第1期。
② 载《河北师范大学学报》1982年第3期。
③ 载《江西师院学报》1982年第4期。
④ 载《青海师范学院学报》1983年第3期。
⑤ 载《长春师院学报》1984年第2期。
⑥ 载《北方论丛》丛书《语言文学论文集》，1985年。
⑦ 载《文学评论》1986年第1期。
⑧ 载《河南师范大学学报》1996年第4期。

武的《韩愈散文艺术论》① 从立意、结构、讽刺、比喻和文学语言诸方面对韩文的写作技巧作了更为细致的分析。陈新璋的《韩愈传》② 也从"设身处地,启人心扉""气势磅礴,以情动人""运用技巧,炉火纯青""文学语言,美不胜收"等方面探讨了韩愈散文的艺术特色。

五、诗歌创作研究

20世纪的韩诗研究成果远远不及韩文研究成果多,成绩也稍逊一筹,不过从70年代末开始,则出现了繁荣的局面,取得了较明显进步。下面将以70年代末为界,将20世纪的韩愈诗歌研究分为前后两个阶段,进行介绍。

80年代以前

从20世纪初开始,学界就已经对韩愈诗歌作了较具现代学术意义的研究。20世纪较早面世的韩诗研究论文是李详的《韩诗证选》③,该文将韩愈引用、化用《文选》中的诗句一一排比出来,认为"韩公熟精选理与杜陵相亚"。

此后的四十多年中专论韩诗的文章虽然数量不多,但也取得了一定的进展。如王任叔的《韩愈的诗》④ 是对韩诗内容和艺术进行综论的文章。徐霞的《韩诗诠订》⑤ 旨在对韩诗作文字考订、训诂以及诗意的串讲、笺释,是作者欲作韩诗"集解"的先导工作。层冰的《韩诗札记》⑥ 在李详文之外,又列出一些韩诗中化用"文选"的诗句。程会昌的《韩退之"听颖师弹琴"诗发微》⑦ 《韩诗"李花赠张十一署"发微》⑧ 及其与沈祖棻合著的《与徐哲东先生论昌黎南山诗记》⑨ 都是在对韩诗具体分析、解说中见出新意的文章。其中第二篇文章对韩愈《李

---

① 孙昌武:《韩愈散文艺术论》,天津:南开大学出版社,1986年。
② 陈新璋:《韩愈传》,广州:广东高等教育出版社,1996年。
③ 载《国粹学报》1909年第4—8期。
④ 载《学灯》1923年1月1日。
⑤ 载《国立中央大学文艺丛刊》第1卷第2期,1934年。
⑥ 载《文学杂志》第6期,1933年。
⑦ 载《斯文》第1卷第7期,1940年。
⑧ 载《国文月刊》第39期,1945年。
⑨ 载《国文月刊》第40期,1946年。

花赠张十一署》诗进行笺疏、分析,"觉其模写物象,度越古先;体物既精,状物尤美。盖真得宛转徘徊之妙,远轶棠华秋兰之咏",其中最可注意者就是作者在分析诗意时引入现代科学中的光学原理,使得前人难索的"退之自辟之境"凸现出来了。与沈祖棻合著之文为了确解诗意,特为介绍了近代登山运动者的经验,也是用近代科学知识解释诗歌的有益尝试。朱自清的《论"以文为诗"》①涉及韩愈"以文为诗"的具体表现,及其对后来宋代诗风的积极影响。

五六十年代,专论韩诗的论文依然不太多,注重理论探讨的文章主要有钱东甫的《关于韩愈的诗》②、邓潭州的《论韩愈的诗》③,对韩诗进行笺释、系年、考订的文章主要有钱仲联的《韩昌黎诗系年集释》④、徐复的《韩昌黎诗拾诂》⑤、江辛眉的《读韩蠡解》⑥等。

五六十年代韩诗研究中尤其值得注意的,是学界对韩愈诗歌特点的不同看法和韩诗整体评价的争议。

陈寅恪认为韩诗是"以文为诗",他在《论韩愈》中说:"退之以文为诗,诚是确论。……既有诗之优美,复具文之流畅,韵散同体,诗文合一,不仅空前,恐亦绝后",对韩诗这一艺术特点极为称赏。而钱东甫在其《关于韩愈的诗》一文中则提出相反之意见,他说韩愈不是"以文为诗",而是"以赋为诗",韩愈"采取了较多的'赋'的手法,以此来'直书其事,寓言写物',发抒他对现实生活的感受,并且通过他的诗人的丰富想象,来概括他所感受的形象。可见说来说去,这仍是'以赋为诗',不是什么'以文为诗'"。

当时人们对韩诗喜用僻字晦辞和窄韵,也存在着不同的看法。如钱东甫就认为:"韩诗中有一部分比较艰险,难于体会及学习,这是事实。然而也不能因此就贬低韩诗的全部价值,或者拿它和其他诗派比较高下。……韩诗爱用窄韵显功夫,历来也很被人诟病,因为这样就不能不选用一些少见的字来押韵,因难见巧,愈险愈奇,反而显得生硬。"而

---

① 载《大华日报·学文周刊》1947年6月5日。
② 载《文学遗产增刊》第4辑。
③ 载《文学遗产增刊》第6辑。
④ 载《文学研究》1958年第2期。
⑤ 载《中华文史论丛》第5辑。
⑥ 载《文史》第14辑。

黄云眉在《读陈寅恪先生论韩愈》①中认为："大部分的韩愈的古体诗，都是以这些僻字晦辞，拗腔硬语，作为它们的组织的骨干的。这是韩诗的基本特征。……韩诗的要求，是化易为难，是在群众难于表现的形式上，也就是在'水曲蚁封'上来表现它的技巧。"这是"不符合当时新兴地主阶级的所谓诗人的一般要求的"，也是"韩诗的感染力的薄弱"的体现。

对于韩诗的整体评价，人们也有分歧。北京大学中文系文学专门化五五级集体编著的《中国文学史》说韩愈的诗"形式主义地学杜甫晚期锻词炼句，并有了恶性发展"，对韩愈基本上持否定态度。

与此不同，高海夫在《关于韩愈的评价》②中认为，韩愈的诗是"精华与糟粕杂糅的。……韩愈的确写过不少落后甚至反动的东西。……但是，韩愈也写过一些很有价值的作品。首先，他在不少的诗文中曾真实地反映了当时人民的痛苦生活，并表现了相当强烈的为民请命的精神"。邓潭州的《韩愈的诗》也对韩愈的诗给予充分的肯定，他认为"韩愈除写了很多反映社会矛盾和抒发个人怨愤心情的诗篇外，还为我们留下了不少描绘自然界五光十色、斑斓璀璨、可喜可愕的景物的好诗"。

游国恩等编著的《中国文学史》对韩愈诗歌艺术成就的评价比较辩证："韩愈诗歌，不仅纠正大历以来的平庸诗风，而且在中唐诗坛上开创了一个新的局面，把新的语言风格、章法技巧引入诗坛，从而扩大了诗的领域，但是也带来了以文为诗，讲才学，发议论，追求险怪等不良风气。"③

80年代以后

80年代以后，韩愈诗歌研究出现了前所未有的繁荣景象，20世纪的最后二十年，不仅有关韩诗的论文和论著数量大增，而且在研究的深度和广度上都有了显著的进步。

首先，这一时期出现了一些论述深入、见解独到的综论性的论文，如葛晓音的《从诗人之诗到学者之诗——论韩诗之变的社会原因和历史

---

① 载《文史哲》1955年第8期。
② 载《文汇报》1959年6月9日。
③ 游国恩、王起、萧涤非等：《中国文学史》第2册，第185页。

地位》①、舒芜的《论韩愈诗》②、陈允吉的《论唐代寺庙壁画对韩愈诗歌的影响》③、王宏图的《韩愈诗歌情感结构探析》④、余恕诚的《变奏与心源——韩诗大变唐诗的若干剖析》⑤、王自周的《试论韩愈诗文的文学语境》⑥等。

其中葛晓音文指出，正如韩愈儒道反映了广大中小地主的世界观和政治利益，韩诗奇崛险怪的风格也根源于寒士们困于科场的不平之鸣。明道观念的一致是以韩愈为首的奇险诗派形成的主要思想基础，而困于经书古道的狭隘生活则是产生学者之诗的基本源泉。因此韩诗的浪漫色彩与盛唐诗之间有极大的差异：盛唐诗人视野开阔，抱负远大，诗歌多富天真浪漫的热情和幻想。韩愈半世惶惶于举选以求世俗的功名富贵，其诗多取材于经史百家，以随物赋形、实境铺叙争胜；盛唐诗人如岑参的好奇，多以朴素平易的形式表现生活本身的瑰奇，而韩诗之奇则是以过火的夸张和排奡的语言把平淡无奇的日常生活写得千奇百怪；盛唐诗人多以感情驾驭诗歌的气势，韩诗则以愤世嫉俗的不平之气加上矜才炫博造成声势；盛唐诗人开朗豁达，进退裕如，热爱生活，因而具有健康的美学趣味，韩愈"进则不能容于朝，退又不肯独善于野"，这就使他在生活中多看丑恶而少见美好。韩愈以丑为美一方面是为了以此出奇创新，另一方面也是由于半世穷经的生活容易造成审美的变态。韩诗晚年趋向和平淡薄更说明他那些力大思雄、古奥险怪的长篇多是穷年困守科场的产物。舒芜文把韩愈的诗歌特点概括为两个："一是在诗的内容上，通过'狠重奇险'的境界，追求'不美之美'；一是在诗的形式上，通过散文化的风格，追求'非诗之诗'。"这是"在李杜之后，在极盛难继的局面之下，推动我国诗歌艺术继续发展的道路"，"是诗人韩愈对我国诗歌艺术的发展所作的巨大贡献"。而所谓"狠重奇险"的境界，是指韩愈把那些"可怕的、可憎的、野蛮的、混乱的、平凡的东西，乃至'什么也没有'，都被艺术的强力硬纳入诗的世界，使之成为'反美'的

---

① 载《学术月刊》1982年第4期。
② 载《中国社会科学》1982年第5期。
③ 载《复旦学报》1983年第1期。
④ 载《复旦学报》1987年第4期。
⑤ 载《江淮论坛》1990年第3期。
⑥ 载《中国人民大学学报》1993年第3期。

美,'不美'的美"。所谓"语言风格的散文化",是指韩愈在诗中"有时表现在造句的平直浅白","有时又表现在造句的简括凝练","有时又表现在语气迂徐委曲","有时还直接运用散文里才常用的语助词",或"在本来完全不需要介词的地方,故意用上散文式的介词,使语气显得硬健","还表现在'古文'式的'章法',讲究虚实正反,转折顿挫"等,使诗歌形式上,形成"反对称均衡反和谐反圆润之美"。

陈允吉文在受到近人沈曾植和当代学者饶宗颐关于韩愈诗歌与佛教关系的观点的启发下,进一步申述了这一论题。他认为唐代寺庙壁画中的"奇踪异状"和"地狱变相"对韩诗艺术形象的构思和塑造也有很大的影响。韩愈正是借鉴和运用它的创作经验,在开拓诗歌的艺术形象方面作了许多探索和尝试。"他的这一努力,同其他诸方面的条件结合在一起,从而使他的作品呈现出一种崭新的气派,以其鲜明而不可替代的特点,在中国诗歌史上立下了一块路碑。"

王宏图文从个性、情感、文化心理结构等角度,考察了韩愈诗中所展示的"独特鲜明的情感世界"。他认为,"这种种情感特征及其发展流变构成了他别具一格的情感模式":"执着于现实和人世,总是将自己与整个社会、族类的发展紧紧地黏合在一起","急切地渴望建功立业",这是韩愈"全部诗歌回旋着的一个主旋律";而"生不逢时、怀才不遇的伤感、悲感和怨愤","不时流露出对隐逸山林、逃避尘世的向往",则是他诗歌的情感模式中的另一面。"韩愈感情模式中的两大构成因素,在其情感世界的发展流变中,相互对立,交替出现或同时并存,不断地发生冲撞和抗击,形成了极为强大的心理驱动力","形成了诗人情感结构的动态平衡,诗人的创作也因此被赋予一种惊心动魄的情感魅力"。我国古代许多作家,存在着与韩愈类似的情感模式,它是"中国抒情作品在传统文化制约下形成的母题之一","这种情感模式形成了带有很大惰性的心理定势,封闭、凝滞的特性十分显著",而这又是与"以儒道为核心的主体文化长期在社会中占据统治地位"分不开的。

余恕诚文首先批驳了把韩诗之变仅仅归结为形式技巧问题的流行观点,随后从三个方面进行剖析:其一,关于韩愈的历史使命、心境与韩诗的深层特征。韩愈赋予自己弘扬儒学、以儒学从政并领导思想斗争的历史使命,形成强烈入世的人生态度和顽强的个性,这种使命感和心态使得韩诗充满矛盾冲突之美、踊跃躁动之美。其二,韩诗的深层特征影响了其意象、语言、结构,促成意象瑰奇突兀,语言结构散文化。其三,世运变化对文运的影响。作者主要辨析了韩、白先后主盟诗坛及韩诗与宋诗的关系问题。

王自周文从文学语境这一角度,探讨了韩愈诗文的艺术特色及其形成的原因。论文指出,韩愈的诗文创作有着独特而怪异的文学语境,其主要表现是语义片段场景的独异和修辞手法的个性化选择。韩愈诗文文学语境的文学实践远远脱离了传统中国文学情志观念的单纯表述,而有力地转向了对意志力量的生命感受的抒写,这是韩愈独特的个性人格和中唐这一特殊时代交相碰撞的结果。

这一时期,还产生了不少视角各异、见解独特的文章,如阎琦的《韩诗的议论和以议论为诗》①、《论韩诗奇崛的艺术风格》②,霍松林的《从〈山石〉看韩诗的"本色"》③,李光富的《略论韩愈诗歌的平淡风格》④,梁德林、陈列的《"奸穷怪变得,往往造平淡"——试论韩愈诗歌的本色》⑤,吴晟的《幽默:韩愈诗文的另一种美学风格》⑥,王玮的《韩愈的幽默》⑦,马重奇的《韩愈古诗用韵考——兼与白居易古诗用韵比较》⑧,姜光斗的《论李白对韩愈奇险诗风的影响》⑨,陈永正的《韩愈诗对岭南诗派的影响》⑩,张清华的《诗到元和体变新——论韩诗对杜诗艺术的继承》⑪,李一飞的《韩诗"以丑为美"说》⑫,杨国安的《从意境到气势的转移——韩愈诗派研究之一》⑬,下定雅弘的《试论韩诗的诗体变化》⑭等。

---

① 载《光明日报》1980年12年10日。
② 载《唐代文学论丛》总第3辑。
③ 载《光明日报》1982年12月21日。
④ 载《四川大学学报》1984年第3期。
⑤ 载《学术论坛》1988年第1期。
⑥ 载《江西师范大学学报》1988年第2期。
⑦ 载《古典文学知识》1988年第2期。
⑧ 载《陕西师大学报》1990年第1期。
⑨ 载《南通师专学报》1990年第3期。
⑩ 载《中山大学学报》1993年第2期。
⑪ 载《殷都学刊》1992年第3期。
⑫ 载《湘潭师范学院学报》1993年第4期。
⑬ 载《河南大学学报》1995年第2期。
⑭ 载《韩愈研究》第2辑,广州:广东高等教育出版社,1998年。

其中阎琦前文认为韩诗中的议论有得有失，尚不如杜诗的议论来得齐备和完善。对于其诗中的议论，应该具体地去分析，总结其得失，而不是简单地否定。文章还将韩诗中的议论分为四种情态：第一，议论以形象化的语言出之；第二，议论以凝练的语句出之；第三，议论为全篇的结穴处；第四，议论为感情郁结之后自然的喷发。霍松林文指出，对于韩愈的诗风，不能以"奇险"或"险怪"作笼统的概括。如《山石》，"尽管别开生面，自成境界，却不以奇险见长，而是文从字顺，不假雕琢，雄厚博大，俊伟清新"，这是韩诗的"本色"。

李光富文发现韩愈诗的风格在元和五、六年以前是"奇险"与"平淡"并存的，此后则日益平淡。被贬潮州以后，诗风又发生了变化。梁德林文认为韩愈诗歌经历了一个从直朴到奇险、又从奇险归于平淡的发展变化过程。韩愈诗歌的本色，与其说是奇险，毋宁说是平淡。

吴晟文较为全面地论述了韩愈诗歌中的"幽默"风格，他认为韩愈诗文的幽默风格主要通过比喻、夸张、反衬、对比、漫画式、戏剧式、寓言式等艺术手段来实现。这种美学风格有两个主要特征："寓庄于谐、寓悲于喜"和"为情造文"。韩愈的幽默之作多数是与密友的酬赠之作。他们关系密切，谈吐随便，无虚伪客套，无诗教约束，情之所至，率然成章。这种敞开灵魂，"真率之相不掩"，充分表现自我的风格，正是韩愈作品幽默的内核。

下定雅弘文旨在研究韩愈一个生诗体变化技巧的原因。他把韩愈一生创作的诗体分为三个时期：第一个时期（贞元二年至贞元十八年），全部是古体诗，共42首；第二个时期（贞元十九年至元和七年），古体诗占优势，105首，近体诗32首；第三个时期（元和八年至长庆四年），近体诗占优势，131首，古体诗64首。可以说韩诗的诗体变化和他的仕途生涯有着紧密联系。第一时期和求官时代相对应，第二个时期和下级官僚时代相对应，第三个时期和高级官僚时代相对应。随着每一个时期官僚身份、意识的变化，古体与近体的创作比例也有明显的变化。

另外，从70年代末至80年代中期，学界还展开过一次关于韩愈"以文为诗"的讨论。人们当时讨论的问题主要有两个。一是韩愈是否"以文为诗"，其具体表现如何？二是"以文为诗"到底好不好？

关于第一点，不少论文认为笼统地说韩愈"以文为诗"是不合实际的。如程千帆认为:"以文为诗不仅不是韩诗唯一的艺术手段,就是作为诗人所拥有的诸艺术手段之一,它所涉及的范围也是有局限的。韩集只是有部分作品存在着以古文为古诗的情况,尤其是为七言古诗。"而以古文为古诗,概括起来,"一方面是以古文的章法、句法入诗,另一方面是以在古文中常见的议论入诗"①。江辛眉在《论韩愈诗的几个问题》② 中把韩愈的"以文为诗"的表现分为三条:(1) 散文化的句式,在韩诗中占有很大的比重。(2) 大量虚词的应用,一些主要的文言虚字,在他的诗句中间几乎是使用遍了。(3) 在布局、构思上处处有文章的脉络,即"以文章的气脉入诗"。阎琦的《论韩愈的以文为诗》③ 指出"以文为诗"在韩诗中的体现:多赋体、以古文章法为诗、以古文句法为诗、以议论为诗、诗兼散文体裁等。

关于第二点,程千帆认为:"以文为诗,和以诗为词一样,表现了祖国古典作家在艺术上打破常规,不拘一格的创造性。"江辛眉认为,韩愈以文为诗"开拓了宋诗侧重理趣的先河","在很大程度上给诗歌以更大的自由,增添纵横驰骋的气势"。阎琦认为韩愈"以文为诗"丰富了诗歌的创作手法、扩大了诗歌题材、促进了诗歌体裁和语言的解放自由,但"也于后代以不良影响,但这不是以文为诗必然的、不可免的缺陷,诚如其他创作手段也可能产生弊端一样,责任不应全由韩愈来负"。钱仲联在《韩昌黎诗系年集释·再版前言》④ 中认为:"韩愈的'以文为诗',其部分作品具有流畅平易的特点,与六朝以来浮艳萎靡的诗文形成鲜明的对照,也确实扩大了诗歌领域。但这种古文式的语言,当然有它的缺陷:其一,有些诗篇几成押韵之文,特别是那些古文中常用的虚词,出现在诗中,几乎不像诗句;其二,有些诗长篇议论,用逻辑思维代替形象思维,显然不符合写诗规律,缺乏诗趣;其三,用辞赋家铺张雕绘的手法作诗,铺排堆砌,晦涩呆钝,加上佶屈聱牙的僻词怪字,饾饤满纸,这就损伤了诗的真美和感染力。"

---

① 程千帆:《韩愈以文为诗说》,载《古代文学理论研究丛刊》第 1 辑,上海:上海古籍出版社,1979 年。
② 载《中华文史论丛》1980 年第 1 辑。
③ 载《西北大学学报》1983 年第 2 期。
④ 韩愈著,钱仲联集释:《韩昌黎诗系年集释》,上海:上海古籍出版社,1984 年。

六、韩集的整理和韩学史研究

韩愈文集的整理和普及

20世纪,韩愈文集的整理和普及也取得了相当大的成绩。

就作品集的整理而言,20世纪先后出版了不少新的校注本。如蒋抱玄评注的《注释评点韩昌黎文集十卷诗全集四卷》[①]、马其昶的《韩昌黎文集校注》[②]、钱仲联的《韩昌黎诗系年集释》、童第德的《韩集校诠》[③]、屈守元、常思春主编的《韩愈全集校注》[④] 等。

其中最早完成的是近代古文家马其昶的《韩昌黎文集校注》,该书原稿历时十三年(1894—1907)完成。马氏用他自己的研究心得,并采集了明清两代主要是清代各家的评说,在文字训诂、名物制度、史实疏证等方面,都对旧注作了许多订正和补充;对旧本字句讹夺的地方,也作了细心的校勘。该书所涉及的资料极为广博,其中有些是未刊的传抄本和手稿。关于文学欣赏方面,书中集有各家评语。这些文评,就其总的精神来说,出自桐城派古文义法的角度,其批评的深度和广度,不免有所局限,但其中一些具体分析,是很精到的。

钱仲联的《韩昌黎诗系年集释》充分体现了20世纪中前期学界对于韩昌黎诗歌作品整理、考订、系年的研究成果。该书汇集古今材料,去其重复,纠其谬误,撷其精英,用自己的见解串成一线。编年也不是简单地编排前人成说,而是细心考订,对作品的年、月、日都不轻忽。尤其是释义,除考证背景本事,诠释典故出处,还涉及文字音韵之学。关于此书的学术价值,钱钟书曾撰专文[⑤]加以评论,认为足以完全取代所有的韩诗旧注。

童第德的《韩集校诠》完成于40年代初至60年代末,注释方面特别注重韩文特点,在前人校释的基础上探求其词语典故的根据及演变;在校勘方面,本书也一改前人校勘《韩集》大抵胪列异同的做法,而是

[①] 蒋抱玄评注:《注释评点韩昌黎文全集》,民国上海会文堂书局铅印本,十四册,北京大学图书馆藏。
[②] 马其昶校注:《韩昌黎文集校注》,上海:古典文学出版社,1957年。
[③] 童第德:《韩集校诠》,北京:中华书局,1985年。
[④] 屈守元、常思春主编:《韩愈全集校注》,成都:四川大学出版社,1996年。
[⑤] 载《文学研究》1958年第2期。

作了必要的抉择与按断,以求得证益确,诂益达,疑似者得破冰坼的效果。

20世纪最晚出的一部韩愈全集校注本就是屈守元、常思春主编的《韩愈全集校注》。该书搜罗资料广泛,注重校释的创新,校勘精审,注释确当,为人们进一步研究韩愈提供了又一个较好的读本。

20世纪韩愈作品的普及工作,主要体现在出版了大量的韩愈诗选、韩愈文选。

韩愈诗选方面的著作主要有程学恂的《韩诗臆说》[①]、陈迩冬的《韩愈诗选》[②]、止水的《韩愈诗选》[③]、汤贵仁的《韩愈诗选注》[④] 等。

文选方面的著作主要有王懋注的《韩愈昌黎文评注读本》[⑤],庄适、臧励和选注的《韩愈文》[⑥],钱基博的《韩愈文读》[⑦],童第德的《韩愈文选》[⑧],殷孟伦、杨慧文选注的《韩愈散文选注》[⑨],顾易生、徐粹育的《韩愈散文选集》[⑩] 等。

诗文合选的著作有邹进先的《韩愈诗文译释》[⑪]、黄永年的《韩愈诗文选译》[⑫]、张清华的《韩愈诗文评注》[⑬]、孙昌武的《韩愈选集》[⑭]。

另外,钱伯城的《韩愈文集导读》[⑮] 和陈抗等人编著的《全唐诗索

[①] 程学恂:《韩诗臆说》,上海:商务印书馆,1934年。
[②] 陈迩冬选注:《韩愈诗选》,北京:人民文学出版社,1984年。
[③] 止水选注:《韩愈诗选》,广州:广东人民出版社,1984年。
[④] 汤贵仁选注:《韩愈诗选注》,上海:上海古籍出版社,1984年。
[⑤] 王懋注:《韩愈昌黎文评注读本》,上海:大东书局,1924年。
[⑥] 庄适、臧励和选注:《韩愈文》,上海:商务印书馆,1931年。
[⑦] 钱基博选注:《韩愈文读》,上海:商务印书馆,1935年。
[⑧] 童第德选注:《韩愈文选》,北京:人民文学出版社,1980年。
[⑨] 殷孟伦、杨慧文选注:《韩愈散文选注》,上海:上海古籍出版社,1986年。
[⑩] 顾易生、徐粹育编撰:《韩愈散文选集》,上海古籍出版社、三联书店(香港)联合出版,1997年。
[⑪] 邹进先:《韩愈诗文译释》,哈尔滨:黑龙江人民出版社,1985年。
[⑫] 黄永年译注:《韩愈诗文选译》,成都:巴蜀书社,1990年。
[⑬] 张清华评注,季镇淮审阅:《韩愈诗文评注》,郑州:中州古籍出版社,1991年。
[⑭] 孙昌武选注:《韩愈选集》,上海:上海古籍出版社,1996年。
[⑮] 钱伯城:《韩愈文集导读》,成都:巴蜀书社,1993年。

引·韩愈卷》① 也为韩愈作品的研究和普及提供了便利。

韩集版本和韩学史研究

20世纪关于韩集版本流传和著录情况的研究成果主要有万曼的《昌黎文集叙录》②、吴文治的《韩集刍议二题》③、蒋凡的《今本〈顺宗实录〉作者考辨》④、张国光的《韩愈〈顺宗实录〉重辑本序言（上）——兼评当代史学家对〈顺宗实录〉问题的误解》⑤、陈杏珍的《宋代蜀刻〈经进详注韩文〉与〈百家注柳文〉》⑥、卞孝萱的《韩集书录十则》⑦《整理韩文　各树一帜——〈韩集书录〉十三则》⑧、王武子的《既开风气更为师——兼评〈韩昌黎文汇评〉》⑨、郭隽杰的《〈韩诗臆说〉的真正作者为李宪乔》⑩、常思春的《谈韩愈集传本及校理》⑪ 等。

对历代韩愈研究情况和或韩学史进行探讨的文章主要出现在80年代以后，如吴文治的《韩愈研究述评》⑫、张清华的《历代评韩诗笺述》⑬、陈新璋的《韩愈研究现状一瞥》⑭、饶宗颐的《宋代潮州之韩学》⑮、觅文生的《日本人研究韩愈的概况》⑯、蔡涵墨的《禅宗〈祖堂集〉中有关韩愈的新资料》⑰、邓云生的《"文笔昌黎百世诗"——曾国

---

① 陈抗、林沧、王红等编著：《全唐诗索引·韩愈卷》，北京：中华书局，1992年。
② 载《开封师院学报》1962年第2期。
③ 载《江汉论坛》1983年第1期。
④ 载《文学评论丛刊》第16辑，1983年。
⑤ 载《殷都学刊》1985年第3、4期。
⑥ 载《文献》1992年第1期。
⑦ 载《许昌师专学报》1993年第3期。
⑧ 载《唐代文学研究》第5辑。
⑨ 载《书与人》1995年第1期。
⑩ 载《首都师范大学学报》1995年第3期。
⑪ 载《周口师专学报》1997年第1期。
⑫ 载《苏州大学学报》1982年第2期；又题《清以前韩愈研究述评》，载《韩愈研究资料汇编》。
⑬ 载《社会科学述评》1986年第5期。
⑭ 载《光明日报》1986年7月1日。
⑮ 1986年韩愈学术讨论会论文，提要载《韩愈研究资料汇编》。
⑯ 同上。
⑰ 同上。

藩论韩愈古文的美学特征》①、邓潭州的《关于韩愈研究中的一些问题》②、陈新璋的《从接受美学看苏轼对韩愈诗歌的评价》③《宋代的韩愈研究》④、易健贤的《郑珍对韩愈研究的学术贡献》⑤、任长龙和隗芾的《从朱熹眼中的韩愈看儒学经典作家对前贤之继承》⑥、曾子鲁的《宋明两代评韩综论》⑦、曾楚楠和沈启绵的《饶宗颐与韩学研究》⑧ 等。

此外，20 世纪还出版了几部韩愈研究资料汇编。一是吴文治编著的《韩愈资料汇编》⑨，该书辑录了自中唐到"五四"一千一百多年间有代表性的评述五百三十余家，引用书籍达六百多种。其中包括韩愈哲学思想、政治思想、社会思想、诗文成就、文学风格、文学观点、在文学史上的贡献和地位，以至有关生平、交游、轶闻、作品本事的评述，比较客观、全面地反映了历代韩愈研究的面貌，为韩愈研究的进一步深入做了资料上的充分准备。

还有汕头大学中文系编著的《韩愈研究资料汇编》，该书是对历代韩学研究的一个粗略的总结，其中隗芾的《韩学书录》，著录了自宋代至 20 世纪 80 年代中叶的韩学著作；另外，何沛雄和杨松年分别编有《港台出版有关韩愈书籍及论文目录》，西北大学中文系资料室和广西民院资料室合编《韩愈研究论著目录索引》，主要反映了 20 世纪的韩愈研究成果；《韩愈研究概况》由五篇文章组成，分别评述了清以前、1911—1948 年、1949—1965 年、"文革"期间、1977—1985 年各个时期韩愈研究的情况。这些资料和综述对总结历代韩愈研究的经验和教训，进一步推进韩愈研究，均具有较高的参考价值。

80 年代以后韩学研究还有一个显著特点，就是韩愈研究学术研讨

---

① 载《求索》1987 年第 4 期。
② 载《求索》1990 年第 6 期。
③ 载《华南师范大学学报》1992 年第 2 期。
④ 载《华南师范大学学报》1997 年第 2 期。
⑤ 载《贵州教育学院学报》1995 年第 1 期。
⑥ 载《韩愈研究》第 2 辑。
⑦ 同上。
⑧ 同上。
⑨ 吴文治编：《韩愈资料汇编》，北京：中华书局，1983 年。

会的定期举行和全国性质的韩愈研究会的成立。80年代，广东潮州和河南孟州相继举办了地方性质的韩愈研究会。1986年11月30日至12月3日首次大规模的韩愈学术讨论会在汕头大学召开。参加此次会议的代表共有73人，其中15人来自美国、法国、日本、新加坡等地。全国性质的韩愈研究会是在1992年成立的。该年4月20日至25日，来自海内外的140多位韩学研究者会聚河南孟州，召开了"韩愈国际学术研讨会"。在这次会议上，专家学者们自发成立了隶属于中国唐代文学学会的韩愈研究会，学会的常务机构就设在河南社会科学院文学所内。学会决定每两年举行一次韩愈学术研讨会，定期出版会刊《韩愈研究》。从1997年开始，河南《周口师专学报》还开辟了"韩愈研究"专栏，长期、连续刊发来自各地的韩学研究论文。所有这一切，都显示出韩愈研究到20世纪末已经发展到相当的规模，韩愈及其作品在海内外已经产生了更为深广的影响。

第三节 柳宗元研究

20世纪的柳宗元研究主要集中在思想和散文创作两方面，比较而言，柳诗研究所取得的成绩要逊色一些，柳宗元的生平研究取得的进展则更小。就时间而言，20世纪上半叶的柳宗元研究成果寥若晨星，无论是研究的深度和广度都极有限；五六十年代柳宗元研究如旭日东升，在生平、思想、文艺理论以及创作研究等方面都取得了长足的进步；"文革"期间，柳学文章和著作虽然不少，但是谈不上有什么学术积累，柳学研究实际上处于一个低谷；经过70年代末的学术反思和柳学复苏，80年代以后的柳宗元研究可谓灿若繁星，20世纪末的二十年中，不仅生平、思想、散文理论和创作、文集整理等传统柳学课题在持续、稳健地向前发展，而且柳宗元性格和心态研究、诗歌研究、柳学史研究等新领域也成绩斐然。

一、生平研究

生平研究概说

20世纪上半叶柳宗元生平研究的成果只有王韶生的《柳柳州年谱

补订》①，该文是对清人杨希闵的《柳柳州年谱》②的订补。

五六十年代，柳宗元生平研究取得了较大的进展，先后有三个相关成果发表，即施子愉的《柳宗元年谱》③、严薇青的《柳宗元世系补正》④、吴文治的《柳宗元年谱》⑤。其中施子愉谱是对宋人文安礼所撰《柳宗元年谱》及张敦颐《柳先生历官记》的补正，但此文于旧谱旧注之疏失未能一一举辨，而是径书己见，未免使人难以了解其发明所在。另外，此文尽量对柳宗元的诗文作了编年工作。

"文革"之中，也出现了三部柳宗元年谱，即山西师范学院中文系7207班编的《柳宗元年谱》⑥、柳州拖拉机厂工人理论小组与柳州市博物馆写作小组合编的《柳宗元年谱》⑦、山西大学历史系《柳宗元》编写组编的《柳宗元生平大事记要》⑧，这三部年谱均无多少学术进步。

80年代以后，陆续出现了一些柳宗元传记和评传，但这些著作的着重点多在对柳宗元思想和文学成就的评述上，在柳氏生平、行年和重大事迹方面突破不太多。同样，这二十年中，专门研究柳氏生平行事的文章很少，提出的新见解也不甚多。其中，人们讨论得较为集中的问题主要有以下几个。

家世和籍贯

关于柳宗元的籍贯，学界有"今山西永济"⑨和"今山西运城"⑩二说。

吴文治《柳宗元评传》说："现在山西省的永济县，在唐代叫作蒲

---

① 载《知用丛刊》第二集。
② 载稿本《五朝先贤十九家年谱》本。
③ 载《武汉大学学报》1957年第1期。
④ 载《山东师范学院学报》1957年第1期。
⑤ 载吴文治：《柳宗元评传》附录，北京：中华书局，1962年。
⑥ 载《山西师院学报》1974年第3期。
⑦ 载柳州拖拉机厂工人理论小组、柳州市博物馆写作小组编：《唐代杰出法家柳宗元》附录，南宁：广西人民出版社，1975年。
⑧ 载山西大学历史系《柳宗元》编写组：《柳宗元》附，北京：人民出版社，1976年。
⑨ 如吴文治：《柳宗元评传》；顾易生：《柳宗元》，上海：上海古籍出版社，1979年。
⑩ 如孙昌武：《柳宗元传论》，北京：人民文学出版社，1982年。

州,也就是唐以前的河东郡,这是柳宗元祖祖辈辈所居住过的家乡。"①孙昌武《柳宗元传论》在认为柳宗元的祖籍在"唐代的蒲州解县(今山西运城西南)",柳宗元的叔父曾"邑居虞乡","虞乡本来是解县异名,到唐时才分别设县"②。

柳宗元学术研究会考察组《考察活动汇报》③通过实地考察和对有关地理沿革的分析,认为柳宗元的祖籍为今山西永济市虞乡镇。1996年,周庆义发表了《柳宗元家世与籍贯考》④,再次提出了柳宗元的祖籍应是唐时解县即今运城市解州镇的说法,认为"抓住'邑居于虞乡'五字"认定柳宗元祖籍是虞乡是一种"歪曲的记载"。针对周庆义文,谢汉强等又发表了《"河东解人"与"邑居虞乡"是统一的——柳宗元祖籍小考》⑤,认为柳宗元集中所说的"河东解人"和"邑居虞乡"是统一的,"解"是指汉晋时的"大解县",并非唐时的"解县",柳宗元在此是沿袭历史旧称,而"邑居于虞乡",是"指明了变化了的现实的建置",即其"祖籍在今永济市虞乡镇"。

此外,在山西省地方上还有"夏县说"和"永济西文学村"之说,但这些说法多无太多的依据,只是口口相传。

婚配和子女

涉及这一问题的文章主要有董明的《关于柳宗元的遗孤周六》⑥、周凤章的《柳宗元事迹的一点辨正》⑦、吴文治的《驳正〈柳宗元事迹的一点辨正〉——谨答周凤章先生》⑧、李浩的《柳宗元婚配与子女考》⑨、王辉斌《柳宗元妻室中的几个问题》⑩等。其中周凤章文根据《全唐文》中柳宗元所撰的《亡妻弘农杨氏志》一文,断定"杨氏系杨凝之女,柳宗元的岳父是杨凝,而非杨凭"。吴文治文针对周凤章文关

---

① 《柳宗元评传》,第10页。
② 《柳宗元传论》,第1页。
③ 载《柳学研究动态》试刊第2期,1988年。
④ 载《零陵师专学报》1996年第3期。
⑤ 载《柳学研究动态》试刊第4期,1998年。
⑥ 载《文史》第11辑。
⑦ 载《文学遗产》1993年第1期。
⑧ 载《文学遗产》1994年第1期。
⑨ 载《西北大学学报》1994年第1期。
⑩ 载《广西师范大学学报》1994年第3期。

于柳宗元婚娶的观点，指出周文所提出的问题，从宋、明、清至近代，经许多学者论证考订，早已取得共识，而周凤章文并没有提出新的材料，其观点难以成立。李浩文认为柳宗元夫人杨氏并非死于"足疾"，而是死于"孕而不育"的妇科病；贞元十五年（799）杨氏去世至永贞元年，宗元在长安长达六年未婚娶，但在贬永刺柳期间，却反复诉说私生活之不幸与续娶之艰难，且先后与数名非婚女子同居，其中或有人所未知的隐情；刘柳唱酬诗中所提及的"殷贤"，当为宗元之女，咸通十四年（876）登进士科的柳告（字用益），当为"周六"。王辉斌文指出，柳宗元一生凡两娶；贞元十二年在长安与杨氏结婚为第一次，元和六年（811）在永州与吕氏结婚为第二次。杨氏无子，吕氏生双胞胎二女及周六兄弟。柳宗元的第二次婚姻具有明显而强烈的继嗣意识。

交往和其他

关于柳宗元一生交游的文章[①]主要有卞孝萱的《试释"二十年来万事同"——刘禹锡与柳宗元交游小考》[②]、萧平汉的《吕温与柳宗元》[③]、周寅宾的《柳宗元在衡湘以南的弟子》[④]、周陆军的《武元衡不是使柳宗元远贬的参与者》[⑤]《武柳之间裂痕实在——与谢汉强同志商榷》[⑥]、程志的《关于柳宗元与王叔文结识的时间》[⑦]、杨慧文的《柳宗元和吕温——柳宗元交游论》[⑧]、何书置的《春风无限潇湘意——柳宗元在永州的交往录》[⑨] 等。

此外，涉及柳宗元生平其他方面的文章还有谢汉强的《柳宗元柳州

---

① 研究柳宗元和韩愈交往的文章将在本章第四节"韩柳比较"部分介绍。
② 载《内蒙古大学学报》1980年第1期。
③ 载《衡阳师专学报》1986年第2期。
④ 载《文学遗产》1985年第1期。
⑤ 载《邵阳师专学报》1985年第2期。
⑥ 载《中国哲学史研究》1987年第1期。
⑦ 载《东北师大学报》1987年第4期。
⑧ 载《唐代文学研究》第5辑。
⑨ 载《零陵师专学报》1997年第3期。

事迹考》①、程志的《柳宗元任官一辨》②、罗继祖的《柳宗元畜妓》③、杨竹邨的《从柳诗探求柳宗元来柳路线》④、王良志的《柳宗元从桂林到柳的路线考析》⑤、户崎哲彦的《柳宗元生卒时间辨》⑥等。

二、思想研究

20世纪柳宗元思想研究存在着较为明显的阶段性。20世纪上半叶,未见关于柳宗元思想研究的专著和专论,但人们在柳学著作和论文中探讨了柳宗元的政治思想和文艺思想⑦。五六十年代,学界对柳宗元世界观的本质是有神论还是无神论,其政治倾向是进步的还是反动的、保守的等问题进行了较为激烈的争论。"文革"之中,柳宗元研究又被卷入"评法批儒"运动中,其思想因被划定为"法家"思想而得到了前所未有的"赞扬"。"文革"之后,学界除了对柳宗元的政治思想、世界观的本质、文学观进行更为深入的探讨之外,还从柳宗元与佛教之关系、美学思想、教育思想、历史观等方面对柳宗元丰富而复杂的思想作了新的研究。

政治思想和倾向

周荫棠的《读柳文》⑧是20世纪较早对柳宗元的政治思想进行探讨的文章,作者于古仁人志士、文学家中尤推重柳宗元,说"夫文学结晶,乃柳之不期而获,其专心致志,实在于政,则其政治学说不可不知也"。他认为,柳宗元的政治学说有三点值得注意:一曰,辟神权也;二曰,武力说也;三曰,德治也。"柳氏以为国家之成,君主之立,非受命于天,乃得之于人,原始人类,日以杀为事。必也强有力者出,威足以摄之,智而德者出,政足以怀之,于是人民相约而归心,政府用是

---

① 载《柳学研究动态》试刊号,1985年;又载《中国哲学史研究》1983年第3期。
② 载《东北师大学报》1987年第2期。
③ 载《社会科学辑刊》1987年第3期。
④ 载《社会科学天地》1990年第4期。
⑤ 同上。
⑥ 载《零陵师专学报》1997年第1期。
⑦ 如梁孝瀚:《柳宗元之文艺思潮及其影响》,载《协大文艺》第5期,1937年。
⑧ 载《遗族校刊》第2卷第6期,1935年。

而安定,力与德者,国家之要素也。"

五六十年代,学界曾经对柳宗元的政治倾向和思想进行过讨论。黄云眉是较早用阶级分析和唯物主义的历史观对柳宗元政治倾向和思想进行深入探讨的专家,他于1954年发表了《柳宗元文学的评价》[1],后来又出版了《韩愈柳宗元文学评价》[2] 一书。他在文中首先对宋代以来许多人一直认为柳宗元因为依附了攫夺政权的小人王叔文所以政治品德低下的传统观点进行批驳,用马克思主义的历史观分析了柳宗元所参加的政治集团的进步意义,认为柳宗元及王叔文党人在政治上代表新兴的中小地主,所以柳宗元的政治品德也同样是积极的、进步的。稍后,张岂之的《柳宗元的社会思想》[3]、王永兴的《关于柳宗元的政治思想》[4] 也对柳宗元的政治思想进行了类似的讨论。

"文革"后期的"评法批儒"运动中,柳宗元被说成是有唐三百年间最大的法家思想家,而定柳宗元为法家的依据主要是他在《送元十八山人序》中指出过申不害、商鞅的刑名之说"皆有以佐世"。在这种调子下,人们又大张旗鼓地褒扬了柳宗元反分裂、反儒等"法家"思想。

值得指出的是,"文革"中出版的章士钊的《柳文指要》[5]则几乎未受当时"儒法斗争"的影响。此书系作者数十年研读柳文的结晶,章士钊在柳宗元思想研究方面,赞赏柳宗元"取唯民主义以为政本",该书在行文和用语等方面均与当时之思潮、运动格格不入。

"文革"之后,学界除了对"评法批儒"运动进行拨乱反正,还对柳宗元的政治思想、政治品格进行了更为深入的剖析和研究,产生了一些言之有物、持论辩证的文章,如高海夫的《柳宗元"以生人为主"的政治思想》[6]、孙昌武的《试论柳宗元"生人之意"的社会思想》[7]、鲍叔的《柳宗元的政治品质》[8]《试论柳宗元的政治思想及主张》[9]、郭瑞

---

[1] 载《文史哲》1954年第10期。
[2] 黄云眉:《柳宗元的文学评价》,济南:山东人民出版社,1957年。
[3] 载《光明日报》1963年3月26日。
[4] 载《学术通讯》1963年第5期。
[5] 章士钊:《柳文指要》,北京:中华书局,1971年。
[6] 载《宝鸡师院学报》1979年第1期。
[7] 载《文学评论丛刊》第5辑。
[8] 载《北方论丛》1980年第4期。
[9] 载《北方论丛》1987年第4期。

林的《试论柳宗元政治上的软弱性》①、金言的《谈柳宗元并无"生人之意"这一提法——与孙昌武同志商榷》②、孙昌武《柳宗元有"生人之意"这一观念》③、郭绍明等的《柳宗元民论研究》④ 等。

其中高海夫文认为,"和韩、李主要着眼于恢复、强化封建的等级名分和专制主义的统治不同,柳宗元、吕温等认为,要缓和当时日趋激化的阶级矛盾,挽回唐王朝江河日下的颓势,主要应当'以生人为主'来革新政治,既不应威之以怪,借助于天命鬼神的愚弄,也不可一味强调恢复儒家传统的礼乐刑政,强调强化封建的等级名分和专制主义的统治,否则,其后果将会是适得其反"。文章还指出,柳宗元依据自己"以生人为主"的政治思想,对中唐政治的一些重大问题给予抨击和批判,表明了自己的态度,提出了自己的意见:第一,反对宦官弄权;第二,反对藩镇割据;第三,主张刷新吏治;第四,主张均赋。孙昌武文指出,柳宗元在《贞符》里提出了一种以"生人之意"为动力的历史发展观,这是一种对社会历史发展的有创见的进步理论,客观上表现了他对人民群众的意志和人民历史作用的重视。孙昌武在《柳宗元传论》中也曾指出,柳宗元把自己的进步的历史观运用于观察和解决现实社会问题,又提出了一系列积极进步的思想政治主张:第一,他从"生人之意"的理论出发,有力地论证了统一和中央集权的进步历史作用,批驳维护分裂割据的各种反动观点,提出了制止藩镇割据,达到天下"理平"的要求;第二,他从满足"生人之意"的要求出发,提出了"用人唯贤"的主张,强调改革吏治的重要性;第三,他从肯定"生人之意"的合理性出发,要求关怀民间疾苦,注意民生问题,保证人民起码的生存条件。⑤鲍叔后文认为,"柳宗元政治思想也是以仁义为核心","是一个尧舜孔子之道的忠诚信徒",但他"又不为儒家思想所桎梏,从现实需要出发,对儒家思想有所取舍,对其他学派思想有所吸收,这就形成了柳宗元政治思想的全部内容。柳宗元把他的这种思想叫作'大中'或'中道'","大中之道是'时其时'的儒家之道"。

---

① 载《湘潭师专学报》1980年第3、4期。
② 载《重庆师范学院学报》1982年第1期。
③ 载《重庆师范学院学报》1983年第2期。
④ 载《中国哲学史研究》1987年第4期。
⑤ 《柳宗元传论》,第268—276页。

另外，刘光裕、杨慧文的《柳宗元新传》① 也肯定了柳宗元的以民为本、维护国家统一等进步的政治思想。

柳宗元的世界观和与儒释之关系

五六十年代，学界曾经展开过一场关于柳宗元世界观本质的讨论，人们分别持有神论和无神论两种截然不同的观点。

当时认为柳宗元的世界观是无神论的学者主要有侯外庐、赵纪彬、吴文治等人。侯外庐在其主编的多卷本《中国思想通史》② 中，列专章论"柳宗元和刘禹锡的唯物主义、无神论和战斗性格"，认为柳宗元、刘禹锡"在中国唯物主义史上的贡献和地位，不仅超过荀子，而且也超过了王充和范缜"，"开启了宋代王安石以及明代王艮、方以智以唯物主义哲学而直接参与大规模的政治斗争的先河"。这一观点在以后很长时期内得到大多数人的认同，如赵纪彬的《刘禹锡和柳宗元无神论思想研究》③、炳然的《对刘禹锡、柳宗元在无神论史上的新估价》④、吴文治的《柳宗元无神论思想初探》⑤ 也都持相同的观点。

最早对这一观点提出不同意见的是范文澜。他在《中国通史》第三编第二册和《唐代佛教》两书中认为，柳宗元"中佛毒很深"，"柳宗元思想分成两截，半截唯物，半截唯心"，"韩愈崇儒学，势威而气壮；柳宗元信佛教，势逆而气衰"。陈扬炯的《柳宗元是很彻底的无神论者吗？》⑥ 也发出了和范文澜同样的疑问。

由于柳宗元一方面勇于破除迷信，另一方面又信佛，所以柳宗元的世界观的本质到底是唯物主义还是唯心主义，抑或二者兼有的争论在"文革"之后的相当长的时间里依然存在。

新一轮的争论是从丁宝兰发表《柳宗元世界观的实质问题》⑦ 一文开始的。丁宝兰文认为，柳宗元世界观中的朴素唯物主义和反天命思想部分仅仅"居于被支配的、非主要方面的地位"，因而他的世界观的实

---

① 刘光裕、杨慧文：《柳宗元新传》，上海：上海人民出版社，1989 年。
② 侯外庐：《中国思想通史》，北京：人民出版社，1957 年。
③ 载《哲学研究》1957 年第 5 期。
④ 载《光明日报》1957 年 11 月 21 日。
⑤ 载《新建设》1958 年第 3 期。
⑥ 载《文汇报》1964 年 1 月 21 日。
⑦ 载《哲学研究》1979 年第 2 期。

质是唯心主义的,而且他没有"一星半点唯物主义战斗精神的气味"。

丁宝兰文发表以后,立即引来了大量的商榷文章,如潘恩富、施昌东的《关于柳宗元世界观的实质问题——与丁宝兰同志商榷》①,柯兆利的《柳宗元世界观辨——与丁宝兰先生商榷》②,刘心长的《论柳宗元哲学思想的主要倾向——兼与丁宝兰同志商榷》③等。

这些提出商榷者大多从柳宗元对宇宙本原的认识——"气"的哲学实质、柳宗元反天命的思想、与佛教的关系等方面进行反驳。如潘恩富等文认为,"柳宗元在论述宇宙观方面,是把'元气'理解为构成宇宙万物的本原的","是一个唯物主义一元论者";柳宗元"在这佛教烟雾弥漫的社会里生活,作为一个封建地主阶级的思想家,特别是政治上遭受贬谪、极度痛苦的那种境遇,使他受到佛教思想的影响,因而带上某种沉重的佛教思想的锁链,这是难免的。但是另一方面又必须看到,正是他却又着力挣脱,从而写了诸如《天对》、《天说》、《非国语》、《贞符》等等不少宣传反天命的唯物主义无神论思想的哲学著作"。柯兆利则指出,问题的关键在于,"不排佛道",并非就是潜心信仰,柳宗元只是把它当作一种可资利用的学派加以研究的。还"因为他认为浮屠'不与孔子异道','往往与《易》、《论语》合'",而有可以吸取的东西。刘心长文认为,柳宗元思想发展过程充满了复杂的矛盾过程,但是从这些复杂的矛盾过程中,我们可以发现,柳宗元极力想造成一种以唯物主义思想为基础批判天命神学,出入百家之说,贯穿"生人之意"的新思想。

1983年,柳学研究者们在柳州召开了柳宗元哲学思想讨论会,会上许多学者对这一问题继续进行了热烈的讨论,会后出现了许多讨论柳宗元世界观的本质及其与佛教关系的论文。如唐志敬的《柳宗元"好佛"的原因及其世界观的实质》④、谢汉强的《柳宗元与佛教》⑤、岑贤

---

① 载《陕西师大学报》1980年第3期。
② 载《哲学研究》1980年第3期。
③ 载《晋阳学刊》1981年第5期。
④ 载《广西民族学院学报》1983年第1期。
⑤ 载《中国哲学史研究》1983年第3期。

安的《柳宗元与佛教的关系》①、《略论柳宗元世界观的矛盾及原因》②、赖永海的《柳宗元与佛教》③。其中赖永海文尤其值得注意，他首次将"佛教"与"佛学"这两个概念分别开来了，改变了过去论柳宗元与佛关系诸文笼统言之的缺陷。他认为柳宗元的嗜好佛理，并非推赞、服膺佛教的唯心主义世界观，而是赞赏、吸取佛学中虚实相印、有无统一的思维方法。好佛的柳宗元所以不是唯心主义者，这就是其中一个原因。

此后探讨柳宗元与佛教之关系的文章仍有不少，其中论述较为深入者主要有张武的《论柳宗元"好佛"的两重特性及其评价问题》④、孙昌武的《论柳宗元的禅思想》⑤、尚永亮的《关于柳宗元与佛学》⑥、陈晓芬的《柳宗元与苏轼崇佛心理比较》⑦等。

"统合儒释"是柳宗元思想中比较突出的一个方面，所以从80年代初开始，一直有学者对之进行研究。这方面的成果主要有孙昌武的《柳宗元传论》第九章"崇信佛教 '统合儒释'"、唐志敬的《柳宗元"统合儒释"论初探》⑧、王一民的《试论柳宗元的"统合儒释"》⑨、李锦全的《柳宗元与"统合儒释"思潮》⑩等。孙昌武认为，柳宗元要"统合儒释"，主要依据是佛说同样"有益于世"，因而可以援佛以济儒，实际上，"柳宗元仅看到了佛学'中国化'的一些表面现象"，"是受了欺骗"⑪。唐志敬的看法则不同，他认为，对柳宗元的"统合儒释"既不能全盘肯定，也不当全盘否定，应当看到当时还不存在宗教消亡的条件，因而采取简单的、强制性的办法去禁严、废除或消灭它，固然痛快淋漓，但却不会奏效，在当时的具体历史条件下，作为一个封建地主阶级的政治家的柳宗元，"对待佛教，恐怕也只能采取这样一种在他看来

---

① 载《学术论坛》1983年第4期。
② 载《晋阳学刊》1984年第5期。
③ 载《哲学研究》1984年第3期。
④ 载《广西社会科学》1987年第4期。
⑤ 载《文学遗产》1991年第2期。
⑥ 载《文学评论》1992年第5期。
⑦ 载《社会科学战线》1995年第2期。
⑧ 载《广西民族学院学报》1983年第2期。
⑨ 载《中国哲学史研究》1988年第3期。
⑩ 载《晋阳学刊》1990年第6期。
⑪ 《柳宗元传论》，第296—297页。

比较切合实际的、可行的办法"；还应当看到"柳宗元所提出的以儒为主、'统合儒释'的主张，是给宋明理学形成提供了指导思想"，"在当时佛教占统治地位的情况下，柳宗元提出以儒为主、'统合儒释'，把佛教放在儒家思想的附属地位，也未尝不是贬低佛教的另一种方式"；"同时，以儒家伦理思想为主，糅合儒、释、道的宋明理学，……使儒学唯心主义发展到了更高的水平与更高的形态，这就不能不促使后来的唯物主义建立更高形态的哲学体系，来代替统合儒、释、道的唯心主义理学，从而导致了集我国古代朴素唯物主义之大成的王夫之的唯物主义哲学的产生，从哲学思想发展的螺旋上升来说，柳宗元这一主张，也是起了一定的作用的"。

同样，80年代以后也有一些学者专门探讨柳宗元与儒学、宋明理学之间的关系，如尹协理的《柳宗元与理学关系探索》[①]、徐远和的《柳宗元与儒学复兴》[②]、乔长路的《柳宗元的儒家风范》[③]、彭建、邢凤麟的《柳宗元是儒学的伟大改革者》[④]、尤骥的《柳宗元在儒学复兴运动中的地位》[⑤]、刘光裕的《柳宗元与儒学革新》[⑥]、邓小军的《从性恶论到性善论的转变——柳宗元人性论思想的发展》[⑦]等。其中徐远和文认为，柳宗元提倡"辅时及物之道"，为改造儒家孔孟之道提示了方向；主张"统合儒释"，融合各家，为复兴儒学找到了一条具体道路；阐发气论哲学，开始了从元气自然论向元气本体论的过渡。这说明，柳宗元对儒学的复兴是有贡献的，在中国思想史上有其特殊地位。彭建等文认为宗元吸取各家思想的精华，抛弃儒家思想的糟粕，使孔子之道更加纯正和丰富。邓小军文提出柳宗元后期思想已从性恶论转变到性善论，从荀子一系转变到孟子一系，宗元与韩愈一致，开辟了唐宋新儒学性善论的方向；宗元人性思想转变的根由，不仅是在于原始儒家思想的深入体认，亦在于对广大平民百姓人性善的坚实体认。

---

① 载《南宁师院学报》1983年第4期。
② 载《哲学研究》1984年第3期。
③ 载《孔子研究》1994年第1期。
④ 载《广西社会科学》1994年第2期。
⑤ 载《孔子研究》1994年第2期。
⑥ 载《孔子研究》1994年第3期。
⑦ 载梁超然、谢汉强主编：《国际柳宗元研究撷英》，南宁：广西人民出版社，1994年。

美学和其他思想研究

从 80 年代初开始,学界又兴起了一股"美学热",受此学术思潮的影响,不少学者从美学的角度探讨柳宗元的思想和审美观。

其中总论柳宗元美学思想的文章不多,仅见黄贯群的《试论柳宗元的美学思想》①。该文从三个方面探讨了柳宗元的美学观点:(1)"丽则清越,言畅而意美",这是柳宗元对文学作品审美特征的认识,要求"他们具有明丽的形象,清新激越的韵律,流畅的语言,优美的意境";(2)"美不自美,因人而彰","实际上是柳宗元根据自己的生活经验和创作实践所提出的一项美学原则,他既看到了自然美的客观存在这一事实,又强调了艺术需要经过作家的创造";(3)"有乎内"与"饰乎外",即要求"文学作品有了美的内容,还必须有美的形式来表现,才能达到完美的统一"。

大多数文章是研究柳宗元的自然美学观、山水美学观、旅游美学观和音乐美学思想的,如万松的《"美不自美,因人而彰"——柳宗元的自然美学观之一》②、陈望衡的《论柳宗元的自然美学观》③、杜晓勤的《美不自美 因人而彰——柳宗元山水审美观探微》④《柳宗元音乐审美观试探》⑤、章采烈的《论柳宗元的旅游美学观》⑥ 等。

另外,20 世纪还有一些学者研究了柳宗元的教育思想、经济思想、法学思想、科学思想等,但大多体现在各种"中国教育思想史""中国经济思想史""中国法律思想史"和"中国科学史"等专著之中,专题论文主要有陈雁谷的《柳宗元的教育思想刍议》⑦、杨荣春的《柳宗元的教育思想》⑧、王元湖的《柳宗元的教育思想》⑨、张如珍的《柳宗元

---

① 载《学术论坛》1983 年第 4 期。
② 载《美育》1983 年第 1 期。
③ 载《船山学报》1987 年第 1、2 期。
④ 载《南通师专学报》1987 年第 4 期。
⑤ 载《陕西师大学报》1990 年第 1 期。
⑥ 载《江汉论坛》1992 年第 2 期。
⑦ 载《零陵师专学报》1980 年第 1 期。
⑧ 载《华南师院学报》1981 年第 4 期。
⑨ 载《广西师范学院学报》1983 年第 3 期。

教育思想新探》①、王俊钟的《柳宗元"领导"思想研究试笔》②、柯远斌的《柳宗元的科学思想》③、王威宣的《柳宗元的法律思想》④、杨达荣的《柳宗元人才观散论》⑤、孙代文的《柳宗元经济思想简论》⑥、陈雁谷的《试谈柳宗元商贾明而诚的思想》⑦等。

文学理论

和柳宗元的哲学思想一样,其文学理论也一直是柳学界研究的重点。

20世纪上半叶,专门研究柳宗元文学理论的论文只有梁孝瀚的《柳宗元之文艺思潮及其影响》⑧,该文认为,"宗元文艺实源于六经及诸子。……彼既宗法经子,则排斥习俗浮华之文,而以复古明道,为其文艺之最高标准";说宗元论文主"神""志"二要素,说"夫神者籍文艺以寄托者也,而志者藉文艺以表示者也";又说宗元"疾当时文艺家从事模拟,剽窃前人字句,以矜奇炫博","又疾当世学者之于文艺舍本逐末,致六义之旨丧失殆尽"。文章还分析了柳宗元"论文之效用"的观点,探讨了其文艺思潮与时代环境、个人遭际之关系,并分感伤主义、讽刺主义、写实主义等三个方面阐述了柳宗元文艺思想对后世文学的影响。这是20世纪上半叶唯一一篇全面系统且较为深入地探讨柳宗元文艺理论的文章。其他的相关研究多体现在各种文学理论批评史及柳宗元研究专著中。

60年代,专门研究柳宗元文艺思想的文章也不多,只有吴文治的《柳宗元的文学理论初探》⑨、方扬的《柳宗元的文学思想》⑩等几篇。方扬文从五个方面更为细致地剖析了柳宗元论文观点的理论意义,指出:"他强调文学的创作是为'道'服务,文学创作的目的是为了'明

---

① 载《西北师范学院学报》1986年第3期。
② 载《广西社会科学》1987年第4期。
③ 载《广西民族学院学报》1989年第2期。
④ 载《山西大学学报》1990年第2期。
⑤ 载《晋阳学刊》1994年第8期。
⑥ 载《国际柳宗元研究撷英》。
⑦ 同上。
⑧ 载《协大艺文》第5期,1937年。
⑨ 载《光明日报》1960年2月21日。
⑩ 载《江海学刊》1961年第11期。

道'，反对在创作中追求形式主义的倾向。柳宗元不仅仅坚持文学创作必须'明道'，而且强调文学为'道'服务时应根据文学本身的特点和规律，发挥各种不同的社会作用。因而他在文学的创作方法上主张现实主义和浪漫主义相结合的方法，强调内容和形式的统一。柳宗元还对作家本身提出了严格的要求，认为作家除了具有进步的思想和道德品质外，还应向前人学习，不断提高艺术修养和技巧，只有具备这些条件，才能真正达到'明道'的目的。"

较为奇怪的是，"文革"后期的"评法批儒"运动中，反而出现了好几篇论述柳宗元文艺观和文学思想的文章，当然它们的写作宗旨和内容多半是相同的。

80年代以后，论及柳宗元文学思想的成果更多，也更为细致、深入了。如高海夫的《柳宗元论"文"》[①] 指出柳宗元提出的"文以明道"的命题的特点是：其"明道"并不要求墨守旧说，扶导圣教，而是要求发前人之所未发；强调"文有二道"，必须具有"辞令褒贬"和"导扬讽喻"的作用。殷慧中的《论柳宗元"以神志为主"的创作观》[②] 一文也指出，柳宗元所倡导的"文以明道"，只是指明创作方向，并不能代替创作的全过程，而"以神志为主"的创作理论，融"文、行、诚"于一体，将"文"与"道"联结起来，这在柳宗元的文论中是不容忽视的。周振甫的《柳宗元的文章论》[③] 指出柳宗元的文论讲究"求道及物""明道论文"。其"取道之原"是以严肃的态度，深入了解各种事物，掌握它们的本质，"旁推交通"，观察它们的变化，发表不同于前人的创见。1993年8月，在广西柳州市召开了柳宗元国际学术讨论会，香港学者王晋光发表了《关于柳宗元文论的三点意见》[④]。他认为，文采论是柳宗元文论的主体，而所谓明道说，究其实，不过是作为一种定调的前提而已；柳宗元对于作家似有分别等级的观念；柳宗元教人写作，是因材施教，就学者本身的倾向而给予意见。1996年，高林广发表了《柳宗元的诗歌理论及其诗学精神》[⑤] 一文，他说柳宗元的诗论涉

---

① 载《人文杂志》1980年第1期。
② 载《温州师专学报》1982年第2期。
③ 载《文学遗产》1994年第2期。
④ 载《国际柳宗元研究撷英》。
⑤ 载《内蒙古师大学报》1996年第2期。

及了诗歌的性质、作用、诗人的品德、修养及诗歌形式几个方面,不仅具有科学性、合理性、进步性的倾向,同时富于切实的现实意义,是中国传统诗学中应当引起特别重视的、十分宝贵的财富。

90年代初,学界出现了一些从柳宗元诗文创作中总结其艺术审美情趣的文章,如高海夫的《悲剧生涯和悲剧美的创造——柳宗元审美意识研究之一》[①]、尚永亮的《冷峭:柳宗元审美情趣和悲剧生命的结晶》[②]、吴新生的《柳宗元对古代小说美学的理论贡献——论〈读韩愈所著《毛颖传》后题〉》[③]等。其中,高海夫文认为柳宗元的诗歌和散文都表现出对悲剧美的审美趣味和追求,这是在长期的悲剧生涯中形成的,文章还总结了其四种形态。尚永亮文也认为,峭拔的骨力和清冷的色调紧相糅合,构成了柳氏游记诗文乃至其他众多作品的典型风格,这种风格的形成在很大程度上是柳宗元特别偏爱冷峭并着力追求的结果。首先,从艺术造境上看,柳宗元最为重视幽静深邃境界的创造和清冷凄迷氛围的渲染;其次,从遣词造语、用笔行文上看,柳宗元特重字词的精当选择、笔法的深刻锻炼,充分显示了他提出的"严""清""幽""洁"等为文标准。吴新生文对柳宗元关于古代小说的创作和欣赏活动所提出的"皆取乎有益于世"的命题进行阐述,文章指出,柳氏提出这个命题,从读者审美娱乐这一合理要求的必然性、合理性出发,说明小说具有适应、满足读者这一合理要求的独特艺术功能,从而肯定了小说的审美价值。文章还认为柳宗元对中国古代小说美学的贡献在于:一是他是唐代第一个著文大胆肯定小说"取乎有益于世"的人,也是中国小说批评史上第一个正确地揭示小说的文学特性、功能的人;二是他对作为小说审美主体的人的基本自由和权利的肯定,是对人的自身价值、自我本质的肯定。

三、散文创作研究

整体评价

20世纪上半叶并未产生多少对柳宗元散文作通论研究、整体评价的文章和专著,仅有的几篇论及柳宗元散文的文章也是或着眼其山水游

---

① 载《陕西师大学报》1990年第1期。
② 载《江汉论坛》1990年第9期。
③ 载《河北大学学报》1993年第1期。

记、或专论其小说文学的。

五六十年代，学界开始出现了一些从整体上分析和评价柳宗元散文成就的文章，如黄云眉的《柳宗元文学的评价》、刘大杰的《柳宗元及其散文》①、振甫的《柳宗元的散文》②、唐艮等的《试论柳宗元散文的思想性》③ 等。这些文章大多从思想和艺术两方面肯定了柳宗元在唐代古文运动以及中国散文史上的地位和作用。其中黄云眉比较强调柳宗元散文作品中的战斗性，对现实的暴露，认为柳宗元在唐代古文运动中虽然起到了领导作用，但他的这种作用要比韩愈差一些。同样，刘大杰、周振甫也比较重视柳宗元散文内容上的现实性，对柳宗元散文的艺术性则论述得不够。

另外，游国恩等编著的《中国文学史》和中国科学院文学研究所编著的《中国文学史》也对柳宗元的散文的成就和历史地位作出了肯定，如前者认为柳宗元"从创作实践上发展了古文运动"④，后者也认为"柳宗元在散文的文学成就上"，"有高出韩愈的地方"⑤。

80年代以后，学界虽然较侧重对柳宗元散文的各个题材分别进行研究，但仍有一些综论柳宗元散文艺术和成就的文章，和五六十年代的同类文章相比，这些论文更重视柳宗元散文的艺术手法和艺术境界。如胡守仁的《柳宗元散文述评》⑥、孙昌武的《试论柳宗元的散文艺术》⑦、马积高的《论柳宗元对唐代古文运动的贡献——兼论唐代古文运动》⑧、孙连琦的《柳文风格的演变及其原因初探》⑨、吴莉莉的《柳文的悲剧

---

① 载《光明日报》1958年7月27日；又载《文学遗产选集》第3集，北京：中华书局，1960年。
② 载《新闻战线》1959年第19、20期。
③ 载《扬州师院学报》1962年总第9期。
④ 游国恩、王起、萧涤非等：《中国文学史》第2册，第177页。
⑤ 中国科学院文学所研究所中国文学史编写组：《中国文学史》第2册，第436页。
⑥ 载《江西师院学报》1980年第1期。
⑦ 载《南开学报》1980年第3期。
⑧ 载《求索》1982年第1期。
⑨ 载《锦州师院学报》1984年第1期。

美》①、吴小林的《论柳宗元散文的幽美》②、邓小军的《柳宗元散文的艺术境界》③、张延中等的《试论柳宗元对文体的革新及其意义》④等。

其中孙昌武文从"吾文宜叙事""漱涤万物,牢笼百态""感激愤悱……形于文字""俳又非圣人之所弃""文益奇""意尽便止"等方面较详细地分析了柳宗元的散文艺术。马积高文从理论和创作两方面论述了柳宗元对唐代古文运动的贡献,他认为,古文家的贡献主要是"把传统文体分类中所谓杂记和赠序与今人所谓杂文都推进到了一个高峰",其中韩柳各有成就、擅长,而柳宗元的这方面的成就尤著。吴小林认为柳宗元散文总的艺术风格是沉郁凝敛、冷峻峭拔,具有一种幽美,而且指出柳文的这种风格,不仅和他长期被谪受贬的遭遇经历、愤世嫉俗的思想感情、富有批判锋芒的作品内容有关,而且与具有凄幽、愤激、冷峻的色彩,浓郁的诗意,明显的讽喻性、象征性,屈曲峻峭的笔法诸艺术特色也是分不开的。邓小军文指出,柳宗元散文最具原创性的艺术成就有二:第一,在传记散文方面,为普通百姓立传,从而突破了我国正史传记和非正史传记不为普通百姓立传的旧传统;第二,在山水散文方面,创造天人合一的意境,从而开创了我国文学史上自然美与天人合一哲学相融合的山水散文意境的新局面。柳文两大艺术成就的根源,是柳宗元通过对人和自然的深刻体认,突破了自己早期性恶论和天人相分论的思想束缚,而转变到以信任人性和契合自然为特征的性善论、天人合一论的思想系统。柳宗元传记散文和山水散文的全幅艺术成就,与韩愈的抒情议论散文及传记散文,代表了中唐古文运动的最高艺术成就。

另外,吴小林还著有《柳宗元散文艺术》⑤一书,该书分别从柳宗元散文主张、杂文、传记散文、寓言散文、山水游记、辞赋的艺术特点、柳文艺术风格、结构艺术、寓言艺术、柳韩散文比较十个方面较为全面、细致地分析了柳宗元散文的艺术成就。

山水游记

柳宗元的山水游记尤其是"永州八记"在中国散文史上占有十分重

---

① 载《读写月报》1988年第11期。
② 载《中国人民大学学报》1989年第5期。
③ 载《四川师范大学学报》1993年第1期。
④ 载《零陵师专学报》1997年第4期。
⑤ 吴小林:《柳宗元散文艺术》,太原:山西人民出版社,1989年。

要的地位，所以一直受到学界的关注。

周澂的《读柳子厚山水诸记》① 是20世纪较早对柳宗元山水文学进行探讨的专论。该文首先高度评价了柳宗元山水散文的艺术成就："以柳之流连景光，模写山水，曲致微妙，心与物化，亦韩所无有也！"他又将柳之山水游记分成三部分进行研究："曰永州诸记，曰柳州诸记，曰永柳以外诸记。永柳以外诸记，所以异于永柳诸记者，不以山水为主，述游观之乐，亭榭之胜也！而记永与记柳又有别，记柳用总，记永则有总有分，叙议特密；此又同而不同者也！"文章最后指出，柳宗元山水诸记可谓是兼采郦道元《水经注》和杨衒之《洛阳伽蓝记》二者之长："尽情于空蒙萧瑟，放意于登临游观，若柳氏者，殆欲兼之乎！"

五六十年代研究柳宗元山水散文的学者较多，但黄云眉的研究最值得注意。他的《柳宗元文学的评价》虽然是柳宗元文学成就的通论，但他对柳宗元山水散文的研究有较大的突破。他认为，柳宗元山水文学并不是"表示他对闲适生活的追求"，"反而是一种更痛苦的真实的反映"。"从本质上看，这不过是柳宗元选择了一种为他的政敌们侦察视线所不及的对象——山水，作为他集中的创作劳动的对象，来强制转移他的愤怒悲哀抑郁的情绪而已。而且这种情绪，也不可能完全隐蔽，除他的愚溪对外，也常常可以碰到把山水的遭遇当作自己的遭遇这一类的话。"② 这一段话首次把柳宗元的山水游记与其个人的遭际、痛苦联系起来了。在此文的启发下，日本学者清水茂撰写了《柳宗元的生活体验及其山水记》③ 一文，对柳宗元山水游记与其个人遭际之间的关系作了更进一步的探讨。他认为："柳宗元写山水记的动机，不仅是为了在政敌们侦察视线所不及的对象中来强制转移他的愤怒、悲哀抑郁的情绪，并且是他自身的生活的反映，永州的山水不当地被世人所轻蔑，这正与柳宗元的境遇相同，因此，他反而特别为永州的山水作了记。"而且，"柳宗元写山水记的动机不仅在以发见被遗弃的山川之美来反映他自己的见弃，并且在他的山水记里面还曲折地提出了他对现世间的不满和批评"。他们两人的这些意见得到了学界的一致认同，直到现在还为人们所常引用。

60年代研究柳宗元山水游记的文章主要有振甫的《谈柳宗元的山

---

① 载《光华大学半月刊》第4卷第9期，1936年。
② 《柳宗元的文学评价》，第111—112页。
③ 华山译，载《文史哲》1957年第4期。

水记》①、管希雄的《柳宗元山水记的艺术特色》② 等，主要是分析其艺术特色。

70 年代末以后，学界对柳宗元山水文学尤其是艺术成就的探讨更多，如鲍叔的《柳宗元山水游记的写作技巧》③，温至孝的《论柳宗元的山水游记》④，周明的《柳宗元山水文学的艺术美》⑤，李育仁的《论柳宗元山水记的诗情美》⑥，张焘、曹萌的《论柳宗元的山水文学》⑦，蓝冰的《柳宗元山水散文的文体风度》⑧ 等。其中周明文指出，柳宗元遭贬之后复杂的内心活动很少在景物描写之外通过议论、抒情单独抒写，大量的情况是把自己的思想感情融汇在山水美的艺术境界之中。这些境界不是自然美，而是根据自己的审美心理创造出来的艺术美。基于寻求和创造寂静之美的审美心理，柳宗元喜欢奥境，描绘出一种"幽丽"之美；柳宗元还喜欢描写大观的旷境，这种高爽、空旷的美的意境，是柳宗元要求解脱压抑和苦闷的心境的写照。但柳宗元很少孤立地写大观之境，而是按照相反相成的艺术规律，把旷境与奥境结合起来写，使之形成强烈对比，以体现自己的美学趣味，表达自己的心境。李育仁文认为，柳宗元的山水记抒情有三大特色，即绘画美、抒情美和理趣美。绘画美使柳宗元的山水记在形与神、客体美和主体美感方面得到了和谐统一，从而构成气宇神远、富于诗情的画面；抒情美展示其忧郁、寂寞和烦躁难安的心灵，从而寻得"心凝形释，与万物冥合"的乐趣，促使他的思辨能力和审美情趣向更自由、更辽阔、更精微、更独特的境界发展；理趣美让他的山水记蕴含哲理的光华，由此又能探索到他那火热的"忧思而罔极"的心灵所创造的最高艺术境界。张焘、曹萌文认为柳宗元山水文学的成就除了和他的个人遭际有关，还和他的山水文学理论有密切的关系。柳宗元的山水文学理论的主要内容是：（1）写山水必写人，人与山水密不可分；（2）游山水应得其宏邃，为文亦然；

---

① 载《长江文艺》1962 年第 1 期。
② 载《江海学刊》1962 年第 10 期。
③ 载《齐齐哈尔师范学院学报》1981 年第 1、2 合期。
④ 载《西北师范学院学报》1982 年第 1 期。
⑤ 载《文学评论》1984 年第 9 期。
⑥ 载《湖北大学学报》1986 年第 5 期。
⑦ 载《锦州师院学报》1988 年第 2 期。
⑧ 载《内蒙古社会科学》1997 年第 6 期。

(3)山水之文须为之以情;(4)山水之文要写人创造的山水之美。从山水文学发展的角度讲,柳宗元的贡献是承前启后,继往开来的:第一,他的山水文学成功地将以往的对山水的平面描写推向了立体描写;第二,将过去的粗线条的共性山水描写,推进到细线条的个性山水描写;第三,将以往的山水文学的客观欣赏推向了寓主观感受于客观描写之中。

近二十年来,柳宗元山水文学研究的另一个重要内容,是人们对"永州八记"的分析和研究,如霍松林的《〈永州八记〉选讲》[1]、杨慧文的《论柳宗元的永州八记》[2]、何书置的《"永州八记"应改称"永州九记"》[3]、鹿琳的《〈永州八记〉——柳宗元精神世界与自然的完美融合》[4]、杨铁星的《柳宗元〈永州八记〉的美感性》[5]等。

传记、寓言和小说

20世纪学界对柳宗元的传记、寓言和小说的研究也取得了一些进展,相关的成果主要有胡寄尘的《柳宗元的小说文学》[6]、牛庸懋的《读柳宗元的政治寓言》[7]、董明的《柳宗元的寓言特点》[8]、朱碧莲的《柳宗元的传记文》[9]、尤力的《柳宗元寓言与先秦寓言的比较研究》[10]、周陆军等的《论柳宗元传记的独特性》[11]、朱国维的《柳宗元讽刺寓言成因探》[12]、鹿琳的《柳宗元传记文学的特色》[13]、金涛声的《略论柳宗元对传记文学的发展》[14]等。

---

[1] 载《语文学习》1979年第2、3期。
[2] 载《唐代文学论丛》总第3辑。
[3] 载《求索》1983年第4期。
[4] 载《齐齐哈尔师范学院学报》1994年第6期。
[5] 载《河北学刊》1995年第2期。
[6] 载《民众文学》第4卷第1期,1923年。
[7] 载《开封师院学报》1976年第4期。
[8] 载《北京师范大学学报》1980年第5期。
[9] 载《语文学习》1981年第12期。
[10] 载《云南社会科学》1988年第6期。
[11] 载《湖南师范大学学报》1989年第4期。
[12] 载《江西教育学院学报》1989年第1期。
[13] 载《齐齐哈尔师范学院学报》1991年第5期。
[14] 载《宁波大学学报》1993年第2期。

其中胡寄尘文指出，柳宗元小说是寓言，是直接从周秦诸子里来的，用意较好，但风格还不过是周秦诸子的风格。文章举了柳宗元的两篇小说作品，即《三戒》和《捕蛇者说》，认为《捕蛇者说》的大意可说是和《礼记·檀弓》中的"孔子过泰山"一段完全相同，但柳宗元描写得更为详细，所以更能使读者感动，所以它的格局也完全成为一篇短篇小说了。董明文指出柳宗元寓言的特点有三：独立成篇，容量较大；细腻生动，文学性强；形式自由，体裁多样。周陆军文认为，柳宗元传记大多取材于社会下层，其内容及表现的目的，是自我的反映。鹿琳文指出，柳宗元以非凡的胆识、敏锐的眼光、深邃的笔触，从小人物身上挖掘了普通人所具有的高尚品质、善良的天性、美好的心灵、聪明的才智。以一个面貌全新的小人物群，为传记文学的画廊增添了光辉。他还以传记文学作为解剖社会的匕首，对他的政治主张进行特殊解释，这在中国古典传记中是绝无仅有的。金涛声文指出，柳宗元根据"文以明道"的原则，继承了传统史传文学借传言志的一面，其杂传把社会现实中的一群城乡劳动者作为传主，借以针砭时弊，寄寓吏治改革的理想，具有很强的现实性和思想性，某些作品已经突破了传记文学的一般框架，兼具寓言和政论的某些特点。但有的文章议论过多，以致喧宾夺主，相对地削弱了传记文学的形象性。他的碑传文亦有一些熔叙事、抒情、议论于一炉的佳作，为中唐碑传文的发展作出了一定的贡献。

政论文、杂文和辞赋

20世纪还有一些学者对柳宗元的政论文、杂文和辞赋也给予了一定的关注，产生了一批成果，如彦季的《柳宗元的议论文——读柳宗元文札记》[①]、姚奠中的《辞赋中的奇葩——柳宗元卓越的文学成就之一》[②]、高海夫的《柳宗元辞赋的思想评价》[③]、王运用的《柳宗元讽刺小赋的艺术特色》[④]、张啸虎的《美枣生于荆棘——柳宗元的政论文学作品》[⑤]、刘洪仁的《论柳宗元辞赋对屈赋的继承和发展》[⑥]等。

---

① 载《光明日报》1961年6月25日。
② 载《零陵师专学报》1981年第2期。
③ 载《唐代文学论丛》总第4辑。
④ 载《文艺学习》1988年第5期。
⑤ 载《文史知识》1990年第9期。
⑥ 载《四川师范大学学报》1996年第1期。

四、诗歌创作研究

和柳文研究比起来，柳宗元诗歌的研究要冷清得多，这和柳宗元诗歌在诗史上的地位是很不相称的。

80 年代以前

20 世纪上半叶未见有人对柳宗元诗歌进行专门探讨，相关的研究多体现在一些文学史、诗歌史以及柳学研究著作中。

马茂元是较早对柳宗元的诗歌进行较为深入研究的学者，他在 1959 年发表了《柳宗元的诗——读书札记之二》① 一文。

两年以后，陈友琴发表了《关于柳宗元的诗及其评价问题》②。作者指出，柳宗元的诗是用血和泪凝结而成，非一般的随便吟风弄月或无端寻愁觅恨的诗可比。文章针对自古以来很多人批评柳诗"多怨""特为酸楚"的特点指出，"进步的知识分子，有志革新政治，反对大官僚地主集团和宦官恶势力，不幸惨遭失败，被驱逐到荒远地方去，因此而悲愤哀吟"，"是应该予以同情的"。

80 年代以后

从 70 年代末开始，学界对柳诗进行了更为深入的探讨，角度较之以前也更为多样。

这一时期，从整体上对柳诗进行分析和评价的文章主要有邓潭州的《略论柳宗元的诗》③、龙震球的《论柳宗元诗歌的艺术风格》④、李育仁的《论柳宗元诗歌的审美情趣》⑤、梁超然的《柳诗风格论略》⑥、朱邦国的《论柳宗元的作品与创作心态的关系——兼及柳宗元艺术三造境的形成》⑦ 等。其中邓潭州文指出，柳诗里有不少宣扬所谓"禅理"的诗，流露出感伤的颓废情调，只有对这些方面引起足够的注意，方能对柳诗给予全面的评价。李育仁文认为，柳诗具有冲淡、幽独、流动的三

---

① 载《光明日报》1959 年 8 月 1 日。
② 载《光明日报》1961 年 9 月 17 日。
③ 载《湘潭大学学报》1979 年第 3 期。
④ 载《零陵师专学报》1981 年第 1 期。
⑤ 载《湖北大学学报》1988 年第 3 期。
⑥ 载《文学遗产》1994 年第 2 期。
⑦ 载《徐州师范大学学报》1997 年第 1 期。

大审美情趣特征。其"冲淡"是以"形象直觉""玄览""游心"为主要审美方式,从心理上拉开与现实社会不即不离的距离作为前提;其"幽独",运用"直抒"外化心灵的方式和移情、寄情的方式以展示审美情趣所蕴藏的幽独内涵和鲜明的形象;其"流动",则跨越时距,"观古今于须臾","挫万物于笔端",充分发挥联想的审美功能,使自己和欣赏者通过有限的篇幅,反映出、领略到广阔、深厚且独特的意蕴和回旋跌宕的美。梁超然文针对当前柳诗研究中运用比较方法分析的一些不足,提出了自己的看法。他认为,柳宗元的悲剧性格气质、悲剧性遭遇、激愤忧伤的情绪,构成了他悲剧性诗歌风格的基本特征。他与屈原同调,接受陶、谢清峻的语言,把握《庄子》的奇想气势,形成鲜明独特的艺术风格,为人们开辟了一个独特的艺术天地。在柳诗悲剧氛围的美感之中,人们可以领略到诗人悲苦的心情。这是柳宗元对我国诗歌发展史的独特贡献。

80年代以后,有相当一部分文章是研究柳宗元的山水诗的,如黄乃康的《试论柳宗元的山水诗》[①]、景凯旋的《柳宗元的山水诗与其儒佛思想》[②]、蔡国相的《柳宗元景物诗的移情特色》[③]、贺秀明的《浅论柳宗元山水诗意境的独特性》[④]、王启兴的《超尘脱俗 徜徉山水——佛教对柳宗元及其山水游记和景物诗的影响》[⑤]、张峻亭的《一怀幽愤寄山水:论柳宗元山水景物诗中的情》[⑥]、林继中的《柳宗元山水诗风格特征之形成》[⑦]等。其中,景凯旋文认为,柳宗元山水诗所体现的艺术风格,与他的儒佛思想密切相关,主要体现在他对社会和自然的矛盾态度上。在他的诗中,"出世"与"入世"并存,其意识难以在观照自然时保持审美的距离,所以处处都有一个"我"的存在。这种"徘徊两端,阴郁畏疑",正是柳宗元山水诗的独特风格。柳诗的这一风格,"还代表了中唐山水诗境与魏晋、初盛唐山水诗境的区别"。贺秀明文指出,

---

① 载《广西大学学报》1981年第2期。
② 载《学术月刊》1985年第5期。
③ 载《锦州师院学报》1987年第1期。
④ 载《厦门大学学报》1987年第1期。
⑤ 载《湖北大学学报》1989年第6期。
⑥ 载《河北大学学报》1992年第1期。
⑦ 载《天府新论》1995年第6期。

"幽深荒冷的景物与忧伤悲愤的感情基调融合的种种方式",是构成柳宗元山水诗意境的重要方面。王启兴文指出,柳宗元在贬谪永州司马后,极为苦闷,在原来信佛的基础上,更笃信天台与禅宗。佛教的出世思想对柳宗元的人生态度、生活情趣、审美趣味、山水游记与景物诗的创作都有巨大影响。由于佛教思想的影响,柳宗元张扬了创作主体意识,摆脱了儒家功利主义的审美观,对永州山水进行超功利的审美观照,在作品中创造了空寂、幽旷、宁静的艺术意境。

还有一些文章运用比较研究的方法分析了柳诗与同时代其他诗人创作的异同,如苏渊雷的《论韩柳、刘柳诗文风格的异同及柳的独创性》①、赵昌平的《韦柳异同与元和诗变》②、马自力的《论韦柳诗风》③、《韦柳诗歌与中唐诗变》④,房日晰、卢鼎的《韦应物柳宗元五言古诗之比较》⑤等。苏渊雷文比较了韩柳、刘柳诗风的异同:"大抵刘诗通俗处近元白,精深不及子厚而婉丽过之","刘柳诗高于退之处,正以他们浸淫骚雅,厚于性情,深入民间。诗外别有事在,触目感怀,故能言之若是清拔郁结、异彼退之之故为高调,转成险急也。盖小诗精深、短章蕴藉,子厚较之韩刘,尤为突出"。赵昌平文的目的一方面是想对韦、柳诗的不同特点及其历史地位作一些新的研究;另一方面则是企图通过这一研究,对诗歌流派的发展变化的规律性问题作一些初步的探索。文章认为,韦应物的成就与功绩在于在大历诗风普遍因片面追求"理致清新"(《中兴间气集序》)而渐趋浮薄之际,能度越流辈,直接陶潜与王、孟之阃域,并以其独特的个性、出众的才能使清远诗派的传统格局,发出又一次绚丽的光彩。而韦应物的创作手法未能超出王、孟家数,特别是其高标独秀却缺少众芳环拱的现实,又说明了清远诗派发展至此,再走盛唐人的传统路子就势必前途越益暗淡。清远诗派的变革已成必然之势。正在此时,从盛唐杜甫起,中经皎然《诗式》进一步阐发,然而未为时世所重的,对谢灵运诗锻炼以求精粹、苦思以求自然的特点的卓越认识,至元和时由于韩、孟等人的弘扬而蔚为风气。于是,柳宗元就顺

---

① 载《零陵师专学报》1981年第2期。
② 载《中国古典文学论丛》第4辑。
③ 载《中国社会科学》1989年第5期。
④ 载《学术论坛》1990年第5期。
⑤ 载《晋阳学刊》1996年第2期。

应这一历史趋势在保存清远诗派从陶谢以来真于情性、中丰外淡的特点的前提下，由谢诗之上述过去未被重视的一面开拓，从而创造了清远诗派的新格局。如果说韦应物是清远诗派传统格局的卓越后劲，那么柳宗元则是这一流派新风貌的先行。韦柳并称，今天应当从他们同是中唐时期此派诗人最高成就的代表着眼。韦柳有别，则应当是指出他们同中有异的创作特色，在诗歌史上占有各自不同的重要地位。至于历史上由唐宋诗分判而产生的倾向不同的韦、柳左右论，可以帮助我们加深对韦柳之异同的认识，然而我们正不必步前人之后尘，再来对韦、柳强分左右高下。马自力前文指出，韦柳诗风在中国诗歌史上是一个不可忽视的文学现象，他们的创作倾向代表中唐诗变前期的诗歌发展趋势，在诗风转变过程中发挥了承前启后的作用，其总体特征是"高雅清远"。马自力后文又将韦柳与大历十才子进行比较，认为天宝诗风所包含的三个创作趋势，到大历十才子那里一度中断了，而在韦柳手中却得到了延续。房日晰等文指出，韦柳的诗表现出很强的冲淡美，其诗风接近陶、谢，但由于生活经历与审美情趣不同，诗也表现出不同的风格特点："韦诗清旷，柳诗幽怨。"

五、作品整理和版本研究

作品整理和普及

20世纪的柳宗元作品整理工作也取得了一定的成绩。1979年，中华书局出版了吴文治点校的《柳宗元集》，该集在版本校勘方面下了很大的功夫，是一部较可信赖的柳集。1993年，上海古籍出版社出版了王国安笺释的《柳宗元诗笺释》，这是今人所作的第一部对柳宗元全部诗作进行注释、系年的著作。该书打破了原集序次，按作品年代先后重加编排，分为四卷，在柳诗作年考证方面作了大量的工作；注释方面也比较精审，对所吸取的前人成果能一一注明，体现了谨严的学风；该书还尽量辑录了前人对柳诗的评论、解说，有关各诗者，附丽各诗之后；总论柳诗者，辑为一卷，隶于篇末，便于研究者参考。可惜的是，在20世纪未出现一部今人精校、笺释、系年三合一的，能够充分体现20世纪柳宗元研究最高水平的柳宗元集校注。

在柳宗元作品普及方面，20世纪学者也做了一些工作。20世纪上半叶出版的柳宗元诗文选本不多,笔者仅见胡怀琛的《柳宗元文》①。20世纪下半叶柳宗元的诗文选本比较多。就选本而言,要数"文革"之中出版的《柳宗元诗文选注》本最多,这些选注本虽然大多是应"评法批儒"之需,但其中有些选注本选注了前人从未注释过的柳文,也有学术进步;而且这么多的选注本同时问世,客观上也起到了普及柳宗元诗文的效果。"文革"之后,又出版了一些柳宗元诗文的选注本,如贝远辰的《柳宗元诗文选》②、胡士明的《柳宗元诗文选注》③;译注本有王松龄、杨立扬的《柳宗元诗文选译》④;范阳的《柳宗元哲学著作注释》⑤对柳宗元的哲学著作、论文进行注释,极大地方便了人们对柳宗元哲学思想的研究。另外,金涛还主编有《柳宗元诗文赏析集》⑥,收录了今人对柳宗元诗文名篇的赏析,因多是研柳有年的专家所撰,所以在普及柳宗元诗文的同时也具有一定的学术价值。

版本研究和"柳学"研究

20世纪对柳宗元文集的版本和流传进行专门清理和研究的文章甚为有限,仅见吴文治的《〈柳宗元集〉版本源流考略》⑦和万曼的《唐集叙录·河东先生集》。

在"柳学"研究方面,应该说也是从20世纪80年代以后才开始有意识地展开的。1981年10月湖南省内外的九十多名柳学研究者在湖南省零陵召开了柳宗元学术讨论会,这是20世纪召开的第一次规模较大的柳宗元专题研讨会,因而在柳学史上具有不同寻常的意义。1985年8月,柳宗元学术研究会在广西柳州成立,参加成立大会的三十四名会员,经过热烈的讨论,确定了要把柳学作为专门学问来研究的宗旨和研究会今后的工作任务。在会后不久,柳宗元研究会出版了不定期刊物《柳学研究动态》,主要是汇集国内外有关柳宗元学术研究的新成果、新信息和新动态。到1998年4月止,该刊物已经先后出版了4期。1993

---

① 胡怀琛选注:《柳宗元文》,上海:商务印书馆,1945年。
② 贝远辰选注:《柳宗元诗文选》,北京:人民文学出版社,1980年。
③ 胡士明选注:《柳宗元诗文选注》,上海:上海古籍出版社,1988年。
④ 王松龄、杨立扬译注:《柳宗元诗文选译》,成都:巴蜀书社,1991年。
⑤ 范阳主编:《柳宗元哲学著作注释》,南宁:广西人民出版社,1985年。
⑥ 金涛主编:《柳宗元诗文赏析集》,成都:巴蜀书社,1989年。
⑦ 载《文学论集》第2辑,北京:中国人民大学出版社,1979年。

年8月，由中国唐代文学学会、中国唐史学会、山东大学、柳州市柳宗元学术研究会等单位发起，由柳州市人民政府主办的以"柳宗元与中国传统文化"为中心议题的首届柳宗元国际学术讨论会，在广西柳州市召开了，这次大会有来自海内外的柳学专家70余位参会，共收到会议论文80多篇、论著8部，较全面地显示了20世纪90年代初柳学研究的成果①。也是在这次会上，成立了隶属于中国唐代文学学会的全国性的柳宗元研究会，这说明柳学研究已经全面展开。

在柳宗元研究资料方面，首推吴文治的《柳宗元研究资料汇编》②。该书收录的资料，包括中唐以迄"五四"一千一百余年间带有代表性的评述四百六十余家，辑录图书四百八十余种，按时代先后顺序排列。选材以对柳宗元的思想、诗文创作等进行评述的资料为主，也选录了部分有关柳宗元生平事迹及考辨其作品真伪的重要资料，疏证作品字义的资料，也酌情收录。为人们进一步全面地研究柳宗元及其文学成就，梳理柳宗元研究史提供了方便。

有一些学者还对中国港澳台地区和国外的柳学研究情况进行了介绍，也有助于柳学史研究的进一步开展，如日本学者康川的《日本研究柳宗元的情况》③、谢汉强的《台港柳学研究概况》④、黄锦鋐的《日本研究柳宗元概述》⑤等。另外，《国际柳宗元研究撷英》上有几篇相关会议论文，如中国台湾学者方介的《台湾柳宗元研究概况》、日本学者筧文生的《日本柳宗元研究概况》，也有一定的参考价值。

第四节　韩柳比较

韩愈、柳宗元同是唐代杰出的散文家，而且他们交往密切，友谊笃厚，所以，人们常常"韩柳"并称，并对他们的思想和文学进行比较。20世纪有相当长的时间，人们一直围绕着韩柳孰优孰劣的问题进行争论，但是也有一些学者能够着眼于他们各自不同的生活经历、思想特

---

① 会议论文后结集为《国际柳宗元研究撷英》。
② 吴文治：《柳宗元研究资料汇编》，北京：中华书局，1964年。
③ 载《柳学研究动态》试刊第2期。
④ 载《社会科学天地》1987年第2期。
⑤ 载《唐代文学研究》第5辑。

点、艺术风格，较为客观地比较其异同。

一、韩柳之交游和友谊

韩愈和柳宗元是交往密切、友情笃厚的好朋友，本应是不争的事实，但是在相当长的时期内，人们却把他们处处对立起来，涉及他们之间的交游和友谊的专著和文章不太多。

20世纪上半叶涉及韩柳交谊的著作主要有钱基博的《韩愈志》[1]，他在该书第四部分"韩友四子传"中初步缕述了韩柳之间相互交往、称赏和砥砺的情况。

五六十年代，吴文治在其《柳宗元评传》第十二章"和韩愈的交往和论战"中也探讨了韩柳之间的交往和友谊。他认为："柳宗元三十一岁为监察御史里行时，曾经和韩愈同过事。在这前后，他们也常有交往。然而，由于他们彼此之间在某些政治见解上存在着分歧，因此使得他们的友谊，就也有着一定的距离。"[2]

80年代以后，除了陈克明的《韩愈述评》[3]第五章在谈"韩愈师友关系"时论及韩柳友谊和交往的情形，还有一些论文专门探讨了这一问题，如路剑的《韩、柳友谊初探》[4]，陈克明的《略论韩愈、柳宗元、刘禹锡的友谊与分歧》[5]，方介的《韩柳交谊与相互影响》[6]，张清华、尚振明的《韩愈与柳宗元》[7]等。

其中路剑文探讨了韩柳之间的友谊，更多地强调了韩柳之间的一致之处，说二人身上都是"唯物唯心并存"，并批评了一些研究者对二人之间评比抑扬是片面地"迁就己说"。陈克明文也认为，韩柳之间并无利害的矛盾冲突，对一些问题的看法虽有分歧，但并未影响二人之间的友谊。

方介文在肯定学界已有成果的基础上，对韩柳何时订交、如何建立

---

[1] 钱基博：《韩愈志》，上海：商务印书馆，1935年。
[2] 《柳宗元评传》，第204页。
[3] 陈克明：《韩愈述评》，北京：中国社会科学出版社，1985年。
[4] 载《江西师院学报》1983年第3期。
[5] 载《辽宁大学学报》1984年第5期。
[6] 载《国际柳宗元研究撷英》。
[7] 同上。

深厚友谊、是否曾生嫌隙、如何为文竞胜等问题作了进一步的探讨,主要观点有四。(1) 韩柳二人有世交关系,早在贞元四年(788),即有互相结识之可能,其后数年同于长安应进士试,并先后及第,释褐入仕,均有甚多机缘共同往还于朋友之间,交谊匪浅。前人论韩柳初识之年,或定于贞元九年,或定于贞元十五年,恐非其实。(2) 贞元十九年冬,韩、刘、柳同时入朝为监察御史,彼此交往十分密切。至十二月,韩愈上《论天旱人饥状》,旋被贬为阳山令,自疑为刘、柳泄言于王、韦所致,然就史书考察,韩愈被贬,恐系出于李实之排挤。(3) 韩、柳毕生虽是聚少离多,思想各异,政治立场亦不相同,而曾生嫌隙,但因彼此才学相当、文学主张相近、文学成就亦相若,故能惺惺相惜,互敬互重,共同指导后进,改革文弊,加以彼此均重道义,具有接受批评之雅量,故终得以化解嫌隙,真诚相待。(4) 韩、柳曾就修史问佛之事再三辩论,因而互有影响,但对天人关系互辨后,仍然各持己见,至于政治方面,韩愈取法宗元放免奴婢。文学方面,则是彼此观摩,互相竞胜。

张清华等文也认为,韩愈和柳宗元一生实际交往的时间不多,但他们志气相投,待人真诚。虽然他们对一些重大问题的看法存在着分歧,但两位中唐文学巨子仍然是推心置腹的好友。

二、韩柳思想、文学之比较

韩愈和柳宗元在思想和文学风格上均存在着一定的差异,学界对待这一问题态度不一,有些学者在两人之间强分优劣,大多数学者则只是进行实事求是的比较。

在20世纪上半叶,人们大多持扬柳抑韩论,主要理由是韩愈的人格粗鄙、思想粗浅、文学直率,不若柳宗元忠直坚决、思想深邃、文学婉深有致。如周荫棠《读柳文》[①]就认为:"吾尝怪韩柳同倡古文,且属至友,韩力排释老,独承儒说,末沥余光,引为长雄,思想最粗浅,而不能深入,见于文学者,亦快意骋词,喜怒自恣,毫无隐曲婉转之趣。柳则思想邃密,政治理论,古所未闻,对于玄奥之佛学,亦细心探讨,不持狭见,发而为文与诗,其宇宙观、人生观,亦深远有韵,非若韩之硬拗直率而毫无意境也。至于其为人,忠直坚决,困不易操,尤非退之之一挫辄屈,随俗雅化之可同日而语。"

---

① 载《遗族校刊》第2卷第6期,1935年。

当然，也有一部分学者能够平心静气地分析韩柳思想、文学之异同。如胡怀琛在《韩、柳、欧、苏古文之渊源》①中就指出："就思想而论，柳文实胜于韩文。就文而论，柳文不及韩文规模宏大，且不及韩文变化莫测。"周澂《读柳子厚山水诸记》也认为："论文章者，每以韩柳并称。而韩豪曲快字，凌纸怪发；柳精裁密制，结篇紧凑；雄肆密栗，各擅其胜。"

当时最为详细地比较、分析韩柳异同的著作是赵宗乾的《韩柳比较研究》②，该书从境遇、性格、思想、文学渊源、文学观念、作品等诸方面较为深入、细致地比较了韩柳之异同，其中不乏创见。如他分析韩柳二人性格之别时说："韩愈的个性较强于柳，而柳的品格，则较高于韩。"二人性格对文学成就亦有不同之影响：柳宗元比较稳健，多用一种圆通的办法，这"在一种破坏旧有文体，建设新的文体的动荡过程中，则嫌过于纡缓。柳宗元对于古文运动的影响，远不及韩愈，也就是这个缘故"；"韩于古文运动贡献虽大，但因他品格较低，所以其集中部分铭状，至今仍为人所齿冷"。再如他在分析韩柳思想之不同时也认为：韩愈是"走极端""排佛老""传道统""借势位""为人师""崇奇特"；柳宗元则是"尚中庸""嗜浮图""明道统""用圆通""避师名""排怪异"。

五六十年代，学界展开了更为激烈的关于韩柳评价问题的争论。50年代中期，黄云眉针对陈寅恪在《论韩愈》中对韩愈历史功绩的全面肯定提出异议。他先是撰《读陈寅恪先生论韩愈》，认为韩愈的在唐代文化史上的特殊贡献，是文学而不是儒学，后又撰《韩愈的文学评价》进一步阐发其扬柳抑韩的观点。他在《韩愈柳宗元文学评价》引言中说："韩愈柳宗元名字的不可分离，只是因为他们同是唐代最杰出的散文作家，同是唐代散文和骈文斗争运动的领导者；而他们在政治上的表现则恰恰相反，韩愈依然站在旧的落后的势力一边，而柳宗元是站在新的进步的势力一边的。"③"韩愈的政治表现不及柳宗元，从而使韩愈的文学内容也不及柳宗元，这是事实；但韩愈散文的高度熟练的技巧，跟他的领导散文和骈文斗争运动走向胜利的坚决的精神，柳宗元却不及韩愈。

---

① 载《国学（上海）》第 1 卷第 2 期，1926 年。
② 燕京大学学位论文，1939 年 5 月完稿，北京大学图书馆藏。
③ 《韩愈柳宗元文学评价》，第 1 页。

这也是事实。"①

60年代，王芸生和吴孟复也曾就韩柳评价问题进行商榷，互有文章往还。1963年2月，王芸生发表了《韩愈和柳宗元》②，文中有扬柳抑韩之倾向。1963年8月，吴孟复先生写了《试论韩愈的政治思想——兼与王芸生先生商榷》③一文与之商榷。该年11月，王芸生又发表了《再论韩愈和柳宗元——并答吴孟复先生》④进行回应，重申自己的观点。

1965年11月，范文澜在其修订再版的《中国通史》第四册中，对韩愈的崇尚儒学、反佛老以及他的古文有所肯定，而对柳宗元的佞佛有所批评，这引起了章士钊的愤怒。1971年，章士钊在《柳文指要》相关部分对范文澜的观点进行了不指名的商榷。

"文革"之中尤其是"评法批儒"运动中，学者们几乎是众口一词地"扬柳抑韩"，将他们二人强分为儒、法两家阵营，并认为他们之间处处存在着两条路线的斗争。

"文革"之后的三四年中，学界开始拨乱反正，人们纷纷撰文对"文革"之中的这种"扬柳抑韩"进行反思，认为韩柳之间并不存在着敌对关系，韩愈也并不像"评法批儒"运动中所说的那样反动和落后。

从80年代初开始，学界虽然仍有一些人在探讨韩柳优劣的问题，但更多的学者则着眼于韩柳异同的分析和比较。

此时从思想方面分析其异同的文章主要有刘知渐的《韩愈、柳宗元哲学思想的异同》⑤，王春庭的《试论韩柳政治上的共同点》⑥《韩柳与佛老》⑦，严寿澂的《"永贞革新"与韩柳——思想渊源和社会背景分析》⑧，王一民的《韩柳异同新论》⑨等。其中王春庭文论述了韩、柳在反对藩镇割据、维护国家统一，主张仁政、反对暴政，主张用人唯贤、

---

① 《韩愈柳宗元文学评价》，第2页。
② 载《新建设》1963年第2期。
③ 载《新建设》1963年第8期。
④ 载《新建设》1963年第11期。
⑤ 载《重庆师院学报》1982年第1期。
⑥ 载《江西师院学报》1982年第1期。
⑦ 载《重庆师院学报》1982年第1期。
⑧ 载《重庆师院学报》1984年第1期。
⑨ 载《晋阳学刊》1985年第6期。

反对用人唯亲三个重大政治问题上的共同点,说明他们"在政治上是朋友,而绝不是什么敌人",二人都是"唐代比较进步的地主阶级的政治家和文学家"。

从文学观、文学风格、创作成就等方面探讨韩柳异同的文章则更多,如刘知渐的《韩、柳文艺思想之比较》①,郁沅的《韩愈柳宗元美学思想之比较》②,严寿澂的《从元和诗风之变看韩柳诗》③,徐正英、田濮的《韩愈柳宗元山水散文艺术比较》④,吴小林的《论韩柳散文的异同》⑤,刘洪仁的《论韩柳杂文的思想成就》⑥,洪本健的《韩文如水柳文如山略说》⑦,蒋凡的《韩愈、柳宗元的古文"小说"观》⑧,司马德琳的《贬谪文学与韩柳的山水之作》⑨等。

其中刘知渐文认为韩柳二人"政治立场和政治思想基本一致",在此基础上形成的文学思想也"大同小异"。文章从文的概念、文道关系、文学的相对通俗化、文学的继承与创新等方面分析了二人观点的异同。郁沅文指出韩柳的美学思想共同为中唐古文运动打下了坚实基础,是促使古文运动取得胜利的一个重要原因,但二人美学思想却有同有异,从不同的角度对古文运动产生着影响。文章从文道关系、创作的原则、创作的方法与技巧、作家的精神和道德修养与创作的关系四个方面论述了韩柳观念的异同。

严寿澂文把韩柳诗歌放到元和诗风的变化过程中进行分析比较,认为他们都"矫浮返实","力辟新境",但二人诗格"颇有不同":"韩文以气势胜,柳文以骨力胜。二人诗格大致也如此,可说功力悉敌。"韩、柳二人诗歌创作的渊源不同,风格不同,创造的诗境以及对唐诗发展的贡献也不同。"柳诗精裁细密,不广用虚词,不大发议论,也不用散文笔法入诗,较之韩诗,是约而不肆。柳开辟新境界之功到底不能和韩相

---

① 载《重庆师院学报》1983年第2期。
② 载《文艺论丛》第22辑,上海:上海文艺出版社,1985年。
③ 载《文学遗产》1987年第4期。
④ 载《郑州大学学报》1988年第3期。
⑤ 载《中国人民大学学报》1988年第4期。
⑥ 载《四川教育学院学报》1988年第2期。
⑦ 载《江海学刊》1989年第5期。
⑧ 载《学术月刊》1993年第12期。
⑨ 载《文学遗产》1994年第4期。

比。""柳之矫浮从'炼'入，复古成分居多；韩之矫浮从'肆'入，自出机杼的成分居多。就唐格而论，是柳胜韩；就变而言，韩则胜柳。""唐以后诗，大体分为唐、宋两种风格"，"而宋诗的开山祖非韩莫属。因此，在诗歌发展史上，韩愈的地位自然要高于柳宗元。韩足称大家，柳只能是名家"。

徐正英、田濮文从山水文学这个侧面比较了韩柳散文的异同。他们认为，在影响上，柳的山水散文被公认为开拓之作，而韩的四篇山水散文的光彩却被淹没了。在景物选择上，韩多选胜景古迹，而柳所选则多是鲜为人知的"小景致"。韩文展示的是壮阔古雅的名胜图，柳文描绘的是清幽深邃的山水画。在表现手法上，韩文用典有过滥之嫌，柳文征引却有神化之妙。就传统而言，韩文重继承，柳文贵创新。"粗略勾勒"与"精细描绘"是韩、柳笔法的重要区别。韩文多用赋、白描，柳文多用比兴，情景交融、形神兼备。在语言风格上，韩文平易自然，柳文细密峭拔。韩柳山水散文的相同部分，基本上都是传统的未成熟的山水文学所共有的，而不同部分恰都是柳宗元的独创。

吴小林文认为，从总体上不当论韩、柳散文的优劣，但可以而且应该比较其异同。韩、柳散文的共同特色表现在：许多散文文理兼胜，思想性与艺术性和谐统一；散文的文学色彩和审美特征更加明显；结构既严谨有序又灵动多变；语言精练生动，明晓流畅，具有整齐错落之美。韩柳散文的不同风貌是：韩文表达感情的方式往往是爆发式的、倾泻无余的，充满着旺盛的气势；叙写尚奇务新，触处皆活；语言更富有独创性和新鲜感。柳文表达感情的方式，常常是含蓄深婉的，富有讽谕性；构思细密，用笔精严；语言更加精悍凝敛，冷峭峻洁。洪本健文，也就韩柳散文的风格表现，从情思、文势、结构、语言四个方面进行辨析。

蒋凡文着眼于韩柳文学观念之同，透视了韩、柳古文"小说"观念的形成原因及其理论内涵，并阐发了韩柳古文小说理论对当时古文运动的积极推动作用及其对后世小说创作的深远影响。

第十三章 敦煌文学研究

第一节 20 世纪敦煌文学研究概述

敦煌文学是敦煌学的一个重要组成部分,虽然学界对"敦煌文学"的内容和范畴有不同的理解,但是人们常提到的不外是曲子词、诗歌、变文、话本小说、俗赋等几类而已。而且,20 世纪的敦煌文学研究的成果也主要体现在这几个方面,所以,我们下面仅对 20 世纪人们在敦煌变文、敦煌诗歌[①]、敦煌赋、敦煌讲唱文学以及王梵志诗歌几个敦煌文学研究领域[②]中所取得的成果进行介绍[③]。

[①] 韦庄的《秦妇吟》的重新发现与研究情况,参见"晚唐五代文学研究"中的"韦庄研究"部分。
[②] 敦煌曲子辞研究的研究情况,参见"唐五代词研究"部分。
[③] 主要参考林家平、宁强、罗华庆:《中国敦煌学史》,北京:北京语言学院出版社,1992 年;张锡厚:《敦煌文学的历史贡献——兼谈八十年来敦煌文学的整理和研究》,载《文学评论丛刊》第 9 辑,1981 年;周绍良、张锡厚:《解放以来全国敦煌语言文学研究述评》,载《敦煌语言文学研究》,北京:北京大学出版社,1988 年;陈人之:《八十年来我国之敦煌学》,载《敦煌学论集》,兰州:甘肃人民出版社,1985 年;刘进宝:《敦煌学研究八十年》,载《西北师大学报》1991 年第 5 期;孙晓林:《九十年代国内敦煌吐鲁番学新著述评》,载《北京图书馆馆刊》1994 年第 3、4 期;季羡林主编:《敦煌学大辞典》,上海:上海辞书出版社,1998 年。另:本章之写作,承北京大学中古史研究中心荣新江教授、中华书局徐俊先生惠借大量资料,徐俊先生还为本文之写作提出了很好的修改意见,特此致谢。

20 年代

20世纪20年代,是敦煌文学研究的肇始期。真正意义上的敦煌文学研究是从1920年王国维发表《敦煌发见唐朝之通俗诗及通俗小说》① 一文开始的。该文虽然论述不太深入,但是由于作者超凡的识见和精辟的考证,同时又是敦煌文学研究的第一篇力作,所以在敦煌文学研究史上独具开创之功,影响十分深远。

稍后不久,罗振玉辑印的《敦煌零拾》② 一书,虽然篇幅不长,但不失为敦煌学史上第一部专科文学类的文集。该书共收七类十三种敦煌写本,或抄自伯希和所寄影本、或转录自日本狩野直喜所抄斯坦因本,还有录自中村不折所藏原卷,内容为《秦妇吟》《云谣集》《季布歌》、曲子词、《搜神记》等各类文学作品。每类后所附罗氏跋语,颇见校勘之功。

翌年面世的刘复辑印的《敦煌掇琐》③,也是类似的著作。该书收集了作者从法国国立图书馆中录出的104种敦煌写本,其中上辑为有关民间文学的写本,有俗赋、变文、诗歌、曲子词、舞谱等,为后来的敦煌文学研究提供了资料,在敦煌文学分类上亦有一定的启示意义。

1929年,郑振铎撰写的《敦煌的俗文学》④ 是一篇具有深邃思想和丰富内容的重要论文。该文极力推崇敦煌俗文学的重要价值,对敦煌俗文学进行了探源和分类,推测了俗文学的作者,将《目连变文》进行纵横比较,阐发"俗文"与"变文"对后世文学的影响。像他这样大力推崇和系统深入地研究敦煌文学,是前所未有的,故而启示着后来敦煌文学各个领域的研究,在敦煌学史上具有不可磨灭的思想光辉和理论价值。

同时,从文学史角度对敦煌俗文学进行论述的学者还有胡适。他的有关论述主要体现在《白话文学史》(上卷)的"自序""引子""佛教

---

① 载《东方杂志》第17卷第8期,1924年春,1920年。
② 罗振玉:《敦煌零拾》,上虞罗氏印行,1924年;《罗雪堂先生全集》第3编第7册、《敦煌丛刊初集》第8册均影印了此书。
③ 载《"中央研究院"历史语言研究所专刊》之二,《北京大学国学门丛书》之一,1925年印行;中国科学院考古研究所1957年补刻重印;又收入黄永武主编:《敦煌丛刊初集》第15册,台北:新文丰出版公司,1985年。
④ 载《小说月报》第20卷第3号,1929年。

的翻译文学"和"唐朝的白话诗"等部分,他也十分强调敦煌俗文学的重要性,首次考订出王梵志诗的卷子本,推断出王梵志大致的生卒年代,为王梵志诗研究开了先河。

1929年10月,向达在《小说月报》第20卷第10号上发表的《论唐代佛曲》,也是一篇十分重要的研究敦煌文学的文章。其写作目的主要是:"一方面钩稽唐代佛曲,考其来源;一方面申论佛曲与俗文变文是两种不同的东西,以正罗氏之失。"这篇文章的学术价值也正在于此。

三四十年代

这是敦煌文学研究的勃兴期。在前一时期学界研究的基础上,这一时期敦煌文学研究涌现出一批质量高、规模大、影响深远的论著。而且它们在选题的独创性和考论的精深程度上都大大地超过了前一时期的同类成果,使得敦煌文学研究上了一个新的台阶。

这个时期在敦煌文学研究领域较有建树的学者主要有王重民、向达、孙楷第和郑振铎等。

王重民早在1925年在上大学期间,即以"勤工俭学"身份参与编纂《国学论文索引》,开始接触有关敦煌学的材料。1934年夏,他又奉派去法国与英国工作,直至1939年欧战开始后撤离。这五年多时间,他大量地接触了伯希和与斯坦因盗去的遗书材料,所得甚丰,从材料搜集等方面奠定了以后研究的基础。这段时期,不但对于王重民个人,即便对于国际和我国敦煌学界来说,都可说是一个高潮时期、黄金时代。在这段时期里,王重民最大的贡献之一,是编成了《伯希和劫经录》的初稿[①]。在这段时期里,王重民还注意向国内迅速传布信息。从1935年起,他在《大公报图书副刊》《北平图书馆馆刊》《图书季刊》《金陵学报》《东方杂志》等刊物上,几十次公布了新的材料和自己的研究成果。其中有创见的代表作如:(1)《金山国坠事拾零》[②],这是系统地研究"金山国"历史的第一篇论文,也是以后研究这个问题时必须阅读的第一篇文章。(2)《敦煌本历日之研究》[③],这是系统地研究敦煌遗书中历本的总结性开山名作。(3)他在伯3747号卷子中发现了《众经别录》的残本,后来在《敦煌古籍叙录》和为姚名达先生《中国目录学史》新

---

① 后来整理成《伯希和劫经录》,1962年在《敦煌遗书总目索引》中公开发表。
② 载《国立北平图书馆馆刊》第9卷第6期,1935年。
③ 载《东方杂志》34卷第9期,1937年。

版所作的"后记"中披露出来①。此卷首尾残缺，无书名，残存八十部佛经的著录内容。经王先生据书内类目名称考出，这是我国现存第一部最古佛经目录，也是仅次于《汉书·艺文志》的现存第二部最古目录。王先生的这一发现，在目录学和佛教经录研究史上贡献很大。更重要的是，王重民在英法期间的研究为他后来诸多敦煌学代表著作②的出版打下了坚实的资料基础③。

向达在30年代初曾经受命赴英国伦敦和法国巴黎，他在那里亲眼见到了许多敦煌写本。回国以后，他发表了《记伦敦所藏的敦煌俗文学》④，介绍了他所看到的伦敦大不列颠博物馆所藏的部分敦煌俗文学卷子的情况。文章在著录了40卷左右的卷子后，还将之分类作了评介，最后总结了敦煌俗文学对中国俗文学的贡献：第一，在题材上，"为宋以后写小说杂剧传奇的人，预先展开一片广漠的新土，这真不是一件可以忽略的史实！"第二，它是"活的语言"的仓库，使得日后的小说戏曲才能取用不竭、左右逢源。《唐代俗讲考》是向达在这一时期发表的又一篇重要论文。该文初稿曾刊于1934年12月出版的《燕京学报》第16期上，其后不断补充修订，于1944年发表于《文史杂志》第3卷第9、10期合刊上，1950年又载于《国文季刊》第3卷第4号。该文主要探讨了唐代俗讲的名称、来源和演变，考证出俗讲与唱导异名而同实，钩稽出俗讲的真实仪式，论证了变文即为俗讲之话本，摸索了俗讲文学的来源与演变的规律。这些都是具有重大学术意义的课题。而且，他还能将佛经、古代一般文学与敦煌文学融会贯通，进行综合交叉研究，在研究方法上对后人也有较大的启示。

---

① 最早发表于1938年2月。

② 编纂《敦煌曲子辞集》，1950年1月由商务印书馆出版，1957年修订再版；主编《敦煌变文集》，1957年由人民文学出版社出版，1984年再版；汇编《敦煌古籍叙录》，1958年由商务印书馆出版，1979年由中华书局再版；主编《敦煌遗书总目索引》，1962年由商务印书馆出版，1984年由中华书局再版；撰《补全唐诗》《敦煌唐人诗集残卷》，编入《全唐诗外编》，1982年由中华书局出版；撰《补全唐诗拾遗》，编入《中华文史论丛》1981年第4辑。王先生逝世后，刘修业先生编辑遗文，出版了《敦煌遗书论文集》《中国目录学史论丛》《冷庐文薮》三部论文集。

③ 本节之写作参考了白化文：《王重民先生的敦煌遗书研究工作》，载《北京图书馆馆刊》1997年第3期。

④ 载《新中华杂志》第5卷第13号，1937年。

几乎与向达同时，孙楷第也对"俗讲"和"变文"进行了缜密的研究。他在30年代接连发表了《唐代俗讲轨范与其本之体裁》[①]《敦煌写本〈张义潮变文〉跋》[②]《敦煌写本〈张淮深变文〉跋》[③]等论文。其《唐代俗讲轨范与其本之体裁》一文主要论述了唐代俗讲中的"讲唱经文"一体，考证严密，规模宏大。文中关于讲唱的程式（轨范）和职掌的探讨，发前人所未发；关于俗讲程式的内部诸种关系的研究，亦独到精辟；关于俗讲仪式中某些术语的诠释考定，也都十分精要，至今仍为学界所首肯。

郑振铎的《中国俗文学史》于1938年8月由商务印书馆出版。此书下卷辟出两个专章——"唐代的民间歌赋"（第五章）和"变文"（第六章），对敦煌文学进行详细的介绍和论述，这比胡适《白话文学史》中蜻蜓点水似的涉及俗文学，不仅材料要丰富得多，而且论述态度和观点也要热忱和鲜明得多。其中，第五章"唐代的民间歌赋"对敦煌诗歌、歌辞类的作品进行评述，时见精义；第六章"变文"更以"宣言"式的口吻，高高标举出敦煌发现变文对于中国文学史的巨大意义，而且作者认为，学界过去种种有关"变文"的称谓如"佛曲""俗文"和"唱文""讲唱文"等等，都不够准确、不太全面，只有用"变文"称之才最为恰当。作者还进一步阐述了他对"变文"定义、来源、韵式、篇章结构及分类的独到看法。

三四十年代对敦煌文学进行专门探讨的学者除了上述三位，还有傅芸子、容肇祖、陈志良、张寿林、吴世昌、刘修业等。他们或辑佚，或考证，或探源，或辨析，都作出了一定的贡献。

另外，此一时期敦煌文学研究还有一个新的特点，即从前期的各人相对独立的研究状态发展到互相讨论，学术争鸣气氛较浓。人们在40年代曾对俗讲、变文的仪式，"俗讲""变""变文""变相"的来源，变文的体制等问题展开过热烈的讨论[④]，促进了敦煌文学研究的深入。

五六十年代

这是敦煌文学研究的蓬勃发展期。由于20世纪上半叶在敦煌文学

[①] 载《国学季刊》第6卷第2号，1938年。
[②] 载《图书季刊》第3卷第3期，1936年。
[③] 载《"中央研究院"历史语言研究所集刊》第7本，1937年。
[④] 这次讨论的有关情况将在本章第二节"敦煌变文的整理与研究"部分介绍。

研究方面已经有了较为丰厚的成果积累，又由于40年代对诸多问题的热烈讨论，再加上国家对敦煌学的重视和学界的同心协力，使得从五十年代初到六十年代中期，敦煌文学研究呈现出蓬勃发展、欣欣向荣的景象。

这主要表现在：

第一，大量成批的敦煌文学整理与研究专集、专著相继问世。由于此一时期全国敦煌学者们通力协作，推出了不少集成化的成果。如在敦煌变文的整理和汇辑方面，就有周绍良的《敦煌变文汇录》①，和王重民、王庆菽发起，由向达主持，周一良、启功、曾毅公等众多学者参加编集的《敦煌变文集》②。其中后者由于编校力量雄厚，质量较高，被公认为变文辑本中最为丰富、最为完备的一部。在敦煌歌辞的整理和结集方面，同样有王重民的《敦煌曲子词集》③和任二北的《敦煌曲初探》④《敦煌曲校录》⑤等集成式的著作。在敦煌文学语言的研究方面，则出现了蒋礼鸿的《敦煌变文字义通释》⑥这样专门研究敦煌俗文学语言字义的专书。由于该书学术价值较高，所以一版再版，成为人们阅读和研究敦煌变文必备的工具书，至今仍是敦煌变文语言研究方面不可多得的重要著作。

第二，学界对变文的多方面的探讨都有较大的进展，在变文来源问题上，人们除了为"外来说"和"本土说"继续寻找论据，作进一步的讨论，还不断有人提出新的观点。如王庆菽在《试谈"变文"的产生和影响》⑦中提出"变文"渊源于中国传统文学的新说，程毅中《关于变文的几点探索》⑧认为"变文"和"变相"有关，"变"就是"变化"

---

① 周绍良编：《敦煌变文汇录》，上海：上海出版公司，1954年初版，1955年又出版了增订本。
② 王惠民、王庆菽、向达等编：《敦煌变文集》，北京：人民文学出版社，1957年。
③ 王重民辑：《敦煌曲子词集》，上海：商务印书馆，1950年。
④ 任二北：《敦煌曲初探》，上海：上海文艺联合出版社，1954年。
⑤ 任二北校：《敦煌曲校录》，上海：上海文艺联合出版社，1955年。
⑥ 蒋礼鸿：《敦煌变文字义通释》，上海：上海古籍出版社，1981年。
⑦ 载《新建设》1957年等3期。
⑧ 载《文学遗产增刊》第10辑。

的意思,别无深意,杨公骥《变相、变、变文考论》①也认为,所谓"变文",乃是"变"(壁画、画卷)的解说文,是结合着"变"(壁画、画卷)上的故事情节来讲唱的,这是对我国传统的"图、传、赞"样式的继承和发展。

第三,开拓了敦煌文学研究的新领域,打通了敦煌文学研究与其他敦煌学研究领域。如李骞的《唐话本初探》②就是一篇从新的角度研究敦煌俗文学的重要论文。他将"变文"一律看作"唐话本",从特征、渊源、流变、艺术成就、作用和影响诸方面进行全面探讨,自成一家。金维诺的《〈祇园记图〉与变文》③将"变文"(敦煌文学)与"变相"(敦煌美术)进行交叉研究,开了对敦煌石室遗书和敦煌石窟艺术作综合、立体探讨的先河,在整个敦煌学史上也具有特殊的意义。

八九十年代

在"文革"结束后的二十多年的时间里,敦煌文学研究出现了前所未有的繁荣和兴盛。

首先,从80年代初开始,陆续出现了一些规模更大、搜罗更全的敦煌文学作品的汇辑本,如敦煌歌辞方面的著作有任半塘的《敦煌歌辞总编》④,任半塘、王昆吾的《隋唐五代燕乐杂言歌辞集》⑤等;敦煌变文方面的著作主要有周绍良的《敦煌变文集补编》⑥,黄征、张涌泉的《敦煌变文校注》⑦等;敦煌赋和敦煌愿文方面的有伏俊连的《敦煌赋校注》⑧,黄征、吴伟的《敦煌愿文集》⑨,张锡厚的《敦煌赋汇》⑩等;

---

① 载杨公骥:《唐代民歌考释及变文考论》,长春:吉林人民出版社,1962年。
② 载《辽宁大学学报》1959年第3期。
③ 载《文物参考资料》1958年第11期。
④ 任半塘编著:《敦煌歌辞总编》,上海:上海古籍出版社,1987年。
⑤ 任半塘、王昆吾编著:《隋唐五代燕乐杂言歌辞集》,成都:巴蜀书社,1990年。
⑥ 周绍良、白化文、李鼎霞编:《敦煌变文集补编》,北京:北京大学出版社,1989年。
⑦ 黄征、张涌泉校注:《敦煌变文校注》,北京:中华书局,1997年。
⑧ 伏俊连:《敦煌赋校注》,兰州:甘肃人民出版社,1994年。
⑨ 黄征、吴伟编校:《敦煌愿文集》,长沙:岳麓书社,1995年。
⑩ 张锡厚录校:《敦煌赋汇》,南京:江苏古籍出版社,1996年。

敦煌诗歌整理方面有王重民的《补全唐诗·敦煌唐人诗集残卷》[①]、高嵩的《敦煌唐人诗集残卷考释》[②]、汪泛舟的《敦煌僧诗校辑》[③] 等；王梵志诗歌整理方面的著作有张锡厚的《王梵志诗校辑》[④]、项楚的《王梵志诗校注》[⑤] 等。

其次，80年代以后，学界还明确提出"敦煌文学"这个概念，人们对敦煌文学研究范围和内涵的认识逐步明确和加深，并将敦煌文学研究与敦煌学的其他研究领域区别开来。这二十年间，学界先后出版了好几部敦煌文学概论性质的著作，如张锡厚的《敦煌文学》[⑥]、颜廷亮主编的《敦煌文学》[⑦]《敦煌文学概论》[⑧] 等。其中，张锡厚著对70年来我国敦煌文学的研究作了精要的总结，他将敦煌文学分为敦煌歌辞、敦煌诗歌、敦煌变文、敦煌话本小说、敦煌俗赋词文和其他文体几部分，代表了学界对敦煌文学的传统看法。颜廷亮主编的两部著作则充分吸收了周绍良《敦煌文学刍议》[⑨] 一文中的观点，打破了数十年来对敦煌文学概念的狭隘理解，把敦煌遗书中的俗文学作品和非俗文学作品均归入敦煌文学，从而大大扩展了敦煌文学的内容和范围。书中对社会历史文化背景、分类、作者队伍、思想内容、艺术风貌和历史贡献等重要问题，也都在前人研究的基础上提出了新的见解，得出了新的结论。

80年代以后，敦煌文学研究的新局面还体现在学术研究结构、敦煌文学研究专业刊物的纷纷涌现和国内学术活动的频繁、国际学术交流的加强等方面。1982年7—8月间，在甘肃兰州和敦煌两地举行了敦煌文学座谈会，这是开始敦煌学研究以来，国内敦煌文学研究工作者的首次盛会。这次会议的中心议题是：如何进一步把我国敦煌文学研究工作搞上去。是年9月，甘肃省社会科学院文学研究室主办的《敦煌文学研究通讯》（后于1985年1月易名《敦煌语言文学通讯》）创刊，这标志

---

① 载《全唐诗外编》。
② 高嵩：《敦煌唐人诗集残卷考释》，银川：宁夏人民出版社，1982年。
③ 汪泛舟：《敦煌僧诗校辑》，兰州：甘肃人民出版社，1994年。
④ 张锡厚校辑：《王梵志诗校辑》，北京：中华书局，1983年。
⑤ 王梵志著，项楚校注：《王梵志诗校注》，上海：上海古籍出版社，1991年。
⑥ 张锡厚：《敦煌文学》，上海：上海古籍出版社，1980年。
⑦ 颜廷亮主编：《敦煌文学》，兰州：甘肃人民出版社，1989年。
⑧ 颜廷亮主编：《敦煌文学概论》，兰州：甘肃人民出版社，1993年。
⑨ 载《社会科学（甘肃）》1988年第1期。

着我国有了一个专门刊载敦煌文学研究成果的学术刊物。1983年8月15日至22日，酝酿已久的中国敦煌吐鲁番学会成立大会暨1983年敦煌学术讨论会在兰州隆重举行。语言文学小组近30名代表，还进行了小组活动。会上，语言文学小组的代表们普遍认为，为了促进敦煌语言文学研究的新发展，有必要成立中国敦煌吐鲁番学会语言文学会，并在兰州建立中心。经过一年多的努力，1984年10月"中国敦煌吐鲁番学会语言文学分会"在杭州宣告成立，会址分别设于杭州大学古籍研究所和甘肃省兰州市甘肃社会科学院文学研究所内。这标志着我国敦煌语言文学研究进入了一个新阶段。1991年以后，会名改为"中国敦煌吐鲁番学会语言文学委员会"。到1996年为止，学会在杭州、乌鲁木齐、酒泉、天水、北京、兰州、银川、成都等地共举行敦煌语言文学研究学术研讨会八次。

第二节 敦煌变文的整理与研究

敦煌变文研究是起步最早、取得成果最大的敦煌学研究领域之一。从20世纪20年代至世纪末将近八十年的时间里，学界无论是在对敦煌变文这一文学类别的讨论和认识上，还是在对它的整理、汇辑和研究方面，都取得了相当大的进展[①]。

一、关于敦煌"变文"的讨论

关于"变文"名称的讨论

由于敦煌卷子中的大量讲唱文学写本的原卷大都残破太多，加上题名不一，所以人们对它们的认识有一个过程。

20世纪较早著文对敦煌变文进行研讨的学者是王国维，他在以"静庵"为笔名发表的《敦煌发现唐朝之通俗诗及通俗小说》一文中用

---

① 下文对20世纪敦煌变文研究情况的介绍，主要参考了周绍良、白化文编：《敦煌变文论文录》，上海：上海古籍出版社，1982年。旁参曲金良：《敦煌"变文"研究史述论》，载《唐代文学研究年鉴》1992年卷；高国藩：《敦煌变文讨论综述》，载《中国古典文学论丛》第5辑，1987年；林家平、宁强、罗华庆：《四十年代关于变文和"变"字的研讨》，载《兰州学刊》1985年第6期。

"通俗小说"来指称之。1924年，罗振玉编的《敦煌零拾》则将《降魔变文》《维摩诘经讲经文》《欢喜国王缘》等统统称为"佛曲"，这是人们对变文最早的一种称呼。稍后，徐嘉瑞的《敦煌发现佛曲俗文时代之推定》①和郑振铎的《佛曲叙录》②都采用了"佛曲"这种称呼。

但是，到20年代末，学者们已经相继感到"佛曲"这个名称并不符合变文的内容。于是，向达在《论唐代佛曲》③中指出"敦煌发现的俗文之类而为罗振玉所称为佛曲者，与唐代的佛曲，完全是两种东西"，但还是没有找到合适的名称。首次将之称为"变文"的学者是郑振铎，他在《敦煌的俗文学》④中说："这种俗文虽可说是佛曲的起源，却并不是佛曲；'变文'之体，似更近于佛曲，所以我们应该更正确的名之曰'俗文'，曰'变文'。"这个称呼逐渐为学界所承认。后来虽然还不时有人指出用"变文"统称敦煌发现的说唱文学作品并不太合适，但是人们还是习惯称之为"变文"。

由于"变文"这个名称基本上已为学界所公认，于是人们又开始对何谓"变文"，即"变"的字义进行讨论。

最早对"变文"之名及其"变"字进行解释的学者还是郑振铎。他在1932年出版的《插图本中国文学史》中古文学第三十三章"变文的出现"中说："原来'变文'的意思，和'演义'是差不多的。就是说，把古典的故事，重新再演说一番，变化一番，使人们容易明白。正和流行于同时的'变相'一样，那也是以'相'或'图画'来表现经典的故事以感动群众的。"⑤他在《中国俗文学史》中又说："像'变相'一样，所谓'变文'之'变'，当是指变更了佛经的本文而成为'俗讲'之意。……后来'变文'成了一个'专称'，便不限定是敷演佛经之故事了。"⑥

到40年代，学界又出现不同的看法。如1943年，向达在《唐代俗

---

① 载《文学周报》第199期，1925年；又载《澎湃》第13、14期，1925年。
② 载《小说月报》第17卷号外《中国文学研究专号》。
③ 载《小说月报》第20卷第10号，1929年；又见其《唐代长安与西域文明》，北京：生活·读书·新知三联书店，1957年。
④ 载《小说月报》第20卷第3号，1929年。
⑤ 《插图本中国文学史》第2册，第449页。
⑥ 《中国俗文学史》，第190页。

讲考》① 中就认为,"变文"原为"民间流行说唱体",而为佛教俗讲所借用。

几乎与向达此文同时,傅芸子也提出了自己的见解:"所谓变者,乃佛的'说法神变'(佛有三种神变,见《大宝积经》八十六)之义。唐五代间,佛教宣传小乘,有两种方式,即变相图与变文,均刺取经典中的神变作为题材,一为绘画的,一为文辞的,即以绘画为空间的表现者为变相图,以口语或文辞为时间的展开者为变文是也。"②

在向达文发表后不久,周一良又发表了不同的看法,他在《读〈唐代俗讲考〉》③ 中指出:"我觉得变文之变,与变歌之变没有关系。变文者,'变相之文'也。……我觉得这个变字似非中华固有,当是翻译梵语。我疑心'变'字的原语,也许就是 citra。(此字有彩绘之意。)"

紧接着,关德栋又提出新的解释和论证:"我以为与其说'变'字的原语是 citra,不如说'变'字的原语是 mandala 较为得宜。"④ 他在《略说"变"字的来源》⑤ 还进一步指出:"我觉得'变相''变文'的'变'字的来源是这样:(一)'变文'的'变'字就是'变相'的'变'字;(二)'变相'的渊源是'曼荼罗';(三)'变相'的'变'字就是翻译梵语 mandala 一字的略语。"

50年代,孙楷第在《中国短篇白话小说的发展与艺术上的特点》⑥ 中对傅芸子观点作了进一步的申述,他认为:"'变'当非常解。……歌咏奇异事的唱本,就叫作'变文'。"他的《读变文·变文之解》⑦ 还对"变文"之"变"作了进一步的考释:"按变即神通变化之变。……以图像考之,释道二家,凡绘仙佛像及净重变异之事者,谓之变相。……其以变标立名目与'变文'正同,盖人物事迹以文字描写则谓之'变相',

---

① 载《文史杂志》第9、10期合刊,1944年。
② 傅芸子:《关于〈破魔变文〉:伦敦足本之发见》,载《艺文杂志》1943年第1卷第3期。
③ 载《大公报·图书周刊》第6期,1947年。
④ 关德栋:《读〈唐代俗讲考〉的商榷》,载《大公报·图书周刊》第15期,1947年。
⑤ 载《大晚报·通俗文学》第25期,1947年。
⑥ 原载《文艺报》1953年第3期;又载其《论中国短篇白话小说》,棠棣出版社,1953年。
⑦ 载《现代佛学》第1卷第10期,1951年。

省称亦曰'变',其义一也。然则变文得名,当由于其文述萨佛诸菩神变及经中所载变异之事。"

60年代,程毅中的《关于变文的几点探索》① 一文进一步阐述了"变文"之得名与"变相"之关系:"变文之得名,大致可以认为和佛家所谓的变相有关系,变文就是变相图的说明文字。……变文与变相相配合,……'看言'眼看变相,耳听变文,自得相映成趣之乐。"这个观点在当时国内学界反响不大,却得到了日本学者金冈照光的高度评价,称之为"三十年来研究的最新成就"②。

80年代,白化文的《什么是变文?》③ 对"变文"与"变相"的有关观点作了更为详细的考辨,他根据现存敦煌写卷中种种"变文"与"变相"相辅相成的迹象,逐步推论出:变文作为一种文字,和另一种叫作变相的图画有不可分割的关系,两者相辅而行。

虽然学界对"变文"和"变"字的字义进行了长时间的讨论,但是直至现在尚未形成一种为学界普遍认可的看法。

关于"变文"来源的讨论

关于"变文"这种文体的来源,20世纪上半叶的大部分学者都倾向认为是外来的。如郑振铎在《中国俗文学史》中就指出,"变文的来源,绝对不能在本土的文籍里来找到","印度的文籍,很早的便已使用到韵文散文合组的文体"④。胡适的《白话文学史》和徐调孚的《讲唱文学的远祖——八相变文及其他》⑤ 也都持类似的看法。关德栋在《谈〈变文〉》⑥ 和《略说"变"字的来源》⑦ 两文中均努力从印度文学中寻找"变文"的来源。他在前文中明确指出:"印度文学有一种最特别的体裁,就是在散文记叙之后往往缀以韵文的偈颂 Gāthā(佛经中常译作:讽颂、伽他、伽陀、或偈),重说一遍。……这种体裁输入中国以

---

① 载《文学遗产增刊》第10辑。
② 金冈照光:《敦煌出土文学文献分类目录》解说之部"敦煌文学文献的文学史的研究动向",东洋文库,1971年。
③ 载《古典文学论丛》第2辑;后收入《敦煌变文论文录》。
④ 《中国俗文学史》,第191页。
⑤ 载《中学生》第189期,1941年。
⑥ 载《觉群周报》第1卷1—10期,1946年。
⑦ 载《大晚报·通俗文学》第25期,1947年。

后，在中国文学上却发生了不小的意外影响。像唐五代产生的'变文'，便是从这种印度文学形式中得来的。"

当时也有人认为，"变文"这一文体是中国本来就有的。如向达在《唐代俗讲考》中就认为，变文的来源"当于南朝清商曲旧乐中求之"，或即"变歌之一类"。但这种看法，当时响应者寥寥。

直到50年代中后期，王庆菽《试谈"变文"的产生和影响》[①]一文发表之后，变文出于中国本土说才开始为学界所关注。王氏认为："变文是唐代民间创作的一种新文体，它的体裁是有说有唱的。"[②]"因为中国文体原来已有铺采摛文、体物叙事的汉赋，也有乐府民歌的叙事诗，用散文和韵文来叙事都具有很稳固的基础。……所以我认为'变文'是当时民间采取'俗讲'的方法来说当时历史传说和故事的一种话本；而'俗讲'也可能采用当时民间形式的歌曲和说话方式，以求引人入胜的。"[③]

此后，王重民作《敦煌变文研究》[④]，进一步探讨了"变文"这一文体在中国本土的渊源，他十分明确地说："变文的起源没有直接受到、或在体裁上竟完全没有受到印度文学的影响。"[⑤]他通过对"变文"三个组成部分尤其是对第三部分——唱词的构成的分析，得出结论："变文的产生，是汲取了古代民间文学各种创造体裁的结晶，而发展成为更艺术，更美丽，更善于表达歌唱自己思想的工具。"[⑥]同时，程毅中的《关于变文的几点探索》[⑦]也指出："变文这种新文体可以说古已有之"，"变文是在我国民族固有的赋和诗歌骈文的基础上演进而来的"，"这种文体为佛教徒所垄断，改造成为讲唱经文"。

80年代以后，人们对于"变文"这一文体的来源究竟是印度文学还是中国本土文学仍然莫衷一是，甚至在1985年8月的"一九八五年中国敦煌吐鲁番学术讨论会"上文学组的学者们还对这一问题展开过热

---

① 载《敦煌文学论文集》，长春：吉林大学出版社，1987年。
② 同上书，第5页。
③ 同上书，第16页。
④ 此文写于60年代，载《中华文史论丛》1981年第2辑；后被收入《敦煌变文论文录》，文字略有不同；此据《敦煌遗书论文集》，北京：中华书局，1984年。
⑤ 《敦煌遗书论文集》，第191页。
⑥ 同上书，第223页。
⑦ 载《文学遗产增刊》第10辑。

烈的讨论。美国宾夕法尼亚大学教授梅维恒（Victor H. Mair）罗列了梵文中所有的"变"，说"变文"来自印度；兰州大学牛龙菲则罗列了所有汉文古籍中的"变"，说变文来自中国，双方争执不下，相约会后继续讨论。

关于敦煌变文体制和分类的讨论

最早对敦煌变文体制进行研究的学者也是郑振铎。他在《敦煌的俗文学》中论述了敦煌"变文"与"俗文"在体制特征上的分野，他说："二者虽同以诗与散文合组而成，然而组配的性质却完全不同。"第一，"俗文"是解释经典的，先引原来经文，后再加以演释。即将艰深不为"俗人"所懂得的经文，再加以通俗的演释，使人人都能明白知晓；变文则是采取古来相传的一则故事，拿时人所闻的新式文体——诗与散文合组而成的文体——而重新加以敷演，使之变文通俗易解，故谓之"变文"。第二，在文字上，"变文"与"俗文"便有了很大的差异，"俗文"是以经文为纲，先列原来经文，然后再将经文敷演为散文与诗句。全部散文与诗句便是"笺释"，便是"演文"。至于"变文"，则其全部的散文与诗句皆相生相切，映合成篇，既无一段提纲的文字，又不是屡屡复述前文的。他们是整篇的记载、纯全的篇章，其所取的故事并不是仅仅加以敷演，而是随意地用他们为题材。"总之，'俗文'不能离了经典而独立，他们是演经的，是释经的，'变文'则与所叙述的故事的原来来源并不发生如何的关系；他们不过活用相传的故事，以抒写作者自己的情致而已。"他后来在《中国俗文学史》中对"变文"的韵式、篇章结构及分类进行了更细入的研究。如他将变文的韵式归为两类：一类是七言式，其中夹杂着"三言"为其变式；一类是六言式、五言式，这是罕见的。他将变文的篇章结构也归为两类：第一类，将散文部分仅作为讲述之用，而以韵文部分重复的来歌唱散文部分之所述的。这样重叠式的叙述，恐怕是作者们怕韵文歌唱起来，听众不容易了解，故先用散文将事实来叙述一遍，其重要部分还是在歌唱的韵文。第二类，以散文部分作为"引起"，而以韵文部分来详细描状。这是比较合理的结构形式，因为散文和韵文交替运用，没有重床叠屋之嫌。结构上还有不同特色：像《维摩结经变文》每段之首，必引《经》文一段，然后尽情地加以演说与夸饰，化成光彩绚烂的锦绣文字，但大多数都是不引用经文的，直截了当地讲唱故事，并不指明那些故事的出处，更不注意到原来的经文是如何的说法，至于一般的不说唱故事的变文，更自然无须乎"引经据典"了。关于变文的分类，郑氏也作了简要的归纳：一为关于佛经故事的，又分为严格的说经的和离开经文而自由叙述的；一为关于非经文故事的，也可分为讲唱历史的或传说的故事和讲唱当代的有关西陲的"今闻"的。总之，郑振铎是最早对敦煌变文体制和分类进行深入探讨的学者，对后人的研究影响较为深远。

在郑振铎之后对变文体制进行探讨的学者是孙楷第。他在《唐代俗讲轨范与其本之体裁》中也将敦煌说唱文学分为"讲唱经文"与"变文"两类，他后来在《中国短篇白话小说的发展》中又将"变文"分为"经变"与"俗变"，说法更为精细。

50年代，周绍良在其《敦煌变文汇录·叙》中也从文体、句法与用韵三方面较为细致地分析了"变文"的结构。他说变文的体制，除散文外，其中韵文，大约可分为长偈、短偈两种。短偈大抵皆七言八句，近于七律之体。长偈上章，一律七言，或间用"三、三、七"句法，或叠用"三、三、七"句法。尤喜用复句，极反复歌咏之致。至长偈下章句法，或一律七言，或间用叠用"三、三、七"，句法亦同。唯皆用平韵，例无复句，此为不同。但亦有变体者，若《虞舜至孝变文》，通篇以六字叙述，此乃另一种新奇格局，而为另一演用之话本。

60年代，对变文的形式和体制、分类进行研究的学者主要有冯宇、程毅中和周绍良等学者。冯宇的《漫谈〈变文〉的名称、形式、渊源及影响》①根据内容特点和艺术形式将变文分为三类：押座文、缘起和变文。按艺术表现形式，变文又可分为五类：第一类是散韵相间的形式：（1）散韵在文中起同样的作用，两者紧密结合；（2）散文起主要作用，韵文重复歌咏散文的内容，用以加强散文部分；（3）散文叙述故事，韵文渲染描绘；第二类是基本由散文构成，偶有小段韵文或仅以韵文收尾的；第三类是全无韵文的纯散文体；第四类是只有韵文的形式；第五类是白话赋体小说式的。程毅中的《关于变文的几点探索》在研究变文的体制时，特别注意了张鷟的《游仙窟》，认为它和变文有密切关系。他说，《游仙窟》的文体很特别，在文学史上好像是一个孤立的现象。但它和变文不仅在体制上相似，在题材上也很相近。周绍良深感对敦煌讲唱文学如果漫无区别地都称之为"变文"是很不妥当的，所以他写了

---

① 载《哈尔滨师范学院学报》1960年第1期。

《谈唐代民间文学——读〈中国文学史〉中〈变文〉节书后》[1]，较为系统地讨论变文正名，变文的形式特征，变文与其他敦煌讲唱文学类型的分类区别等长期有争论的问题。他指出，"变文"的识别特征有二：一为"×××处，×××说"的形式，正是讲唱交替的地方，也正是显示、指点图画的时候，这正是"变文"的特征所在，当然有的加以省略。二为"当尔之时，道何言语"的形式。现存标明"变文"的都有这两种特征之一，而其他标明"词文""赋""讲经文""缘""缘起"等题目的卷子，都没有这些字样，可见都不是"变文"。

80年代以后，学界对敦煌变文体制和分类的研究，又有了一些进展。如高国藩在《论敦煌民间变文》[2]中就认为王重民的"变文"应分为五类：敦煌讲经文、敦煌民间变文、敦煌民间故事赋、敦煌民间话本、敦煌民间词文。在"变文的定义及其与其他文体的区别"一节里，对五类文体作了明确的区分。他还认为，其中的敦煌民间变文，依流传先后分为三类：第一类是民间故事变文，第二类是历史传说变文，第三类（也是最后产生的）是佛教故事变文。而押座文与缘起是佛教故事变文独特的派生物，无必要单独分类。

90年代以后，更多的学者则对用"变文"来称呼敦煌说唱文学是否合适进行了讨论。如张鸿勋的《敦煌话本、词文、俗赋导论》[3]和《敦煌说唱文学概论》[4]比较全面地探讨了敦煌变文的源流及其文体特征，认为《敦煌变文集》所收的78篇作品是一个复杂的文体组合，应严格区分变文和讲经文、话本、俗赋、词文的相异之处，充分重视敦煌写卷的原有题名：变文、变、缘起、缘、讲经文、词文、赋、话等。这些不同的文体，张鸿勋统称为"敦煌讲唱文学"。周绍良在《敦煌变文刍议》[5]中也认为："研究是不断发展的，认识也是逐步深入的，过去笼统视为'变文'的东西，经过仔细辨识之后，仅就形制、体裁而论，

---

[1] 载《新建设》1963年第1期。
[2] 载《敦煌学论集》。
[3] 张鸿勋：《敦煌话本、词文、俗赋导论》，台北：新文丰出版公司，1993年。
[4] 张鸿勋：《敦煌说唱文学概论》，台北：新文丰出版公司，1993年。
[5] 原为《敦煌文学作品选》前言，此据其《敦煌文学刍议及其他》，台北：新文丰出版公司，1992年。

大家已经看到它有各种形式之不同,是不能只以'变文'一词来概括的。"① 所以他将原来人们所说的广义的"变文"分为变文、讲经文、因缘(缘起)、词文、诗话、话本、赋等。

但是,项楚在《敦煌变文选注·前言》② 中则认为变文有广义和狭义之分,广义的"变文"其实就包含若干种不同的说唱文学样式,其中就有狭义的"变文"在内,在这种认识的基础上,使用广义的"变文"概念,界限是清楚的,也是说唱文学这类通用名词无论如何也无法传达的。所以"变文"一词还时常被作为书名沿用着。持类似观点的学者还有伏俊连③等。

二、敦煌变文的整理、校勘与研究

敦煌变文的整理与汇辑

20世纪上半叶并未出现一部纯粹的敦煌变文的汇集本,敦煌变文作品多散见于各种敦煌文献整理成果中,另外,关德栋先生编有《变文目》④,初步列出他所考知的敦煌变文作品。

50年代,相继出现了两部敦煌变文的汇集本,即周绍良的《敦煌变文汇录》和向达、王重民等人合编的《敦煌变文集》。

《敦煌变文汇录》是编者过录他手头所得的抄本而成,初版共收变文38种,增订本增加了尚未外传的《孟姜女变文》,将原来的首段残缺的《王陵变文》补全,其他的也根据完整的写本补正了许多脱误的文字,使内容更为完善。书中只收敷衍佛经神变故事的俗讲话本或押座文;类似变文的俗赋和话本小说,一概未收。每篇之前均有一段说明文字,记有出处、卷次或编者的考证意见,可资参考。另外书前有叙,对变文的体制与变文有关的一些问题作了说明。编者还据向达、傅芸子、关德栋三家所列敦煌变文目录,汇集为《敦煌所出变文现存目录》,分列押座文、缘起、变文三组,计127种,载于书前。

《敦煌变文集》为向达、王重民、王庆菽、周一良、启功、曾毅公

---

① 《敦煌文学刍议及其他》,第66页。
② 项楚:《敦煌变文选注》,成都:巴蜀书社,1990年。
③ 伏俊连:《关于变文体裁的一点探索》,载项楚主编:《敦煌文学论集》,成都:四川人民出版社,1997年。
④ 载《中央日报·俗文学(上海)》第64期,1948年。

六人合编。他们根据王重民、王庆菽早年在伦敦、巴黎拍摄的照片或抄录本，将共187部写本逐一过录互校汇集，并将集中78种变文一类作品编成8卷。前3卷为23部历史故事变文，各卷依文体有说有唱、有说无唱和对话体分别成卷，每卷又以历史时代先后为序；第四、五、六卷为40种佛教故事变文，各卷又依类别分作佛（释迦）的故事、佛经讲唱文和佛教故事；第七卷为13种押座文或其他短文；第八卷为包含变文原文原始资料的《搜神记》和《孝子传》。

《敦煌变文集》问世以后，一直深受变文研究者的欢迎，但校勘上的错讹遗漏还有不少，于是在五六十年代先后有徐震堮[①]、蒋礼鸿[②]为"变文集校记"作过"补正"或"录略"。蒋礼鸿继而写出了《敦煌变文字义通释》这样一部阅读敦煌变文必备的工具书。该书是归纳整理变文材料，以期窥探唐五代口语词义的一个尝试。除了变文以外，作者还参考了一些其他有关的敦煌文献，及唐五代人的诗、笔记和小说之类，此外也偶尔引用了一些汉魏六朝以及宋元以后的材料，附列于每条之后。

80年代以后，学界在敦煌变文的整理和校勘方面又有所进展，先后出版了周绍良、白化文、李鼎霞合编的《敦煌变文集补编》，项楚的《敦煌变文选注》，郭在贻、张涌泉、黄征合著的《敦煌变文集校议》[③]，黄微、张涌泉合著的《敦煌变文校注》等专著。

其中周绍良等著是对《敦煌变文集》的补充，收录自1957年以后收集到的与变文有关联的作品15篇，其中新发表的9篇，补充校录的6篇。内容分两个单元，第一单元收讲经文和押座文类，第二单元收和变文有关联的作品。每篇录文部分全部按原卷行、字手写，加标点，篇末有较详细的校记。书末附有俗字对照表及所录各篇的全部照片，共176幅。

项楚著共选入思想性和艺术性较佳的敦煌变文27篇，兼顾了不同的体裁和不同的题材，集中体现了敦煌变文的精华。录文以《敦煌变文集》为底本，同时也吸收了《敦煌变文集》以来众多学者及

---

① 徐震堮：《敦煌变文集校记补正》，载《华东师范大学学报》1958年第1期；徐震堮：《敦煌变文集校记再补》，载《华东师范大学学报》1958年第2期。

② 蒋礼鸿：《敦煌变文集校记录略》，载《杭州大学学报》1962年第1期。

③ 郭在贻、张涌泉、黄征：《敦煌变文集校议》，长沙：岳麓书社，1990年。

作者本人的校勘成果，汇成校注，附每篇之后，具有一定的学术参考价值。

郭在贻等著依据敦煌变文写本原卷，对《敦煌变文集》进行了系统的校勘研究，校录出不少错误，并对其他一些变文校勘论文的缺失进行评议，由于作者对俗字、俗语词进行了较为深入的研究，所以具有鲜明的特色。

黄征等著为20世纪收集数量最多的一部敦煌变文校注本，该书所收变文，包括《敦煌变文集》之大部，增辑了中国台湾、俄罗斯、日本等地所藏变文写本，凡86种。书中充分吸收了20世纪学界的在敦煌变文校勘、注释方面的诸多研究成果，又不乏己见，有集大成的意味。

敦煌变文单篇作品的校勘与研究

20世纪学界对敦煌变文中的一些重要作品也进行了深入的校勘、考证和理论分析，出现了不少专门探讨单篇作品的论文，下面将择要进行介绍。

《维摩诘经》

20世纪对敦煌本《维摩诘经》进行研究的专题论文主要有胡适的《维摩诘经唱文的作者与时代》[①]、陈寅恪的《敦煌本维摩诘经文殊师利问疾品演义跋》[②]、《敦煌本维摩诘经问疾品演义书后》[③]、杨雄的《〈维摩诘经讲经文〉（S.4581）补校》[④]、郭在贻、张涌泉、黄征的《伯2292〈维摩诘经讲经文〉补校》[⑤] 等。

《降魔变文》《破魔变文》

对敦煌本《降魔变文》《破魔变文》进行研究的文章主要有青木正儿著、汪馥泉译的《关于敦煌遗书〈目连缘起〉〈大目乾连冥间救母变

---

① 载胡适：《胡适文存三集》，上海：亚京图书馆，1930年。
② 载《"中央研究院"历史语言研究所集刊》第2本，1930年；又载《海潮音》第12卷第9期，1931年。
③ 载《清华周刊》第37卷第9、10期合刊，1932年。
④ 载《敦煌研究》1987年第2期、1989年第4期。
⑤ 载《浙江学刊》1988年第5期。

文〉及〈降魔变押座文〉》①、傅芸子的《关于破魔变文：伦敦足本之发见》、关德栋的《"降魔变押座文"与"目连缘起"》②、项楚的《〈降魔变〉补校》③《〈破魔变文〉补校》④、陈方的《〈降魔变文〉校议》⑤、李润强的《〈降魔变文〉、〈破魔变文〉与〈西游记〉——谈敦煌变文和古代神话小说的渊源关系》⑥等。

《目连变文》

20世纪学界对敦煌写本《目连变文》也比较关注，产生了不少专题论文，如日本学者青木正儿著、汪馥泉译的《关于敦煌遗书〈目连缘起〉〈大目乾连冥间救母变文〉及〈降魔变押座文〉》，日本学者仓石武四郎著、汪馥泉译的《写在〈目连变文〉介绍之后》⑦，郑振铎的《大目乾连冥间救母变文并序》⑧，关德栋的《降魔变押座文与目连缘起》，朱恒夫的《目连变文、目连戏与唐僧取经故事关系初探》⑨，李玫的《目连戏的两种面貌——〈目连救母劝善戏文〉与〈劝善金科〉的比较研究》⑩，颜廷亮的《〈大目乾连冥间救母变文并图一卷并序〉的一个未见著录的节抄卷》⑪等。

《季布骂阵词文》《季布歌》

关于敦煌本《季布骂阵词文》《季布歌》的论文主要有王国维的《唐写本季布歌孝子董永传跋》⑫，王重民的《敦煌本捉季布传文》⑬，吴

---

① 载盐谷温、青木正儿、小川琢治等著，汪香复泉译：《中国文学研究译丛》，上海：北新书局，1930年。
② 载《文艺复兴》"中国文学研究号"，1948年。
③ 载《敦煌研究》1986年第4期。
④ 载《敦煌学辑刊》1986年第2期。
⑤ 载《山西师大学报》1988年第3期。
⑥ 载《社科纵横》1994年第4期。
⑦ 载《中国文学研究译丛》。
⑧ 载《世界文库》第10册，上海：生活书店，1936年。
⑨ 载《明清小说研究》1991年第2期。
⑩ 载《戏剧》1991年第3期。
⑪ 载《社科纵横》1994年第4期。
⑫ 载《海宁王忠悫公遗书初集·初集·观堂别集补遗》，海宁王氏石印本，1927年。
⑬ 载《国立北平图书馆馆刊》第10卷第1期，1936年。

世昌的《敦煌卷季布骂阵词文考释》①、王庆菽的《季布歌考证》②、冯沅君的《季布骂阵词文补校》③、黄云眉、郑静远、冯沅君的《季布骂阵词文补校的讨论》④、李骞的《谈谈敦煌本〈季布骂阵词文〉》⑤、赵逵夫的《〈捉季布传文〉校补》⑥等。

《昭君变文》

专论《昭君变文》的文章主要有董康的《〈昭君变文〉跋》⑦、容肇祖的《唐写本明妃传残卷跋——弹词一类作品的新发现，王昭君故事的歧异》⑧、张寿林的《王昭君故事演变之点点滴滴》⑨、高国藩的《敦煌本王昭君故事研究》⑩等。

《董永变文》

专论《董永变文》的专题文章主要有王国维的《唐写本季布歌孝子董永传跋》⑪、王重民的《敦煌本〈董永变文〉跋》⑫、张乘健的《敦煌发现的〈董永变文〉浅探》⑬、刘瑞明的《论〈董永变文〉和田昆仑故事的传承关系——中印文学交融说议误》⑭等。

《李陵变文》

专论敦煌本《李陵变文》的文章主要有俞敏来的《〈李陵变文〉初探》⑮、刘瑞明的《〈李陵变文〉补校》⑯、赵逵夫的《〈李陵变文〉校补

---

① 载《史学集刊》第 3 期，1939 年。
② 载《中央日报·文史周刊（南京）》第 64 期，1947 年。
③ 载《文史哲》第 1 卷第 3 期，1951 年。
④ 载《文史哲》第 1 卷第 4 期，1951 年。
⑤ 载《辽宁大学学报》1986 年第 3 期。
⑥ 载《唐代文学论丛》总第 9 辑。
⑦ 载董康：《书舶庸谭》，上海：大东书局，1930 年。
⑧ 载《民俗》第 27、28 期合刊，1928 年。
⑨ 载《文学年报》第 1 期，1932 年。
⑩ 载《敦煌学辑刊》1989 年第 2 期。
⑪ 载《海宁王忠悫遗书初集·初集·观堂别集补遗》。
⑫ 载《图书季刊》新 2 卷第 3 期，1940 年。
⑬ 载《文学遗产》1988 年第 3 期。
⑭ 载《北京社会科学》1991 年第 4 期。
⑮ 载《敦煌研究》1988 年第 4 期。
⑯ 载《喀什师院学报》1991 年第 2 期。

拾遗》① 等。

《舜子至孝变文》

专论《舜子至孝变文》的文章主要有董康的《〈舜子至孝变文〉跋》②、刘守华的《试论敦煌变文舜子至孝故事的形态演变》③ 等。

《丑女缘起变文》

专论《丑女缘起变文》的文章主要有傅芸子的《丑女缘起与贤愚经金刚品》④、关德栋的《〈丑女缘起〉故事的根据》⑤、伏俊连的《敦煌本〈丑女赋〉的审美价值和文化意蕴》⑥、杨青的《〈丑女缘起〉变文及其佛经原型》⑦ 等。

其他变文作品

还有一些文章论及其他变文作品，如陈寅恪的《〈有相夫人生天因缘〉曲跋》⑧《〈须达起精舍因缘曲〉跋》⑨《〈莲花色尼出家因缘跋〉》⑩，傅芸子的《敦煌本温室经讲唱押座文跋》⑪，徐调孚的《讲唱文学的远祖——〈八相变文〉及其他》⑫，金启综的《唐末沙州（敦煌）张议潮的起义（敦煌写本张议潮变文）》⑬、任半塘的《〈双恩记〉变文简介》⑭、杨雄的《金刚经、金刚经变及金刚经变文的比较》⑮，刘瑞明的《〈唐太宗入冥记〉缺文补意与校释》⑯，孟西科夫著、徐东琴译的《中国文学

---

① 载《甘肃社会科学》1991 年第 2 期。
② 载《书舶庸谭》。
③ 载《华中师范大学学报》1991 年第 4 期。
④ 载《艺文杂志》第 3 卷第 3 期，1945 年。
⑤ 载《中央日报·俗文学（上海）》第 9 期，1947 年。
⑥ 载《社科纵横》1994 年第 1 期。
⑦ 载《西北师大学报》1996 年第 6 期。
⑧ 载《国学论丛》第 1 卷第 2 期，1928 年。
⑨ 载《国学论丛》第 1 卷第 4 期，1928 年。
⑩ 载《清华学报》第 7 卷第 1 期，1932 年。
⑪ 载《北大文学》第 1 辑，1943 年。
⑫ 载《中学生》第 189 期，1947 年。
⑬ 载《历史教学》第 38 期，1954 年。
⑭ 载《扬州师院学报》1980 年第 2 期。
⑮ 载《敦煌研究》1986 年第 4 期。
⑯ 载《文献》1987 年第 4 期。

古文献〈莲花经变文〉》①，李明伟的《〈长兴四年中兴殿应圣节讲经文〉补校》②，李正宇的《试论敦煌所藏〈禅师卫士遇逢因缘〉——兼谈诸宫调的起源》③，郭在贻的《〈欢喜国王缘〉等三种补校》④，孙悦春的《〈伍子胥变文〉校释补正》⑤，杨雄的《〈长兴四年中兴殿应圣节讲经文〉补校》⑥，陈兰村的《〈大慈恩寺三藏法师传〉的文学价值》⑦，黄武松的《〈太子成道变文〉（伯3096）疑难点校释补遗》⑧，郑炳林的《敦煌本〈张淮深变文〉研究》⑨，马国强的《敦煌变文〈双恩记〉校注商补》⑩等。

第三节 敦煌赋和其他讲唱艺术研究

一、敦煌赋研究

由于敦煌写卷中存在着不少赋，随着敦煌文学研究的深入，学界逐渐认识到它们在版本、校勘上的价值，越来越多的学者致力于敦煌赋的研究，取得了不小的成绩。下面将在参考伏俊连《敦煌赋研究八十年》⑪一文的基础上，对20世纪敦煌本唐赋的研究情况进行简要的介绍。

敦煌本唐代文人赋

敦煌赋中有一些唐代文人赋，如王绩的《游北山赋》《元正赋》《三

---

① 载《中国敦煌吐鲁番学会研究通讯》1988年第1期。
② 载《社会科学》1988年第3期。
③ 载《文学遗产》1989年第3期。
④ 载《语文研究》1989年第2期。
⑤ 载《河北学刊》1989年第2期。
⑥ 载《敦煌研究》1990年第1期。
⑦ 载《浙江师范大学学报》1990年第3期。
⑧ 载《敦煌研究》1991年第3期。
⑨ 载《西北民族研究》1994年第1期。
⑩ 载《古汉语研究》1995年第1期。
⑪ 载《文学遗产》1997年第1期，又《唐代文学研究年鉴》1998年卷，桂林：广西师范大学出版社，1998年。

月三日赋》、刘希夷的《死马赋》、高适的《双六头赋》、白行简的《天地阴阳交换大乐赋》等，学界对这些作品进行过一些有益的探讨。

伯2819号中所抄王绩三篇赋，最早由王重民考订和整理。他在1935年9月写了《东皋子集跋》①，肯定该卷为初唐吕才所编五卷本《东皋子集》的原帙，还从卷内出现的武则天所制新字，考定该卷为武则天时期的抄本，并对《游北山赋》《元正赋》分别进行了校勘和移录。1983年，张锡厚作《敦煌写本〈王绩集〉残卷考释》②，首次将清同治四年陈氏晚晴轩抄《王无功集》五卷本、东武李氏研录山房校抄《王无功文集》五卷本同敦煌本进行校勘。1987年，韩理洲著《王无功文集五卷本会校》③，据三种清人抄五卷本王绩集（陈本、李本，再加上大兴朱筠家藏抄本），又校以各三卷本、其他唐人诗文集版本及敦煌本，是当前最完备的校本。

刘希夷的《死马赋》由王重民整理刊布④后，蒋礼鸿、项楚、张锡厚、黄永武等人也曾加以校理。

高适的《双六头赋》最早也是由王重民1936年在巴黎读伯希和所劫敦煌卷子时发现并移录的，后经过俞平伯、刘盼遂、游国恩等学者的校勘，收入《补全唐诗》。刘开扬的《高适诗集编年笺注》、孙钦善的《高适集校注》皆据以作注，项楚亦校及此赋，多有发明。1985年，吴肃森的《敦煌残卷高适佚诗初探》⑤也对这篇赋进行了详尽的分析，但误读、误解之处较多。

白行简的《天地阴阳交欢大乐赋》最早是由叶德辉于1914年刻入《双梅影丛书》，并写有校记和跋语，这是该赋最早的校勘本。以后学者引用此赋，皆据叶氏刊本，然叶本误校、漏校者尚多。1989年，高国藩著《敦煌民俗学》⑥，几乎全文引用并解说此赋，但点破的句子也有

---

① 载王重民：《巴黎敦煌残卷叙录》第1辑，国立北平图书馆印行，1936年；又载王重民：《敦煌古籍叙录》卷五，北京：中华书局，1979年。
② 载《1983年全国敦煌学术讨论会文集·文史、遗书编·下》，兰州：甘肃人民出版社，1987年。
③ 王绩著，韩理洲校点：《王无功文集五卷本会校》，上海：上海古籍出版社，1987年。
④ 载《巴黎敦煌残卷叙录》第1辑；又载《敦煌古籍叙录》卷五。
⑤ 载《敦煌研究》1985年第3期。
⑥ 高国藩：《敦煌民俗学》，上海：上海文艺出版社，1989年。

不少。

　　1983年，柴剑虹作《敦煌唐人诗文选集残卷（伯2555）补录》[①]，内有《酒赋》录文，题名"高兴歌"，这是中国学者对此赋最早的校录本。他又著《研究唐代文学的珍贵资料——敦煌P.2555号唐人写卷分析》[②]一文，其中对《酒赋》的作者，伯2555号写卷的年代进行了精密的考证，他认为《高兴歌》（即《酒赋》）的作者刘长卿"恐非那位被人们称为'五言长城'的诗人刘随州"，而是另一刘长卿，"元遂子，工部员外"。此诗当作于天宝元年之后。1984年，任二北编《敦煌歌辞总编》，《酒赋》被收入"补遗·组词类"中，他把该赋分为21章，其中有11首作"三三七七七"型杂言体，而"三三七七七"为唐代杂言歌辞中最普遍最重要的一种调式。1987年，王小盾作《敦煌高兴歌及其文化意蕴》[③]，对《酒赋》的写作时代与写本时间、文学性质与伎艺性质作了阐述。他认为，最初，《高兴歌》是作为一篇依民间歌调创作的歌辞作品记录的，后来逐渐被人们熟悉和喜爱，被当作文学读物抄录下来，这时它有了"酒赋"这样一个稳定的名称。而其由21首成组，正反映了民歌反复歌唱的特色。但他对此赋的歌调和意趣均极贬抑。后来，项楚在其《敦煌诗歌导论》[④]中认为它既不是"赋"，也不是"杂言歌辞"，而是一篇七言歌行。他据现有的七种写本，将之连缀成全篇，并进行了综合校录。

　　在众多研究敦煌文人赋的专题论文中，周裕锴的《敦煌赋与初唐歌行》[⑤]一文颇值得注意。该文通过对六篇敦煌赋的一一考察，认为从"格调"的意义上说，敦煌这六篇赋基本类似于七言歌行。但从其文体渊源、演化轨迹及其写作特点来看，这些赋只能称之为歌行化的骈赋，其赋的性质并未改变。因此，敦煌写本中凡是题名为赋的作品，我们都应审慎地将其归属于赋类，而不宜轻易地视其为诗歌作品甚至臆改为组曲歌辞。

---

① 载《文学遗产》1983年第4期。
② 载《1983年全国敦煌学术讨论会文集·文史、遗书编·下》。
③ 载《上海师范大学学报》1987年第3期。
④ 项楚：《敦煌诗歌导论》，台北：新文丰出版公司，1993年。
⑤ 载《敦煌文学论集》。

敦煌俗赋

敦煌赋中还有一些民间俗赋,它们的性质不同于一般的文人赋,而是类似于变文的一种说唱文学,所以在80年代以前,很多学者把它们视同变文而编进《敦煌变文集》。后来,人们逐渐认识到它们既不同于敦煌文人赋,也不同于敦煌变文,而是另一种文学样式,对它们的研究才取得了一定的进展。

1925年10月,刘复编辑刊印了《敦煌掇琐》,其中《韩朋赋》、两篇《燕子赋》据伯2653号写卷,《晏子赋》据伯2564号写卷,这是四篇敦煌俗赋最早的刊印本。1957年,王重民等六位学者编著的《敦煌变文集》,据六个写卷校录《韩朋赋》、据六个写卷校录《晏子赋》、据七个写卷校录《燕子赋》(甲)、据一个写卷校录《燕子赋》(乙),这是四篇俗赋最完备的校录本。在《敦煌变文集》之后,还有张锡厚、李正宇、潘重规等学者补充了一些写卷,其中潘重规的《敦煌变文集新书》[①]发现《敦煌变文集》误校漏校的地方很多,于是重加校订补充,四篇俗赋增加补充校记147条,是《敦煌变文集》之后在敦煌俗赋校勘方面最大的成果。

学界对敦煌俗赋的整理研究可分为两个方面:一是原文的校理和词语的训释,一是体制的考辨。在原文的整理和训释方面,《敦煌变文集》出版的次年,徐震堮就发表了《敦煌变文集校记补正》《再补》,其中对四篇俗赋补正27条,多有卓见。稍后出版的蒋礼鸿的《敦煌变文字义通释》涉及敦煌俗赋85条,创获尤多。"文革"以后,对俗赋校勘训释成绩卓著者有江蓝生[②]、张锡厚[③]、项楚、张鸿勋[④]、郭在贻、黄征、张涌泉、伏俊连[⑤]等。

在敦煌俗赋体制研究方面,最早的学者当推容肇祖。他于1935年

---

① 潘重规:《敦煌变文集新书》,台北:文津出版社,1994年。
② 参其《敦煌写本〈燕子赋〉二种校注》,载《关陇文学论丛·敦煌文学专集》,兰州:甘肃人民出版社,1983年。
③ 参其《敦煌赋集校理(正、续)》,载《文学遗产增刊》第18辑;又载《敦煌研究》1989年第4期。
④ 参其《敦煌讲唱文学作品选注》,兰州:甘肃人民出版社,1987年。
⑤ 参其《敦煌赋校补》,载《江西师范大学学报》1993年第4期。

发表了《敦煌本韩朋赋考》①，从韩朋故事的最早记载、产生地域、流传，《韩朋赋》的韵律、创作时代、体制及对后世文学的影响等几方面全面、细致地考察了这篇俗赋。郑振铎的《中国俗文学史》也涉及俗赋的体制问题，他指出，《晏子赋》是民间颇为流行的游戏文章的一种，即幽默机警的小品赋；《韩朋赋》则是一篇包含着民间隐语的沉痛的叙事诗。在五六十年代，程毅中的《关于变文的几点探索》②对俗赋的体制的研究比较深入。他认为，敦煌俗赋是继承秦汉以来杂赋的格局而来，它先于变文又影响变文，而后互相改造、认同。这种观点在他后来发表的《敦煌俗赋的渊源及其与变文的关系》③中又有所发展。稍后不久，周绍良在《谈唐代民间文学——读〈中国文学史〉中〈变文〉节书后》一文中对敦煌赋的论述也沿用了程毅中的观点。80年代以后，张鸿勋撰著的《敦煌讲唱文学的体制及类型初探——兼谈几部文学史的有关提法》④在论及敦煌俗赋体制时，从结构上将敦煌故事赋分为两类：《晏子赋》等开篇说明故事起因，中间主客问答、辩难，结尾几句议论，以寄托讽喻之意，是承袭汉大赋的典型形式。《韩朋赋》《燕子赋》等纯是有头有尾的叙述故事，由于它们特殊的句式和韵式，类似现今曲艺中的快板或快书，是介于说唱之间的韵诵体。简涛的《敦煌本〈燕子赋〉体制考辨》⑤吸收了程毅中、周绍良、张鸿勋等学者的观点，从民间文艺和讲唱伎艺的角度，具体讨论了《燕子赋》两篇在体制上的特征。伏俊连的《试谈敦煌俗赋的体制和审美价值——兼谈俗赋的起源》⑥在探讨敦煌俗赋的起源和审美价值等方面有所深入，他认为敦煌俗赋的渊源可以追溯到战国时代，俳谐的传统也可在战国以后的历代文人赋中找到。敦煌俗赋的审美价值主要体现在两个方面，一是描写的极端化，二是它们大多保留了汉魏以来大赋调侃、诙谐的特色。

---

① 载《庆祝蔡元培先生六十五岁论文集》下册，《"中央研究院"历史语言研究所集刊》外编第一种，1935年。
② 载《文学遗产增刊》第10辑。
③ 载《文学遗产》1989年第1期。
④ 载《文学遗产》1982年第2期。
⑤ 载《敦煌学辑刊》1986年第2期。
⑥ 载《敦煌研究》1997年第3期。

20世纪对敦煌赋进行理论探讨的专著有陈世福的《敦煌赋研究》[①]和张鸿勋的《敦煌话本、词文、俗赋导论》。其中张鸿勋著探讨了敦煌俗赋的渊源、思想内容和艺术,分析了敦煌俗赋与中国文学的关系,还为他认定的现存的十九篇敦煌俗赋做了叙录(他所说的俗赋包括"诗人文士之赋"与"民间之赋")。

到世纪末,还出现了两部对敦煌赋进行全面整理的著作,即伏俊连的《敦煌赋校注》和张锡厚的《敦煌赋汇》。

二、敦煌其他讲唱文学研究

敦煌文献中的讲唱文学除了变文和俗赋,还有词文和话本,这些文学样式大多和当时的民间说唱艺术密切相关,所以从20世纪20年代开始,学界就对这些文学样式背后的说唱艺术的仪式、轨范及其对后世说唱文学的影响进行了长期的、卓有成效的研究。80年代以后,还出现了《敦煌变文话本研究》[②]《敦煌说唱文学概论》《敦煌话本、词文、俗赋导论》等专著。

唐代俗讲研究

在20世纪三四十年代,学界掀起了一次研究唐代俗讲艺术的高潮,其中向达和孙楷第成绩尤著。

向达在《唐代俗讲考》中从"唐代寺院中之俗讲""俗讲之仪式""俗讲之话本问题""俗讲文学起源问题试探""俗讲文学之演变"五个方面较为全面系统地探讨了唐代俗讲问题,他在分析"唐代俗讲之仪式"时,除了引宋元照《四分律行事抄资持记》卷三《释导俗篇》记载唐宋寺院讲经仪式、日本和尚圆仁《行记》卷三"赤山院新罗僧讲经仪式"及卷二"新罗一日讲仪式""新罗诵经仪式"诸条,更是引用了伯3489号卷子后纸背一段文字"俗讲仪式",来说明当时寺院中俗讲的仪式。

差不多与向达同时,孙楷第也对俗讲的仪式问题进行了深入的探究。按他原来的计划,关于俗讲问题他曾准备撰写四篇系列论文,后因故只完成了第一篇《讲唱经文》。从他的《唐代俗讲轨范与其本之体裁》

---

① 陈世福:《敦煌赋研究》,台湾中国文化学院中国文学研究所硕士论文,1978年。

② 李骞:《敦煌变文话本研究》,沈阳:辽宁大学出版社,1987年。

的"序"中,我们可以得知另外的三篇为《变文》《唱导文》《俗讲与后世伎乐之关系》①。他在《讲唱经文》前有"俗讲"程序之简略概括:"讲唱经文之本,其体与名德之讲同,而颂赞频繁,述事而不述义。其节次:讲前赞呗,今所见押座文是。次唱经题名目。次就经题诠解,谓之'开题'。亦作'发题'(发,开同义)。次入文正说。正说时先摘诵经文,谓之'唱经'。次就经文解说。又次吟词偈。如是摘诵一次经文,即继以说解吟词各一段,至讲毕为止。讲毕,又赞呗。"文章在《讲唱经文》的总题下,分列五门详论:(1)唱经,(2)吟词,(3)吟唱与说解之人,(4)押座文与开题,(5)表白。总之,这篇文章是继向达《唐代俗讲考》之后俗讲专题研究的又一重要成果。在细密详赡上,本文有不少超越向文之处。尤其是关于讲唱的程式(轨范)和职掌,是前人未及的独到之论,关于俗讲程式的内部诸种关系,孙氏的研究大大超过前贤,其后继者尚寥寥。至于"讲唱经文"中对结构、仪式与职掌的条分缕析,更见出作者深厚的功力与缜密的逻辑眼光。而且,他对俗讲仪式中某些术语,如关于"吟词"的标注、吟唱与说解之人的鉴别,以及"押座""表白"乃至"法师""都讲"等人事的释名考定,都是十分精要的。

20世纪研究唐代俗讲的成果还有傅芸子的《俗讲新考》②、周一良的《读〈唐代俗讲考〉》、关德栋的《读〈唐代俗讲考〉的商榷》、向达的《补说唐代俗讲二三事兼答周一良、关德栋两先生》③、周一良的《关于俗讲考再说几句话》④、阎万章的《说诸宫调与俗讲的关系》⑤、孙楷第的《俗讲、说话与白话小说》⑥、李骞的《唐变文的形成及其与俗讲的关系》⑦、王文才的《俗讲仪式考》⑧、白化文的《对〈双恩记〉讲

---

① 参《中国敦煌学史》,第112页。
② 载《新思潮》第1卷第2期,1947年。
③ 载《大公报·图书周刊》第18期,1947年。
④ 载《大公报·图书周刊》第21期,1947年。
⑤ 载《华北日报》1948年10月15日。
⑥ 孙楷第:《俗讲、说话与白话小说》,北京:作家出版社,1956年。
⑦ 载《敦煌学辑刊》第1辑,1985年。
⑧ 载《敦煌学论集》。

经文的一些推断》①《变文与俗讲》②、谭蝉雪的《念卷与俗讲》③、程毅中的《唐代俗讲文体制补说》④ 等。

敦煌说唱文学研究

80年代以后,学界对敦煌说唱文学及其体制、搬演仪式再次进行了深入的探讨,其中张鸿勋取得的成就尤为显著。

从1980年开始,张鸿勋就以"敦煌说唱文学研究"作为自己的主攻方向,对敦煌文学的类型、体制、渊源、流变、影响、搬演以及思想与艺术进行全面的探索,写下了一批较有新见和深度的论文⑤,并在此基础上完成了一部敦煌讲唱文学选本——《敦煌讲唱文学作品选注》和两部论著——《敦煌说唱文学概论》《敦煌话本、词文、俗赋导论》。

他的《敦煌说唱文学概论》共分七章,分别论述了"唐五代的敦煌社会和文化""敦煌说唱文学的类型与渊源""敦煌说唱文学的体制——散韵组合 说唱兼行""敦煌说唱伎艺的搬演""广阔的历史生活画卷——敦煌说唱文学的艺术成就""敦煌说唱文学在中国文学史上的地位和影响"等问题,其中对敦煌说唱文学的体制和演出情况的考述尤为精细,如他在论"敦煌说唱文学的体制"时分"散说的特点""唱辞的特点"两点;论"敦煌说唱伎艺的搬演"分"演出场所""演出艺人""演出底本""转变配合图画""演唱声腔""俗讲仪式"诸点,一一加以阐述。他认为,敦煌说唱文学的艺术成就主要体现在"瑰奇谲丽的想象""曲折引人的故事情节""丰满多样的人物形象""新鲜活泼的语言"等方面。

其《敦煌话本、词文、俗赋导论》较为详细地讨论了敦煌话本、敦煌词文和敦煌俗赋的名称、渊源、著录情况、体制特点、艺术成就及其

---

① 载《敦煌学论集》。
② 载《文史知识》1988年第8期。
③ 载《阳关》1986年第6期。
④ 载《敦煌语言文学研究》。
⑤ 如:《简论敦煌民间词文和故事赋——唐代讲唱文学论丛之一》,载《社会科学(甘肃)》1980年第1期;《敦煌讲唱文学的体制及其类型初探》,载《敦煌学辑刊》第2辑,1981年;《敦煌讲唱文学作品故事流变考略》,载《关陇文学论丛·敦煌文学专集》;《敦煌讲唱文学韵例初探》,载《敦煌研究》试刊第2期,1983年;《敦煌讲唱文学作品年代考三种》,载《兰州学刊》1985年第4期;《敦煌唱本〈百鸟名〉的文化意蕴及其流变及其影响》,载《敦煌研究》1992年第1期。

对后世俗文学的影响。在论述词文时，他指出，词文是不能归入"变文"一类的，因为，第一，就渊源和时代而言，词文是从我国古代民间叙事歌谣发展而来；而变文却是以我国传统的叙事歌谣、讲故事为基础，又吸收佛教文学影响而产生的。第二，就体制和演出而言，词文是只唱不说或少说的韵文唱本，而变文却是以散文说白与韵文唱辞并重、说唱结合的唱本。第三，就作品内容与风格而言，虽然二者都具有清新、刚健而又朴拙的风格，但词文取材全为历史传说和民间故事之类；而变文还有宗教故事，浓厚的宗教宣传气息。所以词文和变文既有相同点，又有相异处，不能混为一谈①。他还指出，敦煌词文对宋元明戏曲和元明清的说唱文学具有深远的影响，"词文为演唱音乐的戏剧化，提供了丰富的艺术经验。演唱音乐的戏剧化，正是变革词文说唱艺术音乐结构的结果。具体说来，词文的演唱，对宋元以至明代戏曲中板式变化体的演唱，有一定的影响"②。他还认为，元明的某些词话，清代的子弟书、大鼓、弹词的开篇和各种叙事唱本等，其最早的源头，以今所见，当为敦煌词文③。

20世纪还产生了一些对敦煌说唱文学进行专门探讨的论文，如朱缘梅的《也谈敦煌讲唱辞的音乐渊源》④、何国栋的《讲唱文学的尝试和先导——敦煌俗赋的产生及衍变》⑤、汪泛舟的《敦煌讲唱文学语言审美追求》⑥等。

唐代话本和敦煌小说研究

"话本"是唐宋民间说唱伎艺之一的"说话"的底本，它曾和变文、诗话、词文、故事赋以及宗教性说唱故事类的讲经文、因缘一起，被笼统地称为"变文"。后来，人们逐渐将它从"变文"中剥离出来，探讨它独特的体制特征和表演艺术。

在20世纪的唐代话本和敦煌小说研究领域中，李骞取得的成绩较大。他从五十年代就开始对敦煌话本和唐代的说话艺术进行研究，在三

---

① 《敦煌话本、词文、俗赋导论》，第77页。
② 同上书，第116页。
③ 同上书，第121页。
④ 载《敦煌学辑刊》第1辑。
⑤ 载《敦煌学论集》。
⑥ 载《敦煌研究》1992年第2期。

十多年间撰写了一系列论文,最后于80年代后期辑成《敦煌变文话本研究》。他的这部书,既有对唐代话本和说话艺术的综合考论①,也有对敦煌话本单篇作品的分析②。他认为,唐代说话与话本的直接渊源是汉代以后优人在结合百戏演出中口诵的俳谐体故事"俳优小说",其次则是由古优讽谏优语中发展出来的下层文人写的"俗赋"和由秦汉沿袭相传下来的图文结合的史传、神话故事。三者共同成为唐代说话与话本继承的丰富悠久的文化传统③。他通过钩辑、排比一些材料,考证出唐代讲故事在前代说故事的基础上,已经有了根本的变化:(1)它逐渐和戏剧的表演分工,成为一种独立的伎艺;(2)它的内容已经由笑话、即兴插科打诨的混杂内容发展成为以民间故事、历史故事、现实故事为主要题材了;(3)故事的听众已不限于贵族而普及于一般的"市人",演唱的场所已由皇宫内院、贵族邸宅扩向一般的"斋会"和"市场"。这些特征说明了唐人"说话"不仅已由一般的说故事发展成为具有新内容和形式的独立技艺,而且成为一种为群众喜闻乐见的技艺。故此,唐代"说话"成为宋元"说话"发展繁荣的基础和先河④。他还较为细致地讨论了唐代话本的表现内容、艺术成就及其对后世小说的影响。

此外,林聪明的《敦煌俗文学研究》⑤、张鸿勋的《敦煌话本、词文、俗赋导论》和颜廷亮主编的《敦煌文学概论》中都有对敦煌话本和小说的系统研究和分析。

其他学者的相关论文主要有孙楷第的《俗讲、说话与白话小说》、路工的《唐代的说话与变文》⑥、张锡厚的《试论敦煌话本小说及其成就》⑦《敦煌话本研究三题》⑧、工庆菽的《宋代"话本"和唐代"说

---

① 如《唐"话本"初探》《唐代民间叙事文学的新发展——兼论民间文学和俗讲的关系》《唐代说话、话本源流考》等。
② 如《谈谈〈韩擒虎话本〉》《〈庐山远公话〉评析》等。
③ 《敦煌变文话本研究》,第104—105页。
④ 同上书,第15—16页。
⑤ 林聪明:《敦煌俗文学研究》,台北东吴大学中国学术著作奖助委员会,1984年。
⑥ 载《民间文学》1961年第12期。
⑦ 载《河北师院学报》1981年第2期。
⑧ 载《社会科学(甘肃)》1983年第2期。

话"、"俗话"、"变文"、"传奇小说"的关系》①、王枝忠的《关于唐代传奇和话本的比较研究》②、程毅中的《俗赋、词文、通俗小说》③、张先堂的《佛教义理与小说艺术联姻的产儿——论敦煌写本佛教灵验记》④、徐俊的《〈庐山远公话〉的篇尾结诗》⑤等。

第四节 敦煌诗歌的整理与研究

敦煌遗书中保存着相当多的唐五代诗歌,尤其是人们从中发现了一些失传已久的诗歌作品。就是对《全唐诗》已收的诗歌,敦煌写本也具有不可忽视的校勘价值。所以从20世纪初开始,学界就对敦煌遗书中的这部分唐五代诗歌充满了浓厚的兴趣,进行了长期不懈的研究,取得了令人瞩目的成就。下面将简要介绍学界对敦煌本唐五代文人诗、敦煌本唐诗选集和敦煌民间诗歌的研究情况⑥。

一、敦煌文人诗研究

这里所说的"敦煌本唐五代文人诗"指的是敦煌遗书中保存的唐五代中原诗人创作的诗歌作品,其中既有全唐诗未收的佚诗,也有见于《全唐诗》者⑦。

《全唐诗》未收诗歌

早在20世纪30年代,王重民就开始了对敦煌遗书中不见于《全唐诗》的唐诗的整理。经过二十多年的努力,他终于在60年代发表了

---

① 载《社会科学(甘肃)》1982年第1期。
② 载《社会科学(甘肃)》1987年第5期。
③ 载《文史知识》1988年第8期。
④ 载《社会科学(甘肃)》1990年第5期。
⑤ 载《文学遗产》1995年第6期。
⑥ 学界发现和研究《王绩集》五卷本、韦庄《秦妇吟》的情况分别参见本书"初唐文学研究""晚唐五代文学研究"中的有关部分;学界对王梵志诗歌的整理和研究取得的成绩较大,将在本章第四节专门介绍。
⑦ 下文参考高国藩:《敦煌遗书中唐诗研究的进展》,载《许昌师专学报》1991年第3期;徐俊纂辑:《敦煌诗集残卷辑考·前言》,北京:中华书局,2000年。

《补全唐诗》①。他在该文中补诗凡九十七首，又残者三首，附者四首，共一百零四首。作者五十人，三十一人见《全唐诗》，十九人《全唐诗》未载。王重民在《序言》中还说，《补全唐诗》只是他所编《敦煌诗集》的第一卷，他指出："全稿凡三卷：卷一均有作者姓氏，专补《全唐诗》，卷二均失作者姓氏，凡残诗集依集编次，凡选诗（指单篇的）依诗编次；卷三为敦煌人作品（咏敦煌者如《敦煌廿咏》亦入此卷）。"王重民的另一部分成果在他逝世后由刘修业整理，题为《〈补全唐诗〉拾遗》，发表于《中华文史论丛》1981年第4期，该文增补了《补全唐诗》遗漏的李翔的《涉道诗》二十八首（伯3866号），伯2748《王昭君怨诸词人连句》，伯3445《褐法门寺真身》，斯5558《无题》，以及敦煌人作品《敦煌廿咏》、《敦煌》（三首）等。

同时，台湾学者潘重规也发表了《补全唐诗新校》②。他在王重民的基础上，又发现不见于《全唐诗》之作者殷济等人，"诗凡三十四首，增补约三分之一"，实则除去王重民补的马云奇诗13首外，增补21首，约占五分之一。

稍后，柴剑虹又发现伯2555卷中还有大量未录于世的唐诗，遂以《敦煌唐人诗文选集残卷（伯2555）补录》为题，刊布于《文学遗产》1983年第4期上。他指出："现藏巴黎的敦煌伯2555号卷子，是一个内容十分丰富的唐人写卷。该卷抄录的唐人诗作一百九十首，文二篇，除其中的十六首诗与一篇文章外，余皆不载于《全唐诗》、《全唐文》。因此，该卷实为我们今天研究唐代文学的珍贵资料。"本文将前人未发现的101首唐诗全部发表出来了，是继王重民文、潘重规文之后，从敦煌遗书中辑佚唐诗工作的又一个重大突破。

此后，从敦煌遗书中辑佚唐诗的工作还有一些进展，相关的成果主要有吴肃森的《敦煌残卷高适佚诗初探》、高国藩的《略论敦煌女诗人宋家娘子的诗》③等。

见于《全唐诗》之诗歌

对于已见于《全唐诗》之唐诗零篇，自20年代起，虽有学者陆续在整理，但并不系统。

---

① 载《中华文史论丛》第3辑，北京：中华书局，1963年。
② 载《华冈文科学报》第13期，1981年。
③ 载《阳关》1989年第2期。

1955 年，文学古籍刊行社影印出版了敦煌本《白香山诗集》，附于宋本《白氏长庆集》之后，所据原本为伯 5542 号写卷。1958 年，王重民的《敦煌古籍叙录》正式出版，其中也为了一些唐人诗集作了叙录，如《李峤杂咏注》（张庭芳著，斯 0555，伯 3738）、《高适诗集》（两卷，伯 3862，伯 2552）。

60 年代，国内学界在敦煌所见唐诗的研究方面未有大的进展，值得注意的倒是海外华裔学者巴宙（W. Pachow）编著的《敦煌韵文集》[①]。这是作者在英国所抄敦煌写本一百余件的合集。分甲、乙、丙三篇及附录。甲篇诗词集收 42 题，内容包括时令、赠答、咏物、游宴、宫闱杂诗以及佛偈俚词等。乙篇赞颂集收 43 题，丙篇为佛门警训诗及少量世俗训世诗。

80 年代以后，学界开始对敦煌遗书中见于《全唐诗》的诗歌进行大规模的整理和研究，并取得了前所未有的进展。其中成就较大的学者主要有黄永武、项楚、徐俊、张锡厚等。

1987 年 5 月，台北洪范书店出版了黄永武的《敦煌的唐诗》一书。这是 20 世纪学界第一次对敦煌遗书中已见于《全唐诗》之唐诗作通盘的整理和校勘。和前人注重辑佚不同，这本书是以敦煌写卷为主，取诸家诗集的多种版本相对勘，不仅研究文字异同，更是利用修辞学及句法习惯的观点，把文字改动对诗意的牵连影响，作详细的说明，所以该书是讲异文是非的"活校"，用以证明敦煌诗卷的出现在唐诗研究方面的贡献。该书探讨了敦煌遗书中的 43 首李白诗、7 首王昌龄诗、12 首孟浩然诗、20 首白居易诗、4 首刘希夷诗，以及敦煌写本伯 2567 号中的 3 首李昂诗、1 首荆冬倩诗、6 首丘为诗、1 首常建诗，伯 2555 卷子中的 27 首今存唐诗，伯 3619 号写卷中的 41 首唐诗的价值。书后附有以上各个写卷的真迹照片。两年以后，黄永武又出版了《敦煌的唐诗续编》[②]。该书研究方法与前书类似，共分三部分，第一部分是黄永武著《敦煌所见李峤诗十一首的价值》，第二部分是黄永武著《敦煌斯 555 号背面三十七首唐诗的价值》，第三部分是施淑婷的硕士学位论文《敦煌写本高适诗研究》。

项楚在王梵志诗以外的敦煌诗歌的研究方面成就也很大。他除了撰

---

① 巴宙辑：《敦煌韵文集》，高雄：佛教文化服务处，1965 年。
② 黄永武、施淑婷：《敦煌的唐诗续编》，台北：文史哲出版社，1989 年。

写了一些对敦煌诗歌进行校勘、考证性质的专题论文，如《补全唐诗二种续校》①《敦煌歌辞总编匡补》②，还出版了《敦煌诗歌导论》这样一部对敦煌诗歌进行理论探讨的论著。该书以敦煌诗歌的文献校录、文字考订为基础，对敦煌诗歌作了全面的分类研究，对很多具体问题进行论说、考证，纠正原有谬误，解决了敦煌诗歌整理研究中大量的疑难问题。

1995年，张锡厚出版了《敦煌本唐集研究》③。和黄永武著着重研究敦煌遗书中的唐诗散篇不同，该书侧重探讨敦煌遗书中的唐人诗文集的著录、源流、版本价值和文学价值。但是，该书从一些敦煌诗歌选集中单单抽出高适诗和李白诗，名之为《敦煌本高适集》和《敦煌本李白集》，容易使读者误以为敦煌遗书中真的存在自成系统的《高适集》和《李白集》。

徐俊是20世纪末期敦煌诗歌整理和研究方面成果最丰的青年学者。他于90年代先后发表了《敦煌写本张祜诗集二种》④《敦煌伯3619唐诗写卷校录平议》⑤《敦煌伯3597唐诗写卷辑考——兼说"白侍郎"作品的托名问题》⑥《敦煌写本唐人诗歌存佚互见综考》⑦《王重民〈补全唐诗〉二种校补》⑧《敦煌写本〈李峤杂咏注〉校疏》⑨《唐五代长沙窑瓷器题诗校证——以敦煌吐鲁番写本诗歌参校》⑩等论文。其中《敦煌写本唐人诗歌存佚互见综考》将现存敦煌诗歌与存世唐人诗歌对照研究，确证敦煌写本中八十家329首（相当于敦煌遗书中所含全部诗歌的五分之一左右）与《全唐诗》等传世文献的重出互见关系，并对同一作品有不同作者的情况进行了考证。

此外，徐俊还著有《敦煌诗集残卷辑考》。该书在对敦煌文书进行

---

① 载《四川大学学报》1983年第3期。
② 载《文史》第35—39辑。
③ 张锡厚：《敦煌唐集研究》，台北：新文丰出版公司，1995年。
④ 载《文献》1993年第2期。
⑤ 载《社科纵横》1994年第5期。
⑥ 载《文献》1995年第3期。
⑦ 载《敦煌吐鲁番研究》第1卷，北京：北京大学出版社，1995年。
⑧ 载《北京图书馆馆刊》1993年第3、4期。
⑨ 载《敦煌吐鲁番研究》第3卷，北京：北京大学出版社，1998年。
⑩ 载《唐研究》第4卷，北京：北京大学出版社，1998年。

比较全面的普查的基础上，经过对四百多个敦煌诗歌写本的整理、缀接和会校，上编"敦煌诗集残卷辑考"共厘定诗集诗钞 63 个，诗 1399 首（包括重出诗 71 首），下编"敦煌遗书诗歌散录"辑录诗歌 524 首（句）。二者合计为 1923 首。是 20 世纪敦煌诗歌整理研究的集成之作。在整理及编纂方式上，该书放弃了王重民先生关于整理《敦煌诗集》的设想方案，采取以写本为单位作叙录加全卷校录的整理方式，保持了敦煌诗歌写本的原有形态，最大限度地显示了敦煌诗歌写本所含有的研究信息，为学界进一步研究唐诗在当时的流播情况、敦煌诗歌与现存唐诗之关系、更好地探讨这些唐人写本的文学史价值提供了方便。

二、敦煌本唐诗选集研究

敦煌遗书中有不少唐人编选的诗歌选集，学界对之也作了大量的研究工作。而学界研究的重点又是《敦煌唐人诗集残卷（伯 2555）》和《唐人选唐诗》（伯 2552 和伯 2567）。

《敦煌唐人诗集残卷（伯 2555）》

伯希和所劫敦煌遗书中有一个残卷，编号为伯 2555 号，是一个极为重要的唐人诗文选集，正面抄唐人诗 173 首、文 2 篇，背面抄唐人诗 32 首，共计抄诗 205 篇，文 2 篇。其中见于《全唐诗》及《全唐文》的只有诗 34 首，文 1 篇，其余诗 171 首、文 1 篇久已失传，曾被学界誉为"唐代佚诗文之渊薮"[①]。

20 世纪上半叶，王重民最先发现并整理了其中 72 首（佚名诗 59 首，马云奇诗 13 首）诗作。可惜的是，未能最后完稿，他就在"文革"之中被迫害致死。"文革"以后，王尧整理了这部遗稿，并将之题为《敦煌唐人诗集残卷》，发表于《文物资料丛刊》1977 年第 1 期上，署名"舒学"。此后，学界就围绕《敦煌唐人诗集残卷》和舒学的《前言》进行了较长时期的研究和讨论。

高嵩的《敦煌唐人诗集残卷考释》是自《残卷》公之于世后的第一部试图对之作全面系统研究的论著，该书共有九章："《敦煌唐人诗集残卷》注释""《残卷》作品系年表""《残卷》字句补正""《残卷》作者生平管窥""《残卷》的文学价值""《残卷》地名考释""《残卷作者押

---

① 《敦煌诗歌导论》，第 9 页。

解路线图说""据马云奇《怀素师草书歌》再考怀素生平",理论阐述和实地考察相结合,为学界后来的研究开了先河。

柴剑虹的《〈敦煌唐人诗集残卷(伯2555)〉初探》[①]是较早对舒学《前言》中诸问题提出疑问、颇具新见的成果。该文共分三部分:(1)《残卷》的写作背景,(2)《残卷》所反映的时代特色,(3)《残卷》与唐代内地文人诗作的关系。关于《残卷》的写作背景,该文认为,首先,59首佚名氏的诗作并非写于吐蕃攻克敦煌之后,佚名作者也不是被押解离开敦煌的,而是像因为出使吐谷浑离开敦煌所作,佚名诗作者是奉命使戎因受猜疑而被吐蕃扣留的使臣。佚名氏的《梦到沙州奉怀殿下》诗证明当时沙州敦煌并未沦陷。《残卷》不可能作于张、曹时期,当作于至德或大历元年(766)之后、建中二年(781)敦煌沦陷之前。其次,《残卷》中马云奇诗也并非写于"787年吐蕃攻安西后",787年(德宗贞元三年)安西并未沦陷于吐蕃。《残卷》马云奇诗13首,也非他被吐蕃拘禁时所写。他很可能也是被吐蕃扣留的使节,其诗写作年代与佚名诗大致相同,即在758年至781年吐蕃逐渐侵吞河陇地区,而西州、沙州当为唐军坚守之时。关于《残卷》反映的时代特色,作者认为,《残卷》可以作为从文学角度研究当时身处边疆的知识分子思想状况的可贵资料。安史之乱后的文人一面幻想有朝一日中央政权能重振边威,使他们获得新的出路,另一方面,他们又软弱、消极,悲观失望。佚名诗所反映的正是这样一种思想状况。贯穿于整个诗中的,首先是一种悲愁、凄凉的心情,其次是一种悲叹自己被吐蕃拘系而又无法解脱的软弱、屈从的心理。再次,诗歌反映了边塞的风貌和风情,还写出了被吐蕃攻陷、掳掠后的唐朝边塞城镇守捉的荒凉景象。最后,作者指出,佚名诗不仅步岑参诗之韵而且从立意、结构、遣词上都明显模仿岑诗,这是作者对《残卷》与唐代内地文人诗作的关系的探讨。后来,柴剑虹又发现伯2555卷中还有大量未著录于世的唐诗(计101首),遂以《敦煌唐人诗文选集残卷(伯2555)补录》为题,刊布于《文学遗产》1983年第4期上。

柴剑虹二文的相继发表,打开了敦煌唐人诗集残卷研究的新局面,学界大多不再囿于王重民、舒学等人的旧说,纷纷向纵深开拓,提出新的见解。

---

① 载《新疆师范大学学报》1982年第2期。

如高国藩在《谈敦煌唐人诗》①中指出，59首佚名诗，当出于两个作者，前7首为一旅行者写于和平环境，没有吐蕃攻占敦煌后的痕迹。后52首则为一个唐朝出使吐蕃而被扣的人的诗作，"他写出了一种典型环境中的典型感情，这种感情的真实性自不待言，而他的典型性却概括了古今'身在曹营心在汉'一类人的思想，外柔内刚是贯穿在他全部诗作中的主要特点"。潘重规的《敦煌唐人陷蕃诗集残卷作者的新探测》②一文则利用怀素的资料，与马云奇《怀素草书歌》《怀素自叙帖》等，也断定马云奇并不是陷蕃诗集的作者之一。吴企明的《敦煌伯氏2555写卷是唐代边塞诗（文）选集的残卷》③，认为伯2555写卷里绝大多数诗篇，反映了一个半世纪内唐王朝及其广袤的边塞地区的生活，是一部唐代专选边塞诗的选本，具有不可忽视的学术价值。

此后，涉及敦煌唐人诗集残卷（伯2555号）的成果还有潘重规《敦煌唐人陷蕃诗集残卷研究》④、刘瑞明的《〈敦煌唐人诗文选集残卷（伯2555）补录〉校勘刍议》⑤、熊飞的《〈敦煌唐人诗文选集残卷（伯2555）补录〉校勘斠补》⑥、张先堂的《敦煌唐人诗集残卷（P.2555）新校》⑦、陈国灿《敦煌五十九首佚名氏诗历史背景新探》⑧等。

《唐人选唐诗》和其他诗选

和伯2555号写卷同样重要的一个唐人诗歌选本是伯2567写卷和伯2552写卷。此两卷珠联璧合，书法精美，长度可观，存诗达118首，具有极高的学术价值。

起初，罗振玉在《雪堂校勘群书叙录》⑨卷下，据伯2567号写卷，给诗选残卷起名《唐人选唐诗》，且考出此残卷存者凡六家。其后，赵万里在《芸盦群书题记》⑩中研究了伯2552《诗选》残卷，又有所发

---

① 载《社会科学（甘肃）》1983年第3期。
② 载《汉学研究》第3卷第1期，1985年。
③ 载《苏州大学学报》1985年第2期。
④ 载《敦煌学》第13辑，台北：新文丰出版公司，1988年。
⑤ 载《文学遗产增刊》第18辑。
⑥ 载《敦煌研究》1991年第2期。
⑦ 载《敦煌研究》1995年第3期。
⑧ 载《敦煌吐鲁番研究》第2卷，北京：北京大学出版社，1997年。
⑨ 载《鸣沙石室佚书》第4册，日本宸翰楼1913年9月影印刊行。
⑩ 载《国立北平图书馆馆刊》第8卷第3期，1934年。

现,云:"唐写本高常侍(适)诗四十九首,出敦煌石室,现归巴黎国民图书馆。上虞罗氏辑印《鸣沙石室佚书》时,以原卷首尾俱缺,未详其主名,因以《唐人选唐诗》署之……今以此本勘之,《上陈左相》诗后共脱四十七首。知罗氏所见者实非全本。"他发现两卷乃同一本《诗选》残卷。后来,此写卷被命名为《唐写本唐人选唐诗》,收入《唐人选唐诗(十种)》。专门研究这一敦煌写卷的文章主要有杨承祖《敦煌唐写本唐人选唐诗校记》①、李云逸《〈《唐写本唐人选唐诗》提要〉纠谬》② 等。

除了上述两种敦煌唐人诗文选集,学界还从敦煌遗书中辑出《珠英学士集》和其他唐诗选集若干种。涉及敦煌本《珠英学士集》的研究成果主要有吴其昱《敦煌本珠英集两残卷考》③、徐俊《敦煌本珠英集考补》④《珠英集》⑤ 等。荣新江、徐俊著有《新见俄藏敦煌唐诗写本三种考证及校录》⑥,其中所考蔡省风《瑶池新咏》,是继《珠英集》之后,在敦煌遗书中发现的又一个久已佚失的唐人选唐诗残本。

三、敦煌民间诗歌和释道诗歌研究

在敦煌遗书中还存在着不少敦煌民间诗歌和释道诗歌,从20世纪80年代开始,学界对这一部分诗歌作品也渐渐重视起来,产生了一些专题论文和专著。

在敦煌民间诗歌中学界注意得比较多的是敦煌民间歌谣《儿郎伟》、学郎诗和婚嫁诗,这方面的成果主要有高国藩的《驱傩风俗和敦煌民间歌谣〈儿郎伟〉》⑦、黄征的《敦煌歌谣〈儿郎伟〉的价值》⑧、徐俊的

---

① 载《南洋大学学报(新加坡)》第1卷,1976年。
② 载《宁夏大学学报》1981年第4期。
③ 谢和耐、苏远鸣等著,耿升译:《法国学者敦煌学论文选萃》,北京:中华书局,1993年。
④ 载《文献》1992年第4期。
⑤ 收入《唐人选唐诗新编》。
⑥ 载《唐研究》第5卷,北京:北京大学出版社,1999年。
⑦ 载《文史》第29辑,1988年。
⑧ 载《文史知识》1990年第7期。

《敦煌学郎诗作者问题考略》[1]、谭蝉雪的《敦煌婚嫁诗词》[2] 等。

研究敦煌释道诗歌的成果主要有郑炳林的《敦煌文书 S.373 号李存勖唐玄奘诗证误》[3]、汪泛舟的《敦煌僧诗校辑》《敦煌僧诗补论》[4]、徐俊的《敦煌写本〈山僧歌〉缀合与斯 5692 蝴蝶装册的还原》[5]《庐山远公话的篇尾结诗》《斯三七三卷诸山圣迹题咏诗钞辑考》[6] 等。

汪泛舟《校辑》由论述、录文、校注三部分构成。论述部分阐述了敦煌僧诗的概况及其在文学、佛学史上的价值；校注部分在吸收中外学者成果的基础上，结合诗歌的义、律，对原卷中的缺文、衍文、异文进行了详细的校勘，并纠正了前人误校、失校的地方。徐俊《辑考》指出，斯 373 写卷前 5 首诗并不像前人所说，都是李存勖的作品，他认为，只有第一首确为李存勖所作，其余四首显非李诗。他还探讨了斯 529 卷与斯 373 卷之间的关系、《诸山胜迹志》所引部分诗文的作者等问题。

项楚的《敦煌诗歌导论》对敦煌民间诗歌、乡土诗歌和释道诗歌都有较为详细的著录和深入的分析。曲金良的《敦煌佛教文学研究》[7] 也论及佛教诗词，有一定的参考价值。

第五节　王梵志诗歌整理与研究

20 世纪二三十年代，敦煌遗书中发现了久已失传的王梵志的五言白话诗，这引起了学界的广泛关注，到世纪末，人们在王梵志诗的汇辑、校勘、注释和理论研究等方面都取得了较大的进展。

一、王梵志诗歌的整理

王梵志诗歌著录

刘复是我国最早对王梵志诗进行整理的学者。1925 年，他把从巴

---

[1]　载《文献》1994 年第 2 期。
[2]　载《社科纵横》1994 年第 4 期。
[3]　载《敦煌学辑刊》1991 年第 1 期。
[4]　载《敦煌研究》1994 年第 3 期。
[5]　载《中国典籍与文化论丛》第 2 辑，北京：中华书局，1995 年。
[6]　载《敦煌文学论集》。
[7]　曲金良：《敦煌佛教文学研究》，台北：文津出版社，1995 年。

黎抄回的伯希和编号的三个写本，编入《敦煌掇琐》，并在"琐三二"中根据原本题记，明确标为"王梵志诗一卷"，为后人研究王梵志诗开辟了道路。1927年，胡适的《白话文学史》（上卷）对王梵志及其诗也进行了较为深入的探讨。由于他掌握的材料很有限（四个版本，内含一个转抄本），因而在考证王梵志诗的卷次问题上有一些疏忽。1935年，郑振铎据伯2718和伯3266号两个王梵志诗的写卷，校录出《王梵志诗一卷》，又据胡适所引的伯2914号写卷中的五首诗，以及散佚的王梵志诗，编为《王梵志（诗）拾遗》，同时发表在《世界文库》第五册中。郑振铎的这个校录本在诗歌分首和文字校勘上都较刘复本有一定的进步。

但是，伯希和劫去的敦煌遗书中究竟有多少王梵志诗的写本，长期情况不明，直到王重民编的《伯希和劫经录》[①]问世，人们才比较清楚原卷情况。《伯希和劫经录》列入王梵志诗10个写本（P.2718、P.2842、P.2914、P.3211、P.3266、P.3588、P.3656、P.3716、P.3833、P.4094）以及P.3418和P.3724两个白话诗残卷，对巴黎藏敦煌写本王梵志诗的面貌有了比较全面、真实的反映。

最先注意英国伦敦藏斯坦因编号的王梵志诗写本的，不是我国学者，而是日本学者。1932年（昭和七年）出版的《大正新修大正藏》第85卷第2863号编入"斯○七七八王梵志诗并序"。次年，矢吹庆辉的《鸣沙余韵解说》[②]问世，对《大藏经》所收的斯○七七八写本作了概括的说明。这些材料的可贵之处在于，重新展示了王梵志诗集序言的全文，为探索王梵志及其诗提供了极为重要的材料。

斯坦因劫去的敦煌写本长期锢闭在伦敦不列颠博物院东方部，外人很少知晓。直到1936年以后，向达去伦敦阅览500个左右的敦煌写本，才在其《记伦敦所藏的敦煌俗文学》[③]中著录了四个王梵志诗的写本，即S.0778、S.2710、S.3393、S.5441。两年以后，向达又在《伦敦所藏敦煌卷子经眼目录》[④]内，补充两个王梵志诗的写本：S.5474、S.5796。

1954年，伦敦不列颠博物院把所藏敦煌写本全部摄成缩微胶卷，

---

① 载《敦煌遗书总目索引》。
② 矢吹庆辉：《鸣沙余韵解说》，东京：岩波书店，1933年。
③ 载《新中华》第5卷第13期，1937年。
④ 载《国书季刊》新1卷第4期，1939年。

公开销售，我国学者才得以窥见斯坦因劫去敦煌遗书的全貌。1957年，刘铭恕根据这套缩微胶卷编成《斯坦因劫经录》①，明确著录10种王梵志诗的敦煌写本（S.0778、S.1399、S.2710、S.3393、S.4669、S.5441、S.5474、S.5641、S.5794、S.5796），比较全面地反映出斯坦因劫经内王梵志诗的面貌。他的另一收获是考证出P.3211（即"琐三一"）正是S.5441王梵志诗集卷中的内容，这解决了学界多年来的遗留问题。

另外，在1963年出版的《亚洲民族研究所特藏汉文写本解说目录》第四部分"文学作品"中，著录有苏联所藏的苏1456号王梵志诗，并附见抄写者名字："大历六年五月某日，抄王梵志诗一百一十首，沙门法忍写之记。"这个写本保存下来的王梵志诗，据法国学者戴密微考证，不同于已发现的斯坦因、伯希和劫走的王梵志诗。因此，它对于丰富和充实王梵志诗的全集，具有重要的价值。

王梵志诗歌的汇辑、校注

20世纪80年代以后，人们开始对王梵志诗歌进行大规模的汇辑、校勘和注释工作。

张锡厚的《王梵志诗校辑》是其中较早问世的成果。此书共收诗336首（不包括附录的梵志诗12首），分编为6卷。其正编分卷基本上是依据敦煌写本王梵志诗原卷编次顺序，校辑者又进行了分首、标题、编号、点校，考订改正了某些明显的脱误，并对个别唐人俗诗、佛家用语作了一些考释。附编部分，为方便读者和研究者的需要，汇辑、选择了国外敦煌遗书"劫经录"内有关王梵志诗的著录情况和国内外历代有关王梵志诗的评述，以及校辑者所撰的《敦煌写本王梵志诗考辨》《唐初民间诗人王梵志考略》两篇论文。书末附有《王梵志诗语辞索引》，以利读者检索。

由于张锡厚《校辑》在校勘、注释诸方面存在着不少讹错和疏漏，所以在该书出版后不久，学界就掀起了一场对王梵志诗作更细校勘、匡补的热潮。

第一个对张锡厚著进行批评的学者是潘重规。他在1984年发表了《简论〈王梵志诗校辑〉》一文，文章在总结了刘复、郑振铎、胡适等人

---

① 载《敦煌遗书总目索引》。

搜集、整理、研究王梵志诗的成绩之后指出，张锡厚著"自有王梵志诗集以来，堪称一部完备的'足本'，但却不能说是一部无疵的'善本'"。他指出张氏《校辑》误认6条，误改5条。

翌年，项楚也发表了《〈王梵志诗校辑〉匡补》①，指出张著误校62条，又发表同名文章②，继续指出误校233条。柴剑虹在《关于〈敦煌文学作品选〉的通讯》③中认为："在语言学界，传统的训诂学已难有新的突破，而俗语词研究则是训诂学的新大陆，是产生新课题，新成果的宝山，而敦煌俗文学尤为众矢之的。"

经过长期精心的研究，项楚也于80年代末和90年代初相继发表和出版了《王梵志诗校注》④这样对王梵志诗重新进行全面整理的成果。其中专著《王梵志诗校注》搜集王梵志诗敦煌残卷30件，加上传世文献中钩稽的若干首王梵志诗，共得390首，厘为七卷，加以校注，是目前辑录王梵志诗最多、校注最精的一部著作。书后有七篇附录：《释亡名与敦煌文学》《"但存方寸地，留与子孙耕"考》《王梵志诗十一首辨伪》《敦煌遗书中有关王梵志三条资料的校订与解说》《列1456号王梵志诗残卷补校后记》《王梵志诗论著目录》《王梵志诗语辞索引》等。

除了上述张锡厚、项楚的专著，80年代以后，对王梵志诗进行汇辑、校勘和注释的单篇文章还有不少，如赵和平、邓文宽的《敦煌写本王梵志诗校注（正、续）》⑤，项楚的《敦煌写本王梵志诗校注补正》⑥《苏藏法忍抄本王梵志诗校注》⑦《列一四五六号王梵志诗残卷补校》⑧，何文广的《王梵志诗拾遗》⑨，郭在贻的《唐代白话诗释词》⑩《王梵志

---

① 载《中华文史论丛》1985年第1辑。
② 载《敦煌研究》1985年第2期。
③ 载《敦煌语言文学研究通讯》1987年第2、3期。
④ 文章载《敦煌吐鲁番文献研究论集》第4辑，北京：北京大学出版社，1987年。
⑤ 载《北京大学学报》1980年第5、6期。
⑥ 载《中华文史论丛》1981年第4辑。
⑦ 载《南开文学研究1988年》，天津：天津古籍出版社，1988年。
⑧ 载《中华文史论丛》1989年第1期。
⑨ 载《唐代文学论丛》1982年第2期。
⑩ 载《中国语文》1983年第6期。

诗校辑误校示例》①《敦煌写本王梵志诗汇校》②，周一良的《王梵志诗的几条补注》③，吕朋林的《王梵志诗点校拾遗》④，蒋绍愚的《〈王梵志诗校辑〉商榷》⑤，袁宾的《王梵志诗校辑校释补正》⑥，刘瑞明的《王梵志诗三首原貌探求》⑦，陈庆浩的《法忍抄本王梵志诗初校》⑧，朱凤玉的《敦煌写卷 S4277 号残卷校释》⑨，张锡厚的《整理王梵志诗集的新收获——敦煌写本 L1456 与 S4277 的重新缀合》⑩，都兴宙的《王梵志诗音校》⑪，段观宋的《王梵志诗校议》⑫，朱迥远的《拿起另一把钥匙——王梵志诗巧解》⑬ 等。

二、王梵志及其诗歌考论

20 世纪上半叶对王梵志及其诗进行综合研究的学者主要有胡适和郑振铎。胡适是 20 世纪最早对王梵志及其诗进行理论阐述的学者，20 年代后期，他先后在《白话诗人王梵志》⑭ 和《白话文学史（上卷）》中对唐初的白话诗和王梵志诗进行了比较系统的探讨，初步揭开了白话诗人王梵志的神秘外衣，并对诗人的时代、生平和作品提出了自己的看法。稍后，郑振铎也在《王梵志诗跋》⑮ 和《中国俗文学史》中对王梵志及其诗作了简略的评价。40 年代，论及王梵志及其诗歌的成果有菊

---

① 载《古籍整理出版情况简报》1987 年第 184 期。
② 载《敦煌语言文学论文集》，杭州：浙江古籍出版社，1988 年。
③ 载《北京大学学报》1984 年第 4 期。
④ 载《古籍整理研究学刊》1985 年第 4 期。
⑤ 载《北京大学学报》1985 年第 4 期。
⑥ 载《社会科学（甘肃）》1985 年第 6 期。
⑦ 载《敦煌研究》1986 年第 2 期。
⑧ 载《敦煌学》第 12 辑，台北：新文丰出版公司，1987 年。
⑨ 同上。
⑩ 载《敦煌学辑刊》1987 年第 2 期。
⑪ 载《敦煌学辑刊》1990 年第 2 期。
⑫ 载《中国韵文学刊》1995 年第 2 期。
⑬ 载《辽宁大学学报》1995 年第 2 期。
⑭ 载《现代评论》第 6 卷第 156 期，1927 年。
⑮ 郑振铎：《〈王梵志诗〉跋》，载《世界文库》第 5 册，上海：生活书店，1936 年。

影的《初唐的民间诗人王梵志》① 等。

此后将近四十年间,学界研究的重点主要集中在王梵志诗歌的整理和校勘上,很少有人作理论探讨。从 80 年代直至 20 世纪末,随着王梵志诗集整理成果的日益成熟,学界又把研究的重点逐渐放在对王梵志其人其诗的综合考论上。他们讨论的重点主要在王梵志诗的作者、写作年代、思想内容、艺术特色及其在文学史上的影响等几个问题上。

王梵志诗的作者和写作时代

对于王梵志诗的作者和时代,学界讨论的时间很长,分歧也很大②:

1. 胡适认为王梵志约为 590 年至 660 年间的人。他在《白话文学史》中根据《太平广记》中的有关记载推测说:"此虽是神话,然可以考见三事:一为梵志生于卫州黎阳,即今河南浚县。一为他生当隋文帝时,约六世纪之末。三可以使我们知道唐朝已有关于梵志的神话,因此又可以想见王梵志的诗在唐朝很风行,民间才有这种神话起来。我们可以推定王梵志的年代约当五九〇到六六〇年。"③

2. 任半塘认为王梵志诗产生于初唐时期,他在《王梵志诗校辑序》中根据敦煌遗书中的诸多材料说明开元二十七年(739),王梵志早已下世,他的孙儿已能为杨筠作祭文,那么说王梵志的时代至迟也要早于开元。这就同《桂苑丛谈》《太平广记》卷八二记载的材料大体相近。

3. 日本学者矢吹庆辉认为王梵志的诗集至少也是大历以前撰集的④。另一位日本学者入矢义高认为王梵志是天宝、大历年间乃至唐末五代人。他在《论王梵志》⑤ 中说:我宁可采信矢吹氏慎重的态度——即本于《法宝记》的记载,而将王梵志诗集认定为"至少也是大历以前的撰集"。如果确实有王梵志这个人,而且《诗式》和《诗议》中王梵志的诗不是后人所拟作,则王梵志的在世年代最迟在贞元间。在《宋

---

① 载《西北公论》第 2 卷第 6 期,1942 年。

② 下文主要参考了项楚的《敦煌诗歌导论》第 5 章 "王梵志诗",第 290—294 页。

③ 《白话文学史》,第 165 页。

④ 参其《鸣沙余韵解说》。

⑤ 张沅译,徐东琴校,载张锡厚:《王梵志诗校辑》附编《王梵志诗评述摘辑》。

史·艺文志·别集类》载有《王梵志诗集》一卷，列在五代人文集当中，可见将王梵志视为唐末五代人的观念，不是早就产生了吗？

4. 日本学者游佐升认为，即使王梵志是初唐人，《王梵志诗》一卷仍然成书于唐五代以后。他在《关于王梵志诗集一卷》[①] 中说："即使王梵志这一人物存在于初唐时期，仍然没有《王梵志诗集一卷》成立于初唐的确证。那么，仅限于《王梵志诗集一卷》而言，能证明其确实成立的时期，应是伯三七一六写本中所署的'天成五年'（930）。即从文献学的观点分析，《王梵志诗集一卷》的成立，应该是以唐五代时期为其成立时期的上限。"

5. 赵和平、邓文宽在《敦煌写本王梵志诗校注》[②] 中，根据王梵志诗中所反映的中男的年龄、府兵制的情况、"开元通宝"钱的史实，以及唐中央政权与吐蕃间的冲突，认为"这些诗反映的社会历史现象，起于唐初武德四年（621），止于开元二十六年。诗人王梵志也必然活动于这个时期。"

6. 法国学者戴密微在《王梵志诗附太公家教·引言》[③] 中根据王梵志诗中"唾面自干"的典故，认为出自娄师德，而"娄师德在六三〇至六九九年生存，那么，王梵志诗集的第三卷不会早于八世纪。……倒是王梵志可能的生存年代是八世纪"。

7. 日本学者菊池英的《王梵志诗集和山上忆良〈贫穷问答歌〉之研究》认为："每一诗辑原卷的名称都是王梵志诗集，但其编纂时间却不同。也许是产生于唐宋之间，当时的人们喜好不同诗选中的诗或歌谣以及警语冠上相同的名称，而假托王梵志的名字来出版。因此我们不可能找出一个特定的人作为同一名称发行的各种诗辑中所有的诗、歌谣的作者。我不得不指出费尽心思来追查该文作者（王梵志）的生平将徒劳无功，也没有必要。"

8. 张锡厚《唐初民间诗人王梵志考略》[④] 认为王梵志是初唐时代的民间诗人，并根据王梵志诗的内容描画出他一生的经历事迹，认为可以

---

① 高鹏译，载张锡厚：《王梵志诗校辑》附编《王梵志诗评述摘辑》。
② 载《北京大学学报》1980年第5、6期。
③ 廖伯源、朱凤玉合译，载《敦煌学》第9辑，台北：新文丰出版公司，1985年。
④ 载《王梵志诗校辑》附编。

"初步揭开这个历来被认为'谜一般的'人物的真面目"。

9. 潘重规在《王梵志出生时代的新观察——解答全唐诗不收王梵志诗之谜》①中认为："我们用平常心对《桂苑丛谈》作如实的了解，王梵志只是隋代出生的一个被人收养的婴儿，长大后写成许多动人的诗篇，在民间广泛流传，终于得到大众称许为伟大诗人而已。……王梵志出生时期，最迟在隋代晚年，甚至可能在隋文帝初年。"

10. 朱凤玉在《王梵志诗研究》②中根据有关王梵志诗的外证13条和内证7条，得出结论："王梵志生于隋朝，而活动于初唐。"

11. 项楚在《敦煌诗歌导论》认为："《桂苑丛谈》中有关王梵志为卫州黎阳（今河南浚县）人，生于隋代的记载是具体的，因此，可以相信当时确有这样一位白话诗人，在民间有很大的影响，因而有关于他的传说流传不绝。"但他又指出："这位名叫王梵志的白话诗人并不是现存全部'王梵志诗'的作者。"③ "这些'王梵志诗'并非一人一时之作，而是在初唐（以及更早）直到宋初的很长时期内陆续产生的。大约'王梵志'已成为白话诗人的杰出代表，所以无名白话诗人的作品便纷纷附丽于王梵志名下，被编入王梵志诗集，或者作为'王梵志诗'被人们所称引。"④

除了上述成果，80年代以后探讨王梵志生平的专题文章还有张伯昂的《王梵志年代杂考》⑤，刘瑞明的《评戴密微关于王梵志年代的拟议》⑥《王梵志年代新拟》⑦，陈允吉的《关于王梵志传说的探源与分析》⑧，顾浙秦的《王梵志生地生年考辨》⑨等。

王梵志诗歌的思想内容

20世纪30年代以后，随着研究的逐步深入，学界对王梵志及其诗

---

① 载《"中央"日报（台北）》1985年4月11日。
② 朱凤玉：《王梵志诗研究》，台北：台湾学生书局，1986年。
③ 《敦煌诗歌导论》，第294页。
④ 同上书，第297页。
⑤ 载《信阳师范学院学报》1986年第1期。
⑥ 载《敦煌研究》1986年第4期。
⑦ 载《敦煌研究》1989年第1期。
⑧ 载《复旦学报》1994年第6期。
⑨ 载《西藏民院学报》1997年第4期。

歌中所表现的思想也进行了一些分析和讨论。

但 80 年代以前,主要是日本学者和法国学者对此问题进行了探讨。

如日本学者矢吹庆辉在《鸣沙余韵解说·第一部八五——Ⅱ王梵志诗集并序》中就认为,王梵志的诗是唐代民间劝善文学的一种资料,大多以卑俗浅近的事例来表达因果劝惩的旨趣,以杀生、偷盗、妄语、吃肉、饮酒、破戒、布施、忍辱、持戒、逢师、礼忏等为内容①。

入矢义高在《论王梵志》② 一文中也将各个写本中的王梵志诗分开进行分析。他说:"斯〇七七八写本的内容则以佛教的说理占支配地位。但斯〇七七八在叙述人生的无常和因果报应等的时候,也是和人世间的日常生活具体地结合起来,没有一个只是虚谈'佛教道法'的例子。""伯二七一八上共有九二首五言诗,前面的七二首完全没有佛教的色彩,其中所叙述的是孝顺父母、兄弟和睦、如何接待宾客和对待长者、要教育好子女、怎样与朋友和邻居相处、不要骄奢,要多行善事,以及要慎于饮酒和游玩等,都是十分现实的、具体的处世训。从第七三首起开始带有佛教色彩,那也是劝人们不要杀生、偷盗,要尊敬三宝,乐于布施,也是同生活有关的实践性的箴言。""伯三二一一则大都是如实地描写世态炎凉、悲楚凄怆的诗。诗中哀叹不孝顺双亲的人日益增多,蔑视商人的利欲熏心,还描述了沉重的赋役、兵士的艰苦处境以及贫民的悲惨生活,写得都很鲜明。""诗集的作者究竟是什么样的人物,我们虽然无从知道,但至少他是一个信奉佛教的人。"③

法国学者戴密微在《汉学论著选读·中国语言与文学》中指出,在敦煌遗书中编过号的三卷《王梵志诗集》中"没有任何说教","至少在今天所能读到的诗里(一半左右),存在着绝望的思想,对人生和世界的虚无观念,对一切事物的短暂与不现实,尤其是对于死亡,这个经常出现在这些短诗里,缠绕脑际、阴森可怖的词进行消极讽刺。对佛教给予人们的抚慰几乎只字不提,语调纯粹是犬儒主义的"④。

80 年代以后,我国学者也开始对王梵志及其诗歌中所表现的思想进行深入的分析和探讨。如任半塘在《王梵志诗校辑·序》中指出王梵

---

① 《王梵志诗校辑》,第 262—263 页。
② 载《中国文学报》第 3、4 期,1956 年。
③ 《王梵志诗校辑》,第 274—277 页。
④ 同上书,第 296 页。

志"重视诗歌惩恶劝善的社会功用","他有不少诗敢于揭露某些不合理社会现象,和人们灵魂中粗俗卑恶的一面,无论是揶揄嘲讽,谐谑调侃,还是无情鞭挞,劝世导俗,逐渐形成一种泼辣犀利的诗风,起到针砭顽俗、补弊救偏的作用,散发出强烈的'辣'味"[1]。张锡厚在《王梵志诗校辑·前言》中也认为:"王梵志的诗歌内容是复杂的,多方面的,既有沉湎在虚幻的佛国天堂,宣扬佛教教义和儒家伦理的消极内容;也有描写社会,揭露现实矛盾,反映民间疾苦的诗作;有时还利用讥讽谐谑的表现手法,抨击一些不公正的社会现象,为世人伸张正气,具有一定的现实意义。这当然不是一个'自了汉'或'化俗梵法师'所能企及的,只有深入民间、接触现实、同人民的思想感情有着某种联系的民间诗人才能写下这些内容丰富的五言诗,而王梵志正是沿着这样一条道路在某些程度上唱出了人民的声音,成为初唐时期著名的民间通俗诗人。"[2]

项楚的《王梵志诗校注·前言》对王梵志及其诗歌中的思想的分析更为细致、深入。他以三卷本的《王梵志诗集》为根据分析了王梵志诗的思想。他认为:虽然王梵志常被说成是佛教诗人,可是王梵志诗的精华恰恰是那些世俗作品。王梵志诗表现出反映现实的强烈的自觉意识与批判精神。王梵志不但捕捉了广泛的社会矛盾,而且总是直截了当地把事实揭示出来,一语道破问题的实质。王梵志诗第一次集中地、大量地表现了社会下层的生活图景,而且它观察生活的角度也和后来关心民瘼的进步文人不同,他是从社会底层的内部观察人民的生活,并作为人民的一员来唱出自己的痛苦,因此它比文人诗更真实,更具体,更深刻。王梵志诗的许多作品打上了佛教的印记,佛教的世界观造成了王梵志诗对于人生的一种独特的态度。他把生与死,把人间世界和"彼岸"世界弄颠倒了,所以他在诗里反复表现了对生的厌倦和对死的渴望,对人世的鄙弃和对天堂的追求。然而在这种对世界的荒谬颠倒之中,恰恰折射出那个颠倒的世界的某种深刻的真实,表达了那个社会下层人民的苦涩的心境和渺茫的憧憬。这就是王梵志诗中那些打上佛教印记的作品,仍然具有一定的社会意义和认识价值的原因[3]。

---

① 《王梵志诗校辑》,第7页。
② 同上书,第14—15页。
③ 《王梵志诗校注》,第24—29页。

王梵志诗艺术分析

从 30 年代开始，学界对王梵志诗歌的风格特点和表现艺术也进行过较为深入的分析。

如郑振铎在《〈王梵志诗〉跋》中说："他是以口语似的诗体，格言式的韵文，博得民间的'众口相传'的。"日本学者内田泉之助的《中国文学史》[1] 认为王梵志是口语诗的先驱，对初唐诗风的革新是很重要的。他是能够更加自由地运用讽刺谐谑的手法，不务艰涩用典，力求平易的作家[2]。

相比较而言，日本学者入矢义高的《论王梵志》对王梵志诗的艺术分析得更为细致深入。他指出："王梵志的教化劝世诗频繁地使用俗谚，并不是单纯意味着修辞上的效果，也说明他进行教化的姿态和意识，同一般的职业僧人是趣意不同的。"[3]"王梵志那样的诗和通念上的唐诗很难相称，是一个特异的存在"，"只有我们常提到的寒山诗，尤其是从正面歌颂'至道'而且格调很高的诗，和王梵志之流的极其平俗鄙俚的歌颂并存着"[4]。然而，"在王梵志诗中占支配地位的通俗性上，他所表现的则全是朴素无华；而寒山诗中的通俗性则常常伴随着一些意识。因此，寒山诗虽然有时比王梵志更多地使用鄙俚的语言，但在他的诗中几乎感觉不到王梵志那样的三家村的酸腐气，而寒山这一类诗，往往是谲诡的、难解的"[5]。

80 年代以后，我国学者开始对王梵志诗歌的艺术特色进行深入、系统的分析和评价，其中张锡厚和项楚成绩较为卓著。

张锡厚在《王梵志诗校辑·前言》中指出：王梵志诗的主要艺术特征是丰富的民间性，他的每首诗作长短不拘，文白夹杂，只押一个韵脚，有时也沿用五言古体形式，但绝大多数都是以崭新的五言通俗诗形式出现的，完全不同于初唐浮靡繁缛的诗风。其特点是口语俚词，俗谚方音皆可入诗，既明白如话，往往又出乎意料，创造出惊世骇俗、奇崛跌宕的诗歌风格，于乖巧的调谑中表现出来深远的意旨，产生强烈的艺

---

[1] 载《王梵志诗校辑》附编。
[2] 同上书，第 266—267 页。
[3] 同上书，第 276 页。
[4] 同上书，第 278 页。
[5] 同上书，第 279 页。

术效果。不过,王梵志诗的"怪"和唐诗中某些追求新奇以致艰涩玄奥的诗篇是不相同的。王梵志诗怪而畅达,通俗易懂;怪而蕴藉,素朴无华;言近旨远,发人深省;质直清新,淡而有味。王梵志诗歌的艺术特色,首先表现在比较注意刻画唐初社会各类人物的形象,无论是穷汉富家、达官小吏、慵夫懒妇、道士女冠,还是市郭儿、罪过汉、浮逃人、愚痴君,作者往往通过捕捉人物形态某一方面的突出特点,加以适当的艺术夸张,运用简练概括的语言,着墨不多,便使人物形象跃然纸上。他在一些诗里又善于运用含沙射影、讥刺嘲讽的艺术手法,在嬉笑怒骂中揭露人们灵魂深处的黑暗与丑恶的东西,无情地鞭挞和谴责一切不公正的社会现象,透过深沉的戏谑和痛苦的调侃,试图呼唤人们弃恶从善,这形成了王梵志诗的独创性。就表现形式而言,王梵志的通俗诗还能从生活中选取贴切形象的比喻,利用设想奇巧的对比,丰富和开拓通俗诗的艺术境界,进一步增强作品的艺术感染力,虽然只是初步的尝试,但也有值得称道的地方①。

项楚在《王梵志诗校注·前言》中也认为,和文人诗的创作传统不同,王梵志诗"不以抒情见长,也不流连风景,压根儿也没有打算去创造什么'意境'。它主要是白描、叙述和议论的方法去再现生活、评价生活。这就形成了王梵志诗的质朴和明快的特点。""王梵志诗正好是在文人诗歌最薄弱的环节,取得了令人瞩目的艺术成就。它好像是出色的肖像画家,非常善于描摹生活中各类人物的形象,并且常常用对比或对照的方法构成组诗,以突现主题。"②"至于王梵志诗运用俗语的典范性成就,开创了唐代白话诗派,下启寒山、拾得等的诗歌创作;王梵志诗的机智幽默的理趣,在宋代诗歌中更加得到继承和发扬,这些都是容易理解的,无须多加阐释。王梵志诗粗糙和稚拙的一面,也是一目了然的。"③

80年代以后还出现了一些探讨王梵志诗艺术的专题论文,如张锡厚的《论王梵志诗的口语化倾向》④、匡扶的《王梵志诗与宋诗的散文

---

① 《王梵志诗校辑》,第15—18页。
② 《王梵志诗校注》,第30页。
③ 同上书,第31页。
④ 载《文艺研究》1983年第1期。

化、议论化》①、都兴宙的《王梵志诗用韵考》②、刘瑞明的《王梵志诗歌宗旨探求——王梵志诗论之一》③、高国藩的《论王梵志诗的艺术性》④、刘冠才的《王梵志诗用韵研究》⑤等。

---

① 载《西北师院学报》1984 年增刊。
② 载《兰州大学学报》1986 年第 1 期。
③ 载《敦煌学辑刊》1987 年第 1 期。
④ 载《江苏社会科学》1995 年第 2 期。
⑤ 载《锦州师范学院学报》1996 年第 4 期。

第十四章 唐五代词研究

第一节 20世纪唐五代词研究概述

具有现代学术意义上的唐五代词学研究是从20世纪20年代开始的。八十年间,人们在兼采传统词学研究和现代西方文学理论之长的基础上,对唐五代词学的诸多问题进行了卓有成效的探讨,取得了丰硕的研究成果[①]。

一、20世纪上半叶

20年代

此时,学界对唐五代词研究的重点是词的起源和李后主词研究。胡适[②]、郑振铎[③]等学者首次以现代学术眼光对词的起源问题做了与传统词学研究者截然不同的研究。他们抛弃了词起源于诗、是"诗之余"的传统观念,将词当作一个独立文体来追本溯源;也不同意把词的产生时间无限上推,而是结合燕乐的形成和发展来考定词的产生时代。

此时,学界对于李后主及其词的研究虽然简略,然已初具规模。此时专论后主词的文章有西谛的《李后主词》[④]、豫戡的《论南唐后主李

---

① 关于李白词真伪问题的讨论情况见"李白研究"部分。
② 胡适:《词的起源》,载《清华学报》第1卷第2期,1924年。
③ 郑振铎:《词的启源》,载《小说月报》第20卷第4号,1929年。
④ 载《小说月报》第14卷第1号,1923年。

重光词》①、天行的《南唐后主词》②；兼论李后主生平及其词的文章也有不少，如姜华的《李后主及其词》③、署名"新"的《李煜的生平及其作品》④ 等；还有探讨李煜著述版本的，如曹雨群的《李后主的著述及其版本》⑤。

三四十年代

三四十年代，唐五代词学研究向纵深发展。此时学界对词的起源问题研究得更全面、细致，角度也更新颖、多样了。如姜亮夫的《"词"的原始与形成》⑥ 就较仔细地分别了"词"与"诗"及"胡乐"的关系。刘尧民的《词与音乐》⑦ 更是从词与音乐的关系入手，重点突破，追溯到词的源流演变。

类似的文章还有胡云翼的《词的起源》⑧、霍世休的《词调的来历与佛教经唱》⑨、田子贞的《词调来源与佛教舞曲》⑩、卢冀野的《"词"是怎样发生和发展的》⑪、陈能群的《论燕乐四声二十八调》⑫、萧涤非的《论词之起源》⑬、杨宪益的《零墨新笺：论词的起源》⑭、李嘉言的《词之起源与唐代政治》⑮ 等。

此时学界对李煜及其词的研究也更为深入，生平研究方面出现了一些考订细致深入的年谱和分析精到的评传，如衣虹的《南唐后主李煜年

---

① 载《北京益世报》1926年6月10日。
② 载《晨报副刊》，1926年11月15日、17日。
③ 载《学灯》1924年5月28日。
④ 载《北京益世报》1926年9月3日—9月21日。
⑤ 载《浙江图书馆报》第2卷第1期，1927年。
⑥ 载《现代文学》第1卷第5期，1930年。
⑦ 刘尧民：《词与音乐》，"国立云南大学文史丛书"，1946年。
⑧ 载《现代学生》第2卷第7号，1933年。
⑨ 载《清华周刊》第41卷第3、4期合刊，1934年。
⑩ 载《人间世》第23期，1935年。
⑪ 载傅东华编：《文学百题》，上海：生活书店，1935年。
⑫ 载《同声月刊》第1卷第11期，1941年。
⑬ 载《国文月刊》第26期，1944年。
⑭ 载《新中华》复刊第4卷第19期，1946年。
⑮ 载《文艺复兴》"中国文学研究号"，1948年。

谱》①、章崇义的《李后主诗词年谱》②、唐圭璋的《李后主评传》③、夏承焘的《南唐二主年谱》④、杨荫深的《李后主》⑤等。

三四十年代唐五代词学研究的新成就主要是词集的校勘和全面整理、词史研究的开展，及在继续深入探讨李煜词的基础上对唐五代其他词人词作的广泛探讨。

20世纪之前，除了明吴讷《唐宋名贤百家词》，唐五代词作总集未见有人进行全面整理。进入20世纪以来，学者们明确地意识到这一工作的重要性，先后有王国维的《唐五代二十一家词》、林大椿的《唐五代词》、刘毓盘的《唐五代宋辽金元名家词》等总集问世。尤其值得注意的是，20世纪初在敦煌石室发现的《云谣集》和其他唐代民间曲子词作品的整理和校勘工作，也在三四十年代取得了相当大的进展。

30年代，出版了几部重要的词史著作，如刘毓盘的《词史》⑥、胡云翼的《中国词史大纲》⑦等。它们均对词的起源问题及唐五代词的发展进行了较为细致、深入的分析。

此外，从词史角度研究唐五代词的文章也有不少，如吴其作的《唐代词坛的鸟瞰》⑧、龙沐勋的《词体之演进》⑨、郑师许的《论乐工之词变而为文学家之词》⑩、梁之盘的《五代的词人》⑪、张振珮的《词在中国文学史上的地位》⑫、李冰若的《中世纪我国的新文学》⑬、叶鼎彝的《唐五代词略述》⑭、叶梦雨的《唐五代歌词四论》⑮等。

---

① 载《新文化月刊》创刊号，1934年。
② 章崇义：《李后主诗词年谱》，上海：南京书店，1933年。
③ 载《读书顾问》创刊号，1934年。
④ 载《词学季刊》1935年第4期—1936年第3期。
⑤ 杨荫深：《李后主》，上海：商务印书馆，1935年。
⑥ 刘毓盘：《词史》，上海：上海书店出版社，1985年。
⑦ 胡云翼：《中国词史大纲》，上海：北新书局，1933年。
⑧ 载《师大国学丛刊》第1卷第1期，1930年。
⑨ 载《词学季刊》创刊号，1933年。
⑩ 载《大陆杂志》第2卷第5期，1933年。
⑪ 载《红豆》第1卷第6号，1934年。
⑫ 载《学风》第4卷第8期，1934年。
⑬ 载《国民文学》第6期，1935年。
⑭ 载《师大月刊》1935年第22期、1936年第26期。
⑮ 载《风雨谈》第3期，1943年。

虽然 20 年代也有几篇文章论及温庭筠和韦庄的词①，并作了一些比较研究②；但是三四十年代，学界对韦庄、温庭筠及花间词的研究才更为可观。

当时研究韦庄的成果主要有俞平伯的《读词偶得（韦端己〈菩萨蛮〉五首）》③、曲滢生的《韦庄年谱》④、吴家桢的《韦庄诗词之研究》⑤、金麓凉的《韦端己及其词》⑥。

研究温庭筠及其词的文章更多，如朱肇洛的《温庭筠评传》⑦、彦修的《谈谈温飞卿》⑧、浦江清的《温庭筠菩萨蛮笺释》⑨、徐沁君的《温词蠡测》⑩、顾学颉的《新、旧唐书温庭筠传订补》⑪ 等。

此外，还出现了不少专门研究《花间词》及其他花间词人的文章和专著，如邹啸的《论花间集确有五百首》《论花间集不仅秾丽一体》⑫、李冰若的《花间集评注》⑬、张公量的《〈花间集〉评注》⑭、夏承焘的《冯正中年谱》⑮、伊磋的《花间词人研究》⑯、王信之的《冯延巳的词》⑰、晶明的《读〈花间集〉注书后》⑱、冒广生的《〈金奁集〉校记》⑲

---

① 如陈鳣：《温庭筠》，载《国立北平图书馆月刊》第 2 卷第 1 期，1929 年；何寿慈：《韦庄评传》，载《中国文学季刊》创刊号，1929 年。
② 如唐圭璋的《温韦词之比较》，载《东南论衡》第 1 卷第 26 期，1926 年。
③ 载《中学生》第 20 号，1931 年。
④ 曲滢生：《韦庄年谱》，我辈语丛刊社所行，1932 年。
⑤ 载《大夏周报》第 9 卷第 17 期，1933 年。
⑥ 载《新民报半月刊》第 2 卷第 4、5 期，1940 年。
⑦ 载《细流》创刊号，1934 年。
⑧ 载《中央日报》1935 年 4 月 18—21 日。
⑨ 载《国文月刊》第 35、36、38 期，1945 年。
⑩ 载《国文月刊》第 51 期，1947 年。
⑪ 载《国文月刊》第 62 期，1947 年。
⑫ 并载《青年界》第 6 卷第 1 期。
⑬ 李冰若：《花间集评注》，上海：开明书店，1935 年。
⑭ 载《国闻周报》第 13 卷第 4 期，1936 年。
⑮ 载《词学季刊》第 2 卷第 3 期，1935 年。
⑯ 伊磋：《花间词人研究》，上海：元新书局，1936 年。
⑰ 载《北平晨报·学园》1936 年 7 月 13 日。
⑱ 载《天津益世报·读书周刊》第 70 期，1936 年。
⑲ 载《同声月刊》第 1 卷第 12 期，1941 年。

《〈花间集〉校记》[①]等。

这些成果充分表明当时的唐五代词研究已经取得了相当大的进展和突破。

二、20 世纪下半叶

五六十年代

五六十年代，唐五代词研究出现了新的研究趋势，即词学研究者大多开始运用马列主义的观点、方法来研究唐五代词，在探讨唐五代词的形成和发展时，注重从社会、文化状况和经济基础等外在背景进行分析和阐释；在分析和评价词人词作的思想和艺术成就时，也多从"古代作品的民主性""艺术上的人民性""现实主义"和"浪漫主义"等新角度入手。50 年代中期，在全国范围内开展过一次关于李煜词评价问题的大讨论[②]。这次讨论是从 1955 年《文学遗产》第 69 期发表陈培治《关于李煜"虞美人"问题的讨论：对詹安泰先生关于李煜的"虞美人"看法的意见》和同期詹安泰的答复开始的。此后逐步展开，由对《虞美人》一词的分歧，扩展为对李煜词的整体评价问题。在讨论过程中，有的学者对李煜词采取全盘否定的态度，有的则认为李煜词有人民性，有的认为李煜怀念"故国"是爱国主义的表现，因此这些怀念"故国"的词是爱国词。

五六十年代的唐五代词研究另一个值得注意的现象是对敦煌曲子词研究的全面展开。在敦煌曲子词的整理和校勘方面，产生了王重民的《敦煌曲子词集》和任半塘的《敦煌曲校录》。王重民著可谓是敦煌遗书发现后第一部较为详备的曲子词集本；任二北著是后出转精，体类更全，篇幅更广。理论探讨方面的著作主要有任二北的《敦煌曲初探》，该书对敦煌曲的曲调及其来源、名称、写作时代、内容、作者、体裁、修辞等各方面进行了全面、深入、细致的考证，对词的起源也提出了新的见解。

---

① 载《同声月刊》第 2 卷第 2 期，1942 年。
② 这次讨论的文章大多收入《文学遗产》编辑部汇编：《李煜词讨论集》，北京：作家出版社，1957 年；这次讨论的情况可参见卢兴基：《建国以来古代文学问题讨论举要·五十年代讨论李煜词的评价问题》。

80 年代以后

"文革"之中,学术荒芜,对唐五代词学的研究也是一片空白。从 70 年代末开始,唐五代词研究从复苏逐渐走向全面繁荣。

八十年代以后,无论是在资料整理方面,还是在理论研究方面,学界都取得了空前的成就。如在唐五代词集的整理、校勘方面,既产生了《全唐五代词》[①]、任半塘的《敦煌歌辞总编》[②] 这样集大成的总集,也相继出版了多部《花间集》和温庭筠、韦庄、冯延巳、李璟、李煜等人词集的新校注本。在词史的研究方面,有杨海明的《唐宋词史》[③]、谢桃坊的《中国词学史》[④]、方智范等人的《中国词学批评史》[⑤] 等。这一时期从理论方面综合探讨唐五代词的著作有吴熊和的《唐宋词通论》[⑥],施议对的《词与音乐关系研究》[⑦],杨海明的《唐宋词风格论》[⑧]《唐宋词论稿》[⑨],缪钺、叶嘉莹合著的《灵溪词说》[⑩] 等。

而且,在这一时期,唐五代词的欣赏和普及工作也开展得如火如荼,除了一些词学名家如刘永济、夏承焘、唐圭璋、刘逸生等相继出版了不少唐宋词的选析、欣赏本,还出现了《唐宋词鉴赏集》[⑪]《唐宋词鉴赏辞典》[⑫]《唐宋词鉴赏辞典(唐、五代、北宋卷)》[⑬] 等由众多词学专家合力撰写的鉴赏著作。

---

① 张璋、黄畬编:《全唐五代词》,上海:上海古籍出版社,1986 年。
② 任半塘:《敦煌歌辞总编》,上海:上海古籍出版社,1987 年。
③ 杨海明:《唐宋词史》,南京:江苏古籍出版社,1987 年。
④ 谢桃坊:《中国词学史》,成都:巴蜀书社,1993 年。
⑤ 方智范、邓乔彬、周圣伟等著,施蛰存参订:《中国词学批评史》,北京:中国社会科学出版社,1994 年。
⑥ 吴熊和:《唐宋词通论》,杭州:浙江古籍出版社,1985 年。
⑦ 施议对:《词与音乐关系研究》,北京:中国社会科学出版社,1985 年。
⑧ 杨海明:《唐宋词风格论》,上海:上海社会科学院出版社,1986 年。
⑨ 杨海明:《唐宋词论稿》,杭州:浙江古籍出版社,1988 年。
⑩ 缪钺、叶嘉莹:《灵溪词说》,上海:上海古籍出版社,1987 年。
⑪ 人民文学出版社编辑部编:《唐宋词鉴赏集》,北京:人民文学出版社,1983 年。
⑫ 唐圭璋主编:《唐宋词鉴赏辞典》,南京:江苏古籍出版社,1986 年。
⑬ 唐圭璋、缪钺、叶嘉莹等:《唐宋词鉴赏辞典(唐、五代、北宋卷)》,上海:上海辞书出版社,1988 年。

另外，这一时期还出版了一些词学工具书，如温广义的《唐宋词常用语释例》①、施蛰存的《词学名词释义》②、王洪主编的《唐宋词百科大辞典》③、林焕文的《词学辞典》④、吴相洲等的《历代词人品鉴辞典》⑤等。

第二节 唐五代词史研究

20世纪唐五代词研究的一个显著成就就是对"史"的探究。20世纪，人们不只是撰述了好几部词史著作，更重要的是在对词的起源、词与音乐之关系、词在唐五代的发展和演变以及唐五代词在整个词史上的地位等词史问题的研究方面，取得了远远超过前人的成就。

一、词的起源问题

词体的起源与形成是词史上一个十分重要而又聚讼纷纭的问题。自宋代以来，就有不少学者对此进行了探索。他们或是认为李白《菩萨蛮》及《忆秦娥》是"百代词曲之祖"；或是认为词系乐府，起源于六朝时梁武帝的《江南弄》、陈后主的《玉树后庭花》；或是认为词系长短句，起于《诗经》中的《殷雷》《鱼丽》等长短句之什，甚至有人认为词的始祖可追溯到唐虞时代的《南风操》和《五子歌》了。进入20世纪以后，学界渐渐认识到词不但具有长短句的形式，而且是合乐的、是"倚声填词"的，所以对这三种说法，大多持否定态度，又新提出了词起于隋代、初唐晚期、盛唐、中唐等说法。

词起源于隋代说

此说为龙沐勋提出，得到了唐圭璋等人的响应，是20世纪较有影响的一种说法。

龙沐勋在《词体之演进》⑥中首先为"词体"正名，谓"词"乃

---

① 温广义：《唐宋词常用语释例》，呼和浩特：内蒙古人民出版社，1978年。
② 施蛰存：《词学名词释义》，北京：中华书局，1988年。
③ 王洪主编：《唐宋词百科大辞典》，北京：学苑出版社，1990年。
④ 林焕文主编：《词学辞典》，成都：四川辞书出版社，1991年。
⑤ 吴相洲、王志远编：《历代词人品鉴辞典》，北京：北京大学出版社，1996年。
⑥ 载《词学季刊》创刊号，1933年。

"曲子词"之简称，而所依之声乃隋唐以来之燕乐新曲，所以该文在考定隋唐以来燕乐之渊源流变的基础上，提出"词体原于隋唐间所谓'近代曲'"、炀帝所作《纪辽东》四曲乃其滥觞的观点。

任二北在《敦煌曲初探》中也认为，词的起源，可考见的是隋仁寿元年（601）牛弘等所制的《上寿歌辞》和隋炀帝与王胄所作的《纪辽东》。并说《纪辽东》的分片、立格、叶韵、平仄，无一非后来长短句词之体；又说隋代既有如此之《纪辽东》于前，故唐初即有长孙无忌之《新曲》、王勃之《杂曲》、阎朝隐之《采莲女》种种杂言于后，一一皆作长短句词之体，确切无可否认。

二十年之后，唐圭璋、潘君昭在《论词的起源》① 中也从词的合乐特征来探讨其起源问题，认为："词的产生是不能脱离一定的历史条件和特定的音乐环境的。"他们也主要运用了唐《教坊记》和敦煌曲等资料，通过考证确认《泛龙舟》《穆护子》《安公子》《斗百草》《水调》《杨柳枝》《河传》等七调为隋曲，并指出"有乐曲，就有歌辞（即'词'）。这是'词'起源于隋代的具体依据"。但他们对隋炀帝的《纪辽东》是否为词深表怀疑。同时，他又将"民间词"和"文人词"分开进行考察，说文人词的"产生时代应是在隋代兴起的民间词广泛流传之后，即初唐晚期，较齐言诗入乐的时间要稍后一些"。

夏承焘、吴熊和的《读词常识》② 也认为，"词的产生最早是起于隋代"。他首先援引宋代王灼、郭茂倩等人之说为证，特别强调"词的产生最早还起于民间"，指出《河传》和《杨柳枝》两词调很可能就是隋代的民歌；敦煌曲子辞的发现给词史研究提供了丰富的材料，它以充分、坚实的证据证明民间创作是词的最早来源，中唐以后的文人词就是在民间词的基础上，吸收和运用了它们的成就而逐渐发展起来的。

叶嘉莹在《论词之起源》③ 中也力证词是自隋代以来伴随着新兴的燕乐之演变而兴起的、为配合此种音乐之曲调而填写的歌词。她采用任二北《唐声诗》的相关论点，证明唐代一般声诗歌唱之情形，既非如汉乐府之由辞以定声，亦非如长短句词由声以定辞，而形成另一种"选辞以配乐"之方式。至于长短句词，则是隋唐以来，为配合当时流行之乐

---

① 载《南京师院学报》1978 年第 1 期。
② 夏承焘、吴熊和：《读词常识》，北京：中华书局，1981 年。
③ 载《中国社会科学》1984 年第 1 期。

曲而填写之歌辞，二者在唐代曾并行一时，而并非先有声诗之吟唱而后演化为词。

此说响应者还有温广义①、王兆鹏②等人。

词起于初盛唐间说

此说以郑振铎、叶鼎彝、阴法鲁、施议对等人为代表，是20世纪关于词的起源问题影响最大的一种说法。

早在20年代，郑振铎就在《词的启源》③一文中将"词史"分为四期，说第一期是词的胚胎期，便是引入了胡夷里巷之曲而融冶为己有，认为这个时期约自唐初至开元天宝之时。在这一时期里，曲调虽甚繁衍，有三百二十五调之多，然依谱填词的作品却绝少，当时或仅流传其声而无其词，或间有其词，而因时间的淘汰，到了今日，已只剩了寥寥的十几首。这十几首的词涵盖了唐初至开元、天宝的一个时期。以李景伯他们为首，而以李隆基（唐玄宗）他们为结束。

叶鼎彝在《唐五代词略述》也认为："词的起源根本不是某一人凭空创造出来的，也不是起源于某一篇词。它的起初只不过是民间的流行的乐府歌曲，因了音乐的关系，逐渐嬗变，后来被学士文人们所采用模仿，便渐渐地演进而成为现在的所谓'词'。这演进的开端大约在八世纪初期。"

后来游国恩等人在编写《中国文学史》时即采用此说。他们根据崔令钦《教坊记》和《旧唐书·音乐志》的有关记载，以及初盛唐出现的个别词调，如沈佺期的《回波乐》、唐玄宗的《好时光》等，认为词产生在初盛唐是比较可靠的④。

稍后，阴法鲁在《关于词的起源问题》⑤中指出，词起源于民间，已为敦煌曲子词所证明，其中有一些可能是盛唐作品，因此认定词"初盛唐产生，从中唐以后流行起来"，这基本上是合理的推断，具体地说，民间曲子词的出现大约在唐高宗时。

80年代以后，赞成此说的学者还有施议对。他在《词与音乐关系

---

① 参其《试谈唐代早期词的几个特点》，载《牡丹江师院学报》1980年第1期。
② 参其《论唐五代宫廷词的发展》，载《北方论丛》1996年第1期。
③ 载《小说月报》第20卷第4号，1929年。
④ 游国恩、王起、萧涤非等：《中国文学史》第2册，第253页，注1。
⑤ 载《北京大学学报》1964年第5期。

研究》中说:"词这一新兴诗体,和文学史上所出现的许多新兴文学样式一样,都必须在长期的历史进程中,经过众多无名和有名作家的反复实践,经过乐坛检验,才能逐渐在乐坛、诗坛上占据一定的地位。《泛龙舟》等七调,皆为隋曲,这是事实,而且,当时也可能兼带歌词。但是,应该说,这仅仅是偶然的尝试。以歌词之法代替歌诗之法,由歌诗到歌词的转变,这是我国诗歌史上的一个重大变革。在隋代的诗坛、乐坛上,尚未具备这一变革的条件。入唐以后,也尚未迅速出现这一变革。严格地讲,如果将我国诗歌史上重大变革,亦即词体产生的时代定于初盛唐之间,恐较为合适。"①

词起于盛唐说

在20世纪较早提出词起源于盛唐的学者是吴梅。他在《词学通论》中说:词"实为乐府之遗,故曰诗余。惟齐梁以来,乐府之音节已亡,而一时君臣,尤喜别翻新调,如梁武帝之《江南弄》,陈后主之《玉树后庭花》,沈约之《六忆诗》,已为此事之滥觞。唐人以诗为乐,七言律绝,皆付乐章,至玄、肃之间,词体始定"②。

后来,宛敏灏在《从敦煌曲子词和花间集谈词的发展》③也指出,词的兴起跟社会、音乐、文学三方面都有密切的关系:唐代商业经济的发展,使得市民阶层扩大并需要艺术活动,于是所谓合胡部的燕乐在民间广泛流行。其初仅以五、七言诗勉强和乐,接着就有乐工、伶人按乐谱的节拍试制长短句的曲子词,终于诗人也采用这种新的体制而大量创作起来。可以认为在盛唐民间已先有曲子词了。

吴熊和在其《唐宋词通论》中对词起于盛唐说也详加论证。他认为,谈论词的起源,必须从词乐入手。这是因为,有乐始有曲,有曲始有词。但是,乐、曲、词三者的迭兴是有渐进之序的,并非同时并进。具体来说,燕乐起于隋、唐之际,其曲始繁则在一个世纪之后的开元、天宝期间,而词体的成立,则比曲的流行还要晚些。在燕乐流行之际,既有以五、七言近体诗入乐的"声诗",又有依曲拍为句的直接以长短句合乐的"词",后者要比前者较为后起(但在后者盛行之后,前者也并未立即告退)。在词的兴起过程中,民间的乐工伶人又是最先作出贡

---

① 《词与音乐关系研究》,第45页。
② 吴梅:《词学通论》,上海:商务印书馆,1932年,第1页。
③ 载《语文教学》1957年第9期。

献的，因而民间词应该早于文人所作之词。其最后的结论是：燕乐虽起于隋，而"词"则在盛唐时才于民间孕育生长起来，再经中、晚唐一些著名诗人的努力，终于逐步地成熟和定型了。①

词起于中唐说

自20世纪初以来，持词起于中唐说者也不乏其人。如胡适在《词的起原》②中曾明确提出："长短句的词起于中唐，至早不得过西历第八世纪的晚年。"③其理论依据是：唐代的乐府歌词先是和乐曲分离的；诗人自作律绝诗，而乐工伶人谱为乐歌。中唐以后，歌词与乐曲渐渐接近，诗人取现成的乐曲，依其曲拍，作为歌词，遂成长短句。他认为，《调笑》和《忆江南》是词最早的创体。胡适该文写成后曾呈王国维指正，王国维对胡适此说"甚为赞同"，但也指出盛唐时期的教坊中早有一些词调（如《菩萨蛮》等），有崔令钦的《教坊记》可证。对于王国维的疑问，胡适在查检《教坊记》所载曲调后认为，《教坊记》中的曲名表不能认为是开元教坊的曲目，他"疑心此表曾经后人随时添入新调"，所以他认为《教坊记》中的三百多曲名不可用来考证盛唐教坊有无某种曲调。王国维二次来信认为胡适此说"似非不可通"。胡适此文最后的结论是："我们绝对承认调早于词；但依现有的证据看来，我们很难知道有多少词调是盛唐教坊的旧物，我们只知道《忆江南》，《天仙子》，《菩萨蛮》，《倾盃乐》等调是九世纪中叶制作的。"④

胡云翼在《中国词史大纲》对胡适此说也颇为赞同并加以补充说明："唐代的新体乐府，在盛唐时候，还是诗人自作他们的律绝诗，乐工们自制他们的乐曲和依曲拍为句的长短句歌词，两方面的关系是分离的；不过乐工们的歌词做不好，乃取诗人现成的律绝诗谱为乐歌，以应燕乐的需要。因此，诗人与乐工伶妓们的关系逐渐接近。到了中唐，懂得音乐的诗人，他们看着拿律绝做诗歌词，实在是不十分协乐；同时又看乐工们做的长短句的歌词，音调和谐，体制新颖，乃亦依其歌词的曲拍，戏填为长短句的歌词。一个诗人偶然填了一首，又一个诗人起来效尤填一首，一再尝试成了功，渐渐地风行，于是长短句的词体便在文人

---

① 《唐宋词通论》，第1—31页。
② 载《胡适古典文学研究论集》，上海：上海古籍出版社，1988年。
③ 同上书，第535页。
④ 《词的起源》，第549页。

的社会里确立起来。"①

刘大杰在《中国文学发展史》中也认为，虽然"填词的萌芽确起于齐、梁间"，"依曲拍为句"的这种工作，"在隋、唐初年已经萌芽了"，"不过当时那种作品，虽有音乐的效能，但还缺少文学价值。因此，一定要等到刘禹锡、白居易各家的作品出来（一面是音乐的，一面又是诗的），词体才正式成立，词才在韵文史上占有地位"②。

80 年代以后坚持此说的学者有高梦林，他在《词当起于中唐》③ 中认为，从盛唐诗人中确实找不出一首地道的词来，故充分肯定陆游之言："大中以后诗衰而倚声作。"（《花间集》陆游跋之二）

词起于六朝或六朝以前说

20 世纪也有一些学者坚持认为词起于六朝或六朝以前。如梁启超在《词之起源》一文中就以梁武帝（萧衍）的《江南弄》为例，证实词起源于六朝。浦江清在《词曲探源》④ 中亦云："探词曲之源，起于乐府。乐府之名，始于汉初，但词曲之于汉乐府，关涉已远，其有密切关系者，为南朝之新乐府，郭茂倩《乐府诗集》中清商曲辞部分，所谓吴声西曲歌者……此即唐宋大曲小词之源。"后来中国科学院文学研究所编著的《中国文学史》也认为，远在梁代沈约、萧衍等所写的《江南弄》就已经具有了词的雏形，但是，到了中晚唐词才渐渐定型。

80 年代以后，李伯敬又发表了《关于燕乐的商榷——兼及词的起源》⑤，重新提出词起源于六朝或六朝以前说。他认为燕乐不始于隋代，而是在六朝以前早就有了，隋唐用以配合歌词的燕乐杂曲，是直接从六朝燕乐杂曲中继承过来的。他在经过考察后发现，魏晋六朝已经存在着相当多倚声填词的事实，又有与之相配的燕乐杂曲，那么就有充分的理由说词起源于魏晋六朝。

二、词与音乐之关系

由于词在南宋以后和音乐逐渐脱节，成为一种"渐于字句间凝练求

---

① 胡云翼：《中国词史大纲》，上海：北新书局，1933 年，第 19—20 页。
② 《中国文学发展史》中册，第 531—532 页。
③ 载《辽宁教育学院学报》1983 年第 1 期。
④ 载《光明日报》1957 年 11 月 17 日。
⑤ 载《学术月刊》1990 年第 2 期。

工"的独立的抒情诗体,所以明清的词学家对词与音乐之关系未给予足够的重视。到20世纪初,学界始又认识到词不只是"诗之余"、也不只是形式上的"长短句",而是一种与新兴的燕乐密切结合、可以歌唱的长短句抒情诗体,所以人们遂从各个角度探讨词与音乐之关系。

燕乐的来源

燕乐的来源是研究词的起源问题的一个关键,所以备受关注。但是人们对于燕乐的构成究竟是以中原音乐为主,还是以胡乐为主,存在着明显的分歧。

大多数学者认为燕乐是以隋唐之际从西域传入中原的胡乐为主的新的音乐系统。如夏承焘在《读词常识》中指出,词是"胡夷、里巷之曲",它所配合的音乐主要就是燕乐。燕乐是隋唐之际以大量传入的胡乐为主体的新乐,其中自然也包含有一部分民族音乐的成分,但主要成分是西域音乐,是中国西部各兄弟民族的音乐,以及中亚细亚和印度的音乐。吴熊和的《唐宋词通论》认为,燕乐的主要成分,是西凉乐和龟兹乐。黄进德的《唐五代词》也指出,燕乐的主要成分是裔乐,也就是我国西南部甘肃、新疆维吾尔自治区一带的兄弟民族的音乐。其中影响较大的当推西凉乐和龟兹乐,尤以龟兹乐为最。隋唐燕乐乐调大抵是借用以龟兹乐调为主的胡乐稍加汉化而成的,燕乐之源,实际上出于龟兹琵琶。隋唐燕乐最显著的特征就是"合胡部",也就是所谓胡化[①]。

在20世纪下半叶较有影响的两部《中国文学史》[②]也都认为配合词调的音乐主要是周、隋以来从西北各民族传入的燕乐,同时包含有魏晋南北朝以来流行的清商乐。

另一部分学者则认为配合词调的燕乐实际上是以中原固有的音乐为主体。如阴法鲁在《关于词的起源问题》[③]中就明确反对夸大西域音乐的影响。他认为,不能征引隋代的"九部乐"和"十部乐"来证明西域音乐占了主要地位,因为实际上这些都是宫廷宴乐时乐舞表演的节目次序单,目的在炫耀皇帝的"威德",不能反映当时整个新音乐的内容。唐代音乐是由中原地区的民间音乐、传统音乐和传进来的西域音乐等因素融合而成的,其中以中原民间音乐为主体。词最初是唐代音乐的产

---

① 黄进德:《唐五代词》,上海:上海古籍出版社,1987年,第15—24页。
② 指游国恩等编的《中国文学史》和刘大杰编著的《中国文学发展史》。
③ 载《北京大学学报》1964年第5期。

物,它主要是配合中原乐曲的,它有一部分是配合西域和其他地区的乐曲的。词所配合的音乐和清商乐,并不是两种体系和性质不同的音乐。任半塘在《教坊记笺订·弁言》中也指出,"唐人于胡乐特盛之际,绝未抛弃其自己原有之乐,而专承借重于人,原封不动,全盘接受也",《教坊记》曲名"所包含之为外国乐曲,可以肯定者,不过三十四调,而自初唐以来,所用前代之清商曲,与初、盛唐特制之法曲,尤其民间里巷所流传之清商曲,及民间自制之歌曲等,皆属焉"①。唐圭璋、潘君昭的《论词的起源》②同样认为,燕乐是以隋唐时中原一带民间音乐为主,又融合了前代的清乐、少数民族音乐和外来的音乐。

施议对在《词与音乐关系研究》中也持同样的观点,他认为:"音乐史上事实证明,隋唐时代,由中外音乐大融合所产生的新型民族音乐——燕乐,仍然保留着中国传统和中国作风,它是以中土民间音乐为主体的新型民族音乐。"③

另外,李伯敬的《关于燕乐的起源——兼及词的起源》④也认为燕乐在魏晋南北朝时就已有,并非是隋唐之际才从西域输入的。

20世纪专门研究燕乐的专著是丘琼荪的《燕乐探微》⑤。该书指出,"燕乐"一名周代就有,历代燕乐的内容颇有不同,唐燕乐是一个特有的乐种,也是一个专名。故泛称"燕乐",则一切宴享之乐都是燕乐;若论唐燕乐,则应指发始于隋而完成于唐的一个新乐种。该书对隋唐燕乐调的研究以日本人林谦三《隋唐燕乐调研究》一书为出发点,纠误补缺,考论精深,是20世纪后半叶研究隋唐燕乐调最具创获的权威性著作。

词与音乐关系研究

从20世纪初开始直到八九十年代,一直有论著从不同的层次、不同的角度阐述词与音乐之关系。

在20世纪二三十年代问世的一些概论性的词学著作中,如吴梅的《词学通论》、王易的《词曲史》、薛砺若的《宋词通论》,都以专章讨论

---

① 《教坊记笺订》,第6页。
② 载《南京师院学报》1978年第1期。
③ 《词与音乐关系研究》,第31页。
④ 载《学术月刊》1990年第2期。
⑤ 丘琼荪遗著,隗芾辑补:《燕乐探微》,上海:上海古籍出版社,1989年。

了唐宋词的合乐问题。

但是，20世纪上半叶对词与音乐关系研究得最为全面、深入的著作还数刘尧民的《词与音乐》。此书是词学研究史上第一部将词与音乐结合在一起进行研究的专著，可谓是拓荒之作。书中着重探讨了词的声律与音乐的关系，他从音乐的旋律，看到词的旋律，又从汉字的平仄声韵，阐述了音乐与汉字声律的关系。他还提出了一些重要的命题，如：(1) 燕乐的律调与词的关系，(2) 燕乐的情调与词的关系，(3) 燕乐的形成与词的关系，(4) 燕乐的乐器与词的关系，等等。这些命题的提出，以及该书中围绕这些命题而罗列的丰富材料，实际上为以后的研究者提供了探索这个问题的提纲与线索，对于人们理解唐五代词受制于音乐的情况大有裨益。

此后的将近四十年间，未见有人对词与音乐之关系进行深入的探讨。80年代中期，施议对的《词与音乐关系研究》的出版打破了这种僵局。这是继刘尧民著之后的又一部专门探讨唐宋词与音乐关系的著作。全书分上、中、下三卷。上卷为"唐宋合乐歌词概论"，首先考察了新兴的曲子词在合乐歌唱的具体社会环境中产生、发展及演变、蜕变的全过程，阐述了词因为配合新兴燕乐的需要而勃兴，又因为与音乐脱节、失去音乐的凭借而蜕变，而逐渐丧失其独占乐坛的地位，从而论证了唐宋词在整个发展过程中，始终离不开音乐的制约与影响这一重要规律。中卷专论"词与乐的关系"，是全书的核心。其中前四章侧重阐明词受制于音乐的一面，论述词的许多特性与声律特征是音乐所赋予的；后两章侧重探讨词与音乐关系的发展变化及其对于词的特性和词体演变的影响。和刘尧民一样，该书作者也认为，唐宋合乐歌词具有情调特征和律调特征。合乐歌词的传统作风是在燕乐的孕育下形成的；歌词的声律服从于燕乐的律调，歌词的体制及其乐曲形式，是由乐曲的均拍与曲度所确定的。下卷"唐宋词合乐的评价问题"，主要在于总结唐宋词合乐的历史经验，从艺术发展规律入手，分析词与音乐这两种艺术形式的相同和不同之处，二者合与分的利弊，试图从正反两个方面，为新体抒情诗的创作提供借鉴。总的看来，此书在论述的系统性和理论性上虽较刘尧民著有所进步，但是无论在研究的格局和论述的深度上，还是在对词、乐配合的具体情况和内在规律的论述方面，都未较刘著有大的超越。

到90年代，王昆吾《隋唐五代燕乐杂言歌辞研究》的问世，又将词与音乐之关系的研究向前大大推进了一步。作者认为,此前的有关论著中关于唐代音乐的论述与词之实际风貌存在着诸多矛盾之处,作者从辨析各种基本概念入手,认为,隋唐燕乐,是对隋唐五代新的艺术性音乐的总称。由于南北统一及经济、文化的繁荣,中原音乐、南方音乐、西域音乐相互交融而造成新的音乐,成为一个自然的趋势。包括教坊乐在内的宫廷燕乐,曾一度代表了这一趋势;此种特点,并被宋代燕乐继承;作为雅乐以外的全部俗乐总称的"燕乐"一名,因而得以成立。它概括了张文收所制的《宴乐》、十部伎组成的初唐宫廷燕乐、盛唐的法曲、二部伎、教坊乐以及各种民间流行音乐,是代表它们的总和的一个术语。作者还指出,隋唐五代歌辞的音乐体裁很多,"词"只是其中曲子一支的发展结果。和其他词学论著不同,该书研究了谣歌上升为曲子,曲子组合为大曲,大曲又分解为急、慢、破、序等曲乐,以及曲子采入琴乐、产生琴歌倚曲等的过程,较为全面地描述了隋唐五代歌辞的全貌。

三、唐五代词发展的阶段性和风格之演变

由于人们对词的起源问题看法不一,所以在描述唐五代词发展的阶段性和风格之演变时,观点也就不尽相同了。

词史著作中的相关探讨

20世纪二三十年代出版的一些词史著作,对唐五代词发展阶段的划分是很简单的。如刘毓盘的《词史》将隋唐五代词史只分为两个阶段:"隋唐人词以温庭筠为宗""五代人词以西蜀南唐为盛",但该书将隋炀帝等人作《望江南》等词作为词史的开端,对初唐宫廷君臣的作词过程也有所缕述,说"小词之起,出于隋之宫中","唐初,小词尤盛"。胡云翼的《中国词史大纲》论唐五代词史稍细,将其划分为四个阶段,即中唐词、晚唐词、五代词、五代末期词。他说:"我们要讲词史的第一课,事实上只能从中唐诗人的词说起。(中唐以前民间的乐府词,因载籍无传,没有资考证的材料,无法可以探讨,真是研究词史的一件憾事。)"[①]

此后相当一段时期内,并无词史一类的著作问世。五六十年代出版

---

① 《中国词史大纲》,第21页。

的几部文学史虽然对唐五代词发展的阶段性的看法与胡云翼《中国词史大纲》等词史著作相近，但是它们都能利用世纪初新发现的敦煌曲子词来填补唐五代早期词史的空白，而且它们对词在各个阶段风格的演变的分析也较为具体、细致。

如中国科学院文学研究所编著的《中国文学史》就指出，中唐文人主要是汲取民间词的表现形式来从事创作，形式比较短小，所反映的生活内容也不够宽广，不过，他们的作品一般都具有清新、明朗、活泼的特色。到晚唐，词的表现艺术虽有所发展，它在民间所具有的那种朴素、明朗、感情强烈的特点却已渐渐消失，而愈益变得内容狭窄、感情苍白，竟至成为歌台舞榭、樽前花下的消闲品。女人的娇娆、柔情的相思以及充满脂香粉气的糜烂生活，成为这一时期词所表现的内容。和这种内容相适应，在形式上极力追求藻饰，充满了华丽香艳的辞句①。再如，游国恩等编著的《中国文学史》对词在唐五代的发展过程也有一定的描述。如他们指出敦煌曲子词中的优秀作品总是想象丰富，比喻贴切，生活气息浓厚，而语言通俗生动，具有魏晋南北朝乐府民歌的共同艺术特征；所不同的是在格调方面已明显看出近体诗的影响。而初期的文人词题材也较为广泛，虽然他们还较多地以写诗的手法写词，除了少数作品外，较少在艺术上适应词调的特点，形成独特的风格，这是有待于后来词家的探索的。而花间词人的绝大多数作品只能堆砌华艳的词藻来形容妇女的服饰和体态，在艺术上片面发展温词雕琢字句的一面，而缺乏意境的创造。

在这些文学史著作中，林庚的《中国文学简史》对于唐五代词的基调特征的概括无疑是最精辟而又极富于诗意的："词的产生，儿女风流乃成为一切时尚，并以表现女性美的生活基调作为其主要内容"②，"词所表现的只能是对青春消逝的感伤，这便限制了词的境界和气派。然而词到底为诗坛创造了一次新的诗歌语言，从句式到语法到词汇都出现了再度诗化的新鲜感。正如五七言山水诗把大自然人化，词则又把山水诗化，唤起一片相思，创造了画桥、流水、秋千、院落、小楼、飞絮、细雨、梧桐等一系列敏感的意象，支持了词长达一百余年的生命"③。

---

① 中国科学院文学研究所中国文学史编写组：《中国文学史》，第527—529页。
② 《中国文学简史》，第390页。
③ 同上书，第391页。

80年代初,夏承焘的《唐宋词欣赏》①简要而确切地勾勒了对唐五代词艺术风格的演变轨迹,包括盛唐时代民间流行的曲子词、敦煌曲子词、中唐时代的文人词、花间词体、不同风格的温韦词、南唐词等。其中论花间派的"伶工之词"和南唐派的"士大夫之词"的区别,尤为精彩。

此后,对唐五代词发展过程描述得更细的还有黄进德的《唐五代词》和杨海明的《唐宋词风格论》《唐宋词史》这三部著作。

其中,黄进德著可看作是一部唐五代词史,对词在唐五代的发展环节交代得较为清楚。如他认为,武则天登基,注重新声而不重古曲。于是,才有李景伯、沈佺期和裴谈所作的《回波乐》,成为诗客曲子词的先驱②。杨海明的《唐宋词风格论》认为晚唐五代小令词是词"总体风格"的形成阶段:唐代民间词是词的真正"本色",带有浓厚的"野气",即来自山乡水村的生活气息和民间风味;盛、中唐文人词是真正的"诗余",诗人们往往以其"余力"作词,又往往把词当作小品式的诗来写③;晚唐五代文人小令词是词体"总体风格"的定型阶段,这种"总体风格"主要是它的香艳性、纯情性和唯美性④。在《唐宋词史》中,杨海明对唐五代词风格的演变过程认识得更深更细了。如他认为,敦煌曲子词还保存着词初起时的"原始"状态,即体制的"不稳定性"和语言的俚俗质朴,内容上也保留这相当浓厚的生活气息⑤;中唐文人词,是文人词的尝试、小品阶段,也即既向文人小诗(同时又向民间词)学习、又对文人小诗有所"突破",而且还浸润着相当浓郁的"南国情味"⑥;到花间词,"词为艳科"的局面已经形成,其原因是"爱情意识"在文学领域里掀起的"第三次浪潮"⑦;南唐词则是"忧患意识"的"潜入"和"勃发"⑧。

---

① 夏承焘:《唐宋词欣赏》,天津:百花文艺出版社,1980年。
② 《唐五代词》,第29页。
③ 《唐宋词风格论》,第34页。
④ 同上书,第35页。
⑤ 《唐宋词史》,第48—49页。
⑥ 同上书,第75—76页。
⑦ 同上书,第81页。
⑧ 同上书,第119页。

相关的专题论文

除了上述词史著作对唐五代词史的发展线索进行过描述，还有相当一部分专题论文也论及词在唐五代的发展和风格演变。

20世纪对唐五代词发展过程进行概括性描述的文章主要有方欣庵的《词的起源和发展》①、叶鼎彝的《唐五代词略述》、宛敏灏的《从敦煌曲子词和花间集谈词的发展》②、杨海明的《论唐五代词》③《"词境"：向着抒情的深度开掘——论晚唐五代的"词代诗兴"》④《唐宋词"主体风格"的形成和变态》⑤、黄景荫的《试述唐五代文人词的产生和发展》⑥、金启华的《唐五代词论纲》⑦、周啸天的《唐五代词的发展过程》⑧、章尚正的《从趣的演化看唐宋词的审美流向》⑨、唐圭璋和钟振振的《唐宋词的发展轨迹及其主要流派》⑩、余国梁的《论唐宋词发展过程中的矛盾运动》⑪等。

其中方欣庵文认为"词的起源乃播种于唐玄宗时代，酝酿蓓蕾于中唐，菡萏于晚唐，至五代始舒瓣吐蕊争妍斗丽起来"。叶鼎彝文将唐五代词的发展过程分为盛唐时代的起源、中唐的文人词和晚唐五代的民间歌曲（他认为《云谣集杂曲子》可能是晚唐到五代初年的作品，"或者就是五代十国间的作品"）和"五代十国的诗人"。他对花间词派的分析尤多，认为"花间派"的好处便是开辟了一种前人未有的隐约含蓄的境界与笔调，坏处便是流演到后来，出现许多以美辞自饰而毫无新意的作品。花间词派最大的特点"便是这一派的词都是无题的，词牌名便是他们的题目"。然后，他又分"中原词人""蜀中词人""南唐词人""其他

---

① 载《一般》第3卷第3号，1927年。
② 载《语文教学》1957年第9期。
③ 载《唐代文学论丛》总第4辑。
④ 载《南开学报》1986年第6期。
⑤ 载《古典文学知识》1987年第2期。
⑥ 载《广州师范学院学报》1985年第1期。
⑦ 载《盐城师专学报》1987年第4期。
⑧ 载《四川师范大学学报》1987年第5期。
⑨ 载《文学遗产》1991年第1期。
⑩ 唐圭璋选编，钟振振注释：《唐圭璋推荐唐宋词》，沈阳：辽宁少年儿童出版社，1992年。
⑪ 载《汕头大学学报》1992年第4期。

各国词人"和"女性词人"述论五代词坛的情况。宛敏灏文较为细致地分析了唐五代词的发展方向：(1) 排斥俚俗语言，让它典雅化起来，把旧时作诗炼字琢句的一套方法又搬到词里来运用；(2) 词在民间初创阶段，格式并不怎样严格，到了诗人手里，便从章句声韵上去考究，使得形式固定下来（大家都在小令上做功夫并习惯这一体制，因而忽视了还保存本色的慢词了）；(3) 市民词的内容原是多方面的，但那些寄情声色的"诗客"、供奉内廷的词臣，为了自己或统治者的消遣享乐，大量写艳词，用市民抒情诗的样式创制了宫廷文学。杨海明前文将唐五代词大致分为四大部分，即唐民间词、唐代文人词、五代时的西蜀词和南唐词，并从词的思想内容和艺术形式两方面对它们进行了分析。周啸天文将唐五代词的发展分为五个阶段：第一阶段是词体在民间的孕育形成阶段，主要是民间歌սi即曲子词；第二阶段指中唐时期，文人从事词体创作，这标志着词发展进入新阶段，此时词大多仍具绝句风格，且尚无专门从事词创作的作者；第三阶段以专门从事词体创作的人的出现为标志，词开始以不同于诗的面貌出现发展，这是词史上的重要阶段；第四阶段以传统词风的形成即婉约正宗的确立为标志，《花间集》是一部文人词结集，具有划时代意义；第五阶段即最高层次，产生了词史上空前启后的大家——南唐二主、一冯。作者认为："唐五代词产生了这样的大家，表明它在词史上是一个重要的自足阶段，而绝不仅仅是两宋词的'楔子'式的开端。"

　　有一些论文是专论唐代词的，如吴其作的《唐代词坛的鸟瞰》①、夏承焘的《盛唐时代民间流行的曲子词》②《中唐时代的文人词》③、宋耀汉的《唐词略说》④、温广义的《试谈唐代早期词的几个特点》⑤、黄进德的《唐代诗客曲子词述论》⑥、王小盾的《唐代酒令与词》⑦、吴雄的《晚唐文人词成熟因由断想》⑧、张寅彭的《论早期词的鉴别——兼与任

---

① 载《师大国学丛刊》第1卷第1期，1930年。
② 载《文汇报》1962年1月7日。
③ 载《文汇报》1962年2月20日。
④ 载《唐代文学》第1期。
⑤ 载《牡丹江师范学院学报》1980年第1期。
⑥ 载《云南教育学院学报》1985年第3期。
⑦ 载《文史》第30辑。
⑧ 载《福建师范大学学报》1988年第2期。

半塘〈唐声诗〉商榷》[①]、孙维城的《论中唐文人词源于声诗》[②] 等。

其中，夏承焘前文将《教坊记》的曲名表与元、白新乐府中题目相似的诗作对照着研究，认为唐代的民间小调是很能广泛地反映现实生活的，这些作品价值很高。温广义文认为，唐代早期词具有以下五个特点：（1）唐代初期，诗词界限未严，不少五七言绝句加上"虚声"被当作曲子词来唱，而有些"词"，实际上也正是五七言绝句；（2）体制短小，题材多样；（3）随着音乐本身的发展，隋唐之际不断出现了自度新声和自撰曲词；（4）本意词多，词人多即调咏事；（5）闺情相思一类题材，方兴未艾。

专论五代词的文章也有一些，如梁之盘的《五代的词人》[③]、程溯洛的《五代的词》[④]、赵丽艳的《五代文人词繁荣原因断想》[⑤]、迟乃鹏的《论西蜀词在词史上的地位》[⑥]、贺中复的《五代词说——五代词的兴盛和发展》[⑦]、赵谦的《西蜀情词重估》[⑧]、杨新民的《花间南唐词风臆说》[⑨] 等。

其中贺中复文对五代词的兴盛和发展作了概述。作者以《花间集》出现为界把五代词分为前后两期。文章首先从音乐角度对敦煌曲、后唐词和西蜀词的兴盛作了考述，指出前期词人在题材、语言、手法诸方面的成绩，并以孙光宪为其中翘楚。后期词以南唐为中心。南唐词词体的再发展原因，除了危苦的时世外，还有以词言志观念的加强。词表现人生，有了真实情感。形式上，南唐词择调重其抒情性，多选用含清乐成分较多的曲调，声情高度谐和，语言趋向清雅，结构较前严整。总之，前者主要用于应歌，后者则较重抒怀；前者重音乐舞容，后者重辞；前者浅近而秾丽，后者深厚而疏淡；前者俗，后者雅；前者接近晚唐，后者接近宋初。五代后期词对前期词的发展，基本完成了由"伶工之词"

---

① 载《上海教育学院学报》1994年第1期。
② 载《安庆师院社会科学学报》1996年第1期。
③ 载《红豆》第1卷第6号，1934年。
④ 载《文史知识》1980年第3期。
⑤ 载《齐齐哈尔师范学院学报》1989年第5期。
⑥ 载《成都师专学报》1990年第1期。
⑦ 载《河北学刊》1994年第2期。
⑧ 载《华中师范大学学报》1995年第2期。
⑨ 载《内蒙古社会科学》1997年第3期。

到"士大夫之词"的重大转变。

第三节　唐五代词艺术综论

唐五代词虽然形成时间不长，但已经具有十分鲜明的艺术特征，取得了相当大的艺术成就。20世纪，学界也从各个角度、不同层次对唐五代词的艺术进行了综合研究。

一、唐五代词形式研究

从李清照提出词"别是一家"的说法后，研究词体的音律和风格特点的就代不乏人。明清以来，众多的词谱、词律著作的问世，更推动了对词的体式和词律的探讨。

进入20世纪以后，更产生了相当多的有关词的体式、作法、读法的著作。如徐敬修的《词学常识》[①]，刘坡公的《学词百法》[②]，夏敬观的《词调溯源》[③]，吴梅的《词学通论》，林大椿的《词式》[④]，丘琼荪的《诗赋词曲概论》[⑤]，谢无量的《词学指南》[⑥]，任二北的《词学研究法》[⑦]，夏承焘、吴熊和的《怎样读唐宋词》[⑧]《读词常识》，王力的《诗词格律》[⑨]，贺巍的《诗词格律浅说》[⑩]，龙榆生的《唐宋词格律》[⑪]《词曲概论》[⑫]，吴丈蜀的《词学概论》[⑬]，汤擎民整理的《詹安泰词学论

---

① 徐敬修：《词学常识》，上海：大东书局，1925年。
② 刘坡公：《学词百法》，上海：世界书局，1928年。
③ 夏敬观：《词调溯源》，上海：商务印书馆，1931年。
④ 林大椿：《词式》，上海：商务印书馆，1934年。
⑤ 丘琼荪：《诗赋词曲概论》，北京：中国书店出版社，1985年。
⑥ 谢无量：《词学指南》，上海：中华书局，1935年。
⑦ 任二北：《词学研究法》，上海：商务印书馆，1935年。
⑧ 夏承焘、吴熊和：《怎样读唐宋词》，杭州：浙江人民出版社，1957年。
⑨ 王力：《诗词格律》，北京：中华书局，1961年。
⑩ 贺巍：《诗词格律浅说》，北京：人民出版社，1978年。
⑪ 龙榆生：《唐宋词格律》，上海：上海古籍出版社，1978年。
⑫ 龙榆生：《词曲概论》，上海：上海古籍出版社，1980年。
⑬ 吴丈蜀：《词学概论》，北京：中华书局，1983年。

稿》①，吴熊和的《唐宋词通论》，梁启勋的《词学》②，宛敏灏的《词学概论》③，马兴荣的《词学综论》④ 等⑤。

其中，夏敬观著从词律、词谱等高度多方推溯词调产生的渊源，具有一定的参考价值。吴梅著第二章论平仄四声，第三章论韵，第四章论音律，第五章论作法。蜀中所论词之演变极为精细，对于前人以字数多少来区分小令、中调、长调，认为并无根据，且列举实例给予批驳。在论音律一章中，分别详列宫、商、角、徵、羽、变宫、变徵七音以及黄钟、大吕等十二律的音律表、"中西律音对照表"，一览了然，应用方便。林大椿全书十卷，采调840首，共924体，以字数多寡为序。丘琼荪著第三编为"词之部"，其中第二章论词的体制：第一是从均拍上分类，第二是从字数上分类，第三是从风格上分类。第三章为词的声律，分五点来论述：第一点是四声；第二点是音律；第三点是词调；第四点是词韵；第五点是句法。王力著第三章叙词律，介绍词牌、词调、词谱、词韵、对仗知识，全书深入浅出，言约意丰，是一本较受欢迎的有关词的格律的普及读物。詹安泰著上编《词学研究》用文言写成，是40年代初中山大学迁址粤北山区时作者在泥墙茅屋中写成的。此编原分十二章，见于"绪言"，今仅存论声韵、论音律、论调谱、论章句、论意格、论寄托、论修辞七章，其中时有精义卓识，自成体系。龙榆生《词曲概论》的下编《论法式》，共六章，着重探讨声韵对词曲的作用。他根据同声相应、异声相从和奇偶相生、轻重相权诸法则，广举例证，阐明词曲中平仄四声的安排、韵位的疏密和平仄转换对表达思想感情的关系。这些是他对自己所倡导的"声调之学"的尝试，具有开创意义。吴熊和著也对词体、词调进行了较为详细、深入的阐述。其中第二章论及词的创作和词体的形成，第三章论及词调的来源、曲类与词调、词调的异体变格、选声择调及词调的演变。他认为唐五代词调以小令为主，齐言、杂言并存。而齐言消亡，长短句兴，这个有关词体成立的重要变

---

① 汤擎民整理：《詹安泰词学论稿》，广州：广东人民出版社，1984年。
② 梁启勋：《词学》，北京：中国书店书版社，1985年。
③ 宛敏灏：《词学概论》，上海：上海古籍出版社，1987年。
④ 马兴荣：《词学综论》，济南：齐鲁书社，1989年。
⑤ 上述著作及其对词的体式和声律的研究情况，承吴相洲博士整理、惠告。特此致谢。

动，是在晚唐五代完成的。另外，他还指出，虽然唐五代词调以令曲为主，有些还是单片的，是最简短的词调，但在中晚唐词调中就出现了长调慢词，这是唐五代词调中重要的新因素。宛敏灏著可谓是20世纪介绍词的体式、声律方面尤为系统、完备的著作。全书由十二章二十八节组成，其中有十章是专门论词的体式问题的。既汇通了前人成果，又能断以己意，时有他人所未发的新见。比如，长句的分读、参差问题，明杨慎、清万树等人认为当初必有定法，作者则认为当词句与乐句配合时，一句之内，可任意断为字数不等的若干短句，并可有多种断法，不应将断法不同的词谱视为"又一体"，且认为断句不依文理尤非，这种看法虽与传统看法相背离，却是有一定道理的。

除了上述专著，20世纪还出现了不少专门研究唐五代词体式、格律的论文。其中，20世纪上半叶尤多，如唐钺的《入声演化和词曲发达的关系》①、盛世强的《词牌考证》②、任二北的《增订词律之商榷》③、龙沐勋的《词体之演进》、霍世休的《词调的来历与佛经经唱》④《词调的末流与佛教经唱》⑤、李维的《词调变名考》⑥、邹啸的《论词亦有泛声》⑦、卢前的《令词引论》⑧、田子贞的《词调来源与佛教舞曲》⑨、龙沐勋的《论平仄四声》⑩《令词的声韵组织》⑪、夏承焘的《令词出于酒令考》⑫、姜亮夫的《诵诗的沿袭与歌诗的新生》⑬、陈能群的《论曲

---

① 载《东方杂志》第23卷第1号，1926年。
② 载《世界日报·副刊》1928年3月5日、12日、19日。
③ 载《东方杂志》第26卷第1号，1929年。
④ 载《清华周刊》第41卷第3、4期合刊，1934年。
⑤ 同上。
⑥ 同上。
⑦ 载《青年界》第6卷第1期，1934年。
⑧ 载《词学季刊》第2卷第1期，1934年。
⑨ 载《人间世》第23期，1935年。
⑩ 载《词学季刊》第3卷第2期，1936年。
⑪ 载《制言》第37、38期合刊，1937年。
⑫ 载《词学季刊》第3卷第2期，1936年。
⑬ 载《青年界》第10卷第5期，1936年。

犯》①、《论燕乐四声二十八调》②、吴眉孙的《四声说》③、张尔田的《与龙榆生论四声书》④、刘云翔的《吴歌与词》⑤、杨国权的《略论词之句法》⑥、夏承焘的《词韵约例》⑦、陈奇猷的《词调增韵换韵及句末平仄通用例》⑧等。这些文章都在不同程度上旁及唐五代词的体式和声律问题，对了解词体的艺术特质大有裨益。

五六十年代，由于受当时学界重思想内容轻艺术形式的治学风气的影响，报刊上谈词的体式和格律等形式问题的文章寥寥无几，论及唐五代词声律的文章只有夏承焘的《唐宋词声调浅说》⑨。

80年代以后，学界又开始重视词的艺术形式的研究。世纪末的二十年里，除了众多通论词律、体制的文章中旁涉了唐五代词的体式和格律，还出现了一些专门探讨唐五代词形式方面的文章，如沈详源的《唐五代词韵字表》⑩、缪钺的《总论词体的特质》⑪、周丕显的《敦煌俗曲分时联章歌体再议》⑫、金志仁的《唐宋词体式初探》⑬《论唐宋词体式的独立存在》⑭、刘晓农的《唐五代词"对叠"初探》⑮、陈绪万的《唐宋元小令流变论》⑯、郑临川的《从乐府诗到曲子词》⑰、詹亚园的《从篇制、句式看唐五代词之体式演进》⑱《从句法、韵型看唐五代词之体

---

① 载《同声月刊》第1卷第6期，1941年。
② 载《同声月刊》第1卷第11期，1941年。
③ 载《同声月刊》第1卷第6、7期，1941年。
④ 载《同声月刊》第1卷第8期，1941年。
⑤ 载《同声月刊》第2卷第2期，1942年。
⑥ 载《斯文》第3卷第8期，1943年。
⑦ 载《国文月刊》第55期，1947年。
⑧ 载《天津益世报·人文周刊》新4期，1947年。
⑨ 载《语文学习》1958年第6期。
⑩ 载《固原师专学报》1981年第2期。
⑪ 载《四川大学学报》1982年第3期。
⑫ 载《敦煌学辑刊》创刊号，1983年。
⑬ 载《南京大学学报》1984年第1期。
⑭ 载《南通教育学院学报》1996年第1期。
⑮ 载《东岳论丛》1989年第5期。
⑯ 载《人文杂志》1992年第2期。
⑰ 载《四川师范学院学报》1992年第4期。
⑱ 载《淮北煤师院学报》1993年第2期。

式演进》①、苗菁的《唐宋词结构问题略论》②等。

其中，金志仁前文选取了有代表性的各家常用的并有特色的词牌一百五十个，加以分析比较，用归纳法以图的形式从中窥出词牌的组合规律。文章主要探讨了"意群"与单句、韵脚之关系，归纳出意群自身组合的六种形式，还探讨了词牌与情感表达之关系，是 80 年代研究词的体式方面的较为深入和较具己见的文章。詹亚园两文视角新颖，立论坚实，为 90 年代唐五代词体式研究中的翘楚之作。作者认为，词的句法其实包含有诗的句法和词的句法两种。文章以大量的材料证明，初盛唐词句法基本上可以分为三类：一类是既没有词的句法，又没有诗的句法，是完全无法，如沈佺期的《回波乐》；第二类只有诗的句法而无词的句法，这类词占初盛唐词的绝大多数，齐言词除《回波乐》外皆属此类，杂言词的句式也都还是格律诗的句法；第三类是大体上承袭诗之句法而又表现了词之句法的趋向，这类词数量虽少，但作为词之句法的萌芽，值得注意。中唐以后，词之句法得到迅速发展，这表现在两个方面：一是句法定型化，二是句法拗怒化。其中定型化更为突出。中唐以后词之句法的定型化首先表现在对词所包含的诗之律句的定型，使诗之律句质变为词句。其次表现在对变化了的诗之律句的变格。最后一个表现是对多种句式的内部结构的定型。句法的拗怒化也有两个方面的表现：一种是句中结构的拗怒，二是句间配伍关系的拗怒。韵型指用韵的类型，包括平仄韵的选择和韵位的安排。作者指出，唐五代词的用韵大略有以下五种格式：平韵格、仄韵格、平仄韵转换格、平仄韵环抱格、平仄韵错叶格。晚唐五代词在押韵上的演进，主要表现为两个方面：一是由甚少押仄韵转为较多押仄韵，二是由单一用韵转为多韵共用。唐五代词的韵位安排的总趋势是由疏而密。

另外，夏承焘的几部词学论文集中也都有关于唐五代词的体式和声律研究的篇章。如其《唐宋词论丛》中相关的论文有《词律三义》《"阳上作去""入派三声"说》《词韵约例》《唐宋词字声之演变》四篇；《月轮轩词论集》中有《四声绎说》《犯调三说》两篇；《唐宋词欣赏》中则有《词的形式》《长短句》《填词怎样选调》《词调与声情》《词的转韵》《词的分片》《说小令的结句》七篇短文。这些文章对我们理解唐五代词

---

① 载《淮北煤师院学报》1993 年第 3 期。
② 载《聊城师范学院学报》1997 年第 3 期。

的乐律、音韵,分析唐五代词的组织结构,欣赏唐五代词的艺术真味,具有极大的帮助。

二、唐五代词的艺术造境和艺术手法

从80年代开始,学界喜从意识、心态、主题、意象、意境和艺术表现手法等方面来探讨和分析唐五代词的艺术境界。

意识、心态和主题

80年代以后,从事唐五代词意识、心态和主题研究成果最丰的学者是杨海明,其研究成果主要有《论唐宋词中的"忧患意识"》[①]《试论唐宋词中的"南国情味"》[②]《论唐宋词所积淀的民族审美心理》[③]《爱情意识与忧患意识的"交互"和"交替"——论晚唐五代词兼及两宋词的"主思潮"》[④]《论唐宋词的"享乐意识"》[⑤]《自古词人多寂寞——谈唐宋词中的孤独心态》[⑥]《唐宋词中流行的"季节病"——谈词中"佳人伤春"和"男士悲秋"》[⑦]《唐宋词中的"富贵气"》[⑧]《试论唐宋词的"以艳为美"及其香艳味》[⑨]。其中《试论唐宋词中的"南国情味"》一文侧重于从"南国情味"来谈唐宋词"婉约"词风的形成问题,他认为:(1)水之"钟秀"于词,功莫大焉;(2)"烟水迷离"帮助造就了词境的柔美性;(3)"斜桥红袖"帮助造就了词情的香艳性;(4)"江南小气"帮助造就了词风的软弱性。《爱情意识与忧患意识的"交互"和"交替"》一文主要从"心态学"的角度重点剖析了晚唐五代的词作,认为唐宋词的优秀作品中,大都表现着爱情和忧患这两种思想意识。正是这两股可称为唐宋词中所表现的"主思潮",时而交互、时而交替地翻腾在词人心头,从而形成了他们纷纭复杂的心态以及由此产生的艺术结

---

① 载《学术月刊》1986年第6期。
② 载《文学遗产》1987年第1期。
③ 载《天津社会科学》1987年第3期。
④ 载《江海学刊》1988年第1期。
⑤ 载《西南师范大学学报》1991年第3期。
⑥ 载《文史知识》1993年第3期。
⑦ 载《辽宁大学学报》1993年第6期。
⑧ 载《文学遗产》1995年第5期。
⑨ 载《齐鲁学刊》1996年第5期。

晶——以"绮怨"风格为主的婉约"词境"。

其他这方面的研究成果主要有万云骏的《伤春伤别是唐宋词发展的主旋律》[1]、缪钺的《唐宋词中"感士不遇"心情初探》[2]、李桂奎的《论唐宋词的梦境幻情》[3]、邓红梅的《唐宋词"生命意识"的透视》[4]、王政的《唐宋词悲剧意识的美学内涵》[5]、成松柳的《情爱的张扬与变态——从几首晚唐五代词说开去》[6]、田耕宇的《隐逸观念的新变——从朱敦儒隐逸词谈中唐后的隐逸》[7]、张仲谋的《论唐宋词的"闲愁"主题》[8]等。

意象

对唐五代词中的意象进行探讨的文章主要有杨海明的《论唐宋词"梦"的意象》[9]、陈洪的《佛教莲花意象与唐宋诗词》[10]、孙立的《唐宋词物象分析》[11]、何新国的《唐宋词凭栏现象浅析》[12]、黎烈南《漫话晚唐五代词中的"雨"》[13]、张介凡的《谈唐宋词栏干意象》[14]、熊昕绘的《关于唐宋词中"月"的意象分析》[15]、赵梅的《"真珠帘卷玉楼空"——唐宋词中的"楼"意象及其忧患色彩》[16]《唐宋词中"蝶"的意象及其梦幻色彩》[17]《重帘复幕下的唐宋词——唐宋词中的"帘"意

---

[1] 载《中国古典文学论丛》第 3 辑。
[2] 载《四川大学学报》1990 年第 4 期。
[3] 载《临沂师专学报》1993 年第 2 期。
[4] 载《苏州大学学报》1993 年第 3 期。
[5] 载《齐齐哈尔师范学院学报》1995 年第 6 期。
[6] 载《长沙水电师院学报》1996 年第 3 期。
[7] 载《河北师大学报》1996 年第 3 期。
[8] 载《文学遗产》1996 年第 6 期。
[9] 载《苏州大学学报》1989 年第 2 期。
[10] 载《江海学刊》1992 年第 1 期。
[11] 载《社会科学战线》1993 年第 3 期。
[12] 载《文史知识》1994 年第 5 期。
[13] 载《文史知识》1994 年第 8 期。
[14] 载《韩山师范学院学报》1995 年第 4 期。
[15] 载《理论月刊》1996 年第 4 期。
[16] 载《古典文学知识》1996 年第 4 期。
[17] 载《南京师大学报》1997 年第 3 期。

象及其道具功能》①、陈雪军的《论唐五代及北宋词的意象》②、许春初的《从"画楼"到"高楼"——浅析唐五代中的"楼"》③、古光亮的《唐宋词中的楼栏意象和词人的艺术感觉》④ 等。这些文章大多还停留在排比材料、简单分析的阶段，真正能够从"意象"看到词人之心态和审美趣味的并不多。

艺术造境和艺术手法

探讨唐五代词意境及其造境的艺术手法的文章主要有杨海明的《"词境"：向着抒情的深度开掘——论晚唐五代的"词代诗兴"》⑤《唐宋词中的"言理"和"理趣"》⑥，龙建国的《论唐宋词情理冲突的艺术精神》⑦，邓红梅的《艳情的再现与表现——唐宋词情感表达技法举隅》⑧，何凤奇的《论唐宋词意境的模糊体验》⑨《唐宋词情境交融散论》⑩，曹旭译的《天上人间——词的时空表现》⑪，萧延恕的《深婉隐曲，含蓄蕴藉——唐宋词语言特色之一》⑫，张志强的《唐宋词的语言范式和表情艺术》⑬，吴惠娟的《略论唐宋词的情感表达形式与符号》⑭，苗菁的《唐宋词抒情手法》⑮ 等。

词风与社会文化之关系

从 80 年代开始，学界由于受"文化热"的影响，也产生了不少从文化学角度研究唐五代词的成果。刘尊明用这种方法写出了博士学位论

---

① 载《文学遗产》1997 年第 4 期。
② 载《齐齐哈尔师范学院学报》1996 年第 5 期。
③ 载《古典文学知识》1997 年第 2 期。
④ 载《云南师范大学学报》1997 年第 4 期。
⑤ 载《南开学报》1985 年第 6 期。
⑥ 载《文史知识》1995 年第 2 期。
⑦ 载《信阳师范学院学报》1992 年第 3 期。
⑧ 载《镇江师专学报》1993 年第 1 期。
⑨ 载《齐齐哈尔师范学院学报》1988 年第 4 期。
⑩ 载《齐齐哈尔师范学院学报》1995 年第 1 期。
⑪ 载《古典文学知识》1995 年第 6 期。
⑫ 载《中国文学研究》1996 年第 1 期。
⑬ 载《福建论坛》1996 年第 6 期。
⑭ 载《上海大学学报》1997 年第 1 期。
⑮ 载《词刊》1997 年第 6 期。

文《唐五代词的文化观照》，论文分上、中、下三篇。上篇侧重于对唐五代词与文化关系作历时性的观照，即从社会文化的流动进程考察和描述唐五代词的产生及其演变轨迹。认为词的产生原因，一是音乐对新型歌辞的要求，二是隋末骄奢放逸的文化环境也有助于这种娱乐消遣的增长。初唐文化是一种开放、外倾、事功、热烈的"唐型"文化，在一定程度上抑制了与之不相谐的歌辞艺术的发展。中晚唐及五代则向内倾、世俗、享乐、感伤的"宋型"文化演变，这种文化适合以娱乐抒情为主要功能的歌辞艺术的发展。中篇侧重于从不同文化层面或文化空间对唐五代词及其发展史作共时性考察。分别论析了唐五代词如何在音乐文化、民间文化、宫廷文化、城市文化这数种文化空间的产生和发展。下篇主要从文化传统和文化构成方面对唐五代词及其发展史作共时性审视，认为儒、佛、道三种文化对唐五代词的创作和发展起了不同的作用，质言之，唐五代词的发展及其艺术品性的形成与儒家文化传统和美学规范形成了某些悖反现象，而佛、道文化则在一定程度上对唐五代词的发展给予了推动和影响。其后来发表的《晚唐五代词发展兴盛的文化观照》[①]《唐五代词与道教文化》[②]《论唐五代词的发展与城市文化的关系》[③]《论唐五代词与儒家文化的冲突》[④] 等论文均从其博士论文中析出。其中《唐五代词与道教文化》一文认为道教音乐在唐代随道教进入宫廷，与隋唐燕乐融为一体。这些道教音乐在继承传统的巫觋乐舞与清商乐的基础上，又吸收了佛教音乐、民间音乐、民间俗乐与宫廷燕乐等多种营养，在进一步渗入法曲与教坊曲后，又重新流入民间，从而为唐五代的宗教阶层和世俗社会"依调填词"奉献了一批优秀的艺术歌曲。道教音乐的世俗化及其歌辞创作也对唐五代词产生了影响。唐代女冠兴盛，那些具高妙音乐伎艺的"退宫嫔御"或"内妓"在沦为女冠后，一方面将"宫中歌舞"和教坊乐曲带入道观，另一方面，也对道教传统的《步虚声》给予发展和创新，使道教音乐染上浓艳世俗的情调。唐五代词中的道教歌词在艺术表现上更讲究描写与渲染，语言稍显彩绘藻饰，诗风也较为清绮婉丽。作者认为，道教对文人词在艺术表现上的影响主

---

① 载《文学遗产》1995 年第 1 期。
② 载《社会科学战线》1997 年第 3 期。
③ 载《东方丛刊》1997 年第 3 辑。
④ 载《湖北大学学报》1997 年第 5 期。

要有："神奇绚烂的道教故事传说或仙道境界有力地刺激了词人想象力的发挥"，"酝造了一种奇幻瑰丽的艺术氛围和美学境界"；"道教文化的浪漫世俗情调也给唐五代文人词（以表现恋情生活者为主）涂抹上一层浓艳绮丽的色彩"；"道教文化清幽高雅的一面特征也给唐五代文人词增添了一份清新婉丽、空灵缥缈之美"。

其他学者也有一些类似的研究成果，如高国藩的《敦煌曲子词与民间早婚风俗》①、龙晦的《论敦煌曲子词所见之禅宗与净土宗》②，杨海明的《试论唐宋词中的"南国情味"》③，葛兆光的《瑶台梦与桃花洞——论道教与晚唐五代文人词》④，陶亚舒的《从前蜀文化的世俗化看前蜀诗词》⑤，余恕诚的《晚唐五代词与商品经济》⑥，李剑亮的《论唐宋词的实用功能及其与歌妓的关系》⑦，彭功智、祁光禄的《传统文化精神与唐末北宋词的价值取向》⑧，王晓骊的《逐弦管之音为侧艳之词——试论冶游之风对晚唐五代北宋词的影响》⑨，韩云波的《五代西蜀词题材处理的地域文化论析》⑩ 等。

其中，葛兆光文是20世纪较早对道教与唐五代词之关系进行专门探讨的文章，其写作目的在于指出道教曲调与词这一文学体裁的关系及唐代女冠生活与文人词创作的关系，还试图通过这两个关系的纠结缠绕来透视道教对于文人尤其是晚唐五代文人的心理状态及人生理想的影响，看看那种超越生命的追求与寻求享乐的欲念是怎样纠缠在文人心灵之中的。该文论析深细，其中许多线索和论断，对后来其他人的相关研究起到了相当大的启发作用。余恕诚文也是一篇材料翔实、论证有力的文章。该文认为，词本来在初唐时即有一定数量的作品问世，题材也比较多样，但至少有百年左右未成大的气候。如果没有妓院歌楼的普遍需

---

① 载《社会科学（甘肃）》1986年第3期。
② 载《世界宗教研究》1986年第3期。
③ 载《文学遗产》1987年第1期。
④ 载《江海学刊》1988年第4期。
⑤ 载《理论与改革》1990年第2期。
⑥ 载《安徽教育学院学报》1993年第2期。
⑦ 载《杭州大学学报》1996年第1期。
⑧ 载《河南师范大学学报》1997年第2期。
⑨ 载《文学遗产》1997年第3期。
⑩ 载《西南师范大学学报》1997年第4期。

要，没有温庭筠这类才子与商业所浸泡的都市生活建立密切而特殊的联系，词大约只能作为乐府民歌的一种，而附属于五七言诗歌之下。词在晚唐五代迅速兴起，让"南国婵娟休唱莲舟之引"，改唱香艳的新词，温庭筠所代表的花间派的开辟，显然是关键的一步。这一步所以能够迈出，靠的是娼妓社会为诗歌中这种新品种提供了独特的繁衍场所。这时，就词与商业经济及都市生活的联系看，不仅与五七言诗有别，就是它自身在早期未曾被完全引进狭邪之时，也有不同，打个不恰当的比喻，就仿佛是村姑变成了名妓。

第四节 《云谣集》和敦煌曲子词研究

20世纪初在敦煌藏经洞发现的《云谣集》及其他敦煌曲子词，为20世纪的词学研究开辟了新的研究领域，增添了新的色彩。《云谣集》本身的辑录、校勘，和敦煌曲子词的汇集整理、理论，这些研究工作本身就是20世纪唐五代词研究的一大收获，而且随着敦煌曲子词研究的深入，也使词的起源、词与音乐之关系、民间词与文人词之关系等词学本体问题的研究得以进一步展开。下面在参考有关著述①的基础上，对20世纪《云谣集》及其他敦煌曲子词的研究情况作简略的介绍。

一、《云谣集》的辑录和校勘

《云谣集》的辑录和校勘

《云谣集》在国内的最早发现，是在1909年。当时法国敦煌学家伯希和从法国寄给罗振玉一部分敦煌写本的照片，其中就有《云谣集杂曲子》，但罗氏并没有将之公布于世。

1912年日本狩野直喜博士游历欧洲时录得斯坦因部分敦煌写卷，大约在1919年到1920年间，他寄给王国维敦煌曲子词三首（即《凤归云》2首，《天仙子》1首），8个调名。王国维看到录文后，写有《唐

---

① 《中国敦煌学史》；陈人之、颜庭亮编：《云谣集研究汇录》，上海：上海古籍出版社，1998年；刘尊明：《〈云谣集〉整理与研究综述》，载《文史知识》1997年第8期；刘尊明：《二十世纪敦煌曲辞整理研究的回顾与反思》，载《文学评论》1999年第4期。

写本〈云谣集杂曲子〉跋》①，又撰《敦煌发见唐朝之通俗诗及通俗小说》②。

同时，罗振玉在看到狩野所录文后，又函请伯希和抄寄斯坦因卷全文。1923年冬，伯希和从巴黎寄来《云谣集》写卷残本凡18首作品的胶片，罗氏始于次年（1924）正月将之收入他编印的《敦煌零拾》中。这是国内的第一个《云谣集》的刻本。

又董康此间游伦敦，得录斯坦因所劫本（斯1441卷）归。此卷题曰《云谣集杂曲子共30首》，然写本残缺，仅存18首。朱祖谋得董康所贻伦敦本，复取伯氏寄于罗振玉本参校之，于1924年刻入《彊村丛书》。这是国内的又一个《云谣集》的早期刻本。

然而，罗本和朱本均仅18首。稍后，北京大学教授刘复游学巴黎，得阅伯希和所劫敦煌写卷，抄录其中珍异者回国，于1930年汇刻为《敦煌掇琐》，其中亦有《云谣集》残卷（伯2838卷）及其他敦煌曲子。此卷亦题《云谣集杂曲子共30首》，残存14首。

朱祖谋取刘抄巴黎本以校董抄伦敦本，除去开头《凤归云》2首重出外，余12首均为伦敦本所缺，二本缀合，正得30首之数。朱氏"大喜过望"，遂嘱龙沐勋与杨铁夫参校写定，欲补入《彊村丛书》。适逢淞沪战火，而朱亦旋即去世。故延至1933年，龙沐勋辑《彊村遗书》，方将《云谣集》两个残卷合刻为一本，以完成朱氏遗愿。这是国内的第一个《云谣集》的足本，在《云谣集》研究史上具有很重要的地位。

此后，直至40年代，又有郑振铎的《世界文库》本，冒广生的《新斠云谣集杂曲子》③、唐圭璋的《云谣集杂曲子校释》④等出现。王重民则在这一期间完成了他的《敦煌曲子词集》的校辑工作，其中的中卷即为《云谣集》。

50年代以后，王重民的《敦煌曲子词集》正式面世，任二北先后编著的《敦煌曲校录》《敦煌歌辞总编》，饶宗颐、戴密微编的《敦煌

---

① 载《敦煌零拾》第2卷；又载《观堂集林》卷二一，北京：中华书局，1959年。
② 署名"静庵"，载《东方杂志》第17卷第8号，1920年。
③ 载《同声月刊》第1卷第9期，1941年。
④ 载《文史哲季刊》第1卷第1期，1943年。

曲》①等，均将《云谣集》完整收入。而俞平伯的《读〈云谣集杂曲子〉（凤归云）札记》②、张次青的《敦煌曲校臆补》③、蒋礼鸿的《敦煌词校议》④、孙其芳的《云谣集杂曲子校注》⑤、唐圭璋的《读词三记·"军帖书名年复年"》⑥等，对《云谣集》或其中部分词作进行校勘和注释，也取得了不小的进展。

《云谣集》诸问题的讨论和考证

在20世纪大部分时间里，学界都是在做《云谣集》版本、文字的校勘、考订工作。但是，由于各人的角度不同，学力有别，不少学者在从事校勘、注释时又难以看到原卷或原卷照片，所以人们在一系列问题上的看法并不一致。不仅对《云谣集》的写作时间、存词首数以及每词的句读、分片、字数之类如此，而且连对敦煌所出《云谣集》写卷究竟有几个，都存在着不同的看法。下面我们就对其中争议较大的问题的讨论情况进行介绍。

首先是《云谣集》的写作时代问题。严格说来，它应包括创调时代、作辞时代、选集时代和写本时代四个方面，但是早期治《云谣集》的学者往往混而论之。关于写卷的时代，斯卷不可考，唯伯卷写在僖宗中和四年（884）《破除历》背后，其同面上文所写者为金山天子之《杂斋文式》。王重民《敦煌曲子词集》据此考证说："金山天子与朱梁一代相始终，故可视为梁唐间写本。"任二北《敦煌曲初探》虽然也同意将写卷时代定在朱梁末季即922年以前，但又认为按一般写卷常情，写正面与写背面未必相差三四十年之久（884—922），如此定断，"未免谨慎太过，有待续讨"，他认为写卷时代犹有向前推早的可能。至于选集的时代与创作时代，诸家所考也是歧异纷呈。王重民在考证写卷时代"为梁唐间"之后，接着推论道："则其著作与选辑时代，应在唐末。"舍之在《历代词选集叙录·云谣集》⑦中则通过对集中具体作品有关史实的

---

① 饶宗颐、戴密微编：《敦煌曲》，巴黎：法国国家科学研究中心，1971年。
② 载俞平伯：《论诗词曲杂著》，上海：上海古籍出版社，1983年。
③ 载《文学遗产增刊》第5辑。
④ 载《杭州大学学报》1958年第2期。
⑤ 载《社会科学（甘肃）》1981年第1、2、3期。
⑥ 载《南京师院学报》1982年第4期。
⑦ 载《词学》第1辑，1981年。

考证来推断写卷的时代。他指出集内《内家娇》"两眼如刀"一首，又载伯3251卷，题曰"御制林钟乔（商）内家乔（娇）"，又据斯2607卷所载无调名御制曲子二首及无撰人《菩萨蛮》二首，证之《中朝故事》等书记载，以为皆唐昭宗乾宁三年（896）驾幸华州时所作，由此认定"此二卷当为同时写卷"，写本中"凡称御制者殆皆昭宗作"，遂认为"《云谣集》必编成于昭宗朝，如以天复三年（昭宗最后纪年，公元903年——原注）计之，已早于《花间集》成书30年"。至于《云谣集》所收作品之创作时代，经过早期的王国维、龙沐勋、唐圭璋、任二北等人的考订，已能认定其中有20多首为盛唐作品。

其次是版本问题。现存敦煌《云谣集杂曲子》写卷全本乃是由分别从伦敦和巴黎抄回的两个残卷即斯1441卷与伯2838卷合并而成的。因为两个残卷合起来，正好与原卷多题"云谣集杂曲子共三十首"相符，所以在20世纪上半叶，学界都认为斯、伯二卷同出一本。直到50年代，任二北在《敦煌曲初探》中始提出怀疑。80年代，任氏在《敦煌歌辞总编》中更作出详细的考证，认为罗振玉、朱祖谋二本即斯、伯二卷"源同流异，决非一本"。但是任氏并未看到原卷或原卷之胶片，其所持之证据多出自从罗振玉、朱祖谋刊本，所以影响不大。饶宗颐在《敦煌曲》中曾明确反对任氏的"二本"说，指出"《敦煌曲初探》强调法京有《云谣集》二本，非是"。

另外，自朱祖谋以后一般学者都认为《云谣集》全卷共三十首，今本即全本。但是，任二北在《敦煌曲初探》和《敦煌歌辞总编》中先后提出异议，认为今本行世者非即原本"全书"之"复行于世"，而且他说今本共三十三首，而非三十首。对于任氏此说，学界也多有争议。

张锡厚的《论云谣集的时代及其他》[①]对《云谣集》的整理和刊布过程细加剖析，并介绍了唐人写本原卷之外的十八家整理本，又列举关于《云谣集》写作时代的各种争论，是了解《云谣集》研究状况的一篇重要论文。

《云谣集》评价

从二三十年代开始，就一直有人对《云谣集》在中国词史上的地位和价值给予很高的评价。如朱祖谋曾为之"大喜过望"，并赞"其为词

---

① 载《敦煌本唐集研究》。

朴拙可喜，泂倚声中椎轮大辂"①。唐圭璋的《云谣集杂曲子校释》②也认为它"是诚千载不传之秘籍，而研究词学之大幸"。综合20世纪诸家的评论，可以看出他们主要从以下两个方面肯定了《云谣集》在词史上的地位和价值：

第一，《云谣集》的发现和考订，解决了词学研究中的一些重大疑难问题。首先，它打破了《花间集》是我国现存第一部词集的传统定论，而位居于《花间集》之前。其次，它为词的起源问题的研究提供了新的材料。学界逐渐接受盛唐时期民间词已经盛行，近体诗与曲子词早就分道扬镳，无有先后之承继关系，令词与慢调同起源于盛唐等新的词学观点。

第二，《云谣集》的发现，填补了一段重要的词史空白。传统的词学多研究文人创作，少有人关注民间作品。《云谣集》展示了一个与《花间集》《尊前集》不尽相同的新的词学面貌，反映了早期民间词所特有的思想感情与艺术风格。龙沐勋在《中国韵文史》中指出，《云谣集》中"大率皆普遍情感，为当时民众所易了解之歌曲"。唐圭璋的《云谣集杂曲子校释》谓："此集所收，亦自开元以来里巷之曲，所写范围与盛唐诗人所写征戍、闺怨一类相同。虽有俚俗之作，然亦有艳丽深厚之作，足与《花间》抗行。"关于《云谣集》的艺术，虽然有人认为"语颇质俚"（王国维《唐写本云谣集杂曲子跋》中语），"少含蓄之趣"，"为初期作品技术未臻精巧之证"③，但多数学者持论较为客观、辩证。如唐圭璋从调与题合、令慢词兼有、单双叠并行、字数不定、平仄不拘、韵脚不限、平仄通叶、用方言、叙事等方面归纳描述了《云谣集》所反映的唐代民间词的一般形式特征。郑振铎在《云谣集杂曲子跋》④中盛赞道："抑其中作风尽多沉郁雄奇者，不全是靡靡之音。苏辛派的词，我们想不到在唐五代时候已经有人在写作了。这个发现，是可以使论词的人打破了不少的传统的迷障的。"⑤ 张锡厚《论〈云谣集〉的时代及其他》一文从"内容之新""情感之真""意境之美""构思之巧"

---

① 龙沐勋：《云谣集杂曲子跋》，载《词学季刊》创刊号。
② 载《文史哲季刊》第1卷第1期，1943年。
③ 参《词体之演进》。
④ 载《云谣集研究汇录》。
⑤ 《云谣集研究汇录》，第38页。

四个方面分析了《云谣集》风格的"尖新",及其表现形式、语言运用的特点。

二、敦煌曲子词的整理与研究

在敦煌写卷中,除了《云谣集》,人们还发现了其他的曲子词。本文下面主要介绍学界对这部分曲子词的整理以及对敦煌曲子词进行综合探讨的情况。

敦煌曲子词的整理和汇录

最早对敦煌曲子词进行介绍和辑录的学者是王国维。他在1913年作《唐写本〈春秋后语〉背记跋》[①],首次向国人介绍了敦煌写卷《望江南》2首、《菩萨蛮》1首共3首曲子词的情况。1920年,他又在《东方杂志》第17卷第8期上,发表《敦煌发见唐朝之通俗诗及通俗小说》一文,首次刊布此三首"唐人词"(《望江南》被王氏误题为《西江月》)的原文。1924年,罗振玉在他编印的《敦煌零拾》中又收录了《鱼歌子》《长相思》《鹊踏枝》"小曲三种"及"俚曲三种""佛曲三种"。1925年,刘复将其从巴黎伯希和处所抄录部分敦煌文献汇刻为《敦煌掇琐》,其中除了《云谣集杂曲子》,尚收有其他敦煌曲子词。

三四十年代从事敦煌曲子词辑录整理的学者就更多了。如周泳先于1935年编《敦煌词掇》[②],收录当时国内所能见到的敦煌曲子词共21首。这是对《云谣集》之外其他零散的敦煌曲子词所做的第一次较大规模的汇辑校勘工作。

50年代是敦煌曲子词整理的黄金时期。1950年王重民所编的《敦煌曲子词集》由商务印书馆出版,1956年又修订再版。该书分三卷,上卷所收皆为长短句曲子词,共108首;中卷为《云谣集杂曲子》,共30首;下卷所收为大曲词,共24首。这是第一部收录较多、校勘谨严的敦煌曲子词集,可谓是当时国内外敦煌曲子词整理成果的集大成之作,至今仍是研究敦煌曲子词极为重要的资料。

1955年,任二北出版了《敦煌曲校录》。该书也将所收作品分为三类,第一类为"普通杂曲",收录48调205首,又失调名22首,共计

---

① 载《观堂集林》卷二一。
② 后收入其《唐宋金元词钩沉》,上海:商务印书馆,1937年。

227首（其中《云谣集杂曲子》订为33首，其他作品194首）；第二类为"定格联章"，收录4调17套286首，又失调名1套12首，共计298首；第三类为"大曲"，收录5调5套，共计20首。全书校录56调及失名10调，总共545首作品，是对王重民《敦煌曲子词集》的大规模补充，而且该书将作品分为"杂曲"与"大曲"、"普通杂曲"与"定格联章"，也是对敦煌曲子词体式的研究的重大贡献。1972年后，任二北在《敦煌曲校录》的基础上继续进行敦煌曲的辑录，于1984年完成《敦煌歌辞总编》。该书共分七卷，收录作品1221首，尽管其中不都是"曲子词"，但也堪称是20世纪搜罗最为广泛、数量最大的敦煌曲子词的宝库，为敦煌曲子词的进一步甄选、考辨和汇录提供了极大的便利。

另外，张璋、黄畲编的《全唐五代词》卷七为"敦煌词"专卷，共收录494首作品，其中除《云谣集》外收有其他敦煌曲子词464首。90年代初期，"全唐五代词"的重编被列为"中国古籍整理出版十年规划和'八五计划'"重点项目，由中华书局约请曾昭岷、曹济平、王兆鹏、刘尊明等四人合作编纂。这部新编《全唐五代词》分"正编"和"副编"两部分收录敦煌曲子词，正编收录199首，为性质较为明确的敦煌曲子词作品；副编收录434首，为存疑待考的敦煌曲子词作品。共计收录可信及存疑的敦煌曲子词633首，可以看作是20世纪敦煌曲子词整理成果的汇总和提炼。

敦煌曲子词综合研究

在辑录和校勘的过程中，也有相当一部分学者对敦煌曲子词的思想内容、艺术成就进行分析和探讨。

这种理论上的探讨主要是从五六十年代开始的。如王重民在其《敦煌曲子词集·叙录》中就对敦煌曲子词的内容和艺术作了很好的概括："有边客游子之呻吟，忠臣义士之壮语，隐君子之怡情悦志；少年学子之热望与失望，以及佛子之赞颂，医生之歌诀，莫不入调。其言闺情与花柳者，尚不及半，然其善者足以抗衡飞卿，比肩端己。至于'生死大唐好'，'只恨隔蕃邦，情悬难中吐；早晚灭狼蕃，一齐拜圣颜'等句，其真已唱出外族统治下敦煌人民的爱国壮烈歌声，绝非温飞卿、韦端己辈文人学士所能领会，所能道出者矣！"① 夏承焘在《敦煌曲子词》② 中也对敦煌曲子词在文学史上的地位作了较高的评价："这些民间词，是写真实情感的好诗歌，它以清新朴素的风格影响着当代的诗人和词人，比起后来文人清客们的游戏消闲的作品，价值高得多；虽然民间词有些篇章在文字上还存在着许多缺点，但是我们仍然应该重视它，因为它是唐宋词反映现实的萌芽。"③

80年代以后，学界从各个方面对敦煌曲子词进行综合探讨，出现了不少较有深度的文章。总论敦煌曲子词的内容、艺术及其在文学史上的地位和影响的文章主要有孙其芳的《敦煌曲子词概述》④、高国藩的《谈敦煌曲子词》⑤、汪泛舟的《敦煌曲子词的地位特点和影响》⑥。

专论敦煌曲子词形式和艺术的文章主要有周丕显的《敦煌俗曲分时联章歌体再议》⑦、柴剑虹的《敦煌写卷中的〈曲子还京洛〉及其句式》⑧，梦初的《浅谈敦煌曲子词的艺术》⑨《从敦煌曲子词考词体的正与变》⑩，叶栋的《敦煌曲子词的音乐初探》⑪，张仲仪的《试论敦煌曲子词的审美特征》⑫，乔力的《椎轮大辂：论敦煌词的创作特征与艺术本质》⑬ 等。

---

① 转引自《中国敦煌学史》，第293页。
② 载《夏承焘集》第2册，杭州：浙江古籍出版社、浙江教育出版社，1997年。
③ 同上书，第616页。
④ 载《社会科学（甘肃）》1980年第3期。
⑤ 载《文学遗产》1984年第3期。
⑥ 载《兰州学刊》1985年第1期。
⑦ 载《敦煌学辑刊》创刊号。
⑧ 载《文学遗产》1985年第1期。
⑨ 载《社会科学（甘肃）》1985年第2期。
⑩ 载《常德师专学报》1986年第2期。
⑪ 载《中华文史论丛》1987年第2、3期合刊。
⑫ 载《敦煌研究》1991年第2期。
⑬ 载《西南民族学院学报》1997年第3期。

第五节 温、韦、冯词研究

温庭筠、韦庄、冯延巳是晚唐五代词人中的翘楚,历来受到词学家们的重视。20世纪学界不但对他们各自的词风和创作成就进行了充分的分析和评价,还将他们的词风进行了细致的比较①。

一、温庭筠词研究

80年代以前

20世纪上半叶出版的诸多词史、文学史大都以较多的笔墨阐述温庭筠在词史上的地位和影响。如刘毓盘的《词史》第二章即为"论隋唐人词以温庭筠为宗",他认为温庭筠出,始专为词;词之有集,亦自温庭筠始;且其所创各体,"虽自五七言诗句法出,而渐与五七言诗句法离。所谓解其声故能制其调也。宜后人奉以为法矣"②。胡云翼的《中国词史大纲》第二章亦为"最初的词人温庭筠",他也认为"温庭筠是晚唐词坛第一大词人,是词史上最初的词家"③。他指出,温庭筠对于词的贡献是很大的。第一,他的词创调甚多,替词体开辟新的园地。第二,他能够大胆地写侧艳之词,而且写得很好。于是词便有了新的生命。后来的人都受了他很深的影响,至以"词为艳科"相号召。"故在晚唐词人中,只有温庭筠的影响于后来词坛特大,他领导了五代词发展的趋向。"④ 同样,郑振铎在《插图本中国文学史》中对温庭筠词新的艺术境界给予了高度的评价:"他所写的是离情,是别绪,是无可奈何的轻喟,是无名的愁闷。刘禹锡、白居易诸人的拟民歌,全是浑厚朴质之作。到了庭筠,才是词人的词。全易旧观,斥去浅易,而进入深邃难测之佳境。"⑤

20世纪较早对温庭筠词艺术进行深入探讨的学者是李冰若和徐沁

---

① 关于温庭筠、韦庄的生平以及诗歌方面的研究,可参看本书"晚唐五代"部分的相关章节,此处只介绍20世纪学界对温、韦词和冯延巳及其词的研究情况。
② 《词史》,第38页。
③ 《中国词史大纲》,第25页。
④ 同上书,第28页。
⑤ 《插图本中国文学史》第2册,第420页。

君。李冰若在其《栩庄漫记》中首先否定了张惠言、陈廷焯等人谓温词"上接灵均、千古独绝"、以香草美人寄寓其"悲天悯人之怀抱"的传统观点；其次对温庭筠词的"艳丽处"也颇为不满，认为"以一句或二句描写一简单妆饰而其下突接别意，使词意不贯，浪费丽字，转成赘疣，为温词之通病"①。他从另一角度阐述了温庭筠在词史上的独特成就和地位："其词之艳丽处正是晚唐诗风，故但觉镂金错彩，炫人眼目，而乏深情远韵。然亦有绝佳而不为词藻所累，近于自然之词"②，"温词如此凄丽有情致不为设色所累者，寥寥可数也。温韦并称，赖有此耳"③。徐沁君的《温词蠡测》④则完全同意张惠言《词选》中对温词所下的"审美闳约"的评语，且一一加以阐释："盖谓飞卿词情感修养之深，辞句精炼之美，气象涵盖之阔，体制简短之约，而这四种特质，又化合成一有机的完形的词。"他还将温词分成四类：乐府型、绝句型、曲折型、和谐型，并指出前人多注意一、二和四型，未注意第三类型，"其实第三类型，实为了解温词的关键所在"，从中可以看出温词的四个特色：音乐性、时代性、造语法、表现法。

五六十年代，总论温庭筠词的文章不多，主要有胡国瑞的《论温庭筠词的艺术风格》⑤、夏承焘等的《西溪词话——温庭筠的小令》⑥等。

80年代以后

学界真正开始对温庭筠词进行全方位、多层次的探讨，是在80年代以后。近二十年来，总论温词艺术成就的文章主要有叶嘉莹的《温庭筠词概说》⑦《论温庭筠的词》⑧，杨海明的《"心曲"的外物化和优美化——论温庭筠词》⑨，邓乔彬的《飞卿词艺术平议》⑩《风云气少，儿

---

① 李冰若：《栩庄漫记》，载张璋、职承让、张骅等编：《历代词语续编》下册，郑州：大家出版社，2005年，第868页。
② 同上书，第867页。
③ 同上书，第868—869页。
④ 载《国文月刊》第51期，1947年。
⑤ 载《文学遗产增刊》第6辑。
⑥ 载《浙江日报》1961年12月10日、13日。
⑦ 选自叶嘉莹：《迦陵论词丛稿》，上海：上海古籍出版社，1980年。
⑧ 载《四川大学学报丛刊》第15辑，1982年。
⑨ 载《文学评论》1986年第4期。
⑩ 载《社会科学战线》1984年第4期。

女情多——温庭筠词浅尝》①，袁行霈的《温词艺术研究——兼论温韦词风之差异》②，陈如江的《温庭筠词论》③，李世英的《论温庭筠对词境的开掘》④等。

其中叶嘉莹文认为温词具有三种艺术特色：一是其皎洁高远之形象、缠绵悱恻之意境，可以引人产生一种审美之联想；二是温词所叙写之闺阁妇女之情思，往往与中国古典诗歌中以女子为托喻之传统有暗合之处；三是温词不作明白之叙述，而但以物象之错综排比与音声之抑扬长短增加直觉之美感。杨海明文认为温词的高妙处在于：他利用了词体具有的种种特点，非常成功地把造型因素（"物语""景语"）和表情因素（"情语"）融合在一起，以虚（"情语"）带实（"物语""景语"），以实写虚，从而达到了虚实相衬的艺术效果，从而使它所要表现的那一片难以言状的"心曲"，附着或转化成可感的物象，变得既形象又优美。这就是温庭筠词在艺术上所得到的成功。就这样，他在传统诗的艺术手法的基础上，匠心独运，创造了词在表现"心曲"方面的特殊手法。而这种艺术表现法，又深深地影响到了后代的词人。所以，无论在开创"词境"的特种内容抑或表现方法方面，温庭筠都可以视作是由诗变词阶段富有开创意义的关键人物。邓乔彬文指出，温飞卿词艺术上的独到之处主要表现在创造意境的途径和组织形象的方法两方面。文章认为，温词创造意境的途径大致有三：第一，诱情因素的强化；第二，主次事物的倒转；第三，动静形态的映衬。温词组织形象的特殊方法亦有三点：第一，主于印象；第二，重在直觉；第三，成于联想。袁行霈文认为，温词的艺术具有这样几个特点：(1) 温庭筠的词富有装饰性，追求装饰效果，好像精致的工艺品；(2) 善于用暗示的手法，造成含蓄的效果；(3) 温词的意象常常是跳跃的，意象之间的脉络隐伏着，需要读者自己去想象补充；(4) 以静态的描绘代替人物的抒情，尤其着力于细部的渲染，因细部的膨胀而失去整体的均衡感也在所不惜。文章还从题材和艺术表现两方面探讨了温词的艺术渊源。

---

① 载《文科月刊》1984 年第 11 期。
② 载《学术月刊》1986 年第 2 期；后收入其《中国诗歌艺术研究》，北京：北京大学出版社，1987 年。
③ 载其《唐宋五十名家词论》，上海：华东师范大学出版社，1992 年。
④ 载《兰州大学学报》1992 年第 4 期。

80年代以后，还有一些文章从特定的角度对温词作了较为深入的分析，如徐甸的《温庭筠词色彩美论析》[①]、叶嘉莹的《温庭筠〈菩萨蛮〉词所传达的多种信息及其判断之准则》[②]、黎烈南的《谈谈温庭筠词中的女性形象》[③]、李静的《"落红"亦是有情物——略析温庭筠词的情感定位》[④]、王于飞的《简论温庭筠的爱情词》[⑤]等。

其中徐甸文指出，温庭筠常以工笔重彩写人物的外表、装饰，用令人眩目的金色、翠色、红色一一来铺写，大笔渲染。但这种金碧辉煌的色泽与人物内心的情感往往形成鲜明的对比；温词还直接赋予色彩以人情味，并以特定的时间、地点、景象限制色彩的含义，捕捉主观情感与景物色彩的契合点，使情与色自然融会。叶嘉莹文尝试用结构主义符号学的方法来分析温庭筠的词作。如她认为，温庭筠这首《菩萨蛮·小山重叠》"偏偏不用属于认知系统的'小屏'二字，而用了属于感官印象的'小山'二字，……如依洛特曼之说，则这种予人感官印象的符号，一方面既也可以经由解释而使之具有认知之意义；而另一方面则又可以仍以其物态（Physical Materiality）给予读者感官之乐趣。这正是诗歌所传达之信息之何以特别丰富，而且异于一般日常语言之处。"再如，她在分析了"懒起画蛾眉"一句所传达之信息之后说："因此如果按照瑞士语言学家索绪尔的'联想轴'之说，及俄国符号学家洛特曼之重视符号系统的历史文化背景的概念来看，温庭筠所传达的信息，实在可以说是层层深入具有极丰富之含意的。"王于飞文指出温词并非一味浮靡，而大多别有怀抱。温庭筠爱情词主要表现爱情凄凉哀别，与其是仕途上屡受挫折所产生的心理历程具有相当程度的一致性。其因仕途困顿而起的深痛悲哀，可以算是温词悲愁深隐的内容本质。但作者同时又指出，温词与诗歌中那种有心寄托不同，悲愁深隐、兴寄都出于无意。温词的这种创作特点对后世词的发展产生了积极而深远的影响。

---

① 载《晋阳学刊》1984年第4期。
② 载《光明日报》1987年6月1日。
③ 载《文史知识》1994年第2期。
④ 载《牡丹江师范学院学报》1997年第2期。
⑤ 载《杭州大学学报》1997年第2期。

二、韦庄词研究

韦庄词集的整理

学界对韦庄词的研究也比较深入，这首先表现在 20 世纪先后出版了多部韦庄词集的校注本，如胡鸣盛的《韦庄词注》[①]，向迪琮校的《韦庄集》[②]，刘金城校注、夏承焘审订的《韦庄词校注》[③]，李谊校的《韦庄集校注》[④]，曾昭岷的《温韦冯词新校》[⑤] 等。

韦庄词艺探讨

20 世纪学界对韦庄词艺术风格、成就及其在词史上的地位也作了较为细致、深入的探讨。

20 世纪上半叶论集韦庄词的文章大多属于介绍性质，因而也就较为简略和肤浅，如吴家桢的《韦庄诗词之研究》[⑥]、吴烈的《浣花词与草堂词》[⑦]、金麓漈的《韦端己及其词》[⑧]、管本篯的《韦庄的生平及其词》[⑨]、艾治平的《韦庄》[⑩] 等。

50 年代，出现了一篇专论韦庄词、且较为深入的论文，即夏承焘的《论韦庄词》[⑪]，该文通过与温词的比较，发现韦词具有"疏""显"两种风格，并指出"像韦庄这类酣恣淋漓近乎元人北曲的抒情作品，在五代文人词里是很少见的；只有当时的民间词如敦煌曲子等，才有这种风格。这是韦庄词很可注意的一个特点"。作者进而又指出："（韦庄的）作品的最大特征，是把当时文人词带回到民间作品的抒情道路上来，又

---

① 胡鸣盛：《韦庄词注》，莲丰草堂石印本，1923 年。
② 向迪琮校订：《韦庄集》，北京：人民文学出版社，1958 年。
③ 刘金城校注，夏承焘审订：《韦庄词校注》，北京：中国社会科学出版社，1981 年。
④ 李谊校注：《韦庄集校注》，成都：四川省社会科学院出版社，1986 年。
⑤ 曾昭岷校订：《温韦冯词新校》，上海：上海古籍出版社，1988 年。
⑥ 载《大夏周报》第 9 卷第 17 期，1933 年。
⑦ 载《国民文学》第 1 卷第 1 期，1934 年。
⑧ 载《新民报》第 2 卷第 4、5、6 期，1940 年。
⑨ 载《宇宙风》第 102 期，1940 年。
⑩ 载《经世日报·经世副刊》1947 年 11 月 15 日、17 日、18 日。
⑪ 载《人文杂志》1957 年第 5 期。

对民间抒情词给以艺术的加工和提高。这是他在词的发展史上最大的功绩。"文章还从三方面说明了韦庄的词如何走上抒情的道路，探讨了韦庄词与音乐的关系，分析了韦庄抒情的影响。可以说，这是20世纪第一篇较为全面、深入探讨韦庄词的文章，因而它的发表在韦庄词的研究史上也就具有不同寻常的意义。

　　80年代以后，探讨韦庄词的文章更多了。其中总论性的文章主要有夏承焘的《韦庄的抒情词》[①]、叶嘉莹的《论韦庄词》[②]、施蛰存的《读韦庄词札记》[③]、莫砺锋的《论晚唐五代词风的转变——兼论韦庄词在词史上的地位》[④]、陈如江的《韦庄词论》[⑤] 等。叶嘉莹文指出韦庄词对情事多作直接而且分明的叙述，这不仅是韦词的一大特色，亦为词之内容之一大转变。施蛰存文对韦庄的《菩萨蛮》等词作的创作时间和本事进行了一些考证。莫砺锋文认为：从温庭筠开创的题材为艳科、纯属客观的描写，仅供歌儿舞女所唱的"伶工之词"到抒情抒怀的"士大夫之词"，人们往往据王国维《人间词话》视李煜为此变化之始。实际上，韦庄在恢复词的抒情本质和使词风趋向自然清丽的过程中是李煜的先导。韦词有一些温词所无而为诗所常见的题材，即使是写艳情，往往也浸透了词人自己的相思之泪。韦庄在题材和风格方面对西蜀词也很有影响。韦庄的不幸在于他和李煜间相距甚近，李煜以满月的光辉使韦庄这颗明星相形失色。陈如江文也指出，韦庄词以疏放秀美的笔调表现自己实际生活中的切身感受，从而摆脱了花间词所特有的浮艳轻薄的弊病，于温词之外自树一帜，开启了文人词自抒情怀的传统。

　　专门探讨韦庄词艺术特色和表现手法的文章主要有林江玲的《韦庄词的抒情艺术特点》[⑥]、古浩华的《词直意婉，语淡情真——试论韦庄词的艺术风格》[⑦]、吴传骏的《韦庄词的结构和语言艺术》[⑧]、漆子扬的

---

① 载《词刊》1980年第4期。
② 载《四川大学学报丛刊》第15辑。
③ 载《词学》第1辑。
④ 载《文学遗产》1989年第5期。
⑤ 载《唐宋五十名家词论》。
⑥ 载《厦门大学学报》1984年第1期。
⑦ 载《中山大学学报》1985年第3期。
⑧ 载《龙岩师专学报》1985年第1期。

《论韦庄词的创作手法》① 等。

韦庄与"花间词派"之关系的讨论

80年代中期,学界还展开过一次关于韦庄词是否属于"花间词派"的讨论。

问题的提出,始于羊春秋1985年发表的《韦庄是"花间派"吗?》② 一文。在该文中,作者认为,韦庄一向被看作是"花间派"的代表作家,与温庭筠齐名,世称"温韦"。但是,从韦庄的全部词作来考察,与其说他是"花间派"的代表作家,毋宁说他是"花间派"的对立派。赵承祚仅仅因他是唐末五代人,就把他拉入《花间集》中,后之论者习而不察,亦誉之为"花间派"的巨子,在词的研究领域中散布了一团迷雾,模糊了韦庄的本来面目。作者还认为,《花间集》不过是集结晚唐五代词人所写词曲的一个总集,并不是风格相同、情趣一致的一个艺术流派。

张式铭在《韦庄不是"花间派"吗?——与羊春秋先生商榷》③ 一文中,提出了相反的看法。他认为,《花间集》的编成,除了历史条件、社会风尚、时代心理、审美情感(包括格律的、音乐的)等因素外,其共同的、基本的倾向和风格是主要的因素。但《花间集》绝非浓艳一体,还有疏朗、高淡、古直、沉郁、悲壮、凄清等多种风格。无论韦词怎么"疏朗清新,朴质自然",仍体现了"花间派"的创作倾向和艺术风格。

对此,羊春秋在《略论风格与流派——兼谈韦庄非"花间派"》④ 一文中又作了回应。他说,在探讨一个作家的风格时,要着眼于他的"异",即他的独特的个性。在"香软之风"充塞词坛的时候,韦庄将那些健康的感情、寄托的手法带进词的领域,给词开辟了新的蹊径,提供了新的东西,这正是他在风格上"异"于"花间派"其他作品的地方。对流派的探索,须着眼于它的"同",如果"异"多于"同",或者在"异"的方面存在着质的差别时,那就只能说在某个时代出现的作家群,而不能说是一个艺术流派。韦庄之于"花间",存在着更多的"异",他

---

① 载《祁连学刊》1992年第3期。
② 载《光明日报》1985年12月17日。
③ 载《光明日报》1986年2月25日。
④ 载《光明日报》1986年6月17日。

继承了民间词的优良传统,开拓了宋初词的广阔蹊径,在词的领域中提供了新的可贵的东西。因此,只有把他从"花间派"中分离出来,才能显出韦词的异彩,认识韦词的价值。

刘扬忠在《关于"花间词"的风格与流派》① 一文中,针对羊、张二人的文章提出了自己的看法。他指出:羊、张二人的观点虽然对立,但有一点却是基本一致的,即认定晚唐五代有过一个统一的"花间"文学流派。他们的分歧,仅在于个别作家算不算这个流派而已。针对这一点,他从考察流派和辨识流派的角度发表了不同于二人的意见。他认为,所谓的"花间派"并不是一个严格意义上的文学流派,而仅仅是宋代以后人们谈论词史时,为了讨论源流问题的方便而加给晚唐五代一批词人的称号。在词史的研究中,适当地使用这个概念,有助于粗线条地把握所谓"正宗"词的发展线索,并有助于弄清长短句歌词由唐五代而至宋代的源流正变。在这个意义上,根本不存在把韦庄"分离出来"的问题。但是,"花间派"毕竟只是一个作家群,我们在横向考察晚唐五代词史和微观分析某种特殊风格产生、承传情况时,如果笼统只提一个"花间派",无异于取消了这段词史的研究。这时不但要对韦庄,而且还要对所有"花间"词人都认真地来一番"见异"与"见同"的研究,以期得出切实可靠的结论。

三、温、韦词之比较

"温韦"并称,其来已久。20世纪也出现了一些将温庭筠和韦庄相提并论、见其异同的文章。

唐圭璋是20世纪较早对温韦词风之异同进行较为深入探讨的学者。早在20年代,他就发表了《温韦词之比较》② 一文。他在该文中指出:端己词抒情为主,境系于情而写,故不着力于运词堆饰,而唯自将一丝一缕之深,在内心曲曲写出,其秀气空行处,自然沁人心脾,与飞卿词之令人沉醉者异矣。……飞卿写人多刻画,端己则临空。飞卿写境多沉郁凄凉,端己则有兴会闲畅之作。飞卿写情,多不显露,言下有讽;端己则深入浅出,心曲毕吐。至二人用辞之区异,亦处处可见。飞卿显用力痕迹,字字锤炼;端己则信手拈来,毫不着力。他于60年代与潘君

---

① 载《光明日报》1986年8月26日。
② 唐圭璋:《词学论丛》,上海:上海古籍出版社,1986年。

昭合著的《论温韦词》①，是对本文观点的展开和深化。

三四十年代，对温韦词进行比较的文章有唐圭璋的《温韦词之比较》②、郑骞的《温庭筠韦庄与词的创始》③等。

1957年，夏承焘在《论韦庄词》④中也论及"温、韦词的同中之异"，他说："温、韦是花间派的代表作家，他俩的词可以说是大同小异：温词较密，韦词较疏；温词较隐，韦词较显。"文章还指出，温、韦两家诗风、词风不同，是由于他们的生活和生活态度不同。后来，他又发表了《不同风格的温、韦词》⑤和《续谈温、韦词》⑥两篇文章，进一步阐发他的观点。

80年代以后，将温韦并论的文章就更多了，如袁行霈的《温词艺术研究——兼论温韦词风之差异》⑦、乔力的《温韦词的意象交迭与分流——两种审美模式比较》⑧、高国藩的《论温韦词叙写感情的艺术》⑨《论温韦词的写人写事与写景》⑩、陶亚舒的《论温韦词的宗教文化倾向》⑪、黎烈南的《温、韦的创作实践与词的审美特质》⑫等。

其中袁行霈文从多方面比较了温韦词风之异，他指出，温庭筠写词是把自己隐藏在他笔下的那些女子的后面，通过她们曲折地抒发自己的苦闷，可谓隐约。韦庄写词主要是写自己的风流韵事，直抒胸臆，欢乐、哀愁、相思，和盘托出，倾诉给读者，可谓显直。温词富有装饰的效果，以浓艳见长。韦词重在写意，以疏淡为美。温词的意象稠密，意象之间的中介常常被省去，因而显得紧密，一句词里包含多层意思。韦词的意象比较稀疏，意象之间基本上是连贯的，脉络比较分明，有散文

---

① 载《南京师院学报》1962年第1期。
② 载《东南论述》1926年第26期。
③ 载《读书青年》第1卷第4期，1944年。
④ 载《人文杂志》1957年第5期。
⑤ 载《文汇报》1962年8月11日。
⑥ 载《文汇报》1962年8月15日。
⑦ 载《学术月刊》1986年第2期。
⑧ 载《社会科学战线》1991年第2期。
⑨ 载《盐城师专学报》1993年第3期。
⑩ 载《盐城师专学报》1994年第3期。
⑪ 载《贵州社会科学》1994年第3期。
⑫ 载《首都师范大学学报》1997年第3期。

的意趣。温词有女性的细腻，韦庄则是从男性的角度去观察和描写女性的美，带有男性的柔情。作者最后指出，温韦二家各有所长，不可轩轾。他们各以自己的创作开辟了一种词风，在文学史上都有贡献。当然，他们也各有所短：温词易流于涩，韦词易流于滑；温词易流于晦，韦词易流于浅；温词易流于隔，韦词易流于俗；温词味厚而易腻，韦词味淡而易泛。他们都没有达到艺术的极致。乔力文从创作风貌与境界意味等方面对温韦词的两种审美模式进行了比较。他认为温庭筠主要是丽景不及情，而韦庄是纯情略景。文章还从两人作词的目的和心境等方面探讨了词风之异的原因。作者指出，为了适应舞宴歌席等特殊场合的实用要求，温词中触目皆见精丽字面，习尚绮靡，重在镂玉雕琼式的意象组合，以建构"香而软"的审美境界。由于这是随意性颇浓的即兴制作，往往出现任心铺排、杂乱置列的习惯，其原来只不过是追求某种直觉式的纯粹美感，以达到悦目乐耳的主旨，实不曾预先设定一些社会人生内容的具体表现程序。韦庄的经历不同于温庭筠，不必过多考虑应歌娱人的传统，相对淡漠词佐欢酬宾的实用功能，而别将诗的价值观念引入新兴的词体上来，自然想要摆脱初期词缘调赋题的束缚，而直接抒写自我情怀意绪，充分表现特定人生内容，寄寓去乡亡国的深沉悲慨，基于此，韦庄善于就层次清晰进展的脉络舍之意象，以建构相对完整的审美境界，已经形成初步意义上的情节性，因而有可能据之印证其生平行迹。

除了上述文章，20世纪还出现了一部温韦词的合集，即阮文捷校点的《温韦词》①。

四、冯延巳及其词研究

冯延巳是五代词人中的佼佼者，其词作的成就及其在唐五代词史上的地位都很高，所以备受20世纪学界的关注。人们不但对其生平进行了较为细致的探讨，还对其词作的艺术风格和成就及其在词史上的地位作了较为全面、深入的分析和研究。

生平研究

在生平研究方面，夏承焘的《冯正中年谱》对冯延巳一生的重要行

---

① 阮文捷校点：《温韦词》，上海：上海古籍出版社，1988年。

事和创作活动作了非常细致、具体的考证,到目前为止仍是最为完备、可靠的。相关的文章还有劳季的《巳、己之乱何时了》[1]、季续的《关于冯延巳的考证》[2]、杨琳的《冯延巳还是冯延己》[3]等。

冯词研究

20世纪有不少文章是专论冯延巳词的艺术风格、艺术成就及其在词史上的地位和影响的。如王信之的《冯延巳的词》,施蛰存的《读冯延巳词札记》[4],詹安泰的《冯延巳词的艺术风格》[5],叶嘉莹的《论冯延巳词》[6]《冯正中词的成就及其承前启后的地位》[7]《冯延巳词承前启后之成就与王国维之境界说》[8],杨海明的《论冯延巳词》[9],张自文的《开宋词风气之先的关键人物——冯延巳》[10]《冯延巳词的审美价值》[11],陈如江的《冯延巳词论》[12],郭素霞的《论冯延巳词的历史地位》[13]等。

其中詹安泰文指出,把男女关系作为抒写的主要对象,写离别,写怀念,触景生情,睹物兴感,这是冯延巳和"花间"词人共通之点。可是,冯词较少女人的容貌体态的刻画,较多身世的凄怆感慨的抒发,取材较丰富,境界较宽阔,表现手法也较多变化,开阖动荡,笔端灵活,思深力锐,层析特多,若有寄托,若无寄托,不少含蓄,耐人玩索,这一切,却是冯延巳特有的艺术成就,不能完全和"花间"词人等量齐观。叶嘉莹文认为冯延巳词吸取了温庭筠和韦庄两人词作的优点,又开拓出来了一个更高的更深的成就。冯延巳词一方面像韦庄词一样给人以直接的感动,很强烈的感动;一方面又像温庭筠词一样,给人丰富的联

---

[1] 载《社会科学战线》1981年第2期。
[2] 载《宁波师专学报》1981年第2期。
[3] 载《文献》1989年第4期。
[4] 载《上海师范大学学报》1979年第3期。
[5] 载詹安泰:《宋词散论》,广东人民出版社,1980年。
[6] 载《四川大学学报丛刊》第15辑。
[7] 载《北京师范学院学报》1982年第4期。
[8] 载《词学》第9辑,1992年。
[9] 载《文史哲》1985年第2期。
[10] 载《湘潭大学学报》1989年第2期。
[11] 载《文学遗产》1989年第5期。
[12] 载《唐宋五十名家词论》。
[13] 载《铁道师院学报》1997年第3期。

想。她认为"冯延巳所写的是一种感情的意境,韦庄所写的是感情的事件"。冯延巳写的"完全是感情的意境给人的感发的联想","不是韦庄的情事,不是温庭筠的字句上的语码的联想,纯粹是一种感发的生命"。冯延巳词的这种特色对后来的晏殊和欧阳修都产生了很大的影响,所以冯延巳是词的演变过程中的一个关键性人物,是演进的枢纽,是长短句中建立了一个流派的人物。杨海明文认为,冯延巳的词中糅合着时代的、地域的因素,又有个人对于词风的新创造,从而造就了一种新风貌:"真""深""雅"。它是"花间"词风的继续,又是对"花间"词风的"提高"——这种"提高"正是沿着正统士大夫文人所欣赏的方向的一种提高,所以很快就被北宋初期的晏、欧等人所继承和发扬。冯词虽然题材仍嫌狭窄,但在意境的深刻和细腻方面却是有所开掘的;特别是它所凝聚着的那种深符后代士大夫文人艺术脾胃的"雅致",更深深地吸引和影响着很多的读者和作者。这些就是冯延巳词在唐宋词史上的主要贡献。张自文从三个方面探讨了冯延巳词的美学价值。他认为"冯词的表层意象,无论是欢乐还是愁苦,无论是热烈浓艳还是孤寂冷漠,都是一片优美的世界";"冯词的感情境界呈现出悲剧的优美,感知者陶醉于淡淡的悲伤中,从而出现情感的升华",这主要得力于词人"以乐景写哀"的手法和词中俊朗高远的意象;"冯词的深层构造里展示给感知者人生的启示——热爱痛苦和孤独的生命"。

词集整理

20世纪对冯延巳词集进行整理和考辨的成果有孙人和的《阳春集校证》[①],陈秋帆的《阳春集笺》[②],秦惠民的《阳春集校笺选载(上、下)》[③],曾昭岷的《手校冯延巳词札记》[④]《冯延巳词考辨》[⑤],谷玉校点的《阳春集》[⑥],黄畲的《阳春集校注》[⑦]等。

---

① 孙人和校:《阳春集校证》,中国大学讲义排印本。
② 陈秋帆笺:《阳春集笺》,上海:南京书店,1933年。
③ 载《黄石师院学报》1981年第4期、1982年第1期。
④ 载《湖北大学学报》1987年第3期。
⑤ 载《词学》第7辑,1989年。
⑥ 谷玉校点:《阳春集》,上海:上海古籍出版社,1988年。
⑦ 黄畲:《阳春集校注》,天津:天津古籍出版社,1993年。

第六节 《花间集》研究

《花间集》是晚唐五代一部极为重要的词作总集,宋人奉之为词的鼻祖,后人论词亦常以《花间》为准。花间词婉丽绮靡的风格,也成了词的传统和主流风格,对后世词的发展起了深远的影响。20世纪学界对《花间集》及花间词派也非常重视,产生了相当多的研究成果。本节主要介绍学界对花间词的整体研究情况,附带介绍一下学界对温庭筠、韦庄之外的花间词人的研究情况。

一、花间词综合考论

《花间集》的整理和校注

20世纪花间词的研究成果首先体现在一大批新的整理《花间集》的成果上。

20世纪对《花间集》进行整理和校注的成果主要有李冰若《花间集评注》和华连圃的《花间集注》[①]。其中李冰若著将历代学者对花间词的评论、笺注资料一一排比出来,"循源溯流",赡博靡遗。作者不但把每首词笺注清楚了,而且把每一词家的事迹也考辨明白了,使读者能够知人论世,了然于词的渊源或创作背景,为读者之欣赏《花间集》提供了极大的帮助。而且,此著收录了作者多年笺注和评论《花间集》的资料——"栩庄漫记",其中对花间词派各家艺术的分析和阐述议论精辟,见解独到,具有较高的学术价值,一直被后来的花间词研究者重视和征引。

和上述著作不同的是,李一氓的《花间集校》[②]的特点是精校。这个新校本除了用南宋绍兴十八年(1148)的晁谦之本为底本,并据南宋鄂州册子本和明、清诸佳本详参互校,还吸收了王国维所辑《唐五代二十一家词》中的校勘成果,可谓是不泥古,不矜秘。著者还在《校后记》中较详细地阐述了《花间集》的版本源流、诸刻得失,书后还附有宋、明、清个主要版本的题记或序、跋,以及宋代以来各种书目的对

---

① 华连圃:《花间集注》,上海:商务印书馆,1935年。
② 李一氓校:《花间集校》,北京:人民文学出版社,1958年。

《花间集》的著录情况。到目前为止，该书仍然是一部版本可靠、校勘精良的完善校本。

80年代以后，又出现了好几部《花间集》的注本。一是华钟彦的《花间集注》①，一是李谊注的《花间集注释》②，后者以李一氓的《花间集校》为底本，参酌其他版本进行互校，以韵断句。注释中对名物、典故、史实、地名及妇女妆饰、生活等，结合词意加以诠释，并征引了一些前人的有关记载和诗词歌赋作为旁证，有助于读者理解词意。书后亦附有前人所题《花间集》的各种序跋，还附有近人研究《花间集》的主要论文的目录索引（从20世纪20年代到1983年止）。还有一部是沈祥源、傅生文的《花间集新注》③。两位著者一位研究古代汉语，一位研究唐代诗歌，各以所长，共同切磋，这使得他们在注释时能够旁征博引、溯本追源。另外，该书在作品之前有词人的评介，词作之后有简略的词意理解和艺术分析，有助于一般读者的阅读和欣赏，为花间词的普及工作做出了一定的贡献。

花间词的理论探讨

20世纪学界将《花间集》中的词人、词作作为一个整体来进行理论探讨的成果也很多。

到70年代末以前，人们大多是在词史、文学史及相关的词学论著中旁及花间词的，故论述大多不太深入。

总的说来，20世纪上半叶出版的一些词史、文学史等类著作对花间词基本上是持肯定态度的，尤其是对其艺术成就及其对后来宋词特质的形成的积极影响大多给予较高的评价。但是，五六十年代学界曾经对花间词进行过责难，如中国科学院文学研究所编著的《中国文学史》就认为《花间集》所录是"专以描写女人为能事的词"。又云："绝大部分都是蹈袭温庭筠香软的后尘，而内容却显得更加颓靡，风骨也尤见荏弱。"④再如胡云翼在《宋词选·前言》中说："作为晚唐五代词人代表作的《花间集》，几乎千篇一律都是抒写绮靡生活中的艳事闲愁。在他

---

① 华钟彦：《花间集注》，郑州：中州书画社，1983年。
② 李谊：《花间集注释》，成都：四川文艺出版社，1986年。
③ 沈祥源、傅生文注：《花间集新注》，南昌：江西人民出版社，1987年。
④ 中国科学院文学研究所中国文学史编写组：《中国文学史》第2册，第531页。

们的词里很难看到时代的影子。"①

这七十多年间，专论花间词的文章只有邹啸的《论花间集不仅秾丽一体》《论花间集确有五百首》②，夏承焘的《花间词体》③等寥寥几篇，但这些文章相对于上述文学史、词史、词选之类著作，对花间词的分析和评价要细致、客观得多。

其中邹啸前文指出《花间集》中所收作品不仅只有秾丽一体，而且还有疏淡、质直等风格的作品，这篇文章实际上已经较早发现韦庄与《花间集》中其他词人的词风有异，为后来80年代中叶人们对韦庄是否属于花间词派的讨论埋下了伏笔。夏承焘文指出，花间词有一个整体风格：华丽的字面、婉约的表达手法，集中来写女性的美貌和服饰以及她们的离愁别恨。然而，《花间集》的一部分作品是间接接受到民歌的影响。因为这派作者作词的动机是为了配合，与南朝长江上游的民歌有间接的关系，有极少数的作品就接近民歌；另一种风格是欧阳炯、李珣诸人描写南方风物所写的《南乡子》。

80年代以后，出现了从各个角度研究花间词的文章。其中，仍有一些文章是对花间词的表现内容和艺术风格的总体介绍和评价，如吴世昌的《花间词简论》④，缪钺的《〈花间〉词平议》⑤，沈详源、傅生文的《儿女情多，风云气少——花间集内容新评》⑥，张富华的《花间词评价质疑》⑦，张晶的《论花间词派在词史上的地位》⑧，刘果的《抒花间哀乐　启婉约风范——论花间词》⑨等。缪钺文针对前人对花间词的过分批评和责难，从词史发展的角度进行探讨。他认为，花间词之所以多写艳情而没有或很少写到国事民生，主要是由词在当时的功能、演唱者的身份以及诗词分工不同等因素造成的，明乎此，就不能来责难花间词人了。作者还通过对《花间集》中诸多作品的分析，看出《花间集》中许

---

① 载胡云翼：《宋词选》，上海：上海古籍出版社，1982年，第3页。
② 此二文均载《青年界》第6卷第1期，1934年。
③ 载《文汇报》1962年3月31日。
④ 载《文史知识》1982年第10、11期。
⑤ 载《灵溪词说》。
⑥ 载《武汉大学学报》1986年第4期。
⑦ 载《新疆大学学报》1988年第4期。
⑧ 载《辽宁师范大学学报》1991年第3期。
⑨ 载《求索》1997年第4期。

多艳词的佳作,"大抵都是清婉蕴藉,情景相生,笔法灵变,有远韵远神,而无尘下浅露之弊"。张晶文从词学艺术发展的角度,重新考察了花间词派在词史上的地位。他指出,花间词虽然柔婉纤丽,却极少浅薄轻浮之作,而更多的是在柔婉中寓悲郁的;虽然长于描绘人物情态与渲染外在环境,却不是为了满足感官的刺激,而是指向人物的内心世界。花间词所表现的人物情感,不像敦煌词那样质实具体,进一步虚灵化,往往是以物象来渲染某种情感。与诗相比,词的意象性大大增强了,花间词更富有意向性,具有明显的"装饰化"倾向,对词的发展有很大的影响。

有些文章专门探讨了花间词的艺术形式和风格特点,如张式铭的《论"花间词"的创作倾向》①,曹文安、沈祥源的《〈花间集〉韵谱》②,刘扬忠的《关于花间词的风格与流派》③,何尊沛的《从〈花间集〉看词的离合艺术》④,欧明俊的《花间词风格新论》⑤,陈如江的《花间词艺术风格析论》⑥,叶嘉莹的《从"花间"词之特质看后世的词与词学》⑦,贺中复的《〈花间集序〉的词学观点及〈花间集〉词》⑧,岳继东的《小议〈花间集〉的'诗客曲子词'特性》⑨《〈花间词〉对"词为艳科"观念的影响及其意义》⑩,冯庆凌的《花间词抒写闺怨模式例说》⑪等。其中张式铭文分析了花间词产生的社会原因,时风决定了词风,花间词是当时的文风的代表。其倾心的美学趣味在于婉约、空灵、冲淡、自然、细腻、含蓄、微妙、朦胧。从艺术高度来衡量,也许更有特色;从思想深度来要求,则言不及义,华而不实了。至于将民间词加工、整理,使形式定型化,使格律规范化,积累了创作经验,提高了写作技

---

① 载《文学遗产》1984 年第 1 期。
② 载《南昌师专学报》1985 年第 1 期。
③ 载《光明日报》1986 年 8 月 26 日。
④ 载《四川师范学院学报》1989 年第 4 期。
⑤ 载《绍兴师专学报》1992 年第 1 期。
⑥ 载《华东师范大学学报》1992 年第 2 期。
⑦ 载《文学遗产》1993 年第 4 期。
⑧ 载《文学遗产》1994 年第 5 期。
⑨ 载《四川师范学院学报》1996 年第 4 期。
⑩ 载《河南师范大学学报》1997 年第 6 期。
⑪ 载《东北师大学报》1997 年第 2 期。

巧，这自然是花间词的一大功绩。花间词是以它特有的艺术个性和特殊的美学趣味，清楚地证实了民间词已经变成为文人手中的工具，标志了词作为一种文学样式正式登上了文坛。何尊沛文从以下八个方面论述了花间词所体现出来的离合艺术：（1）咏物寄托；（2）插入景语；（3）以景结情；（4）以乐景衬哀情；（5）借境喻人；（6）前后各写一境；（7）从对方写来；（8）验正及反，以反衬正。欧明俊文把花间词的风格分为外貌特征和内在特质两方面来论述。外部特征表现为香、艳、媚、弱四个方面；轻柔和婉、灵秀清新、纯朴自然是花间词风格的内在特质。贺中复文认为欧阳炯《序言》中的"自南朝之宫体，扇北里之倡风"并非序文词学观点立论基石，后两句"何止言之不文，所谓秀而不实"才是序文的理论基石所在，与欧阳炯本人《蜀八卦殿壁画记》所表达的文学观一致，即否定宫体歌辞，这又与晚唐儒家诗教复兴的大环境直接相关。一反传统，言出有据。文章还就《花间集》编纂的背景与目的和花间词并非宫体与倡风的结合物两个命题作了详细考论。

还有一些文章尝试用社会学、文化学或者现代西方文学理论等新观念来分析花间词，如王世达的《花间词意象运用特点的社会文化学分析》[1]、叶嘉莹的《从女性主义论看〈花间词〉之特质》[2]、陶亚舒的《略论花间词的宗教文化倾向》[3]、乔力的《肇发传统：论花间词的审美理想与功能取向》[4]、欧明俊的《花间词与晚唐五代社会风气及文人心态》[5]等。其中，王世达文认为花间词意象从总体上看，范围并不宽阔，大体上可归结为人物情态、动物、植物、天候与场景（空间、地理）五类，而社会与政治生活类意象极为罕见。花间词的闺阁氛围、情恋场景、女性关注，以人生情感、情爱愿望与心理基本满足体现着一种娱乐消遣功能，这正是俗文化的一般特征。叶嘉莹文试图透过西方女性形象身份性质分析的方式，找寻出花间词中女性叙写，与词之美学特质的形成究竟有着怎样的一种关系。文章仔细剖析了《花间集》中女性的语言、女性形象，以及由自然无意之写作方式所呈现的双性心态。陶亚

---

[1] 载《成都大学学报》1991年第2期。
[2] 载《社会科学战线》1992年第4期。
[3] 载《贵州社会科学》1994年第1期。
[4] 载《辽宁大学学报》1996年第4期。
[5] 载《福建师范大学学报》1996年第3期。

舒文指出，花间词的主题是情爱生活和对女性的关注，嵌入花间词中的宗教意象都服从于这一主题的需要。词中的宗教文化意象呈现出鲜明的神仙化和道教文化色彩，而几乎不见佛教意象，具体体现在神仙故事意象和仙化意象的泛用。词人以此烘托闺阁气氛，所用的意象主要有巫山神女故事。花间词对神仙故事的使用在题材上有共趋性，在艺术表现上有复现性，这正是通俗娱乐文化的一个突出特征。作者认为主要是词的雅化、艳化，而用神仙装扮起来的情爱，是象征性的获得情感宣泄、美感享受的有利时机和通道，中唐以后娼妓业的发展也为此特征的形成推波助澜，前后蜀时期巴蜀文化的独特风貌也造成了花间词浓郁的仙化、道化倾向。乔力文认为《花间集》援齐梁宫体诗题材、字面、技法等入词，以适应并助长了晚唐五代王族贵宦间灯酒喧沸、弦歌继夜而上下竞相奢华的风气，这表现在"以闺怨绮思，感春惜别为题材，内容和音律韵调的和谐美听为表现规范"，"选择了香艳绮靡的内容和纤秾精丽的风貌，开启了曲子词艳科娱人的传统，逐渐形成了一种创作定势，发展为词的艺术内容"。欧明俊文从三方面展开论述：第一，花间词是晚唐五代社会享乐之风的产物，体现了时代的审美趣味，是为歌而作，具有消遣娱乐功能；第二，在晚唐五代社会动荡阴影笼罩下，文人心态发生很大变化，有"隐于俗""隐于吏""隐于山林"三种人生模式，第三，花间词着重描绘了四种典型心态：感慨、苦叹、颓唐、放旷。作者认为，花间词是"诗化的社会史，特定时代的文人心态录"，而且"花间词把描写的视野由社会转向个人，由外转内，由大转小，由广转狭，由粗转细，由传统文学多描写人的社会属性转到描写人的自然属性方面来，它把文学从伦理教化的附庸地位独立出来，是对传统的突破，其文化意义不允忽视"。

二、花间词人研究

《花间集》共收录了晚唐五代十八位词人的作品，20世纪学界对温庭筠和韦庄的研究情况已见上文，下面我们就介绍人们对其他十六位词人的研究情况。

《花间词人事辑》

首先要介绍的是陈尚君所撰《花间词人事辑》① 一文。作者于学界对这十六位词人研究的薄弱和粗疏，遂钩沉索隐，旁征博引，对温韦以外的十六位花间词人及《花间集》编者赵崇祚的生平事迹及著述存佚情况，作了较为全面的辑录考证。文后还附有《花间词人年表》，收录了花间词人有较确切年代可考的事迹，与花间词人有较密切关系的人物、事件也被收录了。该文为深入研究花间词人生平事迹和诗词创作活动提供了尽可能可靠、翔实的资料。

李珣及其词研究

李珣是波斯人，而且创作成就比较高，所以成为花间集中的一个较为受人关注的作家，20世纪学界对他的研究也比较多。

关于李珣生平及其创作研究成果，主要有傅贤的《五代时的两位外国词人——李珣、李存勖》②、艾治平的《李珣》③、魏西尧的《杂谈西蜀词人李珣》④、蒋寅的《浅析李珣几首词》⑤、林松的《域外词人李波斯——五代词人李珣及其作品漫议》⑥、张思齐的《词人李波斯》⑦、程郁缀的《五代词人李珣生平及其词初探》⑧ 等。

还有一些文章是专论李珣词风的，如舍之的《李珣词石刻》⑨、王醒的《脂粉堆里的一缕清风——评花间派词人李珣的水乡词》⑩、汝东的《情真调逸，思深言婉——读李珣词》⑪、祝注先的《李珣和

---

① 载中国社会科学院文研所编：《俞平伯先生从事文学活动65周年纪念论文集》，成都：巴蜀书社，1992年。
② 载《中央日报》1935年1月18日。
③ 载《经世日报·经世副刊》1948年1月6日。
④ 载《重庆师范学院学报》1983年第3期。
⑤ 载《名作欣赏》1988年第1期。
⑥ 载《中央民族学院学报》1988年汉语言文学增刊。
⑦ 载《古典文学知识》1992年第3期。
⑧ 载《北京大学学报》1992年第5期。
⑨ 载《词学》第3辑，1985年。
⑩ 载《山西大学师范学院学报》1990年第1期。
⑪ 载《大公报（香港）》1990年5月20日。

他的词》①、陈如江的《李珣词论》②、高人雄的《从主题分类看李珣词的独特品质》③、路成文及刘尊明的《花间词人李珣词风的文化阐释》④ 等。

孙光宪及其词研究

孙光宪是《花间集》中创作成就仅次于温、韦的代表作家,学界对他的生平和创作的研究也比较深入。

20世纪有关孙光宪生平研究的文章主要有艾治平的《孙光宪》⑤、吴金夫的《关于孙光宪的词及其生平的几个问题》⑥、庄学君的《孙光宪生平及其著述》⑦、刘尊明的《花间词人孙光宪生平事迹考证》⑧ 等。

对孙光宪词进行探讨的文章主要有詹安泰的《孙光宪词的艺术特色》⑨、于翠玲的《孙光宪词初探》⑩、蔡中民的《孙光宪及其词》⑪、朱德慈的《别异温韦另一家——试论孙光宪的词》⑫、陈如江的《孙光宪词论》⑬、刘尊明的《来自"花间" 超出"花间"——论荆南词人孙光宪的创作成就》⑭ 等。

其他花间词人研究

除了温韦和李珣、孙光宪等,还有相当多的文章对《花间集》中其他词人的生平和创作进行了不同程度的研究,如肇洛的《欧阳炯及其

---

① 载《西南民族学院学报》1992年第1期。
② 载《唐宋五十家词论》。
③ 载《咸宁师专学报》1997年第4期。
④ 载《湖北大学学报》1997年第5期。
⑤ 载《经世日报·经世副刊》1948年1月28日。
⑥ 载《韶关师专学报》1984年第2期。
⑦ 载《四川师范大学学报》1986年第4期。
⑧ 载《文学遗产》1989年第6期。
⑨ 载《宋词散论》。
⑩ 载《人文杂志》1985年第4期。
⑪ 载《成都师专学报》1986年第1期。
⑫ 载《社会科学研究》1987年第6期。
⑬ 载《唐宋五十家词论》。
⑭ 载《华中师范大学学报》1993年第5期。

词》①、黄清士的《花间集词人张泌》②、钱仲联的《毛文锡〈临江仙〉》③、雷树田的《论牛峤的词》④、程郁缀的《花间词中的别调——毛文锡边塞调〈甘州遍〉赏析》⑤、王星琦的《风流凄婉　晏欧先声——读毛熙震词》⑥、贺中复的《薛昭蕴考》⑦等。

第七节　南唐二主词研究

南唐二主李璟、李煜尤其是后主李煜词的创作成就很高，在词史上占有十分重要的地位。所以20世纪学界对他们尤其是对李煜生平及其词作的研究也取得了较大的成绩。

一、二主合论

生平合论

20世纪有许多研究成果是将二主合论的，在二主生平研究方面，主要有夏承焘的《南唐二主年谱》，詹幼馨的《南唐二主世系》《二主年谱》⑧，唐圭璋的《南唐二主年表》⑨，蔡厚示的《李璟、李煜简明年表》⑩，傅正谷、王沛霖的《南唐二主年谱简编》⑪等。其中，夏承焘谱筚路蓝缕，开创之功犹大，发明亦多，至今仍为学界所常参考。

二主词合集

20世纪还有先后出现了一些将二主词合校、合笺的著作，如刘继

---

① 载《北平晨报·学园》1936年5月29日。
② 载《光明日报》1957年4月7日。
③ 载《新民晚报》1962年8月2日。
④ 载《唐代文学》第1期。
⑤ 载《文史知识》1989年第6期。
⑥ 载《光明日报》1986年4月8日。
⑦ 载《文献》1996年第3期。
⑧ 二文均载詹幼馨：《南唐二主词研究》，武汉：武汉出版社，1992年。
⑨ 载唐圭璋编注：《南唐二主词汇笺》，上海：正中书局，1936年。
⑩ 载蔡厚示主编：《李璟李煜词赏析集》，成都：巴蜀书社，1988年。
⑪ 载傅正谷、王沛霖：《南唐二主词析释》，天津：天津古籍出版社，1988年。

增校笺的《南唐二主词笺（附补遗）》①、贺扬灵的《南唐二主诗词》②、谭尔进的《南唐二主词》③、管效先的《南唐二主全集》④、唐圭璋的《南唐二主词会笺》、卢前的《金陵卢氏校刊南唐二主词》⑤、王仲闻《南唐二主词校订》⑥、詹安泰的《李璟李煜词》⑦、蔡厚示主编的《李璟李煜词赏析集》、郑学勤校点的《南唐二主词》⑧等。其中王仲闻著以明万历四十八年（1620）吕远墨华斋本《南唐二主词》为底本，并据其他刻本互校排印。书末附录了散见于各书的二主词评语、本事以及近人所作的有关考证材料。詹安泰著据清宣统间沈宗畸的《晨风阁丛书》刻王国维《校补南唐词》本排印，参照吕远墨华斋本《南唐二主词》影写本、清康熙侯文灿刻《十名家词集》本及《全唐诗》等校勘，并加注释，是较为通行的李璟、李煜词的读本。

二主词合论

将二主词合论的成果就更多了，主要有龙沐勋的《南唐二主词叙论》⑨、唐圭璋的《南唐二主词总评》、俞阶青的《南唐二主词辑述》⑩、施蛰存的《南唐二主词叙论》⑪、吴鹭山的《光风楼随笔——论南唐二主词》⑫、蔡厚示的《从审美角度看李璟、李煜词》⑬、詹幼馨的《南唐二主词研究》、陈祖美的《李璟李煜词新绎》⑭等。

其中，龙沐勋文认为："诗客曲子词，至《花间》诸贤，已臻极盛。南唐二主，乃一扫浮艳，以自述身世之感，与悲悯之怀；词体之尊，乃

---

① 刘继增：《南唐二主词笺》，无锡公立图书馆校印，1918年。
② 贺扬灵校：《南唐二主诗词》，上海：光华书局，1930年。
③ 谭尔进：《南唐二主词》，北平来熏阁影印本，1934年。
④ 管效先：《南唐二主全集》，上海：商务印书馆，1935年。
⑤ 卢前：《金陵卢氏校刊南唐二主词》，自刊本，1950年。
⑥ 王仲闻校订：《南唐二主词校订》，北京：人民文学出版社，1957年。
⑦ 詹安泰：《李璟李煜词》，北京：人民文学出版社，1958年。
⑧ 郑学勤校点：《南唐二主词》，上海：上海古籍出版社，1988年。
⑨ 载《词学季刊》第3卷第2期，1936年。
⑩ 载《同声月刊》第1卷第10、11期，1941年。
⑪ 载《中华文史论丛》1980年第3辑。
⑫ 载《中国韵文学刊》创刊号，1987年。
⑬ 载蔡厚示《诗词拾翠》二集，福州：海峡文艺出版社，1989年。
⑭ 载《唐代文学研究》第3辑。

上跻于《风》、《骚》之列。此由其知音识曲,而又遭罹多故,思想与行为发生极度矛盾,刺激过甚,不期然而迸作怆恻哀怨之音。二主词境之高,盖亦环境迫之使然,不可与温、韦诸人同日而语也。"施蛰存文分版本、考词、辑补、评论、诠释五部分,他认为,中主词今仅存四首,皆杰作也。《浣溪沙》二首,尤有继往开来之义。而后主乃纯用自然,从性情中遣词琢句,长短句风格至此又复一变而为雅淡。是故后主之词,于唐五代为曲终奏雅,于两宋苏辛一流则可谓风气之先。蔡厚示文指出,李璟、李煜父子致力于文学创作,把自身的欢欣、愁怨或不安都率真地写入词里。由于他们卓越的审美才能,概括了某些为绝大多数人所能共同理解的喜、怒、哀、恶、欲之类的感情,创造出许多能供绝大多数人以审美怡悦的艺术珍品。他们把词从娱他性的歌唱文学变成了自述性极强的、抒写人的深层感情的审美艺术创作,它真实地表现了特定人物的心灵活动史。他们所创造的艺术手段,给后世词人以深远的有益影响。

詹幼馨著对李璟、李煜词及其缺佚词、存疑词、其他作品分别作了校勘、考证、笺注、解说,并提供有关词牌、词话等资料。全书围绕二主尤其是后主"真"的词风,对二主词作了全面的审美考察,因此它与其他同类著作不太相同,处处带有作者之主观色彩:校勘不罗列版本,只依审美风格与词艺对异项择善而从;考证多以知人论世而作系年;笺注强调从意境上把握;解说更是自出机杼,评议则对同期作品做归纳性之研究。书后所附二主词论、世系、年谱等资料较为全面,可供治二主词者参考。

二、李煜及其词研究

由于李煜在词史上占有十分重要的地位,所以 20 世纪学界对他的生平及词的研究,也就特别全面和深入。

生平、性格和思想

在李煜生平研究方面,20 世纪出现了相当多的年谱、年表、评传和对其一生重要行事作考证的文章。

其中,年谱类的著作主要有衣虹的《南唐后主李煜年谱》[①]、章崇

[①] 载《新文化》创刊号,1931 年。

义的《李后主诗词年谱》、夏承焘的《南唐二主年谱》、高兰和孟祥鲁的《李后主年表》① 等。其中，夏承焘文对李后主的生平行事考证得最为详备。

传记类著作主要有郭德浩的《李后主评传》②，唐圭璋的《李后主评传》③，杨荫深的《李后主》，顾学颉的《李后主传论》④，高兰、孟祥鲁的《李后主评传》，田居俭的《绝代才人，薄命君王——南唐后主李煜新传》⑤《李煜传》⑥，杨抱朴的《南唐后主李煜》⑦ 等。这些著作大多对李煜一生的生活经历和创作过程进行了比较详细的介绍，对其思想和艺术也进行了充分的肯定。

本时期还出现了一些专论李煜生活、思想和性格的文章，如曹懋的《谈谈李后主》⑧、知任的《词人李煜》⑨、佚名的《李后主和他的周后》⑩、叶德荣的《亡国词人李后主论》⑪、柯在实的《漫话南唐李后主》⑫、浥盦的《李后主与小周后》⑬、金启华的《李后主的悲歌》⑭、唐圭璋的《李后主之天性》⑮、林敬文的《李后主的文艺生活》⑯、刘扬忠的《李后主这个人》⑰、李勤印的《风流才子　误作人主——南唐后主

---

① 载高兰、孟祥鲁：《李后主评传》，济南：齐鲁书社，1985年。
② 载《文学年报》第1期，1932年。
③ 载《读书顾问》创刊号，1934年。
④ 载《国立西北师范学院学术季刊》1946年第2期。
⑤ 载田居剑：《李后主新传》，长春：吉林文史出版社，1991年。
⑥ 田居俭：《李煜传》，北京：当代中国出版社，1995年。
⑦ 杨抱朴：《南唐后主李煜》，沈阳：春风文艺出版社，1992年。
⑧ 载《中央日报》1935年5月16日。
⑨ 载《青年文化》第1卷第4期，1935年。
⑩ 载《中央日报》1936年10月16日。
⑪ 载《厦大周刊》第15卷第12、13期，1935年。
⑫ 载《协大艺文》第9期，1938年。
⑬ 载《杂志》第10卷第6期，1943年。
⑭ 载《中央日报》1947年6月11日。
⑮ 载《中央日报》1947年6月20日。
⑯ 载《自由谈》第31卷第4期，1980年。
⑰ 载《北京晚报》1982年10月28日。

李煜的悲剧人生》①、区潜云的《李后主与牵机药》②、叶嘉莹的《词人者,不失其赤子之心者也——谈谈纯情词人李煜的任纵与奔放》③ 等。这些文章大多对李后主的性情、才华和遭遇深表同情、感叹,从某个侧面说明李后主之所以在词的创作方面取得如此大的成就的原因。

关于李煜词的评价和讨论

在20世纪大半时间里,学界对李后主词的成就,无论是在内容还是在艺术方面,都一致肯定并给予了极高评价。但是,50年代,学界在分析和评价李煜词的时候,出现了不同的看法,并展开过较大规模的讨论。下面拟在参考《文学遗产》编辑部编《李煜词讨论集》和卢兴基的《五十年代讨论李煜词的评价问题》等资料的基础上,对当时的讨论情况作一个简略的介绍。

这次讨论是从1955年《文学遗产》第69期发表陈培治《关于李煜"虞美人"问题的讨论:对詹安泰先生关于李煜的"虞美人"看法的意见》一文和同期詹安泰的答复开始的。此后逐步展开,由对《虞美人》一词的分歧,扩展为对李煜词的整体评价问题,参加讨论的人数越来越多。除了在《光明日报》"文学遗产"专刊,其他报刊也有相关的文章发表。许多高校和科研院所还组织了专题讨论。

这次讨论大约持续了一年半,大体可分为前后两个阶段。前一阶段自陈培治、詹安泰二文发表以后,楚子、夏兆亿、吴颖、谭丕模、游国恩等学者都围绕着李煜词是否具有人民性和爱国主义等问题进行了讨论。讨论的后期,集中对毛星的《评关于李煜的词的讨论》④ 一文中的观点进行讨论,重点是李煜词为什么千百年来能获得广大人民的喜爱。

在第一阶段的讨论中,有一部分学者认为李煜前期词大多数还是具有人民性的,应该加以肯定。如吴颖在《关于李煜词评价的几个问题》⑤ 中指出,李煜前期虽然一方面比较荒淫,但也有"严肃的一面",即他对昭惠后的爱情、他们兄弟之间的感情是"很诚挚"的。他世界观的主导思想是"儒家的积极入世"思想,因此他的作品"大多数还是有

---

① 载《文史知识》1987年第4期。
② 载《学术研究》1983年第6期。
③ 载叶嘉莹:《诗馨篇》,北京:中国青年出版社,1991年。
④ 载《光明日报》1956年3月11日。
⑤ 载《光明日报》1955年10月16日。

人民性的，应该基本肯定。即使题材较为狭窄，人民性的深度、广度也远远赶不上他后期的词，但在同时代的词人中还是杰出的"。楚子在《李后主及其作品评价》①中认为，李煜不仅与昭惠后感情深挚，与小周后的爱情也值得肯定。他说，周后去世立小周后为继室以后，二人过着热烈的爱情生活。李煜的出色的受人喜爱的作品，主要也就是这一部分词。楚子还认为，李煜前期还能写出"超乎统治阶级感情"的其他词，如《渔父》，这是"歌颂清高人格和自由生活"的诗篇。

当时，另外一些学者则认为，李煜前期词只是表现了豪华和淫靡的宫廷生活，表现了他空虚无聊的思想境界，和人民是绝缘的，很少表现他对国家和人民的关怀。谭丕模在《我对于李煜词讨论的一些意见》②中认为李煜前期词"把那种贵族阶级的华贵、朽腐、淫逸生活毫不掩饰地勾画出来"，所以不是"超阶级的东西"，只是由于这种"最真实的描写，给词增添了活力"。陈赓平在《我对词人李煜的看法》③中也认为李煜只是把小周后当作"天真的玩物"。他认为具有悲剧色彩的作品并不一定有人民性，那是"抽去了阶级内容的说法"，反对庸俗社会学不能"矫枉过正"。邓魁英、聂石樵的《关于李煜在文学史上的评价问题》④一文中也不同意前引吴颖、楚子的观点。他们认为，楚子所肯定的《渔父》词"抹杀阶级矛盾，歪曲渔父真实形象"。他们认为李煜前期的爱情词"是为'吃得饱饱的贵妇人'，为'因为肥胖而寂寞无聊和苦闷的"上层万把人"'服务的"。陆侃如、冯沅君的《中国文学史稿》⑤在论及李煜词时也说："他所抓的、掘的、表现的，完全是他个人，人民的剥削者。作为典型来说，表现的是这个阶级。他暴露了这个阶级的腐朽与无能，他的词成为这个阶级的一面镜子。"

在第一阶段的讨论中，还涉及了李煜后期词的爱国主义问题。对于李煜被俘入宋以后所写的词，讨论者给予肯定的成分较前期为多。许多学者都承认他后期词中所抒发的对于"故国"的思念属于爱国的思想感情，表现了他亡国以后的痛苦和深沉的怀念。尽管在内容上，它与人民

---

① 载《光明日报》1955年10月9日。
② 载《光明日报》1955年12月11日。
③ 载《光明日报》1956年1月1日。
④ 载《光明日报》1956年1月29日。
⑤ 载《文史哲》1955年第4期。

的感情不完全相同,但与人民的思想、利益是相通的。这部分词真实地表现了他失去祖国的哀痛。这是完全可以为人民所理解、所同情,并能引起共鸣的。但是,谭丕模对李煜后期词主要是从艺术方面加以肯定,在思想内容上,他认为这"与人民没有什么联系","过高地估计李煜作品有爱国主义和人民性是不妥当的"。

第二阶段讨论的重点是李煜词在千年时间里为什么能获得广大读者的共鸣和喜爱的问题。对于这个问题,学者们大约有以下三种说法:

1. 类似——共鸣说。1956年春毛星发表的《评关于李煜词的讨论》一文试图对前一阶段的讨论进行总结,他批评了贴标签的研究方法,认为用人民性、爱国主义去套李煜词是违背实事求是的马克思主义原则的。他认为,李煜词的阶级内容和思想感情都是比较清楚的,关键的问题是要解决"为什么李煜的词却在近千年间受到许多读者的爱好",这主要要从作品本身入手。毛星对李煜前期词是持否定态度的,对后期词,他认为:"李煜的词所以受人爱好,首先是因为在他被俘后的作品中所流露的哀愁,尽管在实质上同人民的哀愁不一样,在某些方面却有一种类似。"

2. 情绪、感触——共鸣说。针对毛星的"类似"说,许可提出了商榷,他在《读"评关于李煜的词的讨论"》① 文章中说:李煜在某些抒情诗中所表现的只是"一种情绪"和"感触","那种与这些情绪和感触有着深刻联系的具体性的事物却没有,或者几乎没有描绘出来",因而获得了一种"普遍性","能为其他时代其他阶级的人们所理解,也可以为人民所接受,人民可以根据自己的生活体验与不同的阶级感情来体会作品中的情绪和感触。这样,在人民的眼中看来,这种作品就可以完全具有另外一种意义"。与许可意见类似,寇效信在《从李煜词的讨论谈起》② 中也不同意"把李煜的全部作品当成他一生实际的如实记录,把抒情诗当作是人的自传"。他认为这些不明确性的抒情词"只写出了某种情绪"和"境界",因而易于感染读者而引起共鸣,而那些清楚地写出帝王生活的词倒是不为人民所喜爱。有的词写往事,有"雕栏玉砌"等出现,作者并没有揭示它的具体内容,"只是某些美好事物的代表而已",整个诗的意境还是能引起共鸣的。

---

① 载《光明日报》1956年5月6日。
② 载《延河》1957年第3期。

3. 典型——共鸣说。在北京大学文学研究所的讨论会上，何其芳作了系统的总结发言①，他在统计后指出，李煜词集中反映宫廷生活的作品只有四五首，大部分是描写男女生活和相思别离之情的。他说："别离之情"，"人生愁恨"等，"在旧社会里是普遍存在的，是有典型性的事物，因而能引起历代读者的同情和共鸣"。"再加上艺术表现方面他把这些内容表现得很好，很动人，这样就赢得了许多读者的衷心的喜爱了。"

李煜词艺术的新探讨

从80年代开始，学界对李煜及其词艺的探讨又进入一个了新的境界，人们不再局限于笼统地分析李煜词的艺术特点，而是从各个角度、各个层次对李煜词的意境、艺术表现手法进行新的研究。

80年代以后，专论李煜词意境的文章主要有完颜海燕的《简论李煜词的情与境》②，张贵贤的《试谈李煜词的意境》③，樊鸿武的《李煜词的意境》④，仨丹的《试论李煜词结构与意象的开拓》⑤《论李煜对词的主题及意境的开拓》⑥，程宗璋的《试论李煜词的意象组合艺术》⑦等。

专门探讨李煜词艺术形式和表现手法的文章有高梦林的《李煜词的艺术成就》⑧，黄启章的《也谈李后主词的抒情艺术》⑨，李希跃的《李煜词的抒情艺术》⑩，李长波的《失败的皇帝，成功的词人——谈李煜词的美学价值》⑪，贺中复的《李煜词的艺术成就》⑫，赵丽艳的《李

---

① 参乔象钟整理：《如何评价李煜的词》，载《光明日报》1956年6月13日、20日。
② 载《艺坛》1987年第2期。
③ 载《锦州师院学报》1987年第4期。
④ 载《大学文科园地》1988年第7期。
⑤ 载《语文学刊》1988年第6期。
⑥ 载《语文学刊》1992年第1期。
⑦ 载《宁夏教院银川师专学报》1997年第4期。
⑧ 载《语文教学与研究（锦州师院）》1983年第3期。
⑨ 载《厦门大学学报》1983年增刊。
⑩ 载《广西大学学报》1984年第1期。
⑪ 载《社会科学（上海）》1984年第5期。
⑫ 载《中国古典文学论丛》第1辑。

煜词艺术魅力审美初探》①，许文亮的《浅谈李煜词中比的运用》②《试论李煜词的艺术敏感》③，樊维纲、徐枫的《李煜词艺术魅力探微》④等。

其中，赵丽艳文着重探讨了李煜词在人们审美感情上所留下的轨迹。作者指出，李煜词感情真挚，清丽隽永，风神峻朗超逸，具有独特的不可抗拒的魅力。其所以如此，就是因为李煜的词作中具有一种赤子之心的纯真之美、似曾相识的共性之美和风神超逸的感伤之美。樊维纲文的论述更为全面和深入，该文从李煜词意象构成的特色、情感宣泄之方式、心理时空描写之境界三方面探讨其艺术魅力，认为李煜前期词的意象以金色、红色为色彩主调，以富丽香艳为形状特征，以使人愉悦陶醉为主要情感倾向，其意象组合体揭示了李煜流连富贵奢侈的内心世界。前期词的另一类凄清幽美的意象，现出日渐严重的现实压力下产生的心理阴影。后期词的意象可分为三类：一类是概括力极强的泛指意象，如家国、江山等；一类是梦中或忆中的虚境意象，虽表现为具体的一事一物，无奈只是幻影，可想而不可及；一类是为数不多的实境意象，如小楼深院、梧桐碧藓等。其泛指意象和虚境意象皆阔大豪华、热烈明朗，与囚徒处境、难堪心情造成巨大反差，形成神奇的艺术魅力。李煜前后期词的宣泄方式也不同。首先，前期词多具情节性；后期则多以抽象的语言直接抒情，篇篇言愁说恨，写来势如泼墨，直出肺腑，词情冲击波较少曲折转达到读者心中。其次，后期词常在一首词中拉长时空幅度，旧事新境贯穿，不局限于眼前实景，克服了诗人生活面狭窄的弱点，又引发了联想，加大了感情容量。李煜后期词中诸多流水意象，都是形体渐小同时色彩渐暗终至消失，造成了画面巨大与茫茫愁绪相融合的艺术空间。李煜还着意渲染"孤寂恨日长"的心理时间感，很容易使读者引起经验上的共鸣。

还有一些文章将李煜与其他词人进行了比较，如唐圭璋的《屈原与

---

① 载《齐齐哈尔师范学院学报》1986年第3期。
② 载《扬州师院学报》1986年第3期。
③ 载《商丘师专学报》1988年第2期。
④ 载《文学遗产》1989年第2期。

李后主》①、张文生的《李清照与李煜词的异同》②、宋效培的《纳兰词与李煜词之比较》③、叶嘉莹的《从李煜词与赵佶词之比较看王国维重视感发作用的评词依据》④、姜澄清的《论孟昶、李煜、赵佶》⑤、冯艳红的《李煜与晏几道词之比较》⑥等。

其中唐圭璋文是最早将李煜和其他作家进行比较研究的文章，所以对后人具有方法论上的启示。该文认为，屈原为阳刚作家，李煜为阴柔作家，并从天性、情感、精神、生活、态度、思想等方面论其异同。他说：屈原以天性刚强，不受任何恶势力之侵逼，故其所发之感情，率为怨愤一路也；后主以天性柔弱，甘受任何恶势力之侵逼，故其所发之感情，率为哀伤一路。屈原以天性刚强，故积极奋斗；后主以天性柔弱，故步步退让。屈原之中情怨愤，故被放逐之生活，整日只是痛哭流涕；后主之中情哀伤，故被掳后之生活，整日只是饮泣吞声。屈原久度此痛哭流涕之生活，故其态度已如疯狂一般，其所写皆足见其狂热神情，浪漫气息；后主态度则异于是，当国危时，既不上下狂奔，亦不大声疾呼，但冷冷清清，凄凄惨惨，一面求佛保佑，一面望敌施惠，免其一死。屈原虽创剧痛深，而爱国爱民，肯定人生之思想，始终不变；后主以酷好浮屠，受佛家之影响甚深，故于创剧之余，则方产生人生悲悯之念。作者最后总结道："在我国古代文学史上，屈原为最早之大诗人，李后主为后来之大词人，自思想性方面观察，后主自不能与屈原相提并论；但后主词纯以白描手法，直抒内心极度悲痛，其高超之艺术造诣，感染后来无数广大群众，影响后来词学发展，此亦其不朽之处，似未可完全否定也。"

在20世纪李煜词研究成果中，新加坡学者谢世涯的《南唐李后主词研究》⑦可以说是研究得最为全面、细致的一部著作。该书除结论外，共分十章，分别探讨了李煜生平、词集版本、艺术风格和思想，其

---

① 载《词学论丛》。
② 载《锦州师院学报》1984年第9期。
③ 载《承德师专学报》1986年第4期。
④ 载《光明日报》1987年11月20日。
⑤ 载《贵州大学学报》1990年第4期。
⑥ 载《齐齐哈尔社会科学》1997年第5期。
⑦ 谢世涯：《南唐李后主词研究》，上海：学林出版社，1994年。

中第五章至第十章为本书重点所在。五六两章详论后主词之艺术成就，第七章辨析前人对后主词艺方面的曲解，第八、九章论驳所谓爱国思想与释迦、基督思想之缪说，第十一章就所谓"阅世愈浅情性欲真"之意为后主词辩诬。书后还附有"李后主词伪作表"。

第八节　张志和、白居易和韩偓词研究

中晚唐时期产生了很多词人，除了上文已经论及的温、韦、冯和《花间集》所收词人之外，还有张志和、白居易、韩偓等人。20 世纪，学界对他们也进行了不同程度的研究。

张志和及其词研究

20 世纪张志和研究中，生平研究尤其是其生卒年的考订是一个重点。论及这一问题的学者主要有胡云翼、施蛰存、王从仁、陈耀东、赵昌平等。

张志和生卒年，胡云翼《唐宋词一百首》作"约 730—约 810 年"，朱东润主编的《中国历代文学作品选》中编第二册"张志和"条同，新版《辞海》"张志和"条亦同。龙榆生《唐宋名家词选》、夏承焘《唐宋词选》、顾颉刚《唐宋词选释》等著作，均不列其生卒年，以示缺疑。

王从仁在《杂考二则》[①] 中，据颜真卿的《浪迹先生玄真子张志和碑铭》考证出张志和生卒年应为 742（?）—774 年。施蛰存在《张志和及其渔父词》[②] 中则认为，张志和的卒年当在大历九年秋（774）至十二年之间。稍后，陈耀东在《张志和生卒年考》[③] 中认为，张志和应生于唐玄宗天宝三载（744），卒于大历八年享年三十岁。陈耀东文发表后不久，赵昌平即撰文[④]提出商榷，他认为陈说是建立在一系列对史料的错误理解的基础上的，实未足以使人信服，故而论断大误，并认为沈汾《续仙传》关于张志和的记载乃附会之说，不能作为考订张志和生平的材料依据。他说，张志和的确切生卒年无法考订，至多只能说是卒于建

---

① 载《唐代文学论丛》总第 1 辑。
② 载《词学》第 2 辑，1983 年。
③ 载《文学遗产》1984 年第 1 期。
④ 赵昌平：《〈张志和生卒年考〉质疑》，载《文学遗产》1985 年第 2 期。

中、贞元、元和时期。

探讨张志和生平和交游的文章有洪静渊的《唐人张志和事迹考》[①]、陈耀东的《张志和交游考》[②]和熊竹沅的《张志和及其〈渔父词〉考阙——兼论"词固不可概人"》[③]等。

20世纪分析和论述张志和《渔歌子》词的文章较多,但大都系赏析性质的文章,其中只有施蛰存的《张志和及其渔父词》、陈耀东的《张志和〈渔歌子〉的流传和影响》[④]、解晓亮的《张志和与〈渔歌子〉》[⑤]、陆坚的《张志和〈渔歌子〉的流播与日本填词的滥觞》[⑥]、张昌余的《从中日两组渔父词看文学的传播因素——试论张志和与嵯峨天皇的〈渔歌子〉》[⑦]等,较具深度和学术价值。

另外,90年代学界还展开过关于《西塞山前》等五首《渔歌子》词是否为张志和所作的讨论。张应斌在《"西塞山前"是张志和的作品吗?》[⑧]中指出,《渔歌子·西塞山前》的作者不是张志和,而是颜真卿。之所以误系于张志和名下,主要原因是词与画共轴流传产生的误会。同年,柴葵珍撰《"西塞山前"是张志和的作品——兼致张应斌先生》[⑨]一文,对张应斌说提出商榷,他认为从当时人的记载和历代的记载中,均可证明:(1)张志和写了渔歌;(2)张志和写的渔歌中,有"西塞山前";(3)当时有唱和渔歌的雅聚,唱和张志和"西塞山前"的有颜真卿等人;(4)诸贤唱和中,各有五章。文章最后认为,在没有确切材料的情况下,无视众多的资料,把朱景玄记颜真卿作渔歌,宣布为作《西塞山前》,是不慎重的。后来,熊竹沅的《张志和及其〈渔父词〉考阙——兼论"词固不可概人"》和钟来因的《〈渔夫歌〉著作属张志和

---

① 载《中学语文教学》1985年第3期。
② 载《浙江师范大学学报》"古籍整理与研究"专辑。
③ 载《贵州大学学报》1992年第3期。
④ 载《浙江师范学院学报》1983年第4期。
⑤ 载《四川师院学报》1985年第1期。
⑥ 载陆坚、王勇主编:《中国典籍在日本的流传与影响》,杭州:杭州大学出版社,1990年。
⑦ 载《四川师范大学学报》1992年第6期。
⑧ 载《江汉论坛》1990年第4期。
⑨ 载《江汉论坛》1990年第10期。

新证》①　两文均从不同的角度运用新的材料证明《渔父词·西塞山前》确系张志和所作。

20世纪对张志和著作进行辑考的文章有陈耀东的《张志和著作考》②、龚坚锋的《张志和的〈玄真子〉并非"今已不存"》③等。

白居易词研究

白居易在作诗之余所作的一些曲子词,是中唐文人词中的佼佼者。20世纪论述白居易词的专题论文主要有朱光潜的《谈白居易和辛弃疾的词四首》④、施蛰存的《白居易词辨》⑤等。

韩偓词研究

韩偓是诗词兼善的晚唐诗人,学界对其词的研究成果主要有施蛰存的《读韩偓的词》⑥、缪钺的《论韩偓的词》⑦、宋心昌的《韩偓诗词散论》⑧等。

---

① 载《争鸣》1993年第4期。
② 载《浙江学刊》1982年第1期。
③ 载《浙江师范大学学报》1987年第3期。
④ 载《语文学习》1957年第2期。
⑤ 载《词学》第6辑,1988年。
⑥ 载《中华文史论丛》1979年第4辑。
⑦ 载《四川大学学报》1983年第2期。
⑧ 载《河南大学学报》1992年第2期。

第十五章 唐代小说研究

第一节 20世纪唐代小说研究概述

20世纪学界对唐代小说的研究发轫于20年代。无论是在作品的整理方面,还是在小说史的理论探讨方面,鲁迅都称得上是20世纪唐代小说研究的奠基人。他首先打破了清儒轻视小说的旧习,从1920年8月起,在北京大学讲授中国小说史,并于20年代撰写了《中国小说史略》《中国小说的历史的变迁》等小说史论著,辑校并出版了《小说旧闻钞》和《唐宋传奇集》。其中《中国小说史略》中的唐代部分发明颇多,对唐代小说的系统研究有开创之功;《唐宋传奇集》更是20世纪一部出现较早的、较为可信的唐宋传奇选本,对当时唐代小说的研究和普及工作起到了十分积极的推动作用。

除了鲁迅,当时致力于唐代小说研究的学者还有郑振铎和汪辟疆等。其中,郑振铎曾于20年代编过一套《中国短篇小说集》,其中第一部都是唐人小说;30年代又在他编的《世界文库》里陆续印出了《传奇》《博异志》《玄怪录》等唐人小说。汪辟疆除了校录出版了《唐人小说》,还撰有《唐人小说在文学史上之地位》[①]等对唐代小说进行理论探讨的文章。二三十年代,唐代小说研究的一个热点是从日本回归的张鹭《游仙窟》,学界对这部作品及作者张鹭的生平事迹展开了热烈讨论。40年代后期出版的刘开荣的《唐代小说研究》[②]是20世纪较早出版的

---

① 载《读书笔记》第1卷第3期,1931年。
② 刘开荣:《唐代小说研究》,上海:商务印书馆,1947年。

一部全面研究唐代小说的专著，集中体现了 20 世纪上半叶唐代小说研究的成果。

五六十年代，唐代小说研究又有了进一步的发展。这一时期不但重印了鲁迅、汪辟疆等人选辑的《唐宋传奇集》和《唐人小说》，还新出版了张友鹤选注的《唐宋传奇选》①。张友鹤著在前两书的基础上作了一定的增补，不仅加了比较详细的注释，而且也作了认真的校订。从文字校订方面来说，是一个后来居上的本子。另外，此时也陆续整理出版了一些唐人小说的单行本。如方诗铭的《游仙窟》② 就是其中一部具有较高学术价值的新注本。中华书局上海编辑所排印的唐人小说集有《剧谈录》和《三水小牍》两种，都选用了较好的底本，并作了新的校订。其中《三水小牍》仍是现今最好的本子。另外，汪绍楹校点的《太平广记》③ 的出版，也对唐代小说的研究起了很大的推动作用。再从小说史和作家作品研究方面看，这一阶段也较 20 世纪上半叶有所深入和拓展。此时人们多从现实主义和浪漫主义的文学理论的角度分析和评价唐代传奇的艺术成就和局限，也有学者探讨唐代传奇与当时其他文体之间的关系，更出版了《唐宋传奇作者暨其时代》④ 这样综合研究的著作。至于研究和介绍唐代著名的小说家及其作品的文章，就更多了。

80 年代以后，唐代小说的研究出现了全面繁荣的景象。此时最引人注目的，就是出现了一批开掘深、视角新的唐代小说史著作，如程毅中的《唐代小说史话》⑤、程国赋的《唐代小说嬗变研究》⑥、侯忠义的《隋唐五代小说史》⑦ 等。另外，此时唐代小说研究的领域也扩大了许多，以前人们较少关注的唐人笔记小说也受到了学界的重视。从 80 年代初开始，上海古籍出版社、中华书局、浙江古籍出版社等出版社就陆续推出了不少经过整理的唐人笔记小说的单行本，还出现了像周勋初的

---

① 张友鹤选注：《唐宋传奇选》，北京：人民文学出版社，1964 年。
② 方诗铭校注：《游仙窟》，上海：中国古典文学出版社，1955 年。
③ 李昉等编：《太平广记》，北京：中华书局，1961 年。
④ 张长弓：《唐宋传奇作者暨其时代》，上海：商务印书馆，1951 年。
⑤ 程毅中：《唐代小说史话》，北京：文化艺术出版社，1990 年。
⑥ 程国赋：《唐代小说嬗变研究》，广州：广东人民出版社，1997 年。
⑦ 侯忠义：《隋唐五代小说史》，杭州：浙江古籍出版社，1997 年。

《唐人笔记小说考索》[①]、吴礼权的《中国笔记小说史》[②] 这样专论或涉及唐人笔记小说的专著。此时在唐人小说的普及方面，也同样取得了不小的成绩。《唐传奇鉴赏集》[③] 的面世较好地满足了一般文学爱好者阅读和欣赏唐传奇的需要，唐代传奇、唐人笔记选译本的大量出版，更是令人目不暇接。尽管这些普及性的读物中不乏粗制滥造、转抄剽窃之作，但相当一部分还是比较精审的，在一定程度上扩大了唐代小说在当代普通读者中的影响。

第二节 唐代小说史的研究

和历代的唐代小说研究相比，20世纪唐代小说研究最显著、最突出的成绩就是"史"的研究。在将近一百年的时间里，人们不但对唐代小说的史学地位和历史贡献首次有了比较明确的认识，较为深入地探讨了唐代小说兴盛的原因，还多角度、多层次地综合研究了唐代小说的艺术成就及其与唐代其他文体之间的关系，在唐代小说"史"的研究方面取得了很大的成绩。

一、唐代小说兴盛的原因

20 世纪上半叶

唐代小说兴盛的原因，一直是学界比较关注的问题。在20世纪上半叶，学界已经能从文学本身和社会环境两方面来寻找唐代小说兴起和大盛的原因。如鲁迅在《中国小说史略》中就指出："传奇者流，源盖出于志怪，然施之藻绘，扩其波澜，故所成就乃特异。"[④] 他在《中国小说的历史的变迁》[⑤] 中又指出，唐传奇之所以能在开元天宝以后，"作者蔚起"，"从前看不起小说的，此时也来做小说了"，"这是和当时底环境有关系的，因为唐时考试的时候，甚重所谓'行卷'"，"到开元，

---

① 周勋初：《唐人笔记小说考索》，杭州：江苏古籍出版社，1996年。
② 吴礼权：《中国笔记小说史》，北京：商务印书馆国际有限公司，1997年。
③ 人民文学出版社编辑部：《唐传奇鉴赏集》，北京：人民文学出版社，1983年。
④ 《鲁迅全集》第8卷，第54—55页。
⑤ 鲁迅1924年7月在西安讲学时的讲稿，此据《鲁迅全集》第8卷附录。

天宝以后，渐渐对于诗，有些厌气了，于是就有人把小说也放在行卷里去，而且竟也可以得名。所以从前不满意小说的，到此时也多做起小说来，因之传奇小说，就盛极一时了"①。郑振铎在《插图本中国文学史》中认为唐代的传奇之所以能够在大历、元和年间"开花、结果"，是因为有"古文运动"在"促成其生长"，传奇文的作者多受了古文作家的影响。他甚至认为"传奇文"的运动，是"古文运动"的一个别支。鲁迅和郑振铎的观点影响极为深远，一直为后来学者所沿用或讨论。

当时众多的专题文章对此分析得更细。如方世琨在《小说在唐代的倾向》②中就认为，揭露社会现实黑暗的小说在唐代中叶极盛，"全系全社会的形成"，"当时唐人受思想上之遏塞，于是在文艺上努力，加以承接南北朝遗留的风气，外国文艺的运入。在天宝后，民人生活的流离，当时藩镇跋扈，人民申兵，赋税日重，一祈控制边陲；内又遭安禄山之乱"。

周潜的《论唐代传奇》③从五个方面探讨了唐代小说得以兴起的社会背景："唐初承六朝之弊，士尚清谈，家信因果，此其一也；其后下天承平，帝皇恣于淫乐，艳迹秘闻，民间羡称，此其二也；天宝以后，藩镇开府，奇人术士，如川归壑，各以技术干禄，于是剑侠之事，津津乐道，此其三也；小说之动机，不外乎感触，唐代思想极为自由，且贵族与平民，时有接近之机会，而宫廷间对于民众娱乐之需求，亦较前代为多，……或感于盛衰之靡常，借小说以寄其感喟；或感于阶级之殊异，借小说以发其咨嗟。或假托鬼神，寓其惩劝；或撷拾谑浪，恣其侃调。文不一体，意不一途，分道扬镳，各树一帜，此其四也；当时达官如褚遂良、牛僧孺；文人如韩愈、柳宗元；诗人如杜甫、白居易等。皆有小说之述作。是小说已为一般文学人士所垂青，……传奇作品，已为一般人所乐道，此其五也。综观上述五原因，传奇之来源及其凝成之背境之梗概略真矣。"

冯沅君的《唐传奇作者身分的估计》④通过对唐代传奇作者身份的分析和统计，得出结论：唐代盛行科举，而"举人"以传奇猎取功名；

---

① 《鲁迅全集》第8卷，第326页。
② 载《文艺战线》第3卷第1期及第4、5期合刊，1934年。
③ 载《民钟季刊》第2卷第4期，1937年。
④ 载《文讯月刊》第9卷第4期，1948年。

牛僧孺是传奇名家，同时又是中科举的政党的党魁；统计作者出身的结果，不独确无科名的人是极少数，而且进士出身的人成绩较优。因此，在尚未获得有力反证前，我们不妨假定唐传奇的发达颇得力于唐科举；换句话说，唐传奇的作者多是唐科举制度所造就的人才。文章还分析了唐科举所造成的新阶层对唐传奇的三点影响和作用：它们的内容何以唯奇是尚，主要人物何以多是社会上层的人，它们中间何以有不少辉煌的作品。文章最后认为：唐传奇与进士科试文艺的关系不应轻易抹杀，但也不应过分强调这种关系。

在40年代后期面世的刘开荣的《唐代小说研究》综合吸收了20世纪上半叶学界的研究成果，认为唐代传奇小说的勃兴与古文运动、进士科举及佛教均有密切的关系。

五六十年代

此时，学界对唐代小说发展的原因的探讨也不外乎文学艺术本身和社会环境两个方面，只不过较之三四十年代更强调阶级矛盾和经济的发展对唐代小说的影响。

如中国科学院文学研究所编著的《中国文学史》就指出："唐代社会生产力的发展，造成城市经济的繁荣，随着社会关系的日趋复杂和广大群众对文化娱乐的需要，有力地推动了小说文学的发展。""又，随着社会经济的繁荣而跟着变得复杂起来的社会关系和阶级矛盾，也向文学日益提出许多新的任务和新的思想主题，因此，形式的束缚较小、能够宽阔地反映生活的小说文学，便适应着这样的需要而发达起来。"[①] 游国恩等主编的《中国文学史》也认为："唐代传奇的兴起和发展，首先是由于唐代社会生产力的发展，促进了城市经济的繁荣，给传奇小说提供了丰富的素材，使它由单纯的谈神说鬼，向反映复杂的社会生活发展。同时，随着商业经济的发达，市民阶层兴起，为了满足他们对文化娱乐的需要，产生了'市人小说'，为文人的传奇提供了一些新的思想内容于艺术方法。"[②] 北京大学中文系文学专门化五五级同学集体编著的《中国小说史稿》则指出，隋末农民起义打击了士族大地主阶级；唐代实行均田制，壮大了中小地主阶级的势力；加上科举考试的推行，又

---

① 中国科学院文学研究所中国文学史编写组：《中国文学史》第2册，第505页。
② 游国恩、王起、萧涤非等：《中国文学史》第2册，第225—226页。

使得中小地主阶级得以登上政治舞台,在文学上进行革新,与六朝以来的士族大地主阶级的形式主义文学进行对抗;这些都是唐传奇能够突破六朝志怪思想内容的藩篱,大兴于唐的重要原因①。

当时也有一些文章较为深入地论述了唐代传奇小说兴盛的原因,如王运熙的《试论唐代传奇与古文运动的关系》②、曹家琪的《唐小说与科举、古文运动及其他》③、吴庚舜的《关于唐代传奇繁荣的原因》④等。

其中,王运熙文是一篇细致剖析唐代传奇与古文运动之关系、具有真知灼见的文章。如前所述,早在20世纪上半叶,郑振铎就指出传奇的运动是古文运动的别支,强调了古文运动对传奇创作的促进作用。后来陈寅恪在《论韩愈》及《元白诗笺证稿》等文中又设新解,认为古文运动是因传奇的写作而成功。王运熙此文则指出:从时间的顺序说,唐传奇始于初唐,因此,中唐以后兴起的古文运动,并不能成为促进传奇发展的动力。传奇不是古文运动的支流,古文运动也不可能依靠试作传奇而兴起。

80年代以后

80年代,学界多从某一侧面深入探究唐代小说兴盛的原因,如唐异明的《思想解放与唐传奇的繁荣》⑤、陈勤建的《论唐传奇的繁荣与民间文学的关系》⑥、卞孝萱的《唐代小说与政治》⑦、陈珏的《唐宋传奇与西域文化》⑧、王枝忠的《繁盛期传奇"不甚讲鬼神"原因试探》⑨等。

八九十年代讨论的一个焦点是唐传奇的繁荣到底与唐代"行卷"(或"温卷")之风有无关系。如前所述,从20年代直至八九十年代的

---

① 《中国小说史稿》,第69—70页。
② 载《光明日报》1957年11月10日。
③ 载《北京师院论文选》1962年第2集。
④ 载北京大学文学研究所编:《文学研究集刊》第1册,北京:人民文学出版社,1964年。
⑤ 载《武汉师院汉口分部校刊》1980年第2期。
⑥ 载《华东师范大学学报》1982年第5期。
⑦ 载《中华文史论丛》1985年第1辑。
⑧ 载《解放日报》1985年12月22日。
⑨ 载《宁夏社会科学》1986年第5期。

唐代传奇专著、论文和小说史、文学史，大都肯定"行卷"之风是促进唐传奇小说繁荣的一个重要因素，但是也有部分学者持审慎态度，如中科院文学所编著的《中国文学史》在论及这一问题时措辞就比较慎重："据记载，当时有这样一种风气（即"温卷"之风）"，"这种情况，虽未必普遍如是，却也可以看出当时文坛上的显贵人物已有嗜爱传奇小说者，而知识分子并可以此为进身之阶，这自然会在一定程度上刺激传奇小说的创作和发展"[1]。

程千帆的《唐代进士行卷与文学》是20世纪下半叶最早对唐代科举与文学之关系进行深入探讨的一部理论专著。作者认为："对于唐代文学发展起着积极的促进作用的，并非进士科举制度本身，而是在这种制度下所形成的行卷这一特殊风尚。"[2] 文中有一章专论"行卷风尚的盛行与唐代传奇小说的勃兴"，作者认为，传奇小说正好可以发挥作者史才、诗笔、议论三方面的能力，更能够在一篇之中有机地综合抒情、说理而表现多方面的才能，所以当时人们多用传奇小说行卷。而且，作者还认为，牛僧孺《玄怪录》、李复言的《续玄怪录》、裴铏的《传奇》这三种传奇集子也很可能是行卷之文。

80年代以后，一些学者明确对唐传奇"行卷"说进行质疑，如袁维国的《唐传奇行卷说质疑》[3]、于天池的《唐代小说的发达与行卷无关涉》[4] 等。其中于天池文认为，唐代行卷一般不用小说，牛僧孺的《玄怪录》并不是行卷之作，裴铏《传奇》也不是行卷之作，文章还分析了唐人小说一般不用来行卷的原因。文章最后认为："证之史实，赵彦卫在《云麓漫钞》中的记载纯属臆测妄说。而以此为据，派生出来的关于唐人小说发达原因之一是由于行卷造成的观点也应该得到澄清。"关于行卷和传奇的关系，还有待于做更深入的研究，在文献资料不足的情况下，既不必把行卷的作用强调到不恰当的地步，也不宜轻易地全盘否定。

---

[1] 中国科学院文学研究所中国文学史编写组：《中国文学史》第2册，第506页。

[2] 程千帆：《唐代进士行卷与文学》，上海：上海古籍出版社，1980年，第2页。

[3] 载《唐代文学论丛》总第5辑。

[4] 载《文学遗产》1987年第5期。

二、唐代小说的总体成就和历史地位

众所周知,清代学者多对唐代传奇持贬抑或否定态度。20世纪最早充分肯定唐代小说艺术成就和历史地位的学者是鲁迅。他在《中国小说史略》中说的一段话:"小说亦如诗,至唐代而一变,虽尚不离于搜奇记逸,然叙述宛转,文辞华艳,与六朝之粗陈梗概者较,演进之迹甚明,而尤显者乃在是时则有意为小说。"[①] 这已经成为后来学界对唐代小说历史地位的定评。

此后,郑振铎也对唐代传奇给予了热情洋溢的赞誉:"他们是我们的许多最美丽的故事的渊薮,他们是后来的许多小说戏曲所从汲取原料的宝库。其重要有若希腊神话之对于欧洲文学的作用。而他们的自身又是那样晶莹可爱,如碧玉似的隽洁,如水晶似的透明,如海珠似的圆润。有一部分简直已是具备了近代的最完美的短篇小说的条件。……他们是中国文学史上有意识地写作小说的开始。他们是中国短篇小说上的最高的成就之一部分。"[②]"唐人传奇文不仅是第一次有意地来写小说的尝试,且也是第一次用古文来细腻有致地抒写人间的物态人情以至琐屑情事。这种新鲜的尝试,立刻便得到了成功。"[③]

三四十年代发表的一些专题论文也较深入地探讨了唐代小说的历史地位和艺术成就。如汪辟疆的《唐人小说在文学史上之地位》[④] 就首先从人物描写和艺术表现两方面分析了唐人小说与六朝小说之别,以见唐代小说的历史贡献。他认为,六朝小说"其摛文之旨,实在尽事实之变幻,本不以人物为中心","迄于李唐,始有意为小说之创作,而其篇中之中心人物,乃有整个之记述。毋论其事之怪诞离奇,每读一篇,其主要人物,印象甚深。此唐人小说之异于六朝者也"。其次,他认为,六朝小说"大抵平直简质,艺事无足动人,故其流传未久,率皆不存。……唐人则不然,往往于志怪之余,兼擅文事,其描写人物风景,浓至蒨丽,蔚然可观,反复展玩,荡气回肠,后人抚拟,汗流莫及。则艺事之工也"。文章还从唐代小说与诗歌、曲、骈散文、后代笔记小说

---

① 载《文学遗产》1987年第5期,第54页。
② 《插图本中国文学史》第2册,第378页。
③ 同上书,第379页。
④ 载《读书笔记》第1卷第3期,1931年。

等其他文体之关系着眼,进一步探讨了唐代小说的历史地位和对后世文学的深远影响。同样,姜亮夫的《唐代传奇小说》[1] 也指出,唐代小说的特点,并不是在一件事中摘出一个异点,一个人中摘出一个特点来说说,"他显然是结构完备的小说了"。他还将唐人传奇为后世戏曲所拟者列了简明的表格,以见唐人传奇对后世戏曲影响之深,亦可见各种题材在后世演变之迹。霍世休的《唐代传奇文与印度故事》[2] 指出:"唐代的传奇文,在意境或题材上,当然也不是毫无所本,却比较地能够融会贯通,经过相当的消化作用,不像六朝人的生吞活剥;而叙述的婉转,情节的曲折动人,以及洋洋洒洒的篇幅,在说明作者的有意为文。"钱卓升的《唐人小说的史学价值》[3] 从六个方面分析了唐人传奇的史学价值:(1)识地理,(2)习官制,(3)知信仰,(4)明俗尚,(5)了解唐人小说本身在文学史上之地位,(6)领会逸史笔法。周潜的《论唐代传奇》[4] 也认为,唐代传奇"是小说体裁之完成,亦开后世小说独立成篇之先河"。文章还分析了唐人传奇的优缺点,认为其优点是"文辞华缛,伟丽稀奇,结构森严,精深宏博";缺点是"题材每多抄袭窠臼",内容"繁琐拖沓,累赘重复,千篇一律","无意味之延长","描写之目标为何","全篇之中心思想何在",读者茫然不知,"是无目标之描写"。

五六十年代,学术界对唐代小说的评价更高了。如中国科学院文学研究所编著的《中国文学史》就认为,唐代小说"提出的许多反对封建压迫、要求爱情自由等等的思想主题,不仅代表着当时、也代表着后世的群众要求;又由于它在艺术上创造出许多生动美丽的人物和故事,因此,它几乎成了元明清三代小说戏剧作家汲取题材的宝库。"[5] 游国恩等主编的《中国文学史》指出:"它揭开了我国现实主义小说的序幕,反映了城市社会生活的繁荣复杂,把反对封建门阀制度和礼教压迫当作自己的基本主题。一些优秀作品则往往兼有积极浪漫主义的精神。"[6] 六朝小说"都只截取某一个生活片断,来描写人物某一方面的特征",

---

[1] 载《青年界》第4卷第4期,1933年第9期。
[2] 载《文学》第2卷第6期,1934年。
[3] 载《遗族校刊》第3卷第3期,1936年。
[4] 载《民钟季刊》第2卷第4期,1937年。
[5] 中国科学院文学研究所中国文学史编写组:《中国文学史》第2册,第516页。
[6] 游国恩、王起、萧涤非等:《中国文学史》第2册,第240页。

而"唐传奇则比较全面地采用了史传文学的手法,把一个人前后完整的一段生活,甚至一生的经历都描绘下来,形象地揭露社会矛盾,表现出人物的微妙的思想感情和性格特征。体制简短而有长篇小说的规模,这种具有独特民族风格的小说形式,是由唐传奇开始的。而唐传奇中大量出现的惊奇情节、大胆想象,以及生活细节的细致刻画,对后世戏曲小说创作都具有很大的借鉴意义。唐传奇还以简洁、准确、丰富、优美的语言,把古代散文的巨大表现力,发挥到了很高的地步"①。

当时发表的一些专题论文也同样给予唐传奇以极高的评价。如徐士年在《略谈唐人小说的思想和艺术》②中就认为:唐传奇的艺术特色主要是它所塑造的人物有鲜明的个性,有细腻传神的细节描写,有体贴入微的心理刻画,同时也有动人心魄的浪漫情调,这一切使唐人小说在艺术上区别于过去的志怪小说。

80年代以后,学界对唐代小说艺术成就的分析更细、评价也更高,但总体上未有大的超越。

第三节 唐代小说的综合研究

20世纪学界除了探讨了唐人小说兴盛的原因、分析了唐代小说的历史地位和艺术成就,还多角度、多层次地分析了唐人小说的表现艺术及其与其他文体、社会、政治、宗教等因素之关系。

一、题材和分类研究

唐代小说题材多样、意旨不同,所以学界对唐代小说的题材和分类研究也表现出了一定的兴趣。

80年代以前

如方世琨在《小说在唐代的倾向》③中将唐代小说作家分为贵族的和资产阶级的两派,认为"贵族文学的特色,在其超脱人情,叙写光怪陆离的故事",资产阶级文学则以揭露社会现实黑暗为主。他还指出:

---

① 游国恩、王起、萧涤非等:《中国文学史》第2册,第240—241页。
② 载《教学与研究》1957年第5期。
③ 载《文艺战线》第3卷第1期及第4、5期合刊,1934年。

"唐代中叶,为文化进展最高潮头。贵族文学代表作如《汉武内传》、《西京杂记》、《搜神记》、《虬髯客传》等,都是当代丰富的作品的表现。资产阶级方面则有《会真记》、《南柯记》、《南楚新闻》、《摭言》等。""就中贵族文学的作品,多半是写天子的逸事,或奇侠的传概。似乎是比资产阶级文学来要差得多,因为他们的目标并不一定就在启示人们、感化人们。"周潜在《论唐代传奇》①中将唐传奇的派别一分为三派:侠义派、恋爱派、神怪派。

五六十年代,学界对唐传奇的分类稍细一些,但也大抵不出爱情类、历史逸事类、现实讽刺类、神怪寓言类等几种。当时专门对某一题材进行探讨的文章主要有一粟的《谈唐代的三国故事》②、谈凤梁的《略论唐代爱情小说的阶级局限与糟粕》③等。

80年代以后

七八十年代以后,从题材角度研究唐代小说的文章就更多了。如专论爱情题材小说的文章有王国安的《略谈唐传奇中的爱情主题》④、虞晔如的《唐传奇爱情作品中的妇女形象》⑤、严正广的《浅谈唐代的爱情小说》⑥、么书仪的《元剧与唐传奇中的爱情作品特征比较》⑦、费秉勋的《唐人爱情悲剧小说初探》⑧、啸马的《悲剧性格的崇高与优美——试论唐传奇爱情王国里的女性形象》⑨、郝在今和郭又陵的《唐人小说中的爱情文化信息》⑩、任洪杰的《试论唐传奇爱情故事的几种结局》⑪、陈节的《唐传奇中人神相恋现象的思考》⑫、徐素凤的《从爱

---

① 载《民钟季刊》第2卷第4期。
② 载《文学遗产增刊》第10辑。
③ 载《南京师院学报》1964年第1期。
④ 载《光明日报》1978年10月17日。
⑤ 载《广西民族学院学报》1980年第2期。
⑥ 载《求是学刊》1982年第3期。
⑦ 载《文学评论》1984年第3期。
⑧ 载《唐代文学论丛》总第5辑。
⑨ 载《江西社会科学》1988年第1期。
⑩ 载《未定稿》1989年第9期。
⑪ 载《辽宁大学学报》1989年第4期。
⑫ 载《福建学刊》1990年第4期。

情传奇看中唐以后市民意识的萌芽》①、詹丹的《仙妓合流的文化意蕴——唐代爱情传奇片论》②、程遥的《论唐代爱情婚姻小说的道德理想》③、夏晴的《风流中的超越与固守——从中唐爱情传奇看当时士子的人生观》④、程国赋的《试论唐代婚恋小说的嬗变》⑤、朱迪光的《唐传奇中爱情婚姻作品的结构因素及其组合模式》⑥等。

其中，严正广文专门对唐传奇小说中的爱情题材进行了评论。他认为，唐传奇继承了民歌、民间故事中爱情题材的传统，以肯定的态度描写男女之间的纯真爱情，抨击封建婚姻制度的罪恶，揭露封建统治者的奢侈与残暴，反映妇女低下的社会地位。唐代传奇小说与六朝志怪的不同之处在于思想意义的进一步加强，表现了人民的反抗精神和对封建统治政权的否定。幺书仪文认为，元剧和唐传奇中的爱情作品对人物性格、情节矛盾的不同处理，显示出两个时代的处于不同阶层的作家的不同爱情理想和社会理想。其不同点有三：第一，从唐人小说到元人爱情剧，男女双方的社会地位发生了值得注意的变化。唐代传奇中男子身份较高，社会地位较优越，而元代爱情剧中的读书人的身份地位却有些下降。第二，从唐传奇到元人爱情剧，作品中矛盾的性质也有所变化。在唐人小说中，矛盾冲突大多数发生在男女双方本身。唐代社会的门第观念，以及知识分子在仕途前程上的实际考虑，常常成为酿成爱情悲剧的直接原因，元代则是男女爱情与外力干扰的冲突。第三，在元人爱情剧中，女子在爱情婚姻问题上，在反抗外力的阻挠、争取婚姻自主的斗争中，表现了一种积极的主要精神。相反，在唐代传奇中，这种主动权操在男子手中。第四，在"仕宦"与"爱情"的关系处理问题上，唐代小说往往是牺牲"爱情"来维护"仕宦"，而元代爱情剧则"编织了爱情与仕宦统一的轻飘飘的美梦，聊以寄托不平、感伤、失望等等极其复杂的心理"。而且，由于作家创作心理的变化，在唐人传奇与元人爱情剧中共同涉及的某些问题上，作家的处理发生了明显的不同。如唐人小说

---

① 载《扬州师院学报》1992年第2期。
② 载《社会科学战线》1992年第3期。
③ 载《辽宁大学学报》1992年第3期。
④ 载《中山大学研究生学刊》1995年第1期。
⑤ 载《齐鲁学刊》1995年第4期。
⑥ 载《衡阳师专学报》1996年第4期。

中，贯穿着一种对男子"始乱终弃"的行为加以谅解甚至赞同的道德标准。但到元代爱情剧中则不再出现，相反，作品中贯穿了对爱情的专一和忠诚的强调。啸马文对唐传奇中的霍小玉、崔莺莺、步飞烟等优美的女性形象所体现的悲剧性格进行美学分析。作者指出，霍小玉"于沦落风尘之迹，把生命的全部意义附丽于她明知将是一个悲剧的爱情，宁可在人性的升华中毁灭，也不愿沉沦于灵魂的堕落。这是霍小玉这个艺术形象所蕴含的独特的情感力量、思想力量和道德力量"。文章认为，霍小玉的爱情悲剧是一种命运悲剧，而崔莺莺的爱情悲剧是一种性格悲剧。因为莺莺不像霍小玉那样卑微，但"偏偏碰上了负心薄幸的张生"。莺莺被遗弃后的诗作，流露了对张生忍情弃置的不胜幽怨，而那幽怨又更多地消融在感伤的怀念和深情的善良里，它"不绝如缕地回响于人类永恒的精神王国"。郝在今、郭又陵文较有分量，作者指出，通过对唐代小说的读解阐释，不难看出唐代爱情文化有着鲜明的特色：开放的两性关系，严格的婚姻制度，多元的爱情观念。这三大特色交织缠绕，使唐代爱情文化凸现着觉醒与追求的时代精神，呈现出奇异与多变的绚丽色彩。徐素凤文认为，狎妓艳遇故事古已有之，但真正对于下层女子寄寓深切同情，写其外在美、更写其人格独立的，实始于中唐以后蔚为大观的爱情传奇。论文从爱情传奇的主人公、她们对待婚恋的情感尺度和价值观念等方面切入，阐发了中唐后城市经济发展基础上市民意识的萌发。詹丹文则从另一角度探讨了中唐爱情传奇的价值，文章指出，唐传奇中的仙妓合流倾向构成了一种新女性的艺术形象，还使文人与仙妓的悲欢离合形成了一种高格调的悲剧性。仙妓合流所蕴含的宗教文化上的意义，是因为它改变了传统意义上的不朽观。《李章武传》等一些爱情传奇向世人表明了，如果世上确有不死不朽的神灵在轮回的话，那么这神灵就是爱情，甚至可以说，恰恰是对爱情的执着，才把神灵引向了不灭不朽的境界，于是仙妓合流的现象，在一些貌似宗教故事的作品里，有着永恒和情感的统一，有着最深沉的"情执"内容。因而，该文最后得出结论说："从汉儒的'发乎情，止乎礼义'到明冯梦龙的'情为理之维'，前后的位置正好互换。而在这一转换中，唐代文人仙妓合流的爱情传奇创作，构成了承上启下最关键的一环。"程国赋文首先介绍了唐代二十五部婚恋小说在后世的嬗变情况，然后探讨了唐代婚恋小说多洋溢着相当新鲜、自由的爱情文化信息的原因，并分析了它们在后代的嬗变规律及其原因。朱迪光文总结了唐传奇爱情婚姻作品的四种模式：

一是书生落第或出游,遇上对象之亲友或对象本人,屡经磨难而成夫妻;二是书生进京应试,路遇对象或通过媒介人物介绍而结识对象,权威反对,终于离散,或得到权威认可而成夫妻;三是书生与对象原有亲戚关系,青梅竹马,原有婚姻之议,后有改变,经磨难终成眷属;四是某书生遇上他人貌美之妻或妾,奋力追求得以欢会,结局不好。作者认为,上述模式中一、三类以传奇事为主,二、四类以传奇情为主,而"传奇事与奇情正是唐传奇的主要特征"。文章最后还对四种模式的产生根源进行了分析。

80年代以后专论豪侠、侠义小说的文章主要有王汝涛的《论唐代的豪侠小说》[1]、罗立群的《论唐代武侠小说》[2]、陈平原的《江湖仗剑远行游——唐宋传奇中的侠》[3]、褚荣昌的《唐代游侠小说简评》[4]、刘荫柏的《唐代武侠小说与社会生活、文化思想之关系》[5]、路云亭的《道教与唐代豪侠小说》[6]、陈文新的《唐人传奇中豪侠形象的演变》[7]、李钊平的《唐豪侠传奇女性观刍议》[8]等。

其中,王汝涛文将《太平广记》"豪侠"类中20篇唐代小说和《酉阳杂俎》"盗侠"部中的另五篇合而论之,认为它们"乃是我国古代文言小说中最早一批描写此类题材之作品,也可以说是后代由附庸蔚为大国的武侠小说不祧之祖"。文章还分析了此类小说产生的时代背景,对其内容作了分类和评价,探讨了其中所反映的社会政治生活及其对后代小说的影响。陈平原文在侠的特征演变的阐释中,对晚唐游侠小说在形式上的定型意义进行了细密的论证。作者指出:"从司马迁为游侠作传到唐传奇中豪侠小说的崛起,在这近千年的发展过程中,侠客形象发生了根本性变化。这一变化过程,依其表现形式及创作思想,大略可分为以《史记·游侠列传》为代表的实录阶段(两汉),以游侠诗为代表的抒情阶段(魏晋至盛唐)和以豪侠小说为代表的幻设阶段(中晚唐)。"

---

[1] 载《南开学报》1984年第5期。
[2] 载《临沂师专学报》1987年第4期。
[3] 载《文艺评论》1990年第2期。
[4] 载《上海师范大学学报》1990年第3期。
[5] 载《文史知识》1990年第9期。
[6] 载《晋阳学刊》1994年第4期。
[7] 载《古典文学知识》1995年第2期。
[8] 载《陕西师范大学学报》1997年第2期。

文章接着分析了各阶段侠客形象的特征，还从发生学的角度演绎了中晚唐侠客行侠的几种动机类型，展现了侠士的刺客化历程，总结了唐宋传奇对侠态度的异同及文化原因。刘荫柏文认为，唐初国力强盛，政治比较清明，社会比较安定，因而产生的传奇作品都较温和。安史之乱后，藩镇拥兵割据，对抗朝廷，相互间明争暗斗，他们各自蓄养武士，或谋杀，或自卫，刺客侠士成了军阀残杀异己、争权夺利的工具，使得唐初被政府镇压下去的游侠之风重新兴起。此外，长期处于兵、匪、官绅压迫下的人民不满现实，他们寄希望于游侠，幻想靠游侠的神奇本领铲除邪恶势力，伸张正义，这就是晚唐游侠小说产生的社会土壤。人民对本民族源远流长的武术的高度自信和崇拜，自然地把游侠赖以行侠的武功夸张到超凡的地步；释道思想的影响熏陶，促使侠客行为变得异常诡秘，这是晚唐游侠小说兴盛的思想基础。

此时论及唐代神仙、鬼怪小说的文章有杨栋的《简论唐代狐精题材小说》①、邓裕华的《略论神话传说对唐传奇的影响》②、李献芳的《浅谈唐代神仙小说》③、陈节的《唐传奇中人神恋现象的思考》④、段塔丽的《唐代狐狸精迷信盛行原因初探》⑤、纪德君的《从神仙小说看唐代文人的精神世界》⑥等。其中，段塔丽文分析了唐代狐狸精故事、传说的特点及其与西域胡人的关系，认为唐代狐狸精迷信之盛行，是以曲折的方式反映出唐朝与西域经济文化往来频繁，西域胡人与汉民族相互交往及互通婚姻、互相融合的密切关系。

还有一些文章论及唐代的商贾题材、宗教题材小说，如杜贵晨的《论隋唐佛教小说》⑦、胥洪泉的《论道教对唐代传奇创作的影响》⑧、陈辽的《唐代小说与道教》⑨、路云亭的《道教与唐代豪侠小说》⑩、赵维

---

① 载《齐鲁学刊》1989年第2期。
② 载《民间文艺季刊》1989年第4期。
③ 载《山东教育学院学报》1990年第3期。
④ 载《福建学刊》1990年第4期。
⑤ 载《陕西师大学报》1991年第1期。
⑥ 载《海南大学学报》1994年第4期。
⑦ 载《曲靖师专学报》1988年第1期。
⑧ 载《四川师范大学学报》1990年第4期。
⑨ 载《上海道教》1991年第3期。
⑩ 载《晋阳学刊》1994年第4期。

江的《论唐代小说中商贾描写的文化意蕴》①《论唐代商贾题材小说的道德意识》②，申载春的《道教与唐传奇》③，张松辉的《道教与唐传奇》④，张跃生的《佛教文化与唐代传奇小说》⑤等。其中申载春文运用结构主义的理论，论述了唐代道教对传奇小说的深刻影响。作者认为，兴盛期的唐代道教对标志文体独立的唐传奇的影响，已与前唐志怪小说不同，表现为一种深层积淀。文章主要从唐传奇的结构处理、人物塑造及环境的时空把握三方面论述了道教对唐传奇的影响。

二、唐代小说艺术综论

唐代小说艺术精湛，取得了很高的成就，20世纪80年代以后，学界逐渐摒弃了过去笼统分析唐代小说艺术成就的研究方法，开始从不同的角度、不同的层次去深入分析唐代小说独特的艺术。

较有代表性的记文有徐士年的《试说唐人小说细节描写的特色》⑥，唐富龄的《文言小说肖像描写浅议》⑦，康纲联的《唐传奇情节安排的结构艺术》⑧，刘宏的《略论唐代小说中的景物描写》⑨，张宝坤的《唐代传奇的美学成就论略》⑩，陈文新的《论唐人传奇的文体规范》⑪，董乃斌的《从史的政事纪要式到小说细节化——论唐传奇与小说文体的独立》⑫《叙事方式与结构的新变》⑬，杨义的《唐代传奇的诗韵乐趣》⑭，孙永如的《唐代文士的史学意识与小说的历史化》⑮，陈桥生的《唐传

---

① 载《河北师范大学学报》1995年第2期。
② 载《西北师大学报》1995年第3期。
③ 载《山西师大学报》1997年第1期；又载《文史哲》1997年第3期。
④ 载《宗教学研究》1997年第1期。
⑤ 载《华中理工大学学报》1997年第2期。
⑥ 载《郑州大学学报》1981年第3期。
⑦ 载《武汉大学学报》1984年第6期。
⑧ 载《西南民族学院学报》1986年第3期。
⑨ 载《阜阳师院学报》1986年第4期。
⑩ 载《人文杂志》1988年第4期。
⑪ 载《中州学刊》1990年第4期。
⑫ 载《文学评论》1990年第5期。
⑬ 载《文学遗产》1991年第5期。
⑭ 载《中国社会科学》1992年第6期。
⑮ 载《扬州师院学报》1994年第3期。

奇叙事模式的演变》①、王明煊的《论唐传奇的时间结构》②，程国赋的《唐代小说创作方法的整体观照》③等。

其中，董乃斌前文认为，从历史到小说，就内容而言，是经历了一个由政事纪要式向生活细节化的转变。唐人传奇首先大大降低自己描述对象的社会层次，把笔触伸向与军国大事无关的凡人小事，这是小说文体能够取得独立地位的关键性的一步。由这一步开始，唐传奇才能获得更丰富多彩的题材，才有可能汲取更多可歌可泣的故事情节、生动真实的生活细节和声口各异的人物语言。

程国赋文从创作方法的角度研究了唐代传奇小说。文章在对唐代小说进行整体观照的基础上，用"实录""寓言""传闻"三个术语，概括了唐代传奇小说的三种创作方法。文章认为，三种创作手法的根本区别就在于情节的虚实关系的处理上，还分析了唐人小说运用三种创作方法所反映出的几个特点：一是"在对待小说创作虚实关系的问题上，唐代小说相对于六朝小说而言，是一次质的飞跃"；二是唐代小说"强调情节的传奇性与现实性的有机统一"；三是"将情节的虚构、想象与作品的艺术性融为一体"。

陈桥生文认为，在中国小说叙事模式的演进和新变中，唐传奇作出了自觉锐意的探索。其叙事模式由故事中心向情节中心、人物中心的逻辑衍进，标志着小说文体走向独立和成熟。

另外，董乃斌的《中国古典小说的文体独立》④、石昌渝的《中国小说源流论》⑤两书也都从不同的角度论及唐代小说的艺术。如董乃斌著第五章从"政事纪要式向生活细节化的转化""创造可以乱真的'第二自然'""叙事方式和结构的新变""语调的多样和谐谑化"四个方面唐传奇与小说文体独立的问题；第六章从"形象塑造的突破""戏剧因素的介入""唐传奇艺术特色补说"三个方面论析了唐传奇的特征。石

---

① 载《宁夏大学学报》1995年第1期。
② 载《浙江师大学报》1995年第2期。
③ 载《暨南学报》1997年第3期。
④ 董乃斌：《中国古典小说的文体独立》，北京：中国社会科学出版社，1994年。
⑤ 石昌渝：《中国小说源流论》，北京：生活·读书·新知三联书店，1994年。

昌渝著第四章中也对唐代传奇小说有"概述与场景——史传叙事方式的继承和发展""诗赋的插入""叙事类型的多样化""传奇小说的俗化"等相关的研究。

三、唐人小说观念和写作理论

唐代小说之所以能够取得较大的成就，其中一个主要原因是"有意为小说"，其表现之一就是唐人具有较为明确的小说创作观念和较为成熟的写作理论。

20世纪学界对这一方面的研究虽然不太深入，但也取得了一定的进展。论文主要有王枝忠的《说唐人"始有意为小说"》[1]、马成生的《著文章之美，传要妙之情——略说唐代小说家的小说观》[2]、王开富的《唐宋小说理论述略》[3]、韩黎范的《唐传奇"始有意为小说"刍议》[4]、张宝坤的《唐代传奇的美学成就论略》[5]等。其中马成生文认为，唐代著名小说家沈既济在《任氏传》中所说的"著文章之美，传要妙之情"，从总结唐代小说的艺术入手，非常简要地概括了唐代小说家的小说观。唐代小说家既在语言上提倡精雕细刻、文采修饰，以至详尽描写，又在结构上重现波澜变幻、奇异莫测，以便引人入胜，这自然就可能造成"文章之美"；唐代小说家尽管在理论上还受到历史式实录的某些影响，自然也没有正面论述虚构问题，但是，在创作实践上，毕竟改变了六朝人那种"多是传录舛讹，未必尽设幻语"的实录观，而是沿着"虚"的即"纪闻""非政声"方面努力，实实在在地运用虚构这一艺术手法塑造出如此众多的具有"要妙之情"的人物形象，攀上我国古典小说艺术的高峰。王开富文也认为，唐人对于小说观念和理论较前人有较明显的发展。第一，唐人认为小说应反映有趣味的，即有审美价值和人间奇事。唐代小说家注意反映世俗人情，但这种世俗人情应该是人们感到有趣的奇人奇事，这实质上就是用小说艺术反映现实生活。第二，认为小说应描写人物形象，当然这一思想还处于萌芽阶段。第三，小说应具有

---

[1] 载《社会科学研究》1985年第6期。
[2] 载《北方论丛》1986年第1期。
[3] 载《重庆师院学报》1986年第3期。
[4] 载《古典文学理论研究》第11辑，1986年。
[5] 载《人文杂志》1988年第4期。

真实性，这包含两个问题，一是他们追求艺术真实感，二是他们已经采取了艺术虚构，但不敢承认艺术虚构是小说的重要特点之一。第四，认为小说应有娱乐性，思想性寓于娱乐性之中。这四点发展是相对于唐传奇以前的小说而言的。

另外，一些文学理论史、文学思想史、小说理论史、小说批评史类的著作也多多少少涉及唐人的小说创作观念和理论。

第四节 唐代小说作家、作品研究

在唐代小说作家作品研究方面，20世纪上半叶研究得比较有限，主要集中在王度的《古镜记》、张鷟的《游仙窟》、韦瓘的《周秦行记》等为数不多的几篇小说，且多是从党争、科举、侠义等角度进行分析的。五六十年代以来，学界逐步扩大了研究的范围，几乎涉及唐代所有现存的小说作家作品，分析的角度也转而偏重爱情婚姻、揭露现实、士子心态、宗教生活等，且对作家生平的考订与作品艺术分析、版本研究、校勘整理并重，都取得了较大的成绩。

一、王度和《古镜记》

《古镜记》是唐代现存的最早一篇小说作品，所以学界对之分外关注，而人们研究的重点又在作者为谁和写作年代两个问题上[①]。

作者问题

《古镜记》的作者到底是谁，20世纪学界存在着四种不同的看法。

1. 王凝说。《新唐书·王绩传》："初，兄凝为隋著作郎，撰《隋书》未成死，绩续余功，亦不能成。"汪辟疆《唐人小说》据此推测："王勣当为王绩之误。度或为凝之改名。因绩尝罢六合县丞，而凝且以著作郎撰修《隋书》未成，皆与本文（指《古镜记》）所称吻合也。"刘开荣《唐代小说研究》、岑仲勉的《隋书求是》均持同样的观点。刘开荣进一步肯定"王度即王凝"。

2. 王勣说。段仲熙《〈古镜记〉的作者及其他》[②]对王凝说持反对

---

① 下文参考了程国赋：《〈古镜记〉研究综述》，载《晋阳学刊》1992年第6期。
② 载《文学遗产增刊》第10辑。

态度，他根据《古镜记》以古文笔法写作小说这一点，指出"作者当是深受王通家族的影响，并且有可能或是其中的一员，或是其亲戚门人"。在此基础上，他提出"王劢"说，其根据有两条：其一，《崇文总目》和《通志·艺文略》《古鉴记》皆云为"王劢"撰；其二，王劢也有创作能力。刘大杰的《中国文学发展史》、李宗为的《唐人传奇》都同意此说。李宗为进一步申述道，如果《古镜记》确实是王劢托名王度而创作的话，那么"《古镜记》实为我国第一篇依托他人而以第一人称来叙事的小说"。

3. 王度说。此说为鲁迅在《中国小说史略》中首倡。孙望的《王度考》①对此说进行了详尽的考证。首先，他依据王福畤《王氏家书杂录》《东皋子答陈尚书书》、王通《中说》等认为，《中说》中数次提及的"芮城府君"，不是王凝，而是王度。其次，他根据《东皋子答陈尚书书》、王绩《与陈叔达重借〈隋纪〉书》、吕才《东皋子集序》、《新唐书·王绩传》等考订，王度撰《隋书》在前，王绩续之，王凝再续之。《新唐书》有关王凝、王绩撰写《隋书》的记载有误。再次，孙望还根据杜淹《文中子世家》《中说》《古镜记》原文等材料，对王度的家世、弟兄排行及各自的思想倾向作了推定。他认为王度大约"出生于开皇初年前后"，卒于"唐帝国建立之始的武德初年"，活了 38 岁左右（581？—618？）。此后，韩理洲先后发表了《〈古镜记〉作者辨》②《〈古镜记〉是隋唐之际的王度所作新证》③，对王度说进行了补证。他对王度的生平、仕宦、撰写《隋书》、王氏兄弟排行等问题的看法与孙望相近，但他不同意鲁迅将王度生卒年定为约 585—625 年的看法，认为王度生于 584 年之前，卒年当在武德四年（621）十月之前。

此说影响甚广，五六十年代以来的诸多文学史如张友鹤的《唐宋传奇选》、程毅中的《唐代小说史话》、吴志达《唐人传奇》、侯忠义的《隋唐五代小说史》等皆赞同或援引此说。

4. 作者无考。张长弓在《唐宋传奇作者暨其时代》中认为王度只是"文中主角的人物"，《古镜记》中的王劢与史实中的王绩实为两人。

---

① 载《学术月刊》1957 年 3、4 期。
② 载《中国文学研究》1986 年第 2 期。
③ 载《学术月刊》1987 年第 6 期。

戴望舒《小说戏曲论集》①也持类似的看法。对于此说，徐斯年曾作《关于唐人小说〈古镜记〉作者的考证》②进行辩驳。

写作时间

关于《古镜记》的写作时间，学界也存在着不同的看法。

第一种意见认为，王度为隋唐间人，《古镜记》创作于隋末唐初。鲁迅《中国小说的历史变迁》称之为"唐之初年"的作品。汪辟疆认为此文"事虽出于隋代，记则实入唐初"。李宗为、程毅中、侯忠义、韩理洲、徐斯年等人也都认为它是唐朝初年的作品。韩理洲《〈古镜记〉是隋唐之际的王度所作新证》一文进一步确定其为唐武德初年的作品，其理由有三：(1)作者写（大业十三年）十五日古镜的丢失，是在暗喻隋室灭亡；(2)《古镜记》采用的是追忆的手法，充分说明它作于唐高祖武德元年至四年间；(3)根据王绩《与江公重借〈隋纪〉书》把曾为芮城令的王度称为"王兄"，可见王度此时已死，而此信写于武德五年(623)，因此《古镜记》的写作时间不会晚于武德五年。王宏钧认为《古镜记》不是唐初而是隋末的作品。他在《〈古镜记〉传奇探微》③中对汪辟疆等人"唐朝初年"的看法提出异议。他通过对隋末唐初历史背景的分析，认定《古镜记》是作者看到隋朝行将灭亡，而为它唱出的一首挽歌。刘开荣、徐斯年、吴志达、程毅中等学者也都同意将《古镜记》定为隋末唐初的作品，但均未确定具体的写作时间。

第二种观点认为，《古镜记》是中唐小说。段仲熙《〈王度古镜记〉是中唐小说》④持此说。其依据：一是小说中尽多精灵妖怪，但所描绘的一次日食，是无中生有，与史实不符；二是小说中漏洞很多，被扯上的历史人物有西魏苏绰，还制造了王度在隋代奉诏修国史欲为苏绰立传这个谎言；三是小说云"持节河北道"，但隋朝只有州府而无道。所以作者根据顾况《戴氏广异记序》《异闻集》得出《古镜记》产生在中唐的结论。同样，张长弓《唐宋传奇作者暨其时代》也认为《古镜记》当作于中唐以后而非唐初。

---

① 戴望舒：《小说戏曲论集》，北京：作家出版社，1988年。
② 载《求是学刊》1981年第4期。
③ 载《中华文史论丛》1985年第1辑。
④ 载《光明日报》1984年4月17日。

其他

除了上述两个重要问题，20世纪学界还对《古镜记》的思想内容、艺术特色作了一定程度的分析，但多是在各种唐代传奇研究、小说史、文学史等类著作中涉及的。

如刘开荣的《唐代小说研究》就曾对《古镜记》的特点和形式进行了分析。他认为，《古镜记》有两个特点：第一，它是用"古文"体第一人称写成的，"在唐代小说史上实有不可磨灭的价值"[1]；第二，《古镜记》里有浓厚的道教色彩。"这一点是有承前启后的作用的"，"《古镜记》仍然是被有浓厚的六朝小说的色彩"，也"就是道教的色彩"[2]。作者还认为，《古镜记》的形式"尤其是六朝小说与唐传奇小说中间的桥梁"，其特点有三：第一，它有一个中心思想，有一个集中表现的主角，这可以说是较六朝小说大大进步的地方；第二，它虽然依然没有结构，组织松懈，然而排列法不再是线条式的，各自为段的，而是连接成为一篇，首尾相接的；第三，文前有一个小小的导引，这与真正的小说给读者一个时间与空间背景的意义相同。作者还分析了"古镜"的意义溯源与作品所表现的作者的世界观。

后来诸多小说史著作也分析了《古镜记》的内容和形式在中国小说史上的地位和作用，但大多不太深入，少有新意。至于专论《古镜记》思想和艺术的论文更是寥寥。

二、张鷟及其《游仙窟》

20世纪学界对张鷟的《游仙窟》兴趣很浓。其中一个主要原因是这篇作品曾长时期失传，直到20世纪初才又从日本抄回。

该书最初是清末学者杨守敬在《日本访书志》中抄录到的，但并未引起人们的关注。五四运动之后，鲁迅在《中国小说史略》中正式讲到这篇作品，才引起了学界的注意。鲁迅在《中国小说的历史的变迁》中更是认为"这种以骈体做小说，是从前所没有的，所以也可以算一种特别的作品"[3]。后来，章川岛将鲁迅收藏的《游仙窟抄》刻本整理标点出来，由鲁迅校阅并作序，于1929年交由北新书局公开出版。

---

[1] 《唐代小说研究》，第46页。
[2] 同上书，第47页。
[3] 《鲁迅全集》第8卷，第326页。

同年，谢六逸翻译发表了日本学者山田孝雄的《游仙窟解题》①。该文介绍了《游仙窟》在日本的流传情况和对日本文学的深远影响。作者认为该书可能是在大宝时充当遣唐使少录的山上忆良带回日本的，似为奈良朝文人所爱读。日本人编《和名类聚抄》，即以本书为典据，引用多达十四条。当时人们还将之和《尔雅》《说文》《广韵》《玉篇》《诗经》《礼记》《史记》《汉书》《白虎通》《山海经》等相提并论，或用为"谣物"。而且，该书对探讨日本文学的源头、日本国语学史都具有相当重要的意义。

同时刊出的郑振铎的《关于游仙窟》②则强调了这篇作品的诸多特别之处。他认为，《游仙窟》是对偶体小说的祖先。"读了《莺莺传》、《燕山外史》之后，我们才知道《游仙窟》的势力是如何的伟大。""《游仙窟》虽没有《莺莺传》那末婉转曲折，却远胜于《燕山外史》的笨重不灵活。"它"虽用的是最不适宜于写小说的古典文体，有的地方却居然写得十分的清秀超脱，逸趣横生"。作者还指出，其文中之诗有两点值得注意：一是五七言杂用，"这种韵语之体，也许是菩萨蛮等诸词调的先声，也许竟是依据了当时流行着的词调或新的歌辞而写的"。第二是咏物诗的隽妙。其中的咏物诗，几乎没有一首不好。虽浅露，却隽美；虽粗疏，却富于情致；虽若无多大意味，却往往是蕴蓄着很巧妙的双关之意。《游仙窟》之所以能大行于时，流传日本，"大约也必由于他的文字能够运用俗文学的体制，能够通俗之故"。

30年代高庆丰发表的《游仙窟引》③则论及张文成撰写此篇的动机、《游仙窟》与日本文学之关系、《游仙窟》之取材及评价。他不太赞成日本学者幸田露伴所提出的"张文成与武则天有奸"而撰此书之说。他认为，"张文成乃系色迷之说，或须有之"，但文中所写之事乃幻想而已；《游仙窟》虽为唐时之作，而为南方之文学，不是北方文学，其取材自传奇神话，"辞句更象征南方文学之特殊"。作者对这篇作品的总体评价是："词尚浮艳不事敦厚，少理志，不尽人情。此其事纪之申述。但其中男女之对话多有惊人绝处，因人观之起无限思忆，身心若陷入男女热情。但在我国文学史上的估价，总算非常值得。"

---

① 译文刊《文学周报》第8卷第2期，1929年。
② 载《文学周报》第8卷第2期，1929年。
③ 载《文艺战线》第3卷第3期，1934年。

40年代,学界开始对作者张鷟的生平作进一步的探究。其中容肇祖的《唐张鷟事迹考》① 对张鷟一生的重要行事和创作进行了考述。他认为张鷟约生于唐高宗显庆三年(658),约卒于玄宗开元十八年(720),年七十三。他还认为,《游仙窟》"大约是鷟的纪实的文章","大约是张鷟在弱冠后不久时艳遇的纪实",但不是和武则天有奸而作。

五六十年代,出版了方诗铭校注的《游仙窟》,这是据清康熙二十九年(1690)元禄刻本标点重印的,改正了一些错误,增加了一些注释。此时专论《游仙窟》的文章主要有方诗铭的《漫谈〈游仙窟〉》②、川岛的《记重印〈游仙窟〉》③、刘开荣的《从〈游仙窟〉说到唐代民间说唱文学的形成和发展》④ 等。其中前两篇文章仍然主要介绍了《游仙窟》在日本的流传、传入国内的情况及其在小说史上的地位。刘开荣文则另辟蹊径,认为《游仙窟》不是一篇传奇小说,而是一篇以贵族地主官僚市民为对象的供说唱或演唱的"变文体"作品。《游仙窟》中的"俳谐""调语"与中国古老的"说话"艺术有密切的关系,它可以"使中国民间各种乐艺发展的道路,从唐以前到宋代,更加显得清晰而明确"。

80年代以后,学界仍然保持着对张鷟及其《游仙窟》的研究兴趣。倪墨炎的《〈游仙窟〉的回归与出版》⑤ 是一篇详细介绍《游仙窟》从日本抄回以及在国内整理出版情况的文章,文中强调了鲁迅在介绍和研究这部作品过程中的推动作用。张鸿勋的《〈游仙窟〉与敦煌民间文学》⑥ 视角和前述刘开荣文相近,论述更为细入。何满子的《中国古代小说发轫的代表作家——张鷟》⑦ 则较为详细地介绍了张鷟的生平及其文学成就,尤其是他在中国小说史上的地位。1989年北京书目文献出版社又重印了川岛校、鲁迅作序的《游仙窟》,说明学界对这部作品的研究热情仍然未减。

---

① 载《岭南学报》第6卷第4期,1941年。
② 载《文学月刊》1955年第5期。
③ 载《人民文学》1957年第8期。
④ 载《江海学刊》1961年第9期。
⑤ 载《文史知识》1982年第6期。
⑥ 载《关陇文学论丛》第1集,兰州:甘肃人民出版社,1982年。
⑦ 载《文学遗产》1988年第3期。

同时，80年代以后出版的各种小说史、文学史也一改五六十年代的同类著作或一笔带过、或对之贬抑的态度，对张鷟的《游仙窟》的艺术成就给予了高度的评价，如中国社科院文学所编著的《唐代文学史》就指出："《游仙窟》的艺术特色是在于将作者与崔十娘及其五嫂的交往过程每一个细节都写得极为具体生动。其语言的总体特征是浅显通俗，并特意用了不少诙谐幽默、民间气息很浓的妙语，从而使整篇作品极富情趣。"① 侯忠义的《隋唐五代小说史》也认为："《游仙窟》以它描写当代文人狎邪生活的内容与特殊的表现方法，以及以它的故事的完整，艺术上的纯熟，说明了初盛唐时传奇的成就，从而确立了它在初期传奇史上的地位。"②

三、《李娃传》研究

白行简的《李娃传》艺术成就很高，历来受到学界的重视，20世纪的《李娃传》研究也取得了一定的进展。下面在参考程国赋《〈李娃传〉研究综述》③的基础上，对相关的研究成果进行介绍。

《李娃传》的创作动机

20世纪学界对白行简创作《李娃传》的动机，主要有三种看法。

第一种看法，认为《李娃传》是牛李党争的产物。此说为宋刘克庄首倡，近现代学者中也有人持此说。刘开荣《唐代小说研究》中论"作者白行简的身世和创作《李娃传》的立场与态度"时就认为，白行简之兄白居易属于牛党集团，遭到李党陷害，被贬江州司马，这件事"对于白氏个人及其家庭在社会上的声誉和地位，具有极大的损害性"，白行简"在愤懑之余，把在民间流行的故事，写成小说"④。

第二种看法是卞孝萱提出的。他在《〈李娃传〉新探》⑤中，首先辨析了刘开荣等学者提出的《李娃传》是牛李党争产物的观点，认为《李娃传》的创作不符合牛李党争初期的史实。然后对唐代的政治、社会状况和白氏家史的分析，认为"白行简针对德宗滥封三个节度使的媵

---

① 中国社会科学院文学研究所：《唐代文学史》下册，第532页。
② 《隋唐五代小说史》，第44页。
③ 载《江汉论坛》1993年第4期。
④ 《唐代小说研究》，第108页。
⑤ 载《烟台师范学院学报》1991年第4期。

妾为国夫人，坏国法、伤名教的现实，怀着对胞兄白居易被诬为'甚伤名教'，一贬再贬的愤慨，撰《汧国夫人传》（《李娃传》）讽刺名教的虚伪"。

第三种看法认为《李娃传》的写作并无深意。如侯忠义的《隋唐五代小说史》就认为白行简是在听别人讲述李娃故事后，在李公佐的支持鼓励下写作成文的。更多的学者则认为《李娃传》是白行简根据民间说唱故事《一枝花话》加工改写的。

《李娃传》的写作时间

一般的学者据《李娃传》结尾所云"乙亥岁"，认为此传作于贞元十一年（795）。但刘开荣《唐代小说研究》对此表示怀疑："从形式上内容上看都不可能是贞元间的作品"，然他未能考出确切的写作时间。

20世纪影响较大的两种看法是戴望舒的"贞元二十一年"说和卞孝萱的"元和十四年"说。

戴望舒在《小说戏曲论集·读〈李娃传〉》中认为，《李娃传》不可能是贞元十一年的作品，他提出了两条证据：第一，"因为那时以古文笔法写小说的风气尚未大开"；第二，当时，"白行简和其兄居易丁父忧，居丧于襄阳，决无认识那鼓励他写小说的李公佐的可能。"因此，他认为"乙亥"是"乙酉"之误，写作时间在贞元二十一年，即永贞元年（805）的八月初。

卞孝萱在《校订〈李娃传〉的标题和写作年代》[①]中从两个方面对戴说提出了质疑：首先，戴所说的"贞元二十一年"时，白行简职务为秘书省校书郎，与白行简撰《李娃传》时的职务不符；其次，贞元二十一年，白行简并无与李公佐在长安相晤的可能。他提出了"元和十四年"说。元和十四年，白行简的职务与《李娃传》中所述白行简的职务相符，同时他也可能与李公佐在长安相晤。"乙亥"当为"己亥"之误。

但后出的李宗为的《唐人传奇》赞同戴说，否定卞说。他指出，《李娃传》开头一段文字"汧国夫人李娃，长安之倡女也。节行瑰奇，有足称者，故监察御史白行简为之传述"为《异闻集》作者陈瀚所加，"卞孝萱先生根据陈瀚妄加之言来考订原作的创作年代，适是为之引入歧途。戴望舒先生以为'乙亥'是'乙酉'的误改，论证甚明"。

[①] 载《社会科学战线》1979年第1期。

程毅中的《唐代小说史话》认为上述二说均不完善，存在矛盾之处，但他未能提出新的观点，只是认为"确切年代还难以考定"。

李娃形象的评价

20世纪学界对李娃形象的评价存在着分歧。大多数学者对李娃持肯定态度，认为她感情真挚，救助落难的荥阳公子，品格高尚，认为小说通过描写男女主人公的悲欢离合故事，歌颂了爱情幸福的主题。刘开荣的《唐代小说研究》、中科院文学所编著的《中国文学史》、游国恩等主编的《中国文学史》、张友鹤的《唐宋传奇选》、吴志达的《唐人传奇》、程毅中的《唐代小说史话》和侯忠义的《隋唐五代小说史》对李娃均持这种肯定的态度。许多专题论文如李林生的《李娃形象的塑造及其他》[1]、于天池的《一个精明而善良的妓女形象——〈李娃传〉中的李娃》[2] 也持类似的观点。

另一些学者则认为李娃性格比较复杂，有一个矛盾、发展的过程。如赵齐平《〈李娃传〉的情节与人物形象》就认为，作者在塑造李娃形象时深刻地揭示了人物思想性格的复杂性。他指出，作品开头并没有离开"诱引宾客"的妓女身份去描写她。她和郑生之间有男女的"相慕"，即爱情，但情的"相慕"又终于屈从于利的追求，李娃不得不参与计逐。"她心地纯洁、善良，渴求爱情，希望得到人们之间正常关系的生活温暖，但是办不到，那个病态社会在毁灭着她，又驱使她在毁灭着别人。"[3] 李娃的精神境界是在重遇郑生后得到升华的。同样，王立兴、吴翠芬的《唐传奇英华》[4] 也从"情"和"利"的矛盾中分析了李娃形象的复杂性和性格的发展。

还有一些学者对李娃这一形象和《李娃传》的主题持否定观点。如吉林大学等十三院校编著的《中国文学史》[5] 认为此篇作品"企图以李娃为范例宣扬被欺侮的下层人民应该归依统治阶级，充当奴才。"廖仲安《重读三篇唐人传奇》[6] 也认为，"整个故事不过是想写一个最符合

---

① 载《沈阳师范学院学报》1980年第4期。
② 载《中文自修》1985年第8期。
③ 《唐传奇鉴赏集》，第100页。
④ 王立兴、吴翠芬注析：《唐传奇英华》，上海：上海教育出版社，1988年。
⑤ 吉林大学等十三院校编著：《中国文学史》，南京：江苏人民出版社，1979年。
⑥ 载《光明日报》1965年5月2日。

风流公子心愿的娼女"。马振方《也谈〈霍小玉传〉和〈李娃传〉》[1] 则嫌廖仲安文"不够中肯、有力",他认为李娃救助郑生,"主要不是追求什么'爱情幸福',而是为了替落难公子恢复'本躯',以补己过"。黄加灏的《〈李娃传〉传统评论质疑》[2] 也否认"小说歌颂真挚爱情,表现爱情"的主题,认为李娃与郑生"只是郎'财'女貌式的聚合",他们之间并无真正的爱情。

四、其他小说研究

和上述作家作品研究相比,学界对其他唐代小说作家作品的研究就显得薄弱得多。下面将择要介绍之。

李朝威及其《柳毅传》

学界对李朝威及其《柳毅传》的研究成果虽然有限,但也比较全面。

20世纪上半叶未见有关李朝威和《柳毅传》研究的专论和专著,专门探讨李朝威和《柳毅传》的文章是到50年代才出现的。王运熙的《读〈柳毅传〉》[3] 和刘叶秋的《读唐传奇〈柳毅传〉》[4] 是较早对《柳毅传》进行全面分析和评价的文章。其中王运熙文分析了文中的故事情节、人物性格、一些细节的处理方法,并与其他小说进行了一定的比较,还探讨了其中的门第观念及其对后世戏曲的影响。刘叶秋文在肯定这个故事通过柳毅的侠义行为的描写,暴露了封建婚姻制度给妇女造成的痛苦,反映人民的反封建和对婚姻自由的渴望的基础上,还对作品中的封建意识进行了批判。作者认为这篇作品不只描绘细致,结构谨严,颇见组织剪裁之妙,对人物性格的刻画也非常生动。当时论及李朝威生平的文章有苏丰的《唐代传奇作家李朝威李公佐》[5] 等。

"文革"之后,研究《柳毅传》的文章逐渐多了起来。人们除了继续对这部作品的思想、主题、人物和艺术特色继续进行探讨,如霍旭东

---

[1] 载《光明日报》1965年5月23日。
[2] 载《杭州大学学报》1987年第1期。
[3] 载《语文教学》1957年第3期。
[4] 载《语文学习》1957年第3期。
[5] 载《甘肃日报》1961年11月8日。

的《谈〈柳毅传〉的写作艺术》①、葵生的《龙女的心愿——谈〈柳毅传〉的主要人物》②、于天池的《说〈柳毅传〉》③等,还有一些学者从新的角度,对这个故事的原型及其演变过程进行了细致的考索,如白化文的《龙女报恩的来龙去脉——〈柳毅佳〉与〈朱蛇传〉比较观》④、程国赋的《〈柳毅传〉的演变过程》⑤、《〈柳毅传〉成本探微》⑥等。

蒋防及其《霍小玉传》

学界对蒋防及其《霍小玉传》的研究也比较深入,但大多数成果都是在80年代以后出现的。周先慎的《忠于生活逻辑的性格描写——谈谈〈霍小玉传〉》⑦和季光的《饱蘸血泪写平康——读〈霍小玉传〉》⑧是较早分析和鉴赏《霍小玉传》的文章,二文均对这篇作品的人物塑造、主题思想和艺术成就作了细致的分析和高度的评价。

80年代中期出现了几篇较有深度和突破的专论。如唐异明的《读〈霍小玉传〉——兼论〈莺莺传〉及〈李娃传〉》⑨就将《霍小玉传》与《莺莺传》《李娃传》等唐代其他描写爱情故事的作品进行了比较,论述较有深度。吴庚舜的《传奇研究也应知人论世——论蒋防及其〈霍小玉传〉》⑩《唐代第一流小说家——蒋防》⑪通过对蒋防的诗、文、小说及有关史料的综合考察,纠正了旧说的错误,详细论证了蒋防的字里、生年、卒年、经历、思想、创作成就和《霍小玉传》的系年,使得蒋防和《霍小玉传》的研究上了一个台阶。周绍良的《〈霍小玉传〉笺证》⑫结合唐代的社会政治情况、风俗人情对这篇作品的本事作了较为详细的笺

---

① 载《甘肃文艺》1979年第5期。
② 载《教与学》(邵阳)1979年第4期。
③ 载《北京师范大学学报》1989年第5期。
④ 载《文学遗产》1992年第3期。
⑤ 载《烟台师范学院学报》1992年第4期。
⑥ 载《许昌师专学报》1994年第1期。
⑦ 载《甘肃文艺》1980年第2期。
⑧ 载《唐传奇鉴赏集》。
⑨ 载《文学遗产》1983年第3期。
⑩ 载《中国古典文学论丛》第1辑。
⑪ 载《文史知识》1986年第1期。
⑫ 载《文学遗产》1986年第2期。

证。卞孝萱的《〈霍小玉传〉是早期"牛李党争"的产物》①从对蒋防以及传奇主人公李益的社会关系的分析入手,发现这篇作品是一部攻击政敌的传奇,是早期牛李党争的产物。它是蒋防适应元稹、李绅的政治需要和迎合元稹、李绅的文艺爱好而作的。其写作时间应在长庆初年。作者还进一步推断,长庆时,李益罢右散骑常侍,为太子宾客。李益仕途上的这一挫折,或与《霍小玉传》对他的攻击有关。

裴铏及其《传奇》

学界对裴铏及其小说集《传奇》也较为关注。80年代初,周楞伽辑注的《裴铏传奇》②的正式出版,推动了研究的进一步深入。其《裴铏传奇·前言》和《裴铏〈传奇〉和浪漫主义》③首次对裴铏的生平行事作了简略的考订,较为全面地分析和评价了这部小说集的艺术成就。他认为这是一部浪漫主义的作品,裴铏是"传奇体"文学样式的创始者,在中国小说史上具有不可忽视的意义。

此后类似的论文还有陈君谋的《裴铏及其〈传奇〉》④、陈周昌的《试论〈传奇〉的思想和艺术》⑤等。其中陈君谋文参照高骈的经历,结合裴铏作品中所反映的作者的生平情况,对裴铏的生平经历作了一些推测。其中一些看法与周楞伽《裴铏传奇·前言》不同,如他认为周说裴铏仕于蜀,"一直未离蜀中"的观点,是不确切的。他也不同意周说裴铏《传奇》作于其早年,"是想以之作为进身的阶梯"的"敲门砖"的说法,而是认为其中部分作品可能作于早年,但其中所反映的社会面比较广泛,不太可能是裴铏早年的一时一地之作。陈周昌文则指出,这部"小说中趋避林薮、脱离现实的思想,反映出晚唐地主阶级知识分子对即将来临的阶级斗争风暴的恐惧和苦闷",这和作者本身的生活经历也有很大的关系。他在分析艺术时又指出,《传奇》的作者在安排小说的结构时,善于设置一条贯穿全篇的线索,来组合人物和情节,让情节次第展开,描写有条不紊,画面完整严谨,构成短篇小说的一种结构格局,这也是文言短篇小说成熟的标志之一。

---

① 载《社会科学战线》1986年第2期。
② 周楞伽辑注:《裴铏传奇》,上海:上海古籍出版社,1980年。
③ 载《唐代文学》第1期。
④ 载《苏州大学学报》1982年第1期。
⑤ 载《人文杂志》1983年第4期。

其他传奇作品研究

学界对唐代其他传奇作家、作品的研究就更少了。

如学界对李公佐及其《南柯太守传》的研究主要集中在对李公佐生平的介绍和对《南柯太守传》故事的来源和主题的辨析上，如苏丰的《唐代传奇作家李朝威李公佐》①、魏明安的《李公佐》②、王立兴的《〈南柯太守传〉主题辨》③、路工的《〈南柯〉与〈南柯太守传〉》④、李宗为的《〈南柯太守传〉的题材来源及主题思想——与路工同志商榷》⑤等。

学界对牛僧孺《玄怪录》和李复言《续玄怪录》的研究主要集中在版本考订、校勘整理和作者考辨等方面，相关的成果主要有陈寅恪的《顺宗实录与续玄怪录》⑥，程毅中点校的《玄怪录　续玄怪录》⑦《〈玄怪录〉、〈续玄怪录〉的版本与作者》⑧ 《谈〈续玄怪录〉的作者问题——兼与卞孝萱、李宗为二同志商榷》⑨《〈玄怪录〉补正举要》⑩，姜云、宋平校注的《玄怪录　续玄怪录》⑪，于天池的《牛僧孺和他的〈玄怪录〉》⑫，李剑国的《〈续玄怪录〉作者重议》⑬，徐志平的《从比较观点看李复言小说之写作技巧》⑭，王仲荦的《读〈续玄怪录·辛公平上仙〉杂记》⑮，苏道明选译的《玄怪录　续玄怪录》⑯，程小铭的《论

---

① 载《甘肃日报》1961 年 11 月 8 日。
② 载《甘肃文艺》1980 年第 2 期。
③ 载《南京大学学报》1982 年第 1 期。
④ 载《文学遗产》1984 年第 1 期。
⑤ 载《苏州大学学报》1985 年第 3 期。
⑥ 载《国立北京大学四十周年纪念文集乙编》上册，1940 年。
⑦ 程毅中点校：《玄怪录　续玄怪录》，北京：中华书局，1982 年。
⑧ 载《社会科学（甘肃）》1983 年第 2 期。
⑨ 载《中华文史论丛》1988 年第 1 期。
⑩ 载《文献》1995 年第 1 期。
⑪ 姜云、宋平校注：《玄怪录续玄怪录》，上海：上海古籍出版社，1985 年。
⑫ 载《中华文史论丛》1986 年第 2 辑。
⑬ 载《南开学报》1986 年第 5 期。
⑭ 载《中外文学（台北）》第 14 卷第 5 期，1985 年。
⑮ 载《文献》1987 年第 3 期。
⑯ 苏道明选译：《玄怪录续玄怪录》，杭州：浙江古籍出版社，1989 年。

〈玄怪录〉的版本源流问题》① 等。

对皇甫枚和《三水小牍》的进行评述的文章主要有路志霄的《皇甫枚与〈三水小牍〉》②《皇甫枚》③，王枝忠的《皇甫枚及其〈三水小牍〉》④ 等。

此外还有王桐龄的《〈会真记〉事迹真伪考》⑤，叶德辉的《跋缪校〈宣室志〉》⑥《〈四库提要·宣室志〉考证》⑦，岑仲勉的《唐临〈冥报记〉之复原》⑧，卞孝萱的《〈纪闻〉作者牛肃考》⑨，程毅中的《〈异闻集〉考》⑩，方诗铭的《〈异闻集〉考〉补》⑪，詹瑛的《〈长恨歌〉与〈长恨歌传〉》⑫，周先慎的《精魅的人化——谈〈任氏传〉在古小说发展中的意义》⑬，凡木的《奇特的故事，诗意的描绘——简论唐代传奇小说〈红线〉》⑭，张永钦、侯志明点校的《独异志　宣室志》⑮，王达津的《论〈会真记〉》⑯，金文明选译的《博异志　集异记》⑰，白慧的《唐代传奇中的史笔——杂谈陈鸿的〈东城老父传〉和〈长恨歌传〉》⑱，朱迎平的《〈灵怪集〉不是六朝志怪》⑲，赵昊龙的《唐代传奇中的女性形

---

① 载《贵州大学学报》1989 年第 4 期。
② 载《甘肃师大学报》1981 年第 1 期。
③ 载《中国地方志通讯》1981 年 7、8 期合刊。
④ 载《朔方》1988 年第 2 期。
⑤ 载《史学年报》第 1 卷第 2 期，1930 年。
⑥ 载《图书馆学季刊》第 4 卷第 3、4 期合刊，1930 年。
⑦ 载《辅仁学志》第 10 卷第 1、2 期，1941 年。
⑧ 载《"中央研究院"历史语言研究所集刊》第 17 本，1948 年。
⑨ 载《江海学刊》1962 年，第 7 期。
⑩ 载《文史》第 7 辑，1979 年。
⑪ 载《文史》第 11 辑，1981 年。
⑫ 载《学林漫录》三集，1981 年。
⑬ 载《文史知识》1982 年第 12 期。
⑭ 载《南京师院学报》1983 年第 3 期。
⑮ 张永钦、侯志明点校：《独异志　宣室志》，北京：中华书局，1983 年。
⑯ 载《社会科学战线》1984 年第 2 期。
⑰ 金文明选译：《博异志　集异记》，杭州：浙江古籍出版社，1984 年。
⑱ 载《社会科学（甘肃）》1985 年第 3 期。
⑲ 载《文学遗产》1987 年第 1 期。

象——读〈红线〉和〈聂隐娘〉》①，郝润华的《唐传奇〈上清传〉史实考释》②，古敬恒的《唐人小说〈宣室志〉札记》③，卞孝萱的《〈枕中记〉主角原型三说质疑》④《〈红线〉〈聂隐娘〉新探》⑤，孙民的《以爱杀爱的悲剧——〈任氏传〉解读》⑥，王晶波的《从地理博物杂记到志怪传奇——〈异物志〉的生成演变过程及其与古小说的关系》⑦ 等。

唐代笔记小说的研究

和唐代传奇小说研究相比，人们对唐代笔记小说的研究要薄弱得多。

20世纪综论唐代笔记小说的文章主要有王瑛的《唐宋笔记小说语词释义》⑧、钟振振的《读〈唐宋史料笔记丛刊〉札记》⑨、周勋初的《唐代笔记小说的内涵与特点》⑩ 等。

对唐代笔记小说作家作品的研究主要体现在对作者生平的考订、作品的整理和版本、校勘等方面。其中大部分新的唐人笔记整理本是由中华书局、上海古籍出版社和浙江古籍出版社出版的。

除了一些文学史、小说史类著作，论及唐人笔记小说的著作还有刘叶秋的《历代笔记概述》⑪《古典小说笔记论丛》⑫，周勋初的《唐人笔记小说考索》，吴礼权的《中国笔记小说史》等。

其中周勋初著是20世纪唯一一部对唐代笔记小说进行深入探究的著作，该书上编为通论，论及"唐代笔记小说的内涵与特点""唐代笔记小说的崛兴与传播""唐代笔记小说的校雠问题""唐代笔记小说的整理心得"等几个理论问题；下编是作家作品考，对韦绚等四个重要的笔

---

① 载《语文学刊》1988年第4期。
② 载《甘肃理论学刊》1990年第1期。
③ 载《徐州师范学院学报》1991年第1期。
④ 载《西北师大学报》1993年第6期。
⑤ 载《扬州大学学报》1997年第2期。
⑥ 载《文史知识》1996年第11期。
⑦ 载《西北师大学报》1997年第4期。
⑧ 载《中国语文》1986年第4期。
⑨ 载《齐齐哈尔师院学报》1987年第3期。
⑩ 载《中国典籍与文化》第2辑，北京：中华书局，1995年。
⑪ 刘叶秋：《历代笔记概述》，北京：中华书局，1980年。
⑫ 刘叶秋：《古典小说笔记论丛》，天津：南开大学出版社，1985年。

记小说作家及《隋唐嘉话》等七部作品进行了考索。这种宏观与微观相结合的研究方法，为 20 世纪尚不太为人所重视的唐人笔记小说研究提供了一些综合研究的实例，较好地说明了唐代笔记小说的学术价值，阐述了这一文体在后世所产生的重大影响。

第十六章　隋唐五代文学理论研究

隋唐五代是中国古典文学创作的辉煌时期,而文学理论的建树则稍有逊色,所以,和隋唐五代创作研究相比,20世纪的隋唐五代文论研究的成绩也要少一些。但是,无论从研究的深度还是广度上说,20世纪的隋唐五代文论研究还是取得了相当大的突破和进展。从二三十年代开始直至90年代,一直有学者在持之以恒地探讨隋唐五代时期文学理论和文学批评的"断代史"的发展规律和演变轨迹,致力于隋唐五代文学理论史和批评史的撰著。人们还不断更新研究观念,改进研究方法,扩大研究视野,逐步从单一的传统的文论观点分析,转变为现代的文学理论和创作思想、审美趣味并重的立体、交叉研究,使隋唐五代文学理论史和批评史的研究出现了质的飞跃。至于学界对隋唐五代一些重要的文学理论家如皎然、司空图及其文论著作的研究和讨论,自然也是新见迭出、创获颇多[①]。

第一节　综合研究

20世纪隋唐五代文学理论的综合研究主要体现在"史"的研究和一些通论性的研究成果中,而其中"史"的研究取得的成果更多。

[①] 20世纪学界对隋唐五代散文理论、小说理论、曲子词理论以及一些文学家的文学思想和审美趣味的个案研究,本书于各相关章节已有介绍,此处不赘述。

一、隋唐五代文学理论"史"研究

中国文学批评通史中的"隋唐五代文论"研究

在我国第一部《中国文学批评史》[①]中就已经有"隋唐批评史"一章。陈中凡的这部著作虽然只是按隋代、盛唐、中唐、晚唐等五个时期先后为序,将各个时期的重要文论著作和文论家的主要观点一一胪列出来、稍作点评,并未探讨隋唐五代时期"文学批评史"的特异之处和自足之处,更未深论这些文论家、文论著作在隋唐五代文学批评史上的重大贡献,但已经初步呈现出隋唐五代文学批评"断代史"的雏形,草创之功,不可抹杀。而且,陈中凡此书在章节的安排和具体的论述中,也时有新警之处。如他在"隋代文平"一节中将"炀帝平当时文士"与"李鄂上书说"相提并举,就显示出超凡的识见。因为炀帝乃当时文坛的中心人物,其文学批评观对当时的文风具有不可忽视的影响,且他与李鄂,一是对健康文风积极之引导,一是对传统弊病激烈之针砭,恰可相辅相成,共同为后来初盛唐文学之健康发展做了理论上的铺垫。但除了陈中凡此著,20世纪很少有文学批评史或文学理论史如此看重隋炀帝对当时文士的这些评论在隋唐文学批评史上的地位。再如,该书在述及"初唐文平"时将唐初史臣们在"八书"《文苑传叙》中的文学批评观点分为"江左派"和"北朝派",也比后来许多著作混同论之,要科学、客观得多。

此后相当长的时间里,人们也多是在文学批评史或文学理论史类著作中论及隋唐五代时期文学批评的情况。如郭绍虞的《中国文学批评史》[②]《中国古典文学批评史》[③],朱东润的《中国文学批评史大纲》[④],刘大杰主编《中国文学批评史》[⑤],敏泽的《中国文学理论批评史》[⑥]和蔡钟翔等著的《中国文学理论史》等。

其中,郭绍虞著是以"问题"为纲,将隋唐五代各个文学批评家的

---

① 陈中凡:《中国文学批评史》,上海:中华书局,1927年。
② 郭绍虞:《中国文学批评史》,上海:商务印书馆,1934年。
③ 郭绍虞:《中国古典文学批评史》,北京:人民文学出版社,1959年。
④ 朱东润:《中国文学批评史大纲》,上海:开明书店,1944年。
⑤ 刘大杰主编:《中国文学批评史》,上海:上海古籍出版社,1964年。
⑥ 敏泽:《中国文学理论批评史》,北京:人民文学出版社,1981年。

观点采入对这一时期各个文学理论"问题"的论述中。他认为，从隋唐到北宋，是文学观念的复古期，"复古"的含义是指唐宋时期的文论家、批评家们，竭力抹杀已经从学术中分离出来的文学之独特性，使之重又混同于学术。他在1934年版的《中国文学批评史》中称隋及唐初称"复古运动的酝酿时期"，称初、盛、中唐为"复古运动的高潮时期"，称晚唐五代为"复古运动的消沉时期"。具体说来，"隋、唐、五代之时，因不满意于创作界之淫靡浮滥，于是对于六朝文学根本上起了怀疑。其对于六朝文学之怀疑本是不错，不过惜其不甚了解文学之本质，转以形成复古的倾向而已"。"唐人论文，以古昔圣贤的著作为标准"，"虽然主明道，而终偏于文；——所谓'上规姚、姒浑浑亡涯'云云，正可看出唐人学文的态度"[①]。郭绍虞著始终以儒家传统文学观作为主线贯穿批评史，十分强调隋唐五代文论家和文学家们对齐梁形式主义文风的批判，这种观点对后来的同类著作产生了深远的影响。

刘大杰著、敏泽著和蔡钟翔等著也分别有对隋唐五代时期文学批评和文学理论的"绪论"和"概述"，阐述了他们对这一时期文学批评史的一些全局性、规律性问题的看法和思考。

刘大杰著探讨了隋唐五代文学批评的历史环境及其特色。他认为，这一时期文学批评的重要特色之一，是诗歌批评的发展和诗文批评的分道扬镳。另一个特色，是富有斗争意义的革新运动的开展，这一运动是在复古的旗帜下进行的，诗文方面都是如此。根据诗文革新运动的发展趋势，这时期的文学批评，大致上可以分为三个阶段。隋和唐代前期，是革新运动的萌芽和初步开展阶段。唐代中期，是革新运动的全盛阶段，在当时的历史条件下，文学批评更能吸取古代理论中的优良成分，更多注意作品的思想内容和社会作用，建设性也更为显著，对于当日的创作，产生了积极的指导作用。唐代晚期和五代是这一运动的衰落阶段。该书还梳理了隋唐五代文学理论发展的三个大的线索，即"诗歌进步理论的历史发展""从兴象说到韵味说""古文运动理论的历史发展"，从中可见编著者们的论述重点所在。

敏泽著认为，隋唐五代各个阶段的文学理论批评都有其各不相同的讨论"重点"和"成就"。他指出，隋及初唐时期的文学批评家主要是批判齐梁遗风，初盛唐的一些诗歌理论家则热衷于探讨诗歌的形式，提

---

① 郭绍虞：《中国文学批评史》上册，第6页。

出了一些对于后来发生了较大影响的理论问题，如关于"格"与"调"、"景"与"理"、"情"与"理"的解释及其关系的论述，中唐时期则讨论了怎样批判地广泛继承前人遗产的问题和如何发挥文学反映和干预社会的作用的问题，晚唐五代文学理论批评方面虽然没有大的论争，但是以司空图的《二十四诗品》为代表，继承着皎然的《诗式》，对唐代诗歌发展的经验——主要是以王维、孟浩然、韦应物等为代表田园山水诗的创作经验，进行了比较深入的艺术探讨和总结①。

蔡钟翔等著也指出，与诗歌创作的发展相应，隋唐五代文学理论的发展过程大体上也可以分为初、盛、中、晚四个时期。隋及唐初是近体诗律学的发展成熟时期，也是创作思想逐步改变的时期。盛唐时期是以探讨艺术规律为主要内容的诗歌理论全面发展的时期。中唐时期，诗歌理论中出现了两种不同的倾向：皎然、高仲武上继殷璠，而更偏重于探讨艺术规律；白居易则接过杜甫、元结关心现实的传统，发展了政教中心的儒家诗学。晚唐五代时期，论诗之作甚多，而且名目不一，倾向复杂②。

隋唐五代文学理论断代史的编撰

早在30年代中期，罗根泽开始对隋唐五代文学批评史进行专题研究，他先后撰写了《唐代文学批评研究初稿》③《唐史学家的文论及史传文的批评》④《唐代早期的古文论》⑤《晚唐五代的文学论》⑥ 等一系列评述隋唐五代文学批评史的论文。后来，他在这些文章的基础上，撰写了《隋唐文学批评史》⑦ 和《晚唐五代文学批评史》⑧。

和上述陈中凡著体例不同，罗根泽著不是以"时代"为序，而是以"问题"为纲。《隋唐文学批评史》围绕着"诗的对偶及作法""诗与社会及政治""元稹白居易的社会诗论""史学家的文论及史传文的批评"

---

① 《中国文学理论批评史》，第264—268页。
② 《中国文学理论史》，第8—13页。
③ 载《学风（安庆）》第5卷第2、3期，1935年。
④ 载《学风（安庆）》第5卷第4期，1935年。
⑤ 载《学风（安庆）》第5卷第8期，1935年。
⑥ 载《文哲月刊》第1卷第1、2、3期，1935年。
⑦ 罗根泽：《隋唐文学批评史》，上海：商务印书馆，1947年。
⑧ 罗根泽：《晚唐五代文学批评史》，上海：商务印书馆，1947年。

"早期的古文论""韩柳及以后的古文论"六个问题——展开论述，隋唐时期各个文论家的观点都以时间先后、继承和发展的关系，被组织到这些论题中了。和陈中凡著相比，罗根泽著无论在论述的深度还是在涉及问题的广度上，都有了明显的进步。罗著能联系当时的社会政治背景、文化思想特点、文坛的创作风尚，来探讨唐代文学批评思潮产生的历史动机和社会原因。尤其是，作者首先从唐人对诗歌创作形式和教化功能兼善并重这一文论基点出发，详细地讨论唐人对"诗的对偶及作法"和"诗与社会及政治"的认识过程，作者又将前者厘为"联内对偶"和"全篇调声之术"两部分（两部分内容有43页之多，约4万字，几占全书的三分之一），史论结合，分而论之，梳理、剖析得更细，这无疑和有唐一代诗学发达是相符的。

同样，罗根泽在其《晚唐五代文学批评史》中也搜罗出不少向为人所忽视的文论材料，自出手眼，对晚唐五代众多的"诗格""诗句图"等著作进行详细、精审的考订和阐述。

相比之下，同时和后来的诸多中国文学批评史、文学理论史或隋唐五代文学批评史、文学思想史都未能像罗根泽那样，对唐五代人论诗之形式和作法的观点作如此充分的论述。

此后相当长的时间里，一直没有出现新的隋唐五代文学理论史，直到80年代后期和90年代，才又出现了两部真正意义上的隋唐五代时期的"断代文学批评史"，即罗宗强的《隋唐五代文学思想史》和王运熙、杨明合著的《隋唐五代文学批评史》[①]。

罗宗强著在20世纪隋唐五代文学理论史的研究领域中具有不同寻常的意义[②]。首先，它不只是一部传统的隋唐五代文学批评史或文学理论发展史，而是一部对隋唐五代近三百八十年间文学思想的发展状况和发展规律进行宏观把握和深入探讨的文学思想发展史。作者认为："研究中国古代文学思想史，不仅要研究文学批评和文学理论的发展史，还必须结合文学作品，研究文学创作中反映出来的文学思想的发展与演变情况。只有把文学批评，文学理论与文学创作反映的文学思想倾向放在一起研究，才有可能较好地说明文学思想的发展面貌，较好地探讨文学

---

① 王运熙、杨明：《隋唐五代文学批评史》，上海：上海古籍出版社，1994年。
② 以下对罗宗强此著的评述参考了田耕宇的书评：《隋唐五代文学思想史（罗宗强著）》，载《唐代文学研究年鉴》1987年卷。

思想的发展规律。"① 这部著作的新颖之处和突破点，正在于它不仅收集了唐代文学理论家的有关论述资料，更重要的是作者独具慧眼，从浩繁的文学作品中，将许多作家的片段论述、创作倾向和批评史所表现出来的文学思潮结合在一起，变零散为集中，理纷乱为系统，从宏观理论的高度，勾勒出隋唐五代文学思想发展的清晰轨迹，体现出这一阶段文学思想的丰富性与复杂性，使人们对本时期文学思想有了一个整体的认识，弥补了前此诸多文学批评史在材料处理和宏观把握上的不足。

其次，作者对隋唐五代文学思想发展的趋势的认识和分期也与前人大不相同。作者认为，这一时期文学思想总的发展演变，经历了一个从反绮艳开始，最后复归于绮艳这样一个否定之否定的回旋，而且这种回旋并非简单的复归。另外，他将隋唐五代的文学思想放在中国古代文学思想发展的大链条上，把隋代以及唐代天宝中到大历中这一段时间视为由盛唐文学思想向中唐文学思想的转折期，比较准确地把握住了文学思想发展嬗变的规律。尤其是作者将唐代天宝中至大历中这一段时间视为由盛唐文学思想向中唐文学思想的转折，这样就较好地处理了人们对"盛唐之音"这一美学风范的认识，使人们对盛唐理想主义的文学思想向中唐现实主义文学思想的转变有更为深刻、准确的理解。

最后，作者在隋唐五代文学思想发展的一些重要环节和不少重要的理论问题上，敢于突破陈见，提出新警的见解。如他在论述初唐文学思想的发展时，就很重视唐太宗以及他的一些有卓越识力的政治家们的影响，充分肯定他们对唐代文学繁荣所作出的贡献。再如，他仔细分析了唐初文风的改变比政治、经济面貌的改变缓慢、落后得多的复杂历史原因。作者还指出："唐代文学思想的发展变化，与政局有关。但是它与政局的关系，主要是通过士人的心理状态表现出来的。政局影响士人的心理状态，士人的心理状态直接影响文学思想的发展变化。"② 这个论断对文学作品风格演变史和文学思想发展史的研究具有相当普遍的启示意义，后来许多学者注重士人心态与文学创作、文学思想之关系的研究，应该说与罗氏此论不无关系。

---

① 《隋唐五代文学思想史》，第 4 页。
② 同上书，第 470 页。

王运熙等著可谓是20世纪隋唐五代文学批评史的集成之作[①]。它虽然走的仍是传统的文学批评史的编写思路,但是它是迄今为止出版的隋唐五代文学批评史著作中论及这一时期文论家最多的一部。全书仅列专节或小节论述的,就有80多位文论家,这当中有不少是前人著作从未专门论及的。就每位文论家而言,论述的深度和广度也大大超过了前人。这些和作者对隋唐五代存世文献的全面梳理和掌握是分不开的,书中采用的新材料比比皆是。

王运熙等著的可贵之处,还在于它能于平实中见深刻独到、坦易中出新颖精彩。作者对一些范畴、问题的理解,总是力求落到实处。如关于四声的二元化问题,学界以往都是泛泛而论、笼统把握,认为这是个漫长的过程。而这部著作从具体的史料着手,指出虽然梁人刘滔的那段话是今日所见将平声单独提出与其他三声对举的材料,但齐梁八病说未曾将四声归为两大类,直到隋代刘善经及隋人所作《文笔式》才明显地提出平声与非平声两大类,到初唐元兢、上官仪、崔融论平头、蜂腰等声病,关于四声二元化的意识才进一步明显。这就描述出一个较为清晰的可以坐实的四声二元化的过程。

另外,王运熙等著并不像有的文学理论史、文学批评史那样喜欢先入为主地建构理论体系,它能在对浩瀚材料的爬梳中,抉发出不少向为人所忽视的新问题,同时也能对一些旧问题提出新的解释。如该书在探讨殷璠的文学思想时,就能充分利用新发现的《丹阳集》,指出其中包含了一些有价值的文学思想,注意到殷璠的风骨、兴象之说实际上是对南朝文论家提倡的风骨与文采结合论的发展。又如,作者指出王昌龄研讨诗歌艺术更重视五古,这一现象与殷璠的《河岳英灵集》也是相通的,反映了盛唐诗人和选家为了扭转南朝迄唐初绮靡柔弱诗风而力求古雅的思想倾向。

总之,罗宗强著和王运熙等著各有其鲜明的学术特点,也各有其学术突破点,可谓20世纪研究隋唐五代文学批评史的"双子星座"。

二、隋唐五代文学理论问题综论

20世纪还有一些成果虽然不是以"隋唐五代文学批评史"的形式

[①] 文下对此书的评述参考了卢盛江的书评:《隋唐五代文学批评史(王运熙、杨明著)》,载《唐代文学研究年鉴》1995—1996年合辑。

出现，或者不是对"史"的线索的梳理和描述，但是它们往往就隋唐五代一个或几个重要的文学理论问题展开了纵深的探讨，对进一步认识隋唐五代文学理论的发展和演变轨迹，也具有不可忽视的学术价值。

理论范畴

80年代以后，有相当多的文章阐述了作者对唐代文论中一些审美范畴的认识和理解，如陈植锷的《唐诗与意象》①、郭外岑的《释"兴象"——兼谈晋宋以后我国诗歌创作美学思想的转变》②、胡今虚的《唐人诗"境"说的两点美学启示》③、蔡厚示的《唐代诗论中的"意境"说》④、黄炳辉的《唐人意境说的几个问题》⑤、鲁洪生的《隋唐时期的赋比兴理论》⑥、汪涌豪的《论唐代风骨范畴的盛行》⑦、孙敏强的《从"比兴"到"兴象"——汉唐诗学形象理论发展轨迹试绎》⑧、赵昌平的《意兴、意象、意脉——兼论唐诗研究中现代语言学批评的得失》⑨、荆立民的《"亲风雅"——唐代诗歌批评的一项基本标准》⑩等。

其中陈植锷文着重研究了托名王昌龄的《诗格》，认为此书之所以值得重视，就因为它不仅为"意象"说作了总结性的概括，而且为"意境"说在以后的发展揭开了序幕。他还指出，"兴象"一词初见于殷璠的《河岳英灵集·序》，以"兴象"为"意象"之始，后人说诗，相沿混用，其意实同。"意象"说萌芽于初民造字与占卜的取象，在《文心雕龙》中被正式提出，至唐而得到进一步发展并臻于成熟。至于"意境"一词，虽于六朝佛典中"境界"一词的翻译已肇其端，但正式形成却是在盛中唐之际。郭外岑文探讨了《河岳英灵集》中提出的"兴象"说，认为"兴象"之"兴"，既不是汉代经学家说的"譬托"或"美刺"，也不是钟嵘所说的"文已尽而意有余"，或者叫"滋味"说。"兴

---

① 载《文学评论丛刊》第13辑。
② 载《社会科学（甘肃）》1983年第5期。
③ 载《辽宁师院学报》1983年第5期。
④ 载《文学评论丛刊》第18辑。
⑤ 载《厦门大学学报》1988年第3期。
⑥ 载《沈阳师范学院学报》1988年第3期。
⑦ 载《文学遗产》1990年第1期。
⑧ 载《温州师范学院学报》1991年第4期。
⑨ 载《唐代文学研究》第3辑。
⑩ 载《延安大学学报》1992年第3期。

象"就是以"兴"为特征的"象",或者是具有"文已尽而意有余"的特征的意象。"兴象"的出现,标志着一个时代新的美学理想的初步形成和确立。胡今虚文指出,唐人诗境说给我们两点美学启示。一是重视虚境,又不废实境。皎然《诗式》"辨体一十九字"所概括的十九种诗境,全是心理感受性质的概念。一是以"境"论"体",即从诗歌所传达出来的意境来把握、判断诗歌的风格。不仅皎然、司空图如此,李白、杜甫、韩愈、皇甫湜、杜牧诸人也如此。

汪涌豪文指出,在南北朝后期,风骨范畴处于萌生、确立阶段,所以其理论意义和美学价值尚未得到人们的普遍重视,从而限制了它对文学创作应有的干预作用,但是到了唐代,这种局面便得到了彻底的改观。不但诗学崇尚不同的诗人、选家和批评家,多用此范畴进行诗学批评,还有不少论者将之作为自己诗学理想的重要组成部分,予以特别的强调。因此,从诗学风骨论发展的角度看,其理论地位要较南北朝时期更为突出;并且,由于它主要被施于诗歌批评和诗学理论探讨,因此又较魏晋南北朝时期来得更纯粹。文章深入探讨了"风骨"论在初盛唐何以盛行而又不为中、晚唐人称道的原因。

赵昌平文在对唐诗研究中的现代语言学批评的评析中,结合创作,对六朝至唐有关意兴、意脉、意象的观念作清理阐发。文章由中外意象观之异同的辨析生发,指出意兴、意脉、意象是唐诗的核心,它将传统诗歌中的语言形式批评与主情意、重取势两种倾向融为一体,创造了新诗境。因而现代语言批评唐诗研究的成绩足可吸取,但以这一主要指向未来的"诗学"理论来框架历史存在的唐诗,又不能不多所凿枘,甚至扭曲了唐诗的真精神。如何使传统与新潮结合互补,是作者思考的焦点。

美学思潮

还有一些文章对唐人的某些审美倾向、美学论争进行了探讨,如葛晓音的《论南北朝隋唐文人对建安前后文风演变的不同评价——从李白〈古风〉其一谈起》[①]、张碧波的《论唐代诗歌发展中的三次美学论争——兼及唐诗流派兴衰演变规律问题的探索》[②]、吴功正的《唐代诗

---

① 载《文学评论丛刊》第30辑。
② 载《文学遗产》1985年第2期。

人审美心理研究》①、陈炎的《唐代审美理想的宗教、哲学背景》②、刘朝谦的《试论隋唐反审美的文学思潮》③、张明非的《儒家诗教说在唐代的兴衰》④、张业敏的《略论唐人对齐梁诗风的批判》⑤、陈良运的《论唐代诗选家的审美鉴赏批评》⑥等。

其中葛晓音文指出，从南北朝到中唐，文人们对楚骚和建安文风的认识的演变经历了一个曲折的过程。从李谔、王通到初唐四杰，都没有将楚骚和汉赋、建安与齐梁认真地区分开来。陈子昂虽然肯定了汉魏兴寄，但是以楚骚为哀怨之声的观念仍很流行，并一直延续到盛唐天宝以后。由此观点出发，葛晓音对李白《古风》其一的"正声何微茫，哀怨起骚人"，"自从建安来，绮丽不足珍"，提出了与传统解释不同的看法，指出李白的本意是说骚人的哀怨意味着大雅正声的衰微，而不是说"骚人所继承的是那微茫了正声"，李白将建安看作绮丽文风的源头，也只是兼收了未经消化的传统偏见。同时，她还据此解开了杜甫《戏为六绝句》中"纵使卢王操翰墨，劣于汉魏近风骚"这两句诗解的聚讼纠结，指出这一句是批评当时尊汉魏而贬风骚的一种倾向，由于盛唐人普遍推崇建安，而无人正式为"骚之哀怨"不合大雅正声这一点正名（这一问题的真正解决是在北宋），导致一些后生产生视风骚在汉魏之下的谬见。所以诗意是反驳时人认为四杰轻薄为文、近于楚骚而不如汉魏的论调。不能把"汉魏近风骚"五字连读释为"劣于"的宾语。

张碧波文通过对唐诗发展史上的初唐四杰之争、盛唐李杜之争、中唐元白之争这三次美学论争的考察和分析指出，初唐四杰之争属于唐诗开端期的美学思想论争，它是诗歌由魏晋南北朝的贵族王公的御用工具、自娱独吟式的狭小天地向世俗子弟的用事工具、发愤抒情的文学武器方面转化的一种理论表现，是古典诗歌由贵族化向民主化发展的一大飞跃。盛唐李杜之争属于唐诗发展到高峰阶段的审美思想论争，它是古典浪漫主义从旁枝别系走向正统，从天上落到地上，从神化转向人间；

---

① 载《文学遗产》1987年第6期。
② 载《山东大学学报》1988年第2期。
③ 载《社会科学研究》1989年第6期。
④ 载《求索》1989年第2期。
⑤ 载《文学遗产》1991年第1期。
⑥ 载《阴山学刊》1995年第2期。

古典现实主义从讽喻教化转向世俗生活的一大飞跃。中唐元白之争属于唐诗转折期的论争，它是现实主义与浪漫主义向社会生活深层发展的一大飞跃。

吴功正文从"审美的历史必然"、"审美心理的特征""审美心理的外化方式"三个方面探讨了唐代诗人的审美心理。他认为，唐代诗人的审美特征主要是：(1) 顺应和同化的心理功能；(2) 意识世界的直接发露和物质世界的间接反射；(3) 直觉意识的寻求和确定；(4) 审美感受上表现的二极性。唐代诗人审美心理的外化方式有四个：(1) 移入注射；(2) 同构对应；(3) 情绪位移；(4) 间离设置。

张明非文考察了儒家诗教说在唐代的推行及影响，认为倡导儒家诗教的高潮在初唐，中唐只是昙花一现，晚唐更呈衰落之势。所以，尽管诗教说与唐诗相始终，但逐渐衰落毕竟是它的总趋势。同时，这一情形，尤其是在诗歌高度繁荣的盛唐诗教说却相对沉寂的现象，发人深思，充分表明这一理论与唐诗发展的关系是复杂的、不平衡的。作者还指出，儒家诗教说在唐代出现衰落的趋势和种种矛盾的现象不是偶然的。究其原因，首先，这是诗教说自身局限性的反映。因为它既是政治与文学关系极为密切的中国封建体制的特殊产物，便不可避免会导致这样的倾向，即以政治干涉取代文学，要求文学变成功利的附庸和政教的工具，而使文学本身的特殊规律受到排斥，这对作为形象思维产物的文学的发展自然是不利的。其次，处在封建社会鼎盛阶段的唐代强烈要求诗歌摆脱儒家思想的禁锢，以便充分地反映日益丰富发展的社会生活；同时，唐代这一各种思想兼容并包的开放型社会，也为这一要求的实现提供了现实的可能性。唐人对儒家诗教说局限的突破，无疑是唐诗达到辉煌顶峰的一个重要原因。

陈良运文通过对现存十种唐人选唐诗的考察，指出唐代诗选家（除元结《箧中集》外）的审美态度是比较一致的，杜甫的早期诗"三吏""三别"等无人选，元白的"新乐府"无人选，为杜甫所赞赏的元结未进入他身后任何一个选本，倒不是这些选家拒绝任何政治色彩、有一定现实意义的诗篇，而是它们首先以有无高度的审美价值来取舍诗篇，以"风骨""声律"为最高审美尺度，以"清词丽句"为主观爱好，合则取，不合则舍。唐代选家的审美态度，是反映唐代诗学以美学批评为主流的一个重要侧面。

发展规律和特征

还有一些文章对唐代文学思想发展过程本身的一些特征、形态作了有益的分析,如罗宗强的《唐代文学思想发展中的几个理论问题》[①]、陈华昌的《唐代诗论与画论的互相渗透》[②]、毕万忱的《略论唐代诗歌理论批评的发展》[③]、陈本杰的《唐代诗话理论概观》[④] 等。

其中罗宗强文分析了隋唐五代文学思想的发展过程中几个带有规律性的问题。第一,唐代三百年间文学思想的发展变化,表现为一缓慢的过程。在这个缓慢的过程中,一种文学思想发展到另一种文学思想,是通过逐渐的、漫长的演变完成的。第二,一种文学思想发展到另一种文学思想,中间常常有一些短促的过渡期。第三,不同文学思想之间存在着复杂的衔接现象。任何一种文学思想,都不是绝对的"纯净"的,不接受其他文学思想的影响。第四,唐代文学思想的发展提出的另一个问题,便是理论主张和创作实践之间的关系问题。一种理论主张的提出,是否能推动创作的发展及对创作的繁荣起指导作用,主要取决于这种理论主张是否正确地反映了它的时代的创作风貌,是否具有实践性的品格和根据这种理论主张进行的创作实践是否取得了实际的成就。第五,唐代文学思想的发展变化,与政局有关。但是它与政局的关系,主要是通过士人的心理状态表现出来的。政局影响士人的心理状态,士人的心理状态直接影响文学思想的发展变化。

陈华昌文指出,唐代的画论影响诗论主要体现在两个方面,在诗歌创作中反对形似、追求神似和在诗歌创作中追求"象外之意"。诗论对画论的影响表现在两点:一是使画论研究的中心从客体开始转向主体,这种倾向体现在对画家身份、资质、才能的强调和突出"意"在创作中的地位和作用;二是唐代画论开始了对创作最佳心理状态的探讨。

第二节 隋唐五代著名文论家和文论名著研究

隋唐五代虽然不是文学理论发展的顶峰期,也没有产生很多具有较

---

① 载《中国社会科学》1984 年第 5 期。
② 载《朵云》1988 年第 2 期。
③ 载《学术研究丛刊》1991 年第 2 期。
④ 载《福建论坛》1995 年第 5 期。

强理论性和系统性的文论著作，但是也出现了像刘知几、皎然和司空图这样较有影响的文论家。加上唐五代诗选较多，从中也可看出唐人的诗学审美标准。所以，20世纪的学界还是在这些文论家及其文论著作上倾注了不少精力，推出了不少研究成果。

一、刘知几及其《史通》中的文艺观点

生平和思想研究

刘知几是初唐重要的史学家，20世纪有不少研究其生平行事和史学思想的成果。其中年谱类的著作主要有刘汉的《刘子玄年谱》[1]，傅振伦的《刘知几之生平（刘子玄先生年谱后记）》[2]《刘知几年谱》[3]，周品瑛的《刘知几年谱》[4]，张振珮的《刘知几学行编年简表》[5]等。

20世纪还出版了一些对刘知几生平和思想进行评述的评传，如许凌云的《刘知几评传》[6]，赵俊、任宝菊的《刘知几评传：史学批评第一人》[7]。其中前者系"中国思想家评传丛书"中的一种，所以侧重评述其哲学思想和史学思想；后者系"中国史学家评传丛书"之一种，认为刘知几为中国史学批评之第一人。

20世纪还有一些学者对刘知几的思想进行了较为深入的探讨。论文主要有白寿彝的《刘知几的进步的史学思想》[8]，侯外庐的《刘知几的哲学和史学思想——纪念刘知几诞生一千三百周年》[9]《论刘知几的学术思想——纪念刘知几诞生一千三百周年》[10]，卢南乔的《刘知几的史学思想和他对于传统正统史学的斗争——刘知几诞生一千三百周

---

[1] 载《努力学报》第1期，1929年。
[2] 载《学文》1931年。
[3] 傅振伦编：《刘知几年谱》，上海：商务印书馆，1935年。
[4] 载《东方杂志》第31卷第19期，1934年。
[5] 载张振珮笺注《史通笺注》，贵阳：贵州人民出版社，1985年。
[6] 许凌云：《刘知几评传》，南京：南京大学出版社，1994年。
[7] 赵俊、任宝菊：《刘知几评传：史学批评第一人》，南宁：广西教育出版社，1997年。
[8] 载《北京师范大学学报》1959年第5期。
[9] 载《人民日报》1961年3月12日。
[10] 载《历史研究》1961年第2期。

年》[①]，王玉哲《试论刘知几是有神论者——兼与侯外庐、白寿彝两先生商榷》[②]，任继愈的《刘知几的进步的历史观》[③]，骆啸声的《从〈史通〉看刘知几的历史哲学思想》[④] 等。专著除了上述的两部《评传》外，还有许冠三的《刘知几的实录史学》[⑤]。该书循古典史脉络探求刘知几史学思想的渊源，并以世界眼光衡量《史通》的贡献，说明刘知几既是唐朝的中国的史家，也是近代的世界的史家。

《史通》中的文艺观

20世纪的古典文学研究界比较注意刘知几《史通》中所表现出来的文学思想，注重探讨刘知几对中国古代文论的贡献。

20世纪80年代以前，专论刘知几《史通》中文学思想的文章只有宫廷璋的《刘知几史通之文学概论》[⑥]、王家吉的《刘知几文学的我见》[⑦]、白寿彝的《刘知几论文风》[⑧] 等。其中宫廷璋文研究刘知几的文学理论甚为全面和深入，该文分"普通原理"和"批评原理"——援引原文以申述之。其中"普通原理"又厘为"文学与时代精神""文学与本国语言""文学与人生关系""文学与识力之关系""文学之形式""文学之内容""文学之目的""文学之功能"；于"批评原理"中谓刘知几喜探赜索隐并能诋诃，戒穿凿，戒虚妄。

人们大多是在中国文学批评史或隋唐五代文学批评史类著作中论及刘知几的文学理论。如郭绍虞在《中国文学批评史》中分析了《史通》中所反映出来的史学家的文学观：既"不偏主藻饰"，"同时又不偏主质朴"；"一方面求其信实"，"一方面又求其应用"；"由其求信实者言，故重在真"，"由其求应用者言，故又重在善"。另外，郭著还指出，由于刘氏论文"偏重在'笔'的方面，当然不主纯美，而与古文家之论调为近"。"其关于文事之讨论，而为古文家之先声者，有两个较重要的问

---

① 载《文史哲》1961年第1期。
② 载《文史哲》1962年第4期。
③ 载《文史哲》1964年第4期。
④ 载《武汉师范学院学报》1980年第4期。
⑤ 许冠三：《刘知几的实录史学》，香港：香港中文大学出版社，1983年。
⑥ 载《师大月刊》第2期，1933年。
⑦ 载《晨光（北京）》第2卷第1期。
⑧ 载《文汇报》1961年4月18日。

题。即是（1）繁简的问题，（2）模拟的问题。"①

罗根泽在《隋唐文学批评史》中也指出，刘知几的《史通》论史而及于史之文者，最重要的有四点：（1）繁简，即主张删繁就简，"以为史必借于文，但止能'以文叙事'，不能'以事就文'"；（2）语文，"他不惟指出记当时口语用古文之过失，而且指出这种过失的原因是由于时代观念的错误"；（3）模拟；（4）虚实与曲直，"刘知几极力提倡直，反对虚"②。

刘大杰主编的《中国文学批评史》认为刘知几《史通》中文学观可注意者有"重有用之文""反对华辞丽藻""叙事崇尚简要""主张采用当代语言""善于学习古人"等，并指出刘知几的这些主张对后来古文家的文论有一定的启发和影响。

80年代以后，不仅出现了不少分析和评述刘知几《史通》中文学观的文章，而且新出版的一些《中国文学理论史》和《隋唐五代文学批评史》对刘知几文学观的研究也有所深入。

这一时期论及刘知几文学观的专题文章主要有张锡厚的《刘知几的文学批评》③、牟世金的《刘知几对古代文论的新贡献》④、吴文治的《刘知几〈史通〉的史传文学理论》⑤、邱世友的《刘知几〈史通〉的文学思想》⑥、李少庸的《刘知几与古文运动》⑦、蔡国相的《〈史通〉所体现的文论思想》⑧、黄坤的《刘知几"文德"说》⑨ 等。其中牟世金文指出，刘知几对古代文论的贡献，主要就在他论写人叙事的方法。古与今、文与质的关系，他比前人处理得更为合理；人物语言问题，在刘知几以前的文论史上，几乎是一张白纸；概括性的叙事方法，他直接用于人物和社会现象的描写。这都是他的前辈所不及的。不能说刘知几比他的前辈都高明，他的独到之处主要是他作为一个优秀的史学家特别注重

---

① 《中国文学批评史》，第165—171页。
② 《隋唐文学批评史》，第100—101页。
③ 载《四川师院学报》1980年第4期。
④ 载《唐代文学论丛》1982年第1期。
⑤ 载《江汉论坛》1982年第2期。
⑥ 载《唐代文学论丛》总第4辑。
⑦ 载《文学评论》1990年第1期。
⑧ 载《锦州师院学报》1990年第2期。
⑨ 载《文艺理论研究》1991年第5期。

史和真的特点造成的。李少庸文认为,《史通》在文学理论与批评方面的主要贡献之一,就在于他对骈文的猛烈抨击和深刻批判,而古文运动的第一个斗争目标也是反对骈文的统治,并以"古文"取而代之。文章在通过具体的分析和比较后还认定,韩、柳诸公对史学的兴趣,乃是刘氏遗风的反映,他们对《史通》其中包括有关骈文的论述和崇真尚质的观点是熟悉的。文章还从六个方面分析了知几的文论论点对古文运动的沾溉。

80年代以后出版的几部文学批评史、文学理论史在论述刘知几文学思想时也有所深入。如成复旺、黄保真、蔡钟翔等著《中国文学理论史》时,首先分析了《史通》的写作与当时文学思潮之间的关系,认为其现实的针对性就表现在批判六朝文风对史传文的浸染上。他们还认为,刘知几的文学理论主要集中在三个方面,即史学本体的文学观、史学本体的真实论、史学本体的言文说。同时指出刘知几关于史与小说的论述,也在中国古代文学观念的演化史上占有特殊地位。

张少康、刘三富著《中国文学理论批评发展史》指出,虽然把《史通》中的某些理论简单地作为文学理论来论述是不妥当的,但是其中也涉及某些文学观念问题,刘知几对史学著作写作的某些理论也对文学理论批评产生了影响。第一,他对文、史异同的分析,对后来文学批评,特别是历史演义小说理论有很深远的影响。第二,刘知几提倡的"实录"精神,对白居易的诗歌理论曾产生很深刻的影响。第三,刘知几在《史通》中关于写作方法的论述,对中国古代小说创作特征和理论批评的形成有较大的影响。作者最后认为:"刘知几的《史通》虽然和后来文学理论批评发展中的某些方面有较为密切的关系,但它毕竟不是文学理论批评著作,因此对初盛唐文学思想和文学理论批评的发展,并没有多少直接影响。"[①] 比起有些学者过分夸大刘知几《史通》在文学理论批评发展史中的地位,该书的这个论断就显得十分客观、公允,具有很强的学术针对性。

王运熙、杨明的《隋唐五代文学批评史》在详细分析了刘知几《史通》中的文论观点的基础上,对其文学思想进行了评价。他们也认为,《史通》乃论史之作,并非泛论各体文章。对于诗赋等文学作品的审美作用比较轻视,其看法显得保守。但是,关于史书的文学性,《史通》

---

① 《中国文学理论批评发展史》,第308页。

有不少好的见解。如要求叙事文辞精炼质实,要求充分运用细节,还言及人物语言个性化的某些方面等。在《史通》以前,极少有人言及史书著作的文学性,关于人物描写,更几乎无人谈到,故刘知几的意见值得重视。从后来"古文"的兴起和发展看,《史通》所论也有其意义。首先,刘知几对骈俪文风浸染史传不满,指出其不便叙事,易导致文辞繁冗、记载失实。虽然还只是就史书写作这一局部范围而言,并非反对在一切场合使用骈文,但也可说是为"古文"兴起作了一些理论上的准备。其次,自中唐韩、柳迄于清代,古文作者均取法于史传,揣摩其笔调和布局,学习其叙事和描写人物的方法,《史通》则相当早便已论及这方面的问题。这是值得重视的。

二、唐人选唐诗中体现的诗歌审美观

现存的唐人选唐诗不太多,而为学界所重视并加以研究的就更不多了。中华书局上海编辑所和上海古籍出版社曾在50年代和70年代先后出版了《唐人选唐诗(十种)》;90年代中期,傅璇琮、陈尚君、徐俊又合作编撰了《唐人选唐诗新编》,收录唐人选唐诗十三种。在唐人选唐诗中,又以殷璠的《河岳英灵集》最为古代文论研究界所关注,其次是元结的《箧中集》[①]、高仲武的《中兴间气集》。

殷璠及其《河岳英灵集》研究

罗根泽是20世纪较早论及殷璠《河岳英灵集》中诗学观点的学者,他在40年代出版的《隋唐文学批评史》中就开始关注唐代"三位选家的意见",对芮挺章的《国秀集》、殷璠的《河岳英灵集》和高仲武的《中兴间气集》中的诗歌选录标准和评论方法一一进行了探讨。他认为,殷璠虽然主张"文质半取",然实是卑薄声律;固不轻视诗之美,但尤重视诗之用;固不轻视诗的艺术价值,但尤重视诗的人生价值[②]。

20世纪下半叶,尤其是80年代以后,学界对殷璠的《河岳英灵集》尤为重视,不但出现了一些专题论文,而且还出现了专门研究《河岳英灵集》的论著。

在诸多专题论文中,王运熙的《释〈河岳英灵集序〉论盛唐诗

[①] 关于此书的研究情况,请参看本书"中唐文学研究"的"元结"部分。
[②] 《隋唐文学批评史》,第52—53页。

歌》①《〈河岳英灵集〉的编集年代和选录标准》②尤其重要。其中前文认为殷璠的《河岳英灵集序》说明了盛唐诗歌的成就是声律与风骨二者兼备，而所以能够取得这样的成就，乃是经过唐初以来长时期的努力，又经过唐玄宗大力提倡质朴之风而后达到的。文章主要结合盛唐诗坛的创作情况对此序中的"声律""风骨"两个概念进行了阐释，意思是说"盛唐诗歌一方面具有汉魏诗歌的风骨，另一方面又保持了六朝以至初唐时代的严密的声律"③，但"殷璠于风骨、声律二者比较的更重视前者"④。后文通过对集中几首诗写作年代的考订，论证了该集的编撰年代；并对殷璠的选诗标准作了一些分析。他们认为，大约殷璠收诗虽止于天宝十二载（753），但仍以作于开元间及天宝前期者为主。集中未收杜甫诗，可能原因即在于此。而《河岳英灵集》的编选标准，主要是风骨与兴象二者。其《集论》中所云"气骨"，即"风骨"，是指作品思想感情表现得鲜明爽朗，语言质素而劲健有力，因而具有明朗遒劲的优良风格；所谓兴象，就是要求诗人能做到情景交融，能在描绘自然景物时真实地表现出自己的感受。除提倡风骨和兴象外，殷璠对于诗歌创作中立意构思的新颖、语言的独创也很重视。文章还指出，殷璠在选诗时更重视古体诗，其原因除了因为当时的新体诗在数量、质量上未能超过古体诗外，更重要的是他推崇风骨，而这又是和盛唐诗歌的崭新风貌相符合的。

陈铁民的《漫谈〈河岳英灵集〉的选录标准》⑤和李天道的《从〈河岳英灵集〉看盛唐诗歌多样的情致美及其成因》⑥都从考察殷璠选诗的标准入手，探讨了盛唐诗歌的艺术风貌。陈铁民文认为，殷璠把风骨作为他选诗的首要标准，并对有些学者提出的"兴象"是指"情景交融"、主要代表王孟诗派特点的观点提出异议。作者认为，"兴"即兴致、感受、感触，"象"即物象，"兴象"指对外界事物（不限于自然景物）的感受，包括对于社会人生的感触。另外，诗歌创作的独创性，也

---

① 载其《汉魏六朝唐代文学论丛》，上海：上海古籍出版社，1981年。
② 与杨明合写，载王运熙：《中国古代文论管窥》，济南：齐鲁书社，1987年。
③ 《汉魏六朝唐代文学论丛》，第113页。
④ 同上书，第117页。
⑤ 载《文学评论丛刊》第30辑。
⑥ 载《青海民族学院学报》1988年第1期。

是《河岳英灵集》选诗的一个重要标准。陈文还认为，殷璠所谓的"雅调"是对盛唐山水田园诗派特点的反映和概括。李天道文则认为，"风骨"有两种内涵，一是指建功立业、奋发向上、报效君国的时代精神，二是指怀才而不为世所用、报国济世无门的怨愤之情。殷璠以"神来"指作者有丰富的生活实践和深厚的艺术修养，在似乎偶然的情况下能敏悟地捕捉生活的审美内涵，并把它艺术地表现出来；以"气来"指由于作者在气质才性、审美理想和艺术情趣的差异，在作品中表现出来的不同情致美；以"情来"指"在诗句之外包含着深远的情趣，能使人获得深刻的思想和不尽的意蕴"。李文还认为《河岳英灵集》选诗表现了多样的情致美，主要有高昂明朗、愤怒激越、豪放飘逸和自然幽清四种。

20世纪对殷璠及其《河岳英灵集》研究得最为全面和深入的成果当推李珍华、傅璇琮合著的《河岳英灵集研究》①。该书共分两部分，前一部分是有关《河岳英灵集》及编选者殷璠的评论、考证，由四篇文章构成，后一部分是对《河岳英灵集》的整理点校。

傅璇琮、李珍华在《唐人选唐诗与〈河岳英灵集〉》一文中，将《河岳英灵集》放到具体的历史环境中考察，认为："在他之前诗歌选本一个很大的缺陷，就是未能很好地与当时的先进文学思想和业已前进了的创作实践相配合，以致大多数选本缺乏理论上的吸引力。殷璠《河岳英灵集》出现于盛唐诗歌的高峰期，它不满足于单纯的选诗，而是对不少还在创作中的诗人加以评论，它是如此贴近现实，使得评论与创作同步前进。殷璠提出的几个诗歌概念，似乎一下子把人们对新时期诗风的要求明确了，而对于声韵、用字的要求，也更从文学本身规律出发。这种种，使得文学选本不是作为创作的一个无足轻重的附庸，而是作为与文学创作并肩前进的文学伙伴。"②

在《盛唐诗风与殷璠诗论》一文中，傅璇琮、李珍华指出，在殷璠那里，神、气是统一的，似乎构成一个相当有启发性的诗论体系。神是一种超然物外的境界，是诗人对宇宙之理有所把握、有所感悟之后，再来观照人世社会，产生的一种不为世俗所累而又能洞彻世俗之情的神理。有了这种神，诗似乎更有深度，更有理致，具有一种较高的，或者说是物我两忘的境界。气则是偏重于因现实社会之激发而产生的抑郁不

---

① 李珍华、傅璇琮：《河岳英灵集研究》，北京：中华书局，1992年。
② 同上书，第19页。

平，这就使作品有一种气势，一种刚健的力量。情似乎较着重于作家个人对自然、对自我的一种富有情趣的感受，它有时比较细腻，但却是深邃地表现为对一种情怀的倾诉。殷璠把这三者结合起来，成为一个整体，就是说，盛唐诗歌所能表现的内容，无比阔大，可以是宇宙万物之理，经国济世之业，一己深幽之情，它们既有神理，又有力量，复有情致。这样，前人所未曾提出而为殷璠所独创的兴象说就自然而然地形成了[1]。盛唐是一个开阔的、向上的时代，要用彩笔描绘这五光十色的气象而不是一般的小巧景致，这就需要作家有饱满的诗情，使形象带有一层诗的理想的光辉。这就是殷璠对盛唐诗论的贡献[2]。

《〈河岳英灵集〉音律说探索》一文详细探讨了殷璠《河岳英灵集》的《叙》和《集论》中的音律说。傅璇琮、李珍华指出，殷璠《河岳英灵集》的音律说首先可以帮助我们进一步欣赏五古诗歌的音乐美，即殷璠提出的"词有刚柔，调有高下""词与调合"的意思不仅含有"平仄律"的意思，而且指或者主要是指五古一联之内"清""浊"相"对"，联与联之间"清""浊"相"黏"的"抑扬律"。更重要的是它把我们从平仄律"独家经营"的传统看法中解放出来。但是他们又指出："《河岳英灵集》成书于天宝后期，它的音律说当然是有时代性的。它的音律说也许适合于研究和欣赏盛唐的五古，而不一定合于盛唐以后的作品。不过无论如何，它对从建安到盛唐这一段时期内古诗音律的演进和成就，作了一个概括和总结。"[3]

《殷璠生平及〈河岳英灵集〉版本考》一文主要考察了殷璠《河岳英灵集》的版本系统和流传情况，傅璇琮、李珍华认为：（1）殷璠自编的本子原为二卷，这个本子一直流传到南宋。（2）宋元之际或元明之际，二卷本极少流传，几至失传。而自明代前期开始，有三卷本出现。三卷本在流传过程中亦几经翻刻，各本之间也颇有不同。三卷本与二卷本分卷不同，字句有不少差异，但诗人、诗篇的数量是相同的。（3）二卷本属宋本系统，三卷本属明本系统。三卷本有可能据宋时某一刻本翻刻，因此在文字上保留了某些合理部分，不能因其是明本而忽略之。鉴于这些情况，该书后半部分重新点校的《河岳英灵集》，就是以二卷本

---

[1] 《河岳英灵集研究》，第63页。
[2] 同上书，第67页。
[3] 同上书，第97页。

作底本，因为这是较早的，也是较接近殷璠自编本的本子；同时用汲古阁本、毛扆校本、沈氏藏本相校。这是当前最为完善的整理本。

另外，80年代以后，学界对殷璠所编的另一个唐诗选本《丹阳集》也进行了整理和研究，相关的成果主要有卞孝萱的《殷璠〈丹阳集〉辑校》①、陈尚君的《殷璠〈丹阳集〉辑考》等。

其中陈尚君文分为三个部分。一是从明刻本《吟窗杂录》中辑录出殷璠《丹阳集》的自序及诗评；二是推定《丹阳集》收诗情况，亦主要依据《吟窗杂录》；三是考察该集十八位作者生平事迹。他认为，《丹阳集》的结集时间当在开元二十三年至二十九年之间；今知确收入《丹阳集》之诗，共二十首又二十六句，其中古体多于近体，五言超过七言；《丹阳集》所收为润州所属五县作者诗作，收诗下限当在开元末年结集时；其收录诗作是强调以气骨为主，所以选诗以五言古体为主，但仍十分重视"情理绵密"，与词采的"婉丽清新"，并未仅囿于质朴古雅，不像元结《箧中集》那么偏激②。

高仲武《中兴间气集》和其他唐人选唐诗

除了上述殷璠的《河岳英灵集》和《丹阳集》，20世纪学界对高仲武的《中兴间气集》和其他几种唐人选唐诗中所体现出来的诗歌审美观也作了一定程度的探讨。

20世纪专论高仲武《中兴间气集》选录标准的文章主要是梁德林的《〈中兴间气集〉的选录标准与中唐前期的诗歌风尚》③，该文从高仲武该集中所选录的诗人诗作来分析中唐前期的诗歌风尚。作者认为，高氏提倡"哀而不伤""伤而不怨"，体现了一种中和美的理想，它是在安史之乱后需要恢复秩序的历史条件下应运而生的；他崇尚"理致清新"，也体现了中唐前期诗人的一种审美理想，这种对清新美的追求，主要继承了盛唐山水诗人的艺术风格。不过，盛唐人在清新中蕴藏着浓郁的情思，而中唐前期诗人的许多作品则显得境界过于清冷，感情过于清淡，缺乏生气。

20世纪80年代以后新出版的一些文学思想史、文学批评史类著作也多少论及高仲武《中兴间气集》所体现的诗歌审美观。如罗宗强在

---

① 载《文史》第23辑。
② 《唐代文学丛考》，第240—242页。
③ 载《广西师院学报》1987年第1期。

《隋唐五代文学思想史》中就指出,高仲武提倡远韵,与中唐前期大历年间创作上追求情思冲淡是一致的①。成复旺等合著的《中国文学理论批评史》用一节的篇幅专门探讨了"高仲武与《中兴间气集》",他们认为,高仲武此集作为大历时期诗坛上的名家名作的选本,既是一代诗歌创作的批评总结,也是时人审美观点的集中表现。在将其与殷璠的《河岳英灵集》进行比较后,他们指出:第一,殷璠的《河岳英灵集》在论诗时所表现出来的那种兼取"神来、气来、情来"的恢闳气度和气吞建安、俯视太康的艺术创造精神,在高仲武这里几乎完全丧失了。高氏转而重申正统儒家的论诗原则,即从地主阶级的政治需要出发,来抒写思想情感②。第二,高仲武对这一时期诗歌创作中消极面的批评是很不够的。他在评论诗人、选录作品时,对诗坛"薄俗"津津乐道,对虚美之作不厌于录③。第三,《中兴间气集》之所以一向受人重视,主要在于它对作家、作品的审美批评。从《箧中集序》到《诗式》所论,都没有对肃、代时期诗歌创作的艺术成就作出全面评述,而在理论上做到这一点的,只有高仲武。高仲武论诗主要着眼于"体格""理致"两个方面,追求清雅新奇;这同殷璠的《河岳英灵集》论诗之着眼于"兴象""风骨",追求"文质半取,风骚两挟"是显然不同的。高仲武所论正是肃、代时期诗歌创作所形成的一种新的时代风格,所创造的一种特有的艺术之美④。同样,王运熙、杨明的《隋唐五代文学批评史》也很重视高仲武的《中兴间气集》,他们通过对高仲武《中兴间气集》自序、评语、选篇、摘句等材料的分析,发现:(1)高仲武最推崇的是那些写景抒情构思新颖、语言清丽奇巧、对偶工致的诗篇;(2)从诗歌样式看,高仲武最欣赏、重视五言律诗;(3)《中兴间气集》也选录了少量反映政治社会状况、对国事民生有所讽兴的作品⑤。

对芮挺章《国秀集》选录标准专门探析的文学批评史著作只有王运熙、杨明合著的《隋唐五代文学批评史》。他们将芮挺章《国秀集》与殷璠的《河岳英灵集》进行了比较,指出《国秀集》的选诗标准与《河

---

① 《隋唐五代文学思想史》,第173页。
② 《中国文学理论批评史》,第134—135页。
③ 同上书,第137页。
④ 同上书,第139—141页。
⑤ 《隋唐五代文学批评史》,第319—323页。

岳英灵集》表现出明显的不同:"《英灵集》兼顾古体诗和近体诗,更重视古体诗;兼顾风骨与声律,更强调风骨,故所选多古体诗,多慷慨豪迈之作。《国秀集》偏爱近体诗,注意色彩和声律,所选大部分为近体诗和婉丽之作。《国秀集》序文没有提到风骨。盛唐诗的特色是风骨、声律兼备,风骨、兴象俱佳。《国秀集》只注重声律、兴象,不重风骨,书中采录的风骨清峻的壮美之作(特别是七古)很少,因此不能较为全面地反映盛唐诗丰富多彩的辉煌成就,也不能一扫南朝以迄唐初靡丽诗风的特色。"[1]

另外,傅璇琮、李珍华合写的《唐人选唐诗与〈河岳英灵集〉》一文还论及其他一些唐人诗歌选本的选录标准。如他们指出,唐代第一个唐诗选本即释慧净的《续古今诗苑英华集》,"所看重的是一些写景抒情之作,对建安文学的意义,对齐梁文风的柔弱,缺乏认识,又加以贞观前期诗歌还仍沿六朝余波,因此他们认为唐初诗歌只不过是北朝温(子升)、邢(邵),南朝徐(陵)、庾(信)的继续,他们看不出新朝在文学上有什么变化,因此将唐初诗歌与周、梁诗合编,在他们看来自是顺理成章的事"[2]。孙翌编的《正声集》"是力图反映初唐诗的全貌的","第一个把唐代诗歌作为独立的发展阶段,而不是以前的一些选本那样,把初唐诗附丽于六朝之后,这是一个大功绩"[3]。令狐楚的《御览诗》是备皇帝观览的,"都选的是五七言律绝,尤以绝句较多,可以看出大历至贞元年间近体诗发展的情况,这方面可以补《中兴间气集》的不足。作品的艺术风格是趋向于清新明快,讲究词藻雕饰"[4]。

三、皎然《诗式》和唐五代其他诗格著作研究

从初唐至北宋,诗坛上曾广泛流行过诗格一类的著作。但是,由于这类著作多是讲诗的体格和作法,内容比较琐屑呆板,再加上此类著作的时代、真伪、书名、人名方面,存在着很多疑问,所以,在20世纪很长时期内并未得到古代文论研究界应有的重视。人们关注得较多的是其中理论色彩较浓、在文论史上建树较大的皎然《诗式》。

---

[1] 《隋唐五代文学批评史》,第260—261页。
[2] 《河岳英灵集研究》,第5页。
[3] 同上书,第14页。
[4] 同上书,第26页。

皎然生平和思想研究

由于史料对皎然生平的记载不详,所以很长时期学界对其生卒年和生平行事都采取阙疑的态度,但是80年代以后,开始有一些学者试图对其生平问题进行考索。如刘曾遂的《唐诗僧皎然卒年考辨》[①]、张靖龙的《皎然生卒年考》[②]、陈向春的《释皎然早年事迹略考》[③]、漆绪邦的《皎然生平及交游考》[④]、贾晋华的《皎然年谱》[⑤] 等。

其中陈向春文仅就皎然出家时间、出家以前在庐山生活的情况略作一番考察,以弥补皎然生平研究之不足,为深入研究其诗学思想及创作提供了方便。文章认为皎然的出家时间当为刘展之乱发生的上元元年(760)前后,时皎然约32岁。

漆绪邦文对皎然生平问题考定得较为详细,文中提出了不少新的看法。如认为皎然乃南朝高门谢氏后人,但他的"十世祖"是不是谢灵运则很难说;皎然约生于开元八年(720)前后,约卒于德宗贞元八年(792)至贞元二十年(804)间,具体年份,皆不能确指;皎然早年曾有过功名的追求,他入京求仕,也许是天宝初年,其时年过二十,经过十余年的奔走,心力交瘁,一事无成,只好作归山之计,于天宝末回到湖州;皎然受戒出家,是在代宗大历二年(767)至三年春,其决意出家,当与袁晁起义有关;在皎然出家以后的交游中,最值得注意的是他与江南诗人的关系;皎然撰《诗式》或始于大历间,最后写定,是在德宗贞元五年(789),时年约七十岁。

贾晋华著是当前最为详备的皎然年谱,作者在精心考证的基础上提出了很多新的看法。如他指出,皎然非谢灵运十世孙,而是谢安的十二世孙;皎然约于天宝三载(744)前后出家润州江宁县长干寺;皎然《赠包中丞书》并非如当今一些学者所说作于兴元元年(784),而应系于建中二年(781)正月;皎然未曾居庐山,辛文房说当属臆测;《因话录》所载皎然费心"猥希"韦应物之事不可信;皎然当卒于贞元九年(793)至十四年(798)秋间。该书对皎然与时人之交游情况考证尤为

---

① 载《杭州大学学报》1980年第4期。
② 载《唐代文学研究》第2辑。
③ 载《古籍整理研究学刊》1991年第5期。
④ 载《北京社会科学》1991年第3期。
⑤ 贾晋华:《皎然年谱》,厦门:厦门大学出版社,1992年。

详细，共考述皎然之交游者200余人，且将皎然大部分诗文作了编年，书后还附有《皎然著作考》和《交游索引》等资料，也有一定的参考价值。

论及皎然思想的文章主要有韩欣泉的《皎然诗论与佛教哲学》①、高万湖的《隐心不隐迹——试论皎然的世界观》②等。

《诗式》的整理和版本研究

由于现存《诗式》的版本比较混乱，历代著录有一卷本和五卷本之别，现存五卷本又各有不同，所以需要该书进行重新整理、校注。

李壮鹰的《诗式校注》③是20世纪较早对皎然《诗式》进行全面整理的著作。该书以"十万卷楼丛书"中所收的五卷《诗式》为底本，校之以《格致丛书》、《唐宋丛书》、《续百川学海》、《吟窗杂录》明抄本、明崇祯抄本、《说郛》、《历代诗话》、《诗学指南》等本，宋以来一些诗话著作中对《诗式》有所称引或捃扯者，亦作为参校依据。《诗式》中所列举的近五百条例句，也分别查阅有关文献进行校勘。为了使本书更便于阅读，校注者在尽量尊重原本的原则下，适当地在编次上作了一些更动，且一一作了说明。该书校注的重点是书中的理论和评论部分，为了帮助读者理解皎然所谓"十九字"的含义，也对皎然以十九字分注的前两卷例句简单加以注释。书后还附录有皎然传略轶事和他在别的著作中的有关诗与艺术的见解，对读者更好地领会《诗式》的内容以及全面了解皎然的诗学思想颇有助益。类似的著作还有周维德的《诗式校注》④。

此后，张伯伟也有皎然《诗式》的校辑本⑤，他在校勘中吸收了日本学者船津富彦的《诗式校勘记》⑥、许清云的《皎然诗式辑校新编》⑦等研究成果。

---

① 载《中国文艺思想史论丛》第2辑，1985年。
② 载《湖州师专学报》1989年第4期。
③ 皎然著，李壮鹰校注：《诗式校注》，北京：人民文学出版社，2003年。
④ 皎然著，周维德校注：《诗式校注》，杭州：浙江古籍出版社，1993年。
⑤ 载张伯伟：《全唐五代诗格校考》，西安：陕西人民教育出版社，1996年。
⑥ 载《东洋文学研究》第1号，1953年。
⑦ 许清云：《皎然诗式辑校新编》，台北：文史哲出版社，1984年。

张少康的《皎然〈诗式〉版本新议》①，是笔者目前仅见的一篇20世纪专门研究皎然《诗式》版本的文章，文中提出了不少前人很少注意的问题。如该文指出，从历代著录情况看，除《诗式》外，尚有《诗议》《诗评》，三者互有交叉，卷数亦有各种不同记载。如何看待这三部著作的交叉，是一个值得研究的问题。作者通过对《诗式》三个不同类型的版本系统，即《吟窗杂录》本、一卷本、五卷本的细致分析和考察，发现《说郛》系统的一卷本为五卷本的简本，所以现存《诗式》实际上只有两种不同的本子，即吟窗本和五卷本。通过对吟窗本和五卷本的差别的再考察，作者又发现，吟窗本《诗式》部分所依据的可能是贞元前《诗式》的"草本"，而五卷本所依据的则可能是贞元五年后重新编录的五卷本。这两个本子之间的差异不是传抄讹误，也不是吟窗本作了删节，而是《诗式》成书过程中"草本"与"定本"的不同。作者的这些论点，对于考察皎然一生诗学观念的发展、准确地理解皎然《诗式》的内容，均有较大的帮助，加上系前人所未发，因而在皎然《诗式》研究史上具有十分重要的意义。

皎然诗学理论研究

在20世纪80年代以前，人们多是在文学批评史、文学理论史中论及皎然的诗学理论的。

30年代，郭绍虞在《中国文学批评史》中就指出，"大抵皎然论诗宗旨，意取折中"，"他一方面对于齐、梁以来靡丽之风颇加攻击"，"在另一方面却也不废俪语与声律"，"所以他虽有反对齐梁声律的论调，而不同于陈（指陈子昂）、李（指李白）之复古，转近于杜甫之集大成。其与杜甫不同者，不过比较更重在'神诣'"②。他还指出，皎然之诗论实为司空图之先声：其一，司空图《二十四诗品》专论诗之风格，而皎然《诗式》所谓以十九字括诗之体者，亦是就风格而言；其二，司空图论诗重在味外之旨，颇近后来以禅喻诗的严羽的论调，而皎然论诗即阐以禅论诗之旨③。

40年代，罗根泽的《隋唐文学批评史》也通过对《诗式》中诗论的详细分析，看出皎然的诗学审美观。如罗氏指出，皎然的诗法是：

---

① 载《国学研究》第2卷，北京：北京大学出版社，1994年。
② 《中国文学批评史》，第185—187页。
③ 同上书，第188页。

"取境要险难，成篇后要自然。这样，诗的风格才'高'、'逸'。"罗氏还分析了皎然这种审美趣味的思想根源，"他的志趣在'禅者之意'"，"'禅者之意'的应用于诗，当然是'高'、'逸'"。"更鲜明的谓诗的格高由于'通内典'，得助于'空王之道'；则'通内典'，得助于'空王之道'的皎然，当然提倡'高'、'逸'的诗了。"①

从50年代直到80年代初，各种中国文学批评史、文学理论史和文学思想史类著作也无不用较多的笔墨阐述皎然的诗学理论，但它们大多认为皎然诗学理论中存在着与唯物主义思想、现实主义诗论不相合的东西而加以批判。

如刘大杰主编的《中国文学批评史》就认为，皎然诗论中可注意者有三点。一是主张自然与人工相结合。皎然所认为的"真正的自然之美，必须经过人工的锻炼，必须经过苦思的创造，'貌若等闲'，实际出于艺术的功力，所谓取境之时，必身入其境，要经过'至难至险'的体会、观察和构思，才能得到奇句，这都是精辟之见。"② 二是对陈子昂的看法和复变问题。"皎然是一个佛徒，又是一个隐士，他的诗大都抒写隐情，'发明玄理'，而缺少反映社会生活的内容。""他在诗论中只重视诗的体制格调（他所着重谈的自然和工丽，都是从形式和风格来谈的），不注意诗的社会内容，因此对陈子昂诗歌的价值认识不足。"③ 三是论述诗歌的风格。皎然对"诗歌风格的分类，虽然还不能说周密有系统，但皎然吸收了前人关于这方面的意见，作了更为详细的分类，在诗歌风格学的历史发展上是有贡献的。尤其是论意中之静、意中之远二语，更具有他自己的看法。"④ 但是，因受当时现实主义文论观的影响，该书对皎然诗论中重形式轻内容的理论倾向作了批判，说"《诗式》在诗歌上的主要要求，是和汉魏乐府、以及杜甫一派新乐府的精神不相合的"⑤，"他对六朝以来的绮靡文风虽也表示不满，但他和陈子昂、李白、杜甫、元结诸人的理论实质，表现出两条不同的道路"⑥。这种观

---

① 《隋唐文学批评史》，第40—41页。
② 《中国文学批评史》上册，第273—274页。
③ 同上书，第274页。
④ 同上书，第278页。
⑤ 同上。
⑥ 同上书，第278—279页。

念甚至延续到80年代初出版的敏泽的《中国文学理论批评史》中。敏泽也认为，皎然诗学理论中"渗透着封建主义的思想观念和消极的出世思想"[1]，因而他在肯定了皎然某些论述艺术规律、特点的见解之后，又批判了皎然"唯心主义的文学观及其对于超逸的提倡"[2]。

直到80年代中后期，学界才又从隋唐五代诗学理论发展的角度出发，历史、客观地分析和评价皎然诗学理论的理论价值和历史贡献。

如成复旺等著《中国文学理论史》第二册就指出，皎然虽然是一个禅僧，但是，"他对待文学和人生，既跨越了禅门清规，也突破了儒家教条，而能够借助禅宗哲学，兼取儒、道，以解诗理，继承并改造了前人强调政教作用和重视形式之美的两种诗学，对诗歌创作和鉴赏中的审美规律，作出了新的概括。他上承殷璠，下开司空图，对中国古代诗歌美学的发展作出了重大贡献。不过，殷璠的诗学是以艺术经验为依据，其'兴象'说是从'比兴'说演化而来，司空图的诗歌哲学是以《易》《老》《庄》为理论武器，其论'道'、'素'、'意象'、'韵味'，与玄学关系甚深。皎然则是立足禅学，融会儒、道，既讲'诗教'也讲'诗道'，既讲'体德'也讲'作用'，合意兴与境象，达复古与通变，而归结为自然天真。"[3]

再如，王运熙、杨明著《隋唐五代文学批评史》在分别详细分析了皎然"论体势、作用、声对、义类""论适度、创新变化、避俗""五格品诗"等见解后，对皎然诗学理论的优缺点进行了较为客观、公允的评价。他们认为，"皎然在诗歌艺术上主张工丽、自然、格力三者俱备的观点，对于大历诗风具有补偏救弊的作用"，"从文学思想的渊源关系来讲，可以说是继承了刘勰、钟嵘的观点"[4]。他们还对皎然诗学与佛教之关系提出了自己的看法："从总体上看，佛学对皎然诗学虽有渗透，但毕竟是次要的、少数的。""皎然的诗歌理论，主要还是接受儒、道两家（特别是儒家）思想和中国古代诗歌创作传统的影响。他论诗崇尚高雅、风雅和中和之美，是来自儒家的美学观点；崇尚自然，则更多地接受了道家的美学观点。他重视诗歌的工丽、气格等艺术主张，则主要是

---

[1] 《中国文学理论批评史》，第409页。
[2] 同上书，第416页。
[3] 《中国文学理论史》第2册，第109页。
[4] 《隋唐五代文学批评史》，第372页。

从历代优秀诗歌的传统中总结出来的。""全书也没有举玄言诗一类赤裸裸地宣扬老庄思想的诗。这说明皎然是真正懂得诗的艺术的,他知道要写出一部真正能启迪后学、示人楷式的诗学著作,必须面对历代大量的优秀的诗歌遗产,进行认真的总结和分析,而不能凭借抽象的思想学说。"① 但他们又指出,皎然诗学理论中也存在着明显的缺点。一是评价不甚公允。对唐诗尤其是盛唐诗歌评价偏低,对南朝的谢灵运、江淹、唐代的沈、宋评价偏高,对南朝乐府民歌及其仿作、陈子昂评价偏低,对大诗人李白和杜甫则缺乏认识。二是持论和组织不甚精密。另外,他对前此文论家的批评也很苛刻②。

张少康著《中国文学理论批评发展史》则紧紧围绕皎然诗学理论的核心问题进行评述。作者认为,皎然"最理想的诗歌审美境界,是创造一个清新秀丽、真思杳冥的诗歌艺术境界,来展现禅家寂静空灵的内心世界","皎然诗论中最重要的是他对这种'诗禅合一'的诗歌意境的创造及其特征的论述"③。关于诗歌意境的美学特征,皎然在《诗式》《诗议》中有一系列重要论述:第一,具有象外之奇、言外之意;第二,气腾势飞,具有动态之美;第三,真率自然,天生化成,无人为造作痕迹。作者还指出,"皎然诗论给人以比较零散的感觉,涉及很多方面,似乎找不到一个中心,而实际上则是围绕诗境而展开的"④。对皎然诗论的哲学内核,作者也有非常独到的看法。他认为,皎然论诗虽也有某些儒家思想的影响,但是从《诗式》的主要内容,特别是皎然有关诗歌创作思想的论述来看,主要还是受佛学和庄学的影响。皎然的诗歌评论在方法上持"中道"论,但不是儒家的"中道",而是佛家的"中道"。佛家的"中道"是意中方法论,它要求人们重视事物两个相反的极端,而采用意中补偏不倚的观点来说明之。这种要求运用到文学评论中,即是要求对诗的批评不能走极端,要做到适度,恰到好处。《诗式》中的"诗有四不""诗有四离""诗有六至"等条,都非常鲜明地体现了诗家的中道观。最后,作者对皎然诗论给予了很高的评价:"皎然诗论上承殷璠、王昌龄,而下开司空图,是唐代诗论中比较重视艺术审美特征一

---

① 《隋唐五代文学批评史》,第 375 页。
② 同上书,第 376 页。
③ 《中国文学理论批评发展史》,第 340—341 页。
④ 同上书,第 346 页。

派的重要代表人物，也是中唐时期很有代表性的重要诗论家之一。他的《诗式》、《诗议》是唐代探讨诗歌创作法式、艺术技巧和诗歌格律这一类著作中最有成就的代表作。"①

另外，80年代以后还产生了不少对皎然诗论进行专门探讨的文章，如蓝增华的《皎然〈诗式〉论取"境"》②，敏泽的《皎然的〈诗式〉和司空图的〈诗品〉》③，吴文治的《皎然〈诗式〉蠡谈》④，张寅彭的《古代诗论意境说的肇始作——皎然〈诗式〉》⑤，韩欣泉的《皎然诗论与佛教哲学》，姜光斗、顾启的《论皎然的诗歌美学》⑥，孙昌武的《论皎然〈诗式〉》⑦，肖占鹏的《皎然诗论与韩孟诗派诗歌思想》⑧，王运熙的《皎然诗学评述（正、续）》⑨，陈金泽、毕万忱的《荟萃前人 滥觞后世——论皎然的诗歌艺术思想》⑩，王志强的《评皎然的风格观》⑪，孟二冬、耿琴的《皎然的"复古通变"论》⑫等。

其中，蓝增华文从四个方面分析了皎然论取"境"的观点：（1）情与景的辩证关系；（2）诗境是真、善、美的统一；（3）诗境中形象的两大特征：想象性、动态性；（4）创造诗境的形象思维方法——赋、比、兴。张寅彭文认为，皎然《诗式》所论诗"境"，主要是指诗人构思阶段捕获的艺术形象或画面，"成篇之后"，最后定型的艺术形象或画面，《诗式》称之为"体"。皎然强调取境中"思"的作用，比"妙悟"说来得实在，强调"苦思"，实际上接触到了诗境的理性问题。

姜光斗、顾启文认为，皎然在中国美学史上的最大贡献在于他首先提出了独具中国特色的诗歌美学范畴——意境。皎然的诗歌美学摆脱了

---

① 《中国文学理论批评发展史》，第349页。
② 载《古代文学理论研究丛刊》第2辑，1980年。
③ 载《社会科学研究》1981年第1期。
④ 载《文艺理论研究》1981年第4期。
⑤ 载《上海师范大学学报》1983年第3期。
⑥ 载《南通师专学报》1986年第1期。
⑦ 载《文学评论》1986年第1期。
⑧ 载《文学遗产》1989年第4期。
⑨ 载《贵州大学学报》1991年第1、2期。
⑩ 载《社会科学战线》1991年第3期。
⑪ 载《烟台师院学报》1995年第1期。
⑫ 载《安徽师大学报》1995年第1期。

传统的儒家诗歌美学，突破了以善为真、以善为美的局限，超脱于政治伦理之上，以其"超世俗、超功利的态度来研究诗歌美学，所以他只追求真与美，而不提善"，避免了儒家诗歌美学过分强调政治伦理教化作用，以及用封建政治伦理掩盖人的真实感情，忽略形式美之弊。本文还认为，《诗式》中辨体十九字应属于意境论，而不是风格论，十九体中只有"思""悲""怨""力"四体可视为风格，亦可视为意境，其他十五体都只有以意境论方能解释得通。

孙昌武文主要论述《诗式》以佛家的宇宙观和认识论来论诗的方法，及其对后代诗歌理论与实践产生的影响。该文认为，皎然意境论中关于"取境"的观点，取于佛教法相唯识一派的认识论，"境"不是客观实在的反映，而是主观缘虑的产物，是心造的，是法相唯识之学中的"相分色"或"所所缘"，其"境"是冥心静虑、轻安逸悦的"禅境"，本质上是唯心主义。他以"尚于作用"的观点，从创作的主观方面强调了对诗的内容要求，他忽视创作的社会内容，而重视创作的心理内容，这种看法是独特的，有价值的。皎然发挥了大乘佛教提倡的"现观""亲证"，排斥以名言概念为认识中介，要求"心"与"境"直接契合的观念，进一步发展了六朝文论中"言不尽意""言外之旨"的理论，对诗歌创作的表现特点提出了一些有价值的看法。

第三节　司空图与《二十四诗品》研究

在20世纪隋唐五代文学批评史的研究中，学界对司空图的诗学理论研究得最为深透。20世纪，人们不但对司空图的诗学著作《二十四诗品》作了新的整理和校注，而且从各种角度对其诗学理论进行了探讨。90年代中期，学界又开始对《二十四诗品》的真伪问题展开热烈的讨论。由于人们一直把《二十四诗品》的研究成果视为隋唐五代文学批评研究的一部分，所以，本文仍将20世纪学界有关《二十四诗品》的研究情况放在这里进行介绍。

一、司空图及其诗歌理论研究

由于各种史料对司空图生平事迹的记载相对来说较为清楚，加上学界的着重点在其诗歌理论，所以20世纪有关其生平和思想的研究成果并不多。年谱方面的著作主要有罗联添的《唐司空图事迹系年》①、高仲章的《唐司空图年谱》②，评述其生平和思想的文章有王济亨的《司空图的生平和思想》③、黄震云的《司空图的生平和文学思想》④、杨剑的《司空图：在济世与归隐的夹缝中》⑤等寥寥数篇，发明均不太多。相对说来，学界对司空图诗歌理论的研究要深入得多。不仅每部文学批评史都用专章或专节详细评述之，而且还出现了好几部对司空图诗学理论进行专门探讨的著作，至于有关的论文就更多了。

80 年代以前

在 20 世纪上半叶，专论司空图诗歌理论的文章只有一篇，即朱东润的《司空图诗论综述》⑥。他认为，《诗品》一书，可谓为诗的哲学论，对于诗人之人生观以及诗之作法、诗之品题均有阐发：（1）论诗人之生活，如《疏野》《旷达》《冲淡》；（2）论诗人之思想，如《高古》《超诣》；（3）论诗人与自然之关系，如《自然》《精神》；（4）论作品阴柔之美，如《典雅》《沉着》《清奇》《飘逸》《绮丽》《纤秾》，论阳刚之美，如《雄浑》《悲慨》《豪放》《劲健》；（5）论作法，如《缜密》《委曲》《实境》《洗练》《流动》《含蓄》《形容》。文章通过对《诗品》中诸多诗境和诸多风格的分析和描述，对王士禛在《香祖笔记》中独标《诗品·神韵》中"采采流水，蓬蓬远春"来证司空图"形容诗境之妙"的论断，进行了鞭辟入里的批驳。文章还述及司空图《诗品》之外所谓诗论，谓其《与王驾评诗书》中"思与境谐"一语"直揭表圣论诗真谛"，"其论绝句，尤足尽唐人之所长"；《与李生论诗书》"发味外之味之说，其理至精，能发前人所未发"。作者最后还指出，在后世学者中，能深知司空图诗论之真意者当推杨诚斋，而严沧浪、王渔洋则均是"得其偏而忘其全，又往往以己意推测古人，结论每与事实相远"⑦。

20 世纪上半叶出版的诸多文学批评史也对司空图的诗学理论作了

---

① 载《大陆杂志（台北）》第 39 卷第 11 期，1969 年。
② 载《山西大学学报》1988 年第 1 期。
③ 载《晋阳学刊》1983 年第 6 期。
④ 载《淮阴教育学院学报》1991 年第 2 期。
⑤ 载《安徽师大学报》1992 年第 4 期。
⑥ 载其《中国文学论集》，北京：中华书局，1983 年。
⑦ 同上书，第 16—21 页。

较为细致的分析。如郭绍虞在《中国文学批评史》中就指出，司空图的诗论在晚唐"能别开生面"，"迥殊以前复古之文论"。他认为此前对于李白一派清新诗风和杜甫集大成一派的诗论都有人作出总结，"唯有推为诗佛之王维，独不见其有论诗之主张，所以也有待于后人之阐发。司空图之论诗盖即能代表这一方面的主张者。所以能别开生面，所以能不同以前复古之论了"。和上引朱东润文观点不同，郭绍虞认为，《诗品》一书"虽是泛论各种风格"，"而亦未尝不逗露其主恉"①，也即"味外之旨"的"超诣"观，他还引司空图《与李生论诗书》来证明"其论诗全以神味为主，欲求其美于酸咸之外，即所以求味外之旨"②。罗根泽的《晚唐五代文学批评史》首先分析了司空图的诗歌创作和诗歌理论中所反映出来的人生旨趣，他认为，"尽管晚唐的作家与理论家，一般都遁于格律俪偶，绮缛淫靡，司空图却要'存质以究实，镇浮而劝用'。前者反映了都市文人的没落，后者反映了封建文人的幻想。"司空图的这种理想表现在诗歌创作方面，"当然不是急烈的刺讥时政的腐败，而是温和的转移世人的习性"③。表现到诗论中，司空图"力谋建立诗境"，"把诗境说成改善人间世的理想国"，诗品提示的二十四种境界"也都充满了逃避意味"④。他还指出，《二十四诗品》中的"二十四种诗境，同时也就是诗的二十四种风格"，该书还追溯了《二十四诗品》及司空图其他诗论中用比喻来品题的"来源"，说他起源于魏晋六朝时期的人物品题、后来张说将之应用到诗歌风格的品题中，中唐皇甫湜的《谕业》则首次将之著为专文，借以评文，司空图则用此全力说诗："因此这种方法能在文学批评史上取得地位，仍是司空图的功绩。"⑤ 该书最后认为："《诗品》一方面领导了后来的'文品''赋品''词品'等等的著作，一方面又领导了后人的'意境''空灵'等等诗说，在晚唐五代的诗文评中，自然占重要地位。"⑥

五六十年代出版的一些文学史和文学批评史大多受当时意识形态的

---

① 郭绍虞：《中国文学批评史》，第261页。
② 同上书，第263页。
③ 《晚唐五代文学批评史》，第233页。
④ 同上书，第234页。
⑤ 同上书，第241页。
⑥ 同上书，第243页。

影响,将司空图的诗歌理论定性为唯心主义的诗论、反现实主义的诗论,但是也未全盘否定。当时发表的专题论文也能挖掘出司空图诗歌理论中的进步观点和美学价值。如吴调公的《司空图的诗歌理论与创作实践》①、李俊虎的《唐代诗论家司空图》②等。

80 年代以后

在 20 世纪最后二十年中,学界不但对司空图的诗歌理论给予了空前的肯定,而且从各个角度、各个层次进行了深入、细致的探讨,使得司空图诗学理论的研究出现了空前繁荣的局面。

第一,在 80 年代中期,出版了一部研究司空图诗歌理论的专著,即祖保泉的《司空图的诗歌理论》③。该书共分"司空图的生平和思想""论诗杂著中的创作论、鉴赏论""《诗品》的体制和渊源""《诗品》的玄学思想和诗歌理论""司空图诗歌理论的地位和影响"五个部分。作者认为,司空图心怀忠节,表面上却披着一件隐逸的外衣,与名僧、高士相往来,说些亦僧亦道的话,企图苟全性命于"乱世"。这种生活行径,在别人看来,好像他是个与世无争的飘飘欲仙的隐者,其实在司空图自己的思想深处,却有着深刻的矛盾与痛苦,也即"报国"和"退隐"的矛盾。关于司空图的诗歌理论,作者挖掘了其五篇"论诗杂著"中所提出的"韵味说""偏于'澄淡精致'的艺术趣味""在创作上的自负"等诗歌鉴赏论和创作论。作者还分析了司空图诗歌理论的成就和局限性,他认为,司空图的诗论,在中国文学理论批评史上值得称道的不外三端:一是能抓住文学创作的本质特征——形象思维来阐述问题,二是把诗的风格辨别得很细,三是非常重视艺术技巧。其局限性也有三点。(1)司空图论诗,不重视反映现实,只追求个人意趣,而他所追求的又是禅宗的玄学意趣,具有诱导人们脱离现实的害处。这是司空图诗论局限性的根本方面。(2)他对自己所提出的问题,只作"明而未融"的启示,不作周详的理论说明。(3)《诗品》受表达形式的限制,有时语句含意不明,使人百思不得其解。作者最后指出:"从司空图诗论的主要成就和局限性来看,他是立足于诗人的主观世界谈问题的,尽管他探索了诗的内部规律,而且比他的前人研究得深广些;但他的世界观、

---

① 载《新建设》1962 年第 9 期。
② 载《学术通讯》1963 年第 6 期。
③ 祖保泉:《司空图的诗歌理论》,上海:上海古籍出版社,1984 年。

生活道路决定着他认为诗应该超脱现实。这就是他的诗论的严重消极因素。"① 总之，该书虽然只是一本"古典文学基础知识"的小册子，但是论述之全面、分析之细致却是空前的。

第二，80年代以后产生了不少从各个角度研究和分析司空图诗歌理论的专题论文。其中有一些文章在整体上对司空图的诗歌理论有新的认识，如李清的《司空图诗论再探》②、吴调公的《心灵的远游——诗歌神韵论思潮的流程》③、韩经太的《中国古典诗学新探四题》④ 等。

李清文认为，司空图为我国诗歌理论第一次初步创建起意境论的体系，这种贡献不仅在论述了意境的性质与内涵，还在于阐述了创造意境的原理。在意境创造的理论上，司空图从总体原则上提出两条根本原理：一是意境的创造当以全美为上，二是"思与境谐"的意境核心理论。在意境创造的具体原理上，他提出取境与炼境，追求神境、神韵、神味。此外，还针对具体的意境、风格品类，研究了各自的特性及创造的特殊规律，做了形象的描绘和阐发，归纳出许多品类的创造原理。

吴调公文把司空图诗学纳入"诗歌神韵论思潮的流程"中来审视，认为司空图诗学的重要贡献和价值在于"对诗歌神韵论作出第一次系统论析"，"把神韵的极致凝聚在'急流'范畴中，从而使人们认识到审美主客体关系从不和谐归于和谐的演变，特别是使人们认识到作为中国民族性格的历代高蹈文人的自我外化和人格化的精神构制的形成和实质"。司空图诗学的"基因"是"儒、道、佛的互为渗透和互为汇合"，表现形态是"以儒为体，以道为用"，司空图的神韵说是他生活的多苦多难的世界的反映，是司空图"忧虑意识"的艺术化，是司空图"心灵苦闷"的"宣泄""排遣"物。

韩经太文认为，"儒释道的撞击参融"，导致了中国古典诗学的"多元性"。多元性不仅表现于"整体上的多种审美追求"，也表现为"各家理论的多质结构"。司空图诗学是有代表性的例证：其《与李生论诗书》"完全是儒家诗论的口吻"，其二十四诗品"凡有议论必以道家玄理相发挥"。韩文对司空图诗学这"多质结构"的具体判断，和吴调公文正相

---

① 《司空图的诗歌理论》，第72页。
② 载《云南师范大学学报》1986年第1期。
③ 载《文学遗产》1987年第3期。
④ 载《中国社会科学》1987年第6期。

反,他认为司空图的诗学理论是"本于玄道而参以儒学"。

受 80 年代"美学热"的影响,有不少文章是从美学方面进行探讨的,如皮朝纲的《司空图的韵味说及其审美理论》[1]、王世德的《诗味醇美在咸酸之外——司空图提出的一条美学原理》[2]、黄保真的《司空图美学理论刍议》[3]、郁源的《司空图的审美理论中的"三外"说》[4]、胡晓明的《论司空图雄浑、冲淡的美学思想》[5]、王向峰的《论司空图的超越美学》[6]、杜道明的《论司空图的"情语"美学理论》[7]、周乔建的《司空图在审美心理学上的理论贡献》[8]、胡敬君的《论司空图美学思想的创意》[9]等。

其中,皮朝纲就"味"一词在中国美学思想史上的演变情况作了较为详尽的论述,指出"韵"和"味"是指意象。所谓"象外之象",是经过读者头脑重新创造的形象和意境,它以作品的语言形象为基础。黄保真文把《诗品》看成司空图的诗歌哲学,他认为《诗品》的具体理论成就具体表现在:(1)继承了道家、玄学家的美学思想,深刻地论述了诗歌艺术之美的本质和本原。他认为诗美同宇宙间的万事万物一样,其本体、本质或者本原也是"道"(虚、无)。然而"道"无声、无象,不能离开"有"——具体事物而独存。美本原于道,而又见之于物,带有"二元论"的倾向。(2)深入论述了人的主观思维在创造诗美过程中的地位和作用。《诗品》反复申明,保持朴素本性是认识客观的本体美、并通过静观默察,把它成功地表现为诗美的主观条件。这种观点,就排除社会实践而言是完全错误的,就认识、总结艺术创作的特殊规律而言,又是深刻的。(3)发展了"意象"说。(4)对多种风格的形象描述,体现了三个主要的审美范畴,即素美、壮美、华美。周乔建文认为司空图对审美心理学进行了多方面的探讨,他最突出的贡献是对"虚静

---

[1] 载《南充师院学报》1981 年第 1 期。
[2] 载《广州文艺》1981 年第 5 期。
[3] 载《文史知识》1983 年第 2 期。
[4] 载《社会科学战线》1984 年第 2 期。
[5] 载《安徽师大学报》1985 年第 1 期。
[6] 载《辽宁大学学报》1990 年第 3 期。
[7] 载《晋阳学刊》1991 年第 2 期。
[8] 载《九江学院学报》1991 年第 3 期。
[9] 载《湘潭大学学报》1995 年第 2 期。

说"理论和对不执不著不追求、不即不离的审美心态的论述。前者主要是发展前代美学理论的成果，后者是从欣赏角度对诗歌审美心理体验思考的结晶。作者认为，重新考察和评价司空图在审美心理学上的贡献，有利于我们进一步认识中国古代美学发展的历程及其特点，有利于构建具有民族特色的中国美学体系。

另外一些文章对司空图诗论中的某一方面进行了较为深入的探讨，如滕云的《"辨诗味"和诗的"味外之旨"》[①]、李文球的《论司空图的韵味说》[②]、刘淦的《浅谈司空图诗论中的流动规律》[③]、潘世秀的《司空图诗论与意境说》[④]、李清的《司空图的意境性质论新探》[⑤]、朱琦的《物象·意象·意境——司空图的诗歌创作论》[⑥]、李壮鹰的《略论司空图"味外说"的第一面貌》[⑦]、王润华的《从司空图论诗的基点看他的诗论》[⑧]《司空图表现说诗论研究》[⑨]、许总的《从意境论到品味论——司空图诗论探微》[⑩]、杨芙蓉的《司空图诗论中的"道"意境》[⑪]等。其中潘世秀文认为《二十四诗品》是从"思与境偕"出发，描绘各类差别细微的风格意境。他将《诗品》中的风格意境分为三种类型：壮美、柔美、超脱。李清文认为，司空图把意境分为三大部分：实境、虚境、韵味。这不仅对意境的性质和内涵作了理论概括和分析，而且阐明了创造意境的原理。朱琦文分析了司空图诗论中对"物象的捕捉""意象的创造""意境的铸成"的相关论述，认为从物象到意象再到意境，诗歌艺术的创造活动在鉴赏者的审美鉴赏结束后才最终完成，而这正体现了司空图诗论的系统性。

李壮鹰文指出，人们长期以来都把司空图当作主"味"的诗论家，

---

① 载《文学评论丛刊》第7辑。
② 载《古代文学理论研究丛刊》第6辑，1982年。
③ 载《济宁师专学报》1982年第1期。
④ 载《古代文学理论研究丛刊》第9辑。
⑤ 载《云南师范大学学报》1985年第5期。
⑥ 载《山西大学学报》1986年第1期。
⑦ 载《学术月刊》1986年第3期。
⑧ 载王润华：《从司空图到沈从文》，上海：学林出版社，1989年。
⑨ 马真译，载《西北第二民院学报》1991年第2期。
⑩ 载《福建论坛》1995年第1期。
⑪ 载《中南民院学报》1995年第3期。

实际上是后人制造出来的第二面貌，遮盖了其本来面貌。司空图只说过"味外之旨"而未讲"味外之味"，而"味外之旨"中的"旨"原是作为"味"的否定而提出来的，他不但不主"味"，而且正反对主"味"，故才在"味"外提出"旨"。司空图言"辨于味而后可以言诗"中的"辨于味"并非说"懂得味"，而是要辨察味的局限，味的不可靠。司空图主张的"醇美"实际是儒家的"中和之美"，"醇美"不表现在"味"上，而是表现在"格"上。其"格在其中""直致所得，以格自奇"，说明"格"是他评诗最根本的着眼点。"格"是诗人的整个精神人格，有了"格"，不但作诗能兼备众味，甚至还能兼擅各种文体，故司空图论诗并不只偏于艺术韵味，恰恰相反，他主"格"而不主"味"，即重视作品的思想内容，重视诗中所表现的精神人格，而反对片面追求某种韵味。

王润华文认为司空图的诗评有一个中心论点就是"表现论"，文章进而分析了司空图"言志"说的表现论、适合表现论的形式与题材、风格说中的表现论、《诗品》中的表现论。作者认为，司空图的诗论是属于中国传统的言志说，而且与美国康奈尔大学教授艾伯寒斯（M. H. Abrams）所说的西方表现论很相似。他评诗立说，无不以诗人为基点，而且处处以言志为中心，讲求真挚和"直致"。

还有一些文章将司空图与中外其他文学理论家、美学家进行比较，如曹顺庆的《司空图与康德美学思想比较》[1]、范海波的《司空图、严羽美学思想比较》[2]、张见、韦海英《司空图的诗论与张彦远的画论》[3]、陈曼平、王桂芝的《从钟嵘司空图的诗学理论看其不同的审美情趣》[4]、陈登的《休姆与司空图的诗歌理论比较》[5] 等。

其中张见、韦海英文从"妙造自然，其谁与裁"与"自然者为上品之上"、"境与性会"与"思与境偕"两方面，分析了晚唐两位重要的文艺思想家司空图、张彦远文艺观的相通之点，认为它们反映了晚唐文艺思想发展的基本倾向，典型地体现了晚唐以来兴起的庄禅美学趋向，体

---

[1] 载《江汉论坛》1985年第3期。
[2] 载《四川大学学报》1991年第1期。
[3] 载《北京大学学报》1991年第3期。
[4] 载《牡丹江师范学院学报》1991年第3期。
[5] 载《求索》1996年第4期。

现了诗论和画论趋于一致的美学追求。

陈登文则从中西诗学的角度来比较英国意象派诗人休姆和中国古代诗人司空图的诗歌理论，探究其异同。作者认为，他们都是在一个诗歌风格变革的时代，以自己鲜明的理论主张及自身的实践来反对当时诗歌中盛行的感伤情调、无病呻吟、词藻浮华、矫揉造作。他们都很重视意象，强调意象在诗歌创作中的重要性。但休姆更多地强调意象的贴切，醉心于观察的准确、精神；而司空图更多地强调"神韵天然"，融法度于浑成之中。而且，司空图既强调意象的客观描绘，又重视主观感受的抒发；既谈到了创作，又涉及鉴赏，因而显得更全面，更完整。

二、《二十四诗品》的注释整理和理论探讨

《二十四诗品》的注释整理

因为《二十四诗品》多用比喻，言约意丰，所以自清代以来学界很注重对《二十四诗品》的整理和注释。

第一，20世纪学界把清人的一些注解成果重新整理、出版了。如由清无名氏整理的、南通书局1918年铅印重排本《二十四诗品注释》[①]和孙昌熙、刘淦校点、清人孙联奎、杨廷芝著的《司空图〈诗品〉解说二种》[②]等。后者包括解说《诗品》的《诗品臆说》《廿四诗品浅解》二种。《诗品臆说》不仅对《诗品》作了较详尽的注释，而且从理论上加以阐述，大胆地做了发挥；《廿四诗品浅解》对《诗品》做了细密的诠释与串讲。两者均有独到之处，对学习和研究《诗品》具有很大的参考价值。书后还附有孙昌熙、刘淦的《校点后记》，对两书的学术价值和校点过程进行了交代。1980年的新版后的《重版后记》对《诗品》本身的一些问题进行了探讨。

第二，20世纪还产生了不少新的整理和注释成果。如郭绍虞的《诗品集解》，祖保泉的《司空图诗品解说》[③]《司空图诗品注释及译

---

① 据郭绍虞集解：《诗品集解》附录《二十四诗品注释跋》，北京：人民文学出版社，1963年，第75页。
② 孙昌熙、刘淦校点：《司空图〈诗品〉解说二种》，济南：山东人民出版社，1962年。
③ 祖保泉：《司空图诗品解说》，合肥：安徽人民出版社，1964年。

文》①，弘征的《司空图〈诗品〉今译·简析·附例》②，杜黎均的《二十四诗品译注评析》③，王济亨、高仲章选注的《司空图选集注》④，曹冷泉注释的《诗品通释》⑤，刘禹昌的《司空图〈诗品〉义证》⑥等。

其中，郭绍虞著将清代以来各大家对《二十四诗品》的注释和解说成果汇辑在一起，极便于后人对此书的解读和研究，书后还附有"表圣杂文""序跋题记""题咏""演补"，也为读者研究《诗品》一书在后世的流传和影响提供了丰富的资料。杜黎均著是20世纪大陆学者对《诗品》整理、研究得最为全面的著作。该书上篇为"司空图论"，探讨了司空图的思想和生平、《二十四诗品》的理论内容、理论布局、文学理论、司空图的诗歌等各个方面，中篇为"《二十四诗品》译注评析"，下篇为"司空图文学理论选注""司空图诗歌选注""历代各家品评"等。

《二十四诗品》理论探讨

20世纪人们除了在诸多研究司空图诗歌理论的成果中论及《二十四诗品》，还产生了不少专门对《二十四诗品》进行系统、理论分析的成果。

20世纪上半叶，专题论文主要有李戏鱼的《司空图诗品与道家思想》⑦、魏良洤的《说〈诗品〉》⑧等。其中李戏鱼文是一篇字数近两万五千字的长文，旁征博引，议论风生，对司空图《诗品》与道家之关系进行了极为深入、细致的探究。作者认为，"廿四诗品独标'妙境'，多属道家思想"，遂取《廿四诗品》，先就"有我之境"及"无我之境"两方面，各举十二联，以证其中所含之道家超脱思想。然后，他又将道家思想中的返璞归真、以本体统驭诸现象、消极与积极可以相互转化等思想与《二十四诗品》一一进行比论，最后进而探讨了道家思想与艺术之

---

① 祖保泉：《司空图诗品注释及译文》，香港：商务印书馆，1966年。
② 弘征：《司空图〈诗品〉今译·简析·附例》，银川：宁夏人民出版社，1984年。
③ 杜黎均：《二十四诗品译注评析》，北京：北京出版社，1988年。
④ 王济亨、高仲章选注：《司空图选集注》，南昌：江西人民出版社，1989年。
⑤ 曹冷泉注释：《诗品通释》，西安：三秦出版社，1989年。
⑥ 载刘禹昌：《司空图〈诗品〉义证及其他》，武汉：武汉大学出版社，1993年。
⑦ 载《文学集刊》第1辑，1943年。
⑧ 载《长歌》第1卷第5期，1949年。

关系。文章在论述过程中，还不时以西方文论相比照。总之，该文无论是在《二十四诗品》与道家思想之关系的研究方面，还是在司空图诗论的综合探讨方面，都是十分精彩的，至今仍具有相当大的学术价值。

五六十年代，学界对《二十四诗品》的风格论、美学观进行了有益的探讨，产生了吴调公的《诗品·构思·风格——司空图〈诗品〉风格论》①《诗品·诗境·诗美——论司空图〈诗品〉的美学观》②、高捷的《〈廿四诗品〉试探》③等成果。另外，60年代中前期，学界还展开过一次规模不算很大的关于《二十四诗品》评价的讨论。孙昌熙等人在《读司空图〈诗品〉臆说》④中认为，《诗品臆说》虽然存在唯心成分，但基本上属于现实主义作品。这种看法当时遭到黄广华和孙昌武的批驳⑤，他们撰文认为，《诗品》陷入唯心主义的神秘想象之中，没有多少价值，孙昌熙等人是盲目推崇古人。可以看出，反驳者或多或少地受当时"左"的思潮影响，结论不免偏颇。

从70年代末开始，学界对《二十四诗品》的理论探讨进入了一个新阶段，产生了一大批从各个角度对之进行新的理论探讨的文章，如罗仲鼎的《老庄哲学与司空图的〈诗品〉》⑥、胡明的《司空图〈诗品〉是如何品诗的——兼论"象"与"象外之象"》⑦、詹幼馨的《略论司空图〈诗品〉的内在联系与辩证规律》⑧、肖驰的《司空图的诗歌宇宙——论〈二十四诗品〉的可理解性》⑨、王丽娜的《司空图的〈二十四诗品〉在国外》⑩、赵盛德的《司空图〈诗品〉的理论系统及其民族特色》⑪、徐

---

① 载《南京师院学报》1962年第1期。
② 载《江海学刊》1962年第3期。
③ 载《学术通讯》1964年第1期。
④ 载《文史哲》1962年第8期。
⑤ 参黄广华：《〈诗品臆说〉是现实主义著作吗？》，载《文史哲》1964年第6期；孙昌武：《司空图〈诗品〉研究的几个问题》，载《文史哲》1965年第4期。
⑥ 载《杭州师范学院学报》1979年第1期。
⑦ 载《古代文学理论研究丛刊》第5辑，1981年。
⑧ 载《武汉师院汉口分院学报》1982年第1期。
⑨ 载《中国社会科学》1985年第6期。
⑩ 载《文学遗产》1986年第2期。
⑪ 载《学术论坛》1986年第3期。

伯鸿的《〈廿四诗品〉对创作主体修养论述臆说》①、陈良运的《司空图〈诗品〉之美学构架》②等。

　　肖驰文从司空图的思维特征入手探讨了《二十四诗品》的可理解性。文章指出，司空图是把道家哲人对实在的体知、诗人对诗意的了悟以及诗论家对诗美本体的省会三者统一起来。它既要求超越时间、因果的静观体知，又要求超越经验世界而进入实在。这也就把《诗品》置入"天人合一"的宇宙论的框架中。文章还探讨了《诗品》的内在结构这个一向被忽视的关键问题，详细论证了《诗品》品目之间并非不相连属，而是以象征道家天道观念的二十四气为线索，将一系列现象学审美范畴贯串起来。作者认为它既企图描述与天相类的人的情感变化，又表达着司空图所体知的艺术精神的发展，这种发展被纳入一种更宽泛的、更具弹性的时间观念之中。《诗品》的中心思想是人通过艺术与宇宙生命的协和。它是一部体大虑周的艺术哲学著作。

　　王丽娜文较为详细地介绍了《诗品》在英、美、苏联、日本等国的研究状况，介绍了《诗品》被作为诗歌理论进行研究和介绍的过程。此外，本文还有两个附录，即"国外学者有关《二十四诗品》的翻译研究选目""大陆及港台发表的有关《二十四诗品》的研究论著选目"，为研究《诗品》者查阅参考资料提供了方便。

　　赵盛德文认为《诗品》的理论系统是一个不容否认的客观存在。他认为，《诗品》的艺术理论以"韵味说"为核心、为母系统，派生出风格论、形神论、境界论三个子系统。《诗品》继承和发展了我国古典文学理论的优良传统，系统地阐述了带有民族特色的韵味、风格、境界、形神说，这四说具有特殊的含义，与西方文论讲的韵味、风格等概念的涵义并不完全一致，具有浓郁的民族特色。

　　陈良运文认为，就《诗品》的构架关系而言，是为"体"——从"道"中之动而动中之"道"，从"道"的本体意象而"道"的变体意象，从"色相"之有而"色相"之无；就每一品均为诗之"妙境"而言，是为"用"——由"道"的诗化而至诗的人化，宇宙意识与人道精神"契"而为一，有"直致所得"而又"以格自奇"的可操作性，由人及诗，又由"境"见人的"自神"而又可知其"所以神"。因此，《诗

---

①　载《信阳师范学院学报》1991年第2期。
②　载《文艺研究》1996年第1期。

品》不是玄妙的空无依傍之作，而是体用结合、体用一致的艺术哲学经典之作。作者为了说明这个问题，还绘制了《诗品》的结构图式。

三、关于《二十四诗品》作者问题的讨论

在20世纪90年代以前，我国学者都认为《二十四诗品》系唐末诗歌理论家司空图所作。据陈尚君《司空图〈二十四诗品〉辨伪》① 的"再附记"介绍，很久以前，美国韩裔学者方志彤（Achilles Fang）曾写过一本书，专门从版本的角度讨论，认为《二十四诗品》是伪作，这本书一直未见出版，但美国的学者大都知道此事。1992年，美国学者宇文所安在他出版的《中国文学思想读本》一书中，介绍了方志彤的观点，并提出自己的看法，认为《二十四诗品》那样的语言，不可能出现在唐代，只可能出现在宋以后。但是，由于海内外学术交流不畅，在90年代中期以前，国内学者对这种新说并不知晓，自然也未有人对《二十四诗品》的作者有过怀疑。

直到1994年11月，在浙江新昌召开的中国唐代文学学会第七届年会暨唐代文学国际讨论会和1995年9月在江西南昌召开的中国古代文论国际研讨会上，复旦大学陈尚君、汪涌豪发表了二人合撰《司空图〈二十四诗品〉辨伪》一文的节要，始引起海内外学界的广泛注意。陈、汪一文一反成说，提出《二十四诗品》非司空图所作，而是出自明人怀悦作的《诗家一指》。他们的看法立即引起与会者的强烈反响和热烈讨论。此后，许多学者依凭各自的治学思路与资料积累，纷纷撰文参加讨论，前后有十多家杂志发表了有关的报道和综述，形成了近年中国古代文论和唐代文学研究的一大热点。下面将在参考汪春泓《司空图〈二十四诗品〉真伪辨综述》②、王建弼《司空图〈二十四诗品〉真伪辨综述》③ 和程国赋《世纪回眸：司空图及《二十四诗品》研究》④ 的基础上，对这次讨论作简要的介绍。

陈、汪的主要观点及其支持者

陈尚君、汪涌豪的《司空图〈二十四诗品〉辨伪》撰写于1994年

---

① 载《唐代文学丛考》。
② 载《复旦学报》1996年第2期。
③ 载《唐代文学研究年鉴》1995—1996年合辑。
④ 载《学术研究》1999年第6期。

8月，全文3.3万字，发表于《中国古籍研究》第1卷①。该文分为七节："《诗品》与司空图生平思想、论诗杂著及文风取向的比较：显而易见的悖向""明万历以前未有人见过《二十四诗品》""《二十四诗品》之出世及其疑问""《诗家一指》与《二十四诗品》""《诗家一指》的初步研究""所谓司空图《二十四诗品》为明末人据《诗家一指·二十四品》所伪造""余论"。作者通过大量的考述，证明今本《二十四诗品》为明末人据怀悦《诗家一指·二十四品》所伪作，托名司空图而行世。作者最后还指出，要否定本文之结论，必须要在宋元典籍中找到司空图作《二十四诗品》的确凿书证。

陈、汪此文发表以后，引起学界的热烈讨论，他们后来又针对学界的疑问和辩驳分别发表了《〈二十四诗品〉辨伪答客问》②《〈二十四诗品〉辨伪追记答疑》③《论〈二十四诗品〉与司空图诗论异趣》④《司空图论诗主旨新探——兼论其与〈二十四诗品〉的区别》⑤，进一步申说、补充其观点。

在诸多同意陈、汪"《诗品》非司空图所作"观点的文章中，张健的《〈诗家一指〉的产生时代与作者——兼论〈二十四诗品〉的作者问题》⑥尤为值得注意。该文凭借北京大学图书馆和北京图书馆丰富的藏书，对元明间传世的诗格、诗法类著作作了全面系统的调查和考察，又调查了日本、韩国的存书情况，有不少重要的收获。文章同意陈、汪文提出的"《二十四诗品》非司空图作"及"《二十四诗品》出自《诗家一指》"的观点，但不同意陈、汪二人"明人怀悦作《诗家一指》"的结论。文章举出明初赵撝谦《学范》引有《诗家一指》、《天一阁书目》所录怀悦叙两条证据，断言《诗家一指》非怀悦所作。文章又指出，北京

---

① 国家古籍整理规划小组主办，傅璇琮、许逸民主编：《中国古籍研究》第1卷，上海：上海古籍出版社，1996年。
② 陈尚君：《〈二十四诗品〉辨伪答客问》，载《作家报》1995年8月19日。
③ 陈尚君：《〈二十四诗品〉辨伪追记答疑》，载蒋寅、张伯伟主编：《中国诗学》第5辑，南京：南京大学出版社，1997年。
④ 汪涌豪：《论〈二十四诗品〉与司空图诗论异趣》，载《复旦学报》1996年第2期。
⑤ 汪涌豪：《司空图论诗主旨新探：兼论其与〈二十四诗品〉的区别》，载《中国诗学》第5辑。
⑥ 载《北京大学学报》1995年第5期。

图书馆藏明史潜刊《新编名家诗法》本《虞侍书诗法》一书，包括六个部分，除《二十四诗品》残缺八品外，其余各部分体例统一，结构完整，内容环环相扣。未抄撮前人论诗语，乃属一家结撰，可能比《诗家一指》更接近原貌。该文据"虞侍书"之名，及书中"集之《一指》"之"集"的自称，推断此书作者可能是虞集。

张健还认为，关于《二十四诗品》的作者问题，尽管现在还不能取得一致的意见，但其与《诗家一指》有着密切的关系则是大家都同意的。为此，他又撰成《从怀悦编集本看〈诗家一指〉的版本流传及篡改》①，根据朝鲜旧刊本怀悦编集本《诗家一指》卷首有明魏骥《诗家一指序》，正文部分首行题"诗家一指"，次行题"嘉禾怀悦用和编集"，卷末有怀悦成化二年（1466）作《书诗家一指后》，指出怀悦不是《诗家一指》的著者，而是《诗家一指》的刊刻者。

张健的上述研究成果得到了陈尚君的首肯和赞许，陈尚君在《〈二十四诗品〉辨伪追记答疑》②中说："张健先生的大作，无疑是迄今为止对拙文最重要的补充和订正"，"我以为怀悦不是《一指》的作者而仅是编者，已基本可以证定，拙文中的有关部分，应予以订正。"

除张健外，王运熙、陈胜长、蒋寅等学者也先后撰文认同陈、汪二人同意"《二十四诗品》非司空图所作"的观点。

其中，王运熙在《〈二十四诗品〉真伪问题我见》③一文中认为，陈、汪《辨伪》一文，提出许多《诗品》非司空图所作的证据，相当翔实，其中两条证据特别有力：一是证明苏轼没有提及《二十四诗品》；二是许学夷对司空图十分推崇，他不可能把司空图的著作斥为"卑浅"。因此，王运熙也颇倾向于《诗品》非司空图所作的说法，并指出："今后，如果其他同志提不出强有力的反证，我准备放弃《二十四诗品》为司空图所作的传统说法。至于《二十四诗品》究竟出于何人之手，目前很难下结论，尚须继续探讨。"

香港中文大学陈胜长《"流水今日，明月前身"——〈二十四诗品〉发隐兼论作者问题》④也认为陈、汪论证《二十四诗品》非司空图作

---

① 载《中国诗学》第 5 辑。
② 同上。
③ 同上。
④ 载《香港中文大学中国文化研究所学报》；转引自王建弼文。

"确有见地",但"至谓作伪者根据之原材料为《诗家一指》,则尚可商榷"。他通过对《诗品》所举诗例的初步考索,认为《诗品》确非司空图作。《诗家一指》成书于景泰(1450—1456)前后,而《二十四诗品》谅必成于明景泰之前,元代的可能性较大。"自南宋以来,至于明初,历载数百,作《诗品》者其谁欤?殆未必全出一手,或由诸人分赋联章而成,则未可知也。"

蒋寅《关于〈诗家一指〉与〈二十四诗品〉》①云,《诗品》不是司空图作,除《辨伪》所举证据外,还可以再补充一个刘跃进发现的证据,即王应麟《必学绀珠》未收一条《二十四诗品》中的材料。作者认为:"看来号为淹博的王应麟也没见过《二十四诗品》,这只能说明《二十四诗品》是南宋以后的作品。"蒋文还指出:"既然从所见文献来看,《二十四诗品》一直收在《诗家一指》《虞侍书诗法》中,未曾单独流传,而《诗家一指》在明代是一本版刻甚多,颇为人重视的诗话,那么它在明末突然横空出世,为何没有引起任何怀疑呢?"

大山洁的《对〈二十四诗品〉怀悦说、虞集说的再考察》②根据朝鲜本《诗家一指》《木天禁语》及日本江户版《诗法源流》,在张健的论点基础上进行再探索,补充了否定怀悦为《诗家一指》作者的几点证据。同时再把史潜本《新编名贤诗法》与朝鲜本对勘后,指出史潜本存在严重的残缺和编集混乱的问题,《虞侍书诗法》之标题为后人伪造。她通过考察"集之一指"这句话"一指"的禅宗含义,认为"集"不是人名,而是指诗法论集,因而不同意张健推测《诗家一指》作者为虞集的说法。此说虽然也没有考出真正的作者,但分析细密,版本依据充分,因而也能自成一说,与张健文可参看。

另外还有一些学者进一步查检了宋、明史料,对《辨伪》考定《二十四诗品》托名司空图作当在天启、崇祯年间的说法,给予了新的佐证。

维持"《二十四诗品》为司空图所作"论者

在这场讨论中,仍有不少学者坚持认为《二十四诗品》当为司空图所作,并对陈、汪《辨伪》一文从不同的角度进行诘疑,其中有些学者

---

① 载《中国诗学》第5辑。
② 载《唐研究》第4卷。

的论述也有一定的道理，个别文章还纠正了陈、汪《辨伪》文中不够严密之处。

据陈良运、邹然《将古代文学理论研究推进到新阶段——中国古代文学理论学会第九次年会暨国际学术研讨会综述》①记载，海南师范学院国学研究所黄保真教授从《诗品》产生的时代条件出发，认为元代产生《诗品》的可能性很小。因为元代对文化采取摧残的政策，元人的文化创造力难以发挥出来。另外，《诗品》与宋元诗风格格不入，"雄浑"一品开头四句充分表现了儒道释三家汇通的美学思想。只有唐代允许三家思想并存，而且司空图个人的学养也是汇通三家的。

江西师范大学陈良运、四川大学曹顺庆分别举亚里士多德《诗学》和汉代《焦氏易林》为例，说它们都是先未见史书记载而被后人发掘出来的；他们同时还指出，苏轼的那几句话不能贸然断定"二十四韵"就一定指那二十四联诗，以苏轼那样高的鉴赏力，说"恨当时不识其妙"，不太可信。有些学者还从司空图本人或其友人的诗文中寻找出其作《二十四诗品》的证据。如：（1）《诗品》中有"碧桃"等六个词语，也见于司空图诗文中；（2）司空图《诗赋赞》很可能是《二十四诗品》的序言，论诗见解与之有相通之处；（3）《诗品》中贯串道家思想，司空图诗文中亦有信道之言；（4）新加坡学者王润华《司空图新论》中还提出晚唐徐寅《寄华山司空侍郎》一诗，可能是读了《诗品》后写的。

安徽师范大学祖保泉、陶礼天的《〈诗家一指〉与〈二十四诗品〉作者问题》②认为苏轼所说的"二十四韵"，是指各用一个韵部的字押韵而成的二十四首组诗。所以，"把'二十四韵'解作实指《二十四诗品》是正常的；如解作《与李生论诗书》中的'二十四联'，那是经不住推敲、站不住脚的"。主要证据即古近体诗题中"二韵"至"百韵"等"韵字"，通常指"韵脚"，有时也指"韵部"（亦称韵目）。张伯青的《从〈二十四诗品〉用韵看它的作者》③通过用韵情况来鉴定《诗品》的产生年代。他考察了《诗品》的用韵特点，并与唐诗、司空图诗、虞集诗的用韵情况进行了比较，得出结论："《诗品》用韵不同于宋词、元曲，而与唐诗、司空图诗的用韵相合；从同一韵系来看，《诗品》用韵

---

① 载《文艺理论研究》1996年第2期。
② 载《安徽师大学报》1996年第1期。
③ 载《安徽师大学报》1996年第4期。

不同于按'平水韵'用韵的虞集诗，而与按《切韵》韵部用韵的唐诗、司空图诗完全相合。因此，世传司空图作《诗品》当为定论，毋庸置疑。"

持存疑态度者

北京大学张少康《司空图〈二十四诗品〉真伪问题之我见》[①] 再次申说了他在《中国文学理论批评发展史》中的看法，即关于司空图《诗品》的真伪问题，根据已有的材料还只能存疑。全文从四个方面进行了细密的阐述：（1）苏轼《书黄子思诗集后》所说"二十四韵"究竟指什么？（2）关于司空图《诗品》明末以前无人称引问题；（3）关于司空图《诗品》真伪的内证问题；（4）关于《诗品》的用语问题。作者认为，这四个问题都未有定论，都有种种可能，因此，"《诗品》是否司空图所作，确实还无法下一个肯定的结论"。

尽管，人们对《诗品》作者问题尚存在各种不同的看法，陈、汪二人引起的这个讨论，至少说明司空图的《二十四诗品》的真伪是值得怀疑的。至于这个问题能否有一个为学界所普遍接受的定论，还取决于新的材料的发现和更为细致、深入的考辨。

第四节　《文镜秘府论》的整理和研究

日僧遍照金刚编撰的《文镜秘府论》，收录了中国南北朝直至中唐时期诸多诗歌作法、诗歌理论著作，而其中许多材料已不见于中土，所以在20世纪初被转抄回国之后，一直受到中国文学批评史研究者尤其是魏晋南北朝隋唐文学理论研究者的重视。

20世纪上半叶

我国较早著录和介绍《文镜秘府论》的是清代学者杨守敬，他在《日本访书志》中曾论及该书说："此书盖为诗文声病而作，汇集沈隐侯、刘善经、刘滔、僧皎然、元兢及王氏、崔氏之说。今传世唯皎然之书，余皆泯灭。按《宋书》虽有平头、上尾、蜂腰、鹤膝诸说，近代已不得其详。此篇中所列二十八种病，皆一一引诗，证佐分明。"[②] 这是

---

① 载《中国诗学》第5辑。
② 转引自郭绍虞：《文镜秘府论·前言》，北京：人民文学出版社，1975年。

我国学者首次认识到此书的研究价值。

正由于有关的诗文材料在中国早已失传，所以20世纪上半叶的学者们也主要是从中辑录出南北朝至中唐时期各家的诗学著作，以供研究批评史之需。如1930年，储皖峰就根据杨守敬之说，专取《文镜秘府论》中论病部分校印问世，名《文二十八种病》①，其中列述六朝至唐诗文中的二十八种声病。卷首有校者的引论和杨守敬的《文镜秘府论提要》，末附校者的《校勘记》和日本铃木虎雄作、校者译《文镜秘府论校勘记》。在当时颇受中国文学批评史研究者的重视。

在20世纪上半叶，要数罗根泽最善利用《文镜秘府论》，他的撰利用的新材料、探讨的新问题也最多。他从《文镜秘府论》中钩辑出佚名的《文笔式》，撰写了《文笔式甄微》②，推断出此书为隋时人所作；还在《魏晋南北朝文学批评史》中第五章中大量引用《文镜秘府论》中有关"声律"的材料，详细论述齐梁时期人们对新体诗"音律"的理论探讨。在《隋唐文学批评史》中，他更是用两章的篇幅，深入分析隋唐人对"诗的对偶及作法"的讨论，其中"上官仪的六种对及八种对""元兢的六种对""崔融的三种对""皎然的八种对""元兢的调声三术""佚名的调声术""元兢古今诗人秀句""李峤评诗格""王昌龄诗格""佚名的诗文作法"等部分，材料均采自《文镜秘府论》。

另外，郭绍虞的诸多探讨中国文学史上声病问题的论文，如《永明声病说》《从永明体到律体》《再论永明声病说》《声律说考辨》《蜂腰鹤膝解》③的撰著，也无不是建立在《文镜秘府论》的材料基础上的。

70年代以后

从50年代直至70年代中期，由于受当时思想意识形态的影响，人们大多不愿过多评述中国诗歌理论史上有关诗歌形式、作法的材料，对《文镜秘府论》自然就很少论及了。

首先打破这种研究局面的著作，是周维德校点的《文镜秘府论》④。

在这部书的《前言》中，郭绍虞能够排除"左"的思想的侵扰，大

---

① 储皖峰：《文二十八种病》，中国述学社，1930年。
② 载《国立中山大学文史学研究所月刊》第3卷第3期，1935年。
③ 写作于20世纪30年代至70年代，俱收其《照隅室古典文学论集》，上海：上海古籍出版社，1983年。
④ 周维德校点：《文镜秘府论》，北京：人民文学出版社，1975年。

胆肯定了《文镜秘府论》的资料价值和学术价值。他认为，首先，《文镜秘府论》在中日文化交流史上是起了较大的作用的。其次，《文镜秘府论》论诗没有提及李、杜，论文不提韩、柳，是当时的客观情况使然，不足为病。再次，《文镜秘府论》中的许多材料有助于我们进一步弄清新体诗从四声律到平仄律的演变问题。最后，《文镜秘府论》中的其他材料，对研究汉语语法修辞和汉语语言学也有借鉴作用。

周维德校点的《文镜秘府论》以日本祖风宣扬会编印的《弘法大师全集》本为底本，校以日本东方文化学院影印古抄本、日本古典保存会影印观智院本地卷、《弘法大师全集》本《文笔眼心抄》、日本山田钝《文笔眼心抄释文》、日本《真言宗全书》本《文镜秘府论笺》、日本讲谈社刊小西甚一《文镜秘府论考·考文篇》。由于此书是中国出版的《文镜秘府论》的第一部完整校点本，所以受到了当时研究者的普遍欢迎。在1980年3月第2次印刷时，书后还附录了周维德所撰的《文镜秘府论的声病说》[1]和日本学者小西甚一的《文镜秘府论序说》，后者详细介绍了《文镜秘府论》在日本的流传情况，以及日本学者的有关研究成果，对于我国读者进一步研究此书具有较大的参考价值。

在周维德校点本之后，王利器也于80年代初出版了《文镜秘府论校注》。据该书《四声论》注可知，王利器曾和好友任学良共读此书于北平，相约为之校注，而任学良未能完成即逝世了，所作者唯"天卷"自"序"至《调四声谱》部分三十余页校注[2]。王利器则继续亡友未竟之事业，积数十年之功，完成了此书。

和周维德著相比，王利器此书校勘更精、且作了十分详细的注释。该书的整理，系以日本京都藤井佐氏兵卫版为底本，校以日本东方文化学院影印宫内省图书寮所藏古抄本、日本古典保存会影印观智院所藏地卷古抄本、《弘法大师全集》本《文笔眼心抄》、日本金刚峰寺密禅僧伽维宝编辑《文镜秘府论笺》十八卷所据以校的六种写本。注文征引的有维宝之《文镜秘府论笺》、储皖峰《文二十八种病》、罗根泽《魏晋六朝文学批评史》和《隋唐文学批评史》、周维德校点《文镜秘府论》、任学

---

[1] 曾以《试论律体诗的形成》为题，发表于《学术月刊》1963年第4期。
[2] 王利器校注：《文镜秘府论校注》，北京：中国社会科学出版社，1983年，第83页，注12。

良《文镜秘府论校注》。作者在注释中抉微索隐，新见迭出，使得《文镜秘府论》涉及的许多中国文学批评史上的理论问题源清流明，这显示了校注者渊博的学养、精微的思辨和超凡的学识。作者除了在《前言》中深入、细致地阐述了弘法大师的生平，《文镜秘府论》在日本的流传和影响，及其在中国古代诗学史上独特的地位外，还在书后附录了大量的相关资料：《弘法大师诗文选》《弘法大师所著书目》《唐人赠诗》《日本有关声病讨论史料》和《补注》。由于该书校勘精审、注释详备、资料富赡，所以一问世，就得到学界的高度评价，至今仍是人们研究魏晋六朝诗文声律问题、隋唐诗学的必备参考书。

80年代以后，还出现了一些对《文镜秘府论》进行研究的专题论文，其中主要有兴膳宏著、李庆及邵毅平译的《〈文心雕龙〉在〈文镜秘府论〉中的反映》[①]，杨明的《〈文镜秘府论〉所载初唐声律、病犯及诗体资料之解说》[②]，王福雅的《〈文镜秘府论〉与唐代意境理论》[③] 等。这些文章大多是利用《文镜秘府论》中的有关材料，对中国文学批评史上的某些问题进行新的探讨。

值得注意的是，90年代以后，卢盛江发表了一系列对《文镜秘府论》本身进行探讨的文章，如《日本研究〈文镜秘府论〉概述》《日本人编撰的中国诗文论著作——〈文镜秘府论〉》《〈文镜秘府论〉"九意"作者考》《〈文镜秘府论〉日本传本随记》《〈文镜秘府论〉对属论与日本汉诗学》[④]。作者利用其多次访问日本的机会，对日本所藏《文镜秘府论》的各种版本进行了细致的考察，搜集了大量的资料，意欲编撰一部更为全面的《文镜秘府论集校集注》本。现已问世的成果只是其前期研究所得，但对于国内学者进一步认识和研究《文镜秘府论》已具一定的参考价值。

另外，从70年代后期开始，有很多学者在利用《文镜秘府论》进行魏晋六朝、隋唐时期诗学著作的辑录工作，其中成就较为突出者有王

---

① 载《中华文史论丛》1985年第2期。
② 载《中华文学史料》第1辑，1990年。
③ 载《长沙水电师院学报》1995年第4期。
④ 以上均载卢盛江：《古代文学与思想文化论稿》，天津：天津人民出版社，1998年。

梦鸥的《初唐诗学著述考》①、王晋江的《文镜秘府论探源》②、王利器的《文笔要诀校笺》③、张伯伟的《全唐五代诗格校考》④等。

总之，到20世纪末，学界无论是在《文境秘府论》本身的整理和研究，还是在利用《文镜秘府论》来辑录中国中古文学理论著作、进一步探究中古诗学理论等方面，都取得了较为丰硕的成果。但是从总体上说，学界对这部书还是重视不够。今后，无论是在资料的整理还是在理论探讨方面，均有相当多的工作要做。

---

① 王梦鸥：《初唐诗学著述考》，台北：商务印书馆，1977年。
② 王晋江：《文镜秘府论探源》，香港：天地图书有限公司，1980年。
③ 载《纪念陈寅恪先生诞辰百年学术论文集》，北京：北京大学出版社，1989年。
④ 张伯伟：《全唐五代诗格校考》，西安：陕西人民教育出版社，1996年。

附　录

十年师生缘
——纪念给我学问和快乐的一新师

几个月来，我总是习惯地认为先生还健在，还在北京等着我呢。直到前几天晓音师电话中说，学界对一新师的追思纪念会都已在三月份开过了，师兄弟们也在四月中去为先生扫过墓了，我才猛然警醒：不能再自欺欺人，不承认先生已归道山的事实了。于是，对先生的感念在心头不断萦绕着、渐渐郁积着，将我拉回那清晰得仿佛如昨天的十年前……

一

十年前，我还在西安跟随霍松林先生和杨恩成先生读硕士研究生。由于我当时对杜甫情有独钟，不仅接连发表了好几篇关于杜甫诗歌接受问题和文化心态的小文章，而且学位论文也拟以杜甫为主攻方向，所以平时除了研读杜诗之外，看得最多、也最喜欢的杜学著作就是当时刚刚出齐的陈贻焮先生的皇皇巨著《杜甫评传》。恩成师见我对陈先生及其学问十分敬仰，就对我说："陈先生不仅学术造诣有口皆碑，而且是当今学界公认的宽厚、热情、乐于奖掖后进的好老师，你就报考陈先生的博士生吧！"恩成师的这一番话，一下子激发起了我心中积存已久的对陈先生、对北京大学的向往之情。当天晚上，我就斗胆提笔、恭恭敬敬地给远在京城的先生写信，表露我对先生的敬仰之情和想报考先生博士生的热切愿望。没想到就在我寄出此信一周后，先生就给我回信了："你想报考我的博士研究生，十分欢迎。我每隔三年招一次研究生，已经有两年没有招学生了，你明年来考正好。你既然想考我的研究生，从现在开始，你就得认真研读魏晋到唐五代代表作家的集子，新旧唐书和《资治通鉴》的这一部分也要通读。你好好准备吧！"我没想到，先生第一次给我这远隔千里、从未谋面的年轻学子回信就如此坦率，这坦率中蕴含着热诚和严格，让我深受感动、满怀希望，又倍感惭愧、不敢懈怠。是为我亲得先生教诲之始，时在1991年初春。

接下来的一年，我全力以赴投入到毕业论文的撰写和报考博士生的紧张准备之中，和先生很少通信。

1992年3月底，在北大博士生考试前十天，我来到了向往已久的北京大学。到京后的第二天上午，我就急不可待地来朗润园拜见先生。在我诚惶诚恐地敲过门之后，出来开门的师母笑着问："你就是西安来的杜晓勤吧？"随即转身对在里屋工作的先生说："晓勤来了！"先生边朗声应道"晓勤来了，欢迎欢迎"，边大步走了出来。听到师母和先生直接呼我的名字，一股暖流顿时涌遍我全身：先生和师母的蔼然热情真是名不虚传啊！我如果能考到先生门下学习，该是多么的幸福啊！在我坐下之后，师母马上给我端来一杯香茶，让我品尝茶点。先生则询问我到北大后的食宿情况，让我注意增加营养，他笑着说："我们北大的学生食堂伙食还是不错的吧，你多吃点小炒，考博士就要吃小炒，不要怕花钱。"我听后不由得也笑了起来，原先的拘束到此时已荡然无存。先生又说："这几天你也不要太用功了，要适当注意休息，我主要是考你们几年来的专业积累，并不是一朝一夕的功夫就能行的。考前你就不要再来了，回去认真准备吧。生活上有什么困难，可以和师母说，不要客气。"因为复习太累和心理紧张的缘故，我在来京之前就因眼压过高，双眼出现了虹视现象。正是先生和师母这样的平易近人、和蔼热情，才使我原本绷得太紧的脑筋松弛下来，终于在十天之后能以较好的心理状态考完试。

笔试全部结束后的那天傍晚，我又怀着惴惴不安的心情来到先生家，因为我对自己这几天的考试并不十分满意。先生则说："笔试已经结束了，就不要去想它了，你现在可以跟我说说，你为什么要考北京大学，要考我的博士生？"接下来先生问的就全是专业问题了，我不由得又阵阵紧张，心里直敲小鼓："不是已经考完了吗，先生问的问题怎么比试卷还要深还要广呢？"尤其是魏晋南北朝一些作家的集子我还没来得及看呢，好多文学史问题我还没有考虑过呢。我硬着头皮尽量回答，不懂的只好照实说不懂。在熬了将近一个小时之后，我发现天色已晚，打算告辞了,就顺便问了一下先生:"明天的面试,先生参加吗?"先生回答道:"我当然参加了,不过,你就不要来了。"我听到这里,心中猛然一惊:"啊,完了,一定是先生觉得我素质太差了,连面试都不让我参加了。"没想到先生接着又说:"我刚才已经给你面试过了,而且我们面试了将近一个小时呢,明天那么多考生面试,统共只有两三个小时,你还去干吗?这几天你一直复习考试,北京城里一定还没去过吧,明天你进城去好好玩玩吧!"到此时,我才恍然大悟,怪不到师母今天一端上茶就悄然退出房间了,先生也是一改我上次来时的随和,一直满脸严肃地不停地问我各种各样的专业问题,原来先生在对我进行面试呐!

在考完试回到西安的一个月后,我就得到消息,已被先生初步录取。欣喜之中,我就给先生打了一个长途电话,先生在电话里首先对我表示祝贺,接着就提醒我:"不要急于想来北京学习的事,你现在最紧要的是要安心在霍先生和杨先生的指导下,做好你的硕士学位论文,争取以优秀的成绩通过论文答辩。"是年六月中,先生应霍师松林先生之邀,来到陕西师范大学,为我的两个师兄主持博士论文答辩会,使我在正式入陈门之前,已经先饱览了先生恢宏自如的学术气度和风采。接下来两天中,我又得以陪先生和师母游览秦始皇兵马俑、华清池和骊山等名胜,就是在这次游览途中,先生给我讲了要打通文史,将文学研究和文物考古、历史研究结合起来的必要性。

二

1992年9月,我终于来到了向往已久的燕园,来到了先生身边学习。9月10日是教师节,那天下午我和同年吴相洲兄捧着鲜花,拎着各自从家乡带来的酒,正式到先生府上拜师。我们进门后,欲向先生行跪拜之礼,先生摆了摆手:"跪拜就不用了吧。"我们就先后向先生深深地鞠了几个躬,作了几个揖,表明跟随先生苦学的心愿。先生笑着说:"你们如此尊师重道,我很高兴,这也说明你们是真有决心要跟着我苦读三年,这太好了。"先生随后对我们宣布了"门规":"我知道你们都发表过文章,但是我要告诉你们,这两年之内不许写文章,更不许向外投稿!你们要好好地坐下来读原著,从曹操读到李后主。"先生要求我们每个月交一次读书报告,长短不限,不过一定要是自己读书过程中的心得。先生还告诉我们,当年他带葛晓音老师、张明非老师时就是这样的。葛老师、张老师三年之内每人都写出了上百万字的读书报告,她们后来发表的文章大都是从读书报告中提炼、生发开来的。先生的这一介绍，无疑是为我们打足了气、鼓足了劲。过了一会，先生又说："今天你们的几个师兄等会儿也要来，你们就在我这儿吃晚饭吧，师兄弟们也可以认识认识，聊聊天嘛。"不多会儿，钱志熙师兄、马纯师兄、吴光兴师兄、刘宁师妹陆续带着鲜花或贺卡到了，向先生表示节日的祝贺和感谢。大家看到先生和师母特别亲热，尤其是马纯师兄一进门就拥抱着先生，亲了亲脸，就好像在外的孩子回家看到父母一样，无拘无束。那天，我是第一次体会到世界上还有这样融洽、自然的师生之情，我能成为其中一员真是太幸福了。

大概是从90年代初开始，先生自己就不大写大块的文章了。先生认为，作为学术竞技场上的一名老运动员，应该急流勇退，退下来当一名好教练，一心一意培养新手。先生喜欢说自己是教练兼啦啦队员，他要让我们接受严格而系统的学术训练，要把我们扶上马，再送一程，还要为我们呐喊助威。先生指导学生是相当认真的，他自己有一个不成文的规定，每隔三年才招一届研究生，而且一届不超过两人，目的就是在这三年之内可以集中精力培养这一至两名学生，直到把他们送出门，才招下一届。这在当时各高校的古典文学硕、博士导师中是不多见的。

在我们入学之初，先生就说，这三年中他自己最主要的工作就是指导我们读书、做论文。先生那时除了每周给系里的研究生上两节"杜甫研究"选修课，偶尔参加一些学术活动，每天大部分时间都花在指导我们读书、为我们批阅读书笔记上。先生常常自我解嘲，他是个"傻"老师，只会用"笨"办法（即先让学生"精读原典"写读书报告，然后再从读书报告中提炼观点、深入开掘，写专题论文，最后在一系列专题论文的基础上，撰写博士论文），教"傻"学生。先生曾自豪地说："我带出的学生虽不至个个都是极优秀的，但不可能出废品、次品。因为我用这'笨'办法，舍得花'死'功夫，而且每道工序都是严格把关的。'水到渠成'，绝不会发生三年级了学生还无题目可写，快毕业了论文被枪毙的事。"但是，这样一来，先生要多付出多少心血呀！

第一年，我们除了上外语课，其他的时间几乎都是埋在宿舍里读书写笔记。我从《诗经》《楚辞》开始，系统阅读中国古代诗歌作品，一路理下来，直到唐末五代。大概是从十月初开始，我每隔一个月就给先生交一次读书札记。这可是真正意义上的"札记"啊！短的一条只有十几个字，长的则达数千言，而且，我读书时还经常把一些自认为可能有用，但又无一丝己见的原始材料归类排比在笔记本上。然而，年已古稀、且左目因写《杜甫评传》早已失明的先生，每次都将我这些密密麻麻、泥沙俱下的文字逐字逐句地批阅一遍，甚至连一个用错的标点符号也不放过。先生每次都力图从我那些芜杂繁乱的文字中找寻出哪怕有一丁点学术价值的东西来。先生通常是在他认为"尚可"的字句下面，用红圆珠笔"点"过去；在"较好"的条目旁边，打上一个"勾"；在"很好"的条目旁边，打上两个"勾"；在"大佳"的条目旁边，打上三个"勾"。在每份读书笔记的后面先生都写着"总评"。先生在收到我们交来的读书笔记后，大概不到一个星期就看完了。然后先生就给我们宿舍打电话，让我和相洲错开时间，分别来先生家面谈。先生这样做的目的也是在于每次可以把问题谈得集中一些，时间谈得多一些。

我和相洲每个月最盼望的就是到先生家来"谈"、"取"读书笔记的日子。每到这一天上午（几乎都是上午九点钟左右），我就既高兴又紧张。我们当时住在紧靠学校南门里边的二十五楼，先生住在燕园东北角的朗润园，每次来先生家都要路过高大、挺拔的博雅塔，途经风景优美、波光粼粼的未名湖，穿过幽静、深曲的后湖。一路上看着燕园里这如画的景色，我心里自然有一种说不出的欣悦。但是每当快到先生家时，心里就难免犯嘀咕：不知先生对我这次"报告"的评价如何？我那个所谓的"新见"，不知道先生"首肯"不？等到一进先生的家门，这种紧张的心情马上又被先生那慈祥的目光和师母热情的话语融化得无影无踪。每次落座后，师母总是先端上一杯热热的、香香的茶水，然后让我和先生一边吃着各种各样好吃的糕点和糖果，一边悠闲地谈着学问。（这真是难得的一种享受！）先生从来都是鼓励我，总是说："你读得很细，很认真，大小创获不少，积攒起来，将来大有用处。"（1992年12月5日语）"有不少自己的看法，这很好，读书当如此，始有长足进步。"（1992年12月22日语）"这许多心得，可帮助加深印象，将来进一步研究亦有参考价值。"（1993年5月27日语）至于我"笔记"中的一些具体问题，先生大多让我拿回宿舍后自己看（因为先生已经在批语和总评中写得很详细了）。

先生特别喜欢给我们讲故事，他不但讲他当年上大学时的趣事，讲林庚先生是如何指导他研究古典文学的，讲他如何带葛晓音老师、张明非老师和钱志熙师兄、朱琦师兄的，还讲学界其他先生的学问和为人，我们从先生所讲的这些故事和趣闻中学到了很多治学和做人的道理。先生告诉我们,做学问既要有远大志向,又要有实际事功;既要有自己的见解,又要辩证宽容。先生最反对动不动就和别人商榷,动不动就写文章批评别人的人。先生经常告诫我们:"我们这一门不喜欢和别人'打仗'。关键在于你要能'立',而不是'破';要有自己的系统研究成果,不要靠自己一丁点儿的不同于别人的理解,就去和学界前辈或者名人商榷以哗众取宠。要充分尊重前辈学者的研究成果,要认真学习其他研究者的优点,有容乃大。"

天气较好的时候,我们大概只在房子里聊半个多小时就出来,到先生家门口的后湖边,坐在椅子上、柳树下,看着满湖的涟漪、烂漫的二月兰(先生认为,二月兰可算是北大的校花,春天里北大偌大的校园中,山上、路旁、屋下、湖畔到处是这种繁星一般小小的紫色的花朵),继续谈着各种各样的话题。

那时候,北大校园里还没有在各种文物、景点旁树立文字介绍牌,而我又是从外校进来的,对燕园里的掌故可说是一无所知。先生总是兴致勃勃地领着我,沿着幽曲的湖边小径,拨开茂密的丛林,探幽访古。先生曾站在碧波荡漾的后湖边,指着北招西边开得甚旺的荷花告诉我,这可是季羡林先生出访印度时,千里迢迢带回的天竺良种。先生曾带我来到僻静少人的后湖西北角,指着长在小路拐弯处、湖边小石桥头的一棵歪脖子老树说,这个地方晚上骑车经过时要特别小心,曾经有一位先生在这个地方撞上过此树、掉到水里去了,但是却从来没有人要求过把这棵树砍掉,只是让学校拓宽了一点道路,所以我们现在仍可以看到这个趣景、奇景。我们也曾跨过后湖西边的石桥,进到颇具乡村景色的湖心居民区,先生指着西南角石桥边一个貌不惊人的太湖石说,她可有来历,而且有一个好听的名字,叫"青莲朵",随着季节的变化,她的颜色也会不同,还是全国三大名石之一呢。现在想来,和先生一起在校园里散步、聊天的那些日子,真是一生也忘怀不了的美好记忆。

到1994年春天,我和相洲都已经读到中晚唐了。先生有一天把我们叫去,让我们开始考虑写专题论文的事。先生告诉我们,北大有一个很好的传统,在评价一个学者的学术水平乃至评职称时,不是看重他写了多少书,他写了什么书,而是看重他的专题论文。先生说,有人凭一篇论文就当了教授,某些人虽然写了几十万字的巨著,却连续几年申请副高都没能通过。问题就在于,所谓的"专著"中有太多的水分。而专题论文则能见其功夫,含混不得,马虎不得。先生还说,所谓的"编著"最为害人，尤其是有些导师喜欢带学生编什么文学史或者概论、通论性质的书，简直是在毁学生的学术前程，因为这样做，只是在培养学生综合别人成果的能力，且形成思维定式后，学生写文章时也会分不清哪是自己的观点，哪是别人的成果，甚至径直化取他人成果为己见。

在对已有的厚厚的七大本、多达三四十万字的读书笔记的重新翻检后，加上先生的指点和引导，我在1994年的春夏之交，决定以"南北朝后期到初盛唐间诗歌艺术转型与社会文化转型之关系"作为我博士论文的主攻方向。在先生的悉心指导下，我在短短的两三个月内，就陆续写出了《论龙朔初载的文场变体》《陈子昂的家学渊源与其人格精神、文学创作之关系》《初唐四杰和儒道思想》等三篇文章，为撰写学位论文作了必要的准备。

1994年9月，先生受邀，将携师母远渡重洋，赴美到斯坦福大学讲学，所以先生就请葛晓音老师继续指导我和相洲。先生临行前一天，我们所有在京的师兄弟都齐聚先生家为先生和师母饯行，席间大家既为先生出国讲学高兴，又为将来的半年多的离别而伤感。第二天，我们到国际机场送先生和师母。在入口处，我们和先生、师母恋恋不舍，但都尽量控制着自己的情绪，生怕先生和师母太伤感。但是，先生的眼中一直滚动着泪花，等到和我们握手再见时，先生竟一下子放声哭起来了，泪如泉涌。先生的哭声是那样的大，像孩子一般，毫不顾忌旁边熙熙攘攘的人群，我们一直憋着的眼泪也都禁不住夺眶而出，旁边的旅客、送客也都被感染得潸然泪下。

1995年4月，先生和师母从美国回来了，这时我和相洲也已在晓音师的指导下完成了博士学位论文的初稿。先生看完我们的论文初稿后，自然是十分高兴。但是，我们都明显感到先生的精力大不如出国以前，先生跟我们谈话时间一长就感到累，就想睡觉，不过谈话时思维能力未见衰退。六月中旬，我和相洲要举行博士论文答辩会了，先生也和葛老师一起，不顾北京炎热的天气，为我们的答辩会做准备。答辩会那天，先生早早地就来到了系上，告诉我们答辩时不要紧张，只要从容、老实、谦虚地回答各位专家的提问就可以了。因为论文已经写出来了，而且写得还不错，应该不会有什么问题。有先生的这些话，我们那几天一直悬着的心，稍稍放下了一些，有点底了。在上午相洲的答辩会上，先生除了在开始的时候，对各位专家不惮酷暑审阅我们的论文，又不辞辛劳拨冗参加我们的答辩会表示了诚挚的感谢，大多数时间都是在静静地听着各位专家的提问和相洲的答辩,很少发言。但是,当一位专家对相洲论文中有一处和先生《杜甫评传》观点相左表示异议时,先生马上接过话题说:"学生和老师的观点不一样,很正常,只要他言之有理,有何不可呢!相洲提出这个观点,是征求过我的意见的,我个人认为是很有道理的。"先生这番直率的发言,得到了大家的一致赞同。那天,先生和各位专家一起在答辩会场坐了整整一个上午,竟然没有打过一次瞌睡。要知道,先生那段日子和别人谈话通常只能谈到一两个小时。可以想象,先生那天上午是多么的累呀,但是先生硬是坚持参加完了上午的答辩会。我们大家对先生都有一种说不出的感动。

七月初,我们终于取得了博士学位,要毕业了。我和相洲穿着博士服、戴着博士帽来到先生家谢师,先生拉着我们的手,一个劲地说:"不容易啊,不容易啊,三年了,你们苦读了三年,终于熬出来了,不容易啊!"说着说着,先生的声音就变了,泪水从先生的眼眶慢慢地流出来,先生又一次哭了。其实,这三年中,先生比我们更加不容易啊。刚开始先生要把我们从野路子上拉回来,就已经煞费苦心了,后来又一个字一个字地为我们批阅读书笔记,想方设法启发我们发现问题,悉心指导我们深入研究,而这一切都是先生在已经年逾古稀、左目失明的情况下进行的,先生在我们身上花费的心血比我们自己的努力要多得多啊!先生的培育之恩,是我们永远无法用语言表达的,也是我们一辈子报答不尽的。

三

1995年夏天,先生的病确诊了,原来是先生的脑内长了一颗肿瘤,发现时这颗肿瘤已经在先生的脑内长到两厘米大了,正是这颗肿瘤压迫了先生的一部分神经,使得先生的精力受到影响。但是,考虑到这是一颗良性肿瘤,而且先生年龄已大,不适宜做手术,医生就建议主要用药物来缓解病情。

是年秋天,我留校任教了,可以经常来先生家向先生请益。先生虽然不再能和我深入讨论一些学术问题了,但是仍然很健谈,很开朗。先生经常要求我安心工作,继续研究。对于我从事的对外汉语教学工作,先生也是十分支持和鼓励的,先生不止一次地说,他就带了不少的外国留学生,把中国的优秀文化传播到其他国家本身就是十分有意义的,而且通过教学还可以提高自己的外语水平,更好地了解其他国家的社会文化，了解国外学术界的情况。所以先生经常用流利的英语问我问题，而我总是回答不了几句，就改用中文了。先生于是就叮嘱我要努力学好英语，争取早日出国交流。

在我刚留校的一两年内，先生的病情发展得较慢，所以每当我来先生家聊天时，先生总是兴味盎然。有一次，我刚刚在《文学遗产》上发表了一篇文章，就给先生送来了。哪知刚进门，先生就高兴地对我说："你刚发表的那篇文章，我已经看过了，写得不错，不过不要骄傲。"接着他又从案头取出当年的几期《文学评论》和《文学遗产》杂志一一翻给我看，喜形于色地说："晓勤，你看今年我们陈门大丰收了，葛老师、志熙、相洲和刘宁今年也都发了文章，而且是一个接一个，真不赖！"先生笑得是那样的开心！原来我们所取得的每一点进步，都能让先生如此高兴啊！我不由得暗下决心，要做出更多更好的成绩来！

除了工作和专业，先生对我的生活和家人也十分关心。在我留校后第一次分到宿舍时，先生就说要来看看。那天上午，先生和师母从校园东北角的家一直走到学校南门内我住的26楼。先生和师母进门后，看到我那10平方米的房间里，有床，有写字台，有书橱，还有一个旧的黑白电视，不停地夸道："不错，不错，室雅何须大，你这儿是麻雀虽小、五脏俱全嘛！"那天中午，我和妻子陈瑜给先生和师母做了一些家常菜，先生和师母更是赞不绝口："味道不错，味道不错，你们还真有两下子。"我知道，即使我们做的菜不好，先生和师母也会很高兴的，也会吃得很香的。

先生和师母另一次到我家来，是在1997年春天我孩子文郁出生以后。那时先生的病情已经发展了，主要症状就是特别容易累，想睡觉。文郁出生的时候，先生和师母正在南京旅行。当二老在电话里听说孩子已经顺利分娩时，那高兴劲就甭提了，先生和师母在电话里说："太好了，太好了，恭喜恭喜，生了一头'小牛'（因1997年的生肖是丑牛）。"不几天，先生和师母从南京回来了，说想来看看陈瑜和孩子。我们觉得先生和师母应该多休息几天，再来也无妨。但是先生却坚持这几天就要来，我说先生和师母要来的话最好让蓟庄大哥或者友庄大姐用车送过来，因为当时我已经搬到校外，住在中科院25楼了，那个地方离先生家又更远了，足足有四五华里，而且要穿过一条交通十分繁忙的白颐路。

在先生打过电话不几天的一个上午，我刚从学校上完第一二两节课回到家（大概 10 点多钟），陈瑜就告诉我："先生和师母马上就要来家看文郁了。"我说："太好了，但先生和师母怎么来的呢？"陈瑜说："师母说今天天气很好，先生兴致很高，可以一路散步过来，师母说也好让先生锻炼锻炼，省得老不活动。"我一听，着急了："这怎么行呢？这一段路不但很长，而且相当危险。"我马上就给先生家打电话，可是已经没有人接了，先生和师母已经出发了。于是我就马上骑车，沿着先生和师母可能走的路线去接他们。可是我一路上找过去，却怎么也不见先生和师母的身影。这可怎么办呢？我焦急地在门口的路边等呀等，一直等了将近 40 分钟，才看见师母和先生从东边慢慢地走过来了。我马上跑上前去，一边搀扶着先生，一边忙问师母怎么从东边过来了。师母说，因为大哥和大姐今早都出去了，她和先生上午在家没有什么事，反正要出来散步，所以 9 点半就从家里出发了，但是过了马路后没有沿着路往南走（这是条捷径），而是进了中关园。因为中关园里要比马路上安静得多，而且先生和师母好长时间没有来过北大中关园宿舍区了。他们在中关园里边走边停边看，还在路边的椅子上休息了几次。我再看看先生，先生显然已经相当疲惫了，高大的身躯挪动得很慢。

　　进门后，我马上安排先生和师母先在沙发上坐着歇一会儿，但是先生却坚持要先看小文郁。先生和师母看着文郁红扑扑的小脸蛋，高兴得合不拢嘴，直说："小家伙长得不错，以后一定是个聪明蛋。"师母从包里拿出几套小衣服和一个小纸盒子来，师母指着那只小盒子说："这是个小牛，是我和你老师在南京夫子庙给文郁买的，因为他也是头小牛嘛！"我接过来打开一看，真是一件十分可爱的小工艺品，陶土烧制的小牛，涂着赭红的漆，形态顽皮可爱。我马上把它就放到书架上了，对睁着大眼睛滴溜溜地转的小文郁说："小家伙，你知道吗？这可是师爷爷和师奶奶从南京给你带回来的呀！"（后来文郁懂事了，也特别喜欢那头小牛，经常自豪地说："这是师爷爷和师奶奶送给我的。"）看完文郁后，我就马上让先生和师母在沙发上休息，可是先生刚坐了几分钟，就累得开始打瞌睡了。于是我马上和师母商量，赶快吃午饭，好吃完饭立即让先生回家休息。那天，我们是在中科院 25 楼院子里的"天外天"吃的饭，饭菜都很对先生和师母的口味。先生一开始也和师母一道直夸"好吃，好吃"，但没吃多一会儿，先生就又困得不动筷子了。于是，我草草地结了账，就出去叫了一辆出租车把先生和师母送回去了。我直到现在还后悔，那天我怎么没有想到先生和师母会从中关园里来的呢，要是我多动一点脑筋，到中关园里去找，先生和师母也不至于那么累呀！

后来，师母告诉我，那是先生的最后一次远足，以后先生再也没有散过那么远的步。但师母又说："你老师那天是一直坚持着要走到你们那儿看文郁的，他就是这么倔强的一个人！"

大约从1998年初开始，先生的病情又有所发展，这时候先生脑部的肿瘤开始压迫运动神经，先生左腿的迈步已经受到影响，先生不得不开始用拐杖走路了。每当我看到先生魁伟、挺拔的身躯，因为架拐而一晃一晃的时候，心里就难受得想哭。但是先生自己的情绪却似乎没有受到影响，依然是那样的乐观、爽朗。这时我到先生家来，大多是坐在先生旁边，跟着先生学吟诗，吟的内容主要是先生自己的《梅棣盦诗词集》中的作品，或者唐宋名篇。那时先生的记忆力虽然衰退得不少，然而对这些作品还是记忆犹新的。往往是先生先吟一遍，然后我一句一句地跟着学。先生是用湖南话吟的，声音洪亮，抑扬顿挫。我呢，刚开始还想学着先生也用湖南话吟，但是先生没有吟过的作品，我自己就不知道怎么发音了。后来，我和先生商量，我能不能改用自己的家乡话如皋话吟（因为如皋话也是有入声的），先生想了想说，你试试看吧！我试着吟了一首杜牧的《山行》，先生说："凑合着也行吧！"于是，我们师徒俩，就一个人用湖南话，一个人用如皋话，一前一后直着嗓子，大声地吟唱着同一首作品。害得在另一个房间里的师母忍不住跑过来说："我怎么听怎么都觉得你们师徒俩这么个吟法怪怪的。"我和先生都笑了，先生还说："怪就怪吧，反正我们是'自长吟'，自娱自乐嘛，又不是登台表演，吟给别人听的！"所以，那时几乎每隔一两周，我都要来和先生进行这让别人听起来"怪马古冬"的"二重吟唱"，但是，先生和我都快活得不得了。哎，可惜的是，当时我总想等到我吟得稍微上点路子了，再把我们师徒俩的"吟诗"录下音来，谁曾料想先生竟这么快就离开了我们，这竟成了永远的遗憾！

再以后一段时间，先生连房间门都走不出去了，我就坐在先生的床头，陪着先生说话，偶尔也还吟吟诗。但先生有一段时间，对音乐特别的感兴趣。听师母说，先生有时一个人躺着的时候也唱歌、大声地哼哼，而且总喜欢哼唱年轻时学过的英语歌。有几次我来看先生，先生让我也唱英语歌给他听，可是惭愧得很，我虽然学了十几年英语，但除了初中一年级刚开始学英语时学过 *ABC* 和 *Happy New year* 等入门歌外，后来那么多英语老师竟然都没有教我们唱过什么英语歌（可见我们在 80 年代所受的英语教育比起 1949 年前来都不如）。先生见我唱不了，就给我唱，他唱的是美国黑人老歌，虽然只唱了五六句，但声情并茂，发音浑厚而标准，旋律缓慢而深情。我不由得暗暗佩服先生对这些音乐深切的理解。还有一次，先生让我给他从墙上取下箫，他说要吹箫。我一听，就特别高兴。因为以前，只有我们每次师生大聚会的时候，先生才会为大家表演吹箫，那是我们学生最喜欢的一个节目。然而，由于疾病的原因，先生的底气显然已经没有以前那么足了。我听着先生吹出的断断续续的悠长的箫声，心里有一种说不出的酸楚。但先生吹的是那样的认真，那样的专注，那样的怡然自得。

总之，自从先生得了这病以后，对自己的病情似乎毫不介意，先生从来没有痛苦、犯愁过，依然是那样的自然、任真，依然是那样的快乐、爽朗，这也是我们每次去看先生时，依然能够和先生一起快乐的一个重要原因。

四

1999 年 11 月 16 日下午，我接到了要到日本工作两年的任务，那天恰好是先生 75 岁的生日。我一拿到意向书就直奔先生家，先生知道后，高兴极了："这下你可以出去看看了，太好了！"先生还告诉我，他在日本有许多好朋友，如松浦友久、入谷仙介等，有空了应该去拜访他们。我正式来日本的时间是 2000 年 3 月底，出发前一天，我到先生家向先生和师母辞行，先生还不忘让我充分利用在日本的机会学好日语，借鉴日本学者的治学经验。临分手时，先生突然又问我："晓勤，你这次去是几年？"我回答说："两年。"先生好像有点伤感，喃喃地说："要两年啊。"我连忙安慰道："先生，没关系的，日本很近，我每个假期都可以回来看您的。"因为我想，虽然先生的病情一直在发展，但是发展得并不是很快，不是都已经过来了五六年嘛。在我临走的时候，先生拉着我的手，泪水夺眶而出，我则强忍着泪水离开了先生家。

来日本以后，我是每隔一两个星期就给师母打电话，问先生的近况，刚开始师母总是回答和我走之前差不多，没什么大问题，不用担心。但是到去年 7 月初的一天晚上，我给师母打电话，像往常一样询问先生近来身体怎么样时，师母在电话的那头停了一下，缓缓地说："不太好。"我一听，心里猛然一紧，连忙问："师母，先生到底怎么了？"师母哽咽着说："你老师前几天突然发了一次烧，现在已经有好几天一句话也不说了。"我想，我才离开先生几个月，先生的病情怎么会发展得这么快的呢？我又马上给相洲打电话，相洲和翠萍也都说，先生现在连他们也不认识了，更是连一句话也不说了。

我意识到问题的严重，马上向学校请求，能不能在我一给学生考完试就准许我回国。学校还是非常通情达理的，准许了我的请求。就这样，我在7月28日晚上就回到了北京。

第二天一大早，我来到了先生家，只见先生还躺在那张单人床上，但是原本高大、魁梧的身躯明显瘦弱、缩小了许多。先生闭着双眼，静静地躺着，师母在先生的耳边轻轻喊着先生的名字，不停地说："贻焮，贻焮，晓勤回来看你来了。"先生好久才睁开眼睛看了我一下，马上又闭上了，先生可能已经不认识我了，或者是实在没有一点力气睁眼看我了。我坐在先生床前，握着先生阔大、温暖但已经绵软、无力的手，看着先生疲惫不堪的样子，泪水禁不住地望外流淌着。先生啊先生，你实在太累了，你好好休息吧！

暑假里，我还是每隔一周就来看看先生，先生还是和以前一样，一句话都不说，但睁开眼的时间多一点了。师母告诉我，有几次竟然还认出葛老师和志熙来了。后来，我和先生说话，先生虽然不回答，但还是有了一些反应。葛老师每次来喂先生吃饭，先生也是挺高兴的。

到9月底我假期结束快回日本的时候，先生的病情虽然没有太大的好转，但是也没有再发展。我于是就在极度不安中，无奈地回到了日本。

此后的一个多月里，我还是经常给师母打电话问先生有无好转，师母总是说先生病情还比较稳定，再没有发烧过。11月中旬，我想起先生的生日又要到了，但是我今年是不能给先生过了。于是我就和师母商量，让志熙师兄和相洲把在北京的师兄弟们都找来，在先生家聚一下，给先生过过生日。11月16日是先生的生日，那天傍晚，我给师母打电话问大家来没来，师母说大家快来了，而且先生今天的精神特别好，白天还说了好几句话。我听后，自然很高兴。

可是，就在先生过完生日后的第三天，11月19日晚，当我例行打开电子邮箱时，发现尹小林兄来了一封奇怪的信，没有正文，"主题"栏里写道："请速到国学网站主页上去，有要事。"因为这一年多来，我一直在帮助小林兄规划"国学网"，我以为又是他在让我给刚更新的网页挑错、提意见呢。于是我就转到国学网站，主页刚刚打开，我就看见网页上方不停地滚动着一行字："沉痛悼念北京大学中文系教授、著名文学史家陈贻焮先生！"我的头"轰"的一下，我想小林不会是搞错了吧。我们先生前两天还好好的，刚刚过完生日，怎么可能呢！我又连忙喊陈瑜来看，陈瑜也不相信。于是，我马上下网，抓起电话就给相洲挂，是翠萍接的电话，翠萍呜咽着说："是真的，先生真的走了，是今天早上走的！"我呆住了，几年来我一直暗暗担心的事终于发生了。我木然地挂上了电话，对陈瑜说："先生真的走了！真的走了！"我们俩坐在榻榻米上，泪水早已从陈瑜的眼眶中流了下来，她抽泣着，而我的脑子里一片空白，茫然无措。文郁过来问我："爸爸，妈妈怎么了？"我说："你师爷爷走了！"文郁又问："师爷爷走到哪儿去了？"我说："师爷爷到天上去了，进天堂了。"文郁若有所思地问："天上是神仙住的地方，师爷爷在那儿就不会老了。"我一边搂着文郁，一边指着刚刚从网上下载的先生的遗照对他说："文郁，你看你师爷爷永远不会老了，他永远幸福地住在天国里了！"

后来，我听师母说，先生过去的时候，是很快很安详的，没有一丝痛苦的表情，就好像出远门了。我相信，先生一定已在天国里快乐地生活着。因为先生和我们在一起的时候，一直是那样的自由，那样的快乐，那样的欢愉。他给予我们的不仅仅是治学之道，更主要的是教给了我们做人的道理、生活的态度。先生对别人永远是宽容、热诚的，先生对生活的态度永远是乐观、爽朗的，先生终其一生永远保持着一颗赤子一样天真的心。先生是得了道了，是和他所钟爱的诗人陶渊明、杜甫到一块去了。

仰望夜空，繁星闪烁，我仿佛看到了先生在天国里那俯瞰我们的慈祥的目光，那渊默的微笑……

2001年4月初稿于日本金泽小立野
2001年9月二稿于北京大学中关园
2001年10月8日改定于日本金泽小立野

作家型学者　学者型作家

——试论陈贻焮先生的古代文学研究和文学创作

陈贻焮先生（1924—2000），字一新，湖南省新宁县人。北京大学中国语言文学系教授，中国古代文学博士生导师，中国作家协会会员，中国唐代文学学会理事，中国韵文学会副秘书长、常务理事，中国诗学研究会副理事长、常务理事，王维研究会名誉会长。曾任《文学遗产》编委，《文学评论》编委，《中华诗词》顾问等。陈贻焮先生是一位在海内外具有广泛影响的著名文学史家，他长期从事魏晋南北朝隋唐五代文学史的研究和教学工作，在这个领域作出了重大的贡献。他的研究著作主要有《王维诗选》①《唐诗论丛》②《孟浩然诗选》③《杜甫评传》④《论诗杂著》⑤，主编、参编的著作主要有《魏晋南北朝文学史参考资料》⑥《中国历代诗歌选》⑦《中国小说史》⑧《历代诗歌选》⑨《增订注释全唐诗》⑩

---

① 陈贻焮：《王维诗选》，北京：人民文学出版社，1959年。
② 陈贻焮：《唐诗论丛》，长沙：湖南人民出版社，1980年。
③ 陈贻焮：《孟浩然诗选》，北京：人民文学出版社，1983年。
④ 陈贻焮：《杜甫评传》上卷，上海：上海古籍出版社，1982年；中、下卷，上海：上海古籍出版社，1988年。
⑤ 陈贻焮：《论诗杂著》，北京：北京大学出版社，1989年。
⑥ 北京大学中国文学史教研室选注：《魏晋南北朝文学史参考资料》，北京：中华书局，1962年。
⑦ 林庚等：《中国历代诗歌选》，北京：人民文学出版社，1964年。
⑧ 北京大学中文系编：《中国小说史》，北京：人民文学出版社，1978年。
⑨ 与冯钟芸、季镇淮、倪其心合编：《历代诗歌选》，北京：人民文学出版社，1980年。
⑩ 陈先生于1995年后，因脑疾渐难董理主编事务，主要工作均为陈铁民、彭庆生两位常务副主编完成，全书5大巨册1500万字，由文化艺术出版社于2001年5月出齐。

等。陈先生在古典诗词创作方面也取得了很高的造诣，是一个诗人型学者。他一生作诗填词，笔耕不辍，其作品①能将传统诗词的艺术风格与个人感情、现实生活完美地结合在一起，在诗词界享有很高的声誉。其中年时期创作的短篇小说题材广泛，或热诚歌颂湘西农村土改时期的新面貌，乡土气息浓郁；或巧妙撷取儿童成长过程中的一些小片段，童心父爱相映成趣；或穿越时空，梦回大唐，为李杜等河岳英灵作传：都表现出精妙的艺术造诣。更为重要的是，陈先生一生淡泊名利，为人热诚善良，心性真淳，有"赤子之心"，是当代少有的"性灵派"学者和作家。

一、"因顽慕勇"的奋斗历程

和其他出生于 20 世纪二三十年代、学成于四五十年代的学者一样，由于战争的冲击和社会的动荡，陈先生的求学之路也是十分坎坷的。陈先生是 1924 年 11 月出生的，按照当时的情况，应该 1947 年大学毕业，但实际上到 1953 年才大学毕业，晚了五六年。用陈先生自己的话说，其间他是"走了比较长的路，是比较艰难的"，"其中也有好多原因"②。

陈先生的故乡在湖南省新宁县南乡长湖村，是一个山清水秀、风景优美的地方。村边不远即是湘西南著名的崀山风景区，千峰挺翠，一江环碧。30 年代初，诗人艾青曾在新宁教过中学，作诗谓："桂林山水甲天下，崀山山水甲桂林。"③ 陈家世代都是读书人，可谓是书香门第，诗书传家。陈先生的曾祖父陈周慎，字镜轩，曾任清江苏省六合县知县，任满返里，以薪俸所得在长湖村修建了一所房屋，名曰辉映堂，购置了少量田产。祖父陈起鹏，字丽章，是清代秀才，饱读诗书。20 世纪 20 年代第一次国共合作时，曾任新宁县参议会议长。父亲陈建楣，字子大，在上海的一个教会学校读过书，英文很好，书法、诗文亦善。堂舅祖刘永济先生是武汉大学中文系老教授、著名古典文学研究专家。表叔李冰若先生（后来成了陈先生的岳父）是吴梅先生的高足，曾任上海暨南大学中文系的教授，也以研究词学闻名。由于受到家人和周围亲

---

① 已结集为《梅棣盦诗词集》，石家庄：河北教育出版社，1997 年。
② 陈贻焮：《我是怎样学习和研究的》，《文史知识》1989 年第 7 期。
③ 李庆苏：《交谊逾半纪 风义感平生——纪念姐丈陈贻焮教授》，载《陈贻焮先生纪念文集》，北京：北京大学出版社，2002 年，第 168—180 页。

友的影响，陈先生从小就对古典诗词情有独钟。

但是，陈先生小时候家境已经很不好了。据陈先生后来回忆，五六月青黄不接时，家中的日子就很不好过，甚至还饿过饭。陈先生九岁才上学，在学校里兴趣比较广泛，体育很好，尤其喜欢画画。父亲曾经想送他去学国画，但他当时只想上初中、高中，然后上大学、学文学。

陈先生初中时的国文老师很好，特别喜欢鲁迅先生的《野草》。陈先生在他的影响下，就学写鲁迅那样的小品文。在一次以《洋槐》为题的作文比赛中，陈先生还得了第六名。

因为家里没钱，付不起学费，陈先生初中念了半年就念不下去了。陈先生虽然"感到家庭破落了"，但他当时"只想上学，想当个大学生，能个人奋斗，独立生活"①。在虽然不识字但特别重视教育的祖母②的全力支持下，陈先生又能继续读书了。

陈先生从小就最喜欢鲍照《侍郎报满辞阁疏》中的这几句："臣嚚 机穷贱，情嗜蹖昧，身弱涓氂，地幽井谷。本应守业，垦畛剿荛，牧鸡圈豕，以给征赋。而幼性猖狂，因顽慕勇，释担受书，废耕学文。"他说，"这有什么好的呢？大概是他说出了我当时的心情，我的情况也大致跟他相仿佛吧"③。鲍照这种"幼性猖狂，因顽慕勇"的精神，后来一直激励着陈先生追求文学和学术。

抗战前，陈先生的父亲即外出谋生，十余载未回家。后来，母亲又到四川广元找他的父亲去了。先时，祖父还在；1943 年祖父病逝之后，作为长子长孙的陈先生，自然就成了家中的顶梁柱。1944 年，日本人打到了新宁县。他带着家人和亲戚二十多人，四处逃难。逃难没有钱，便到处借大米，为学生补课，以此维持全家生计。因为家境每况愈下，经济拮据，陈先生高中毕业后为还债，补贴家用，去长湖村斗光农校教书。当时的教薪收入较多，一学期有 20 石大米。在逐渐还清了欠债后，陈先生毅然决定出来考大学。

1946 年，北大、清华、南开三所大学联合招生，陈先生总分够了，

---

① 见《我是怎样学习和研究的》。
② 她的堂弟是武汉大学中文系著名古典文学教授刘永济先生，外侄刘敦桢先生是南京工学院（现东南大学）教授、著名的古典建筑专家，都是读书有成就的人。
③ 《论诗杂著》，第 305 页。

但数学不好,被招入北大先修班。先修班共 300 人,10 个班,陈先生和汤一介、宁可(原名黎先智)同在第 6 班。当时在先修班教陈先生国文的是傅庚生先生。傅庚生先生讲的《浮生六记》《陶庵梦忆》等都是美文,加上受家乡优美景色的熏陶和诗书家风的影响,陈先生就学着写意境优美的散文,不少作文得到了傅先生的夸奖。其中一些,如《杜甫小传》等,还发表在北京的报刊上了。这激发起了陈先生的文学创作热情。

  1947 年,陈先生正式进入北京大学中文系学习。1948 年底因病休学,回到新宁疗养。不久,陈先生病好了,在县里教了半年中学,暑假里参加了短期的农村调查,看到中华人民共和国成立后的种种新气象,很是感动。1950 年 10 月,陈先生回北京大学复学,重读二年级,正碰上小说家废名先生教文艺文写作。第一次习作,陈先生就将在乡下的切身体会写成了《弟弟加入少先队》的短篇小说交了上去。废名先生看后,特别欣赏,认为超过了赵树理,还写下了这样的评语:"写得很成功,富有地方色彩,人物个性亦强,而且都有进步性,所用语言亦好。"并把这篇文章拿到班上作为范文,组织同学重点讨论。陈先生很受鼓舞,接着又写了篇《李三阿妈》。废名先生又认为最好,评语是:"成功之作。人物都写得好,李三阿妈、黄毛、麻大爷如见其人,如闻其语,连没有写什么的扁婆、八老倌、麻大妈、谭姑爷都写出来了。文字也好。还有,作者对农民生活的热诚!"在废名先生的鼓励下,陈先生又一连写了好几篇,都得到了好评。有一次,甚至还请来了杨振声先生光临指导,这当然使陈先生分外高兴,不过压力也越来越大了。由于积累的生活底子写得差不多了,陈先生就开始硬着头皮编故事。这自然受到了真诚的、重视艺术的废名先生的严肃批评。虽然不久废名先生的课就结束了,后来废名先生也去了东北大学,但陈先生一直都在心里深深地怀念着、感激着废名先生,认为废名先生"确乎是个真诚的人,是个不失赤子之心的人"[①]。陈先生从废名先生身上,不仅学到了文学创作的艺术,还学到了对艺术的严肃态度,更学到了真诚的为人、可贵的赤子之心。

  1953 年大学毕业时,陈先生只想出去当作家,结果宣布留校当助教。知道留系后,陈先生认为文艺理论古今中外,海阔天空,最富挑战

[①] 《论诗杂著》,第 308 页。

性，就向系主任杨晦提出想搞文艺理论。杨晦先生说："这也很好，不过有人了。"让陈先生学文学史。陈先生一听，又觉得既然学中国文学史，那就要从"第一段"的《诗经》《楚辞》一直搞下来，就又说："好！但我要跟游国恩先生。"但因为也有人了，陈先生就跟了"第二段"的林庚先生，一边当助教，一边进修魏晋南北朝隋唐五代文学①。

虽然陈先生当时不是研究生，但林庚先生是把他当作研究生培养的，主要的时间都是让陈先生读书。最初，林庚先生让陈先生读陶渊明的集子，后来又教陈先生挨个儿读魏晋南北朝隋唐五代重要作家的集子及注释，还要参阅《资治通鉴》与史传的相关部分，每两周交一次读书笔记。在林先生的悉心指导下，陈先生对古典文学研究产生了兴趣，读书亦有得。半年之后，陈先生就写出了《关于陶渊明》②《鲍照和他的作品》③等学术论文。就这样，陈先生"狠狠地读了三年书"。到了1957年，由于运动和社会活动的增多，学校不提倡念书了，但是陈先生仍挤出时间，照林庚先生的意思，断断续续地通读完《昭明文选》《汉魏六朝百三名家集》《全唐诗》《资治通鉴》以及《汉魏丛书》《唐人说荟》等丛杂书④。

林庚先生的这些严格的学术训练，不仅使陈先生当时就发现了王维"亦官亦隐"生活方式的政治原因和深层心理⑤、唐代某些知识分子隐逸求仙的政治目的⑥、李商隐无题诗的寓意⑦、李贺诗歌中的"哀愤孤

---

① 见《我是怎样学习和研究的》。
② 1954年1月25日初稿，原载《文学遗产增刊》第2辑，1956年；后收入《唐诗论丛》，长沙：湖南人民出版社，1980年，第409—420页。
③ 1954年11月17日完稿，原载《文学遗产增刊》第1辑，1955年；后收入《唐诗论丛》，第421—432页。
④ 陈贻焮：《我是怎样写〈杜甫评传〉的》，手写稿，第5页，未刊。
⑤ 参其《王维的政治生活和他的思想》，1955年1月11日完稿，原载《光明日报》1955年7月31日；后收入《唐诗论丛》，第116—125页。
⑥ 参其《唐代某些知识分子隐逸求仙的政治目的——兼论李白的政治理想和从政途径》，原载《北京大学学报》1961年第3期；后收入《唐诗论丛》，第155—180页。
⑦ 参其《关于李商隐》，1961年9月7日脱稿，原载《北京大学学报》1962年4月第2期；后收入《唐诗论丛》，第233—256页。

激之思"① 等文学史上的重要问题,而且使陈先生终身受益。

50年代中期,人民文学出版社要陈先生编《王维诗选》。陈先生在接受任务之后,不满足于编写一般的诗歌选注,而是深入研究分析王维的生平、思想和艺术,先后写出了《论王维的诗》②《王维生平事迹初探》③等筚路蓝缕、见解深刻的论文。《王维诗选》由人民文学出版社于1959年7月出版,得到了学界的充分肯定和热情赞誉。后来有外国评论家认为,陈先生的这部著作是自40年代以来,全世界最好的一本④。

60年代初,陈先生曾利用业余时间,着手写作以李白、杜甫为主、反映盛唐诗人生活风貌的长篇历史小说《英灵传》。写了几章,为了纪念杜甫,还在《北京文艺》1963年1月号发表了其中一章《曲江踏青》。谁知这一章毫不起眼的文学作品,竟然在"文化大革命"初期招来了大字报对陈先生的无情批判和无限上纲,吓得身材高大、胆子甚小的陈先生多年不敢动笔续写。在后来的历次政治运动中,陈先生也都是谨小慎微以求避祸。但陈先生因为有"黑五类"的出身、是中华人民共和国成立前上的大学、写过"毒草"历史小说等,还是经常受到红卫兵的审问和追查。然而陈先生从来不说一句违心的话、不做一件违心的

---

① 参其《论李贺的诗》,原载《文学遗产增刊》第5辑,1957年;后收入《唐诗论丛》,第210—232页。

② 原载《文学遗产增刊》第3辑,1956年;后收入《唐诗论丛》,第126—141页。

③ 原载《文学遗产增刊》第6辑,1958年;后收入《唐诗论丛》,第103—112页。

④ 如美国明尼苏达大学于保玲在综述四十年代到七十年代海内外王维研究动态时,就特别指出:"'文革'前,只有陈贻焮的《王维诗选》一书出版。迄今为止,它是这方面最有价值的著作。其中,撰'后记'三十六页,选诗一百五十二首;注释甚详。……'后记'直接为诗人记传,资料既翔实,推断也稳妥。作者强调诗人对政治环境的矛盾和妥协的态度,认为直到张九龄遭贬后诗人才滋生退隐的念头;诗人事佛是出自政治的而非宗教的原因;诗人也从未绝情于官场,只是能够使自己适应种种情况而已。……在肯定王维山水诗的成就时,作者觉得我们的目光应该从它们消极的一面移开,而集中于撩人的、深刻的、现实的一面,而且作者从整体上对王维形形色色的诗作予以赞赏。文中虽然不无争辩的口吻,作者关于官隐矛盾的论述却非常出色。这篇简明的传记是最可信赖的。"(参其《王维研究与翻译近况》,载《文学研究动态》1983年第8期。)

事。当时北大中文系党的负责人严家炎先生就特别敬重陈先生在历次政治运动中的表现:"陈贻焮先生自律甚严,坦诚'向党交心',常作自我剖析,但他严守一条:从未批判或伤害过别人。他和游国恩、林庚先生等老一辈专家一样,也是个心胸敞亮、正直诚实的典型的老知识分子。"[①] 在"评法批儒"时期,毛主席所喜爱的"三李"(李白、李贺、李商隐)都成了"法家"代表人物。"四人帮"别有用心地侈谈李商隐,在他的无题诗上大做文章,说李商隐的无题诗不是爱情诗,而是政治诗,表现了对法家思想的热爱。当时"梁效"(北大、清华两校)写作组领旨杜撰,但因对李商隐不熟,绞尽脑汁也炮制不出产品。于是,他们就想到了早在六十年代初即对李商隐有过深入研究、性情随和的陈先生。他们将陈先生从劳动的现场调回北大,向他下达了"战斗任务":要尽快写李商隐的无题诗是拥护法家路线的政治诗!陈先生却表示:我对毛主席他老人家的指示理解不够,还要好好学习。政治诗?我怎么看不出来呢?还得好好学习。就这样,推托加搪塞,学习再学习,直至"四人帮"垮台,陈先生也没违心地写那篇文章[②]。

陈先生后来曾深有感慨地说:"从1963年开始,直到1978年,我没有好好地念过书,没有做严格的科研,整整耽误了15年。下乡、开会、斗争,每天回来我就练字,写一些诗,也算是修身养性吧。上大学时,我耽误了5年,而这15年更可惜。"[③]

"文化大革命"结束后,学术、文艺领域,也随着迎来了明媚的春天,百花齐放,百家争鸣,到处呈现出欣欣向荣的景象。陈先生深受鼓舞,倍感时光的宝贵,以空前的热情投入到学术研究中。他在当时创作的《来之先生赠诗相期勉,自愧驽劣,但望老成,次韵二首》诗中述怀

---

① 严家炎:《怀念贻焮先生》,载《陈贻焮先生纪念文集》,北京:北京大学出版社,2002年,第4页。

② 参朱明伦:《忆陈贻焮先生》,载《陈贻焮先生纪念文集》,第111页。陈先生在'文革'后所作《荷叶杯·夜授唐诗,犹未尽意,归赋三绝》其三谓:"无题岂尽有文章,摸象群盲笑瞎详。何物宜都太饶舌,悔贻话柄四人帮。"即言此事。其自注云:"玉溪生作《宜都内人》,于武后颇有微词,而彼流辈妄目为颂圣,乃封为大法家。诗人若九泉有知,当亦唾弃。余以为无题之作,多因所感而发,从来亦有附会政事者。香草美人之论,固不足奇,而信口雌黄,居心叵测则叹为观止。"(《梅棣盦诗词集·攀登集》,石家庄:河北教育出版社,1997年,第58页。)

③ 见《我是怎样学习和研究的》。

言志:"五十已过奔六十,颠毛脱落貌全非。蹇驴岂敢驰长道,但望回车小作为。"又谓:"火炉装拆知寒暑,世路经过谙是非。人道生姜老的辣,身逢大治正堪为。"① 在七十年代后期,陈先生除了编定《孟浩然诗选》②,整理出关于孟浩然生平的长篇考证文章《孟浩然诗选后记》③,还发表了《李商隐恋爱事迹考辨》④《从元白和韩孟两大诗派略论中晚唐诗歌的发展》⑤ 等考论结合、精见迭出的宏文。

陈先生从年轻时就一直想写杜甫评传,到此时已经54岁了。经过长期的反复考虑,陈先生想到光阴荏苒,时不我待,若一再拖延,有负初衷,即"因顽慕勇",知难而进,终于在1979年3月,重鼓勇气,"发大誓愿",开始写起《杜甫评传》来⑥。原定字数30万字,结果陈先生越写越多,一直写到1984年,总共写了109万字。这五年间,陈先生昼思夜想,日积月累,劳动强度相当大。他每天放不下,脑筋始终松弛不下来。陈先生不仅因为终日伏案写作,左眼视力严重衰退,几乎失明,而且可能由于长期用脑过度,也导致了后来的脑疾。有朋友曾劝陈先生放慢点速度,别把身体搞坏了,陈先生说:"人过六十精力就要大减,一定要在六十岁前把这部书写完。"⑦ 当然,陈先生所付出的巨大的心血和惊人的代价,也赢得了海内外学界对《杜甫评传》这部百万巨著的高度肯定和同声赞誉。学界普遍认为,它是20世纪杜甫研究领域最为详尽深细的集大成著作,"堪称是当代杜诗学中的一座丰碑"⑧。这部著作的上卷于1986年获北京大学首届社会科学成果著作一等奖,

---

① 作于1977年,后收入其诗词集《梅棣盦诗词集·攀登集》,第52页。

② 1962年夏,人民文学出版社约陈先生编注这部诗选,不久即完成初稿,后因运动起来,就一直搁置了下来。'文革'之后,出版社又来信促进,陈先生遂又着手修订,编成于1979年3月。最终由人民文学出版社于1983年5月出版。

③ 1979年3月完稿,原载《文艺论丛》第10辑,1980年;后收入《唐诗论丛》,第71—82页。

④ 将近3万字,1977年11月整理,原载《文史》第6辑,1979年,后收入《唐诗论丛》,第282—324页。

⑤ 全文逾5万字,1978年3月写成,收入《唐诗论丛》,第325—408页。

⑥ 《我是怎样写〈杜甫评传〉的》,第8页。

⑦ 陈铁民:《怀念贻焮先生》,载《陈贻焮先生纪念文集》,第27页。

⑧ 莫砺锋:《少陵功臣非公谁——敬悼陈贻焮先生》,载《陈贻焮先生纪念文集》,第309页。

又于 1987 年获北京首届哲学社会科学和政策研究优秀成果一等奖，1995 年获首届全国高等院校人文社科优秀成果二等奖。日本东京大学教授用它作为开设杜甫研究专题课的主要参考书。

《杜甫评传》是陈先生几十年学问、识力的结晶，也是他学术生命臻于老成境界所焕发出的最耀眼的光芒，但并不是陈先生学术追求到此止步的界碑。80 年代中前期，在一次学术会议上，一位日本学者说，中国经过"文化大革命"已经没有文化了，提出要派日本学者来帮助我们。这使在场的中国学者特别是一些老先生大受刺激。陈先生对此事也一直耿耿于怀，所以他在《杜甫评传》脱稿后，立即投入到新的研究中，陆续撰写了有关曹操诗①、初盛唐诗人②、盛唐绝句艺术③等的长篇论文④。另外，他开始有意识地将自己的学术生命延续到学生身上。他曾屡次对学生们说，应当成为国际学者，学术上要敢于攻坚，要为国际同行所承认，要为我们民族争气⑤。到 90 年代中期，由于患上脑疾，陈先生渐渐不能写作，但他仍坚持带病全力培养学生，直到 2000 年 11 月，陈先生因脑瘤严重恶化，医治无效逝世。值得欣慰的是，陈先生的学生现在已星布神州，执教各国，如葛晓音、张明非、柯素芝、钱志熙、朱琦、罗伯特等先生都已经成为海内外知名的国际学者，他们或在内地、香港、澳门，或在美国、日本、新加坡等地，实现着陈先生的宏愿，弘扬着中华学术。

陈先生曾经回顾过自己的求学历程，说他的情况不算理想，青少年颠沛流离，直到三十岁才大学毕业，基础不是很好，环境也较恶劣。但他一生始终秉持着"因顽慕勇"的拼搏精神，他要"个人奋斗"。陈先生在"文化大革命"中受到"批判"，最大的罪状就是"个人奋斗"。他

---

① 即《评曹孟德诗》，1985 年 11 月完稿，全文四万五千字左右，后收入《论诗杂著》，第 8—72 页。

② 参陈先生为《中国历代文学家评传》一书所写的《卢照邻》《杜审言》《孟浩然》《王维》诸篇及《杜甫壮游踪迹初探》一文，均收入其《论诗杂著》。

③ 即《盛唐七绝刍议》，1986 年 9 月完稿，全文四万五千字左右，收入《论诗杂著》，第 113—148 页。

④ 陈先生于 1988 年将这几年间写的 19 篇论文，加上一篇 50 年代的旧文，结集为《论诗杂著》。

⑤ 葛晓音：《难忘师恩　永记师训——怀念恩师陈贻焮先生》，载《陈贻焮先生纪念文集》，第 214 页。

不无感慨地说:"一直处在艰苦的困境中,怎么能不奋斗呢?""奋斗总比不奋斗好。"① 在走上学术之路后,陈先生更清楚,和老一辈的学者比起来,自己旧学底子薄,比较"草莽",但他依然"善于把读书少的劣势加以转化"②,会"念聪明书",能"默默地在夹缝中寻找着学术的生存空间"③。他始终认为:"搞学问应当有点野劲、生气勃勃,才能闯破前人的饱和状态。只要有《红楼梦》里香菱学诗的那种专注劲,搞什么都能成功,要有顽强的韧性战斗精神。有时前进到一定的程度,会停滞不前,那时也不要泄气,认真总结,找出问题,会重新产生飞跃。"④ 陈先生一生能屡屡改变自己的命运,许多研究课题都是迎难而上、后出转精,或发前人所未发,或集前人之大成,和他这股"因顽慕勇"的拼搏精神是密不可分的。而这种精神,正是我们今天生活在世纪之交优越的生活环境和学术氛围中的年轻学者们所迫切需要的。

二、"推陈出新"的学术追求

陈先生真正走上中国古典诗歌研究之路,是在 20 世纪 50 年代留校任教之后。当时的学术界正是新旧两种学风此消彼长、进行转化的时期。一方面,从三四十年代过来的一批老学者,如陈寅恪、郑振铎、孙楷第、王重民、游国恩、郭绍虞、夏承焘、俞平伯、林庚等先生都已经形成了自己鲜明的学术个性和治学风格,在各自的研究领域取得了丰实的成果;另一方面,50 年代前中期大学毕业的一些青年学者则热衷于应用马列主义的文艺观,尤其是俄国 19 世纪民主主义文艺家如别林斯基、车尔尼雪夫斯基等的批评方法及苏联的文艺批评模式。而且,当时的理论界已经开始弥漫着弃旧扬新、批评老学者力推年轻人的风气⑤。但是,此时进入学术研究领域的陈先生并没有完全跟此风、随大流,而

---

① 《我是怎样学习和研究的》,载《文史知识》1989 年第 7 期,第 4 页。
② 同上书,第 7 页。
③ 葛晓音:《通新旧之学 达古今之理——论陈贻焮先生的古代文学研究》,《文学遗产》2002 年第 3 期,第 121 页。
④ 陈贻焮:《漫谈中国古代文学的学习与研究》,载《大学生》1981 年第 4 辑,北京:北京大学出版社,1981 年,第 63—64 页,似缺文。
⑤ 当时理论杂志和学术刊物上连篇累牍地刊登着青年学者批判老专家、用马列主义文艺观的新方法与学界权威商榷的文章,以及一些著名学者自我批判、自我更正的文章。

是有他自己自觉的学术思考和独特的研究取向。陈先生清醒地认识到，每一代学者都有时代带来的长处和弱点。他自己没有念过私塾，沾了五四以来新派治学的光。若论经学和文字音韵训诂方面的功底，比不了像游国恩先生、夏承焘先生这样的前辈学者；就是背书的传统教养，也比不上一些同辈的学者①。陈先生说，因为前辈学者在做学问方面积累了丰富的经验，所以首先应当认真揣摩他们的路子。郑振铎、游国恩、刘大杰、冯沅君、郭绍虞、夏承焘、唐圭璋、余冠英诸先生功底很深厚。陈寅恪、钱钟书、浦江清诸先生学贯中西。闻一多先生敢于开创，很有魄力。林庚先生诗人气质很浓，富有艺术感受，趣味高，表达空灵，多创见。吴组缃先生有丰富的创作经验和社会人生经验，运用于文艺评论，自有他独到之处。应当认真吸取他们的好处，善于把他们的东西熔为一炉，变成自己的东西②。在林庚先生的悉心指导下，加上他自己的多年摸索和刻苦钻研，陈先生自50年代中后期起就开始"推陈出新"，渐渐形成自己独特的研究风格和治学路数。

首先，在读书方法上，他既舍得下"笨功夫"，从最基本的原始材料搞起；又会念"聪明书"，思路开阔，善于发现问题。

林庚先生在指导陈先生读书、写作时，从一开始就让陈先生读原始材料，且认为"读这个人的诗集之前，不要看很多文章"，为的是避免先入为主的毛病，容易发现别人没有看出的问题。而且林庚先生一直强调：要练出警犬的嗅觉。也就是要独具慧眼，要联系全面地看，看出别人看不到的问题。③ 陈先生后来对自己的学生也多次提出这种读书要求："重要作家必须读全集和详注，为了训练阅读古籍的能力，开始几家集子尽可能看不加标点的本子。同时围绕重点对同时代的二三流作家作一般的浏览，大致熟悉这些作家的基本情况和主要作品。在读作家全集的同时，通读《资治通鉴》、其他史书上的有关人物传记，以及杂史、传奇等各种有关的政治社会生活资料，学习一点中国哲学史、中国文艺批评史。""念集子时，一般注解能读懂就行，但关键的地方必须求甚解。同时要掌握一批最常见常用的典故。没有注解的，自己查辞源、辞

---

① 《通新旧之学　达古今之理——论陈贻焮先生的古代文学研究》，载《文学遗产》2002年第3期，第121页。
② 《漫谈中国古代文学的学习与研究》，载《大学生》1981年第4辑，第64页。
③ 见《我是怎样学习和研究的》。

海、康熙字典、佩文韵府、渊鉴类函等工具书解决。"①

由于陈先生始终坚持，无论前人有多少成果，都必须自己下功夫从基本资料的考辨做起，所以，"他的观点不是从别人那里借来的，或是受什么流行思潮的启发，而完全是通过钻研第一手材料，通过发掘材料之间的内在联系而取得的"②。比如，人们过去常说王维最初热衷进取，后来消极隐居，是学佛或因中年丧妻。陈先生在 50 年代前期，通过阅读原始材料，发现情况并非如此。王维最初是积极仕进的，但一直不得志，他的《献始兴公》一诗，就反映了这一点。他作为张九龄政治主张的拥护者和支持者，受到张九龄的器重和提拔，"所不卖公器，动为苍生谋"就是对张九龄的颂赞。这不是一般献诗的奉承之辞。陈先生通过读新、旧《唐书·张九龄传》、《资治通鉴》，发现了当时张九龄与李林甫斗争的焦点。张九龄认为，"名器不可以假人"，反对随意给有功者授予高位；还认为百姓的命运都掌握在地方官手里，而为苍生计，主张当政者应注意郡县地方官的选择和任用，反对当时把犯了错误的京官贬谪到地方的做法。因为陈先生读的是第一手材料，并未受前人评说的影响，没有成见，所以一下子发现了张九龄与李林甫斗争中王维的态度，也就看出了王维的献诗不是拍马屁。张九龄很快就失败了，当张九龄被贬职时，王维相当沮丧，他写了一首《寄荆州张丞相》诗，送给张九龄，表示他的心情和态度。这时李林甫威胁谏官，要大家像立仗马一样不声不响、老实驯服，否则身家性命难保。在这种情况下，王维感到"举世无相识"，表示要"方将与农圃，艺植老丘园"了。这样一来，就可以理解王维亦官亦隐的生活方式了。王维虽不是"怒目金刚"，英勇斗争，但也算不上"无名欲"的"罗汉"，没有同流合污。陈先生这样的看法，就很符合王维当时的实际情况。文章③发表后，学界普遍认为陈先生的这一观点既新颖又信实，马上就被多种

---

① 《漫谈中国古代文学的学习与研究》，载《大学生》1981 年第 4 辑，第 62—63 页。
② 《通新旧之学　达古今之理——论陈贻焮先生的古代文学研究》，载《文学遗产》2002 年第 3 期，第 122 页。
③ 陈贻焮：《王维的政治生活和他的思想》，1955 年 1 月 11 日完稿，收入《唐诗论丛》，第 116—125 页。

文学史所采用了①。再比如，六十年代初期，陈先生受人民文学出版社之约，正在写《孟浩然诗选注》。注作多了，他的脑海中不觉冒出了许多疑问号。归纳起来，主要是两个问题：一个是，史传中只说孟浩然隐居鹿门山，而他的《涧南园即事贻皎上人》却说"弊庐在郭外，素产惟田园"，同时人王士源为他集子写的序又说他"终于冶城南园"，那么这"涧南园"就是"冶城南园"吗？他的家具体地点又在哪里？另一个问题是，孟浩然有个同乡好友张子容，从他们二人的诗作中可以知道，张不仅是孟的同乡人，而且有通家之好，二人园庐又相近，平日过从甚密。后来张子容在乐城（今浙江乐清）做官，孟浩然游越中时还曾去看望过他，在他的家过的年。次年初春，二人相别，张入京，孟溯江返里。之后，孟集中似乎很难再找到张子容的踪迹了。那么，他们以后是不是真的没有再见了呢？还是确乎再见了，而且有诗为证呢？为了较圆满地解答这两个问题，陈先生唯一的希望，就寄托在去图书馆钻书本了。首先，他去查各种地方志，深入而全面地掌握有关的大小地名和有用的原始资料。好在，北京大学图书馆的地方志收藏得很多很全，只是当时都放在东数门内第三阅览室的书库里。时值严冬腊月，书库里不能生火炉。陈先生每天进去看书、抄书七八个小时，冻得脚趾发木、手指发僵，那滋味真不好受。陈先生一直坚持了二十多天，总算把要看的看完了、要抄的抄完了，然后再同有关史传和作品放在一起加以综合研究，终于解答了上面提出的两个问题。关于第一个问题，陈先生的结论是：(1) 浩然祖传园庐在襄阳南郭外岘山附近江村中。因屋北有涧，又其地旧有冶城，故一名涧南园，又名冶城南园，简称"涧南园"；(2) 他四十多岁时，老母尚在，入京前后，他与弟辈侍亲读书于此，故集中写南园生活和西南郭外诸胜宴游情事的诗最多；(3) 隐居鹿门山当在写作《登鹿门山怀古》之后。《后汉书·庞德公传》载庞德公先居岘山南，后隐鹿门山。想孟浩然有意步武先贤，藉扬清德，故虽偶住鹿门，而仍以归隐名山相标榜。后人不察，就不知有涧南园，更不知它在岘山附近了。至于第二个问题，陈先生的收获就更大了。陈先生考出集中所谓"张明府""张郎中"就是那位匿迹多时的张子容，并根据孟浩然一首诗题中"饯卢明府张郎中除义王府司马"的线索，参照史实，查出一个具有关键性的年代数字，又进一步推算出，孟浩然"自洛之越"和自越还

---

① 《我是怎样学习和研究的》，载《文史知识》1989 年第 7 期，第 6 页。

乡大致可信的时间。接着，陈先生将这两个以及其他的研究心得，写成《孟浩然事迹考辨》一文，发表于《文史》第四辑，颇受海内外学术界的好评①。

中国古代文学史尤其是魏晋南北朝隋唐五代文学史，除了新挖掘出来的文物以外，新材料很少，绝大部分是人所共见的材料。但是陈先生善于从常见材料中看出新问题，也即会"念聪明书"。他认为，"读书要像海绵一样善于吸收，各种材料都有用，看你用什么样的观点去理解它。我们以读诗为主，但还要看多方面的材料，把死材料念活，把一些看来是没意思的材料变成有意思的，从常见的材料中得出创见。"② 陈先生的《杜甫壮游踪迹初探》③ 一文就是这样的范例。该文的做法是排比杜甫晚年回忆青年时期经历的诗歌，证以同时代诗人李白、高适的活动，从许多看似毫无关联的诗歌中钩稽出杜甫天宝四载（746）以前的游踪和相关事迹，使杜甫生平中最不清楚的这一段经历有了头绪分明的交代。

诚如葛晓音先生所指出的，"这种考据比起传统的方法来，需要更敏锐的嗅觉和在细处发现线索的洞察力，要在表层材料相对缺乏的情况下，从整体上深挖一层，找出隐没在作品中的草蛇灰线，因此难度更大。同时，这种考据还避免了一般考据常有的枯燥之感"④。

其次，在研究过程中，陈先生善于排比材料，归纳问题，总结规律。而这又得益于他自觉地学习和运用马列主义的观点和方法。

陈先生说："前人搞古典文学，肚子里装满了材料，上升不到理论的高度。'五四'以后，很多人死套外国来的概念，来一个套一个，五十年代也还存在这个问题，得出的结论往往不能令人信服，缺乏深度。如果论读四书五经、掌握材料，我们比不过前人，但我们如果能用马列的观点去考察阶级、时代、人与人之间的关系、文学的发展规律，我们就会比前人站得高。我们旧的东西少，更应该用新的东西来弥补自己的

---

① 陈贻焮：《书海拾贝》，手写稿，第1—4页，未刊。
② 《漫谈中国古代文学的学习与研究》，载《大学生》1981年第4辑，第63页。
③ 原载《文史》第14辑，后收入《论诗杂著》，第211—262页。
④ 《通新旧之学　达古今之理——论陈贻焮先生的古代文学研究》，载《文学遗产》2002年第3期，第123页。

不足。这是我们的时代给我们的好处。"①

具体到怎样分析和评价古代作家方面，陈先生认为，很多问题要从根本上去想，不要满足于一些现象的罗列，要找出它的原因。读书时应尽量拨开种种表面的伪装，要善于从前人僵化的评论中发现真正的东西。我们与古人的时代离得很远，但总要努力了解古人的生活环境、社会风尚。从作家和他的朋友、亲属及各种人的关系中去研究他的思想面貌，不要简单化。人是复杂的，"知人论世"，设身处地为古人着想，是为了讲公道话，不是充当古人的辩护士；要用马列主义的观点去分析评价，要掌握分寸②。如曹操其人其诗，向来很难评价，一则因为流传下来的作品很少，二则因为曹操具有政治上的特殊性和性格上的复杂性。陈先生的《评曹孟德诗》③以四万字的篇幅，利用现存诗文和史料与前人评价结合起来进行综合分析，探讨了作家人品和作品价值之间的关系。文章对曹操学周文王、齐桓、晋文之事、提倡"礼让"以"厉俗"之举，都与他性格的诡谲多变和政治上的实用主义联系起来分析，指出曹操的真与假是不矛盾的④。再如，陈先生在指导学生研究曹植时，就告诫道："不要太廉价地同情他。可以设想一下，如果曹植当了皇帝，又会怎么样？曹丕的智囊团比曹植的厉害，曹植才失败了。他的失败是在家族内部争夺天下的斗争中产生的悲剧，是封建王朝内部争权夺利的历史悲剧在他身上的重演，这是一个篡夺很厉害的时代。曹植锋芒毕露，对曹丕是一个威胁，曹丕也确实驾驭不了他，所以不放心，曹植一再表态要当周公，想以骨肉之情打动曹丕，这是在权衡利害之后采取的不得已的手法。不管他的表白是真也好，假也好，我们可以从中看到权势斗争的残酷。我们应当站在他们的矛盾斗争之外，冷静一点，客观一点，这样我们就比古人高了。"⑤ 同样，陈先生在自述其撰写《杜甫评传》经过时也说："我喜欢根据各方面的大量资料（包括诗文作品），让作家处于时代社会的大背景前、各种不同的人事关系中，努力去把握他

---

① 《漫谈中国古代文学的学习与研究》，载《大学生》1981年第4辑，第65页。
② 同上书，第66页。
③ 《论诗杂著》，第8—72页。
④ 《通新旧之学 达古今之理——论陈贻焮先生的古代文学研究》，载《文学遗产》2002年第3期，第126—127页。
⑤ 《漫谈中国古代文学的学习与研究》，载《大学生》1981年第4辑，第66页。

的生活和思想感情，尽量设身处地，从理解一个人的角度出发，把古人还原成活生生的社会现实中的人，有点像修复一个打碎了的古董花瓶那样，较完整地展现作家的风貌。"陈先生为了说明他的这种思路，还为我们举了一个小小的例子。杜甫《自京赴奉先县咏怀五百字》最后一大段追述途中的仓皇情状和到家后的所见所感，其中"入门闻号啕，幼子饥已卒。吾宁舍一哀，里巷亦呜咽"四句写得尤其沉痛。有学者引《礼记·曲礼》"父不祭子"注"吾宁舍一哀"，陈先生总觉不当。后来他通读《全唐诗》时，见大历、贞元间人于鹄有《悼孩子》诗说："婴孩无哭仪，《礼经》不可逾。"知道唐代仍遵《礼经》规定，有不哭丧婴的习俗，才算真正懂得了这句杜诗。陈先生说："不要看轻这个小小的考据，它不仅帮助我们读懂诗，也多少有助于正确理解老杜这个人。要是当时已无不哭丧婴的习俗，而他只是遵循古礼在'舍一哀'，那他未免太古板、太头巾气了。"①

陈先生还指出，学习马列主要应学习他们论述问题的方法。他几乎要求每一届研究生都去读《反杜林论》，并说"这不是为了贴标签，而是为了真正运用他们的观点、方法找出文学史中一些规律性的东西"②。陈先生自己就十分善于归纳问题、总结规律、提炼观点，他说："打仗要拉包围圈，打鱼也要拦河拉网，我研究古典文学也是采取发现问题后拉大包围圈的方法的。"如陈先生在60年代初讲李白备课时发现了一点问题：为什么皇帝要召李白？后来他就广泛地找资料，看了《旧唐书·隐逸传》，作了统计，恍然大悟了。陈先生发现，自南朝陶弘景以来，皇帝请"隐逸"的事情世代不绝，这在政治上也是收揽人心。李白25岁离开四川，正是通过和宫廷关系密切的"隐逸"被推荐进宫的。唐玄宗曾召隐逸九人，装点门面，然后再隆重地打发回去。李白也不是整天稀里糊涂、张狂饮酒，而是有判断、有选择的；他的做宰相的理想不是没有根据的，唐代有很多布衣卿相。可惜李白运气不好，那个时代已经过去了。正因如此，李白失意所受到的打击也就特别大了③。陈先生的

---

① 《我是怎样写〈杜甫评传〉的》，第15页。
② 《漫谈中国古代文学的学习与研究》，载《大学生》1981年第4辑，第64页。
③ 《我是怎样学习和研究的》，载《文史知识》1989年第7期，第7页。

这一带有普遍性、规律性的发现①，"不但大大深化了人们对李白的认识，而且为研究盛唐诗人的政治理想、精神面貌、生活方式与时代背景的关系勾出了明晰的轮廓，为后人进一步综合研究盛唐诗歌划出了一大片可供继续开垦的领域"②。再如，陈先生在70年代末所写的《从元白和韩孟两大诗派略论中晚唐诗歌的发展》一文，就从中唐社会风尚、政治状况、文学背景等方面，对元白、韩孟两大诗派如何体现中唐诗歌"大变"的实绩作了独到的剖析，并以较大的气魄为这一时期复杂的诗歌发展状况勾出了清晰的脉络。葛晓音先生曾充分阐述过陈先生这篇论文在当代古典文学研究史上的重大意义，她认为此文在当时开辟了一条新的思路："即从考察具体背景入手，探讨文学史上某些重大现象或诗歌流派形成的深层原因。用这种方法研究中唐诗歌的论文在60年代颇为罕见，而在80年代则被广泛运用。陈先生在其间所作出的贡献是不可磨灭的。"③

再次，由于陈先生年轻时就开始作诗填词，且一生不辍，对中国古典诗词具有很高的艺术鉴赏力，因而"他是以一个真正的文学家的经验和素质来做古典文学研究这项工作的"，他的研究自然是"当行本色"的④。

在对中国古典诗歌进行艺术分析和审美评价方面，陈先生有其独到的看法和成功的经验。他认为，艺术分析要建立在有艺术感受的基础上，要对生活始终保持清新的感受。怎样提高鉴赏力呢？还是要多看古今中外的优秀作品。除了中国古代文艺以外，还要多看些外国文学作品，像《猎人笔记》《狄康卡近乡夜话》《草原》《乡村的罗密欧与朱丽叶》等等，这些虽是小说，却很抒情，很有诗意。可以在心情愉快时作为纯欣赏去读。既要能欣赏比较大路的作品，也要能品评比较高级的、一般人不能欣赏的作品。陈先生觉得，不懂艺术，没有艺术感受虽然也

---

① 陈先生于1961年2月将这些发现写成《唐代某些知识分子隐逸求仙的政治目的——兼论李白的政治理想和从政途径》一文，载《北京大学学报》1961年第3期；后亦收入《唐诗论丛》，第155—180页。

② 《通新旧之学 达古今之理——论陈贻焮先生的古代文学研究》，载《文学遗产》2002年第3期，第125页。

③ 同上书，第125—126页。

④ 钱志熙：《陈贻焮先生的学术研究和诗词创作》，载《陈贻焮先生纪念文集》，第302页。

可以搞文学史和文艺理论，但总归是一个缺陷①。所以，他曾不止一次地希望学生能写一手好诗，填一手好词，并说，他这样要求，"不是为了当诗人，而是为了研究古典文学。写诗有隔与不隔的问题，分析艺术也有隔与不隔的问题，自己会一点旧诗词，解诗就减少一点隔膜感。不隔才能一针见血，击中要害"②。

陈先生把艺术分析分成两种，一种是欣赏佳作，要挑选真正能给人丰富的联想和美感的作品，另一种是作品本身不好，但能说明作家的创作倾向等其他问题。因此，首先要善于辨别作品的好坏，不要为了说明某个问题，把不美的东西也拿来当作美的东西分析。陈先生还指出，艺术和技巧不是一回事，没什么技巧也可以出好诗，有技巧不一定出好诗。汉乐府民歌"江南可采莲"表现很笨，但读完了还觉得余味无穷，《诗经》"采采芣苢"也是这样。讲诗光讲技巧不行，要从艺术欣赏和美学的角度去看，不要一味从表现手法去抠。即使是名作家的作品，也并不都是好的。如李贺的诗是不成熟的，有的确乎很好，有的他是认真作的，有的是不成功的尝试，有的只能作为了解他生平思想的资料。总之，对诗歌可有三种态度：一是研究问题，二是欣赏，三是探索作家在艺术上成功或失败的尝试。一定要避免为了讲一个作家好就硬凑的倾向③。

陈先生认为，在诗歌研究过程中，除了有艺术感受以外，还要善于表达。他曾打了一个很形象的比喻：分析艺术有如逮泥鳅，又滑又难抓，死抓就抓不住，必须巧妙地用两个指头轻轻地夹起来。有时弄不好就容易把一首好诗讲死讲呆④。陈先生曾经批评过八十年代古典诗歌研究界的两种倾向：一是挖空心思、分析过分，把苦水都抠了出来；一是不问对象，一概用"情景交融""意境""美感"一类放之所有作品而皆准的术语去套，讲得甜腻腻、黏乎乎、不清不爽。虽然满脸是美，却说不到点子上⑤。

---

① 《漫谈中国古代文学的学习与研究》，载《大学生》1981年第4辑，第67页。
② 同上书，第71页。
③ 同上书，第67—68页。
④ 同上书，第69页。
⑤ 葛晓音：《通新旧之学　达古今之理——论陈贻焮先生的古代文学研究》，载《陈贻焮先生纪念文集》，第286页。

同样，在谈前人对后人的启发时，陈先生也认为应当灵活些。真正有创造的诗人即使用了前人的句子，也是好的，因为意境不同了。如苏东坡的"浙东飞雨过江来"，《全唐诗》中殷尧藩有"浙东飞雨过江来"，完全相同，以前的注家都没有发觉，还以为这是苏东坡的创作呢！苏东坡还把唐人刘驾《早行》的首句"马上续残梦"顺手抄来当作他《太白山下早行》的首句。苏东坡书念得太多，用了前人的句子可能连自己也没有意识到。前代作家对后代作家是有影响的。"春色满园关不住，一枝红杏出墙来"，《全唐诗》里有十几句意境相同，可见大家在同样的生活中会有相同的感受，不要太拘泥，死抠住这一句必从那一句来。当然也有有意学习前人的情况，因此分析时应讲得活一些。既要照顾到相同的生活经验，又考虑到前后的继承影响。总之，要学会用"四两拨千斤"的巧劲[①]。

陈先生的诗歌艺术评论总是视不同对象采取不同的表述方法。他对诗歌中的浑成之作，一般采取浑成之评，如对王孟诗歌艺术的分析，尽量从总体感觉上把握，避免过于着实。陈先生对那些确实在构思立意上费了心思的作品，如李贺、李商隐和杜甫的一些诗作，则一针见血，切中要害，讲深讲透，并且从中发掘出形成作品艺术特色的道理来。葛晓音先生认为，"这是陈先生谈艺术的论文最见功力之处"[②]。

在讲同一个作家的不同作品时，陈先生也力求注意语言表述方式的变化。如他在《孟浩然诗选·后记》中，分析《过故人庄》《秋登万山寄张五》《夏日南亭怀辛大》这三首诗，就用了三种不同的方法。他说，联想老是一个路子，老是一种表达方法，人家就会腻味。论述分析要左右逢源，才能比较滋润，否则给人苦涩之感[③]。

由上可见，陈先生对古典文学的研究方法有过十分深入、自觉的思考，他一直在"推陈出新"，摸索适合自己的、行之有效的治学路子。到20世纪70年代末，陈先生的学术思路变得清晰、明确起来，他主张，"钻研古典文学应该把考据、义理、词章、时代、作家、作品这六

---

① 《漫谈中国古代文学的学习与研究》，载《大学生》1981年第4辑，第70页。
② 葛晓音：《通新旧之学 达古今之理——论陈贻焮先生的古代文学研究》，载《文学遗产》2002年第3期，第127页。
③ 《漫谈中国古代文学的学习与研究》，载《大学生》1981年第4辑，第70—71页。

者有机地结合起来,进行综合研究"①。他认为,六个因素不可或缺,六者也相互补益。在《杜甫评传》的写作中,陈先生则较多地实践了自己的这一主张。他想通过各方面的研究,深入古代的社会生活,重现杜甫的思想个性以至外在形象,就像文物考古学家根据一些破碎的陶器碎片而修复、重现文物的原貌一样,尽量设身处地去思考和表现,从各方面理解和完整地呈现出杜甫的形象,让他活起来②。事实证明,陈先生的这种研究方法是十分成功有效的。学界普遍认为,《杜甫评传》在前人研究的基础上,有重大推进。它以巨大的篇幅对杜甫进行了全面的多层次的系统的综合研究:(1)以杜甫生活时代的政治经济、宗教哲学、文化艺术的丰富资料,完整地展现出当时的社会面貌,深刻地阐明了杜诗产生的历史背景、社会条件和杜诗反映现实的深度与广度。(2)对杜甫一生的生活与行迹做了具体细致的考察,有所发现和发明,如献三大礼赋的前前后后、壮游的踪迹等,澄清了前人一些模糊的印象。(3)如实地勾画出杜甫的真实面目,写出了处于复杂社会关系中杜甫的复杂的思想性格,使人具体感受到杜甫研究中的简单化倾向。(4)在众多作品的具体分析中,辨析前人的评论,提出切实的见解,对词义、本事、背景也多有考索,并联系同时代及前代后代的作家与文学流派做纵向与横向的比较,从诗歌创作理论方面加以阐释发挥,对文学史和艺术论中带规律性的问题进行了新的探索,提出了一系列新见解。诸如初盛唐重风雅轻六朝的思潮,杜诗对盛唐诗歌"旧法"的突破和对中晚唐诗歌的影响,盛唐和中唐"奇思"的差别以及作家素养对创作的潜移默化作用,艺术想象与生活实感的关系等,都显示出史的观察与理论分析的深度。(5)将义理、词章、考据和时代、作家、作品六者熔为一炉,在夹叙夹议的评传体中,具有论著的博赡、小说的文采、诗话的兴味,开创了一种作家研究的生动活泼的新境界③。

三、"返求诸心"的诗学精神

陈先生屡次对学生强调,研究古代文学,最好学会写古典诗词,但是他自己却不是为研究而创作的。写作古典诗词,是陈先生在诗书家风

---

① 《我是怎样写〈杜甫评传〉的》,第 14 页。
② 《我是怎样学习和研究的》,载《文史知识》1989 年第 7 期,第 8 页。
③ 《怀念贻焮先生》,载《陈贻焮先生纪念文集》,第 5—6 页。

熏染下自小即有的一种兴趣爱好，且一生不辍，至老弥笃。古典诗词创作是陈先生工作之余自遣自娱的一大乐事，更是他表现情性、发抒生命的"名山事业"。陈先生对其诗词作品极为看重，早在五六十年代，就已开始整理自己的作品①。他晚年更将其一生诗作拣选四百余首，分为《初学集》《自吟集》《登攀集》《南行草》《留云集》五部分，结集为《梅棣盦诗词集》，付梓传世。可以说，陈先生终其一生都在不停地探求古典诗词创作艺术，是一位深得中国古典诗词艺术真谛的诗人。这一艺术真谛乃是"诗缘情""诗缘真情"，加拿大华裔学者、著名的中国古典文学教授叶嘉莹先生称赞陈先生的诗作是"心如赤子笔凌云"②，洵为的评。我认为，陈先生之所以能在中国当代诗坛上卓为大家、"独挺异姿"③，是和他锲而不舍的诗艺追求、"返求诸心"的诗学精神密不可分的。

首先，陈先生于诗学，不循宗派，唐音宋什，惟善是从。陈先生又常云，虽作近体诗，亦须知汉魏六朝古诗之神理；虽作古新体诗，亦须体风骚雅颂典范之精神④。故陈先生之诗，兼善众体，各尽其妙。

"诗是吾家事"，"法自儒家有"，是杜甫的夫子自道，实亦可作为陈先生幼时学诗的写照。前文已述，陈先生出生于一个诗书儒素之家，祖父陈公丽章先生和父亲陈公建楣先生皆擅长诗词，逢年过节，亲友往来，皆有唱和，诗兴甚高。陈先生小时候"见了觉得很有意思，很羡慕，就偷偷地学着做起诗来"⑤。后来，其祖丽章先生"便以课孙为乐，授以诗书"⑥。陈先生当时比较喜欢《随园诗话》和一些选本的浅近诗词，所写作品，曾被长辈戏称为"女郎诗"⑦。从陈先生现存之少作中，

---

① 顾农：《永远的微笑——纪念陈贻焮先生》，载《陈贻焮先生纪念文集》，第105页。文中说他于五十年代后期，在北京大学读书时，去陈先生家，陈先生"曾拿出一本手订的诗集"，封面题签"一新诗稿"四个字是请俞平伯先生写的。
② 参叶嘉莹1980年冬于加拿大温哥华所赠《二绝句》，《梅棣盦诗词集》，第85页。
③ 刘征：《梅棣盦诗词集·序》，载《梅棣盦诗词集》，第2页。
④ 钱志熙：《梅棣盦诗词集·跋记》，载《梅棣盦诗词集》，第167页。
⑤ 《我是怎样写〈杜甫评传〉的》，第1页。
⑥ 《交谊逾半纪　风义感平生——纪念姐丈陈贻焮教授》，载《陈贻焮先生纪念文集》，第169页。
⑦ 《我是怎样写〈杜甫评传〉的》，第1页。

亦可见陈先生早年之作格近中晚唐，诗境幽苦，风格清瘦，而这又和他当时的心境有关。陈先生幼时家道中落，父母常年在外谋生，家中祖父母年迈，身为长子长孙的陈先生十七八岁就要支撑起一个大家庭，心中之愁苦自然就诉之于诗了。他曾经在《乐埜桥怀古》中缅怀家族昔日之盛况，黯然神伤："溪山处处可魂销，无复垂杨系画桡。谁忆当年车马盛？只今惟剩野人桥。"① 他在《偶感》诗中则云："遣愁无计独吟诗，声转凄凉不自知。往事渐销犹恍惚，此生将判尚迟疑。苦装嬉笑随人意，强作清狂掩我悲。惆怅夜深镫黯淡，一庭寂寞雨丝丝。"可见其青年时期心境之沉重、愁苦。另外，陈先生当时还尝试了一些咏物诗、田园诗，五七言律绝均有，如《厅前红梅一朵花发》《红梅》《新柳》《嘲夹竹桃》《次松村居士遣兴原韵》《崀山扫墓风雨途中口占二首》等，皆肆力追古，风格清丽。

陈先生年轻时诸体均学，且有新创。如《即景》乃六言，意境甚美；《青溪曲》融合南朝乐府民歌和《代悲白头吟》《春江花月夜》等初盛唐七言歌行体，写得绰约多姿；《答布谷鸟》学张王乐府问答体，以拟人化手法，刺当时社会之贫富不均；《题红楼梦扉页》甚至是"自度腔"，俨然元人小令声口。但是我以为，陈先生青年时期写得最好的，当为五古和七律。

抗战期间，日本军队打到新宁县城，陈先生带领弟妹们侍奉着祖母，离家往山区逃难。经常受饥饿和死亡的威胁，自然无心再写"女郎诗"了。幸好他随身带着本《杜甫诗选》，有空读读。没想到比以前好懂得多，亲切得多。于是又重新引起吟诗的兴头，揣摩着老杜的路数，写些诗来自遣②。其集中《逃亡》诗就是那时的一首纪事书愤之作："倭寇犯县境，闾里尽逃亡。未明秉烛起，忍泪强趣装。奔趋非远道，丧家乃彷徨。群童不解事，快意逾往常。叫呶驰旷野，矫如驹脱缰。临歧争觅路，拭埃读字忙。稚妹矜长大，学样佯凄惶。倏复萌故态，扑蝶窜道旁。染唇山果绛，插鬓野花香。娇痴惹我笑，岂知我断肠。回头望大母，白发飘风霜。复怜我季弟，惊仆足踝伤。老弱莫能保，七尺愧堂堂。与其填沟壑，宁可赴国殇。"诗学杜甫长篇五古《彭衙行》《北征》

---

① 此诗《梅棣盦诗词集·初学集》未收，转引自李庆苏《交谊逾半纪 风义感平生——纪念姐丈陈贻焮教授》，载《陈贻焮先生纪念文集》，第170页。

② 《我是怎样写〈杜甫评传〉的》，第1—2页。

等，状逃难途中众弟妹之趣态，自己内心之愁绪，生动感人，可视为抗战"诗史"之一部分。

陈先生青年时所作七律有意学杜甫、李商隐。如《拟依少陵〈秋兴八首〉韵述春日情趣仅成一章》，仿杜甫《秋兴八首》，句式、章法皆类。陈先生在坠入爱河之后，曾仿李商隐《无题诗》作有《佳期》《无题八首》等爱情诗。其中《无题八首》，情思恍惚，凄艳缠绵，得李诗之艺术精髓，为其七律中最为精绝之作。如其四："水流花谢可怜生，别绪离骚搅不清。莲子有心偏太苦，合欢少瓣总多情。思随草色依裙绿，欲化星光伴月明。"其八："太上忘情未尽忘，自家心曲自家伤。帝哀杜宇千峰血，月魄姮娥一枕霜。云海往来鱼雁渺，关山飞渡梦魂忙。诗成字字皆悲苦，洟泪潜和翰墨香。"先生和师母虽是亲戚，然并非青梅竹马，他们相逢于抗战逃难途中，两情依依，彼此却未表明心迹。短暂相逢之后，便是长久的分别。陈先生在这组诗中，充分表达了自己为相思之情所苦、意惑神飘的烦乱意绪。陈先生在与师母定情之后寄赠之作《岁末怀人》："寒夜孤怀对酒樽，相思情意共谁论。岭梅红焰燃乡梦，燕雪清光冷客魂。隔巷马嘶风鬣发，邻家人语火温存。潇湘春早回阳雁，犹望音书远寄言。"诗艺更为精熟，诗境也较为老成。

中年之后，陈先生在诗歌体式方面又有了更大的拓展。首先值得注意的是，陈先生对青年时较少用力的词体，发生了浓厚的兴趣，且颇有创获。1955年之后，师母来京，结束了长达十年的两地相思。陈先生沉浸在团聚的幸福中，情不自禁，写下了《满庭芳·暖室评花》《念奴娇·风吹雨歇》这两首婉约词。其中《满庭芳》一首，绮清绵渺，情景俱切，俞平伯、浦江清等先生读后都同声说好①；《念奴娇》则意境清空，诗思曲微，亦为当代词坛少有之言情佳作。1978年，加拿大不列颠哥伦比亚大学教授叶嘉莹先生来北京大学中文系讲学，离京之际，陈先生填了一首热情豪爽、声韵浏亮的《沁园春·新雨初来》，亦博得了诸位词坛宿老的交口赞誉。

他这一时期的五古，与青年时期押平声韵不同，而是多"押仄韵而不失自然，结体紧健而能挥洒自如"，如《五台吟》《缪彦威丈召，偕妇乘火车越秦岭赴成都浣花草堂杜甫两川诗讨论会，得住园中，欣喜何似，感赋俚辞，奉寄诸公》《游青城山都江堰，小华随父相陪》《自题乐

---

① 《论诗杂著》，第310页。

山大佛小照》《雨中游峨嵋，余夫妇多劳宋红君照拂》《携内结伴乘江轮自渝之汉，喜诸友枉驾相迎》《江汉吟留别》等纪游五古。"因得杜甫纪游诗、王孟山水诗的涵润，能够出入古人堂奥，而变化得现代叙事诗之气质，其造就在今人中是少有的。"①

这一时期，陈先生更热衷于创作七古，且写得奇崛逸宕，大气淋漓。如《华山歌》，格调学李白七言歌行《行路难》《蜀道难》，音韵铿锵；遣词用语，篇章结构，则效韩愈之《山石》，写得风骨棱嶒，气势排奡，章法谨然；结尾所发豪情壮语"晤对令我消鄙吝，鼓劲历登诸险空。华岳纵高终有极，壮志凌云安可穷。来时旨趣在丘壑，归去豪情盈心胸。有感不吐不为快，忽觉出语气如虹。狂言焉敢惊众耳，清赏愿与友生同"，亦如韩诗乃"含情而能达，会景而生心"②，令人读后抚掌称奇。《答问学，示张明非、葛晓音二生》则由初盛唐歌行体，潜入中唐韩愈"以文为诗"一派，笔走龙蛇，议论风生，其中新词隽语在在可见，结尾声调清越，心情激荡："君不见，安陵班姬称大家，诏续《汉书》东观趋。又不见，漱玉泉边女居士，清辞往往陵丈夫。世人岂可轻妇女，勉哉二子疾驰驱。"再如《毓黑兄惠书为红学刊物约稿，嗟余去岁入夏以来，为杜甫评传撰写之事所困……》，亦出入李白《梦游天姥吟留别》《行路难》诸杂言歌行体之间，逞才使气，声情摇荡，"少陵二十青鞋布袜适吴越，我过五十夹镜载笔陟降藏书楼"，摹写当时阅读、写作之状，尤为令人叫绝。

在近体律绝方面，陈先生此时用力最多，嘉篇美什，俯拾皆是。其中，《桂游七绝句》和《南行草》中纪游三十二首，均为七绝，清新俊逸，变化出奇；"文革"中所写寓居未名湖畔镜春园诸五律、七律，皆类杜甫草堂诗，心境平和，诗味隽永；《楚人呼鸿雁为鸡雁，雁为鸦雁，戏为鸿雁对答，仿西曲二首》《鲤鱼洲竹枝词》等诗，则杂糅古近体，采择民歌朴野之气，灌入唐人绝句，诗思活脱，趣味盎然。

其次，陈先生之诗，"重烹炼、重造境"③，句意求新，诗境大开。

陈先生初学诗时，在炼字、炼句、炼意方面，所花功夫甚多。他曾

---

① 钱志熙：《诗歌是他生命中重要的一部分——先师陈贻焮教授的诗词创作》，载《陈贻焮先生纪念文集》，第354—355页。
② 王夫之：《姜斋诗话》卷下。
③ 钱志熙：《梅棣盦诗词集·跋记》，载《梅棣盦诗词集》，第168页。

自叙弱冠作诗极为精苦,殆如古人梦中肠出,故其集中诸多妙语看似浑然天成,实由炉锤而出。

《初学集》中有一首《冬日梦中得"两个鸦争上下枝"句,醒后凑成一绝》:"小院新晴睡起迟,回廊袖手立多时。斜阳伴在梅梢外,两个鸦争上下枝。"即是于梦中先得结句,再行铺垫、造境,却做得水到渠成,意境浑融。陈先生诗中类似的秀句比比皆是,如:"鸦栖枯树静,犬奔玉坡残。"(《雪》)"宿雨初晴嫩绿迷,断虹高挂小楼低。"(《雨窗杂韵三首》其三)"秋池照瘦影,鱼窜琉璃碎。"(《郊望》)"坐待月明归更好,水花风叶一池萤。"(《三绝句》其一)"虫声风入户,人影月临门。"(《秋怀二首》其二)"帝哀杜宇千峰血,月魄姮娥一枕霜。"(《无题八首》其八)"岭梅红焰燃乡梦,燕雪清光冷客魂。"(《岁暮怀人》)均可见陈先生敏捷之诗才和锻炼之功夫。

陈先生之诗,在诗法上,受宋诗尤其是黄庭坚的"山谷体"[①]和杨万里的"诚斋体"影响较大。钱钟书先生在《谈艺录》中曾经说杨万里之写景:"如摄影之快镜,兔起鹘落,鸢飞鱼跃,稍纵即逝而及其未逝,转瞬即改而当其未改,眼明手快,踪矢摄风,此诚斋之所独也。"[②] 陈先生的写景诗、纪游诗,除了注重画面的整一、意境的圆融,也像杨诚斋一样,善于寻摄自然景物或人事活动的瞬间动静,表达当下"现量"的直接感受。如其《即景》诗:"蝶坐花心数蕊,蛛缘露网清眠。蓦地一声燕过,香泥飞溅帘边。"前两句写静景,静极细极,犹如摄影之微距特写;第三句写动景,一下子捕捉到瞬间的燕飞泥溅之迅捷过程,诗境全活。再如《惊鹊》:"竹梢惊鹊起,弹落数枝花。"《冬日梦中……》:"斜阳半在梅梢外,两个鸦枝争上下枝。"《念奴娇·风吹雨歇》:"蓦然车过,一声惊破幽寂。"《纳凉》:"穿杨弓月弹珠露,古柏虬枝风度香。"《承德避暑山庄避暑》:"溪响鹿时饮,藤摇猿偶攀。"《过虎跑泉》:"高树鸟争红果落,山泉一路送人归。"均为神来之笔。其中最后两句,据陈先生自叙,他在 1978 年元旦游杭州时,从虎跑下来,在下山路上边走边吟哦赋诗,忘怀之际,忽觉头上被什么东西轻轻砸了一下,低头一

[①] 钱志熙先生对陈先生诗学黄庭坚"山谷体"论析甚妙,参其《诗歌是他生命中重要的一部分——先师陈贻焮教授的诗词创作》,载《陈贻焮先生纪念文集》,第 349—352 页。

[②] 钱钟书:《谈艺录》,北京:中华书局,1984 年,第 118 页。

看,却原来是一枚红红的野果子,而这么一低头看时,也发现了路旁的泉水。等到他抬起头时,这两句充满机趣、自然神到的诗句也就出来了①。

叶梦得《石林诗话》说黄庭坚诗中妙句是"非可以意索,适相遇而得之也"。杨万里《答建康府库监门徐达书》亦云:"我初无意于作是诗,而是物是事适然触乎我,我之意亦适然感乎是物是事,触先焉,感随焉,而是诗出焉,我何与哉?天也,斯之谓兴。"陈先生诗集中诸多"即景""即目""惊鹊""即事""即兴"诗也都是这样活法为诗,凑泊天成的。

自20世纪50年代直到70年代后期,是中国人精神生活最为压抑、扭曲、畸变的时期。但这二十多年里,陈先生却在未名湖畔、鲤鱼洲头写下了不少格近宋人范成大、杨万里,生趣盎然、朴质新鲜的田园诗、乡村诗。

陈先生一生大部分时间是在燕园未名湖畔度过的,未名湖在常人眼里是校园,但在陈先生眼里则是乡村、田园。他在《戊辰腊月初六,举家自镜春园小院迁朗润园高楼底层……》诗中说:"半生居不离王府,一笑身犹是鄙夫。"即表露了他以布衣平民栖隐于燕园,怡然自得的心境。如《夏日薄暮庭除》:"湖畔楼台返照微,儿童浴罢噪园扉。荒庭众卉如林薄,扑蝶痴猫逞虎威。"《未名湖畔纳凉作……》:"骄阳三日如火焚,喜得长风清暑氛。一星半点开天雨,东鳞西爪渡湖云。小儿古柳觅蝉蜕,浅濑跳波惊纤鳞。葵扇招凉月初上,荷盖倾露声时闻。"均作于未名湖畔,但诗中之景、之境,全然是一种夏日农村恬静而又充满活趣的美。

陈先生在六七十年代曾经参加过"四清",当时生活条件之苦、劳动强度之大,诸多北大、清华的老教师至今仍慨叹不已,谈之心伤。但陈先生则以超人之乐观、平和心态对待之,所写作品,则类范成大、杨万里之田园诗。如《文成渊》:"湖上翔鸥鹭,村中啼午鸡。绿篁临白水,隐隐见荆堤。"《清晓》:"鸡声驱蝶梦,檐隙入晨光。醒即询农事,晴当薅麦秧。漱流清皓齿,烧竹熟黄粱。饭罢和锄出,江天万树霜。"《筑堤晚归》:"硪唱荆堤晚,霜林灿夕阳。江帆如鸟翼,片片逐霞飞。"

---

① 《诗歌是他生命中重要的一部分——先师陈贻焮教授的诗词创作》,载《陈贻焮先生纪念文集》,第351—352页。

皆作于1964年陈先生在湖北省沙市张黄公社张黄大队五小队参加"四清"时,他当时的境况并不是很好①,但诗中却写得很优美、很乐观。江西鲤鱼洲是北大、清华两校知识分子的炼狱,实际上就是劳改农场,但是陈先生不仅善于吃苦,而且仍然乐观开朗,他所写的《鲤鱼洲竹枝词》三首则恰似一幅江南水乡、春耕大忙的图画屏风:"雨横风狂更有雷,今朝农事巧安排。轻舟一叶飞如箭,冲雨乘风送粪来。"(其一)"风雨江村忽放晴,桃腮柳眼日分明。春流活活农时急,新驯牯牛傍母耕。"(其二)"明朝秧子赋于归,花满汀洲燕飞飞。祝尔一枝成万子,人人争送嫁前肥。"(其三)也许有人会说,这样的描写真有点像桃花源了,似乎看不到鲤鱼洲农场的种种黑暗和苦难了。但我认为,这正反映了陈先生透脱的胸襟、活泼的心境、骏利的机趣。陈先生是在以大别于当时创作主流的"另类"的诗境和诗风,传达出他对时代、对人生的独特态度。

陈先生在谈学诗门径时曾说:"由情感入,由性灵入,返求诸心,庶几近正。"②陈先生诗之所以古近兼取、驭正出奇,而能在感人,正是因为他"妙于点化而复归于醇厚",以真性情出之。葛晓音先生说得好:"本世纪国人所经历之劫难,先生皆一一亲历。而时势凶险,未尝有违心之行;命运多舛,亦未尝置一怨辞。此先生之性情所以真而能正者也。"她在论及陈先生之诗词在当代诗史上之独特地位时亦云:"数十年来,传统诗词既遭摒斥,而擅长旧体者,又多用于应酬应景,以其言语笔墨为人使令驱役,诗道之衰益甚焉!吾师虽能诗,终不随世人之影响而附会之。言必有感而发,辞必锻炼而出。故先生之诗能见真性情真面目也。"③诚哉斯言!当举国上下,人人视"情"为洪水猛兽,不屑、不敢写普通"人情"之时,陈先生却诗必由情而出,集中遍写"人之常情"。如《与庆粤结婚十五周年有感》《江陵寄远》《劳庆粤工作之余奔波探视》均写夫妻之情,《喜仲弟贻燮调新宁园艺示范场》《仲弟来告渠既迁离乐垫,……》诉手足情深,《送小女友庄参军》《正解鸡待烹,忽来电话,知友庄已抵北京站,……》尽述父女之情,《谢明非、晓音问

---

① 参张少康:《宽厚仁慈的长者,广博精深的学者——忆一新先生》,载《陈贻焮先生纪念文集》,第18页。
② 钱志熙:《梅棣盦诗词集·跋记》,载《梅棣盦诗词集》,第167页。
③ 葛晓音:《梅棣盦诗词集·序》,载《梅棣盦诗词集》,第2页。

疾》《倪卓熙女士学成将归……》《题像册扉页贺志熙筱敏新婚之喜》等诗则言师生之情,《邀友人尹赛夫兄游陶然亭以诗代笺》《和尹兄夏日过燕园作》《访谢冕谈诗不遇》《赠高桥良行贤伉俪》等皆抒友朋之情。就连学生得子①,邻儿拍照②,陈先生也是喜不自禁,赋诗相贺。

所以,在学界师友、弟子和邻人心中,陈先生不只是一位研究、创作兼善的作家型学者,更是一位胸襟透脱、心如赤子的"性灵派"作家。

---

① 参陈贻焮:《景治、晓音得贵子名公辅,……》《公辅贤孙牛年生,周岁赠一玉牛,藉祝长命百岁》两诗,载《梅棣盦诗词集》,第128、137页。

② 参陈贻焮:《源源著花裙小照》,载《梅棣盦诗词集》,第55页。

陈贻焮先生创作与学术年表

1924年11月　出生于湖南省新宁县南乡长湖村。

1933年　9岁。此年始入学。兴趣广泛，体育很好，尤其喜欢画画。

1940年　16岁。初中毕业。初中期间，受鲁迅先生的小品文影响，仿作小品文，得到国文老师赞赏。在一次以《洋槐》为题的作文比赛中，得到第六名的好成绩。

1941年　17岁。居湖南省新宁县南乡长湖村。此年所作《雪》，为其现存最早诗作。

1943年　19岁。居湖南省新宁县南乡长湖村。此年创作渐多，有《雨窗杂韵三首》《即景》《偶感》《经左家山》《马头桥即事》《厅前红梅一朵花发》《红梅》等诗。

1944年　20岁。居湖南省新宁县南乡长湖村。此年秋，日寇入侵新宁，先生带着家人和亲戚二十余人避乱逃往山区。此年作有《新柳》《次松村居士遣兴原韵》《病起》《崀山扫墓风雨途中口占二首》《嘲夹竹桃》《雨后谭家桥捕鱼》《逃亡》《避地安心观》《惊鹊》《寓地即目》《江石》《敌退归家二首》《郊望》《忆儿时二首》《题画三首》《佳期》等诗。

1945年　21岁。居湖南省新宁县南乡长湖村。春避美机轰炸复逃难至逻远。作有《春晓》《拟依少陵秋兴八首韵述春日情趣仅成一章》《避难逻远抒情二首》《答布谷鸟》《三绝句》《无题八首》《秋怀二首》《送归燕》《垒块》《青溪曲》《甲申秋，新宁县始焚于倭寇；明年春，复毁于美机，捷后凭吊，慨赋三绝》《冬日梦中得"两个鸦争上下枝"句，醒后凑成一绝》等诗。

1946年　22岁。此年北京大学、清华大学、南开大学联合招生，先生投考北京大学，总分过线，数学成绩较差，被招入北京大学先修班。受北京大学先修班国文老师傅庚生先生所讲《浮生六记》《陶庵梦忆》等美文影响，先生学习写作意境优美之散文，一些作文获得傅庚生先生夸奖，其中《杜甫小传》等作品发表于北京报刊。此年还作有《春朝庆粤命作》《赠庆粤三首》《中秋感怀》《游故宫四绝》等诗。

1947年　23岁。此年正式进入北京大学中文系学习。作有《秋登秘魔崖寄远》诗。

1948年　24岁。在北京大学中文系学习。年底因病休学，回到故乡新宁县疗养。作有《春日小诗四绝》《奉和尊君重九登惠山诗，是日余偕友人登万寿山》《蝶恋花》《岁末怀人》等诗。

1949年　25岁。在新宁养病。病愈后，在县里教了半年中学。暑假参加短期农村调查，看到中华人民共和国成立后农村的新气象，颇为感动，为后来创作乡土小说积累了生活素材。

1950年　26岁。9月回北京大学中文系复学，重读二年级。废名先生教授"文艺文写作"课，先生第一次交的作文《小弟加入少先队》，着力表现故乡农村的新风貌、新气象，饶具湘西风土气息，描写人物语言生动，形象鲜明，颇获废名先生高度评价。先生深受鼓舞，计划写二十篇，拟集为《杉木山小唱》。此年接连创作了《李三阿妈》《谭大嫂和她的懒汉》等系列短篇小说，均获废名先生夸奖。此年还作有《七夕作二首》《赴京前随父过故人庄二首》等诗。

1951年　27岁。在北京大学中文系学习，春季学期继续修读废名先生教授的"文艺文写作"课，续作《抗旱》《收获》等短篇小说，均获好评。此年开始写作反映盛唐著名诗人李白生活和创作的历史小说《英灵传》，只完成了前三章：《明驼归侣（初稿题为"从西域回来的一家人"）》《客舍琐谈（初稿题为"有趣的故事和谈话"）》《炉边邂逅》。第四章《落地生根（原拟"没想到就在这里生了根"）》只写了两页多。

1953年　29岁。从北京大学毕业，留中文系工作。任助教，从林庚先生学习和研究魏晋南北朝隋唐五代文学。

1954年　30岁。在北京大学中文系工作。撰《太白氏族管见》（后收入先生论文集《论诗杂著》，由北京大学出版社于1989年出版）、《谈孟浩然的"隐逸"》（刊《文学遗产》1954年第17期）、《关于李白的讨论——北京大学中文系古典文学教研室会议记录》（刊《文学遗产》1954年第26期）等论文。此年元月将1950年9月至1951年5月读大学二年级"文艺文写作"课时作品中被废名认为较好者，合订为一册，题为《杉木山的故事》。作《题红楼梦扉页（自度腔）》《春日昆明湖泛舟三绝句》等诗。此年春之前所作诗词，后皆收入《初学集》。

1955年　31岁。在北京大学中文系工作。撰《王维的政治生活和他的思想》（刊《文学遗产》1955年第65期）、《鲍照和他的作品》（刊《文学遗产增刊》第1辑，1955年）等论文。作《满庭芳》（"暖室评花"）词。

1956年　32岁。在北京大学中文系工作。撰《关于陶渊明》（刊《文学遗产增刊》第2辑，1956年）、《论王维的诗》（刊《文学遗产增刊》第3辑，1956年）等论文。作《念奴娇》（"风吹雨歇"）词、《一九五六年十一月廿三日蓟庄满月喜赋》诗。

1957年　33岁。在北京大学中文系工作。撰《论李贺的诗》（刊《文学遗产增刊》第5辑，1957年）论文。

1958年　34岁。在北京大学中文系工作。撰《山水诗人王维》，刊《文学遗产增刊》第6辑，1958年，译文载《中国文学月刊》（英文版）1962年第7期。

1959年　35岁。在北京大学中文系工作。所著《王维诗选》，由人民文学出版社于此年出版。作《香山玉华山庄品茗》诗。

1960年　36岁。在北京大学中文系工作。撰《王维的山水诗》（刊《文学评论》第5期，1960年）论文。作《邀友人尹赛夫兄游陶然亭以诗代笺》七言绝句三首。

1961年　37岁。在北京大学中文系工作。撰《唐代某些知识分子隐逸求仙的政治目的——兼论李白的政治理想和从政途径》，刊《北京大学学报》1961年第3期。此年或前二三年间作《寄海淀佳酿莲花白归湘奉亲》诗。

1962年　38岁。在北京大学中文系工作。撰《说岑参的〈赵将军歌〉》（刊《人民日报》1962年2月2日）、《〈关于王维写作《辋川集》的年代问题〉读后》（刊《光明日报》1962年2月11日）、《说李颀的〈古从军行〉》（刊《北京日报》1962年3月15日）、《谈岑参的边塞诗》（刊《解放军文艺》1962年4月1日第4期）、《关于李商隐》（刊《北京大学学报》1962年第2期）、《说李商隐〈碧城三首〉其一》（刊《文学遗产》1962年第426期）、《杜甫〈茅屋为秋风所破歌〉分析》（刊《阅读和欣赏》1962年10月第1集）、《谈李商隐的咏史诗和咏物诗》（刊《文学评论》1962年第6期）等论文。参与编写的《魏晋南北朝文学史参考资料》(林庚主编，与袁行霈一起担任作品注释的初稿和定稿工作)由中华书局于此年8月出版。此年1月，以子蓟庄(小名小宝)为原型，创作了儿童成长小说《飞》。此年4月创作了历史小说《英灵传》之一章《踏青》，描写盛唐著名诗人杜甫困守长安求仕时，于上巳节去曲江游春所见杨氏兄妹骄横奢侈之状。暑假携子蓟庄返回故乡住一月，顺游广西桂林，作有《一九六二年携蓟庄儿返里小住一月临行赠别故乡亲友》《桂游六绝句》等诗。此年9月又对大学二年级所写短篇小说集《杉木山的故事》进行修订，主要是将文中的一些新宁方言俚语改为了普通话，另外一些篇章的题目也做了调整，如原题"小弟加入了少先队"，此次修订时即改"弟弟"。11月对《踏青》也作了修订。

1963年　39岁。在北京大学中文系工作。撰《李商隐恋爱事迹考辨》(1963年8月脱稿)。论文《诗人李贺》之译文刊《中国文学》(英文版)1963年第12期。去年所撰长篇历史小说《英灵传》一章《踏青》，以"曲江踏青"为题，刊于《北京文艺》1963年1月号。作《喜仲弟贻燮调新宁园艺示范场》《严冬谢人探疾兼答华章》等诗。

1964年　40岁。在北京大学中文系工作。是年秋冬，至湖北沙市张黄公社张黄大队五小队参加"四清"，与老乡同吃、同住、同劳动。参编《中国历代诗歌选》，担任中晚唐全部作品的注释工作，该书由人民文学出版社于此年1月出版。作《游开元观荆州博物馆，馆近城楼，庭陈关羽马槽，内多郢墟出土文物》《江陵寄远》《文成渊》《江汉鸿雁》《清晓》《筑堤晚唱》《江村入腊，小有摇落，而园竹葱茏，犹饶生意，晴日肆力郊原，欣然有得》《雪朝即兴》《楚人呼鸿为鸡雁，雁为鸭雁，戏为鸿雁对答，仿西曲二首》等诗。

1965年　41岁。在北京大学中文系工作。撰《孟浩然事迹考辨》(刊《文史》第4辑，1965年)论文。

1967年　43岁。在北京大学中文系工作。是年至北京南郊小红门参加"四清"，劳动时因负重而闪腰，此后常为腰肌劳损所苦。作《寄兴一绝》《秋日携蓟庄友庄二儿游樱桃沟香山》《腰肌劳损伛不能伸，卷踞病榻，意趣索然，戏为一律，聊骋遐想》等诗。

1968年　44岁。在北京大学中文系工作。作有《戊申二月廿日，九弟贻燨来自湘中，出示故乡亲友及风景照片，并叙曾迁道洞口、黔阳，访三弟、四弟，正月廿九日，于乐垫寓所，祝父六十八寿辰，与尝二弟农场温泉附近三年栽柑橘新实诸情事，喜赋》《接父书谓余近来书法确有长足进步,愧赋一律解嘲》《寓内阴庐大槐花发,回思迁此已见十四度繁英矣》《咏中庭红叶》《喜窗前去年春移酴醾花开》《阶前红药将谢复喜白芍继开》《寓居假日偶兴》《纳凉》《晴空骋目》等诗。此年或明年作《仲夏雨霁》《夏日薄暮庭除》《昆明湖游泳感旧咏怀》《仲弟来书告渠既迁离乐垫,将构蜗庐,俾老幼群居,差容异席,弟兄归省,亦便连床。随附草图,见其规画;漫成俚句,写我欢忻》等诗。

1969年　45岁。在北京大学中文系工作。此年10月,与北京大学其他师生一起,到江西鲤鱼洲实验农场,进入"五七干校"劳动,开门办学。作《与庆粤结婚十五周年有感》诗。

1970年　46岁。在江西鲤鱼洲实验农场"五七干校"劳动,开门办学。作有《移居》《跋季来之诗抄》《鲤鱼洲竹枝词三首》等诗。

1971年　47岁。此年9月,从江西鲤鱼洲实验农场撤回北京。

1972年　48岁。在北京大学中文系工作。此年初冬至明年春,与北京大学中文系部分师生一起组成教改小分队,下到北京东郊密云穆家峪公社前栗园大队,以因公牺牲的前党支部书记为原型搞小说创作。疑此年前后作《陪湘中旧友廖鹏飞兄西山登览》诗。

1973年　49岁。在北京大学中文系工作。此年秋,西行远游华山。作《毛家山三绝句》《茅津渡临眺》《陇海路夜吟》《华游吟草》《华山歌》等诗。

1974年　50岁。在北京大学中文系工作。作《一九七四年夏,满叔祖鸿翁,阖第回里探望,归程过北京小住,喜赋》诗。

1975年　51岁。在北京大学中文系工作。此年或前一年作《乐垫谣》诗。

1976年　52岁。在北京大学中文系工作。作《鹧鸪天》("鱼尾霞生夕照明")词,《小桃待绽春雪时飘适得双亲所寄棉絮喜赋》《二弟电告父亲于一九七六年十一月廿五日病逝,恸赋五律一章以当哭》等诗。一九五五年春至此年所作诗词后结为《自吟集》。

1977年　53岁。在北京大学中文系工作。整理1968年所撰旧文《李商隐恋爱事迹考辨》。业余为邻居诸青少年讲授唐诗。作《以诗代笺邀毓罴兄嫂携令爱冰梅来寓有时酌》《送小女友庄参军》《春节后数日尹赛夫、徐娟贤伉俪邀余夫妇欢聚一日,告别归寓已入夜矣。尹兄正着手撰长篇小说,见示数章,先睹为快》《来之先生赠诗相期勉,自愧驽劣,但望老成,次韵二首》《和尹兄夏日过燕园作》《访谢冕谈诗不遇》《题源源著花裙小照》《秋日偶书》《七月得柳州书,知九弟贻燨赴南北各地参观,可来京一叙。日夜盼望,及至,不意一宿而别,聊摄数影,后缀是作以抒怅惘之情》《正解鸡待烹,忽来电话,知友庄已抵北京站,因携山果,望我骑车往迎。归途兴起,吟成一律以志忻喜》《题相册赠柳庄春庄侄》《夜授唐诗,犹未尽意,归赋三绝》《电视重映故人刘咏君所编知识老人科教片,不得见刘君音讯逾是年矣,观此喜甚》《动物园杂韵十章》等诗,《南乡子》("灵鹊报初晴")、《玉楼春》("香炉峰上云千朵")、《荷叶杯》("静翠湖边千尺")词。自上年十月至此年十一月所作诗词后结为《攀登集》。此年十二月至明年一月,与季镇淮、冯钟芸、倪其心等老师,离京赴济南、南京、无锡、上海、杭州、广州、湖南等地观光学习,途经故乡新宁小住四日,途中所作七绝三十二首,结为《南行草》。

1978年 54岁。在北京大学中文系工作。参编《中国小说史》,由人民文学出版社于此年出版。此年3月3日至4月7日撰长篇论文《从元白和韩孟两大诗派略论中晚唐诗歌的发展》。作《喜仲安至小酌》《送季思先生乘飞机南归》《暑假闲吟》《夏夕,走访瞿禅翁,无闻先生告翁出游将归,命余稍待,华灯初上,果策杖健步而还,相见喜甚》《答任、冯二先生邀访华居》《乡曲诸君随余习诗将近一年,终业各赋赠一章,感而有答》《送小庄来京观光后乘火车返湘,侄虽稚小颇知甘苦,四句非止谓旅途劳顿也》《喜司建萍同志访余夫妇》《答朔方兄赠〈牡丹亭校注〉》《答谢念贻兄赠所编〈唐诗选注〉》《送希明、贻烈率扬、卫二甥返湘探亲》等诗。

1979年 55岁。在北京大学中文系工作。此年3月起,发大誓愿,始撰《杜甫评传》。十一年前所撰旧文《李商隐恋爱事迹考辨》(1963年8月脱稿,1977年11月整理),刊《文史》第6辑。去年所撰《从元白和韩孟两大诗派略论中晚唐诗歌的发展》刊《中国古典文学研究论丛》第1辑(《社会科学战线》杂志社编,吉林人民出版社,1979年)。作《于卓同志嘱听所编广播小说〈从森林里来的孩子〉,……哦成一绝,用报于君》《书瞿髯诗后》《武大熊君礼汇,湖南师院彭君菊华,随余习唐诗一年,学成将归,题赠一绝》《得瞿髯〈论词绝句〉,喜题一绝》《未名湖畔纳凉作。是夕月圆,诗不律不古》《秋日送陈君植锷归浙,入杭州大学中文系研究生深造》《己未中秋夜,与北京大学中文系中外同学联欢,即席作》《答问学,示张明非、葛晓音二生》等诗,《仲安兄邀陪来之先生于出破五后一日，过访春酌，作鹧鸪天代笺相报》《己未夏，加拿大不列颠哥伦比亚大学教授叶嘉莹女士，来北京大学中文系，为诸生授靖节少陵玉溪诗，课毕将出游巴蜀、三峡，诸公饯诸中关村，余末座称觞，作沁园春以赠》等词。是年冬，飞至湖北武汉，为武汉师范学院中文系讲授唐诗十余日，作《汉游九绝句》。

  1980年　56岁。在北京大学中文系工作。与季镇淮、冯钟芸、倪其心合编《历代诗歌选》，由中国青年出版社于此年3月出版。所撰《孟浩然诗选后记（节录）》，刊《文艺论丛》第10辑；所撰《杜甫评传》之一部分《杜甫两游何园诗说》，此年6月刊《北京师范学院学报》（社会科学版）第3期。所撰《杜甫评传》另一部分《杜甫献三大礼赋的前前后后》，刊《文学遗产》1980年第2期。先生第一部论文集《唐诗论丛》，于此年9月由湖南人民出版社出版，收入先生1954年至1980年所写重要论文22篇，约28万多字。作《毓罴兄惠书为红学刊物约稿，嗟余去岁入夏以来，为〈杜甫评传〉撰写之事所困，不暇作芹溪之游，访神瑛，寻绛草，参妙谛也。无以报命，戏赋此聊以解嘲，罴兄六月将赴美参加国际红学讨论会，并及之》《叶嘉莹先生前月自海外惠赐余等陪游圆明园照片，后复赠华章，兼示入蜀出峡经过绝句九首，雒诵回环，曷胜感佩，因赋俚辞答谢深情厚意》《住院作十绝句》《即席作，赠日本长野县吟道会诸先生》《嘱明非、晓音二生节日走谒朝阳楼瞿禅先生，代谢惠赐新著〈唐宋词欣赏〉》《读〈唐代诗人丛考〉赠璇琮兄》《谢千帆先生惠赐新著〈唐代进士行卷与文学〉》《美国柯素芝女士来华撰写博士论文，论唐诗中所反映之西王母，终日埋头研读道书及各家诗，用力甚勤，感赠一绝。其师玄冲教授称伊为玉女，故有句云云》《寄小南一郎先生》《中文系联欢会上作》等诗，《春中，得迦陵教授游圆明园还乡有作，各三绝，一倡三叹，兴会深长，……故词中并及之》（"花朝喜展诗多首"）、《瑶华》（"鸿编巨册"）、《青玉案》（"校书东观曾来去"）等词。此年秋，教育部委托武汉大学举办唐诗进修班，先生被邀为各地高校教师讲授唐诗，再至武汉，作《珞珈山作九绝句》诗。

  1981年　57岁。在北京大学中文系工作。自述治学历程和心得甘苦之文《漫谈中国古代文学的学习与研究》（由葛晓音整理），刊《大学生》1981年第4辑。撰《王维〈观猎〉与〈送沈子福归江东〉赏析》文（后收入《论诗杂著》）。作《进顽石二方乞曹君宝麟刻篆》《春雪初霁，晓音陪宝麟君枉驾蜗居，相见甚欢，……作此聊以解嘲》《观金琼刘先生金石，及篆刻论八绝句，……无怪风格雄健奔放如此》《明非归自包头，赠余刘先生篆刻私章三方，……吟此聊表谢意》《春日晤日中协樋口谨一教授惠赠尊著〈唐诗与万叶集〉等论文，及其佳作如干，口占一绝》《送迦陵教授之蜀，预草堂学会》《承德避暑山庄避暑》《子高先生约预零陵子厚学会，惜敝处粥少僧多，寻常外出不付川资，戏赠此以致谢》《秋林步散》《冬日柯素芝、倪卓熙二女士陪莜原亨一教授见过，宾主晤对甚乐》等诗，《瞿翁无闻先生赐笺招饮于京华河南饭庄，谨献如意长生酒二瓶致谢，作〈满庭芳〉首嵌长吉诗二句》（"草细堪梳"）、《如梦令》（"藕谢鲤鱼风起"）等词。此年夏至山东青岛、河北秦皇岛北戴河避暑，作《青岛纪游四绝句》《北戴河作五首》等诗。

1982年　58岁。在北京大学中文系工作。所撰《〈茅屋为秋风所破歌〉辩》，刊《前线》1982年第1期；《"李杜文章在，光焰万丈长"——李杜优劣论述评》，刊《文艺理论研究》1982年第1期；《杜甫携家避安禄山乱经过——兼谈杜甫在诗歌艺术上的创新》，刊《人文杂志》1982年第1期；《杜甫壮游踪迹初探》，刊《文史》第14辑；《"未坠素业"的家世——〈杜甫评传〉之首章》，刊《古典文学论丛》第三辑（陕西人民出版社，1982年）。此年12月8日参加中国作家协会与北京大学联合举行的"纪念伟大诗人杜甫诞辰一千二百七十周年集会"（冯至主持），作专题报告《"不废江河万古流"——纪念伟大诗人杜甫诞生一二七〇周年》。多年呕心沥血之作《杜甫评传》（上卷），于此年8月由上海古籍出版社正式出版，旋在学界引起巨大反响，颇获高誉。作《壬戌出破后三日才约迦陵教授春酌，旋获其高足白润德博士惠赐孟浩然研究大著，喜占一绝寄白志其巧合》《唐代文学学会成立大会将于一九八二年五月上旬，在西安召开，余承邀未及参加，作此以致祝贺之意》等诗。春夏之交游河南洛阳、陕西西安、河南开封唐宋三古都，作《三古都纪游十绝句》。暑期游山西五台山、太原，后至长治晋东南师专，为古典文学讲习班授课，作有《五台吟》《重游晋祠四绝句》《应邀继诸家之后赴长治为晋东南师专古典文学讲习班授课，诸承厚待作此以谢东道主》等诗。12月中旬，随北京大学代表团，访泰国朱拉隆功大学七日，归京后作《访泰纪游》七绝七首。

1983年　59岁。在北京大学中文系工作。此年秋，曾至湖南湘潭参加湖南古代近代湘籍作家学术讨论会。20世纪50年代所编《王维诗选》由人民文学出版社于此年4月再版。"文革"后新编《孟浩然诗选》

由人民文学出版社于此年5月出版。另，应山东大学文史哲研究所之约，所撰古代文学家评传《孟浩然》《王维》，收入《中国历代著名文学家评传》第二卷（山东教育出版社，1983年）自述治学历程和研究经验的《我学习唐诗的点滴体会》，刊《语言文学自修大学讲座》第16期。撰写王维《送沈子福之江东》、杜甫《丽人行》等作品的赏析文章，亦载上海辞书出版社编《唐诗鉴赏辞典》（于此年12月出版）。作《赠高桥良行贤伉俪》《住湘潭大学招待所，隔墙即江村，境地清静，午夜不寐作》《欣预湖南古代近代湘籍作家学术讨论会》《喜诵与会诸君子游桑植天子山、天平山雅什多章》《桑植纪游》等诗。自1977年所作至此诸什，后皆结为《南行草》。

1984年　60岁。在北京大学中文系工作。此年曾至河南巩义参加杜甫学术研讨会，游宋陵，登嵩山。冬赴湖南长沙参加中国韵文学会成立大会。撰《陶渊明〈杂诗〉二首评析》（后收入《论诗杂著》）。作《宋陵雅集三绝句》《题拙著〈杜甫评传〉上卷扉页赠克恒同志》《君智刘若愚先生月前承赐雅什，深情高致，令余赞叹不已，秋枊未名湖行吟有怀却寄》《甲子孟冬余赴长沙预中国韵文学会成立大会，事毕历览诸胜，哦成七绝四章，以为纪念》等诗。

1985年　61岁。在北京大学中文系工作。春节前曾赴广西桂林、柳州游览，返京途中绕道回湖南新宁探亲。年中多次出外参加学术研讨会，曾至齐鲁、内蒙古、山西等地考察讲学。作《齐鲁纪游四绝句》《湘桂纪行十绝句》《青城纪游》《偕内子庆粤游云冈石窟》《闻铅山下月将举行蒋士铨逝世二百周年纪念会与学术讨论会，喜赋一绝遥寄，……》《秋日得澳门日报总编辑李鹏翥先生为愚夫妇所摄放大彩照两帧，却赠致谢。……》《获冼为铿先生、刘羡冰女士贤伉俪所裱手书拙作彩照一帧，感赠却寄，……》《济南纪游三章》《景治、晓音得贵公子名公辅，余夫妇见之喜甚，归赋七律一章相赠，兼寄李、葛二府道贺》等诗，《临江仙》（"忆昔郊游陪杖履"）词。

1986年　62岁。在北京大学中文系工作。暮春曾至四川成都草堂参加杜甫两川诗学术研讨会，遍游川中诸名胜，出三峡，经武汉，沿途与诸友唱和不绝。撰《"羁旅病年侵"——关于杜甫的卒和葬》，刊《求索》1986年第4期。为马振方《聊斋艺术论》（上海文艺出版社，1986年）作序。撰《妙在"取影"——〈诗经·豳风·东山〉赏析》，刊《诗经鉴赏集》（人民文学出版社，1986年）。描写去年春节前回乡探亲见闻的散文《橘的怀念》,刊《湖南日报》1986年4月27日。作《华中师大光雍弟偕诸公结黄鹤诗社,飞笺索句,……爰赋一绝,分谢二处》《题拙著〈杜甫评传〉上卷扉页奉赠缪钺先生,聊报惠赐其大著〈冰茧庵丛稿〉雅意》《题菊庵西行吟草》《耶鲁大学车淑珊女士雅好少陵诗,去岁元月来与余初觏于北大临湖轩,……余惜其将别,喜其有成,爰赋此以赠》《人民文学出版社将于四月十六日,欢庆建社三十五周年,应教题赠拙作七律一章》《应彦威丈召偕妇乘火车越秦岭赴成都浣花溪草堂杜甫两川诗讨论会,得住园中,欣喜何似,感赋俚辞,奉寄诸公》《游青城山都江堰,小华随父相陪》《自题乐山大佛脚下小照》《雨中游峨嵋,余夫妇多劳宋红君照拂》《携内结伴乘江轮自渝之汉,喜诸友枉驾相迎》《江汉吟留别》《二绝句》《答陶道恕先生见寄作江楼引》《一氓先生嘱题〈先圣道斋烬余词〉后》《继中弟成〈赵次公杜诗前后解辑校〉百余万言,颇多创获,以此通过博士论文答辩,余承乏评议,躬逢其盛,复应雅嘱题诗志喜》《饯送京都大学博士生道坂昭广君学成归国,……故颈联云尔》《丙寅重九登高口占一绝,奉寄季特丈,敬谢惠赠尊著〈词学论丛〉》《公辅贤孙牛年生,周岁赠一玉牛,藉祝长命百岁》等诗。

1987年 63岁。在北京大学中文系工作。此年春曾至福建厦门、漳州进行学术考察。所撰《盛唐七绝刍议》,刊《中国韵文学刊》创刊号。《评曹孟德诗》,刊《中国古典文学论丛》第5辑。此年10月参加西北大学主办的"周秦汉唐考古和文化国际学术会议",发言稿后整理成《点滴感想和建议》,后收入《论诗杂著》。所撰《〈杜集书目提要〉评介》,刊《文学评论》1987年第6期。作《读李鹏翥先生〈澳门古今感赋〉》《入闽纪行七绝十二首》《爱媛大学加藤国安先生治诗多年,尤爱少陵诗。夏夜偕陈榴君来访,即席赋诗一绝以赠》《京都大学教授清水茂先生携夫人设盛筵于海淀文君楼宴请敝校同人,……归书于拙著〈杜甫评传〉上卷扉页以赠》《西北大学周秦汉唐考古与文化国际学术会议闭幕之夕适逢中秋佳节,……席上口占》《九月十九日高山明轮先生转来入谷仙介教授大札暨尊著〈出云汉诗散步〉……彩照五帧感赋》《次京都大学清水茂教授预周秦汉唐考古与文化国际学术会议,喜赋五律原韵》《次清水先生三登慈恩寺塔有感七律原韵》等诗。去年所作《江汉吟》,今年刊于《中国韵文学刊》总第1期。

1988年 64岁。在北京大学中文系工作。此年三月至江苏南京作学术考察，与南京师范大学、南京大学诸友同游。为张少康《古典文艺美学论稿》（中国社会科学出版社，1988年）作序。所著《杜甫评传》（中、下卷）由上海古籍出版社于1988年5月出版。6月15日至20日，在四川省射洪县参加"全国首届陈子昂学术讨论会"，发表论文《陈子昂的人品与政治倾向》，后收入《陈子昂研究论集》（中国文联出版公司，1989年）。所撰《评〈唐刺史考〉》，刊《中国图书评论》1988年第3期。应袁行霈之约，撰写杜甫《兵车行》《茅屋为秋风所破歌》、李商隐《碧城》（其一）等诗赏析，收《历代名篇赏析集成》（中国文联出版社，1988年）。作《澳门商训中学四十周年纪念，谨赋七绝一首，遥致祝贺兼寄刘羡冰校长》《南游十绝句》《四月五日组湘吴先生八旬华诞，谨赋一律祝贺》《戊辰立夏后六日，愚夫妇随诸君游卧佛寺、樱桃沟诸胜，友庄、公辅同行，志熙归成五古一章，余次韵和之》《伯玉歌》《题像册扉页贺志熙筱敏新婚之喜》《次子高兄见寄偶感原韵》等诗。所作《吴组缃先生八旬华诞，赋此奉祝》（七律）及《扬州纪游》（七绝五首），刊《中国韵文学刊》1988年Z1期。

1989年　65岁。在北京大学中文系工作。是年冬游浙江杭州、绍兴。为葛晓音《八代诗史》（陕西人民出版社，1989年）作序。先生第二部论文集《论诗杂著》由北京大学出版社于1989年5月出版，主要收入1979年至1987年所撰论文20篇，约20万字。治学经验谈《我是怎样学习和研究的》（文由马欣来整理），刊《文史知识》1989年第7期。应余冠英之约，为《中国古代山水诗鉴赏辞典》撰写王维《终南山》赏析，由江苏古籍出版社于1989年7月出版。为《古代诗歌精萃鉴赏辞典》撰写王维《终南山》、杜甫《茅屋为秋风所破歌》《蜀相》赏析，由北京燕山出版社于1989年8月出版。应山东大学文史哲研究所之约，撰成文学家评传《卢照邻》《杜审言》，收入《中国历代著名文学家评传》续编一（山东教育出版社，1989年）。作《戊辰腊月初六，举家自镜春园小院迁朗润园高楼底层，居彼卅四年，一旦离去岂能无感，赋此抒情，兼告各地亲友》《和孝感诗词学会成立》《绿屋早春晓望》《客岁戊辰春中日本早稻田大学松浦友久教授来华，任北京大学中文系客座研究员，……爰赋拙诗以赠》《八月一日朔方兄莅燕园预上海古籍出版社会议，……以为雪泥鸿爪》《杭绍纪游杂咏》等诗。

1990年　66岁。在北京大学中文系工作。是年11月回湖南新宁探亲。作《二月廿二日静希师八十寿辰，廿一日系与教研室将假临湖轩集会欢庆，预赋拙诗祝贺》《次清水茂教授登沧岳自贺退休诗原韵》《九年五月十五日愚夫妇偕蓟、友二儿随景治、晓音暨志熙、朱琦、光兴……游宣南陶然亭，……余勉和二章和钱作》《和陈作》《和长沙廉秋刘家传先生八十述怀四首之一，次原韵》《十一月一日晚偕庆粤率小女友庄回湘探亲，……以纪游抒情》等诗。

1991年　67岁。在北京大学中文系工作。岁末至香港树仁大学为研究生讲授唐诗。所撰《关于新时期古典文学研究的笔谈》，刊《文学评论》1991年第2期。为丘良任著作撰《〈竹枝纪事诗〉序》，刊《北京大学学报》1991年第2期。主编《大学文科指导书目》（中国语言文学卷），由北京大学出版社于1991年8月出版。为任朝第《李杜诗萃》（陕西人民出版社，1991年）作序。为张元勋《九歌十辨》（中国广播电视出版社，1991年）作序。作《题长沙易元九先生所编其先兄〈莘夫遗稿〉》《青海省格尔木市昆仑风韵诗社成立，谨赋一绝祝贺》《恭贺季羡林先生八十华诞》《今夏因病未克预蓝田王维诗歌讨论盛会，……爰赋拙作七律一章志庆》《承乏受聘为研究生班诸生授子美义山诗，……哦成此诗留别鸿烈校监、期荣校长》《香江竹枝词》等诗。

1992年　68岁。在北京大学中文系工作。秋至浙江温州参加学术研讨会，游雁荡山。为周先慎《古典小说鉴赏》（北京大学出版社，1992年）作序。此年3月写作自述多年研究王维、杜甫之甘苦的文章《书海拾贝》。作《永嘉行》《美国罗秉恕（伯特）君随余习中国古典诗歌，……临行赠此留念》等诗。所作《重游君山》（五律），刊于《中国韵文学刊》总第6期。

1993年　69岁。在北京大学中文系工作。为钱志熙《魏晋诗歌艺术原论》（北京大学出版社，1991年）作序。应陕西师范大学文学研究所霍松林教授之约，撰《〈新编全唐五代文〉序》，刊《西北大学学报》1993年第1期。《评葛晓音〈山水田园诗派研究〉》，刊《文学评论》1993年第4期。为张明非论文集《唐音论薮》（广西师范大学出版社，1993年）作序。《评陈铁民〈王维新论〉》，刊《首都师范大学学报》1993年第5期。为朱明伦《杜甫散论》（辽宁大学出版社，1993年）作序。

1994年　70岁。在北京大学中文系工作。此年秋至明年三月，受邀赴美国斯坦福大学讲学。为张忠纲《杜甫诗话校注五种》（书目文献出版社，1994年）作序。诗词旧作《郊望》《满庭芳》（"暖室评花"）

《玉华山庄》《冬日西湖》《时届仲冬而白堤垂柳尤青，过翠堤春晓更见一枝海棠花发》《沁园春》（"新雨初来"）《承德避暑山庄避暑》《五台吟》八首，刊于《诗刊》1994年5月号。

1995年　71岁。在北京大学中文系工作。为曾大兴《中国历代文学家之地理分布》（湖北教育出版社，1995年）作序。

1996年　72岁。在北京大学中文系工作。《一部视角新、理论层次较高的诗史》（霍有明《清代诗歌发展史》书评），刊《文学遗产》1996年第2期。

1997年　73岁。在北京大学中文系工作。先生古典诗词作品集《梅棣盦诗词集》由河北教育出版社于1997年11月出版。

1999年　75岁。先生从北京大学中文系退休。旧著《孟浩然诗选》《王维诗选》由河北教育出版社于1999年1月出新版。

2000年　76岁。此年11月先生因病于北京家中去世。主编的《增订注释全唐诗》（全五册，彭庆生、陈铁民副主编），由文化艺术出版社于2000年11月出版。主编的《魏晋南北朝文》（选注本），由河北教育出版社于2000年12月出版。

2002年　先生诗词旧作《念奴娇》（"风吹雨歇"）《承德避暑山庄避暑》《春日昆明湖泛舟三绝句》（选二），刊于《中国韵文学刊》2002年第1期。

2003年　先生名著《杜甫评传》（上、中、下）由北京大学出版社于2003年7月出新版。

2008年　先生遗作《怎样读王维诗》，刊《北京大学学报》2008年第4期。

2010年　钱志熙、杜晓勤编选的先生学术论文选集《陈贻焮文选》，由北京大学出版社于2010年10月出版。

精深博通　垂范学界

——评傅璇琮先生大著《唐宋文史论丛及其他》兼论其学术贡献

在 20 世纪中后期众多古代文学研究专家中，傅璇琮先生无疑是极为引人注目的一位。这首先是因为他文史兼善，考论并擅，成果卓著，堪称学界典型；其次是他热心学术事务，善于整合资源，尤喜提携后进，被众多年轻学者目为宗师；而且傅先生学术生命力极其旺盛，五十年来笔耕不辍，老当益壮，晚年著述弥丰，境界大开。

近十年来，他除了自著或与友人合作，编撰有《李德裕文集校笺》[①]《李德裕年谱》（修订本）[②]《唐才子传校笺》[③]《唐人选唐诗新编》[④]《唐五代文学编年史》[⑤] 等专著，主编有《全宋诗》[⑥]《中国文学大辞典》[⑦]《中国诗学大辞典》[⑧]《续修四库全书》[⑨]《中国藏书通史》[⑩]《唐代文学研

[①] 傅璇琮、周建国：《李德裕文集校笺》，石家庄：河北教育出版社，2000 年。
[②] 傅璇琮：《李德裕年谱》（修订本），石家庄：河北教育出版社，2001 年。
[③] 傅璇琮：《唐才子传校笺》，北京：中华书局，2002 年。
[④] 傅璇琮：《唐人选唐诗新编》，西安：陕西人民教育出版社，1996 年。
[⑤] 傅璇琮主编：《唐五代文学编年史》，沈阳：辽海出版社，1998 年。
[⑥] 傅璇琮、倪其心、孙钦善等主编：《全宋诗》，北京：北京大学出版社，1991 年。
[⑦] 钱仲联、傅璇琮、王运熙等总主编：《中国文学大辞典》，上海：上海辞书出版社，1997 年。
[⑧] 傅璇琮、许逸民、王学泰等主编：《中国诗学大辞典》，杭州：浙江教育出版社，1999 年。
[⑨] 《续修四库全书》编纂委员会编：《续修四库全书》，上海：上海古籍出版社，2002 年。
[⑩] 傅璇琮、谢灼华主编：《中国藏书通史》，宁波：宁波出版社，2001 年。

究》①《唐代文学研究年鉴》(1991—2003)②《中国古籍研究》③《中国古典诗歌基础文库》④《中国古代小说珍秘本文库》⑤等大型学术书刊，还出版了《濡沫集》⑥《当代学者自选文库：傅璇琮卷》⑦《唐诗论学丛稿》⑧《唐宋文史论丛及其他》⑨四部论文集。

其中，《唐宋文史论丛及其他》是傅璇琮先生去年新近出版的一部论文集，尤为值得关注。这部论文集，所收文章多达100余篇，不但与前三本均不重复，而且时间跨度很大，包含内容丰富。作者将这些文章分为六编：甲编所收是他近几年来所撰的有关唐代翰林学士研究论文，乙编所收主要是有关唐宋时期作家作品的考索，丙编是作者为学界友人所作的书序，丁编是为已去世的匡亚明、钱钟书、邓广铭三位学术前辈而写的缅怀文章，戊编是在中华书局工作期间起草撰写的出版说明，己编是为中国唐代文学学会所写的几篇文章。这部著作较为全面地反映了傅先生五十年来的治学历程、学术思想和各方面的学术贡献。

一、精深博通的文史考论

傅璇琮先生的学术研究始于20世纪50年代后期，勃发于"文革"之后。1955年夏，傅先生在北京大学中文系毕业留校任教后，曾跟随浦江清先生当了两年助教。他一边听浦先生讲授宋元明清文学史课，一边为学生做教学辅导工作，培养起了对宋代文学的爱好，曾有志为苏轼、黄庭坚立传。后来，他离开北京大学来到商务印书馆和中华书局工

---

① 中国唐代文学学会、西北大学中文系：《唐代文学研究》第1辑，太原：山西人民出版社，1988年；第2—10辑，桂林：广西师范大学出版社，1990—2004年。
② 中国唐代文学学会、陕西师范大学文研所、广西师范大学出版社编：《唐代文学研究年鉴》，桂林：广西师范大学出版社，1991—2004年。
③ 傅璇琮、许逸民主编：《中国古籍研究》第一卷，上海：上海古籍出版社，1996年。
④ 傅璇琮主编：《中国古典诗歌基础文库》，杭州：浙江文艺出版社，1996年。
⑤ 傅璇琮主编：《中国古代小说珍秘本文库》，西安：三秦出版社，1998年。
⑥ 傅璇琮：《濡沫集》，长沙：湖南人民出版社，1997年。
⑦ 傅璇琮：《当代学者自选文库：傅璇琮卷》，合肥：安徽教育出版社，1998年。
⑧ 傅璇琮：《唐诗论学丛稿》，北京：京华出版社，1999年。
⑨ 傅璇琮：《唐宋文史论丛及其他》，郑州：大象出版社，2004年。

作后，即投入到宋代文史研究中。他在 1959 年至 1963 年间，先后撰成《黄庭坚和江西诗派研究资料汇编》①《古典文学研究资料汇编：杨万里范成大卷》② 等著作，并写出《范成大佚文的辑集与系年》③ 一文。

20 世纪 70 年代末、80 年代初，傅先生开始运用一种新方法来研究唐代文学，以一系列考论结合的作家事迹考据成果享誉学界，后来结集成《唐代诗人丛考》。罗宗强先生曾指出，当时古典文学研究界刚刚摆脱单调浅薄的模式不久，傅璇琮先生的《唐代诗人丛考》"一下子便把唐文学的研究推进到一个新的层次"④。这部著作"一反前人重视大作家、忽视中小作家的弊病，对唐高宗至唐德宗朝前期 28 位史书语焉不详的诗人生平事迹进行审慎、翔实的考证，促进了学界对中小作家的研究"，而且，"该书在作家作品考辨的同时，还从文学艺术的整体出发，对所考诗人在文学史上的地位和影响，对当时诗坛的创作、评论及流派活动情况，间有论述，稍作探讨，指出了某些文学现象，提出了若干唐诗论题，具有促进唐代文学深入研究的意义"⑤，"试图通过史学与文学的互相渗透或沟通，掇拾古人在历史记载、文学描写中的有关社会史料，作综合的考察，来研究唐代士子（也就是那一时代的知识分子）的生活道路、思维方式和心理状态，并努力重现当时部分的时代风貌和社会习俗，以作为文化史整体研究的素材和前资"⑥。因此，他又从科举入手，花了两年的时间写了《唐代科举与文学》，"通过科举来展示唐代知识分子的生活道路与心理状态，以进而探索唐代文学的历史文化风貌"⑦。

《唐代诗人丛考》出版之后的二十年里，傅先生一直延续着对唐代中小作家事迹的考辨工作，其中部分成果就反映在他这部《唐宋文史论丛及其他》中。如中晚唐诗人李敬方虽然存诗不多，但是很有特色。然

---

① 傅璇琮：《黄庭坚和江西诗派资料汇编》，北京：中华书局，1978 年。
② 傅璇琮：《古典文学研究资料汇编：杨万里范成大卷》，北京：中华书局，1964 年。
③ 载《文学遗产增刊》第 11 辑，北京：中华书局，1962 年。
④ 罗宗强：《唐诗论学丛稿·序》，载傅璇琮：《唐诗论学丛稿》，第 1 页。
⑤ 杜晓勤：《隋唐五代文学研究》，北京：北京出版社，2001 年，第 91 页。
⑥ 傅璇琮：《唐代科举与文学·序》，载《唐代科举与文学》，西安：陕西人民出版社，1986 年，第 1 页。
⑦ 傅璇琮：《〈唐代科举与文学〉重印题记》，载《中国文化研究》2002 年夏之卷。

而唐宋史籍对其生平的记载大多错误,傅先生就从当时唐代文学研究界很少利用的宋元方志入手,与李敬方诗文互证,厘正了其基本事迹①。再如,学界对王勃《滕王阁诗序》中"家君作宰,路出名区;童子何知,躬逢胜饯"两句大多理解为:王勃的父亲几年前出为交趾令,王勃此次前去省亲,恰好路过洪都。傅先生敏锐地发现,这样解释不仅前后分叙二事,字义互互,而且与王勃生平不符。他根据罗振玉于20世纪初由日本抄回的王勃佚文《过淮阴谒汉高祖庙祭文》和王承烈所致书信,再结合王勃、杨炯及时人所写其他诗文,考出王勃是上元二年(761)秋和其父一起去交趾赴任,途经洪都,创作《滕王阁诗序》,后来在回来的路上,不幸于渡海时堕水身亡,一下子纠正了自《旧唐书》以来千年的谬误②。又如,1991年5月傅先生在陕西开会时,得知前一年长安县(今西安市长安区)刚刚出土了一块《大唐故卢府君墓志铭》,傅先生就利用它不仅证实了自己曾经在《唐才子传校笺》中推测过的卢纶生年,而且对卢纶的家世和事迹作了进一步的考订③。

如果说上述诸文主要是考辨事迹、厘正史实,以敏锐、精细的考据功夫见长,那么《唐宋文史论丛及其他》中的另一些文章,则由小见大、考论结合,充分显示了傅先生的整体考察能力和史学理论水平了。傅先生认为:"我们要把现有的研究再往前推进一步,就要扩大作家作品的探索面,并把作家的活动与当时的社会生活更切实更细致地结合起来,使人觉得这一作家确是一个活的人,有个性的人,有这个时代、这个社会特色的人。"④他在《唐代诗人丛考》中是这样做的,学界也是如此评价的⑤。此后所写的《白居易评价中的一个问题》⑥《从多

---

① 傅璇琮:《唐代诗人李敬方事迹辨正》,载《唐宋文史论丛及其他》,第256—257页。

② 傅璇琮:《〈滕王阁诗序〉一句解:王勃事迹辨》,载《唐宋文史论丛及其他》,第192—199页。

③ 《唐宋文史论丛及其他》,第240—244页。

④ 《唐宋文史论丛及其他》,第245页。

⑤ 如罗宗强先生就认为,傅先生《唐代诗人丛考》的主要功绩,"不仅在诗人事迹的清理上,而在于它通过诗人事迹的清理所展示出来的诗人诗坛风貌","它越出了个案考辨的范围,从个案考辨通向了整体研究"。参罗宗强:《唐诗论学丛稿·序》,第1页。

⑥ 《唐宋文史论丛及其他》,第235—239页。

方面了解韩愈》①《武则天与初唐文学》② 等文则进一步体现了这种研究风格。如他在《白居易评价中的一个问题》中，就从考订白氏文集中的《为人上宰相书》的写作时间入手，发现白居易上书时王叔文新政尚未开始，所以学界一直所持的白居易赞同、支持永贞革新的观点是没有史实根据的。至于武则天的评价问题，从陈寅恪到郭沫若，再到近年的电视剧大多是正面歌颂，傅先生认为这些都是虚誉或虚妄之辞，经不起史料的审核。他在《武则天与初唐文学》中，通过对史实的仔细考察，主要辨析了两个问题：一是武则天对科举制并无所谓的"革新"之功；二是武则天统治时期特殊的政治环境使当时文人形成了一种极不正常的谀媚之风与矛盾心情，当时的文学含金量是很稀薄的。

傅璇琮先生近年来最重要的文史研究成果还要数他对唐代翰林学士研究的系列论文。早在 20 世纪 80 年代中前期，傅先生就开始运用一种新方法来研究唐代文学。"这种方法，就是试图通过史学与文学的互相渗透或沟通，掇拾古人在历史记载、文学描写中的有关社会史料，作综合的考察，来研究唐代士子（也就是那一时代的知识分子）的生活道路、思维方式和心理状态，并努力重现当时部分的时代风貌和社会习俗，以作为文化史整体研究的素材和前资。"③ 他从科举入手，花了两年的时间写了《唐代科举与文学》，"通过科举来展示唐代知识分子的生活道路与心理状态，以进而探索唐代文学的历史文化风貌。"同时，他还提出另外两个思路："一是唐代士人是怎样在地方节镇内做幕府的，一是唐代的翰林院和翰林学士。这两项专题的内容，其重点也是知识分子的生活。"④ 其中第一个思路后来被戴伟华先生所采用，体现在《唐代幕府与文学》⑤《唐方镇文职僚佐考》⑥《唐代使府与文学研究》⑦ 等一系列研究成果中。对于第二个思路，傅先生始终认为："研究唐代的翰林学士，其重点仍然在于那一时期一部分知识分子的生活道路，从这一

---

① 《唐宋文史论丛及其他》，第 245—248 页。
② 同上书，第 200—218 页。
③ 《唐代科举与文学·序》，第 1 页。
④ 《唐代科举与文学·序》，第 6 页。
⑤ 戴伟华：《唐代幕府与文学》，北京：现代出版社，1990 年。
⑥ 戴伟华：《唐方镇文职僚佐考》，天津：天津古籍出版社，1994 年。
⑦ 戴伟华：《唐代使府与文学研究》，桂林：广西师范大学出版社，1998 年。

点着眼，可能收获会较多。"虽然后来也有不少论者涉及，但是他们大多是从史学角度，又用宏观手法，对唐代翰林学士的政治作用，做过高的估价；有些论著不加分析地沿袭唐代文献中所谓"内相"的比喻说法，把翰林学士的权力凌驾于宰相之上。"实际上这些都不是从材料本身出发，与事实不合。"① 傅先生近年来在积累大量材料的基础上，把研究的重点放在当时文人参与政治的方式及其心态上，从而以较广的社会角度来探讨唐代的文人生活及文学创作。

在具体研究过程中，他首先着手撰写一部《唐五代翰林学士传论》，从不同的时代阶段，考察翰林学士群体在不同时期所处的政治环境与文化世态，目前已经发表的有《唐玄肃两朝翰林学士考论》②《唐德宗朝翰林学士考论》③《唐永贞年间翰林学士考论》④《唐宪穆两朝翰林学士考论》⑤ 等论文。同时，他又对其中有代表性的人物如李白、白居易等人作了典型性剖析⑥。另外，他还作了"唐五代翰林学士传"，为唐五代约二百数十位学士一一列传⑦。

从这些已经发表的成果看，傅先生的唐代翰林学士研究取得了如下重大突破：(1) 所谓翰林学士之建立，成为皇帝的私人秘书机构，影响中枢三省的行政运转，削弱宰相的权力，这在玄宗朝是根本不存在的，而且在肃宗朝也未能如此⑧。(2) 陆贽在翰林学士期内，并未有"内相"之称，那时的翰林学士，虽有极高的声誉，但如果真正投入了政治，就成了政治斗争的牺牲品⑨。(3) 永贞革新实际上是以翰林学士王

---

① 《唐宋文史论丛及其他》，第2页。
② 同上书，第1—15页。
③ 同上书，第28—41页。
④ 同上书，第42—58页。
⑤ 同上书，第72—95页。
⑥ 参其《李白任翰林学士辨》，载《唐宋文史论丛及其他》，第16—27页；《从白居易研究中的一个误点谈起》，载《唐宋文史论丛及其他》，第59—71页。
⑦ 目前已经发表的相关成果有《唐玄宗朝翰林学士传》（载《唐宋文史论丛及其他》，第96—129页）、《唐肃宗朝翰林学士传》（载《唐宋文史论丛及其他》，第130—150页）、《唐代宗朝翰林学士传》（载《唐宋文史论丛及其他》，第151—174页）等。
⑧ 《唐宋文史论丛及其他》，第12页。
⑨ 同上书，第32、39页。

叔文为代表的文人集团与当时握有军政大权的宦官集团的一场政治斗争，王叔文集团虽有很不寻常的政治抱负，和宦官争夺兵权，但他们并不是一个单独实体，本身也缺乏政治实力，所以表现出过高估计自己力量的弱点，最终宣告失败①。(4) 清除了自《新唐书·百官志》以来关于翰林学士不带知制诰就不能草制诏的误解，论证了中晚唐时中书舍人职能仍重，而且可与翰林学士并提，翰林学士在升迁时以能迁中书舍人之前阶知制诰为重②。(5) 翰林学士与文人的交游，对促进中唐的诗歌唱和风气及诗人群体的形成，都有不可忽视的作用③。(6) 李白于天宝初应诏入宫，只是翰林供奉，非为学界所说的翰林学士。而在当时，翰林学士以及翰林供奉都应该带有正式官衔。唐玄宗尽管对他十分宠遇，却始终不给他一个官衔，实际上只不过把他当作一个陪同宴游的侍者④。(7) 元和二年（807）至六年（811）间的翰林学士生活，是白居易一生从政的最高层次，也是他诗歌创作的一个高峰，但同时又给他带来思想、情绪上的最大冲击。在这之后他就逐渐疏远政治，趋向闲适⑤。可以说，傅璇琮先生不仅为唐史研究补了"翰学"传，为新世纪补作了一种唐代史书，为全面考证、整理有唐一代文士的生平形迹提供了许多新的可资利用的成果，而且从唐代翰林学士经历中发现了不少值得思考的文学发展、历史文化现象，拓启了唐代文史研究的新视野、新领域，拓启了唐代文学研究的一个新视野。

众所周知，唐代文史考论是傅先生多年来的研究重心所在，但傅先生的学术视野从来就没有囿于唐代。如前所说，他的青年时期的学术生涯其实是从宋代文史研究开始的。"文革"之后，傅先生虽然把主要精力放在唐代文学研究方面，但也相当关注宋代文史研究，完成了不少大项目。如他早在1980年就曾在一个关于古籍整理出版的内部通讯上提出过编辑《全宋诗》《全宋文》的建议，两年之后又在《光明日报》上

---

① 《唐宋文史论丛及其他》，第56页。
② 同上书，第79—80页。
③ 同上书，第91页。
④ 同上书，第19、24页。
⑤ 同上书，第70页。

旧事重提，希望进一步引起学术界的注意①。从 80 年代中期开始，傅先生便作为主编之一开始主持《全宋诗》的编纂、整理工作。这部多达 72 卷的巨著终于在 90 年代由北京大学出版社出齐，从整体上推动了宋代文史研究的进一步深入。

另外，20 世纪 90 年代初，傅先生就发现，虽然海内外对宋代科举制的研究已经陆续开展，也取得了不少成果，但宋代科举制的研究有一个根本的缺陷，就是还没有像清人徐松所编《登科记考》那样全面记载宋代科举发展基本情况的史料书。因此他与龚延明合作，决定作一部有宋一代三百余年的科举编年史——《宋登科记考》（江苏教育出版社，2009）。从他们所写的《填补科举史研究的一项空白——〈宋登科记考〉的编撰（提要）》②《关于〈宋登科记考〉的撰编和出版》③《〈宋登科记考〉札记》④ 等文章看，无论是在宋代文人生平事迹等微观方面，还是两宋士子的政治心态、宋代地理文化的分布特点等宏观方面都取得了丰硕的成果。首先，他们经过多年的资料搜集和仔细考证，考出宋代登科人数近四万人，是目前收录人数最多的宋人传记资料工具书《宋人传记资料索引》⑤ 中登科人数的六倍多。其次，他们在具体写作过程中，也是推陈出新，精义迭现。全书按年编排，每年分大事记与登科名录两部分。大事记辑录宋代科举方面的诏令、历届科举试之知举官与考试官，及有关各种规定、考试情况等，资料齐备，既省却读者翻检之劳，又可据此了解宋代科举制度的沿革与进展。登科记名录部分，凡收录者，都撰有一小传，包括姓名、字号、籍贯，以及何种科目及第，及第之年，初授何官，最高官或终任官等。登科名录的资料价值，可以说是超过大事记的，因为它不但提供大量人名，而且根据登科者的仕历、籍贯，可以推进宋代文史研究者对两宋士人的政治经历、宋代地理文化的分布特点等，从更广的领域作新的探索。由于这部书篇幅巨大，辑集资料面甚

---

① 参傅璇琮：《关于编纂〈全宋诗〉、〈全宋文〉的建议》，载《唐宋文史论丛及其他》，第 303—306 页。
② 载北京大学中国传统文化研究中心编《文化的馈赠（史学卷）》，北京：北京大学出版社，2000 年。
③ 载《古籍整理出版情况简报》2000 年第 11 期。
④ 载《唐宋文史论丛及其他》，第 307—319 页。
⑤ 昌彼得、王德毅、程元敏等编：《宋人传记资料索引》，台北：鼎文书局，1974 年。

广，我们相信，正式出版之后，不管是其中的大事记，还是一百十八榜的登科名录，都可以使有志于宋代文史研究的学者从中发掘出有关政治、文化，特别是士子与文学方面的丰富资源，开拓出许多新的学科生长点。

罗宗强先生曾经对傅先生的文史研究有一个十分精到的评论，他指出："璇琮先生以其精深与博通从事文学的社会历史学研究，已经做出了杰出的贡献。"[①] 我的理解是，傅先生研究的"精深"不仅体现在对个案研究的选点得当、挖掘深入，更体现在他往往能够以点带面，由小及大，在个案研究中有整体、全局的观念，个案研究是为整体研究服务的，所以他的文史考据不是琐碎、深细，而是精致而有深意，是为"精深"。同样，傅先生研究的"博通"，也不单是体现为唐宋兼治，研究面广，更体现为文史并举，考论结合，在研究中一直保持着一种整体审视文史的能力，一种浓厚的社会历史学的兴趣和复活民族文化史的使命感，所以他的研究成果往往具有宏博、融通的文化格局，具有感染同侪、启迪后进的生动气韵。

二、中西合璧的治学思路

从《唐宋文史论丛及其他》一书中，我们不仅可以看出傅璇琮先生多年来所取得的文史研究成果，还可以梳理出其文史研究方法的来源。大致说来，其源有三。

一是对清代乾嘉学派文史考据方法的继承和发展。

傅先生对清代乾嘉学派发扬汉学传统，用考据学的方法整理古籍的治学精神是有相当的体认的。他在数十年间推出的每一部著作几乎都体现了自乾嘉学派而来的实事求是的文史考据之风。他曾经说过，《唐代诗人丛考》一书虽然所用的方法是旧的，是一部考辨性的著作，但在学界尚残存着一种假、大、空学风的 70 年代末出版的时候，"却使人产生某种新鲜感"，就是因为这部书体现了一种自乾嘉学派而来的实学精神[②]。

但是，傅先生对乾嘉学派的治学方法又有所发展，他摒弃了乾嘉学派在考证工作中出现过的追求细屑、不顾大体的繁琐之风以及私人化之

---

① 《唐诗论学丛稿·序》，第 5 页。
② 傅璇琮：《〈唐代诗人丛考〉余论》，载《书品》1986 年第 4 期。

弊。他说，我们现在进行资料考证，不能完全按照所谓"乾嘉学派"那样来做，不能陷于一字一句、一人一事的繁琐考订①。他还明确指出："站在二十世纪学术发展的高度来看，那种原来形态的乾嘉考据学已不可能恢复，更谈不上占主流地位。"他认为，现在作考据，既要有微观的细密探索，又需具备宏观的整体素养。从路数上说，没有对某一学科的整体把握和考察，没有具备一种综合的科学思维方式，不可能进行有效的工作。乾嘉时期有成就的考据学家，如钱大昕、王鸣盛、王念孙等，都对其所从事的学科以及相关的学科，有通盘的了解。更何况自20世纪以来，特别是改革开放以后，各种学术思想多元存在，中外文化频繁接触、交流，新时代的考据学更成为一种含有创新意义的调查研究工作。他对近二十年来自己一直参与其中的唐代文学史料考证工作相当满意，他认为，这些成果具有两个特点：一是广博、深切的文献辑集，一是细密、清晰的理性思考。所以并不是对乾嘉学风的简单回归②，更不是20世纪20年代"整理国故"思潮的回流③。

二是青年期间所受清华大学、北京大学文史研究优秀风气的熏染。

近现代学者中不乏明确、系统学术思想者，如梁启超、王国维、鲁迅、胡适、闻一多、陈寅恪、郑振铎、俞平伯、朱自清、林庚等，而且这些学者大多在清华大学或北京大学执掌过教席，对这两座名校优秀学风的形成起到了相当大的推动作用。傅先生十分幸运，他的大学时代是在这两座名校中度过的，真可谓一人兼得两校风气之长。1951年秋，他进入清华大学中文系学习，师从李广田、陈梦家、王瑶、孙毓棠、丁则良诸先生研习文史，感受着清华园中宽松、自由的学术风气④。一年后，全国高校院系调整，清华大学中文系并入北京大学，傅先生又师从王瑶、浦江清、林庚诸先生，开始了在燕园六年的学习和工作生活。

傅先生后来不止一次谈到他对清华学风的体认。他将清华大学的学风概括为三点：（1）视野开阔，不局限于某一细小局部，能从一个时代的文化总体来把握所研究的课题，整个研究思路总蕴含着一种清晰的文化意识；（2）能着眼于当前的现实，具有鲜明的当代意识，而又能够沟

---

① 《唐宋文史论丛及其他》，第550页。
② 同上书，第471页。
③ 同上书，第550页。
④ 同上书，第640—642页。

通古今，并不牵强于什么厚今薄古或厚古薄今；（3）对中华的历史和文化有强烈深沉的爱，但在清理传统时总有一种理性的自觉[①]。他说，清华的这一学风，是由王国维、陈寅恪、闻一多、朱自清、冯友兰等学者的长期积累而逐渐形成的，是我国现代学术思想上一项极其珍贵的财富[②]。对于清华这几位前辈学者的治学道路，傅先生都曾细心揣摩，深入探讨。他曾对陈寅恪和闻一多的学术思想写有专文，提出两位学者所倡导的文化批评精神；也就朱自清先生的《经典常谈》一书写过一篇随笔，讲到朱先生注意于在专门研究基础上作传统文化的普及工作。他还指出，20世纪初，由梁启超、王国维等带头，促使中国古典文学研究由传统向近代化或现代化转变的关键，就是梁、王等人在他们所涉及的学科领域内力求创新的精神。没有创新，就不可能从传统的治学格局中冲破出来[③]。这些国学大师对傅先生治学思路和学术品格的影响是至深且巨的，是一种精神上、内在的濡染。

相对说来，傅先生从北京大学学习期间的老师王瑶先生、浦江清先生、林庚先生、邓广铭先生的治学经验、研究成果中得到的启迪，则具体而微、切实有用。他觉得，王瑶先生研究中古文学能抓住两个要点，一是注意一个时期带有普遍意义的文人心理和文学情趣，一是注意作家群体。而这两点恰恰也是傅先生《唐代科举与文学》和《唐代诗人丛考》两部代表作的特色所在。对于业师浦江清先生的治学思路，傅先生曾用"诗史互证，情理兼容"八个字来概括。他尤其佩服浦江清先生《屈原生年月日的推算问题》[④] 一文中所应用的治学方法，即精确利用现代天文科学的成果，把战国、秦汉之间的岁星纪年作通盘考虑，并说"这实在是将人文科学与自然科学打通的一次成功范例"[⑤]。对于林庚先生的治学特点，傅先生也是莫逆于心。他认为，20世纪50年代林庚先生用"布衣感"来探索和把握李白及其他盛唐诗人的思想面貌和性格特征的治学方法，很值得后来的中国文化和中国文学研究者借鉴。他说："研究中国文化，特别是研究中国文学，不研究知识分子的历史性格之

[①] 《唐宋文史论丛及其他》，第379页。
[②] 同上书，第521页。
[③] 同上书，第556页。
[④] 载《历史研究》1954年第1期。
[⑤] 《唐宋文史论丛及其他》，第379—384页。

形成及其流变，是研究不透的"，"研究作家所生存的文化圈，研究某一历史时期的文人心态，是摸索创作心灵的必然途径。"① 1959 年至 1962 年，傅先生刚到中华书局的时候，一边做宋代文史资料整理和考辨工作，一边抽时间读北京大学历史系教授邓广铭先生《〈宋史·职官志〉考正》《稼轩词编年笺注》《辛稼轩年谱》，以及邓先生所作的王安石、岳飞、陈亮等人传记。傅先生觉得，邓先生在文献资料上所下的功夫，其搜集之广博、考析之深刻，对他启示极大。那时他虽然还不到三十岁，但他一直认为此后的治学道路，邓先生著作的影响是功不可没的②。

三是对外国文艺理论和文史研究方法的吸收和借鉴。

早在大学学习期间，傅先生就对外国文艺理论很感兴趣。他在学习俄语两年之后，得到一本俄文的苏联文学史教学提纲，这提纲是以苏共十九大的精神编写的，在当时算是新精神、新观点。傅先生就试着翻译成中文，投给高等教育出版社，并正式出版了。此后，他又译过苏联报刊上的有关文艺理论文章，投寄给上海新文艺出版社，后因反胡风运动起，上海新文艺出版社被审查，傅先生也受到极大的政治打击。这是傅先生吸收和借鉴国外文艺理论之始，尽管在心灵上留下的是长久的伤痛③。

上文说过，傅先生的第一部专著《唐代诗人丛考》是继承和发展了乾嘉学风的，而其中所体现出的有别于乾嘉之学的不同点，就来自于法国文艺理论家丹纳《艺术哲学》的启发。《唐代诗人丛考》一书虽然出版在"文革"之后，但最早酝酿还是在"文革"以前。60 年代初，傅先生曾经因病住院，随身携带那时新翻译出版的法国丹纳《艺术哲学》。从丹纳的书中，他得到很大的启发。他后来在《唐代诗人丛考·前言》中曾经多次引用丹纳《艺术哲学》中的主要观点："艺术家不是孤立的人"，"艺术家本身，连同他所产生的全部作品，也不是孤立的。有一个包括艺术家在内的总体，比艺术家更广大，就是他所隶属的同时同地的艺术宗派或艺术家家族。"傅先生由此想到，研究文学也应当从文学艺术的整体出发，这所谓整体，包括文学作为独立的实体的存在，还应包

---

① 《唐宋文史论丛及其他》，第 509 页。
② 同上书，第 606 页。
③ 同上书，第 641—642 页。

括不同流派、不同地区互相排斥而又互相渗透的作家群，以及作家所受社会生活和时代思潮的影响。这牵涉到总的研究观念的改变。因此，他在《唐代诗人丛考》中，除了考索作家事迹外。还着重两个方面：一是注意于数量较多的中小作家，而过去的研究视角只落在少数几个大作家身上，于是文学史往往成为孤立的点的连缀，而不是永流不歇的作家群体的发展。二是注意不同地区的作家群分布，从中探索不同的创作风格。他第一次提出大历时期诗人的南北两大群体，一是以长安和洛阳为中心的钱起、卢纶、韩翃等，一是以江东吴越为中心的刘长卿、李嘉祐、皎然等[①]。

在《唐代科举与文学》一书中，傅璇琮先生又尝试运用一种新的方法来研究中国古代文学，而他这种新的写法同样是受西方文艺理论影响所致。他在《唐代科举与文学·序》中首先引用法国大文豪巴尔扎克的关于"风俗史"的论述，认为："《人间喜剧》就是这样一部内容丰赡的巨著。说它是一部历史巨著，主要是这位艺术大师写出了那个特定时期的整体形象，这整体形象包含了这个社会的思想史、情感史、风尚习俗，而这些又是通过生动形象的各种人物来体现的。"接着，他又引述马克思、恩格斯在《德意志意识形态》一文中的观点，"十八世纪德国的状况完全反映在康德的《实践理性批判》中"，认为《实践理性批判》虽然是思维性极强的哲学著作，但18世纪德国那种普鲁士式的经济和政治发展，通过思想的折光，在这本书上反映出来，而且反映的是那样的完整和深刻。傅先生从西方文艺理论家的这些经典论述中得到一个新的启示："文化是一个整体，为了把握一个时代，一个民族的历史活动，需要从文学、历史、哲学等等的著作中，以及遗存的文物群体中，作广泛而细心的考察，把那些最足以说明生活特色的材料集中起来，并尽可能作立体交叉的研究，让我们所研究的对象（不管是一个人、一群人，或是一个社会），站起来，活起来。使我们仿佛走进了那个时代，迎面所接触的是那个社会所特有的色彩和音响。"由此，他决定把科举作为中介环节，把它与文学沟通起来，来进一步研究唐代文学是在怎样的一种具体环境中进行的，以及它们在整个社会习俗形成过程中起着什么样的作用。

另外，傅先生还颇为认同丹纳弟子勃兰兑斯《十九世纪文学主流》

[①] 《唐宋文史论丛及其他》，第649—650页。

一书中关于文学史"是一种心理学，研究人的灵魂，是灵魂的历史"的学说，写出了《天宝诗风的演变》等注重整体观照、动态把握和描述生动的文学史研究论文①。

三、科学系统的学术思想

经过几十年的学术实践，加上一直保持着敏锐、深邃的理论思考习惯，从 80 年代初开始，傅先生就逐渐形成了一个较为完整的学科理论体系。下文主要就其《唐宋文史论丛及其他》一书，并结合其他著作，从三个方面对之作初步的探讨：

（一）研究主体论

学术贡献的大小，与研究主体——研究者本人的治学质素有相当密切的关系。而研究者的治学质素又包括学术品格、学术境界和知识结构等方面。对于这些问题，傅先生在《唐宋文史论丛及其他》一书中都有相当精辟的论述。

1. 矢志不渝的学术追求。傅先生一生，有相当长的时间，都身处逆境，但是他无论处于何种环境，身受何种压力，都能矢志不渝、心无旁骛地坚持自己的学术理想，实现自己的研究目标。

傅先生十分佩服和敬仰陈寅恪、邓广铭等前辈学者一心向学、沉潜考索的学风。他经常在文中引用陈寅恪在 1929 年所作《清华大学王观堂先生纪念碑铭》中的一句名言："士之读书治学，盖将以脱心志于俗谛之桎梏，真理得以发扬。"② 他在《罗宗强〈玄学与魏晋士人心态〉序》中说："像陈寅恪先生这样的一种学术心态，是为'五四'以来我国不少知识分子所共有的。也正因为此，近三四十年来虽有不少人经历种种坎坷曲折，只要他们能有机会做学问，他们总是如陶渊明所说的'量力守故辙'，为学术事业作出自己力所能及的贡献。"③ 他还专门写过文章纪念邓广铭，认为"邓先生那种独立不阿的人品和沉潜考索的学风，是值得当今学界研思的"④。对于同辈学者在逆境中坚持学术信仰、

---

① 详参张仲谋：《20 世纪古典文学研究的沉思——傅璇琮先生学术思想论略》，载《阴山学刊》2000 年第 9 期。
② 《唐宋文史论丛及其他》，第 423 页。
③ 同上。
④ 同上书，第 606 页。

埋头科研的治学态度,傅先生也非常敬重。他认为最能体现罗宗强先生学术品格和精神风貌的,就是《玄学与魏晋士人心态》后记中"青灯摊书,实在是一种难以言喻的快乐"这句话,他最欣赏的是罗先生"恪守君子固穷的古训"的清峻风格①。

20世纪90年代以后,市场经济的大潮汹涌而至,动摇了人们的一些传统观念,也影响到学术界。针对文史研究界出现的风气之变,傅先生旗帜鲜明地批判各种歪风邪气,褒扬守道求实之士。他在《建议加强专题个案性的研究》一文中忧心忡忡:"近些年来,论文、专书,数量猛增,有些人,申报成绩时,一年可有一二十篇论文,好几本著作。但同时,报刊媒体也披露,目前,那种论著抄袭、履历伪造、浮夸虚假、商业骗局等丑恶怪状,真是层出不穷,使人触目惊心。"他认为:"在目前各种新著频繁、各种新词争出的情况下,我们确应安下心来,冷静思考,结合我们传统文化的特点,探索我们的学科如何健康地推进。"因此,他对安徽滁州一位业余研究者管笛花十多年工夫反复修订、撰成三十几万字的专著《醉翁亭记研究》和黑龙江社科院文学所伊永文甘坐二十余年冷板凳写成《东京梦华录笺注》这两件事都大加赞赏,希望当代学人要能超脱荣利、安于奉献,要如陶渊明所说的那样:"欣有所托","怡然自乐"②。

基于同样的价值观,傅先生对吴承学先生身处经济发达的广州地区仍能潜心学问表示深深的理解和赞许,他深有感触地说:"像我们这样做古代学问之人,是不能与股票'联网',与'票房'比值的。我们要有一种高层文化导向的自期,这也就是我在前面所说承学先生那样的才具气派与情含雅致。人生总是有压力的,就我个人来说,二十几岁就承受过难以想象的政治重压,现在也还不时有一些莫名其妙或所谓世态炎凉之压,根据我早年的经验,这就需要有一种'傲世'的气骨。我总是以为,一个学者的生活意义,就在于他在学术行列中为时间所认定的位置,而不在乎一时的社会名声或过眼烟云的房产金钱。"③

2. 平实创新的治学态度。一个真正的学者在研究过程中,既要充分尊重学界已有成果,又要善于创立自己的新观点,敢于突破前人旧

---

① 《唐宋文史论丛及其他》,第422—423页。
② 同上书,第385—390页。
③ 同上书,第546—547页。

说、纠正谬误，方能取得大的成就。傅先生认为，"作为学科建设，一方面要有科学规范，另一方面更要有重点突破的创新意识。"①

为了表明自己勇于创新的治学态度，傅先生特别喜欢引述《顾亭林文集》卷四《与人书（十）》中的一段话："尝谓今人纂辑之书，正如今人之铸钱。古人采铜于山，今人则买旧钱，名之曰废铜，以充铸而已。所铸之钱既已粗恶，而又将古人传世之宝，春剉碎散，不存于后，岂不两失之乎？承问《日知录》又成几卷，盖期之以废铜；而某自别来一载，早夜诵读，反复寻究，仅得十余条，然庶几采山之铜也。"② 他在《唐代诗人丛考·前言》中指出："这番话表现了顾炎武对当时有些人以贩卖现成旧材料自诩的讽刺，以及对自己治学的严格要求，是很可为作学问的参考的。"针对时下多是什么"大全""集成"，什么"汇编""集览"，什么"世纪性丛书""全球性系列"，这类大多东抄西检的新编书籍，傅先生批评道："正如顾炎武所说，当今人纂辑所谓新书，正像有些人铸钱那样，不是从原始铜矿中采来，而是贩卖来旧钱，稍作改铸，既已粗恶，又将古人传世之宝割裂挫碎，不存于后，实在可惜。我看，顾炎武的话，对于我们现在出版界存在的散、滥现象来说，是很值得人们深思的。"③ 在为徐俊《敦煌诗集残卷辑考》所作序文中，傅先生对徐俊实事求是的治学态度表示赞许，他说："徐俊还是有硬脾气的，他认为是就是，认为非就非，即使是有很大名气的前辈或当今学者，他一方面很尊重，但另一方面碰到实在难以成立的具体论点，他还是明白表示'误'、'不确'。我认为这是治学的一种正气，一种与虚假、作伪决然对立的正派作风。"④

3. 合理完善的知识结构。当代学者要想取得超越前人的成果，既要加强学科基础知识的修养，又要关心、旁涉其他相关学科，更要不断汲取新的知识养料，尽可能利用新的知识、新的方法来解决问题。

傅先生经常说："我们今天作考证、研究，确应作综合的考察。如果不具备传统文化的素养，是很难作出真确的、高层次的考释的。"⑤

---

① 《唐宋文史论丛及其他》，第543—544页。
② 华忱之点校：《顾亭林诗文集》，北京：中华书局，1983年，第93页。
③ 《唐宋文史论丛及其他》，第391页。
④ 同上书，第455页。
⑤ 同上书，第454页。

他曾经指出，目前一些唐代文学研究成果中经常出现事实陈述的错误，特别是关于一些大作家的研究，如李白、杜甫、王维、白居易、韩愈、李商隐等，每年至少有好几十篇文章，好几种专著，而有些论著为了显示特色，就硬造出一些新见，实际上却常常出现事实性、常识性的失误。所以，我们现在治学应该加强基础知识的修养，尤其是史学修养①。

另一方面，古代文史研究者也要善于学习新的科学理论、掌握新的研究方法。在前辈学者中，傅先生对程千帆先生的治学思路特别感兴趣。他认为："程先生在30年代曾受到南京几位国学大师的教益，'厚德载物'，他的学问基础的深厚即来自源远流长的传统。而程先生在此后又逐步接受了科学的世界观，并且恰切地运用了中外关于研治人文科学的新理论，这样他就在传统的治学路数上融会入现代科学的成果。特别是他在70年代后半期直至现在，他的传统与现代科学成果结合的治学思路已较原来的考证与批评结合更富时代性，在学术层次上更有所发展。"② 傅先生指出，就现代而言，一个学者要想治博实之学，"必须注意利用新的科技成果"。所以他对一些年轻学者通过现代先进的电子检索系统，统计和分析材料的做法，多次表示欣赏③。近年来，他对首都师范大学尹小林研制、开发的中国古代文史资料数据库《国学宝典》项目，北京大学杜晓勤主编的《中国历代基本典籍库·隋唐五代卷》，以及首都师范大学周文业开发的唐代文学历史地理信息系统都给予热情的支持和指导。

（二）研究方法论

对傅璇琮先生文史研究中所采用的治学方法，学界多有总结和归纳。如罗宗强先生称之为"社会历史学研究"④，陈允吉先生称之为"对文学的历史文化研究"⑤，张仲谋先生认为是"文化学的批评方

---

① 《唐宋文史论丛及其他》，第59页。
② 同上书，第521页。
③ 参傅璇琮：《程章灿〈魏晋南北朝赋史〉序》《张宏生〈江湖诗派研究〉序》《吴承学〈中国古代文体形态研究〉序》等文，均载《唐宋文史论丛及其他》。
④ 罗宗强：《唐诗论学丛稿·序》，第5页。
⑤ 陈允吉：《唐诗论学丛稿·序》，载傅璇琮：《唐诗论学丛稿》，第14页。

法"①。

具体说来，傅先生的文史研究方法呈现出如下几个特点：

1. 重视文史资料考据工作。在四五十年的研究生涯中，傅先生将他大部分的精力都花在唐宋文史的考证工作上，他对很多历史问题的研究，都有筚路蓝缕、正本清源之功。傅先生一直认为，文史研究，"应从史料清理入手，对过去的各种说法作细致、求实的考析，切不要囿于成说，以免由误传误"②。具体到古代文学研究领域，尤其应该如此。他特别喜欢朱自清先生在林庚先生《中国文学史·序》中所说的一句话，"文学史的研究得有别的学科作根据，主要是史学"，认为对现当代学界仍有意义，"确为至言"③。

傅先生在《〈黄庭坚研究论文集〉序》中说："我希望研究者能潜下心力，踏踏实实地做一些基础工作。在自然科学内，用严格的实验方法来确定事实，有时会导向规律的发现，社会科学研究是否也由此得到一些启发呢？规律是要谈的，新方法的运用也是值得讨论的，但科学研究必须有大量的事实作基础。脱离大量的事实，而侈谈规律和方法，就会像下面所引王僧虔诫子书中所说的那样，是非常危险的：'汝开《老子》卷头五尺许，未知辅嗣何所道，平叔何所说，马、郑何所异，《指》《例》何所明，而便盛于麈尾，自呼谈士，此最险事。（《南齐书》卷三三《王僧虔传》）'"④ 所以，傅先生自己一直孜孜不倦地潜心考索，对学界同仁于平实中创新、"慢工出细活"的文史考证著作，也每每给予很高的评价。他总是认为："近二十年来我们唐代文学研究之所以有如此大的进展，是不少学者注意将文学研究与史学研究结合起来。有史学研究的扎实基础，就能使文学作品的涵义理解得更为深切、丰满，否则就容易泛泛而谈，虽然词句很美丽，构思很机巧，但往往会在基本史实方面出差错，从而降低了整篇文章或整部著作的品位。"⑤

2. 文化史的观照方法。傅璇琮先生还认为，文史考据不应该为考据而考据。一个文史研究工作者，不能只局限于对一个个具体史实和文

---

① 张仲谋：《试论文化学的批评方法》，载《文学遗产》1997年第4期。
② 《唐宋文史论丛及其他》，第26页。
③ 同上书，第68页。
④ 同上书，第510页。
⑤ 同上书，第458—459页。

献资料本身的考索，而应该具有整体观念和全局意识，应该用文化史的观照方法。

傅先生的很多文史研究著作正是因为运用了文化史的观照方法，具有整体意识和全局观念，才具有了超越一般考据著作的学术魅力。他在《唐代科举与文学》一书自序中，就曾开宗明义地谈到他的文化史的观照方法："通过史学与文学的相互渗透或沟通，掇拾古人在历史记载、文学描写中的有关社会史料，作综合的考察，来研究唐代士子（也就是那一时代的知识分子）的生活道路、思维方式和心理状态，并努力重现当时部分的时代风貌和社会习俗，以作为文化史整体研究的素材和前资。"①

他还认为，对文化意识的重视是近十余年来古典文学研究取得重大进展的一大动因。他说："人们认识到，不能孤立地研究文学，也不能像过去那样把社会概况仅仅作为文化背景贴在作家作品背上，而是应当研究一时期的文化背景及由此而产生的一个时代的总的精神状态，研究在这样一种综合的'历史—文化'趋向中，怎样形成作家、士人的生活情趣和心理境界，从而研讨出一个时代以及一个群体、个人特有的审美体验和艺术心态。如果说，这些年来我们的古典文学研究真正有所进展的话，那么，这种文化意识的观念及其在实际研究工作中的运用，是最可值得称道的成就，如果我们要从理论上对古典文学研究的经验进行一些探讨，那么这个文化意识问题就是其中值得重视的新的课题。"②

3. 循序渐进的工作流程。在几十年的文史研究生涯中，傅璇琮先生一直重视对所研究课题的前期思考、科学规划，大多遵循着"资料整理（包括工具书编撰）→个案研究→分阶段研究→断代考论→通史述论"这样一个合理稳妥、逐步推进的工作流程。

傅先生认为，在文史研究过程中，对该课题所涉及的文献资料进行全面的搜集、考辨和整理，"是我们作专题研究的基础工作"③。如他在研究唐代科举与文学之关系时，"先从对唐宋人所作的登科记的考索入手"，初步建立了"唐代科举与文学"这一专题的材料学④。他在研究

---

① 《唐代科举与文学》，第1页。
② 《唐宋文史论丛及其他》，第466页。
③ 同上书，第176页。
④ 参《唐代科举与文学》，第1—22页。

唐代翰林学士这一历史专题时，也非常重视基本文献的整理工作。他认为："我们应对过去的材料作细心的考察，对有关的记载作全面的清理，这样才能对翰林学士的职责、作用等，作出准确、客观的评析和判断。"① 为此，他还与中国台湾学者施纯德合作编纂了一部《翰学三书》②。他说，《翰学三书》所辑集的这三部书③，"既较为系统，又十分具体，记载唐、宋、明、清翰林学士院的建置、沿革，以及这几个朝代翰林学士的职能、作用，可以说是我们今天研究翰林学士的基本史料"④。为了深入研究宋代科举制，他则与龚延明合作，"这些年来专门从事登科辑录工作"，白手起家，筚路蓝缕，所得资料数倍于前人。他坚信："文献资料的辑集与整理，与义理的探讨，必能互相启示，这就能促进学科建设有一个求实、创新的进展。"⑤

为了能够更有效地开展工作，也为了给学界同仁提供研究的便利，傅先生还自己编制工具书。他曾指出，我们的一些前辈学者和在本学科中作出突出成就的当代学者，就常常自己动手编制工具书。一方面，可以"促使自己的研究更加精细，更符合科学规范"；另一方面，"实际上是为后世作成一种极为宝贵的可供文史研究持续发展的基础工程"⑥。正是基于这样的认识，傅先生先后编纂了《黄庭坚和江西诗派研究资料汇编》《中国古典文学研究资料汇编·杨万里和范成大卷》《唐五代人物传记资料综合索引》⑦《唐才子传校笺》《宋登科记考》⑧ 等工具书。

在资料整理工作的基础上，傅先生就开始进行个案研究和分时段研究。如他早在70年代，就想编撰一部中国文学编年史。但他并没有立即进行这样庞大的工程。而是"希望在唐代文学这一范围内作这种尝试"⑨。因此，他先后在《唐代诗人丛考》《唐才子传校笺》等著作中，

---

① 《唐宋文史论丛及其他》，第3页。
② 傅璇琮、施纯德编：《翰学三书》，沈阳：辽宁教育出版社，2003年。
③ 即宋洪遵的《翰苑群书》，明黄佐的《翰林记》，清鄂尔泰、张廷玉的《词林典故》。
④ 《唐宋文史论丛及其他》，第175页。
⑤ 同上书，第313、319页。
⑥ 同上书，第440页。
⑦ 傅璇琮：《唐五代人物传记资料综合索引》，北京：中华书局，1982年。
⑧ 傅璇琮：《宋登科记考》，南京：江苏教育出版社，2009年。
⑨ 傅璇琮：《唐代诗人丛考·前言》，载《唐代诗人丛考》，第3页。

对唐代作家的生平和作品一一进行考辨，做个案研究，同时又拿天宝年间文学风气的演变作时段研究的试验①，然后才组织各有专攻的学者，分"初盛唐""中唐""晚唐"三个阶段汇编成一部体大思精的《唐五代文学编年史》。再如他在研究唐代翰林学士时也提出，"应先从个案研究着手，避免笼统而又不适当的所谓宏观概括"②。因此，他先按不同的时代段，探讨翰林学士群体在不同时期所处的政治环境与文化世态，撰写了唐代二百多位翰林学士传、唐代各朝翰林学士考论，并对其中李白、白居易、王叔文等代表性人物作了典型性剖析，然后力图作总体性的通论。

可能由于现有的研究成果还不够，时机还没完全成熟，傅璇琮先生目前所作的通论性、通史性的研究还不太多，只有《唐五代文学编年史》《中国藏书通史》等数种整体性、通论性成果。但是，傅先生的每一项专题研究项目都是为最终的通史性、通论性成果作准备的。如他在研究唐代科举与文学关系之后，又进一步考察宋代科举制的演变，应该是为了实现对中国科举史研究作整体推进这一宏大目标。同样，他近年用力颇多的唐代翰林学士研究，也是为他更清楚地考察知识分子在中国封建社会中后期参预政治整个变迁过程作准备的③。再如，他在成功编纂《唐五代文学编年史》之后，又约西北师范大学赵逵夫教授作先秦文学编年，中国社科院文学所曹道衡研究员作秦汉魏晋南北朝文学编年。他对此满怀憧憬："如果我们能有一部从先秦至清末（即1911年）的文学编年通史，人们可以一年一年地看到古代文学发展的具体历程，这将是我们文学史研究规模宏大的基础工程。"④

（三）现实意义论

傅璇琮先生所继承的清华学风特点之一就是"能着眼于当前的现实，具有鲜明的当代意识"，所以傅先生虽然几十年如一日，孜孜不倦、甘之如饴地从事着文史研究和古籍出版工作，但他并未钻入象牙塔，而是十分重视传统文化研究的社会价值和现实意义。

首先，优秀的传统文史研究和古代文献整理成果，是当代精神文明

---

① 参《天宝诗风的演变》（与倪其心合撰），载《唐代文学论丛》总第8辑。
② 《唐宋文史论丛及其他》，第73页。
③ 同上书，第80页。
④ 同上书，第652页。

甚至是世界学术文明的重要部分。傅先生指出："改革开放以来，随着中国现代化建设的健康稳步发展，我们正在向全世界展示中华民族全面振兴的灿烂前景。在这一大环境中，中国传统的文化学术价值也正在受到愈来愈多的世界人民的认识，不少西方学者已经比过去更深切地理解和领会中国学术对世界学术的意义。在整个世界文化学术研究中，如果没有中国的文化学术，那么这种研究就将缺少重要的一环。"①

其次，古代文学研究可以为当代文学创作提供借鉴。傅先生指出，"沟通古代文学与现代创作的内在联系，挖掘我们华夏民族的潜在文化意蕴，这应当也是我们古代文学学科建设的一个命题"②。具体到中国诗学研究，就是应该扩展视野，沟通古今，把传统的诗歌与"五四"以来的新诗结合起来研究。事实上，"现在的情况是，新诗的作者已比较重视过去的旧体诗即传统的诗歌"③。至于现在的文学古籍整理，一方面当然仍须与研究紧密结合，另一方面也应与现代的创作贴近，更好地利用古籍为现实服务，尽可能用现代人喜闻乐见的形式使文学古籍更好地走向大众④。

再次，做好古代文学尤其是古典诗歌的普及工作，可以提高全民文化素质尤其是青少年对民族文化艺术的欣赏水平，陶冶其审美情操。傅先生认为，在80年代后期和90年代前期，有关古典文学普及读物，大多着眼于鉴赏、赏析，对于古代诗文的普及是起过推动作用的。近几年开展的"中华古诗文名篇诵读"工程，将更进一步把久远的文化同现代人的距离拉近，让我们贴近一个源远流长、光辉灿烂的文化天地⑤。傅先生还说："把我国唐诗的精华介绍给今天的读者，让他们对唐诗所蕴含的思想价值和艺术价值获得丰富的认识，这本身就是一项开创性的文化建树。"⑥

最后，传统文化研究成果如果利用得当，还可以促进当代经济建设和文化发展。傅先生曾经指出，古代文学研究，应当把传统与现实结合

---

① 《唐宋文史论丛及其他》，第420页。
② 同上书，第546页。
③ 同上书，第261页。
④ 同上书，第374页。
⑤ 同上书，第578页。
⑥ 同上书，第682页。

起来，把文献钻研与实地考察结合起来。而对历史胜迹的考察和研究，对传统文化的研讨和弘扬，也会促进地区经济和文化的发展。如傅先生认为，中国唐代文学学会对"浙东唐诗之路"的研究，就极有现实性，开发利用价值极高。让"唐诗之路"尽快从学术研究层面转化为实实在在的旅游产品，"既能充实旅游产业的文化内涵，有助于经济建设和精神文化建设，也可使国内外游客和广大群众更真切地领受和欣赏唐诗的魅力，使唐诗更接近现实，走向世界"[①]。

四、务实高效的学术事务

傅璇琮先生不仅是20世纪中后期文史研究领域一名杰出的学者，同时也是一位很有影响力、组织能力和实干精神的学界领袖。他的学术贡献，不只反映在前文所述的一系列具有开拓意义和创新精神的个人研究成果中，还体现在他在古籍整理出版领域和为中国唐代文学学会所做的务实高效的学术工作。

（一）古籍整理出版及规划工作

傅先生首先是一名业务精湛、责任心强的编辑。几十年来，他组织出版了一系列的具有重大学术价值和现实意义的选题和书稿，从中可见其严谨的工作态度和高雅的学术品位。如他早在20世纪50年代，刚刚进入中华书局工作之初，在处理陈友琴先生的《白居易诗评述汇编》时，敏锐地发现这一类研究资料汇编将会为文史研究工作者提供了极大的便利，具有很高的出版价值，于是他马上建议中华书局出版一套《中国古典文学研究资料汇编》。领导同意之后，傅先生就将陈友琴先生的这部书改名为《中国古典文学研究资料汇编·白居易卷》，后来他又相继组约《陶渊明卷》《陆游卷》《柳宗元卷》，以及编辑部自己编纂的《李白卷》《杜甫卷》，傅先生自己也编了《杨万里范成大卷》和《黄庭坚和江西诗派卷》。这套丛书陆续出版以后，在学术界产生了巨大的反响，直接推动了20世纪60年代以后尤其是八九十年代古典文学研究的深入开展。90年代，傅先生又为中华书局文学编辑室组织了两项较大的选题，一是邀约南开大学中文系罗宗强先生主编《中国文学思想通史》，因为罗先生对中国文学思想史的研究风格鲜明，成果卓著，所以这套书的编撰、出版，

---

① 《唐宋文史论丛及其他》，第482页。

必将提高中国古典文学研究的整体理论水平。另一是傅先生亲自主编的《中国古典文学史料研究丛书》，诚如傅先生在丛书总序中说："这将是古典文学研究可持续性发展的基本工程，也是我们这一代学人对于本世纪学术的回顾和总结，对于 21 世纪学术的迎候和奉献。"[①]

1991 年以后，傅先生又成为匡亚明先生领导的国务院古籍整理出版规划小组秘书长。傅先生在匡亚明先生的领导下，主持制订了《中国古籍整理出版十年规划和"八五"计划》等纲领性文件，还发表了一些对全国古籍整理出版社工作具有指导意义的理论文章。

他在《力求务实创新　切忌急功近利》一文中，对 80 年代以后古籍整理出版界出现的应时的、急就篇式的"古书今译热""辞书热""影印热"等不正常现象，提出了尖锐的批评，认为"当前应大力倡导务实的学风，从整理者到出版社的编辑，都应继承我们前辈谨严的优良学风"。因此，傅先生建议编一部《古籍整理基础知识概要》的书，继承传统中好的做法，总结近现代的新经验，把古籍整理出版工作的实践经验加以科学的概括[②]。

其《文学古籍整理与古典文学研究》一文，在回顾 80 年代以来文学古籍整理工作时，指出了几个值得注意的问题：

1. 要总结历史的经验。傅先生指出："我们现在的文学古籍整理，一方面当然仍须与研究紧密结合，另一方面是否应与现代的创作贴近，更好地利用古籍为现实服务，尽可能用现代人喜闻乐见的形式使文学古籍更好地走向大众。"

2. 要处理好几种关系。如大型项目与中小型项目都应重视。傅先生认为，文学古籍整理工作中的大项目，由于投入的人力多，有周密的计划和完备的体例，能发挥集体的力量，有助于养成团结合作的学术风尚。但与此同时，我们还应鼓励"小而精"的项目，应使二者保持必要的平衡，满足社会各界不同的需要。再如要处理好普及与提高的关系。我们固然要注意对研究者提供学术价值和文献价值的专书，同时也要选择一些思想健康、艺术优美的古代名作，加以注释或评译，介绍给广大的读者。但现在的问题是，我们的普及读本在文化层次上有故意向下降的倾向。所以傅先生认为："我们的普及应当引导读者向高层次发展，

---

① 《唐宋文史论丛及其他》，第 647—648、650—651 页。
② 同上书，第 367 页。

而不应该逐步下降以求媚俗。"

3. 古籍整理出版中的重复现象。傅先生说，我们应当允许并提倡在高水平上的"重复"，这种"重复"实际上是学术上的竞赛和争鸣。问题出在目前有一些纯粹出于追求经济效益，只赶进度而不顾质量，如重复出版不少明、清时代格调不高的通俗小说，以及千篇一律的所谓赏析性书籍。低水平的重复是无助于学术事业的发展的[①]。

在国务院古籍整理出版规划小组秘书长任上，傅先生还遵照组长匡亚明先生的指示，协办了一些实事：(1) 组织全国十余家大型图书馆和一些研究机构，编撰《中国古籍总目提要》。(2) 创办了《中国古籍研究》年刊。该刊每期六七十万字，从文献整理、资料考辨的实证角度，为学界建立了一套储存史料与考证结合的信息库。(3) 评选、资助出版了《中国传统文化研究丛书》。该丛书所收均为以古籍（包括出土文物）为依托对传统文化各个专题进行的有理论、有系统的研究专著，现已评出三辑，出版了三十多种。(4) 编辑出版综合性学术文化双月刊《传统文化与现代化》。该刊力求古今融会，中西贯通，从而使传统文化研究既有科学的基础，又有现代化服务的明确方向，使传统文化不仅仅是书架上的陈列品，而且成为现当代人们生活中生机焕发的活生生的精神财富[②]。

（二）中国唐代文学学会的领导工作和唐代文学研究学科建设

傅璇琮先生是中国唐代文学学会最早发起者之一。1982年5月唐代文学学会成立，傅先生被选为常务理事，并担任同年创刊的唐代文学学会会刊之一《唐代文学研究年鉴》的副主编和执行编委。1984年8月，中国唐代文学学会第二届年会召开，傅先生被推举为副会长。同年开始，傅先生和霍松林先生一起，共同担任《唐代文学研究年鉴》的主编。1988年9月，中国唐代文学学会在太原召开了第四届学术讨论会。在这次会上，学会理事对学会的两个刊物的编委会进行了调整。傅先生又被任命为《唐代文学研究》编委会主编。1992年11月，中国唐代文学学会成立十周年国际学术讨论会暨第六届年会在福建厦门举行，傅先生被推举为学会会长，开始全面领导中国唐代文学学会开展各项学术活动和科研工作。

---

① 《唐宋文史论丛及其他》，第374—375页。
② 同上书，第512、601页。

首先，傅先生十分看重唐代文学学会的两个会刊《唐代文学研究年鉴》和《唐代文学研究》的组稿和编辑工作。

早在1984年，傅先生就认为，《唐代文学研究年鉴》的编撰工作要有一个总体规划：(1) 对目前唐代文学研究的迅速进展，要有充分的估计。"我们要尽可能有效地积累和扩大研究者的总智力，使研究成果能及时、准确、详尽地为人们所掌握。在这方面，年鉴应责无旁贷地担负起这个任务。年鉴不是机械地摘抄现有的论文和平板地报道上一年的论著，而应当抓住研究的新的趋向，如实地及时地把它们反映出来。"(2) 以现有年鉴编辑部为基地，逐步创造条件，扩充力量，建立一个唐代文学资料馆。资料馆要建设成为研究者的可靠顾问和亲密朋友。(3) 年鉴要有意识地组织和刊登学术史方面的稿件，还要尽可能地调动有成就的老一辈学者的积极性，请他们总结治学心得，撰写学术回忆录，把他们的治学道路、治学经验作为知识成就保存下来。(4) 要充分注意和重视中青年研究者所作出的努力，对他们近些年来的贡献和成就要有充分的估计、足够的评价[①]。由于在年鉴创办之初，傅先生就有这一整套的编撰思路和科学规划，所以每年出版一辑的《唐代文学研究年鉴》不但得到了广大唐代文学研究者的大力支持，还在国内外产生了巨大的影响，成为近二十年来唐代文学研究成果的展示园地，成为唐代文学研究甚至中国古代文学研究动态的风向标。

对于《唐代文学研究》，傅先生认为，这个刊物应该着重发表一些比较专门的文章，或者说比较狭窄的研究文章，而且不是以数量取胜，应该注重质量，"似还可登载一些确实下过功夫，但面实在过窄，或较为冷僻，或字数过多，总之，不大能在别的地方发表的专题性学术文章"[②]。虽然《唐代文学研究》后来变成每两年召开一次的中国唐代文学年会暨国际学术讨论会的论文精选集，但由于有傅先生一开始就提出的以质量为本、鼓励潜心研究的编辑方针的指导，所以每一辑中都有不少原创性的学术精品，《文学评论》和《文学遗产》等权威文学研究期刊编辑部也总会从中遴选出一些文章予以发表。

其次，傅先生紧密团结老中青学者，善于整合各种学术资源，使得唐代文学研究队伍不断发展壮大，呈现出持久的、蓬勃的学术活力。傅

---

① 《唐宋文史论丛及其他》，第673—675页。
② 傅璇琮：《告读者——代序》，载《唐代文学研究》第1辑，第3页。

先生不止一次说过，他这二十年来学术生涯中最大的收获就在于"结识了不少学术上的朋友"，他认为这个收获在某种意义上说，甚至比自己写的那些学术著作"更宝贵、更值得忆念"①。

对老一辈的学者如钱钟书、林庚、程千帆、霍松林、王运熙等先生，傅先生都十分尊敬。他说："中国的古典文学研究需要提高。提高的一条重要途径，就是要向前辈学者学习。"②除了在《唐代文学研究年鉴》中开辟专栏，请他们本人或门人弟子撰写文章，阐发他们可贵的治学经验，供学界借鉴。他自己也亲自撰文抉发这些前辈学者学术思想的精华。同辈学者中，傅先生也有不少至交，如南开大学的罗宗强先生、复旦大学的陈允吉先生、南京大学的周勋初先生、台湾大学的罗联添先生，等等。他们治学方法各具特色，但都硕果累累，蜚声海内外。傅先生认为他近年来最大的快慰，就是"得到学界友人的信知"③。他和这些著名学者之间的友谊和合作，是20世纪最后二十年中国古代文学学术史上一道赏心悦目的风景。

更为可贵的是，傅先生特别关心和注意优秀年轻学者的研究工作。他指出："我们研究古典文学，固然要从事于传统研究，但同时要注意对现状的研究，而现状研究中的一个重要环节，就是对现在年轻学人治学思路与研究方法的思考。"④二十年来，他热情提携过一批奋发有为、颇具潜力的年轻一辈的学者，他曾在不同的场合多次肯定和赞扬过蒋寅、戴伟华、徐俊、陈飞、胡可先等青年学者的研究工作。由于傅先生喜欢奖掖后进、提拔新人，在每隔四年的唐代文学学会理事的改选中，每次都会有一定数量的优秀年轻学者进入理事会甚至常务理事的行列中，唐代文学学会多年来一直充满活力、持续发展，正赖于此。

再次，傅先生特别重视与国内外同行的交流和合作。中国唐代文学学会自成立之时起，就没有局限于大陆学者之间的交流和切磋，第一届就邀请了不少港澳台及日本、韩国、新加坡、美国等海外学者与会，开成了国际学术研讨会。此后，中国台湾的罗联添先生、中国香港的邝健行先生、中国澳门的邓国光先生和日本的下定雅弘先生、韩国的柳晟俊

---

① 《唐宋文史论丛及其他·前言》，第4页。
② 《唐宋文史论丛及其他》，第616页。
③ 《唐宋文史论丛及其他·前言》，第4页。
④ 《唐宋文史论丛及其他》，第514页。

先生等著名汉学家，都多次前来参加会议，成为中国学者们学术上的知交。傅先生成为会长后，更希望唐代文学年会能够真正成为"中外文化交流的窗口"①。傅先生担任主编的《唐代文学研究年鉴》几乎每辑都有海峡对岸唐代文学研究的信息，不定期地刊登了不少日本、韩国、美国、欧洲的唐代文学研究情况。傅先生自己则于1991年撰专文介绍台湾学者罗联添先生在唐代文学研究方面的成就②。2002年10月初，应台湾大学哲学系之邀，赴台作学术访问，撰专文向大陆学者介绍台湾学者进行"近五十年来台湾地区中国古代文学研究概况"的编撰工作的情况③。傅先生他希望大陆的学者能从台湾学者的成就中得到有益的启示，也希望大陆学者有关的研究成果也能为台湾学者所认识，促进彼此的交流，为更好地研讨中华文化作出共同的贡献④。

最后，傅先生还对唐代文学研究的学科建设进行了科学合理的布局和高瞻远瞩的规划。傅先生对学科建设怀有强烈的责任感，从80年代中期以来他一直有计划地组织领导着唐代文学研究的学术活动。傅先生多次总结并高度评价了近二十年来国内唐代文学研究领域所取得的成就。他说："我们已经形成一种很好的学风，那就是踏踏实实地做学问，兢兢业业地出成果；考证与义理并重，宏观与微观结合；彼此尊重，互相支持。而在这之中，唐代文学学会是起了核心作用的。"⑤

在二十多年的领导岗位上，傅先生紧密团结全国各地的唐代文学研究工作者，合理规划，民主管理，将唐代文学学会发展成为学术活动开展得最为正常、学术活力最为旺盛、在海内外影响最为广泛的全国性学术团体。

综上所述，《唐宋文史论丛及其他》确实博大精深，不仅充分反映了傅璇琮先生近五十年来各方面的研究成果和学术贡献，还从一个侧面清晰地描绘出20世纪下半叶中国古代文学研究所走过的曲折而伟大的历程，是我们研究、总结傅璇琮先生学术思想和20世纪中国文学研究史不可或缺的重要文献。

---

① 《唐宋文史论丛及其他》，第686页。
② 同上书，第401—410页。
③ 同上书，第411—413页。
④ 同上书，第410页。
⑤ 同上书，第485—486页。

高阁唐音振逸响　　终生长记绛帷恩

——深切悼念恩师霍松林先生

在霍先生的外地弟子中,我可能算是毕业后见到先生次数较多的一位。因为岳父岳母家就在西安,我几乎每年都会回母校陕西师范大学拜见先生。今年先生虽已97岁高龄了,但是一向身体康健,精神矍铄。春节前五天,师兄吴言生教授去给先生拜年时,先生还在微信视频中声音洪亮地说,希望到他老人家100岁大寿时,遍布全国的霍门子弟都能回来齐聚相会。没想到大年初五(2月1日)中午,先生却遽然仙逝。闻此噩耗,我当即从长安区的岳父家驱车赶往陕西师范大学校内的先生府上。这次一进门,我再见不到"唐音阁"里笑容满面、声音爽朗的先生了。我的心里一阵悲痛,泪水直在眼眶中打转。在向先生的遗像上香鞠躬之后,我不由得沉浸在对跟随先生学习的那些岁月的追思之中。

一

我初闻先生名讳,还是在上高中时的80年代初。当时中央人民广播电台有一档名牌节目"阅读与欣赏",在中央人民广播电台著名播音员夏青、方明、亚坤等人的带有磁性的声音的播讲下,我记住了王湾《次北固山下》、杜甫《春夜喜雨》等唐诗名篇赏析的撰稿人——霍松林这个出现率颇高的名字。霍先生对这些作品情感之美、意境之美的细致分析,娓娓道来、引人入胜,与学校语文课上老师对作品诗意的简单串讲相比,不啻天壤之别,让我更加喜爱上了中国古典诗词。

后来大学本科进入中文系,"中国古代文学史"和"中国古代文学作品选"是必修课。在学习古代文学课的过程中,我更是经常阅读霍松林先生领衔撰写的《唐诗鉴赏辞典》[①]和先生的诗文鉴赏专著《唐宋诗

[①] 霍松林:《唐诗鉴赏辞典》,上海:上海辞书出版社,1981年。

文鉴赏举隅》①。前者甫一面世，就在神州大地掀起了一股声势壮观、长盛不衰的鉴赏热。而在这部影响深远的著作中，霍松林先生位六大领衔撰稿人之列，一人撰写了50多篇作品鉴赏文字，而且全部是唐诗中脍炙人口的名篇，如王勃《送杜少府之任蜀州》、祖咏《终南山望余雪》、王维《终南山》、王湾《次北固山下》、杜甫《月夜》《曲江二首》《石壕吏》《无家别》《春夜喜雨》《茅屋为秋风所破歌》《闻官军收河南河北》、韩愈《山石》、白居易《卖炭翁》《琵琶行》、柳宗元《登柳州城楼寄漳、汀、封、连四州刺史》、温庭筠《商山早行》、李商隐《夜雨寄北》《隋宫》、杜荀鹤《再经胡城县》等。霍先生在《唐诗鉴赏辞典》中对这些作品的赏析，是我当时学习和领略唐诗艺术主要的津梁之一。而后者不只是霍先生唐宋诗文名篇鉴赏的汇辑，更全面体现了霍先生对古代文学作品鉴赏方法的探索和总结。先生在此书中金针度人，从各个角度分析唐宋诗文名篇中所蕴含的思想感情和表现艺术，使我加深了古代文学鉴赏规律的认识。

我的古典诗词研究的处女作《关于古典诗词解说多义问题的理解和处理》②之所以能在大学二年级写出来，并得以发表，除了要感谢"中国古代文学史"课唐宋段授课老师——徐应佩教授的悉心指导和全面修改，也得益于远在千里之外的另一位老师——霍先生所写的这些鉴赏美文的理论启示。

二

大学三、四年级时，随着对古代文学兴趣的日增，我研读了越来越多的霍先生的研究著作和论文，也对霍先生在文学研究界的崇高地位有了更全面真切的认识。

通过对文艺理论尤其是古代文论课的学习，我认识到霍先生不仅是一位古代文学研究大家，还是一位具有很高造诣的文艺理论名家。

早在20世纪50年代中前期，霍先生就编写了中华人民共和国成立后最早的一部新型文艺理论课教材——《文艺学概论》③（1953年先被选为全国高校交流讲义）。这部著作在当时文艺界强调阶级性、党性，

---

① 霍松林：《唐宋诗文鉴赏举隅》，北京：人民文学出版社，1984年。
② 载《大学文科园地》1987年第6期。
③ 霍松林：《文艺学概论》，西安：陕西人民出版社，1957年。

强调文艺为政治服务的大背景下，也谈到文艺的人民性、民族性乃至全人类性；在谈文艺为政治服务的同时，又大谈了文艺的认识作用、教育作用和审美作用，甚至认为"写共产党员也可以写缺点"。霍先生的这些观点即便是在我阅读此书时的八十年代中期，也还是比较新颖大胆的。霍先生对文艺理论最大的贡献莫过于很早就开始了对文学创作中"形象思维"问题的深入阐述。霍先生在20世纪50年代陆续发表的《试论形象思维》[①]《诗的形象与诗人》[②]《诗的形象及其他》[③] 与其《文艺学概论》中关于形象思维问题的阐述互相发明，但更具体、集中。霍先生批评了当时流行的用逻辑思维代替形象思维从而创作出主题先行、公式化、概念化的作品的错误倾向，在学界引起了很大反响，后来也在"文革"中因此吃了不少苦头。霍先生在阐述文艺理论时，还注重古今融通，他不仅在《文艺学概论》和《文艺散论》等著作中，经常援引古代诗评、诗话，来说明文学创作的规律和中国诗学的特点，还为《滹南诗话》《瓯北诗话》《原诗》《说诗晬语》等中国古典诗学理论名著作细致的校注（均收入郭绍虞主编《中国古典文学理论批评专著丛书》，人民文学出版社分别于1962年、1963年、1979年出版），撰写了《提倡题材、形式、风格的多样化，是我国古代诗论的优良传统》《诗述民志——孔颖达诗歌理论初探》《王若虚的文学批评》《叶燮的诗歌理论及其影响》等从中国古代文论入手探索文艺内在规律的系列论文，使其理论体系烙上了鲜明的中国特色。这比我当时学"文学概论"课所用的以苏联文艺理论体系为主的教材，更切合中国文学创作和批评的实际，也更有助于我学习和研究中国古代文学。

再者，从历年出版的各届唐代文学研究学术研讨会的论文集和中国唐代文学学会会刊《唐代文学研究年鉴》上，我还了解到霍先生不仅个人的古代文学研究成果丰硕，而且对当时全国唐代文学学术活动的开展颇有组织和领导之功。1982年3月底4月初，霍先生在西安筹备主持了首届"全国唐诗讨论会"。同年5月，霍先生又发起召开了"全国唐代文学研究会成立大会暨第一次年会"，成立了中国唐代文学学会。霍先生在此次年会上被推举为中国唐代文学学会的副会长，并创办《唐代

---

① 载《新建设》1956年第5期。
② 载《延河》1957年5月号。
③ 霍松林：《诗的形象及其他》，武汉：长江文艺出版社，1958年

文学研究年鉴》，负责具体编务工作。1984年，霍先生在中国唐代文学第二届年会上又被选为副会长兼秘书长。此后多年，霍先生继续主编《唐代文学研究年鉴》，一直负责中国唐代文学学会的日常组织和领导事务。所以，当我1989年大学毕业考研究生时，第一志愿就是报当时全国的唐代文学研究中心——陕西师范大学文学研究所，希望到学界泰斗霍松林先生门下研读唐代文学。幸运的是，承蒙先生不弃，我如愿了。

1989年5月初的一天，我们几位完成复试的考生，由杨恩成老师带领，前往先生府中拜见先生。初见先生，我即感受到先生的大家气象。先生气宇轩昂，身体健朗，声如钟磬，对我们勉励有加，使我们感动不已。这是我与先生结师生缘分之始，至今已有二十八年。

三

1989年9月，我正式进入霍先生门下攻读硕士学位。虽然指导我学业的主要是杨恩成老师，但是霍先生每学期要召集所里的研究生开几次学习会，而且每次放假和开学，我都会去拜见先生，所以也能经常得到先生的教诲和指导。

我入学前，霍先生已经招收了两届共十五名硕士生，两届四名博士生。1989年秋季，霍先生又招收了陈桐生、刘怀荣两位博士研究生，马茂军、霍文星和我三位硕士研究生。这在当时的全国研究生导师中，学生人数算是比较多的。不过，因为霍先生培养研究生有一套科学、严谨、有效的方法，所以学生们成长都很快，成材率也都非常高。

霍先生招收和培养学生，强调品学兼优，知能并重。首先，在"品"的方面，要求学生弘扬忌恶扬善、爱国爱民、"以天下国家为己任"的中华文化精神，树立起对国家、民族的强烈使命感与责任感，绝不能为稻粱谋而做学问。其次，在"学""知"方面，霍先生既要求"博"，又要求"精"，强调博学与专精的统一。最后，霍先生特别注重学生的"能"，也即"学术创造力"的培养。尤其是要读书、思考、研究、写作相结合，不能只读不思，或者只读思不研，更不能不写。博览群书而不去思考、研究，在前人面前没有己见，不敢质疑，就像两脚书橱，是先生不能容忍的。虽有自己的思考和研究，但又不屑或不愿写成文章发表出来，以所谓的"述而不作"自矜，则是先生最反对的。

先生每次给研究生开学习会时，多通过自己的研究成果，解析自己的研究思路，给我们讲授治学方法。先生当时曾在一篇文章中写道：

"对于优秀生来说,可以从老师的旁征博引、左右逢源的讲授中领会到治学门径和治学方法,还可以为自己攀登高峰树立高标准,然而这样的优秀生毕竟是个别的。"① 但是,我们都想成为先生所说的这样的优秀生。至于我们具体读什么书,研究什么问题,先生并无多少限制,更不要求与先生观点一致。只要是我们感兴趣的课题,尤其是读书过程中自己发现的问题,先生总是鼓励我们放手去研究,然后指导我们写成专题论文发表出来。所以,霍门弟子写的毕业论文,研究的问题,时段跨度非常大,上自《诗经》《史记》,下至明清戏曲;涉及的文体种类也很多,覆盖了诗歌、史传、汉赋、词曲等诸多文体;解决问题的方法和角度更是八仙过海、各显神通,有从文学内部规律评赏诗文艺术真味的,更有结合社会文化因素探讨文学精神的。我们在摸爬滚打一番之后,再得到先生的一些点拨,便能发现自己研究和写作中存在的问题,能更有效地对研究思路和写作方式加以改正和调整,使自己的研究和写作水平更上层楼。

为了让学生更能切实体会到研究和写作的诀窍和甘苦,也为了把学生更快地推向学界,霍先生还先后与好几位研究生(如尚永亮、邓小军、徐子方等)联名发表文章。这在当时的导师中是很难得的(另一位做得比较好的是南京大学的程千帆先生),对学生的鼓舞特别大,在学界的反响也相当好。

四

三年学习期间,在霍先生的鼓励和指导下,我们一步步地完成着读书、研究、写作这一系列的环节,且形成良性循环。平日里,同门师兄弟之间交流读书心得,互相切磋学问,彼此评议论文,蔚然成风。我在师门中,经常得到邓小军、陈飞、刘怀荣、陈桐生、傅绍良等师兄的帮助和指点,很快也窥见了一些治学门径。硕士一年级时,我在杨恩成老师的推荐下在《陕西师范大学学报》上发表了一篇论文,此后每年都有论文在学报上发表,而且硕士二年级时,我还在古典文学研究界影响最大的刊物《文学遗产》上发表了一篇长文《开天诗人接受杜诗问题考

---

① 霍松林:《论〈宋词举〉及其他——怀念匪石师》,载《文教资料》1989年第3期。

论》①。这些都与霍先生宽严相济的指导方式、霍门热烈浓厚的学术气氛是分不开的。

当时，我的学术兴趣主要是研究杜甫文化心态及作品接受史。在这方面，霍先生的研究成果和治学方法也对我有很大的启发。

早在本科期间就读中央大学中文系时，霍先生就发表了一组关于杜甫生平交游、艺术成就及杜诗学的专题论文：《杜甫在秦州》《杜甫与严武》《杜甫与李白》《论杜诗中的诡异之趣》《杜甫与郑虔（附苏源明）》《论杜甫的创体诗》《杜甫论诗》②。这些文章，论证集中，辨析细密，语言雅洁，思理条畅，是我当时学写小论文的模板。"文革"之后霍先生对杜甫诗歌艺术的探讨又更加深入了，先后发表了《从杜甫的〈北征〉看"以文为诗"》③《尺幅万里——杜诗艺术漫谈》④《谈杜甫〈秦州杂诗〉的格律特点》⑤等理论性很强的文章。我在撰写杜诗艺术分析和探究杜诗被唐人接受问题的文章时，吸收了霍先生的这些成果，也在文中注意利用杜甫与友人交游的资料，引诗为证，分析杜诗艺术与时人之异同，力求不发空论。

我的硕士论文《论杜甫的文化心态》，是全面探讨杜甫的文化心态结构和历时性演变的。对这篇文章，霍先生是比较满意的。论文答辩时，有位外校的老师质疑我文中所说："'江海之志'、'独往之愿'，是杜甫对个体生命意识的体认和追求，伴其一生，至老弥笃。"他认为，杜甫一生都坚守"致君尧舜上，再使风俗淳"的政治理想，道家、道教、佛教对杜甫的影响微不足道。这时，一直没有发言的霍先生突然讲话了："虽然按惯例，我作为导师不应该发言。但是，我想说，杜晓勤同学文章中的这个观点和相关论述，我是相当赞同的。杜甫是说过'葵藿倾太阳，物性固莫夺'、'时危思报主，衰谢不能休'，但是他也说过'非无江海志，潇洒送日月'、'平生独往愿，惆怅年半百'，而且杜甫并非真的像宋儒所说'每饭不忘君'式的'愚忠'。杜甫虽未真正归隐过，但平日里还是很有生活情趣的，他对朝廷和皇帝也保持着人格的独立和

---

① 载《文学遗产》1991年第3期。
② 陆续刊载于1946年10月至1947年1月南京《中央日报》副刊《泱泱》。
③ 载《人文杂志》1979年第1期。
④ 载《文学遗产增刊》第13辑。
⑤ 载霍松林：《唐音阁杂俎》，上海：上海书店出版社，2000年。

自由的个性。"霍先生亲自为我文中观点作申述,是所有在场的人尤其是我自己没有想到的,更让那位专家有点儿尴尬。我打心底感激霍先生对我的呵护和支持。

五

由于当时最著名的杜甫研究专家是北京大学中文系的陈贻焮先生,我到硕士二年级时就萌生了报考陈先生的博士生的念头,但是有些担心,不知道霍先生会不会同意。我在犹豫了一段时间之后,有一天终于鼓起勇气去先生家谈了我的想法。没想到,霍先生一听就笑着说:"你想考北大陈贻焮教授的博士生,好啊!"接着霍先生告诉我,北大的陈先生和师母都是湖南人,霍先生虽然是甘肃人,但师母胡主佑先生也是湖南人。霍先生与陈先生是多年的至交,不仅学术研究上常有交流,诗词创作上也彼此唱和,平日里两家来往密切。听霍先生这么一讲,我之前的担心和顾虑消失得一干二净。但是,霍先生马上又严肃地跟我说:"陈先生虽然为人很和善,但是学术要求非常严,北京大学的博士更不是那么容易考上的。你一定要刻苦复习,认真备考,争取一举成功。"有了霍先生的鼓励,我马上给远在千里之外从未谋面的陈贻焮先生写信,表示报考博士生的决心。陈先生在看了我的申请材料,尤其得知我是霍先生和杨老师的学生之后,很快就回信了,欢迎我报考。

因这三年打下了比较坚实的学科基础,加上复习中一直不敢掉以轻心,我在后来的考试中取得了专业和总分均为第一的好成绩。得知我通过北大博士初试之后,霍先生很是欣慰。在我赴北京参加复试之前,霍先生还特地把我叫到家里,给我讲了一些复试中应注意的问题,一定要知之为知之,不知为不知,最后嘱咐我向陈先生和师母代为问好。有了霍先生的这番指导和叮嘱,更因为霍先生与陈先生之间的这层关系,我去见陈先生时就不太紧张了,最后顺利通过了复试。

1989年6月间,霍先生还专门把陈先生请到西安,来主持我的同级师兄刘怀荣、陈桐生博士论文答辩。陈先生和师母到陕西师大的当天晚上,霍先生、胡师母前往专家楼去看望,把我和我的未婚妻也叫去了。当着陈先生和师母的面,霍先生、师母又介绍了我的一些情况,肯定了我的努力,并拜托陈先生以后要严加指导和训练。陈先生则告诉霍先生,说我的博士入学考试专业成绩考了95分,是历年考生中最高的,霍先生高兴极了,连说"好""好"。

到北大之后，我基本上每年都要回西安，每次回来也都要去拜见先生。先生经常鼓励我继续努力，刻苦钻研，争取更上层楼，要对得起北大和陈先生。先生自己则言传身教，以一种顽强的学术生命力鼓舞着我。

2000年11月，先生八十大寿，遍布全国各地的霍门弟子大多回来了。我当时因公派遣在日本工作，只能隔海遥祝先生桑榆倍明、福寿无疆。后来得知先生曾在庆祝会上即兴赋诗："高歌盛世情犹热，广育英才志愈坚。假我韶光数十载，更将硕果献尧天。"我深为先生学术生命之健旺而高兴，更期待着十年后能够参加先生的九十寿庆。2010年10月，陕西师范大学为先生的九十大寿举行了甚为隆重的庆祝仪式，来自全国各地院校的领导、著名学者、霍门弟子及校内师生代表240多人出席了庆祝大会。我亦恭逢盛会，衷心祝愿先生健康长寿。先生再次在会上满怀深情地表示，仍将只争朝夕，希望为国家培养更多有用的人才，为学术研究、文化繁荣和中华民族伟大复兴贡献更多的力量。我们这些弟子们则为先生这种活到老、学到老、研究到老、育人到老的工作热情和顽强精神所激励。我们每次回来，先生都会赠送我们新出的著作。2000年先生八十大寿时，先生出版了《唐音阁论文集》《唐音阁诗词集》《唐音阁鉴赏集》《唐音阁随笔集》《唐音阁译诗集》五种著作，总计400多万字。到2010年九十大寿时，先生的著作《霍松林选集》则增加到煌煌十巨册，共600多万字。九秩之后，先生仍然诲人不倦，笔耕不辍，又出版了《宋本史记注译》[①]《松林回忆录》[②]《唐诗举要》[③]《宋诗举要》[④]《〈庄子〉文学阐释接受史》[⑤] 等新著，使我们备受鼓舞。

六

真是没想到，就在我们热切地期盼着先生百岁寿庆快快到来的时候，先生竟遽然仙逝了。先生虽然高寿，走得也很安详，但他的离去，

---

① 霍松林主编：《宋本史记注译》，西安：三秦出版社，2011年。
② 霍松林：《松林回忆录》，西安：陕西师范大学出版社，2014年。
③ 霍松林：《唐诗举要》，芜湖：安徽师范大学出版社，2014年。
④ 霍松林：《宋诗举要》，芜湖：安徽师范大学出版社，2015年。
⑤ 刘生良：《〈庄子〉文学阐释接受史》，北京：科学出版社，2015年。

还是让我们伤痛万分。不一会儿,来吊唁的人一批又一批,唁电雪片般飞来,楼下摆满了花圈。先生的忘年交、著名作家贾平凹在吊唁现场书写了一副挽联:"杏坛育桃李,唐音播千秋。"感念先生对文化教育事业的巨大贡献,表达对先生辞世的沉痛哀悼。

先生的追悼会定在2月5日。这天上午9时,西安殡仪馆咸宁厅内摆满花圈,哀乐低回,气氛肃穆。霍松林先生的遗体面容安详,安然静卧在鲜花翠柏丛中。陕西省副省长庄长兴、著名作家贾平凹、陕西师范大学的师生及我们这些从各地赶来的霍门弟子等各界人士共500余人,都来向先生作最后的告别。大厅内,"沉痛悼念霍松林先生"的横幅悬挂正中,两边的巨幅挽联"巨星陨落文坛痛失泰斗,渭水呜咽学子悲泣寒风",是先生的老学生、著名书法家钟明善在获知恩师去世之后第一时间写就,准确表达了我们对先生的敬仰和哀思。武汉大学文学院教授、"长江学者"尚永亮老师,则代表我们霍门弟子致悼词:"先生的离开,是中国学术界的重大损失,更是授业弟子的重大损失。"他说,在我们眼中,恩师霍松林是一位"因材施教、循循善诱、和蔼可亲的师长,是集多种知识和才能于一身的文化大家,是一位诗人,还是一位书家;他身上有学者之严谨、诗者之敏锐,具备智者之眼光、仁者之情怀。"尚老师沉痛地回忆道:"十多天前先生还通过视频向霍门弟子贺新年,并约好在百岁寿庆之际与大家相聚,没想到先生就这样撒手人寰,阴阳相隔。我们回来了,怀着感恩之情、痛别之情,从天南地北赶回来了,我们含着眼泪,再送先生一程。"而陕西师范大学党委书记甘晖教授所念的祝词:

> 培育桃李尽平生,为国储材霍家军。
> 为时为事诗万卷,高典鸿文遗后昆。
> 绣虎雕龙百代苾,扬葩振藻千载芬。
> 继往开来吾曹事,建功立业蔚忠魂。

则代表了我们所有人的共同心声。

云山苍苍,江水泱泱,先生之风,山高水长。先生之恩,永世难忘。我永远感谢怀念先生,先生千古!

2017年2月18日于京西北智学苑

宅心仁厚　守正创新
——我对孟二冬老师高洁品格、治学精神和生活态度的认识

我和孟二冬老师相识、共处已有十多年了，我对孟二冬老师高洁品格、生活态度、治学精神的认识也越来越深刻。我认为，孟二冬老师不仅宅心仁厚、心地善良，而且能守正创新、治学严谨，更是一个热爱生活、意志坚强的人。

一、宅心仁厚的善良品格

20世纪80年代中期，我已闻孟二冬老师大名。本科三年级的时候，我在图书馆读过一篇孟二冬老师与袁行霈先生合作的谈中国古代"文气"说的宏文。我知道袁先生是誉满海内外的古代文学研究大家，他当时新出版的《中国诗歌艺术研究》一书使我对中国古典诗歌更加迷醉。在我心目中，孟二冬老师自然也是研究有素、造诣精深了。上研究生后，我又陆续读到孟二冬老师独撰的几篇有关中唐诗歌研究的大作，心中更是敬佩不已，而且我也知道他当时已经是烟台大学中文系古代文学教研室主任了。

1992年暮春，我报考了北京大学中文系陈贻焮先生的博士研究生。时在北京大学中文系读博的方铭博士，侠义心肠，于考试前十几天，助我来到燕园复习迎考。没想到，我到北大博士生宿舍后，发现和方铭博士同寝室的，竟然是大名鼎鼎的孟二冬老师。原来他已于上一年又回到燕园，跟随袁行霈先生攻读博士学位了。孟老师声名早著，执教多年，且长我十岁，我和他一见面，自然就称他孟老师，可孟二冬老师嘿嘿一笑，摆了摆手，对我说："别叫我孟老师，就叫老孟吧！"我这才发现孟老师学问那么好，人却这么随和。后来我又听方铭博士说，孟老师还是

高干子弟呢。可我并未发现孟老师身上有什么高干子弟常见的那种高傲的习气。他性格沉静，寡言少语，做事低调，真是一位沉稳持重而又宽厚仁慈的兄长。

到北大的第二天上午，我起得比较晚，方铭博士和孟二冬老师都不在，我就一个人在他们宿舍复习。大概十点多钟，孟二冬老师从外面回来了。他一进门，就对我说："我今天去系里找到一份去年我们英语入学考试的试题，你做做看吧，熟悉熟悉题型。"我接过试卷，激动得不知说什么好。我们刚刚认识才不到一天啊！这是一位多么好的学长啊！在你最需要帮助的时候，他已经站在你面前伸出了热情的大手。因为我以前英语学得一团糟，为了考研究生和博士生才突击了一段时间，而且北大的博士生入学英语考试是出了名的难和偏，每年都有很多专业优秀的考生因为英语不及格铩羽而归。如果没有孟二冬老师这一及时的帮助，几天后的英语考试我肯定不会那么顺利过关。

是年九月上旬，我如愿以偿来到燕园报到了。由于火车到达的时间较晚，加上报到的手续较多，所以当我找到宿舍，准备去取行李的时候，已经是晚上十点多钟了。在去五四体育馆取行李的路上，没想到我又碰到了正要出校门的孟二冬老师。他在得知我正要去取行李后，立即停下了脚步："你等等，我回去取自行车，咱们用自行车驮吧！"我连忙说："不用不用，您忙您的事吧。我一个人能行，二十五楼挺近的。"孟老师笑了笑："我没什么要紧事，走，你先去，我马上就来。"五六分钟后，孟老师就用自行车和他那高大的身躯，把我的行李三下五除二地运进了宿舍。随后，他又是嘿嘿一笑，摆了摆手，转身消失在婆娑的灯影之中。孟二冬老师就是这样古道热肠而又沉静谦和。

此后的十年中，我们先后毕业留校工作。但我们日常接触的增多，是在两家都搬到西二旗智学苑小区之后。由于这是个新建小区，基础设施没跟上，物业管理也很糟，小区环境差强人意，孟老师一家就经常和漆永祥老师、蒋朗朗老师等几家一起到小区西面的中关村软件园和上地公园散步。我们家在知道后，也加入了他们散步的行列。孟老师这时已经因为食管肿瘤作过两次大手术了，可他特别乐观，精神也很好，经常带领、参加孩子们的游戏，他最喜欢看漆永祥老师的孩子漆园表演武术，让我的孩子杜文郁表演京剧。我们一群人每次散步的时候，都是欢声笑语、开心至极。今年暑期我的孩子杜文郁随北大附小娃娃京剧团出访新加坡、马来西亚演出了几天。那段时间，孟老师每次看到我们都问孩子的情况，孟老师的爱人耿琴老师还告诉我们，老孟这几天看电视的时候，每当看到新加坡和马来西亚的天气，就总是一本正经地说"文郁他们新加坡、马来西亚今天天气如何如何"。引得我们都哈哈大笑。在文郁回国后那个周末的一天下午，耿琴老师打来电话，说孟老师专门为孩子们准备了遥控船，约好傍晚一起散步，要和杜文郁、漆园等小朋友去上地公园放航模。那天傍晚，孩子们的笑声荡漾在清澈的湖面上，孟老师的幸福也洋溢在眉梢间。孩子们开心，他更开心。

可以说，只要和孟二冬老师接触过的人，都能感受到他的谦和、真诚，感受到他的仁厚、善良。

二、守正创新的治学态度

孟二冬老师宅心仁厚，待人真诚，治学方面也是笃实严谨，充分体现了北京大学中文系百年来守正创新的优秀学风。

袁行霈先生曾经在《中唐诗歌之开拓与新变·序》中，回忆他们师生俩八十年代初合作研究的情况："当时我正有兴趣将文学史研究和文学批评史研究结合起来，文气论作为创作论中的一个重要问题，也正是我所关心的，便约请他和我一起进行这方面的系统研究。具体地说就是以韩愈为中心，溯本追源，从'气'的本义开始考察，对历代有关'文气'的原始资料，一一加以搜集整理，以期找到文气论的发展脉络。他当时并没有对我的想法表现出十分的兴趣。想不到两个月之后，他送来一份数百页的资料长编，不仅包括了文学，而且涉及哲学、音乐、书法、绘画、医学等领域。"袁行霈先生感慨地说："一个人在承诺一件事情的时候，话是如此之轻，以至不敢确定他是否真的想做；而在做的时候却肯于花如此多的气力，以至生怕他过于劳累，这样的人太值得信任了。"① 在这份资料长编的基础上，他们拟定了文章的框架，由孟二冬老师执笔初稿、袁行霈先生多次增删修改，终于写出一篇精义迭现、汪洋恣肆的宏文，在学术界产生了很大的影响。

孟二冬老师的硕士学位论文《论韩孟诗派的创新意识及其与中唐文化趋向的关系》，运用综合研究的方法，将文学与哲学、艺术学、心理学互相打通，视野宏阔、方法新颖，"是一篇具有开拓性的、占据了学

---

① 孟二冬：《中唐诗歌之开拓与新变》，北京：北京大学出版社，1998年，第1页。

术前沿的优秀论文"①。21世纪初，我在梳理20世纪隋唐五代文学研究历程和重要成就时，也曾将此文视为二十世纪中后期中唐诗歌研究和韩孟诗派研究的代表作，并用较大的篇幅介绍了该文的创新之处和方法论意义②。

后来孟二冬老师又发表了《试论齐梁诗风在中唐时期的复兴》③《论中唐诗人审美心态与诗歌意境的变化》④等几篇钩沉索隐、立论新警的中唐诗歌研究论文。其中前文在爬梳、辨析了大量的文学作品之后，揭发了一个向为学界所忽视的文学史现象。他认为与大历诗人同时，以刘长卿、李嘉祐为代表的一群"大历江南诗人"，在艺术上就更多地表现出对齐梁诗风的继承；皎然则从理论上更为明确地倡导齐梁诗风，皎然之后公开仿效齐梁诗风者更是屡见不鲜。文章不仅肯定了这一文学现象的存在，而且还探讨了齐梁诗风的复兴在中唐文学史上的意义。这篇文章资料翔实，观点新颖，发表之后，在学界产生了很大的影响。直到21世纪初，学者们在总结20世纪宫体诗研究、中唐诗歌研究时，都不约而同地将孟二冬老师此文作为重要成果进行评介⑤。

孟二冬老师的博士论文《中唐诗歌之开拓与新变》是真正的"十年磨一剑"。他在中唐文化的广阔背景上，对中唐诗歌的总体特征及其形成原因，作了全面、深入、系统的研究，在中唐诗歌的成就及其历史地位等方面提出了不少富有启发性的论点。袁行霈先生曾说孟二冬老师的这篇博士学位论文"反映了目前学术研究的两个新的趋向"，即一是将文学与其他邻近学科互相打通，进行综合研究，孟二冬老师通过不懈的努力，具备了驾驭这一方法的学术素养；其二是注意文学发展的阶段性，并将文学发展的阶段性作为研究对象⑥。丁放先生对孟二冬老师这部著作中所体现出来的治学精神赞叹不已："这部著作给人最突出的印象是厚实严谨，其选材立论，皆重证据，不尚空谈，书中引用古代诗文

---

① 《中唐诗歌之开拓与新变》，第2页。
② 参拙著《隋唐五代文学研究》上册，第440—441页。
③ 载《烟台大学学报》1990年第1期。
④ 载《文史哲》1991年第1期。
⑤ 参拙著《隋唐五代文学研究》上册，第426—427页；王顺贵、胡建次：《二十世纪宫体诗研究》，载《宁夏大学学报》2003年第4期，第76页。
⑥ 《中唐诗歌之开拓与新变》，第3页。

著作逾千篇,上自先秦经、史,下至清人别集,对时贤的学术成果亦能广泛借鉴,凡所引用,皆标明出处,并于书后附录列出所据版本,原原本本,不掠人之美。据粗略统计,全书注释即多达1155条,而且引用皆相当准确、得体。没有长期的学术积累、一丝不苟的工作态度和焚膏继晷、兀兀穷年的刻苦精神,恐怕是难以做到的。"[①]

孟二冬老师写作《登科记考补正》[②]坐了七年冷板凳。自20世纪70年代中后期,学界即开始重视唐代文学与科举之关系。长期以来,学界所依据的唐代科举史料主要是清人徐松的《登科记考》。但这部重要典籍疏漏错误亦复不少,学界陆续有人对之进行补充、订正,然这些成果大多散见各处,读者查阅很不方便,且这些考订本身也有不少明显的错误,更重要的是他们大多未能充分利用20世纪80年代以后新发现的考古出土材料。为了给唐代文史研究界提供一个更加丰富可靠的本子,孟二冬老师狠下决心,从根本上做起,于20世纪90年代中期开始对徐松《登科记考》做全面的整理、核实、订正和补遗的工作。为此,他查阅的相关资料真可谓浩如烟海,不论是徐松已见之书、未见之书,亦不论当今学者已读之书或未读之书,从总集、选集到别集,从正史、野史到笔记,从墓志、方志到家乘,从丛书、类书到姓氏之书,无不披览蒐择,参校甄别。在广泛查阅各类资料并经仔细考据研究之后,孟二冬老师的《登科记考补正》新增补进士661人,编年者215人;明经434人,编年128人;诸科65人,编年者13人;制科和宏词(仅录编年者)、拔萃(仅录编年者)共302人;还新增补上书拜官8人、上封拜官2人,武举22人。总计1527人,已经超过徐松《登科记考》登科人数的一半。另外,还新增补和移正知贡举者33人,补徐考缺名和改正姓名者60余人,改正科目和移正科目年代200余处,新增补诗赋策文等90余篇。可以说,经过孟二冬老师的这一全面清理、考订,不仅使唐代科举制度及其发展史的研究迈上了一个崭新的台阶,而且也将促使相关的文史研究产生了巨大的飞跃。

孟二冬老师之所以能够取得如此坚实而丰硕的成果,是和他一贯坚持的守正创新的治学精神分不开的。袁行霈先生曾经指出:"21世纪的学术之路将更加艰难,任何一点进展都要付出更加艰辛的劳动。二冬是

[①] 《唐代文学研究年鉴》1999年卷,第267页。
[②] 徐松撰,孟二冬补正:《登科记考补正》,北京:燕山出版社,2003年。

一个能坐得住的人,他的心能沉得下来,大千世界的种种诱惑,都动摇不了他对学术的执着追求。"① 孟二冬老师也曾自述其治学甘苦:"虽读书如披沙拣金,往往所获甚微,其徒劳无功亦常所历,然每有所得,心自怡然。"② "寒来暑往,青灯黄卷;日复一日,萧疏鬓斑,几不敢偷闲半日。……但能遗惠于学界一二,足慰此心。"③ 这是一种多么执着的学术追求,一种多么高远的学术境界。

三、乐观顽强的生命精神

从认识孟二冬老师开始,我就发现孟二冬老师虽然读书刻苦,治学严谨,但又不是死读书、读死书的书呆子。相反,他对社会、对生活、对生命有着异常炽热的爱,他有着广泛的业余爱好,他的生活是丰富多彩、充满乐趣的。

孟二冬老师自幼喜爱体育运动,身体素质极好,我们经常称他体育健将。他在读书期间,几乎每天下午都要去篮球场打篮球,每周和同学们踢几次足球。耿琴老师和孟菲来北京团圆之后,孟二冬老师又用不少时间陪家人散步、运动。我多次看见孟二冬老师和孟菲在四十四楼下面打羽毛球,经常看见他们一家三口在校园内散步,他们一家人真是其乐融融、幸福无比。

孟二冬老师乐观顽强的生命精神,更集中体现在他罹病之后。谁都知道,恶性肿瘤是一种多么痛苦、可怕的疾病,手术之后的放化疗则更是一种精神上、肉体上的折磨。可在做完大手术之后的两个月左右,我们去医院看望孟二冬老师时,发现孟二冬老师除了声音喑哑,身体比以前消瘦了一些之外,精神状态仍然很好。最令我暗自佩服的是,孟二冬老师那次竟然不讳言自己所患的疾病,还和我们讨论起他患的这种病来。他告诉我们,他认识的好些人因为手术及时,自己保养得当,身体渐渐康复,已经正常生活、工作了十多年了。以后几次我去医院看他的时候,也看见他在阅读《食管癌患者的食疗》等书籍。在今年秋天做完开颅手术后不久,我们去医院看望时,孟二冬老师还摘下帽子,笑着让我们看看他脑后手术的疤痕。他对自己一直充满信心,说自己不久后就

---

① 《中唐诗歌之开拓与新变·序》,第 3 页。
② 《登科记考补正·后记》,第 1681 页。
③ 同上书,第 1683 页。

能回到运动场,能够和我们一起出去散步、郊游。

　　孟二冬老师出院之后,一方面在耿琴老师的精心照料下,像治学一样严谨地对待疾病,每天按时服药,科学地调养身体;一方面又没有被疾病羁绊住,总是非常乐观,积极面对生活。今年上半年,孟二冬老师的身体状况恢复得更好一些了,他除了坚持每天散步,还偶尔到上地软件园去打打篮球。五月份北大召开教职工运动会,他想报名参赛(他以前一直是中文系主要得分手),被系里的老师们劝阻了,但他还是参加了运动会的入场式。从今年年初开始,系里的一些重要会议和学术活动,尤其是研究生的开题报告、论文答辩,他都尽量参加。虽然大家每次都劝他少发言,以免太过劳累,但是他评议起学生的论文来,一点也不比我们时间短,令在场的师生都十分感动,而他自己总是说:"没事,没事,只要你们听得清楚就好了。"

　　孟二冬老师本来就喜欢汽车,加上住到西二旗智学苑之后,离学校太远,没有汽车不太方便。所以我们经常在一起谈论各种汽车的性能,讨论买什么样的车好。但是我没想到,他竟然在暑假里报名参加了北大工会组织的学车活动。七八月份,北京骄阳似火,酷热难当,不要说他一个做过大手术、身体尚未完全恢复的人,就是我们一般的人,要想在一个半月内学完车、拿到驾照,都是很难的。但是孟二冬老师做到了。当我问他学车的甘苦时,他也只是笑着说:"还行,教练还直夸我掌握得快呢。"孟老师觉得,有一辆车,他来学校工作就更便捷了,也可以和家人、和学生去更远的地方郊游了。因为他是那么地热爱家人,热爱生活,热爱大自然。

　　孟二冬老师在家休养期间,我们经常在一起讨论学问、商谈研究生培养问题,也经常在一起计划开车出游的事,讨论锻炼打球的事,交流莳花养鱼的经验。他性情沉稳,言语不多,但又幽默乐观,生活中充满乐趣。他清楚地知道自己的病情,但又能够勇敢、自信地藐视疾病,并没有因为治疗而过多地打乱自己的生活。每次做完手术或者放、化疗之后,我们见到的都是精神饱满、心态平和、怡然自得的孟二冬老师。

　　他的这种乐观顽强的生命精神感动了、影响到周围的每一个人,甚至小孩子。比如我的孩子杜文郁,最近在学习中遇到困难时,他总会说:"我要向孟伯伯学习,再大的困难我也不怕。"

　　孟二冬老师现在正做着第二次化疗,这将对他的身体再次造成大的损害,但我们知道他肯定会像以往一样战胜病痛,顺利地完成这个疗程。我们盼望着他能够早日全面康复，尽快回到我们的篮球队、足球队中来，能够和我们一起研讨学问，一起散步郊游，一起享受治学的乐趣和人生的喜悦。

2005 年 12 月 27 日，写于京北西二旗智学苑

后　记

　　三年多了，几乎每天都在搜集、查阅、整理、归纳和输入 20 世纪所产生的汗牛充栋的隋唐五代文学研究资料。我确实是感到有点累了。因为这个项目拖得太久了，有时候，我都身心疲惫得不想再做下去了。但是，只要一想到葛晓音师和其他师友殷切的期望、热情的鼓励，便又鼓起劲儿，继续一章一章地、一个专题一个专题地做下去，不敢有一点懈怠或者马虎。现在这个项目终于可以告一段落了，但我还是没有感到丝毫的轻松。因为我十分清楚，我所写出来的和我原先设想的，和师友们所期望的，实在是相差太远了。

　　从一开始，我就有一个较为明确的写作思想：此书主要是为想要进入或者刚刚进入隋唐五代文学研究某一领域的研究者，提供一个较为清晰、简明的研究线索。而读者所要查阅的、了解的，可能只是书中的某一章甚至其中一小节。基于这样的想法，我把自己能够想到的每一专题都列入了写作计划，而且尽己所能搜集 20 世纪相关研究成果，千方百计地给读者提供更多的有用的研究信息。但是，这样的思路和写法即使完全得到实现，也显然是不能满足于另一些读者所需要的"20 世纪隋唐五代文学研究史"的期望的。

　　而且，由于我在写作过程中，主要是以文学发展的时段、作家作品为纲，以时间先后为序进行缕述的，所以有些本可以归纳起来进行介绍的一些重大的文学史问题的研究情况，就未能得到应有的集中凸显；而在某些专题研究介绍中，又由于体例所限，只能介绍一些著作中与此问题相关的观点，这些著作中另一些重要的观点和发现，可能就被遗漏或割爱了；而且一篇文章或者一部论著经常被我用"互见"法，分散在全书的好几个地方进行介绍，无疑也在一定程度上消减了该成果的整体学术影响力。

再加上我学力有限，考虑不周，闻见不广，肯定遗漏了不少本该提及甚至应重点介绍的成果。甚至本书已经提及和介绍的成果，也肯定存在着材料采择不当、观点阐述有误的情况。

所有上述这一切缺憾和疏误，都恳请诸位学界前辈和同人在包涵和理解的基础上，随时来信来电批评指正，以便我利用再版的机会作尽可能的修改。

写作之初，我曾向全国各地的隋唐五代文学研究专家和学者普遍征集过研究信息，很多学者在百忙之中给我提供了详细的研究资料和很有价值的研究线索。写作之中，我又参考了不少学界前辈和专家们撰写的一些综述、述评性质的文章，其中中国唐代文学学会主编的各卷《唐代文学研究年鉴》，对我帮助尤大。对于这些，我在书中已经作了尽可能的说明；在此，我再次感谢这些先生们所给予我的无私的帮助。

尤其应该感谢的是，本书的写作一直是在葛晓音师全面指导下进行的。三年多来，无论是身在国内还是远居国外，也无论是节假日还是教学科研的紧张期，晓音师都几年如一日地、一个字一个字地审阅、校改我的稿子。晓音师在这本书里所付出的辛劳和心血绝不只是一个"分卷主编"所能说明了的。

另外，书中的某些章节在写完初稿后，还曾呈请北京大学中文系张少康先生、中华书局文学编辑室徐俊先生、首都师范大学中文系吴相洲先生、中国李白研究会李子龙先生等专家审阅。丛书主编张燕瑾先生更是一直鼓励和督促我的写作，全书完稿后，他又在通读审阅后提出不少修改意见。在此，我对他们的深情厚谊表示衷心的感谢。

最后，我还想说明，如果没有我贤惠的妻子陈瑜几年如一日、任劳任怨地料理家务，没有我年迈的父母随叫随到、多次不远千里来京帮忙，我是不可能在如此宽松自如的心境下，独立承担并完成如此繁重的写作任务的。

杜晓勤
2000年3月6日初稿
2000年3月24日二稿于北京大学中关园
2001年12月12日定稿于日本金泽市小立野寓所

后记（增订版）

  20世纪末，学术界曾经掀起过一个对现代学术百年发展史和研究成绩进行总结的热潮，季羡林先生主编、张燕瑾先生、吕薇芬先生任副主编的"20世纪中国文学研究"丛书是其中作者阵容最强、规模最大、影响最广的一个标志性成果。在葛晓音老师的推荐、指导和鼓励下，我亦有幸躬逢其盛，以一己之力编写了其中的"隋唐五代文学卷"。在该书出版二十年间，我听说学界同行每每以之指导研究生进行选题，发挥着研究入门参考书的作用。

  此次增订，首先对初版中的文字误植、引据疏失进行了全面的核对和更正。其次，为更加便于使用，书后增加了人名索引。最后，为了稍稍弥补本书以研究问题为纲而未对名家治学理念、学术成就进行专门探讨的缺憾，附录了我对先师陈贻焮先生、霍松林先生和文史名家傅璇琮先生、师兄兼同事孟二冬教授的学术成就的几篇学习体会。

  此书的增订新版，得到了北京大学出版社马辛民兄的大力支持。李笑莹、方哲君两位老师先后接力担当责任编辑，工作认真细致，付出了大量的心血。我的博士后安生君除了对全书文字进行通校，还统筹组织我的研究生进行引文核对工作，博士生李晓蓉、杨照、韩潇、王婉璐、王佳琪、硕士生阚可心等同学参加了全书复校和人名索引编制等工作，也都十分辛苦。在此，一并致以真挚的谢忱！

杜晓勤
2021年12月16日于京西北智学苑望山楼

索 引

A

阿瑟·韦里　655
阿新　772
艾伯寒斯　1137
艾芹　515，516，519
艾治平　401，1037，1051，1052
安禄山　249，268，269，306，544—546，550，677，801，1069，1201
安旗　587，595，596，598—600，615，632，633，641，657，658，661，698

B

白承锡　171
白化文　944，947，949，952，958，969，1094
白慧　1097
白坚　230
白建　769
白景受　772
白居易　2，3，44，50，57，70，91，281，291，293，315—317，323，327，328，345，348，359，362，371，378，379，381，382，409，411，417，418，421，434，447，452，453，455，466，467，472，485，496，523，524，551，723，744—750，752—756，759，761，765—808，826，854，874—876，901，975，1005，1033，1063，1065，1069，1090，1091，1103，1115，1210—1213，1223，1227，1229，1236
白敏中　501，770
白寿彝　1112，1113
白维国　81
白行简　876，964，1090，1091
拜伦　656
稗山　298，594，595
坂井健一　638，639
包佶　349，368
包融　100，217，219，251，252
鲍恒　474
鲍明炜　81，638，639，755
鲍钦止　415
鲍叔　913，914，926
鲍照　23，272，333，570，649，721，1168，1170，1196
贝远辰　933

毕宝魁　563，565，566，571，572，581
毕万忱　1111，1129
毕曜　217，220，358，420
辟间公　153
卜敬业　344，345，679
卜岐　446，450，518
卜孝萱　61，337，350—354，356，363，369—372，379，383，385，420，421，423—425，443，506，679，700，728，744—747，749，751—755，758—762，806，873，874，906，911，1071，1090，1091，1094，1096—1098，1120
遍照金刚　1147
炳然　915
波特莱尔　414，430
伯希和　487，490，942，943，964，977，982，983，1025，1026，1030
渤海李氏　297
卜冬　298

C

蔡川右　37，679
蔡德予　167
蔡国相　930，1114
蔡涵墨　906
蔡厚示　1053—1055，1107
蔡景芳　739
蔡起福　380
蔡省风　980
蔡义江　647
蔡正发　782
蔡中民　1052
蔡钟翔　12，1101—1103，1115
仓石武四郎　960

曹大仓　57
曹道衡　13，16，17，19，21，22，25—30，1227
曹芳林　437，438
曹汾　798
曹凤前　249，251
曹广顺　81
曹虹　821
曹济平　277，279，294，580，1031
曹家琪　761，764，1071
曹冷泉　1139
曹旅宁　439，440
曹懋　1056
曹萌　926
曹慕樊　692，702
曹荃　130
曹顺庆　1137，1146
曹松　453
曹唐　47，519
曹文安　1048
曹文江　78
曹文佺　186
曹旭　252，1022
曹汛　438，451，512，519，526
曹邺　454，514，515，723
曹雨群　995
曹毓英　412
曹植　649，1180
曹中孚　463，465，466，482
曹作之　247
岑参　3，22，26，40，42，106，208，217，219，220，227，234，244，272—274，277—288，293，409，419，634，679，899，978，1196
岑仲勉　60，62，64，165，177，

239，288，296，359，370，431，
432，435，464，674，675，747，
765，766，771，772，806，807，
809－812，814，840，1084，1097
层冰　896
查洪德　194，195，197，202，203
柴德赓　738
柴剑虹　277，284，285，288，490，
965，974，978，984，1032
柴葵珍　1064
长谷部刚　740
长孙无忌　94，128，1001
常衮　339，368
常建　106，217，218，303－305，
975
常理　100，216
常思春　904－906
常秀峰　604
畅当　337，368
畅诸　368
陈邦炎　263，714，716
陈本杰　1111
陈伯海　64，67，73，75，91，92，
414，454，455，508－510，815，
823，824，826，836，837，847
陈传席　565
陈德外　714
陈登　1137，1138
陈登原　876，881，884
陈迩冬　905
陈方　960
陈飞　35，37，1233，1239
陈夫人　770，771
陈刚　285，445
陈赓平　1058
陈冠明　508，519，833

陈光明　880
陈广宏　447
陈国灿　62，979
陈汉英　503
陈瀚　1091
陈洪　1021
陈鸿　799，801，802，1097
陈后主　14，15，17，1000，1003
陈华昌　58，77，1111
陈化新　590
陈慧敏　226
陈继明　519
陈寂　817，830，856
陈建樑　439
陈建森　249
陈建中　383
陈剑锋　193
陈斠玄　85
陈节　424，653，1076，1080
陈金泽　1129
陈尽忠　401
陈珏　1071
陈珏人　310，766
陈君谋　1095
陈钧　602，651，652
陈开勇　703
陈抗　67，425，581，662，905
陈克明　875，887，895，935
陈昶　521
陈兰村　963
陈力　422
陈良运　1109，1110，1141，1146
陈辽　1080
陈列　116，571，572，901，1231
陈曼平　1137
陈鸣西　676

陈铭　76，456，457，788
陈能群　995，1017
陈培治　998，1057
陈鹏生　782
陈平原　1079
陈蒲清　518
陈桥生　1081，1082
陈勤建　1071
陈庆浩　985
陈庆惠　339，358，359
陈秋帆　1044
陈权　360
陈人之　941，1025
陈如江　1035，1038，1043，1048，1051，1052
陈尚君　61－64，66，195，198，200，203，204，209，226，297，313，449，464，520，602，647，648，678，679，737，799，848－852，869，1050，1116，1120，1142－1144
陈尚铭　628－630
陈胜长　1144
陈师道　379
陈世福　967
陈世钟　76
陈书良　396，402，510，511，514
陈叔宝　14，30
陈叔达　6，1085
陈叔渠　663
陈顺智　337，338，357
陈思和　380
陈坦　441，751
陈陶　519，521
陈铁镔　858
陈铁民　33，133，139，156，164，170，223，224，264，266－269，277－280，285，287，288，305－308，312，313，527，528，530，538，539，541－548，552，553，559，581，582，590，594，677，1117，1166，1173，1205，1206
陈望衡　919
陈维国　396，405
陈文华　326，442，445
陈文新　1079，1081
陈希烈　546
陈熙晋　143，151，152
陈祥耀　702
陈翔　768
陈向春　1123
陈小玲　803
陈晓芬　917
陈新　86
陈新璋　249，329，330，743，896，906，907
陈杏珍　906
陈绪万　374，1018
陈选公　43，44
陈雪军　1021
陈延杰　83，85，433
陈言杰　435
陈炎　1108
陈衍　673，674
陈雁谷　919，920
陈扬炯　915
陈耀东　61，582，1063－1065
陈一新　722
陈贻焮　4，49，86，87，159，183，204，207，283，302，312，327，391，400，407，527－530，532，533，535－539，542－545，547－

550，555，556，560，561，576，
580，581，606，608，609，614，
623，672—674，676，678—680，
686，721，785，791，812，815，
816，824，826，835，1152，1165
—1167，1170—1177，1179，1180，
1182—1187，1189—1194，1206，
1241，1244，1254
陈毅 398，401，411
陈寅恪 2，47，438，488—490，
584，589，592，593，733，752，
757—759，761—764，766，769，
770，772，779，780，799，805—
807，815，873，875，881，884，
897，937，959，962，1071，1096，
1151，1175，1176，1211，1216，
1217，1220
陈永正 901
陈友冰 396，397，405
陈友琴 376，466，706，707，709，
718，720，766，768，790，929，
1229
陈幼石 860，890
陈羽 360
陈元敬 184
陈允吉 45—47，395—397，402，
403，538，544，545，547，548，
551，560，561，565—567，690，
691，767，804，899，900，988，
1223，1233
陈鳣 63，996
陈章甫 300，301
陈振孙 772
陈正宏 651
陈之卓 771
陈志贵 123

陈志良 945
陈治国 416
陈中凡 1101，1103，1104
陈仲笮 737
陈周昌 1095
陈柱 427，891，894
陈柱尊 426，894
陈祝义 380
陈子昂 2，42，44，50，70，73，
83，84，94—108，111，113—119，
124，134，140，143—146，175—
194，200，202，204，205，212，
221，223，242—244，248，249，
251，254，275，291，534，535，
636，650，653，721，729，731，
752，865，1109，1125，1126，
1128，1158，1204
陈子建 478，709
陈子良 28，118，121
陈子展 32，157，175，187，188，
239，240
陈祖美 510，1054
陈祖言 239—241，704
成复旺 12，1115，1121，1127
成松柳 704，705，853，855，1021
成彦雄 521
成志伟 451
承名世 555，574
程发义 533
程国赋 760，1067，1077，1078，
1082，1084，1090，1094，1142
程会昌 580，695，728，896
程杰 724
程千帆 3，35—37，47，67，90，
255，297，298，302，658，692，
697，704，705，707，721，724，

725，734，735，739，841，863，903，1072，1223，1233，1239
程蔷 45
程溯洛 1014
程湘清 81
程小铭 1096
程学恂 905
程亚林 403，404
程遥 1077
程亦军 169，303，304
程毅中 4，763，946，952，953，955，967，970，973，1067，1085，1086，1092，1096，1097
程郁缀 1051，1053
程章灿 66，1223
程志 911
程宗璋 1060
池田温 64
迟乃鹏 420，423，425，428，429，1014
仇永明 877
仇兆鳌 672，673，675，716，740，742
畴人 517
初旭 313，828，829
储光羲 106，136，217，305－309，359，556，557，576，578，579，796
储皖峰 307，309，451，1148，1149
储仲君 339，343，345，347，357，363，364，367，368，450
楚子 1057，1058
褚斌杰 767，768，777－779，785，800，808
褚亮 28

褚荣昌 1079
褚遂良 1069
川岛 1087，1089
船津富彦 1124
崔峒 337，339，363，368
崔敦礼 114
崔瑾 365
崔国辅 217，306，310，313
崔颢 70，217，224，225，309，310，313，638
崔令钦 62，313，602，645，648，1002，1004
崔宁 351，352
崔群 371，480，875，876
崔戎 843
崔融 94，96，100，113，118，119，124，172，199，203，205，206，208，209，676，1106，1148
崔韶 748
崔慎由 770
崔十娘（及其五嫂） 1090
崔湜 96
崔氏 205，208，675，676，1147
崔曙 217，314
崔泰之 121
崔潭峻 748，749
崔涂 453
崔文恒 245
崔宪家 584，607，620
崔玄亮 371
崔玄童 121
崔液 96
崔莺莺 761，764，1078
崔致远 519
嵯峨天皇 1064

D

大草　492，495
大颠　874，884，886
大山洁　1145
大义公主丁六娘　29
戴传安　431
戴金珊　782
戴密微　983，987—989，1026
戴叔伦　337，349，358，360—363，366，735，794
戴望舒　1085，1091
戴伟华　39，62，114，325，326，474，517，642，1211，1233
戴武军　773
戴志传　383，384
单寿年　504
单书安　498
道光禅师　542，544，548
道王　152，153
德选　252
邓碧清　144
邓辅纶　724
邓红梅　419，1021，1022
邓鸿光　887
邓剑鸣　443，445，750，751
邓魁英　557，686，1058
邓乔彬　999，1034，1035
邓绍基　675，680，684，739
邓实　738
邓潭州　897，898，906，929
邓王　158—160
邓文宽　984，987
邓小军　43，214，215，380，381，508，692，693，882，887，894，895，918，924，1239

邓裕华　1080
邓元煊　181，759
邓云生　906
邓哲　742
荻生徂徕　654
丁寓　544
丁宝兰　915，916
丁成泉　532，574，575，711，714，716
丁放　339，340，1247
丁浩　677，738
丁力　504
丁立群　776
丁启阵　693
丁仙芝　217
冬青　57
董康　961，962，1026
董明　910，927，928
董乃斌　45，78，324，325，333，369，372，440，448，456，486，504—506，666，748，810，811，813，819—824，842，843，1081，1082
董淑瑞　443，444
董维藩　643
都兴宙　985，992
窦参　217
窦巩　748
窦群　748
独孤及　217，220，368，420，636，865—867，875
杜承仪　412，413，654
杜纯粹　796
杜悰　812
杜耽　675
杜道明　1135

杜甫 2—4,8,26,29,42—44,47,49,50,57,58,62,70,73,74,80,84—86,90,91,95,98,106,169,184,202,213,217—220,231,241,244,256,266,271,273,279,281,283,290,291,293,295,316,322,333,335,336,340,345,365,367,377,378,382,386,388,397,409,412,413,418—420,427,452,483,485,509,524,555,557,572,576,578,586,590,593,595,596,598,599,602,604,606,615,625,636,652,657,662—743,756,757,765,776,783,784,786,790,792,794,796—798,808,819—821,823,829—831,845,855,898,931,1069,1103,1108—1110,1117,1125,1126,1128,1132,1152,1155,1156,1159,1165,1166,1169—1171,1173,1174,1179—1181,1184—1189,1195—1197,1199—1206,1223,1229,1235,1236,1240,1241

杜贵晨 1080

杜海军 197

杜黎均 1139

杜牧 2,70,318,340,378,379,387,390,400,447,452,453,459,462—483,499,798,826,830,845,1108,1162

杜如晦 121

杜若莲 669

杜审言 73,96,97,100,108,113,114,118—120,188,194,195,199,200,202—209,349,720,1174,1204

杜希全 352

杜晓勤 2,8,68,79,89,113,119,133,137,139,149,183,202,220,221,224,225,243,692,693,721,722,724,725,919,1153,1206,1209,1223,1240,1254

杜荀鹤 2,453,454,485,492,498—500,504,723,1236

杜淹 6,1085

杜佑 773

杜预 675

杜正伦 115

杜之松 121

杜仲陵 894

段臣彦 433

段观宋 985

段简 177—179,187

段凌辰 694,714,715

段琼林 64

段塔丽 1080

段文昌 749

段熙仲 694,727

段仲熙 1084,1086

F

凡木 1097

樊鸿武 1060

樊维纲 704,1061

樊维岳 545

樊兴 640

樊一 525

樊宗师 875

范传正 591

范海波　781，1137
范炯　263
范民声　649
范宁　621，626
范文澜　856，881，915，938
范阳　239，268，306，307，933
范缜　373，915
范之麟　67，351，354，402，403
方达儿　229
方干　453，454，518
方管　555，701，733，734
方积六　67
方介　934，935
方牧　408
方然　459
方诗铭　1067，1089，1097
方世琨　1069，1075
方心棣　380，381
方欣庵　1012
方扬　920
方以智　915
方智范　999
芳村弘道　660，773，774
房瑁　241，314，678，689，734
房开江　797
房日晰　76，192，355，356，401，413，428，432，475，476，506，507，526，537，627，629，634，637，638，654，660，724，726，734，735，828，829，858，931，932
房玄龄　109
废名　1169，1195
费秉勋　1076
费有容　69，75
冯海荣　474

冯浩　772，810，811，813－815，833，839，846，847
冯集梧　482
冯建国　680，737，739
冯靖学　685
冯立　707
冯良方　181
冯平　260，261
冯庆凌　1048
冯唐　540
冯文炳　683，688，695，733
冯延巳　524，997，999，1032，1033，1042－1044
冯友兰　488，880，884，1217
冯宇　955
冯沅君　96，126，130，133，141，150，156，165，194，265，272，280，283，299，300，305，306，316，387，406，961，1058，1069，1176
冯至　669－675，678，680，682－684，688，695，697，1201
冯钟芸　678，694，701，714，716，733，734，1166，1199，1200
伏俊连　947，957，962，963，966－968
符苇　314
傅抱石　537，565
傅东华　537，549，554，581，656，995
傅庚生　75，665，672，683，685，698，733，1169，1195
傅光　681
傅经顺　385，389
傅乐山　319
傅良弼　437

傅全纯 873
傅如一 312,313,634,635
傅绍良 428,430,611,612,627,
　632,698,699,1239
傅生文 485,1046,1047
傅希克 265
傅贤 1051
傅璇琮 4,33,35—37,61,62,64
　—66,127,150,157—159,172,
　173,175,194,196—198,200,
　203—206,218,239,240,245,
　246,257—259,263,265,266,
　268—270,296—300,303,309,
　311—313,341—344,349,355,
　358—363,365—368,417,418,
　420,439,440,462,525,527—
　529,779,813,1116,1118,
　1119,1122,1142,1207—1211,
　1213,1215,1219,1220,1223—
　1227,1229,1231,1232,1234,
　1254
傅义 512,513
傅奕 865,883
傅永堂 681
傅芸子 945,951,957,960,962,
　969
傅增湘 310,445,738,760
傅振伦 1112
傅正谷 796,1053
富嘉谟 94,124,187
富寿荪 362
富寿逊 314
富吴 187,865

G

伽维宝 1149

盖国梁 844
高步瀛 840
高峰 77
高光复 136,148
高光植 742
高国藩 949,956,961,964,973,
　974,978,980,993,1024,1032,
　1041
高国兴 322,323
高海夫 227,275,283,346,898,
　913,914,921,922,928
高捷 1140
高克勤 742
高兰 1056
高林广 921
高梦林 1005,1060
高鹏 742,987
高庆丰 1088
高人雄 1052
高士廉 128
高适 3,22,26,40,106,213,
　217—219,234,244,264—276,
　282—284,301,636,679,691,
　964,974—976,1179
高树森 652
高嵩 948,977
高铁郎 656
高万湖 1124
高文 266,270,273,424,450,
　924
高熙曾 722,723
高彦休 41
高益荣 726
高友工 75,76,80
高玉崑 214,446
高云光 255,471,473

高则明　892
高志忠　372，383，798
高仲武　1103，1116，1120，1121
高仲章　1131，1139
葛景春　599，603，606，611－613，616－619，637，644，647，648，650－652，654，656，660
葛雷　414，656
葛立方　366
葛培岭　309，459，460
葛晓音　1，2，5，6，18，21，24，29，37，38，42，43，50，54，55，58，73，83，84，86，87，105，113，115，117，120，125，132，138，147，148，159，170，178，179，181，186，207，209，214，220，222，231，233，236－238，242，250，275，286，305，307，308，339，340，347，419，469，472，532，535，538，539，541－544，546，561，562，569，576，577，579，603，632，634，636，688，689，705，719，732，793，812，835，860，862－864，867，898，899，1108，1109，1154，1156，1158，1174，1175，1179，1182－1184，1189，1192，1199，1200，1204，1205，1252－1254
葛兆光　47，48，65，1024
耕南　670
耿琴　1129，1246，1249，1250
耿漳　337，339，368
耿元瑞　585，590，597，603，651，663，728，775
宫廷璋　1113
龚德芳　251

龚坚锋　1065
龚书炽　859，866
龚自珍　650，830
古光亮　1022
古洁华　1038
古敬恒　1098
谷玉　1044
顾爱霞　77
顾非熊　418
顾建国　247
顾颉刚　1063
顾况　3，220，317，319，333－335，337，364，417－420，774，794，1086
顾农　1186
顾彭年　669
顾启　107，434，448，540，561，641，1129
顾黔　499，500
顾实　789
顾学颉　769－774，779，807，848－850，852，997，1056
顾易生　417，418，818，894，905，909
顾永新　732
顾浙秦　988
关德栋　951，952，957，960，962，969
关眉　350，352
关盼盼　450
关玉林　743
管本簌　1037
管士光　78，590，598，642
管希雄　894，925
管效先　1054
管遗瑞　702，712，743

管仲　613
贯休　494，516，517，525
鬼谷子　614
桂多逊　289
桂信仪　252
郭暧　339
郭德浩　1056
郭殿崇　450
郭广伟　369，370
郭洁梅　798
郭隽杰　906
郭君曼　501
郭兰成　871
郭茂倩　1001，1005
郭明达　895
郭明志　877
郭沫若　266，279，439，466，586，590，593，595，596，598，599，603，615，663，664，666，671，672，680，683，685，688，690，691，697，743，790，795，1211
郭璞　22，117，191
郭其云　475
郭瑞林　913
郭绍林　47
郭绍明　914
郭绍虞　10－13，78，176，185，359，695，717，718，727－729，732，1101，1102，1113，1125，1132，1138，1139，1147，1148，1175，1176，1237
郭石山　401，595
郭素霞　1043
郭外岑　1107
郭维森　735
郭文镐　421，432，436，437，465，481，482，504，505
郭锡良　887，894
郭虚中　765，767
郭勋　807
郭又陵　1076，1078
郭预衡　9，20，183，493，843，879
郭元振　100，217
郭在贻　402，958，959，963，966，984
郭曾炘　670
郭震　111，113
郭子晖　352
郭子仪　602

H

韩波　414
韩成武　706
韩翃　337，339，340，358，359，368，1219
韩经太　631，632，1134
韩黎范　1083
韩理洲　62，66，76，124，127－132，135，176，178－180，186，188，191，193，824，964，1085，1086
韩绍诗　289
韩氏　771，872
韩式朋　630，631，650，651
韩望愈　376，377
韩维钧　581
韩文若　416
韩偓　3，70，90，454，508－510，521，523，525，724，725，830，1063，1065
韩锡铎　482

韩熙载　509，521
韩宪臣　571，572
韩晓光　712，714
韩欣泉　1124，1129
韩玉珠　234
韩愈　3，10－12，42，44，47，70，91，186，293，315，317，319，320，322－324，328－331，335，371，372，378，379，384，388，389，394，395，406，407，410，421，428－430，434，452，455，470，477，478，496－498，503，535，654，688，689，693，723，725，748，761，774，777－779，794，808，830，845，854，859－863，865－868，870－908，911，913，915，918，922－924，934－940，1069，1071，1108，1189，1210，1223，1236，1246
韩云波　181，1024
寒山　95，367，535，646，991，992
郝立权　487
郝朴宁　83
郝润华　354，450，1098
郝世峰　4，10，12，15，16，19，25，26，28，33，127，137，138，155，171，837，838
郝毓南　297
郝在今　1076，1078
浩乘　584，616
何焯　840
何承朴　144，173
何崇恩　387
何绰如　78，522
何丹尼　235，700

何法周　65
何凤奇　1022
何格恩　244－246
何光清　64
何金文　737
何乐之　565
何立智　45，76
何林天　47，144，166，659，810
何满子　57，647，648，1089
何念龙　376，611
何蟠飞　817
何沛雄　907
何其芳　392，408，784，785，805，1060
何汝泉　484
何寿慈　483，485，996
何书置　911，927
何维馨　514
何伟棠　79
何文广　984
何西来　731
何新国　1021
何逊　147，281，282，721
何尊沛　1048，1049
和富兴　873
贺朝　100，217
贺巍　1015
贺新居　443，444，566，574，575
贺秀明　930
贺扬灵　1053
贺知章　100，216，218，241，251－253，594，640，641
贺中复　523，798，1014，1048，1049，1053，1060
黑川洋　742
弘征　1138

洪本健　939，940
洪静渊　1064
洪炯　313
洪流　872，885
洪丕谟　551
洪庭木　580
洪为法　389，876
洪业　66，670
侯夫人吴绛仙　29
侯外庐　915，1112，1113
侯文灿　1054
侯文正　796
侯希逸　368
侯孝琼　714
侯志明　1097
侯忠义　1067，1085，1086，1090—1092
侯宗义　277，288，763
胡大浚　234，257，259，277，280，354，869
胡光炜　254
胡国强　445
胡国瑞　109，585，608，623，626，649，658，1034
胡怀琛　31，64，589，592，932，937
胡寄尘　927，928
胡建平　275
胡今虚　1107，1108
胡敬君　1135
胡可先　62，63，65，463，480—482，519，679，743，1233
胡灵之　748
胡明　1140
胡鸣盛　1037
胡朴安　31

胡荣锦　443
胡如雷　124，439
胡士明　933
胡适　1，73，95，104，121，124，126，140，210，211，235，236，272，282，315，316，335，606，620，645，646，665，669，684，685，743，755，756，783，792，793，805，873，942，945，952，959，982，983，985，986，994，1004，1216
胡守仁　893，923
胡述范　226
胡遂　459，460，574，575，577，578，629
胡问涛　257，258，261，704
胡湘荣　511
胡小石　2，94，140，664，666，696，733
胡晓明　693，1135
胡星林　464
胡应麟　87，250，273，551，645，716
胡云翼　32，69，75，76，97，134，168，174，190，226，656，995，996，1004，1009，1010，1033，1046，1063
胡曾　514
胡振龙　198，199，750
胡震亨　40，362，377，661
胡中行　434
胡紫阳　636
户仓英美　54，55
户崎哲彦　912
花蕊夫人　525
华忱之　422，426，427，430，728，

1222
华锋 324，325，353
华连圃 1045
华岩 520
华钟彦 65，1046
华兹华斯 576，580，708，832，833
怀悦 1142—1145
焕南 670
皇甫春 409
皇甫煃 35
皇甫枚 1097
皇甫冉 349，357，367，450
皇甫湜 3，388，425，436，438，869，875，1108，1132
皇甫曾 337，360，367
黄保真 12，497，1115，1135，1146
黄炳辉 92，294，651，1107
黄淬伯 81
黄德伟 319
黄东黎 641
黄刚 647
黄贯群 919
黄广华 1140
黄圭 365
黄海章 586，609，626，720，728
黄鹤 310，680，1203
黄加灏 1093
黄江华 32
黄锦鋐 934
黄进德 306，368，1006，1011，1013
黄景仁 738，830
黄景荫 1012
黄克 610

黄坤 1114
黄坤尧 851
黄崑 853
黄兰坡 283
黄明校 264
黄乃康 930
黄启章 1060
黄桥喜 367
黄清士 814，1052
黄汝亨 130
黄瑞云 598，603，634，659
黄畲 999，1031，1044
黄生 740
黄世中 50，509，516，840
黄肃秋 86
黄天骥 625
黄天朋 868，873
黄庭坚 379，724，725，743，831，1190，1191，1208，1209，1224，1226，1229
黄维华 686
黄武松 963
黄锡珪 588，594，657，659
黄新亮 504，511，518
黄新宪 47
黄益元 257，258，654
黄永年 882，905
黄永武 660，661，942，964，975，976
黄玉顺 712，719
黄云眉 877，885，897，913，923，925，937，961
黄泽梁 107
黄泽浦 72，73
黄震云 848—851，853—856，1131
黄征 947，958，959，966，980

黄芝冈　499，687
黄志辉　247，526，742
黄稚荃　697
黄仲琴　487
晖上人　181
回俊才　232
惠澄　547
霍然　72
霍世休　995，1017，1074
霍松林　4，71，214，337，508，658，701，762，764，766，785，787，790，795，805，808，852，901，902，927，1152，1205，1231，1233，1235－1240，1242，1243，1254
霍小玉　1078，1092，1094，1095
霍旭东　1093
霍有明　512，513，1206

J

姬默　627
嵇康　123，131，132，270
吉川幸次郎　730
吉中孚　337，339，363，368
计有功　177，296，351，839
纪德君　1080
纪馥华　393，410
纪思　873
纪庸　73，74
纪作亮　421，422
季光　1094
季国平　519
季羡林　941，1157，1205，1254
季镇淮　881，887－889，892，905，1166，1199，1200
济慈　414

冀勤　451，574，575，749，751，760
贾岛　3，70，91，319，322，330，332，333，407，421，425，428，430－437，453－455，459，500，523，855，875
贾晋华　6，7，33，108，132，348，523，551，619，1123
贾靖　396，403
贾文昭　787
贾谊　123，188，692，845
贾至　11，43，218，636，867
笕文生　906，934
简涛　967
翦伯赞　685
蹇长春　776，777，779，782，787，793，799，804，893
建猷　64
涧岩　228
江弘基　520
江寄萍　390，398
江蓝生　81，966
江青　666，672
江为　521
江辛眉　897，903
江淹　642，1128
江裕斌　703
姜炳炘　737
姜超　521
姜澄清　1062
姜光斗　107，207，341，345，346，349，434，448，540，551，552，561，566，616，617，641，654，868，869，901，1129
姜国柱　501
姜华　443，995

姜剑云 451
姜亮夫 176，203，504，995，1017，1074
姜书阁 9，18，843
姜云 1096
蒋抱玄 904
蒋长栋 71，76，702
蒋凡 742，821，822，836，838，879，906，939，940
蒋方 312，313
蒋防 1094，1095
蒋海生 214，215
蒋和森 683，697
蒋涣 216
蒋见元 615
蒋孔阳 75
蒋礼鸿 805，946，958，964，966，1027
蒋冽 100，216
蒋清翊 165，166，172
蒋绍愚 81，985
蒋挺 121
蒋维崧 385
蒋小雯 832，833
蒋寅 193，337，338，349，360—366，368，734，740，1051，1143—1145，1233
蒋祖怡 502
皎然 46，115，318，319，321，329，331，333，334，561，931，1100，1103，1108，1112，1122—1130，1147，1148，1219，1247
解晓亮 1064
金丹元 580
金丁 538
金麓凉 997

金懋 601
金启华 73，105，339，340，667，672，675，680，695，701，704—707，714，715，717—719，723，728，729，1012，1056
金启综 962
金卿东 798
金山天子 1027
金圣叹 672，740
金涛 933
金涛声 113，120，869，927，928
金文明 1097
金性尧 302，303，628
金学智 563，564，698，805
金言 914
金振华 655
金诤 698，699
金志仁 634，1018，1019
靳能 296—298
荆立民 777，782，1107
晶明 997
景凯旋 930
景遐东 107
净觉 547
敬堂 369—371，383
九嶷人 176，178
菊池英 987
俱文珍 878，879
瞿蜕园 372，384，587，600，661

K

坎曼尔 451
康川 934
康达维 123
康纲联 1081
康怀远 591，637，640

康金声　127，130
康萍　459
康洽　300
康伊　688，689，730，731
康正果　508
柯昌贵　641，707
柯剑岐　697
柯素莉　533
柯远斌　920
柯在实　1056
孔巢父　602，603
孔德　288，289
孔庆茂　448
孔祥祯　448
孔英　360
孔子　131，132，173，496，608，663，845，880，882，887，914，916，918，928
寇锡　677
寇效信　1059
寇养厚　466，467，469，474，477，563，714，889，890
匡扶　992
匡易　289
邝健行　79，89，118，120，436，437，655，712，713，721，1233
邝振华　510，511
况周颐　645
葵生　1094

L

赖寒吹　283
赖江基　797
赖义辉　277，279
赖永海　917
蓝冰　926

蓝增华　1129
郎士元　337，349，364，365
劳格　62
劳季　1043
老子　553，663，776，778，1224
乐维华　56
雷履平　706，739
雷树田　1053
雷震华　354
黎烈南　1021，1036，1041
李昉　358
李翱　449，450，852，866，869，875，880，883，884
李白　3，19，42，44，50，57，62，70，73，84，91，106，133，180，188，217－219，221，227，231，241，244，247，266，269，271，279，290，302，313，333，336，355，378，399，409，410，412，452，480，526，530，535，557，576－578，583－668，672，679，680，684－686，688，690，691，696，707，708，713，716，721，728，729，732，734，735，765，798，801，808，815，823，845，854，855，901，975，976，994，1000，1108，1109，1125，1126，1128，1132，1170－1172，1179，1181，1182，1189，1195，1196，1212，1213，1217，1223，1227，1229，1240，1253
李百药　109，114，118
李宝均　590，598，600，602
李保霖　887
李冰若　996，997，1033，1034，1045，1167

李丙畴　726，742
李波斯　1051
李伯敬　1005
李昌夔　365
李长波　1060
李长路　65
李长之　584，589，605，607，614，643，833
李朝威　1093，1096
李辰冬　695，727
李程　748
李传国　86
李春棠　759
李从军　589－591，595，596，602，605
李存勖　981，1051
李丹　506，507
李儋　349
李道英　860
李德林　9，30
李德裕　438－441，464，467，468，649，780，813－815，834，840，850，1207
李迪生　126
李调元　64，742
李鼎文　350，353
李鼎霞　947，958
李洞　453，454
李端　337，339，349，366
李谔　1，2，4，8－13，102，865，1109
李恩溥　449，450
李尔康　765
李锋　503，504
李逢吉　451，774
李复言　1072，1096

李昌　591，593
李根源　296
李公佐　1091，1093，1096
李固阳　840
李观　865，866，875
李光璧　527，529－531
李光富　450，518，869，877，901，902
李广　593
李广田　665，670，1216
李轨　591
李桂奎　1021
李国标　766
李汉超　647，648
李浩　58，59，76，312，528，530，574，575，581，602，627，910，911
李贺　47，318，319，321，322，329，330，377，378，385－417，420，428，455，478，479，484，654，676，724，726，734，735，819，820，826，830－832，845，854，855，875，1170，1172，1183，1184，1196，1197
李贺平　424
李厚培　257，259
李华　43，217，218，241，311，717，865－868，890
李华飞　443，750，751
李怀光　352
李晖　76
李会典　873
李浑　593
李吉甫　773
李继唐　614
李嘉言　64，72，73，277，279，

280, 288, 386, 387, 389, 407, 431, 432, 434, 435, 715, 716, 766, 880, 883, 995
李嘉祐 319, 337, 349, 362, 367, 368, 450, 1219, 1247
李兼 362
李建 748
李建勋 521, 524
李建中 484
李剑国 4, 244, 1096
李剑亮 1024
李健章 801
李绛 879
李峤 82, 96, 100, 110, 111, 114, 115, 118—120, 194, 199, 202—209, 248, 975, 976, 1148
李金坤 305, 306, 498, 578, 579
李锦全 247, 917
李晋肃 386, 388, 676
李景白 528, 531—533, 536
李景伯 1002, 1011
李景俭 747, 748
李璟 999, 1053—1055
李静 1036
李菊田 493, 495
李军 423
李俊虎 1133
李凯 743
李康成 216
李宽 664
李揆 351
李立朴 504, 507, 508
李良熔 343, 349
李林甫 246, 247, 249, 550, 641, 1177
李林生 1092

李璘 271, 604
李麟 358
李陵 289, 593, 961
李隆基 539, 759, 1002
李芒 726
李玫 960
李梦阳 256, 724
李密 30, 156
李敏 593
李明滨 726
李明伟 963
李明章 401
李乃龙 78, 816
李攀龙 256, 654
李鹏 779, 1202, 1203
李频 437, 454, 461, 519
李其钦 75, 890
李颀 70, 217, 218, 224, 225, 231, 234, 298—304, 313, 1196
李骞 947, 961, 968, 969, 971
李勤印 1056
李清 1134, 1136
李清渊 601, 602
李清照 655, 1015, 1061
李庆 1150
李庆苏 1167, 1187
李群玉 510—512
李戎 652
李汝伦 701, 707
李润强 960
李山甫 453
李善衡 593
李商隐 5, 8, 49, 50, 90, 318, 319, 340, 378, 379, 390, 413, 447, 452—455, 459, 469, 472, 475, 476, 479, 508, 509, 511,

524,654,724,725,772,774,809—847,855—858,1170,1172,1173,1184,1188,1196—1199,1204,1223,1236
李少庸 1114,1115
李绍定 124
李涉 519
李申 380
李绅 91,328,417,423,425,748,753,761,792—794,850,851,1095
李实 874,936
李士翘 257,426
李世亮 245
李世民 106,113,121—124
李世耀 80
李世英 1035
李守章 584
李寿松 739
李坦 169,739
李天道 224,742,1117,1118
李天送 125
李田 644
李廷先 51,230,585,597,647
李娃 1090—1094
李维 96,124,200,1017
李文初 841
李文衡 449
李文球 1136
李文学 67
李无未 260,309,310
李希烈 369
李希泌 296,297
李希跃 1060
李戏鱼 1139
李献芳 1080

李详 694,896
李晓春 869
李星 3
李行芳 675
李行远 675
李醒华 781
李雄飞 56
李秀兰 337
李秀莲 788
李绪恩 688
李珣 1047,1051,1052
李岩 66
李扬 56,665
李冶 371,442
李一飞 33,421,423,901
李一氓 1045,1046
李夷简 748
李宜琛 584,589
李嶷 217
李益 261,262,336,339,349—354,1095
李谊 491,714,726,1037,1046
李邕 309,313,602
李永祥 306,307
李余 758,792
李玉宏 249
李育仁 532,566,568,926,929
李煜 995,996,998,999,1038,1053—1062
李渊 96,591,592
李元嘉 121
李元名 675
李元庆 156
李远 519
李云逸 158,194,195,202,257,258,264,679,980

李蕴华 766
李泽厚 212，213，255，256，624
李钊平 1079
李肇 323，754
李珍华 257—259，261，263，1118，1119，1122
李正宇 963，966
李之亮 500，502
李植 740
李治 173
李中 521，524
李中华 123，817，836，838，839
李忠臣 369
李壮鹰 1124，1136
李子和 475
李子龙 583，587，599，603，604，652，1253
李宗为 761，763，765，1085，1086，1091，1096
郦道元 925
连波 194，203
梁超然 41，169，386，389，462，514，517—519，753，754，817，849，918，929，930
梁德林 322，625，901，902，1120
梁佛根 822
梁锽 216，300
梁简文帝 87，117
梁健 251
梁鉴江 807
梁启超 406，669，684，687，696，835，842，1005，1216，1217
梁启勋 1015
梁实秋 720
梁枢 840，841
梁肃 451，865—867，869，875

梁廷灿 176
梁武帝 1000，1003
梁武帝（萧衍） 1005
梁孝翰 438
梁效 672，1172
梁运昌 741
梁之盘 996，1014
梁祖萍 514
廖立 277，278，280，285，288
廖明君 396，405
廖凝 521
廖延平 311
廖仲安 2，3，341—344，347，682，688，689，720，726，737，740，741，1092，1093
了俞信 252
列宁 101，102
林邦钧 618，853，855，857
林伯谦 888
林传甲 1，8
林从龙 337，658
林聪明 972
林大椿 996，1015，1016
林端娥 798
林庚 3，75，79，83，101，110，134，185，188，210—214，279，298，301，336，400，407，559，585，608，621，623，624，663，1010，1156，1166，1170，1172，1175，1176，1195，1197，1216，1217，1224，1233
林焕文 1000
林继中 45，58，59，76，235，236，322，323，326，653，703，709，712，713，724，725，734，736，740，741，743，930

林家平　941，949
林家英　449，677
林建略　462，463，468，471
林健　302
林江玲　1038
林敬文　1056
林楠　283
林谦三　1007
林纾　875，894
林松　1051
林同济　415
林蔚兰　289，290，294
林贞爱　297
林正龙　734
林志浩　766，800
林仲湘　474
铃木修次　257
凌敬　6
令狐楚　371，372，446，451，749，815，830，843，1122
令狐绹　814，815，822，825，834－836，839
刘攽　839
刘宝和　89，298－300，302，303
刘波　204
刘伯涵　592
刘伯璜　615
刘叉　83，319，330，448，451
刘长春　615
刘长东　691
刘长耿　443，444
刘长卿　319，335，337，349，354－358，362，674，965，1219，1247
刘焯　30
刘朝谦　285，374，1109
刘崇德　603，659

刘初棠　364，365，489
刘大白　3，14，17，140
刘大杰　3，4，15，21，34，127，150，154，157，162，174，176，182，183，185，188，194，205，260，266，273，284，299，318，336，433，596，597，610，622，682，696，783，818，860，871，923，1005，1006，1085，1101，1102，1114，1126，1176
刘道明　169
刘德重　30，34，235，236
刘地生　698，699，711
刘洞　521
刘法绥　314
刘范第　849，851，852
刘方平　216，300
刘芳琼　517，869
刘峰　873
刘复　942，966，981－983，1026，1030
刘富起　782
刘淦　1136，1138
刘冠才　993
刘光裕　914
刘广英　594，610
刘国瑛　339，340
刘国盈　123，183，374，375，498，860，862，863，869，873－875，880，885，886，889，894，895
刘果　1047
刘汉　1112
刘宏　1081
刘洪仁　928，939
刘虎开　519
刘怀荣　152，155，215，216，1238，

1239，1241
刘辉扬 803
刘基 384
刘济 352，370
刘继才 309，314，706
刘继增 1053
刘甲华 527，531，533，534
刘驾 518，1184
刘健明 62
刘洁 869
刘金城 1037
刘进宝 941
刘敬圻 285
刘开荣 76，761，763，764，1066，1070，1084，1086，1087，1089—1092
刘开扬 70，71，143，150，157，162，165，168，174，194，202，260，266—269，272，276，278—280，282，288，314，427，502，533，534，591，658，697，735，738，824，825，834，839，850，964
刘轲 450
刘克庄 1090
刘亮 370
刘猛 758，792
刘明华 689，692，693，702，703，712，713，734
刘铭恕 983
刘宁 332，461，520，524，699，1155，1160
刘盼遂 839，964
刘坡公 1015
刘乾 269，508
刘汝霖 165—167，172

刘瑞莲 385
刘瑞明 961，962，979，985，988，993
刘若愚 832，833，836，841，1202
刘三富 757，1115
刘山甫 41
刘善经 1106，1147
刘善良 662
刘商 450
刘尚林 171
刘尚勇 732
刘眘虚 217，252，300，311
刘师培 64
刘石 186，189，708
刘世忠 788
刘树勋 206，263
刘恕铭 41
刘斯翰 245，246，251，428，430，855
刘滔 1106，1147
刘天文 442
刘弯 358
刘维俊 475，476
刘维治 629，745，746，755，775，796
刘文典 489，758，806
刘文刚 528，530，531，537
刘希夷 96，98—100，111，113，187，254，964，975
刘宪康 252，253
刘祥道 152，153，165—167
刘晓农 1018
刘孝绰 27
刘勰 149，614，650，1127
刘心长 916
刘修明 41

索　引 / 1279

刘修业　487，944，945，974
刘昫　177，493
刘绪　369，370
刘炫　9，11，30
刘学锴　86，810，811，816，820，821，823，825，827，828，831－833，835－837，846，847
刘言史　330
刘衍　385，386，388，389，415，438，676
刘扬忠　495，724，726，869，1040，1048，1056
刘阳　57
刘尧民　995，1008
刘叶秋　1093，1098
刘艺　709
刘忆萱　590，598，642
刘逸青　124
刘逸生　248，263，852，999
刘荫柏　1079，1080
刘永济　86，647，999，1167，1168
刘友竹　591，600，602，659
刘禹昌　558，701，1139
刘禹锡　91，318，323，352，368－385，420，700，748，780，792，794，854，874，875，879，880，911，915，935，1005，1033
刘毓盘　996，1009，1033
刘毓庆　512
刘跃进　1145
刘云翔　1018
刘曾遂　329，330，448，475，476，1123
刘振娅　198，202
刘征　686，1186
刘知几　866，1112－1116

刘知渐　183，218，412，711，712，751，938，939
刘志坚　229
刘志盛　512
刘志云　545
刘秩　678
刘子玄　94，124，1112
刘尊明　853，855，1022，1025，1031，1052
柳晋　8，11，16，28，30
柳冕　865，866
柳文英　814，816
柳毅　1093，1094
柳宗元　3，91，293，294，315，323，335，372，378，379，452，748，808，859，861，867，868，874，875，877－880，885，908－940，1069，1229，1236
龙晦　1024
龙建国　354，1022
龙连荣　502
龙沐勋　996，1000，1017，1026，1028，1029，1054
龙榆生　1015，1016，1018，1063
龙震球　929
卢藏用　94，119，124，176－179，200，865
卢达　204
卢鼎　931
卢怀萱　538，550
卢冀野　995
卢戡　748
卢纶　336，337，339，341，349，358，363－365，368，1210，1219
卢南乔　1112
卢前　1017，1054

卢盛江　889，890，1105，1150
卢氏　17，19，20，158—160，162，176，179，675，1054
卢思道　2，4，5，9，11，17—20，25，26，30，139
卢仝　83，319，322，330，448，449
卢苇　284
卢象　217
卢兴基　684，799，998，1057
卢言　451
卢燕平　226，318，320，425，627
卢业时　439
卢照邻　33，96—100，102，108，111，113，118，119，140，143—145，147，149，150，153，154，156—164，172，173，254，1174，1204
卢子蒙　748
鲁洪生　1107
鲁迅　2，496，502，742，762，765，1066—1069，1073，1085—1087，1089，1168，1194，1216
陆长源　360
陆倕　27
陆淳　130
陆法言　10，80
陆龟蒙　70，453，484，492，497—499，502—504
陆海　121
陆惠解　628
陆坚　647，1064
陆侃如　33，96，126，130，133，141，150，156，165，194，265，272，283，299，300，305，306，316，387，406，1058

陆路　126
陆庆夫　178
陆爽　30
陆游　285，493，494，723，1005，1229
陆瑜　30
陆渊　584
陆志韦　710
陆贽　864，875，1212
鹿琳　927，928
路成文　1052
路工　972，1096
路剑　874，935
路云亭　1079，1080
吕才　135，964，1085
吕大防　673
吕福田　702，703
吕慧鹃　204
吕美生　611
吕朋林　985
吕晴飞　860
吕庆端　353
吕尚　613
吕温　748，911，914
吕远墨　1054
吕振羽　881
栾贵明　67，417，425，662
论惟明　352
罗秉恕　396，403，404，1205
罗方　800
罗根泽　11，15，175，185，263，328，456，730，859，865，880，887，888，1103，1104，1114，1116，1125，1132，1148，1149
罗华庆　941，949
罗焕章　742

罗继祖 911

罗忼烈 358

罗立乾 214，215

罗立群 1079

罗联添 1130，1233，1234

罗虬 453

罗时进 193，261，262，353，465，505—507

罗树凡 525

罗田 617

罗香林 41

罗邺 453

罗隐 453，454，492，498，500—502，521，525

罗庸 175，177，695，701，727

罗庚岭 17，514

罗元贞 125

罗振玉 64，129，172，276，487，660，770，779，942，950，979，1025，1026，1028，1030，1210

罗仲鼎 1140

罗宗强 4，6，10—13，15，16，19，21，25，26，28，33，71，127，137，138，155，171，213，321，479，522，610—612，615，616，618，625，644，667，730，756，793，837，844，863，864，871，1104，1106，1111，1120，1209，1210，1215，1220，1221，1223，1229，1233

骆宾王 97—100，102，111，113，118，119，143—145，149—156，163，164，175，198，200，254

骆寒超 255

骆祥发 146，149—152，157，160，165，173

骆啸声 1113

骆玉明 5，27

M

马成生 1083

马承五 318，319，428—430，717，719

马戴 314，453，520

马德富 700

马德琳 939

马德懋 796

马斗全 198，358

马逢 451，748

马歌东 257，580，726

马国强 963

马积高 9，37，155，171，449，450，843，869，923，924

马家骏 519

马克思 101，102，372，391，584，621，671，681，729，767，809，860，913，1059，1219

马克垚 609

马连儒 734

马凌霜 516

马茂元 3，60，61，67，73，135，143，154，155，157，162，163，165—167，174，176，177，194，195，198，201，203，204，206，217，262，279，283，296—300，303，306，311—314，392，400，410，454，489，658，671，714，715，717，728，729，784，802，803，809，814，818，824，825，839，929

马其昶 904

马仁可 350，351

马少侨　514
马同俨　737
马万辉　364
马晓光　704，705，804
马欣来　551，1204
马兴荣　1016
马秀娟　569，570，577
马异　319，448
马元调　760，768，806，807
马云奇　974，977—979
马振方　1092，1202
马重奇　711，720，797，901
马周　94
马自力　333，334，931，932
马祖道一　331
麦朝枢　585，591，593，596，597，614
毛炳汉　681，709，721，722
毛居青　681
毛庆　712，734，735
毛水清　47，204，207，208，514
毛文锡　1052，1053
毛西旁　383
毛熙震　1053
毛泽东　411，655，666，671，695，728
茆家培　587，652
冒广生　997，1026
梅维恒　954
梅新林　65，740
梅尧臣　725
梅泽和轩　537，565
梅祖麟　75，76，80
孟宾于　521，526
孟二冬　318—320，329，330，1129，1244—1250，1254

孟繁仁　775
孟浩然　26，106，136，137，217，218，238，241，243，259，269，286，290，312，335，336，346，372，527—537，541，554，557，573—576，578，581，975，1103，1166，1173，1174，1178，1179，1184，1195，1197，1200—1202，1206
孟郊　319，322，329—331，400，425—430，434，535，794，854，874，875
孟棨　640
孟庆复　647
孟诜　157
孟西科夫　962
孟祥鲁　1056
孟修祥　396，397，633
孟云卿　217，220，295，679
孟昭诠　717
孟子　496，578，687，688，880，881，918
梦初　162，1032
苗发　337，363，368
苗菁　1018，1022
敏泽　785，1101，1102，1127，1129
明克让　30
缪军　515
缪启愉　584
缪荃孙　508
缪文逵　307
缪钺　463—465，468，472，475，476，480—483，492—495，497，695，700，701，817，830，999，1018，1021，1047，1065，1203

缪志明 525
摩诃男 733
莫道才 743
莫砺锋 84,652,692,697,704,712,713,730,731,863,1038,1173
莫乃群 289,360
牟怀川 717,848,849,851,852
牟瑞平 704,705
牟世金 1114
牟通 887
慕容承 540
慕容华 585,597

N

南柯太守 1096
内田诚一 567
内田泉之助 991
倪墨炎 1089
倪培翔 234,602
倪其心(其心) 4,5,20,72,73,74,108,218,630,817,880,883,1166,1199,1200,1207,1212,1227
倪文杰 526
聂石樵 847,1058
聂文郁 112,166,172,186,290,291,293,294
聂夷中 454,485,492,498,502,504
宁海 655
宁强 941,949
宁业高 423—425
牛宝彤 642,643
牛贵琥 512
牛弘 9,30,769,1001

牛峤 1053
牛僧孺 40,41,439,465,467,468,769,779,1069,1070,1072,1096
牛庸懋 927

O

欧凤威 712,717
欧明俊 1048—1050
欧阳炯 1047,1049,1052
欧阳修 494,503,1044
欧阳詹 451,875
沤盦 1056

P

潘恩富 916
潘竟翰 420,421
潘君昭 647,1001,1007,1040
潘世良 774
潘世秀 786,1136
潘重规 966,974,979,983,988
庞石帚 647,648
裴迪 547,576,579
裴度 323,370,851,879
裴斐 589,597,606,610,611,613,623—626,630,631,633,634,651,658,662,667,668,698,699,711,712,742,743,753,754,786,792,793
裴坦 749
裴晋南 136
裴芹 59
裴淑 443,745,746,751
裴谈 1011
裴廷裕 857
裴行俭 151—153,156,167,172,

241
裴铏 41，1072，1095
裴延翰 480
裴耀卿 541，542
裴豫敏 351，354
沛王 166，167
彭功智 873，1024
彭建 918
彭剑青 501
彭菊华 244
彭兰 264－268
彭立勋 557
彭清 685
彭庆生 76，176，177，1166，1206
彭云生 445
彭芸荪 442，443，751
彭志宪 516，849，852
皮朝纲 1135
皮日休 70，453，454，478，485，492－500，502，723，787，794
平冈武夫 67，662
蒲友俊 192
濮禾章 660，686，700
朴忠禄 655
浦江清 525，645，997，1005，1176，1188，1208，1216，1217
浦起龙 672，673，740
普寂 547

Q

戚惟翰 584，620
漆绪邦 234，1123
漆子扬 1038
齐甘 393，415
齐涛 484，492
祁光禄 511，1024

祁永寿 496
祁子祥 233
綦毋潜 217，306，312，313，553，580
启功 169，659，860，946，957
钱伯城 905
钱大成 427，431
钱大昕 464，1216
钱冬父 859，861，862，866，870，878
钱畊莘 85
钱基博 891，892，894，905，935
钱来苏 670
钱起 327，336，337，339，340，349，358－360，366，368，1219
钱谦益 672，673，675，676，725，740，832，846
钱伟康 144
钱珝 359
钱学文 144，173
钱振伦 772，810，811
钱志熙 1155，1156，1174，1182，1186，1189，1190，1192，1205，1206
钱钟书 399，421，840，844，874，904，1176，1190，1208，1233
钱仲联 897，903，904，1052，1207
钱卓升 1074
乔长阜 337，353，356，363，423，424，446，506，677，700
乔长路 918
乔典运 214
乔力 1032，1041，1042，1049，1050
乔象钟 33，126，133，139，156，

164，170，239，241，245，246，
248，266，267，308，559，590，
594，595，597，604，630，632，
634，641，644，1060
乔正康　22
乔知之　96，111，119，177，187，
202
秦桂祥　782
秦惠民　1044
秦绍培　186，189
秦韬玉　520
秦系　327，335，337，358
秦效成　499
秦效侃　474
青木正儿　959，960
清水茂　925，1203，1205
丘良任　169，673，674，680，681，
1205
丘为　217，975
邱俊鹏　234
邱妙芳　887
邱耐久　600
邱瑞祥　566，571，572
邱世友　1114
裘重　714
区潜云　1056
曲世川　566，567，597，598
曲文军　515
曲滢生　483，997
屈复　809，839，842
屈光　257，312，527－529，867，
880
屈守元　384，731，904，905
屈小玲　755
屈原　330，376，410，412，413，
497，511，579，622，650，651，

688，692，721，722，786，797，
815，817，831，930，1061，1062，
1217
权德舆　40，361，449，864，865
全岳春　475，476
泉清一　649，650

R

饶宗颐　900，906，907，1026，
1028
任半塘　3，50－53，63，947，962，
986，989，998，999，1007，1013
任宝菊　1112
任长龙　907
任朝第　618，1205
任二北　646，946，965，998，1001，
1015，1017，1026－1028，1030，
1031
任昉　845
任国绪　144，150，157，158，160，
163，167
任洪杰　1076
任继愈　1113
任嘉禾　577，578
任铭善　41
任氏　646，1028，1083，1097，
1098
任爽　37
任晓润　278，279
任学良　1149
戎昱　337，349，362，363，365，
366
荣新江　941，980
容肇祖　350，352，945，961，966，
1089
汝东　1051

入谷仙介　571，572，797，1163，
　　1203
入矢义高　797，986，989，991
阮籍　97，131，132，135，190，
　　243，244，248，382，532，650
阮珅　656
阮堂明　615，616
阮廷瑜　652，654
芮廷章　297
芮挺章　1116，1121
瑞需　451

S

仁丹　1060
沙灵娜　632，633
莎士比亚　656
山木敏雄　853，855
山田钝　1149
山田孝雄　1087
山下一海　655
商继宗　886
商聚德　886
商伟　109，110
上官婉儿　94，96，121，124—126
上官仪　94，95，98，100，102—
　　104，108，114，118，119，126，
　　143，147，163，175，187，240，
　　1106，1148
上官昭容　119
尚定　37，113，138，218，220
尚永亮　322，323，327，376，428，
　　430，781，797，874，880，917，
　　922，1239，1243
尚振明　935
少泉　247
邵传烈　502
邵毅平　1150
邵祖平　2，69，70，75，85，694，
　　701，710
佘贤勋　765，789
佘正松　189，265—271，273，274
舍之　1027，1042，1051
申宝昆　493，497，498
申风　659
申建中　887
申如　709
申载春　1081
神会　270，548，551，552，567，
　　691
沈彬　513，521
沈德潜　22，128，441，656，724
沈惠乐　144
沈既济　1083
沈家庄　520
沈检江　459
沈津　500
沈开生　496
沈立东　125
沈茂彰　817，830
沈千运　217
沈钦韩　873
沈佺期　35，73，89，98，100，102，
　　103，108，111，113，118—120，
　　141，188，193—197，199—204，
　　1002，1011，1019
沈绍辉　261
沈时蓉　740
沈详源　1018，1047
沈亚之　390，450
沈贻炜　249
沈隐侯　1147
沈玉成　13，16，17，19，21，22，

25—30，227，229—231
沈约　94，97，650，721，1003，1005
沈曾植　852，900
沈仲　359
沈仲昌　359
沈宗畸　1054
沈祖棻　86，896，897
盛世强　1017
盛英　252，253
师长泰　75，261，475，476，570，578，579
师为公　202，382
施昌东　916
施逢雨　637，638
施鸿保　672，740
施旭升　887，889
施议对　999，1002，1007，1008
施章　259，306—308
施蛰存　169，262，428，430，648，851，999，1000，1038，1043，1054，1055，1063—1065
施子愉　909
石昌渝　666，1082，1083
石贯　451
石笋　32
石岩　442
石云涛　226，691
拾得　95，535，992
史炳　740
史礼心　423
史双元　396，402，403，541，542，548，552，558，566，567
史铁良　298
史有为　82
矢吹庆辉　982，986，989

狩野直喜　487，942，1025
叔英　737
舒芜　657，898，899
舒元舆　451
舜阇黎　548
司空曙　337，339，368
司空图　70，454，498，521，1100，1103，1108，1112，1125，1127—1147
司马承祯　616，636
司马光　494
司马迁　708，892，1079
司马相如　188
斯蒂芬·欧文　78，108，428
斯坦因　487，490，942，943，982，983，1025，1026
松浦友久　592，629，630，633，636，655，1163，1204
松尾芭蕉　655
松原朗　634
宋尔康　499，500，504
宋海军　872
宋景昌　2，3
宋廓　706
宋令文　157
宋平　1096
宋祁　177，241
宋效培　1062
宋心昌　382，637，638，1065
宋绪连　652
宋耀汉　1013
宋元照　968
宋之问　35，73，89，100，102，103，108，111，113，118，119，141，152，188，193—204
苏绰　9，865，1086

苏道明 1096
苏端 358
苏丰 1093，1096
苏涵 825，828
苏华 189
苏涣 217，220，420
苏黎明 509
苏曼殊 831
苏秦 614
苏轼 348，379，382，384，533，561，562，654，742，907，917，1144，1146，1147，1208
苏颋 118，197，200，602
苏为群 667，717，718
苏味道 73，96，100，114，118，203－205，208，209
苏雪林 69，70，75，126，141，153，156，166，197，201，211，235，272，282，316，335，452，561，621，743，809，812，813，835，839
苏雨恒 286
苏渊雷 931
苏者聪 77，125，126，284，373，442，515，516，751，792
苏仲翔 589，665，666，744，767，768，776，807
隋炀帝 2，8，13－15，17，87，118，122，593，1001，1009，1101
孙安邦 853
孙百急 872
孙昌武 42，45－47，291，318，320，460，461，566，567，860，862，863，866，867，871，882，889，890，893，895，905，909，910，913，914，917，923，924，

1129，1130，1140
孙昌熙 1138，1140
孙次舟 493，494
孙代文 920
孙方 65
孙鲂 513，521
孙浮生 459
孙公望 66
孙光宪 1014，1052
孙菊园 44
孙楷第 3，591，943，945，951，955，968，969，972，1175
孙兰风 64
孙立 1021
孙立峰 45
孙连琦 923
孙连仲 75
孙联奎 1138
孙俍工 32，76
孙民 1098
孙敏强 1107
孙其芳 1027，1032
孙钦善 264－269，273，276，964，1207
孙琴安 64，86，90，302，374，378，637，638，717
孙人和 1044
孙士信 677
孙寿玮 67，81
孙殊青 585，626，632，633
孙顺霖 443，444
孙思邈 157，160
孙逖 216，241，300
孙万寿 11，26，27，139
孙望 64，289－291，293，294，297，298，341－344，395，744，

762，1085
孙维城　527－529，1013
孙星衍　130
孙醒　872
孙翌　1122
孙映逵　234，277－280，285，286，308
孙永如　1081
孙悦春　963
孙振华　580

T

太平公主　199，218，539
泰戈尔　576，580
谈凤梁　1076
谭蝉雪　969，980
谭尔进　1054
谭家健　262
谭丕谟　175
谭丕模　766，790，800，1057－1059
谭青　773
谭优学　61，194，198，199，257，258，264，266－268，298－300，306，307，309，312，350－352，354，423，445，446，504，505，512，519，527，529，530，538，541－544，548，581
谭正璧　175，393，410，515，540
汤高才　75
汤贵仁　905
汤华泉　499，520
汤基猛　510
汤擎民　290－292，345，346，450，1015
汤用彤　440

唐朝臣　352
唐德宗　61，446，1209，1212
唐典伟　109，686
唐富龄　1081
唐高宗　61，110，165，173，195，205，245，758，1002，1089，1209
唐高祖　150，151，1086
唐艮　923
唐圭璋　645，647，995，997，999－1001，1007，1012，1026－1029，1040，1053，1054，1056，1061，1062，1176
唐兰　384
唐穆宗　749
唐求　453，520
唐睿宗　177
唐肃宗　309，354，602，864，1212
唐太宗　94，103，105，108，109，121－124，150，151，163，675，962，1105
唐文　31
唐文治　868，894
唐玄宗　227，228，289，292，313，417，672，673，676，689，691，698，803，805，1002，1012，1063，1117，1181，1212，1213
唐彦谦　454，725
唐异明　1071，1094
唐音街　804，805
唐寅　379
唐英明　832，833
唐钺　649，1017
唐昭宗　484，1028
唐志敬　916，917
唐中宗　196
陶白　650

陶道恕　650，652，721，1203
陶尔夫　285，403，404
陶翰　217
陶礼天　1146
陶林　553，566，568
陶敏　33，62，63，195，197，198，200，203，204，209，312，334，361－363，365，368，370，383，384，451，482，510，519，528，530，679
陶潜　95，97，128，131，132，135，138，243，270，346，532，577，578，797，821，931
陶瑞芝　677
陶文鹏　58，76，249，250，253，275，304，533，535，553，561，563，564，572，573
陶锡良　601
陶先庶　289
陶新民　244，528，530，595，651，658，871
陶亚舒　522，1024，1041，1049
陶易　877
陶愚川　775，789
陶渊明　133，135－139，147，191，236－238，243，294，307－309，314，334，347，349，532，533，535－537，576－579，617，651，652，721，722，795，854，1165，1170，1196，1202，1220，1221，1229
滕云　1136
天行　994
田颙　495
田北湖　386－389，414
田本相　720

田岛　788
田耕宇　86，457，460，1021，1104
田居俭　1056
田军　67
田濮　939，940
田守真　724
田廷柱　439
田奕　67，425，662
田游岩　200
田子贞　995，1017
佟培基　64，65，226，314，357，423，435，441，445，462，481，511
佟宗颐　77
童第德　904，905
童嘉新　192
童书业　565
童养年　64
涂宗涛　416
拓跋珪　370

W

完颜海燕　1060
宛敏灏　75，1003，1012，1013，1016，1017
万光治　604
万竞君　310
万曼　63，193，276，288，341－344，349，354，386，387，389，390，416，420，423，425，431，436，441，445，483，492，498，500，502，504，507，508，510，512，513，582，659，737，760，767，768，775，776，856，906，933
万斯年　63

万松 510,511,919

万西康 402

万亚峰 577,578

万云骏 702,703,717,718,1021

汪辟疆 744,834,841,1066,1067,1073,1084,1086

汪春泓 1142

汪德振 500,501

汪泛舟 948,971,981,1032

汪馥泉 959,960

汪静之 607,665,666

汪立名 769,772

汪谦 255

汪绍楹 1067

汪师韩 840

汪晚香 866—868

汪维尔 249

汪涌豪 1107,1108,1142,1143

汪之明 2,3,9

王安石 384,421,655,668,725,742,831,915,1218

王褒 7,18,19

王葆生 557

王秉均 779

王波 528

王伯奇 599

王伯祥 589

王勃 33,42,44,96,100,102,111,113,118,119,140—142,147,149,153—156,159,163—172,174,175,186,291,865,1001,1210,1236

王步高 3,7

王昌龄 70,106,115,208,217,218,224,225,231,234,256—264,300,353,654,713,975,1106,1107,1128,1148

王昌猷 325,625,882

王充 373,915

王春庭 786,792,938

王从仁 83,84,504,528,538—541,569,570,573,1063

王达津 61,197,198,264,266—268,363,365,431,436,449,463,464,481,508,510,512,527—530,533,534,538,540—544,581,709,728,805,841,848—852,894,1097

王德普 470

王德全 686

王镝非 247

王定保 166

王定璋 50,192,202,326,339,341,358,359,366,460,512,517,518,600,611,631,633,642,652,660

王东春 401,402

王度 6,1084—1086

王尔迁 297

王梵志 5,95,105,106,941,943,948,973,975,981—993

王方翼 241

王夫之 918,1189

王福民 841

王福雅 1150

王福畤 1085

王富仁 263

王艮 915

王光汉 505

王桂珍 62

王桂芝 1137

王国安 127,129,855,932,1076

王国维　416，487，490，645，857，942，949，960，961，996，1004，1025，1028－1030，1038，1043，1045，1054，1062，1216，1217
王国璎　618，619
王涵　888，889
王翰　100，217，219，224
王红　460，461，905
王宏钧　1086
王宏图　899，900
王洪　67，730，1000
王辉斌　75，179，312，528，531，601－603，605，659，664，673，674，676，679，712，713，730，773，910，911
王迹　731
王绩　6，58，70，84，89，95－97，100，102，104－106，118，119，126－141，147，186，206，217，238，243，963，964，973，1084－1086
王勣　1084
王季思　116，761
王季友　217，220
王济亨　1131，1139
王继范　444
王家吉　1113
王家星　797
王建　29，91，321，328，406，417，421－425，485，488－490，525，723，794
王建弼　1142，1144
王建辉　56
王婕　310
王金昌　475
王进驹　302
王进珊　767
王晋光　655，921
王晋江　1150
王缙　539，540，544
王晶波　1098
王景琳　233
王竞时　578
王军　350，352
王俊钟　919
王开富　863，1083
王闿运　2，254，256，832
王抗敌　678
王克平　743
王昆吾　50，51，53，947，1008
王礼锡　386－391，399，406
王力　79－81，88，310，1015，1016
王立群　503
王立兴　1092，1096
王立中　584
王丽娜　234，580，655，1140，1141
王利器　1149，1151
王良志　912
王灵妃　154
王令　313
王刘纯　278，280，288
王茂元　815，843
王懋注　905
王蒙　810，825，827，838，842
王孟白　409
王勐　1084，1085
王明居　76
王明煊　1081
王南　475，698
王凝　128，1084，1085

王沛霖 1053

王伓 748,779,874

王琦 415,416,588,603,649,660—662

王气中 72,167,168

王启兴 56—58,75,109,198,199,214,215,252,292,418—420,640,704,707,731,786,792,878,930,931

王起 4,18,24,104,131,134,142,154,168,180,183,188,260,270,273,284,301,317,336,346,376,410,453,496,622,734,753,784,819,830,870,878,893,898,923,1002,1070,1074,1075

王谦泰 777

王樯 396,402,403

王清士 475

王庆菽 946,953,957,958,960,972

王庆堂 514

王仁昫 80

王汝弼 298,807,808,847

王汝涛 1079

王润华 1136,1137,1146

王尚文 627

王韶生 908

王圣强 711

王拾遗 745,748,752,757,759,767,768,775,776,802

王士菁 70,104,127,130,134,150,156,842

王士源 532,1178

王士禛 1131

王世达 1049

王世德 77,1135

王世贞 122,316,654

王绥青 227—229,231,262

王叔苹 463,468,471

王叔文 748,779,780,874,877,879,880,911,913,1211,1213,1227

王水照 35,486,490

王硕荃 712,717

王嗣奭 672,738,740

王松龄 155,803,933

王天海 167

王庭珍 56

王通 2,6,8—13,131,132,865,1085,1109

王同策 852

王同皎 199

王同书 822

王桐龄 1097

王湾 216,219,243,1235,1236

王威宣 920

王维 2,3,22,26,47,58,84,106,133,136,137,216,218,221,238,241,243,247,269,271,286,287,290,293,300,314,318,319,335,336,338,340,346,359,372,452,460,511,527,528,530,534,536—582,653,716,808,1103,1132,1166,1170,1171,1174,1177,1196,1200—1202,1204—1206,1223,1236

王纬 369

王玮 322,901

王文才 525,591,969

王无竞 100,119,199,200

王武子 906
王西平 463,465,467,470—473,475—477,479,482
王希斌 853,854
王锡昌 859,861,865,870,876,891
王锡臣 700,719
王锡九 111,145,146,287,302,304,634,635,720
王锡久 82
王香毓 432
王祥 136,866,867
王骧 448
王向峰 1135
王小盾 51,965,1013
王晓核 354
王晓骊 1024
王辛凡 309
王欣夫 65
王信之 997,1043
王星琦 1053
王醒 1051
王性之 761
王雄夫 204,206
王许林 631
王旋伯 425
王学泰 666,671,737,739,740,1207
王雪 726
王勋成 278,279,358,542
王亚民 611
王延梯 798
王炎平 439
王燕玉 257
王尧 977
王瑶 2,593,640,1216,1217

王一民 917,938
王义方 157,159,160
王亦军 350,351,354
王易 1007
王翊群 853,854
王应奎 840
王应麟 1145
王瑛 1098
王永昌 204
王永兴 913
王勇 1064
王用中 773,804,805
王友德 285
王友怀 578,579
王友胜 50,615,616,633
王于飞 1036
王渔洋 551,1131
王玉骏 895
王玉祥 831
王玉哲 1113
王元湖 919
王元军 59,313
王远彦 505,506
王岳川 703
王芸生 878,938
王运熙 12,13,182,189,190,214,215,257,258,263,292,295,374,375,430,557,577,590,598,600,610,613,619,631,640,644,649,650,652,653,728—730,756,793,801,845,1071,1093,1104—1106,1115,1116,1121,1127,1129,1144,1207,1233
王运用 928
王泽君 724

王泽浦　710
王增斌　151，152
王增文　2，3
王章焕　895
王兆鹏　631，1002，1031
王兆阳　831
王政　106，785，1021
王之涣　217，296—298
王枝忠　973，1071，1083，1097
王志　254，571
王志华　136
王志昆　869
王志民　83
王志强　1129
王志清　570，578
王中华　515，516
王钟陵　75
王仲闻　1054
王仲镛　62，65，742
王重九　677
王重民　3，64，129，276，488，
　　514，943，944，946，947，953，
　　956—958，960，961，964，966，
　　973—978，982，998，1026，1027，
　　1030，1031，1175
王胄　11，16，17，27—29，1001
王灼　1001
王自周　899，901
王宗堂　451
薇园　341—344，508，841
巍然　797
韦安石　539
韦斌　539
韦承庆　100，313
韦皋　442
韦贯之　773

韦瑾　1084
韦海英　1137
韦后　125，218
韦见素　484
韦氏　745，746，758
韦述　100，216，241
韦绚　1098
韦应物　327，335，337，341—349，
　　362，419，484，794，931，932，
　　1103，1123
韦臧文　748
韦之晋　674，677
韦执谊　779，780，874
韦庄　452，454，483—492，525，
　　941，973，996，997，999，1032，
　　1033，1037—1045，1047，1050
维治　571
卫伯玉　365
卫德明　123
卫中立　875
卫仲璠　878
隗芾　907，1007
蔚家林　653
魏长洪　770
魏澹　30
魏国春　136
魏弘简　748，749
魏骥　1144
魏炯若　648，659
魏凯　193
魏良淦　1139
魏明安　841，1096
魏西尧　1051
魏玉侠　519
魏徵　2，8，11，14，94，98，100，
　　109，113，114，122，140，689，

865
温（子升） 1122
温公翊 499
温广义 1000
温廷敬 852
温庭筠 8，62，340，379，409，
    452，454，459，472，654，809，
    810，826，830，847－858，996，
    997，999，1009，1025，1032－
    1036，1038－1046，1050，1236
温秀雯 448
温彦博 848，850
温至孝 926
文安礼 909
文达三 563，564
文阁 425
文天祥 723
闻军 373
闻一多 2，4，64，99－101，109，
    122，126，127，134，141，143，
    145，150，151，154，156，157，
    161，163，165，179，197，201，
    204，206，216，240，246，254－
    259，265，266，277－280，288，
    295，299，305，309，313，335，
    342，355，358，363，365－367，
    388，424，427，433，446，458，
    531－534，663，670，673，676，
    678，680，687，1176，1216，1217
吴奔星 709，841
吴承学 78，189，1221，1223
吴传骏 1038
吴翠芬 256，755，1092
吴代芳 514
吴迪 686
吴调公 454，695，728，729，731，

786，810－813，815，819－821，
    823，830－833，839，844，1133，
    1134，1140
吴遁生 855
吴恩裕 883
吴逢箴 234，693
吴伏生 414
吴钢 385
吴庚舜 67，228，232，324，333，
    354，456，486，1071，1094
吴功正 1108，1110
吴光兴 667，668，1155
吴国柱 598
吴海林 194
吴河清 330，891
吴惠娟 1022
吴家恒 227
吴家桢 485，997，1037
吴金夫 1052
吴进仁 797
吴泾熊 670，694，696
吴景旭 675
吴均 29，281，282
吴筠 601，602，614，616
吴闿生 415，416
吴莉莉 923
吴礼权 1067，1098
吴烈 73，1037
吴鹭山 707，734，1054
吴眉孙 1017
吴梅 1003，1007，1015，1016，
    1167
吴孟复 878，938
吴明贤 176，177，179，185，653，
    686，693，700
吴秾 165

索　引 / 1297

吴培元　883
吴其昱　980
吴其作　996，1013
吴企明　65，359，385，389，390，412，413，416，417，424，425，436，437，480，647，648，658，659，724，726，979
吴乔　834
吴庆舜　67
吴融　454，484
吴汝滨　590，606，620
吴汝纶　415
吴汝煜　62，67，75，334，369，376－379，381，383，385，394，402，432，449，450，610
吴少诚　369
吴绍钪　655
吴绍礼　474
吴晟　901，902
吴士矩　748
吴士则　748
吴世昌　945，960，1047
吴肃森　857，964，974
吴伟　947
吴伟斌　745－755，761，762
吴伟业　725，798，832
吴文治　30，34，874，889，906，907，909，910，915，920，932－935，1114，1129
吴相周　777，778
吴相洲　215，216，320，721，722，863，864，889，890，1000，1016，1154，1253
吴小平　79
吴小如　252，255，658，702
吴新生　922

吴雄　1013
吴熊和　647，999，1001，1003，1006，1015，1016
吴学恒　228，229，231，262
吴颖　1057，1058
吴雨生　438
吴云　123，124
吴在庆　33，61，63，369，371，383，445－447，462－467，471，473，477，480－482，499，501，518，520，526，745，842，843
吴丈蜀　1015
吴兆华　374
吴志达　763，764，1085，1086，1092
吴仲孺　355
吴宗渊　285
伍非百　583，619
伍乔　513，521
武安国　309
武复兴　56，57
武后　11，85，94，98，100，103－106，115，119－121，124，125，147，149，175，176，178，179，182－185，218，219，221，222，245，265，266，296，539，540，588，1172
武三思　178，179，199
武秀　599
武秀珍　66
武攸宜　177，178
武元衡　371，879，911
武则天　37，102，112，116，117，121，124，125，147，152，173，182－184，187，196，199，205，258，299，758，964，1011，1088，

1089, 1210, 1211
武曌 155

X

西谛 994
西鲁 719
曦微 31
席启寓 351
席臻贯 56, 77
下定雅弘 798, 901, 902, 1233
夏承焘 483, 484, 671, 695, 710, 714—716, 800, 848—852, 996, 997, 999, 1001, 1006, 1010, 1013—1015, 1017—1019, 1031, 1034, 1037, 1038, 1041, 1042, 1047, 1053, 1056, 1063, 1175, 1176
夏侯审 337, 339, 363, 368
夏敬观 1015, 1016
夏静岩 344
夏连保 127, 129, 130
夏晴 1077
夏兆亿 1057
咸力 444
相里造 300
相力 598
向达 41, 646, 943—946, 950, 951, 953, 957, 968, 969, 982
向迪琮 491, 1037
向叙典 798
向以群 521
项楚 448, 948, 957, 958, 960, 964—966, 975, 981, 984, 986, 988, 990—992
项斯 450
萧艾 828, 835

萧涤非 3, 4, 15, 18, 23, 24, 29, 67, 104, 131, 134, 142, 154, 168, 179, 180, 183, 188, 260, 270, 273, 284, 301, 317, 336, 346, 373, 376, 410, 453, 492—494, 496—498, 560, 622, 658, 671, 673, 674, 680, 683, 685, 688, 695, 702, 711, 720, 723, 733, 740, 753, 784, 819, 830, 870, 878, 893, 898, 923, 995, 1002, 1070, 1074, 1075
萧平汉 911
萧十二 674
萧士赟 640, 660, 661
萧统 149
萧倪 749
萧望卿 584, 607, 608, 643
萧文苑 247, 795
萧衍 1005
萧颖士 43, 217, 218, 241, 320, 360, 865—868, 890
萧月贤 517
小西甚一 1149
小尹 549, 555
小翟理士 487
小周后 1056, 1058
肖驰 1140, 1141
肖砾 244
肖瑞峰 373—377, 379—382, 667, 774
肖文苑 44, 381, 382, 422, 499, 500, 610, 632, 731
肖煜 431
肖占鹏 329, 331, 836, 841, 891, 1129
啸马 1076, 1078

谢柏梁　765
谢楚发　261
谢海阳　484
谢汉强　910，911，916，918，934
谢建忠　192，429，430
谢力　721，868
谢灵运　147，236，237，250，259，333，339，341，347，533，536，556，576－578，650，652，854，931，1123，1128
谢六逸　1087
谢孟　792
谢明　501，1192
谢荣福　421，432，436，437
谢善继　585，626，634
谢氏　745，746，1123
谢世涯　1062
谢思炜　595，602，610，691，693，694，702，703，708，742，767，774，775，781，782，807
谢桃坊　999
谢朓　17，22，26，147，347，578，584，587，599，631，650，652，721
谢无量　2，13，14，27，93，95，121，124，187，814，842，1015
谢先模　311
谢学钦　313
谢偓　114
辛弃疾　723，726，1065
辛文房　1123
信应举　436，437
兴膳宏　1150
邢凤麟　918
幸田露伴　1088
雄飞　796

熊柏畦　714
熊笃　34，711，712
熊飞　63，360，361，979
熊江平　474，475
熊美杰　166
熊小燕　781
熊昕绘　1021
熊志廷　742
熊治祁　681
熊竹沅　1064
胥洪泉　1080
胥树人　589，595，596
胥云　347
徐本立　592，599
徐伯鸿　475，476，1140
徐澄宇　422，424
徐传胜　289，290，294
徐传武　415
徐德煊　604
徐调孚　952，962
徐定祥　206－209，233，234，244，740
徐枫　1061
徐逢源　814
徐复　897
徐光大　450
徐厚斋　500
徐季子　47
徐嘉瑞　1，2，281，488，489，584，607，639，950
徐坚　94，124
徐敬修　1015
徐敬业　152
徐俊　165，167，506，507，941，973，975，976，980，981，1116，1222，1233，1253

徐克文　878，879
徐凌云　257
徐敏霞　62
徐明霞　150，175
徐鹏　193，362，536
徐沁君　997，1033，1034
徐青　79，88，111
徐仁甫　672
徐尚定　148
徐士年　1075，1081
徐式文　525
徐寿凯　871
徐树仪　404，405
徐朔方　834
徐斯年　1086
徐松　63，239，360，1214，1248
徐素凤　1076，1078
徐甸　848，849，1036
徐庭筠　77
徐文长　379
徐文茂　189
徐无闻　264，266，268，269
徐希平　331，332，436，437，611，736
徐霞　896
徐晓星　499，500
徐延寿　217
徐叶翎　599
徐寅　521
徐有富　721
徐裕昆　463，468，471
徐远和　918
徐震堮　958，966
徐正英　939，940
徐志平　1096
徐志啸　414

徐中玉　478
徐仲涛　702
许春初　1022
许冠三　1113
许惠芬　72
许浑　480，504－508
许嘉甫　602
许敬宗　109，118，147
许可　333，776，800，882，1059
许可权　412，413
许凌云　887，1112
许清云　1124
许荣生　496
许善心　9，27，28
许惕生　708
许文亮　1060
许文玉　69，75
许一虎　798
许逸民　66，1142，1207
许永驰　445
许永璋　506，507，558，701，739
许渊冲　832
许志刚　724
许总　72，74，322，330，611，628，689，702，712，724，738，739，741，853，1136
玄修　508，670，694，701，710，752，817，856
璿禅师　548
薛道衡　2，4，5，9，11，22－27，30，135，139
薛德音　6
薛登　11
薛房　749
薛稷　84
薛据　217，313，314，355

薛砺若　1007
薛奇童　100，217
薛氏　297，771
薛收　6，128
薛涛　441－445，745，746，750，751
薛天纬　37，587，595，600，602，603，658
薛曜　121
薛元超　119，121，172
薛昭蕴　1053
薛宗正　123
雪田　580
荀运昌　823
荀子　373，468，915，918

Y

亚里士多德　1146
严耕望　62
严国荣　551，552
严家炎　1172
严涧　748
严杰　777，778，887
严绍璗　798
严寿澂　512
严绶　442，748－751
严薇青　909
严维　278，337，359
严武　678，679，689，691，1240
严羽　34，75，215，551，742，1125，1137
严正广　1076，1077
阎朝隐　83，199，1001
阎崇璩　165，166，388
阎防　217，278
阎简弼　508，510

阎莉　66
阎琦　603，605，658，841，874－876，885，886，901－903
阎万章　969
阎慰鹏　431
颜邦逸　77，285，359
颜进雄　76
颜廷亮　948，960，972
颜庭亮　1025
颜真卿　1063，1064
颜之推　2，8，9
彦季　928
彦修　997
燕子龛禅师　548
扬雄　163，188
羊春秋　499，510－512，558，1039
羊达之　768
羊士谔　451
羊玉祥　193
阳煦　605
杨抱朴　1056
杨承祖　980
杨达荣　920
杨道明　517
杨棣　1080
杨恩成　112，150，151，175，700，1152，1238，1239
杨发恩　802
杨芙蓉　1136
杨公骥　946
杨国安　901
杨国权　1018
杨国忠　602，610
杨海波　611－613，644
杨海明　999，1011－1013，1020－1022，1024，1034，1035，1043，

1044
杨海峥　617
杨鸿雁　373，413
杨桦　76，660
杨慧文　905，911，914，927
杨剑　1131
杨谏　216
杨洁明　509
杨炯　32，44，96，98，100，102，113，118，119，142，147，149，150，156－159，165，167，172－175，199，200，205，865，1210
杨巨源　91，359，748，761
杨军　488，538－541，543－547，565，581
杨力　731
杨琳　1043
杨柳　29，105，122，123，149，151，193，378，810，811，813，815，824，834，835，1001
杨伦　672，673，740
杨罗生　383
杨明　12，13，845，1104，1105，1115，1116，1121，1127，1150
杨墨秋　198，202
杨凝　910
杨凭　910
杨齐贤　661
杨其群　385－387，402，403，416
杨启高　69，70，75，98，190
杨启顺　394
杨青　962
杨庆华　660
杨琼　748
杨秋瑾　519
杨荣春　919
杨汝士　773
杨慎　588，716，722，741，742，1017
杨胜宽　450
杨师道　114，118
杨氏　22，676，773，910，911，1197
杨世明　72，355，356
杨守敬　480，1087，1147，1148
杨叔威　450
杨素　2，4，5，11，18，20－23，25，26，29，30，139
杨铁夫　1026
杨铁星　927
杨铁原　628，655
杨廷福　679
杨庭芝　1138
杨绾　11
杨旺生　396
杨希闵　908
杨宪益　646，995
杨晓霭　888
杨新民　1014
杨雄　661，959，962，963
杨栩生　595
杨玄感　128
杨衒之　925
杨怡　676
杨义　1081
杨荫深　521，530，554，573，996，1056
杨胤宗　647
杨羽翎　660
杨玉环　648，804
杨振国　403
杨振喜　366

杨竹邨　912
幺书仪　1076，1077
姚诚　431
姚崇　222，436，437
姚奠中　299－301，543，928
姚合　319，332，333，355，425，432，436－438，453，454，459，524
姚继舜　438，869
姚瑾　764
姚敏杰　171
姚乃文　166
姚思廉　95，109
姚文燮　403，411
姚郁杰　78
叶葱奇　392，409，415，581，846
叶德辉　964，1097
叶德荣　1056
叶鼎彝　281，996，1002，1012
叶栋　1032
叶嘉莹　664，717，718，735，999，1001，1034－1036，1038，1043，1048，1049，1057，1062，1186，1188，1200
叶梦雨　996
叶式生　560，561
叶树发　458
叶幼勋　449
一鸣　708
一粟　1076
伊磴　997
衣虹　995，1055
义福　547
易朝志　227
易健贤　907
易君左　669

易邵白　511
易重廉　514
益军　563，565
逸生　262
翼鹏　480
阴法鲁　1002，1006
阴铿　147，640，652，721
殷大云　849
殷璠　63，217，220，224，226，263，273，283，536，640，660，661，1103，1106，1107，1116－1121，1127，1128
殷慧中　921
殷晋培　408
殷孟伦　586，590，905
殷遥　216
尹楚彬　515，659
尹师鲁　493－495
尹式　11
尹小林　68，1164，1223
尹协理　918
尹占华　37，332，436，445－447，618
尹仲文　868
荥阳公子　1092
雍陶　518
雍文华　501，502
永王　604，605，734
幽谷　589，592，607，613
尤骥　918
尤力　927
尤振中　413，414，416
由毓淼　694，696
游国恩　3，4，18，21，24，34，103，104，127，130，131，134，142，150，154，156，165，168，

176, 180, 183, 188, 190, 260, 270, 273, 284, 299, 301, 317, 336, 346, 375, 376, 410, 434, 453, 493, 496, 550, 622, 753, 784, 790, 791, 819, 830, 862, 870, 878, 892, 893, 898, 923, 964, 1002, 1006, 1010, 1057, 1070, 1074, 1075, 1092, 1170, 1172, 1175, 1176

游志坚　386, 387, 389
游佐升　987
于溃　454, 517, 518
于保玲　580, 1171
于翠玲　611, 708, 857, 1052
于石　257, 258
于逖　217, 636
于天池　1072, 1092, 1094, 1096
于兴汉　889
于友发　306, 307
于植元　59
予同　688, 801, 803, 875
余博贺　514
余冠英　3, 9, 72, 73, 860, 1176, 1204
余国梁　1012
余嘉锡　480
余美云　122, 395
余庆安　563
余恕诚　71, 459, 586, 590, 810, 811, 816, 821, 823, 833, 835, 837, 846, 847, 899, 900, 1024
余研因　656
余英时　693
鱼玄机　442, 515, 516, 848
俞纪东　868
俞阶青　1054

俞敏来　961
俞明仁　853
俞平伯　489, 589, 592, 640, 643, 646, 673, 733, 799, 802, 964, 997, 1027, 1050, 1175, 1186, 1188, 1216
虞集　351, 354, 1144－1147
虞世基　2, 4, 11, 27－29
虞世南　11, 16, 27, 28, 95, 102, 103, 108, 109, 113, 114, 118, 122
虞晔如　1076
宇文所安　348, 428, 429, 1142
宇文泰　370, 866
禹苍　840
禹克坤　232
庚光蓉　709
庾信　7, 8, 18, 19, 26, 97, 110, 119, 120, 132, 135, 137, 138, 155, 172, 642, 650, 721, 722, 729, 733, 831, 845
庾子山　95, 140, 154
庾自直　27
玉真公主　594, 601, 602
郁贤皓　62, 63, 355, 370, 530, 595, 596, 600, 601, 603, 604, 634, 635, 641, 655, 658, 659, 662
郁沅　939
郁源　1135
喻凫　453
喻学才　428－430
豫戡　994
元崇　548
元丹丘　601, 602, 636
元方　739, 1210

元好问　724，725

元积　746

元结　43，63，217，218，288－295，320，333，335，419，455，498，660，733，787，792，794，797，845，865，866，1103，1110，1116，1120，1126

元兢　89，90，119，120，1106，1147，1148

元柜　746

元融　217

元锡　349

元行恭　11

元沂　746

元稹　57，91，291，315，323，371，389，417，431，441－443，446，447，452，466，467，472，674，676，744－765，774，779，780，783，792－794，875，1095，1103

袁宾　985

袁刚　439

袁枚　326，498

袁行霈　72，73，115，256，560，563，565，606，626，628，647，667，786，791，1035，1041，1197，1204，1244，1246－1248

袁以涵　617，651，652

袁中郎　379

袁宗一　381，382，642

苑咸　540

瑗公　548

岳继东　1048

岳珍　193

跃进　295，454

云天　260

Z

臧励和　905

臧清　461

臧希让　351，352

泽田瑞穗　125

曾楚楠　907

曾广开　330，891

曾国藩　656，906

曾了若　2，8，14，859，865

曾明　240，566，705，1004，1028

曾平　183

曾祥麟　761，763，764

曾亚兰　691，724，743

曾益　855

曾意丹　675

曾毅　182，187，606，789

曾毅公　946，957

曾枣庄　686，742

曾志援　515

曾子鲁　261，262，708，895，907

翟振业　563

詹安泰　998，1015，1016，1043，1052，1054，1057

詹丹　1077，1078

詹杭伦　72，742

詹亚园　1018，1019

詹瑛　1097

詹幼馨　1053－1055，1140

詹志和　798

张鹫　151，955，1066，1084，1087，1089，1090

张安祖　540，774，777，778，802－804

张百昂　128

张宝坤　1081，1083

张碧 62，330
张碧波 323，1108，1109
张彪 217
张伯昂 988
张伯青 1146
张伯伟 64，264，821，1124，1143，1151
张步云 65，70，76，78，244
张才良 600，601
张采民 655
张采田 810，811，813，834，835，841，846
张昌余 1064
张昌宗 197
张长弓 1067，1085，1086
张朝 217，469
张彻 389
张忱石 62，63，66
张柽寿 730，731
张乘健 515，516，961
张传峰 571
张传曾 207
张春山 278
张春雯 869
张次青 1027
张大新 128
张读 41
张敦颐 909
张而今 444
张尔田 438，809，812，817，835，1018
张福民 886
张赋生 361
张富华 1047
张公量 997
张固也 66

张贵贤 1060
张国风 396，397，402
张国光 420，421，804，813，840，906
张国举 295，428，430
张国伟 422，475，476，654，702，703
张浩逊 76，78，447，563
张鹤群 812
张弘靖 773
张宏生 331，332，437，438，692，700，707，724，725，1223
张虹 252，420
张鸿勋 956，966－968，970，972，1089
张虎升 519
张祜 445－448，453，463，466，506，774，976
张籍 29，70，91，328，406，417，420－423，431，434，453，455，459，480，500，723，792，794，826，875
张珀 595，601
张继 349，360，367
张继兴 788
张家骐 631
张柬之 159，160，195，199
张见 1137
张建 510
张建庆 301
张健永 788
张介凡 1021
张金海 77，478，480，481
张金亮 426，796，874
张晶 83，731，853，854，1047
张靖龙 1123

张九龄　70，100，107，116，134，188，190，192，217－219，221－223，237－239，241，242，244－251，307，531，542，543，546，550，716，1171，1177
张均　216，546
张君宝　355
张俊哲　804
张峻亭　930
张立名　314，447，781
张立伟　889
张泌　1052
张明非　43，57，76－78，84，120，136，147，245，246，249，250，327，562，571，572，634，635，721，722，815，825，826，1109，1110，1154，1156，1174，1189，1199，1205
张蓬舟　750
张溥　20
张岂之　913
张清华　204，295，538，540，542，543，545，552，553，566，569，570，572，581，679，724，891，901，905，906，935，936
张去奢　602
张去盈　602
张全恭　450
张如安　520
张如珍　919
张汝洛　633
张汝钊　765，780，789
张瑞君　63，367，368，450，629，630，653，658
张若虚　98－100，111，219，251，252，254－256

张少康　756，757，787，845，887，888，1115，1124，1128，1147，1192，1204，1253
张生　761－765，1078
张世禄　710
张式铭　654，1039，1048
张寿林　945，961
张书城　589，590，593
张澍　351
张说　20，94，100，107，111，116，124，216，219，221－223，238－247，250，335，546，1132
张思齐　1051
张松辉　1081
张天池　385
张天健　347，428，429，451，485，486，490，520，525，627，628
张天师　614
张田　463，465，471，472，475－478
张庭芳　209，975
张万起　67
张万顷　216
张文成　1088
张文生　1061
张文收　1009
张武　917
张锡厚　127－129，131，136，276，661，941，947，948，964，966，968，972，975，976，983－987，990－992，1028，1029，1114
张先堂　973，979
张鲜华　470
张显丰　31
张献甫　352
张相　79，936

张啸虎　113，475，610，893，928
张兴武　523
张秀亚　32
张旭　100，216，219，251—254
张旭光　313
张学忠　287，303，304
张延中　924
张业敏　489—491，1109
张仪　614
张易之　195，199
张荫麟　487，813，835
张寅彭　740，1013，1129
张应斌　1064
张迎胜　261，262
张永钦　1097
张涌泉　947，958，959，966
张友鹤　763，1067，1085，1092
张元夫　748
张跃生　1081
张晕　217
张璋　999，1031，1034
张振国　655
张振珮　996，1112
张正甫　748
张政烺　77
张志和　1063—1065
张志烈　146，151，153，157，160，165，167，173，724，742
张志林　731
张志强　1022
张志岳　560，609，721
张忠　677
张忠纲　677，679，737，739，740，742，1205
张仲寰　124
张仲谋　308，1021，1220，1223
张仲素　450
张仲仪　1032
张蠙　57，77，926
张孜　520
张自文　1043，1044
章八元　337
章采烈　919
章崇义　995，1055
章川岛　1087
章继光　261，402，511，616，617
章培恒　5，21，27
章尚正　533，797，1012
章士钊　913，938
章太炎　875
章壮余　6
章祖安　401，402
昭惠后　1057，1058
昭民　198
赵伯陶　351—354
赵昌平　73—75，82，90，109，110，114，218，224，318，319，333，361，362，417—420，512，513，540，561，567，568，931，1063，1107，1108
赵超　62
赵崇祚　1051
赵次公　739—741，1203
赵从仁　775
赵儋　175
赵殿成　539，542，543，546—548，557，581
赵冬曦　121
赵碫　519
赵桂藩　536
赵昊龙　1097
赵和平　984，987

赵怀德 653
赵纪彬 372，915
赵建莉 198
赵剑 434
赵景波 837
赵景深 175，789
赵俊 1112
赵克尧 215，216，313
赵逵夫 961，1227
赵立 396，404
赵丽艳 1014，1060，1061
赵吕甫 439
赵梅 1021
赵齐平 1092
赵起 359
赵谦 88—90，117，717，718，829，1014
赵清永 514
赵蕤 607，618
赵锐 797
赵绍组 850
赵盛德 1140，1141
赵树理 623，1169
赵松元 444
赵万里 276，357，979
赵微明 217
赵维江 655，1080
赵熙文 496
赵晓兰 726，742
赵晓岚 632
赵晓霞 653
赵炎秋 804
赵彦卫 1072
赵玉桢 563，566，568，575，576
赵毓英 872
赵钺 62

赵宗乾 937
肇洛 997，1052
振甫 894，923，925
振作 694
郑宾于 5，15，17，23，26，27，29，121，153，166，168，174，175，200，205，272，282，316，335，453，752
郑炳林 963，981
郑伯勤 310
郑德玄 217
郑宏华 298，300，301
郑静远 961
郑临川 100，101，183，255，1018
郑孟彤 428，430，434
郑骞 1041
郑庆笃 494—496，737
郑尚宪 887
郑生 1092，1093
郑师许 996
郑氏 746，955
郑树平 732
郑松锟 414
郑文 183，603，689
郑宪春 440
郑燮 379
郑修平 253，588，598，604
郑秀萍 800
郑学勤 1054
郑峒 451
郑云波 394
郑振铎 2，3，14，17，20，23，26，27，30，96，121，126，133，140，153，157，165，168，173，175，187，189，190，201，205，211，265，269，270，282，300，316，

335，346，387，406，494，520，
521，753，861，942，943，945，
950，952，954，955，960，967，
982，983，985，991，994，1002，
1026，1029，1033，1066，1069，
1071，1073，1088，1175，1176，
1216

郑子瑜　860
知任　1056
止水　905
志村良治　81
志喻　690
治芳　403
致干　386，391，406
钟大全　739
钟大群　484
钟葵生　514
钟来因　41，47，49，679，690，
691，708，732，740，781，803，
804，825，827，840，1064
钟梅坤　247
钟铭钧　814
钟嵘　1107，1127，1137
钟树梁　717
钟祥　513
钟兴麒　590
钟惺　273
钟优民　3，6
钟元凯　402，412，642
钟振振　1012，1098
仲长子光　6
周本淳　166，652
周采泉　736，737，739
周长志　873
周承明　764
周澂　925，937

周春生　590
周道贵　260，660
周发祥　318，319，580
周凤章　910，911
周刚　185
周观武　411
周贺　453
周家谆　262
周建国　439－441，709，779，780，
812，835，1207
周介民　512，518
周瑾　707
周阆风　386，387，389，391，399
周楞伽　779，1095
周利贞　199
周连宽　492，495，497
周陆军　911，927，928
周旻　519
周明　793，926
周乃昌　796
周丕显　1018，1032
周品瑛　1112
周朴　454，494
周奇文　895
周潜　1069，1074，1076
周乔建　1135
周庆熙　767
周庆义　910
周汝昌　654，735，807
周绍良　64，941，946－949，955－
958，967，1094
周圣伟　648，649，999
周通旦　550
周唯一　651，888
周维德　1124，1148，1149
周文　145，911

周锡山　742
周先民　77，837
周先慎　1094，1097，1205
周相录　804
周小立　325
周啸天　86，193，518，714，716，1012，1013
周勋初　61，67，90，264—269，322，323，451，461，593，611，612，874，880，1067，1098，1233
周一良　489，946，951，957，969，985
周义敢　367
周荫堂　876，884
周寅宾　76，511，518，911
周泳先　1030
周裕锴　47，145，706，724，725，965
周振甫　77，256，634，730，732，828，829，840，844，847，860，921，923
周祖谟　80
周祖譔　4，15，18，24，32，67，101，102，127，130，142，150，156，162，174，175，230
周作人　881，892
朱邦国　929
朱碧莲　447，468，927
朱斌　297，298
朱炳煦　31
朱承爵　491
朱澂　384
朱德慈　443，444，484，751，1052
朱迪光　1077，1078
朱东润　10，12，13，176，185，678，680，733，734，1063，1101，1131，1132
朱尔纯　231
朱帆　57
朱方　590
朱放　337
朱凤玉　985，987，988
朱光潜　1065
朱国维　927
朱鹤龄　676，739，813，833，846
朱恒夫　960
朱宏恢　421，796
朱继琢　779
朱嘉耀　853，854
朱金城　587，595，600，642，659—661，767，768，770，774，796，806—808
朱孔扬　600
朱琦　774，874，1136，1156，1174，1205
朱企泰　788
朱起予　574
朱谦之　50
朱世英　411，860
朱滔　352
朱希祖　64
朱湘　537，571
朱晓亚　580
朱偰　670，675，835
朱延春　295
朱彝尊　839
朱易安　56，64，76，91，92，322，324，629，639，796，808，882，883
朱奕　367
朱迎平　1097
朱缘梅　971

朱肇洛　997
朱自清　386 — 389，897，1216，1217，1224
朱宗尧　588，604，659
朱祖谋　1026，1028
诸葛颖　11，16，28，30
诸祖耿　894
竹村则行　798
竺岳兵　603，604
祝德纯　353
祝建勋　75
祝尚书　157，158，161，164，173，194，196
祝注先　1051
庄鸿雁　322
庄如顺　651
庄适　905
庄学君　1052
庄子　131，137，292，470，568，607，613，642，643，650，651，930，1242
子葵　368，369，371，372，375
紫荆　655
邹恩雨　752
邹进先　885，905
邹然　1146
邹啸　848，997，1017，1047
祖保泉　1133，1138，1146
祖咏　217，314，540，1236
左江　740
左思　22，650
左偃　521
左云霖　233，265，271，274
佐藤一郎　654